Winchester

m p s h i r e

Romsey

Test Southampton

Beaulieu

Solent Portsmouth

Isle of Wight

IRLAND SCHOTTL ENGLAND WALES

N

0 Meilen 5

EDWARD RUTHERFURD

DER WALD DER KÖNIGE

EDWARD
RUTHERFURD

DER WALD
DER KÖNIGE

ROMAN

Aus dem Englischen
von Karin Dufner

KARL BLESSING VERLAG

Titel der Originalausgabe: The Forest,
Originalverlag: Century, London

Der Karl Blessing Verlag ist ein Unternehmen
der Verlagsgruppe Bertelsmann

1. Auflage
Copyright © der deutschsprachigen Ausgabe by
Karl Blessing Verlag GmbH München 2000
Copyright Edward Rutherfurd 2000
Umschlaggestaltung: Design Team München
Satz: Uhl + Massopust, Aalen
Druck und Bindung: GGP Media GmbH, Pößneck
Printed in Germany
ISBN 3-89667-121-9
www.blessing-verlag.de

DER RUFUSSTEIN

APRIL 2000

Hoch über Sarum schwebte ein kleines Flugzeug. Unten thronte die anmutige Kathedrale mit ihrem hoch emporragenden Kirchturm wie ein riesiges Modell inmitten hügeliger grüner Wiesen. Jenseits des Kirchengrundes lag die mittelalterliche Stadt Salisbury friedlich in der Sonne. Am frühen Vormittag war ein typischer Aprilschauer niedergegangen, doch inzwischen war der Himmel klar und blassblau. Ein ausgezeichneter Tag für einen Erkundungsflug, dachte Dottie Pride. Nicht zum ersten Mal war sie froh, eine Stelle beim Fernsehen ergattert zu haben.

Auch wenn man ihrem Chef so manchen Fehler nachsagen konnte – und bei einigen Leuten galt John Grockleton als ausgesprochener Rüpel –, jedenfalls war er nicht zu knauserig, um ein Flugzeug zu mieten. »Er will sich nur bei Ihnen beliebt machen«, hatte einer der Kameramänner angemerkt, aber das kümmerte Dottie wenig. Wichtig war nur, dass sie heute an diesem schönen Morgen in einer Cessna saß.

Von Sarum aus verlief das malerische Avontal, gesäumt von üppig grünen Wiesen, mehr als dreißig Kilometer weit nach Süden, bis zu den geschützten Gewässern des Hafens von Christchurch. Dottie warf einen Blick auf die Karte. Zwischen Sarum und dem Meer gab es am Avon nur zwei kleine Marktflecken. Fordingbridge, etwa fünfzehn Kilometer im Süden, Ringwood, noch einmal fünfzehn Kilometer weiter.

Unterhalb von Ringwood entdeckte sie eine weitere Ortschaft namens Tyrrell's Ford.

Kurz vor Fordingbridge machte die Maschine eine Kurve und hielt auf den Südosten zu. Sie überflogen eine niedrige, mit Eichen bewachsene Bergkette.

Und da lag er unter ihnen, in all seiner Pracht.
Der New Forest.

Es war Grockletons Idee gewesen, einen Beitrag über den New Forest zu drehen, denn in letzter Zeit war es in dieser Gegend zu Bürgerprotesten, hitzigen Versammlungen und Brandstiftungen durch Einheimische gekommen. Schon seit ein paar Monaten waren Kamerateams vor Ort.

Doch Grockletons Interesse war durch eine andere Meldung geweckt worden, eine neue historische Erkenntnis, ein Stück Geschichtsschreibung.

»Darüber müssen wir auf jeden Fall etwas bringen«, hatte er verkündet. »Und vielleicht reicht der Stoff sogar noch für mehr, nämlich für einen Dokumentarfilm, der auf die Hintergründe eingeht. Schauen Sie sich mal dort um, Dottie. Lassen Sie sich ein paar Tage Zeit. Die Gegend ist wunderschön.«

Offenbar will er sich wirklich bei mir einschmeicheln, überlegte Dottie.

Und möglicherweise verfolgte ihr Chef dabei Hintergedanken, eine Vermutung, die ihr schon am Vortag gekommen war.

»Haben Sie vielleicht Verwandtschaft im New Forest?«, hatte er gefragt.

»Soweit ich weiß, nein, John«, erwiderte sie. »Sie etwa?«

»Auch wenn es merkwürdig klingt, ja. Im letzten Jahrhundert hatte meine Familie dort ziemlich viel zu melden. Ich glaube, es gibt sogar ein ganzes Waldstück, das nach uns benannt ist.« Er lächelte ihr zu. »Das könnten Sie irgendwie einarbeiten. Natürlich nur, wenn es passt.«

»Schon gut, John«, erwiderte sie spöttisch. »Ich werde sehen, was sich machen lässt.«

Etwa fünfzehn Kilometer weit flogen sie über Schonungen und braunes Heidekraut. Die Gegend war wilder und verlassener, als Dottie es sich vorgestellt hatte. Doch als sie Lyndhurst, den Mittelpunkt des New Forest, erreichten, veränderte sich die Landschaft. Eichenhaine, grüne Lichtungen, Wiesen, auf denen kleine, gedrungene Ponys weideten; hübsche, mit Stroh gedeckte Hütten, weiß verputzt oder aus Backstein. Das war der New Forest, wie Dottie ihn von Ansichtskarten her kannte. Sie folgten der alten Straße, die mitten durch den Forest nach Süden führte. Unter ihnen erstreckten sich dichte Eichenwälder. In einem Hain bemerkte sie einige Hirsche. Sie überflogen ein Dorf in einer großen Lichtung, Ponys wimmelten auf den baumlosen, grünen Wiesen: Brockenhurst. Dann kam ein kleiner Fluss in Sicht, der sich zwischen steilen Ufern durch ein üppig bewachsenes Tal nach Süden schlängelte. Hie und da entdeckte die Journalistin Bauernhäuser, umgeben von Koppeln und Obstgärten. Die Leute hier schienen wohlhabend zu sein. Auf einer Anhöhe am bewaldeten östlichen Ende des Tals sah sie eine gedrungene kleine Pfarrkirche, die offenbar vor vielen Jahren erbaut worden war. Die Kirche von Boldre. Sie nahm sich vor, dieses Gebäude möglichst bald zu besichtigen.

Eine Minute später erreichten sie die geschäftige Hafenstadt Lymington. Rechts, am Rande einer Marsch, verkündete ein Schild an einem großen Bootsschuppen: SEAGULL'S BOATYARD.

Ein paar Kilometer weiter westlich lag der Ärmelkanal. Dazwischen erstreckten sich die malerischen Gewässer des Meerarms, der Solent hieß, und dahinter zeichneten sich die grünen Hügel der Insel Wight ab. Als sie weiter nach Osten flogen, hob Dottie den Blick von der Karte und betrachtete die Küste.

»Da«, sagte sie zufrieden. »Das muss es sein.«

Der Pilot drehte sich zu ihr um. »Was?«

»Througham.«

»Nie davon gehört.«

»Da sind Sie nicht der Einzige. Aber das wird sich rasch ändern.«

»Möchten Sie über Beaulieu fliegen?«

»Natürlich.« Hier sollte die erste Szene gedreht werden. Tief unter ihnen ließ sich die hübsche alte Abtei träge von der Sonne bescheinen. Dahinter befand sich, von Bäumen verborgen, das berühmte Kraftfahrzeugmuseum. Sie kreisten einmal darüber hinweg und machten sich dann auf den Rückweg nach Lyndhurst im Norden.

Sie hatten die Stadt gerade passiert und hielten nordwestlichen Kurs auf Sarum, als Dottie Pride den Piloten bat, noch eine Schleife zu fliegen. Sie spähte nach unten, und es dauerte eine Weile, bis sie ihr Ziel ausgemacht hatte. Doch bald konnte sie es zweifelsfrei erkennen.

Ein einsamer Gedenkstein ragte am Rande eines Wäldchens

empor. Gleich daneben standen einige Autos auf einem mit Kies bestreuten Parkplatz, und die Journalistin bemerkte, dass sich rings um das kleine Denkmal mehrere Menschen scharten.

»Der Rufusstein«, sagte sie.

»Ach, den kenne ich«, erwiderte der Pilot.

Nur wenige der Touristen, die jedes Jahr im New Forest wanderten oder zelteten, versäumten es, diesen sagenumwobenen Ort zu besichtigen. Der Stein markierte die Stelle, wo – einer neunhundert Jahre alten Legende zufolge – Wilhelm Rufus, der rothaarige Normannenkönig, unter geheimnisvollen Umständen auf der Jagd von einem Pfeil getötet worden war. Abgesehen von Stonehenge handelte es sich wohl um den berühmtesten aufrecht stehenden Stein in Südengland.

»War da nicht einmal ein Baum?«, fragte der Pilot. »Von dem der Pfeil abprallte und den König traf?«

»So heißt es wenigstens.« Dottie sah einen weiteren Wagen in den Parkplatz einbiegen. »Nur, dass er offenbar überhaupt nicht an dieser Stelle erschossen wurde«, fügte sie hinzu.

DIE JAGD

1099

Die Hirschkuh zuckte zusammen, und ein Beben fuhr durch ihren Körper, als sie aufmerksam die Ohren spitzte.

Der nächtliche Frühlingshimmel wirkte noch wie von einem gräulich-schwarzen Schleier überzogen. Am Waldesrand mischte sich der torfige Geruch der nahen Heide mit dem des vermodernden Herbstlaubes vom letzten Jahr in der feuchten Luft. Es war so ruhig, als wartete die gesamte Britische Insel darauf, dass in der frühmorgendlichen Stille etwas geschehen würde.

Und dann, plötzlich, stimmte eine Lerche in der Dunkelheit ihr Lied an. Als Einzige hatte sie den Lichtstreif am Horizont bemerkt.

Immer noch argwöhnisch wandte die Hirschkuh den Kopf. Irgendetwas näherte sich.

Puckle lief durch den Wald. Geräuschlosigkeit war dabei nicht weiter wichtig, denn wenn das Laub unter seinen Füßen raschelte oder ein Zweig zerbrach, würde man ihn für einen Dachs, ein Wildschwein oder einen anderen Waldbewohner halten.

Links von ihm hallte der Ruf einer Eule unheimlich durch das finstere, geschwungene Blätterdach des Eichenwaldes.

Puckle: War es sein Vater, sein Großvater oder ein anderer Urahn vor vielen Jahren gewesen, der diesen Namen zuerst geführt hatte? Niemand wusste, woher die vielen seltsamen Namen stammten, die im alten England so häufig vorkamen. An der Südküste gab es einige Anhöhen, die Puck Hill hießen. Vielleicht war Puckle ja davon abgeleitet. Oder es war als Verniedlichung gedacht: kleiner Puck. Doch diese Frage konnte keiner genau beantworten. Und niemand aus der Familie zerbrach sich weiter den Kopf darüber. Alter Puckle, junger Puckle, der andere

9

Puckle: Man konnte sich nie ganz sicher sein, wer jeweils gemeint war. Nachdem Puckle und seine Familie von den Vasallen des neuen normannischen Königs aus ihrem Dorf vertrieben worden waren, waren sie eine Weile umhergewandert und hatten schließlich im westlichen Teil des New Forest am Ufer eines der Bäche, die in den Avon mündeten, ein vorübergehendes Lager aufgeschlagen. Vor kurzem waren sie ein paar Meilen nach Süden an einen anderen Bach umgezogen.

Puckle. Der Name passte zu ihm: vierschrötig, knorrig wie eine Eiche, die breiten Schultern vornübergebeugt, als trüge er ständig eine schwere Last. Er war Köhler und ständig auf der Wanderschaft. Selbst die anderen Bewohner des New Forest wussten nicht, wo er sich gerade aufhielt. Manchmal, wenn das Feuer sein derbes Gesicht in ein rötliches Licht tauchte, sah er aus wie ein Gnom. Dennoch scharten sich die Kinder um ihn, sobald er in die Weiler kam, um Tore und Zäune aus Flechtwerk herzustellen, ein Beruf, auf den er sich besser verstand als jeder andere. Sie mochten seine ruhige Art. Auch die Frauen fühlten sich auf merkwürdige Weise von dem inneren Leuchten angezogen, das der Mann aus dem Wald auszustrahlen schien. In seinem Lager am Wasser hingen immer Tauben in der Vorratskammer. Das Fell eines Hasen oder eines anderen kleinen Tieres war fein säuberlich über Pflöcke gespannt; die Überreste einer Forelle, die er aus dem kleinen, braunen Bach gezogen hatte, waren ordentlich verstaut. Doch die Waldtiere hatten kaum Scheu vor ihm, so als spürten sie, dass er einer von ihnen war.

Als er nun, angetan mit einem ledernen Wams und derben Lederstiefeln an den nackten Beinen, durch den finsteren Wald stapfte, hätte er genauso gut ein Wesen aus längst vergangenen Zeiten sein können.

Die Hirschkuh verharrte auf der Stelle. Sie hatte sich ein Stück vom Rest des Rudels abgesondert, das friedlich die frischen Frühlingsgräser am Waldesrand äste.

Trotz ihrer scharfen Augen und ihres hoch entwickelten Geruchssinns verlassen sich Hirsche hauptsächlich auf ihr Gehör, wenn es darum geht, eine Gefahrenquelle auszumachen. Ihre im Verhältnis zum Kopf großen Ohren ermöglichen es ihnen, Geräusche aufzufangen, die der Wind ihnen herüberträgt. Selbst das Knacken eines weit entfernten Zweiges können sie noch wahrnehmen, und deshalb wusste die Hirschkuh, dass Puckles Schritte nicht näher kamen.

Sie war ein Damhirsch. Im New Forest gab es drei Sorten von Hirschen. Die großen Rothirsche mit ihrem rötlich-braunen Fell waren schon von alters her die Herrscher des Waldes. In manchen Gegenden kamen auch die seltenen Rehe vor, zierliche, kleine Geschöpfe, kaum größer als ein Hund. Vor kurzem jedoch hatten die normannischen Eroberer eine neue, wunderschöne Art eingeführt: die eleganten Damhirsche.

Die Hirschkuh war fast zwei Jahre alt. Da sie gerade vom maulbeerfarbenen Winterfell zum sommerlichen Tarnkleid – hellbraun mit weißen Tupfen – wechselte, sah sie ein wenig fleckig aus. Wie fast alle Damhirsche hatte sie eine weiße Bauchseite und einen weißen Spiegel mit schwarzer Einfassung. Doch aus einer Laune der Natur heraus war ihr Fell ein wenig heller als gewöhnlich.

Aber auch ohne diese Besonderheit wäre sie für einen Artgenossen unverwechselbar gewesen, da sich die Zeichnung des Spiegels bei jedem Tier leicht unterscheidet, ein einzigartiges Merkmal, so wie der Fingerabdruck beim Menschen – nur um einiges auffälliger. Und als ob dieses Kennzeichen nicht schon genug gewesen wäre, hatte die Natur ihr – vielleicht als Augenweide für den Menschen – ein weißliches Haarkleid geschenkt. Sie war ein hübsches Tier. In diesem Jahr, in der Brunftzeit im Herbst, würde sie einen Partner finden – falls sie nicht vorher von Jägern getötet wurde.

Ihre Instinkte warnten sie noch immer, auf der Hut zu sein. Sie wandte den Kopf hin und her und lauschte. Dann richtete sich ihr Blick auf eine bestimmte Stelle. In der Ferne, zwischen den dunklen Bäumen, bewegte sich ein Schatten. Dicht daneben schimmerte ein abgeknickter Ast, der seine Rinde verloren hatte, wie ein Geweih. Der kleine Haselnussbusch dahinter hätte genauso gut ein Tier sein können.

Im Wald waren die Dinge nicht immer das, was sie zu sein schienen. Erst nach einiger Zeit war die Hirschkuh sicher, dass keine Gefahr drohte, und sie senkte langsam den Kopf.

Der morgendliche Chor stimmte sein Lied an. Draußen im Heidekraut setzte ein Schwarzkehlchen, das auf einem in der Dunkelheit gelblich schimmernden Stechginsterbusch saß, mit seinem abgehackten Trillern ein. Im Osten erhellte sich der Himmel. Ein Teichrohrsänger erhob die Stimme. Sein schrilles Zwitschern hallte durch die Luft. Dann begann eine Amsel in luftigen Baumkronen zu singen. Gleich darauf ertönte das lautstarke Hämmern eines Spechts, der zwei Wirbel auf die Rinde eines Baumes klopfte. Eine Turteltaube gurrte sanft. Und im nächsten Augenblick – es war noch immer dunkel – rief der Kuckuck, und ein Artgenosse antwortete aus dem Wald. So beanspruchte ein jeder sein kleines Königreich für sich, denn es war Frühling, und bald würde die Paarungszeit beginnen.

Über der Heide stieg die Lerche höher und höher, sang immer weiter und übertönte alle anderen Vögel; sie hatte die aufgehende Sonne gesehen.

Pferde schnaubten. Männer traten von einem Fuß auf den anderen. Die Hunde hechelten ungeduldig. Der Hof roch nach Pferdemist und dem Rauch von Holzfeuern.

Gleich sollte die Jagd beginnen.

Adela de la Roche beobachtete die Männer. Ein Dutzend hatte sich bereits versammelt. Die Jäger in grünen Wämsern und mit Federn am Hut, einige Ritter und Gutsbesitzer aus der Umgebung. Adela hatte gebettelt und gedrängt, sie begleiten zu dürfen. Widerstrebend hatte Walter, ihr Vetter, zugestimmt, allerdings erst, nachdem sie ihn an seinen Auftrag erinnert hatte: »Ich muss mich schließlich sehen lassen. Oder hast du vergessen, dass du mich unter die Haube bringen sollst?«

Das war bei einer jungen Frau in ihrer Lage kein leichtes Unterfangen. Erst ein Jahr war seit jenem kalten, düsteren Tag vergangen, an dem ihr Vater gestorben war. Ihre Mutter – bleich und plötzlich der Askese zugetan – war in ein Kloster eingetreten. »So bewahre ich meine Würde«, hatte sie Adela verkündet und ihre Tochter Verwandten anvertraut. Nun bestand ihre Mitgift nur noch aus ihrem guten Namen und ein paar kläglichen Hektar Land in der Normandie. Doch ihre Verwandten hatten ihr Möglichstes getan. Nach einer Weile hatten sie beschlossen, Adela nach England zu bringen, wo sich seit der Eroberung durch Herzog Wilhelm viele Söhne normannischer Adelsfamilien niedergelassen hatten. Und diesen würde eine hochgeborene Landsmännin als Ehefrau vielleicht nicht ungelegen kommen. »Von all unseren Verwandten«, so sagte man Adela, »wird dir dein Vetter Walter Tyrrell am besten weiterhelfen können.

Schließlich hat er selbst eine ausgezeichnete Partie gemacht.« Walter hatte in die mächtige Familie Clare eingeheiratet, die in England riesige Ländereien besaß. »Walter wird einen Gatten für dich finden.« Doch bis jetzt war ihm das noch nicht geglückt. Außerdem traute Adela ihm nicht ganz über den Weg.

Der Hof sah aus wie der aller anderen angelsächsischen Herrschaftshäuser in dieser Gegend. Derbe, mit Stroh gedeckte Blockhütten, die Scheunen ähnelten, umgaben ihn von drei Seiten. Die Wände bestanden aus dicken, dunklen Holzbohlen. In der Mitte befand sich die große Halle, die über eine kunstvoll geschnitzte Tür und eine Außentreppe verfügte, über die man das obere Stockwerk erreichte. Das Anwesen stand unweit der klaren und stillen Wasser des Avon, der an den Kreidefelsen bei dem Schloss Sarum, etwa fünfundzwanzig Kilometer im Norden, entsprang. Ein paar Kilometer flussaufwärts lag das Städtchen Ringwood, und fünfzehn Kilometer weiter mündete der Avon in einen flachen, geschützten Hafen und floss von dort aus ins offene Meer.

»Sie kommen!«, riefen die Männer, als eine Bewegung an der Tür der Halle auf das Eintreffen der Anführer dieser Jagdpartie hinwies. Zuerst erschien Walter mit fröhlicher Miene, gefolgt von einem Gutsbesitzer und dem Mann, auf den alle gewartet hatten: Cola.

Cola, der Jäger, Grundherr und Verwalter des New Forest. Obwohl sein Haupthaar und sein langer, herabhängender Schnurrbart inzwischen ergraut waren, bot er einen beeindruckenden Anblick. Hoch gewachsen, breitschultrig und kräftig. Auch wenn ihm mittlerweile die Geschmeidigkeit der Jugend fehlte, schritt er mit der Anmut eines alten Löwen aus. Ein angelsächsischer Edelmann vom Scheitel bis zur Sohle. Obwohl seine Kräfte allmählich zu erlahmen schienen, war Adela sicher, dass er sich mit einem finsteren Blick aus seinen Augen noch immer Respekt verschaffen konnte.

Allerdings galt ihre Aufmerksamkeit weniger Cola als seinen beiden Söhnen, die hinter ihm aus dem Haus traten. Sie waren ein wenig über zwanzig, Adela schätzte den Altersunterschied zwischen den beiden auf drei oder vier Jahre. Groß und stattlich, mit langem, blonden Haar, gestutzten Bärten und leuchtend blauen Augen – gewiss hatte ihr Vater in seiner Jugend ebenso ausgesehen. Sie schritten leichtfüßig und kräftig aus, und Adela war beim Anblick ihrer edlen Haltung insgeheim froh, dass wenigstens diese Angelsachsen ihr Gut hatten behalten können. Allzu viele englische Adelige hatten ihren Besitz an Adelas Landsleute verloren. Als sie sich beim Hinstarren ertappte, wandte sie den Blick sogleich ab und schmunzelte in sich hinein, denn soeben war ihr ein ungebührlicher Gedanke gekommen: Im Adamskostüm sahen diese beiden jungen Männer sicherlich hinreißend aus.

Kurz darauf ging die Sonne über den Wipfeln der Eichen am Horizont auf, und die Jagdgesellschaft, insgesamt etwa zwanzig Personen, machte sich auf den Weg.

Das Tal des Avon, das sie nun verlassen wollten, war ein malerisches Gebiet. Über die Jahrhunderte hatte sich der Fluss zwischen den niedrigen Kiesbänken, auf denen mittlerweile Bäume wuchsen, einen breiten, flachen Weg nach Süden gegraben. Fast unmerklich hatte sich dazwischen fruchtbares Schwemmland angesammelt. Zwischen Fordingbridge und Ringwood war das Tal etwa drei Kilometer breit. Auch wenn der Fluss, der sich träge durch die üppigen Felder schlängelte, verglichen mit früheren Zeiten eher einem Rinnsal ähnelte, trat er nach dem Frühlingsregen gelegentlich über die Ufer und bedeckte die umliegenden Wiesen mit einer funkelnden Wasserfläche, so als wolle er die Welt daran erinnern, dass er von alters her Anspruch auf dieses Land hatte.

Adela war noch nie Mitglied einer solchen Jagdgesellschaft gewesen, und deshalb war sie sehr aufgeregt und neugierig. Sie wusste, dass ihr Ziel gleich jenseits des östlichen Randes des Avontals lag. Und da sie unbedingt dieses wilde Gebiet erkunden wollte, von dem sie schon so viel gehört hatte, hatte sie heute darum gebettelt, mitkommen zu dürfen. Bald erreichten sie den Fuß des Berges und passierten einen Bach und eine einsam dastehende alte Eiche. Sie führten ihre Pferde einen gewundenen, von Bäumen und Gebüsch gesäumten Pfad hinauf. Adela bemerkte immer mehr nackte Kiesel auf dem Weg, je höher sie kamen.

Dennoch schnappte sie vor Erstaunen nach Luft, als sie die Bergkuppe erklommen hatten. Plötzlich hörte der Wald auf, rings um sie herum waren der Horizont und der offene Himmel zu sehen, und sie fühlte sich, als wäre sie in eine andere Welt geraten.

Adela de la Roche hatte es sich ganz anders vorgestellt. Vor ihr, so weit das Auge blickte, erstreckte sich die riesige, braune Heide. Die Sonne, die immer noch niedrig am Himmel stand, vertrieb mit ihren gelblichen Strahlen allmählich den Morgennebel, der sich in Fetzen wie Spinnweben über das Land zog. Der felsige, mit Farnen und Heidekraut bewachsene Abhang, an dem sie standen, fiel zu beiden Seiten steil nach unten ab. Zu ihrer Linken endete er an einem Sumpf, rechts an einem kiesigen Bach, an dessen Ufern Gras wucherte. Stechginster leuchtete gelb aus dem Heidekraut hervor, und auf einem anderen Abhang, etwa anderthalb Kilometer entfernt, ragten einige Stechpalmen in den Himmel.

Und noch etwas war merkwürdig an dieser Landschaft. Als Adela die torfige Erde betrachtete, auf der der Huf ihres Pferdes stand, sah sie, dass die Steine dort strahlend weiß leuchteten. Wieder hob sie den Kopf und schnupperte, und sie hatte das seltsame Gefühl, dass sich ganz in der Nähe das Meer befinden musste, obwohl sie es nicht sehen konnte.

Gab es in dieser riesigen, kargen Wildnis menschliche Siedlungen, Weiler, Höfe oder Katen? Ganz sicher verhielt es sich so, doch sie konnte nichts dergleichen entdecken. Menschenleer, still und urwüchsig lag die Landschaft da.

Das war also der New Forest, den König Wilhelm der Eroberer eingerichtet hatte.

Forest ist ein Begriff, der aus dem Normannischen stammt und damals mehr als nur Wald bedeutete, obwohl sich innerhalb seiner Grenzen riesige Wälder befanden. Bei einem königlichen Forst handelte es sich um ein abgetrenntes Gebiet – ein Reservat sozusagen –, in dem der König auf die Jagd ging. Vor allem die Hirsche wurden durch strenge Gesetze geschützt. Wer einen Hirsch des Königs erlegte, verlor die Hand oder sogar das Leben. Und da der normannische Eroberer das Land erst kürzlich in Besitz genommen hatte, wurde es New Forest – *Nova Foresta* im Latein der offiziellen Urkunden – genannt.

Das Gebiet, das er als New Forest beanspruchte, war ziemlich groß. Es erstreckte sich vom Avontal aus fast dreißig Kilometer bis zu einem großen Meeresarm. Von Nord nach Süd fiel das Gelände mehr als dreißig Kilometer lang sanft und terrassenförmig ab und reichte von den Kreidefelsen nördlich von Sarum bis zu einer wilden Marsch an der Küste des Ärmelkanals. Die Landschaft war abwechslungsreich, ein Flickenteppich aus Heide, Wäldern, Wiesen und Sümpfen. Schon seit vielen Jahrtausenden wurde sie von Menschen durchstreift, die Lichtungen gerodet hatten und dann wieder weitergezogen waren. Der Boden war zum Großteil torfig und sauer und deswegen nicht sehr fruchtbar. Doch hie und da gab es auch ertragreichere Erde, die sich für den Ackerbau eignete. Die größten Eichenwälder lagen am südlichen Rand, meist auf Moorboden, und waren wahrscheinlich schon seit über fünftausend Jahren nicht mehr betreten worden.

Und dann verfügte der New Forest noch über ein weiteres Merkmal, das Adela ganz richtig bemerkt hatte: Das Meer war ganz in der Nähe. Oft trugen die warmen Südwestwinde einen leichten Salzgeruch selbst in den nördlichen Teil des New Forest. Das Wasser selbst war jedoch erst zu sehen, wenn man den Eichenwald verließ und auf die Küstenmarschen hinaustrat. Allerdings gab es auch einen sichtbaren Hinweis. Denn vor der Ostküste des New Forest, abgetrennt durch einen viereinhalb Kilometer breiten Meeresarm namens Solent, erhob sich die hübsche Insel Wight mit ihren Kreidefelsen. Und vom richtigen Aussichtspunkt, selbst von den Felsen unterhalb Sarums aus konnte man über den gesamten New Forest bis zur Insel blicken, die im rosigen Dunst auf der anderen Seite des Wassers lag.

»Hör auf zu träumen! Sonst verlieren wir dich noch.«

Walter war es, wie seine Miene verriet, peinlich, dass sie unwillkürlich innegehalten und die anderen vorbeigelassen hatte, um die Aussicht zu genießen.

»Tut mir Leid«, sagte sie. Sie setzten ihren Weg fort, Walter trabte mit wichtigtuerischer Miene neben ihr her.

Adela betrachtete ihn eingehend. Wie war es Walter mit seinem gelockten Schnurrbärtchen und den etwas dümmlich dreinblickenden, blassblauen Augen bloß gelungen, sich überall beliebt zu machen? Wahrscheinlich lag es daran, dass es sein einziger Lebenszweck war, sich bei den Mächtigen einzuschmeicheln. Sicher waren selbst seine einflussreichen Schwiegereltern froh, ihn in der Familie zu haben. Denn da er sich niemals auf die Seite der Verlierer geschlagen hätte, musste das heißen, dass er sich für sie Siegeschancen ausrechnete. Und in diesen unruhigen Zeiten war ein solcher Schwiegersohn nicht zu verachten.

Im Reich der Normannen waren politische Intrigen an der Tagesordnung. Nach König Wilhelms Tod vor etwa zwölf Jahren war sein Erbe unter seinen Söhnen aufgeteilt worden. Wilhelm, auch Rufus genannt, hatte England bekommen; Robert hatte die Normandie erhalten; der dritte Sohn Heinrich bezog nur eine Apanage. Doch wie selbst Adela wusste, war die Lage gespannt. Die großen Familien besaßen oft Güter sowohl in England als auch in der Normandie. Aber während Rufus ein fähiger Herrscher war, konnte man das von Robert nicht behaupten. Viele glaubten, dass Rufus eines Tages auch die Normandie übernehmen würde. Dennoch hatte auch Robert seine Fürsprecher. Eine große normannische Familie, der einige Ländereien an der Küste des New Forest gehörten, unterstützte ihn angeblich. Und was war mit dem jungen Heinrich? Hatte er sich wirklich mit seinem Schicksal abgefunden? Weiterhin kompliziert wurde die Lage dadurch, dass weder Rufus noch Robert geheiratet und einen Erben gezeugt hatten. Doch als Adela arglos ihren Vetter fragte, wann der König von England sich wohl endlich vermählen würde, zuckte Walter nur die Achseln. »Wer weiß?«, antwortete er. »Er bevorzugt junge Männer.«

Adela seufzte leise. Ganz gleich, wie sich die Dinge auch entwickeln mochten, Walter würde sich schon rechtzeitig auf die Gewinnerseite schlagen.

Auf der Heide kam die Jagdgesellschaft rasch voran. Gelegentlich bemerkte Adela Grüppchen gedrungener Ponys, die sich an Gras oder Ginsterbüschen gütlich taten. »Die gibt es überall im New Forest«, erklärte Walter. »Sie scheinen zwar wild zu sein, doch viele von ihnen gehören den Bauern in den Weilern.« Die Ponys waren hübsche Tiere, und Adela entdeckte so viele von ihnen, dass sie ihre Anzahl im gesamten New Forest auf mehrere Tausend schätzte.

Cola und seine Söhne führten den Zug an. Der König hatte nicht nur zu seinem Vergnügen den New Forest den Hirschen vorbehalten. Natürlich war die Pirsch mit Pfeil und Bogen ein angenehmer Zeitvertreib, und man konnte außer Hirschen auch Wildschweine und sogar Wölfe jagen. In Wahrheit aber erfüllte der New Forest einen sehr praktischen Zweck. Der König, sein Hofstaat, seine Soldaten und zuweilen auch seine Seeleute wollten ernährt werden. Sie brauchten Fleisch. Hirsche haben eine hohe Fortpflanzungsrate und wachsen rasch heran. Ihr Fleisch ist wohlschmeckend und mager. Man konnte es pökeln – an der Küste gab es reiche Salzvorkommen – und dann im ganzen Königreich verteilen. Der New Forest diente also hauptsächlich der Aufzucht von Hirschen.

Und er wurde straff geführt. Verantwortlich für die etwa siebentausend Hirsche war eine Reihe von Förstern, manche von ihnen Angelsachsen wie Cola, die ihren Posten behalten hatten, weil sie jeden Flecken dieses Waldes kannten. Wenn einer der königlichen Jäger – so wie Cola heute – im Auftrag des Königs auf Hirschjagd ging, verließ er sich im Gegensatz zu seinem Herrscher nicht auf Pfeil und Bogen. Die Treibjagd war eine vielversprechendere Methode. Dabei verteilte sich die Jagdgesellschaft über ein großes Gebiet und hetzte das Wild vor sich her in eine große Falle. Diese Falle, die gerade im königlichen Gut von Lyndhurst in der Mitte des New Forest aufgebaut wurde, bestand aus einem langen, gebogenen Zaun, mit dem man die Hirsche auf eine Koppel leitete. Dort wurden sie mit Pfeil und Bogen erschossen oder in großer Zahl in Netzen eingefangen. »Das ist wie eine spiralförmige Muschelschale mitten im Wald«, erklärte Walter seiner Base. »Es gibt kein Entrinnen.«

Obwohl diese Jagdmethode gnadenlos und grausam war, stand Adela ein seltsam magisches und geheimnisvolles Bild vor Augen.

Sie stiegen einen Abhang hinunter in einen Wald. Zu ihrer Rechten hörte Adela eine Lerche singen. Sie blickte gerade in den blassblauen Himmel hinauf, um Ausschau nach dem Vogel zu halten, als Walter das Wort an sie richtete. »Das Problem mit dir ist…«, hörte sie ihn noch sagen, bevor sie den Klang seiner Stimme ausblendete.

Wenn man Walter Glauben schenken konnte, gab es an ihr sehr viel auszusetzen. »Du musst dir einen eleganteren Gang angewöhnen«, pflegte er zu sagen. »Du musst mehr lächeln. Du musst ein anderes Kleid anziehen.« »Eigentlich bist du ja recht hübsch«, hatte er ihr gnädigerweise vor einer Woche mitgeteilt. »Obwohl einige vielleicht finden, dass du abnehmen solltest.«

»Haben die Leute das wirklich gesagt?«, erkundigte sie sich freundlich.

»Nein«, erwiderte er, nachdem er eine Weile darüber nachgedacht hatte. »Aber ich befürchte, dass sie es tun könnten.«

Doch so sehr er sie auch tadeln oder in ihrer Gegenwart peinlich berührt das Gesicht verziehen mochte – einen großen Makel hatte sie wirklich, gegen den sie allerdings ganz und gar machtlos war: das Fehlen einer ansehnlichen Mitgift.

Nun konnte sie die Lerche sehen; ein winziger Punkt oben auf dem Berg. Ihr Gesang hallte zu Adela hinunter, aus voller Kehle und so klar wie Glockengeläut. Lächelnd wandte sie sich ab, als sie aus dem Augenwinkel eine Bewegung wahrnahm.

Der Mann, der über die Heide auf sie zugeritten kam, war allein, trug eine Jagdmütze und war dunkelgrün gekleidet. Obwohl Adela noch keine weiteren Einzelheiten ausmachen konnte, erkannte sie an dem prächtigen Pferd, das er ritt, dass es sich nicht um einen gewöhnlichen Gutsbesitzer handelte. In lockerem, kraftvollem Galopp stürmte das Ross auf sie zu. Es war eine wahre Augenweide. In seiner würdevollen Haltung wirkte der Reiter nicht minder beeindruckend. Als der Mann näher kam, stellte sie fest, dass er hoch gewachsen und dunkelhaarig war und markante, strenge Züge hatte, die auf normannisches Erbe hinwiesen. Sie schätzte ihn auf etwa dreißig. Offenbar war er von hohem Stand. Im Vorbeireiten tippte er sich höflich an die Kappe, doch da er sich nicht umwandte, war sie nicht sicher, ob er sie wirklich gesehen hatte. Sie beobachtete, wie er auf die Spitze des Zuges zuritt und Cola begrüßte, der den Gruß mit gebührender Achtung erwiderte. Adela, die sich fragte, wer dieser Nachzügler wohl sein mochte, drehte sich unwirsch zu Walter um, der sie nachdenklich betrachtete.

»Das ist Hugh de Martell«, sagte er. »Ihm gehört ein großes Gut westlich von hier.« Und dann, als sie gerade anmerken wollte, wie kühl und unfreundlich er auf sie gewirkt habe, lachte Walter gereizt auf. »Den kannst du nicht haben, kleine Base.« Er grinste. »Der ist nicht mehr frei. Martell ist verheiratet.«

Die Morgensonne stand schon hoch am Himmel, und obwohl alles ruhig war, fand Godwin Prides Frau, dass ihr Mann das Schicksal herausforderte. Denn für gewöhnlich war er bereits kurz nach Morgengrauen mit seiner Arbeit fertig. »Du kennst das Gesetz«, ermahnte sie ihn.

Aber Pride arbeitete wortlos weiter. »Diesen Weg werden sie schon nicht nehmen«, meinte er schließlich. »Nicht heute.«

Der süße Duft nach Gras lag in der Luft. Nach ein paar Minuten kam Prides Sohn, der noch ein kleiner Junge war, um seinem Vater bei der Arbeit zuzusehen.

»Ich höre etwas«, sagte die Frau.

Pride hielt lauschend inne und sah sie ernst an. »Nein, das ist nicht wahr«, erwiderte er.

Der Weiler Oakley bestand aus einer Ansammlung strohgedeckter Katen und Häuser neben einer kurz geschorenen Moorwiese, auf der drei Kühe und ein paar Ponys weideten. Jenseits der Wiese lag ein flacher Tümpel, dessen Oberfläche zurzeit von einem Gewirr winziger, weißer Blüten bedeckt wurde. Zwei kleine Eichen, eine Esche, ein paar Brombeerbüsche und Stechginster ragten über das Wasser. Gleich hinter dem Weiler begann ein steil abfallender Hohlweg, der an einen kleinen Fluss führte. Am östlichen Ende des Weilers stand, ein wenig abseits, das Haus von Godwin Pride.

Er war nun wieder über seine Arbeit gebeugt, doch als er sich aufgerichtet hatte, um seiner Frau zu antworten, war sein stattlicher Körperbau unverkennbar gewesen. Pride war hoch gewachsen und hatte dichte, kastanienbraune Locken, die ihm bis auf die Schultern fielen. Er trug einen Vollbart und hatte eine Adlernase und funkelnde braune Augen. All dies waren Hinweise darauf, dass er, wie so viele Bewohner des Waldes, wenigstens zum Teil ein Kelte war, auch wenn sein Name kaum angelsächsischer hätte sein können.

In der Zeit, da König Rufus herrschte, war es ungewöhnlich, dass ein Mann, insbesondere ein Bauer, einen Familiennamen trug. Doch im New Forest gab es einige Vettern, die sich Pride nannten – *Pryde,* was auf Altenglisch weniger Stolz bedeutete, als vielmehr Wissen um den Wert der eigenen Person und einen unabhängigen Geist. Wie Cola, der angelsächsische Adelige, durchreisenden Normannen zu raten pflegte: »Es ist leichter, diese Leute um etwas zu bitten, als ihnen etwas zu befehlen. Sie lassen sich einfach nichts sagen.«

Vielleicht lag es daran, dass der mächtige Eroberer den Bewohnern bei der Einrichtung des New Forest einige Zugeständnisse gemacht hatte. Da es sich bei vielen Gütern im Wald bereits um königliche Besitzungen handelte, bestand nicht die Notwendigkeit, jemanden zu vertreiben. Einige davon übernahm Wilhelm, doch viele Adelige verloren nur ihre Wälder und Heiden an den New Forest des Königs. Manche angelsächsische Adelige, so wie Cola, behielten sogar ihre Posten, solange sie sich nützlich machten. Und Cola hatte sich, auch wenn es ihn Überwindung gekostet hatte, für den Weg des geringsten Widerstandes entschieden. Andere Grundherren hingegen mussten, wie die sächsischen Adeligen überall in England, ihre Ländereien abtreten. Ähnlich erging es einigen Bauern, die entweder in andere Weiler zogen oder wie Puckle im Wald lebten. Doch jeder, der in der Gegend blieb, erhielt eine Entschädigung.

Allerdings waren die normannischen Forst- und Jagdgesetze sehr streng. Es gab zwei Kategorien von Straftaten, die *vert* und *venison* hießen. *Vert* untersagte den Waldfrevel und das Fällen von Bäumen, es verbot das Errichten von Einfriedungen und auch sonst alles, was die Lebensbedingungen der königlichen Hirsche beeinträchtigen konnte. *Venison* stellte die Wilderei, besonders das Erlegen von Hirschen, unter Strafe. Unter Wilhelm dem Eroberer wurden Wilderer geblendet. Rufus ging sogar noch einen Schritt weiter: Ein Bauer, der einen Hirschbock schoss, wurde hingerichtet. Verständlicherweise waren diese Gesetze bei der Bevölkerung verhasst.

Jedoch verfügten die Waldbewohner auch weiterhin über ihre alten Gewohnheitsrechte, die der Eroberer zum Großteil nicht angetastet und in manchen Bereichen sogar erweitert hatte. In Prides Weiler war zum Beispiel ein Stück Land neben seinem Haus als Teil des New Forest ausgewiesen worden und fiel deshalb unter das Jagd- und Forstgesetz, was Pride natürlich als Einschränkung empfand. Aber er hatte – abgesehen von gewissen Sperrzeiten im Jahr – die Erlaubnis, so viele Ponys und Rinder, wie ihm beliebte, im New Forest des Königs grasen zu lassen. Im Herbst konnten sich seine Schweine an einer reichen Ernte frischer Eicheln gütlich tun. Außerdem hatte er das Recht, Torf für sein Feuer zu stechen, das stets reichlich vorhandene Bruchholz zu sammeln und Farne als Lagerstatt für sein Vieh abzumähen.

Dem Recht nach war Godwin Pride ein freier Pächter. Sein Feudalherr war der Adelige, der nun über das Dorf Oakley herrschte. Doch das bedeutete keineswegs, dass er drei Tage in der Woche das Land seines Lords umpflügen oder vor diesem die Kappe ziehen musste. Schließlich gab es hier im New Forest keine großen Güter und Äcker. Zugegeben, es war seine Pflicht, das kleine Feld seines Herrn zu mergeln, er bezahlte sogar eine bescheidene Pacht und ein paar Pence für die Schweine, die er hielt; außerdem musste er beim Holztransport helfen. Aber diese Pflichten betrachtete er eher als Mietzins für seine kleine Landwirtschaft. Eigentlich unterschied sich sein Leben nicht von dem seiner Vorfahren. Er kümmerte sich um seinen kleinen Bauernhof und verdiente sich hin und wieder bei der Jagd des Königs oder mit Waldarbeiten ein Zubrot. Praktisch war er ein freier Mann.

Die Kleinbauern im Wald führten also kein schlechtes Leben. Waren sie dankbar dafür? Natürlich nicht. Godwin Pride hatte sich, als man ihm die fremden Herrscher vor die Nase setzte, so verhalten, wie es Menschen unter solchen Umständen immer schon getan haben. Zuerst hatte er getobt, dann gemurrt und sich schließlich widerwillig in sein Schicksal gefügt, obwohl er die Eindringlinge auch weiterhin verabscheute. Und zu guter Letzt hatte er in aller Stille begonnen, die Gesetze zu umgehen. Und genau das tat er, ängstlich beobachtet von seiner Frau, auch an diesem Morgen.

Er war noch ein Kind gewesen, als das Land, das zum Haus seiner Familie gehörte, vom normannischen König geschluckt worden war. Doch gleich neben der kleinen Scheune hatte man ihnen einen schmalen, etwa hundert Quadratmeter großen Streifen übrig gelassen. Das Landstück wurde als Pferch genützt, wo das Vieh der Familie in den Monaten blieb, in denen es nicht im New Forest umherstreifen durfte. Darum herum verlief ein Zaun. Doch eigentlich war die Einhegung viel zu klein.

Deshalb machte sich Godwin Pride jedes Jahr im Frühling, wenn das Vieh in den Wald zurückgekehrt war, daran, den Pferch zu vergrößern.

Lediglich ein kleines Stück. Immer nur ein paar Meter auf einmal. Zuerst verschob er in der Nacht den Zaun. Sobald es hell wurde, bearbeitete er sorgfältig das Grundstück, füllte die von den Zaunpfählen hinterlassenen Löcher auf und tarnte die Stellen mit heimlich gestochenen Grassoden. Wenn nötig bedeckte er auch das hinzugewonnene Stück mit Gras. Am Vormittag war dann von seinem Werk kaum noch eine Spur zu entdecken. Zur Sicherheit trieb er anschließend seine Schweine in den Pferch. Nachdem sie sich ein paar Wochen darin gewälzt hatten, war der Boden so schlammig, dass man keinen Unterschied mehr erkennen konnte. Im nächsten Jahr wiederholte Pride diese Prozedur, und so vergrößerte sich das eingezäunte Gelände stetig, aber unmerklich.

Natürlich war das streng verboten. Das Fällen von Bäumen

oder der Diebstahl von königlichem Land fiel unter das Gesetz des *vert*. Es war ein kleineres Vergehen, *purpresture* genannt, stand jedoch auch unter Strafe. Für Pride war diese Heimlichkeit eine Art Befreiungsschlag.

Für gewöhnlich wäre er schon längst fertig gewesen, und die Schweine hätten gewiss schon das erste Schlammbad genommen. Heute jedoch hatte Pride wegen der großen Treibjagd keinen Grund zur Eile. Die Diener des Königs würden jetzt alle in Lyndhurst die Hirsche zusammentreiben.

Im mittleren Abschnitt des New Forest gab es einige Siedlungen im Wald. Die erste war Lyndhurst, wo die Hirschfalle stand. *Hurst* bedeutete im Angelsächsischen »Wald«, vermutlich hatten hier früher Linden gestanden. Von Lyndhurst aus führte ein Pfad durch alte Wälder nach Süden. Nach sechs Kilometern erreichte man eine Lichtung namens Brockenhurst, wo der König gern in einer Jagdhütte übernachtete. Der Pfad verlief weiter nach Süden, einen kleinen Bach entlang, und hinunter in ein enges, steiles Tal, vorbei an dem Dorf Boldre, das über eine kleine Kirche verfügte, bis zur Küste. Der Weiler, in dem Pride lebte, befand sich fast zwei Kilometer östlich dieses Flusses und etwa sechs Kilometer südlich von Brockenhurst, wo der Wald an eine große Heide angrenzte. Selbst in Luftlinie waren es bis nach Lyndhurst ungefähr zehn Kilometer.

Pride wusste, dass die Jäger die Hirsche vom Norden her in die Falle treiben würden. Alle Förster und Unterförster des Königs hielten sich jetzt dort auf. In der Nähe seines Hauses würde sich deshalb heute Morgen niemand blicken lassen.

Also ging Pride in aller Seelenruhe zu Werk und ließ sich Zeit. Die Besorgnis und Verärgerung seiner Frau entlockte ihm nur ein Schmunzeln.

Umso größer war seine Überraschung, als seine Frau plötzlich einen Schreckensschrei ausstieß. Er blickte auf und sah, dass sich zwei Reiter näherten.

Für die weißliche Hirschkuh war es ein gemächlicher Morgen gewesen. Noch einige Stunden nach Sonnenaufgang graste sie mit ihrem Rudel auf einer ungeschützten Lichtung.

Es waren alles Ricken mit ihren Kitzen, denn die männlichen Tiere hatten sich um diese Jahreszeit bereits vom Rudel abgesondert. Bei einigen Weibchen wiesen die leicht angeschwollenen

Flanken darauf hin, dass sie bereits trächtig waren und in etwa zwei Monaten werfen würden. Die Kitze, die ihren Müttern nicht von der Seite wichen, waren inzwischen entwöhnt. Bei den männlichen Jungtieren waren schon die Höcker zu sehen, aus denen sich später im Jahr das erste Geweih entwickeln würde, die kleinen Spitzen, die den Spießer auszeichnen. Bald würden die jungen Männchen ihre Mütter verlassen und sich ihr eigenes Revier suchen.

Einige Stunden vergingen. Die Vögel stimmten ein melodisches Gezwitscher an, in das sich, als es immer wärmer wurde, das leise Surren, Brummen und Summen der zahlreichen Insekten des Waldes mischte. Der Vormittag war bereits zur Hälfte verstrichen, da schritt die älteste Hirschkuh, die Anführerin des Rudels, auf die Bäume zu und teilte ihren Artgenossinnen damit mit, dass es Zeit war, sich zur Mittagsruhe zurückzuziehen.

Hirsche haben feste Gewohnheiten. Im Frühjahr sondern sie sich zuweilen auf der Suche nach den besten Leckerbissen vom Rudel ab und ziehen zu den Getreidefeldern am Waldesrand. Hin und wieder springen sie auch nachts wie lautlose Schatten über die Zäune, um die Gärten von Bauern wie Pride zu plündern. Doch die alte Hirschkuh war eine vorsichtige Anführerin. In diesem Frühjahr hatte sie erst zweimal das anderthalb Quadratkilometer große Gebiet verlassen, das dem Rudel als Revier diente. Die jüngeren Weibchen, so wie unsere weißliche Hirschkuh, mochten noch so unruhig sein, sie würde ihnen keine Gelegenheit geben, ihre Abenteuerlust zu befriedigen. Deshalb nahmen sie den gleichen Weg wie immer zu ihrem Ruheplatz, einer hübschen, geschützten Lichtung im Eichenwald, wo sich die Hirschkühe gehorsam in ihrer üblichen Haltung niederließen, mit untergeschlagenen Beinen, aufrechtem Kopf, den Rücken der leichten Brise zugewandt. Nur ein paar rastlose junge Männchen sprangen übermütig umher, stets gefolgt vom wachsamen Auge der Leitkuh.

Die weißliche Hirschkuh hatte es sich gerade gemütlich gemacht, als sie wieder an den Bock denken musste.

Er war ein hübscher junger Bursche, auf den sie schon bei der letzten Brunftzeit im Herbst aufmerksam geworden war. Damals war sie noch zu jung gewesen, um sich an dem Treiben zu beteiligen, doch sie hatte bereits miterlebt, wie die geschlechtsreifen Weibchen sich vergnügten. Auch er hatte mit einigen anderen jungen Männchen ein wenig abseits zugesehen. Nach der Größe seines Geweihs zu urteilen war er in diesem Jahr sicher bereit, sich selbst ins Getümmel zu stürzen.

Sicher war er noch jung. Die Hirschkuh wusste nicht, woher er stammte, denn die Böcke machten sich für gewöhnlich von ihren Revieren in anderen Teilen des Waldes aus auf den Weg zum Brunftplatz. Würde er sich im kommenden Herbst wieder am selben Platz einfinden? Würde er groß und stark genug sein, um seine Rivalen aus dem Feld zu schlagen? Sie wusste gar nicht, warum er ihr so besonders aufgefallen war. Sie hatte die riesigen Böcke mit ihren mächtigen Geweihen, den kraftvollen Schultern und den angeschwollenen Hälsen gesehen. Die Hirschkühe scharten sich eifrig um ihre Brunftkuhlen, wo ihr scharfer Geruch in der Luft lag, so stark, dass es die weißliche Hirschkuh fast schwindelig machte. Doch beim Anblick des jungen Bocks, der geduldig gewartet hatte, hatte sie etwas anderes empfunden. In diesem Jahr würde sein Geweih größer, sein Körper kräftiger sein, aber sein Geruch hatte sich gewiss nicht verändert. Sein unwiderstehlicher, für sie so köstlicher Duft. Und wenn die Brunftzeit begann, würde sie sich auf die Suche nach ihm machen. Sie betrachtete die in der Morgensonne schimmernden Baumwipfel und dachte an ihn.

Und plötzlich war der Schrecken da.

Das Geschrei der Jäger, schneller als der Wind, der vielleicht ihren Geruch zu den Hirschen hinübergetragen hätte, kam vom Westen. Die Männer gaben sich keine Mühe, Geräusche zu vermeiden. Unter lautem Gejohle stapften sie durch den Wald, geradewegs auf die Lichtung zu.

Als die Leitkuh aufstand, folgten die anderen ihrem Beispiel. Die jungen Böcke tollten immer noch auf der anderen Seite der Lichtung umher. Erst hörten sie nicht auf die Rufe ihrer Mütter, dann aber wurde auch ihnen klar, dass etwas im Argen lag, und sie sprangen wild auf und ab.

Ein springender Damhirsch ist ein beeindruckender Anblick. Das Tier hebt mit allen vier Hufen gleichzeitig und mit durchgestreckten Läufen vom Boden ab. Es sieht aus, als würde es wie durch Zauberhand emporgeschleudert, verharre reglos einen Moment in der Luft und schösse dann blitzschnell davon. Für gewöhnlich vollführt ein Damhirsch mehrere dieser schwerelosen Sprünge, bevor er – unterbrochen von weiteren hohen Sätzen –

die Flucht ergreift. Rasch suchte das Rudel anmutiger und geschmeidiger Tiere Deckung. Schon nach wenigen Sekunden lag die Lichtung verlassen da. Die Hirsche stellten sich in einer Reihe hinter der Leitkuh auf, die sie nach Norden, tiefer in den Wald hinein, führte.

Sie hatten etwa einen halben Kilometer zurückgelegt, als die Leitkuh plötzlich stehen blieb. Die anderen folgten ihrem Beispiel. Die Leitkuh lauschte mit ängstlich zuckenden Ohren. Das Geräusch war unverkennbar: Reiter näherten sich. Die Leitkuh machte kehrt und wandte sich nach Süden, um der Gefahr, die von beiden Seiten drohte, zu entrinnen.

Die weißliche Hirschkuh fürchtete sich. Offenbar wollten die Menschen das Rudel einkreisen und heimtückisch in einen Hinterhalt locken. Die Leitkuh hatte anscheinend dieselbe instinktive Angst erfasst. Inzwischen galoppierten die Hirsche in rasender Geschwindigkeit dahin und sprangen über umgestürzte Bäume und andere Hindernisse hinweg, die ihnen den Weg versperrten. Das Licht, das durch das Blätterdach fiel, schien zu flackern und bedrohlich aufzublitzen. Nach einem knappen Kilometer erreichten sie eine größere Lichtung und wollten sich gerade im hohen Gras verstecken, als sie vor Entsetzen erstarrten.

Nur ein paar Meter entfernt wurden sie von etwa zwanzig Reitern erwartet. Die weißliche Hirschkuh hatte diese kaum entdeckt, da wirbelte die Leitkuh schon herum und stürmte wieder auf die Bäume zu.

Bereits nach zwei Sätzen wurde ihr klar, dass dort weitere Jäger lauerten. Wieder machte sie kehrt, rannte auf die Lichtung zu und schlug auf der Suche nach einem Fluchtweg aufgeschreckt Haken. Das Rudel, das ahnte, dass die Anführerin keine Lösung wusste, folgte ihr in heller Angst. Inzwischen hatten sich die Jäger unter lautstarkem Geschrei an die Verfolgung gemacht. Die Hirschkuh floh nach rechts in eine Baumgruppe.

Die weißliche Hirschkuh hatte ungefähr hundert Meter zurückgelegt, als sie weitere Jäger entdeckte – diesmal rechts vom Rudel, ein Stückchen voraus. Sie stieß einen Warnruf aus, den die anderen in ihrer Todesangst jedoch nicht hörten. Die weißliche Hirschkuh blieb stehen, und in diesem Augenblick sah sie etwas Merkwürdiges.

Vor ihnen stürmte ein kleines Rudel Böcke, etwa ein halbes Dutzend stark, aus dem Dickicht. Offenbar wurde es auch verfolgt. Aber als die Böcke die verängstigten Hirschkühe und die Jäger, die sie hetzten, bemerkten, schlossen sie sich ihren Artgenossinnen nicht etwa an, sondern sprangen nach kurzem Zögern in gewaltigen Sätzen auf die Reiter zu. Mühelos durchbrachen sie ihre Reihen und waren jenseits der Bäume verschwunden, bevor die verblüfften Jäger Gelegenheit hatten, die Bogen zu spannen. Das alles passierte so schnell, dass es wie ein Wunder wirkte.

Am meisten erstaunt war die Hirschkuh darüber, dass auch ihr Bock dabei gewesen war. Es war unmöglich, ihn zu verwechseln. Als er wie ein Schatten blitzartig im Grün des Waldes untertauchte, erkannte sie auf Anhieb sein Geweih und seine Zeichnung. Vor dem kühnen Ausbruch wandte er ihr kurz sein Gesicht zu, und sie sah, dass er sie aus großen, braunen Augen anstarrte.

Die Leitkuh hatte die Böcke und ihre kühne Flucht vor den Jägern zwar bemerkt, nicht aber versucht, ihrem Beispiel zu folgen. Stattdessen stürmte sie an der Spitze ihres Rudels kopflos voran. Und so wurde die weißliche Hirschkuh nach Osten gedrängt – auf den einzigen Weg, der ihnen noch offen stand, in die Richtung, in die die Jäger sie trieben.

Aufgeregt beobachtete Adela, wie sich die Menschen in Lyndhurst versammelten. Aus allen Richtungen waren Jagdgesellschaften eingetroffen, um sich Colas Führung zu unterstellen. Das königliche Gut bestand aus einer kleinen Ansammlung von Holzhäusern. Auf einem flachen Hügel im Eichenwald befand sich eine eingefriedete Koppel. Ein Stück weiter entfernt, im Südosten, wurde der Wald von einigen Lichtungen unterbrochen. Jenseits davon erstreckte sich eine große Wiese und eine Moorlandschaft. Cola führte alle Anwesenden zu der großen Wiese, um die Falle in Augenschein zu nehmen.

Noch nie hatte Adela so etwas gesehen. Die Falle war gewaltig. An ihrem Eingang erhob sich ein niedriger, mit Gras bewachsener Hügel, zweihundert Meter südöstlich davon trennte eine gerade, einen knappen Kilometer lange, schmale natürliche Anhöhe die grüne Wiese von einer braunen Heide. Dort wo die Anhöhe im Südosten flacher wurde, hatte der Mensch sie künstlich erhöht. Auf der der Wiese zugewandten Seite verlief ein tiefer Graben, dahinter kam ein Erdwall mit einem soliden Zaun, der nach einem Stück geraden Verlaufs eine fast unmerkliche Innenkurve beschrieb, die Wiese überquerte und durch den Wald und die Lichtungen nach Westen führte, bis er schließlich die Gebäude erreichte. Das war die Palisade von Lyndhurst.

»Das ist ja wie eine Festung im Wald!«, rief Adela aus. Für die Hirsche war es unmöglich, diese Einfriedung zu überspringen, sodass die Jäger sie unweigerlich in ihre Netze treiben würden.

»Heute werden wir etwa hundert Hirsche fangen.« Edgar, Colas jüngerer Sohn, hatte sich zu Adela gesellt. Er erklärte ihr, dass die Jagd in der Palisade stets sorgfältig vorbereitet wurde. Nachdem die gewaltigen Rudel in die Falle getrieben worden waren, wurden die trächtigen Kühe ausgesondert und nur die übrigen und auch die Böcke getötet. Wenn Cola hundert Stück beisammen hatte, würde man den Rest wieder freilassen.

Adela genoss die Gesellschaft des hübschen jungen Angelsachsen. Wie immer hatte Walter sie einfach stehen gelassen. Sie sah, wie er, ins Gespräch vertieft, neben Hugh de Martell herschlenderte und sein Pferd am Zügel führte, und sie fragte sich, ob er sie wohl mit dem Normannen bekannt machen würde. Vermutlich nicht, dachte sie. »Kennt Ihr den Mann, mit dem mein Vetter gerade spricht?«, erkundigte sie sich bei Edgar.

»Ja, allerdings nicht sehr gut.« Kurz zögerte er. »Mein Vater hält große Stücke auf ihn.«

»Und Ihr?« Ihr Blick war noch immer auf Martell gerichtet.

»Oh.« Er klang verlegen. »Er ist ein mächtiger normannischer Grundherr.«

Adela blickte ihn an. Was hatte das zu bedeuten? Dass Edgar als Sachse keine hohe Meinung von den Normannen hatte? Dass er Martell herablassend fand? Dass er womöglich gar ein wenig neidisch auf den Ritter war?

Inzwischen hatte sich auf der Wiese neben dem Hügel eine ziemlich große Menschenmenge versammelt: Reiter, Männer mit Ersatzpferden, solche mit Wagen, um die Beute wegzuschaffen, und verschiedene Schaulustige. Ein Mann fiel Adela besonders auf. Er steuerte gerade auf einen Wagen zu, auf dem sich Zäune aus Flechtwerk türmten. Der Mann war gedrungen, hatte buschige Augenbrauen und ging vornübergebeugt; er erinnerte Adela eher an einen zu klein geratenen, aber kräftigen Baum als an ein menschliches Wesen. Dann bemerkte sie, dass Edgar ihn im Vorbeigehen grüßte und dass der Bauer diesen Gruß mit einem leichten Nicken erwiderte. Sie fragte sich, wer er wohl sein mochte.

Allerdings hatte sie keine Zeit, weiter darüber nachzudenken, denn Cola stieß ins Jagdhorn. Die große Treibjagd begann.

Eigentlich handelte es sich dabei eher um eine ganze Reihe von Treibjagden. Das Gebiet rings um Lyndhurst war in verschiedene Bereiche aufgeteilt worden. Die Jäger bildeten Trüppchen, die sich sorgfältig in dem Gelände verteilten, für das sie zuständig waren, um so viele Hirsche wie möglich zur Mitte zu treiben. Dazu bedurfte es einiger Erfahrung, damit es den Hirschen nicht gelang, sich zu verstecken oder am äußeren Rand zu entkommen. Wenn alle Hirsche in einem Bereich zusammengetrieben waren, schickte man die Jäger weiter zum nächsten, und so ging es einige Male, bis Cola befand, dass sie genug Tiere eingefangen hatten.

Im Wald konnten einige Hirsche sich noch unbemerkt aus dem Staub machen, doch je näher sie der großen Falle kamen, desto aussichtsloser wurde jeder Fluchtversuch. Als Adela sich umsah, bemerkte sie weitere, kleinere Erdwälle und Zäune, die strahlenförmig vom Eingang abzweigten, sodass die heranstürmenden Hirsche wie durch einen schmalen Trichter in die Falle geleitet wurden. Der raffinierte Plan nötigte Adela Bewunderung ab.

Nachdem Cola ins Horn gestoßen hatte, stieg er auf den Hügel. Von diesem Beobachtungsposten aus konnte er wie ein Feldherr das ganze Getümmel im Auge behalten. Alle Reiter hatten ihre Anweisungen erhalten. Zu Adelas Enttäuschung verabschiedete sich jetzt Edgar von ihr, sodass sie mit Walter und vier weiteren Männern losreiten musste.

Sie waren keinem besonders ereignisreichen Posten zugeteilt worden, denn das erste Rudel sollte aus dem südöstlichen Bereich herangetrieben werden. Hier erstreckte sich die Heide jenseits der Palisade wie ein breites Band etwa drei Kilometer nach Südosten. Auf der anderen Seite ragten dunkle Waldstücke wie Finger in die Ebene hinein. Während die Reiter die Hirsche aus den Wäldern trieben, hatten Adela und ihre Begleiter die Aufgabe, sich in einer Reihe vor dem Zaun zu verteilen, damit keines der Tiere im letzten Augenblick einen Ausbruchsversuch unternahm. Adela vermutete, dass sie hier wahrscheinlich nur untätig herumstehen würden. Als die Reiter in den Wäldern verschwanden, machte sie sich auf eine lange Wartezeit gefasst.

Aus reiner Langeweile fragte sie Walter, worüber er denn mit Martell gesprochen habe. Ihr Vetter verzog das Gesicht. »Über nichts Besonderes.« Nach einer längeren Pause fügte er hinzu: »Wenn du es unbedingt wissen musst: Er hat sich erkundigt, warum ich eine Frau auf die Jagd mitbringe.«

»Missbilligt er es?«

»Mehr oder weniger.«

Adela überlegte, ob Walter das nur erfunden hatte, um sie zu ärgern. Nachdem sie ihn prüfend gemustert hatte, gelangte sie jedoch zu dem Schluss, dass er offenbar die Wahrheit sagte. Sie war wütend auf den hochmütigen Normannen. Also war sie ihm doch aufgefallen. Zum Teufel mit ihm!

Die Zeit verging, ohne dass sie und Walter noch ein Wort miteinander wechselten. Hin und wieder hörte Adela aus dem Wald gedämpftes Johlen und Rufen. Schließlich herrschte Schweigen. Dann, endlich, sah sie, dass sich zu ihrer Rechten etwas auf der Heide bewegte.

Ein Rudel Hirsche stürmte aus seiner Deckung. Es waren acht an der Zahl. Sie näherten sich der Heide und liefen aufgescheucht hin und her. Kurz darauf erschienen drei Reiter, dann noch zwei, im vollen Galopp, die sich rechts hielten, um die Tiere einzukreisen. Wenig später preschten zwei weitere Reiter auf die andere Seite hinüber. Die Hirsche, die spürten, dass sie in die Zange genommen werden sollten, liefen über die Heide auf Adela und ihre Begleiter zu.

Obwohl sie Haken schlugen, war ihre Geschwindigkeit atemberaubend, und sie hatten die Strecke binnen weniger Minuten hinter sich gebracht. Die Reiter hetzten ihnen nach, galoppierten über die Heide und wichen dem Erdhügel so geschickt aus, dass Adela sich zurückhalten musste, nicht Beifall zu klatschen. Dann tauchte eine weitere Gruppe auf; die Herde, die sie vor sich hertrieb, bestand aus zwei Dutzend Tieren. Darauf folgte eine und noch eine. Erst jetzt mussten Adela und die fünf Männer laut schreien und mit den Armen rudern, um einige Hirsche am Ausbruch zu hindern. Die Jagd hätte nicht besser geplant sein können. Als alle zusammengerufen wurden, befanden sich mehr als siebzig Hirsche im Pferch.

Kurz danach verkündete Cola, man würde nun die Wälder oberhalb von Lyndhurst durchkämmen. Zu Adelas Freude gesellte sich gleich darauf Edgar zu ihr und meinte mit einem Grinsen: »Diesmal reitet Ihr mit mir.«

Sie wusste nicht, wie lange sie ihre Pferde durch den Wald

geführt hatten, als sie die Lichtung erreichten, wo sie auf Edgars Anweisung warten mussten. Sie hörte die anderen Gruppen von Jägern zwischen den Bäumen umherlaufen und bemerkte, dass Edgar im Sattel zusammenzuckte. Und dann, plötzlich, war, kaum dreißig Meter vor ihnen, ein Krachen zu vernehmen. Ein kleines Rudel Hirschkühe galoppierte aus dem Wald hervor auf die Heide. Im ersten Moment war Adela fast so erschrocken wie die Tiere. Als die Hirsche davonstürmten, bemerkte sie, dass eine der jungen Kühe heller gefärbt war als die anderen. Dann setzten die Jäger johlend und schreiend dem Rudel nach und trieben es durch den Wald vor sich her.

Da Adela ein wenig hinter der Gruppe zurückgeblieben war, konnte sie gut beobachten, was nun geschah. Rechts von ihnen war wie aus heiterem Himmel ein Rudel Böcke aufgetaucht. An der Spitze der Verfolger erkannte sie Hugh de Martell. Die Böcke waren noch jung und zögerten.

Doch niemand hätte vorausahnen können, was die Hirsche als Nächstes taten. Erstaunen malte sich in den Gesichtern der Jäger, als die Böcke herumwirbelten und einfach durch ihre Reihen brachen. Selbst Martell blickte ihnen entgeistert und mit offenem Mund nach. Der stolze Normanne hatte sich von ein paar jungen Hirschen demütigen lassen. Adela zügelte ihr Pferd und fing lauthals an zu lachen.

»Komm schon«, erinnerte Walter sie gereizt an ihre Pflichten. Adela holte die anderen rasch ein. Die beiden Gruppen hatten sich inzwischen vereint, Edgar, Walter und Hugh de Martell ritten nun gemeinsam. Obwohl die Hirsche immer wieder Haken schlugen, gab es keine Hoffnung auf Entrinnen. Mittlerweile hatten die anderen Jäger ihnen weitere Tiere zugetrieben. Während sie auf Lyndhurst zugaloppierten, trafen sie noch zweimal mit anderen Gruppen zusammen. Nach einer Weile konnte Adela ihre kleine Herde nur noch an der weißlichen Hirschkuh erkennen, die zwischen den anderen wild umherspringenden Tieren dahinstürmte. Die kleine Hirschkuh ist wirklich hübsch, dachte Adela. Vielleicht war es ja nur Einbildung, aber ihr erschien es, als ob sie sich von den anderen unterschied, und sie bedauerte es sehr, dass so ein schönes Tier getötet werden sollte.

Sie stellte fest, dass Edgar einige Male in ihre Richtung blickte. Und sie war ziemlich sicher, dass auch Hugh de Martell sie einmal ansah, wobei sie sich allerdings fragte, ob sie Tadel in seinen

Augen gelesen hatte. Aber obwohl sie ihn weiter beobachtete, schien er sie nicht mehr wahrzunehmen. Sie ritten immer schneller und schneller und preschten in rasendem Tempo dahin. »Ihr haltet Euch wacker!«, rief Edgar ihr aufmunternd zu.

Die nächsten Minuten waren die aufregendsten in ihrem Leben. Die Landschaft sauste an ihr vorbei. Die Jäger riefen laut durcheinander. Adela war nicht sicher, ob sie selbst auch einen Schrei ausgestoßen hatte, und sie wusste nicht, wie viel Zeit vergangen war oder wo sie sich befand, als sie den leichtfüßigen Hirschen nachsetzte. Ein- oder zweimal bemerkte sie Edgars und Hugh de Martells aufmerksam angespannte Mienen. Gewiss waren sie zufrieden mit sich, auch wenn die Böcke ihnen entkommen waren, denn sie hatten an diesem Tag eindeutig das größte Rudel von allen zusammengetrieben. Wie wild und bedrohlich die beiden Männer mit einem Mal wirkten.

Und sie, Adela de la Roche, teilte ihren Ruhm. Hirsche zu töten mochte zwar grausam sein, war aber unvermeidbar. Es gehörte eben zur Natur. Menschen mussten essen. Und Gott hatte ihnen zu diesem Zweck die Tiere geschenkt. Eine andere Möglichkeit gab es nicht.

Zu ihrer Rechten erkannte Adela jenseits der Bäume die königliche Jagdhütte. Sie konnte es kaum fassen, dass sie Lyndhurst bereits erreicht hatten. Den Reitern vor ihr war es nicht gelungen, die Herde daran zu hindern, sich aufzuteilen, und eine Gruppe Hirschkühe, auch die weißliche, hatte es geschafft, in ein Waldstück zu fliehen. Martell und einige andere galoppierten ihnen nach, um ihnen den Weg abzuschneiden.

Adela blickte nach links und entdeckte Walter dicht hinter sich.

Offenbar hatte sie ihn überholt, ohne es zu bemerken, und er gab sich die größte Mühe, seinen Rückstand wieder wettzumachen, während vor ihnen bereits die Falle zu sehen war. Als er näher kam, konnte sie sein Profil sehen, und trotz ihrer Freude und Aufregung erschauderte sie plötzlich.

Sein Gesicht war gerötet und angespannt, und seine derben Züge wirkten – auf unerklärliche Weise – immer noch dümmlich und selbstzufrieden. Doch es war etwas anderes, das ihr in diesem Moment auffiel: seine Grausamkeit. Anders als Edgar, in dessen Miene sich Entschlossenheit gemalt hatte, sah Walter aus, als hätte er Lust am Töten. Ein widerwärtiger Anblick. Kurz hatte sie den merkwürdigen Eindruck, als hinge sein Gesicht mit dem diensteifrigen Ausdruck und dem kleinen Schnurrbart in der Luft und schwebe schadenfroh über die Hirsche hinweg.

Und es war grausam, ganz gleich, wie notwendig es auch sein mochte. Man durfte die Augen nicht vor der Wahrheit verschließen und vor dem, was nun kommen würde: Colas gekonnt geplante Treibjagd, die riesige Falle vor ihnen, die trostlosen, nur zu diesem Zweck errichteten Holzzäune im Wald, die Netze, das Aussondern; sie würden nicht nur einen Hirsch oder vielleicht zehn töten, sondern einen nach dem anderen, bis sie hundert beisammen hatten. Es war schrecklich, dass so viele von ihnen sterben mussten.

Doch es war zu spät, sich darüber den Kopf zu zerbrechen. Der Wald lichtete sich, und Adela sah den großen Hügel vor sich, wo Cola die Jagdgesellschaft erwartete. Kurz vor ihm hatte sich eine Reihe von Männern aufgebaut, die schrien und mit den Armen ruderten, damit die Hirsche in die richtige Richtung zum Eingang der Falle liefen. Die ersten Tiere hatten ihn bereits erreicht, nur wenige Meter dahinter folgten die Reiter in vollem Galopp. Zu Adelas Linken trieb Martell die Hirschkühe heran, die einen Ausbruchsversuch unternommen hatten. Wie eine Woge brandeten sie an ihr vorbei, und die weißliche Hirschkuh war die Letzte im Rudel. Die Tiere stürmten an Colas Hügel vorüber. Adela bemerkte, dass dahinter, zwischen der Wiese und dem Beginn der Anhöhe, nur wenige Leute standen. Doch die Hirsche, welche, die Reiter zu ihrer Linken, an ihnen vorbeiströmten, nutzten diese Gelegenheit nicht. Die weißliche Hirschkuh war ein wenig zurückgeblieben. Nachdem sie mit den anderen in die Falle eingebogen war, schien sie kurz zu zögern, bevor sie sich in den Tod treiben ließ.

Und dann tat Adela etwas Seltsames.

Sie wusste nicht, warum, und sie handelte ganz unwillkürlich, als sie ihrem Pferd die Sporen gab, an Walter vorbeigaloppierte, ihn rasch überholte und geradewegs auf die weißliche Hirschkuh zuhielt. Ohne auf Walters Flüche zu achten, ritt sie weiter und stand wenige Sekunden später zwischen der Hirschkuh und der restlichen Herde. Hinter ihr riefen die Männer. Sie wandte sich nicht um. Die Hirschkuh erschrak und wollte fliehen. Doch Adela spornte ihr Pferd an und drängte die Hirschkuh weg von der großen Falle. Die Palisade war nur hundert Meter entfernt.

Sie musste dafür sorgen, dass die Hirschkuh sich links davon hielt.

Endlich vollführte die Hirschkuh einen raschen, ängstlichen Sprung und verhielt sich damit so, wie Adela es gehofft hatte. Kurz darauf rasten die beiden zum Erstaunen der Zuschauer gemeinsam über die Wiese davon und auf die Heide hinaus.

»Lauf los«, murmelte Adela. »Beeil dich.« Die weißliche Hirschkuh ergriff die Flucht. »Lauf!«, rief Adela, die befürchtete, dass die Jäger ihnen bereits mit gespannten Bogen nachsetzten. Vor Angst und Scham wagte sie es nicht, sich umzusehen, während sie die kleine Hirschkuh weiter vor sich hertrieb. Endlich sprang das Tier über die Heide davon und hielt auf den nächsten Wald zu. Adela galoppierte noch ein Stück und blickte ihr nach, bis sie sich vergewissert hatte, dass sie im Wald verschwunden war.

Doch was sollte sie jetzt tun? Sie stand allein mitten auf der Heide. Als sie sich umdrehte, wurde ihr klar, dass niemand ihr gefolgt war. Die Anhöhe und die Palisade schienen verlassen. Da sich die Jäger auf der anderen Seite befanden, konnte sie nicht einmal mehr ihr Rufen hören. Nur das leise Heulen des Windes drang ihr ans Ohr. Adela wendete ihr Pferd. Ohne zu wissen, wohin sie wollte, ritt sie die Heide entlang und folgte dann dem Verlauf der Palisade. Etwa einen halben Kilometer unterhalb des Walls führte sie ihr Pferd am Zügel durch den Wald.

Adela erreichte eine große Lichtung. Der weiche Boden war mit Moos und Gras bewachsen, sodass sie nun traben konnte. Sie war immer noch allein.

Oder wenigstens beinahe. Auf dem Stumpf eines umgestürzten Baumes stand, die vornübergebeugte Haltung, die buschigen Augenbrauen waren unverwechselbar, jener gnomenhafte, merkwürdige Bauer, den sie bereits am Vormittag gesehen hatte. Aber wie war er hierher gekommen? Wortlos blickte er ihr nach, als sie die Lichtung durchquerte.

Da sie sich an Edgars Verhalten erinnerte, hob sie die Hand zum Gruß. Diesmal jedoch erwiderte er ihn nicht mit einem Nicken, und sie erinnerte sich, gehört zu haben, dass die Waldbewohner Fremden nicht immer wohlgesonnen waren.

Danach ritt sie fast eine Stunde lang weiter. Sie brachte es einfach nicht über sich, nach Lyndhurst zurückzukehren, wo sie mit Sicherheit nur die zornige Miene Walters und das verächtliche

Grinsen der Jäger erwarten würden. Was würde Hugh de Martell nun von ihr halten? Der Gedanke, diesen Leuten unter die Augen zu treten, war ihr unerträglich.

Im Schutz des Waldes setzte sie ihren Weg fort. Sie wusste nicht genau, wo sie sich befand, schätzte anhand des Sonnenstandes, dass sie nach Süden ritt, und wähnte sich bald in der Nähe des Weilers Brockenhurst.

Als sie grübelnd an einer Weggabelung stand und plötzlich einen Freudenruf hinter sich hörte, schwankte sie zwischen Freude und ängstlicher Erwartung. Sie drehte sich um und erkannte Edgars schlanke Gestalt und sein freundliches Gesicht. Er galoppierte auf sie zu.

»Hat man Euch nicht gewarnt«, meinte er lachend, als er sie erreicht hatte, »dass Ihr nicht allein auf die Hirschjagd gehen sollt?« Adela war nun doch erleichtert, dass er gekommen war.

Sein Französisch war einigermaßen passabel, und Adela hatte, dank ihres angelsächsischen Kindermädchens früher, ein Ohr für fremde Sprachen. Es war ihr noch nie schwer gefallen, sich mit den Engländern zu verständigen, und die beiden konnten sich gut unterhalten. Es dauerte nicht lange, bis er ihre Bedenken zerstreut hatte. »Puckle«, erklärte er, als sie ihn fragte, wie er sie gefunden habe. »Er sagte mir, Ihr wärt nach Süden geritten. Und da Euch in Brockenhurst niemand gesehen hat, vermutete ich, Ihr hättet diesen Weg genommen.«

Also hieß der seltsame Mann Puckle.

»Er macht einen recht geheimnisvollen Eindruck auf mich«, meinte sie.

»Ja«, erwiderte Edgar lächelnd, »das ist er auch.«

Als sie ihm ihre Angst gestand, den anderen Jägern gegenüberzutreten, beruhigte er sie. »Wir suchen die Hirsche aus, die wir töten. Ihr hättet meinen Vater nur darum zu bitten brauchen, die hübsche Hirschkuh zu verschonen. Es wäre sogar Eure Pflicht gewesen, ihn zu fragen.« Sie lächelte verlegen bei der Vorstellung, wie sie in Gegenwart aller Jäger um das Leben eines Hirsches flehte. Doch er hatte ihre Gedanken gelesen und fügte sanft hinzu: »Natürlich müssen die Hirsche getötet werden, aber ich finde es dennoch schrecklich.« Er schwieg eine Weile. »Es liegt daran, wie sie zu Boden fallen, so voller Anmut. Ihre Seele verlässt den Körper. Jeder, der schon einmal einen Hirsch erlegt hat, weiß das.« Diese Worte sprach er so schlicht und offen aus, dass es sie rührte. »Es ist heilig«, sagte er, so abschließend, als ob dem nichts hinzuzufügen wäre.

»Ich frage mich«, meinte sie nach einer Pause, »ob Hugh de Martell das ebenso empfindet.«

»Wer weiß?« Edgar zuckte die Achseln. »Ich jedenfalls traue ihm solche Bedenken nicht zu.«

Nein, ganz sicher nicht. Adela hielt Martell nicht unbedingt für einen feinfühligen Menschen. Ein stolzer normannischer Grundherr hatte keine Zeit für derartige Empfindsamkeiten.

»Er war nicht damit einverstanden, dass ich mit auf der Jagd war. Vermutlich gilt das auch für Euren Vater.«

»Meine Mutter und mein Vater sind stets zusammen auf die Jagd geritten«, antwortete Edgar leise. »Als sie noch lebte.« Sofort sah Adela vor ihrem geistigen Auge ein schönes Paar, das elegant durch den Wald trabte.

»Eines Tages«, fügte Edgar nachdenklich hinzu, »werde ich es hoffentlich genauso halten.« Er lachte auf. »Kommt, wir reiten entlang der Heide zurück.«

Und so geschah es, dass die beiden Reiter, die am Rand der Heide entlanggaloppierten, den Weiler Oakley erreichten und mit Godwin Pride zusammentrafen, der verbotenerweise am helllichten Tag seinen Zaun verschob.

»Verdammt«, murmelte Edgar. Aber es war zu spät, um so zu tun, als hätte er den Mann nicht bemerkt. Er hatte ihn auf frischer Tat ertappt.

Godwin Pride richtete sich zu voller Größe auf. Mit seinen breiten Schultern und dem prächtigen Bart erinnerte er an einen keltischen Häuptling, der dem Steuereintreiber gegenübertritt. Und wie ein weiser keltischer Häuptling wusste er auch, dass das Spiel vorbei war und dass ihn in dieser Lage nur eines retten konnte: Unverfrorenheit. Auf Edgars Frage – »Was tust du da, Godwin?« – erwiderte er deshalb in aller Seelenruhe: »Ich flicke diesen Zaun, wie Ihr seht.«

Diese Antwort war so frech, dass Edgar fast in lautes Gelächter ausgebrochen wäre. Leider war diese Angelegenheit überhaupt nicht zum Lachen. »Du hast den Zaun verschoben.«

Pride überlegte. »Früher stand er weiter vorne«, entgegnete er ungerührt. »Aber wir haben ihn vor Jahren zurückversetzt. Wir brauchten nicht so viel Platz.«

Der Mut dieses Mannes war beachtlich.

»Unsinn«, sagte Edgar barsch. »Du kennst das Gesetz. Das ist *purpresture*. Dafür kannst du vor Gericht kommen.«

Pride betrachtete ihn wie eine lästige Fliege. »Das sind normannische Wörter. Ich weiß nicht, was sie bedeuten. Ganz im Gegensatz zu Euch natürlich«, fügte er hinzu.

Dieser Hieb hatte gesessen. Edgar errötete. »Es ist das Gesetz«, wiederholte er bedrückt.

Godwin Pride fixierte Edgar, gegen den persönlich er eigentlich nichts hatte, aber der angelsächsische Adelige stand offenbar auf Seiten der Normannen, und das war Grund genug, ihn abzulehnen.

Colas Familie war nicht fremd in diesem Gebiet. Wann war sie in den New Forest gekommen? Vor zweihundert oder dreihundert Jahren vielleicht? Die Waldbewohner erinnerten sich nicht genau. Aber ganz gleich, wie viele Generationen sie nun schon hier lebten, es war nicht lange genug. Und Pride hielt sich gerade diesen Tatbestand vor Augen, als zu seinem Erstaunen das normannische Mädchen das Wort ergriff.

»Aber das Gesetz stammt nicht von den Normannen. Es gilt schon seit den Tagen von König Canute.«

Adelas Angelsächsisch war gut genug, um das Gespräch grob verfolgen zu können. Ihr gefiel das mürrische Verhalten dieses Mannes gegenüber ihrem Begleiter nicht, und deshalb hatte sie als normannische Adelige beschlossen, ihn in seine Schranken zu weisen. Auch wenn Wilhelm der Eroberer recht grausam sein konnte, er war schlau genug gewesen, sich in seinem störrischen neuen Königreich abzusichern, indem er vorgab, sich stets an die alten Sitten zu halten. Deshalb konnte sich dieser Bauer seine Beschwerden sparen. Sie sah ihn trotzig an.

Zu ihrer Überraschung nickte er nur mit finsterer Miene. »Und das glaubt Ihr wirklich?«

»Es gibt eine Urkunde, Bursche«, entgegnete sie mit Nachdruck.

»Ach, es ist aufgeschrieben?«

Wie konnte dieser Mann es wagen, sie in einem derart spöttischen Ton anzusprechen? »Ja, das ist es.« Adela war stolz darauf, dass sie recht gut lesen konnte und über ein wenig Bildung verfügte. Wenn ein Schreiber mit ihr eine Urkunde durchgegangen wäre, hätte sie seine Ausführungen durchaus verstanden.

»Ich kann nicht lesen«, meinte Pride mit einem unverschämten Grinsen. »Es würde mir hier auch nichts nützen.« Damit hatte er natürlich Recht. Ein Mann konnte Waffen tragen, eine Mühle betreiben, ein großes Gut leiten und, ja, sogar König werden, ohne dass er dazu des Lesens und Schreibens mächtig sein musste. Schließlich gab es jede Menge arme Schreiber, die ihm die Bücher führten. Der kluge Bauer sah demzufolge keine Notwendigkeit, diese Kunst zu erlernen. Doch Pride war noch nicht fertig. »Aber ich glaube, es gibt eine Menge Diebe, die es können«, fügte er gelassen hinzu.

Meiner Treu, dieser Mann beleidigte sie! Sie sah Edgar Hilfe suchend an, doch ihm war das Ganze offenbar nur peinlich.

Nun richtete Pride das Wort an ihn. »Ich kann mich nicht erinnern, von einer Urkunde gehört zu haben, Ihr etwa, Edgar?«

»Das war vor meiner Zeit«, erwiderte der Angelsachse ruhig.

»Ja. Ihr solltet besser Euren Vater fragen. Er müsste es wissen, denke ich.«

Eine Weile sprach niemand ein Wort.

Langsam ging Adela ein Licht auf. »Willst du damit sagen«, meinte sie gedehnt, »dass König Wilhelm, was König Canutes Waldgesetz angeht, gelogen hat? Dass die Urkunde eine Fälschung ist?«

Pride spiegelte Erstaunen vor. »Wirklich? Das wäre doch durchaus möglich, oder?«

Adela schwieg. Dann nickte sie langsam. »Es tut mir Leid«, sagte sie schlicht. »Ich wusste es nicht.« Sie wandte den Blick von ihm ab und betrachtete den kleinen Streifen Land, den er sich gerade angeeignet hatte. Nun verstand sie ihn. Kein Wunder, dass er verärgert war, weil man ihn ertappt hatte, wie er sich – rechtmäßigerweise oder nicht – ein Stück des Erbes zurücknahm, das ihm seiner Ansicht nach zustand.

Sie sah Edgar an und lächelte. »Ich sage kein Wort, wenn Ihr es auch nicht tut«, meinte sie auf Französisch. Aber sie vermutete, dass Pride, der sie aufmerksam beobachtete, den Sinn ihrer Worte erraten hatte.

Edgar wirkte verlegen. Pride musterte ihn. Dann schüttelte der junge Angelsachse den Kopf. »Ich kann nicht«, murmelte er auf Französisch. Er wandte sich an Pride und sagte in seiner Muttersprache: »Schieb den Zaun zurück, Godwin! Heute noch. Ich

werde ein Auge auf dich haben.« Er gab Adela ein Zeichen, los-
zureiten.

Sie hätte sich gern noch von Pride verabschiedet, wusste aber,
dass das nicht angebracht war. Ein paar Minuten später, als der
Bauer und seine Familie außer Sichtweite waren, meinte sie:»Ich
will nicht zurück nach Lyndhurst, Edgar. Ich ertrage es nicht, all
den Jägern gegenüberzutreten. Können wir nicht zum Hause Eures Vaters reiten?«

»Es gibt einen kaum benutzten Pfad«, entgegnete er mit einem
Nicken. Ein paar Kilometer weiter ritt er durch den Wald voran zu einer kleinen Furt. Kurz darauf erreichten sie die Heide
und führten ihre Pferde am Zügel. Später am Nachmittag verließen sie den Wald und ritten in das üppige, stille Avontal hinab.

Noch bevor sie im Wald verschwunden waren, kam Puckle,
der etwas zu erledigen hatte, zufällig an Prides Weiler vorbei und
hörte die Geschichte.

»Wer ist dieses normannische Mädchen?«, fragte der Bauer.
Puckle erklärte es ihm und erzählte ihm von dem Vorfall mit der
weißlichen Hirschkuh.

»Sie hat einen Hirsch gerettet?« Pride grinste wehmütig.

»Sie hätte ihn mir bringen sollen.« Er stieß einen Seufzer aus.
»Wir werden sie wieder sehen, glaubst du nicht?«, meinte er zu
Puckle.

»Vielleicht.«

Pride zuckte die Achseln. »Sie scheint in Ordnung zu sein«, erwiderte er gleichmütig. »Für eine Normannin.«

Doch über Adelas Schicksal sollten strengere Richter urteilen
als Pride und Puckle, und das bekam sie noch am selben Tag, bei
Einbruch der Abenddämmerung, zu spüren.

»Eine Schande. Ein anderes Wort gibt es nicht für dich!«, tobte
Walter. In der Abendsonne sah es aus, als lägen violette Schatten
unter seinen leicht hervortretenden Augen. »Du hast dich vor der
ganzen Jagdgesellschaft bis auf die Knochen blamiert. Du hast
deinen Ruf ruiniert. Du hast mich in eine peinliche Lage gebracht! Wenn du glaubst, dass ich einen Mann für dich finde, solange du dich so benimmst...«

Für einen Augenblick fehlten ihm offenbar die Worte.

Adela spürte, wie sie vor Entsetzen und Wut erbleichte. »Vielleicht«, meinte sie kühl, »bist du ja sowieso außer Stande, mich
unter die Haube zu bringen.«

»Sagen wir lieber, dass deine Gegenwart dem Vorhaben nicht eben förderlich ist.« Sein kleiner Schnurrbart und die dunklen Augenbrauen zogen sich zusammen. In seiner eiskalten Wut wirkte er bedrohlich. »Ich denke, du lässt dich in nächster Zeit besser nicht mehr blicken«, fuhr er fort, »bis wir es anderswo wieder versuchen können. In der Zwischenzeit, schlage ich vor, solltest du dir eingehende Gedanken über dein Benehmen machen.«

»Nicht mehr blicken lassen?«, fragte sie erschrocken. »Was soll das heißen?«

»Du wirst schon sehen«, entgegnete er. »Das erfährst du morgen.«

Es war ein prachtvoller, sonnendurchfluteter, ruhiger Nachmittag im Hochsommer, der Jahreszeit, die als Monat der Zäune bezeichnet wurde. Damit die Hirsche ungestört ihre Jungen zur Welt bringen konnten, mussten die Bauern ihr Vieh aus dem New Forest entfernen. Dann schien es noch mehr als sonst, als hätte sich der Wald seit uralter Zeit nicht verändert. Nur hin und wieder streiften Jäger in der Einsamkeit umher, alles war still, die Sonne beschien die offenen Lichtungen, und unter den Eichen lagen Schatten, so tiefgrün wie die Algen im Fluss.

Der Bock pirschte sich vorsichtig voran. Er hielt sich im Schatten und reckte argwöhnisch den Kopf. Das sommerliche Haarkleid, hellbraun mit weißen Tupfen, bot ihm eine vollkommene Tarnung. Er war hübsch anzusehen, obwohl er sich im Augenblick ganz und gar nicht so fühlte. Stattdessen kam er sich ziemlich unbeholfen vor, und er schämte sich.

Schon seit Jahrhunderten beobachtet man, wie sich das Seelenleben des Hirsches im Sommer verändert. Im Frühjahr wirft zuerst der Rothirsch, dann der Damhirsch sein Geweih ab. Die Stangen brechen nacheinander und hinterlassen einen wunden, für gewöhnlich blutenden Stumpf oder Stiel. In den darauf folgenden Tagen ist der Damhirsch ein kläglicher Kumpan und wird manchmal sogar von den anderen Hirschen gepiesackt, wie es nun einmal in der Natur der Tiere liegt. Das nächste Geweih wächst bereits wie das zweite Gebiss, doch es dauert drei Monate, bis es vollständig ausgebildet ist. Und so ist der männliche Hirsch trotz seines neuen Sommerfells seines Schmucks beraubt, den das Geweih für ihn darstellt. Er ist nackt und schutzlos, und er fühlt sich gar nicht wohl in seiner Haut.

Kein Wunder, dass er allein durch den Wald streift.

Das bedeutet allerdings nicht, dass er dabei untätig bleibt. Denn die Natur verlangt von ihm, dass er die Stoffe aufnimmt, die er braucht, um ein neues Geweih zu bilden, also Kalzium. Und die beste Quelle dafür ist das alte Geweih, das er abgeworfen hat. Mit seinen scharfen Eckzähnen kaut der Bock daran herum. Er ernährt sich von den im Sommer reichhaltig vorkommenden Pflanzen und lebt in Abgeschiedenheit, während er geduldig darauf wartet, dass sich das Knochengewebe durch die Blutgefäße in den Stielen die Nährstoffe holt, langsam wächst, sich verzweigt und sich ausbreitet. Allerdings ist das wachsende Geweih sehr empfindlich. Um die Versorgung mit Blut sicherzustellen, ist es mit einer weichen, von Adern durchzogenen Basthaut bedeckt, die sich samtig anfühlt. Während dieser Monate sagt man deshalb, ein Bock sei im Bast. Da der Hirsch befürchtet, sich das kostbare Geweih zu verletzen, zieht er mit hoch erhobenem, in den Nacken gelegtem Kopf durch den Wald, sodass die samtigen Stangen auf seinen Schultern ruhen, damit sie sich nicht in Zweigen verfangen. Ein prachtvoller Anblick, der im Laufe der Jahrhunderte in Höhlengemälden und mittelalterlichen Wandteppichen festgehalten worden ist.

Der Bock hielt inne. Obwohl er sich immer noch nicht blicken lassen wollte, wusste er, dass er das Schlimmste überstanden hatte. Sein Geweih war bereits zur Hälfte gewachsen, und er spürte die ersten chemischen und hormonellen Veränderungen, die ihn in weiteren zwei Monaten in einen majestätischen, brunftigen Hirsch mit geschwollenem Hals verwandeln würden.

Er war stehen geblieben, weil er etwas gesehen hatte. Am Rand des Waldes, durch den er gerade zog, verlief ein Stück Heide, die nach einem knappen Kilometer leicht abfiel. Am Abhang wuchsen Silberbirken, und das violette Heidekraut wurde von einer Wiese abgelöst, die wiederum an ein Waldstück grenzte. Auf dieser Wiese bemerkte er einige Hirschkühe, die sich in der Sonne ausruhten. Und eine davon war heller gefärbt als die anderen.

Die weißliche Hirschkuh war ihm schon in der letzten Brunftzeit aufgefallen. Auf der Flucht vor den Jägern im Frühjahr hatte er sie wieder gesehen. Er hatte vermutet, dass sie getötet worden war, doch kurz darauf hatte er sie aus der Ferne erkannt. Dass sie noch lebte, hatte ihn mit einer seltsamen Freude erfüllt. Deshalb blieb er stehen und blickte zu ihr hinüber.

In der Brunftzeit würde sie zu ihm kommen. Das war so sicher wie die Sonne, die vom endlosen, klaren Himmel auf ihn herunterbrannte. Er wusste es dank desselben Instinkts, der ihm auch sagte, dass sein Geweih rechtzeitig wachsen und sein Körper sich verändern würde. Es war unvermeidlich. Eine Weile noch betrachtete er die kleine, helle Gestalt auf der entfernten Wiese. Dann ging er weiter.

Er ahnte nicht, dass er nicht der Einzige war, der die Hirschkühe beobachtete.

Als Godwin Pride an jenem Morgen losgezogen war, hatte seine Frau beim Anblick seiner Miene versucht, ihn zurückzuhalten. Doch all ihre Einwände – das Dach des Kuhstalls sei undicht, und sie habe ganz sicher einen Fuchs in der Nähe des Hühnerhauses gesehen – waren vergebens gewesen. Am späten Vormittag hatte er sich auf den Weg gemacht und nicht einmal den Hund mitgenommen. Allerdings hatte er ihr verschwiegen, was er vorhatte. Denn hätte sie es gewusst, so hätte sie wahrscheinlich die Nachbarn zusammengerufen, damit diese ihn zurückhielten. Außerdem ahnte sie nicht, dass er gleich nach seinem Aufbruch den Bogen aus seinem Versteck in einem Baum geholt hatte.

Schon seit Monaten hatte er auf diese Gelegenheit gewartet. Seit seiner Begegnung mit Edgar hatte er sich um mustergültiges Betragen bemüht und auch den Zaun wieder an seinen ursprünglichen Platz zurückgeschoben. Schon zwei Tage vor Beginn des Monats der Zäune hatte er seine Kühe aus dem Wald zusammengetrieben. Und als Cola nur einen argwöhnischen Blick auf seinen Hund geworfen hatte, hatte er ihn gleich am nächsten Tag zur königlichen Jagdhütte in Lyndhurst gebracht. Dort befand sich die Eisenschlaufe, auch Geschirr genannt – jedem Hund, der nicht hindurchpasste, wurden von Gesetzes wegen die Vorderkrallen gestutzt, damit er keine Gefahr für die Hirsche des Königs darstellte. Pride hatte darauf bestanden, seinen Hund durch das Geschirr kriechen zu lassen. »Nur, um sicherzugehen, dass er nicht gegen das Gesetz verstößt«, hatte er mit einem freundlichen Lächeln verkündet, während der Hund mühelos durch die Schlaufe geschlüpft war. Pride war auf der Hut gewesen. Auch hatte er auf das richtige Wetter warten müssen. Und heute war es so weit, denn die leichte Brise wehte aus einer anderen Richtung als sonst.

Auch wenn es ihm nicht gelungen war, sein Stück Land zu vergrößern, er würde sich an diesen normannischen Dieben schadlos halten und sich selbst beweisen, dass er nicht ihr Laufbursche war – seine Frau hätte es vermutlich als reine Sturheit bezeichnet. Jetzt schlenderte der hoch gewachsene Pride durch den Wald und war so mit sich zufrieden wie ein Junge, der einen Streich aussheckt. Doch wenn er ertappt wurde, musste er mit schrecklichen Folgen rechnen: dem Verlust eines Körpergliedes oder sogar seines Lebens. Aber er war sicher, dass ihn niemand erwischen würde, und kicherte in sich hinein. Schließlich hatte er sich alles reiflich überlegt.

Gegen die Mittagszeit hatte er seinen Beobachtungsposten bezogen. Diesen hatte er sich sorgfältig ausgesucht, eine kleine Bodensenke am Rande eines Waldstücks, wo er sich gut verstecken und nach möglichen Widersachern Ausschau halten konnte. Außerdem hatte er die Gewohnheiten seiner Beute gründlich studiert.

Wie erwartet, tauchten die Tiere kurz nach der Mittagszeit auf, und dank der geänderten Windrichtung konnten sie ihn nicht wittern.

Reglos lag Godwin Pride da. Über eine Stunde lang verharrte er geduldig. Wie er erwartet hatte, erschien in einiger Entfernung einer von Colas Männern, der sein Pferd am Zügel führte und über eine Lichtung schlich. Pride wartete noch eine Stunde. Es ließ sich niemand mehr blicken.

Sein Ziel hatte er sich bereits ausgesucht. Er brauchte eine kleine Hirschkuh – eine, die er sich rasch über die breiten Schultern werfen und in ein Versteck schaffen konnte. Nachts wollte er mit einem Handkarren wiederkommen, um sie zu holen. Der Mond würde hell genug sein, sodass er sich nicht im dunklen Wald verirrte. Zu dem Rudel gehörten einige kleine Hirschkühe. Eine davon war ein Weißling. Er legte an.

In den ersten Tagen konnte Adela es kaum fassen, dass Walter ihr das wirklich angetan hatte.

Die Dörfer Fordingbridge und Ringwood am westlichen Ufer des Avons waren kaum mehr als Weiler. Doch bei der Siedlung am Südrand des Flusses handelte es sich um eine größere Ortschaft. Hier mündete ein anderer Fluss aus dem Westen in den Avon und bildete mit ihm zusammen einen großen, geschützten Hafen. Seit mehr als tausend Jahren fischten die Menschen dort und trieben Handel. Die Angelsachsen hatten das Dorf einst Twyneham genannt. Von hier aus erstreckten sich gewaltige Wiesen, Moore, Wälder und Heiden kilometerweit am südwestlichen Rand des New Forest entlang. Früher hatten sie zu einem königlichen Gut gehört. Dank einer Reihe bescheidener religiöser Stiftungen der Sachsenkönige hieß die Gegend jetzt Christchurch: eine kleine Stadt, umgeben von einer Stadtmauer. Vor fünf Jahren hatte Christchurch einen weiteren Aufschwung genommen, denn der Kanzler des Königs hatte beschlossen, dort eine neue, noch größere Klosterkirche bauen zu lassen. Die Arbeiten am Flussufer hatten bereits begonnen.

Doch mehr hatte das Städtchen eigentlich nicht zu bieten. Es war nichts weiter als eine ruhige, kleine Ortschaft am Meer mit einer Kirchenbaustelle.

Ausgerechnet hier hatte Walter sie zurückgelassen. Und das nicht etwa bei einem Ritter, denn in Christchurch gab es kein Schloss, nein, nicht einmal einen Herrensitz und überhaupt keine Menschen von Rang und Namen. Walter hatte sie bei einem gewöhnlichen Kaufmann einquartiert, dessen Sohn die Klostermühle betrieb.

»Ich musste ihn dafür bezahlen«, hatte Walter gereizt erklärt.

»Und wie lange soll ich dort bleiben?«, hatte Adela entgeistert ausgerufen.

»Bis ich dich abhole. Wahrscheinlich ein oder zwei Monate.«

Und mit diesen Worten war er einfach fortgeritten.

Ihre Unterbringung hätte schlechter sein können. Der Haushalt des Kaufmanns bestand aus einigen Holzgebäuden, die rings um einen kleinen Hof angeordnet waren. Man teilte ihr ein eigenes Zimmer über einem Lagerraum zu, neben dem sich der Stall befand. Das Zimmer war sauber, und Adela musste zugeben, dass sie es in einem Herrensitz auch nicht bequemer gehabt hätte.

Ihr Gastgeber, ein recht umgänglicher Mensch, hieß Nicholas von Totton und stammte aus einem Dorf gleichen Namens, etwa fünfundzwanzig Kilometer entfernt am östlichen Rand des New Forest. Er war ein freier Bürger der Stadt und besaß drei Häuser, einige Felder, einen Obstgarten und eine Lachsfischerei. Er war älter als fünfzig Jahre, wirkte jedoch mit seiner schlanken Gestalt fast jugendlich. Sein milder Blick aus grauen Augen verfinsterte sich nur, wenn jemand in seiner Gegenwart Böswilligkeiten äußerte oder prahlte. Er sprach wenig, doch Adela stellte fest, dass er gern mit seinen jüngeren Kindern – sieben oder acht an der Zahl – spielte und scherzte. Es musste entsetzlich langweilig sein, mit einem solchen Mann verheiratet zu sein. Doch seine tüchtige Ehefrau schien ganz und gar zufrieden.

Sie wusste nicht, mit wem sie reden oder was sie mit ihrer Zeit anfangen sollte. An dem malerischen Flussufer, wo die neue Kirche entstehen sollte, herrschte noch heilloses Durcheinander. Die alte Kirche hatte man abgerissen, und es hieß, dass sich hier bald Dutzende von Maurern an die Arbeit machen würden. Im Augenblick jedoch lag alles verlassen da.

Eines Tages ritt Adela auf die Landzunge hinaus, die den Hafen schützte. Schwäne glitten über das Wasser, und auf den Wiesen grasten Pferde. Jenseits der Landzunge erstreckte sich eine riesige Bucht gen Westen. Im Osten endete die kilometerlange, felsige Küste des New Forest am Solent, aus dem die Insel Wight hervorragte. Aber auch dieser wunderschöne Anblick und die friedliche Stimmung konnten Adela nicht aufheitern. An anderen Tagen ging sie spazieren oder saß am Flussufer. Es gab nichts zu tun. Überhaupt nichts. So verstrich eine Woche.

Und dann erschien Edgar. Adela war überrascht, dass er von ihrer Verbannung wusste.

»Walter hat meinem Vater erzählt, dass Ihr hier seid«, meinte er. Er verschwieg ihr, dass die Menschen im Avontal bis hinunter nach Fordingbridge sie bereits »die verlassene Lady« nannten.

Bald besserte sich Adelas Lage ein wenig. Edgar pflegte sie mindestens einmal wöchentlich zu besuchen, und dann ritten sie zusammen aus. Ihr erster Ausflug führte sie ein paar Kilometer das Avontal hinauf, wo man von einer kleinen Anhöhe namens St. Catharine's Hill eine prachtvolle Aussicht über das Tal und den südlichen Teil des New Forest genießen konnte.

»Fast hätte man die neue Abtei hier gebaut«, berichtete er ihr. »Bei meinem nächsten Besuch reiten wir zusammen hin.« Er wies auf den New Forest. »Und beim übernächsten dahin. Und dann dort hinüber.«

Edgar hielt Wort. Manchmal ritten sie in den New Forest oder schlenderten an der südlichen Küste mit ihren unzähligen Buch-

45

ten entlang bis zum Dorf Hordle, wo es Salzvorkommen gab. Bei seinem dritten Besuch hatten sie sich unweit von Ringwood verabredet. Er zeigte ihr einen kleinen Weiler in einem Wäldchen jenseits der Heide, der Burley hieß.

»Dieser Ort hat etwas Seltsames an sich«, sagte sie.

»Es heißt, in dieser Gegend gäbe es Hexen«, erwiderte er. »Doch das behaupten die Leute immer von Wäldern.«

»Kennt Ihr etwa Hexen?«, fragte sie lachend.

»Man sagt, Puckles Frau sei eine Art Hexe«, entgegnete er. Sie warf ihm einen Blick zu, um festzustellen, ob er scherzte, aber offenbar meinte er es ernst. Dann grinste er.

»Im New Forest gilt eine Grundregel. Wenn man Zweifel hat, soll man besser nicht nachfragen.« Mit diesen Worten ließ er sein Pferd traben.

Oft erkundigte er sich bei diesen Ausritten nach ihrem Leben und wollte wissen, ob sie vorhabe, in England zu bleiben, und was für einen Ehemann sie sich von Walters Bemühungen erhoffte. Adela antwortete sehr vorsichtig und zurückhaltend auf diese Fragen, ließ sich jedoch einmal vom Hochmut hinreißen, als sie gestand: »Hauptsächlich wünsche ich mir deshalb einen normannischen Ritter, weil ich selbst Normannin bin.« Beim Anblick seiner bedrückten Miene stieg Mitleid in ihr auf, aber sie konnte weder ihren Rang noch ihre Herkunft leugnen.

Zwei Monate waren vergangen, und immer noch keine Nachricht von Walter.

Die vielen Ausflüge mit Edgar hatten ihr Selbstbewusstsein so weit gestärkt, dass sie sich eines Hochsommertags allein weit in den Wald vorwagte. Tagträumend ritt sie mitten durch den Tann, während ihr Pferd langsam ausschritt und sich selbst seinen Weg auf den Pfaden suchte. Schließlich stieg Adela ab und ruhte sich in einer kleinen Lichtung aus, während das Pferd sich am Gras gütlich tat. Das Geräusch eines Hirschrudels, das irgendwo vor ihr durch das Unterholz stürmte, riss sie aus ihren Träumereien. Neugierig geworden, stieg sie rasch aufs Pferd und ritt los, um festzustellen, was die Tiere aufgescheucht hatte. Als sie plötzlich eine unbewaldete Stelle erreichte, bemerkte sie eine Gestalt, die sie zu erkennen glaubte. Ohne nachzudenken, galoppierte sie auf den Mann zu. Er wandte sich um, und Adela sah sofort, was er im Schilde führte. Es war zu spät, einfach kehrtzumachen.

»Guten Tag, Godwin Pride«, sagte sie.

Pride starrte sie entgeistert an, den Mund in ungläubigem Staunen weit geöffnet. Ihm fehlten die Worte, was bei ihm selten geschah. Er konnte es nicht fassen. Warum hatte er sie nicht kommen hören? Es hatte doch nur wenige Sekunden gedauert, über die Wiese zu eilen und sich die tote Hirschkuh auf die Schultern zu laden. Doch offenbar hatte er zu viel Zeit gebraucht. Wie konnte er nur solches Pech haben?

Nun war er ausgerechnet diesem Mädchen in die Arme gelaufen. Einer Normannin. Und um das Maß voll zu machen, wusste der ganze Wald, dass sie mit Edgar befreundet war.

Jetzt war er ertappt worden, »mit roten Händen«, wie es im Jagd- und Forstgesetz hieß. Er trug den Hirsch auf dem Rücken, und seine Hände waren mit Blut besudelt. Es gab kein Entrinnen. Sein Leben war verwirkt. Verstümmelung. Man würde ihm Arm oder Bein abhacken oder ihn sogar hängen.

Er sah sich unruhig um: Sie waren allein. Kurz überlegte er, ob er sie töten sollte, doch sofort verwarf er diesen Gedanken. Als er sich aufrichtete und sich stolz wie ein Löwe vor ihr aufbaute, glitt ihm die Hirschkuh von den Schultern. Auch wenn er sich noch so sehr vor dem Tod fürchtete, er würde es sich nicht anmerken lassen.

Und dann dachte er an seine Familie. An seine Frau und seine Kinder. Was sollte aus ihnen werden, wenn er am Galgen baumelte? Plötzlich standen sie ihm deutlich vor Augen: die vier Kinder, seine kleinste Tochter, die erst drei Jahre alt war. Das verbitterte Gesicht seiner Frau, die mit jeder ihrer Warnungen Recht behalten hatte. Wie sollte er seinen Kindern bloß erklären, was er angestellt hatte? Er konnte sich schon hilflos sagen hören: »Ich habe eine Riesendummheit gemacht.« Unwillkürlich schnappte er nach Luft.

Und was sollte er jetzt tun? Das normannische Mädchen um Gnade anflehen? Warum sollte sie Erbarmen mit ihm haben? Es war ihre Pflicht, Edgar zu melden, was sie gesehen hatte.

»Ein schöner Tag heute, findest du nicht?«

Er blinzelte. Was hatte sie da gesagt?

»Ich bin am Morgen früh losgeritten«, fuhr sie ruhig fort. »Eigentlich wollte ich gar nicht so weit, aber das Wetter war sehr gut. Wenn ich diesen Weg nehme« – sie zeigte in die entspre-

chende Richtung –, »komme ich doch sicher nach Brockenhurst.«

Er nickte ein wenig verdattert. Sie redete weiter, als ob über-
haupt nichts geschehen wäre. Was zum Teufel hatte sie vor?
Und dann verstand er. *Sie hatte den Hirsch nicht angesehen.*
Stattdessen blickte sie ihm unverwandt ins Gesicht. Mein
Gott, jetzt erkundigte sie sich nach seinen Kindern. Er stammelte
eine Antwort. *Der Hirsch existierte nicht.* Nun dämmerte es ihm.
Sie plauderte über Alltäglichkeiten, damit er auch wirklich begriff. *Sie hatte den Hirsch nicht bemerkt.* Sie wollte weder seine
Verbündete werden noch die Schuld mit ihm teilen. Keine Pein-
lichkeiten, keine Verpflichtungen, dafür war sie zu klug. Darüber
war sie erhaben.

Sie fragte ihn noch nach dem kürzesten Rückweg, ohne den
Hirsch, der vor ihr auf dem Boden lag, auch nur eines Blickes zu
würdigen. »Nun, Godwin Pride«, verkündete sie schließlich.
»Ich muss weiter.« Mit diesen Worten wendete sie ihr Pferd,
winkte ihm zu und war verschwunden.

Pride atmete erleichtert auf.

Dieses Mädchen besaß wirklich innere Größe.

Kurz darauf war der Hirsch sicher in seinem Versteck verstaut,
und Pride machte sich auf den Heimweg. Beim Gehen fiel ihm
noch etwas ein, und ein finsteres Lächeln spielte um seine Lippen.

Ein Glück, überlegte er, dass er nicht die weißliche Hirschkuh
erschossen hatte.

Als Adela am Abend nach Christchurch zurückkehrte, wurde sie
zu ihrer Überraschung von einem mürrischen Walter Tyrrell erwartet.

»Wenn du nicht so spät gekommen wärst, hätten wir heute
noch aufbrechen können«, tadelte er sie. »Gleich morgen früh
reiten wir los. Sieh zu, dass du rechtzeitig fertig bist«, befahl
er.

»Wohin geht es?«, erkundigte sie sich.

»Nach Winchester«, erwiderte er, als läge die Antwort auf der
Hand.

Winchester, endlich eine Stadt, in der etwas geboten war. Es
würden Angehörige des Hofes anwesend sein, Ritter, wichtige
Leute.

»Doch zuvor«, fügte er hinzu, »werden wir einige Tage auf einem Gut in dieser Gegend verbringen.«

»Wem gehört es?«

»Hugh de Martell.«

Am nächsten Morgen war das Wetter umgeschlagen. Als sie sich ihrem Ziel näherten, stieg eine riesige, graue Wolke am Horizont auf und verdunkelte die Sonne. Die Strahlen, die an ihren Rändern hervorschimmerten, tauchten die Landschaft in ein mattes Licht.

Unterwegs hatte Walter wie meist verdrießlich geschwiegen. Doch als sie die letzte lange Bergkette erreichten, meinte er mürrisch: »Eigentlich wollte ich dich nicht mitnehmen, aber ich dachte, es könnte dir vor der Reise nach Winchester nicht schaden. So hast du ein paar Tage Zeit, wieder Manieren zu lernen. Besonders«, meinte er, »solltest du dir Martells Frau, Lady Maud, zum Beispiel nehmen. Sie weiß, wie man sich beträgt. Betrachte sie als Vorbild.«

Das Dorf lag in einem lang gezogenen Tal. Auf den Hügeln zu beiden Seiten erstreckten sich bis zu den Gipfeln Weizen- und Hopfenfelder, fein säuberlich in Streifen eingeteilt. Es war ein ziemlich großes Dorf, an dessen Eingang, zwischen Teich und Dorfanger, eine kleine angelsächsische Kirche stand. Die Katen waren gewissenhaft eingezäunt, alles wirkte viel gepflegter als sonst in solchen Ortschaften. Selbst die Dorfstraße war blitzsauber, wie von einer unsichtbaren, ordnenden Hand gefegt. Die breite Straße mundete am Pfortnerhaus des Anwesens. Sie ritten durch das Tor und blickten auf eine große, viereckige Anordnung landwirtschaftlicher Gebäude aus Holzbohlen und Stein. Zu ihrer Rechten befand sich jenseits eines makellosen Hofes die stattliche Halle mit ihren Nebengebäuden, alle aus behauenem Flint erbaut und mit spitzen Strohdächern, aus denen auch nicht ein Halm hervorragte. Das war kein gewöhnlicher Herrensitz, sondern das Machtzentrum eines großen Gutes, dessen abweisende, dunkle Fassade wie die eines Schlosses verkündete: »Dieses Land gehört dem Feudalherrn. Verneigt euch.«

Ein Knappe und ein Stallbursche liefen auf die beiden Neuankömmlinge zu, um ihnen die Pferde abzunehmen. Dann öffnete sich die Tür der Halle, und Hugh de Martell kam ihnen raschen Schrittes entgegen.

Er wirkte freundlicher, als Adela ihn in Erinnerung hatte. Lächelnd streckte er seinen langen Arm aus, um ihr vom Pferd zu helfen. Als Adela seine Hand ergriff, bemerkte sie kurz die dunklen Härchen an seinen Handgelenken.

Nachdem sie abgestiegen war, trat er einen Schritt zurück, und bevor Walter etwas sagen konnte, meinte er: »Ein Glück, dass Ihr heute erst kommt, Walter. Ich wurde gestern nach Tarrant gerufen und musste den ganzen Tag dort verbringen.« Er ging ihnen voran und hielt Adela die Tür auf.

Die Halle war geräumig, hoch wie eine Scheune und wurde von gewaltigen Eichenbalken gestützt. Der Boden war mit Binsenmatten bedeckt. Zwei blitzblank polierte Eichentische standen zu beiden Seiten des riesigen offenen Kamins in der Mitte. Die hölzernen Fensterläden waren geöffnet, und ein angenehmes, helles Licht strömte durch die Fenster herein. Adela sah sich nach ihrer Gastgeberin um, und schon im nächsten Augenblick kam die Lady durch eine kleine Tür am anderen Ende des Raumes und eilte sofort auf Tyrrell zu.

»Seid mir willkommen, Walter«, sagte sie leise, als er ihre Hand ergriff. »Wir freuen uns über Euren Besuch.« Nach kurzem Zögern wandte sie sich an Adela. »Über den Euren ebenfalls.« Trotz ihres Lächelns merkte man ihr an, dass sie, was den gesellschaftlichen Rang ihres jungen Gastes betraf, ihre Zweifel hatte.

»Meine Verwandte Adela de la Roche«, stellte Walter sie mit wenig Begeisterung vor.

Doch es war nicht die kühle Begrüßung, die Adela aufmerken ließ, sondern das Aussehen der Frau.

Sie hatte sich Hugh de Martells Gattin ganz anders vorgestellt. Sie hatte angenommen, dass sie ihm im Äußeren entsprach – hoch gewachsen, schön, etwa in seinem Alter. Doch diese Frau war nur wenig älter als sie selbst. Sie war von kleinem Wuchs und keinesfalls schön. Ihre Gesichtszüge, obwohl nicht unansehnlich, erschienen Adela unregelmäßig, vor allem die schmalen Lippen wirkten, als hätte sie jemand auf einer Seite nach oben gezogen. Ihr Gewand war zwar aus gutem Tuch, hatte aber einen zu hellen Grünton, der ihr Gesicht noch teigiger wirken ließ. Sie sah aus wie ein graues Mäuschen, fand Adela.

Allerdings blieb ihr keine Zeit, ihre Gastgeberin weiter zu beobachten. Das Haus verfügte über zwei Gästezimmer, eines für

Männer, eines für Frauen. Und nachdem die Hausherrin ihr das Frauengemach gezeigt hatte, ließ sie Adela dort allein. Als Adela kurz darauf in die Halle zurückkehrte und Walter dort antraf, fragte sie leise: »Wann hat Martell denn geheiratet?«

»Erst vor drei Jahren.« Walter blickte sich um und fuhr mit gedämpfter Stimme fort: »Er hat seine erste Frau verloren. Sie und ihr einziges Kind. Das hat ihm das Herz gebrochen. Danach ist er lange Junggeselle geblieben, doch dann hat er beschlossen, es noch ein zweites Mal zu versuchen. Vermutlich braucht er einen Erben.«

»Aber warum Lady Maud?«

»Sie ist eine reiche Erbin.« Er warf ihr einen forschenden Blick zu. »Er besaß zwei Güter, dieses hier und Tarrant. Sie hat drei weitere mit in die Ehe gebracht, und zwar ebenfalls in dieser Grafschaft. Eines davon grenzt direkt an Tarrant. Auf diese Weise hat er nun zusammenhängende Ländereien. Martell weiß, was er tut.«

Adela hatte den Wink verstanden – sie selbst hatte keine Güter zu bieten. »Und hat er inzwischen einen Erben?«

»Bis jetzt haben sie noch keine Kinder.«

Kurz darauf erschien Lady Maud und brachte die Gäste in den Söller, einen gemütlichen Raum, den man über eine Treppe am anderen Ende der Halle erreichte. Dort wurde sie von einer alten Amme sittsam begrüßt. Adela setzte sich und plauderte höflich, während sich die beiden Frauen mit ihren Stickereien beschäftigten.

Das Gespräch plätscherte angenehm dahin. Adela befolgte gehorsam Walters Rat und hing an den Lippen ihrer Gastgeberin. Die Herrin des Hauses schien hier in ihrem Element zu sein. Offenbar hatte sie ihren Haushalt gut im Griff: die Küche, wo das Rindfleisch bereits am Spieß brutzelte, die Speisekammer, wo die eingeweckte Marmelade stand, den Kräutergarten und ihre Stickereien, auf die sie und die alte Amme sehr stolz waren. Über all diese Dinge sprach sie glücklich und zufrieden. Doch sobald Adela ihr eine Frage über Ereignisse außerhalb des Hauses stellte – das Gut oder die politische Lage in der Grafschaft –, lächelte die Lady nur schief und erwiderte: »Ach, diese Dinge überlasse ich meinem Gatten. Das ist Männersache, findet Ihr nicht?«

Gleichwohl kannte sie alle Gutsherren in der Gegend, und Adela konnte nicht glauben, dass sie wirklich nichts über deren

Angelegenheiten wusste. Allerdings hielt es Lady Maud offenbar nicht für schicklich, derartige Kenntnisse einzugestehen. Sie hat einen Entschluss gefasst, wer sie sein und was sie denken will, überlegte Adela. Das tut sie, weil sie sich Vorteile davon verspricht. Zweifellos hält sie mich für eine Närrin, weil ich dieses Spiel nicht mitspiele. Außerdem fiel ihr, während sie ruhig vor sich hin stickte, auf, dass Lady Maud überhaupt keine Fragen an sie richtete. Ob das an mangelndem Interesse lag oder daran, dass sie Walters anscheinend arme Verwandte nicht in Verlegenheit bringen wollte, war schwer zu sagen.

Am Nachmittag unternahmen sie alle einen Ausritt über das Gut, das mit seinen riesigen Feldern, den säuberlich gepflegten Obstgärten und den reich bestückten Fischteichen wie das Sinnbild eines ordentlich geführten Anwesens wirkte. Zweifellos verstand Hugh de Martell etwas von seinem Geschäft. Als sie einen ansteigenden Pfad erreichten, der bis hinauf zum Gipfel führte, galoppierten die beiden Männer los. Am liebsten wäre Adela ihnen im gleichen Tempo gefolgt.

Doch Lady Maud wollte nichts davon hören. »Wir führen die Pferde am Zügel. Galoppieren ist was für Männer.« Da Adela sich verpflichtet fühlte, ihr Gesellschaft zu leisten, legten sie nur die Hälfte der Strecke zurück, bis die Männer wieder erschienen und sie umkehren mussten.

»Eine prächtige Aussicht«, schwärmte Walter.

Als sie von ihrem Ausritt zurückkamen, stellten sie fest, dass die Diener Tische in der Halle aufgebaut und sie mit Tischtüchern bedeckt hatten. Man setzte sich zum Essen. Da sie den ganzen Tag nichts zu sich genommen hatten, wurde nun eine reichhaltige und köstlich angerichtete Mahlzeit aufgetragen. Eine kleine Prozession von Dienstboten servierte Brot, Brühe, Lachs, Forellen und drei verschiedene Fleischsorten. Hugh de Martell schnitt selbst den Braten an, während Lady Maud Walter von ihrem eigenen Teller bediente. Der Wein – eine seltene Köstlichkeit – war klar, gut und leicht gewürzt. Frisches Obst, Käse und Nüsse rundeten das Mahl ab. Tyrrell lobte Lady Maud höflich für jeden Gang, und Martell versuchte, Adela mit einer Anekdote über einen normannischen Kaufmann zu unterhalten, der kein Englisch sprach. Vielleicht trank Adela ein bisschen zu viel Wein.

Allerdings hatte sie wirklich nicht ahnen können, dass es ein

Fehler war, den New Forest zu erwähnen. In Walters Augen hatte sie sich dort lächerlich gemacht, er war davon ausgegangen, dass sie von sich aus nicht auf die Treibjagd zu sprechen käme, und hatte sie deshalb nicht vorgewarnt. Also fragte Adela ihre Gastgeberin in aller Unschuld, ob sie schon einmal dort gewesen sei.

»Im New Forest?«, sagte Lady Maud erstaunt. »Ich glaube nicht, dass es mich dorthin zieht.« Sie lächelte Walter verkniffen zu. »Dort leben seltsame Menschen. Wart Ihr schon einmal da, Walter?«

»Nur ein- oder zweimal. Mit der Jagdgesellschaft des Königs.«

»Ach, das ist natürlich etwas anderes.«

Adela bemerkte Walters missbilligenden Blick. Offenbar wollte er, dass sie das Thema wechselte. Doch das ärgerte sie. Warum behandelte er sie die ganze Zeit wie eine Närrin? Ständig hatte er etwas an ihr auszusetzen. »Ich reite häufig allein in den Forest«, sagte sie kühl. »Ich war sogar schon einmal mit auf der Jagd.« Sie hielt inne, damit diese Nachricht verdaut werden konnte. »Mit Eurem Gatten.« Sie grinste Walter trotzig zu.

»Hugh?« Lady Maud runzelte die Stirn und erbleichte ein wenig. »Er war im Forest jagen?« Sie sah ihren Mann fragend an. »Stimmt das, mein Liebling?«, erkundigte sie sich mit seltsam gepresster Stimme.

»Ja, ja«, erwiderte er ausweichend und verzog finster das Gesicht. »Mit Walter. Und mit Cola. Im letzten Frühjahr.«

»Davon habe ich nichts gewusst.«

»Ganz sicher hast du das«, widersprach er streng.

»Ach, ja«, meinte sie leise. »Jetzt fällt es mir wieder ein.« Erneut bedachte sie Adela mit einem schiefen Lächeln, bevor sie gekünstelt fröhlich hinzufügte: »Männer gehen nun mal gerne im New Forest auf die Jagd.«

Walter starrte auf seinen Teller. Martell wirkte ein wenig gereizt. Seine Schultern waren gespannt. Warum hatte er seiner Frau die Jagd verschwiegen? Hatte sein Besuch im New Forest einen anderen Grund gehabt? War er vielleicht öfter unter einem Vorwand von zu Hause abwesend? Adela überlegte. Falls er hin und wieder das Bedürfnis hatte, seiner Frau zu entfliehen, war das durchaus verständlich, ganz gleich, was er in dieser Zeit trieb.

Walter sprang für sie in die Bresche. »Apropos König«, sagte er ruhig, als hätte der peinliche Wortwechsel nie stattgefunden.

»Habt Ihr schon gehört…« Und dann berichtete er von einem der jüngsten Skandale am Königshof. Wie so oft ging es darum, dass sich der König gegenüber einigen Mönchen im Ton vergriffen hatte. Da Rufus mit der Kirche auf Kriegsfuß stand, konnte er der Versuchung nur selten widerstehen, Geistliche zu hänseln. Und natürlich war es dem normannischen König wieder einmal gelungen, gleichzeitig unhöflich und komisch zu sein. Obwohl Lady Maud wohl zunächst eine schockierte Miene für angebracht hielt, lachte sie bald so laut wie ihr Gatte.

»Von wem habt Ihr das erfahren«, fragte Martell.

»Ach, vom Erzbischof von Canterbury persönlich«, gestand Walter, was die Heiterkeit noch mehr steigerte. Adela fand es höchst amüsant, dass es Tyrrell irgendwie gelungen war, sich beim frommen Erzbischof Anselm lieb Kind zu machen.

Nachdem Walter sich für sein Thema erwärmt hatte, erzählte er eine lustige Geschichte nach der anderen. Sie waren wirklich sehr witzig und handelten zum Großteil von einflussreichen Zeitgenossen, wobei Walter seine Zuhörer des Öfteren ermahnte, die Anekdote ja für sich zu behalten. Nur wenige hätten sich dem Charme eines so unterhaltsamen Höflings entziehen können. Für Adela war das eine völlig neue Erkenntnis. Noch nie hatte sie miterlebt, wie Walter diesen Charme versprühte. Mir gegenüber unterlässt er es tunlichst, dachte sie. Aber man musste zugeben, dass er über gewisse Talente verfügte. Adela war wider Willen beeindruckt.

Und ihr kam noch ein weiterer Einfall. Konnte man es ihm zum Vorwurf machen, dass er allmählich die Geduld mit ihr verlor? Ihm, dem gewandten Walter Tyrrell, der in die mächtige Familie Clare eingeheiratet hatte und mit wichtigen Persönlichkeiten verkehrte? Sollte sie ihm grollen, weil es ihm peinlich war, dass sie ein ums andere Mal ins Fettnäpfchen trat?

Als sich die gemütliche Runde schließlich auflöste, um sich auf eine frühe Nachtruhe vorzubereiten, flüsterte Adela Walter zu: »Es tut mir Leid, dass ich mich ständig danebenbenehme.«

Zu ihrem Erstaunen lächelte er sie freundlich an. »Das ist auch mein Fehler, Adela. Ich war nicht sehr nett zu dir.«

»Stimmt. Aber es ist dir sicher lästig, dich ständig um mich zu kümmern.«

»Nun, wir werden sehen, was ich in Winchester für dich erreichen kann. Gute Nacht.«

Als Adela am nächsten Morgen aufwachte, fühlte sie sich wundervoll erfrischt. Sie öffnete die Fensterläden. Der Tag brach an, der klare, blaue Himmel schimmerte bereits rosig. Die frische Luft prickelte ihr im Gesicht. Nur das leise Zwitschern der Vögel war zu hören. Ein leichter Geruch nach Hopfen stieg ihr in die Nase. Im Haus rührte sich noch nichts. Doch jenseits des Berges sah sie einen Bauern den Weg entlang gehen. Sie holte tief Luft.

Adela zog ihr Hemd und ein Übergewand aus Leinen an, schnürte den Gürtel zu, fuhr sich mit den Fingern durchs offene Haar, schlüpfte in ihre Pantoffeln und verließ rasch das Haus. Es war ihr gleichgültig, dass sie ein wenig zerzaust aussah, denn um diese Zeit würde sie ohnehin niemandem begegnen.

Durch ein Tor betrat sie den Garten hinter dem Haus, wo Kräuter und Geißblatt wuchsen. Wilde Erdbeeren ragten zwischen den Grashalmen empor und überzogen das Grün mit winzigen roten Tupfen. In den Mauerecken hingen Spinnenweben. Alles war mit Tau bedeckt, und Adela fühlte sich wie im Garten eines Schlosses oder eines Klosters in ihrer normannischen Heimat.

Sie blieb eine Zeit lang dort und genoss die friedliche Stille.

Als sie aus dem Garten kam, war noch immer niemand zu sehen, und sie beschloss, zu den Ställen zu gehen, die in den großen, zu einem Viereck angeordneten Nebengebäuden untergebracht waren. Sie wurde auf eine kleine Tür aufmerksam, die tief unten in der Seitenmauer eingelassen war. Drei steinerne Stufen führten hinab. Adela nahm an, dass die Tür zu einem Keller führte und verschlossen war. Aber wie immer siegte ihre Neugier, und als sie an der Tür rüttelte, öffnete sich diese zu ihrer Überraschung.

Das niedrige Kellergewölbe erstreckte sich über die gesamte Länge des Gebäudes. Die Decke wurde von drei dicken Steinsäulen in der Mitte gestützt, die den Raum in Nischen teilten. Durch die offen stehende Tür und ein kleines vergittertes Fenster hoch oben in der Wand fiel Licht herein.

Es dauerte eine Weile, bis sich Adelas Augen an die Dämmerung gewöhnt hatten. Aber bald stellte sie fest, dass hier unten die üblichen Gegenstände aufbewahrt wurden – allerdings nicht in dem Durcheinander, das man sonst so häufig in Lagerräumen antraf. Alles war ordentlich gestapelt. Sie entdeckte Kisten und

Säcke. Eine Nische beherbergte Fässer mit Wein und Bier, eine andere Zielscheiben zum Bogenschießen, Bogen ohne Sehnen, Pfeile, ein halbes Dutzend Fischnetze, Hundehalsbänder, Falknerhandschuhe und Hauben. Erst in der letzten Nische, wo Holzspäne auf dem Boden lagen, sah sie etwas Seltsames, eine große, leicht schimmernde Gestalt im Schatten, die so sehr einem Menschen ähnelte, dass sie zusammenfuhr.

Es war eine Holzpuppe. Das Schimmern rührte daher, dass sie mit einem langen Kettenhemd und einem Eisenhelm bekleidet war. Dahinter bemerkte sie eine zweite Puppe, die das lederne Untergewand trug. Auf einem Ständer daneben lag ein Sattel mit hohem Knauf, an dem ein langer, beschlagener Schild lehnte. Daneben entdeckte sie auf einem weiteren Gestell ein riesiges Schwert, zwei Lanzen und einen Morgenstern. Adela schnappte nach Luft. Offenbar handelte es sich hier um Hugh de Martells Rüstung.

Sie war zu klug, um etwas zu berühren. Schließlich waren Kettenhemd und Waffen ordentlich eingefettet, damit sie nicht verrosteten. Im Dämmerlicht konnte sie sehen, dass nicht ein Kettenglied verrutscht war. In der Luft lag ein Geruch nach Öl, Leder, Eisen und harzdurchtränkten Holzspänen, der sie seltsam erregte. Ohne nachzudenken, beugte sie sich dicht zu der Holzpuppe im Kettenhemd vor und schnupperte.

»Mein Großvater hat eine Streitaxt benutzt.«

Die Stimme erklang so plötzlich dicht neben ihrem Ohr, dass sie fast aufgeschrien hätte. Sie sprang hoch und wirbelte herum, wobei sie fast mit ihm zusammengestoßen wäre.

Hugh de Martell stand reglos da, aber er kicherte. »Habe ich Euch erschreckt?«

»Ich…« Sie versuchte, wieder zu Atem zu kommen, und spürte, wie sie heftig errötete. Das Herz klopfte ihr bis zum Halse. »Oh, mon Dieu. Ja.«

»Das tut mir Leid. Ich kann mich ziemlich lautlos bewegen. In dieser Dunkelheit habe ich Euch zuerst für einen Dieb gehalten.« Er hatte sich immer noch nicht von der Stelle gerührt. Sie standen so dicht beieinander, dass kaum noch ein Schatten zwischen sie gepasst hätte.

Auf einmal dachte Adela daran, dass sie nur halb bekleidet war. Sie wusste nicht, was sie sagen sollte. »Eine Streitaxt?« Etwas anderes fiel ihr im Augenblick nicht ein.

»Ja. Wir Normannen sind schließlich alle Wikinger. Er war ein großer, rothaariger Mann.« Martell lächelte. »Das dunkle Haar habe ich von meiner Mutter. Sie stammte aus der Bretagne.«

»Ach, ich verstehe.« Sie nahm nichts anderes mehr wahr als sein Lederwams und den Ärmel, der seinen langen Arm bedeckte. Und sie bemerkte, dass er eine Pause machte, bevor er mit einem Lächeln weitersprach.

»Ihr geht gerne auf Entdeckungsreise, oder irre ich mich? Erst in dem New Forest, dann hier. Ihr seid sehr abenteuerlustig, eine normannische Eigenschaft.«

»Seid Ihr denn nicht abenteuerlustig?«, fragte sie und blickte zu ihm empor. »Oder habt Ihr das nicht mehr nötig?«

Sein Lächeln verschwand, doch er wirkte nicht verärgert, eher nachdenklich. Natürlich hatte er genau verstanden, was sie meinte: die wohl geordneten Güter, die reiche Frau. Wie um ihn herauszufordern, hatte sie, wenn auch in höflichen Worten, angedeutet, er könne den Wikingergeist seiner Vorfahren verloren haben. »Wie Ihr seht, bin ich ein viel beschäftigter Mann«, erwiderte er leise. Bei diesen Worten strahlte er Ruhe, Selbstbewusstsein und Macht aus.

»Ihr weist mich in meine Schranken«, entgegnete sie.

»Ich frage mich, wo Ihr hingehört.« Seine Miene war wieder belustigt. »In die Normandie? Nach England?«

»Ich glaube, hierher.«

»Ihr werdet nach Winchester reisen. Eine gute Stadt, um einen Ehemann zu finden. Dort gibt es viele Leute. Vielleicht sehen wir uns irgendwann wieder.«

»Vielleicht. Seid Ihr oft in Winchester?«

»Ab und an.«

Er trat einen Schritt zurück, musterte sie von Kopf bis Fuß. Als er sich zum Gehen anschickte, hätte sie ihm so gerne noch etwas gesagt. Aber was? Dass er eine reiche Frau geheiratet hatte, die seiner nicht würdig war? Dass er mit ihr, Adela, glücklicher geworden wäre? Doch für sie beide gab es ganz sicher keine Zukunft.

»Kommt.« Er bedeutete ihr, ihm zu folgen. Natürlich, ja, sie musste sich anständig anziehen. Also gehorchte sie und schritt ihm voran zur erleuchteten Tür. Kurz vor der Schwelle spürte sie, wie er ihre Hand nahm, sie kurz an den Mund hob und leicht mit den Lippen darüber streifte.

Eine höfische Geste in der Dunkelheit, die völlig unerwartet kam. Sie drehte sich zu ihm um. Ein stechender Schmerz fuhr ihr durch die Brust, und einen Augenblick stockte ihr der Atem. Er senkte den Kopf. Wie eine Schlafwandlerin trat sie durch die Tür, hinaus ins helle Sonnenlicht, das ihr in den Augen blendete. Er hatte sich umgewandt, um die Tür abzuschließen. Sie ging ins Haus, ohne noch einmal zurückzublicken.

Der Rest des Tages verlief ereignislos. Den Großteil davon verbrachte Adela in Gesellschaft von Lady Maud. Als sie Hugh de Martell begegnete, behandelte er sie höflich, aber ein wenig kühl und herablassend.

Auch am nächsten Morgen, als sie und Walter sich vor ihrer Abreise nach Winchester von ihm verabschiedeten, verhielt er sich förmlich und abweisend. Doch als sie sich oben auf dem Berg umdrehte, bemerkte sie eine hoch gewachsene dunkle Gestalt. Er blickte ihnen nach, bis sie außer Sichtweite waren.

In New Forest ist der Übergang zum Herbst sanft. Die langen Sommertage werden im September unmerklich kürzer. Der torfige Heideboden speichert eine milde Wärme, die Luft duftet süß und frisch, und nur der feuchte Nebel, der über den kahlen Feldern hängt, erinnert die Menschen daran, so viele Vorräte wie möglich anzulegen, denn die immer schwächer werdende Sonne zeigt an, dass das Jahr sich seinem Ende zuneigt.

In dieser Jahreszeit werfen die Eichen ihre grünen Früchte ab, bis der ganze Waldboden von ihnen bedeckt ist. Und Männer wie Pride bringen ihre Schweine in den Wald, damit sie sich an Eicheln und Bucheckern mästen. Dieses Recht haben sie von alters her, und selbst der normannische Eroberer wollte es ihnen nicht nehmen. »Falls die Hirsche zu viele grüne Eicheln fressen«, sagten ihm seine Förster, »werden sie krank. Aber die Schweine vertragen sie gut.« Wenn die Tage vergehen, färbt sich das Laub der Buchen gelb. Und während dieser schleichende Verfall vonstatten geht, vollzieht sich gleichzeitig eine andere, fast gegensätzliche Verwandlung. Die Stechpalme ist zweigeschlechtlich, und nun, als wolle er den herannahenden Winter begrüßen, bringt der weibliche Baum Beeren hervor, die sich in dicken, scharlachroten Büscheln vom kristallklaren Septemberhimmel abheben.

Der Winter steht vor der Tür; es ist die Zeit des silbernen Mondes.

Und die Zeit der Hirschbrunft.

Der Hirsch stolzierte mitten durch seine Brunftkuhle. Der Morgen graute. Auf dem Boden lag leichter Reif. Rings um die Brunftkuhle drängte sich das Kahlwild, der Boden war zernarbt von Trittsiegeln, wie man die Abdrücke der Schalen nennt. Etwa acht oder neun Hirschkühe warteten darauf, beschlagen zu werden. Einige liefen rufend hin und her. Spannung lag in der Luft. Auch die weißliche Hirschkuh war dabei. Sie verharrte geduldig.

Der Hirsch war stolz auf sein prächtiges Geweih. Die schweren, schimmernden Schaufeln hatten eine Auslage von fast einem halben Meter und boten einen Furcht erregenden Anblick. Seit August war der Bast abgefegt, das Geweih voll ausgewachsen. Viele Tage lang hatte der Hirsch das neue Geweih an kleinen Bäumen und Schösslingen gerieben, sodass Schrammen auf der Rinde zurückblieben. Es war ein angenehmes Gefühl gewesen, als sich die kräftigen Zweige unter seinem Gewicht bogen, und der Hirsch hatte gespürt, dass seine Kräfte wuchsen. Dieses Reiben erfüllte einen doppelten Zweck. Denn es wurde dadurch nicht nur der Bast abgestreift, sondern das cremeweiße Geweih zusätzlich mit einer Schicht überzogen und zu einem schimmernden Braun gehärtet.

Im September wurde der Hirsch unruhig. Sein Hals schwoll an. Sein Adamsapfel vergrößerte sich. Und ein prickelndes Gefühl der Macht schien seinen ganzen Körper, vom Spiegel bis hin zu dem breiter gewordenen Widerrist, zu durchpulsen. Er begann, herumzustolzieren und mit den Hufen zu stampfen, und er hatte den Drang, sich zu bewegen, um seine Kraft zu erproben. Nachts streifte er allein durch die Wälder und wanderte umher wie ein Ritter auf der Suche nach einem Abenteuer. Nach einer Weile näherte er sich immer mehr dem Teil des New Forest, wo er im vergangenen Jahr die weißliche Hirschkuh gesehen hatte. Vor der Paarung verlassen Hirsche instinktiv ihr eigenes Revier, um Inzucht zu vermeiden. Ende September war der Hirsch bereit, seine Brunftkuhle zu markieren. Doch davor musste noch eine alte Zeremonie stattfinden.

Für gewöhnlich übernimmt der Rothirschbulle einige Tage nach der Tag-und-Nacht-Gleiche die Führung über ein Rudel von Kühen, die dann seinen Harem bilden. Dann erhebt er sein mächtiges Haupt und stößt einen durchdringenden Ruf, ein paar Töne höher als das Brüllen von Vieh, aus, der bei Dämmerung über die Heide dröhnt.

Es vergehen viele Tage, bis sich in den Wäldern der ganz anders klingende Ruf des Damhirschbocks mit den herbstlichen Geräuschen mischt.

Die Brunftkuhle des Bocks war nicht die wichtigste, denn die waren von älteren und mächtigeren Böcken besetzt. Es war seine erste Brunft. Die Brunftkuhle hatte eine Länge von etwa sechzig und eine Breite von vierzig Metern. Tagelang hatte er sie sorgfältig vorbereitet. Zuerst hatte er mit Hilfe seines Geweihs sämtliche Schösslinge und das Gebüsch rings um die Brunftkuhle beseitigt. Dabei hatte sich seine Vorderaugendrüse entleert und mit ihrem starken Geruch sein Territorium markiert. Auch die Bäume ringsherum wurden gekennzeichnet. Als der Zeitpunkt näher rückte, hatte er mit seinen Vorderläufen, wo sich ebenfalls Drüsen befanden, den Boden bearbeitet und ihn sogar hie und da mit dem Geweih aufgewühlt. Dann nässte er in die Furchen und wälzte sich in der feuchten Erde. So erzeugte er den durchdringenden Geruch des brunftigen Bockes, der die Kühe anzieht. Denn anders als beim Rothirsch suchen beim Damhirsch die Weibchen die Männchen auf.

Nun war der hübsche junge Bock bereit, seine Brunftkuhle gegen alle Herausforderer zu verteidigen, so als sollte hier, mitten im Wald, ein Ritterturnier ausgetragen werden. Viele Tage lang würde er Wache halten, ohne zu fressen. Mit der Zeit würde seine Aufmerksamkeit nachlassen, und irgendwann würde er entkräftet sein. Deshalb bewachten ihn die zusehenden Weibchen, die um die Brunftkuhle herum patrouillierten, Ausschau hielten und lauschten. Und die ganze Natur beteiligte sich an dem Treiben. Vögel warnten mit ihrem Gezwitscher vor drohender Gefahr, und selbst die wilden Ponys, die für gewöhnlich keinen Laut von sich gaben, wieherten laut, wenn sich menschliche Eindringlinge den getupften Tieren näherten, die sich ihrer geheimen Zeremonie hingaben.

Schon seit Stunden lief der Bock in seiner Brunftkuhle auf und ab, deren Boden inzwischen von niedergetrampeltem Gras und zerdrückten Farnen und trockenen, nussbraunen Eicheln bedeckt war. Außer den Kühen sahen auch noch zwei Spießer und ein Gabler zu, der so tat, als wolle er sich am liebsten auch gleich ins Getümmel stürzen. Ein schwaches Licht fiel durch die Bäume. Hin und wieder hielt der Bock inne und stieß einen Brunftschrei aus.

Den Brunftschrei des Damhirsches bezeichnet man als Knören. Dazu beugt er den Kopf leicht nach unten und reckt dann zum Rufen seinen geschwollenen Hals. Das Geräusch ist nur schwer zu beschreiben – sein seltsames Grunzen, Rülpsen und Trompeten. Wer es einmal gehört hat, vergisst es nie wieder.

Dreimal gab der Bock, der in der Mitte der Brunftkuhle stand, ein mächtiges, beeindruckendes Knören von sich.

Nun erschien ein Neuankömmling zwischen den Bäumen. Mit einem Rascheln stoben die Weibchen in alle Richtungen auseinander. Der Bock trat aus dem Gebüsch hervor und stolzierte in aller Seelenruhe zur Brunftkuhle hinüber, als wäre es das Selbstverständlichste auf der Welt.

Es war ein Nebenbuhler, und nach seinem Geweih zu urteilen, konnte er es durchaus mit unserem Bock aufnehmen.

Die weißliche Hirschkuh erschauderte. Ihr Bock würde kämpfen.

Der Herausforderer näherte sich langsam der Brunftkuhle. Er war dunkler als der Platzhirsch, und sein Geruch stieg der Hirschkuh in die Nase, scharf und säuerlich wie Schlamm aus einem brackigen Wasser. Er sah stark aus. Er ging an ihrem Hirsch vorbei, der ihm – so war der Ritus des Kampfes – auf den Fersen folgte. Die beiden Männchen schlenderten fast lässig dahin. Sie bemerkte, wie die Muskeln an ihren kräftigen Schultern zuckten und wie ihr Geweih langsam im Takt der Schritte auf und nieder wippte. Außerdem sah die Hirschkuh, dass bei dem fremden Bock eine der kleinen gebogenen Augsprossen am Ansatz der Schaufelhaken abgebrochen war, sodass eine schartige Spitze hervorragte. Eine plötzliche Kopfbewegung, und er würde ihrem Bock ein Auge ausstechen. Die anderen Weibchen beobachteten reglos die Szene. Selbst die Vögel in den Bäumen schwiegen. Die Hirschkuh hörte nur das leise Rascheln des Laubes unter den Hufen der beiden Männchen.

Die ganze Natur wusste, dass sich nun das Schicksal des jungen Bockes entscheiden würde. Ein Bock kann einen Platzhirschen herausfordern und eine ehrenvolle Niederlage verbuchen. Vielleicht hatte sich der fremde Bock ja auf diese Weise die Augsprosse verletzt. Doch wenn zwei gleich starke Böcke aufeinander treffen, muss sich einer von ihnen geschlagen geben. Vielleicht wird er verwundet, manchmal sogar getötet. Doch am wichtigsten ist, dass er seinen Stolz verliert. Die Weibchen wissen es, der ganze Wald hat es gesehen. Er verschwindet, und seine Brunftkuhle und die Weibchen gehören dem Sieger.

Die weißliche Hirschkuh sah, dass die Rivalen das Ende der Brunftkuhle erreicht hatten, sich umdrehten und sich wieder auf den Rückweg machten. Was war, wenn nach all dem Warten nun der dunkle, säuerlich riechende Bock mit der gefährlichen Augsprosse ihren Bock verletzte und sie nahm? Von Rechts wegen gehörte sie dem Sieger. So war es nun einmal. Dann gab der Bock das Zeichen.

Ein Rempler war das Signal. Ihr Bock war ein wenig vorgetreten, sodass seine Schulter an das Hinterteil des Herausforderers stieß.

Der dunkle Bock wirbelte herum. Kurz entstand eine Pause, als die beiden Männchen sich auf die Hinterbeine stemmten. Dann hallte ein Krachen durch den Wald. Die riesigen Geweihe waren zusammengestoßen.

Zwei ausgewachsene kämpfende Böcke sind ein Furcht erregender Anblick. Als die beiden kraftvollen Körper sich mit vorgereckten, geschwollenen Hälsen grunzend aufeinander warfen, wich die Hirschkuh unwillkürlich zurück. Die beiden wirkten auf einmal so riesig und gefährlich. Was war, wenn einer von ihnen es sich anders überlegte und sich auf sie stürzte? Sie waren gleich stark. Eine Weile schoben sie sich hin und her, die gesenkten Geweihe ineinander verkeilt, die Hinterläufe in den Boden gestemmt, die Muskeln bis zum Zerreißen gespannt. Ihr Bock schien die Oberhand zu gewinnen.

Doch dann bemerkte sie, dass seine Hinterläufe ins Rutschen gerieten. Der Herausforderer drängte ihn immer weiter – Zentimeter um Zentimeter, Meter um Meter – zurück. Ihr Bock krallte die Klauen in den Boden, fand jedoch auf dem glitschigen Laub keinen Halt. Sie sah, wie er die Beine durchstreckte. Mit angespanntem Körper und starren Läufen rutschte er immer weiter zurück. Da versetzte ihm sein Nebenbuhler einen letzten Stoß. Jeden Moment würde er sich auf ihren Bock werfen und ihm den Rest geben.

Dann aber geschah etwas Überraschendes. Ihr Bock hatte wieder festen Boden unter den Füßen und stand sicher im Gras. Sein Spiegel zitterte, als er sich seinem Widersacher entgegenstemmte. Seine Schultern hoben sich, er reckte den Hals nach unten. Und nun geriet der Nebenbuhler auf dem feuchten Laub ins Rutschen. Langsam und vorsichtig, die Geweihe immer noch ineinander verkeilt, drehten sich die Böcke, bis sie beide im Gras standen. Plötzlich wich der Herausforderer zurück. Sein Kopf machte einen Ruck. Mit der abgebrochenen Augsprosse zielte er auf das Auge ihres Bockes und stürmte voran. Sie sah, wie ihr Bock zurücksprang und sich dann auf seinen Gegner stürzte. Mit seinem ganzen Gewicht warf er sich gegen das Geweih seines Widersachers. Ein Knirschen ertönte. Wegen seines heimtückischen Vorstoßes stand der Herausforderer nicht mehr ganz sicher auf den Beinen, sodass es ihm den Hals zur Seite drehte. Er konnte dem Angriff nicht standhalten.

Und dann, wie aus heiterem Himmel, war alles vorbei. Ihr Bock drängte seinen Nebenbuhler Stück für Stück zurück. Der Gegner verlor das Gleichgewicht, taumelte, drehte sich und wurde an der Flanke getroffen. Nun war ihr Bock voll in Fahrt, stieß, schleuderte den Kopf herum und trieb den Konkurrenten vor sich her. Blut tropfte dem Herausforderer aus der Seite. Da versetzte ihm ihr Bock noch einen mächtigen Hieb mit dem Geweih. Mit einem Aufschrei machte der Eindringling kehrt, stolperte und verließ hinkend die Brunftkuhle. Es war ausgestanden.

Nachdem der Bock majestätisch die Brunftkuhle abgeschritten hatte, über die er nun uneingeschränkt herrschte, wandte sich sein Blick der Hirschkuh zu. Warum sah er auf einmal so fremd aus? Sein riesiges Geweih, sein dreieckiges Gesicht, die beiden Augen, wie schwarze Löcher, die sie ausdruckslos anstarrten. Es war, als gäbe es ihren Bock nicht mehr, so, als hätte er einem unbekannten Wesen namens »Hirsch« Platz gemacht. Ein Traumbild, ein Geist, blitzschnell und Furcht erregend. Er kam auf sie zu.

Sie drehte sich um. Das wurde von ihr erwartet, es war instinktiv, doch sie hatte auch Angst davor. Das ganze Jahr lang hatte sie sich darauf gefreut. Und nun war sie an der Reihe. Sie setzte sich in Bewegung und lief, fort von der Brunftkuhle, durch den Wald, sodass die Büsche sie streiften. Ein Jahr lang hatte sie gehofft, doch nun, da sie ihn so groß, so kraftvoll und so fremd kennen gelernt hatte, zitterte sie vor Furcht. Würde er ihr wehtun? Ja. Gewiss. Und dennoch musste es sein. Sie hatte ein seltsames Gefühl, als ob all die Wärme und das Blut in ihrem Körper nach hinten strömten, die Wirbelsäule entlang zu ihrem

Spiegel, der beim Laufen erbebte. Er kam näher. Er war dicht hinter ihr. Sie konnte ihn hören und spüren. Und plötzlich roch sie ihn auch. Unwillkürlich blieb sie stehen.

Er war da. Er hatte sie eingeholt. Sie bemerkte, dass er sie bestieg. Fast gaben ihre Knie unter seinem Gewicht nach, und es kostete sie Mühe, sich aufrecht zu halten. Sein Geruch hüllte sie ganz ein wie eine Wolke. Ihr Kopf kippte zurück. Sein Geweih ragte über ihr auf, schrecklich und Ehrfurcht gebietend. Und dann spürte sie, wie er in sie eindrang. Ein stechender, entsetzlicher Schmerz, gefolgt von einer drängenden, gewaltigen Erfüllung, die wie eine Flutwelle über sie hinwegbrandete.

Adela gefiel es in Winchester. Die Ortschaft befand sich inmitten der kahlen Kreidefelsen nördlich des großen Meeresarms Solent und hatte den Römern früher als Provinzstadt gedient. Danach war sie viele Jahrhunderte lang Residenz der westsächsischen Könige gewesen, die schließlich über ganz England regierten. Und obwohl seit einigen Jahrzehnten London die Hauptstadt des Königreiches war, bewahrte man den Staatsschatz weiter in Winchester auf. Hin und wieder hielt der König dort in seinem Palast Hof.

Von Winchester bis zum New Forest war es nicht weit. Die Straße, die nach Nordwesten führte, brachte einen nach etwa fünfzehn Kilometern zum Städtchen Romsey, wo es ein Nonnenkloster gab.

Nach weiteren sieben Kilometern erreichte man den New Forest. Doch wie Adela rasch herausfand, hätte er genauso gut am anderen Ende der Welt liegen können.

Winchester, das, umgeben von mit Eichen und Buchen bewaldeten Hügeln, auf einer Anhöhe oberhalb eines Flusses stand, verfügte über eine Stadtmauer mit vier alten Toren. Die Stadt hatte eine Fläche von etwa sechsundfünfzig Hektar. An ihrem südlichen Ende erhoben sich eine prächtige neue normannische Kathedrale, der Palast des Bischofs, die Abtei St. Swithun's, die Schatzkammer und die Residenz von Wilhelm zwischen einigen anderen prachtvollen Steingebäuden. Die restliche Stadt setzte sich aus einem Marktplatz, einigen Kaufmannshäusern, Gebäuden mit Gärten und Taubenschlägen und geschäftigen Straßen zusammen, in denen Handwerker und Händler ihrem Tagwerk nachgingen. Neben einem der Stadttore gab es ein Hospiz für die

Armen. Von der Stadt aus hatte man eine malerische Aussicht. Die Luft war frisch.

Winchester hatte sich den Großteil seines altertümlichen Charakters bewahrt. Die Straßen trugen noch angelsächsische Namen: Gold Street, Tanners Street, bis hin zur germanisch klingenden Fleshmongers Street. Doch am Hof von Wessex hatte man immer Wert auf Bildung gelegt. Schon vor der normannischen Eroberung hatte es auf den Straßen von Priestern, Mönchen, königlichen Beamten, reichen Kaufleuten und vornehmen Herren gewimmelt, und in den Herrenhäusern von Winchester wurde nicht nur Angelsächsisch, sondern auch Latein oder sogar Französisch gesprochen.

Das Quartier, das Walter für Adela beschafft hatte, stellte verglichen mit dem Kaufmannshaus in Christchurch eindeutig eine Verbesserung dar. Adelas Gastgeberin war eine über fünfzigjährige Witwe, Tochter eines sächsischen Erbadeligen, die mit einem der normannischen Hüter der Schatzkammer von Winchester verheiratet gewesen war. Nun bewohnte sie ein hübsches Steinhaus unweit des westlichen Stadttores. Nach ihrer Ankunft hatte sich Walter stundenlang mit der Lady zurückgezogen. Und als er fort war, hatte sie Adela aufmunternd zugelächelt und gesagt: »Ich bin sicher, dass wir etwas für Euch tun können.«

Ganz sicher mangelte es ihr nicht an Gesellschaft. Als sie am ersten Tag durch die Straßen nach St. Swithun's und über den Markt zurück spazierten, wurde ihre Gastgeberin ständig von Priestern, Höflingen und Kaufleuten gegrüßt. »Mein Gatte hatte viele Freunde, und sie erinnern sich seinetwegen an mich«, erklärte sie. Doch nachdem Adela zwei Tage lang ihre Freundlichkeit und ihren gesunden Menschenverstand hatte erleben dürfen, kam sie zu dem Schluss, dass die Witwe um ihrer selbst willen so beliebt war.

Auch Adelas gesellschaftliche Stellung war rasch geklärt. »Das ist Walter Tyrrells Base aus der Normandie«, pflegte ihre Gastgeberin sie vorzustellen. Und Adela erkannte an den respektvollen Reaktionen, dass man sie für eine junge Adelige mit guten Verbindungen hielt. Schon einen Tag später traf eine Einladung des Abtes von St. Swithun's ein, der die beiden Damen zu sich zum Essen bat.

Wenn sie unter vier Augen waren, versuchte die Witwe zwar, Adela aufzumuntern, doch sie schmierte ihrem Schützling keinen

Honig um den Mund. »Ihr seid ein hübsches Mädchen. Jeder Adelige wäre stolz, Euch an seiner Seite zu haben. Doch was Eure mangelnde Mitgift angeht...«

»Ich bin nicht völlig mittellos.«

»Nein, natürlich nicht«, erwiderte ihre neue Freundin, allerdings mehr aus Freundlichkeit als aus Überzeugung. »Man soll nie etwas sagen, das nicht der Wahrheit entspricht«, fuhr sie fort. »Doch es gibt keinen Grund, die Menschen vor den Kopf zu stoßen. Also halte ich es für das Beste, wenn wir darüber schweigen.« Ihre Stimme erstarb, und sie blickte in die Ferne. »Wie dem auch sei«, fügte sie fröhlich hinzu. »Wenn Ihr Euch bei Eurem Vetter Walter beliebt macht, bekommt Ihr vielleicht etwas von ihm.«

Adela sah sie erstaunt an. »Meint Ihr... Geld?«

»Nun, er ist kein armer Mann. Und wenn er glaubt, dass Ihr ihm nützlich sein könntet...«

»Daran hatte ich noch gar nicht gedacht«, gestand Adela.

»Ach, mein liebes Kind.« Die Witwe brauchte einen Moment, um sich wieder zu fassen. »Von nun an müssen wir dafür sorgen, dass Euer Vetter sehr, sehr stolz auf Euch ist.«

Während ihre Gastgeberin versuchte, ihr Diplomatie beizubringen, erfuhr Adela von anderen Menschen in Winchester, was in der Welt vor sich ging. Sie hatte zwar gewusst, dass der König seine Differenzen mit der Kirche hatte, war aber dennoch entsetzt, als ihn ein hoher Kirchenmann bei einer Plauderei auf dem Kirchplatz beiläufig »diesen roten Teufel« nannte.

»Vergesst nicht, was Rufus getan hat«, erklärte die Witwe ihr später. »Zuerst hatte er einen fürchterlichen Streit mit dem Erzbischof von Canterbury. Der Erzbischof suchte daraufhin den Papst auf, und danach hat ihm Rufus die Einreise nach England verweigert. Dann starb hier in Winchester der Bischof, und Rufus weigerte sich, einen neuen einzusetzen. Ihr wisst ja sicher, was das bedeutet. Sämtliche Steuern der Diözese Winchester, die sehr wohlhabend ist, werden nun nicht mehr an die Kirche, sondern unmittelbar an den König entrichtet. Und um das Maß der Beleidigungen voll zu machen, hat er seinen besten Freund, einen abgrundtiefen Schurken, zum Bischof von Durham ernannt. Daher hassen die Geistlichen den König. Die meisten würden ihn wohl am liebsten tot sehen.«

Ein weiteres Thema, über das sie bald mehr erfuhr, hing mit

ihrer Heimat zusammen. Wenn die Menschen hörten, dass sie aus der Normandie stammte, merkten sie häufig an, man werde wohl bald wieder unter einem gemeinsamen König leben. Adela wusste, dass Robert, Herzog der Normandie, vor drei Jahren zu einem Kreuzzug aufgebrochen war. Das dazu nötige Geld, eine gewaltige Summe, hatte er sich von seinem Bruder Rufus geliehen und ihm als Sicherheit die Normandie verpfändet. Allerdings war Adela im Gegensatz zum restlichen Winchester nicht darüber im Bilde gewesen, dass Rufus nicht die geringste Absicht hatte, seinen Bruder wohlbehalten in sein Herzogtum zurückkehren zu lassen. »Wenn er nicht auf dem Kreuzzug fällt«, hatte er vergnügt zu seinen Freunden gesagt, »wird er arm sein wie eine Kirchenmaus. Er wird seine Schulden nie zurückzahlen können. Und dann bekomme ich die Normandie und bin ein mächtiger Mann wie mein Vater, der Eroberer.«

»Wahrscheinlich behält er Recht«, meinte die Witwe zu Adela. »Doch es gibt da noch eine Schwierigkeit. Einige von Roberts Freunden haben vor ein paar Jahren einen Mordanschlag auf Rufus unternommen. Vielleicht versuchen sie es wieder. Man darf zwar nicht vergessen, dass sie alle eine Heidenangst vor Rufus haben, aber man kann nie wissen...«

»Was ist mit dem dritten Bruder, dem jungen Henry?«, erkundigte sich Adela. »Er hat schließlich überhaupt kein Königreich.«

»Das ist wahr. Übrigens werdet Ihr ihn vielleicht kennen lernen. Von Zeit zu Zeit kommt er hierher.« Sie überlegte eine Weile, bevor sie fortfuhr: »Ich halte ihn für ziemlich gerissen. Wahrscheinlich will er für keinen seiner Brüder Partei ergreifen, weil er befürchtet, sonst zwischen den Stühlen zu sitzen. Also benimmt er sich unauffällig und macht keine Schwierigkeiten. Vermutlich ist das eine weise Entscheidung. Glaubt Ihr nicht?«

Wenn in Winchester eine Festivität stattfand – zu Ehren durchreisender Ritter oder Höflinge mit Gefolge, für die der Schatzmeister ein Bankett veranstaltete –, waren die Witwe und ihr Gast stets eingeladen. Innerhalb weniger Wochen war Adela so einer Reihe unverheirateter junger Männer begegnet, die sie – wenn sie auch selbst nicht auf Brautschau waren – vielleicht anderen gegenüber erwähnen würden.

Und auf einem dieser Feste machte sie die Bekanntschaft von Sir Fulk.

Sir Fulk war mittleren Alters, aber noch recht ansehnlich. Es bedrückte Adela zu hören, dass er – unter Umständen, über die er sich nicht näher ausließ – vor kurzem seine vierte Frau verloren hatte. Der Adelige besaß Güter in der Normandie und in Hampshire, unweit von Winchester. Außerdem glaubte er, vor vielen Jahren einmal Adelas Vater begegnet zu sein. Adela war machtlos dagegen, dass sie sein Schnurrbärtchen und das runde Gesicht leider ein wenig an Walter erinnerten. Doch sie versuchte, sich davon nicht anfechten zu lassen. Schließlich sprach er so liebevoll von seinen verblichenen Gattinnen.

»All meine Frauen«, meinte er wohlwollend, »waren sehr reizend und ausgesprochen fügsam. Ich hatte großes Glück. Die zweite«, fügte er aufmunternd hinzu, »sah Euch sehr ähnlich.«

»Plant Ihr, Euch wieder zu verheiraten, Sir Fulk?«

»In der Tat.«

»Und Ihr sucht nicht nach einer reichen Erbin?«

»Nein, ganz und gar nicht«, versicherte er ihr. »Ich bin bereits wohlhabend genug und nicht sehr ehrgeizig. Und wisst Ihr« – diese Worte sprach er mit einer Aufrichtigkeit aus, die offenbar dazu gedacht war, ihr ans Herz zu gehen – »der Nachteil bei Erbinnen ist, dass sie zumeist viel zu sehr auf ihre eigene Meinung pochen.«

»Sie brauchen eine starke Hand.«

»Ganz recht.«

Beim Verlassen des Festes wurde ihre Gastgeberin kurz aufgehalten. Doch sobald sie Adela eingeholt hatte, verkündete sie: »Ihr habt eine Eroberung gemacht.«

»Sir Fulk?«

»Er sagt, Ihr hättet ihn ermutigt.«

»Er ist der schlimmste Langweiler, der mir je untergekommen ist.«

»Mag sein, doch er ist grundsolide. Er wird Wachs in Euren Händen sein.«

»Aber ich nicht in seinen«, entgegnete Adela hitzig.

»Nehmt Euch zusammen und hütet Eure lose Zunge. Oder wartet wenigstens, bis Ihr verheiratet seid.«

»Außerdem«, wandte Adela entsetzt ein, »sieht er aus wie Walter!«

Ihre Begleiterin seufzte auf und warf Adela einen tadelnden

Blick zu, den diese jedoch nicht bemerkte. »Euer Vetter ist kein hässlicher Mann.«

»Für mich schon.«

»Wollt Ihr Sir Fulk etwa abweisen, wenn er um Eure Hand anhält? Eure Familie, das heißt Walter, könnte darauf bestehen, dass Ihr sein Angebot annehmt!«

»Ach, sobald Sir Fulk sieht, wie ich wirklich bin, wird er sofort einen Rückzieher machen.«

»Ich fürchte, Ihr verhaltet Euch unvernünftig.«

»Habt Ihr denn gar kein Verständnis für mich?«

»Darum geht es doch nicht.«

»Meint Ihr etwa, ich sollte mich opfern?« Anklagend sah Adela die ältere Frau an. »Habt Ihr bei Eurer Hochzeit die Zähne zusammenbeißen müssen?«

Ihre Begleiterin schwieg eine Weile. »Nun, ich sage Euch eines«, erwiderte sie schließlich. »Falls es so war, hat mein lieber verstorbener Mann nie etwas davon bemerkt.«

Adela dachte eine Weile über diese Antwort nach und nickte dann reumütig. »Bin ich vielleicht zu dumm, um einen Mann zu finden?«

»Mag sein«, entgegnete die Witwe. »Doch das ist bei den meisten Mädchen so.«

Der Heiratsantrag kam am nächsten Tag. Adela lehnte ihn ab. Eine Woche später traf Walter Tyrrell ein.

»Sie hat Sir Fulk einen Korb gegeben?«

»Vielleicht war er ja nicht der Richtige«, meinte die Witwe nachsichtig.

»Ohne meine Erlaubnis. Was stimmt denn nicht mit ihm? Er besitzt zwei ertragreiche Güter.«

»Möglicherweise lag es an etwas anderem.«

»Er ist ein sehr stattlicher Mann«, stellte Tyrrell fest.

»Ohne Zweifel.«

»Ein Skandal! Ich nehme diese Zurückweisung persönlich.«

»Sie ist noch jung, Walter. Ich mag sie.«

»Dann sprecht Ihr mit ihr, denn ich weigere mich. Aber sagt ihr eines«, fügte der erboste Ritter hinzu. »Wenn sie noch einen ehrbaren Freier ausschlägt, werde ich sie ins Kloster von Romsey bringen. Dann kann sie den Rest ihres Lebens als Nonne fristen. Teilt ihr das mit.« Er bedachte seine alte Freundin mit einem angedeuteten Handkuss und stürmte davon.

»Seht Ihr«, meinte die Witwe eine Stunde später zu Adela. »Er droht Euch mit dem Kloster von Romsey.«

Adela konnte ihre Erschütterung nicht verbergen. »Was ist denn das für ein Kloster? Kennt Ihr jemanden dort?«, fragte sie entsetzt.

»Es geht dort ziemlich vornehm zu. Hauptsächlich adelige Damen. Und ja, ich kenne eine Nonne dort, eine angelsächsische Prinzessin namens Edith – eine der letzten Nachkommen unseres Königshauses. Ihre Mutter ist mir ebenfalls gut bekannt. Edith ist ungefähr in Eurem Alter.«

»Gefällt es ihr im Kloster?«

»Wenn die Abtissin nicht hinsieht, reißt sie sich die Tracht vom Leibe und trampelt darauf herum.«

»Oh.«

»Ich an Eurer Stelle würde nicht dort eintreten, wenn Ihr nicht wirklich Nonne werden wollt.«

»Das will ich auf keinen Fall.«

»Dann solltet Ihr besser dafür sorgen, dass Ihr einen Ehemann findet. Uns bleibt nicht mehr viel Zeit. Passt nur auf, dass Ihr nicht noch mehr Herren wie Sir Fulk ermutigt.« Die Witwe, die Mitleid mit Adela hatte, fügte hinzu: »Ich glaube nicht, dass Walter diese Drohung wirklich in die Tat umsetzen wird.«

»Warum?«

»Weil es ihn wahrscheinlich ein ordentliches Sümmchen kosten würde, Euch im Kloster von Romsey unterzubringen.«

Der Herbst führte nur wenige Besucher nach Winchester. Dann kam der November. Die Blätter waren von den Bäumen gefallen, der Himmel wurde grau, und über die Hügel wehte häufig ein bitterkalter Wind. Nirgendwo war ein heiratswilliger Junggeselle in Sicht. Manchmal erinnerte sich Adela an den New Forest und wünschte sich beinahe zurück nach Christchurch, in die Zeit ihrer gemeinsamen Ausritte mit Edgar. Oft dachte sie an Hugh de Martell. Doch das erwähnte sie nie, nicht einmal gegenüber ihrer freundlichen Gastgeberin. Der Dezember kam. Es hieß, es werde bald Schnee geben.

Adela war wie vom Donner gerührt, als sie aus der Kathedrale trat, in Richtung Westtor ging und plötzlich ihren Vetter Walter erblickte. Er trug eine kecke Jagdkappe mit einer Feder und stand neben einer eleganten, geschlossenen Kutsche. Gerade machte sich eine in einen Umhang gehüllte Dame, auf seinen ausgestreckten Arms gestützt, daran, das Gefährt vorsichtig zu verlassen.

Es war Lady Maud.

Adela eilte zu den beiden hinüber und rief ihnen einen Gruß zu. Sie wandten sich um.

Walter wirkte ein wenig verdrießlich. Vermutlich lag es daran, dass sie Lady Maud beim Aussteigen störte. Er hatte seine Ankunft in Winchester nicht angekündigt, doch sicher hätte er ihr einen Besuch abgestattet. Sie deutete sein Kopfnicken als Aufforderung, sich zu ihnen zu gesellen, und so folgte sie ihnen in die Residenz, wo ihr Vetter offenbar beim Pförtner und den Dienstboten bekannt war.

Adela fand, dass Lady Maud ruhig freundlicher sein oder wenigstens ein Zeichen des Erkennens hätte zeigen können. Aber gewiss war sie müde von der Reise. Während Lady Maud sich kurz zurückzog, erklärte Walter ihr den Grund seiner Anwesenheit. Sie seien nur auf der Durchreise. Lady Maud wolle einen Vetter besuchen, der jenseits von Winchester wohne. Und Hugh de Martell habe ihn, Walter, gebeten, seine Gattin zu begleiten. »Danach kehre ich in die Normandie zurück«, sagte Walter. Er lief gereizt auf und ab, was das Gespräch nicht eben erleichterte.

Kurz darauf erschien Lady Maud wieder, offenbar in besserer Stimmung. Wie immer war sie ein wenig blässlich, doch sie benahm sich höflich, wenn auch ein wenig reserviert. Als Adela sich nach ihrem Befinden erkundigte, erwiderte sie, es gehe ihr gut.

»Ich hoffe, Euer Gatte ist ebenfalls wohlauf«, zwang sich Adela zu sagen. Sie hoffte, dass es höflich und dennoch beiläufig geklungen hatte.

»Ja.«

»Walter erzählte, Ihr wolltet einen Verwandten besuchen.«

»Ja.« Sie schien zu überlegen. »Richard Fitzwilliam. Vielleicht kennt Ihr ihn.«

»Nein, obwohl ich natürlich von ihm gehört habe.« Der Name war ihr schon öfter zu Ohren gekommen. Fitzwilliam war dreißig Jahre alt, Besitzer eines der wohlhabendsten Güter der Grafschaft und lebte nur etwa acht Kilometer von Winchester entfernt. Und er war Junggeselle. »Es heißt, er sei ein gut aussehender Mann«, fügte sie höflich hinzu.

71

»Ja.«

»Ich wusste gar nicht, dass Ihr mit ihm verwandt seid.«

»Er ist mein Vetter. Wir stehen uns sehr nah.«

Adela wurde klar, dass während ihres Aufenthalts im Hause von Lady Maud auf dem Weg nach Winchester kein Wort über diese Verwandtschaft gefallen war. Sie fragte sich, ob Lady Maud sie nun einladen würde, sie zu begleiten, um ihn kennen zu lernen.

Doch sie tat es nicht. Und auch Walter sagte kein Wort.

Schweigen entstand.

»Vielleicht wollt Ihr Euch ein wenig ausruhen, bevor wir weiterfahren«, schlug Walter vor.

»Ja.«

Er bedachte Adela mit einem leichten Kopfnicken, das Zeichen eines Höflings, dass es Zeit für sie war, sich zu entfernen.

Adela hatte den Wink wohl verstanden, doch sie hätte sich gefreut, wenn Walter sie zur Tür begleitet hätte. »Werde ich dich bald wieder sehen, Walter?«, fragte sie im Gehen.

Er nickte, aber auf eine Weise, die ihr klarmachte, dass er sie so rasch wie möglich loswerden wollte. Ehe sie es sich versah, stand sie draußen auf den kalten Straßen von Winchester.

Da sie keine Lust hatte, sich nach Hause zu begeben, spazierte sie umher. Nach einer Weile trat sie vor das Stadttor hinaus und blickte über das weite Land. Der Himmel war grau. Die kahlen, braunen Wälder auf dem gegenüberliegenden Hügel schienen sie zu verspotten. Ich werde gedemütigt, dachte sie. Auch wenn sie arm war, hatte ihr eigener Vetter nicht das Recht, sie so zu behandeln und sie wie einen Lakai fortzuschicken. Heiße Wut stieg in ihr auf. Zum Teufel mit ihm! Zum Teufel mit ihnen beiden.

Adela lief vor dem Stadttor auf und ab. Würden sie die Stadt auf diesem Wege verlassen? Vielleicht sollte sie die beiden dann hier ansprechen? Nein. Sie würde sich nur lächerlich machen, wenn sie ihnen in ohnmächtiger Wut auf der Straße auflauerte. Aber der Verlauf der Begegnung mit Walter und Lady Maud hatte sie sehr gekränkt. Etwas sträubte sich in ihr, sich damit abzufinden. So kann man mit mir nicht umspringen, dachte sie. Ich darf mir das nicht bieten lassen. Also beschloss sie, die beiden zur Rede zu stellen und sie dazu zu zwingen, sie mit der gebührenden Höflichkeit zu behandeln. Aber wie? Welchen Vorwand gab es, noch einmal in der Residenz vorzusprechen?

Da kam ihr plötzlich der zündende Einfall. Natürlich: Ihre Gastgeberin und Walter waren befreundet. Was hätte unverfänglicher sein können, als in Begleitung der alten Dame wiederzukommen, die ihren Freund, der auf der Durchreise war, begrüßen wollte? Selbst eine Lady Maud wäre gezwungen, der Witwe Respekt zu erweisen. Und vielleicht würde sie ja auch beiläufig erwähnen, wie beliebt Adela hier in Winchester war und was für eine Ehre sie ihrem Vetter machte… Kaum war ihr dieser wunderbare Gedanke gekommen, als sie auch schon kehrtmachte und so schnell wie möglich zum Haus ihrer Gastgeberin lief.

Die Witwe war zu Hause. Ohne sich länger bei den demütigenden Einzelheiten des Zusammentreffens aufzuhalten, schilderte Adela ihr in wenigen Minuten die Lage. Die Witwe war sofort bereit, sie zu begleiten, bat sich jedoch ein wenig Zeit aus, um sich präsentabel herzurichten.

Während sich die alte Dame das Haar kämmte, fiel Adela allerdings noch etwas ein. Was war, wenn Walter und die Lady nicht so lang in der Residenz blieben und bereits aufbrachen? Das musste sie unbedingt verhindern. Ganz sicher würde Walter nicht einfach abfahren, wenn sie ihm sagte, dass die Witwe ihn besuchen wollte.

»Wir treffen uns am Eingang zur Residenz!«, rief sie und eilte durch die Straßen zurück. Sie betete, dass es noch nicht zu spät war.

Ihre Sorge erwies sich als unbegründet: Der Pförtner versicherte ihr, dass die beiden sich noch im Gebäude befanden. Adela wartete an der Tür, doch als sie immer mehr zu frieren begann und sich außerdem ein wenig albern vorkam, bat sie den Pförtner, sie hineinzulassen. Da er sie bereits in Begleitung von Tyrrell gesehen hatte, erhob er keine Einwände und versprach, die Witwe sofort zu ihr zu schicken.

»Sie ist eine alte Freundin meines Vetters Tyrrell«, erklärte Adela, deren Missmut inzwischen verflogen war.

Zwischen der Außentür und der Vorhalle befand sich ein kleines Foyer, in dem die Normannin wartete. Sie hatte sich alles sorgfältig zurechtgelegt. Falls die beiden plötzlich aus der Vorhalle auf sie zukommen sollten, wollte sie freundlich lächeln und sagen, sie sei nur zurückgekehrt, weil die Witwe auf dem Weg hierher sei. Adela war sicher, dass man ihr diese Lüge abnehmen würde, denn sie hatte sie gründlich eingeübt. Doch die beiden erschienen nicht, und allmählich wurde sie unruhig. War es möglich, dass sie das Gebäude auf einem anderen Weg verlassen hatten? Adela lauschte an der schweren Tür, die zur Vorhalle führte, aber sie hörte nichts. Nachdem sie ein paarmal auf und ab gelaufen war, lauschte sie wieder und zögerte. Dann schob sie vorsichtig die Tür einen Spaltbreit auf.

Die beiden standen zusammen da. Sie trugen bereits ihre Umhänge, und Walter hatte seine Kappe mit der Feder auf dem Kopf. Offenbar wollten sie gerade aufbrechen. Doch sie waren vor einem Wandbild stehen geblieben, das eine Jagdszene darstellte.

Walter stand hinter Lady Maud, beugte sich über ihre Schulter und zeigte auf ein Detail des Bildes. Seine Wange war dicht an ihrer, dann wich er ein kleines Stück zurück, und sie lehnte sich an ihn. Die Bewegung hatte etwas Kokettes, Vertrauliches. Seine Hand senkte sich, und einen Augenblick später umfasste sie, ganz kurz nur, Lady Mauds Brust. Lady Maud lächelte. Im nächsten Moment bemerkte sie Adela.

Die beiden fuhren auseinander. Die Lady wandte sich ab, zog den Umhang fester um sich zusammen und trat ein paar Schritte auf das Wandbild zu. Walter starrte Adela finster an, als hoffte er, der Boden würde sich auftun und sie verschlingen.

Was hatte das zu bedeuten? Liebten sich die beiden, oder war es nur eine der Tändeleien, die, wie Adela wusste, bei Hofe an der Tagesordnung waren? Was verriet das über die Gefühle der Lady zu ihrem Ehemann? Und dieser Gedanke, der ihr plötzlich in den Sinn kam, sorgte dafür, dass sie wie angewurzelt stehen blieb und die beiden entsetzt anblickte.

»Was zum Teufel hast du in der Halle des Königs zu suchen?« Walter war zu schlau, um sich etwas anderes als Entrüstung anmerken zu lassen. Selbst in ihrer Verwirrung bemerkte sie, wie rasch es ihm gelungen war, ihr den schwarzen Peter zuzuschieben – sie hatte unbefugt königlichen Besitz betreten.

Adela stammelte, die Witwe wolle ihn sprechen, sie seien gemeinsam hier. Das hörte sich ziemlich albern an, vor allem, als Walter fragte: »Nun, wo ist sie?« Denn die würdige Dame war nirgendwo zu sehen. »Lady Maud verlässt uns jetzt«, sagte er barsch. Adela wusste nicht, ob er ihr die Geschichte mit der Witwe überhaupt geglaubt hatte.

Lady Maud hatte sich inzwischen wieder gefasst und marschierte zur Tür, als ob Adela Luft wäre. Doch auf einmal blieb sie stehen, als ob ihr noch etwas eingefallen wäre, und sie musterte Adela. »Die ganze Grafschaft weiß, dass Ihr einen Ehemann sucht«, meinte sie zuckersüß. »Aber ich glaube nicht, dass Ihr dabei viel Glück haben werdet. Woran das nur liegen mag?«

Das war der Tropfen, der das Fass zum Überlaufen brachte. Zuerst hatte sie sich von dieser Frau demütigen lassen müssen, dann hatte sie sie beim Ehebruch ertappt, und nun wurde sie auch noch beleidigt. »Wenn ich einmal heirate«, erwiderte Adela mit einer Ruhe, auf die sie sehr stolz war, »werde ich meinen Mann ehren. Und ich werde ihm ein Kind schenken.« Es war ihr gleichgültig, wie sehr sie Lady Maud mit dieser vernichtenden Bemerkung gekränkt haben mochte. Abwartend sah sie ihre Widersacherin an.

Aber zu ihrem Erstaunen verzog Lady Maud ihre roten Lippen nur zu einem gekünstelten Lächeln und warf Walter einen triumphierenden Blick zu. »Ich fürchte, von Euch wird es bald heißen, dass Ihr Haare auf den Zähnen habt«, entgegnete sie. »Und dass Ihr außerdem ein Klatschweib seid«, fügte sie gedehnt hinzu. Dann stolzierte sie weiter zur Tür, die Walter ihr höflich aufhielt. Adela hatte erwartet, dass er einfach hinter ihr hinausgehen würde, doch stattdessen hielt er die Tür weiter für sie offen. Wie benommen verließ Adela zwischen Lady Maud und Walter das Haus und trat hinaus in die Kälte. Nachdem Walter der Lady in die Kutsche geholfen hatte, schickte er sich an, in den Sattel zu steigen.

Zuvor jedoch winkte er Adela zu sich. »Ich möchte dir noch etwas sagen«, flüsterte er. »Als ich vorgestern bei Hugh de Martell eintraf, hatte er eine erfreuliche Neuigkeit für mich. Lady Maud hat vor kurzem festgestellt, dass sie guter Hoffnung ist.« Er sah sie bedrückt an. »Jetzt hast du dir noch zwei Feinde geschaffen – sie und ihren Gatten, denn ich bin sicher, dass sie ihm gegenüber schlecht von dir reden wird. An deiner Stelle würde ich mich in Acht nehmen.« Er schwang sich aufs Pferd, und sie machten sich auf den Weg.

Gerade war die Kutsche durchs Tor gefahren, als die Witwe – zu spät – auf Adela zueilte.

In jener Nacht gab es Frost. Adela schlief schlecht. Wieder hatte sie sich bis auf die Knochen blamiert. Und sie hatte sich Lady Mauds unversöhnlichen Hass zugezogen und sich vermutlich auch Hugh de Martell zum Feind gemacht. Sicher hatte Walter sie allmählich satt. Sie war allein auf der Welt und hatte keine Freunde. Doch selbst diese quälenden Gedanken hätte sie vergessen können, wäre da nicht etwas gewesen, das sich ihr immer wieder ins Bewusstsein drängte und ihr den Schlaf raubte: Seine Frau würde Martell ein Kind schenken.

Am Morgen kam von Norden her aus den Bergen ein Wind auf und brachte Schnee, der bald die Stadt bedeckte. Adela hatte das Gefühl, dass die Welt auf einmal sehr kalt geworden war.

Für gewöhnlich liebte Edgar den Winter, obwohl er eine harte Jahreszeit war. Das Gras schrumpfte zu kleinen, bleichen Stoppeln. Es gab Frost und Schnee. Die Hirsche ernährten sich hauptsächlich von Stechpalmenzweigen, Efeu und Heidekraut. Wenn das Wetter noch unwirtlicher wurde, knabberten sie sogar die Rinde von den Bäumen. Die kräftigen wilden Ponys, die fast alles fraßen, weideten den stacheligen Ginster ab. Wenn der Januar sich seinem Ende zuneigte, waren viele Tiere abgemagert. Die Ponys streiften nicht mehr so viel umher, um ihre Kräfte zu schonen. Es war die Probezeit der Natur, die manche Tiere des Waldes nicht überleben würden.

Auf einem Ritt durch den Wald hatte Edgar die weißliche Hirschkuh beim Äsen beobachtet, und das hatte ihn wieder einmal an Adela erinnert.

Wie gerne hätte er sie in Winchester besucht, doch sein Vater hatte ihm stets davon abgeraten. »Lass sie in Ruhe. Sie will einen Normannen«, hatte er gesagt. Dann hatte Cola ihm eröffnet, dass Adela bereits einen Heiratsantrag erhalten hatte. Im November hatte er seinem Sohn mitgeteilt, sie verfüge nur über eine geringe Mitgift. Und im Dezember hatte er ihm schonungslos an den Kopf geworfen: »Es hat keinen Sinn, eine Frau zu heiraten, die immer auf dich herabblicken wird, weil du nur ein angelsächsischer Förster bist.« Aber selbst diese Einwände hätten Edgar nicht daran hindern können, nach Winchester zu reiten. Etwas anderes hielt ihn zurück.

Bis jetzt war er noch nicht dahinter gekommen, woher sein Vater wusste, dass etwas im Argen lag. Wurde er von den Männern, deren Bekanntschaft er bei den Jagden des Königs machte, auf dem Laufenden gehalten? Denn hin und wieder tauchten Fremde auf, die Botschaften überbrachten. Oder lag es an Colas monatlichen Besuchen bei einem alten Freund im Schloss von Sarum? Hatte er neue Quellen aufgetan, während er wie so oft ohne Angabe von Gründen von zu Hause abwesend war? »Vielleicht ist es der Wald, der zu ihm spricht«, hatte Edgars Bruder einmal gemeint. Doch ganz gleich, was auch die Ursache sein mochte, während der kalten Jahreszeit kamen dem alten Mann einige Gerüchte zu Ohren, und Edgar merkte seinem Vater die zunehmende Besorgnis an. Im November hatte Cola seinen älteren Sohn in einer geschäftlichen Angelegenheit nach London geschickt, die den ganzen Winter in Anspruch nehmen würde. »Du bleibst hier, ich brauche dich«, hatte er nur gebrummt, als Edgar neugierig wurde.

Wenn Edgar sich hin und wieder erkundigte, was seinen Vater bedrückte, fielen dessen Antworten stets einsilbig aus. Aber als er Cola geradeheraus fragte, ob er ein neues Komplott gegen den König befürchte, stritt dieser das nicht ab. »Es sind gefährliche Zeiten, Edgar«, murmelte er und schnürte damit alle weiteren Nachfragen ab.

Ränkeschmieden boten sich so mannigfaltige Möglichkeiten, dass Edgar nicht einmal vermuten konnte, aus welcher Richtung die Bedrohung kam. Zuerst einmal durfte man die Anhänger von Robert nicht vergessen; der Besitzer der Ländereien am Südrand des New Forest gehörte auch dazu. Doch vielleicht steckte der König von Frankreich dahinter, der einen Angriff auf sein eigenes Gebiet befürchtete, falls der kriegerische Rufus Herrscher seines Nachbarlandes Normandie werden sollte. Womöglich waren die Hintergründe auch komplizierter. Vor vier Jahren erst war ein Mordkomplott gegen Rufus aufgedeckt worden. An seiner Stelle sollte der Ehemann seiner Schwester, der französische Graf von Blois, den Thron besteigen. Tyrrells Verwandte, die mächtige Familie Clare, waren in die Verschwörung verwickelt gewesen, hatten dann aber aus heiterem Himmel die Seiten gewechselt und Rufus vor dem Anschlag gewarnt. Edgar war überzeugt, dass man den Clares und ihren Erfüllungsgehilfen wie Tyrrell nicht über den Weg trauen konnte. Und die Kirche, die ohnehin keine großen Sympathien für Rufus hegte, würde dem König keine Träne nachweinen.

Aber weshalb bereiteten diese Staatsaffären seinem Vater solche Sorgen? Ganz gleich, wie der neue König auch heißen mochte, er würde froh über die Dienste eines erfahrenen Forstmannes sein. Cola hatte sich stets aus sämtlichen politischen Machtspielen herausgehalten. Warum also seine Angst? War er doch in die Angelegenheit verstrickt?

Da Edgar ein gehorsamer Sohn war, ritt er nicht nach Winchester, sondern blieb bei seinem Vater, patrouillierte im Wald und kümmerte sich darum, dass der Großteil der Hirsche wohlbehalten durch den Winter kam.

Gegen Ende der kalten Jahreszeit ging ein neues Gerücht in England um. Es lautete, Robert, Herzog der Normandie, werde bald von seinem Kreuzzug zurückkehren, in dem er sich recht wacker geschlagen habe. Inzwischen habe er in Italien Station gemacht. Dort sei er nicht nur wie ein Held aus dem heiligen Krieg empfangen worden, nein, er habe auch eine Braut gefunden, die eine beträchtliche Mitgift in die Ehe bringe. »Genug, um den Kredit zu tilgen und die Normandie auszulösen«, stellte Cola fest. Aus irgendeinem Grund nannten die Italiener Robert auch »König von England«. »Der Himmel weiß, was das zu bedeuten hat«, fuhr Cola fort. »Doch selbst wenn er das Darlehen zurückgezahlt hat, wird Rufus ihm den Zutritt zur Normandie verwehren, und zwar mit Gewalt. Und dann werden Roberts Freunde Rufus ans Leder wollen.«

»Ich verstehe immer noch nicht, was das mit uns hier im New Forest zu tun hat«, sagte Edgar. Aber sein Vater schüttelte nur den Kopf und schwieg.

Wieder verging ein Monat ohne Neuigkeiten – bis auf die Besorgnis erregenden Nachrichten aus dem Hause von Hugh de Martell.

Als sie Hugh de Martell auf der Türschwelle der Witwe stehen sah, traute Adela zunächst ihren Augen nicht.

Nach einem kurzen Regenschauer hatte es aufgeklart, sodass die nassen Straßen in der Sonne glitzerten. Eine frische Brise, Vorbotin des Frühlings, hatte Adelas Wangen während des kurzen Spaziergangs gerötet. Ihr Gesicht fühlte sich ein wenig taub an.

Unwillkürlich schnappte sie nach Luft. Seine hoch gewachsene, stattliche Gestalt glich dem Bild, das sie sich in ihren Träumen von ihm machte. Doch irgendetwas in seinem Gesicht hatte sich verändert.

Was hatte das zu bedeuten? Warum war er hier? Schließlich

hatte Walter ihr doch prophezeit, dass Lady Maud ihren Mann gegen sie aufhetzen würde. Offenbar war ihr das nicht gelungen. Trotz eines Lächelns wirkten seine Züge angespannt. »Gehen wir ein Stück?«

»Gern.« Sie wies in Richtung St. Swithun's. Er schritt neben ihr her. »Bleibt Ihr lange in Winchester?«

»Wahrscheinlich nur ein oder zwei Stunden.« Er blickte sie an. »Wisst Ihr es nicht? Aber wie solltet Ihr auch? Meine Frau ist krank.« Er schüttelte den Kopf. »Sehr krank.«

»Oh, das tut mir Leid.«

»Vielleicht liegt es daran, dass sie in anderen Umständen ist. Ich weiß es nicht. Keiner kann es sagen.« Hilflos zuckte er die Achseln.

»Und deshalb seid Ihr hier...?«

»Es gibt in Winchester einen Arzt, einen heilkundigen Juden, der auch schon den König behandelt hat. Man sagte mir, dass ich ihn hier finde.«

Sie hatte von diesem Mann gehört und war ihm sogar schon einmal begegnet: ein majestätisch wirkender Herr mit schwarzem Bart, der schon seit einer Woche als Gast des Schatzmeisters in dessen Haus weilte.

»Er ist mit einigen Männern des Königs ausgeritten«, fuhr Martell fort. »Doch er wird in ein oder zwei Stunden zurück erwartet. Hoffentlich stört Euch mein unangemeldeter Besuch nicht. Ich kenne sonst niemanden in Winchester.«

»Nein.« Ihr fehlten die Worte. Er war innerlich aufgewühlt und marschierte mit langen Schritten neben ihr her und musste sich zwingen, langsamer zu gehen, damit sie nicht zu rennen brauchte. »Ich freue mich, Euch zu sehen.«

Was wollte er von ihr? Adela betrachtete sein Gesicht, in dem sich Schmerz und Sorge malten, und plötzlich fiel es ihr wie Schuppen von den Augen. Martell mochte ein unbeugsamer Mann sein, hatte aber Gefühle wie jeder gewöhnliche Mensch. Nun litt er und war einsam. Und er war zu ihr gekommen, weil er Trost brauchte. Sie wurde von Mitgefühl ergriffen. »Es heißt, jüdische Ärzte seien sehr fähig«, meinte sie. Die Normannen hatten Hochachtung vor dem Wissen der Juden, das bis auf das Altertum zurückging. Der Eroberer hatte jüdische Gemeinden in England eingerichtet, und sein Sohn Rufus sah Juden gern an seinem Hof. »Sicher wird er sie heilen.«

»Ja.« Geistesabwesend blickte er ins Leere. »Hoffentlich.«
Schweigend gingen sie ein Stück weiter. Vor ihnen ragte die Kathedrale in den Himmel. »Winchester ist eine schöne Stadt«, sagte er, in einem tapferen Versuch, Konversation zu betreiben. »Gefällt es Euch hier?«

Sie bejahte das und erzählte ihm dann – um ihn für eine Weile von seinen Sorgen abzulenken – von den jüngsten Ereignissen in der Gemeinde und von den Besuchern, die auf der Durchreise hier vorbeigekommen waren. Obwohl sie ihm anmerkte, wie dankbar er ihr dafür war, schien er nach einer Weile doch lieber wieder seinen Gedanken nachhängen zu wollen. Sie hörte auf zu plaudern, und schweigsam schlenderten sie um St. Swithun's herum.

»Das Kind soll im Frühsommer kommen«, meinte er unvermittelt. »Wir haben so lange darauf gewartet.«

»Ja.«

»Meine Frau ist ein prachtvoller Mensch«, fügte er hinzu. »Mutig, sanft und freundlich.« Adela nickte nur. Was sollte sie schon darauf erwidern? Dass sie wusste, wie engherzig, kleingeistig und böswillig Lady Maud in Wirklichkeit war? »Sie liebt mich, und sie ist mir treu.«

Der Anblick der Dame, wie sie sich an Tyrrell gelehnt hatte, während dieser ihre Brust liebkoste, stand Adela noch lebhaft vor den Augen. »Natürlich.« Was für ein guter Mensch er doch war. Tausendmal zu gut für Lady Maud, dachte sie. Und dennoch war es ihre Pflicht, ihn weiter in seiner Selbsttäuschung zu bestätigen.

Auf dem Rückweg zum Haus der Witwe sprachen sie kaum noch ein Wort. Als sie sich dem Stadttor näherten, kam ein Trupp Reiter hereingeprescht. Unter ihnen erkannte Adela deutlich die beeindruckende Gestalt des Juden.

Martell wollte schon auf ihn zueilen, wandte sich aber erst zu seiner Begleiterin um. »Meine liebe Lady Adela.« Er umfasste ihre beiden Hände. »Danke, dass Ihr mir Gesellschaft geleistet habt.« Mit aufrichtiger Zuneigung sah er ihr in die Augen. »Eure Freundschaft bedeutet mir so viel.«

»Keine Ursache.«

»Nun...« Er zögerte. »Ich kenne Euch kaum, aber ich habe das Gefühl, dass man mit Euch reden kann.«

Mit ihr reden! Als Adela sein männliches, besorgtes Gesicht

betrachtete, wünschte sie so sehr, ihm eine ehrliche Antwort geben zu können. Wie gerne hätte sie gesagt: »Ihr trauert um eine Frau, die Eurer nicht würdig ist.« Oh, mein Gott, dachte sie, wenn ich an Lady Mauds Stelle wäre, ich würde Euch lieben. Ich würde Euch ehren. Am liebsten hätte sie es herausgeschrien. »Wenn Sie Hilfe brauchen, können Sie sich jederzeit an mich wenden«, erwiderte sie stattdessen.

»Habt Dank.« Er lächelte, neigte respektvoll den Kopf, wandte sich ab und schritt zielstrebig auf die Reiter zu.

In den folgenden Tagen sah sie ihn nicht mehr. Der jüdische Arzt brach mit ihm auf und kehrte eine Woche später zurück. Adela erfuhr, dass er bis Ostern in Winchester bleiben musste, weil der König erwartet wurde. Sie zog Erkundigungen ein und hörte, dass Lady Maud noch lebte. Wie durch ein Wunder hatte sie bis jetzt auch ihr Kind nicht verloren. Allerdings konnte der Jude für nichts garantieren.

Weitere Tage verstrichen. Es wurde ein wenig wärmer. Adela überlegte.

Dann, eines frühen Morgens, hinterlegte sie für ihre Gastgeberin eine Nachricht und verließ Winchester allein zu Pferde. In ihrem Brief, den sie absichtlich vage gehalten hatte, bat sie ihre Freundin um Stillschweigen und versprach, am nächsten Tag bei Sonnenuntergang zurück zu sein. Ihr Ziel nannte sie nicht.

Es war Godwin Pride deutlich anzusehen, wie zufrieden er mit sich war. Er stand, ein Seil in der Hand, vor seiner Kate. Am anderen Ende des Seils war eine braune Kuh festgebunden. Seine Frau und drei seiner Kinder betrachteten das Tier.

Godwin Pride hatte den Winter gut überstanden. Als der Herbst sich dem Ende zuneigte, hatte er den Großteil seiner mit Eicheln gemästeten Schweine geschlachtet und das Fleisch eingepökelt. Seine Hühner legten Eier, seine wenigen Kühe gaben Milch, und die Vorräte an eingeweckten Äpfeln und getrocknetem Gemüse waren reichlich. Und da er über *Turbary*, das Recht zum Torfstechen, verfügte, hatte er auch genügend Brennmaterial.

Also hatte er es sich in seiner warmen Hütte gemütlich gemacht, seine kleine Herde gefüttert, und war bei Frühlingsanfang wieder frohgemut vor die Tür getreten.

Außerdem hatte er eine neue Kuh gekauft. »Sie war sehr preiswert«, verkündete er. Er hatte sie zu Fuß von Brockenhurst hierher geführt.

»Oh? Wie viel hat sie denn gekostet?«, fragte seine Frau.

»Zerbrich dir nicht den Kopf darüber. Sie war billig.«

»Wir brauchen keine neue Kuh.«

»Sie ist eine gute Milchkuh.«

»Und ich bin diejenige, die sich um sie kümmern muss. Woher hast du überhaupt das Geld?«

»Das ist nicht deine Sache.«

Sie blickte ihn argwöhnisch an, während die Kinder sie schweigend beobachteten.

»Und wo sollen wir sie im Winter unterbringen?« Wollte ihr Mann etwa noch einen Kuhstall bauen? Denn in dem alten war beim besten Willen kein Platz mehr für ein weiteres Tier. Und den Pferch zu vergrößern, nachdem er erst im letzten Jahr dabei ertappt worden war, kam eindeutig nicht in Frage. »Der Pferch bleibt, wie er ist«, sagte sie gebieterisch.

»Keine Sorge. Ich habe schon einen Plan und mir alles gut überlegt.« Und obwohl er sich danach nichts mehr entlocken ließ, sah er so zufrieden aus wie schon lange nicht mehr.

Dass er die Kuh einer plötzlichen Eingebung folgend gekauft hatte, dass es gar keinen Plan gab und dass er beim besten Willen nicht wusste, wo er die Kuh im nächsten Winter unterstellen sollte, bedrückte ihn nicht weiter. Vor ihm lagen ja noch ein langer Frühling und Sommer, in denen die Kühe im Wald umherliefen und er sich darüber Gedanken machen konnte. Manchmal konnte Godwin Pride wie ein kleiner Junge sein, worüber sich seine Frau durchaus im Klaren war. Aber sie hatte keine Gelegenheit zum Widerspruch mehr.

Denn ausgerechnet in diesem Augenblick erschien Adela und kam, ihr Pferd am Zügel, näher.

»Was zum Teufel will sie nur von uns!«, rief Godwin Pride aus.

Am späten Nachmittag stiegen zwei Menschen von der Hochebene von Wilverley Plain hinab – einer großen, ebenen Heide mit einem Durchmesser von fast vier Kilometern, wo die Wildponys unter einem blauen Himmel grasten. Adela führte ihr Pferd am Zügel. Godwin Pride ritt auf einem kräftigen Pony voran. Er ärgerte sich, weil er sich auf dieses Abenteuer eingelassen hatte.

Der Himmel hatte aufgeklart, und der Mond ging auf. Ein Hauch von Frühlingswärme lag in der Luft. Adela war froh, wieder im New Forest zu sein, auch wenn sie sich ein wenig vor dem fürchtete, was ihr bevorstand.

Sie gingen nach Westen und entfernten sich über die Heide von Wilverley immer weiter von der Mitte des New Forest. Inzwischen befanden sie sich etwa zwölf Kilometer westlich von Brockenhurst. Vor ihnen erstreckte sich ein Eichenwald. Geradeaus führte der Weg in eine große Bodensenke, wo das düstere kleine Dorf Burley lag. Doch sie wandten sich nach rechts und marschierten durch einen Wald und dann einen Abhang hinunter, der Burley Rocks hieß. Nachdem sie eine einsame Sumpfwiese überquert hatten, stießen sie auf einen schmalen Pfad, der am Rande eines Moores entlangführte. »Das da rechts ist Burley Moor«, erklärte Pride. »Vor uns seht Ihr White Moor. Und da drüben« – er wies auf einen Hügel, auf dem ein einzelner Baum stand, dessen Äste wirkten, als rudere er wild mit den Armen – »ist Black Hill.« Plötzlich führte der Weg links hinunter zu einem rasch dahinfließenden Bach, der eine scharfe Kurve beschrieb, welche an den angewinkelten Ellenbogen eines Menschen erinnerte. »Narrow Water«, verkündete Pride. Zu ihrer Rechten befand sich ein Sumpfland, bewachsen mit verkrüppelten Eichen, Stechpalmen, Birken und einem Gewirr aus Baumschösslingen und Gestrüpp. Und gleich dahinter standen eine planlose Ansammlung von Hütten und ein Lehmhaus mit einem Dach aus Ästen, Zweigen und Moos. Rauchschwaden quollen daraus hervor.

Sie waren bei Puckles Behausung angekommen.

Zuerst hatte Pride sich geweigert, Adela dorthin zu begleiten, doch sie hatte sich nicht davon abbringen lassen. »Ich weiß nicht, wo er wohnt, und ich möchte keinen Fremden fragen. Niemand soll erfahren, dass ich dort war. Außerdem glaube ich«, fügte sie hinzu und blickte ihn eindringlich an, »dass du mir noch einen Gefallen schuldest.« Der Hirsch. Daran gab es nichts zu rütteln. »Und«, fügte sie leise hinzu, »sie wird vielleicht nicht mit mir sprechen wollen, wenn du sie nicht darum bittest.«

Genau das war der Grund, warum Pride nur wenig Lust auf diesen Ausflug hatte. Denn Adela wollte nicht zu Puckle, sondern zu seiner Frau – der Hexe.

Adela wartete am Bach, während Pride zur Hütte ritt und eintrat. Nach einer Weile kamen Puckle und einige Kinder und Enkel heraus und machten sich irgendwo draußen zu schaffen. Schließlich erschien Pride wieder. »Sie erwartet Euch«, meinte er knapp. »Am besten geht Ihr gleich zu ihr.« Adela folgte der Aufforderung. Die Tür des Hexenhauses war so niedrig, dass sie sich bücken musste.

Drinnen war es ziemlich dunkel. Die Hütte hatte nur ein Zimmer und wurde von dem Licht erhellt, das durch die angelehnten Fensterläden hereinfiel. Ein Kreis aus Steinen in der Mitte des Raums, in dem ein kleines Torffeuer brannte, diente als Herd. Vor diesem Feuer saß eine Frau auf einem niedrigen Holzstuhl. Eine graue Katze wärmte sich zu ihren Füßen. Gleich daneben stand ein dreibeiniger Schemel, auf den die Frau wies.

»Setzt Euch, mein Kind.«

Obwohl Adela sich eigentlich kein festes Bild von Puckles Frau gemacht hatte, hätte sie sich diese ganz anders vorgestellt. Nachdem sich ihre Augen an das Dämmerlicht gewöhnt hatten, sah sie eine gemütlich wirkende Frau mittleren Alters vor sich, die ein breites Gesicht, eine Stupsnase und weit auseinander stehende graue Augen hatte.

Sie betrachtete Adela mit verhaltener Neugierde. »Ihr seid eine hübsche junge Dame«, meinte sie dann. »Und Ihr seid den ganzen Weg aus Winchester gekommen?«

»Ja.«

»Kaum zu fassen. Und was kann ich für Euch tun?«

»Ich habe gehört«, platzte Adela heraus, »dass du eine Hexe bist.«

»Oh?«

»Das sagen zumindest die Leute.«

»Ach, tun sie das?« Diese Mitteilung schien die Frau zu belustigen. Allerdings hatte sie keinen Grund zu befürchten, dass diese Beschuldigung für sie Folgen haben könnte. Obwohl die Hexerei von der Kirche nicht eben gebilligt wurde, fand eine Hexenverfolgung im normannischen England kaum statt – insbesondere nicht auf dem flachen Land, wo sich der alte Volksglaube lange hielt. »Und wenn das so wäre?«, fuhr die Frau fort. »Was könnte eine hübsche junge Dame wie Ihr von mir wollen? Ein Heilmittel gegen eine Krankheit? Liebeskummer vielleicht?«

»Nein.«

»Möchtet Ihr etwas über Eure Zukunft erfahren? Viele junge Mädchen sind neugierig auf ihre Zukunft.«

»Nicht ganz.«

»Was ist es dann, mein Kind?«

»Ich muss jemanden töten«, erwiderte Adela.

Eine Weile herrschte Schweigen, bevor die Frau wieder das Wort ergriff. »Ich fürchte, da kann ich Euch nicht helfen«, sagte sie.

»Hast du so etwas schon einmal getan?«

»Nein.«

»Könntest du es?«

»Ich würde es nicht einmal versuchen.« Die Frau schüttelte den Kopf. »Solche Dinge geschehen nur, wenn die Zeit reif dafür ist.« Sie musterte Adela ernst. »Ihr solltet auf der Hut sein. Wenn Ihr jemandem Gutes oder Böses wünscht, wird der Wunsch dreifach auf Euch zurückfallen.«

»Ist das eine Hexenweisheit?«

»Ja.« Die Frau wartete ab und sprach dann ein wenig freundlicher weiter. »Doch ich sehe, dass Ihr Kummer habt. Möchtet Ihr mir nicht davon erzählen?«

Also schilderte Adela ihr die ganze Situation. Sie erklärte, wie es um Martell und seine Gemahlin stand, berichtete von der Szene, die sie beobachtet hatte, und schilderte Lady Mauds verabscheuungswürdige Charakterfehler, ihre Verlogenheit und dass sie ihren Gatten betrog.

»Und Ihr glaubt, Ihr wäret eine bessere Frau für ihn?«

»Oh, ja. Und deshalb wäre es das Beste für alle, wenn seine Frau stürbe.«

»Das ist Eure Ansicht, mein Kind. Ich sehe, Ihr habt Euch darüber Gedanken gemacht.«

»Und inzwischen weiß ich, dass ich Recht habe«, erwiderte Adela.

Puckles Frau seufzte auf, sagte aber nichts. Stattdessen schaukelte sie auf ihrem Stuhl hin und her, während die Katze den Kopf hob, Adela forschend musterte und dann wieder einschlief. »Vielleicht kann ich Euch helfen«, meinte Puckles Frau schließlich.«

»Kannst du etwas tun? Oder die Zukunft voraussagen?«

»Mag sein.« Die Frau hielt inne. »Aber sie könnte anders aussehen, als Euch lieb ist.«

»Ich habe nichts zu verlieren«, entgegnete Adela schlicht.

Puckles Frau nickte nachdenklich, stand auf und ging nach draußen. Nach einer Weile kehrte sie zurück, nahm aber nicht wieder Platz. »Bei der Hexerei, wie Ihr sie nennt«, sprach sie leise, »geht es nicht darum, jemanden mit einem Zauberspruch zu belegen. Es ist viel mehr als das. Also« – sie wies auf ihren Stuhl – »setzt Euch dorthin und beruhigt Euch.« Mit diesen Worten begann sie, leise vor sich hinsummend, in einer Truhe am anderen Ende des Raumes herumzukramen. Währenddessen hatte sich die Katze erhoben und sich neben der Truhe niedergelassen, wo sie, nach einem weiteren bedeutungsvollen Blick auf Adela, erneut einschlief.

Wenig später fing Puckles Frau an, einige Gegenstände auf dem Boden vor dem Stuhl auszulegen. Adela sah einen kleinen Kelch, eine winzige Schale mit Salz, eine andere mit Wasser, einen Teller, der offenbar Haferplätzchen enthielt, einen Stab, einen zierlichen Dolch und ein oder zwei weitere Dinge, die sie nicht erkannte. Während die Frau noch damit beschäftigt war, erschien Puckle in der Tür und reichte ihr den Zweig einer Eiche. Sie nahm ihn mit einem Nicken entgegen und legte ihn neben die übrigen Sachen. Als sie fertig war, setzte sie sich auf den Schemel und schwieg eine Weile. Offenbar dachte sie nach. Es wurde ganz still im Raum.

Dann griff die Frau nach dem Teller mit den Haferplätzchen und hielt ihn Adela hin. »Nehmt eines.«

»Ist etwas Besonderes an diesen Plätzchen? Enthalten sie ein Zaubermittel?«, fragte Adela lächelnd.

»Mutterkorn«, erwiderte die Hexe. »Das gewinnt man aus Getreide. Manche brauen auch einen Trank aus getrockneten Pilzen oder Kröten, aber Mutterkorn wirkt am besten.«

Adela aß das Plätzchen, das nicht außergewöhnlich schmeckte. Dennoch war sie ängstlich und aufgeregt.

»Nun, mein Kind«, sagte Puckles Frau schließlich. »Ich möchte, dass Ihr still sitzen bleibt und beide Füße auf den Boden stellt. Legt die Hände in den Schoß und haltet Euch ganz gerade.« Adela gehorchte. »Nun«, fuhr die Hexe freundlich fort, »atmet Ihr dreimal ganz langsam ein und lasst Euch beim Ausatmen viel Zeit. Ich will, dass Ihr Euch so gut wie möglich entspannt. Könnt Ihr das für mich tun?«

Adela folgte der Aufforderung. Obwohl sie weiterhin nervös

war, fühlte sie die Anspannung aus ihrem Körper weichen und begann unwillkürlich zu kichern. »Entführst du mich jetzt in das Königreich der Zauberei – in eine andere Welt?«, fragte sie.

Die Hexe betrachtete nur ruhig den Boden. »Wie oben, so unten«, murmelte sie. »Das Königreich der Zauberei ist die Welt zwischen den Welten.« Dann blickte sie wieder auf und sagte: »Ich möchte, dass Ihr Euch vorstellt, Ihr wäret ein Baum. Von Euren Füßen aus wachsen Wurzeln in die Erde. Könnt Ihr Euch das vorstellen?«

»Ja, ich glaube schon.«

»Gut.« Sie hielt einen Augenblick inne. »Und nun wächst eine Wurzel von Eurer Wirbelsäule direkt durch den Stuhl bis in den Boden. Ganz tief hinunter in die Erde.«

»Ja, ich spüre es.«

Die Hexe nickte langsam. Adela fühlte sich, als wäre sie wirklich wie ein Baum mit dem Boden verwachsen. Zuerst erschien es ihr merkwürdig, dann jedoch unbeschreiblich entspannend. Schließlich erhob sich die Hexe und ging langsam im Zimmer auf und ab.

Mit dem Dolch beschrieb sie rings um sich, Adela und die Gegenstände auf dem Boden einen Kreis in der Luft. Die Katze wurde nicht in den Kreis eingeschlossen.

Anschließend tauchte sie die Spitze des Dolches in die Wasserschale und tat dasselbe mit dem Salz. Nachdem sie mit Hilfe des Dolches drei Prisen Salz in das Wasser gegeben und umgerührt hatte, murmelte sie leise vor sich hin.

Danach nahm sie das Wasser und verspritzte es jeweils dreimal an vier Stellen des Kreises, den sie zuvor gezogen hatte. Adela vermutete, dass es sich um die vier Himmelsrichtungen handelte. Schließlich holte sie ein kleines Stück Glut aus dem Feuer, flüsterte etwas, blies es aus und sah zu, wie der Rauchfaden zur Decke hinaufstieg. Dann machte sie – wieder in alle vier Himmelsrichtungen – einige Zeichen.

»Bewegst du dich dabei immer von Norden nach Osten und nach Süden?«, wagte Adela zu fragen.

»Ja«, lautete die Antwort. »Anders herum wäre Widersinn. Sprecht nicht.«

Nun ging sie ein drittes Mal im Kreis die vier Himmelsrichtungen ab und zeichnete wieder mit dem Dolch seltsame Zeichen in die Luft. Zuerst hatte Adela diese für rein zufällig gehalten, jetzt aber bemerkte sie, dass sie miteinander identisch waren. Ihr wurde klar, dass die Hexe ein Pentagramm zeichnete, den fünfzackigen Stern, dessen Linien weder Anfang noch Ende haben. Und obwohl das vierte Zeichen hinter ihrem Kopf beschrieben wurde, war sie sicher, dass es sich um dasselbe handelte. Zu guter Letzt zog die Hexe ein Pentagramm in die Mitte des Kreises. »Luft, Feuer, Wasser, Erde«, sagte sie leise. »Der Kreis ist geschlossen.«

Dann fuhr sie die Pentagramme noch einmal mit dem Stab nach. Schließlich war sie zufrieden. Sie stand in der Mitte des Kreises, sah jedoch nicht Adela an, sondern die Punkte am Rande des Kreises und sprach, an sie gerichtet, ein paar Worte. Nachdem das erledigt war, ließ sie sich auf dem Stuhl nieder, wortlos und erwartungsvoll, wie eine Hausherrin, die mit Gästen rechnet.

Auch Adela saß mucksmäuschenstill da – sie wusste nicht, wie viel Zeit vergangen war. Aber lange konnte es wohl nicht gedauert haben.

Als Puckles Frau sie aufgefordert hatte, sich vorzustellen, sie wäre ein Baum, hatte sie den Eindruck gehabt, dass ihr Körper nach unten gezogen wurde. Nach einer Weile bemerkte sie zu ihrer Überraschung, dass sie sich nicht nur wie ein Baum fühlte, sondern ganz deutlich spürte, wie Wurzeln aus ihren Fußsohlen und ihrer Wirbelsäule wuchsen und sich hinab in die dunkle Erde tasteten. Sie konnte in die Erde greifen, als habe sie plötzlich viele zusätzliche Hände und Finger bekommen. Der Boden war kühl, feucht, muffig, aber voller Nährstoffe. Immer noch zog es sie abwärts. Und sie wusste, dass die Wurzeln sie daran hindern würden, sich zu bewegen. Sie war eine Gefangene. Ich bin kein freies Wesen mehr, dachte sie. Ich bin ein Baum, ich sitze fest, die Erde lässt mich nicht mehr los.

Doch allmählich gewöhnte sie sich daran. Auch wenn ihr Körper mit der Erde verwurzelt war, ihr Geist schien eine neue Freiheit gewonnen zu haben. Es war ein friedliches, angenehmes Gefühl, als ob sie schwebte.

Einige Zeit verging. Adela nahm das dämmrige Zimmer wahr, den sanften Feuerschein, die stumm dasitzende Hexe. Dann aber geschahen zwei seltsame Dinge. Die graue Katze begann zu schreien. Sie wuchs und wuchs und verwandelte sich schließlich in ein Schwein. Adela fand das ziemlich komisch und begann zu lachen. Im nächsten Moment flog das Schwein zum Fenster hinaus, was in Adelas Augen eigentlich recht vernünftig war, da Schweine ja nicht ins Haus gehörten.

Draußen war es dunkel geworden, doch durch das Dach der Hütte konnte sie den Himmel und die Sterne sehen. Ein merkwürdiger Anblick, denn obwohl sich Zweige und Moos noch an Ort und Stelle befanden, blickte Adela einfach durch sie hindurch. Und dann hatte sie das Gefühl, zu wachsen wie ein Baum; sie durchbrach das Dach und breitete ihre Krone aus, dem Nachthimmel entgegen.

Und nun schwebte sie. Es war kinderleicht. Adela flog, beschienen vom Halbmond, im nächtlichen Himmel dahin. Sie trug keine Kleider mehr und vermisste sie auch nicht, denn sie spürte die kühle, ein wenig feuchte Luft auf ihrer Haut. Hoch flog sie über dem New Forest. Um sie herum scharten sich die Sterne und legten sich auf ihren Körper wie Diamanten. Eine kurze, wundervolle Zeit lang schwebte sie über den Wäldern, die unter ihr sanfte Wellen schlugen. Als sie schließlich eine Eiche bemerkte, die größer als die anderen war, steuerte sie darauf zu und erreichte ihre Zweige, wobei ihr undeutlich klar wurde, dass sie selbst dieser Baum war.

Wohlbehalten landete sie auf dem moosigen Boden. Dort entdeckte sie eine Reihe von Pfaden, die in alle Richtungen durch die ausladenden Eichen führten. Einer dieser Wege fiel ihr besonders auf, denn er ähnelte einem langen, schier endlosen Tunnel, der von einem grünlichen Licht erleuchtet wurde. In der Ferne bemerkte sie eine Gestalt, die rasch auf sie zukam. Obwohl sie sehr weit weg zu sein schien, hatte Adela sie im Nu erreicht, ja, es sah aus, als wolle sie sich auf sie stürzen.

Es war ein Hirschbulle, ein prächtiger Rothirsch mit weit verzweigtem Geweih. Er kam näher und näher. Er wollte zu ihr. Adela fürchtete sich. Aber sie war auch froh.

Schweigen. Dunkelheit. Vielleicht war sie ja kurz eingedöst. Nun saß sie wieder in dem kleinen Zimmer. Die graue Katze kauerte in der Ecke. Puckles Frau zeichnete erneut Diagramme, allerdings in umgekehrter Richtung wie zuvor. Nachdem die Hexe fertig war, blickte sie Adela an und meinte leise: »Es ist vollbracht.«

Eine Weile blieb Adela reglos sitzen und bewegte dann vorsichtig Hände und Füße. Sie fühlte sich schwerelos. »Ist etwas geschehen?«

»Oh, ja.«

»Was?«

Puckles Frau antwortete nicht. Das kleine Torffeuer tauchte den Raum in einen sanften Dämmerschein.

Als Adela aus dem Fenster sah, stellte sie fest, dass draußen schon der Abend angebrochen war. Sie fragte sich, wie lange sie sich wohl schon in diesem Haus befand. Gewiss mehr als eine Stunde, da es bereits dämmerte. Es war verabredet worden, dass sie bei den Prides übernachtete. Doch sicher würde Godwin den Rückweg auch bei Dunkelheit finden. »Ich muss gehen. Bald ist es Nacht«, meinte sie.

»Nacht?« Puckles Frau schmunzelte. »Ihr wart die ganze Nacht hier. Das da draußen ist das Morgengrauen.«

»Oh.« Adela war verdattert und versuchte, sich wieder zu fassen. »Du sagtest, es sei etwas geschehen. Kannst du es mir erklären? Wird Lady Maud ... ?«

»Ich habe ein Stück Eurer Zukunft gesehen.«

»Und?«

»Es wird einen Todesfall geben, der Euch Frieden bringt. Und auch Glück.«

»Also wird mein Wunsch in Erfüllung gehen?«

»Seid Euch nicht zu sicher. Es könnte auch etwas anderes sein, als Ihr Euch wünscht.«

»Aber ein Todesfall ... « Adela sah die Frau an, doch diese schwieg, öffnete die Tür und rief Pride herbei. Adela stand auf. Offenbar wurde von ihr erwartet, dass sie sich jetzt verabschiedete. Auf dem Weg zur Tür überlegte sie, ob sie der Frau Geld geben oder sich einfach nur für ihre Hilfe bedanken sollte. Schließlich kramte sie zwei Pennys aus dem Beutel an ihrem Gürtel. Puckles Frau nahm die Münzen mit einem stummen Nicken entgegen. Offenbar war sie mit dieser Bezahlung einverstanden. Im fahlen Licht tauchte Pride auf, der ihr Pferd am Zügel führte.

»Danke«, sagte Adela zu Puckles Frau. »Vielleicht sehen wir uns wieder.«

»Vielleicht.« Puckles Frau betrachtete sie nachdenklich, doch ihre Miene war freundlich. »Vergesst nicht«, mahnte sie, »dass die Dinge im New Forest nicht immer das sind, was sie zu sein scheinen.« Mit diesen Worten verschwand sie im Haus.

Als sie hinauf zur Heide ritten, zeigte sich schon die erste Morgenröte. Der Mond war bereits untergegangen. Am klaren Himmel verblassten langsam die Sterne, und am östlichen Horizont schimmerte ein goldenes Licht.

Hoch über ihnen stimmte eine Lerche ihr Lied an – ein Freudenkonzert, das die Nacht vertrieb.

Adela war sehr zufrieden mit sich, als sie an diesem Nachmittag nach Winchester zurückkehrte. Sie war mit Pride gemächlich durch den New Forest, nördlich vorbei an Lyndhurst, geritten. Pride hatte sie erst verlassen, als sie kurz vor Romsey einem vertrauenswürdig wirkenden Kaufmann begegnet waren, der denselben Weg hatte.

Adela hatte überlegt, ob sie ihrer Freundin, der Witwe, verraten sollte, wo sie gewesen war. Doch sie war zu dem Schluss gekommen, dass es besser war, ihr dieses Abenteuer zu verschweigen. Stattdessen hatte sie sich eine Geschichte von einem Freund im Wald zurechtgelegt, der in Schwierigkeiten steckte und sie um Hilfe gebeten habe. Sie hatte sogar den widerstrebenden Pride dazu überredet, das Märchen wenn nötig zu bestätigen. Adela bildete sich ein, den wahren Grund ihres Abstechers ausgezeichnet getarnt zu haben.

Sie fiel aus allen Wolken, als die Witwe ihren Bericht mit einer Handbewegung unterbrach. »Es tut mir Leid, Adela, doch ich möchte es gar nicht hören.« Ihre Miene war ruhig, aber kühl. »Ich bin nur erleichtert, dass Euch nichts zugestoßen ist. Am liebsten hätte ich jemanden losgeschickt, um Euch zu suchen; allerdings habt Ihr mir nicht hinterlassen, wohin Ihr aufgebrochen wart.«

»Das war überflüssig. Schließlich habe ich geschrieben, dass ich bald zurück bin.«

»Ich trage die Verantwortung für Euch, Adela. Es war unverzeihlich, dass Ihr Euch so einfach aus dem Staub gemacht habt. Wie dem auch sei«, fuhr sie fort. »Ihr müsst gehen. Ich kann Euch nicht mehr im Haus behalten. Ich bedaure es, weil es so kurz vor Ostern ist.« An Ostern würde der König mit seinem Gefolge in der Stadt weilen, eine wunderbare Gelegenheit, einen Ehemann zu finden. »Aber ich kann nicht länger die Verantwortung für Euch übernehmen. Ihr werdet zu Eurem Vetter Walter zurückkehren müssen.«

»Er ist doch in der Normandie.«

»Der Schatzmeister will in einigen Tagen einen Boten in die Normandie schicken. Er wird Euch begleiten. Es ist schon alles vorbereitet.«

»Aber ich kann nicht in die Normandie!«, rief Adela aus. »Nicht jetzt.«

»Oh?« Die Witwe musterte sie forschend und zuckte dann die Achseln. »Wer wird Euch bei sich aufnehmen? Habt Ihr jemand Bestimmten im Sinn?«

Adela schwieg und überlegte fieberhaft. »Vielleicht«, erwiderte sie zögernd. »Es könnte sein.«

Oft ritt Edgar in die Gegend von Burley, denn der Förster dort war ein Freund von ihm. Auch an diesem Frühlingsmorgen hatte er sich zu dem düsteren Tal begeben, wo das Dorf lag, hatte den Mann aber nicht zu Hause angetroffen. Deshalb wandte er sich nach Osten und machte sich im Wald auf die Suche, bis er auf seinen Freund stieß, der gerade auf einer Lichtung mit Puckle sprach. Bei Edgars Anblick winkte der Freund ihm zu und bedeutete ihm abzusteigen.

Edgar folgte der Aufforderung.

»Was gibt es?«

Der Förster wirkte aufgeregt. Offenbar hatte Puckle ihm etwas Wichtiges mitgeteilt, und die beiden Männer hatten anscheinend gerade gemeinsam aufbrechen wollen. An Stelle einer Antwort legte der Förster nur den Finger an die Lippen und forderte Edgar mit einer Handbewegung auf, sie zu begleiten. »Ihr werdet schon sehen.«

Die drei Männer gingen schweigend durch den Wald und achteten darauf, nicht auf Zweige zu treten, deren Knacken sie hätte verraten können. Einmal leckte der Förster sich über den Finger und hielt ihn hoch, um festzustellen, aus welcher Richtung der Wind kam. Fast einen Kilometer weit setzten sie so ihren Weg fort. Der Förster und Puckle pirschten sich immer vorsichtiger heran, gingen in die Hocke und suchten Deckung hinter Büschen. Edgar folgte ihrem Beispiel. Etwa hundert Meter schlichen sie weiter. Dann nickte Puckle und wies auf eine Stelle zwischen zwei Bäumen.

Es war eine kleine Lichtung, nur etwa zwanzig Schritte entfernt, in deren Mitte ein alter Baumstumpf und ein Stechpalmenbusch standen. Ohne den dunklen Ring aus Spuren im abgefallenen Laub hätte nicht einmal Puckle diesen Ort eines Blickes gewürdigt. Doch heute wimmelte es dort von Leben.

Sie waren zu fünft, alles Böcke, die in der nächsten Saison zum ersten oder zweiten Mal brunftig werden würden. Sie trugen noch ihr Geweih und boten einen prächtigen Anblick. Und sie tanzten im Kreis herum.

Anders konnte man das, was sie taten, nicht ausdrücken, denn sie umrundeten hüpfend und springend in Reih und Glied die Lichtung. Immer wieder stellten sich zwei von ihnen auf die Hinterläufe, wandten sich einander zu und fuchtelten wie Boxer. Allerdings geschah das nicht im Ernst, sondern nur im Spiel. Es handelte sich hier um eine der seltensten und hübschesten der vielen Zeremonien im Wald. Edgar lächelte zufrieden. Seit zehn Jahren hatte er keine Gelegenheit mehr gehabt, im Kreis umhertanzende und spielende Hirsche zu beobachten.

Und warum tanzten die Hirsche im Kreis herum? Aber dieselbe Frage konnte man sich auch beim Menschen stellen. Mit der Freude und Ehrfurcht, wie sie den Bewohnern des New Forest eigen ist, sahen die Männer dem Schauspiel lange Zeit zu. Nach einer Weile schlichen sie lautlos davon.

In Hochstimmung machte sich Edgar auf den Rückweg durchs Avontal. Er brannte darauf, seinem Vater von diesem Erlebnis zu erzählen.

Bei seiner Ankunft jedoch musste er feststellen, dass sein Vater andere Sorgen hatte. »Ein Bote ist hier«, berichtete Cola seinem Sohn, während er, ihm voran, in die Halle trat. Die Miene des alten Mannes war finster. Edgar bemerkte einen jungen Burschen, der neben seinem Pferd vor der Scheune wartete. »Aus Winchester.«

»Oh?« Edgar wusste nicht, was er mit dieser Nachricht anfangen sollte. Aber er bemerkte, dass sein Vater ihn prüfend musterte.

»Dieses Mädchen. Tyrrells Base. Sie will hierher kommen. Offenbar gibt es Schwierigkeiten in Winchester. Sie schreibt nicht, worum genau es sich handelt.«

»Aha.«

»Nein, Vater.« Das war die Wahrheit. Doch Edgar überlegte fieberhaft.

»Das gefällt mir gar nicht.« Wieder sah Cola seinen Sohn an.

»Sie hat einflussreiche Verwandte.«

»Hmmm … Ich glaube nicht, dass denen viel an ihr liegt. Aber du hast Recht. Ich möchte mir Tyrrell nicht zum Feind machen. Und die Clares …« Er schwieg nachdenklich. Wie so häufig hatte Edgar den Eindruck, dass sein Vater ihm etwas verheimlichte. »Ich glaube, dieses Mädchen wird uns Ärger einbringen«, meinte Cola schließlich. »Bestimmt will sie Winchester verlassen, weil sie in Schwierigkeiten geraten ist. Und das hat mir hier gerade noch gefehlt. Außerdem …« Er betrachtete Edgar mit düsterer Miene.

»Außerdem?«

»Glaube ich mich daran zu erinnern, dass du eine Schwäche für sie hattest.«

»Ich weiß.«

»Könnte das wieder geschehen?«

»Vielleicht.«

»Genau das bereitet mir Kummer.« Der alte Mann schüttelte den Kopf. »Sicher ist dir klar, dass sie dir nur Nachteile einhandeln wird«, knurrte er. »Und mir auch«, fügte er leise hinzu.

»Hältst du sie denn für ein solches Ungeheuer?«

»Nein, eigentlich nicht, aber …« Cola zuckte die Achseln. »Sie wird uns eben nicht nützlich sein.«

Edgar nickte. Nun hatte er verstanden. Sie brauchten eine Frau mit Vermögen. Eine, die nicht überall Anstoß erregte. Doch möglicherweise lag es am Anblick der tanzenden Hirsche, an der Frühlingsluft und an der Erinnerung an die gemeinsamen Ausritte mit ihr, dass er einfach widersprechen musste. »Wir sollten sie dennoch bei uns aufnehmen.«

Cola nickte. »Ich habe befürchtet, dass du das sagen wirst.« Er seufzte. »Nun, sie kann hier bleiben, bis es mir gelingt, Tyrrell eine Nachricht zukommen zu lassen. Ich werde ihn fragen, was ich mit ihr anfangen soll. Ich hoffe nur bei Gott, dass er sie sofort abholt, sobald er weiß, dass sie hier ist.«

Nun war Adela näher bei Martell. Mehr kümmerte sie nicht. Zugegebenermaßen hatte sie sich in eine verzwickte Lage gebracht, doch die Witwe in Winchester war wenigstens so gütig gewesen, sich einen passenden Vorwand für ihre Abreise auszudenken. Man erzählte Cola, Adela werde von einem unerwünschten Freier bedrängt und müsse Winchester deshalb für einige Zeit verlassen. Adela wusste nicht, ob der alte Mann diese Geschichte glaubte, aber eine bessere war ihr nun einmal nicht eingefallen. Sie bedankte sich für seine Gastfreundschaft, murmelte, Tyrrell und ihre normannischen Verwandten würden ihm sehr dankbar sein, und hielt den Kopf hoch erhoben.

Nach einigen Tagen schon wurde ihr klar, dass Edgar, obwohl er sie mit höflicher Zurückhaltung behandelte, immer noch verliebt in sie war. Und da sie den hübschen jungen Angelsachsen mochte, bedeutete dieser Umstand eine willkommene Ablenkung.

Außerdem war es hier leichter, das Neueste über Lady Maud zu erfahren. Sie erzählte Cola von ihrer Begegnung mit Martell in Winchester. Und so schien es nur natürlich, dass sie sich Sorgen um das Befinden der Lady machte, die schließlich ihre Gastgeberin gewesen war. Da der Förster hin und wieder von Martell hörte, wusste Adela inzwischen, dass Lady Maud auch weiterhin schwer krank war. Es ging das Gerücht um, dass sie die Geburt vermutlich nicht überleben würde. Also wartete Adela geduldig ab.

Tyrrells Antwort traf erst nach einem knappen Monat ein und war ein meisterlicher Schachzug.

Dieser bestand aus einem Brief, verfasst in normannischem Französisch, den Cola einem der alten Mönche in Christchurch vorlegte, um sicherzugehen, dass er ihn auch richtig verstanden hatte. Das Schreiben lautete folgendermaßen:

Walter Tyrrell, Lord von Poix, entbietet Cola, dem Förster, seinen Gruß.

Ich danke Euch, mein Freund, auch im Namen ihrer Familie für die Freundlichkeit, die Ihr Lady Adela zuteil werden lasst. Ich werde Euch nie vergessen, dass Ihr einer, wenn auch noch so entfernten, Verwandten von mir geholfen habt. Wenn ich im Spätsommer in England eintreffe, werde ich sie bei Euch abholen und Euch sämtliche angefallenen Kosten zurückerstatten.

»Dieser hinterlistige Teufel«, knurrte Cola. »Er zwingt mich, sie drei Monate hier zu behalten. Und falls sie mich in Schwierigkeiten bringt, ist sie nur eine ›entfernte Verwandte‹, für deren Betragen man ihn nicht zur Rechenschaft ziehen kann.«

Inzwischen erfüllte ihn das Verhältnis zwischen Adela und seinem Sohn mit großer Sorge. Und dabei gab es doch viel wichtigere Dinge, über die er sich den Kopf zerbrechen musste.

Während des Osterfestes in Winchester war König Wilhelm II., genannt Rufus, ausgezeichneter Stimmung gewesen. Und in den folgenden Wochen hatte sich seine Laune noch weiter gebessert. Das Verhalten seines Bruders Robert kam ihm durchaus gelegen. Nach seiner Hochzeit mit der italienischen Erbin hätte der Herzog der Normandie eigentlich sofort mit seiner Braut und deren Geld zurück in die Heimat eilen müssen, um sein Pfand auszulösen. Doch weit gefehlt. Nachdem er sich im Kreuzzug als Held bewiesen hatte, verfiel er wieder in seinen gewohnten Trott. Der Herzog und seine Gemahlin setzten ihre Reise nur langsam fort, machten immer wieder Station und gaben das Geld mit vollen Händen aus. Es war unwahrscheinlich, dass sie die Normandie vor dem Ende des Sommers erreichen würden.

»Gebt ihm nur Zeit«, meinte Rufus lachend zu seinen Höflingen. »Bald wird er die ganze Mitgift verschleudert haben. Ihr werdet schon sehen.« Inzwischen herrschte Rufus nicht nur über die Normandie, sondern schmiedete auch Pläne, möglichst umfangreiche Teile des angrenzenden Frankreichs seinem Gebiet einzuverleiben.

Als der Sommer begann, sah die Lage für ihn sogar noch rosiger aus. Beflügelt vom Beispiel so vieler christlicher Herrscher, die sich durch einen Kreuzzug Ruhm und Ehre erworben hatten, beschloss der Herzog von Aquitanien – einem großen, wohlhabenden, sonnendurchfluteten Weinbaugebiet südwestlich der Normandie –, sich ebenfalls ins Heilige Land zu begeben. Um das nötige Geld dafür aufzutreiben, blieb ihm, wie schon zuvor Robert, nichts anderes übrig, als Rufus um ein hohes Darlehen zu bitten.

»Er will ganz Aquitanien verpfänden«, verkündeten seine Gesandten. Rufus, den die Religion nicht kümmerte, lachte auf. »Das könnte einen fast dazu bringen, wieder an Gott zu glauben«, stellte er fest.

Für Edgar war es ein Vergnügen, Adela durch den New Forest zu führen. Er zeigte ihr, wie man die Fährte des Damhirsches las. »Seht Ihr, der Rothirsch hat ein gespaltenes Trittsiegel. Beim Gehen schieben sich die beiden Schalen zusammen, sodass die

Spur einem kleinen Hufabdruck ähnelt. Wenn er flüchtet, spreizen sie sich auseinander, und man erkennt ein ›V‹ auf dem Boden.« Er lächelte zufrieden. »Und da ist noch etwas. Seht Ihr diese Fährte mit den nach außen gewandten Tritten. Das war ein Männchen. Bei Weibchen zeigen sie geradeaus.«

Als sie einmal von Burley nach Lyndhurst durch den tiefen Wald ritten, fragte er sie: »Wisst Ihr, wie man im Wald feststellen kann, welche Richtung man eingeschlagen hat?«

»Am Sonnenstand?«

»Und wenn es bewölkt ist?«

»Keine Ahnung.«

»Sucht Euch einen einzeln stehenden, gerade gewachsenen Baum«, erklärte er. »Flechten wuchern immer auf der feuchten Seite des Baumes, also dort, wohin der Wind an den meisten Tagen den Nebel vom Meer hinübertreibt. Und in diesem Teil Englands ist das der Südwesten. Wenn Ihr also Flechten findet, wisst Ihr, dass dort der Südwesten ist.« Er grinste. »Falls Ihr Euch verirren solltet, sagen Euch die Bäume, wo ich wohne.«

Ihr war klar, dass er sich immer mehr in sie verliebte, und im Juni begann das schlechte Gewissen sie zu plagen. Auch wenn es besser gewesen wäre, ein wenig Abstand zu ihm zu wahren, fiel ihr das schwer, denn sie mochte ihn. Also ritten sie weiter zusammen aus, lachten viel und unternahmen lange Spaziergänge. An manchen Tagen jedoch ließ sich Adela zu keinem Ausflug überreden. Sie hatte eine große kunstvolle Stickerei begonnen, die sie seinem Vater als kleinen Dank für seine Güte schenken wollte. Das Bild ähnelte der Jagdszene, die sie in Winchester in der Residenz des Königs gesehen hatte. Doch sie hoffte, dass diese hier noch schöner werden würde. Sie stellte die Bäume des New Forest, die Hirsche, Hunde, Vögel und Jäger dar. Einer der Jäger war eindeutig Cola selbst. Am liebsten hätte sie auch den stattlichen, blonden Edgar abgebildet, aber dieses Vergnügen versagte sie sich. Die langwierige Arbeit war ein guter Vorwand, Edgar an manchen Tagen aus dem Weg zu gehen, ohne ihn zu kränken. Häufig kam Cola herein und sah ihr beim Sticken zu. Offenbar billigte er diesen Zeitvertreib. Die Wochen vergingen, und es schien ihr, als schlösse auch der alte Mann sie allmählich ins Herz, auch wenn er sie weiterhin mit Zurückhaltung behandelte.

Als Adela eines Tages in der zweiten Juniwoche am offenen

Fenster der Halle im Sonnenlicht über ihrer Stickerei saß, kam Cola lächelnd herein. »Ich habe gute Nachrichten für Euch.«

»Oh.«

»Hugh de Martell ist Vater eines Sohnes geworden. Der Junge ist gesund. Er wurde gestern geboren.«

Adela klopfte das Herz bis zum Halse. »Und Lady Maud?« Sie sah zu, wie sich das Licht der untergehenden Sonne in ihrer Sticknadel spiegelte.

»Sie hat die Geburt überstanden. Es geht ihr erstaunlicherweise recht gut.«

An diesem Tag fand im New Forest noch eine weitere Geburt statt.

Seit einiger Zeit schon ging die weißliche Hirschkuh mit ihrem Kitz schwanger und streifte im Wald umher. Damhirsche bringen, stets allein, meistens nur ein einziges Kitz zur Welt. Sorgfältig hatte sie sich umgesehen und sich schließlich für eine Stelle im Gebüsch entschieden, die wegen der dichten Stechpalmenbüsche nicht einsehbar war. Hier machte sie sich ihr Lager zurecht.

Sie musste auf der Hut sein, denn in den ersten Lebenstagen war das Kitz völlig wehrlos. Wenn es von einem Hund oder einem Fuchs gefunden wurde, war es aus und vorbei mit ihm. Diese Bürde hatte die Natur in ihrer unergründlichen Weisheit den Damhirschen auferlegt. Allerdings hielten sich die Füchse meist am Rande des Waldes in der Nähe der Bauernhöfe auf. Die Hirschkuh schnupperte argwöhnisch, doch kein Geruch wies darauf hin, dass sich hier in letzter Zeit ein Fuchs aufgehalten hatte.

An einem stillen, warmen Junitag brachte sie hier im tiefgrünen Schatten ihr Kitz zur Welt, das wie ein kleines, klebriges Knochenbündel ins Gras rutschte. Sie leckte es sauber und ließ sich daneben nieder. Es war ein Männchen, das die Färbung seines Vaters haben würde. Wie sie so zusammen dalagen, hoffte die weißliche Hirschkuh, dass der riesige Wald gütig zu ihnen sein würde.

Gegen Ende Juni kam es zu zwei Ereignissen, die für kluge Köpfe allerdings keine große Überraschung darstellten.

Das erste wurde von Cola gemeldet: »Rufus wird in die Normandie einmarschieren.« Man erwartete, dass sein Bruder Robert im Dezember in seinem Herzogtum eintreffen würde. Und Rufus wollte ihm dort einen kriegerischen Empfang bereiten.

»Wird es ein großer Feldzug werden?«, fragte Edgar. »Ja, ein gewaltiger.« Edgars Bruder hatte aus London die Botschaft geschickt, die Vorbereitungen seien bereits im Gange. Gewaltige Summen wurden aufgebracht, um Soldaten anzuwerben. Aus der Schatzkammer in Winchester wurden Wagenladungen von Goldmünzen abtransportiert. Ritter wurden aus dem ganzen Land zusammengerufen. »Und er fordert von den meisten Häfen an der Südküste, ihm Schiffe zur Verfügung zu stellen«, erklärte Cola. »Wenn Robert eintrifft, um seine Schulden zu bezahlen, wird er feststellen, dass er aus seinem eigenen Haus ausgesperrt ist. Rufus verfügt über grenzenlose Mittel. Falls Robert sich dem Kampf stellt, wird er unterliegen. Eine schlimme Sache.«

»Aber war das nicht vorauszusehen?«, wandte Adela ein. »Ja, ich glaube schon. Doch Vermutungen und tatsächliche Ereignisse sind zwei verschiedene Dinge.« Er seufzte. »Natürlich hat Rufus in gewisser Weise Recht. Robert eignet sich nicht zum Herrscher. Ein solches Verhalten allerdings…«

»Wahrscheinlich werden einige Normannen damit gar nicht einverstanden sein«, sagte Adela.

»Allerdings, meine gute Lady, ganz sicher nicht. Insbesondere Roberts Freunde sind…« Er hielt inne und suchte nach dem richtigen Ausdruck »… bestürzt.« Der alte Mann schüttelte den Kopf. »Und wenn er seinem eigenen Bruder in der Normandie so etwas antut, ist es nicht auszudenken, wie mit Aquitanien verfahren wird. Vermutlich nach demselben Muster: Der Herzog von Aquitanien zieht ins Heilige Land. Rufus leiht ihm das Geld dafür und wünscht ihm eine gute Reise. Und während er fort ist, stiehlt er ihm sein Herzogtum. Was, glaubt Ihr, werden die Leute davon halten? Und wie wird sich die Kirche dazu stellen? Die Spannung innerhalb der Christenheit wächst.«

»Zum Glück betreffen uns diese Dinge hier im New Forest nicht«, meinte Edgar.

Sein Vater betrachtete ihn nur finster. »Es ist ein königlicher Forst«, murmelte er. »Das alles betrifft daher auch uns.« Mit diesen Worten ließ er die beiden allein.

Eine Woche später traf ein schwarz gewandeter Mann ein, den Adela noch nie zuvor gesehen hatte. Er sprach eine Weile allein mit Cola, und als er fort war, wirkte Edgars Vater bedrückt.

Noch nie hatte Adela ihn so ernst und niedergeschlagen erlebt. Auch in den darauf folgenden Tagen schien sich seine Besorgnis nicht zu legen. Sie bemerkte, dass Edgar sich ebenfalls Gedanken über Colas Zustand machte, doch als sie sich bei ihm nach dem Grund erkundigte, schüttelte er nur den Kopf.

»Er will es mir nicht sagen.«

Zu dem zweiten Ereignis kam es einige Tage später bei einem gemeinsamen Ausritt.

Am Westrand des dunklen Tals von Burley erhob sich eine steile, bewaldete Anhöhe, die etwa anderthalb Kilometer vom Dorf entfernt ihren höchsten Punkt erreichte. Diese Stelle nannte man Castle Hill – Schlossberg –, obwohl dort nie ein normannisches Schloss gestanden hat. Inmitten einzelner Eschen, Stechpalmen und Gestrüpp waren nur die Umrisse einer bescheidenen Einfriedung aus niedrigen Erdwällen und Gräben zu erkennen. Niemand wusste, ob es sich um die Überreste eines Viehpferchs, einen Beobachtungsposten oder um eine kleine Festung handelte und ob die Erbauer entfernte Vorfahren der Waldbewohner oder unbekannte Siedler aus grauer Vorzeit gewesen waren. Doch ganz gleich, wessen Geister hier auch umgehen mochten, es war ein friedlicher, idyllischer Ort, wo sich dem Betrachter, wenn er nach Westen blickte, eine beeindruckende Aussicht bot. Man konnte über die braune Heide am Waldesrand bis hinab ins Avontal sehen. Dahinter erhoben sich in mehr als dreißig Kilometern Entfernung die blaugrünen Berge von Dorset.

Es war ein angenehmes Plätzchen für einen Ausflug an einem strahlenden Sommermorgen. Die Sonne brachte Edgars goldenes Haar zum Funkeln. Und als er ihr in ruhigem, ja, fast fröhlichem Ton die Frage stellte, mit der sie schon seit geraumer Zeit rechnete, sah er dabei so edel aus. Welche Frau hätte da widerstehen können? Wie gerne wäre Adela in diesem Moment eine andere gewesen.

Und welchen Grund gab es eigentlich, ihn zurückzuweisen? Benahm sie sich nicht albern? Schließlich geschah es öfter, dass normannische Sieger und besiegte angelsächsische Adelige miteinander eine Ehe eingingen. Adela würde ihren Stolz ein wenig herunterschlucken müssen, doch ein Weltuntergang war es beileibe nicht. Außerdem war Edgar so reizend, und sie hatte ihn gern.

Doch vor ihr in der blauen Ferne im Westen lag das Gut von Hugh de Martell. Und dorthin, in eines der Täler zwischen den Hügeln, richtete sich nun ihr Blick. Hinter ihr, nur etwa anderthalb Kilometer entfernt, plätscherte der kleine Bach, wo Puckles Frau ihr die Zukunft vorausgesagt hatte.

Sie würde Martells Frau werden. Daran glaubte Adela ganz fest. Nach der Schreckensnachricht, Lady Maud habe die Geburt wohlbehalten überstanden, hatte sie lange darüber nachgedacht, welche Folgen das für sie haben würde. Dann hatte sie sich an die Warnung der Hexe erinnert: »Die Dinge sind nicht immer das, was sie zu sein scheinen.« Ihr war Glück versprochen worden, und sie vertraute darauf. Sie wusste ganz genau, dass etwas geschehen würde. Bestimmt würde Lady Maud ihr irgendwann nicht mehr im Weg stehen.

Dann würde sie Martells Sohn eine gute Mutter sein und dadurch die Schuld abbüßen, die sie auf sich geladen hatte, indem sie Lady Maud den Tod wünschte.

Was sollte sie Edgar also antworten? Sie wollte ihn auf keinen Fall kränken. »Ich danke Euch«, erwiderte sie zögernd. »Gewiss würde ich an Eurer Seite glücklich werden. Aber ich bin mir meiner Gefühle noch nicht sicher. Im Augenblick kann ich nicht zusagen.«

»Dann werde ich Euch am Ende des Sommers wieder fragen«, entgegnete er lächelnd. »Lasst uns weiterreiten.«

Hugh de Martell betrachtete seine Frau und sein Kind. Sie saßen im lichtdurchfluteten Wintergarten. Sein Sohn schlief friedlich in einer niedrigen Wiege aus Weidengeflecht. Wegen seines dunklen Haarflaums fanden alle, dass er seinem Vater wie aus dem Gesicht geschnitten sei. Zufrieden sah Martell sein Kind an. Dann richtete er den Blick auf Lady Maud.

Sie lag, auf einige Kissen gestützt, in dem kleinen Bett, das man für sie aufgestellt hatte, denn sie war gern bei ihrem Kind und verbrachte täglich viele Stunden mit ihm. Trotz ihrer Schwäche zwang sie sich ihrem Gatten zuliebe zu einem Lächeln. »Wie geht es dem stolzen Vater heute?«

»Gut, denke ich«, erwiderte er.

Schweigen entstand in dem sonnigen Raum.

»Sicher werde ich bald gesund.«

»Ganz bestimmt.«

»Es tut mir Leid. Gewiss ist es nicht leicht für dich, dass ich schon so lange krank bin. Als Ehefrau tauge ich nicht viel.«

»Unsinn. Das Wichtigste ist, dass du bald wieder auf dem Damm bist.«

»Ich will dir eine gute Gattin sein.«

Er lächelte, ohne es wirklich zu meinen, und blickte dann gedankenverloren zum offenen Fenster hinaus.

Er liebte sie nicht mehr. Aber er hatte keinen Grund, sich Vorwürfe zu machen, denn sein Verhalten während ihrer monatelangen Krankheit gab keinerlei Anlass zu Tadel. Er hatte sie versorgt und gepflegt, ihr Gesellschaft geleistet, ihre Hand gehalten und sie an den beiden Tagen, als sie sich dem Tode nah wähnte, so getröstet, wie nur ein Ehemann es vermag. Sein Gewissen war also rein.

Doch seine Liebe zu ihr war erkaltet. Er sehnte sich nicht mehr nach ihrer Nähe. Es ist nicht einmal ihre Schuld, dachte er. Er kannte sie einfach zu gut. Der Mund, den er geküsst und der sogar Worte der Leidenschaft ausgesprochen hatte, war nun reglos, schmal und verkniffen. Ihre Gefühle bewegten sich in so engen Grenzen, dass es ihm die Luft abschnürte, und die ordentlich gefegten Kammern ihres Verstandes langweilten ihn. Sie war so engherzig und phantasielos, obwohl man sie keineswegs als schwach bezeichnen konnte. Denn in diesem Fall hätte ihn die lästige Pflicht, sie zu beschützen, an sie gebunden. Aber sie war erstaunlich stark. So krank sie auch sein mochte, wenn sie überlebte, würde sich ihr Denken nicht verändern und weiter in seinen geordneten Bahnen verharren. Zuweilen erschien es ihm, als verliefe ein schnurgerader roter Faden durch das Innerste ihrer Seele – so dünn, dass er mühelos in ein Nadelöhr gepasst hätte, und dennoch gefeit gegen jegliche Veränderung.

Weshalb liebte sie ihn überhaupt? Schlicht und ergreifend aus gesellschaftlicher Notwendigkeit, was man ihr allerdings nicht verdenken konnte. Sie hatte sich ihr Leben genau zurechtgelegt und verfügte über die Mittel und Wege, ihre Pläne auch in die Tat umzusetzen. All ihr Streben war dahin gerichtet, dazustehen wie ein uneinnehmbares Bollwerk der Sittsamkeit. Und zu diesem Zweck brauchte sie einen Ehemann. Gab es überhaupt einen anderen Grund zu heiraten?

Deshalb war es nicht weiter erstaunlich, dass Hugh de Martell in solchen Augenblicken an Adela dachte.

Das war im vergangenen Jahr öfter geschehen. Das einsame, unbekümmerte Mädchen hatte ihn auf Anhieb neugierig gemacht. Und offen gestanden steckte noch mehr dahinter. Warum hatte er sie sonst in Winchester aufgesucht? Er konnte sich nicht dagegen wehren, dass sie sich immer wieder in seine Gedanken drängte und dass es ihm häufig schien, sie befände sich ganz in seiner Nähe. Vor einigen Tagen war er Cola, dem Förster, begegnet. Von ihm wusste er, wo sie sich aufhielt und dass sie sich nach ihm und seiner Familie erkundigt hatte. Beim letzten Vollmond hatte er sich plötzlich nach ihr gesehnt. Und vor drei Nächten hatte er sogar von ihr geträumt.

»Ich reite aus«, verkündete er unvermittelt, nachdem er eine Weile aus dem Fenster geblickt hatte.

Am frühen Nachmittag erreichte er Colas Haus. Der alte Mann war nicht da, dafür aber sein Sohn Edgar. Und Adela.

Er übergab Edgar sein Pferd und schlenderte mit Adela den Pfad entlang zum Avon, wo die Schwäne über das Wasser glitten. Die langen, grünen Flussalgen schwankten sanft in der Strömung. Sie plauderten – er wusste später kaum noch, worüber –, und dann schlug er ihr vor, sich doch unter vier Augen wieder zu sehen, wenn er ihr eine Nachricht zukommen ließ.

Sie stimmte zu.

Nachdem sie sich wieder zu Edgar gesellt hatten, bedankte sich Martell übertrieben förmlich bei Adela für die Anteilnahme, die sie seiner Familie in dieser schweren Zeit entgegengebracht hatte. Den jungen Mann bedachte er mit einem höflichen Nicken und ritt davon.

Auf dem Rückweg spürte er eine prickelnde Erregung, wie er sie schon lange nicht mehr empfunden hatte. Er zweifelte nicht daran, dass ihm bei diesem romantischen Abenteuer Erfolg beschieden sein würde. Es war schließlich nicht das erste Mal.

Eine Woche später traf ein knapp gehaltener Brief von Walter ein, der ohne Umschweife auf den Punkt kam. Er sei unterwegs nach England, müsse zuerst einen Verwandten seiner Frau treffen und habe dann eine Audienz beim König. Vermutlich werde er erst Anfang August die Zeit finden, Adela abzuholen. Der Brief endete mit dieser Mitteilung: »Übrigens habe ich einen Mann für dich.«

Drei Wochen vergingen ohne eine Nachricht von Martell. Obwohl Adela sich Mühe gab, ihre Aufregung zu verbergen, war sie bleich und angespannt, und sie fragte sich, warum Martell nichts von sich hören ließ.

Weshalb war er nicht gekommen? Hatte sich Lady Mauds Befinden wieder verschlechtert? Sie zog Erkundigungen ein. Doch sie erfuhr nur, der Lady gehe es täglich besser.

Sie wusste nicht, was sich aus ihrem Stelldichein mit Martell entwickeln würde. Würde sie sich ihm hingeben? Diese Frage erschien ihr nebensächlich. Sie hatte nur den Wunsch, ihn wieder zu sehen. Am liebsten hätte sie ihn aufgesucht, aber das kam überhaupt nicht in Frage. Ihm zu schreiben, wagte sie ebenfalls nicht.

Nach Walters Brief wusste sie, dass ihr nicht mehr viel Zeit blieb. Denn er würde sie mitnehmen und sie verheiraten. Hatte sie eine Möglichkeit, sich zu weigern? Konnte sie einen weiteren Bewerber ablehnen? Adela war völlig ratlos.

Inzwischen war der König in Winchester eingetroffen. Bald würden Heer und Flotte bereit sein. Es hieß, in der Schatzkammer von Winchester sei noch mehr Geld eingelagert worden. Der König war so beschäftigt, dass er nicht einmal Zeit für die Jagd hatte.

Adela hatte keine Ahnung, ob Walter sich bereits in Winchester aufhielt. Doch er war ohnehin der letzte Mensch, den sie im Augenblick sehen wollte.

In der letzten Juliwoche hatte sie erneut Puckles Frau aufgesucht. Wie beim ersten Mal traf sie die Hexe in ihrer kleinen Hütte an, doch als sie die Frau um Hilfe bat, weigerte sie sich.

»Können wir es nicht wieder mit einem Zauber versuchen?«, fragte sie.

Aber Puckles Frau schüttelte nur ruhig den Kopf. »Wartet. Habt Geduld. Was geschehen wird, wird geschehen«, erwiderte sie.

Also kehrte Adela unverrichteter Dinge zurück.

Edgars Launenhaftigkeit trug nicht dazu bei, die Stimmung in Colas Haus zu verbessern. Er hatte seinen Heiratsantrag mit keinem Wort mehr erwähnt. Adela glaubte zwar nicht, dass er etwas von ihren geheimen Gefühlen für Martell ahnte, aber die Nachricht, Walter wolle sie abholen, hatte ihn sicherlich nicht erfreut. Oberflächlich betrachtet hatte sich an ihrer Freundschaft nichts geändert, doch sie erkannte Trauer in seinen Augen.

Währenddessen hüllte sich Cola weiterhin in bedrücktes Schweigen. Adela wusste nicht, ob Edgar seinem Vater von dem Heiratsantrag erzählt hatte. Würde er dieser Ehe seinen Segen geben? Allerdings hatte sie keine große Lust, ihn darauf anzusprechen, obwohl sie sich fragte, ob seine üble Laune damit zusammenhing oder ob sie ihren Grund in den bedrohlichen politischen Entwicklungen hatte.

Als der Juli sich dem Ende zuneigte, wuchs die Stimmung im Haus. Walter wurde jeden Tag erwartet. Cola brütete vor sich hin, und Edgar wirkte sichtlich aufgebracht. Einige Male schien er kurz davor, das Thema Ehe anzuschneiden, hielt sich aber zurück. Adela fand diese Atmosphäre zunehmend unerträglich.

Und dann, endlich, geschah etwas, und zwar am letzten Julitag, als Cola Edgar und Adela zu sich rief. »Ich habe die Botschaft erhalten, dass der König morgen mit einigen Begleitern in Brockenhurst eintrifft«, verkündete er. »Am nächsten Tag will er im New Forst jagen. Ich soll dabei sein.« Er warf Adela einen Blick zu. »Euer Vetter Walter gehört auch zum Gefolge. Also werden wir ihn sicher bald hier begrüßen können.« Mit diesen Worten ging er hinaus, um etwas zu erledigen, und ließ Adela mit Edgar allein.

Das Schweigen dauerte nicht lange.

»Werdet Ihr mit Tyrrell abreisen?«, fragte Edgar leise.

»Ich weiß nicht.«

»Oh? Heißt das, ich darf hoffen?«

»Ich weiß nicht.« Das war eine alberne Antwort, aber Adela konnte vor Aufregung keinen klaren Gedanken fassen. »Was bedeutet es dann?«, brach es schließlich aus ihm heraus. »Hat Walter einen Gatten für Euch gefunden? Habt Ihr den Antrag angenommen?«

»Nein. Nein, das habe ich nicht.«

»Was ist es also? Gehört Euer Herz einem anderen?«

»Einem anderen? Wer sollte das sein?«

»Keine Ahnung.« Er zögerte. Dann seufzte er ungeduldig auf. »Meinetwegen dem Mann im Mond.« Er machte auf dem Absatz kehrt und stolzierte erbost davon. Adela wusste, dass sie ihn schändlich behandelte. Ihr einziger Trost war, dass sie selbst mindestens ebenso – wenn nicht sogar mehr – litt wie er. Den restlichen Tag über ging sie ihm aus dem Weg.

Am nächsten Morgen war sie allein im Haus. Cola war mit den Vorbereitungen zur Jagd beschäftigt. Zuerst suchte er Puckle auf und musste dann dafür sorgen, dass in Brockenhurst, wo der Förster die nötigen Arrangements zum Empfang des Königs traf, ausreichend Ersatzpferde zur Verfügung standen. Auch Edgar wurde losgeschickt, um Verschiedenes zu erledigen. Adela war froh, ihm nicht begegnen zu müssen.

Da sie nichts Besseres zu tun hatte, ging sie am späten Nachmittag am Flussufer spazieren. Gerade wollte sie zum Haus zurückkehren, als plötzlich ein fremder Mann auf sie zutrat, der ihr etwas hinhielt. »Seid Ihr Lady Adela? Ich soll Euch das hier geben.« Der Gegenstand wurde ihr in die Hand gedrückt, und bevor sie etwas erwidern konnte, war der Mann schon verschwunden.

Es war ein kleines Stück Pergament, zusammengefaltet und versiegelt. Nachdem sie das Siegel erbrochen hatte, las sie die säuberlich in Französisch verfasste kurze Nachricht.

Ich werde am Morgen in Burley Castle sein.

Hugh

Ihr Herz machte einen Satz. Kurz schien ihr, als sei die ganze Welt, ja, selbst der dahinströmende Fluss, stehen geblieben. Dann eilte sie, das Pergament fest in der Hand, zum Haus zurück.

So sehr Adela auch mit ihren eigenen Angelegenheiten beschäftigt war, wurde sie doch neugierig, als sie feststellte, dass Cola an diesem Tag einen Besucher gehabt hatte. Eigentlich wäre das nicht weiter von Bedeutung gewesen, hätte es sich nicht um denselben Fremden gehandelt, den sie schon einmal hier gesehen und der den alten Mann in so niedergeschlagene Stimmung versetzt hatte. Bei ihrer Ankunft war der Fremde mit Cola ins Gespräch vertieft. Doch wenig später brach er auf. Cola erschien erst wieder zum Abendessen.

Adela erschrak bei seinem Anblick, denn in ihm war eine Furcht erregende Veränderung vorgegangen. Seine Bedrücktheit hatte sich in finstere Wut verwandelt. Rasch aber wurde ihr klar, dass sich dahinter etwas anderes verbarg. Zum ersten Mal hatte sie den Eindruck, dass der alte Mann Angst hatte.

Als sie ihm das Wildragout servierte, nickte er ihr nur geistesabwesend zu. Und als er ihren Becher mit Wein füllte, stellte sie fest, dass seine Hand zitterte. Was um alles in der Welt konnte der Bote ihm gesagt haben, um ihn so aus der Fassung zu bringen? Auch Edgar, obwohl in Gedanken eigentlich anderswo, betrachtete seinen Vater besorgt.

Nach der kurzen Mahlzeit ergriff Cola das Wort: »Ihr beide bleibt morgen hier im Haus und rührt euch nicht von der Stelle.«

»Aber Vater …«, wandte Edgar verdattert ein. »Ich soll dich doch sicher auf die königliche Jagd begleiten.«

»Nein. Du bleibst hier. Du lässt Adela nicht aus den Augen.«

Die jungen Leute starrten einander verblüfft an. Auch wenn Edgar gewiss nichts dagegen hatte, ihr Gesellschaft zu leisten, war es für einen jungen Adeligen wie ihn eine große Ehre, mit dem König auf die Jagd zu reiten. »Darf er denn wirklich nicht mit?«, fragte sie deshalb schüchtern. »Es ist eine einmalige Gelegenheit, den König zu sehen.«

Doch anstatt Edgar zu helfen, löste sie mit ihrer Bemerkung nur einen Wutanfall aus. »Das kommt überhaupt nicht in Frage!«, polterte der alte Mann. »Er wird seinem Vater gehorchen. Und auch Ihr werdet tun, was man Euch sagt!« Er schlug mit der Faust auf den Tisch und sprang auf. »So lauten meine Befehle, und du, junger Mann« – er funkelte Edgar finster an –, »wirst sie befolgen.«

Bebend vor Zorn stand er da, ein Ehrfurcht gebietender alter Herr, dessen Macht man sich nicht entziehen konnte. Die beiden jungen Leute hielten es für klüger, ihm nicht zu widersprechen.

Als Adela später zu Bett ging, überlegte sie, wie sie sich bloß am nächsten Morgen davonschleichen sollte. Denn sie hatte keine andere Wahl, als Colas Anweisungen zu missachten.

Am folgenden Tag wurde sie kurz vor Morgengrauen von einem Geräusch geweckt. Die Stimmen waren zwar nicht laut, aber sie glaubte, in ihren Träumen einen Streit gehört zu haben.

Leise stand sie auf, schlich sich zur Tür der Halle und spähte hinein.

Cola und Edgar saßen an einem Tisch, auf dem eine Fackel gerade so viel Licht verbreitete, dass man sie erkennen konnte. Der alte Mann war bereits für die Jagd gekleidet. Edgar trug nur ein langes Untergewand. Offenbar unterhielten sich die beiden schon seit einer Weile, und nun sah Edgar seinen Vater fragend an. Dieser stierte müde auf die Tischplatte.

Endlich sprach der alte Mann weiter, jedoch ohne den Kopf zu heben. »Glaubst du, ich verbiete dir grundlos, in den New Forest zu reiten?«

»Nein, aber ich würde diesen Grund gerne kennen.«

»Begreifst du denn nicht, dass es sicherer für dich ist, wenn du nichts weißt?«

»Ich finde, du solltest mir vertrauen.«

Der alte Mann dachte nach. »Wenn mir etwas zustoßen sollte«, sagte er schließlich, »ist es vielleicht wirklich besser, wenn du wenigstens zum Teil im Bilde bist. Die Welt ist gefährlich, und möglicherweise sollte ich dich nicht gegen alles abschirmen. Du bist ein erwachsener Mann.«

»Das glaube ich auch.«

»Hast du dir schon einmal überlegt, wie vielen Leuten es recht wäre, wenn Rufus verschwände?«

»Einer ganzen Menge.«

»Richtig. Und zwar in einigen Ständen. Noch nie waren es so viele wie zurzeit.« Er hielt inne. »Wenn Rufus jetzt im New Forest einen Unfall erlitte, würde es besagten Leuten, wer immer sie auch sein mögen, sehr gelegen kommen.«

»Der König wird einen Unfall haben?«

»Vergiss nicht, dass Mitgliedern der königlichen Familie schon des Öfteren im New Forest etwas zugestoßen ist.«

Das war wahr. Vor vielen Jahren war Richard, der vierte Sohn des Eroberers, im New Forest gegen einen Baum geritten und hatte dabei den Tod gefunden. Und einer von Rufus' Neffen, ein unehelicher Sohn seines Bruders Robert, war vor kurzem im New Forest von einem verirrten Pfeil getötet worden.

Aber dennoch: Ein König! Edgar war wie vom Donner gerührt. »Heißt das, man plant einen Anschlag auf Rufus?«

»Mag sein.«

»Wann?«

»Heute Nachmittag. Möglicherweise.«

»Und da du davon weißt, bist du offenbar in die Sache verwickelt.«

»Das habe ich nicht gesagt.«

»Du konntest nicht einfach die Ohren vor diesem Wissen verschließen?«

»Es sind mächtige Leute, Edgar. Sehr mächtige Leute. Unsere Stellung – meine und eines Tages auch deine – ist gefährdet.«

»Du kennst also die Männer, die dahinter stecken?«

»Nein. Da bin ich nicht sicher. Einflussreiche Personen haben sich an mich gewandt. Doch die Dinge sind nicht immer so, wie sie zu sein scheinen.«

»Und es soll heute geschehen?«

»Möglicherweise. Vielleicht auch nicht. Erinnere dich an das letzte Mal, als Rufus in einem Wald getötet werden sollte. Damals ist einer der Verschwörer in letzter Minute übergelaufen. Es gibt keine Gewissheit. Es kann passieren oder auch nicht.«

»Aber Vater...« Edgar betrachtete den alten Mann besorgt.

»Ich werde dich nicht fragen, in welcher Weise du an der Sache beteiligt bist. Woher nimmst du die Sicherheit, dass man dir nicht die Schuld in die Schuhe schieben wird, wenn es zu einem Zwischenfall kommt? Schließlich bist du nur ein angelsächsischer Förster.«

»Richtig. Allerdings glaube ich das nicht. Dazu weiß ich zu wenig und außerdem« – er lächelte – »habe ich mit Hilfe deines Bruders in London einige Vorkehrungen getroffen. Ich denke, mir droht keine Gefahr.«

»Werden sie denn nicht einen Sündenbock brauchen?«

»Sehr gut, ich sehe, du hast einen scharfen Verstand. Natürlich werden sie das. Er wurde sogar schon ausgesucht, so viel weiß ich. Und sie haben eine gute Wahl getroffen. Der Mann ist ein naiver Gernegroß, der sich Teil dieses erlauchten Kreises wähnt. Doch in Wirklichkeit tappt er völlig im Dunkeln.«

»Und wer ist das?«

»Walter Tyrrell.«

»Tyrrell?« Edgar stieß einen leisen Pfiff aus. »Soll das heißen, die Clares opfern ein Mitglied ihrer eigenen Familie?«

»Habe ich behauptet, dass die Clares daran beteiligt sind?«

»Nein, Vater.« Edgar lächelte. »Das hast du nicht.«

Tyrrell. Adela erstarrte. Ihr Vetter Walter sollte in eine Falle gelockt werden und als Sündenbock herhalten. Und er ahnte nicht, in welcher Gefahr er schwebte. Beim bloßen Gedanken, dass sie nun von diesem schrecklichen Geheimnis wusste, schnürte es ihr die Kehle zu. Zitternd schlich sie sich in ihr Zimmer, voller Angst, das laute Klopfen ihres Herzens könnte sie verraten.

Was sollte sie jetzt tun? Ihre Gedanken wirbelten wild durcheinander. Doch dann standen ihr in der kühlen, grauen Morgendämmerung ihre Pflichten plötzlich wie fahle Gespenster vor Augen. Man plante, den König zu töten. Das war eine Todsünde. Etwas Schrecklicheres gab es nicht. War dieser Mann wirklich ihr König? Nein. Bis sie einen Vasallen des englischen Königs heiratete, galt ihre Treue selbstverständlich Robert. Allerdings war Walter ihr Verwandter. Auch wenn sie ihn nicht leiden konnte und er sich ihr gegenüber schäbig verhalten hatte, er war und blieb ihr Vetter, und sie musste ihn retten.

Leise zog sie sich an. Nach einer Weile sah sie durch das offene Fenster: Cola ritt allein in der Dämmerung davon. Bogen und Köcher auf dem Rücken.

Sie wartete, bis er außer Sichtweite war. Im Haus war es still. Vorsichtig stieg sie aus dem Fenster und kletterte hinunter.

In ihrer Aufregung hatte sie nicht bemerkt, dass ihr auf dem Weg zum Fenster Martells Brief aus der Tasche geglitten war.

Der Morgen graute, als Puckle sich mit seinem Wagen auf den Weg machte. Cola hatte ihm befohlen, sich an der Jagdhütte in Brockenhurst einzufinden und auf weitere Anweisungen zu warten. Außerdem hatte er die Aufgabe, die erlegten Hirsche fortzuschaffen.

Seine Frau begleitete ihn zur Tür. »Du kommst heute Abend nicht nach Hause«, sagte sie zum Abschied.

»Nein?«

»Nein.«

Nach einem fragenden Blick auf sie fuhr er los.

Adela war auf der Hut gewesen. Sie hatte ihr Pferd in der Dunkelheit gesattelt, hatte es am Zügel neben dem Pfad durchs Gras geführt, um sich nicht durch Hufgetrappel zu verraten. Erst ein Stück weit von Colas Haus entfernt stieg sie auf und ritt langsam durch das Tal und in den New Forest.

Der Gedanke, das Stelldichein mit Martell zu verpassen, ihm nicht einmal eine Nachricht zukommen zu lassen, war unerträglich. Aber sie durfte nicht tatenlos zusehen, wie Walter in sein Unglück lief. Am Castle Hill in Burley angekommen, wartete sie, so lange sie es wagte. Die Sonne stand schon hoch am Horizont, als sie es schließlich aufgab. Er war noch nicht erschie-

nen. Da fiel Adela ein, sie könnte ja Puckle oder ein Mitglied seiner Familie bitten, Martell abzufangen und ihm etwas von ihr
auszurichten. Also ritt sie den kleinen Bach entlang zu Puckles
Haus. Doch unerklärlicherweise war niemand da. Und sie befürchtete, man würde über sie klatschen, wenn sie einen Fremden in Burley bat, ihre Botschaft zu überbringen

Sie konnte nur noch hoffen, dass sie Walter rechtzeitig fand
und Martell bei ihrer Rückkehr zum Castle Hill noch antraf.
Deshalb ritt sie rasch weiter, um sich nur nicht zu verspäten.

Wie sich herausstellte, hätte sie sich nicht zu beeilen brauchen.

Was König Wilhelm I., genannt Rufus, Anfang August im Jahre
des Herrn 1100 tat, ist mehr oder weniger bekannt. Am Monats-
ersten erließ er in seiner Jagdhütte in Brockenhurst ein Gesetz,
speiste anschließend mit Freunden und ging zu Bett.

Doch er schlief schlecht. Und deswegen brach er nicht schon
bei Morgengrauen auf. Erst als die Sonne hoch am Horizont
stand und die Baumwipfel rings um Brockenhurst funkelten, erhob er sich endlich und gesellte sich zu seinen wartenden Höflingen.

Es war ein kleiner, erlauchter Kreis: Robert Fitz Hamon, ein
alter Freund; William, der Schatzmeister aus Winchester; zwei
weitere normannische Barone; drei Mitglieder der einflussreichen Familie Clare, die ihn schon einmal fast verraten hätte;
schließlich sein jüngerer Bruder Heinrich, ein dunkelhaariger,
temperamentvoller und dennoch zurückhaltender und nachdenklicher Mann – manche hielten ihn für genauso grausam wie
seinen Bruder und seinen Vater; und zu guter Letzt Walter Tyrrell.

Als sich der rothaarige König auf einer Bank niederließ, um
sich die Stiefel anzuziehen, erschien ein Waffenschmied mit einem
halben Dutzend frisch angefertigter Pfeile, um sie dem König als
Geschenk zu überreichen.

Rufus nahm sie entgegen und prüfte sie schmunzelnd. »Ausgezeichnete Arbeit. Das Gewicht stimmt. Der Schaft ist biegsam.
Sehr gut gemacht«, beglückwünschte er den Waffenschmied.
Dann warf er einen Blick auf Tyrrell und meinte: »Nehmt zwei
davon, Walter. Ihr seid der bessere Schütze.« Als Tyrrell strahlend danach griff, fügte der König mit einem rauen Lachen
hinzu: »Und wehe, wenn Ihr danebenschießt.«

Es folgte das übliche Hofgeplänkel, das dazu diente, den König bei Laune zu halten. Plötzlich tauchte ein Mönch auf, was Rufus, dem Kirchenmänner bestenfalls lästig waren, nicht sonderlich erfreute. Doch da dieser redegewandte Bursche darauf bestand, einen wichtigen Brief von seinem Abt zu überbringen, nahm der König das Schreiben achselzuckend entgegen.

Nachdem er es gelesen hatte, lachte er auf. »Also, Walter, vergesst nicht, was ich Euch gesagt habe: Wehe, wenn Ihr mit meinen Pfeilen danebenschießt«, meinte er zu Tyrrell. Er wandte sich an die übrigen Anwesenden: »Ist es zu fassen, was dieser Abt aus Gloucester mir schreibt! Einer seiner Mönche hatte einen Traum, oder besser eine Erscheinung, in der ausgerechnet ich vorkam – vermutlich, wie ich in der Hölle schmore.« Er grinste und wedelte mit dem Pergament herum. »Also setzt der Mann sich hin, schreibt mir einen Brief, schickt ihn mir den weiten Weg quer durch England und warnt mich, auf der Hut zu sein. Und so ein Kerl, der Himmel steh uns bei, ist Abt! Von jemandem in dieser Position möchte man doch mehr Vernunft erwarten.«

»Gehen wir auf die Jagd, Sire«, schlug einer der Männer vor.

Es war schon später Vormittag, als Hugh de Martell sein Haus verließ. Aus irgendeinem Grund hatte sich seine Frau ausgerechnet diesen Morgen ausgesucht, um ihn mit allerhand Kleinigkeiten zu belästigen, bis er schließlich gezwungen gewesen war, ihr ziemlich unfreundlich Einhalt zu gebieten. Deshalb hatte er ein schlechtes Gewissen und üble Laune. Er trieb sein Pferd zum Trab an und preschte die lange Strecke entlang, die über die Kreidefelsen führte.

Allerdings machte er sich keine übergroßen Sorgen. Sie würde auf ihn warten.

Edgar war völlig erstaunt, als einer der Stallburschen meldete, dass Adelas Pferd fehle. Es war schon mitten am Vormittag, und da er sehr beschäftigt gewesen war, hatte er gar nicht auf Adela geachtet, sondern angenommen, dass sie sich irgendwo im Haus aufhielt. Edgar wunderte sich, dass er sie gar nicht hatte wegreiten sehen. Also ging er schnurstracks in ihr Zimmer, wo er den Brief von Martell fand.

Er brauchte das normannische Französisch nicht genau zu lesen, um die Bedeutung dieses Schreibens zu verstehen. Es reichte, dass er die Wörter »Burley Castle« und »Hugh« erkannte. Wenig später ritt er los. Sie hatte den Befehl seines Vaters missachtet. Das allein war schon schlimm genug. Hinzu kam, dass ihr Verschwinden eindeutig mit Martell zusammenhing. Sie wollte sich heimlich mit ihm treffen.

Schon bei Martells Besuch hatte sich sein Argwohn geregt, aber es wäre unhöflich gewesen, sie darauf anzusprechen. Cola hatte ihm schon vor langer Zeit anvertraut, dass Martell ein Frauenheld war und sich hin und wieder am Rande des New Forest auf ein Liebesabenteuer einließ. Edgar hatte das nicht weiter verwundert. Schließlich waren es die Feudalherren, wie die Mächtigen aller Epochen, gewöhnt, sich gewisse Rechte herauszunehmen. Allerdings hatte Edgar vermutet, dass sich Martell wegen des angegriffenen Gesundheitszustandes seiner Frau eine Weile zurückhalten würde. Wahrscheinlich hatte der reiche Grundherr der Versuchung nicht widerstehen können, einer ungebundenen Frau wie Adela nachzustellen. Dass er, Edgar, Adela heiraten wollte, war für Martell sicher kein Hinderungsgrund, sondern eher ein Ansporn, seine Überlegenheit zu beweisen.

Was sollte er jetzt tun? Er war völlig ratlos. Sollte er sie zunächst beobachten? Herausfinden, was sich zwischen ihnen abspielte? Sie zur Rede stellen? Sich mit Martell schlagen? Er wusste es beim besten Willen nicht.

Bald hatte Edgar das Tal hinter sich gelassen. Es kostete ihn nur einen kleinen Umweg von etwa anderthalb Kilometern, ihren Treffpunkt unbemerkt von Norden her zu umrunden und sich lautlos von hinten durch die Bäume anzupirschen. Er fühlte sich wie ein Spion, als er sein Pferd an einen Baum band und zu Fuß weiterschlich.

Doch keine Spur von ihnen. Ihre Pferde waren nirgendwo zu sehen. Auch auf der tiefer liegenden Heide konnte er von hier oben nichts entdecken. Waren sie irgendwo in der Nähe, versteckt hinter Farnwedeln oder im hohen Gras?

Gewiss waren sie hier gewesen und gemeinsam wieder fortgeritten. Und dann? Er wusste, dass es zwecklos war, darüber nachzugrübeln, doch er konnte nicht anders. Ihm wurde flau im Magen, als ihm die Erkenntnis kam: Sie wollten allein sein.

Edgars Nerven waren zum Zerreißen gespannt. Mit klopfendem Herzen ritt er weiter, erkundigte sich in Burley, ob man Adela gesehen habe, und hielt von verschiedenen Anhöhen Ausschau. Schließlich machte er sich widerstrebend auf den

Rückweg zum Tal, um noch einmal im Haus nachzusehen. Vielleicht, so sagte er sich, hatte er sich ja geirrt. Er nahm sich vor, andernfalls wieder in den New Forest zu reiten und weiterzusuchen.

Vorsichtig näherte Adela sich Brockenhurst. Sie musste Walter unbedingt finden, ohne dabei Cola in die Arme zu laufen. Denn wie sollte sie dem alten Mann erklären, warum sie seinen Befehl missachtet hatte? Bestimmt würde er sie nach Hause schicken, ohne dass sie ihr Vorhaben in die Tat umsetzen konnte.

Als die königliche Jagdhütte in Sicht kam, schien das Glück auf ihrer Seite zu sein. Denn sie entdeckte Puckle, der allein neben seinem Wagen stand. Als sie sich erkundigte, wohin die Jagdgesellschaft des Königs geritten sei, erwiderte er, nach Norden, irgendwo oberhalb von Lyndhurst.

Das war wirklich eine gute Nachricht, denn Adela kannte sich in diesem Gebiet aus. Vielleicht konnte sie Walter nun unbemerkt abfangen. Nachdem sie Puckle gebeten hatte, diese Begegnung für sich zu behalten, ritt sie, ein wenig erleichtert, nach Norden.

Ihr Mann war schon eine Weile fort, als Lady Maud sich von ihrem Bett im Wintergarten erhob. Aber als sie nicht nur Kleidung zum Ausgehen verlangte, sondern auch befahl, ihr Pferd zu satteln, versetzte sie die ganze Dienerschaft in Erstaunen.

»Ihr wollt doch nicht etwa reiten, Mylady?«, fragte ihre Zofe besorgt.

»Genau das will ich.«

»Aber, Mylady, Ihr seid noch so schwach.«

Es traf zwar zu, dass Lady Maud nach monatelanger Bettlägrigkeit nicht sehr sicher auf den Beinen war, doch trotz aller Einwände ihrer Zofe bestand sie auf ihren Willen. Die Dienstboten waren machtlos dagegen. Als ein mutiger Diener anmerkte, der Herr wäre damit gewiss nicht einverstanden, erntete er einen derart zornigen Blick, dass er entsetzt zurückfuhr.

»Das geht nur ihn und mich etwas an. Kümmere dich um deine eigenen Angelegenheiten«, erwiderte sie kühl und gab Anweisung, das Pferd vor die Tür zu führen.

Wenig später hielt der Stallbursche ihr die Zügel und half ihr in den Sattel.

»Bitte, Mylady, Ihr könntet stürzen«, flehte der Stallbursche. »Darf ich Euch wenigstens begleiten?«

»Nein.« Ruckartig wandte sie sich um und machte sich im Schritttempo auf den Weg. So ritt sie weiter, obwohl sie einige Male das Gleichgewicht zu verlieren drohte. Mit bleicher Miene starrte sie geradeaus, während die Dorfbewohner auf die Straße hinaustraten, um ihr nachzublicken. Lady Maud schlug den Weg ein, den ihr Mann genommen hatte. Auch wenn sie sich kaum im Sattel halten konnte, war sie nicht bereit aufzugeben.

Ohne lange darüber nachzudenken, hatte sie beschlossen, ihm zu folgen. Wusste sie, dass sie seine Liebe verloren hatte? Sie ahnte es. War ihr klar, dass er sich mit einer anderen Frau traf? Sie hatte einen Verdacht. Und eine innere Stimme sagte ihr, dass sie gesund werden, ihm nachreiten und ihn zurückholen musste. Deshalb war sie an diesem Augusttag unterwegs und klammerte sich mit eisernem Willen an den Sattel. Oben auf der Anhöhe spornte sie ihr Pferd zum Trab an. Und die, die sie von unten beobachteten, schnappten nach Luft und murmelten: »Mein Gott, sie wird sich umbringen.«

In fröhlicher Stimmung war die königliche Jagdgesellschaft, begleitet von Cola, aus Brockenhurst aufgebrochen.

»Mein treuer Jäger, ich kann mich stets auf Eure vollkommene Planung verlassen.« Rufus war aufgeräumter Stimmung. Aus scharfen Augen musterte er den alten Angelsachsen und lachte dann auf. »Heute will ich die Hirsche nicht in Eure große Falle treiben, mein Freund. Ich will im Wald jagen.«

Man hatte Hunde herbeigeschafft. Spürhunde, die die Witterung der Hirsche aufnahmen und sie aus dem dichten Gebüsch scheuchten, und Jagdhunde, welche heute nur die Aufgabe hatten, die Hirsche zu töten, die verwundet waren und zu fliehen versuchten.

Das erste Ziel war der Wald unterhalb von Brockenhurst. Doch nachdem sie eine Weile dort gejagt hatten, bestand der König darauf, über eine große Heide nach Osten zu reiten. »Dort werdet Ihr nur ein paar Rothirsche finden, Sire. Kaum Damhirsche«, warnte ihn Cola.

Zur Mittagszeit befahl der König eine Rast und verlangte Erfrischungen. Als der Nachmittag anbrach, erklärte er sich einverstanden, sich von Cola ein besseres Jagdgebiet zeigen zu lassen.

Allerdings schien er noch immer keine Eile zu haben. »Vorwärts, Tyrrell!«, rief er. »Wir alle werden Euch im Auge behalten.«

Die weißliche Hirschkuh erstarrte. Zitternd spitzte sie die Lauscher.

An diesem warmen, sonnigen Augustnachmittag schien die Stille wie ein gewaltiger Schleier über der Landschaft zu liegen. Das kleine Kitz neben ihr konnte inzwischen ein paar Schritte gehen. Das magere, zarte Tierchen, das sich von ihrer Muttermilch ernährte, hatte die gefährlichsten ersten Lebenstage überstanden. Doch war es auch kräftig genug, um vor den Hunden zu fliehen?

Sie wandte den Kopf und war sicher, sie nun deutlich zu hören. Voller Angst betrachtete sie ihr Kitz. Kamen die Jäger in ihre Richtung?

Hugh de Martell hatte genug Geduld bewiesen. Er war es nicht gewöhnt, dass man ihn warten ließ. Der Bote hatte ihm berichtet, dass Adela den Brief erhalten hatte. Vielleicht hatte sie etwas daran gehindert, das Haus zu verlassen, doch er bezweifelte es. Oder war sie bereits hier gewesen und wieder gegangen, weil er sich verspätet hatte? Aber in seiner Nachricht hatte gestanden, dass er sich am Vormittag am Treffpunkt einfinden würde, und es war noch nicht Mittagszeit. Gewiss hätte sie auf ihn gewartet. Und nun stand er untätig hier herum. Seiner Schätzung nach waren bereits zwei Stunden verstrichen.

Nein. Sie hatte es sich anders überlegt und einen Rückzieher gemacht. Er bedauerte es, denn er hatte sie gern gehabt. Und er musste sich eingestehen, dass er sie begehrt hatte.

Er fragte sich, was er nun tun sollte. Sollte er zu Colas Haus reiten? Lieber nicht. Zu gefährlich. Nach Hause zurückkehren? Das schmeckte ihm gar nicht, da es ihm wie das Eingeständnis einer Niederlage erschien. Außerdem war es ein wunderschöner Tag, und er konnte genauso gut das Beste daraus machen. Vom Castle Hill aus ritt er in Richtung Burley, umrundete das Dorf und führte sein Pferd gemächlich am Zügel die Hochebene hinauf, wo sich einige Kilometer weiter ein malerischer Ausblick nach Osten und auf das Meer bot. Vor einigen Jahren hatte er dort an der Küste die Tochter eines Fischers verführt. Obwohl er ihrer bald überdrüssig geworden war, erinnerte er sich immer noch gern daran.

Als er die Hochebene erreichte, hatte sich seine Laune schon beträchtlich gebessert. Vielleicht war Adela ja doch verhindert gewesen. Er würde sich erkundigen. Möglicherweise war sie ja noch zu haben.

Kurz nach Morgengrauen hatte Godwin Pride den neuen Zaun fertig gestellt. Er war sehr stolz darauf. Das eingefriedete Stück Land war zwar nicht viel größer als zuvor, nur etwa einen Meter. Doch er hatte – und das war der Trick an seinem Plan – den Zaun nicht nur auf einer Seite, sondern auf zweien verschoben. Und nun sah der Pferch wieder genauso aus wie früher. Solange niemand Messungen anstellte, würde kein Mensch die Veränderung bemerken.

»Aber was hilft es?«, fragte seine Frau. »Der Platz reicht noch immer nicht für die neue Kuh.«

»Zerbrich dir nicht den Kopf darüber«, erwiderte er. Denn hier ging es um etwas Grundsätzliches. Als er sein Werk zum etwa fünften Mal an diesem Nachmittag in Augenschein nahm und aufblickte, sah er Adela. Nur dass er sie noch nie so erlebt hatte. Sie wirkte erschöpft und völlig außer sich. Ihr Pferd konnte sich kaum noch auf den Beinen halten, dem Tier stand der Schaum vor dem Maul, und auf seinen Flanken glänzte Schweiß.

»Hast du die Jagdgesellschaft des Königs gesehen?«, fragte sie verzweifelt. Er verneinte.

»Ich muss sie finden.« Einen Grund nannte sie nicht. Zum Glück stand er dicht genug bei ihr, als sie zu schwanken begann und vom Pferd glitt.

Stundenlang hatte Adela die Umgebung von Lyndhurst abgesucht, bis sie sich schließlich damit abfinden musste, dass der König wohl einen anderen Weg genommen hatte. Also war sie nach Brockenhurst zurückgekehrt, hatte dort von einem Diener erfahren, wohin die Männer geritten waren, und dann die Wälder im Süden durchkämmt. Sie ritt hierhin und dorthin, folgte Pfaden, überquerte Lichtungen und lauschte, in der Hoffnung, inmitten der unzähligen Bäume ein leises Geräusch zu vernehmen. Doch sie hörte nichts; nur hin und wieder durchbrach das Flattern von Vogelschwingen unter dem Blätterdach die Stille.

Kopflos war sie weiter umhergeirrt, hatte den Mut verloren

und war fast verzweifelt. Aber sie durfte nicht aufgeben. Als sie in den kleinen Weilern nachfragte, konnte ihr niemand eine Antwort geben. Inzwischen wusste sie, dass ihr Pferd nicht mehr lange durchhalten würde, und das steigerte ihre Hoffnungslosigkeit noch. Und dann war ihr schließlich Pride eingefallen.

Es dauerte eine Weile, bis sie wieder zu sich kam. Kaum hatte sie die Augen aufgeschlagen, als sie auch schon losreiten wollte. »Auf diesem Pferd ist es unmöglich«, widersprach Pride.

»Wenn es sein muss, gehe ich eben zu Fuß«, erwiderte sie. Lächelnd brachte er sie nach draußen. »Glaubt Ihr, Ihr könnt auf einem von diesen hier reiten?«

Adela spürte die warme Spätnachmittagssonne auf ihrem Rücken, deren goldene Strahlen den einsamen Wald beschienen. Das kräftige kleine New-Forest-Pony war erstaunlich flink. Adela hatte gar nicht gewusst, wie sicher diese Tiere verglichen mit Vollblütern waren. Da die Ponys es gewöhnt waren, durchs Heidekraut zu laufen, trabten sie mühelos dahin.

Pride ritt an ihrer Seite. Zuerst hatten sie es noch einmal in den Wäldern rings um Brockenhurst versucht, doch ein Bauer hatte ihnen gesagt, er habe auf der Heide im Osten Reiter gesehen. Und so geriet Adela an diesem späten Nachmittag in einen Teil des gewaltigen New Forest, den sie bisher noch nicht erkundet hatte.

Es war eine baumlose, breite, leicht hügelige Küstenlandschaft. Im Süden, kaum fünfzehn Kilometer entfernt, sagten ihr die lang gezogenen, blaugrünen Umrisse der Insel Wight, dass sie sich unweit des Solent, der Zufahrt zum offenen Meer, befand. Vor ihr lag die im August violett schimmernde Heide, wo weniger Stechginster wuchs als auf der Westseite des New Forest. Die Heide erstreckte sich von Prides Weiler bis zum bewaldeten Sumpfland und den Wiesen, die die Küste bildeten. Ytene hatte man dieses Gebiet früher genannt, das Land, wohin die Juten von der Insel Wight übergesiedelt waren, um Landwirtschaft zu betreiben.

Adela war froh, dass Pride sie begleitete. Auch wenn sie ihm den Grund ihrer Suche nicht verraten durfte, verlieh ihr seine Gelassenheit frischen Mut. Schließlich befand sich der König, wie sie sich vor Augen hielt, immer noch auf der Jagd. Gewiss schwebte Walter noch nicht in Gefahr. Und vielleicht hatte man den Anschlag ja sogar abgeblasen. Doch sie musste ihn aufspüren, solange es noch hell war, um ihm die Nachricht zu überbringen. Bis die Sonne über dem New Forest unterging, blieben noch einige Stunden Zeit.

Möglicherweise lag es an ihrer Erschöpfung oder an der Hitze, dass ihr auf ihrem Weg über die Heide die Stille des Augustnachmittags mit einem Mal unwirklich erschien. Die Vögel, die hin und wieder über ihre Köpfe hinwegflogen, wirkten körperlos, als würden sie jeden Moment im endlosen blauen Himmel verschwinden oder sich im Meer aus violettem Heidekraut in Nichts auflösen.

Wo mochten die Jäger bloß stecken? Kilometer um Kilometer ritten sie weiter, überquerten ein Moor und erreichten dann wieder die trockene Heide. In der Ferne sah Adela Gruppen von Stechpalmen und Eichen, aber immer noch keine Jäger. Nur den ewig selben blauen Himmel und violettes Heidekraut.

»Es kommen eigentlich nur noch zwei Stellen in Frage«, meinte Pride schließlich. Er wies nach Westen, wo sie ein Waldstück erkannte. »Oder sie sind dort unten in den Marschen.« Sein Arm beschrieb eine ausladende Geste nach Süden. »Die Entscheidung liegt bei Euch.«

Adela überlegte. Inzwischen war es ihr herzlich gleichgültig, ob sie Cola oder sogar dem König selbst begegnete. Doch wenn sie ihre Nachricht heute noch überbringen wollte, musste sie sich sputen. »Wir sollten uns trennen«, erwiderte sie.

Da die Pfade durch die Eichenwälder an der Küste gefährlich waren, einigten sie sich rasch, dass Pride diesen Weg nehmen sollte, während Adela nach Osten ritt.

»Und was soll ich tun, wenn ich Euren Vetter finde?«, fragte er.

»Sagt ihm…« Sie hielt inne. Was sollte der Bauer ihm mitteilen? Falls sie selbst Walter zuerst aufspürte, würde es ihr – so sehr er sie auch verachten mochte – sicher gelingen, ihn beiseite zu nehmen und ihm soviel zu erzählen, dass er gewarnt war. Aber welche Botschaft konnte sie Pride mit auf den Weg geben, die sicherstellte, dass Walter ihn auch anhörte? Sie überlegte fieberhaft. Und dann kam ihr der zündende Gedanke. »Sag ihm, du kommst von Lady Maud. Sie werde ihm alles erklären, doch er müsse sich sofort unter einem Vorwand davonmachen und um sein Leben laufen.« Das sollte genügen. Kurz darauf ritten sie in verschiedene Richtungen davon. »Wie heißt der Ort, zu dem du willst?«, rief sie ihm noch nach.

»Früher stand dort ein Bauernhof«, erwiderte er. »Man nannte ihn Througham.« Mit diesen Worten trabte er los.

Fast eine Stunde lang suchte Adela die östliche Waldgrenze ab, aber sie entdeckte keine Spur von den Jägern. Immer wieder blickte sie zurück zur Heide – vergeblich. Nach einer Weile kam sie zu dem Schluss, dass die Gesellschaft sich gewiss in dem Teil des Waldes aufhielt, den Pride durchkämmte, wenn sie sich überhaupt noch im New Forest befand. Also machte sie sich auf den Rückweg über die Heide, als sie plötzlich in der Ferne etwas Merkwürdiges sah.

Ein Tier lief in blitzartiger Geschwindigkeit über die Ebene auf die Wälder bei Througham zu. Die goldenen Strahlen der im Westen stehenden Sonne blendeten Adela in den Augen, sodass sie schützend die Hand davor halten musste. Doch selbst durch den rötlichen Schleier sah sie das Tier ganz deutlich, und mit Schrecken stellte sie fest, dass sie es kannte.

Es war die weißliche Hirschkuh, die wie ein Lichtfunke über die violett schimmernde Heide sauste. Zwei Jäger zu Pferde folgten ihr auf den Fersen. Adela war fast sicher, dass auch zwei Hunde dabei waren. Ein Kitz konnte sie nirgendwo entdecken. War es etwa schon tot? Oder beobachtete es zitternd im Gebüsch, wie seine Mutter von den schrecklichen Jägern gehetzt wurde? Die Hirschkuh war schneller als die Reiter. Es war fast, als flöge sie um ihr Leben, und sie stürmte auf den schützenden Wald und die Marschen zu.

Ohne nachzudenken, trieb Adela ihr Pony an. Walter hatte sie beinahe vergessen. Sie setzte dem Hirsch nach und winkte den Reitern zu, doch diese schienen sie nicht zu bemerken. Die Hirschkuh hatte die Bäume fast erreicht. Die beiden Jäger rasten im vollen Galopp dahin. So sehr Adela es auch versuchte, es gelang ihr nicht, ihnen den Weg abzuschneiden, und sie lag noch mehrere hundert Meter zurück, als sie der Hirschkuh in den Wald folgten.

Und plötzlich waren die Jäger wie vom Erdboden verschluckt. Als Adela am Waldesrand ankam, herrschte ringsumher Stille, als wären die Hirschkuh, die Reiter und die Hunde nur Geistererscheinungen gewesen. Sie suchte einen Pfad nach dem anderen, stieß aber nur auf Eichen, Lichtungen und Sumpfwiesen.

Gerade hatte sie wieder einen neuen Pfad durch den Wald eingeschlagen, der nach Süden führte, als sie auf einmal hörte, dass sich Hufgetrappel näherte, das rasch lauter wurde. Sie hielt inne. War das Pride? Oder ein Mitglied der Jagdgesellschaft? Kurz darauf kam ein Reiter in Sicht. Adela blieb der erleichterte Aufschrei im Halse stecken.

Denn es war Walter, wie sie ihn noch nie zuvor erlebt hatte. Er hatte die Augen weit aufgerissen und keuchte, und sein Gesicht schimmerte grünlich, als müsse er sich gleich übergeben. Er war so erschöpft, dass er bei ihrem Anblick kaum Überraschung zeigte. Doch als er sie fast erreicht hatte, schrie er: »Flieh! Flieh um dein Leben!«

»Dann hast du meine Nachricht also erhalten?«, rief sie. »Wegen des Königs?«

»Nachricht? Was für eine Nachricht? Der König ist tot.«

Hugh de Martell wurde es allmählich zu bunt. Nachdem er die Aussicht über den New Forest genossen hatte, war er wieder zum Castle Hill zurückgekehrt und hatte sich eine Weile in der Nachmittagssonne ausgeruht – vielleicht eine falsche Entscheidung. Möglicherweise wäre er sogar noch ein wenig länger dort geblieben, hätte er nicht einen Reiter bemerkt, der sich von Norden, von Ringwood her, näherte. Er erkannte Edgar.

Martell stieß einen leisen Fluch aus. Auch wenn der junge Mann ihm sicher beantworten konnte, wo Adela steckte, war er der Letzte, den er danach fragen wollte. Außerdem bestand durchaus die Möglichkeit, dass Cola und seine Familie von dem Stelldichein erfahren und Adela verboten hatten, sich mit ihm zu treffen. In diesem Fall war Edgar womöglich auf dem Weg nach Castle Hill, um ihn zu suchen, und er hatte nicht die geringste Lust auf eine Begegnung.

Am Fuße des Hügels führte ein Weg nach Westen über die Heide zu einer bewaldeten kleinen Anhöhe, die Crow Hill hieß. Von dort aus ging es steil bergab ins Avontal. Bis zum schützenden Crow Hill waren es nur knapp anderthalb Kilometer, auf Martells schnellem Pferd ein Katzensprung.

Er ließ das Pferd auf dem torfigen, festen Untergrund traben. Im Westen ging die Sonne über dem Avontal unter und tauchte die Landschaft in ein rosiges und goldenes Licht. Zu beiden Seiten des Weges schimmerte das Heidekraut wie ein violetter See.

Der Anblick war so zauberhaft, dass Martell wider Willen vor Freude fast laut aufgelacht hätte.

Er hatte bereits ein Drittel der Strecke zurückgelegt, als er zu seinem Ärger feststellte, dass Edgar quer über die kleine Heide ritt. Offenbar wollte ihm dieser lästige junge Bursche den Weg abschneiden. Martell schmunzelte. Da war der Angelsachse aber an den Falschen geraten. Sein prachtvoller Hengst stürmte voran. Martell schätzte die verbleibende Entfernung ab und berechnete die Zeit.

Als er die Hälfte des Weges hinter sich hatte, begann er zu galoppieren. Ein Blick nach rechts sagte ihm, dass Edgar seinem Beispiel folgte. Martell kicherte. Der junge Angelsachse hatte keine Chance. Mit trommelnden Hufen überwand der Hengst Meter um Meter, sodass die weißen Kieselsteine auf dem Pfad Funken sprühten.

Aber zu seiner Überraschung konnte Edgar mithalten. Er würde mit ihm zusammentreffen, bevor er den Wald erreichte. Zu seiner Linken ragte jedoch ein kleines Waldstück in die Heide hinaus. Davor stand, wie ein Wegweiser, eine einsame Esche.

Mit einer ruckartigen Bewegung warf Martell sein Pferd nach links herum. Der Hengst pflügte durchs Heidekraut. Im nächsten Moment bemerkte Martell einen Holzhaufen, den irgendein Schwachkopf dort aufgeschichtet haben musste. Fast war er an der Esche angekommen, die ihn vor den Blicken des vermaledeiten Angelsachsen schützen würde. Martell spornte sein Pferd an, vergaß jedoch dabei, dass der Waldboden nicht so fest war wie die Kreidefelsen rings um sein Gut. Von einem Augenblick auf den nächsten sackte sein riesiger Hengst mit den Vorderbeinen in der trügerisch weichen Erde ein und blieb in einem verborgenen Schlammloch stecken, sodass Martell kopfüber auf den Holzhaufen geschleudert wurde.

»Was ist geschehen?«, fragte Adela. Noch nie hatte sie Walter so fassungslos gesehen.

Er schien durch sie hindurchzublicken. »Es war ein Unfall.«

»Was? Wie?«

»Ein Unfall.« Er starrte geradeaus.

Sie musterte ihn forschend. Hatte das Unglück ihn so sehr mitgenommen? War er selbst Augenzeuge des Ereignisses geworden, oder hatte er nur durch andere davon gehört? Inzwischen trabten sie Seite an Seite zur Heide.

»Wo willst du hin?«, erkundigte sie sich.

»Nach Westen. Ich muss nach Westen. Weg von Winchester. Ich muss irgendwo weiter unten an der Küste ein Boot finden.«

»Ein Boot?«

»Begreifst du denn nicht? Ich muss fort und aus dem Königreich fliehen. Ich wünschte bei Gott, ich würde den Weg durch diesen verfluchten Wald kennen.«

»Ich kenne ihn«, erwiderte sie. »Ich werde dich führen.«

Die Zeit verging erstaunlich schnell. Aber vermutlich lag das daran, dass sie nun nicht mehr ziellos herumirrte, sondern auf ein Ziel zusteuerte, von dem sie wusste, wo es sich befand: die kleine, verlassene Furt unweit von Prides einzigem Weiler. Die Heide war menschenleer, sie begegneten niemandem und wechselten kein Wort miteinander. Sogar um Prides Weiler machten sie einen Bogen und stießen schließlich auf den langen Pfad, der sich zur Furt schlängelte. Unterhalb von Brockenhurst überquerte er den Fluss und endete im hügeligen Heideland des westlichen New Forest.

»Willst du versuchen, dir in der Nähe von Christchurch ein Boot zu beschaffen?«, fragte sie ihn.

»Nein, das wäre zu nah. Möglicherweise bin ich gezwungen, ein oder zwei Tage zu warten, und inzwischen« – er seufzte – »könnte ich verhaftet werden. Weiter im Westen scheint es mir sicherer zu sein.«

»Dann musst du über den Avon. Ich kenne das Avontal recht gut. Etwa auf halbem Wege zwischen Christchurch und Ringwood gibt es eine Viehfurt. Danach reitest du einfach über die Wiesen, und dann kommt nur noch eine große Heide.«

»Gut, ich nehme diesen Weg«, erwiderte Tyrrell.

Im Westen ging die Sonne unter wie ein gewaltiger roter Ball. Hie und da ragte ein einsamer Baum wie eine seltsame bläuliche Blume vor dem roten Himmel auf, als wollte er, einem ausgestreckten Zeigefinger gleich, die Reiter mahnen. Sie mussten ihre Pferde am Zügel führen. Abgesehen von ein paar Wildponys und Rindern begegneten sie niemandem.

Inzwischen hatte Tyrrell sich offenbar ein wenig gefasst.

»Du sagtest, du hättest mich gesucht, um mir eine Nachricht zu überbringen«, meinte er. »Worum ging es denn?«

Sie erzählte ihm die ganze Geschichte und berichtete von Colas Verhalten und davon, dass sie ihn mit Prides Hilfe gesucht hatte.

Aufmerksam hörte er zu und schwieg eine Weile. »Ist dir klar, dass du für mich dein Leben aufs Spiel gesetzt hast, liebe Base?«, fragte er schließlich. Noch nie hatte er sie so genannt.

»Daran habe ich gar nicht gedacht«, erwiderte sie.

»Und dieser Pride weiß nicht mehr, als dass er mir etwas von Lady Maud ausrichten soll?«

»Nichts.«

»Dann wollen wir hoffen, dass er den Mund halten kann.«

Er überlegte, blickte in die Ferne und sagte: »Du musst alles vergessen, was du gehört oder gesehen hast. Wenn dich jemand fragt, zum Beispiel Cola, bist du einfach ausgeritten. Könntest du dafür einen bestimmten Grund gehabt haben?«

»Offen gestanden«, räumte sie ein, »hatte ich eine Verabredung mit Hugh de Martell. Aber wir haben uns verpasst.«

»Aha!« Trotz seiner misslichen Lage lachte Walter auf. »Dieser Mann ist unverbesserlich. Sei vor ihm gewarnt. Allerdings kommt uns das sehr gelegen. Wenn es sein muss, erzähle diese Geschichte. Falls man dir weiter zusetzt, sag, er wäre zudringlich geworden, und du hättest dich vor Angst auf die Suche nach mir gemacht. Aber«, fügte er mit bitterem Ernst hinzu, »vergiss alles andere, wenn dir dein Leben lieb ist, Adela.«

»Was ist denn nun eigentlich passiert?«, wollte sie wissen.

Er dachte eine Weile nach und legte sich seine Worte sorgfältig zurecht, bevor er zu sprechen begann. »Ich habe keine Ahnung. Wir hatten uns in Gruppen aufgeteilt. Da kam einer meiner Verwandten aus der Familie Clare auf mich zugestürmt und rief, es habe einen Unfall gegeben. ›Da Ihr allein mit dem König wart‹, meinte er weiter, ›wird man Euch die Schuld geben.‹ Ich erinnerte ihn daran, dass ich gar nicht mit dem König zusammen gewesen war, doch dann fiel es mir wie Schuppen von den Augen. Verstehst du, was ich meine? Er versprach mir, den Suchtrupp ein oder zwei Tage lang auf die falsche Fährte zu locken, damit ich Zeit hätte, zu verschwinden oder über das Meer zu fliehen. Debattieren war zwecklos.«

»War es wirklich ein Unfall?«

»Wer weiß. So etwas kommt mitunter vor.«

Sie fragte sich, ob er sie belog, und ihr wurde klar, dass sie das nie erfahren sollte. Fast schien es auch bedeutungslos. Was spielte eine größere Rolle: Verborgene und flüchtige Wahrheiten oder das, was die Menschen sagen oder glauben wollten?

»Ich fürchte, meine arme kleine Base, dass ich augenblicklich nicht mehr viel für dich tun kann. Ich hatte zwar einen möglichen Ehemann für dich, doch vermutlich wird in der nächsten Zeit niemand etwas mit einer armen Verwandten von mir zu tun haben wollen. Und es kommt nicht in Frage, dass du mich jetzt in die Normandie begleitest. Was wirst du tun?«

»Ich kehre erst einmal zu Cola zurück«, entgegnete sie. »Der Rest wird sich zeigen. Jemand hat mir gesagt« – sie lächelte ihm zu –, »dass ich einmal sehr glücklich sein werde.«

»Du bist zwar ein wenig übergeschnappt, aber ich schließe dich immer mehr ins Herz«, erwiderte er.

In diesem Augenblick erreichten sie den Gipfel eines kleinen Hügels. Vor ihnen entfaltete der Sonnenuntergang seine ganze Pracht, der Horizont über dem Avontal leuchtete purpurrot. Und als Adela sich umwandte, bemerkte sie, dass das Heidekraut auf dem Moor plötzlich in einen gewaltigen Feuerschein getaucht war. Der Boden sah aus wie flüssige Lava aus dem Krater eines Vulkans.

Adela und Tyrrell setzten ihren Weg fort. Und als der Fluss und die üppig grünen Wiesen an der Viehfurt in Sicht kamen, wandte sie sich nach Norden, während er sich auf die Flucht nach Westen machte.

Ein einziger Pfeil hatte Rufus getötet. Der rothaarige König war auf der Stelle gestorben. Seine Begleiter hatten sich versammelt und rasch beratschlagt. »Wir reiten sofort nach Winchester«, hatte sein schweigsamer, nachdenklicher jüngerer Bruder Harry schon nach wenigen Minuten verkündet. Dort befand sich die Schatzkammer.

Es war dem Glück und der Tüchtigkeit von Cola zu verdanken, dass Puckle mit seinem Wagen ganz in der Nähe wartete. Die Leiche des Königs wurde in einen Mantel gehüllt und auf den Wagen geladen, und dann brach man auf in die alte Hauptstadt. Das hieß, alle mit Ausnahme von Cola, dessen Pflicht getan war und der sich deshalb langsam auf den Heimweg machte.

Es war schon lange dunkel, als er seinen Herrensitz erreichte.

Zur gleichen Zeit, in einem anderen, größeren Anwesen weiter im Westen, wurde Lady Maud aufgeweckt, die sich nach ihrem Ausritt erschöpft und schweißgebadet schlafen gelegt hatte. Man meldete ihr, ihr Gatte sei beim Reiten im New Forest vom Pferd gefallen, auf einen Holzstoß gestürzt und habe sich das Genick gebrochen. Er sei tot.

In dieser Nacht tat sie kein Auge mehr zu.

Tief im New Forest schliefen eine Mutter und ihr Kind friedlich in der warmen Sommernacht: Die Hirschkuh und ihr Kitz waren, wie schon den Großteil des Tages, ungestört. Nachdem die Hirschkuh ganz in der Nähe berittene Jäger gehört zu haben glaubte, war es still geblieben, und sie hatte sich wieder neben ihr Kitz gelegt. Der Teil des New Forest, in dem sie lebte, war weit entfernt von der Stelle, wo König Rufus' Jagdausflug ein tragisches Ende genommen hatte. Also war nicht auszuschließen, dass Adela auf der Heide einen anderen Weißling gesehen hatte. Vielleicht war es auch nur eine Sinnestäuschung oder ein Irrtum gewesen.

Bis heute hat noch niemand eine Erklärung für die seltsamen und geheimnisvollen Vorgänge gefunden, die sich an jenem Tag im New Forest abspielten. Wer den König auf die Jagd begleitet hatte, war bekannt. Es hieß, Tyrrell habe mit dem Pfeil auf einen Hirschbullen gezielt, danebengeschossen und den König getroffen. Kaum einer behauptete, dass es Absicht gewesen sei, und es hätte auch gar keinen triftigen Grund dafür gegeben.

Die Frage war, wer von Rufus' Tod profitierte. Wie sich herausstellte, war sein Bruder Robert nicht der Nutznießer, und soweit wir wissen, zog auch die Familie Clare keine Vorteile daraus. Sein jüngerer Bruder, der zurückhaltende Heinrich mit den schwarzen Stirnfransen, besetzte bei Morgengrauen die Schatzkammer von Winchester und wurde zwei Tage später in London zum König gekrönt. Nach einer Weile setzte er Rufus' Pläne in die Tat um, indem er Robert die Normandie abnahm. Doch falls er, wie einige Gerüchte besagten, bei Rufus' Ermordung die Hand im Spiel gehabt hatte, gibt es dafür nicht die Spur eines Beweises.

Der New Forest bewahrte sein Geheimnis so gut, dass sich lange Zeit nichts sagende Legenden um das Ereignis rankten.

Selbst der Schauplatz der Tragödie geriet in Vergessenheit, bis man viele Jahrhunderte später einen Gedenkstein errichtete – und zwar an einer völlig falschen Stelle.

Allerdings gab es einen Menschen, für den der Zwischenfall auch sein Gutes hatte. Nach ein paar Tagen begegnete Cola, der Förster, zufällig Godwin Pride, der ihn höflich um ein Gespräch unter vier Augen bat. Pride teilte dem erstaunten Diener des Staates in aller Offenheit mit, er habe Grund zu der Annahme, dass er ein Recht auf einen größeren Pferch habe – und zwar auf einen viel geräumigeren als den, der durch die verbotene Verschiebung des Zauns neben seiner Kate entstanden sei.

»Welchen Beweis kannst du mir dafür liefern?«, fragte Cola.

»Ich habe auch etwas dafür zu bieten«, erwiderte Pride zögernd. »Und wenn Ihr damit zufrieden seid, bin ich es auch.«

»Was könnte das sein?«

»Vor ein paar Tagen war ich zufällig unten in Througham.«

»Und?«

»Manchmal sieht man die merkwürdigsten Dinge.«

»Merkwürdig?« Colas Argwohn war geweckt. »Willst du mir nicht erzählen, was du gesehen hast?«

»Das behalte ich lieber für mich.«

»Ist es gefährlich?«

»Könnte sein.«

»Nun, ich habe keine Ahnung, was du beobachtet haben könntest.« Cola betrachtete den Bauern nachdenklich. »Und ich glaube, ich mochte es auch lieber gar nicht wissen.«

»Nein, das kann ich mir vorstellen.«

»Mancher hat sich schon um Kopf und Kragen geredet.«

»Seht Ihr jetzt, worauf ich vorhin mit dem Pferch hinauswollte?«

»Sehen? Ich denke nicht, dass meine Augen so viel besser sind als deine, Godwin Pride.«

»Dann ist ja alles gut«, meinte Pride und ging vergnügt von dannen.

Und als im nächsten Sommer ein prächtiger neuer Pferch, fast einen halben Hektar groß, mit einem Erdwall und einem Graben darum, neben Prides Haus am Rande der Heide prangte, schien niemand ihn zu bemerken. Weder Cola noch sein älterer Sohn. Und auch nicht sein jüngerer Sohn Edgar und dessen Frau Adela, die bei ihrer Hochzeit von ihrem Vetter Tyrrell aus der Normandie eine hübsche kleine Mitgift erhalten hatte.

Denn so spielt das Leben im New Forest.

BEAULIEU

1294

Geduckt rannte der Mann am Rand des Feldes entlang und hielt sich dicht im Schatten der Hecke. Sein Gesicht war gerötet, und er rang nach Atem. Immer noch hörte er hinter sich aus dem Gutshof wütendes Gebrüll.

Seine mit Lehm bespritzte Soutane wies ihn als Mitglied der Klostergemeinschaft aus, doch sein dichtes Haar war nicht zur Tonsur geschoren – ein Laienbruder also.

Nun hatte er die Ecke des Feldes erreicht und sah sich um. Er wurde nicht verfolgt. Noch nicht. *Laudate Dominum.* Gepriesen sei der Herr.

Auf einem Feld weideten Schafe, auf dem anderen graste ein Stier. Aber das kümmerte ihn nicht. Er raffte seine Soutane und schwang die langen Beine über den Zaun.

Der Stier, so braun und struppig, dass er einem kleinen Heuhaufen ähnelte, war nicht weit. Unter dem Haarbüschel zwischen den langen, gebogenen Hörnern spähten zwei rote Augen hervor. Fast hätte der Mönch die Hand zum segnenden Kreuzzeichen erhoben, überlegte es sich aber anders.

Tauri Basan cigunt me … Basanbüffel umkreisen mich. Die lateinischen Worte des zweiundzwanzigsten Psalms kamen ihm in den Sinn, die er erst vor einer Woche gesungen hatte. Ein freundlicher Mönch hatte ihm erklärt, was sie bedeuteten. *Domine, ad juvandum me festina.* O Herr, eile mir rasch zu Hilfe.

So schnell er es wagte, lief er am Rande des Feldes entlang, ohne den Stier aus den Augen zu lassen.

Dabei gingen ihm drei Fragen im Kopf herum: Wurde er verfolgt? Würde der Stier ihn angreifen? Und hatte er den Mann getötet, den er blutend auf dem Gutshof zurückgelassen hatte?

An diesem warmen Herbstnachmittag lag die Abtei von Beaulieu friedlich da. Das Geschrei vom Gutshof hatte man dort nicht hören können. Nur hin und wieder hallte das Flügelflattern eines Schwans am nahen Wasser durch die Stille, welche die grauen Gebäude umgab.

Der Abt saß in seiner Studierstube hinter verriegelten Türen und betrachtete gedankenverloren das Buch, das er soeben durchgesehen hatte.

Jede Abtei barg ihre Geheimnisse. Für gewöhnlich wurden diese niedergeschrieben, an einem sicheren Ort verwahrt und von Abt zu Abt weitergegeben. Manchmal handelte es sich um Tatsachen von historischer Bedeutung, um Angelegenheiten des Herrscherhauses zum Beispiel oder sogar um die Lage des Grabes eines Heiligen. Häufiger jedoch ging es um verheimlichte oder längst vergessene Skandale, in die das Kloster verwickelt gewesen war. Einige verloren im Rückblick an Bedeutung, andere wiederum stiegen dem Betrachter aus den Seiten der Bücher entgegen wie Schreie, die die Geschichte mit harter Hand erstickt hatte. Zu guter Letzt waren da noch die jüngsten Eintragungen, die Menschen betrafen, welche noch dem Kloster angehörten – Dinge, die nach Ansicht des Abtes sein Nachfolger nicht zu erfahren brauchte.

Das hieß nicht, dass die Aufzeichnungen des Klosters Beaulieu besonders umfangreich gewesen wären, denn die Abtei war noch verhältnismäßig neu im New Forest.

Seit Rufus' Tod war hier nur wenig Außergewöhnliches geschehen. Als Heinrich nach langer Regierungszeit gestorben war, hatten seine Tochter und sein Neffe viele Jahre um den Thron gestritten. Doch diese Auseinandersetzung spielte sich nicht im New Forest ab. Als der Sohn jener Tochter, der grausame Heinrich Plantagenet, den Thron bestieg, war er sofort in Zwist mit seinem Erzbischof Thomas Becket geraten, und man munkelte, er habe ihn ermorden lassen. Die ganze Christenheit war entsetzt gewesen. Neue Aufregung war entstanden, als Heinrichs heldenhafter Sohn Richard Löwenherz seine Ritter in Sarum versammelt hatte, um in den heiligen Krieg zu ziehen.

In Wahrheit jedoch scherten sich die Bewohner des New Forest nur wenig um diese großen Ereignisse. Mehr schon interessierte sie da die Hirschjagd. Trotz der vielen Versuche von Seiten der Barone und der Kirche, das riesige Gebiet des königlichen

Forsts zu verkleinern, hatten die habgierigen Könige aus dem Hause Plantagenet dieses inzwischen erweitert, sodass er nun größer war als zur Zeit des Eroberers. Zum Glück jedoch hatte man die Forst- und Jagdgesetze gelockert. Mittlerweile jagte der König nicht mehr von Brockenhurst aus, sondern nahm im königlichen Herrensitz von Lyndhurst Quartier, wo man die alte Palisade ausgebaut hatte.

Ein Vorfall jedoch hatte die Waldbewohner aufmerken lassen. Nachdem König Johann, der unfähige Bruder von Richard Löwenherz, von seinen Baronen gezwungen worden war, die demütigende Magna Charta anzuerkennen, hatte dieses umfangreiche Gesetz, das England Freiheiten zugestand, auch die Unterdrückung im New Forest gemildert. Die einzelnen Verbesserungen wurden zwei Jahre später in einem eigenen, den New Forest betreffenden Gesetz weiter ausgeführt. Es handelte sich nicht mehr um eine Gemeindeangelegenheit, denn inzwischen war etwa ein Drittel von England königlicher Forst.

Und dann war da noch Beaulieu.

Man bezeichnete König Johann nicht nur deshalb als unfähig, weil er all seine Kriege verloren hatte und sich ständig mit seinen Baronen stritt. Was noch schlimmer war: Er hatte den Papst beleidigt und damit dafür gesorgt, dass England nun unter päpstlichem Bann stand. Jahrelang fanden im Land keine Gottesdienste mehr statt. Kein Wunder also, dass Geistliche und Mönche den König hassten – und schließlich waren es die Mönche, die für die Geschichtsschreibung zuständig waren. Soweit es sie betraf, hatte er im Leben nur ein einziges Mal etwas Gutes vollbracht – nämlich, indem er Beaulieu gründete.

Beaulieu war seine einzige religiöse Stiftung. Die Frage war nur, was ihn, den Bösewicht, zu dieser guten Tat bewogen hatte? In den Chroniken der Mönche jedoch fielen feinsinnige Unterscheidungen für gewöhnlich unter den Tisch. Entweder war ein Mensch gut oder böse. Und deshalb einigte man sich auf die Erklärung, der König habe mit dieser Stiftung Buße für eine besonders verabscheuungswürdige Tat tun wollen. Einer Legende zufolge hatte er befohlen, einige Mönche von seinen Pferden zu Tode trampeln zu lassen, und sei danach von einem Albtraum geplagt worden.

Was immer auch der wahre Grund gewesen sein mochte: Im Jahre des Herrn 1204 gründete König Johann jedenfalls Beaulieu, ein Kloster der Zisterzienser oder der weißen Mönche, wie man sie auch nannte. Zuerst stiftete er ihnen reiche Ländereien in Oxfordshire und teilte ihnen dann ein großes Gebiet im östlichen Teil des New Forest zu. Zufällig handelte es sich um ebenjene Stelle, an der Urgroßonkel Rufus vor einem Jahrhundert getötet worden war. In den neunzig Jahren seit seiner Gründung hatte die Abtei weitere Gelder von Johns frommem Sohn Heinrich III. und dem gegenwärtigen König Eduard I. erhalten, der außerdem ein treuer Freund der Kirche war. Dank dieser Großzügigkeit war die Abtei inzwischen mehr als wohlhabend. Einige ihrer Mönche hatten sogar Tochterhäuser in anderen Ortschaften gegründet – so in Newenham, etwa hundert Kilometer entfernt an der südwestlichen Küste in Devon. Die Abtei war vom Glück verwöhnt und erfolgreich.

Seufzend klappte der Abt das Buch zu und schloss es in eine große, mit Eisen beschlagene Truhe ein.

Er hatte einen Fehler gemacht. Es war leichtsinnig gewesen, den Rat seines Vorgängers in den Wind zu schlagen, denn dieser hatte Recht behalten. Inzwischen stand eindeutig fest, dass der Mann verderbt und möglicherweise sogar gefährlich war.

»Warum habe ich ihn nur ernannt?«, murmelte er. War es aus Reue geschehen? Der Abt hatte sich gesagt, dass man diesem Mann eine Chance geben musste. Schließlich hatte er sie sich – natürlich durch Gebete und die Gnade Gottes – verdient, und es oblag ihm, dem Abt, sie ihm auch zu gewähren. Und was sein Verbrechen betraf? Es stand in diesem Buch. Doch seitdem war viel Zeit vergangen. Und Gott war gnädig.

Der Abt sah durchs offene Fenster. Ein wunderschöner Tag. Da bemerkte er zwei Männer, die, in ein leises Gespräch vertieft, dahinschlenderten. Seine Miene erhellte sich bei diesem Anblick.

Bruder Adam. Das war eine völlig andere Art von Mensch, ein ausgesprochen guter nämlich. Der Abt lächelte. Es war Zeit, nach draußen zu gehen. Er schob den Türriegel zurück.

Bruder Adam war ausgelassener Stimmung. Wie so häufig beim Spazierengehen zog er das kleine Holzkreuz, das ihm an einer Schnur um den Hals hing, unter dem härenen Hemd hervor und betastete es nachdenklich. Seine Mutter hatte es ihm beim Eintritt in den Orden geschenkt. Sie sagte, sie habe es von einem Mann erhalten, der es aus dem Heiligen Land mitgebracht habe.

Es bestehe aus dem Holz einer libanesischen Zeder. Warm beschien die Sonne seinen haarlosen Schädel. Schon mit dreißig Jahren war Bruder Adam erst ergraut und dann kahl geworden. Doch er wirkte dadurch nicht älter. Inzwischen war er fünfunddreißig, und sein fein geschnittenes, ebenmäßiges Gesicht verlieh ihm ein fast jungenhaftes und kluges Aussehen. Selbst die Mönchskutte konnte nicht verbergen, wie kräftig und muskulös er gebaut war.

Im Augenblick war er mit der angenehmen Aufgabe beschäftigt, dem jungen Novizen, der respektvoll zwischen den Gemüsebeeten neben ihm herging, ein wenig gesunden Menschenverstand einzubläuen.

Bruder Adam wurde oft von anderen um Hilfe gebeten, denn er war gewitzt und besonnen und flößte auf den ersten Blick Vertrauen ein. Nie erteilte er ungebetene Ratschläge, denn dazu war er viel zu schlau. Allerdings fiel es auf, dass ein Mensch, der sich mit seinen Nöten an ihn wandte, meist nach einer Weile zu lachen begann und mit einem Lächeln auf den Lippen von dannen ging.

»Tadelst du die Menschen nie?«, hatte der Abt ihn einmal gefragt.

»O nein«, erwiderte Bruder Adam mit einem Augenzwinkern. »Dazu sind schließlich die Äbte da.«

Das Gespräch, das er jetzt führte, verlief weniger erfreulich. Aber das war auch gut so. Bruder Adam hatte eine solche Unterhaltung schon öfter geführt, er bezeichnete sie als »Lektion über die wahren Fragen, die ein Mönch sich stellen muss«.

»Warum?«, wandte er sich an den Novizen, »leben Männer in einem Kloster?«

»Um Gott zu dienen, Bruder Adam.«

»Und weshalb ausgerechnet in einem Kloster?«

»Um der sündigen Welt zu entfliehen.«

»Aha.« Bruder Adam sah sich im Klostergarten um. »Also vergleichbar mit einem Rückzug in den Garten Eden?«

In gewisser Weise traf dieses Bild durchaus zu. Die Mönche hatten sich einen malerischen Ort für ihr Kloster ausgesucht. Zwischen dem kleinen Fluss und dem Solent östlich des New Forest befand sich eine etwa viereinhalb Kilometer lange Landzunge. An deren Anfang, wo einst König Johanns bescheidene Jagdhütte gestanden hatte, hatten die Mönche ein großes Gelände mit einer Mauer eingefriedet. In seiner Bauweise war das Kloster dem Mutterhaus des Ordens in Burgund nachempfunden. Dominiert wurde die Anlage von der Abteikirche, einem gewaltigen, frühgotischen Gebäude mit einem viereckigen, gedrungenen Turm über dem Mittelschiff. Das aus Stein errichtete Gotteshaus strahlte eine schlichte Würde aus. Da es im New Forest keine Steinbrüche gab, hatte man einen Teil des Baumaterials über den Solent von der Insel Wight herübergebracht. Ein anderer Teil stammte aus der Normandie. Die Säulen waren aus demselben dunklen Purbeck-Marmor gefertigt, der auch in der großen neuen Kathedrale in Sarum verwendet worden war. Besonders stolz waren die Mönche auf den Fußboden der Kirche, dessen kunstvolle Mosaike sie eigenhändig angefertigt hatten. Neben der Kirche befand sich der Kreuzgang, an dessen Südseite die Chormönche untergebracht waren. Die Westseite wurde von dem gewaltigen *domus conversorum* eingenommen – dem Haus, wo die Laienbrüder aßen und schliefen.

Außerdem beherbergte die Einfriedung auch das Haus des Abtes, verschiedene Werkstätten, einige Fischteiche und ein Pförtnerhaus, wo die Armenspeisung stattfand. Vor kurzem hatte man mit dem Bau eines neuen und größeren Pförtnerhauses begonnen.

Jenseits der Klostermauer lagen der Meeresarm und eine kleine Mühle. Oberhalb des Mühlrades gab es einen großen Teich, an dessen Ufern silbrige Binsen wuchsen. Auf dessen Westseite erstreckten sich Felder eine kleine Anhöhe hinauf. Von deren Gipfel aus bot sich eine malerische Aussicht: im Norden Wälder und Heide, so weit das Auge reichte, und im Süden der ertragreiche Moorboden, den die Mönche bereits zum Teil trockengelegt hatten. Die daraus entstandenen üppigen Felder reichten bis hinunter zum Solent, aus dem die Insel Wight wie ein freundlicher Wächter ragte. Die gesamten Ländereien mit Wäldern, Heiden und Feldern hatten eine Größe von etwa dreitausendzweihundert Hektar, und da die Grenze von einem Graben und einem Zaun gebildet wurde, bezeichneten die Mönche nicht nur die Abtei selbst, sondern das ganze Gebiet als ihren »Großen Hof«.

Auf Lateinisch hieß die Abtei *Bellus Locus*, der schöne Ort, auf Französisch *Beau Lieu*. Doch da die Waldbewohner des Französischen nicht mächtig waren, sprachen sie es eher wie

Boolö aus. Und es dauerte nicht lange, da taten es die Mönche ihnen nach.

Man hätte den großen Hof von Beaulieu in seinem friedlichen Wohlstand also durchaus für einen Garten Eden halten können. »Natürlich ist man hier gut aufgehoben«, stellte Bruder Adam freundlich fest. »Wir erhalten hier Kleidung und Nahrung. Wir haben kaum Sorgen. Und nun sage mir«, wandte er sich unvermittelt an den Novizen, »nachdem du nun einige Monate Zeit hattest, dir unsere Lebensweise anzusehen, welches ist die wichtigste Eigenschaft, die ein Mönch besitzen muss?«

»Der Wille, Gott zu dienen, denke ich«, erwiderte der junge Mann. »Einen großen Eifer im Glauben.«

»Wirklich? Ach, du meine Güte. Da bin ich aber anderer Ansicht.«

»Wirklich?« Der Novize wirkte verdattert.

»Lass mich dir etwas erklären«, begann Bruder Adam vergnügt. »Wenn du am ersten Tag nach deinem Noviziat ein Mönch geworden bist, wirst du deinen Platz als der Jüngste unter uns einnehmen, und zwar hinter dem Bruder, der als Letzter vor dir gekommen ist. Nach einer Weile wird wieder ein neuer Mönch zu uns stoßen, der dann unter dir steht. Bei sämtlichen Mahlzeiten und Gottesdiensten wirst du auf demselben Platz zwischen diesen beiden Mönchen sitzen, jeden Tag, jede Nacht, jahrein, jahraus. Und wenn nicht einer von euch in ein anderes Kloster übersiedelt oder Abt oder Prior wird, bleibt es so für den Rest eures Lebens. Überleg einmal. Vielleicht hat einer deiner Begleiter die ärgerliche Angewohnheit, sich zu kratzen oder falsch zu singen. Der andere kleckert möglicherweise beim Essen. Und da sitzen sie, links und rechts von dir. Für immer.« Er hielt inne und strahlte den Novizen an. »So ist nun mal das Klosterleben«, meinte er freundlich.

»Aber Mönche leben doch für Gott«, widersprach der Novize.

»Und sie sind gleichzeitig ganz gewöhnliche Menschen, nicht mehr und nicht weniger. Das«, fügte Bruder Adam nachsichtig hinzu, »ist der Grund, warum wir der Gnade Gottes bedürfen.«

»Ich dachte«, sagte der Novize unverblümt, »dass du mir einen erhebenderen Rat geben würdest.«

»Ich weiß.«

Der Novize schwieg. Er war erst zwanzig Jahre alt.

»Die wichtigsten Eigenschaften eines Mönches«, sprach Bruder Adam weiter, »sind Duldsamkeit und Sinn für Humor.« Er betrachtete den jungen Mann. »Aber diese Dinge sind beide Geschenke Gottes«, ergänzte er, um ihm eine Freude zu machen.

Die beiden waren so versunken in ihr Zwiegespräch, dass sie nicht bemerken konnten, wie sie beobachtet wurden. Eigentlich hatte sich der Abt an dem Gespräch beteiligen wollen, denn er genoss Bruder Adams Gesellschaft. Deshalb war er insgeheim ein wenig verärgert, als, gleich nachdem er das Gebäude verlassen hatte, der Prior auf ihn zukam. Doch die Höflichkeit gebot, den Mann anzuhören. Während der Prior leise auf ihn einredete, betrachtete er ihn bedrückt.

John von Grockleton war nun schon seit einem Jahr Prior. Und wie den meisten seinesgleichen stand ihm keine sonderlich glanzvolle Laufbahn bevor.

Dabei ist der Prior in einem Kloster kein unbedeutender Mann, ist er doch der Mönch, den der Abt zu seinem Stellvertreter ernannt hat. Aber damit ist seine Macht auch schon am Ende. Wenn sich der Abt auf Reisen befindet, steht der Prior dem Kloster vor, allerdings darf er nur den Alltag betreffende Entscheidungen fällen. Alle wichtigen Dinge, selbst die Verteilung der Pflichten an die Mönche, müssen warten, bis der Abt zurückgekehrt ist. Der Prior ist das Arbeitspferd, der Abt gibt die Befehle. Der Abt strahlt Macht und Würde aus, der Prior nicht. Der Abt löst die Probleme, der Prior meldet sie. Ein Prior wird nur selten zum Abt befördert.

Eigentlich war Bruder John die richtige Anrede für John Grockleton. Doch aus irgendeinem Grund sprach man ihn immer mit vollem Namen an. Allerdings wusste niemand, wo dieses Grockleton überhaupt lag. Selbst der Abt konnte sich nicht erinnern. Vielleicht befand es sich irgendwo im Norden, aber eigentlich spielte das gar keine Rolle. Prior John von Grockleton war kein sonderlich ansehnlicher Mann. Früher, bevor sich sein Rücken gebeugt hatte, musste er einmal recht groß gewesen sein. Sein ehemals dichtes schwarzes Haar war schütter geworden. Aber trotz seiner Gebrechlichkeit war der Prior von einer inneren Kraft beseelt. Gewiss wird er mich noch überleben, dachte der Abt.

Wenn er nur nicht solche Hände gehabt hätte! Den Abt erinnerten sie an Klauen, obwohl er sich dieses Gedankens schämte. Es waren doch nur Hände, weiter nichts. Ein wenig knochig vielleicht, ein bisschen verkrümmt. Aber nicht anders als jedes Paar Hände, das Gott geschaffen hatte. Bloß, dass sie wirklich wie Klauen aussahen.

»Ich freue mich, dass unser junger Novize Rat bei Bruder Adam sucht«, meinte der Abt zum Prior und zitierte den ersten Vers des ersten Psalms: »*Beatus vir, qui non sequitur...*‹« Selig ist der Mann, der nicht im Rat der Gottlosen wandelt...

»*Sed in lege Domine...*«, murmelte der Prior. Vielmehr am Gesetz des Herrn seine Freude hat.

In alltäglichen Gesprächen Psalmen zu zitieren, war nicht weiter außergewöhnlich. Selbst die Laienbrüder, die nicht so häufig zum Gottesdienst gingen, taten es. Denn während der ständigen Messen, die den Tag der Mönche vom Matin bis zur Vesper und Compline regelten, sangen die Brüder die Psalmen natürlich auf Latein.

»Ja, das Gesetz des Herrn.« Der Abt nickte. »Bruder Adam hat doch studiert, ich glaube in Oxford.« Es handelte sich nicht um einen akademischen Orden, doch vor etwa zwölf Jahren hatte man beschlossen, die klügsten der Mönche nach Oxford zu schicken. In Beaulieu war Bruder Adam ausgewählt worden.

»Oxford«, wiederholte John von Grockleton angewidert. Auch wenn der Abt noch so sehr von Oxford schwärmen mochte, er billigte diese modernen Sitten nicht. Dass er, der Prior, sämtliche Psalmen auswendig hersagen konnte, war genug der Bildung. Menschen wie Bruder Adam hielten sich für etwas Besseres. Obwohl man die Mönche weit weg von der eigentlichen Universitätsstadt einquartiert hatte, waren sie dennoch mit der weltlichen Verderbtheit dieses Ortes in Berührung gekommen. Demzufolge waren sie einem Mönch wie John von Grockleton auch nicht überlegen – ganz im Gegenteil.

»Wenn ich irgendwann nicht mehr bin«, meinte der Abt, »würde Bruder Adam einen guten Abt abgeben. Denkst du nicht?« In Erwartung einer Zustimmung sah er den Prior an.

»Das wird auch nach meiner Zeit sein«, erwiderte Grockleton säuerlich.

»Unsinn, mein guter Bruder John«, entgegnete der Abt vergnügt. »Du wirst uns alle überleben.«

Warum hänselte er den Prior so? Der Abt seufzte und nahm sich vor, Buße zu tun. Es ist die Weigerung dieses Mannes, seine eigenen Grenzen zu erkennen, die mich immer wieder in Versuchung führt, dachte er. Und nun habe ich mich der Grausamkeit schuldig gemacht.

Im nächsten Moment wurde er von einigen Schreien, die vom Haupttor herüberdrangen, aus seinen Grübeleien gerissen. Kurz darauf stürzte eine Gestalt, gefolgt von einigen aufgebrachten Mönchen, auf ihn zu.

»Vater Abt, kommt schnell!«, keuchte der Mann atemlos.

»Wohin, mein Sohn?«

»Zum Gut Sowley. Ein Mord ist geschehen.«

Niemand war ihm auf den Fersen. Luke ruhte sich an einem Ginsterbusch aus und überlegte, was er unternehmen sollte. Etwa anderthalb Kilometer entfernt auf der Heide hütete ein Schäfer seine Herde. Doch der Mann hatte ihn nicht gesehen.

Warum hatte er es getan? Gott allein wusste, dass er es nicht gewollt hatte. Wenn Bruder Matthew nicht unangemeldet erschienen wäre, dann wäre es nie geschehen. Aber das war keine Entschuldigung. Umso weniger als Bruder Matthew ihm, einem einfachen Laienbruder, während seiner Abwesenheit die Aufsicht über das Gut übertragen hatte. Beim Gedanken, wie der arme Bruder Matthew in einer Pfütze von Blut lag, zuckte Luke zusammen.

Die Zisterzienser unterschieden sich von allen übrigen Mönchen. Die meisten Orden lebten nach den Regeln des heiligen Benedikt, und diese waren eindeutig. Mönche führten ein Leben in der Gemeinschaft, in dem sich ständiges Beten und körperliche Arbeit abwechselten. Sie gelobten Armut, Keuschheit und Gehorsam, wobei die letzten beiden Punkte mehr oder weniger eingehalten wurden. Nur mit der Armut war es immer ein wenig schwierig. Ganz gleich, wie bescheiden ihre Anfänge auch sein mochten, nach einer Weile erlangten Klöster stets einen gewissen Wohlstand. Ihre Kirchen waren prächtig, das Leben wurde bequem. Immer wieder waren deshalb Reformer auf den Plan getreten. Die bedeutendste Bewegung war von dem großen französischen Orden in Cluny ausgegangen. Doch selbst dieser war von einem neuen Orden abgelöst worden, der sich von seinem Mutterhaus im burgundischen Citeaux immer weiter ausbreitete: den Zisterziensern.

Sie waren unverwechselbar und wurden auch weiße Mönche genannt, da sie schlichte Kutten aus ungefärbter Wolle trugen.

Zisterzienser flohen vor der sündigen Welt, indem sie ihre Klöster in der abgeschiedenen Wildnis errichteten. Sie ernährten sich von den Früchten ihrer oft viele Kilometer vom Kloster entfernten Landgüter und züchteten hauptsächlich Schafe. Zum Kloster von Beaulieu gehörten viele Tausend Tiere, die nicht nur überall im Großen Hof, sondern auch im New Forest grasten, denn das Kloster besaß überall Weiderechte. Damit die Mönche den Großteil ihrer Zeit dem Gebet widmen konnten, gab es noch eine ziemlich beträchtliche Gruppe von Laienbrüdern, welche die Gelübde ablegten und einige Gottesdienste besuchten. Ihre Hauptaufgabe bestand jedoch darin, die Schafe zu hüten und die Felder zu bestellen. Für gewöhnlich waren es hiesige Bauernburschen, die sich vom mönchischen Leben im Schutz der Klostermauern angezogen fühlten. Männer wie Luke.

Und ausgerechnet ihm hatte das passieren müssen. Sie waren in der Nacht zuvor erschienen. Zu acht. Mit Bogen und Hunden. Roger Martell war dabei gewesen, ein ungebärdiger junger Adeliger. Außerdem noch vier seiner Freunde, dazu Dorfbewohner, einfache Männer, wie er selbst einer war. Einer von ihnen war sein Verwandter Will atte Wood. Luke seufzte. Im New Forest war nun einmal jeder mit jedem verwandt.

Wenn er nur nicht die Aufsicht geführt hätte! Natürlich hatte Bruder Matthew ihm einen Gefallen erweisen wollen, indem er ihm diese Pflicht übertrug. Sowley war ein wichtiges Gut, das außer den üblichen Kornfeldern und Milchvieh auch noch über einen kleinen Fischteich verfügte. Außerdem gehörte das Hirschreservat im nahe gelegenen Througham ebenfalls zur Abtei.

Bruder Matthew wusste, dass der Prior Luke nicht leiden konnte. Und deshalb hatte er ihm Gelegenheit geben wollen, Grockleton seine Zuverlässigkeit zu beweisen. Doch als der junge Martell mit seinen Kumpanen eingetroffen war und eine Unterkunft für die Nacht gefordert hatte, war es für einen einfachen Mann wie Luke nicht leicht gewesen, sich zu weigern.

Natürlich hatten diese Männer gewildert. Sie hatten sogar einen Hirsch bei sich. Das war ein schweres Verbrechen. Zwar wurde es nicht mehr mit dem Tod oder dem Abhacken eines Arms oder Beins bestraft, doch die Geldbußen konnten empfindlich sein. Und wer ihnen eine Unterkunft zur Verfügung stellte, machte sich der Mittäterschaft schuldig. Warum hatte er es also getan? Hatten sie ihn bedroht? Martell zumindest hatte ihn beschimpft und ihm finstere Blicke zugeworfen. Aber der eigentliche Grund war, dass Will ihn angestoßen und geflüstert hatte: »Zier dich nicht so, Luke. Ich habe ihnen gesagt, dass du mein Vetter bist. Willst du mich jetzt vor ihnen blamieren?«

Sie hatten sämtliches Brot und einen ganzen Käse verzehrt. Das Bier hatte sie nicht begeistern können. Schließlich wurden das beste Bier und der beste Wein für die Gäste in der Abtei, nicht draußen auf einem Landgut aufbewahrt. Gegen Morgen waren sie wieder aufgebrochen.

Außer Luke arbeitete nur ein halbes Dutzend Laienbrüder auf dem Gut. Doch denen brauchte er die Lage nicht eigens zu erklären. Sie hatten verstanden, niemand würde die ungebetenen Gäste auch nur mit einer Silbe erwähnen.

»Wie sollen wir erklären, dass Käse und Bier fehlen?«, fragte einer von ihnen.

»Wir öffnen das Fass ein bisschen, verschütten ein wenig Bier auf den Boden und sagen nichts. Wenn es jemandem auffällt, werden alle denken, das Fass wäre ausgelaufen. Und was den Käse angeht, behaupte ich einfach, er wäre gestohlen worden.«

Vielleicht wäre dieser Plan niemals entdeckt worden, hätte Bruder Matthew nicht so scharfe Augen gehabt. Außerdem war er nur zwei Tage nach seinem letzten Besuch wieder auf dem Gut aufgetaucht. Kurz nach der Mittagszeit kam er hereingeeilt und machte sich sofort daran, alles in Augenschein zu nehmen. Als er das ausgelaufene Bier bemerkte, zitierte er Luke zu sich.

»Gewiss ist seit gestern etwas ausgelaufen«, begann Luke, aber er kam nicht weit.

»Unsinn. Das Fass war voll. Der Hahn hat nur getropft. Und als ich vorgestern fort bin, war es noch fest versiegelt. Jemand hat davon getrunken.« Er blickte sich um. »Darüber hinaus fehlt ein ganzer Käse.«

»Sicher ist er gestohlen worden.« Doch es nützte nichts. Luke war kein guter Lügner, und Bruder Matthew hatte ihn gleich durchschaut. Der Mönch betrachtete seinen Untergebenen tadelnd. Wer weiß, was für eine aberwitzige Geschichte Luke als Nächstes zum Besten gegeben hätte, wenn es in diesem Augenblick nicht heftig an der Tür geklopft hätte.

Es war Martell. Er nickte den Laienbrüdern zu. »Wir sind zurückgekommen, Luke, und brauchen wieder deine Hilfe.« Dann sah er Bruder Matthew, den er bis jetzt nicht bemerkt hatte. »Und wer zum Teufel seid Ihr?«

Luke schlug die Hände vors Gesicht, als er sich erinnerte, wie es dann weitergegangen war. Welche Schande! Sein strenger Befehl an die Wilderer, sofort zu verschwinden, ihre hochmütige Weigerung. Und dann …

Wenn Bruder Matthew nur nicht die Beherrschung verloren hätte. Zuerst hatte er Luke beschimpft, er stecke mit den Verbrechern unter einer Decke. Bei Gott, natürlich war dieser Verdacht nur zu nahe liegend. Er hatte, und zwar im Beisein der anderen Laienbrüder, gedroht, den Prior zu rufen und Luke aus dem Kloster werfen zu lassen. Kurz darauf standen sie, den Wilderern gegenüber, vor dem Haus. Bruder Matthew hatte befohlen, die Tür zu verriegeln. Und als Martell trotzig den Fuß dazwischen stellte, war es Bruder Matthew zu bunt geworden. Er hatte nach einem Stab gegriffen, der an der Wand lehnte, und wollte sich auf Martell stürzen.

Luke hatte nicht vorgehabt, Bruder Matthew zu verletzen. Ganz im Gegenteil. In diesem Augenblick leitete ihn nur ein Gedanke: Wenn der Mönch Martell angriff, würde der junge Heißsporn ihn sicher töten. Für weitere Überlegungen hatte die Zeit nicht gereicht. Neben dem Stab lehnte ein Spaten, ein schweres, hölzernes, mit Eisen verstärktes Gerät. Luke hatte den Spaten genommen, um Bruder Matthew den Stab aus der Hand zu schlagen, als dieser gerade ausholte.

Doch der Schlag war zu heftig gewesen. Krachend zerbarst der Stab, und die Kante des Spatens traf mit einem abscheulich dumpfen Geräusch den Kopf des Mönches. Dann brach die Hölle los. Die anderen Laienbrüder stürmten auf Luke zu, um ihn festzuhalten. Martell und Will stürzten sich auf die Laienbrüder. Und in dem Getümmel ließ Luke den Spaten fallen, er riss sich los und rannte um sein Leben.

Eines war gewiss. Ganz gleich, welche Erklärung er auch vorbrachte, man würde ihm die Schuld geben. Schließlich hatte er die Wilderer beherbergt. Er hatte Bruder Matthew geschlagen. Der Prior hasste ihn ohnehin. Wenn ihm sein Leben lieb war, musste er fliehen und sich verstecken. Sicher würde man bald die Verfolgung aufnehmen. Er überlegte, wohin er sich flüchten sollte.

Maria blickte von dem Topf auf, den sie gerade schrubbte, und schüttelte den Kopf.

Eigentlich war die Frage ganz leicht zu beantworten. So sagte sie sich wenigstens. Das Pony war schuld.

John Pride betrachtete es als sein Eigentum. Und Tom Furzey behauptete das Gegenteil. So einfach war das. Natürlich ließ sich noch mehr dazu sagen, und nach einer Woche waren bereits einige Gerüchte im Umlauf. Allerdings änderte das nichts an den Tatsachen: Pride und Furzey erhoben beide Anspruch auf das Tier.

Für einen unbeteiligten Beobachter gab es jedoch jede Menge Raum für Zweifel. Wenn ein Pony draußen im New Forest ein Fohlen zur Welt brachte, waren die Eigentumsverhältnisse geklärt, solange das Jungtier bei seiner Mutter blieb. Starb die Mutter aber und das Fohlen irrte allein umher – und solche Dinge geschahen eben manchmal –, dann konnte es durchaus vorkommen, dass jemand auf das herrenlose Tier stieß. Pride hatte das Fohlen gefunden. Das behauptete er wenigstens.

Es war ein hübsches Tier, was die Sache nicht erleichterte. Obwohl klein und gedrungen und mit einem kräftigen Hals wie alle Ponys im New Forest, hatte sein Gesicht etwas Zartes, fast Zierliches, und es schritt anmutig dahin. Sein Fell war kastanienbraun, Schweif und Mähne waren ein wenig dunkler.

»Das hübscheste kleine Pony, das ich je gesehen habe«, sagte ihr Bruder, und Maria war mit ihm einer Ansicht.

Der Altersunterschied zwischen Maria und John Pride betrug nur ein Jahr. Ihre ganze Kindheit lang hatten sie zusammen gespielt. Und niemand konnte mit den dunkelhaarigen, hübschen, schlanken Wildfängen mithalten, wenn sie zusammen durch den New Forest tollten. Nur für ihren verträumten kleinen Bruder waren sie bereit, ein wenig langsamer zu laufen. Als Maria eines Tages Tom Furzey geheiratet hatte, war John leicht enttäuscht gewesen. Doch sie kannte ihn schon seit ihrer Kindheit, denn sie hatten ihr ganzes Leben in Oakley verbracht.

Und sie war mehr oder weniger glücklich mit ihm geworden. Viermal war sie schwanger gewesen und hatte nun drei gesunde Kinder. Inzwischen war sie ein wenig fülliger, doch ihre dunkelblauen Augen funkelten noch so lebhaft wie früher. Auch wenn ihr Mann zuweilen mürrisch und auch nicht besonders anregend war – es spielte keine Rolle, wenn man mit seiner ganzen Familie im New Forest lebte.

Bis die Sache mit dem Pony geschehen war. Nun sprachen John Pride und Tom Furzey schon seit drei Wochen nicht mehr miteinander. Und der Streit betraf nicht nur sie beide, denn man konnte eine derartige Angelegenheit nicht einfach auf sich beruhen lassen. Harte Worte waren gefallen und weitergetratscht worden. Und jetzt wechselten im ganzen New Forest die Mitglieder der Familie Pride – und das waren nicht wenige – kein Wort mehr mit den nicht minder zahlreichen Furzeys. Nur der Himmel wusste, wie lange das noch dauern sollte.

Mittlerweile stand das Pony in Prides Kuhstall. Er konnte es nicht frei im New Forest umherlaufen lassen, da die Furzeys es sonst sofort eingefangen hätten. Und deshalb lebte das kleine Tier in Gefangenschaft wie ein Ritter, der darauf wartet, dass man Lösegeld für ihn bezahlt. Der ganze New Forest wartete ab, wie es weitergehen würde. Aber für Mary spielten sich die eigentlichen Schwierigkeiten innerhalb ihrer vier Wände ab.

Sie durfte ihren Bruder John nicht sehen, obwohl der doch nur wenige hundert Meter entfernt im selben Weiler wohnte. Sein Haus war für sie nun Feindesland. Einige Tage nach Beginn des Streites hatte sie ihn besucht, ohne groß darüber nachzudenken. Als ihr kräftiger Ehemann nach Hause kam, hatte er bereits davon erfahren. Und was er gehört hatte, hatte ihm gar nicht gefallen. Oh, das hatte er ihr unmissverständlich klargemacht. Von diesem Tage an war es ihr untersagt, auch nur ein Wort mit John zu sprechen, jedenfalls solange das Pony sich in seinem Besitz befand.

Was sollte sie tun? Tom Furzey war ihr Ehemann. Selbst wenn sie sich entschlossen hätte, seinen Befehl zu missachten und sich heimlich aus dem Haus zu schleichen – Toms Schwester wohnte auf halbem Wege zwischen den Furzeys und den Prides und hätte sie gewiss verpetzt. Dann würde es wieder zu einem heftigen Streit kommen, unter dem nur die Kinder leiden würden. Also hatte sie sich in ihr Schicksal gefügt, und natürlich konnte Johann sie ebenfalls nicht besuchen.

Maria ging nach draußen. Der Herbstnachmittag war noch warm. Bedrückt blickte sie nach oben und betrachtete den blauen Himmel. Er sah metallisch und bedrohlich aus. Noch nie zuvor hatte sie sich allein mit der Gesellschaft ihres Mannes begnügen müssen.

Immer noch starrte sie zum leuchtenden Himmel hinauf, als

sie aus den Bäumen einen Pfiff hörte. Sie runzelte die Stirn. Da erklang noch ein Pfiff. Sie ging auf das Geräusch zu, und wenige Minuten später erkannte sie zu ihrer großen Überraschung, wer sich da hinter einem Baum versteckte.

Es war ihr kleiner Bruder Luke aus der Abtei von Beaulieu, der sehr verängstigt wirkte.

In dem Morgennebel bemerkte Bruder Adam die Frau nicht gleich. Außerdem war er tief in Gedanken versunken.

Die Ereignisse des Vortages hatten das ganze Kloster erschüttert. Bis zur Abendmesse wussten alle von dem Zwischenfall. Es geschah nicht häufig, dass die Mönche das Bedürfnis hatten, miteinander zu reden. Die Zisterzienser legen zwar kein Schweigegelübde ab, beschränken jedoch ihre Gespräche auf wenige Stunden am Tag. Und während der langen Zeit des Schweigens im Kloster scheint die Zeit langsamer zu vergehen, weshalb niemand es besonders eilig hat. Wenn man heute eine Nachricht nicht loswerden konnte, war auch noch am nächsten Tag Gelegenheit dazu. An diesem Abend jedoch brannten alle darauf, sich endlich auszutauschen.

Bruder Adam wusste, dass man dem Gerede Einhalt gebieten musste. Eine derartige Aufregung lenkte nicht nur vom Glauben ab, sondern legte sich wie ein licht- und schallundurchlässiger Schleier zwischen die Menschen und Gott. Gott hörte man am besten in der Stille. Also war Bruder Adam froh, als nach dem Compline wieder *summum silencium* herrschte, das absolute Sprechverbot, das bis zum Frühstück dauerte.

Die Nacht hatte für Bruder Adam eine ganz besondere Bedeutung, denn sie spendete ihm Trost. Hin und wieder befürchtete er, etwas verpasst zu haben, indem er sich für das Klosterleben entschieden hatte. Manchmal sehnte er sich nach den klugen Köpfen, denen er in Oxford begegnet war. Und natürlich verfluchte er zuweilen die Glocke, die ihn mitten in der Nacht aus dem Bett riss, sodass er in seine Filzpantoffeln schlüpfen und die kalten Steinstufen zur dunklen Kirche hinuntergehen musste. Doch selbst dann – wenn er bei Kerzenlicht Psalmen sang, während draußen die unzähligen Sterne über das Kloster wachten – erschien es Bruder Adam, als könne er die Gegenwart Gottes mit Händen greifen. Und er dachte, dass ein dem Gebet geweihtes Leben einer Mauer, so dick wie die eines Klosters, glich, die es einem ermöglichte, sich einen stillen und ungestörten Ort in seinem Inneren zu bewahren und auf diese Weise die lautlose Stimme des Universums zu hören. Und so lebte Bruder Adam innerhalb der schützenden Mauern seines Gebets und spürte nachts die Gegenwart Gottes.

In letzter Zeit empfand er den Morgen als besonders angenehm. Vor einigen Monaten hatte er das Bedürfnis gehabt, in sich zu gehen, und den Abt gebeten, ihm deshalb für eine Weile nur leichte Arbeiten zuzuteilen. Sein Wunsch war erfüllt worden. Nach der Prime bei Morgengrauen und dem Frühstück, das die Chormönche in ihrem *frater,* die Laienbrüder in ihrem *domus* verzehrten, unternahm er für gewöhnlich allein einen Spaziergang.

Es war ein schöner Morgen gewesen. Herbstnebel hing über dem Fluss. Am gegenüberliegenden Ufer schimmerten die Blätter der Eichen golden in der Morgensonne. Die Schwäne glitten aus dem Dunst hervor, als seien sie auf wundersame Weise dem Wasser entsprungen. Bei seiner Rückkehr war er noch so im Bann dieses Anblicks von Gottes Schöpfung, dass er die Frau kaum bemerkte. Er sah sie erst, als er sich den Bettlern näherte, die an der Klosterpforte auf ihre täglichen Almosen warteten.

Sie war eine recht hübsche Frau, offenbar keltischer Abstammung, hatte ein breites Gesicht, blaue Augen und machte einen klugen Eindruck. Gewiss gehörte sie zu den Einwohnern des Waldes. Anscheinend wollte sie mit jemandem sprechen, und sie sah ihn schüchtern an.

»Ja, mein Kind?«

»Oh, Bruder, es heißt, Bruder Matthew ist getötet worden. Mein Mann arbeitet während der Erntezeit für die Abtei. Bruder Matthew war immer sehr gut zu uns. Wir haben uns gefragt...« Ihre Stimme erstarb, und sie wirkte besorgt.

Bruder Adam runzelte die Stirn. Wahrscheinlich wusste inzwischen der ganze New Forest über die gestrigen Ereignisse Bescheid. Die Abtei beschäftigte nicht nur Laienbrüder, sondern gab auch vielen anderen Waldbewohnern hin und wieder Arbeit. Der freundliche Matthew war sicher sehr beliebt gewesen. Bruder Adam zwang sich zu einem Lächeln. »Bruder Matthew lebt, mein Kind.« Die ersten Berichte waren wie immer ziemlich verworren gewesen. Bruder Matthew hatte einen heftigen Schlag abbekommen und viel Blut verloren, doch zum Glück hatte er es überstanden. Nun lag er im Krankenlager des Klosters und hatte sogar schon ein wenig Brühe zu sich genommen.

Die Erleichterung stand ihr so deutlich ins Gesicht geschrieben, dass Bruder Adam gerührt war. Wie schön, dass sich diese Bauersfrau solche Sorgen um den Mönch machte.

»Und was geschieht mit denen, die die Tat auf dem Gewissen haben?«

Ah. Er verstand. Klöster waren dafür berüchtigt, dass sie ihre Angehörigen vor dem Gesetz schützten, eine Praxis, die allgemein abgelehnt wurde. Nun, in dieser Hinsicht konnte er sie beruhigen.

Der Abt hatte vor Wut getobt. Vor etwa fünfzehn Jahren war es zu einem ähnlichen Vorfall gekommen: eine große Gruppe von Wilderern und der Verdacht, dass die Laienbrüder auf einem der Güter mit ihnen unter einer Decke steckten. Dieser Umstand – verbunden mit der wenig wohlwollenden Schilderung von Lukes Charakter durch den Prior – hatte den Ausschlag gegeben. »Der Laienbruder, der ihn geschlagen hat, genießt nicht den Schutz der Abtei«, versicherte Bruder Adam deshalb der Frau. »Die Gerichte werden sich mit ihm befassen.«

Sie nickte stumm und sah ihn dann nachdenklich an. »Könnte es nicht ein Unfall gewesen sein?«, fragte sie. »Wenn der Laienbruder bereut, würde man ihm dann nicht Gnade gewähren?«

»Du hast Recht, so vorsichtig zu urteilen«, erwiderte er. »Wir alle bedürfen der Gnade Gottes.« Sie war wirklich eine gutherzige Frau, denn sie fürchtete um das Leben des Mönches und hatte dennoch Mitleid mit dem Übeltäter. »Doch wir alle müssen die rechtmäßige Strafe für unsere Verfehlungen auf uns nehmen.« Seine Miene war streng. »Weißt du, dass der Bursche geflohen ist?« Sie schüttelte fast unmerklich den Kopf. »Aber man wird ihn schon finden.« Der königliche Beauftragte für den New Forest war am Morgen von der Flucht in Kenntnis gesetzt worden. »Man wird ihn mit Hunden suchen.«

Mit einem freundlichen Nicken ließ er sie stehen. Die arme Maria eilte mit klopfendem Herzen über die Heide zurück zu der Stelle, wo sie am Vorabend ihren Bruder Luke versteckt hatte.

Tom Furzey ballte die Fäuste. Jetzt würden sie kriegen, was sie verdienten. Schon konnte er die Hunde in der Ferne hören. Er war kein schlechter Mensch, doch in letzter Zeit waren ihm eine

Menge unangenehme Dinge widerfahren. Manchmal wusste er nicht mehr, was er von alldem halten sollte.

Tom Furzey wusste genau, dass die Prides ihn insgeheim verachteten. Allerdings war der gegenseitige Umgang bis jetzt immer locker und freundschaftlich gewesen. Schließlich gehörten sie alle in den New Forest, waren gewissermaßen eine Familie. Aber die Sache mit dem Pony ... das war wirklich ein Schlag ins Gesicht gewesen. Was war John Pride nur für ein Schwager, dass er einfach achselzuckend ein Pony für sich beanspruchte, das von seiner, Tom Furzeys, Stute geworfen worden war? Er nimmt mich nicht ernst, dachte Tom. Und jetzt habe ich die Bestätigung dafür bekommen.

Selbst als er mit eigenen Augen das Fohlen in Prides Pferch gesehen hatte, wollte er es erst nicht fassen. Und als er seinen Schwager schließlich zur Rede stellte, hatte der ihn nur ausgelacht.

Tom hatte ihn einen Dieb genannt. Unter Zeugen. Nun, das war er ja auch, daran bestand kein Zweifel. Daraufhin war der Streit immer heftiger geworden.

Aber was Maria betraf, lag die Sache ganz anders. Schon am ersten Tag – obwohl sie ganz genau gewusst hatte, was zwischen ihm und ihrem Bruder vorgefallen war – war sie sofort zu Pride gelaufen und hatte schön mit ihm getan. »Hast du ihm nicht gesagt, er soll das Pony zurückgeben?«, hatte Tom getobt. Doch sie hatte ihn nur verdattert angesehen. Sie war nicht einmal auf den Gedanken gekommen, ihrem Mann zu helfen. Das war die schmerzliche Wahrheit. Der arme, alte Tom war für Maria nur ein Trottel, den sie aus Bequemlichkeit geheiratet hatte. Und mehr bedeute ich den Prides auch nicht, dachte er.

Doch ganz gleich, was Maria von ihm hielt, sie schuldete ihm, dem Familienoberhaupt, Gehorsam. Was für ein Beispiel bot sie den Kindern, wenn sie vor den Augen des ganzen New Forest seine Befehle missachtete? Also hatte er ihr verboten, John Pride zu besuchen. War das nicht die richtige Entscheidung gewesen? Seine Schwester teilte jedenfalls seine Ansicht. Und viele andere auch. Denn so mancher im New Forest hatte keine sehr gute Meinung von den Prides, die immer die Nase so hoch trugen.

Allerdings machte es Tom Furzey schwer zu schaffen, dass seine Frau sich ihm gegenüber von Tag zu Tag kühler verhielt.

Nun, heute würden die Prides ihr blaues Wunder erleben. Zumindest würde sich endlich etwas ändern.

Während er noch grübelte, sah er – etwa anderthalb Kilometer entfernt – Puckle auf einem Wildpony vorbeireiten. Offenbar schleppte er eine Last hinter sich her.

Es waren zehn Reiter. Die Hunde kläfften wild. Der Prior hatte sie an Bruder Lukes Bettzeug schnuppern lassen, und nun verfolgten sie seine Spur vom Gut aus. Der königliche Beauftragte für den New Forest führte den Suchtrupp an. Zwei der Reiter waren adelige Förster, zwei Forstgehilfen, die anderen Diener.

Als der Suchtrupp den Weiler erreichte, stand zum Erstaunen der Männer plötzlich Tom Furzey vor ihnen und ruderte wild mit den Armen durch die Luft. »Ich weiß, wo er ist!«, rief er.

Die Reiter hielten inne. Der königliche Beauftragte betrachtete Furzey streng. »Hast du ihn gesehen?«

»Das brauche ich nicht. Ich weiß auch so, wo er ist.«

Der königliche Beauftragte runzelte die Stirn und sah den hellhaarigen, stattlichen Mann neben sich an. »Alban?«

Philip le Alban war ein vom Glück gesegneter junger Adeliger. Vor zweihundert Jahren hatte sein gleichnamiger Vorfahr, Sohn der Normannin Adela und ihres angelsächsischen Ehemannes, seine Stellung in der zunehmend französisch geprägten Gesellschaft Englands zur Zeit der Plantagenets nicht halten können. Doch seine Nachfahren, die den Namen Alban über viele Generationen hinweg beibehielten, dienten als Unterförster unter verschiedenen Gutsherren. Und als Lohn für diese lange Treue, und auch weil er eine gute Partie gemacht hatte, war Alban zum Förster des neuen Südbezirkes befördert worden. Niemand kannte den New Forest und dessen Bewohner besser als er. »Wo steckt er, Tom?«, fragte er jetzt wohlwollend.

»In John Prides Haus natürlich!«, rief Tom aus und machte ohne ein weiteres Wort kehrt, um die Männer dorthin zu führen.

»Der Flüchtige und Pride sind nämlich Brüder«, erklärte Alban. Und da die Hunde tatsächlich in diese Richtung strebten, nickte der königliche Beauftragte barsch und gab Anweisung, Tom zu folgen.

Pride war nicht zu Hause, wohl aber seine Familie. Schweigend sahen Frau und Kinder zu, wie zwei der Männer die Hütte ergebnislos durchsuchten. Auch auf dem übrigen kleinen Bauernhof war nichts zu entdecken.

Furzey wies unter wildem Gefuchtel auf den Kuhstall. »Dort müsst Ihr nachsehen!«, schrie er. »Dort drin!«

Er klang so aufgeregt, dass sich der gesamte Suchtrupp in den kleinen Schuppen drängte. Doch es dauerte nicht lange, um festzustellen, dass sich niemand darin versteckte.

Tom war enttäuscht, doch er ließ noch nicht locker. »Er war aber da«, beharrte er, und als er die ungläubigen Gesichter bemerkte, schimpfte er: »Wo, denkt Ihr, ist John Pride jetzt? Er hält Euch zum Narren und versteckt seinen Bruder anderswo.« Die Männer wollten aufbrechen, aber Tom gab nicht auf. »Und seht Euch dieses Pony an«, jammerte er. »Was wollt Ihr deswegen unternehmen?« Das Fohlen, das in einer Ecke angebunden war, blickte ihn aus ängstlich aufgerissenen Augen an. »Dieses Pony ist gestohlen. Es gehört mir!«

Doch der Suchtrupp hatte den Stall bereits verlassen. Toms Traum zerplatzte wie eine Seifenblase. Er war so sicher gewesen, dass sie Luke finden, Pride abführen und ihm, Tom, sein Pony zurückgeben würden. Also rannte er ihnen nach. »Ihr begreift es nicht!«, rief er. »Diese Prides sind alle gleich. Eine Verbrecherbande.«

Zwei der Männer fingen an zu kichern, und einer von ihnen fragte: »Schließt das auch deine Frau ein, Tom?« Selbst Alban hatte Mühe, ein Grinsen zu unterdrücken. Dem königlichen Beauftragten, der aufgemerkt hatte, erklärte er, dass der Flüchtige auch ein Bruder von Toms Frau war.

»Gott steh uns bei!«, meinte der königliche Beauftragte gereizt. »So geht es immer im New Forest.« Dann wandte er sich an Tom und polterte: »Du vergeudest hier unsere Zeit. Woher zum Teufel soll ich wissen, dass du ihn nicht selbst versteckt hast? Wahrscheinlich bist du der größte Verbrecher von allen. Wo wohnt dieser Mensch?« Seine Begleiter beantworteten die Frage. »Durchsucht sofort seine Hütte.«

»Aber…« Tom konnte nicht fassen, wie rasch das Blatt sich gewendet hatte. »Was ist mit meinem Pony?«, jammerte er.

»Zum Teufel mit deinem Pony!«, fluchte der königliche Beauftragte und preschte auf Toms Hütte zu.

Auch dort fanden sie nichts; dafür hatte Mary schon gesorgt. Doch wenig später nahmen die Hunde zwischen den nahe gelegenen Bäumen Lukes Witterung auf und folgten der Spur viele Kilometer lang.

Je weiter sie ritten, desto gewundener wurde der Weg. Er umrundete Lyndhurst in einem großen Bogen und schien dann endlos weiter zu führen.

Niemand hatte vor einigen Stunden den einsam auf seinem Pony dahinreitenden Puckle bemerkt; er schleppte das Bündel Kleider hinter sich her, das Mary für ihren Bruder beschafft hatte.

»Verdammte Zeitverschwendung«, sagte der königliche Beauftragte zu Alban. »Wahrscheinlich hatte dieser Trottel heute Vormittag doch Recht. Die Prides verstecken ihn.«

»Vielleicht«, erwiderte Alban schmunzelnd. »Doch im New Forest kommt alles irgendwann ans Licht.«

Als der Abt eines Novembermorgens Bruder Adam zu sich rief, war dieser gut vorbereitet. Schon vor einem Monat hatte er den Auftrag des Abtes erfüllt. Obwohl die Angelegenheit weltlicher und politischer Natur war, hatte ihm die lange Zeit, die er mit Nachdenken und Lesen verbracht hatte, Stärke und Gewissheit gebracht. Er war jetzt mit sich im Reinen.

Zu seiner Freude war es wieder still in der Abtei geworden. Am Sankt-Martins-Tag im November hatten die Forstaufseher den Zwischenfall auf dem Gut vom Grafschaftsgericht des New Forest an ein höheres Gericht weitergeleitet. Dieses würde nach Gutdünken der königlichen Reiserichter tagen, wenn diese im kommenden Frühjahr den New Forest besuchten. Der junge Martell und seine Freunde waren so klug gewesen, sich den Sheriffs ihrer Grafschaften zu stellen. Sie sollten im Frühjahr dem Richter vorgeführt werden. Der Laienbruder Luke war indes noch nicht aufgespürt worden. Bruder Matthew war sogar bereit, ihm zu verzeihen, aber der Abt wollte nichts davon hören.

»Um unseres guten Namens willen muss der Gerechtigkeit Genüge getan werden.«

Auf dem Weg zum Haus des Abts betrachtete Bruder Adam voll Freude seine Umgebung. Abgesehen von der Glocke, die die Mönche alle drei Stunden mit grellem Geläut zum Gebet rief, ging es im Kloster zwar geschäftig, aber leise zu. Es gab eine Weberei und eine Schneiderei und eine Walkmühle am Flussufer, wo die gewaltigen Wollmengen gereinigt wurden, die die Güter abwarfen. Einige Werkstätten verarbeiteten das Leder von Rindern und Schafen. Die Gerberei hatte man wegen ihres Geruchs außerhalb der Klostermauern untergebracht. Die Abtei verfügte auch über eine Lederwerkstatt, die Kapuzen und Decken herstellte, und eine Schusterwerkstatt. Der Schuster hatte alle Hände voll zu tun, denn jeder Mönch und jeder Laienbruder benötigte im Jahr zwei Paar Schuhe oder Stiefel. Neben dem Kloster befand sich die Pergament- und Buchbinderwerkstatt. Außerdem gab es eine Mühle, eine Bäckerei, eine Brauerei, zwei Reihen von Ställen, einen Schweinekoben und ein Schlachthaus. Mit einer Schmiede, einer Schreinerei, Krankenlagern und einem Hospiz für die Besucher ähnelte die Abtei einer kleinen, von Mauern umgebenen Stadt.

Nichts, überlegte Adam, wurde verschwendet. Alles wurde verwertet. Zwischen den Gebäuden hatte man sorgfältig Beete für Gemüse und Kräuter angelegt. An windgeschützten Mauern wuchsen auf Spalieren verschiedene Obstsorten und Weintrauben. Für die Bienen, deren Körbe überall auf dem Hof herumstanden, gab es genügend Geißblatt.

»Wir sind selbst Arbeitsbienen«, hatte Bruder Adam einmal gegenüber einem durchreisenden Ritter gewitzelt. »Doch wir dienen der Himmelskönigin.« Er war sehr stolz auf seinen Scherz gewesen, obwohl er sich danach wegen seiner sündhaften Eitelkeit Vorwürfe gemacht hatte.

Diese Gedanken gingen ihm im Kopf herum, während er die Studierstube des Abtes betrat, in der auch der Prior bereits anwesend war. Der Abt beugte sich vor und fragte geradeheraus: »Nun, Adam, was sollen wir wegen dieser lästigen Kirchen unternehmen?«

Eine jahrhundertelange Erfahrung besagte, dass es für ein Kloster vor allem einen Quell von Zwist und Hader gab, nämlich den Besitz von Pfarrkirchen.

Die Kirchensteuer – für gewöhnlich etwa ein Zehntel dessen, was in einer Gemeinde erwirtschaftet wurde – diente dem Unterhalt der Kirche und ihres Priesters. Wenn die Kirche jedoch zu einem Kloster gehörte, nahm dieses die Steuer ein und bezahlte damit einen Vikar, was häufig zu einem Disput mit besagtem Mann führte. Hinzu kam noch eine weitere Schwierigkeit: Falls ein Zisterzienserkloster Felder in einem Kirchspiel besaß, weigerte es sich üblicherweise, die dort fälligen Abgaben zu bezahlen – ein altes Privileg, das man dem Orden gewährt hatte, sofern er nur unbebautes Land zum Weiden seiner Schafe benutzte.

Diese Praxis erboste Vikar, Grundherrn und Gemeinde, und die Parteien endeten nicht selten vor dem Gericht.

Da wieder einmal eine solche Auseinandersetzung drohte, hatte der Abt Bruder Adam gebeten, die gesamte Urkundentruhe des Klosters durchzuarbeiten und eine Empfehlung abzugeben. Die fragliche Kirche stand etwa hundertfünfzig Kilometer entfernt vom kleinen Tochterhaus der Abtei in Newenham, und zwar im westlichen Cornwall, und war dem Kloster vor einigen Jahrzehnten von einem Prinzen geschenkt worden.

»Ich kann zwei Empfehlungen abgeben, Abt«, sagte Bruder Adam. »Die erste ist ganz einfach: Der Vikar in Cornwall hat keinen Anlass zu einer Klage. Sein Jahreseinkommen wurde mit seinem Vorgänger ausgehandelt, und es gibt nicht den geringsten Grund, etwas daran zu ändern. Wir können einem Prozess also getrost entgegensehen.«

»Ganz recht.« Auch wenn der Prior Johann von Grockleton eifersüchtig auf Adam war, teilte er in diesem Fall seine Meinung.

»Bist du, was die rechtlichen Fragen angeht, sicher?«, fragte der Abt.

»Ganz sicher.«

»Gut. Dann werden wir so verfahren.« Der Abt seufzte. »Schickt ihm ein Paar Schuhe.« Der Abt war so gutgläubig anzunehmen, ein Widersacher ließe sich mit einem Paar der kunstfertig in der Abtei hergestellten Schuhe beschwichtigen. Auf diese Weise verschenkte er etwa hundert Paar im Jahr. »Du hast noch von einer zweiten Empfehlung gesprochen.«

Bruder Adam zögerte, denn er zweifelte keinen Moment daran, wie seine Mitbrüder seine Worte aufnehmen würden. »Du hast mich gebeten, unsere gesamten Unterlagen durchzugehen, die unseren Umgang mit den Kirchen betreffen«, begann er taktvoll. »Und das habe ich getan. Außer Beaulieu selbst besitzen wir noch Liegenschaften in Oxfordshire, Berkshire, Wiltshire und Cornwall – wo wir darüber hinaus viel Geld mit den Zinnminen erwirtschaften. Überall dort gibt es Pfarrkirchen. Außerdem haben wir noch eine Kapelle anderswo.

In jedem dieser Fälle ist es zu einem Disput gekommen. Seit Beaulieu vor neunzig Jahren gegründet wurde, gab es kein einziges Jahr, in dem wir nicht wegen irgendeiner Kirche vor Gericht gezogen wären. Einige der Prozesse dauerten über zwanzig Jahre. Ich verspreche dir, dass man sich in Cornwall uns noch widersetzen wird, wenn wir alle schon längst unter der Erde liegen.«

»Aber der Abtei ist es doch stets gelungen, diese Klagen abzuwenden?«, fragte der Abt.

»Ja. Unser Orden hat darin eine bemerkenswerte Geschicklichkeit entwickelt. Man findet eine Einigung, die immer zu unserem Vorteil ausfällt.«

»Schön und gut«, wandte Grockleton ein. »Wir gewinnen.«

»Allerdings«, unterbrach Bruder Adam sanft, »zu welchem Preis? Tun wir beispielsweise in Cornwall gute Werke? Nein. Achtet man uns? Ich bezweifle es. Hasst man uns? Ganz gewiss. Sind wir juristisch gesehen im Recht? Wahrscheinlich. Aber moralisch?« Er breitete die Hände aus. »Beaulieu bringt Wohlstand genug. Eigentlich brauchen wir diese Kirchen und ihre Steuern gar nicht.« Er hielt inne. »Man könnte fast sagen, Abt, dass wir uns in dieser Hinsicht nicht sehr von den Kluniazensern unterscheiden.«

»Den Kluniazensern?« Fast wäre der Prior Grockleton entrüstet aufgesprungen. »Mit denen haben wir nichts zu schaffen.«

»Unser Orden wurde gerade deshalb gegründet, um ihre Fehler zu vermeiden«, stimmte Adam ihm zu. »Und nachdem ich deinen Auftrag erfüllt hatte, Abt, habe ich wieder einmal unsere Gründungsurkunde gelesen. Die *Charta Caritatis*.«

Die *Charta Caritatis* – das Gesetz der Liebe – der Zisterzienser war vom ersten Leiter des Ordens, einem Engländer, verfasst worden und sollte sicherstellen, dass sich die weißen Mönche an die alten Grundsätze des heiligen Benedikt hielten. Sie sollten bescheiden, schlicht und selbstgenügsam leben und sich nicht von weltlichen Angelegenheiten ablenken lassen.

»Keine Pfarrkirchen«, sagte der Abt traurig, der wusste, dass diese Charta den Zisterziensern den Besitz von Pfarrkirchen strengstens untersagte.

»Wäre es nicht möglich«, erkundigte sich Adam mitfühlend, »dass Beaulieu diese Besitzungen gegen andere eintauscht?«

»Es handelt sich um Geschenke des Königs, Adam«, wandte der Abt ein.

»Das ist schon lange her. Vielleicht hätte der König nichts dagegen.«

König Eduard I., ein mächtiger Monarch und Feldherr, hatte den Großteil seiner Regierungszeit mit der Unterwerfung der

Waliser zugebracht und plante nun dasselbe mit den Schotten. Möglicherweise war es ihm einerlei, was die Abtei mit königlichen Geschenken anfing, aber man konnte nie wissen.

»Ich möchte ihn nur ungern fragen«, gab der Abt zu.

»Nun«, erwiderte Bruder Adam lächelnd. »Ich habe mein Gewissen beruhigt, indem ich dir die Angelegenheit vorgetragen habe. Mehr kann ich nicht tun.«

»Ganz richtig. Danke, Adam.« Der Abt bedeutete ihm, dass er sich zurückziehen könne.

Nachdem er fort war, blickte der Abt noch eine Weile ins Leere. Johann von Grockleton beobachtete ihn, eine klauenähnliche Hand auf die Tischplatte gestützt. Schließlich seufzte der Abt auf.

»Natürlich hat er Recht.«

Grockleton krümmte leicht die Finger, aber er schwieg.

»Die Schwierigkeit ist«, fuhr der Abt fort, »dass viele andere Zisterzienserklöster ebenfalls Kirchen besitzen. Wenn wir dieses Problem zur Sprache bringen, werden die übrigen Äbte vermutlich nicht allzu erfreut sein.«

Grockleton sah ihn nur wortlos an. Ihm persönlich war es herzlich gleichgültig, ob die Abtei ein Dutzend Kirchen besaß und die Hälfte aller Vikare der Christenheit zum Teufel jagte.

»Als Abt«, sprach der Abt nachdenklich weiter, »muss man Vorsicht walten lassen.«

Grockleton nickte.

»Die erste Empfehlung ist eindeutig die richtige. Der Vikar aus Cornwall braucht einen Denkzettel.« Ruckartig setzte er sich auf. »Was steht sonst noch an?«

»Die Verteilung der Pflichten, Abt, für die Zeit, die du beim königlichen Rat bist. Gestern hast du zwei Ernennungen erwähnt: den Novizenmeister und den neuen Aufseher über die Güter.«

»Ja, richtig.« Nach dem Zwischenfall mit Luke hatte der Abt beschlossen, mindestens für ein Jahr einen vertrauenswürdigen Mönch als festen Aufseher über die Güter einzusetzen, der dort ständig nach dem Rechten sehen sollte. »Man muss mit eisernem Besen durchkehren«, sagte er. »Das ist keine angenehme Aufgabe für einen Mönch, denn der Betreffende versäumt dadurch viele Gottesdienste in der Kirche.« »Aber es muss sein«, befand der Abt. »Zuerst zum Novizenmeister. Bruder Stephen braucht, wie wir uns einig sind, eine Pause. Deshalb habe ich an Bruder Adam gedacht. Er kann sehr gut mit den Novizen umgehen.«

Grockletons Klaue lag noch immer auf dem Tisch. »Ich habe eine Bitte, Abt«, meinte er leise. »Während du fort bist und ich hier die Geschäfte führe, möchte ich nicht, dass du Bruder Adam die Novizen anvertraust.«

»Oh?« Der Abt runzelte die Stirn. »Warum nicht?«

»Da ihn diese Kirchenangelegenheit beschäftigt. Ich zweifle nicht an seiner Treue zum Orden…«

»Selbstverständlich nicht.«

»Doch wenn ein junger Novize die *Charta Caritatis* liest und ihn fragt…« Er stockte. »Möglicherweise fiele es Bruder Adam schwer, ihm zu erklären…« Er hielt inne und fügte bedeutungsschwer hinzu: »Das brächte mich in eine sehr schwierige Lage. Ich glaube nicht, dass ich fähig wäre…«

Der Abt sah ihn an. Er ließ sich von Grockleton nicht täuschen, denn er konnte sich bildlich vorstellen, dass der Prior alles daransetzen würde, Bruder Adam in einem solchen Fall bloßzustellen. Andererseits war nicht von der Hand zu weisen, dass der Einwand des Priors ein Körnchen Wahrheit enthielt. »Was schlägst du also vor?«, entgegnete er deshalb kühl.

»Bruder Matthew ist noch ziemlich mitgenommen. Doch er wäre als Novizenmeister sehr gut geeignet. Warum soll Bruder Adam nicht die Güter beaufsichtigen? Die Zeit der Kontemplation hat ihm gewiss die nötige Kraft für diese Aufgabe verliehen.«

Ein schlauer Fuchs, dachte der Abt. Die letzte Bemerkung war ein Seitenhieb gegen ihn gewesen, weil er Bruder Adam mit leichteren Arbeiten betraut hatte. Die Botschaft war klar: Ich bin dein Stellvertreter, und ich habe eine vernünftige Bitte an dich. Wenn du deinem Liebling keine unangenehme Aufgabe zuteilst, werde ich ihm das Leben schwer machen.

Und dann schoss dem Abt ein unwürdiger Gedanke durch den Kopf: Schließlich ertrage ich ja auch tagaus, tagein den Prior, also wird Adam es schon für eine Weile auf den Gütern aushalten. Er lächelte Grockleton zuckersüß an. »Du hast Recht, Johann. Und falls Adam, wie ich vermute, eines Tages Abt wird, ein *reformerischer* Abt vielleicht, wird diese Erfahrung für ihn sehr nützlich sein.« Er genoss es zuzusehen, wie Grockleton zusammenzuckte.

Und so wurde Bruder Adam die Aufsicht über die Güter übertragen, bevor der Abt am Ende des Jahres zu seiner Reise aufbrach.

An einem kalten Dezembernachmittag eilte Maria nach Beaulieu.

Ein eisiger Wind blies ihr in den Rücken und schob sie den schmalen Pfad entlang, und das Heidekraut kratzte an ihren Beinen. Am Himmel ballten sich die Wolken zusammen, die leicht orangefarben schimmerten.

Maria hatte sich widerwillig und nur ihrem Mann zuliebe auf den Weg gemacht.

Für gewöhnlich arbeitete Tom im Winter nicht für die Abtei. Doch in diesem Jahr hatten die Mönche einen besonderen Auftrag für ihn: Sie brauchten einen Wagen.

Eigentlich war Tom kein Schreiner, und es kostete einige Überredungskunst, ihn dazu zu bewegen, im Haus etwas in Ordnung zu bringen. Doch aus irgendeinem Grund war es schon von jeher seine Lieblingsbeschäftigung, Wagen zu bauen. Ein Wagen aus der Werkstatt von Tom Furzey war ein stabiles Gefährt mit einem soliden Boden und abnehmbaren Seitenteilen. Sämtliche Verstrebungen waren sorgfältig miteinander verzapft. Alle seine Wagen sahen gleich aus, und sie würden halten bis zum Tag des Jüngsten Gerichts. Allerdings ließ er von Rädern grundsätzlich die Finger. »Das ist die Aufgabe des Stellmachers«, pflegte er zu sagen. »Ich baue den Wagen, er sorgt dafür, dass er auch fährt. So sehe ich die Sache.« Und nichts konnte ihn von dieser Überzeugung abbringen.

Als sein Verhältnis zu John Pride noch nicht getrübt gewesen war, hatte er ihm gestanden, er fertige nicht gerne Räder an, weil sie rund waren. »Wenn sie viereckig wären, würdest du es tun, was, Tom?«, hatte der Schwager ihn gehänselt.

Und zu Prides Erheiterung hatte Tom geantwortet: »Wahrscheinlich schon.«

Also war Tom losgezogen, um für die Mönche einen Wagen zu bauen. Die Arbeit würde mindestens sechs Wochen in Anspruch nehmen, und er übernachtete während dieser Zeit auf dem Gut St. Leonards. Alle paar Tage stattete Maria ihm dort einen Besuch ab. Heute hatte sie versprochen, ihm Kuchen mitzubringen, um ihr schlechtes Gewissen zu beruhigen. Denn sie freute sich über seine Abwesenheit, erstens wegen Toms Launenhaftigkeit und zweitens wegen Luke.

Seit einer Woche versteckte er sich nun schon bei ihr.

Luke, der verträumte Sonderling, schien fast Gefallen daran zu finden, draußen im New Forest zu leben. Als das Wetter kälter wurde, hatte er sich einen warmen Unterschlupf gebastelt. »Ich bin eben ein Waldtier«, hatte er zufrieden zu seiner Schwester gesagt. Außerdem behauptete er, selbst für seine Ernährung sorgen zu können. »Sogar die Hirsche werden im Winter gefüttert«, hatte sie widersprochen. Und so hatte sie Luke, sobald Tom nach St. Leonards aufgebrochen war, in ihrer kleinen Scheune einquartiert. Niemand, nicht einmal ihr Bruder oder die Kinder, wusste, dass er dort schlief und dass sie ihm etwas zu essen brachte. Sie fragte sich, wie lange dieser Zustand wohl andauern konnte, und der Gedanke machte ihr Angst. Aber was sollte sie sonst tun?

Als sie den Rand des Ackerlandes rund um das Gut erreichte, hatte der Wind aufgefrischt. Sie spürte die feuchtkalte Luft im Nacken, blickte sich um und bemerkte, dass sich über der Heide von Beaulieu gelbliche Wolken zusammenballten. Schneeflocken trudelten durch die Luft. Kurz überlegte sie, ob sie umkehren sollte, doch sie beschloss, weiterzugehen, um den Weg nicht umsonst gemacht zu haben.

Bruder Adam stand vor der Tür des Gutshauses. Die Schneeflocken, die doch so weich schienen, stachen ihn schmerzhaft ins Gesicht.

Südwestlich der Abtei gab es fünf Güter: Beufre, wo die Ochsengespanne für die Pflüge standen; Bergerie, wo man die Schafe schor; Sowley unten an der Küste, wo die Mönche einen großen Fischteich angelegt hatten; Beck und dann noch St. Leonards an der Flussmündung. An diesem Tag hatte Bruder Adam Bergerie besucht, und er beabsichtigte, an diesem Abend von St. Leonards aus zur Abtei zurückzukehren.

Die letzten beiden Wochen waren anstrengend gewesen. Außer den fünf südwestlichen Gütern gab es noch zehn weitere im Norden und drei im Osten. Außerdem besaß die Abtei noch eine Reihe kleinerer Höfe drüben im Avontal auf der Westseite des New Forest. Von ihren üppigen Wiesen bezogen die Mönche das

157

Heu. Der Prior sorgte dafür, dass Bruder Adam keinen Augenblick zur Ruhe kam. Die angenehme Zeit der Kontemplation war endgültig vorbei.

Er stieß die Tür des Gutshauses auf. Erschrocken blickten die sechs Laienbrüder bei seinem Anblick hoch. Sehr gut. Er hatte bereits gelernt, dass es ratsam war, unangemeldet wie ein Schulmeister zu erscheinen. Er nahm sich kaum die Zeit, den Schnee von seiner Kutte zu schütteln. »Zuerst«, verkündete er streng, »werde ich die Speisekammern überprüfen.«

Das Gut St. Leonards war im Stil der Zisterzienser erbaut. Als Wohnhaus diente ein langes, einstöckiges Gebäude mit einer Eichentür in der Mitte. Hier lebten die Laienbrüder unter kärglichen Bedingungen. An den meisten Feiertagen durften sie ins *domus* zurückkehren, und sie wurden hin und wieder abgelöst. Für gewöhnlich arbeiteten etwa dreißig der siebzig Laienbrüder auf den Gütern.

»So weit, so gut«, stellte Bruder Adam fest, nachdem er keine Hinweise auf Naschen oder heimliches Trinken hatte entdecken können. »Und jetzt die Scheune.«

Sie war das höchste Gebäude dieses Gutes, so groß wie eine Kirche, aus Stein erbaut und von massiven Eichenbalken gestützt. Hier wurden Weizen und Hafer in hoch aufgetürmten Säcken gelagert und die landwirtschaftlichen Geräte aufbewahrt. Auf der einen Seite lag ein Berg Farnwedel, die zum Auslegen der Stallungen dienten. Es gab sogar eine Dreschtenne. Und in der Mitte dieses riesigen Gewölbes stand Tom Furzeys halb fertiger Wagen.

Doch Adams Aufmerksamkeit wurde von etwas anderem in Anspruch genommen, nämlich von einer Gestalt, die neben dem Bauern im Dämmerlicht saß. Wenn ihn nicht alles täuschte, war es tatsächlich eine Frau.

Die Anwesenheit einer Frau war in der Abtei eigentlich nicht gestattet. Selbst adelige Damen durften zwar der Abtei einen Besuch abstatten, keineswegs aber die Nacht dort verbringen, nicht einmal in den Gemächern für die königlichen Gäste.

Deshalb ging er sofort zu den beiden hinüber.

Die Frau hatte sich neben Furzey auf dem Boden niedergelassen. Als Bruder Adam näher kam, erhoben sich die beiden respektvoll. Die Frau trug ein Kopftuch, und da sie sittsam zu Boden blickte, konnte er ihr Gesicht nicht erkennen.

»Das ist meine Frau«, sagte der Bauer. »Sie hat mir Kuchen mitgebracht.«

»Ich verstehe.« Bruder Adam wollte Furzey nicht kränken, doch er hielt Strenge für angebracht. »Wie du sicher weißt, muss sie vor Einbruch der Dunkelheit gehen, und es dämmert schon.« Der Bauer blickte mürrisch drein. Aber Bruder Adam hatte den Eindruck, dass der Frau diese Aufforderung ganz recht kam, obwohl sie nicht den Kopf hob. »Der Wagen deines Mannes wird ein Prachtstück«, meinte er freundlich zu ihr, bevor er sich wieder an die Laienbrüder wandte.

Es dauerte einige Zeit, bis er mit ihnen gesprochen und seinen Rundgang durch die Scheune beendet hatte. Als er fertig war, überraschte es ihn deshalb nicht, dass die Frau sich inzwischen verabschiedet hatte.

Da Bruder Adam sich nun selbst auf den Rückweg machen wollte, ging er zu der kleinen Tür, die in das riesige Scheunentor eingelassen war, und öffnete sie.

Ein heftiger Schneesturm schlug ihm entgegen, sodass er seinen Augen kaum traute. Wegen der dicken Mauern der Scheune hatte er nicht gehört, dass das Heulen des Windes lauter geworden war. Innerhalb kurzer Zeit hatten sich die kleinen Böen zuerst in heftige Windstöße und dann in einen tosenden Sturm verwandelt. Selbst im Schutze der Scheune peitschten ihm Schneeflocken ins Gesicht, sodass er blinzeln musste, um noch etwas sehen zu können. Es wäre sträflicher Leichtsinn gewesen, selbst die viereinhalb Kilometer zur Abtei zu Fuß zurücklegen zu wollen. Er beschloss, auf dem Gut zu übernachten.

Da fiel ihm die Frau ein. Oh, mein Gott, er hatte sie in dieses Unwetter hinausgeschickt! Wie weit musste sie wohl gehen? Acht Kilometer? Vermutlich eher zehn. Sie war über die ungeschützte Heide mitten in den Schneesturm hineingelaufen. Er hätte das nie zulassen dürfen, und er schämte sich. Was würde ihr Mann von ihm und der Abtei denken? Er kehrte in die Scheune zurück und rief Tom und zwei der Laienbrüder herbei. »Zieht euch rasch warm an. Nehmt eine Lederdecke mit.« Nachdem er sich kurz erkundigt hatte, welchen Weg sie gegangen war, stürzte er in den Schnee hinaus. Er vertraute darauf, dass die anderen ihn schon einholen würden.

Es war noch Nachmittag, und irgendwo oben am Himmel konnte man noch ein schwaches Schimmern sehen. Doch unten am Boden war es stockdunkel. Während Bruder Adam sich durch den Schnee kämpfte, erkannte er vor sich nichts als eine wild aufgepeitschte weiße Masse, so als ob Gott eine neue Form der Heuschreckenplage diesmal in die Länder des Nordens geschickt hätte. Der Schnee wehte ihm fast waagerecht entgegen und hüllte alles ein. Nur wenige Meter vor ihm schien die Welt hinter einem grauen Schleier verborgen.

Mein Gott, wie sollte er sie bloß finden? Würde sie ums Leben kommen und, wie so viele Hirsche und Ponys, am nächsten Morgen steif gefroren auf dem Boden liegen?

Nachdem er die letzte Hecke hinter sich gelassen hatte, entdeckte er zu seinem Erstaunen vor sich eine dunkle Gestalt, die sich dick eingepackt durch den Schneesturm voranarbeitete. Als Bruder Adam sie anrief, drang ihm sofort ein Schwall von Schneeflocken in den Mund. Die Frau hatte ihn nicht gehört. Erst nachdem er sie eingeholt und ihr schützend den Arm um die Schultern gelegt hatte, bemerkte sie ihn und fuhr erschrocken zusammen. Er drehte sich um, damit der tosende Sturm ihnen nicht mehr ins Gesicht peitschte.

»Komm.«

»Ich kann nicht. Ich muss nach Hause.« Sie versuchte sogar, ihn mit sanftem Druck wegzuschieben.

Zu seiner eigenen Überraschung zog Bruder Adam sie fester an sich. »Dein Mann ist da«, sagte er, obwohl dieser nirgendwo zu sehen war. Und dann führte er sie zurück zum Gut.

Niemand im New Forest konnte sich an einen so schweren Sturm erinnern, wie er in dieser Nacht tobte. An der Küste schienen sich die wirbelnden Schneemassen mit den tosenden Wellen zu vermischen. Rings um St. Leonards türmten sich riesige Schneeverwehungen an den Hecken auf, bis sie diese bedeckten. Über die Heide von Beaulieu wehte ein Wind, der abwechselnd durchdringend pfiff oder geisterhaft stöhnte. Und selbst als ein zarter grauer Schimmer in der Dunkelheit auf den herannahenden Morgen hinwies, verfinsterte der Schneesturm weiterhin die Sonne.

Bruder Adam wusste, was seine Pflicht war. Er konnte nicht zur Abtei zurückkehren, sondern musste bleiben, um geistlichen Beistand zu leisten.

Auf dem Rückweg zur Scheune erkannte er die Frau als diejenige, die sich nach Bruder Matthew erkundigt hatte. Er war froh, dass eine so gute Seele vor dem Unwetter gerettet worden war.

Die Schlafgelegenheiten zu verteilen, war nicht weiter schwer. Er ließ ein Kohlebecken in die Scheune stellen, damit Furzey und seine Frau dort die Nacht verbringen konnten, während er und die anderen sich ins Wohnhaus zurückzogen. Damit es nicht zu Missverständnissen kam, rief er nach dem Abendessen alle in der Scheune zusammen, sprach ein paar Gebete und hielt ihnen einen kleinen Vortrag.

Nachdem er ihnen den Segen erteilt hatte, zog er sich zurück.

Der Schneesturm wütete am nächsten Tag mit unverminderter Kraft weiter. Wenn man die Tür öffnete, blies er einen fast um. Die Frau begann sich furchtbare Sorgen um ihre Kinder zu machen. Furzey versicherte ihr, dass seine Schwester und die anderen Dorfbewohner sich um sie kümmern würden, und verbat ihr zu gehen. Und so arbeitete Tom, gewärmt vom Kohlebecken, weiter an seinem Wagen, während sie ihm Gesellschaft leistete. Dreimal rief Bruder Adam sie alle zum Gebet zusammen.

Maria brannte darauf, endlich nach Hause zurückkehren zu können. Toms Gegenwart war ihr unangenehm. Ihre älteste Tochter würde schon auf die kleinen Geschwister achten, aber sicher befürchteten sie alle, dass ihr etwas zugestoßen war. Und außerdem war da noch Luke.

Was würde er tun? Sicher hatte er sich gefragt, wo sie steckte, als sie an diesem Abend nicht erschienen war. Ob er versuchen würde, im Haus etwas Essbares zu finden? Was war, wenn die Kinder ihn sahen? Den ganzen Tag wartete sie aufgeregt darauf, dass der Schneesturm endlich nachließ.

Sonst gab es nicht viel für sie zu tun. Wenn Bruder Adam hin und wieder erschien, betrachtete sie ihn aufmerksam. Sie sah den Laienbrüdern an, dass sie nicht richtig warm mit ihm wurden. »Der ist kalt wie ein Fisch«, meinte Tom achselzuckend. Doch von Leuten, die nicht aus dem New Forest stammten, hatte Tom ohnehin keine hohe Meinung.

Ganz offensichtlich kam Bruder Adam aus einer anderen Welt, aber sie hielt ihn nicht für gefühlskalt. Als er im Dämmerlicht der großen Scheune mit ihnen betete, schwang in seinem sanften Tonfall eine Gewissheit mit, die sie beeindruckte. Sicher war er viel klüger als einfache Leute wie ihresgleichen. Auch wenn sie das Tom gegenüber nicht erwähnte, fand sie den Mönch auf seine Weise sehr interessant.

Maria war überrascht, als sich am späten Nachmittag die Tür der Scheune öffnete. Das Heulen des Windes drang herein. Der Mönch schloss sie rasch hinter sich, näherte sich dem Kohlebecken und winkte Maria zu sich.

Eine Weile stand er da und musterte sie neugierig. Wie Tom war er kräftig gebaut, allerdings ein wenig größer. Im Schein des Kohlebeckens, das ihren Rücken wärmte, wirkten seine Augen seltsam dunkel. Tom arbeitete nur wenige Meter von ihnen entfernt beim Licht einer Lampe und schien doch weit weg zu sein.

»Mir war zuerst nicht klar, dass du es warst, mit der ich am Tor der Abtei gesprochen habe.« Also erinnerte er sich an sie! »Außerdem habe ich gerade erfahren, dass Luke, der Flüchtige, dein Bruder ist.« Ihr fiel auf, dass er leise sprach, damit Tom sie nicht hören konnte.

Angst durchfuhr sie. Sie konnte ihm nicht in die Augen sehen. Natürlich war ihre Verwandtschaft mit Luke allgemein bekannt; allerdings wäre es ihr lieber gewesen, dieser gefährlich kluge Mann hätte nichts davon geahnt. Sie ließ den Kopf hängen. »Ja, Bruder. Der arme Luke.«

»Der arme Luke? Kann sein.« Er hielt inne und flüsterte dann: »Weißt du, wo er ist?«

Nun blickte sie ihn unverwandt an. »In diesem Fall, Bruder, hätten wir es Euch bereits gemeldet. Ich finde, er hätte nicht davonlaufen sollen, wenn er unschuldig ist. Und mein Mann würde ihn sowieso anzeigen.« Da diese Antwort im Großen und Ganzen der Wahrheit entsprach, hielt sie es nicht für nötig, Bruder Adams Blick auszuweichen. Aber offenbar konnte man ihn nicht so leicht täuschen.

»Es besteht durchaus die Möglichkeit, dass er sich an dich gewandt hat.«

Der Geruch seiner Kutte stieg ihr in die Nase, es roch nach Wachs und nach feuchter Wolle – und nach seinem Körper.

»Inzwischen könnte er am anderen Ende von England sein.« Sie seufzte. Eigentlich war auch das nicht gelogen.

Er betrachtete sie nachdenklich. Wenn er eine Frage stellte, entstanden Falten auf seiner breiten Stirn. Aber wenn er überlegte, neigte er leicht den Kopf, und seine Stirn wurde wunderschön glatt.

162

»An jenem Morgen vor der Abtei«, begann er zögernd, »meintest du, es hätte auch ein Unfall sein können. Dass er Bruder Matthew vielleicht gar nicht schlagen wollte. Wenn ja, sollte er sich stellen und erzählen, wie es wirklich war.«

»Ich glaube nicht, dass er hierher zurückkehren wird«, erwiderte sie bedrückt. »Dazu wäre der Weg viel zu weit.« Das schien den Mönch zufrieden zu stellen.

Dann aber tat sie etwas, das für sie völlig neu war.

Wie zeigt eine Frau einem Mann, dass sie ihn begehrt? Durch ein Lächeln, einen Blick, eine Geste vielleicht. Doch damit hätte sie einen Mönch wie Bruder Adam nur abgeschreckt. Also blieb sie vor ihm stehen und ließ das einfachste Mittel von allen auf ihn wirken: die Wärme ihres Körpers. Und Bruder Adam spürte sie – wie hätte es auch anders sein können? –, diese unverkennbare Hitze, die von ihr zu ihm hinüberstrahlte. Dann lächelte sie, und er wandte sich verwirrt ab.

Warum hatte sie es getan? Schließlich war sie eine anständige Frau und machte anderen Männern keine schönen Augen. Diese Frage hätte sie wohl selbst nicht beantworten können; es kam ganz von innen heraus. Durch ein Gefühl der Vertrautheit und Nähe wollte sie ihn – so sehr es ihn auch erschrecken mochte – von seinem eigentlichen Ziel ablenken. Sie musste den Mönch auf eine falsche Fährte locken, um ihren kleinen Bruder zu schützen.

Kurz darauf verließ Bruder Adam die Scheune.

Der Sturm wütete mit unverminderter Heftigkeit weiter. Das Kohlebecken wurde für die zweite Nacht eingeheizt. Wieder rief Bruder Adam nach dem Abendessen alle zum Gebet zusammen. Doch einige Stunden später, als Maria mit ihrem Mann allein war und nur noch der schwache Schimmer der Holzkohle die Scheune erhellte, wälzte Tom Furzey seinen gedrungenen Körper auf sie. Mit einem spöttischen Lächeln auf den Lippen schloss sie die Augen und dachte insgeheim an Bruder Adam.

Tief in der Nacht, etwa zu der Zeit, wenn sonst der Gottesdienst stattfand, erwachte Bruder Adam aus einem unruhigen Schlaf. Er bemerkte, dass das Heulen des Windes draußen aufgehört hatte. Es war still auf dem Gut.

Er erhob sich von der Bank, auf der er genächtigt hatte, und flüsterte leise die Psalmen und Gebete vor sich hin. Immer noch nicht zufrieden, murmelte er danach noch das Vaterunser: *Pater Noster, qui es in coelis* – Vater unser, der du bist im Himmel…

Amen. Es war Nacht. Die Zeit, in der er die lautlose Stimme aus Gottes Universum hören konnte. Warum war er also so beunruhigt? Erneut stand er auf und wäre am liebsten im Zimmer auf und ab gelaufen. Doch damit hätte er die Laienbrüder geweckt. Also legte er sich wieder hin.

Die Frau. Gewiss lag sie mit ihrem Mann schlafend in der Scheune. Wahrscheinlich war sie auf ihre Art eine gute Frau. Wie alle Bauersfrauen hatte sie leicht gerötete Wangen und roch ein wenig nach Stall. Er schloss die Augen. Ihre Wärme. Noch nie zuvor hatte er so etwas empfunden. Er versuchte zu schlafen. Dieser Furzey. Hatte er sie in dieser Nacht in der Scheune geliebt? Vielleicht taten sie es ja gerade, während er hier in der Stille lag. Genoss der Bauer gerade ihre Wärme?

Bruder Adam schlug die Augen auf. Mein Gott, was dachte er denn da? Und warum? Aus welchem Grund grübelte er über diese Frau nach? Dann seufzte er. Er hätte es eigentlich wissen müssen. Es war nur der Teufel, der ihm wieder einmal einen Streich spielen wollte, um seinen Glauben auf die Probe zu stellen. Diesmal hatte er sich etwas Neues einfallen lassen.

Steckte der Teufel in dieser Bäuerin? Natürlich. Denn alle Frauen waren Geschöpfe des Teufels. Vielleicht hätte er strenger mit ihr sein müssen, als sie an diesem Nachmittag vor ihm gestanden hatte. Aber eigentlich benützte der Teufel sie ja nur. Er nahm ihre Gestalt an, um ihn zu verwirren. Wieder schloss er die Augen. Er konnte nicht einschlafen.

Der nächste Morgen war strahlend schön. Der Sturm hatte sich gelegt. Die Luft war ruhig, der Himmel leuchtend blau. Beaulieu, die Abtei, die Felder, die Güter, sie alle waren mit einem weichen, weißen Mantel bedeckt.

Als Bruder Adam aus dem Haus trat, erkannte er an den Fußspuren vor der Scheune, dass die Frau schon fort war. Es dauerte eine Weile, bis es ihm gelang, das Bild, wie sie allein über die funkelnde Heide ging, aus seinen Gedanken zu vertreiben.

Ende Februar verschwand Luke. Maria wusste nicht, ob sie erleichtert oder traurig sein sollte.

Sobald der Schnee im späten Januar schmolz, hatte er sich

angewöhnt, im Morgengrauen fortzugehen und erst nach Einbruch der Dunkelheit wiederzukommen. Ihre größte Angst war, er könnte im Raureif verräterische Spuren hinterlassen, aber das wusste er stets zu vermeiden. Jeden Tag brachte sie ihm etwas zu essen auf den Heuboden, wo er übernachtete. Den ganzen Januar lang arbeitete Tom in St. Leonards. Maria schlich sich aus dem Haus, wenn die Kinder schliefen, und dann saßen sie zusammen und redeten, wie damals, als sie selbst noch Kinder gewesen waren.

Manchmal sprachen sie über seine Zukunftspläne. Das Grafschaftsgericht des New Forest trat erst im April zusammen. Sie erörterten auch Bruder Adams Vorschlag, Luke solle sich stellen, doch der Laienmönch schüttelte nur den Kopf.

»Der hat leicht reden. Da der Abt und der Prior mich im Stich gelassen haben, kann alles Mögliche geschehen. Wenigstens bin ich so auf freiem Fuß.«

Maria genoss diese Abende mit ihrem Bruder sehr. Er hatte viele Geschichten zu erzählen und beschrieb ihr die Abtei, den Prior mit seinem gebeugten Gang und den klauenähnlichen Händen und alle Laienbrüder und Mönche. Manchmal lachte Maria so laut, dass sie schon befürchtete, sie könnte die Kinder geweckt haben. Luke hatte etwas Sanftes und Schlichtes an sich. Er schien gegen niemanden einen Groll zu hegen, nicht einmal gegen Grockleton.

Eines Abends hatte Maria ihn nach Bruder Adam gefragt.

»Die Laienbrüder wissen nicht so recht, was sie von ihm halten sollen. Aber die Mönche haben ihn alle gern.«

Eigentlich hatte Maria sich nicht gewundert, dass der verträumte, freundliche Luke Laienbruder geworden war. Eine Frage konnte sie sich dennoch nicht verkneifen: »Vermisst du es manchmal nicht, eine Frau zu haben, Luke?«

»Ich weiß nicht«, erwiderte er leichthin. »Ich hatte noch nie eine.«

»Macht dir das nichts aus?«

»Nein.« Er lachte zufrieden auf. »Im New Forest gibt es immer so viel zu tun. Findest du nicht?«

Maria lächelte und erwähnte das Thema nicht mehr. Jetzt, da er auf der Flucht lebte, konnte er sich ohnehin keine Frau suchen.

Sie sprachen auch über Furzeys und Prides Streit wegen des Ponys.

Natürlich hatte Luke Mitleid mit ihr und fragte, wie lange dieser Streit denn noch dauern werde.

»Sicher noch ein oder zwei Jahre.«

Als Tom Ende Januar wieder zu Hause war, konnten Maria und Luke sich nur noch selten treffen, um rasch ein Wort miteinander zu wechseln. Und da wirklich kein Ende des Zerwürfnisses abzusehen war, fühlte Maria sich bald selbst wie im Gefängnis.

Eines Tages teilte Luke seiner Schwester mit, dass er fort wollte.

»Wohin?«

»Das kann ich nicht sagen. Besser, du weißt es nicht.«

»Wirst du den New Forest verlassen?«

»Mag sein. Vielleicht sollte ich das wirklich tun.«

Zum Abschied nahm sie ihn in die Arme und küsste ihn auf die Wange. Das Wichtigste war, dass er den Häschern nicht in die Hände fiel. Maria fühlte sich sehr einsam.

Am Donnerstag nach dem Festtag des heiligen Markus im zweiundzwanzigsten Jahr von König Eduards Regierung – also an einem regnerischen Apriltag im Jahre des Herrn 1295 – trat das Grafschaftsgericht des New Forest feierlich in der großen Halle des königlichen Herrensitzes von Lyndhurst zusammen.

Es war ein beeindruckender Anblick. Die Wände der Halle waren mit kostbaren Wandbehängen und den Geweihen gewaltiger Böcke und Hirschbullen geschmückt. Der vorsitzende Richter thronte auf einem Stuhl aus geschwärzter Eiche, der auf einem Podest stand. Er trug ein prächtiges grünes Gewand und einen purpurroten Mantel. Seine Beisitzer, ebenfalls auf Eichenstühlen platziert, waren die vier adeligen Forstaufseher, die als Magistrat und Leichenbeschauer fungierten und dem untergeordneten Strafgericht vorstanden. Die Förster und Viehinspektoren – letztere waren für die im New Forest weidenden Nutztiere verantwortlich – waren ebenfalls anwesend. Außerdem hatte jedes Dorf und jede Gemeinde einen Vertreter geschickt, der über dort verübte Verbrechen Bericht erstatten sollte.

Zwölf Geschworene standen dem Gericht zur Seite, adelige Herren, die in dieser Gegend hohes Ansehen genossen. Jeder, dem ein Schwerverbrechen zur Last gelegt wurde, konnte verlangen, dass die Geschworenen über seine Schuld oder Unschuld entschieden. Der König war ein Freund von Geschworenenverhandlungen und förderte sie nach Kräften.

Heute war auch der Prior von Beaulieu erschienen, da sich der Abt noch immer im Auftrag des Königs auf Reisen befand. Die beiden Sheriffs der Nachbargrafschaften führten den jungen Martell und dessen Freunde vor. Seit langer Zeit hatte keine so große Versammlung mehr stattgefunden, und in der Halle drängten sich die Zuschauer.

»Hört, hört, hört!«, rief der Gerichtsdiener. »Die Sitzung ist eröffnet. Alle, die ein Anliegen an das hohe Gericht haben, mögen vortreten.«

Zuerst wurde eine Reihe von Fällen entschieden, die alltägliche Dinge betrafen. Ein Mann hatte Holz im New Forest gestohlen. Ein anderer sich – man bezeichnete diese Tat als *assart* – verbotenerweise Land angeeignet. Eines der Dörfer hatte es versäumt, einen auf ihrem Gebiet tot aufgefundenen Hirschbullen zu melden. Obwohl sich das Leben im New Forest kaum verändert hatte, wäre einem Förster aus der Zeit von König Rufus, hätte er diese Gerichtsverhandlung miterleben dürfen, ein bedeutender Unterschied aufgefallen: Während das normannische Gesetz mit seinen Todesstrafen und Verstümmelungen die Bevölkerung eingeschüchtert hatte, ließ der jetzige Monarch seine obersten Richter milder über seine Untertanen urteilen. Verstümmelungen waren abgeschafft. Nur die schlimmsten Gewohnheitsverbrecher wurden gehängt. Die meisten anderen Gesetzesverstöße wurden mit Geldstrafen geahndet, und der Schuldige musste eine Summe entrichten, die von seinem Einkommen abhing. So wurde an diesem Tag ein mittelloser Mann begnadigt, der von einem anderen Gericht zu einer Strafe von sechs Pence verurteilt worden war, die er nicht bezahlen konnte.

Erst später am Nachmittag kam man auf den Zwischenfall in Beaulieu zu sprechen.

Die Anklage lautet, dass am Freitag vor dem letzten Festtag des heiligen Matthäus Roger Martell und Henry de Damerham in Begleitung anderer, ausgerüstet mit Pfeil, Bogen, Bluthunden und Windhunden, den New Forest betraten, in der Absicht, das Wild zu schädigen…

Die Anklage, auf Latein in den Gerichtsakten festgehalten, wurde vom Gerichtsdiener verlesen. Sie enthielt genaue Angaben, was sich die Wilderer hatten zu Schulden kommen lassen, und niemand widersprach. Der Richter musterte die jungen Männer streng, während die Zuschauer in der Halle aufmerksam lauschten.

»Es handelt sich um ein Jagdvergehen, begangen unter Missachtung der Gesetze und in aller Öffentlichkeit. Die Täter sind Männer, die es auf Grund ihrer Stellung eigentlich hätten besser wissen müssen. Also verhänge ich folgende Strafen: Will atte Wood: eine halbe Mark.« Der arme Will, denn es war eine hohe Strafe. Da zwei seiner Vettern für ihn bürgten, gab man ihm ein Jahr Zeit, sie zu bezahlen. Auch die anderen Dorfbewohner mussten dieselbe Summe entrichten.

Dann waren die jungen Adeligen an der Reihe: fünf Pfund für jeden, fünfzehnmal so viel, wie die einfachen Bauern hatten zahlen müssen, und das war nur gerecht. Zu guter Letzt wandte sich der Richter an Martell.

»Roger Martell, Ihr wart ohne Zweifel der Rädelsführer dieser Übeltäter. Ihr habt sie zu dem Gut gebracht. Ihr habt Hirsche gestohlen. Und außerdem seid Ihr ein recht wohlhabender junger Mann.« Er hielt inne. »Der König war gar nicht erfreut, als er von dieser Angelegenheit hörte. Ihr werdet zu einer Geldstrafe von hundert Pfund verurteilt.«

Die Zuschauer schnappten nach Luft. Auch die beiden Sheriffs waren sichtlich verdattert. Selbst für einen reichen Gutsbesitzer war das ein Schwindel erregend hoher Betrag. Und außerdem war offensichtlich, dass König Eduard selbst diese Bestrafung vorab genehmigt hatte. *Beim König in Ungnade gefallen.* Martell war weiß wie ein Leinentuch. Er würde entweder Land verkaufen oder jahrelang auf sein Einkommen verzichten müssen. Obwohl er eigentlich ein tapferer Mann war, bebte er am ganzen Körper.

Das Getuschel im Gerichtssaal wurde lauter, doch dann sagte der Richter zum Gerichtsschreiber: »Und was wird jetzt aus diesem Laienbruder?«

Schlagartig kehrte Stille ein. Luke gehörte zur Familie Pride, und man war sehr neugierig, was nun geschehen würde. Maria, die in einer der hinteren Reihen saß, spitzte die Ohren, damit ihr ja kein Wort entging.

Was Luke genau vorgeworfen wurde, war nicht ganz klar.

»Erstens«, verkündete der Gerichtsdiener, »hat er den Übeltätern Unterschlupf auf dem Gut gewährt. Zweitens war er ihr Komplize. Und drittens hat er einen Mönch namens Bruder Matthew angegriffen, der die Wilderer am Betreten des Gutes hindern wollte.«

»Ist ein Vertreter der Abtei zugegen?«, erkundigte sich der Richter.

John von Grockleton erhob die Klaue, und kurz darauf standen Bruder Matthew und drei Laienbrüder vor dem Richter.

Natürlich hatte sich der Richter von seinem Stellvertreter alle Einzelheiten erzählen lassen, doch für ihn gab es in diesem Fall noch einige offene Fragen.

»Ihr weigert Euch, die Verantwortung für diesen Laienbruder zu übernehmen?«

»Wir sagen uns von ihm los«, erwiderte der Prior.

»In der Anklageschrift heißt es, er sei Komplize der Wilderer gewesen. Vermutlich deshalb, weil er ihnen den Zutritt zum Gut gestattet hat.«

»Welche andere Erklärung gäbe es sonst dafür?«, entgegnete Grockleton.

»Ich könnte mir vorstellen, dass er sich von ihnen eingeschüchtert fühlte.«

»Sie haben ihm nicht mit Gewalt gedroht«, wandte der Gerichtsdiener ein.

»Das ist richtig. Und wie hat sich der Übergriff abgespielt?«, wollte der Richter von Bruder Matthew wissen.

»Nun.« Bruder Matthew verzog ein wenig verlegen das gütige Gesicht. »Als Martell sich weigerte, seinen verwundeten Kumpanen mitzunehmen, wollte ich ihn, wie ich zugeben muss, mit einem Stab schlagen. Doch Bruder Luke griff nach einem Spaten und zerschmetterte den Stab. Dabei hat der Spaten mich am Kopf getroffen.«

»Ich verstehe. War der Lainbruder Euer Feind?«

»O nein. Ganz im Gegenteil.«

Grockleton hob die Klaue. »Das beweist doch, dass er mit Martell unter einer Decke steckte.«

»Oder dass er den Mönch daran hindern wollte, eine Prügelei vom Zaun zu brechen.«

»Ich muss gestehen«, meinte Bruder Matthew wohlwollend, »dass ich mich das später auch gefragt habe.«

»Bruder Matthew ist zu gütig, Richter«, fiel der Prior ihm ins Wort. »Er urteilt viel zu milde.«

In diesem Augenblick stand die Meinung des Richters über Grockleton endgültig fest: Der Prior war ein unangenehmer Zeitgenosse. »Und dann ist er fortgelaufen?«

»Dann ist er fortgelaufen«, wiederholte Grockleton trotzig.

»Warum zum Teufel hat der Abt ihn nicht wegen des Angriffs auf den Mönch bestraft?«

»Weil wir ihn aus dem Orden ausgeschlossen haben. Wir sind hier, um ihn anzuklagen«, erwiderte Grockleton.

»Wie ich vermute, ist er nicht anwesend?« Allgemeines Kopfschütteln. »Nun gut.« Der Richter bedachte den Prior mit einem angewiderten Blick. »Da er zum Zeitpunkt des Verbrechens, falls überhaupt eines stattgefunden hat, Angehöriger des Klosters war und der Gerichtsbarkeit der Abtei unterstand, seid Ihr dafür verantwortlich, ihn herbeizuschaffen. Oder wusstet Ihr das nicht?«

»Ich?«

»Ihr. Oder besser gesagt die Abtei. Deshalb erhält die Abtei wegen seines Nichterscheinens eine Geldstrafe. Zwei Pfund.«

Das Gesicht des Priors lief puterrot an. Die Zuschauer grinsten.

»Ich bedauere, dass der Angeklagte nicht hier ist, um sich zu verteidigen«, fuhr der Richter fort. »Aber so ist es nun einmal. Dem Gesetz muss Genüge getan werden. Und da es sich hier um ein Schwerverbrechen zu handeln scheint und der mutmaßliche Täter durch Abwesenheit glänzt, bleibt mir nichts anderes übrig. Lasst nach ihm fahnden. Und wenn er bei der nächsten Sitzung des Gerichtes nicht erscheint, wird er für vogelfrei erklärt.«

Mary, die hinten im Gerichtssaal saß, hörte bedrückt zu. Man würde ihren Bruder so lange suchen, bis man ihn gefunden hatte. Und wenn man ihn für vogelfrei erklärte, bedeutete das, dass die Gesetze ihn nicht mehr schützten. Niemand durfte einen Vogelfreien bei sich aufnehmen, aber jeder konnte ihn straflos töten. Er hatte sämtliche Rechte verwirkt.

Wenn Luke nur zurückgekommen wäre! Bruder Adam, der kluge Mönch, hatte Recht behalten. Luke hatte die Vernunft des Richters unterschätzt, denn es war offensichtlich, dass dieser im Zweifelsfall zu seinen Gunsten entscheiden würde. Aber was sollte sie tun? Luke war fort, und niemand wusste, wo er steckte. Am liebsten wäre Mary in Tränen ausgebrochen.

»Ich glaube, damit wäre alles erledigt.« Der Richter warf dem Gerichtsdiener einen aufmunternden Blick zu. Die Zuschauer schickten sich zum Gehen an. »Oder steht noch etwas an?«

»Ja.«

Mary zuckte zusammen. Tom hatte sich bei Beginn der Verhandlung zu einigen anderen Männern gesellt, sodass sie ihn nicht hatte beobachten können, weil ihr die Köpfe der übrigen Anwesenden die Sicht versperrten. Nun hörte sie seine Stimme, und da er aufgestanden war, erblickte sie ihn deutlich. Er drängelte sich zum Richter vor. Gleichzeitig bemerkte sie, dass sich an der Tür links von ihr etwas bewegte.

Bald hatte sich Tom vor dem Richter aufgebaut. Sein Haar war zerzaust, er trug ein ledernes Wams und schien ausgesprochen kriegerischer Stimmung zu sein.

»Wir haben keine Mitteilung erhalten. Dieser Fall ist nicht vom Strafgericht an uns weitergeleitet worden«, sagte der Gerichtsdiener spitz.

»Da wir nun einmal hier sind, können wir uns die Sache genauso gut anhören«, widersprach der Richter. Er betrachtete Tom mit strenger Miene. »Was hast du vorzubringen?«

»Diebstahl, Mylord!«, brüllte Tom so laut, dass das Gebälk erzitterte. »Hundsgemeinen Diebstahl.«

Schlagartig trat Stille ein. Der Gerichtsdiener, der vor Schreck fast von seiner Bank gefallen wäre, griff nach dem Federkiel.

Auch der Richter war ein wenig verdattert und sah Tom argwöhnisch an. »Diebstahl? Was ist denn gestohlen worden?«

»Mein Pony!«, schrie Tom, als wolle er die himmlischen Heerscharen herbeirufen, damit sie seine Aussage bestätigen.

Nach einer Weile begannen die Zuschauer zu kichern. Der Richter runzelte die Stirn. »Dein Pony? Wo hat man es dir denn gestohlen?«

»Im New Forest«, erwiderte Tom.

Nun wurde lauthals gelacht. Selbst die Förster konnten sich ein Grinsen nicht verkneifen. Der Richter sah den königlichen Beauftragten an, der schmunzelnd den Kopf schüttelte.

Der Richter mochte den New Forest und seine Bauern und amüsierte sich insgeheim über ihre kleinen Regelverstöße. Da er sich ziemlich über Martell geärgert hatte, hatte er nichts dagegen, den Tag mit einer lustigen Anekdote zu beenden. »Soll das heißen, man hat dir dein Pony im New Forest entwendet? Trug es ein Zeichen?«

»Nein, es wurde dort geboren.«

»Also ein Fohlen? Woher weißt du, dass es deines ist?«

»Ich weiß es eben.«

»Und wo ist das Fohlen jetzt?«

»In John Prides Kuhstall!«, rief Tom zornig und verzweifelt aus. »Da steht es.«

Das war zu viel. Der ganze Gerichtssaal bog sich vor Lachen. Selbst Tom Furzeys Verwandte fanden diese Antwort unglaublich komisch. Mary senkte den Blick zu Boden. Der Richter bat die Viehinspektoren um eine Erklärung, und Alban, in dessen Bezirk sich der Vorfall abgespielt hatte, trat näher und flüsterte ihm etwas ins Ohr. Tom wartete mit finsterer Miene ab.

»Und wo ist John Pride?«, fragte der Richter.

»Hier im Saal«, verkündete Tom, wirbelte herum und wies triumphierend in die Menge.

Alle drehten sich um. Für einen Moment schwiegen alle.

Und dann erklang neben der Tür eine tiefe Stimme: »Er ist fort.«

Nun war es mit der Zurückhaltung der Zuschauer endgültig vorbei. Die Waldbewohner hielten sich die Bäuche und lachten, bis ihnen die Tränen kamen. Die Förster, die würdevollen Forstaufseher und selbst die ehrenwerten Geschworenen konnten nicht mehr an sich halten. Kopfschüttelnd betrachtete der Richter den Tumult und biss sich auf die Lippe.

»Da könnt ihr so viel lachen, wie ihr wollt!«, rief Tom. Doch diese Aufforderung war überflüssig. Er sah sich in alle Richtungen um, wandte sich dann mit hochrotem Gesicht an den Richter und zeigte mit dem Finger auf Alban. »Er und seinesgleichen lassen Pride ungeschoren davonkommen. Und wisst Ihr, warum? Weil er sie bezahlt!«

Die Miene des Richters verfinsterte sich. Einige Förster hörten auf zu lachen. Mary stöhnte leise auf.

»Ruhe!«, polterte der Richter, und das allgemeine Gelächter erstarb. »Willst du unverschämt werden?«, fuhr er Furzey dann an.

Leider enthielt Toms Behauptung ein Körnchen Wahrheit, auch wenn der junge Alban vermutlich unschuldig war. Die Bezirksförster erhielten von den Bewohnern des New Forest hin und wieder Geschenke. Eine wohlschmeckende Pastete, ein Käse, ein kostenlos geflickter Zaun – Zuwendungen, nach denen der königliche Beauftragte für den New Forest in vielen Fällen ein Auge zudrückte. Der König selbst hatte einmal, und zwar nicht im Scherz, dem obersten Forstaufseher gegenüber bemerkt, er werde wohl eines Tages einen Ausschuss einsetzen müssen, der die gesamte Verwaltung des New Forest unter die Lupe nehme. Und offenbar war Furzey ein Querulant, der gefährlich werden konnte.

»Du musst dich an das vorgeschriebene Verfahren halten«, teilte der Richter ihm barsch mit. »Dein Fall wird gehört werden, nachdem er dem Strafgericht vorgelegt wurde. Gerichtsdiener«, befahl er, »vermerkt das in den Akten. Die Sitzung ist geschlossen.«

Während Tom, zitternd vor ohnmächtiger Wut, an Ort und Stelle verharrte, steuerten die immer noch kichernden Zuschauer auf den Ausgang zu.

Der Gerichtsdiener tauchte seinen Federkiel ins Tintenfass und schrieb die Worte auf das Stück Pergament, das als wahre Stimme des Forest noch viele Jahrhunderte lang aufbewahrt werden sollte:

Thomas Furzey bezichtigt John Pride des Diebstahls eines Ponys. John Pride nicht erschienen. Deshalb Verhandlung verschoben auf nächste Sitzung.

Luke spazierte gerne oft viele Kilometer weit durch den New Forest. Als Kind hatte er gelernt, schnell zu laufen, um mit John und Mary mithalten zu können. Inzwischen hätten sich die meisten Menschen sehr ins Zeug legen müssen, um nicht von ihm abgehängt zu werden. Die alten Eichen mit ihren efeubewachsenen Stämmen waren seine besten Freunde.

Seit seinem Verschwinden aus der Abtei hatte sich sein Äußeres sehr verändert. Er trug einen Jägerrock, ein Wams, wollene Beinlinge und einen dicken Ledergürtel. Sein Haar und sein Bart waren lang und struppig. Und da es im New Forest viele Männer gab, die aussahen wie er, hätte niemand, dem er unterwegs begegnete, ihn auch nur eines Blickes gewürdigt.

Doch er war auf der Flucht und würde bald für vogelfrei erklärt werden. Welche Folgen würde das für ihn haben? Theoretisch betrachtet, dass jeder Mensch sein Feind war. Und praktisch? Das hing davon ab, ob man Freunde hatte und ob die Obrigkeit einen wirklich aufspüren wollte.

Wenn er nun einem Förster in die Arme gelaufen wäre und dieser ihn erkannt hätte, wäre er sicher festgenommen worden. Daran bestand kein Zweifel. Doch wäre zum Beispiel der junge Alban, falls er in der Ferne eine langbärtige Gestalt erblickte, die möglicherweise Luke war, wirklich hingeritten, um sich zu vergewissern? Vielleicht. Wahrscheinlicher aber war, dass er einfach sein Pferd gewendet und einen anderen Weg genommen hätte.

Was sollte Luke jetzt tun? Schließlich konnte er nicht bis in alle Ewigkeit weiter durch den Wald streifen. Das Gericht in Lyndhurst hatte ein unmissverständliches Urteil gesprochen. Es wäre besser gewesen, wenn er sich gestellt und auf Gnade gehofft hätte.

Die Schwierigkeit war nur, dass Luke – möglicherweise lag es ihm ja im Blut – der Obrigkeit von Grund auf misstraute.

Diese Einstellung mochte bei einem Menschen, der sich entschieden hatte, in Beaulieu ein geregeltes Klosterleben zu führen, abwegig anmuten. Doch in Wirklichkeit war es gar nicht so seltsam. Denn für Luke war die Abtei ein Zufluchtsort, ein riesiges Landgut, wo er gerne arbeitete und von wo er nach Herzenslust im New Forest umherstreifen konnte. Er hatte Freude an den Gottesdiensten in der Abteikirche und lauschte gebannt den heiligen Gesängen. Und da er von Natur aus wissbegierig war, hatte er viele der lateinischen Psalmen und ihre Übersetzung auswendig gelernt, obwohl er nicht lesen konnte. Allerdings hätte er keine Lust gehabt, so viel Zeit in der Kirche zu verbringen wie die Mönche. Er fühlte sich draußen auf den Feldern wohler und half gern den Schäfern, wenn sie ihre Herden von Gut zu Gut trieben. Die Abtei kleidete ihn, gab ihm etwas zu essen und ermöglichte ihm ein geborgenes, sorgenfreies Leben. Was konnte ein Mensch mehr verlangen?

Die Abtei war seiner Ansicht nach deshalb so erfolgreich, weil sie sich an die natürliche Ordnung hielt. Denn die Natur war etwas, das Luke verstand. Die Bäume, die Pflanzen, die Tiere des Waldes, sie alle folgten einer inneren Uhr. Die Gründe brauchte man nicht zu kennen; es war wie ein gut geöltes Räderwerk. Und die Abtei konnte nur deshalb überleben, weil sie sich an diesen natürlichen Ablauf angepasst hatte.

Wenn Außenseiter, Männer wie Grockleton oder die Reiserichter des Königs, die den New Forest nicht richtig kannten, hierher kamen, eine Menge alberner Regeln aufstellten und sich als große Herren aufspielten, war es das Beste, einen großen Bogen um sie zu machen. Denn Luke erkannte tief in seinem Herzen nur ein Gesetz an: das der Natur.

»Der Rest gibt eigentlich nicht viel her«, pflegte er zu sagen. Und der Obrigkeit, die so viel Wert auf die Einhaltung dieser Gesetze legte, konnte man auf keinen Fall über den Weg trauen.

»Heute tun sie einem schön, und morgen kriegen sie dich dran. Denen geht es sowieso nur um ihre Macht.«

So sah ein einfacher Bauer die Herrschenden, und er hatte damit gar nicht so Unrecht.

Deshalb beabsichtigte Luke nicht, sich an den Richter und das Gericht zu wenden, vor allem nicht, solange Grockleton die Finger mit im Spiel hatte. Er hielt es für besser, sich zu verstecken und abzuwarten, bis sich etwas ergab. Man wusste nie, was noch geschehen würde.

Luke hatte Freunde, und bis zum nächsten Winter würde er sich schon durchschlagen können. In der Zwischenzeit gab es genügend Möglichkeiten, sich zu beschäftigen. Alle paar Tage beobachtete er aus einiger Entfernung seine Schwester Mary, die jedoch nichts davon ahnte. Es machte ihm Spaß zuzusehen, wie sie ihrer Hausarbeit nachging oder draußen mit den Kindern spielte, auch wenn er nie ein Wort mit ihr wechselte. Er fühlte sich wie ihr Schutzengel, der heimlich über sie wachte. »Ich bin dir näher, als du glaubst, mein Mädchen«, murmelte er zufrieden. Er hatte solche Freude daran, unbemerkt umherzuschleichen, dass er auch öfter seinen Bruder John beobachtete. Das Pony durfte inzwischen auf dem Feld weiden, wurde aber immer von einem von Johns Kindern gehütet.

Natürlich wanderte Luke oft stundenlang durch den New Forest.

An diesem Tag führte ihn sein Weg in nördlicher Richtung von Burley nach Lyndhurst. Es war still im Wald. Überall wuchsen riesige Eichen. Manchmal war dort, wo der Sturm einen Baum gefällt hatte, eine kleine Lichtung entstanden, sodass man durch die Lücke im Blätterdach den Himmel erkennen konnte. Hin und wieder blieb Luke stehen, betrachtete einen mit Flechten bedeckten Baumstamm oder sah nach, was für Lebewesen sich unter einem abgefallenen Ast verbargen. Gerade hatte er das Dorf Minstead hinter sich gelassen und einen Teil des New Forest erreicht, der an eine Heide grenzte, als er auf etwas aufmerksam wurde.

Es war ein winziger Gegenstand, nur eine Eichel, die den hungrigen Schweinen im letzten Herbst entgangen war. Nun war sie auf dem modrigen, braunen Laub aufgeplatzt, und kleine Wurzeln bohrten sich in den Boden.

Luke lächelte. Es gefiel ihm, die Dinge wachsen zu sehen. Die weißen Würzelchen der Eiche wirkten so zart. Eine kleine grüne Blattspitze ragte hervor. Wie erstaunlich, dass dies der Beginn einer mächtigen Eiche sein sollte. Dann schüttelte Luke langsam den Kopf. »Hier wirst du es nicht schaffen«, murmelte er.

Vorsichtig grub Luke mit den Händen den Setzling aus und nahm ihn in einem Bett aus Erde mit, um ihn nicht zu verletzen. Nur wenige Meter entfernt stand eine Gruppe Stechpalmen, um die herum Besenginster wuchs. Luke kämpfte sich durch das Gestrüpp, ohne auf die Kratzer an seinen Armen zu achten, und pflanzte den Setzling ein. Dann blickte er nach oben zu dem klaren, blauen Himmel. »Hier kannst du wachsen«, sagte er zufrieden und machte sich wieder auf den Weg.

Bruder Adam kannte die Abtei Beaulieu so gut, dass er sich sogar mit verbundenen Augen darin zurechtgefunden hätte.

Sein Lieblingsplatz war die Reihe geschwungener Nischen, die sich an der Nordseite des großen Kreuzgangs gegenüber dem *frater* befand, wo die Mönche ihre Mahlzeiten zu sich nahmen. Hier war es völlig windgeschützt. Die Nischen wiesen nach Süden und fingen die Sonne ein. Ein Buch in der Hand, saß Bruder Adam auf einer Bank in einer dieser Nischen und blickte auf die große, viereckige, vom Kreuzgang umgebene Wiese hinaus. Der süße Duft frisch gemähten Grases und der schärfere der Gänseblümchen stiegen ihm in die Nase. Adam fand, dass kein dem Menschen bekannter Ort dem Paradies so nahe kam wie dieser Teil der Abtei.

In den letzten Wochen hatte er nur selten Gelegenheit gehabt, sich diese Muße zu gönnen. Die Arbeit auf den Gütern hatte seinen Tageslauf verändert. Doch an diesem warmen Mainachmittag hatte er sich endlich einmal loseisen können und saß nun still und mit hochgeschlagener Kapuze – das Zeichen der Mönche, dass sie nicht gestört werden wollten – an seinem Stammplatz. Er blätterte gerade gemächlich in der Lebensgeschichte des heiligen Wilfried, als er von einem Novizen aufgeschreckt wurde, der um die Mauer gestürmt kam. »Bruder Adam!«, rief der junge Mann. »Komm schnell. Die Erlösung ist da. Alle sind losgegangen, um sie zu sehen.«

Bruder Adam sprang auf. Natürlich handelte es sich nicht um die Erlösung – englisch: *salvation* –, wie der Versprecher des Novizen vermuten ließ, sondern um die *Salvata*, das Schiff der Abtei, ein gedrungenes Gefährt mit viereckigen Segeln, das häufig im Einsatz war. Der nächste Hafen hinter der Mündung des Flusses von Beaulieu war nicht weit vom Kloster entfernt. Am Beginn des Meeresarms Solent, östlich des New Forest, war in den letzten Jahrhunderten ein geschäftiger kleiner Hafen namens Southampton entstanden. Die Mönche von Beaulieu verfügten über ein eigenes Wolllager am Kai, wo sie die Ware vor der Verschiffung aufbewahrten. Auf dem Rückweg nahm die *Salvata* in Southampton verschiedene Güter an Bord, einschließlich des französischen Weins, der den Gästen des Abts so gut mundete. Von Southampton aus fuhr das Schiff die Küste hinauf nach Kent und überquerte dann den Ärmelkanal. Oder es setzte seinen Weg fort bis zur Mündung der Themse und nach London. Hin und wieder segelte es sogar Englands Ostküste hinauf, zum Beispiel nach Yarmouth, wo es eine große Ladung Salzheringe für die Abtei abholte. Wenn die *Salvata* an die kleine Anlegestelle unterhalb der Abtei zurückkehrte, war die Aufregung immer groß.

Bei Bruder Adams Ankunft hatten sich bereits die meisten Bewohner der Abtei versammelt – mehr als fünfzig Mönche und etwa vierzig Laienbrüder. Der Prior, der derartige Anlässe liebte, rief überflüssige Befehle: »Vorsicht! Passt mit der Halteleine auf!«

Adam beobachtete die Szene lächelnd. Er musste zugeben, dass sich selbst die frömmsten Mönche zuweilen wie kleine Kinder gebärdeten.

Die Ladung bestand aus gesalzenen Heringen. Sobald die Fallreepstreppe heruntergelassen war, stürmten die frommen Mönche an Bord, um die Fässer an Land zu rollen.

»Zwei Männer je Fass!«, rief der Prior. »Bringt sie zum Lagerhaus.«

Zwanzig Fässer waren bereits auf dem Weg dorthin. Die Mönche scherzten, und es herrschte eine ausgelassene Stimmung. Bruder Adam wollte gerade den Rückweg zum Kloster antreten, als er bemerkte, dass der Kapitän des Schiffes mit dem Prior sprach. Der Mann deutete stromaufwärts. John von Grockleton zuckte heftig zusammen.

Und dann begann er zu toben.

Wenn Grockleton eines auf der Welt hasste, dann waren es Eingriffe in die weltlichen Rechte der Abtei, deren Verteidigung er sein bisheriges Leben geweiht hatte. Und zu diesen vielen Privilegien gehörten die Fischereirechte am Fluss von Beaulieu. »Verbrecher!«, brüllte er. »Gotteslästerung!« Die Mönche mit den Fässern hielten inne und wandten sich um. »Bruder Mark!«, rief der Prior. »Bruder Benedict…« Er wies auf einige andere Mönche. »Holt das Ruderboot und begleitet mich.«

Man hatte ein paar Männer beim Fischen beobachtet, die ein Stück flussabwärts ihre Netze ausgeworfen hatten. Bei einem von ihnen handelte es sich um einen Kaufmann aus Southampton. Die Bürgerschaft dort war felsenfest davon überzeugt, dass auch sie über die Fischereirechte an diesem Fluss verfügte, und zwar über ältere als die Abtei. Grockleton hingegen glaubte, dass Gott ihn dazu auserkoren hatte, ihnen das Gegenteil zu beweisen.

Schon kurz darauf fuhr ein Ruderboot, besetzt mit drei Mönchen, in Windeseile den Fluss hinab, während zwei weitere Gruppen, jeweils ein Dutzend Mönche und Laienbrüder, das Ufer entlangliefen. Grockleton stürmte das Westufer entlang, den Stab in der Hand und mit vorgebeugtem Rücken wie ein angreifender Gänserich. Bruder Adam hatte sich seinem Trupp unaufgefordert angeschlossen.

Sie kamen bemerkenswert schnell voran. Zwei der Laienbrüder waren als Vorhut losgeschickt worden, um das Flussufer zu erkunden. Mehr als anderthalb Kilometer lang führte der Weg durch Eichenwälder, bis er an einer von Sumpfwiesen umgebenen Krümmung des Flusses endete. Im nächsten Moment hörten sie einen Aufschrei vom Ruderboot, und gleich darauf erblickten sie den Feind hinter der Flussbiegung.

Es war ein großer klinkergebauter Einmaster. Die Männer aus Southampton hatten kein Segel gesetzt, vermutlich beabsichtigten sie, die Küste entlang in ihre Heimatstadt zurückzurudern. Sie hatten die Netze noch ausgeworfen, und drei von ihnen waren sogar so frech gewesen, am Ufer ein kleines Feuer anzuzünden, um eine Mahlzeit zuzubereiten. An der teuren Kleidung glaubte Bruder Adam unter ihnen einen angesehenen Kaufmann zu erkennen. Diese Annahme bestätigte sich, als der Prior wütend einen Namen förmlich ausspie: »Henry Totton«. Er war Inhaber des Lagerhauses am Nachbarkai der Abtei.

»Wilderer!«, dröhnte Grockletons Stimme über den Sumpf. »Verbrechergesindel. Verschwindet!«

Am Bug stand ein seltsam aussehender Mann. Er trug das schwarze Haar im Nacken zusammengefasst, doch auch der struppige Bart konnte den Umstand nicht verbergen, dass sein Gesicht unterhalb des Mundes direkt in den Hals überging.

Aber seine fröhliche Miene verriet, dass ihm dieser Mangel nicht zu schaffen machte. Nun drehte sich der Mann langsam und ohne böse Absicht um – offenbar war diese Geste als Gruß gemeint –, sah den Prior unverwandt an, hob den Arm und streckte einen Finger in die Luft.

Aber für Grockleton hätte es genauso gut ein auf ihn gerichteter Pfeil sein können. »Gottloser Hund!«, kreischte er. »Ergreift sie«, brüllte er, schwenkte seinen Stab und deutete auf die Männer am Ufer. »Prügelt sie ordentlich durch.«

Seine Mitbrüder zögerten einen Moment. Einige sahen sich nach Knüppeln um, die sie als Waffen verwenden konnten. Die anderen stürmten mit geballten Fäusten auf die Männer am Lagerfeuer zu.

Bruder Adam kam ihnen zuvor. »Haltet ein!«, donnerte er in befehlsgewohntem Ton. Er wusste, dass er die Autorität des Priors untergrub, doch er hatte keine Wahl. Rasch trat er auf Grockleton zu und murmelte: »Prior, wenn wir gewalttätig werden, können die Männer im Boot uns angreifen. Auch wenn wir das Recht auf unserer Seite haben«, fügte er bescheiden hinzu, »aber nach dem Zwischenfall auf dem Gut…«

Es war klar, worauf er hinauswollte: Eine Rauferei würde dem guten Ruf der Abtei nur schaden.

»Wir kennen ihre Namen«, sprach Adam weiter, »und können sie vor den Richter bringen.« Er verstummte und hielt den Atem an.

Zu seinem Erstaunen zuckte Grockleton zusammen, als habe

man ihn aus einem Traum geweckt. Er starrte Adam verständnislos an. Die Brüder beobachteten die beiden. »Bruder Adam«, verkündete der Prior dann laut. »Schreib ihre Namen auf. Wenn jemand Widerstand leistet, wird er dazu gezwungen, ihn zu nennen.«

»Ja, Prior.« Adam neigte den Kopf und setzte sich sofort in Bewegung. Nach ein paar Schritten drehte er sich um und fragte respektvoll: »Darf ich zwei Brüder mitnehmen, Prior?«

Grockleton nickte. Adam winkte zwei Mönche zu sich und machte sich rasch an die Arbeit.

Er hatte getan, was er konnte, um zu verhindern, dass der Prior das Gesicht verlor. Aber zu seiner Enttäuschung bemerkte einer seiner Begleiter leise, sobald sie sich aus Grockletons Hörweite entfernt hatten: »Du hast es dem Prior aber richtig gezeigt, Bruder Adam.« In diesem Augenblick begriff er, dass Grockleton ihm seine Einmischung niemals verzeihen würde.

Eine Woche später saßen zwei Männer an ihrem kleinen Lagerfeuer in einem abgelegenen Teil des westlichen New Forest und warteten.

Ein paar Meter entfernt erhob sich ein großer, mit Torf bedeckter Hügel, der einige kleine Löcher aufwies, aus denen Rauchwölkchen aufstiegen. Puckle und Luke stellten Holzkohle her.

Im Winter hatte Puckle große Mengen Zweige und Holzscheite gehackt. Das Holz des New Forest – Eiche, Esche, Buche, Birke und Stechpalme – eignete sich vorzüglich zum Brennen von Holzkohle. Wenn der Frühling kam, errichtete er seinen ersten Meiler.

Zuerst ordnete Puckle die Holzscheite zu einem riesigen Kreis von etwa fünf Metern Durchmesser und zweieinhalb Metern Höhe an. Dann stieg er auf seine selbst gebaute, gebogene Leiter und bedeckte den Haufen mit einer Schicht aus Erde und Torf, bis das Ganze einem seltsamen mit Gras bewachsenen Backofen glich. Schließlich zündete er die Spitze an. »Kohlenmeiler brennen von oben nach unten«, erklärte er. »Jetzt brauchen wir nur noch zu warten.«

»Wie lange?«, fragte Luke.

»Drei oder vier Tage.«

Am Ende des ersten Tages bemerkte Luke, dass Dampf aus

den Löchern drang und dass der obere Teil des Meilers feucht war.

»Er schwitzt«, erklärte Puckle. »Das Wasser tritt aus dem Holz.«

Am dritten Tag stellte Luke fest, dass aus den Ablauflöchern unten am Berg eine teerähnliche Masse quoll. »Es ist so weit«, verkündete Puckle am Abend. »Jetzt müssen wir nur noch warten, bis es abkühlt.«

»Und wie lange dauert das?«

»Ein paar Tage.«

Sie würden einige Male mit ihrem kleinen Wagen hin und her fahren müssen, um die fertige Holzkohle fortzuschaffen.

Als Köhler konnte Luke unbemerkt im New Forest leben. Denn die Gegend um Burley, wo Puckle hauste, lag sehr weit von der Abtei entfernt, und die Forstbeamten in diesem Bezirk kannten Luke nicht. Da diese Arbeit nicht seine ständige Anwesenheit erforderte, war es ihm möglich, ungehindert durch den Wald zu streifen oder Mary zu beobachten, wie es ihm beliebte.

Puckle hatte ihm bereitwillig Unterschlupf gewährt. Seine Familie war so weit verzweigt, dass inzwischen alle den Überblick über seine vielen Kinder und die Nachkommen seines verstorbenen Bruders verloren hatten. Als ein Förster sich einmal nach seinem Helfer erkundigte, antwortete Puckle nur: »Das ist ein Neffe von mir.«, worauf der Mann nickte und nicht mehr nachfragte.

Luke ging davon aus, dass er zumindest ein paar Monate lang bei Puckle im New Forest bleiben konnte. Nur Puckles Familie war eingeweiht, aber sie war verschwiegen.

»Je weniger Leute Bescheid wissen, desto besser«, sagte Puckle. »So bist du in Sicherheit.«

Dennoch konnte Luke einen ängstlichen Schauder nicht unterdrücken, als Puckle an einem Mainachmittag plötzlich den Kopf hob. »Sieh mal, wer da kommt«, meinte er und fügte leise hinzu: »Tu genau, was ich dir sage.«

Bruder Adam ritt langsam auf seinem Pony dahin. Er fühlte sich antriebslos, und er glaubte den Grund dafür zu kennen. Er murmelte ein Wort vor sich hin: *acedia.* Jeder Mönch wusste, was dieser Begriff, der im Englischen keine Entsprechung hatte, bedeutete: Erschlaffung, Langeweile, Niedergeschlagenheit und Lustlosigkeit; alle Gefühle schienen wie tot, und man empfand eine gähnende Leere. Hin und wieder wurde Bruder Adam von dieser matten Stimmung überkommen, nachmittags oder zu bestimmten Jahreszeiten, wie mitten im Winter, wenn es nichts zu tun gab. Zuweilen auch im Spätsommer, nachdem die Ernte eingebracht war. Natürlich musste man dagegen ankämpfen. Denn es war nur der Teufel, der versuchte, einem die Kräfte zu rauben und einen im Glauben zu schwächen. Das beste Mittel dagegen war harte Arbeit.

Und genau darin hatte Bruder Adam Trost gesucht. Die letzten Tage hatte er im Avontal verbracht. Riesige Wagenladungen Heu rollten von den gemähten Wiesen durch den New Forest. Adam hatte in Ringwood übernachtet und jede Wiese flussauf, flussab inspiziert. Er hatte sogar jede einzelne Sichel überprüft, die die Bauern benutzten. Die Arbeiten wurden von jeweils drei Laienbrüdern überwacht, auf die er wiederum ein Auge haben musste. Nicht einmal Grockleton hätte ihm vorwerfen können, dass er seine Aufgaben vernachlässigte.

Er musste sich eingestehen, dass er froh war, ein wenig Abstand von der Abtei zu haben. In den Tagen nach dem Zwischenfall am Fluss hatte angespannte Stimmung geherrscht. Jeder Mönch hatte die Pflicht, böse Gedanken aus seinem Bewusstsein zu verscheuchen und Nächstenliebe gegenüber seinen Brüdern zu zeigen. Gewiss hatte sich Grockleton aufrichtig um diese Haltung bemüht. Dennoch wirkte Adams Gegenwart auf ihn wie ein rotes Tuch. Bruder Adam gefiel es gar nicht, dass er jetzt zur Abtei zurückkehren musste. Bereits in Burley hatte ihn Niedergeschlagenheit überkommen. Ohne es zu bemerken, hatte er seinem Pony gestattet, einen falschen Weg einzuschlagen. Nun nahm er – mit einem Anflug von schlechtem Gewissen – eine Abkürzung durch den Wald zum richtigen Pfad, als er plötzlich auf die beiden Köhler stieß.

Vor einem Jahr noch wäre er vermutlich mit einem kurzen Gruß weitergeritten. Doch heute hatte er Lust, mit ihnen zu plaudern, nur um seine Rückkehr ein wenig hinauszuzögern.

Der eine Köhler stand neben dem kleinen Lagerfeuer. Der andere hatte sich ein wenig abseits hinter den qualmenden Kohlenmeiler zurückgezogen. Bruder Adam war Puckle schon einmal begegnet, als dieser im Vorjahr Spalierstangen für den Wein an die Abtei geliefert hatte. Auch der jüngere Mann erschien ihm bekannt, doch da die meisten Waldbewohner miteinander verwandt waren, verwunderte ihn das nicht weiter. Er blickte zu

Puckle herunter und erkundigte sich freundlich, ob die Holzkohle wohl bald fertig sei.

»Noch ein Tag«, erwiderte der Köhler.

Adam stellte noch ein paar alltägliche Fragen, bevor er ein anderes Thema anschnitt, bei dem man bei den Waldbewohnern gewöhnlich auf reges Interesse stieß: das Umherziehen der Hirschrudel.

»Ich dachte, ich würde drüben bei Stag Brake auf ein paar Rothirsche treffen«, meinte er.

»Nein, zurzeit sind sie sicher in der Nähe von Hinchelsea.«

Adam nickte. Sein Blick wanderte zum Kohlenmeiler, wo sich der andere Mann verbarg. »Hast du nur diesen einen Gehilfen?«, wollte er wissen.

»Heute schon«, erwiderte Puckle. Und dann rief er ganz lässig: »Peter, komm her, mein Junge.« Neugierig sah Bruder Adam hin, als der junge Mann sich näherte.

Mit schüchtern gesenktem Kopf schlurfte er auf sie zu und blickte zu Boden. Sein Kiefer schien ein wenig herabzuhängen. Wirklich ein bedauernswerter Bursche, dachte Bruder Adam. Doch da er nicht unfreundlich wirken wollte, sagte er: »So, Peter, warst du schon einmal in Beaulieu?«

Der junge Mann zuckte zusammen und stammelte ein paar unverständliche Worte.

»Das ist mein Neffe«, erklärte Puckle. »Er spricht nicht viel.«

Bruder Adam betrachtete den zottigen Kopf des Burschen. »Wir heizen mit eurer Holzkohle unsere Kirche«, sagte er, um ihm die Scheu zu nehmen. Aber dann gingen ihm die Einfälle aus.

»Schon gut, mein Junge«, meinte Puckle leise und winkte den jungen Mann weg. »Offen gestanden«, vertraute er dem Mönch an, als sein vermeintlicher Neffe außer Hörweite war, »ist er ein bisschen langsam im Kopf.«

Als wolle er diese Tatsache bestätigen, drehte sich der junge Mann um, zeigte auf den Holzstoß und lallte mit schleppender Stimme: »Feuer.« Dann setzte er sich.

Adam blieb noch eine Weile bei dem Köhler und seinem Neffen und genoss die Ruhe des Waldes. Der riesige Kohlenmeiler bot einen seltsamen Anblick. Lautlos kräuselte sich Rauch aus den Öffnungen an seiner Seite wie aus dem Tartarus oder der Hölle selbst. Auf einmal kam Adam ein seltsamer Gedanke: Was, wenn Puckle, der hier in den Tiefen des New Forest lebte, der

Türhüter der Hölle war? Unwillkürlich nahm er den Köhler jetzt näher in Augenschein.

Vorhin hatte er gar nicht bemerkt, was für eine merkwürdige Erscheinung Puckle war. Vielleicht lag es am Dämmerlicht oder an dem rötlichen Glühen der Holzscheite im Lagerfeuer, aber plötzlich erschien er ihm mit seiner verwachsenen Gestalt wie ein Gnom. Sein wettergegerbtes Gesicht, das wie aus Holz geschnitzt wirkte, hatte auf einmal einen geheimnisvollen Schimmer. War es etwa teuflisch? Adam schalt sich für seine Albernheit. Puckle war doch nur ein harmloser Bauer. Und dennoch hatte er etwas an sich, das Adam nicht einordnen konnte. Eine innere Wärme, die tief in ihm brannte und die Adam selbst offenbar nicht besaß. Schließlich nickte er, stieß seinem Pony die Fersen in die Seiten und ritt davon.

»Ach, du meine Güte«, lachte Luke, nachdem er fort war. »Ich habe schon geglaubt, der verschwindet gar nicht mehr.«

Er hätte einen anderen Weg nehmen sollen. Nachdem Bruder Adam die kleine Kirche in Brockenhurst hinter sich gelassen hatte, folgte er einem Pfad, der nach Süden durch den Wald führte und ihn an die stille Furt am Fluss brachte. Dort war es immer noch so einsam wie im Jahre 1100, als Walter Tyrrell vor seinen Häschern geflohen war. Auf der anderen Seite der Furt, wo der Pfad weiter durch den Wald verlief, hatten die Mönche ein großes Stück Land gerodet und bebaut.

Jenseits dieser Felder lag die Heide von Beaulieu unter einem wolkenlosen Himmel. Das war der Weg nach Osten zur Abtei, den Adam eigentlich hätte einschlagen müssen. Doch stattdessen wandte er sich nach Süden. Er sagte sich, dass es keinen Unterschied machte, obwohl das nicht der Wahrheit entsprach.

Er hielt sich am Waldesrand. Nach einer Weile zweigte ein Pfad nach rechts ab. Er wusste, dass dort unten auf einem finsteren Hügel, der das Flusstal überblickte, die alte Pfarrkirche von Boldre stand. Doch er ritt nicht in diese Richtung, sondern setzte seinen Weg nach Süden fort. Bald erreichte er einen kleinen Viehpferch, wo dreißig Kühe und ein Bulle weideten. Daneben standen ein paar Hütten: Pilley. Aber er würdigte das Dorf kaum eines Blickes.

Warum musste er wieder an die Frau denken? Die Bäuerin, die in der Scheune vor ihm gestanden hatte? Eigentlich gab es gar keinen Grund dafür. Gewiss lag es nur an seiner Langeweile. Er trabte noch anderthalb Kilometer weiter, bis er den Weiler erreichte, der Oakley hieß.

Schließlich konnte er auch von dort aus über die Heide zur Abtei reiten.

Die Dörfer im New Forest sahen einander ähnlich, Streusiedlungen ohne Ortskern am Ufer eines Flusses oder am Rand einer Heide. Kein Lehnsherr hatte ihnen eine überschaubare Form aufgezwungen. Überall dieselben strohgedeckten Katen und Häuser mit kleinen, aus Holz erbauten Scheunen, alles nur winzige Bauernhöfe, die davon kündeten, dass es sich bei diesen Dörfern um Gemeinschaften von Gleichen handelte, die schon seit jeher im New Forest lebten.

Von Osten nach Westen verlief ein Weg durch Oakley, der, wie überall im New Forest, aus Torfboden, Schlamm und Kieseln bestand. Adam wandte sich nicht nach Osten, sondern nach Westen und führte sein Pony am Zügel. Die ersten fünfhundert Meter sah er einige Hütten, doch dann ging der Hohlweg steil bergab ins Flusstal. Das letzte Gebäude am nördlichen Rand des Wegs war, wie er feststellte, ein Bauernhof mit einigen Nebengebäuden, zu denen auch eine kleine Scheune gehörte. Dahinter befanden sich eine Koppel, eine mit Stechginster bewachsene Wiese und der Wald.

Adam fragte sich, ob die Frau wohl dort lebte. Falls er sie sah, würde er stehen bleiben und sich höflich nach ihrem Mann erkundigen. Das war doch ganz harmlos. Also ließ er sich Zeit und wartete, ob jemand aus dem Haus kommen würde, aber nichts geschah. Nachdem er die übrigen Häuser betrachtet hatte, kehrte er um. Als er am Anfang des Weges einem Bauern begegnete, wollte er von ihm wissen, wer in dem Haus dort hinten wohnte.

»Tom Furzey, Bruder«, erwiderte der Mann.

Bruder Adam spürte, wie sich ihm der Magen zusammenkrampfte. Er nickte dem Bauern ruhig zu und blickte sich um. Hier lebte sie also. Am liebsten hätte er kehrtgemacht, aber ihm fehlte ein Vorwand. Er plauderte noch ein wenig mit dem Bauern und meinte, er sei noch nie in diesem Dorf gewesen. Da er keine Aufmerksamkeit erregen wollte, setzte er seinen Weg fort.

Am östlichen Ende des Weilers befand sich ein Dorfanger mit einem Teich. Das letzte Haus dort war ein wenig größer als die anderen. Ein Feld gehörte auch dazu. Adam wusste, dass der Besitzer John Pride hieß. Am Rande des Teiches, der mit weißen Wasserlilien bedeckt war, wuchsen eine verkrüppelte Eiche, eine kleine Esche und einige Weiden.

Der Weg führte an Prides Haus vorbei auf die Heide.

Bruder Adam ritt langsam weiter. An manchen Stellen war der Boden sumpfig. Ein wenig weiter im Norden wäre es trockener gewesen.

Er bedauerte, der Frau nicht begegnet zu sein.

Als er die Hälfte der Heide überquert hatte, sah er, wie fahles Sonnenlicht sich in den hellen Lehmwänden eines Schafspferchs brach. Jenseits davon lagen die Felder des Gutes Beufre.

Bald würde er die Abtei erreicht haben.

Acedia.

Tom Furzey war so mit sich zufrieden, dass er, wenn er allein war, vor lauter Freude Luftsprünge machte. Er wunderte sich wirklich, warum er nicht gleich daran gedacht hatte. Der Plan war schlau ausgeklügelt und würde endlich dafür sorgen, dass der Gerechtigkeit Genüge getan wurde. Auch wenn Tom kein besonders schlauer Bursche war, reichte seine Vorstellungsgabe, um sich seinen Triumph in den schillerndsten Farben auszumalen.

Die Gelegenheit hatte sich aus heiterem Himmel geboten. John Prides Frau hatte einen Bruder, der nach Ringwood gezogen war und dort seine Hochzeit feiern wollte. Er hatte eine gute Partie gemacht, eine Metzgerstochter mit einer reichen Mitgift. Die ganze Familie Pride war eingeladen. Und was noch besser war: Sie würden in Ringwood übernachten. »Erst am nächsten Tag bei Morgengrauen sind sie wieder hier«, hatte Toms Schwester erzählt.

»Alle?«, fragte Tom.

»Bis auf den jungen John.« Das war John Prides ältester Sohn, der zwölf Jahre alt war. »Er soll das Vieh versorgen. Und das Pony.« Bei diesen Worten hatte sie ihm einen viel sagenden Blick zugeworfen.

»Das hat mich auf einen Gedanken gebracht«, meinte er später stolz zu ihr, als er ihr seinen Plan schilderte.

Sie wusste als Einzige Bescheid, denn er brauchte ihre Hilfe. Auch sie war von seinem Geistesblitz beeindruckt gewesen. »Ich finde, du hast dir alles gut überlegt, Tom«, sagte sie zu ihm.

Und wirklich waren die Prides an diesem Morgen in ihrem Wagen nach Ringwood aufgebrochen. Es war ein warmer, sonniger Tag. Tom ging wie immer seiner Arbeit nach und flickte um die Mittagszeit die Tür des Hühnerhauses. »Heute holen wir mein Pony zurück«, verkündete er Mary dann am späten Nachmittag.

Er hatte sich schon auf ihre Antwort gefreut, und er wurde nicht enttäuscht.

»Das geht nicht, Tom. Man wird dich erwischen.«

»Es klappt schon.«

»Aber John wird…«

»Er kann überhaupt nichts dagegen tun.«

»Er wird dir böse sein, Tom…«

»Wirklich? Soweit ich mich erinnere, war ich auch ziemlich wütend auf ihn.« Er hielt inne und wartete, bis sie diese Eröffnung verdaut hatte. Das Beste sollte nämlich erst noch kommen. »Und weißt du was?«, fügte er selbstzufrieden hinzu. »Du wirst es holen.«

»Nein!« Mary war entsetzt. »Er ist mein Bruder, Tom.«

»Es gehört zu meinem Plan und ist gewissermaßen die Krönung.« Wieder machte er eine Pause, bevor er ihr den letzten Stoß versetzte. »Du musst noch etwas anderes für mich erledigen.« Er schilderte ihr den Rest seines Vorhabens.

Als er fertig war, starrte sie zu Boden. Natürlich konnte sie sich weigern, aber dann würde er ihr das Leben zur Hölle machen. Und es nützte auch nichts, dass sie ihn anflehte und ihm sagte, welche Demütigung es für sie bedeutete. Ihm war das einerlei. Denn er war fest dazu entschlossen, sich an ihnen allen schadlos zu halten. Mary fragte sich, was wohl aus ihr werden würde, wenn die Sache vorbei war. Er wird sich gebärden wie der Gockel auf dem Mist, dachte sie. Aber er liebt mich gar nicht von Herzen, und dieser Beweis seiner mangelnden Gefühle war der Grund, warum sie den Kopf hängen ließ. Sie würde um des Familienfriedens willen klein beigeben. Doch von nun an würde sie ihn verachten. Das war ihre Rache.

»Es wird klappen«, meinte sie leise.

Als die Sonne unterging, war der junge John Pride sehr mit sich zufrieden. Natürlich hatte er schon tausendmal die Hühner und Schweine gefüttert, den Kuhstall ausgemistet und auch sonst alle anfallenden Arbeiten erledigt. Doch noch nie zuvor hatte man ihm für einen ganzen Tag die volle Verantwortung übertragen, weshalb er verständlicherweise aufgeregt gewesen war. Nun musste er nur noch das Pony vom Feld holen.

Er hatte gut auf das Pony aufgepasst, wie sein Vater es ihm aufgetragen hatte. Den ganzen Tag lang hatte er es nicht aus den Augen gelassen. Und um wirklich sicherzugehen, wollte er in dieser Nacht im Stall schlafen.

Da hallte ein Kinderschrei aus nächster Nähe durch die Abendluft. Tom Furzeys Schwester wohnte gleich auf der anderen Seite des Dorfangers. Seit dem Streit um das Pony wechselten sie und John Pride kaum noch ein Wort miteinander, doch die Kinder spielten an den meisten Tagen zusammen. Daran konnte der Zwist der Erwachsenen auch nichts ändern. Offenbar hatte Harry geschrien, ein Junge in Johns Alter.

»Hilfe!«

John rannte vom Hof und über den Dorfanger und umrundete den Teich, wo sich ihm ein erschreckender Anblick bot. Harrys Mutter lag bäuchlings auf dem Boden. Anscheinend war sie am Tor ausgerutscht und hatte sich den Kopf an einem Pfosten angeschlagen. Sie regte sich nicht. Harry versuchte vergeblich, sie aufzuheben. Gleichzeitig mit John erreichten auch ihr Mann und Tom Furzey den Unglücksort. Die Kinder kamen ebenfalls aus dem Haus gelaufen.

Tom bemühte sich aufopferungsvoll um seine Schwester, fühlte ihr am Hals den Puls, drehte sie herum und untersuchte sie. »Sie ist nicht tot. Wahrscheinlich hat sie sich nur am Kopf verletzt. Ihr Jungen« – er nickte John rasch zu – »nehmt ihre Beine.« Nachdem er und sein Schwager je einen Arm gepackt hatten, trugen sie die Frau ins Haus. »Ihr verschwindet jetzt«, wies Tom die Kinder an und tätschelte seiner Schwester sanft die Wange.

John wartete noch ein paar Minuten. Ein weiterer Nachbar tauchte auf. Doch das Haus der Prides lag verlassen da.

Kurz darauf trat Tom lächelnd aus dem Haus. »Sie kommt wieder zu sich. Kein Grund zur Sorge.« Mit diesen Worten ging er wieder hinein.

Nach einer Weile beschloss John, dass er nun auch nach Hause gehen konnte. Er marschierte um den Teich herum und über den kleinen Hof. Als er in den Pferch blickte, konnte er das Pony nirgendwo entdecken. Stirnrunzelnd sah er noch einmal hin. Und dann traf den jungen John Pride zu seinem Entsetzen die schreckliche Erkenntnis: Der Pferch war leer. Das Pony war fort.

Doch wie konnte es entkommen sein? Das Tor war geschlossen. Ein Erdwall und ein Zaun verliefen um das Feld, und das Tier hätte sie unmöglich überspringen können. John stürzte zum Schuppen: nichts. Kopflos suchte er den Dorfanger ab. Unterwegs begegnete er Harry, der ihn fragte, was geschehen sei. »Das Pony ist weg!«, rief John.

»Hier war es nicht«, erwiderte der Junge. »Ich helfe dir suchen.« Zusammen rannten sie zum Haus der Prides zurück. »Schauen wir auf der Heide nach«, schlug er vor. Also machten sie sich auf den Weg zur Heide von Beaulieu.

Inzwischen ging die Sonne unter. Das Heidekraut schimmerte rötlich, und die Ginsterbüsche warfen dunkle Schatten. Hie und da konnten sie einige Ponys entdecken. Der junge Pride war verzweifelt.

Dann versetzte ihm sein Freund einen Rippenstoß und zeigte mit dem Finger auf ein Tier. »Schau!« Es war das Pony, da war John ganz sicher. Es stand an einer Ginsterböschung, fast einen Kilometer entfernt. Die beiden Jungen rannten darauf zu. Doch das Tier schien sie gesehen zu haben, preschte los und verschwand hinter einer Bodenwelle.

Harry blieb stehen. »So kriegen wir es nie«, keuchte er. »Wir reiten ihm besser nach. Du nimmst mein Pony und ich das von meinem Vater. Komm.«

Sie eilten zurück. Der junge Pride war so aufgebracht, dass er sich nicht einmal die Zeit nahm, das Tier zu satteln. Und kurz darauf galoppierten die beiden Jungen im roten Schein der untergehenden Sonne davon.

»Wahrscheinlich werden sie die ganze Nacht unterwegs sein«, kicherte Tom.

Sein ausgeklügelter Plan war aufgegangen.

Kurz nach Dunkelwerden führte Mary das Pony durch den Wald hinter dem Haus, und Tom sperrte es in die kleine Scheune. Nachdem sie die Tür hinter sich geschlossen hatten, betrachteten sie das Tier im Licht einer Lampe. Es war sogar noch hübscher, als Tom es in Erinnerung hatte. Und obwohl Mary schwieg, merkte er ihr an, dass sie dasselbe dachte. Erst spät in der Nacht verließen sie die Scheune und verriegelten hinter sich die Tür.

Als Tom erwachte, war der Tag bereits angebrochen. Die Sonne stand schon über dem Horizont. Er sprang auf. »Füttere das Pony«, flüsterte er. »Ich gebe dir Bescheid, wenn du kommen sollst.« Dann stürmte er aus dem Haus und lief den Pfad entlang zu John Pride. Er freute sich schon auf das Gesicht, das sein Schwager machen würde, wenn er nach Hause kam.

Der arme junge John saß mit Harry am Rand des Dorfangers und sah bleich und elend aus. Harry, der John auf Anweisung seines Onkels nicht aus den Augen gelassen hatte, berichtete, sie seien die ganze Nacht unterwegs gewesen. Nun würde John seinem Vater beichten müssen, dass das Pony durch seine Schuld davongelaufen war.

Tom hatte sogar ein wenig Mitleid mit dem Jungen. Schon versammelten sich die ersten Neugierigen. Toms Schwester, die taktvollerweise einen Verband um den Kopf trug, ein paar andere Dorfbewohner und viele Kinder, die alle gespannt auf die Rückkehr der Prides warteten. Tom wusste genau, was er sagen würde.

»Ist dir das Pony entwischt, John? Wie hat es das bloß geschafft?« Er selbst war schließlich mit dem jungen Pride zusammen gewesen, als es geschah. Der Sohn seiner Schwester hatte John das Pony auf der Heide gezeigt. »Es wird jetzt wohl irgendwo im Wald sein.« So würde seine nächste Bemerkung zu John Pride lauten. »Du solltest es besser suchen, John. Aber du hast ja ein Händchen dafür, Ponys zu finden.«

Doch das Beste kam erst noch. Sobald Pride auftauchte, sollte Harry loslaufen und Mary holen. Und dann würde Mary den Pfad hinaufkommen und rufen: »Oh, Tom, rate mal, was passiert ist. Ich habe gerade unser Pony entdeckt, wie es auf der Heide herumirrte.«

»Bring es besser in die Scheune, Mary«, würde er antworten.

»Das habe ich schon getan, Tom.«

Und was würde John Pride bei diesen Worten seiner Schwester tun? Was wollte er jetzt noch dagegen unternehmen?

»Ach, tut mir Leid, John«, würde Tom dann sagen. »Wahrscheinlich hatte es Heimweh.«

Das würde der schönste Augenblick seines Lebens sein.

Die Minuten vergingen. Die Nachbarn plauderten leise. Dicht

über den Wipfeln der Bäume hing eine wässrig gelbe Sonne. Auf dem Boden lag immer noch Tau.

»Sie kommen!«, rief ein Kind. Da nickte Tom dem jungen Harry fast unmerklich zu, worauf dieser sich auf den Weg machte.

Nachdem Mary in die kleine Scheune gegangen war, um das Pony zu füttern, stand sie eine Weile reglos da. Zuerst hatte sie sich vor Erstaunen nicht vom Fleck rühren können und schließlich verdattert die Stirn gerunzelt. Dann blickte sie zum Heuboden hinauf, wo sie im Winter so viele glückliche Stunden mit Luke verbracht hatte, und nickte.

Das musste es sein, ganz sicher, denn eine andere Erklärung gab es nicht. »Bist du da?«, flüsterte sie, doch sie erhielt nur ein Schweigen zur Antwort. Sie seufzte. »Du findest das wohl sehr komisch«, murmelte sie. Sie wusste nicht, ob sie lachen oder weinen sollte.

Sie ging nach draußen, trat an den Zaun und spähte über die Heide zum Wald hinüber. Fast rechnete sie mit einem Zeichen, aber nichts regte sich. Selbst das Pony hatte sie für einen Moment vergessen, als sie traumverloren in die Ferne sah.

Offenbar wollte er ihr mitteilen, dass er in der Nähe war und über sie wachte. Ein freudiges Gefühl ergriff sie. Im nächsten Moment schüttelte sie den Kopf. »Was hast du jetzt bloß wieder angestellt, Luke?«, flüsterte sie.

In diesem Augenblick erschien der junge Harry.

Alles klappte wie am Schnürchen. Tom kicherte vor Freude und Aufregung in sich hinein. Er hatte sein Sprüchlein aufgesagt, und John Pride betrachtete seinen Sohn, der den Tränen nah war, mit finsterer Miene. Das ganze Dorf amüsierte sich königlich, während die Prides verlegen aus ihrem Wagen stiegen.

»Am besten siehst du nach, ob noch ein Tier fehlt!«, rief Tom. »Vielleicht haben sie sich ja alle aus dem Staub gemacht.« Dieser Satz war ihm eben erst eingefallen. Und er war so mit sich selbst und den Lachern, die er dafür erntete, zufrieden, dass er noch eins draufsetzte: »Könnte es möglicherweise sein, dass es deinem Vieh bei dir nicht gefällt, John? Ob die Biester wohl dein Gesicht nicht mehr sehen können?«

Nun bogen sich alle vor Lachen. Tom blickte den Pfad entlang.

Mary musste jeden Augenblick hier sein. Die letzte Überraschung. Der endgültige Triumph. Warum beeilte sie sich nicht ein bisschen, solange noch genügend Zuschauer da waren?

Eine von Prides kleinen Töchtern war zum Kuhstall gelaufen, um selbst nachzusehen. Nun kam sie mit erstaunter Miene zurück. Sie zupfte Pride am Wams und flüsterte ihm etwas ins Ohr. Tom bemerkte, dass Pride die Stirn runzelte und selbst zum Kuhstall ging. Was für ein Spaß! Nun war Pride wieder da und blickte Tom unverwandt an. »Ich weiß nicht, was du willst, Tom Furzey«, rief er. »Das Pony steht im Stall.«

Es war totenstill. Toms Augen weiteten sich vor Entsetzen. Pride, der sich inzwischen von seinem Schrecken erholt hatte, zuckte verächtlich die Achseln. Tom stand immer noch da wie vom Donner gerührt. Das war doch unmöglich.

Er konnte nicht mehr an sich halten und stürzte an Pride vorbei quer über den Hof zum Kuhstall. Er spähte hinein. Das Pony stand angebunden an seinem Platz. Ein Blick genügte, und er hatte Gewissheit: Das Tier war nicht zu verwechseln. Kurz spielte er mit dem Gedanken, nach dem Seil zu greifen und es einfach mitzunehmen. Doch das war aussichtslos. Außerdem ging es inzwischen längst nicht mehr um das Pony. Er machte kehrt und eilte wieder nach draußen.

»Ach, Tom, stimmt etwas nicht?« Nun machten sich alle über ihn lustig. Die kleine Zuschauermenge hatte einen Heidenspaß, und ein Schmähruf jagte den nächsten:

»Offenbar ist es wieder nach Hause gelaufen und hat sich selbst in den Stall gesperrt, Tom.« »Wo hast du es denn vermutet?« »Bestimmt hast du dir große Sorgen gemacht.« »Aber Kopf hoch, Tom, das Pony ist jetzt gut aufgehoben.«

Nur John Pride betrachtete ihn zweifelnd. Offensichtlich wusste er immer noch nicht, was er von der Sache halten sollte.

Tom ließ die anderen stehen und stolzierte davon, ohne Pride oder selbst seine Schwester auch nur eines Blickes zu würdigen. Er marschierte am Teich vorbei und den Weg entlang.

Wie konnte so etwas geschehen? Das durfte doch nicht wahr sein! Hatte jemand Pride einen Wink gegeben? Nein, dazu hatte die Zeit nicht gereicht. Außerdem hatte man Pride deutlich angemerkt, dass er ebenso überrascht gewesen war wie er. Hatte sein Sohn den Braten gerochen und das Pony zurückgeholt? Auch das kam nicht in Frage, denn Harry hatte ihn die ganze

Nacht lang im Auge behalten. Wer wusste sonst noch Bescheid? Seine Schwester und ihre Familie. War einer von ihnen unvorsichtig gewesen? Tom bezweifelte es. Außerdem konnte er sich nicht vorstellen, dass jemand im Dorf John Pride einen Gefallen erweisen würde.

Mary. Sie war die einzige Schwachstelle. Hatte sie sich nachts aus dem Haus geschlichen, während er schlief? Oder jemand anderen damit beauftragt? Das glaubte er nicht. Aber andererseits hatte sie sein Verhalten wegen des Ponys ja von Anfang an nicht gebilligt.

Er tappte im Dunkeln. Und wahrscheinlich würde das auch so bleiben. Eines stand jedenfalls fest: Er hatte sich heute zum Narren gemacht und war in der Achtung der Dorfbewohner noch tiefer gesunken. Ganz gleich, was ich auch unternehme, dachte er, ich mache es damit nur schlimmer.

Als er zurückkam, stand sie allein im Hof und blickte ihm wortlos entgegen. Aber die Schuld stand ihr ins Gesicht geschrieben. Nun, wenn sie es so darauf anlegte, sollte sie ihre gerechte Strafe kriegen.

Deshalb schwieg auch er, als er auf sie zuging. Worte waren hier überflüssig. Stattdessen holte er mit der offenen Hand aus und schlug sie so fest er konnte ins Gesicht. Sie stürzte zu Boden.

Er hatte nicht das geringste Mitleid mit ihr.

Erntezeit. Lange Sommertage. Endlose Reihen von Männern in Kitteln, die langsam große Sicheln schwangen und sich Schritt für Schritt über die goldenen Felder voranarbeiteten. Dahinter folgten Laienbrüder in weißen Kutten und schwarzen Schürzen, ebenfalls mit Sicheln und Sensen ausgerüstet. Dichter Staub schwebte in der Luft. Feldmäuse und anderes Kleingetier flohen hastig in die Hecken am Rain, wo ein Summen laut wurde. Überall wimmelte es von Fliegenschwärmen.

Der wolkenlose Himmel war leuchtend blau, und die Sonne verbreitete eine drückende Hitze. Langsam ging der Vollmond auf.

Bruder Adam saß reglos auf seinem Pferd. Er war gerade von Beufre nach St. Leonards geritten. Später wollte er den Weg über die Heide zu den Feldern oberhalb der kleinen Furt nehmen, denn seine Aufgabe war es, die Arbeiten zu überwachen.

Vor einer Woche war der Abt zurückgekehrt, doch nur, um sogleich wieder abzureisen, diesmal nach London. Zuvor hatte er Adam genaue Anweisungen erteilt: »Besonders zur Erntezeit musst du wachsam sein, Adam, da wir dann die meisten Tagelöhner beschäftigen. Achte darauf, dass sie nicht trinken oder raufen.«

Ein Karren wurde von einem großen Kaltblüter den Weg hinaufgezogen. Er brachte Brotlaibe aus der Klosterbäckerei und ein paar Fässer Bier.

»Sie erhalten nur *Wilkin le Naket*«, lautete der strenge Befehl des Abts. Das war das schwächste unter den verschiedenen Biersorten, die in der Abtei gebraut wurden. Es stillte zwar den Durst, machte die Arbeiter aber nicht betrunken oder schläfrig. Adam blickte zur Sonne empor. Wenn der Wagen da war, würde er den Männern eine Pause gönnen. Dann sah er in die andere Richtung zur Heide hinüber. Der Weizen auf dem nächsten Feld war schon am Vortag abgeerntet worden.

Und dann bemerkte er Mary, die sich auf dem Stoppelfeld näherte.

Mary ließ sich Zeit. Sie wollte Tom nämlich überraschen, und dazu hatte sie einen kleinen Korb mit selbst gepflückten Walderdbeeren mitgebracht.

Was blieb einer Frau auch anderes übrig, die gezwungen war, bei ihrem Mann zu bleiben? Wenn es kein Entrinnen gab? Wenn sie Kinder mit ihm hatte? Wie sollte sie das Leben auf einem Bauernhof, in einer Ehe ertragen, die vorbei war und dennoch aufrecht erhalten werden musste?

Schon vor langer Zeit war ihre Liebe erkaltet. Und obwohl Mary nichts mehr für Tom empfand, war ihr das ständige Schweigen unerträglich. Also wollte sie ihre Ehe retten. Mit kleinen Geschenken und Liebesbeweisen und ein wenig Mühe. Wenn er darauf einging, würde es ihr vielleicht gelingen, alte Gefühle zu neuem Leben zu erwecken. Oder das Zusammenleben wenigstens etwas angenehmer zu gestalten.

Das Pony wurde mit keinem Wort erwähnt. Tom wollte nicht mehr daran denken, vermutlich hatte er auch kein Interesse mehr daran, es zurückzubekommen. Hin und wieder besuchte Mary ihren Bruder unter einem Vorwand: »Ich muss nur rasch etwas bei ihm abgeben.« Tom hatte nichts dazu gesagt. Sie war nie lang geblieben und plante, ihre Besuche mit der Zeit ein wenig auszudehnen. Von Luke hatte sie nichts mehr gesehen oder gehört. Ein- oder zweimal hatte Tom von ihm gesprochen. Vielleicht vermutete er, dass sich sein Schwager irgendwo im New Forest versteckte. Doch es war schwer zu sagen, was in ihm vorging.

Oberflächlich betrachtet wirkte ihre Ehe recht harmonisch. Aber sie waren sich seit dem Vorfall im Mai nicht mehr nahe gekommen. Tom verhielt sich ruhig und kühl – oder er ging ihr aus dem Weg, was auf dasselbe hinauslief. Als die Erntezeit anbrach, und die Tagelöhner oft auf den Gütern oder auf den Feldern übernachteten, schien er sich über diese Gelegenheit zu freuen und unternahm keine Anstalten, nachts nach Hause zu kommen.

Mary erreichte das Feld, als Bruder Adam den Männern gerade die Anweisung gab, eine Pause einzulegen.

Tom war erstaunt, Mary zu sehen. Er wirkte sogar ein wenig verlegen, als sie sich näherte und ihm den Korb mit den Worten reichte: »Die habe ich für dich gepflückt.«

»Oh.« Offenbar wollte er seine Gefühle in Gegenwart der anderen nicht zeigen. Also griff er nach seiner Sichel und begann, sie mit einem kleinen Wetzstein zu schärfen.

Inzwischen strömten die Männer auf den Wagen zu, wo ein Laienbruder das Bier verteilte. Tom hatte seinen eigenen Holzkrug an einer Schnur am Gürtel hängen. Mary nahm ihn, holte ihm Bier und sah schweigend zu, wie er trank.

»Du hattest einen weiten Weg«, meinte er schließlich.

»Das ist nicht weiter schlimm«, erwiderte sie. »Den Kindern geht es gut«, fügte sie hinzu. »Sie freuen sich schon darauf, dass du zurückkommst.«

»Das tun sie bestimmt.«

»Ich freue mich auch darauf.«

Er trank einen Schluck Bier und murmelte: »Gewiss.« Dann wandte er sich wieder dem Schleifen seiner Sichel zu.

Inzwischen gesellten sich die anderen Männer zu ihnen, nickten Mary zur Begrüßung zu und begutachteten den Korb. »Das ist aber nett«, meinten sie. »Deine Frau hat schöne Erdbeeren mitgebracht, Tom. Teilst du sie mit uns?« Die Arbeiter waren guter Laune. Tom, der immer noch nicht wusste, was er davon zu halten hatte, beschränkte sich auf ein ausweichendes »vielleicht«. Mary genoss die ausgelassene Stimmung, denn sie sehnte sich danach, endlich wieder einmal zu lachen.

»Die Prides kümmern sich wirklich gut um dich«, meinte der Wortführer. »Tom kriegt Erdbeeren, und wir anderen gehen leer aus.«

Mary, die sich über dieses Lob freute, lächelte Tom zu.

»Wahrscheinlich bekommt Tom sowieso alles, was er will, was?«, spöttelte einer vom Rand der Gruppe. Obwohl diese Bemerkung ein wenig anzüglich war und nicht mehr der Wahrheit entsprach, lachte Mary wieder, während Tom leicht beschämt zu Boden blickte.

Doch ein junger Bursche, der ebenfalls ein wenig abseits stand, konnte seine böse Zunge nicht im Zaum halten und rief mit schriller Stimme: »Wenn du ihren Bruder geheiratet hättest, Tom, hättest du jetzt auch noch ein Pony!«

Und wieder lachte Mary, und zwar, weil alle anderen lachten und weil sie keine Spielverderberin sein wollte. Außerdem hatte sie gar nicht richtig zugehört. Doch schon im nächsten Moment begriff sie, was der Mann gesagt hatte, und als sie Toms Gesicht sah, verstummte sie schlagartig. Zu spät.

Denn Tom hatte die Situation ganz anders verstanden und glaubte, dass sie ihn verspottete. Und er deutete ihr Geschenk so, wie es eigentlich auch gedacht gewesen war – als gäbe man einem Pony einen Apfel, damit es nicht störrisch wurde. Die Prides waren doch alle gleich. Sie dachten, sie könnten ihn aufs Glatteis führen, und hielten ihn für zu dumm, das zu bemerken. Nicht einmal in der Öffentlichkeit kannten sie Scham und machten einen zum Narren. Tom sah nur, dass seine Frau über ihn lachte und dann innehielt, als dächte sie: *Ach, du meine Güte, es ist ihm aufgefallen.* Das war in seinen Augen die größte Beleidigung. Die Wut, die sich den ganzen Frühling und Sommer lang in ihm aufgestaut hatte, brach sich nun Bahn.

Sein rundes Gesicht lief puterrot an. Er stieß mit dem Fuß gegen den Korb, sodass die winzigen, roten Erdbeeren über das Stoppelfeld kullerten. »Verschwinde!«, fuhr er Mary an. Dann schlug er sie mit dem Handrücken ins Gesicht. »Los, weg mit dir!«, brüllte er sie an.

Mary rang nach Luft, wandte sich ab und lief davon. Sie hörte, dass einige Männer murrten und Tom zurechtwiesen. Aber sie hatte keine Lust, sich umzudrehen. Es war weniger die Ohrfeige, die sie erschreckt hatte, dafür hätte sie sogar noch Verständnis gehabt, als vielmehr sein eiskalter verächtlicher Ton. Offenbar war sie ihm inzwischen völlig gleichgültig.

Bruder Adam hatte die Szene aus einiger Entfernung beobachtet. Da er so etwas nicht durchgehen lassen durfte, ging er zu den Männern hinüber und sprach Furzey in strengem Ton an: »Du befindest dich auf Klostergrund. Und ein derartiges Betragen wird hier nicht geduldet. Außerdem solltest du deine Frau nicht so behandeln.«

»Oh?« Tom sah ihn trotzig an. »Ihr hattet nie eine Frau, Bruder, was wisst Ihr schon davon?«

»Nimm dich zusammen«, entgegnete Adam und wandte sich ab.

Tom konnte seine Wut nicht mehr im Zaum halten. »Ich kann mit Euch reden, wie es mir passt. Und steckt Eure Nase nicht in Dinge, die Euch nichts angehen!«, tobte er.

Bruder Adam blieb stehen. Er wusste, dass er so ein Verhalten nicht unwidersprochen hinnehmen durfte. Fast hätte er sich umgedreht und Furzey vom Feld gejagt, als ihm die Frau einfiel. Zum Glück befand sich der Aufsicht führende Laienbruder in der Nähe. »Kümmere dich nicht um ihn«, sagte Adam ruhig zu ihm. »Es wäre nicht gut, wenn er in diesem Zustand seiner Frau nachläuft.« Diese Worte sprach er so laut aus, dass die anderen Tagelöhner sie gut hören konnten. Natürlich musste Furzey bestraft werden, aber nicht jetzt.

Dann stieg Bruder Adam auf sein Pferd und ritt los. Es war Zeit, die Felder auf der anderen Seite der Heide zu inspizieren.

Da er zuvor noch einige Worte mit den Schäfern unweit von Bergerie wechseln musste, holte er Mary erst auf der Heide ein. Er wusste selbst nicht genau, ob er gehofft hatte, ihr zu begegnen.

Er zögerte und blickte ihr nach, wie sie durch das Heidekraut stapfte. Als er sah, dass sie fast gestolpert wäre, trieb er sein Pferd an.

Offenbar hatte sie ihn gehört, denn sie drehte sich um. Er bemerkte einen roten Striemen auf ihrem Gesicht und auch, dass sie geweint hatte. Sie hatte immer noch einen viereinhalb Kilometer weiten Fußmarsch über unebenen Boden vor sich.

»Komm.« Er streckte ihr den Arm entgegen. »Dein Dorf liegt auf meinem Weg.« Sie widersprach nicht und war über die Körperkraft des Mönches erstaunt, als dieser sie mühelos hochhob und sie rittlings vor sich auf den Rücken des großen Pferdes setzte.

Langsam ritten sie über die Heide und wichen den moorigen Stellen aus. Zu ihrer Rechten sahen sie in der Ferne eine Herde Schafe über die Wiesen ziehen.

Die Sonne brannte heiß auf sie herunter, das Heidekraut schimmerte violett, und sein süßer Duft stieg einem zu Kopf wie der von Geißblatt. Der Vollmond hing silbrig fahl am azurblauen Himmel.

Sie sprachen kein Wort. Bruder Adam hatte die Arme um sie gelegt, um die Zügel halten zu können. Erst als sie nach dem kleinen Bach Crockford einen Abhang hinaufritten, fragte sie: »Wollt Ihr zu den Feldern oberhalb der Furt?«

»Ja, aber ich kann dich zuerst ins Dorf bringen.« Das war nur ein Umweg von etwa anderthalb Kilometern.

»Ich würde lieber von den Feldern aus zu Fuß gehen. Es gibt eine Abkürzung durch den Wald. Ich möchte nicht, dass das ganze Dorf mein Gesicht sieht.«

»Was ist mit deinen Kindern?«

»Sie sind bei meinem Bruder. Ich werde sie am Abend abholen.«

Bruder Adam schwieg. Vor ihnen lag eine Heide. Hinter den Bäumen, ein Stück weiter, befand sich die Siedlung Pilley. Kein Mensch war zu sehen, nur ein paar Rinder und Ponys, die sich wie winzige braune Punkte vom violetten Heidekraut abhoben.

Er schwitzte und bemerkte auch in Marys Nacken und an ihren Schultern kleine Schweißtropfen. Der salzige Geruch ihrer Haut stieg ihm in die Nase, erinnerte ihn an Weizen und warmes Schuhleder. Er betrachtete ihren dunklen Haaransatz und die helle Haut ihres Halses. Ihre Brüste, nicht groß, aber voll, hingen nur wenige Zentimeter über seinen Handgelenken und berührten sie fast. Beim Reiten war ihr der Rock nach oben gerutscht, sodass ihre Beine, die kräftigen, aber wohlgeformten Beine einer Bäuerin, bis zu den Knien freilagen.

Und auf einmal überkam es ihn mit einer Macht, wie er sie noch nie zuvor empfunden hatte. Furzey, dieser dumme Bauer, durfte diese Frau in den Armen halten, so oft es ihn gelüstete. Natürlich war sich Adam dieser offensichtlichen Tatsache immer bewusst gewesen. Aber zum ersten Mal in seinem Leben traf ihn diese Erkenntnis wie ein Blitzschlag. Mein Gott, hätte er am liebsten aufgeschrien. Das ist die Wirklichkeit, die Welt der einfachen Leute. Und ich habe sie nie kennen gelernt. Habe ich das Leben verpasst? Alles versäumt? Gibt es im Universum auch noch eine andere Stimme, die so warm und blendend ist wie die Sonne? Eine Stimme, die widerhallt und durch meine Adern pulst und die ich in den sternenklaren Nächten im Kloster nie vernommen habe? Und ganz plötzlich verspürte er Neid auf Furzey und auf die ganze Menschheit. Alle wissen es, dachte er, nur ich bin ahnungslos.

Immer noch wortlos erreichten sie eine Baumgruppe, die wie ein Arm in die Heide hineinragte. Weit und breit war niemand zu sehen, und es war still wie in einer Kirche.

Hin und wieder erblickte er jenseits der Felder das strohgedeckte Dach einer Hütte, das in der Sonne golden leuchtete. Als sie weiter nach Süden ritten, führte der Pfad tiefer in den Wald hinein und verlief am Rand einer Böschung entlang, die bis zum Fluss reichte. Sie hatten schon ein Stück Wegs zurückgelegt und das Dorf umrundet, als sie nach links zeigte. Adam verließ den Pfad und ritt auf seinem großen Pferd zwischen den Bäumen hindurch.

Nach einer Weile nickte sie. »Hier.«

Nun bemerkte er, dass nur zwanzig Schritte hinter den Bäumen Ginsterbüsche wuchsen. Noch ein Stück weiter befand sich eine kleine Koppel. Er stieg ab und hob sie vorsichtig vom Pferd.

Sie wandte sich um. »Sicher schwitzt Ihr«, sagte sie. »Ich gebe Euch etwas zu trinken.«

Er zögerte, bevor er antwortete. »Danke.« Dann band er sein Pferd an und folgte ihr. Er war neugierig auf das Haus, in dem sie ihre Tage verbrachte.

Von der Nachbarhütte aus waren sie nicht zu sehen, als sie die Koppel überquerten. Ein Tor führte in einen kleinen Hof. Links davon stand das Haus, rechts die Scheune. Daneben befand sich ein Haufen geschnittener Farnwedel, der an einen winzigen Heuhaufen erinnerte. Mary verschwand kurz in der Kate und kehrte mit einem hölzernen Becher und einem Wasserkrug zurück. Dann füllte sie den Becher, stellte den Krug auf den Boden und ging wortlos wieder ins Haus.

Bruder Adam trank und schenkte noch einmal nach. Das Wasser war köstlich kühl. Es stammte aus einem der Bäche des New Forest und hatte deshalb einen frischen, scharfen Geschmack nach Farn. Mary ließ sich eine Weile nicht blicken, doch da Adam es für unhöflich hielt, ohne Dank zu verschwinden, wartete er.

Als sie zurückkam, bemerkte er, dass sie sich das Gesicht gewaschen hatte. Unter der Wirkung des kalten Wassers war die Rötung bereits ein wenig abgeklungen. Auch das Haar hatte sie sich gekämmt. Und ihr Mieder war ein wenig heruntergerutscht, sodass der Ansatz ihrer Brüste freilag. Wahrscheinlich war das versehentlich beim Waschen geschehen.

»Hoffentlich fühlst du dich jetzt etwas besser«, sagte er.

»Ja.«

Adam hatte den Eindruck, dass ihre blauen Augen ihn nachdenklich musterten. Dann lächelte sie. »Ihr müsst Euch meine Tiere ansehen«, meinte sie. »Ich bin sehr stolz auf sie.«

Also folgte er ihr, so höflich wie ein Ritter einer Lady, und ließ sich in ihrem Reich herumführen.

Sie nahm sich Zeit. Zuerst fütterte sie die Hühner und sagte ihm, wie jedes Einzelne von ihnen hieß. Dann waren die Schweine an der Reihe. Die Katze hatte vor kurzem Junge bekommen, die Adam gehorsam bewunderte.

Er hatte Hochachtung vor seiner Gastgeberin, die sich so rasch wieder gefasst hatte. Ein spöttisches Lächeln auf den Lippen, nannte sie ihm die Namen der Hühner – einige davon waren wirklich komisch: Er fragte sie, ob sie sie selbst erfunden hatte.

»Ja.« Sie sah ihn belustigt an. »Mein Mann arbeitet auf dem Feld, ich gebe den Hühnern Namen.« Sie zuckte die Achseln, und ihm fiel die Szene auf dem Feld wieder ein, deren Zeuge er geworden war. »Das ist nun einmal mein Leben«, fügte sie hinzu.

Er bewunderte sie nicht nur, er hatte sie auch gern, und er hätte sie gerne beschützt. Er folgte ihr weiter und beobachtete jeden ihrer Handgriffe. Wie anmutig sie sich bewegte. Das hatte er bis jetzt gar nicht bemerkt. Trotz ihres kräftigen Körperbaus war sie sehr leichtfüßig und hatte einen hübschen, schwingenden Gang. Wenn sie sich bückte, um ihre Tiere zu versorgen, sah er ihre wohlgerundeten Schenkel und ihre kurvenreiche Figur. Und als sie sich aufrichtete und auf die Zehenspitzen stellte, um einen Apfel vom Baum zu pflücken, erkannte er im Sonnenlicht, dass sie vollkommen geformte Brüste hatte.

Die Nachmittagssonne wärmte ihn. Der zarte Duft von Geißblatt mischte sich mit den Gerüchen des Hofes. Obwohl es ihm seltsam erschien, kam ihm in ihrer Gegenwart alles – die Tiere, der Apfelbaum und sogar der blaue Himmel über ihm – plötzlich viel wirklicher vor; echter, als er es je für möglich gehalten hätte.

»Komm«, meinte sie. »Ich muss noch jemanden besuchen. In der Scheune.« Und sie ging an dem Haufen vorbei, aus dem der Duft von Farnkraut aufstieg.

Er folgte ihr, doch am Scheunentor blieb sie auf einmal stehen und sah ihn an. »Wahrscheinlich langweilt Euch das fürchterlich.«

»Nein«, meinte er erschrocken. »Überhaupt nicht.«

»Nun.« Sie lächelte. »Ein Bauernhof kann doch nicht sehr interessant für Euch sein.«

»Als Kind«, entgegnete er, »habe ich auf einem Bauernhof gelebt. Eine Weile wenigstens.« Das entsprach der Wahrheit. Sein Vater war zwar Kaufmann gewesen, doch sein Onkel hatte einen Bauernhof besessen, und Adam hatte einige Jahre dort verbracht.

»Aber, aber«, schmunzelte sie. »Ein Bauernjunge. Es war einmal…« Sie lachte leise auf. »Das muss aber schon sehr lange her sein.«

Dann berührte sie sanft seine Wange. »Kommt«, sagte sie.

Wann hatte der Gedanke bei ihr Gestalt angenommen? Mary war nicht ganz sicher. War es draußen auf der Heide gewesen, als der gut aussehende Mönch sie gerettet hatte wie ein Ritter eine Dame in Not? Lag es an der Art, wie er seine starken Arme um sie gelegt hatte?

Ja. Vielleicht war es da geschehen. Und wenn nicht… Dann eben, als sie die Abkürzung durch den Wald genommen hatten. Niemand kann uns sehen, hatte sie gedacht. Das Dorf, ihre Schwägerin, selbst ihr Bruder – keiner von ihnen ahnte, dass sie mit einem Fremden hier war. O ja, ihr Herz hatte in diesem Augenblick zu klopfen angefangen.

Und selbst wenn sie sich bei ihrer Ankunft noch nicht entschieden hatte, als sie sich das Gesicht wusch, hatte sie es gewusst. Das Prickeln des Wassers auf ihrer Stirn und auf den Wangen. Als sie ihr Mieder heruntergezogen hatte, waren ein paar Tropfen auf ihre Brüste gefallen, und sie hatte erschaudernd nach Luft geschnappt. Und dann hatte sie durch den Türspalt gesehen, dass er auf sie wartete.

Sie gingen in die Scheune. Das Tier, das Mary gemeint hatte, gehörte nicht zum Bauernhof. Sie führte Adam in eine Ecke, kniete nieder und zeigte ihm eine kleine, mit Stroh gepolsterte Schachtel. »Ich habe ihn vor zwei Tagen gefunden«, sagte sie.

Es war eine Amsel mit einem gebrochenen Flügel. Mary hatte ihn mit einem winzigen Holzstück geschient, und nun hatte der Vogel in der Scheune Unterschlupf gefunden, bis seine Verletzung geheilt war. »Hier erwischt ihn die Katze nicht«, erklärte sie.

Er kniete sich neben sie, und als sie den Vogel zärtlich streichelte, tat er es ihr nach, sodass sich ihre Hände streiften. Dann lehnte er sich zurück und betrachtete sie, wie sie sich weiter über den Vogel auf seinem Bett aus Stroh beugte.

Obwohl sie den Mönch nicht ansah, spürte sie seine Gegenwart.

Es war seltsam. Bis jetzt war er ein Fremder für sie gewesen, unerreichbar, von höherem Stand, unantastbar, geschützt von seinem Gelübde und für Frauen tabu. Und dennoch wusste sie, dass auch er letztlich nur ein Mann war.

Und sie würde ihn bekommen. Ganz sicher, das sagte ihr eine innere Stimme. Mochte ihr Gatte sie demütigen, so viel er wollte, es lag in ihrer Macht, diesen Mann hier zu verführen, obwohl er Tom Furzey haushoch überlegen war.

Plötzlich wurde sie von Begierde ergriffen. Sie, die sittsame Mary, konnte diesen unschuldigen Menschen hier und jetzt zum Mann machen. Es war ein berauschendes, Schwindel erregendes Gefühl.

»Seht Ihr?« Sie hob den Flügel des Vogels an, damit er ihn untersuchen konnte. Als er es tat, drehte sie sich fast unmerklich, sodass ihre Brüste sein Gewand streiften. Dann stand sie langsam auf, ihr Bein berührte seinen Arm. Sie ging zur Tür, die einen Spalt weit offen stand, und spähte ins helle Sonnenlicht hinaus. Das Herz klopfte ihr bis zum Halse.

Kurz dachte sie an ihren Mann, aber wirklich nur für einen Augenblick. Tom Furzey wusste sie nicht zu schätzen. Sie schuldete ihm nichts mehr. Mary beschloss, keine Rücksicht mehr auf ihn zu nehmen.

Sie spürte, wie die Sonnenstrahlen ihre Brüste liebkosten. Ein zittriges Gefühl breitete sich in ihrem Körper aus. Sie schloss die

Tür und drehte sich um. »Ich möchte nicht, dass die Katze hereinkommt.« Sie lächelte.

Langsam schritt sie auf ihn zu. Es war dunkel in der Scheune. Nur hie und da drangen leuchtende Sonnenstrahlen durch die Ritzen im Holz. Als sie sich näherte, erhob er sich zögernd, sodass sie einander gegenüberstanden, so dicht, dass sie sich fast berührten.

Und Bruder Adam, der es liebte, nachts unter dem gewaltigen Sternenhimmel der Stimme Gottes zu lauschen, wusste nur, dass ein viel wärmeres, helleres Licht in seine Welt eingedrungen war und die Sterne verblassen ließ.

Sie hob die Arme und schlang sie ihm um den Hals.

Die Morgenandacht. Immer derselbe Ablauf. Die ewigen Worte. *Laudate Dominum... Et in terra pax.*

Das Gebet: *Pater Noster, qui es in coelis...*

Sechzig Mönche, dreißig auf jeder Seite des Ganges, jeder an seinem Platz, der sich nur durch den Tod eines Mitbruders veränderte. Weiße Kutten, geschorene Schädel, Stimmen, im Chor vereint, die die immer gleichen Psalmen sangen. Die Zisterzienser pflegten eine schlichte, knappe Form der Gregorianik, die Bruder Adam seit jeher besonders gefiel. *Laudate Dominum.*

Alle waren sie da: Der Messner, der in der Kirche nach dem Rechten sah, der hoch gewachsene Kantor, der das Gebet leitete, der Kellermeister, der die Brauerei versorgte, und sein Gehilfe, der die Fischteiche versorgte. Der gute Bruder Matthew, inzwischen Novizenmeister, und Bruder James, der Almosenpfleger. Grockleton, die Klaue um die Kante seiner Sitzbank gelegt. Die etwa sechzig Mönche der Abtei Beaulieu – grauhaarig, blond, klein, groß, dick oder mager, in ihren Gesang vertieft und doch aufmerksam – hielten gemeinsam mit den Laienbrüdern, die im Kirchenschiff saßen, die Morgenandacht ab. Auch Bruder Adam befand sich an seinem angestammten Platz.

An diesem Sommermorgen brannten keine Kerzen im Chorgestühl. Der Messner hielt das für überflüssig, denn die Sonnenstrahlen fielen bereits gedämpft durch die Fenster hinein, spiegelten sich im Chorgestühl aus Eichenholz und malten Lichtpunkte auf den Mosaikboden.

Bruder Adam sah sich um. Was sang er da eigentlich? Er hatte es vergessen und versuchte, sich zu sammeln.

Ein fürchterlicher Gedanke kam ihm in den Sinn, und er wurde von Angst ergriffen. Was war, wenn er ohne nachzudenken zu reden begann oder sogar Marys Namen aussprach? Oder wenn er sonst wie verriet, was er getan hatte? Hatte er nicht eben an ihren Körper gedacht? An jede einzelne Hautfalte, ihren Geruch, ihren Geschmack, ihre Liebkosungen? Mein Gott, hatte er es etwa laut herausgerufen, tat er es jetzt, in diesem Augenblick, ohne es zu bemerken?

Die Mönche knieten nieder, um zu beten. Doch Bruder Adam murmelte die Worte nicht mit. Er schloss den Mund und biss sich auf die Zunge, um sicherzugehen, dass er sich nicht verriet. Vor Scham errötet, warf er einen verstohlenen Blick auf die Gesichter der Brüder. Wussten sie von seinem Geheimnis?

Offenbar nicht. Die geschorenen Köpfe waren andächtig gesenkt. Oder wurde er doch heimlich beobachtet? Würde Grockletons Blick sich strafend auf ihn richten und ihn verurteilen?

Es war weniger das schlechte Gewissen, das ihm zu schaffen machte, als vielmehr die Angst, er könnte, ohne es zu wollen, hier in der Kirche mit der Wahrheit herausplatzen. So wurde die Morgenandacht, die ihm gewöhnlich neue Kraft verlieh, zur Qual. Als es vorbei war und er nach draußen gehen konnte, war er erleichtert.

Nach dem Frühstück beruhigte er sich wieder ein wenig und suchte den Prior auf.

Für gewöhnlich widmete der Prior die Morgenstunden den Verwaltungsangelegenheiten. Doch man konnte sich auch mit anderen Anliegen an ihn wenden. Falls man zum Wohle der Gemeinschaft eine Meldung machen musste – »Ich fürchte, ich habe gesehen, wie Bruder Benedikt eine doppelte Portion Hering verspeist hat.« Oder: »Bruder Mark hat gestern während der Arbeitszeit geschlafen.« –, so war der Vormittag der richtige Zeitpunkt dafür.

Adam, der sich fragte, ob jemand seine Verfehlung melden würde, wartete bis zum letzten Moment, bevor er eintrat. Er wollte Gewissheit haben. Doch Grockleton schien ahnungslos.

»Es tut mir Leid, aber ich muss mich über Tom Furzey beklagen«, begann Bruder Adam und schilderte Grockleton, was sich auf dem Feld ereignet hatte. Der Prior nickte nachdenklich.

»Du hattest Recht, den Mann nicht sofort nach Hause zu schicken«, sagte er. »Wahrscheinlich hätte er seine arme Frau noch einmal geschlagen.«

»Aber jetzt muss er gehen«, sagte Adam. »So ein zügelloses Verhalten können wir nicht dulden.« Er war überzeugt, dass der Prior ihm von ganzem Herzen zustimmen würde.

Stattdessen jedoch schwieg Grockleton und betrachtete Adam forschend. »Ich frage mich«, meinte er und schob langsam seinen Stuhl zurück, »ob das richtig wäre.«

»Wenn ein Tagelöhner den Aufsicht führenden Mönch beleidigt... «

»Ist das natürlich zu verurteilen.« Grockleton schürzte die Lippen. »Doch vielleicht, Bruder Adam, müssen wir die Sache in einem größeren Zusammenhang betrachten.«

»In einem größeren Zusammenhang?« So etwas war beim Prior noch nie vorgekommen.

»Möglicherweise ist es besser, wenn dieser Mann eine Weile von seiner Frau getrennt ist. Er wird sie vermissen und seine Tat hoffentlich bereuen. Nach einiger Zeit sollte einer von uns in aller Ruhe mit ihm sprechen.«

»Aber bringt mich das nicht in eine unangenehme Lage, Prior? Er und die anderen Männer könnten glauben, sie dürften ungestraft unverschämt werden.«

»Wirklich? Findest du?« Grockleton betrachtete die Tischplatte. »Bruder Adam, zuweilen kostet es uns große Mühe, unsere eigenen Gefühle zum Wohle anderer hintanzustellen. Zweifellos wird Furzey auch in Zukunft ordentlich seine Arbeit erledigen. Dafür wirst du sorgen. Möglicherweise befürchtest du, dich lächerlich gemacht zu haben, oder fühlst dich sogar gedemütigt. Doch wir alle müssen lernen, mit diesen Dingen zu leben. Das gehört zu unseren Aufgaben. Meinst du nicht?« Er lächelte zuckersüß.

»Also darf Furzey bleiben, auch wenn er mich wieder beleidigt?«

»Ja.«

Bruder Adam nickte. Das ist seine Rache dafür, dass ich ihn am Fluss bloßgestellt habe, dachte er. Und dabei war es nicht meine Schuld gewesen, sondern ganz allein seine.

Er verneigte sich vor dem zufriedenen Grockleton.

Wenn der Prior Furzey nach Hause geschickt hätte, wäre dieser zu seiner Frau zurückgekehrt, was es ihm, Adam, unmöglich gemacht hätte, sich mit Mary heimlich zu treffen. Nun jedoch war sie allein.

Du ahnst ja gar nicht, John Grockleton, dachte er, was du damit vielleicht angerichtet hast.

Luke schlich durch die Dunkelheit. Der silbrige Mond war zwar nur noch eine schmale Sichel, aber die Sterne verbreiteten genügend Licht. Das Pferd war etwa hundert Meter entfernt an einem Baum angebunden. Nun hatte er es schon zum dritten Mal dort gesehen.

Er legte sich am Waldesrand flach auf den Boden. Von dort aus hatte er den kleinen Bauernhof im Auge, wo er so viele Winternächte verbracht hatte. Hinter ihm im Wald, in dem kleinen Flusstal bei Boldre, schrie eine Eule. Luke wartete geduldig.

Es war noch vor Morgengrauen, als eine Gestalt aus der Scheune schlüpfte und sich leise über die Koppel zu den Bäumen pirschte. Obwohl der Fremde etwa fünfzig Meter von ihm entfernt vorüberschlich, wusste Luke genau, um wen es sich handelte. Kurz darauf hörte er, wie das Pferd hinter ihm durch die Bäume trabte.

Nach einer Weile machte Luke sich auf den Weg zur Scheune.

Als die Nachricht eintraf, dass das Grafschaftsgericht des New Forest kurz vor dem St. Michaelstag wieder zusammentreten würde, war der Abt noch nicht von seiner Reise zurückgekehrt. John von Grockleton überlegte zwei Tage lang, bevor er wusste, was er unternehmen sollte. Doch ehe er seinen Entschluss bekannt gab, ließ er Bruder Adam kommen.

Als er den Mönch betrachtete, der nun vor ihm stand, fiel ihm auf, dass Adam außergewöhnlich erholt wirkte. Sein Gesicht war nach den Wochen draußen auf den Feldern sonnengebräunt, und er sah kräftiger, ja sogar ein wenig größer aus. Da Grockleton wusste, dass Adam lieber im Kloster geblieben wäre, und weil sich dieser kräftige Körperbau eigentlich gar nicht für einen Mönch schickte, neidete er ihm seine blühende Gesundheit nicht. Er hatte nur eine Frage an Bruder Adam: »Hat einer deiner Tagelöhner von dem entflohenen Bruder Luke gehört?«

»Davon hat mir niemand berichtet«, erwiderte Bruder Adam wahrheitsgetreu.

»Glaubst du, dass irgendjemand weiß, wo er steckt?«

Bruder Adam hielt inne. Mary sprach häufig über Luke. Sie hatte ihm Lukes Version der Ereignisse erzählt, und obwohl er sie nie unmittelbar darauf angesprochen hatte, schloss er aus ihren Worten, dass ihr Bruder sich irgendwo im New Forest verbarg. »Wahrscheinlich vermuten die meisten Erntehelfer, dass er inzwischen über alle Berge ist.«

»Das Gericht tagt bald wieder. Wenn er hier im New Forest ist, verlange ich, dass er gefunden wird«, sagte Grockleton. »Was rätst du mir?«

Adam zuckte die Achseln. »Sicher weißt du«, entgegnete er zögernd, »dass man allgemein glaubt, er habe einen Kampf verhindern wollen. Der Richter selbst hat angedeutet, dass das im Bereich des Möglichen liegt. Ich frage mich, ob man schlafende Hunde vielleicht besser nicht wecken sollte.«

»Der Standpunkt des Gerichts kümmert mich wenig«, zischte Grockleton. »Man erwartet von mir, dass ich Luke herbeischaffe, und das habe ich auch vor. Also werde ich eine Belohnung aussetzen. Einen Preis auf seinen Kopf.«

»Ich verstehe.«

»Zwei Pfund für denjenigen, der ihn mir bringt. Ich glaube, das dürfte dem Gedächtnis der Bauern auf die Sprünge helfen.«

»Zwei Pfund?« Das war für Männer wie Pride und Furzey ein kleines Vermögen. Bruder Adam verzog das Gesicht, als er daran dachte, welche Sorgen Mary sich machen würde.

»Ist etwas nicht in Ordnung?« Grockleton sah ihn argwöhnisch an.

»Nein, Prior.« Bruder Adam fasste sich. »Aber es ist eine sehr hohe Summe.«

»Ich weiß«, erwiderte der Prior mit einem Lächeln.

Manchmal, wenn Adam bei Mary lag, ergriff ihn Staunen darüber, dass so etwas überhaupt hatte geschehen können.

Sie wagten nicht, Licht zu machen. Spät in der Nacht, wenn die Kinder schliefen, schlich sie sich hinaus in die Scheune. Zum Glück tollten die Kleinen den ganzen Tag herum, sodass sie abends rechtschaffen müde waren. Bruder Adam, der sich zwischen den Bäumen versteckt hatte, ging ihr dann entgegen. Allmählich lernte er, sich lautlos zu bewegen.

Bei ihrem dritten Stelldichein hatte sie sich vor ihm aufgebaut und sich im Schein des Mondlichts ausgezogen, das durch einen

Spalt in der Tür fiel. Gebannt hatte er zugesehen, wie sie das grobe Gewand abstreifte und barfuß, nur im Leinenhemd, vor ihm stand. Mit einem leichten Kopfschütteln lockerte sie ihr dunkles Haar, sodass es ihr offen über die Schultern fiel. Dann zog sie das Hemd herunter, zeigte ihm ihre vollen, weißen Brüste und ließ das Kleidungsstück zu Boden gleiten. Als sie sich nackt zu ihm herunterbeugte, verschlug es ihm den Atem.

Ihr Geruch, ihre Berührungen, das alles war völlig neu für ihn, als er ohne Scheu ihren Körper erkundete. Wenn sie getrennt waren, stand ihm in den ersten Tagen ihr Bild, wie eine Geistererscheinung, vor Augen. Aber er stellte fest, dass er hauptsächlich an ihren Körper dachte. Und wenn er sich neue Wege ausmalte, sich ihr zu nähern und sie zu besitzen, wurde er von Sehnsucht und Begierde ergriffen.

Doch es war noch mehr als das. Ihr ganzes Leben und ihre Art zu denken eröffneten ihm eine neue Welt, die er ganz und gar kennen lernen wollte. Mein Gott, schoss es ihm durch den Kopf, ich habe das Universum des Herrn erfahren, und dennoch ahnte ich nichts von seiner Schöpfung. Und das Seltsamste war, dass er sich nicht schuldig fühlte. Er war zu ehrlich, um sich selbst zu täuschen. Eigentlich war er stolz auf sich. Die ständige Gefahr, entdeckt zu werden, steigerte die Aufregung noch, und ihm fiel ein, dass er noch nie zuvor etwas Abenteuerliches getan hatte.

Und die Bedrohung für seine unsterbliche Seele? Wenn er bei ihr war und sich der Leidenschaft hingab, war ihm, als habe er eine andere Welt betreten, die ebenso schlicht und erfüllt von Gottes Gegenwart war wie die uralte Wüste, lange vor der Zeit, in der jemand sich den Zölibat erdacht hatte. Und in diesen Momenten erschien es Bruder Adam, ungeachtet der Gelübde, die er abgelegt hatte, als habe er seine unsterbliche Seele nicht verloren, sondern endlich gefunden.

Wie lange konnte es noch so weitergehen? Das wusste er nicht. Furzey hatte seiner Familie nur einmal einen kurzen Besuch abgestattet. Da ihn offenbar nichts dorthin zog, war es nicht weiter schwer, dafür zu sorgen, dass er auf den Gütern zu tun hatte. Adam hatte sich bereits Mittel und Wege ausgedacht, den Bauern bis Mitte September zu beschäftigen. Seine eigene Abwesenheit war leicht zu erklären. Er verbrachte viele Nächte in der Abtei. Wenn er abends sagte, er werde noch schnell zum nächsten Gut weiterreiten, stellte ihm niemand Fragen. Und was den Prior betraf, erfüllte ihn der Gedanke, dass Adam wieder einmal eine Nacht fern der Abtei weilen musste, mit Schadenfreude. Bis zum Herbst konnte also nichts geschehen.

Eines Nachts, als Mary und er erschöpft beisammenlagen, erzählte er ihr von der Absicht des Priors, einen Preis auf den Kopf ihres Bruders Luke auszusetzen. Er wollte ihr damit auch helfen, und sie für den Fall, dass sie wirklich Lukes Aufenthaltsort kannte, rechtzeitig warnen. Aber ihre Reaktion überraschte ihn.

Sie fuhr im Stroh hoch. »O Gott. Zwei Pfund?« Sie blickte starr geradeaus. »Puckle verrät ihn nicht. Nicht einmal für so viel Geld.« Sie hielt inne und sah ihn an. »So.« Sie seufzte. »Jetzt weißt du es.«

»Er ist bei Puckle, dem Köhler?«

»Ja, drüben in der Nähe von Burley.«

»Nun, ich werde es niemandem verraten.«

»Wehe, wenn du es tust.«

»Eigentlich ist es komisch.« Er kicherte.

»Warum?«

»Ich glaube, ich bin ihm schon begegnet.«

»Oh.« Sie schwieg eine Weile. »Dann kannst du ja gleich noch etwas erfahren: Er war vorgestern Morgen hier. Sehr früh.«

»Und?«

»Er weiß über uns Bescheid. Er hat dich gesehen.«

»Oh.« Nun stellte sich die Sache für Adam in einem neuen Licht dar. Der flüchtige Laienbruder hatte etwas gegen ihn in der Hand – das war gefährlich. »Was hat er dazu gesagt?«

»Nicht viel.«

»Ich denke«, meinte Adam, »dass er in seinem Versteck mehr oder weniger sicher ist. Sobald ich etwas höre, gebe ich dir Bescheid.«

Als Adam aus der Scheune schlüpfte, graute schon der Morgen. Er versprach, in zwei Nächten wiederzukommen. Wie immer pirschte er sich vorsichtig durch die Bäume und ritt leise durch den Wald zur Furt.

Sein Aufbruch wurde aufmerksam beobachtet. Aber diesmal nicht von Luke.

Am nächsten Tag hatte sich herumgesprochen, dass John von Grockleton zwei Pfund auf Lukes Kopf ausgesetzt hatte. Am Abend erreichte die Nachricht Burley. Puckle selbst war nach

Hause gegangen und hatte Luke mit der Beaufsichtigung des neuen Kohlenmeilers beauftragt. Nun hatte sich die Familie Puckle vor der Hütte versammelt.

»Zwei Pfund«, sagte Puckles Sohn.

»Was sind schon zwei Pfund?«, entgegnete Puckle.

»Zwei Pfund…«, wiederholte sein Neffe.

Puckle sah sie alle nacheinander an. Dann betrachtete er seine Frau, die so klug war, den Mund zu halten.

Puckle briet gerade einen Hasen am Spieß über dem Lagerfeuer, das er draußen angezündet hatte. Das Hasenfell lag ihm zu Füßen am Boden. Nachdem er eine Weile geschwiegen hatte, zeigte er mit dem Finger darauf. »Habt ihr schon einmal gesehen, wie ich einen Hasen häute?«, fragte er leise. Alle nickten. Dann wies er auf den Hasen am Spieß. »Wenn einer von euch auch nur ein Sterbenswörtchen über Luke verrät«, sagte er, schaute erst seinen Sohn, dann seinen Neffen an und ließ schließlich seine Blicke über die Runde schweifen, »blüht ihm das Gleiche.«

Es herrschte Schweigen. Wenn ein alter Waldbewohner wie Puckle Drohungen ausstieß, war es klüger, ihm zu gehorchen.

Am nächsten Tag sprach Puckle mit Luke. »Zwei Pfund sind eine Menge Geld«, sagte er bedrückt.

»Aber deine Familie wird doch schweigen?«, fragte Luke besorgt.

»Das will ich ihnen auch geraten haben. Doch jetzt wird man anfangen, nach dir zu suchen. Wenn man dich sieht, wird man denken: ›Und welcher seiner vielen Neffen ist das?‹ Früher oder später wird jemand zwei und zwei zusammenzählen.«

»Ich habe es Mary gesagt.«

»Das war dumm von dir.« Puckle zuckte die Achseln. »Aber ich glaube, sie wird den Mund halten.«

»Und was soll ich jetzt tun?«

»Keine Ahnung.« Puckle überlegte. Dann breitete sich plötzlich ein Grinsen auf seinem zerfurchten Gesicht aus. »Oh, ich glaube, mir ist da etwas eingefallen.« Er nickte mit dem struppigen Kopf. »Was hältst du davon, mir zu helfen, einen neuen Kohlenmeiler zu bauen?«

Tom Furzeys Schwester hatte lange darüber nachgegrübelt, wie das Pony wohl wieder in Prides Stall zurückgekommen war.

Als sie nun über die Heide von Beaulieu nach St. Leonards ging, glaubte sie, die Antwort gefunden zu haben.

Und diese Erkenntnis war ein Vermögen wert.

Es war Zufall gewesen, dass sie an jenem Tag schon so früh auf den Beinen gewesen war. Ihr Mann hatte zwei Hasenfallen im Wald aufgestellt, und sie hatte beschlossen nachzusehen, ob schon ein Tier in die Falle gegangen war. Gerade hatte sie den Abhang hinuntersteigen wollen, als sie eine vermummte Gestalt bemerkte, die geduckt von Toms Haus zu den Bäumen lief.

Einige Zeit hatte sie dagestanden und sich gefragt, wer das wohl sein mochte. Sie hatte ihre Beobachtung für sich behalten. Noch am selben Abend erfuhr sie, dass der Prior eine Belohnung ausgesetzt hatte, und ihr Verdacht verfestigte sich. Es war Luke. Wer sollte es sonst sein?

Und gewiss war das auch die Erklärung für den Zwischenfall mit dem Pony. Luke Pride drückte sich um Toms Haus herum und ging bei Nacht dort ein und aus. Ganz sicher hatte er das Pony zurückgebracht. Der hatte vielleicht Mut. Ein Lächeln umspielte ihre Lippen. Nun würden die Prides endlich ihren Denkzettel bekommen. Sie und Tom konnten die Belohnung miteinander teilen. »Ein Pfund für ihn, ein Pfund für mich«, murmelte sie.

Der Arbeitstag neigte sich dem Ende zu, als sie St. Leonards erreichte. Sofort nahm sie Tom beiseite.

Als sie ihm alles erklärt hatte, breitete sich ein zufriedenes Grinsen auf seinem runden Gesicht aus. »Jetzt haben wir sie«, meinte er.

»Es ist doch Luke, oder?«

»Natürlich. Wer sonst?«

»Zwei Pfund, Tom. Wir machen halbe-halbe. Heute Nacht fangen wir an, Wache zu halten.«

Er runzelte die Stirn. »Ich kann leider nicht weg. Die Arbeit beginnt bei Morgengrauen.« Bruder Adam war kurz zuvor erschienen, um sich zu vergewissern, ob alle anwesend waren.

»Du könntest dich doch fortschleichen, wenn es dunkel ist.«

»Wahrscheinlich schon.«

»Ich erwarte dich. Zwei Pfund, Tom. Wenn du nicht auftauchst, gehört die Belohnung mir.«

Es war schon längst dunkel, als Bruder Adam leise sein Pferd anband und zur Koppel schlich. In der undurchdringlichen Finsternis musste er sich hin und wieder mit den Händen weitertasten. Am Zaun blieb er kurz stehen und pirschte sich zur Scheune, deren Umrisse er undeutlich erkennen konnte.

Und plötzlich wurde er zu Boden gerissen.

Zwei heftige Schläge trafen ihn in den Rücken. Er wusste nicht, was es war, doch er prallte mit solcher Wucht auf dem Boden auf, dass ihm für einen Moment der Atem stockte. Kurz darauf hatten zwei Angreifer seine Arme gepackt und drehten ihn herum. Bruder Adam brachte noch immer keinen Ton heraus, aber er trat kräftig um sich. Da hörte er eine Männerstimme fluchen. Dann schlang einer der beiden die Arme um seine Beine, während der andere ihm einen Hieb in die Magengrube verpasste. Adam hatte den Eindruck, dass keiner der Angreifer sehr groß war; doch offenbar verfügten sie über ziemliche Kräfte.

Waren es Räuber? Hier im Wald? Gerade gelang es ihm wieder, einen klaren Gedanken zu fassen, als er zu seinem Entsetzen die Stimme von Tom Furzey erkannte.

»Jetzt haben wir dich erwischt.«

Was um alles in der Welt sollte er darauf antworten? Es fiel ihm beim besten Willen nichts ein. Würde dieser Bauer ihn jetzt zur Abtei schleppen und ihn der Unzucht mit seiner Frau anklagen? Was würde dann aus ihm werden?

Einer der beiden machte sich an etwas zu schaffen. Im nächsten Augenblick leuchtete ihm eine Laterne ins Gesicht.

»Bruder Adam!«

Zum Glück war Bruder Adam nicht auf den Kopf gefallen. Tom Furzeys Tonfall verriet abgrundtiefes Erstaunen. Ganz gleich, wen sie hier erwartet hatten, mit ihm hatten sie offenbar nicht gerechnet. Man ließ seine Beine los, wieder ein Zeichen dafür, dass sie sich im Nachteil glaubten. Bruder Adam rappelte sich auf. Jetzt musste er den Spieß umdrehen. »Furzey? Diese Stimme kenne ich doch. Was hat das zu bedeuten? Warum bist du nicht in St. Leonards?«

»Aber … was tut Ihr denn hier, Bruder Adam?«

»Das braucht dich nicht zu kümmern. Was hast du hier verloren, und warum hast du mich überfallen?«

Eine Pause entstand. »Ich habe Euch mit jemandem verwechselt«, erwiderte Furzey mürrisch.

»Der ist bestimmt keine zwei Pfund wert.« Eine Frauenstimme, aber nicht die von Mary.

Mit einem Mal war ihm alles klar. »Ich verstehe. Ihr habt auf
Luke gewartet.«

»Meine Schwester glaubte, sie hätte ihn gesehen.«

»Aha. Nun, Furzey«, begann er, »du hättest das Gut nicht
ohne meine Erlaubnis verlassen dürfen. Allerdings bin ich aus
demselben Grund hier wie du. Ich hatte den Verdacht, dass er
sich hier herumtreibt, und wenn das stimmt, werde ich ihn ergreifen.«

»Dann bekommt Ihr die zwei Pfund, nicht wir«, meinte Tom.

»Du vergisst, dass ich keine Verwendung für zwei Pfund habe.
Mönche haben keine weltlichen Besitztümer.«

»Heißt das, wir dürfen ihn fangen?«

»Ich denke schon«, erwiderte Adam spöttisch.

»Oh.« Furzeys Stimmung besserte sich hörbar. »Dann können
wir ja gemeinsam auf ihn warten.«

Was sollte Adam jetzt tun? Er blickte zur Scheune hinüber. Ob
Mary sich wohl schon fragte, wo er blieb? Was war, wenn sie sich
auf die Suche nach ihm machte oder, noch schlimmer, seinen Namen rief? Sollte er Furzey sagen, er wolle in der Scheune nachsehen, um sie zu warnen? Nein, das war zu gefährlich. Gewiss würden sie ihn verdächtigen, Mary Bescheid geben zu wollen, dass
sie ihren Bruder suchten.

Und wenn Tom in die Scheune ging, Mary ihn mit ihrem Liebhaber verwechselte und ihn beim falschen Namen ansprach?

Doch bald wurde ihm klar, dass Tom zum Glück viel mehr
daran gelegen war, Luke zu fangen als seiner Frau zu begegnen.
Jedoch bestand noch immer die Möglichkeit, dass der arme Luke
seiner Schwester bei Morgengrauen einen Besuch abstattete.
Adam überlegte, ob es ihm wohl gelingen könnte, ihn vorher abzufangen. Doch bei dieser Dunkelheit schien ihm das unmöglich.

Also warteten sie. Aus der Scheune war kein Laut zu hören,
und Luke ließ sich nicht blicken. Als es hell wurde, beschlossen
sie aufzugeben. »Glaubt Ihr, dass er wiederkommt?«, fragte Furzey.

»Kann sein«, entgegnete Bruder Adam, und mit diesen Worten ritt er davon.

Er hatte noch viel zu erledigen.

Als er die Stelle unweit von Burley erreichte, wo er den Köhler zuletzt angetroffen hatte, war die Sonne schon aufgegangen. Bald hatte er Puckle gefunden, der ihn offenbar hatte kommen sehen.

Inzwischen bewachte er zwei Kohlenmeiler. Der eine war schon fast heruntergebrannt, der andere noch frisch. Puckle war allein. Von Luke war nichts zu sehen.

Bruder Adam kam sofort zur Sache: »Ich habe eine Nachricht für Luke.«

»Für wen?«

»Ich weiß, dass du ihn nicht gesehen hast. Richte ihm einfach etwas von mir aus. Also.« Er holte tief Luft. Er hatte überlegt, ob er ihr die Botschaft selbst überbringen sollte, doch das war zu gefährlich. »Du musst mir einen Gefallen tun. Bitte sag Mary, dass ihr Haus überwacht wird. Erkläre ihr, dass die Nachricht von mir stammt. Sie wird wissen, was du meinst.« Er sah Puckle in die Augen. »Ich hoffe, dass Schweigen Schweigen erkauft.«

Puckle wandte den Blick ab und betrachtete das Feuer. Erst als der Mönch davonritt, murmelte er: »Wie schon immer im New Forest.«

Mein Gott, dachte Adam auf dem Rückweg zur Abtei. Jetzt stecke ich mit Gesetzesbrechern, ja sogar mit Puckle unter einer Decke. Doch als er dem morgendlichen Vogelgezwitscher lauschte, stellte er fest, dass er sich in dieser neuen Rolle ausgesprochen wohl fühlte.

Er wäre sehr erstaunt gewesen, hätte er gesehen, was sich nach seinem Aufbruch am zweiten Kohlenmeiler abspielte. An der mit Torf bedeckten Seite öffnete sich eine kleine Tür, aus der – völlig unversehrt – Luke erschien.

Die obere Hälfte des Meilers war mehr oder weniger auf die gewöhnliche Weise gebaut, nur dass Puckle nasses Holz verwendet hatte, das viel Qualm, aber wenig Hitze erzeugte. Doch darunter – abgetrennt durch eine dicke Torfschicht – befand sich ein Hohlraum, in dem Luke sich bequem und beliebig lange verstecken konnte. Löcher sorgten für Frischluftzufuhr. Puckle beabsichtigte, jeden Tag bei Morgengrauen am oberen Ende ein neues Feuer anzuzünden. Niemand, auch wenn er noch so genau hinsah, hätte das Geheimnis je erraten.

In der nächsten Woche ging es im New Forest geschäftig zu.

An zwei aufeinander folgenden Tagen ließen die Förster auf Beharren des Priors die Bluthunde los. Den königlichen Beauftragten für den New Forest langweilte die Angelegenheit so sehr, dass er sie Alban übertrug. Am ersten Tag durchsuchten sie den Wald rings um das Haus von Pride bis fast nach Burley. Doch dort waren die Hunde so verwirrt, dass sie nur noch im Kreis herumliefen. Am nächsten Tag versuchte man es drüben in Knightwood. Aber seltsamerweise schien die Duftspur immer wieder zum Haus des Försters zu führen, der darüber überhaupt nicht erbaut war.

Inzwischen beteiligte sich der ganze New Forest mehr oder weniger offen an der Menschenjagd. Die Förster und ihre Gehilfen ritten in Gruppen aus. Hütten wurden durchsucht, alle Bewohner des Waldes befragt. Allerdings ohne Ergebnis. Doch wie Puckle eines Abends bedrückt zu Luke sagte: »Es dürfte schwierig für dich werden, aus deinem Versteck herauszukommen.«

Mary wartete zehn Tage, bis sie sich zu ihrer Verabredung auf den Weg machte. In dieser Zeit sah sie Bruder Adam nicht, obwohl es kaum einen Moment gab, in dem sie nicht an ihn dachte.

Sie schmunzelte ein wenig, wenn sie sich an den ersten Nachmittag erinnerte. Er hatte geglaubt, ihr in einer Notlage beizustehen, und nicht geahnt, dass sie unmerklich den ersten Schritt getan hatte. Seine Unerfahrenheit war es, die sie angezogen hatte. Schließlich hatte dieser kräftige, stattliche Mann noch nie eine Frau gekannt. Und sie, eine Bäuerin, Frau eines einfachen Feldarbeiters, hatte die Macht, ihm etwas über das Leben beizubringen. Insgeheim, ja, ohne es selbst zu ahnen, hatte er sich danach gesehnt und sie gewissermaßen darum gebeten.

Ich habe einen Mann Gottes verführt, einen Mann, der keine Frau berühren darf, und ich habe ihm Sinnenfreuden eröffnet. Manchmal wurde ihr fast schwindelig von dem Gefühl der Macht. Sie, eine Frau, hatte triumphiert. Allerdings hatte sie sich das nicht anmerken lassen. Zumindest nicht anfangs.

War es wirklich nur fleischliche Begierde gewesen? O nein. Denn sie fühlte sich aus einem ganz bestimmten Grund zu ihm hingezogen: wegen seiner Empfindsamkeit, seiner Klugheit und dem Wissen, dass er etwas hatte, das ihr fehlte. Und sie sehnte sich nach seinen Eigenarten, auch wenn sie diese nicht beim Namen hätte nennen können.

Zu Beginn hatte sie ihn in ihren nächtlichen Gesprächen gefragt, woran er gerade dachte. Und er hatte ihr etwas geantwortet, von dem er glaubte, dass sie es verstehen konnte. Bald aber hatte sie ihm klargemacht, dass sie mehr wollte, und er war offener geworden und hatte ihr erklärt, was in jenen Nächten in ihm vorging: »Es gab einmal einen großen Philosophen namens Abelard, und er dachte…«, erzählte er. Oder er beschrieb ihr ferne Länder und wichtige Ereignisse, eine Welt, die so viel größer war als das, was sie kannte. Allmählich jedoch begriff sie, so sachte wie Licht, das durch ein Kirchenfenster dringt. Sie wusste genau, dass sein Leben gänzlich anders aussah als ihres. »Dein Verstand schwebt in den Sternen«, flüsterte sie einmal, und sie hatte das nicht spöttisch gemeint. Als er ihr einmal eine hochfliegende Idee auseinander setzte, lachte sie: »Wenn du in mir bist, hast du solche Gedanken?« Sie war so froh wie noch nie in ihrem Leben.

In letzter Zeit jedoch gab es einigen Grund zur Sorge.

Ihr Treffen mit Luke, verabredet, als Puckle ihr die Botschaft überbrachte, sollte an einer abgelegenen Stelle im Wald, nördlich von Brockenhurst, stattfinden. Mary gab Acht, dass niemand ihr folgte.

Er erwartete sie schon an einer riesigen, alten Eiche, deren Stamm dick mit Moos und Efeu bewachsen war. Sie freute sich, dass er wohlauf und recht fröhlicher Stimmung zu sein schien. Allerdings hatte er keine guten Neuigkeiten für sie. »Puckle meint, ich sollte den New Forest verlassen. Er ist überzeugt, dass der Prior nicht so schnell aufgeben wird.«

»Nach der Gerichtsverhandlung am St. Michaelstag vielleicht doch.«

»Nein«, seufzte Luke. »Du kennst ihn nicht.«

»Ich denke immer noch, du solltest dich stellen. Sie werden dich schon nicht gleich hängen.«

»Wahrscheinlich nicht. Doch man kann ihnen nicht trauen.«

»Wohin willst du?«

»Möglicherweise auf Pilgerfahrt. Nach Compostella. Oder noch weiter.«

Compostella. Spanien. Er würde sich unterwegs durchbetteln müssen. Mary schüttelte den Kopf. »Du bist nie aus dem New Forest herausgekommen.«

Sie schwiegen eine Weile.

»Und was ist mit Bruder Adam?«, fragte er.

Sie senkte den Blick zu Boden. Nun hatte sie eine Hiobsbotschaft für ihn. »Ich glaube, ich bin schwanger.«

»Oh. Bist du sicher?«

»Beinahe. Es fühlt sich jedenfalls so an.«

»Kann es nicht auch von Tom sein?« Sie schüttelte den Kopf.

»Was wirst du tun?« Sie zuckte nur die Achseln. Luke überlegte.

»Du und Tom, ihr solltet... Er muss glauben, dass es seins ist, findest du nicht?«

Sie holte tief Luft. »Ich weiß.« Ihre Stimme klang kraftlos. Noch nie hatte er einen solchen Tonfall bei ihr gehört.

»Du bist doch schon so lange mit ihm verheiratet. So schlimm wird es nicht werden.«

»Du verstehst das nicht.« Das traf wirklich zu, für ihn waren sie alle nur Geschöpfe des Waldes.

»Wirst du es Bruder Adam sagen?«

»Vielleicht.«

»Du weißt, dass es nicht so weitergehen kann, Mary. Bald wird es Winter. Tom kommt nach Hause. Du hast eine Familie. Und Bruder Adam ist Mönch.«

»Es wird auch wieder einen Frühling und einen Sommer geben, Luke.«

»Aber Mary... «

Wie konnte er sie auch begreifen? Er war nur ein schlichter Junge. Sie würde das Bett mit Tom teilen müssen. Etwas anderes blieb ihr nicht übrig. Es führte kein Weg daran vorbei. Doch da war noch Adam. Sie hatte andere Frauen über ihre Liebhaber reden hören. Manchmal kam es selbst in den Dörfern zu einem Seitensprung, besonders zur Erntezeit. Als ihr Verhältnis mit Bruder Adam begann, hatte Mary geglaubt, er werde irgendwann einfach in die Abtei Beaulieu zurückkehren, wo er hingehörte. Doch sie hatte noch nie einen anziehenderen Mann kennen gelernt. Der Gedanke, so weiterzuleben wie früher, war ihr unerträglich. Dafür war zu viel geschehen.

»Beaulieu ist nicht weit, Luke. Ich kann nicht mehr bei Tom bleiben.«

»Du musst.«

»Nein.«

217

In jener Nacht führten Luke und Puckle ein langes Gespräch.
»Ich glaube, dir wird nichts anderes übrig bleiben«, meinte
Puckle schließlich.

»Wirst du mir helfen?«, fragte Luke.

»Selbstverständlich.«

Wenn man von der Kirche aus dem Kreuzgang in östlicher Richtung folgte, stieß man zuerst auf den großen abgeschlossenen
Wandschrank, wo der Großteil der Klosterbibliothek aufbewahrt
wurde. Danach folgten die Sakristei und das große Domkapitel,
wo Grockleton bei Abwesenheit des Abtes jeden Montagmorgen
den versammelten Mönchen die Klosterregeln verlas. Dann kam
das Skriptorium, wo Bruder Adam so gerne über Büchern brütete;
dahinter lag der Schlafsaal der Mönche, und gleich um die Ecke,
neben dem großen *frater*, stand das Kesselhaus, ein riesiger Raum,
in dem ein Feuer brannte.

John von Grockleton war gerade aus dem Kesselhaus getreten,
als der Bote eintraf. Er war ein Diener von Alban, der unter vier
Augen mit dem Prior sprechen wollte. Seine Nachricht brachte
Grockleton zum Schmunzeln, denn sie lautete: »Ich glaube, wir
haben Bruder Luke, Prior.«

Allerdings habe der Gefangene bisher nicht reden wollen. Er
selbst, Alban, zögere, ihn zur Abtei zu bringen, aus Angst, sie
könnten sich wieder alle zum Narren machen. Also hatte er den
Burschen in seinem Haus versteckt und bat den Prior, unauffällig zu ihm zu kommen und zu bestätigen, dass der Ergriffene
wirklich Bruder Luke war. »Ich soll Euch begleiten, wenn Ihr
gleich mitkommen wollt«, sagte der Diener.

»Ich komme sofort«, erwiderte Grockleton und ließ sein Pferd
aus dem Stall holen.

Als sie über die Heide ritten, konnte der Prior seine Ungeduld
kaum im Zaum halten. Sie trabten gemächlich dahin, obwohl er
am liebsten galoppiert wäre. Am Ende der Heide begann der
Wald, der westlich von Brockenhurst lag. Sie trabten einen Pfad
entlang. Der Prior schnalzte mit der Zunge. Er spürte eine Zufriedenheit wie selten zuvor in seinem Leben.

»Hier entlang, Sir«, rief der Diener wieder und bog auf einen
schmalen Pfad ab. »Eine Abkürzung.« Hin und wieder schnellte
dem Prior ein Zweig ins Gesicht, doch das war ihm einerlei.
»Und jetzt hier hinunter, Sir«, verkündete der Diener. Nun ging

es nach rechts. Der Prior folgte eilig. Dann aber runzelte er die Stirn. Wohin war der Bursche auf einmal verschwunden? Er hielt inne und rief nach ihm.

Zu seinem großen Erstaunen wurde er plötzlich von hinten gepackt und vom Pferd gezerrt. Er erhielt keine Gelegenheit zur Gegenwehr, denn schon wurde ein Seil um ihn gewickelt, und kurz darauf hatte man ihn an einen Baum gefesselt.

Er wollte schon »Mörder! Diebesgesindel!« schreien, als unvermittelt eine weitere Gestalt vor ihm stand. Es war ein bärtiger Waldbewohner, den er erst auf den zweiten Blick als Bruder Luke erkannte.

»Du!« Unwillkürlich beugte sich der Prior vor und reckte den Kopf, als wolle er Luke beißen.

»Schon gut«, erwiderte der unverschämte Bursche. »Ich wollte nur mit Euch sprechen. Ich wäre ja zur Abtei gekommen, aber… « Lächelnd zuckte er die Achseln.

»Was willst du?«

»In die Abtei zurückkehren.«

»Bist du von allen guten Geistern verlassen?«

»Nein, Prior, ich hoffe nicht.« Der Laienbruder setzte sich vor Grockleton auf den Boden. »Hört mich an.«

Grockleton musste zugeben, dass er nicht mit einer solchen Ansprache gerechnet hatte. Zuerst erzählte Luke von der Abtei, den Gütern und den Jahren, die er dort verbracht hatte. Seine Schilderung war so schlicht und so gefühlvoll, dass selbst Grockleton widerwillig einräumen musste, dass Luke die Abtei offenbar von Herzen liebte. Dann erklärte der Laienbruder, was an jenem Tag auf dem Gut vorgefallen war. Er suchte keine Ausflüchte dafür, dass er die Wilderer hereingelassen hatte, doch er sagte, er habe Bruder Matthew daran hindern wollen, Martell zu schlagen. Dann habe er es mit der Angst zu tun bekommen und sei geflohen. Auch wenn dem Prior diese Darstellung der Ereignisse nicht gefiel, vermutete er insgeheim, dass sie der Wahrheit entsprach.

»Du hättest zurückkehren können.«

»Ich hatte Angst. Vor Euch.«

Den Gedanken, dass dieser Mann sich vor ihm fürchtete, fand Grockleton recht schmeichelhaft. »Und warum sollte ich etwas für dich tun?«, fragte er.

»Wenn ich Euch etwas mitteilen würde, das für das Wohl der

Abtei wichtig ist, etwas, von dem niemand weiß, könntet Ihr Eure Meinung dann vielleicht ändern … ?«

»Möglicherweise«, erwiderte Grockleton.

»Es wäre allerdings von Nachteil für einen der Mönche.«

Grockleton runzelte die Stirn. »Für welchen Mönch?«

»Bruder Adam. Es hätte schwere Folgen für ihn.«

»Was?« Das Funkeln in seinen Augen war nicht zu übersehen. Auch Luke war es nicht entgangen. Er hatte damit gerechnet.

»Ihr werdet ihn wegschicken müssen. In aller Stille. Ein Skandal wäre ohnehin schlecht für die Abtei. Und ich darf zurückkommen, ohne Prozess. Dafür könnt Ihr sorgen. Ich brauche Euer Ehrenwort.«

Grockleton zögerte. Er wusste, was eine Abmachung bedeutete, und er war ein Mann, der zu seinem Wort stand. Allerdings gab es da noch eine Schwierigkeit. »Ein Prior verhandelt nicht mit einem Laienbruder«, entgegnete er.

»Danach werdet Ihr nie wieder ein Wort von mir hören. Ich schwöre.«

Grockleton überlegte und wägte das Für und Wider ab. Er dachte auch an das Gericht und die Förster, die – wie er sehr wohl wusste – genug von ihm hatten. Wenn er sich vorstellte, wie dieser Bursche vor Gericht wortgewandt seine Sache vertrat, war es vermutlich besser, auf sein Angebot einzugehen. Und immerhin … hatte er angeblich etwas gegen Bruder Adam in der Hand. »Wenn es etwas Wichtiges ist, gebe ich dir mein Wort«, hörte er sich selbst sagen.

Und so verriet Luke Bruder Adam und seine Schwester Mary.

Grockleton empfand die Enthüllungen des Bauern eigentlich nicht als Verrat. Von Lukes Standpunkt aus betrachtet, handelte es sich um etwas Selbstverständliches. Die Familie seiner Schwester war im Begriff zu zerbrechen, und das wollte er unter allen Umständen verhindern. Ein plötzliches Ende mit Schrecken, und dann würde der Alltag einkehren. So war es eben in der Natur.

Außerdem entging dem Prior nicht, dass es wirklich die beste Lösung war. Wenn Adam verschwand, würde Mary keine andere Wahl haben, als friedlich weiter mit ihrem Mann zusammenzuleben. Das Kind würde allgemein als Toms Kind gelten. Niemand hatte einen Nutzen davon, die Angelegenheit an die große Glocke zu hängen. Abgesehen von ihm selbst, Grockleton, natürlich, um es Bruder Adam endlich heimzuzahlen. Allerdings würde er damit auch den Ruf der Abtei schädigen. Und was würde der Abt sagen, wenn er, der Prior, das Ansehen der Abtei in den Schmutz zog? Nein, der Laienbruder hatte die Lage ganz richtig eingeschätzt. Außerdem dachte der Prior an die Eintragung in dem geheimen Buch, die nur dem Abt bekannt war. Er musste vorsichtig sein.

Aber was war mit Luke? Konnte man darauf vertrauen, dass er den Mund hielt? Wahrscheinlich schon. Denn er wollte bestimmt nicht seine Schwester in Schwierigkeiten bringen. Allerdings würde sein Wissen immer eine Bedrohung darstellen.

Also ist es besser für mich, wenn er in die Abtei zurückkehrt und nicht draußen frei herumläuft, überlegte der Prior.

Und so begann Grockleton zum ersten Mal in seinem Leben zu denken wie ein Abt.

Erfreut erfuhren die Mönche von Beaulieu ein paar Tage später, dass ihr Abt zurückgekehrt war und in absehbarer Zeit nicht mehr verreisen wollte.

Auch Bruder Adam war froh. Er befürchtete nur, dass der Abt ihn aus – inzwischen nicht mehr sehr willkommener – Güte von seinen Pflichten auf den Gütern entbinden würde. Aber für diesen Fall hatte er sich bereits einen Plan zurechtgelegt. Schließlich hatte er ausgezeichnete Arbeit geleistet. Sein Nachfolger würde ein Jahr brauchen, um sich das Wissen anzueignen, über das er inzwischen verfügte. Und wer würde diesen Posten freiwillig übernehmen wollen? Deshalb war es nur zum Wohl der Abtei, wenn er noch ein oder zwei Jahre die Aufsicht über die Güter führte. Bruder Adam hoffte, dass seine Begründungen ausreichend waren.

Was seine heimlichen Sünden betraf, so stand er inzwischen die Gottesdienste durch, ohne zu befürchten, sich selbst zu verraten. Er musste sich eingestehen, dass ihn die Sünde abgehärtet hatte.

Als Adam eintrat, war die Miene des Abtes freundlich, wenn auch ein wenig nachdenklich. Wie immer saß Grockleton auf seinem Platz und hatte die Klaue auf den Tisch gelegt.

Adam war so froh über das Wiedersehen mit dem Abt, dass er sich nicht weiter um den Prior kümmerte. Dann ergriff der Abt – nicht Grockleton – das Wort: »Nun, Adam, wir wissen alles über dein Liebesabenteuer mit Mary Furzey. Zum Glück sind weder ihr Mann noch unsere Mitbrüder im Bilde. Also möchte ich die Geschichte jetzt in deinen eigenen Worten hören.«

Grockleton hatte ihn eigentlich fragen wollen, ob er etwas zu beichten habe, um ihm Gelegenheit zu geben, sich der Lüge schuldig zu machen. Aber der Abt war strikt dagegen gewesen.

Das Geständnis nahm nicht viel Zeit in Anspruch, und der Abt verspürte kein Bedürfnis, Adams Demütigung unnötig in die Länge zu ziehen. »Es wird geheim bleiben«, sagte er zu Adam. »Zum Wohl der Abtei und, wie ich hinzufügen darf, auch der Frau und ihrer Familie zuliebe. Du musst fort von hier, und zwar noch heute. Doch niemand soll den Grund erfahren.«

»Wohin soll ich gehen?«

»Ich schicke dich in unser Tochterhaus in Devon. Nach Newenham. Kein Mensch wird das merkwürdig finden. Schließlich hat es dort in letzter Zeit Schwierigkeiten gegeben, und du bist – oder warst – einer unserer besten Mönche.«

Adam neigte den Kopf. »Darf ich mich von Mary Furzey verabschieden?«

»Ganz gewiss nicht. Du wirst kein Wort mehr mit ihr wechseln.«

»Es erstaunt mich« – Grockleton konnte der Versuchung einfach nicht widerstehen –, »dass du überhaupt an so etwas denkst.«

»Nun.« Adam seufzte und sah Grockleton bekümmert, aber nicht unfreundlich an. »Dir fehlt eben die Erfahrung.«

Schweigen herrschte im Raum. Grockleton beugte sich fast unmerklich an dem dunklen, alten Tisch vor, und der Abt blickte in die Ferne, seiner Miene war nichts zu entnehmen. Deshalb ahnte Bruder Adam nicht, dass eine Eintragung in dem geheimen Buch des Abtes von Grockleton, einer Frau und einem Kind handelte. Aber das war in einem anderen Kloster gewesen, weit oben im Norden und vor sehr langer Zeit.

Nachdem Adam fort war, fragte der Abt: »Er weiß doch nicht, dass sie schwanger ist?«

»Nein.«

»Besser, wenn er es nie erfährt.«

»Richtig.« Grockleton nickte.

»Ach, ja«, seufzte der Abt. »Keiner von uns ist gegen die Sünde gefeit. Wie du selbst am besten weißt«, fügte er viel sagend hinzu.

»Das ist mir klar.«

»Ich möchte, dass er vor seiner Abreise zwei Paar neue Schuhe bekommt«, meinte der Abt mit Nachdruck.

Eine Woche später kehrte Bruder Luke in aller Stille nach St. Leonards zurück. Bei der nächsten Gerichtsverhandlung am St. Michaelstag wurde sein Fall nicht aufgerufen.

Etwa zur gleichen Zeit eröffnete Mary ihrem Mann, dass er vielleicht bald wieder Vater werden würde.

»Oh.« Zuerst runzelte der die Stirn, dann grinste er verlegen. »Das war aber ein Glückstreffer.«

»Ich weiß.« Sie zuckte die Achseln. »So etwas passiert eben manchmal.«

Möglicherweise hätte Tom sich noch länger darüber den Kopf zerbrochen, doch kurz darauf erschien John Pride, der zuvor zwei Stunden lang von seinem Bruder Luke bearbeitet worden war. Er hatte das Pony bei sich, und er schlug vor, den Streit zu beenden.

1300

Eines Dezembernachmittags, als die gelbliche Wintersonne tief am Horizont stand und ihre letzten Strahlen über die Heide von Beaulieu schickte, ritten zwei in dicke Mäntel vermummte Männer langsam über die mit Eis bedeckte Ebene auf die Abtei zu.

Schon vor Tagen hatte es geschneit, sodass die Heide nun von einer dünnen Kruste überzogen war, die unter den Hufen der Pferde zerbrach. Von Osten her wehte ein leichter, kühler Wind, der kleine Schneeflocken vor sich hertrieb. Die Zweige der verschneiten Bäume warfen lange Schatten, die in Richtung Beaulieu wiesen.

Fünf Jahre waren vergangen, seit Bruder Adam die Abtei verlassen hatte und in das triste Tochterhaus in Newenham übergesiedelt war. Fünf Jahre nur in Gesellschaft von etwa einem Dutzend Mitbrüder an der wilden Westküste. Auch wenn die Umgebung, die ihn nun begrüßte – die vereiste Landschaft im schwefelgelben Licht der untergehenden Wintersonne –, ziemlich trübe wirkte, bemerkte er nichts davon.

Er spürte nur das Heimweh und wusste, dass es bis zu den grauen Gebäuden am Fluss bloß noch eine knappe Stunde Wegs war.

In jener Zeit wurden einige der Mönche in dem kleinen Mutterhaus in Newenham von einer seltsamen Krankheit befallen, deren Ursachen nie vollständig aufgeklärt werden konnte. Obwohl alle Einzelheiten in den Büchern der Abtei Beaulieu verzeichnet sind, fand man nie heraus, ob es am Wasser, der Ernährung, dem Erdboden oder den Gebäuden selbst lag. Doch einige der Brüder waren so schwer von dem Leiden betroffen, dass nichts anderes übrig blieb, als sie nach Beaulieu zurückzubringen, wo man sie besser pflegen konnte.

Auch Bruder Adam litt an dieser Krankheit. Er nahm das gelbe Licht um sich herum nicht wahr, denn er war blind.

Nach Bruder Adams Eintreffen wunderten sich die Mönche von Beaulieu immer wieder, wie er sich ohne fremde Hilfe in der Abtei zurechtfinden konnte, und zwar nicht nur im Kreuzgang. Sogar mitten in der Nacht, wenn die Mönche durch den Flur und die Treppen hinab in die Kirche zur Andacht gingen, folgte er ihnen, ohne dass man ihn führen musste, und nahm seinen Platz im Chorgestühl ein. Auch draußen wanderte er über das Klostergrundstück, ohne sich je zu verirren; er pflanzte Gemüse oder fertigte Kerzen an.

Bruder Adam war immer noch ein gut aussehender, kräftig gebauter Mann. Er sprach wenig und war am liebsten allein, doch immer strahlte er eine stille Würde aus.

Nur einmal, wenige Tage lang, etwa achtzehn Monate nach seiner Rückkehr, schien ihn etwas aus dem Gleichgewicht gebracht zu haben. Er verlief sich einige Male und stieß ständig gegen alle möglichen Gegenstände. Nach einer Woche, in der der Abt sich große Sorgen um ihn gemacht hatte, erholte er sich wieder. Es kam nicht mehr zu derartigen Zwischenfällen. Niemand wusste, was Bruder Adam so verstört hatte.

Bis auf Bruder Luke.

An einem warmen Sommernachmittag hatte der Laienbruder sich erboten, den zurückgekehrten Mönch auf einen Spaziergang, seinen Lieblingsweg am Fluss entlang, zu begleiten.

»Auch wenn ich den Fluss nicht sehen kann, so werde ich ihn zumindest riechen«, meinte Bruder Adam. »Also gehen wir.«

Hin und wieder hatte Luke ihn am Arm nehmen müssen. Doch einige Warnungen vor Hindernissen auf dem Weg hatten genügt, den Wald verhältnismäßig rasch zu durchqueren. Schließlich erreichten sie den Sumpf an der Flussbiegung, wo der Mönch erfreut dem Flügelschlagen einiger Schwäne lauschte, die sich aus dem Wasser erhoben.

Nachdem sie eine Weile schweigend dagestanden und die Sonne auf ihren Gesichtern gespürt hatten, hörte Bruder Adam auf einmal Schritte. »Wer ist das?«, fragte er.

»Jemand, der dich sprechen will«, erwiderte Luke und fügte hinzu: »Ich gehe mal ein Stück.« Auf einmal wurde Adam klar, um wen es sich handelte, und er erschrak.

Sie stand dicht vor ihm. Er konnte sie riechen. Er spürte ihre Gegenwart, wie es nur ein Blinder vermag. Am liebsten hätte er sie angefasst, doch er zögerte, denn er hatte das Gefühl, dass sie nicht allein war.

»Bruder Adam.« Ihre Stimme. Sie klang ruhig und sanft. »Ich habe dir jemanden mitgebracht.«

»Oh. Wen denn?«

»Mein jüngstes Kind. Es ist ein kleiner Junge.«

»Ich verstehe.«

»Gibst du ihm deinen Segen?«

»Meinen Segen?« Er war überrascht. Eigentlich war das keine ungewöhnliche Bitte an einen Mönch, doch angesichts dessen, was sie über ihn wusste... »Wenn du meinst, dass ihm mein Segen weiterhilft«, sagte er. »Wie alt ist denn das Kind?«

»Fünf.«

»Ah, ein schönes Alter.« Er lächelte. »Und wie heißt er?«

»Ich habe ihn Adam genannt.«

»Oh, so wie ich.«

Er spürte, wie sie näher kam, sodass sie einander fast berührten, und dann flüsterte sie ihm etwas ins Ohr. »Er ist dein Sohn.«

»Mein Sohn?« Die Erkenntnis traf ihn wie ein Blitzschlag, sodass er fast ins Taumeln geraten wäre. Ihm war, als hätte er in der Dunkelheit, die ihn umfing, einen goldenen Lichtstrahl gesehen.

»Er weiß es nicht.«

»Du...« Seine Stimme klang gepresst. »Bist du sicher?«

»Ja, Bruder.« Sie wich zurück.

Kurz stand er reglos im Sonnenlicht und fühlte sich, als sei alles um ihn herum ins Schwanken geraten. »Komm, kleiner

Adam«, sagte er leise. Und als der kleine Junge sich näherte, betastete er mit den Händen seinen Kopf und sein Gesicht. Wie gerne hätte er ihn hochgehoben und ihn an sich gedrückt, doch das durfte er nicht. »So, Adam«, meinte er sanft. »Sei ein guter Junge, gehorche deiner Mutter und lass dich von einem Namensvetter segnen.« Er legte die Hand auf den Kopf des Jungen und sprach ein kurzes Gebet.

Er wollte dem Jungen etwas geben und überlegte, was er ihm schenken könnte. Da fiel ihm das Kruzifix aus Zedernholz ein, das er vor so langer Zeit von seiner Mutter erhalten hatte. Mit einem Ruck zerriss er den Lederriemen, an dem es um seinen Hals hing, und reichte es dem Jungen. »Das habe ich von meiner Mutter, Adam«, sagte er. »Es heißt, ein Kreuzritter habe es aus dem Heiligen Land mitgebracht. Behalt es immer bei dir.« Dann wandte er sich mit einem Achselzucken an Mary. »Mehr habe ich nicht.«

Die Frau und ihr Sohn entfernten sich, und kurz darauf kehrten Adam und Luke zur Abtei zurück.

Eine Weile sprachen sie kein Wort. Erst als sie die Hälfte des Weges durch den Wald zurückgelegt hatten, fragte Adam: »Sieht der Junge mir ähnlich?«

»Ja.«

In seinen langen Jahren der Blindheit wirkte Bruder Adam besonders friedlich und würdevoll, wenn er an einem sonnigen Nachmittag meditierend in einer Nische des windgeschützten Kreuzganges saß. Den jüngeren Mönchen schien es, als sei er in diesen Momenten nah bei Gott und spräche mit ihm. Es wäre ihnen ungehörig erschienen, ihn dabei zu stören. Und zuweilen traf ihre Vermutung auch zu. Manchmal aber, wenn ihm der Geruch der Wiese und der Gänseblümchen in die Nase stieg und wenn er die warme Sonne spürte, die über dem *frater* aufging, beschäftigte ihn etwas anderes, und dieser Gedanke erfüllte ihn stets mit großer Freude. Auch wenn er sich damit versündigte, war er dagegen machtlos.

Ich habe einen Sohn. Guter Gott, ich habe einen Sohn.

Eines Nachmittags, als er allein und unbeobachtet war, nahm er sogar das kleine Messer heraus, das er zuvor am Tag benutzt hatte. Vorsichtig ritzte er ein kleines A neben sich in den Stein.

A für Adam. Und selbst wenn er bestraft werden und aus dem Paradies hinaus in die Dunkelheit gejagt werden sollte, würde er es, seinem Sohn zuliebe, wieder tun.

Und so lebte Bruder Adam noch viele Jahre lang in der Abtei Beaulieu und bewahrte sein Geheimnis.

LYMINGTON

1480

Es war ein warmer Aprilmorgen, und der frische Fisch duftete köstlich. Kaufmannsgattinnen in Gewändern mit bauschigen Ärmeln drängten sich auf dem Fischmarkt von Lymington. Bei Tagesanbruch war eine große Ladung an der kleinen Mole an Land gebracht worden. Es gab Aale und Austern von der Flussmündung; Seehecht, Kabeljau und andere Weißfische aus dem Meer und auch Goldfische, wie man damals den Goldbarsch nannte.

Der Gutsverwalter hatte gerade seine Glocke geläutet, um das Ende des Fischmarkts anzukündigen, als vom Pier her zwei Gestalten erschienen.

Alle kannten den mageren Mann, der da an diesem warmen Aprilmorgen durch die Straßen schritt. Schon sein Gang verriet, dass er sich nicht um die Meinung seiner Mitbürger scherte. Eine weite Leinenhose umflatterte seine Waden, sodass seine nackten Knöchel zu sehen waren. An den Füßen trug er Sandalen mit Lederriemen. Seine nicht allzu saubere Weste bestand aus rot-weiß-gestreiftem Tuch. Auf dem Kopf trug er einen selbst genähten Lederhut.

Alan Seagulls fröhliches Gesicht ging vom Mund direkt in den Hals über. Der spärliche schwarze Bart reichte hinunter bis zum Adamsapfel, ohne dabei den Umweg über ein Kinn zu nehmen.

Es roch nach Teer, Fisch und Meerwasser. Wie so oft summte er eine Melodie vor sich hin. An seiner Seite marschierte der kleine Jonathan Totton, der den Seemann vergötterte. Gerade hatten sie das Rathaus an der abschüssigen kleinen Straße erreicht, als ihn eine ruhige, aber befehlsgewohnte Stimme zu sich rief: »Jonathan, komm her.«

Bedauernd ließ Jonathan den Seemann stehen und ging zu dem hohen Holzhaus hinüber, wo ihn sein Vater erwartete.

Kurz darauf fand er sich, von einer kräftigen Hand hineingeschoben, im Inneren des Hauses wieder und lauschte den gemessenen Worten seines Vaters. »Mir wäre es lieber, wenn du nicht so viel Zeit mit diesem Mann verbringst.«

»Warum, Vater?«

»Weil es in Lymington gewiss bessere Gesellschaft für dich gibt.«

Nun, dachte Jonathan, das könnte schwierig werden.

Zuweilen machte Henry Totton sich Sorgen um seinen Sohn. »Ich weiß nicht, ob er wirklich versteht, was ich ihm sage«, beklagte er sich einmal bei einem Freund.

»Bei einem zehnjährigen Jungen ist das nichts Ungewöhnliches«, beruhigte ihn dieser. Doch Totton gab sich damit nicht zufrieden. Und als er nun seinen Sohn betrachtete, empfand er Ungewissheit und Enttäuschung, die er sich jedoch nicht anmerken ließ.

Henry Totton war ein knapp mittelgroßer, zurückhaltender Mann. Er trug ein langes *houppelande* – einen vom Kragen bis zu den Knöcheln durchgeknöpften, langärmeligen lockeren Mantel ohne Gürtel, der aus bestem braunem Tuch bestand. Für besondere Gelegenheiten besaß er einen zweiten aus Samt mit einer seidenen Schärpe. Er war glatt rasiert, und sein milder Blick aus grauen Augen konnte nicht verbergen, dass ihm am Vorwärtskommen seiner Familie gelegen war. Seit Jahrhunderten trieben die Tottons in Southampton und Christchurch Handel, und er wollte unter allen Umständen verhindern, dass der Zweig der Familie, der in Lymington lebte, hinter seine Vettern zurückfiel.

Er gab sich redlich Mühe, Jonathan nicht zu sehr einzuschüchtern, denn es wäre dem Jungen gegenüber ungerecht gewesen. Außerdem liebte er ihn von ganzem Herzen. Seit dem Tod seiner Frau vor einem Jahr war der kleine Jonathan alles, was er hatte.

Wenn Jonathan seinen Vater ansah, wusste er, dass dieser enttäuscht von ihm war, obwohl er sich keinen Grund dafür denken konnte. An manchen Tagen strengte er sich an, ihm eine Freude zu machen, doch an anderen vergaß er es einfach. Wenn sein Vater nur begriffen hätte, warum ihm so viel an den Seagulls lag.

Im Jahr nach dem Tod seiner Mutter hatte er sich angewöhnt,

allein zum Hafen hinunterzulaufen. Unten an der High Street, wo die alten Landparzellen endeten, führte ein steiler Abhang zum Wasser. Das Gebiet am Fuße des Hügels wurde nicht nur geographisch als tiefer liegend betrachtet. Da an dieser Stelle die Stadtgrenze verlief, endeten für Leute wie die Tottons hier auch Anstand und gute Sitten. Denn an dem Hügel drängten sich die schmuddeligen Hütten der Fischer. »Und das übrige Treibgut, das es vom Meer oder aus dem New Forest hierherverschlagen hat«, wie Jonathans Vater zu sagen pflegte.

Für Jonathan hingegen war es ein kleines Paradies: die klinkergebauten Schiffe mit ihren schweren Segeln, die umgedrehten Boote auf dem Kai, die Schreie der Möwen, der Geruch nach Teer, Salz und getrocknetem Seetang, die Reusen und Netze. Er liebte es, dort umherzustreifen. Die Hütte der Seagulls, wenn man sie denn so bezeichnen wollte, stand dicht am Ufer. Eigentlich handelte es sich weniger um ein Gebäude, als um eine Ansammlung von Gegenständen, von denen einer faszinierender war als der andere und die sich hier in einem wilden Haufen türmten. Das Sammelsurium sah aus, als wäre es durch Zauberhand entstanden, denn man konnte sich nur schwer vorstellen, dass Alan Seagull so viel Mühe auf etwas verwendete, das nicht schwimmen konnte.

Dabei hätte sich die Hütte der Seagulls wahrscheinlich sogar über Wasser gehalten. Auf der einen Seite bildeten die Überreste eines alten Segelbootes mit nach außen gewendeten Seiten eine Art Laube, in der Seagulls Frau häufig saß und eines ihrer kleinen Kinder stillte. Das Dach bestand aus verschiedenen Planken und Latten, immer wieder unterbrochen von Flicken aus Segeltuch. Hie und da erinnerten Ausbuchtungen an ein Ruder, einen Schiffskiel oder an eine alte Truhe. Aus einem Gegenstand, der einem alten Hummertopf ähnelte, quoll Rauch. Dach und Außenwände waren zum Großteil schwarz von Teer. Draußen, neben der Hütte, lag ein Boot. Fischernetze und verschiedene Schwimmer waren zum Trocknen aufgehängt. Dahinter befand sich ein großes, von Schilf bewachsenes Gelände, das manchmal fischig stank. Für einen kleinen Jungen war es eine Welt voller Abenteuer.

Den Besitzer dieser Bretterbude am Meer konnte man jedoch keinesfalls einen armen Mann nennen. Alan Seagull besaß ein Schiff, einen klinkergebauten Einmaster, größer als ein Fischerboot, mit ausreichendem Frachtraum, sodass er kleinere Lasten nicht nur durch die Küstengewässer, sondern selbst bis hinüber nach Frankreich schaffen konnte. Sein Schiff war zwar nicht sonderlich ansehnlich, aber ausgezeichnet in Schuss, und seine Mannschaft gehorchte ihm aufs Wort. Es ging das Gerücht, dass Alan Seagull irgendwo ein wenig Geld versteckt hatte. Obwohl er lange nicht so wohlhabend war wie die Tottons, fiel auf, dass er alles, was er brauchte, auch bezahlen konnte. Seine Familie hatte immer genug zu essen.

Der kleine Jonathan hielt sich oft bei den Seagulls auf und beobachtete die sieben oder acht Kinder, die ständig um das Haus wimmelten wie Fische um eine Unterwasserhöhle. Der liebevolle Umgang zwischen ihnen und ihrer Mutter vermittelte ihm eine familiäre Vertrautheit und Wärme, die ihm zu Hause fehlten. Als er eines Tages allein an der Hütte vorbeischlenderte, folgte ihm eines der Kinder, ein Junge, etwa in seinem Alter. »Hast du Lust, mit mir zu spielen?«, fragte er.

Willie Seagull war ein komischer Knirps. Mager, aber ziemlich kräftig und zu jedem Streich bereit. Jonathan musste wie die anderen Söhne wohlhabender Kaufleute eine kleine Schule besuchen, denn Totton und sein Freund Burrard hatten einen Schulmeister eingestellt. Doch nach dem Unterricht tollten er und Willie zusammen herum und erlebten immer wieder neue Abenteuer. Manchmal spielten sie im Wald oder gingen an einen Bach zum Angeln. Willie zeigte ihm, wie man Forellen fischte. Hin und wieder liefen sie auch zum Strand hinunter.

»Kannst du schwimmen?«, erkundigte sich Willie.

»Ich weiß nicht so recht«, erwiderte Jonathan und stellte bald fest, dass sein neuer Freund schwimmen konnte wie ein Fisch.

»Keine Angst, ich bringe es dir bei«, versprach Willie.

Eigentlich konnte Jonathan schneller rennen als Willie, doch der kleine Junge schlug Haken, sodass er ihn nie erwischte. Willie nahm ihn auch mit zu den Kindern der anderen Fischer am Kai, worauf Jonathan sehr stolz war.

Und als sie eines Nachmittags am Wasser Alan Seagull begegneten, meinte Willie zu dieser sagenhaften Gestalt: »Das ist mein Freund Jonathan.« Der kleine Jonathan Totton schwebte im siebten Himmel. »Willie Seagull sagt, dass ich sein Freund bin«, verkündete er an diesem Abend stolz seinem Vater. Aber der schwieg nur eisig.

Manchmal begleitete Willie seinen Vater auf dessen Schiff und blieb einen oder zwei Tage lang fort, worum Jonathan ihn glühend beneidete. Er wusste genau, es wäre sinnlos, wenn er fragen würde, ob er mitfahren dürfe.

»Komm, Jonathan«, forderte sein Vater ihn eines Tages auf. »Ich möchte dir etwas zeigen.«

Sie standen im Kontor, einem kleinen Raum mit einem massiven Holztisch in der Mitte und verschiedenen Schränken und Truhen aus Eichenholz an den Wänden. Der besondere Stolz des Kaufmanns war das große Stundenglas, das es ihm ermöglichte, die genaue Uhrzeit abzulesen. Jonathan sah die verschiedenen Gegenstände auf dem Tisch seines Vaters und erkannte mit einem Seufzer, dass heute wieder eine Unterrichtsstunde an der Reihe war.

In Henry Tottons wohl geordneter Welt bestand alles aus Formen und Zahlen, also aus Dingen, die man verstehen konnte. Oft faltete er für Jonathan geometrische Körper aus Pergament oder Papier. »Schau«, pflegte er dann zu sagen, »wenn du es umdrehst, sieht es ganz anders aus.« Er verwandelte Dreiecke in Kegel und Quadrate in Rechtecke oder Zylinder. »Beim Falten«, erklärte er, während er seinem Sohn ein Viereck zeigte, »erhältst du ein Dreieck, ein Rechteck oder ein kleines Zelt.« Außerdem erfand er für seinen Sohn Zahlenspiele, in der Hoffnung, ihm damit eine Freude zu machen. Aber der arme Jonathan, der sich bei diesen Gelegenheiten schrecklich langweilte, träumte währenddessen nur vom hohen Gras auf den Feldern, dem Vogelgezwitscher im Wald und dem Salzgeruch unten am Hafen.

Dennoch gab er sich große Mühe, dass sein Vater mit ihm zufrieden war. Und je stärker er sich anstrengte, desto mehr verkrampfte er sich, bis er überhaupt nichts mehr verstand und mit hochrotem Gesicht Unsinn stammelte, woraufhin sein Vater kaum noch seine Verzweiflung verbergen konnte.

Jonathan sah die Münzen auf dem Tisch und wusste sogleich, dass die heutige Lektion sich mit Alltäglichem befassen würde.

»Kannst du mir sagen, was für Münzen das sind?«, fragte Totton mit leiser Stimme.

Die erste war ein Penny. Das war nicht weiter schwer. Bei der nächsten handelte es sich um einen halben Groschen, der zwei Pence wert war. Also entsprach ein Groschen vier Pence. Diese Geldstücke waren in England allgemein bekannt. Darauf folgte ein Shilling, für den man zwölf Pence bekam. Einen goldenen Rial konnte man gegen mehr als zehn Shilling einwechseln. Das nächste Geldstück allerdings, eine prächtige Goldmünze, auf der der Erzengel Michael gerade den Drachen tötete, war Jonathan völlig unbekannt.

»Das ist ein Angel«, erklärte Totton. »Er ist sehr wertvoll und selten. Und was« – er zog eine weitere Münze hervor – »ist das?« Jonathan hatte keine Ahnung. Es war eine französische Krone. Dann zeigte sein Vater ihm einen Dukaten und einen Doppeldukaten. »Diese Münzen eignen sich am besten für den Seehandel«, erläuterte Totton. »Spanier, Italiener, Flamen, sie alle nehmen Dukaten an.« Er lächelte. »Und nun sage ich dir, was sie alle wert sind. Denn du wirst lernen müssen, sie zu benutzen.«

Nicht nur Kaufleute, die in Übersee Geschäfte betrieben, kamen mit den verschiedenen europäischen Währungen in Berührung. Man fand sie auch in den inländischen Marktstädten, und zwar aus einem einfachen Grund: Ihr Wert war vielfach höher.

Im fünfzehnten Jahrhundert hatte England einige Niederlagen verschmerzen müssen. Der Triumph über die Franzosen bei Agincourt war nur von kurzer Dauer gewesen, denn die Visionen der allseits bewunderten Jeanne d'Arc hatten die Franzosen beflügelt, die Engländer wieder aus dem Land zu werfen. Nach Ende des Hundertjährigen Krieges gegen Mitte des Jahrhunderts waren die Preise kräftig gestiegen, worunter die Geschäfte litten. Es folgte der eine Generation während Streit zwischen den beiden Zweigen des Königshauses, York und Lancaster. Auch wenn es sich bei diesen so genannten Rosenkriegen eher um eine Reihe von feudalen Zwistigkeiten handelte als um einen Bürgerkrieg, waren sie der Ruhe und Ordnung im Lande nicht eben förderlich. Da auf Grund der Aufstände die Pachtzinsen fielen, war es nicht weiter erstaunlich, dass die königliche Münze – wie immer, wenn der Staat knapp bei Kasse ist – die Währung abwertete. Natürlich hatte man in den letzten Jahren Anstrengungen unternommen, der englischen Währung wieder zu einem Aufschwung zu verhelfen. Doch Henry Totton hatte Recht, wenn er sagte, dass gute englische Münzen schwer zu finden waren. Deshalb wurden Geschäfte wenn möglich in der stärksten Währung abgewickelt, und das war für gewöhnlich eine ausländische.

All das erklärte Henry Totton seinem Sohn. »Diese Dukaten,

Jonathan«, schloss er seine Ausführungen, »sind das, was wir am nötigsten brauchen. Hast du mich verstanden?«

Und Jonathan nickte, obwohl er sich nicht ganz sicher war.

»Gut«, sagte der Kaufmann und lächelte seinem Sohn aufmunternd zu. Da Jonathan heute in aufnahmebereiter Stimmung zu sein schien, beschloss er, ihm noch einen kleinen Vortrag über Häfen zu halten.

Denn Henry Totton hatte eine besondere Schwäche für dieses Thema. Der wichtigste Hafen war natürlich der in Calais, der über Stapelrechte verfügte. Dort wurden die meisten Geschäfte abgewickelt. Auch die leidige Frage Southampton durfte man nicht aus den Augen verlieren. Doch zuerst sollte Jonathan alles über Calais erfahren.

»Vater?«

»Ja, Jonathan?«

»Ich habe mir etwas überlegt. Wenn ich mich von Alan Seagull fern halte, darf ich doch trotzdem weiter mit Willie spielen, oder?«

Henry Totton starrte seinen Sohn entgeistert an. Für einen Augenblick fehlten ihm die Worte. Dann zuckte er verärgert die Achseln. Er war machtlos dagegen.

»Tut mir Leid, Vater.« Der Junge wirkte bestürzt. »Sollen wir weitermachen?«

»Nein, ich glaube nicht.« Totton betrachtete die Münzen auf dem Tisch und blickte aus dem Fenster. »Spiel, mit wem du willst, Jonathan«, sagte er mit einer wegwerfenden Handbewegung.

»Du hättest es sehen sollen, Vater.« Willie Seagull strahlte übers ganze Gesicht, während er seinem Vater beim Flicken eines Fischernetzes half.

Am Morgen nach dem Gespräch zwischen Totton und seinem Sohn hatte Jonathan zum ersten Mal Willie Seagull zu sich nach Hause mitgenommen.

»War Henry Totton da?« Der Seemann unterbrach sein Summen, um diese Frage zu stellen.

»Nein. Nur Jonathan und ich. Und die Dienstboten, Vater. Sie haben eine Köchin und eine Küchenmagd und noch zwei Frauen, die…«

»Totton ist reich, mein Sohn.«

»Und eines habe ich gar nicht gewusst, Vater. Nämlich, wie tief diese Häuser sind, obwohl sie doch von vorne so schmal aussehen. Hinter dem Kontor liegt eine riesige Halle, zwei Stockwerke hoch, mit einer Empore an der Seite. Und dann gibt es noch mehr Zimmer.«

»Ich weiß, mein Sohn.« Totton bewohnte ein typisches Kaufmannshaus, wie es der kleine Willie noch nie betreten hatte.

»Und der Keller ist riesengroß und so lang wie das ganze Haus. Da unten bewahren sie alle möglichen Sachen auf. Weinfässer, Stoffballen und Säcke mit Wolle. Ganze Schiffsladungen voll«, fuhr Willie aufgeregt fort. »Und der Speicher unter dem Dach ist gewaltig. Dort oben stehen Säcke mit Mehl und Malz und noch vieles mehr.«

»Das ist kein Wunder, Willie.«

»Und draußen, Vater. Ich habe gar nicht geahnt, wie lang die Gärten sind. Sie reichen von vorne bis zu der Gasse hinter der Stadt.«

Die Landparzellen in Lymington hatten eine für mittelalterliche Städte typische Form. Die Front zur Straße hin war fünfeinhalb Meter breit, ein Maß – auch Rute genannt –, das man gewählt hatte, weil es einer Pflugspur auf einem englischen Feld entsprach. Ein zweihundertzwanzig Meter langer Streifen ergab eine Achtelmeile, vier Achtelmeilen ergaben null Komma vier Hektar. Deshalb waren die Grundstücke lang und schmal wie ein gepflügtes Feld. Henry Totton besaß zwei zusammenhängende Parzellen. Auf der zweiten bildeten seine Stallungen und eine vermietete Werkstatt einen Hof. Dahinter befand sich ein etwa hundert Meter langer, elf Meter breiter Garten, der sich über beide Parzellen erstreckte.

Alan Seagull nickte. Er fragte sich, ob Willie sich wohl auch nach einer solchen Lebensweise sehnte, doch soweit er es beurteilen konnte, war sein Sohn damit zufrieden, den Wohlstand des Kaufmanns von außen zu betrachten. Dennoch beschloss er, ihm zwei Warnungen mit auf den Weg zu geben. »Weißt du, Willie«, sagte er leise, »du darfst nicht glauben, dass Jonathan für immer dein Freund bleiben wird.«

»Warum nicht, Vater? Er ist doch sehr nett.«

»Schon. Aber eines Tages werden sich die Dinge ändern. So ist das Leben.«

»Das fände ich schrecklich.«

»Mag sein. Und da wäre noch etwas.« Alan musterte seinen Sohn eindringlich.

»Ja, Vater?«

»Es gibt Dinge, die du ihm nie erzählen darfst, obwohl er dein Freund ist.«

»Meinst du damit...?«

»Unser Geschäft, mein Sohn. Ist dir das klar?«

»Ach, das.«

»Du hältst den Mund, oder?«

»Aber natürlich.«

»Du darfst mit niemandem darüber reden, der zur Familie Totton gehört. Hast du das verstanden?«

»Ja«, erwiderte Willie. »Ich sage kein Wort.«

In jener Nacht wurde im Angel Inn eine Wette abgeschlossen. Geoffrey Burrard hatte sie vorgeschlagen.

Und Henry Totton nahm sie nach reiflicher Überlegung an. Halb Lymington war Zeuge.

Das Angel Inn war ein gemütliches Gasthaus oben an der High Street, in dem alle Bevölkerungsschichten der Stadt verkehrten. Also war es nicht weiter verwunderlich, dass Burrard und Totton sich an diesem Abend zufällig dort trafen. Die beiden Männer waren von Geburt an Freisassen, freie Bauern mit eigenem Landbesitz oder wohlhabende Kaufleute. Und sie waren beide wichtige Männer in der Stadt, Stützen der Gesellschaft, wie man so schön sagt. Sie bewohnten Häuser mit Giebeln und überhängenden oberen Stockwerken, besaßen Anteile an zwei oder drei Schiffen, handelten mit Wolle und benutzten den großen Stapelhafen von Calais als Umschlagplatz. Die Burrards wohnten zwar schon ein paar Generationen länger in Lymington als die Tottons, aber das Wohl der Stadt lag beiden Familien gleichermaßen am Herzen. Außerdem hatten die zwei Männer ein gemeinsames Anliegen.

Der große Hafen von Southampton hatte schon eine bedeutende Rolle gespielt, als Lymington noch ein kleiner Weiler gewesen war. Vor vielen Jahrhunderten hatte man Southampton die Oberhoheit über alle kleineren Häfen an diesem Teil der Südküste eingeräumt; unter anderem gehörte dazu das Recht, für alle ein- und ausgeführten Güter die königlichen Steuern und Zölle einzutreiben. In königlichen Dokumenten wurde der Bürgermeister von Southampton sogar als Admiral bezeichnet. Doch nachdem Lymington dem König im Hundertjährigen Krieg eigene Schiffe zur Verfügung gestellt hatte, erschien es wie ein Affront, dass man sich immer noch der Vorherrschaft Southamptons beugen musste. »Wir treiben selbst die Zölle ein«, erklärte die Bürgerschaft von Lymington. »Schließlich brauchen wir Geld für unsere eigene Stadt.« Und so kam es in dieser Frage seit mehr als hundertsechzig Jahren immer wieder zu Disputen und Gerichtsverhandlungen.

Dass er mit einigen Mitgliedern der Bürgerschaft von Southampton verwandt war, trübte Tottons Parteinahme für Lymington keineswegs. Schließlich betrieb er hier seine Geschäfte. Er beurteilte die Lage mit seinem messerscharfen Verstand und teilte der Bürgerschaft mit: »Was die königlichen Steuern angeht, ist Southampton immer noch im Vorteil. Aber wenn wir unsere Forderungen auf Kielgeld und Kaigeld beschränken, werden wir sicher gewinnen.«

»Was würden wir ohne dich tun, Henry«, lautete Burrards Lob.

Burrard war ein stattlicher, rotgesichtiger Mann und ein paar Jahre älter als Totton. Im Gegensatz zu Totton, der eher zu Zurückhaltung und Vorsicht neigte, war er ein temperamentvoller und leidenschaftlicher Mensch. Doch erstaunlicherweise hatten die beiden eine gemeinsame Schwäche.

Burrard und Totton wetteten leidenschaftlich gern und häufig miteinander. Während Burrard sich auf seinen Instinkt verließ und damit oft erfolgreich war, berechnete Totton seine Gewinnchancen sehr genau.

In gewisser Weise war für Totton das ganze Leben eine Wette. Man kalkulierte die Möglichkeiten wie bei jedem Geschäft. Selbst große historische Ereignisse waren in seinen Augen nur eine Reihe von Wetten, die einmal so und einmal so ausgingen. Man brauchte dazu nur die Geschichte von Lymington zu betrachten. Zu Rufus' Zeiten waren die Feudalherren noch mächtige normannische Adelige gewesen. Doch nach Rufus' Tod im New Forest und der Thronbesteigung seines jüngeren Bruders Heinrich waren die Grundherren so leichtsinnig gewesen, Robert, Herzog der Normandie, zu unterstützen. Zur Strafe hatte der König dieser Familie Lymington und weitere Ländereien abgenommen und sie einer anderen Familie übertragen. In den darauf folgenden drei Jahrhunderten war der Titel durch Erbfolge weitergegeben worden – bis die Familie sich während der Rosenkriege auf die Seite des Hauses Lancaster schlug. Im Jahre 1461 wandte sich das Blatt, als die Anhänger des Hauses Lancaster eine wichtige Schlacht verloren. Daraufhin hatte der neue König, ein Mitglied des siegreichen Hauses York, den Grundherrn köpfen lassen. Inzwischen herrschte wieder eine andere Familie über Lymington.

Selbst die bürgerliche Familie Totton war an diesem gewaltigen Glücksspiel beteiligt gewesen. Kaufmann Totton hegte insgeheim großen Stolz, dass sein Lieblingsonkel zum Gefolgsmann des edelsten Abenteurers überhaupt geworden war. Bei diesem Herrn handelte es sich um den Earl von Warwick, der wegen seiner Fähigkeit, die Seite, für die er sich entschieden hatte, stets zum Sieg zu führen, auch »Königsmacher« genannt wurde. »Jetzt bin ich Freisasse«, sagte der Onkel beim Abschied zu Henry, »doch zurückkommen werde ich vielleicht als Adeliger.« Wer dem mächtigen Königsmacher diente, hatte große Aussichten, sein Glück zu wenden. Vor neun Jahren aber, kurz nach Ostern, hatte sich eine neue Nachricht wie ein Lauffeuer im New Forest verbreitet: »Es hat wieder eine Schlacht gegeben. Der Königsmacher ist gefallen. Die Witwe hat in Beaulieu Schutz gesucht.« Auch sein Lieblingsonkel war also ums Leben gekommen. Henry Totton hatte das zwar sehr bedauert, doch er sah es nicht als Tragödie oder Grausamkeit des Schicksals. Sein Onkel hatte eine Wette abgeschlossen und verloren. Mehr war nicht dabei.

Dank dieser Haltung konnte Henry allen Widrigkeiten mit Ruhe und Gelassenheit begegnen, was er selbst als seine Stärke ansah. Seine Frau hingegen hielt es für ein Zeichen von Gefühlskälte.

Als Burrard ihm nun diese Wette vorschlug, wog er die Vor- und Nachteile sorgfältig gegeneinander ab.

»Ich wette mit dir, Henry!«, rief sein Freund aus, »dass ich dich, wenn du das nächste Mal ein beladenes Schiff zur Insel Wight schickst, mit einem ebenfalls beladenen überholen und noch vor dir zurückkommen werde.«

»Du hast mindestens ein Schiff, das viel schneller ist als alle, die ich besitze«, entgegnete Totton.

»Ich werde keines von meinen eigenen benutzen.«

»Was für eines dann?«

Burrard überlegte eine Weile und schmunzelte schließlich. »Ich lasse Seagull gegen dich antreten.« Er stellte fest, dass die Augen des Kaufmanns aufleuchteten.

»Seagull?« Totton schlug die Stirn in Falten. Er dachte an die Freundschaft seines Sohnes mit dem Seemann. »Ich habe keine Lust, mit Seagull zu wetten, Geoffrey.«

»Das tust du auch nicht. Wie du weißt, wettet Seagull sowieso nie.« So erstaunlich das auch klang, es entsprach der Wahrheit. Der Seemann war zwar in den meisten Dingen ein ziemlicher Schwerenöter, doch aus unbekannten Gründen ließ er die Finger vom Wetten. »Die Wette gilt also zwischen uns beiden, Henry, nur du und ich«, verkündete Burrard. »Jetzt zier dich nicht so«, rief er dann aufmunternd.

Totton überlegte. Warum wollte Burrard denn unbedingt Seagull gegen ihn antreten lassen? Wusste er, wie schnell dessen Schiff verglichen mit seinem war? Unwahrscheinlich. Ganz sicher hatte er nur eine Vermutung, dass ein Draufgänger wie Seagull es irgendwie schaffen würde. Andererseits hatte er, Totton, Seagulls Boot schon oft beobachtet. Und vor allem kannte er natürlich das hübsche kleine Schiff in Southampton, von dem er seit kurzem ein Viertel besaß. Eindeutig war das Schiff in Southampton das schnellere.

»Die Wette gilt für Seagulls Schiff«, erwiderte er. »Aber du musst Seagull zu der Fahrt überreden, sonst blasen wir alles ab.«

»Einverstanden«, entgegnete sein Freund.

Totton nickte langsam. Gerade stellte er weitere Berechnungen an, als plötzlich der kleine Jonathan in der Tür erschien. Vielleicht war es gar nicht so schlecht, wenn sein Sohn miterlebte, wie sein Held, der Seemann, ein Rennen verlor. »Gut. Fünf Pfund«, sagte er.

»Oho! Henry!«, polterte Burrard, sodass sich einige andere Gäste nach ihm umdrehten. »Das ist aber ein hoher Einsatz.« Fünf Pfund waren tatsächlich eine beträchtliche Summe.

»Zu hoch für dich?«, fragte Totton.

»Nein, nein, so habe ich das nicht gemeint.« Selbst der sonst so fröhliche Burrard wirkte ein wenig befremdet.

»Wenn du lieber einen Rückzieher …«

»Die Wette gilt. Fünf Pfund!«, rief Burrard. »Aber dafür musst du mir jetzt einen ausgeben, Henry.«

Als Jonathan hereinkam, merkte er den Gesichtern der Anwe-

239

senden an, dass sein Vater die Männer von Lymington gerade mächtig beeindruckt hatte.

Um sein Unbehagen zu verbergen, begrüßte Geoffrey Burrard den Kaufmannssohn mit seiner üblichen Leutseligkeit. »Ho! Junger Mann! Welche Abenteuer hast du denn heute bestanden?«

»Keine, Sir.« Jonathan war nicht sicher, was er darauf antworten sollte, doch er wusste genau, dass man Burrard mit Respekt begegnen musste.

»Ach, und ich dachte schon, du hättest heute wieder ein paar Drachen getötet.« Er lächelte Jonathan aufmunternd zu, und als er die Verlegenheit des Jungen bemerkte, fügte er hinzu: »Als ich so alt war wie du, gab es im New Forest einen Drachen.«

»In der Tat«, stimmte Totton zu. »Er wurde der Drache von Bisterne genannt.«

Jonathan betrachtete misstrauisch die beiden Männer. Natürlich kannte er wie alle Kinder im New Forest die Geschichte vom Drachen von Bisterne. Aber da sie von einem Ritter und einem urzeitlichen Tier handelte, hatte er sie für eine Legende gehalten, etwa so wie die von König Arthur. »Ich dachte, das wäre schon lange her«, meinte er.

»Das stimmt nicht ganz.« Totton schüttelte den Kopf. »Und es ist alles wahr«, fügte er mit ernster Miene hinzu. »Als ich noch klein war, gab es wirklich einen Drachen, so hieß es wenigstens. Und der Ritter von Bisterne hat ihn getötet.«

Als Jonathan das Gesicht seines Vaters musterte, erkannte er, dass dieser die Wahrheit sagte. »Oh«, erwiderte Jonathan. »Davon hatte ich keine Ahnung.«

»Und darüber hinaus«, ergänzte Burrard ernst und mit einem Zwinkern zu seinem Freund, das dem Jungen entging, »wurde vor einigen Tagen drüben in Bisterne wieder ein Drache gesichtet. Wahrscheinlich ein Nachkomme des damaligen. Ich glaube, man wird Jagd auf ihn machen. Also solltest du ihn dir rasch noch ansehen.«

»Wirklich?« Jonathan starrte ihn entgeistert an. »Ist er denn nicht gefährlich?«

»Ja, aber der letzte wurde ja auch getötet. Bestimmt ist er im Flug ein gewaltiger Anblick.«

Lächelnd schüttelte Henry Totton den Kopf. »Du gehst jetzt besser nach Hause«, sagte er freundlich und küsste seinen Sohn. Also machte sich Jonathan gehorsam auf den Heimweg.

Henry Totton selbst hatte den Drachen längst vergessen, als er nach Hause zurückkehrte.

Kurz nach Morgengrauen brachen sie auf. Willie hatte schon am Vortag, gleich als er es erfuhr, loslaufen wollen, aber Jonathan hatte ihn darauf hingewiesen, dass sie einen ganzen Tag Zeit brauchten. Schließlich war es bis nach Bisterne, wo der Drache lebte, hin und zurück ein Fußmarsch von jeweils achtzehn Kilometern.

»Ich gehe zu Willie, bis es dunkel wird«, sagte Jonathan zur Köchin und machte sich rasch aus dem Staub, bevor jemand weiter nachfragen konnte.

Es war zwar ein weiter Weg, doch kein sonderlich beschwerlicher. Das Gut Bisterne lag im südlichen Teil des Avontals zwischen Ringwood und Christchurch. Also mussten die beiden Jungen nur die Westhälfte des New Forest durchqueren und an seinem Südrand entlanggehen, um das Tal zu erreichen. Da sie früh losgezogen waren, würden sie selbst zu Fuß noch am Vormittag ankommen und erst am späten Nachmittag umkehren müssen.

Willie erwartete Jonathan oben an der Straße. Da sie nicht von Erwachsenen aufgehalten werden wollten, nahmen sie rasch den Weg, der durch die Felder und Wiesen von Old Lymington führte, und passierten schon nach einer halben Stunde das Gut Arnewood zwischen den Dörfern Hordle und Sway.

Es war ein klarer, sonniger Morgen, der einen warmen Tag verhieß. Die Landschaft westlich von Lymington bestand aus kleinen Feldern, Hecken und Eichen in einem hügeligen Gelände. An den Zweigen zeigten sich bereits die ersten hellgrünen Blätter; eine leichte Brise wehte die weißen Blüten der Hecken über den Weg. Sie kamen an einem gepflügten Feld vorbei, in dessen Furchen eine flügelschlagende Horde Möwen pickte.

Jeder, der in Lymington Bescheid wusste, hätte die beiden Jungen sofort erkannt, die da am Gut Arnewood vorbeigingen, denn sie waren ihren Vätern wie aus dem Gesicht geschnitten. Dass der eine Junge an den ernsten Kaufmann erinnerte, während der andere die fröhlichen Züge seines Vaters hatte, wirkte fast komisch. Eine Stunde später hatten sie Lymington weit hinter sich gelassen. Sie erreichten einen schmalen Pfad, der durch den Wald führte. Zwischen verkrüppelten Eschen und Birken bahnten sie sich ihren Weg zur offenen Heide.

»Glaubst du, der Drache kommt bis hierher?«, fragte Willie.

»Nein«, erwiderte Jonathan. »Ganz bestimmt nicht.« Er hatte seinen Freund noch nie ängstlich erlebt. Und er wollte genauso mutig sein.

Anderthalb Stunden lang gingen sie auf dem federnden Boden weiter. Sie hatten fast sieben Kilometer am Rand der Heide zurückgelegt, als sie bei der großen Anhöhe namens Shirley Common ankamen. Oben am Gipfel blieben sie stehen.

Unter ihnen erstreckte sich das Avontal.

Hier war die Vegetation üppiger. Zuerst kam eine kleine Wiese, wo der Farn bereits geschnitten war und wo nun einige Ziegen grasten. Dahinter lagen Eichen- und Birkenwälder und weitere Felder, die in anmutigem Schwung die Hügel hinunter verliefen. Unten im Tal befanden sich die saftig grünen Wiesen an den breiten Ufern des Avon, dessen silbriges Wasser hie und da verlockend funkelnd durch die Bäume zu sehen war. Schon auf den ersten Blick war klar, dass sich diese Landschaft vorzüglich für Ritter und ihre Damen eignete, aber auch für Drachen.

Im Norden, etwa drei Kilometer jenseits einer braunen, baumlosen Heide, lag im dunklen Wald das Dorf Burley.

»Ich glaube, wir werden den Drachen bald sehen«, sagte Jonathan und blickte zu seinem Freund. »Fürchtest du dich?«

»Du etwa?«

»Nein.«

»Wo lebt der Drache eigentlich?«, fragte Willie.

»Da drüben.« Jonathan zeigte auf den lang gestreckten Hügel von Burley, wo im Norden der Castle Hill aufragte. Die Anhöhe wurde inzwischen Burley Beacon genannt.

»Oh.« Willie blickte hin. »Das ist aber ziemlich nah«, meinte er.

Wahrscheinlich war es ein Wildschwein gewesen. Ein Einzelgänger. Mittlerweile gab es nur noch wenige Wildschweine in England, da sie durch die Jagd fast vollständig ausgerottet worden waren. Natürlich liefen im Herbst, zur Mastzeit, Hausschweine im New Forest herum. Und hin und wieder verwilderte eines und wurde mit einem Wildschwein verwechselt. Doch ein wirkliches Wildschwein mit seinen grau melierten Borsten, dem massigen

Körper und den blitzenden Stoßzähnen stellte ein Furcht erregendes Geschöpf dar. Selbst die tapfersten Adeligen, mochten sie nun Plantagenets oder Normannen sein, empfanden trotz ihrer Hunde und ihres Jagdgefolges Furcht, wenn sich eines dieser wilden Tiere wie rasend aus dem Gebüsch auf sie stürzte. Allerdings versprach die Jagd auf Wildschweine auch die größte Aufregung. In ganz Europa galt die Wildschweinjagd als der edelste Zeitvertreib für die Aristokratie, gleich nach dem Zweikampf im Turnier. Bei jedem großen Festmahl diente ein Wildschweinkopf als Tischdekoration.

Doch dem Inselkönigreich England fehlten trotz der zahlreichen Wälder die unbesiedelten Weiten, wie es sie in Frankreich oder Deutschland gab. Und deshalb wurde jedes Wildschwein sofort von den Adeligen aufgestöbert und gejagt. Vier Jahrhunderte nach dem Eintreffen des normannischen Eroberers existierten im Süden von England nur noch wenige Wildschweine. Doch hin und wieder stieß man auf eines, das aus irgendeinem Grund von den Jägern verschont geblieben war. Im Laufe der Jahre konnte so ein Einzelgänger eine gewaltige Größe erreichen.

Und genau das war vermutlich im Avontal um das Jahr 1460 herum geschehen.

Der Herrensitz Bisterne lag in einer malerischen Umgebung auf dem Grund des Tals, und zwar auf der Waldseite des Avon, ein wenig nördlich von Tyrrells Furt. Zur Zeit der Angelsachsen hatte man das Gut Bede's Thorn genannt, und dieser Name war über die Jahre hinweg zu Bisterne verändert worden. Nach der Eroberung Englands durch die Normannen war der Herrensitz in angelsächsischem Besitz geblieben und durch Erbschaft an die adelige Familie Berkeley übergegangen, die aus der westlichen Grafschaft Gloucestershire stammte. Sir Maurice Berkeley – seine Gattin war übrigens die Nichte keines Geringeren als des mächtigen Königsmachers Warwick – hielt sich in der Zeit kurz vor dem Rosenkrieg gern in Bisterne auf, um mit seinen Hunden im Avontal zu jagen.

Offenbar hatte das Wildschwein seinen Bau irgendwo auf dem Burley Beacon, der das Tal überblickte, und es hieß, dass es die Bauernhöfe in der Umgebung plünderte. Kurz vor dem Martinstag, wenn das Vieh geschlachtet wurde, war das Wildschwein den Bächen gefolgt, die vom Castle Hill herunterflossen, und so nach Bisterne gekommen. Irgendwann erschien es am Bunny By

Brook, einem Bach unweit des Gutshauses, wo es die Milchkannen entdeckte, die zum Kühlen im Wasser standen. Das Wildschwein vertilgte nicht nur die Milch, sondern tötete auch noch eine der wenigen Kühe, die der Bauer besaß.

Also war es nicht weiter verwunderlich, dass der tapfere Sir Maurice Berkeley in einer kalten Novembernacht loszog, um das Untier zu bekämpfen. Die blutige Schlacht fand im Tal statt. Der Keiler gab markdurchdringende Schreie von sich und wirkte im fahlen Mondlicht wie ein Gespenst. Zwei der Lieblingshunde des Ritters kamen bei dem Gemetzel ums Leben. Sir Maurice gelang es zwar, das Ungeheuer zu töten, doch er trug dabei einige Wunden davon, die sich entzündeten. Er erlebte das Weihnachtsfest nicht mehr.

Einige Legenden geraten erst viele Jahre nach einem fast vergessenen Ereignis in Umlauf. Andere hingegen entstehen auf der Stelle. Schon ein Jahr später wusste die ganze Grafschaft von Sir Maurice Berkeleys Kampf mit dem Drachen von Bisterne. Man hatte den Drachen von Burley Beacon aus über die Felder fliegen sehen. Und alle waren darüber im Bilde, dass der Ritter das Ungetüm mit einem Streich getötet hatte, anschließend aber dessen Gift erlegen war. Auch wenn der Rest der Welt von den ritterlichen Dramen um die Rosenkriege erschüttert wurde, im New Forest und im Avontal sprachen die Leute noch jahrelang nur über eines: »Bei uns gab es vor nicht allzu langer Zeit einen Drachen.«

Vom Gipfel des Shirley Common nach Bisterne waren es noch einmal drei Kilometer. Die Jungen ließen sich beim Abstieg Zeit. Hin und wieder konnten sie einen Blick auf die Felsspitze von Burley Beacon erhaschen. Und sie hielten die ganze Zeit Ausschau in diese Richtung, für den Fall, dass sich der Drache vom Gipfel erhob und mit ausgebreiteten Schwingen auf sie zufliegen sollte.

»Was machen wir, wenn er kommt?«, fragte Willie.

»Dann werden wir uns verstecken«, erwiderte Jonathan.

Weiter unten am Abhang verlief der Weg durch einen Wald. Die Morgensonne ließ den Waldboden blassgrün schimmern. Die Baumwurzeln waren von Moos überwuchert, Efeu rankte sich die Stämme hinauf. Sie hörten eine Taube gurren. Dann führte ein Pfad aus den Bäumen heraus zum Waldesrand. Ein Rebhuhn flatterte vor ihnen aus dem hohen Gras auf. Und hundert Meter weiter brach ein Auerhahn mit seinem leierförmigen Schwanz blitzschnell und flügelschlagend aus den Baumwipfeln hervor. Offenbar war er von etwas gestört worden.

»Jetzt hast du dich ganz schön erschrocken«, sagte Jonathan.

»Du aber auch.«

Kurz darauf erreichten sie den Talboden, und sie wussten sofort, dass der Drache sich jeden Moment zeigen konnte.

Die Umgebung von Bisterne war bretteben. Die großen Felder des Gutes erstreckten sich mehr als drei Kilometer nach Westen bis zu den silbrigen Wassern des Avon. Im Frühjahr geschah es öfter, dass der Avon anstieg und die fruchtbaren Auwiesen mit einem zauberhaft schimmernden flüssigen Schleier überzog. Das Gutshaus selbst – es handelte sich eher um eine Jagdhütte für die Ritter aus dem Hause Berkeley – bestand aus einer Halle aus verputzten Holzbalken mit angrenzenden Stallungen. Es stand allein mitten auf einer baumlosen Wiese, wo Rinder weideten und Hasen in einem Pferch auf dem kurz geschorenen Gras umhersprangen. In der Ferne sah man die Hügelkette, hinter der sich Burley Beacon befand. Hin und wieder reckten Eichen und Ulmen ihre kahlen Äste gen Himmel, wie um dem geflügelten Ungeheuer einen Landeplatz zu bieten, wenn es vom Beacon herunterkam.

Es war still. Ab und zu hörten die Jungen eine Kuh muhen oder vernahmen das Rauschen von Schwanenflügeln über dem fernen Wasser. Auch die Krähen ließen von Zeit zu Zeit in den Bäumen ein heiseres Krächzen und Flattern ertönen. Doch sonst regte sich nichts in Bisterne, als bereite sich die ganze Natur auf eine Erscheinung vor.

Auf den Feldern war kaum jemand zu sehen. Etwa hundert Meter südlich der Halle stand ein kleines, strohgedecktes Bauernhaus, umgeben von einigen Eschen. Als die Jungen auf dem Viehpfad einem Kuhhirten begegneten, fragten sie ihn höflich, wo der Drache getötet worden sei. Der Mann lächelte, zeigte auf ein Feld hinter dem Bauernhaus und sagte: »Das da ist das Drachenfeld.«

Noch etwa eine Stunde gingen sie weiter die Pfade entlang und hinunter zum Fluss. Am Sonnenstand konnten sie erkennen, dass es Mittagszeit war. Willie verkündete, er habe Hunger.

Unten am Fluss, unweit von Tyrrells Furt, standen einige Hütten und eine alte Schmiede. Um keinen Verdacht zu erregen, erklärte Jonathan, sie kämen aus dem nahe gelegenen Ringwood, und erbettelte ein wenig Brot und Käse, die ihnen die Bewohnerin einer der Hütten gerne gab. Dann fragte er die Bäuerin nach dem Drachen.

»Es ist schon mehr als zwanzig Jahre her, dass er getötet wurde«, antwortete sie.

»Ja. Aber was ist mit dem neuen?«

»Den habe ich noch nicht gesehen«, erwiderte sie mit einem Lächeln.

»Vielleicht ist er gar nicht hier«, meinte Willie zu seinem Freund, während als sie am Ufer Brot und Käse verzehrten.

»Sie hat nur gesagt, sie hätte ihn nicht gesehen«, entgegnete Jonathan.

Nach dem Essen schliefen sie ein wenig in der warmen Sonne.

Der Nachmittag war schon weit fortgeschritten, als sie den Hügel am Bauernhaus hinaufstiegen. Dass es ihnen vor dem Heimweg graute, ließen sie sich nicht anmerken. Aber sie wussten, dass sie sich sputen mussten, wenn sie vor Einbruch der Dunkelheit wieder zu Hause sein wollten.

Sie hatten bereits die Hälfte des Abhangs zurückgelegt, als sie einer Herde von etwa einem Dutzend Kühen begegneten, die von einem Jungen zum Bauernhaus getrieben wurde. Der Junge, ein wenig älter als sie, schätzungsweise zwölf, betrachtete sie neugierig. »Woher kommt ihr?«

»Das geht dich nichts an.«

»Ihr habt wohl Lust auf eine Tracht Prügel?«

»Nein.«

»Ich muss mich sowieso um die Kühe kümmern. Was wollt ihr hier?«

»Uns den Drachen anschauen.«

»Das Drachenfeld ist da drüben.«

»Das wissen wir. Man hat uns erzählt, es gäbe einen neuen Drachen, aber das stimmt offenbar nicht.«

Der Junge betrachtete sie nachdenklich. »Doch. Deshalb muss ich ja die Kühe einsperren.« Er hielt inne und nickte. »Er kommt jeden Abend, genauso wie der letzte. Von Burley Beacon.«

»Wirklich?« Jonathan musterte ihn forschend. »Das erfindest du bloß. Sonst würde ja niemand freiwillig hier wohnen.«

»Aber es ist die Wahrheit. Meistens ist er ganz friedlich, doch er hat auch schon Hunde und Kälber getötet. Bei Sonnenuntergang kann man ihn fliegen sehen. Er spuckt Feuer. Wenn man ihn anschaut, kriegt man richtig Angst.«

»Und wo fliegt er hin?«

»Immer an dieselbe Stelle. Zum Drachenfeld. Also halten wir uns eben von dort fern.«

Er drehte sich um und versetzte mit seinem Stecken einer Kuh einen Klaps. Die beiden Jungen marschierten weiter. Eine Weile sprachen sie kein Wort.

»Ich glaube, er lügt«, sagte Willie.

»Vielleicht.«

Möglicherweise lag es daran, dass sie sich auf dem Rückweg befanden, jedenfalls erschien ihnen der Marsch zum Gipfel von Shirley Common nun nicht mehr so weit. Die Nachmittagssonne würde zwar noch lange nicht untergehen, doch es war ein frischer Hauch in der Aprilbrise. Im Westen schimmerte der Himmel leicht orangefarben. Vor ihnen erstreckten sich wieder das Tal und der Burley Beacon.

»Von hier aus hätten wir eine gute Aussicht«, meinte Jonathan.

»Dann kommen wir aber zu spät nach Hause«, wandte Willie ein.

»Das hängt davon ab, wann der Drache erscheint. Vielleicht lässt er sich ja gleich blicken.«

Willie antwortete nicht.

Jonathan wusste, dass sein Freund keine große Lust auf diesen Ausflug gehabt hatte und nur aus Gefälligkeit mitgekommen war. Allerdings bedeutete das nicht, dass er ein Feigling war – er hatte nicht mehr Angst als Jonathan selbst. Wenn sie zusammen spielten, vor allem am Fluss oder sonst irgendwo am Wasser, war Willie der größte Draufgänger, während Jonathan eher zur Vorsicht neigte. Jonathan wusste, dass er sich allein niemals hierher gewagt hätte. Doch im Laufe des Tages hatte er eine neue Entdeckung gemacht: Er verfügte über eine ruhige, beharrliche Entschlossenheit, die sich sehr von der unbekümmerten Art seines Freundes unterschied.

»Wenn wir zu spät zurückkommen«, sagte Willie, »setzt es Hiebe.«

Selbst in den Dörfern wurde die Sperrstunde, wenn die Feuer für die Nacht gelöscht wurden und alle Männer zu Hause sein mussten, mehr oder weniger eingehalten. Schließlich konnte man in der Dunkelheit auf dem Land ohnehin nicht viel mehr unternehmen als zu wildern oder sonst etwas Verbotenes zu tun. In Lymington gingen höchstens Männer wie Totton nachts vom Angel Inn nach Hause, doch für gewöhnlich waren die Straßen leer. Sobald die Nachtglocke den Beginn der Sperrstunde verkündete, herrschte Ruhe.

Jonathan hatte noch nie Prügel bekommen. In jener Zeit mussten die meisten Jungen in England hin und wieder eine Abreibung von ihren Eltern oder vom Schulmeister einstecken, doch wegen seiner stillen Art und vielleicht auch, weil durch die Krankheit seiner Mutter im Haus stets eine gedämpfte Stimmung herrschte, war Jonathan diese Strafe bis jetzt erspart geblieben. »Das ist mir egal«, erwiderte er. »Du kannst ja umkehren, wenn du willst, Willie.«

»Soll ich dich etwa alleine lassen?«

»Es ist schon gut. Geh nur. Dann schaffst du es noch pünktlich.«

Willie seufzte. »Nein. Ich bleibe.«

Jonathan stellte zum ersten Mal fest, dass er auch skrupellos sein konnte, und lächelte seinem Freund zu.

»Und wenn der Drache nicht mehr kommt, Jonathan?«

»Dann sehen wir eben keinen.«

Aber was war, falls es doch einen gab? Sie warteten eine Stunde lang. Inzwischen ging die Sonne über dem Tal unter. Aus den fernen Auwiesen erhob sich ein zarter Dunst. Die Heide im Norden leuchtete orangebraun. Aber Burley Beacon strahlte so golden im Sonnenlicht, dass man meinte, die Felsen würden jeden Moment in Flammen aufgehen.

»Behalt Burley Beacon im Auge, Willie«, sagte Jonathan und rannte den Hügel hinab.

Zum Rand des Feldes waren es nur zweihundert Meter. Aus irgendeinem Grund hatte man hier den Farn geschnitten und an den Hecken zu Haufen zusammengerecht. Also war es ein Kinderspiel, eine kleine Hütte zu bauen und sie mit Farnwedeln auszupolstern. Wenn Tiere auf Farn schliefen, musste es auch für Menschen möglich sein, dachte Jonathan. Als er fertig war, lief er wieder zu Willie.

»Heute schaffen wir es nicht mehr zurück. Es ist zu spät.«

»Das habe ich mir fast gedacht.«

»Ich habe uns eine Hütte gebaut.«

»Gut.«

»Hast du was gesehen?«

»Nein.«

Die Sonne ging unter, und Burley Beacon war in ein feuriges Rot getaucht. Immer tiefer sank die Sonne, im Westen verfärbte sich der Himmel purpurrot, am Burley Beacon wurde es dunkel. Schon gingen die ersten Sterne am Himmel auf.

»Vielleicht kommt er jetzt«, sagte Jonathan. Er konnte sich den Drachen bildhaft vorstellen: etwa so groß wie eine Kuh, mit gewaltigen Schwingen. Sicher war er grün und schuppig. Seine Flügel rauschten gewiss wie bei einem gewaltigen Schwan, und wenn er Feuer spuckte, zischte es. Mehr würde man in der Dunkelheit wahrscheinlich nicht erkennen.

Nun war die Sonne untergegangen. Sterne erleuchteten den saphirfarbenen Himmel. Die Umrisse von Burley Beacon wirkten finster und bedrohlich. Die beiden Jungen warteten und ließen den Berg nicht aus den Augen.

Als Jonathan bei Anbruch der Dämmerung noch immer nicht zurückgekehrt war, marschierte Henry Totton widerwillig zum Kai hinunter und auf die heruntergekommene Behausung von Alan Seagull zu. Ob er seinen Sohn gesehen habe? Nein, erwiderte der Seemann ein wenig erstaunt. Beide Jungen waren seit dem Morgengrauen verschwunden, und er hatte keine Ahnung, wo sie steckten.

Zuerst befürchtete Totton, sie seien mit einem Boot hinausgefahren, aber Seagull vergewisserte sich rasch, dass keines fehlte. Oder waren sie gar irgendwo in den Fluss gefallen?

»Mein Sohn ist ein sehr guter Schwimmer«, meinte Seagull. »Was ist mit Eurem?«

Zu seiner Beschämung musste Totton feststellen, dass er das nicht wusste.

Dann berichtete jemand, er habe die beiden Jungen am frühen Morgen die Stadt verlassen sehen. War ihnen vielleicht im New Forest etwas zugestoßen? Doch das schien unwahrscheinlich. Seit Jahren schon waren keine Wölfe in dieser Gegend gesichtet worden, und für Schlangen war es noch zu früh im Jahr.

»Und wenn sie in ein Mühlrad gestürzt sind?«, fragte Alan Seagull bedrückt.

Als die Sperrstunde begann, hatte man sich mit dem Bürgermeister und dem Gutsverwalter beraten und zwei Suchtrupps mit Fackeln ausgerüstet. Der eine machte sich auf den Weg zu den Mühlen von Old Lymington, während der andere die Wälder oberhalb der Stadt erkundete. Wenn nötig, würden sie die ganze Nacht lang weitersuchen.

Die Hütte bot guten Schutz. Da sie die Farnwedel fest zusammengedrückt hatten, hielten diese die Kälte ab. Zum Glück war es keine besonders kalte Nacht, und die beiden Jungen schmiegten sich dicht aneinander.

Die Nacht war mondlos. Hell leuchteten die Sterne zwischen den Wolken hervor. Die Jungen hatten gewartet, bis ihnen vor Müdigkeit fast die Augen zufielen, dann waren sie zu dem Schluss gelangt, dass der Drache sich heute Nacht wohl nicht zeigen würde.

»Wenn du ihn siehst, weckst du mich«, sagte Jonathan seinem Freund.

»Und du mich auch.«

Nachdem sie sich hingelegt hatten, konnten sie – vielleicht wegen des Taus auf ihren Gesichtern oder aus Furcht vor wilden Tieren – eine Weile nicht einschlafen. Und während sie zum Nachthimmel hinaufblickten, sprach Willie das Thema an, das sie bereits am Vortag erörtert hatten. »Glaubst du wirklich, dass das Schiff deines Vaters aus Southampton das von meinem Vater schlägt?«

»Keine Ahnung«, erwiderte Jonathan wahrheitsgemäß. Ganz Lymington hatte gestern von der wichtigen Wette gesprochen. Doch da Jonathan fand, dass er es seinem Freund und dessen Familie schuldig war, alles zu sagen, was er wusste, fügte er hinzu: »Wenn mein Vater um einen so hohen Einsatz wettet, ist er bestimmt überzeugt davon, dass er gewinnt. Er ist sehr vorsichtig. Ich glaube nicht, dass dein Vater auf Sieg setzen sollte.«

»Er wettet nie.«

»Warum?«

»Er sagt immer, dass er so schon genug Risiken eingeht. Da braucht er nicht auch noch zu wetten.«

»Was für Risiken?«

»Schon gut. Das darf ich dir nicht erzählen.«

Oh, dachte Jonathan, was für ein großes Geheimnis ist das? Er wurde neugierig.

Willie schwieg eine Weile. »Ich verrate dir etwas«, meinte er schließlich.

»Was?«

»Das Schiff meines Vaters fährt viel schneller, als dein Vater denkt. Aber sag ihm das nicht.«

»Warum?«

Willie erwiderte nichts. Als Jonathan noch einmal nachhakte, erhielt er keine Antwort. Auch mit einem sanften Rippenstoß ließ Willie sich nichts entlocken.

»Dann zwicke ich dich«, drohte Jonathan.

»Lass das.«

»Gut. Also raus mit der Sprache.«

Willie holte tief Luft. »Schwörst du, es für dich zu behalten?«, begann er.

Ganz Lymington war in Aufruhr, als Jonathan Totton und Willie Seagull am nächsten Morgen wohlbehalten eintrafen. Sie kamen schon früh zurück, denn sie waren gleich bei Morgengrauen aufgebrochen.

Ganz Lymington freute sich, und ganz Lymington war neugierig. Doch als die Bürger erfuhren, dass sie sich die Nacht um die Ohren geschlagen und sich Sorgen gemacht hatten, nur weil zwei Jungen einen Drachen hatten sehen wollen, waren sie ziemlich aufgebracht.

Wenigstens behaupteten sie das. Die Frauen forderten, die Jungen ordentlich zu züchtigen. Die Männer, die sich an ihre eigene Kindheit erinnerten, stimmten zwar zunächst zu, waren aber eigentlich bereit, ein Auge zuzudrücken. Der Bürgermeister teilte den beiden Vätern streng mit, dass er die Prügelstrafe höchstpersönlich vollstrecken würde, wenn sie ihren Söhnen keine angemessene Abreibung verabreichten. Und da die Leute insgeheim Burrard und seinem albernen Märchen von dem Drachen die Schuld gaben, ließ dieser sich lieber nicht blicken.

Bevor Henry Totton seinen Sohn abstrafte, hielt er ihm einen Vortrag darüber, wie gefährlich es sei, sich mit Willie Seagull und seinesgleichen herumzutreiben. Offenbar habe Willie ihn angestiftet. Zu seinem Erstaunen versicherte ihm Jonathan jedoch, das ganze Abenteuer sei seine Idee gewesen. Er habe Willie überredet, die Nacht über fortzubleiben. Zuerst traute Henry Totton seinen Ohren nicht. Und als er es schließlich glauben musste, war er traurig und bitter enttäuscht. Diesmal aber war es Jonathan herzlich gleichgültig.

Alan Seagull schleifte seinen Sohn am Ohr den Kai entlang in seine sonderbare Behausung. Dann nahm er den Riemen von der Wand und schlug Willie zweimal, worauf er so zu lachen anfing, dass seine Frau die Sache für ihn zu Ende bringen musste.

Jonathans Bestrafung jedoch war eine ernstere Angelegenheit, bei der niemand lachte. Henry Totton tat das, was er für seine Pflicht hielt. Dabei war er nicht nur erstaunt über den ganzen Zwischenfall, sondern befürchtete außerdem, sein Sohn, der ihm so fremd war, könnte ihn danach hassen. Die Prügel taten zwar weh, doch Jonathan war ziemlich stolz auf sich. Und deshalb schmerzte die Züchtigung den armen Vater vermutlich mehr als den kleinen Übeltäter.

Er ist alles, was ich habe, dachte Totton. Und nun habe ich ihn verloren. Wegen eines Drachens. Und da der bedauernswerte Mann so wenig von der Seele eines Kindes verstand, war er völlig ratlos, was er nun mit Jonathan anfangen sollte.

Henry Totton fiel aus allen Wolken, als sein Sohn ihn am nächsten Tag fröhlich fragte: »Nimmst du mich zu den Salzgärten mit, wenn du wieder hingehst?«

Da der Vater diese Gelegenheit für eine Versöhnung nicht ungenutzt verstreichen lassen wollte, beschloss er, noch am selben Nachmittag dorthin aufzubrechen.

Die ungewöhnliche Wärme der letzten Tage war von typischem Aprilwetter abgelöst worden. Kleine weiße und graue Wolken zogen über den blassblauen Himmel. Es wehte ein feuchter Wind, und hin und wieder schauerte es leicht, als Henry Totton und Jonathan zur Kirche oben an der High Street gingen, nach links abbogen und den langen, abschüssigen Weg nahmen, der hinunter zum Meer führte.

Der Küstenstreifen unterhalb der Stadt war kahl und windumtost: eine grüne, von buschigem Moorgras bewachsene Einöde. Salziger Dunst umhüllte Ginsterbüsche und kleine dornige Bäume, die der Meerwind in ihrem Wachstum verlangsamt und verbogen hatte. Man hätte meinen können, dass nur Möwen, Brachvögel und Wildenten diesen unwirtlichen Landstrich bewohnten. Doch die Ansammlung von kleinen Häusern und die etwa zwanzig kleinen windmühlenähnlichen Gebäude mit ihren im Augenblick reglos verharrenden Flügeln straften diese Annahme Lügen: Hier in den Marschen wurde die wichtigste Handelsware der Kaufleute von Lymington hergestellt – Salz.

Henry Totton besaß einen Salzgarten in Pennington Seagulls. Das Siedehaus und die Pumpen waren deutlich zu erkennen, als er mit seinem Sohn den Kiespfad entlang über die Ebene ging, und bald hatten sie die Gebäude erreicht.

Jonathan gefiel es in den Salzgärten, vielleicht deshalb, weil sie sich so nah am Meer befanden. Zur Gewinnung von Salz benötigte man zu allererst einen großen Teich nah an der Küste, der sich bei Flut mit Meerwasser füllte. Gerne beobachtete Jonathan, wie das Wasser die gewundenen Priele entlanggurgelte.

Die dahinter liegenden Salzpfannen waren ein Meisterwerk. Eigentlich handelte es sich nur um ein gewaltiges, flaches Becken mit ebenem Boden, das in etwa sechs Quadratmeter große Stücke eingeteilt war. Die Wälle dazwischen hatten eine Höhe von zwei Zentimetern und waren gerade so breit, dass man auf ihnen umhergehen konnte. Mit hölzernen Kellen wurde das Wasser bis zu einer Höhe von etwa einem Zentimeter aus dem Speicherbecken hineingeschöpft. Und dann begann man mit der eigentlichen Salzgewinnung.

Diese war verhältnismäßig einfach. Das Wasser musste verdunsten, was jedoch nur im Sommer möglich war. Je wärmer das Wetter und je heißer die Sonne, desto mehr Salz konnte man herstellen. Für gewöhnlich begann die Saison Ende April und dauerte in guten Jahren etwa sechzehn Wochen – bei schlechtem Wetter vielleicht nur zwei Wochen.

Wichtig war, das Wasser zum Verdunsten sorgfältig in die verschiedenen Becken zu verteilen.

»Jede Verdunstung braucht ihre Zeit, Jonathan«, hatte sein Vater ihm schon vor langem erklärt. »Und das Salz darf uns nicht ausgehen.«

Deshalb wurde das Wasser durch windgetriebene Pumpen von einem Becken in das andere geschöpft, wobei sich durch die schrittweise Verdunstung die Salzkonzentration immer mehr erhöhte.

Die Pumpen waren von einfacher Bauart, wie man sie im New Forest vermutlich schon zur Zeit der Angelsachsen benutzt hatte. Im Nahen Osten hatte man mehr oder weniger ähnliche Gerätschaften zweitausend Jahre zuvor verwendet. Sie waren etwa dreieinhalb Meter hoch und mit kleinen, an einem schlichten Holzkreuz befestigten Flügeln versehen. Die Flügel trieben eine Winde an, die wiederum eine Pumpe bewegte. So wurde das Wasser von einem flachen Becken in das nächste geschafft, bis es zu guter Letzt das Siedehaus erreichte.

An diesem Tag wollte Totton die Anlage inspizieren, damit nach dem Winter möglicherweise notwendig gewordene Reparaturen rechtzeitig ausgeführt werden konnten. Dabei erklärte er seinem Sohn alles ganz genau.

»Der Kanal zum Speicherbecken muss geräumt werden«, stellte der Junge fest.

»Ja.« Henry nickte. Außerdem war es nötig, einige Erdwälle zwischen den Becken instand zu setzen.

Jonathan machte sich nützlich, indem er die Wälle leichtfüßig abging und jeden Riss mit Kalkfarbe kennzeichnete. »Müssen wir auch den Grund der Becken reinigen?«, fragte er.

»In der Tat«, erwiderte sein Vater.

Schließlich ging es ans eigentliche Salzsieden. Nachdem das Meerwasser im letzten Becken angekommen war, hatte es sich in eine hoch konzentrierte Salzlake verwandelt. Der Salzsieder legte eine mit Blei beschwerte Kugel hinein, und wenn diese oben schwamm, wusste er, dass die Lake dick genug war. Dann ließ er sie ins Siedehaus fließen, indem er eine Schleuse öffnete.

Das Siedehaus war ein Schuppen mit verstärkten Wänden, und in diesem stand die Siedepfanne, ein gewaltiger Behälter mit einem Durchmesser von etwa zweieinhalb Metern. Der Ofen darunter wurde mit Holzkohle oder Holz beheizt. Hier verdampfte das Wasser langsam, bis eine dicke Salzkruste übrig blieb.

In der Salzsaison war das Siedehaus fast ununterbrochen in Betrieb. Jeder Siedevorgang dauerte etwa acht Stunden. Wenn man am Sonntagabend begann und bis Samstagabend weiterarbeitete, konnte man auf diese Weise sechzehn Portionen wöchentlich sieden. So wurden in Henry Tottons Siedehaus fast drei Tonnen Salz pro Woche gewonnen. Es war zwar nicht rieselfähig und nicht sehr rein, aber es genügte.

»Pro Tonne Salz verbrauchen wir neunzehn Scheffel Kohle«, erklärte Totton. »Wenn der Preis eines Scheffels ...«

Doch Jonathan war schon wieder geistesabwesend. Dem Siedehaus konnte er nicht viel abgewinnen. Während des Siedens brannten ihm die salzhaltigen Dampfwolken in den Augen, und nach einer Weile bekam er stets heftige Halsschmerzen. Rings um das Gebäude war der Boden von Kohlenasche geschwärzt. Deshalb lief Jonathan wenn möglich am liebsten davon, um die frische Meeresluft einzuatmen und die Brachvögel und Möwen am Rande des Speicherbeckens zu beobachten.

Nachdem sein Vater Jonathan ausführlich erläutert hatte, wie man den Gewinn berechnete, der bei gutem Wetter in einer sechzehnwöchigen Saison abfiel, stellte er fest, dass der Junge ihn nachdenklich ansah.

»Vater, darf ich dich etwas fragen?«

»Selbstverständlich, Jonathan.«

»Aber…«, der Junge zögerte, »…es hat etwas mit Geheimnissen zu tun.«

Totton zuckte zusammen. Geheimnisse? Also wollte der Junge nichts über Salz wissen, nichts von dem, was er ihm in der letzten halben Stunde beizubringen versucht hatte. Hatte Jonathan überhaupt etwas davon verstanden? Wie so oft wurde er von Enttäuschung und Gereiztheit ergriffen. Er bemühte sich, sich zu beherrschen und sich nichts anmerken zu lassen. Doch zu seinem Bedauern gelang es ihm nicht, sich zu einem Lächeln zu zwingen.

»Was für Geheimnisse, Jonathan?«

»Na, ja… Es ist folgendermaßen. Wenn jemand einem etwas erzählt und einen versprechen lässt, es nicht weiterzuerzählen, weil es geheim ist. Und wenn es so wichtig ist, dass man es trotzdem weitererzählen möchte. Soll man das Geheimnis dann für sich behalten?«

»Hast du es denn versprochen?«

»Ja.«

»Und ist es ein schlechtes Geheimnis? Etwas Verbotenes?«

»Nun.« Jonathan überlegte. War das Geheimnis, das sein Freund Willie ihm anvertraut hatte, wirklich so schrecklich?

Es hing mit Alan Seagull und seinem Boot zusammen. Und der springende Punkt war, dass es schneller fuhr als Totton vermutete. Das lag daran, dass Seagull des Öfteren heimliche Fahrten unternahm, bei denen Geschwindigkeit äußerst wichtig war.

Er schmuggelte Wolle. Obwohl das Geschäft mit Stoffen immer mehr florierte, machte Wolle auch weiterhin den Großteil von Englands Außenhandel und Reichtum aus. Damit die Staatskasse davon profitierte, hatte der König – wie schon seine Vorgänger – befohlen, den gesamten Wollhandel über den großen Umschlaghafen, den so genannten Stapelplatz von Calais, abzuwickeln und eine Wollsteuer zu erheben. Wenn die Mönche von Beaulieu – hauptsächlich über Southampton, aber auch über Lymington – ihre gewaltigen Wollballen verschifften oder wenn Totton den Händlern in Sarum welche abkaufte, landete die Ladung am Stapelplatz und wurde ordentlich versteuert.

Alan Seagull hingegen arbeitete im Auftrag von Händlern, die es mit der Ehrlichkeit weniger genau nahmen, weshalb seine Fahrten stets nachts stattfanden. Er segelte unbemerkt von Küste zu Küste, zahlte keine Steuern, scherte sich nicht um die Gesetze und erhielt einen guten Lohn dafür. Überall an der Küste gab es Seeleute, die das Gleiche taten, auch wenn es verboten war.

»Ich könnte jemanden in Schwierigkeiten bringen«, meinte Jonathan nachdenklich. »Aber ich finde, so schlimm ist es nicht.«

»So wie Wilderei zum Beispiel?«, fragte sein Vater.

»Ja, so ähnlich.«

»Wenn du dein Wort gegeben hast, es nicht zu verraten«, sagte Totton, »wird dir niemand mehr vertrauen, falls du es dennoch tust.«

»Nur…« Jonathan war immer noch unsicher. »Was ist, wenn man es jemandem sagen will, um demjenigen zu helfen?«

»Wie denn helfen?«

»Wenn man einen Freund hat, der sich dadurch Geld spart.«

»Deshalb soll man sein Wort brechen und ein Geheimnis preisgeben? Ganz sicher nicht, Jonathan.«

»Oh.«

»Ist deine Frage damit beantwortet?«

»Ja, ich glaube schon.« Doch Jonathan runzelte weiter die Stirn. Er hätte so gern einen Weg gefunden, seinen Vater zu warnen, ohne dadurch zum Verräter zu werden.

In den nächsten beiden Wochen fiel es Alan Seagull zunehmend schwerer, ernst zu bleiben.

Ganz Lymington schloss Wetten ab. Meist ging es nur um die kleine Summe von ein paar Pence, doch einige Kaufleute riskierten eine Mark oder sogar noch mehr. Der Seemann fragte sich nach dem Grund und kam zu dem Ergebnis, dass keiner ausgeschlossen sein wollte. Einige glaubten, das kleinere Schiff würde auf einer derart kurzen Strecke gegen den größeren Konkurrenten siegen. Manche stellten komplizierte Berechnungen auf Grund des Wetters an. Andere wiederum vertrauten Tottons Urteilsfähigkeit und setzten auf ihn.

»Je mehr sie reden, desto weniger wissen sie«, erklärte Seagull seinem Sohn. »Sie haben nicht den blassesten Schimmer.«

Und dann begannen die Bestechungsversuche. Kaum ein Tag verging, an dem der Seemann nicht ein Angebot erhielt. »Ich habe eine halbe Mark auf Euer Boot gesetzt, Alan. Wenn Ihr gewinnt, bekommt Ihr von mir einen Shilling.« Noch interessanter waren die Vorschläge der Leute, die wollten, dass Seagull das Rennen verlor. »Ich kenne die Männer aus Southampton nicht«, gestand ein Kaufmann ihm offen. »Das Ergebnis sicher vorhersagen kann man nur, wenn Ihr versprecht zu verlieren.«

»Es ist komisch«, meinte Seagull zu Willie. »Die Leute kommen auf einen zu wie die Wellen auf dem Meer, und man kann sie einfach umschiffen. Im Augenblick sieht es aus, als würde ich auf jeden Fall Geld bekommen, ganz gleich, ob ich gewinne oder verliere.« Er grinste. »Es spielt keine Rolle, verstehst du? Vergiss eines nicht, mein Sohn«, fügte er streng hinzu. »Überlass das Wetten den anderen. Halt einfach den Mund und nimm das Geld.«

Am meisten legte sich Burrard ins Zeug, der am Ende der ersten Woche zu Alan meinte: »Eine Mark für Euch, wenn Ihr gewinnt.« Als die zweite Woche verstrich, sagte er: »Ich habe noch mehr Geld gesetzt. Also zwei Mark.«

»Ist er übergeschnappt?«, fragte Willie.

»Nein, mein Sohn. Er ist nur reich.«

Währenddessen blieb Totton so ruhig und gelassen wie immer. Seagull hatte Achtung vor dieser Haltung. »Ich mag ihn zwar nicht, mein Sohn«, räumte er ein. »Aber er weiß, wann man schweigen muss.«

»Und wirst du gewinnen, Vater?«, erkundigte sich Willie.

Doch zu seinem Ärger summte sein Vater an Stelle einer Antwort nur ein Seemannslied vor sich hin. Aber als Willie fragte, ob er beim Rennen mitfahren dürfe, betrachtete dieser ihn schmunzelnd und stimmte nach kurzem Zögern zu.

Das war eine große Ehre, und Willie musste das sofort seinen Freunden berichten. Diese waren gebührend beeindruckt. Jonathan riss vor Erstaunen die Augen auf und traute zunächst seinen Ohren nicht. »Ist es wirklich wahr, dass du mitdarfst? Ich bin ganz sicher«, fügte er verschwörerisch hinzu, »dass du gewinnst.« Es war wunderbar.

Aber würde Willies Vater wirklich gewinnen? Willie hatte zwar in jener Nacht in Bisterne Jonathan gegenüber damit geprahlt und würde seine Aussage bestimmt nicht zurücknehmen. Doch er hätte nur zu gerne gewusst, was sein Vater im Schilde führte.

In Wahrheit jedoch hätte Alan Seagull diese Frage selbst nicht beantworten können. Natürlich beabsichtigte er nicht auszuposaunen, wie schnell sein Schiff wirklich war. Lieber hätte er das Rennen verloren. Aber das Meer war unberechenbar. Vielleicht würde das andere Boot havarieren. Das Meer und das Schicksal würden die Entscheidung treffen und sich durch nichts beeinflussen lassen. Also war Alan Seagull frohen Mutes, bis er am Abend drei Tage vor dem Rennen ein Gespräch mit seinem Sohn führte.

Beim Anblick des kleinen Willie ahnte er sofort, dass etwas im Argen lag, und auch die Verlegenheit des Jungen verhieß nichts Gutes. Dennoch kam die Frage für Alan Seagull völlig unerwartet:

»Vater, darf Jonathan auch beim Rennen mitfahren?«

Jonathan? Jonathan Totton? Der Sohn seines Konkurrenten? Entgeistert starrte der Seemann Willie an.

»Natürlich nur, wenn sein Vater es erlaubt«, fügte Willie hinzu.

Das wird er ganz sicher nicht tun, dachte Alan.

»Ich habe ihm gesagt, dass du vielleicht einverstanden bist. Er wiegt ja nicht viel«, erklärte Willie.

»Dann soll er doch auf dem anderen Boot mitfahren.«

»Das will er aber nicht. Er möchte mit mir zusammen sein. Und außerdem…«

»Was außerdem?«

Willie zögerte und meinte dann leise: »Das Boot aus Southampton verliert ja sowieso.«

»Das behauptest du, mein Sohn.« Alan schmunzelte. Dann jedoch kam ihm ein Gedanke, und er musterte seinen Sohn prüfend. »Glaubst du, dass ich gewinnen werde?«

»Selbstverständlich, Vater.«

»Will Jonathan deshalb bei uns mitfahren? Weil du ihm gesagt hast, dass wir gewinnen?«

»Ich weiß nicht, Dad.« Willie wirkte betreten. »Vielleicht.«
»Hast du ihm von unserem Geschäft erzählt?«
»Nein, Vater, das heißt, nicht richtig.« Eine Pause entstand.
»Kann sein, dass ich mich verplappert habe.« Willie blickte zu
Boden und sah seinen Vater dann flehend an. »Er wird nichts
verraten, Vater. Ich schwöre.«
Alan Seagull überlegte schweigend.
In Lymington wussten einige Leute über Alan Seagulls Geschäfte Bescheid. Zum Beispiel seine Mannschaft. Und auch ein
paar Kaufleute, aus dem offensichtlichen Grund, weil er in ihrem
Auftrag die Wolle schmuggelte. Doch Totton gehörte nicht zu
ihnen, und dazu würde es auch nie kommen. In Seagulls Kreisen
gab es eine einfache Faustregel: Man redete nicht mit Männern
wie Totton. Denn wenn er und seinesgleichen im Bilde waren,
würde sich die Sache früher oder später herumsprechen. Dann
würde man die Boote abfangen, die Männer bestrafen und die
Geschäfte stören. Und – was ihm merkwürdigerweise am wichtigsten war – ihn, Alan Seagull, in seiner Freiheit beschneiden.
Wusste Totton schon Bescheid? Vielleicht noch nicht. Seagull
beschloss, dass er Jonathan eine Weile beobachten musste. Gewiss würde er ihm anmerken, ob er es seinem Vater gebeichtet
hatte. Wenn ja, waren ihm die Hände gebunden. Wenn nein…
überlegte er. Falls der Junge wirklich mitfuhr, konnten ihn seine
Männer ja unauffällig über Bord werfen. Er zuckte die Achseln.
Aber Totton würde seinem Sohn die Mitfahrt ohnehin nicht erlauben.
»Sprich kein Wort mehr über unser Geschäft. Halt den Mund«,
befahl er seinem Sohn. Er brauchte Zeit zum Nachdenken.

Jonathan traf seinen Vater schlafend in einem Stuhl in der Halle
unter der Empore an.
Seit dem Tod seiner Frau hatte Totton sich angewöhnt, nach
der Arbeit auf einem Stuhl auszuruhen, bis er – täglich zur gleichen Zeit – mit seinem Sohn zu Abend aß. Manchmal blickte er
nur reglos ins Leere. Hin und wieder döste er auch ein, so wie
heute, als Jonathan hereinkam.
Nachdem Jonathan eine Weile still vor ihm gestanden hatte,
berührte er ihn am Handgelenk. »Vater?«, sagte er leise.
Totton schreckte hoch und starrte den Jungen an. Obwohl er
nicht tief geschlafen hatte, brauchte er einen Moment, um in die

Wirklichkeit zurückzukehren. Jonathans Miene zeigte den leicht zweifelnden Ausdruck eines Kindes, das um etwas bittet, ohne sich dabei große Hoffnungen zu machen.

»Ja, Jonathan.«

»Darf ich dich etwas fragen?«

Totton überlegte. Inzwischen war er hellwach, setzte sich auf und versuchte zu lächeln. Wenn die Bitte nicht allzu albern war, würde er seinen Sohn vielleicht damit überraschen, dass er seine Zustimmung gab. Denn er wollte ihm gern eine Freude machen. »Du darfst.«

»Nun. Die Sache ist…« Jonathan holte tief Luft. »Du weißt schon, das Rennen zwischen deinem Schiff aus Southampton und Seagulls Boot…«

»Darüber weiß ich in der Tat Bescheid.«

»Na ja, wahrscheinlich ist er sowieso nicht einverstanden, aber wenn Alan Seagull ja sagt, meinst du, ich könnte dann mit ihm mitfahren?«

»Auf Seagulls Boot?« Totton starrte ihn an. Es dauerte eine Weile, bis er verstand. »Beim Rennen?«

»Ja. Es geht ja nur bis zur Insel Wight«, fügte Jonathan voller Hoffnung hinzu. »Wir fahren schließlich nicht aufs offene Meer hinaus.«

Totton antwortete nicht, denn ihm fehlten die Worte. Er wandte den Blick ab und schaute zur Tür des Wohnzimmers hinüber, wo seine Frau immer gesessen hatte. »Weißt du nicht«, meinte er dann, »dass ich gegen Seagulls Boot gewettet habe? Du willst mit meinem Gegner mitsegeln? Einem Mann, von dem ich wünsche, dass du ihm aus dem Weg gehst?«

Jonathan schwieg. Ihm war eigentlich nur wichtig, mit Willie zusammen zu sein, doch er hielt es für unklug, das zu erwähnen.

»Was werden die Leute dazu sagen?«, sprach Totton leise weiter.

»Keine Ahnung.« Jonathan war enttäuscht. An die Meinung der anderen Leute hatte er gar nicht gedacht. Er war ratlos.

Henry Totton blickte weiter in die Ferne. Er war entsetzt und gleichzeitig verärgert, und er brachte es eine Weile kaum über sich, seinen Sohn anzusehen. »Ich bedaure es, Jonathan«, meinte er schließlich, »dass du offenbar keine Loyalität gegenüber mir oder deiner Familie empfindest.« Die eigentlich nur noch aus mir besteht, fügte er im Geiste hinzu.

260

Und plötzlich wurde Jonathan klar, dass er seinen Vater gekränkt hatte. Es tat ihm Leid, aber er wusste dennoch nicht, was er tun sollte.

Dann zuckte Henry Totton schicksalsergeben die Achseln – offenbar war es vergebliche Liebesmüh, zwischen ihm und seinem Sohn eine liebevolle Beziehung aufbauen zu wollen. »Tu, was du nicht lassen kannst, Jonathan«, seufzte er verzweifelt. »Fahr mit wem du möchtest.«

Jonathan fühlte sich zwischen der Liebe zu seinem Vater und seinem sehnlichen Wunsch, bei Willie zu sein, hin und her gerissen. Ihm war klar, dass er jetzt vorschlagen musste, zu Hause zu bleiben oder auf dem anderen Schiff zu segeln. Nur so konnte er seinem unnahbaren Vater zeigen, wie sehr er ihn liebte, obwohl er nicht sicher war, ob dieser es verstehen würde. Im Grunde seines Herzens jedoch sehnte er sich danach, mit Willie und dem sorglosen Seemann in ihrem kleinen Schiff, dessen wahre Geschwindigkeit niemand kannte, über das Wasser zu sausen. Und da er erst zehn Jahre alt war, siegte die Sehnsucht. »Oh, danke, Vater«, rief er deshalb, küsste ihn und rannte los, um Willie die Botschaft zu überbringen.

Willie erschien am nächsten Tag. »Mein Vater sagt, du darfst mit«, meldete er fröhlich. Henry Totton war ausgegangen und hörte diese Nachricht nicht.

Nach einem kurzen Aprilschauer war wieder die Sonne hervorgekommen. Da es die beiden Jungen nach dieser Freudenbotschaft nicht im Haus hielt, zogen sie los, um etwas zu unternehmen. Zuerst überlegten sie, ein paar Kilometer nach Norden zu laufen, wo sie in den Wäldern von Battramsley spielen wollten. Doch als der Weg nach etwa anderthalb Kilometern leicht bergab führte, bemerkten sie etwas auf einer Anhöhe dicht vor ihnen.

»Lass uns zu den Ringen gehen«, schlug Jonathan vor.

Die Stelle, auf die sie zuhielten, war eine Besonderheit in der Landschaft rund um Lymington. Es handelte sich um ein von Erdwällen umgebenes Gelände auf einem niedrigen Hügel, der den nahe gelegenen Fluss überblickte. Obwohl man den Ort als Buckland Rings bezeichnete, hatten die niedrigen, mit Gras bewachsenen Erdwälle eher die Form eines Rechteckes als eines Kreises. In der Keltenzeit, noch vor dem Einmarsch der Römer, hatten sie vermutlich als Festung, als Viehpferch oder sogar als beides gedient. Doch auch wenn die Nachfahren dieser Menschen noch immer in Lymington lebten, war in Vergessenheit geraten, dass vor mehr als tausend Jahren Tiere das süße Gras abgeweidet und Kinder auf den Mauern dieser Siedlung gespielt hatten.

Der Ort eignete sich ausgezeichnet zum Herumtollen. Das Gras war durch den Regen noch glitschig, und Jonathan hatte die Festung gerade zum dritten Mal gegen Willies Angriff verteidigt, als sie einen stattlichen Mann auf sich zureiten sahen. Dieser bemerkte sie, winkte ihnen vergnügt zu, stieg ab und kam näher.

»So«, meinte er. »Ihr zwei kämpft hier an Land, und bald werden eure Väter eine Seeschlacht schlagen.«

Richard Albion war ein ausgesprochen freundlicher Herr. Seine Vorfahren hatten den Namen Alban geführt, der in den letzten beiden Jahrhunderten zu dem leichter auszusprechenden Albion geworden war – so wie ein Bach sich den leichtesten Weg sucht, allmählich sein Bett verändert und weiterhin gemächlich dahinplätschert. Die Albions hatten als adelige Förster ihre Stellung in der ortsansässigen Aristokratie behauptet und gute Partien gemacht. Albions Frau entstammte der Familie Button, die Güter unweit von Lymington besaß. Richard Albion, der die Mitte des Lebens inzwischen überschritten hatte, wies mit seinem grauen Haar und den leuchtend blauen Augen eine erstaunliche Ähnlichkeit mit seinem Urahn, dem Förster Cola, auf, der vor vier Jahrhunderten hier gelebt hatte. Von Natur aus großzügig, hielt er oft an, um einem Kind einen Viertelpenny zu schenken, und er kannte die meisten Bewohner Lymingtons vom Ansehen. Deshalb wusste er sofort, wer die beiden Jungen waren, die hier bei Buckland Rings spielten. Er plauderte freundlich mit ihnen über das bevorstehende Rennen.

»Werdet Ihr zusehen, Sir?«, fragte Jonathan.

»In der Tat. Das lasse ich mir auf keinen Fall entgehen. Wahrscheinlich wird die ganze Grafschaft kommen. Offen gestanden«, fügte er hinzu, »war ich gerade in Lymington, um selbst eine Wette abzuschließen. Aber ich habe niemanden gefunden, der einschlagen wollte.« Er lachte. »Die ganze Stadt hat schon so viel gesetzt, dass niemand mehr wetten will. Siehst du, was dein Vater angerichtet hat, Jonathan Totton?«

»Und auf wen wolltet Ihr wetten, Sir?«, erkundigte sich Willie.

»Nun«, erwiderte der Adelige wahrheitsgemäß, »ich muss gestehen, dass ich auf den Sieg des Schiffes aus Southampton setze. Das bedeutet allerdings nicht, dass ich weiß, wer gewinnen wird. Ich stehe nur gerne auf derselben Seite wie Henry Totton.«

»Und« – Jonathan war nicht sicher, ob sich diese Frage gehörte, aber Albion war kein Mann, der auf Förmlichkeiten Wert legte – »um wie viel wolltet Ihr wetten, Sir?«

»Ich habe fünf Pfund geboten«, entgegnete Albion mit einem Kichern. »Und kein Mensch wollte mein Geld!« Er grinste die beiden Jungen an. »Hat einer von euch vielleicht Interesse?«

Jonathan senkte den Kopf, und Willie antwortete in ernstem Ton: »Mein Vater hat gesagt, man darf nicht wetten. Er findet, das tun nur Narren.«

»Ganz recht!«, rief Albion aufgeräumt aus. »Und du sollst immer auf deinen Vater hören.« Mit diesen Worten stieg er aufs Pferd und ritt davon.

»Fünf Pfund«, meinte Jonathan zu Willie. »Das ist viel Geld, um es zu verlieren.«

Die zwei spielten weiter.

Obwohl Alan Seagull seinem Sohn noch nicht verziehen hatte, dass dieser so dumm gewesen war, Jonathan das Geheimnis zu verraten, war er bei Willies Anblick an diesem Nachmittag verhältnismäßig guter Laune. Er hatte gerade das Geld zusammengezählt, das ihm versprochen worden war. Selbst wenn er das Rennen verlor, würde er bei dieser einen Fahrt mehr verdienen als im ganzen letzten Jahr. Und wenn er gewann, würde er durch Burrards Angebot noch größeren Profit machen. Allerdings musste Seagull, der sich für einen guten Menschenkenner hielt, zugeben, dass ihn die Angelegenheit an sich in Erstaunen versetzte. Aber er rechnete eigentlich nicht mehr mit einer weiteren Überraschung, bis Willie auf ihn zukam und ihn fragte: »Kennst du Richard Albion, Vater?«

»Ja, mein Sohn.«

»Wir haben ihn heute bei Buckland Rings getroffen. Er hatte vor, auf das Rennen zu wetten. Darauf, dass du verlierst. Aber niemand wollte einschlagen, denn alle hatten ihr Geld schon verwettet.«

»Oh.« Alan zuckte die Achseln.

»Rate mal, wie viel er setzen wollte, Vater.«

»Ich weiß nicht, mein Sohn. Sag es mir.«

»Fünf Pfund.«

Fünf Pfund. Noch eine Wette über fünf Pfund! Verblüfft schüttelte Seagull den Kopf. Also war noch jemand bereit, eine hohe Summe darauf zu setzen, dass er verlor. Auch wenn fünf Pfund für Albion vermutlich nicht viel bedeuteten, für den Seemann war es ein kleines Vermögen. Nachdem sein Sohn ins Haus gelaufen war, saß Seagull noch lange da, starrte aufs Wasser hinaus und überlegte.

Es war gerade dunkel geworden, als Jonathan die Schritte seines Vaters auf der Empore hörte.

Bis kurz vor ihrem Tod, als sie nicht mehr hatte aufstehen können, war Jonathans Mutter stets an sein Bett gekommen, um ihm einen Gutenachtkuss zu geben. Manchmal hatte sie sich eine Weile zu ihm gesetzt und ihm eine Geschichte erzählt. Und bevor sie ging, sprach sie stets mit ihm ein kurzes Gebet. Ein paar Tage nachdem sie gestorben war, hatte Jonathan seinen Vater gefragt: »Wirst du mir von nun an gute Nacht sagen?«

»Warum, Jonathan?«, hatte Totton entgegnet. »Du fürchtest dich doch nicht etwa vor der Dunkelheit?«

»Nein, Vater.« Unsicher hielt Jonathan inne. »Aber Mutter hat es immer gemacht.«

Seitdem brachte Totton seinen Sohn an den meisten Abenden zu Bett. Während der Kaufmann die Stufen hinaufging, überlegte er meist, worüber er mit Jonathan sprechen sollte. Sollte er ihn fragen, was er heute in der Schule gelernt hatte? Oder sollte er ihm von einem wichtigen Ereignis in der Stadt erzählen? Dann trat er ins Zimmer, stand still an der Tür und betrachtete seinen Sohn, der in seinem Bettchen lag.

Und wenn Totton nichts einfiel, was er sagen konnte, schwieg Jonathan einen Moment und murmelte dann: »Danke, dass du gekommen bist, Vater. Gute Nacht.«

An diesem Abend jedoch hatte Jonathan eine Ansprache vorbereitet. Den ganzen Nachmittag lang hatte er darüber nachgedacht. Und als sein Vater in der Tür erschien und ihn stumm ansah, ergriff er das Wort. »Vater.«

»Ja, Jonathan.«

»Ich muss nicht unbedingt mit Seagull mitfahren. Wenn es dir lieber ist, segle ich auf deinem Boot.«

Zunächst antwortete sein Vater nicht. »Es geht nicht darum, was mir lieber wäre, Jonathan«, sagte er schließlich. »Du hast deine Entscheidung getroffen.«

»Ich könnte es mir doch anders überlegen, Vater.«

»Wirklich? Das finde ich nicht.« Tottons Stimme klang ein wenig kühl. »Außerdem hast du deinem Freund schon versprochen, dass du mitkommst.«

Der Junge begriff. Er ahnte, dass er seinem Vater wehgetan hatte und dass dieser sich nun durch Unnahbarkeit und Zurückweisung rächte. Inzwischen tat es ihm Leid, ihn gekränkt zu haben. Und er befürchtete, seine Liebe zu verlieren, denn schließlich hatte er niemanden außer ihm. Wenn er es ihm nur nicht so schwer gemacht hätte!

»Er hat gewiss Verständnis, Vater. Ich würde lieber auf deinem Schiff mitfahren.«

Das stimmt nicht, dachte der Kaufmann, aber er sagte: »Du hast ihm dein Wort gegeben, Jonathan, und das musst du halten.«

Dann sprach Jonathan die zweite Frage an, die ihn schon den ganzen Tag beschäftigte. »Vater, du erinnerst dich doch noch an unser Gespräch im Salzgarten. Du hast mir gesagt, ich dürfe mein Versprechen nicht brechen, wenn ich Stillschweigen geschworen hätte.«

»Ja.«

»Nun… Ich erzähle dir jetzt etwas, und ich bitte dich, es geheim zu halten. Aber ich verrate dir nicht alles, denn in diesem Fall würde ich das andere Geheimnis preisgeben… Wäre das in Ordnung?«

»Möchtest du mir etwas anvertrauen?«

»Ja.«

»Ein Geheimnis?«

»Doch es muss unter uns bleiben, Vater. Weil du mein Vater bist«, fügte er hoffnungsvoll hinzu.

»Ich verstehe. Also?«

»Na ja…« Jonathan geriet ins Stocken. »Vater, ich glaube, du wirst dieses Rennen verlieren.«

»Warum?«

»Das darf ich dir nicht sagen.«

»Aber du bist sicher?«

»Ziemlich sicher.«

»Und du hast mir sonst nichts mehr mitzuteilen, Jonathan?«

»Nein, Vater.«

Totton schwieg eine Weile. Dann ging er langsam aus dem Zimmer und schloss die Tür hinter sich.

»Gute Nacht, Vater«, rief Jonathan ihm nach, aber er erhielt keine Antwort.

Am Morgen des Rennens war der Himmel bewölkt. In der Nacht hatte der Wind gedreht und wehte nun aus Norden. Alan Seagull nahm an, dass er noch einmal die Richtung wechseln würde. Aufmerksam spähte er über den Meeresarm. Eines stand fest: Die Überfahrt zur Insel würde nicht lange dauern.

Und danach? Er ließ den Blick suchend über den Kai schweifen, wo sich die Zuschauer drängten.

Gestern war wirklich ein seltsamer Tag gewesen. Er hatte zwar schon öfter Abmachungen getroffen, doch noch nie eine derart unerwartete. Und obwohl es sehr überraschend gekommen war, hatten sich viele Dinge dadurch aufgeklärt.

Am Kai ging es recht lebhaft zu. Ganz Lymington hatte sich dort versammelt. Die beiden Schiffe, die nebeneinander auf dem Wasser lagen, hätten nicht verschiedener sein können. Das Boot aus Southampton war kein großes Handelsschiff, sondern ein kleinerer Kreuzer, ein so genannter Leichter. Er fasste vierzig Tonnen, was bedeutete, dass er vierzig der großen Tausend-Liter-Fässer Wein aufnehmen konnte, die man für Transporte vom Kontinent benutzte. Der Einmaster bestand aus klinkergebautem Eichenholz und verfügte über ein viereckiges Segel. Verglichen mit den riesigen, sechsmal so großen Dreimastern, welche die englischen Kaufleute für gewöhnlich von Werften auf dem Kontinent anfertigen ließen, wirkte es ziemlich schlicht. Doch es erfüllte seinen Zweck in den Küstengewässern und konnte ohne Schwierigkeiten den Ärmelkanal zur Normandie überqueren. Die Mannschaft bestand aus zwanzig Seeleuten.

Seagulls Boot war von ähnlicher Bauart, allerdings nur halb so groß. An Bord befanden sich – abgesehen von den beiden Jungen – eine handverlesene zehnköpfige Besatzung und Seagull selbst.

Die Ladung, welche die Schiffe an Bord hatten, war typisch für eine Fahrt zur Insel Wight: Wollsäcke, Stoffballen, Weinfässer und ein paar Ballen Seide. Als zusätzlichen Ballast hatte das Boot aus Southampton noch zehn Zentner Eisen dabei. Beide Schiffe waren vom Bürgermeister überprüft und für voll beladen erklärt worden.

Die zwei Parteien hatten die Bedingungen des Rennens sorgfältig miteinander ausgehandelt. Nun rief der Bürgermeister die Kapitäne zu sich an den Kai und gab ihnen seine Anweisungen.

»Ihr fahrt mit voller Ladung nach Yarmouth. Dort löscht Ihr die Ladung am Kai. Dann kehrt Ihr leer, aber mit derselben Besatzung zurück. Wer zuerst wieder da ist, hat gewonnen.« Er betrachtete die beiden streng. Den großen, schwarzbärtigen Seagull kannte er, den Kapitän aus Southampton hatte er hingegen noch nie gesehen. »Wenn ich die Flagge schwenke, dürft Ihr Segel setzen oder rudern, wie es Euch beliebt. Doch wer das andere Boot irgendwann während des Rennens behindert, wird ausgeschlossen. Ich entscheide über den Sieg, Einspruch ist ausgeschlossen.«

Die Hin- und Rückfahrt, beladen und leer, das Löschen der Ladung, die Möglichkeit, Segel oder Ruder zu benutzen, und das unberechenbare Wetter – waren so viele Unwägbarkeiten, dass der Bürgermeister beschlossen hatte, das Rennen selbst zu überwachen. Allerdings konnte er persönlich keinen Grund erkennen, warum das größere Boot unterliegen sollte, und er hatte dementsprechend gewettet.

Der Kapitän aus Southampton nickte und blickte Seagull finster an, hielt ihm aber dennoch die Hand hin. Der Seemann schüttelte sie kurz, allerdings ohne seinen Gegenüber anzuschauen. Stattdessen suchte er weiter die Menge ab.

Endlich hatte er die gewünschte Person gefunden. Er wandte sich zu seinem Boot und rief Willie zu sich. »Siehst du Richard Albion, mein Sohn?« Er wies auf den Herrn. »Lauf rasch zu ihm und frage ihn, ob er immer noch fünf Pfund darauf wetten will, dass ich das Rennen verliere.«

Willie gehorchte und überbrachte wenig später die Antwort: »Er hat ja gesagt, Vater.«

»Gut.« Seagull nickte. »Geh wieder zu ihm und teile ihm mit, dass ich die Wette annehme, sofern er gegen einen einfachen Mann wetten möchte.«

»Du, Vater? Du willst wetten?«

»Richtig, mein Sohn.«

»Fünf Pfund? Hast du denn fünf Pfund, Vater?« Der Junge betrachtete ihn erstaunt.

»Vielleicht ja, vielleicht nein.«

»Aber du wettest doch nie, Vater!«

»Willst du mir widersprechen, mein Junge?«

»Nein, Vater, aber ...«

»Dann lauf los.«

Also rannte Willie zurück zu Richard Albion, den das Angebot fast ebenso erstaunte wie den Jungen. Dennoch kam er ohne zu zögern auf Seagulls Boot zu. »Habe ich richtig gehört? Ihr wollt auf dieses Rennen wetten?«, fragte er.

»Ganz recht.«

»Nun.« Albion lächelte breit. »Ich habe nicht geglaubt, dass ich den Tag je erleben würde, an dem Alan Seagull eine Wette abschließt. Wie hoch ist Euer Einsatz?« Aus seinen funkelnden blauen Augen sprach die leichte Besorgnis, der Seemann könnte sich übernehmen. »Da niemand meine fünf Pfund will, erkläre ich mich mit jeder Summe einverstanden.«

»Gegen fünf Pfund habe ich nichts einzuwenden.«

»Seid Ihr sicher?« Der reiche Adelige wollte den Seemann nicht ruinieren. »Allmählich erscheinen mir fünf Pfund auch ein wenig viel. Sagen wir lieber eine Mark. Oder zwei, wenn es Euch recht ist.«

»Nein. Ihr habt mir fünf Pfund geboten, und ich schlage ein.«

Albion zögerte nur kurz. Es wäre eine Beleidigung gewesen, den Seemann weiter zu befragen. »Die Wette gilt!«, rief er aus und schüttelte Alan die Hand, bevor er sich den Umstehenden zuwandte. »Ihr werdet nie raten, was geschehen ist!«, verkündete er.

Kurz darauf tuschelte ganz Lymington über diese erstaunliche Neuigkeit. Und bald waren verschiedene Vermutungen im Umlauf, was das wohl zu bedeuten hatte. Warum gab Seagull so plötzlich eine lebenslange Gewohnheit auf? Hatte er den Verstand verloren? Besaß er überhaupt fünf Pfund, oder hatte er einen Geldgeber? Eines jedenfalls schien klar: Wenn Seagull eine Wette abschloss, wusste er offenbar etwas, das sonst niemand ahnte.

»Er weiß, dass wir gewinnen werden!«, jubelte Burrard begeistert.

Verhielt sich das so? Diejenigen, die gegen den Seemann gewettet hatten, wirkten ein wenig bestürzt. Einige Umstehende wandten sich ängstlich an Totton. »Was geht da vor?«, erkundigten sie sich. »Wir haben zu Euch gehalten«, erinnerten sie ihn.

Henry Totton hatte sich bereits einige Einwände anhören müssen, als den Zuschauern auffiel, dass sein Sohn sich auf Seagulls Schiff befand.

»Euer Sohn fährt bei Eurem Gegner mit!«, entrüsteten sie sich.

»Er ist mit dem Jungen von Seagull befreundet und wollte unbedingt mit ihm zusammen sein«, erwiderte Totton gelassen.

»Ich hätte es ihm verboten«, merkte ein Kaufmann mürrisch an.

»Warum?«, entgegnete Totton mit einem Lächeln. »Er macht das Boot nur schwerer und wird allen im Weg stehen. Sicher kostet er Seagull mindestens eine Länge.« Er erntete einige Lacher für diese gewitzte Antwort.

Und als man ihn wieder missbilligend ansah, zuckte er nur die Achseln. »Seagull hat eine Wette abgeschlossen. So wie wir alle.«

»Schon. Aber er wettet sonst nie.«

»Und das ist vermutlich klug von ihm.« Er blickte sie an. »Hat denn niemand von Euch daran gedacht, dass er vielleicht einen Fehler gemacht hat? Er könnte verlieren.« Und angesichts dieser sehr vernünftigen Bemerkung gab es nicht mehr viel zu sagen. Allerdings konnten sich die Einwohner von Lymington des Gefühls nicht erwehren, dass an dieser Angelegenheit womöglich etwas faul war.

Und dieser Verdacht beschränkte sich nicht auf die Zuschauer. Unten im Boot sah Willie Seagull seinen Vater neugierig an. Der Seemann lehnte, die Kappe keck auf dem Kopf, bequem an einem Weinfass. »Was führst du im Schilde, Vater?«, flüsterte Willie.

Doch Seagull antwortete darauf nur mit einem kurzen Seemannslied:

Ob Wind oder Wasser das Schicksal lenkt,
Es kommt immer anders, als man denkt.

Mehr konnte Willie ihm nicht entlocken. »Auf die Plätze, fertig, los!«, rief der Bürgermeister.

Jonathan Totton war überglücklich. Mit seinem Freund Willie und dem Seemann auf einem Boot zu sein – und noch dazu anlässlich eines solchen Ereignisses – erschien ihm wie der Einzug ins Paradies.

Ihm bot sich ein beeindruckender Anblick. Der kleine, von hohen, grünen Ufern gesäumte Fluss schimmerte silbrig. Der Himmel war zwar bedeckt, leuchtete aber hellgrau. Wolkenbänke erstreckten sich nach Süden. Weiße Möwen kreisten um die Maste und über dem Schilf. Ihre Schreie hallten über das Wasser. Inzwischen hatten die beiden Boote die Mitte des Flusses erreicht. Das Schiff aus Southampton hielt sich am östlichen Ufer. Schon vom Kai aus hatte es riesig gewirkt. Nun erschien Jonathan der Leichter mit seinen erhöhten Brücken an Bug und Heck wie ein Koloss, vor allem im Vergleich zu dem Fischerboot.

Die Mannschaft war bereit. Vier Matrosen besetzten die Ruder, die jedoch nur dazu dienten, das Schiff in der Mitte des Stroms zu halten. Die Übrigen schickten sich an, Segel zu setzen. Seagull stand am Steuer. Die beiden Jungen hatten sich vor ihn auf den Boden gekauert. Als Jonathan das Gesicht des Seemanns und seinen schwarzen Bart betrachtete, der sich vom Himmel abhob, kam er ihm für einen Moment seltsam bedrohlich vor. Doch er tat diesen Gedanken als albern ab. Offenbar hatte der Bürgermeister am Ufer die Flagge geschwenkt, denn Seagull nickte und sagte: »Los.« Die Jungen sahen zu, wie das viereckige Segel mit einem Rauschen gehisst wurde. Die vier Männer an den Rudern legten sich in die Riemen, und bald segelten sie, angetrieben vom Nordwind, den Strom entlang.

Als Jonathan zum Kai zurückblickte, sah er, dass sein Vater sie beobachtete. Am liebsten wäre er aufgestanden und hätte ihm zugewinkt, aber er tat es nicht, denn er befürchtete, ihn damit zu verärgern. Bald wurde die Stadt auf ihrem Hügel immer kleiner. Kurz brach ein Sonnenstrahl durch die Wolken und tauchte die Dächer in ein unheimliches Licht. Dann schloss sich die Wolkendecke wieder, und es wurde grau. Sie segelten rasch flussabwärts. Nach einer Weile versperrten die Bäume am Ufer die Sicht auf die Stadt.

Da das kleinere Schiff rascher an Geschwindigkeit zulegte, hatten sie im Moment einen Vorsprung vor dem Boot aus Southampton. Sie machten weiter Fahrt. Zu ihrer Rechten lagen die baumlosen Weiten des Pennington Marschlands; links befand sich ein schmaler Streifen Sumpfland. Vor ihnen, jenseits einer breiten Sandbank, die durch die Flut nun völlig überschwemmt war, flossen die unruhigen Wasser des Solent.

Für Seeleute boten die Häfen am Solent einen bedeutenden Vorteil, auch wenn die Einfahrt in den Fluss von Lymington auf den ersten Blick recht schwierig wirken mochte. An der Flussmündung unterhalb von Beaulieu im Osten bis zu den Pennington Marschlands im Westen erstreckten sich gewaltige Moore, durch die verschiedene Bäche sich einen schmalen Weg gegraben hatten. Auf dem fruchtbaren Boden gediehen Schilf, Wasserpflanzen und unzählige Weichtiere, Schnecken und Würmer, die den verschiedensten Vogelarten als Nahrung dienten. Einige der Schreitvögel, Enten, Gänse, Kormorane, Reiher, Seeadler und Möwen, blieben das ganze Jahr über, andere zogen im Winter fort. Ein Paradies für Vögel also, allerdings auf den ersten Blick nicht für Seeleute. Dennoch bot die Landschaft Schiffen zwei bedeutende Pluspunkte. Der erste lag auf der Hand, denn das dreißig Kilometer breite Gewässer wurde durch das Massiv der Insel Wight geschützt, von deren östlichem und westlichem Ende aus man Zufahrt zum offenen Meer hatte. Doch noch wichtiger als die geschützte Lage waren die Gezeiten.

Der Tidenhub am Ärmelkanal lässt sich mit einer Wippe vergleichen, die sich über einen Angelpunkt hinweg hebt und senkt. An den jeweiligen Enden besteht ein gewaltiger Unterschied zwischen Ebbe und Flut, in der Mitte schwappt zwar viel Wasser hin und her, der Meeresspiegel bleibt jedoch verhältnismäßig konstant. Da sich der Solent unweit dieses Angelpunktes befindet, machen sich die Gezeiten hier kaum bemerkbar. Außerdem hat die natürliche Barriere, die die Insel Wight bildet, noch einen weiteren Vorteil. Denn bei Ebbe oder Flut im Ärmelkanal wird der Solent von zwei Seiten her gefüllt, was dort wiederum zu einem ganz eigenen Ablauf der Gezeiten führt. Am westlichen Solent, wo Lymington liegt, kommt es für gewöhnlich zu einer sanften Flut, die etwa sieben Stunden lang ansteigt. Der hohe Wasserstand hält sich lange, zuweilen finden sogar zwei Fluten im Abstand von wenigen Stunden statt. Darauf folgt eine kurze, rasche Ebbe, die in der Meerenge am westlichen Ende der Insel Wight eine tiefe Rinne hinterlässt. Diese eignet sich vorzüglich für die Zufahrt von Schiffen in den großen Hafen von Southampton.

Doch auch das bescheidene Lymington war kein Stiefkind der Natur. Bei Hochwasser wurden die Sümpfe überflutet. Der kleine Kanal war gut zu sehen und tief genug für die Kiele der damals üblichen Handelsschiffe.

Als sie den Solent erreichten, schaukelte das Schiff in den vom Wind aufgewühlten Wellen. Doch da der Seegang nicht sehr schwer war, hatte Jonathan seine Freude daran. Vor ihnen, nur sechs Kilometer entfernt, erhoben sich die ausladenden Hügel der Insel Wight. Ihr Ziel, der kleine Hafen von Yarmouth, befand sich fast unmittelbar gegenüber. Im Osten konnte Jonathan den gewaltigen Solent sehen, der sich fast dreißig Kilometer weit erstreckte und der ihn an eine riesige graue Röhre erinnerte. Im Westen, jenseits der Sümpfe und Keyhavens, ragte eine lange, aus Sand und Kies bestehende Landzunge etwa anderthalb Kilometer weit ins Wasser und zeigte auf die Kreidefelsen der Insel. Durch die schmale Lücke dazwischen erkannte Jonathan das offene Meer. Gischt sprühte ihm ins Gesicht. Er war überglücklich.

Da der Wind von hinten blies, brauchten sie einfach nur mit ihm zu segeln. Der Rückweg hingegen würde schwieriger werden. Das Boot verfügte zwar über ein großes, in der Mitte angebrachtes Steuerruder, aber das primitive viereckige Segel eignete sich nicht sonderlich für das Kreuzen gegen den Wind. Vielleicht würden sie sogar rudern müssen. Jonathan vermutete, dass das für das kleinere Boot von Vorteil sein würde. Und dieser Vorteil schien unentbehrlich, denn das schwerere Schiff aus Southampton näherte sich zusehends. Gewiss würde es sie überholen, noch ehe sie die Hälfte der Strecke zurückgelegt hatten.

Zufrieden blickte Jonathan sich zu Willie um. Die beiden Jungen hatten sich inzwischen einen Platz unterhalb der kleinen Brücke gesucht, auf der Seagull stand. Doch während Jonathan gebannt das Meer betrachtete, saß Willie nur kopfschüttelnd da und runzelte finster die Stirn.

Jonathan rutschte zu ihm hinüber. »Was ist los?«, fragte er.

Zuerst antwortete Willie nicht, dann senkte er den Kopf und murmelte: »Ich begreife es nicht.«

»Was?«

»Warum mein Vater nicht das große Segel gesetzt hat.«

»Welches große Segel?«

»Das Segel, das da drin ist.« Willie wies mit dem Kopf auf einen Hohlraum unter dem Achterdeck. »Er hat ein großes Segel. Deshalb ist er ja schneller als die meisten Boote.« Mit dem Daumen deutete er auf das Schiff aus Southampton, das immer näher kam. »Bei diesem Rückenwind würden die uns sonst nämlich nie kriegen.«

»Vielleicht setzt er es noch.«

Willie schüttelte den Kopf. »Jetzt nicht. Und dabei hat er fünf Pfund auf das Rennen gewettet. Ich weiß nicht, was er vorhat.«

Jonathan betrachtete das kleine, kinnlose Gesicht seines Freundes, das dem seines Vaters glich wie ein Ei dem anderen. Beim Anblick seiner finsteren Miene wurde ihm plötzlich klar, dass der komische kleine Junge, der mit ihm durch den Wald lief und am Fluss spielte, in vieler Hinsicht erwachsener war als er. Im Gegensatz zu wohlhabenden Kaufmannssöhnen halfen die Kinder der Bauern und Fischer ihren Vätern und Müttern bei der Arbeit. Sie trugen Verantwortung und wurden von ihren Eltern mehr oder weniger gleichberechtigt behandelt.

»Sicher weiß er, was er tut«, sagte Jonathan jetzt zu seinem Freund.

»Und warum hat er es mir dann nicht erzählt?«

»Mein Vater erzählt mir nie etwas«, erwiderte Jonathan, und auf einmal dämmerte ihm, dass das nicht stimmte. Sein Vater versuchte ständig, ihm etwas zu erklären, aber er, Jonathan, hörte nicht richtig zu.

»Er vertraut mir nicht«, sagte Willie bedrückt. »Er weiß, dass ich dir sein Geheimnis verraten habe.« Er sah Jonathan an. »Du hast es doch niemandem weitergegeben, oder?«

»Nein«, erwiderte Jonathan, was beinahe die Wahrheit war.

Sie hatten die Hälfte der Strecke hinter sich gebracht, als das Schiff aus Southampton sie überholte. Jonathan hörte das Johlen der anderen Mannschaft, doch Seagull und seine Leute achteten nicht darauf. Während sie weiter auf Yarmouth zuhielten, war ihnen das andere Schiff etwa einen knappen Kilometer voraus.

Der Hafen von Yarmouth war kleiner als der von Lymington. Er wurde durch eine Sandbank, die gleichzeitig als Hafenmauer diente, vor den Strömungen des Solent geschützt. Sie waren immer noch etwa anderthalb Kilometer von der Hafeneinfahrt entfernt, als Jonathan etwas Seltsames bemerkte: Das Segel hing schlaff herab.

Seagull brüllte ein paar Befehle, worauf zwei der Männer eilig eines der Segel lockerten, während zwei weitere das andere fest-zurrten, sodass sich der Neigungswinkel änderte. Seagull beugte sich über das Steuer.

»Der Wind dreht!«, rief Willie. »Nord-Ost.«

»So wird die Rückfahrt leichter«, meinte Jonathan.

»Vielleicht.«

Auf dem Boot aus Southampton hatte man sich für dieselbe Vorgehensweise entschieden, doch man war im Vorteil, da man sich bereits näher an der Hafeneinfahrt befand. Bald sahen Jona-than und Willie, dass die Gegner wendeten und auf die schmale Rinne an der Sandbank zuhielten. Nachdem das Schiff in den sicheren Hafen eingefahren war, holte es die Segel ein. Es dauerte eine Weile, bis Seagulls Boot ebenfalls sein Ziel erreicht hatte. Kurz vor der Einfahrt bemerkte Jonathan, dass Alan Seagull zum Himmel blickte und die Wolken beobachtete. Sein übliches Schmunzeln war verflogen. Auf Jonathan machte er einen be-sorgten Eindruck.

Als sie anlegten, hatte das Schiff aus Southampton bereits Anker geworfen, und die Mannschaft war dabei, die Ladung zu löschen.

Die Stadt Yarmouth war ebenfalls eine Gründung des Feudal-herrn von Lymington. Er hatte die Stadt im Schachbrettmuster östlich der Hafengewässer anlegen lassen. Obwohl es sich um eine kleine Ortschaft handelte, ging es sehr geschäftig zu, denn der Großteil des Handels auf der Insel Wight wurde hier abge-wickelt.

Innerhalb der letzten hundert Jahre hatte man einen Kai ge-baut und einen Hebekran anbringen lassen, damit die Schiffe gleich an den Docks entladen werden konnten, ohne die Fracht zuerst auf Leichter umpacken zu müssen.

Kaum hatte das Boot angelegt, als die Besatzung sich schon an die Arbeit machte. Während man Fallreepleitern zum Kai ver-legte und den Kran in Bewegung setzte, klappten die Seeleute eine Seilwinde am Mast aus, mit der man schwerere Gegenstände wie Fässer vom Rahnock aus über Bord schwenken konnte. Je-der hatte seine Aufgabe. Selbst die beiden Jungen eilten, bewaff-net mit Seidenballen, Gewürzkisten und anderen Dingen, die sie tragen konnten, emsig zwischen Boot und Kai hin und her. Ein kurzer Blick sagte Jonathan, dass sie mit ihrer geringeren Ladung sicher einen Teil des Rückstands wieder aufholen würden. So beschäftigt war er, dass er gar nicht bemerkte, wie sich der Himmel über dem Hafen verdunkelte.

Aber Alan Seagull hatte es bemerkt. Anfangs hatte er seinen Männern beim Löschen der Ladung geholfen, doch als das letzte Weinfass wohlbehalten an Land war, sprang er auf den Kai, wo der Kapitän des anderen Schiffes die Entladungsarbeiten überwachte, und wies auf den Himmel.

Der vierschrötige Mann aus Southampton blickte in die angegebene Richtung und zuckte dann die Achseln. »Ich habe schon Schlimmeres gesehen«, knurrte er.

»Mag sein.«

»Wir sind längst zurück, bevor es losgeht.«

»Das glaube ich nicht.«

Wie um Seagulls Worte zu bestätigen, wehte plötzlich eine Windböe heulend über die Dächer von Yarmouth und blies den beiden Männern Regentropfen ins Gesicht.

»Runter mit diesem Fass. Beeilung!«, brüllte der Kapitän seiner Mannschaft zu. »So, das wär's.« Er drehte sich zu Seagull um. »Wir legen zuerst ab. Wenn Ihr nicht genug Mumm für die Überfahrt habt, ist das Euer Pech.« Mit diesen Worten wandte er Seagull den Rücken zu und kehrte zurück auf sein Schiff.

Allerdings hatte er sich, was die Abfahrt anging, geirrt, denn Seagulls Schiff legte als erstes ab und hielt auf die Hafenmündung zu. Seagull hatte den Männern befohlen zu rudern. Doch sie hatten vor dem Ablegen das Segel so gerafft, dass es beim Setzen die Form eines schmalen Dreiecks an Stelle eines Vierecks haben würde. Jonathan war überglücklich, dass sie den Hafen vor dem größeren Schiff verließen. Aber er erkannte an den angespannten Mienen der Seeleute und an Seagulls ernstem Blick, dass etwas im Argen lag.

»Das wird kein Spaziergang«, meinte Willie.

Kurz darauf passierten sie die Sandbank und befanden sich auf dem offenen Wasser.

Am meisten fürchtet der Seemann auf dem Solent den heftigen Sturm, der von Osten weht. Das geschieht zwar nicht oft, doch wenn es so weit ist, vorzugsweise im April, hat der Wind eine fürchterliche Gewalt.

Wenn der Sturm von Osten her den Ärmelkanal entlangbläst, bietet die Insel Wight keinen Schutz. Der Sturm weht am breiteren Ostende des Solent herein, fegt durch den immer schmaler werdenden Trichter und peitscht die Wogen auf. Das friedliche Paradies verwandelt sich in ein tosendes Inferno aus bräunlichem Wasser. Die Insel verschwindet hinter einem gewaltigen Nebel wabernder Gischt. Der Sturm heult über den Salzmarschen, als wolle er sämtliche Pflanzen entwurzeln und sie – Dornenbäume, Ginsterbüsche und was sonst noch so wächst – hoch über Keyhaven hinweg in den schäumenden Ärmelkanal schleudern. Wenn ein Seemann den großen Sturm von Osten kommen sieht, sucht er sich so schnell wie möglich ein geschütztes Plätzchen.

Alan Seagull schätzte, dass die Zeit gerade noch reichte.

Sobald sie die Sandbank hinter sich gelassen hatten, blies ihnen ein rauer Wind ins Gesicht. Die schaumgekrönten Wellen wurden allmählich zu riesigen Brechern, doch da das Boot nun höher auf dem Wasser lag, schaukelte es darüber hinweg. Inzwischen saßen alle zehn Matrosen, samt und sonders erfahrene Männer, an den Rudern. Seagull plante, so weit wie möglich vom Ufer wegzurudern, das Boot ein wenig gegen den Wind zu richten, ein kleines Segel zu setzen und dann – unter Einsatz von Segel, Steuerruder und Ruder – so nah es ging an die Flussmündung von Lymington heranzukommen. Da Lymington genau gegenüber lag, würden sie gewiss zu weit nach Westen abgetrieben werden. Aber wenigstens würden sie auf diese Weise verhältnismäßig gefahrlos die Untiefen über den Sümpfen überwinden. In den dortigen flachen Gewässern konnten sie dann die Küste entlangrudern, das Schiff in den Salzmarschen an Land setzen und sich wohlbehalten zu Fuß auf den Heimweg machen. Eines stand fest: Der Sieg des Rennens war völlig offen; das Wichtigste war, heil nach Hause zu kommen.

Der Wind wurde zwar stärker, wehte aber immer noch in Böen. Mit Hilfe des Steuerruders gelang es Seagull, den Bug des Bootes grob in nordöstlicher Richtung zu halten, wo Beaulieu lag. Währenddessen plagten sich seine Männer mit den langen Rudern ab. Etwa ein Dutzend Ruderschläge lang spürte Seagull den Wind im Gesicht, und das Boot machte verhältnismäßig gute Fahrt. Dann wieder wurden sie von einer Böe ergriffen, die das Schiff ins Schwanken brachte, den Bug herumwarf und ihnen einen Schwall Gischt ins Gesicht schleuderte. Fast blind zerrte Seagull am Steuerruder, um das Boot wieder zu wenden. Im Osten konnte er über dem Solent einen bräunlichen Regenschleier erkennen. Er rechnete nach, wie weit sie kommen könnten, bis der Regen einsetzte. Vielleicht bis zur Hälfe ihres Weges.

Es ging sehr langsam voran: hundert Meter, dann noch einmal hundert. Als sie etwa einen halben Kilometer hinter sich gebracht hatten, sahen sie das Schiff aus Southampton hinter sich auftauchen.

Das größere Boot nahm einen anderen Kurs. Es stellte den Bug direkt gegen den Wind, hielt sich näher an der Küste, und die Mannschaft begann, aus Leibeskräften nach Osten zu rudern. Offenbar beabsichtigten sie, ein größtmögliches Stück die Küste entlangzufahren, bevor der Wind zulegte, und dann die gesamte Strecke über den Solent mit Hilfe des Segels zu bewältigen. Den Wind halb im Rücken, wollten sie geradewegs auf den Hafen von Lymington zusegeln. Offenbar rechnete der Kapitän aus Southampton damit, dass Seagull zu weit nach Westen abgetrieben würde, sodass es ihm wegen des schlechten Wetters nicht mehr gelang umzukehren. Möglicherweise hatte er Recht.

»Segel setzen!«, rief Alan Seagull.

Zunächst schien sein Plan aufzugehen. Mit einem möglichst kleinen Segel wollte er den Wind ausnützen und mit Hilfe der Ruder das östliche Ende der Flussmündung von Lymington ansteuern. Immer wieder ergriff eine Sturmböe das Segel, sodass das Schiff ins Schlingern geriet und die Ruderer aus dem Takt kamen. Doch sie ließen nicht locker. Auch die Gischt wurde stärker. Aber ein gelegentlicher Blick zurück zur Insel sagte Seagull, dass sie gute Fahrt machten. Er sah das Boot aus Southampton, etwa in anderthalb Kilometer Abstand und parallel zur Hafeneinfahrt, stetig die Küste entlanggleiten. Seagull betrachtete die Wolken. Der Regen näherte sich rascher als erwartet.

»Ruder einziehen!« Überrascht befolgten die Männer den Befehl. Willie blickte seinen Vater fragend an. Doch an Stelle einer Antwort schüttelte dieser nur den Kopf. »Mehr Segel!«, rief er. Die Matrosen gehorchten. Das Schiff machte einen Satz. »Alle Mann nach Steuerbord.« Sie mussten das Gewicht nach vorne verlagern, um den Schwung des Segels auszugleichen. »Also los«, murmelte Seagull bei sich.

Die Wirkung war erstaunlich. Das Schiff erschauderte knirschend und schoss vorwärts. Inzwischen kam der Sturm so schnell näher, dass sie keine andere Wahl hatten, als die Überfahrt so rasch wie möglich hinter sich zu bringen, bevor er richtig losschlug. Über den schwankenden Bug hinweg betrachtete Seagull das nördliche Ufer. Natürlich würde er nach Westen abgetrieben werden, die Frage war nur, wie weit? Seagull bemühte sich, das sich aufbäumende Schiff auf Kurs zu halten, und lenkte sein Gefährt mitten hinaus auf den Solent.

Und dann kam der Sturm, angekündigt von einem Tosen und einem heftigen Regenguss. Es wurde stockfinster, und es schien, als würde das verheerende Unwetter alles niederwalzen und verschlingen, was sich ihm in den Weg stellte. Die Insel und die Wolken am Himmel waren nicht mehr zu sehen. Um sie herum tosten Gischt und sintflutartiger Regen. Die Brecher waren so hoch, dass sie das Boot überragten, das ein ums andere Mal in tiefen Wellentälern versank. Es war wie ein Wunder, dass es immer wieder auftauchte. Hastig rafften die Matrosen die Segel, während Seagull den Griff um das Steuerruder lockerte. Er konnte nichts anderes tun, als mit wenig Tuch vor dem Wind zu segeln und zu hoffen, dass sie dieses Inferno so schnell wie möglich hinter sich bringen würden.

Die beiden Jungen saßen vor ihm auf dem Deck und klammerten sich an der Reling fest. Seagull fragte sich, ob sie vielleicht bald seekrank wären und ob er sie unter Deck schicken sollte. Und dann fiel ihm ein, was er sich wegen Jonathan überlegt hatte, des Jungen, der sein Geheimnis kannte. Eine bessere Gelegenheit würde sich wohl nicht mehr ergeben. Ein kleiner Stoß mit dem Fuß, wenn gerade niemand hinsah, und der Kleine würde über Bord gehen. Und dass er bei diesem Seegang gerettet werden würde, war kaum vorzustellen.

Seagull konnte das Ufer nicht erkennen, doch er schätzte, dass der Wind, der sie nach Westen drückte, sie entweder nach Keyhaven oder zu der Landzunge aus Kies und Sand treiben würde, die in die Mündung des Solent hineinragte. In jedem Fall würden sie wohlbehalten am Strand landen können. Zum Glück gab es dort keine Riffe.

Er wusste nicht, wie viel Zeit inzwischen vergangen war. Ihm erschien es wie eine kleine Ewigkeit, doch er war zu sehr mit dem Steuerruder beschäftigt, durfte nicht die Gewalt über das in der Brandung schlingernde Schiff verlieren. So konnte er nur schätzen, dass sie die Landzunge bald erreicht haben mussten. Endlich war er zu dem Schluss gelangt, dass es nicht mehr weit sein konnte, als der dichte Regen wegen einer Wolkenlücke plötzlich für einen Moment nachließ. Trotz der peitschenden Gischt und des heulenden Windes konnte er etwa einen drei viertel Kilometer weit sehen. Dann wurde die Sicht sogar besser, und ihm war, als schaue er in eine gewaltige graue Röhre. Und als sich das Boot schließlich aus einem Wellental erhob, bot sich ihm ein Anblick, der ihm den Atem verschlug.

Es war wie eine Geistererscheinung – ein riesiger, schmaler Dreimaster, etwa fünfzig Meter lang, tauchte gespenstisch hinter dem dünner werdenden Regenschleier auf. Seagull erkannte das Schiff sofort, denn in diesen Gewässern konnte es nur eines sein: eine große Galeere aus Venedig, die auf dem Weg nach Southampton in den Solent einfuhr. Diese Galeeren waren prächtige Schiffe und hatten sich seit dem Altertum kaum verändert. Sie waren mit drei Lateinsegeln bestückt und konnten mit ihren in drei Reihen angeordneten mächtigen Rudern fast alle Gewässer durchschiffen. Wie zur Zeit der Römer waren sie mit hundertsiebzig Ruderern, manchmal Galeerensklaven, bemannt. Da sie nicht über viel Lagerraum verfügten, transportierten sie nur wertvolle Güter: Zimt, Ingwer, Muskatnuss, Nelken und andere orientalische Gewürze; teure Düfte wie Weihrauch; Medikamente; Seide, Satin, Teppiche und Wandbehänge, Möbel und venezianisches Glas. Sie waren gewissermaßen schwimmende Schatzkammern.

Doch es war nicht der Anblick dieses Schiffes, der Seagull vor Schreck erstarren ließ, sondern sein Kurs. Denn die venezianische Galeere befand sich genau vor ihnen und blockierte die schmale Rinne, die aus dem Solent führte. Er stieß einen Schrei aus. Wie hatte er nur so dumm sein können? Wegen des heftigen Sturms hatte er eine wichtige Sache vergessen: die Gezeiten.

Die Ebbe hatte begonnen. Also hielten sie nicht auf die sichere Landzunge zu. Stattdessen blies der Wind sie direkt in die Strömung hinein, die sie unwiederbringlich aus dem Solent heraus und auf das tosende offene Meer tragen würde.

»An die Ruder!«, brüllte er. Er warf sich gegen das Steuer. Das Boot schlingerte heftig.

Er konnte gerade noch erkennen, wie die beiden Jungen, die nicht mit diesem Manöver gerechnet hatten, über das Deck in Richtung Wasser purzelten.

Als es in Lymington Abend wurde, hatten viele insgeheim die Hoffnung schon aufgegeben.

Eigentlich stimmte die Bezeichnung Abend nicht ganz, denn Türen und Fensterläden waren schon längst wegen des heulenden Sturms und des peitschenden Regens geschlossen. Der einzige Unterschied zum Nachmittag bestand darin, dass sich die Dunkelheit des Sturms so sehr verfinstert hatte, dass man nicht einmal mehr die Hand vor Augen sehen konnte. Nur Totton, der mit seinem Stundenglas genau wusste, wie spät es war, schloss aus den rieselnden Sandkörnern, dass sein Sohn nun schon seit acht Stunden vermisst wurde.

Als das Schiff aus Southampton eintraf, war die Freude zunächst groß gewesen. Im Angel Inn, wo sich die meisten der Leute, die gewettet hatten, einfanden, sammelte man nun die Wettgelder ein. Aber man stellte auch Fragen. Hatte das andere Boot die Überfahrt ebenfalls versucht? Ja. Es hatte Yarmouth zuerst verlassen. Welchen Kurs hatte es genommen? Geradeaus über das Wasser.

»Dann sind sie sicher nach Westen abgetrieben worden«, meinte Burrard. »Sie werden an der Küste entlangrudern müssen. Es wird gewiss noch eine Weile dauern.« Doch viele hörten aus seiner wegwerfenden Art einen Anflug von Besorgnis heraus, und man bemerkte, dass er keine Anstalten machte, seine Gewinne einzustreichen. Kurz darauf begab sich Totton zum Kai hinunter, und Burrard folgte ihm. Danach wurde die Stimmung im Angel Inn gedämpfter; den Leuten war die Lust zum Scherzen vergangen.

Unten am Kai reichte die Sicht nur bis hinunter zu den schwankenden Schilfhalmen. Nachdem Totton die Familie Seagull besucht hatte, marschierte er, begleitet von Burrard, den Pfad entlang zur Flussmündung. Hilflos starrte er etwa eine halbe Stunde lang durch den Regen auf das tosende Wasser, bis Burrard leise sagte: »Komm, Henry, wir können hier nichts tun.« Er brachte seinen Freund nach Hause.

Dann machte sich Burrard auf den Weg, um Erkundigungen einzuziehen. Nach einer Weile kehrte er zurück und leistete Totton Gesellschaft.

»Ich schulde dir noch die Wette«, meinte Totton geistesabwesend.

»Ganz recht, Henry«, erwiderte Burrard fröhlich, denn er verstand, dass sein Freund Ablenkung brauchte. »Wir klären das morgen.«

»Ich muss sie suchen gehen«, verkündete Totton wenig später unvermittelt.

»Henry, ich flehe dich an.« Burrard legte ihm die Hand auf die Schulter. »Das Beste ist, wenn du hier wartest. Es ist unmöglich, da draußen jemanden zu finden. Doch wenn dein Sohn, nass bis auf die Haut, von seinem Fußmarsch die Küste entlang zurückkommt, ist er sicher froh, dich hier anzutreffen. Ich habe bereits vier Männer losgeschickt, die alles durchkämmen.« Dass zwei von ihnen schon aus Keyhaven zurückgekehrt waren und gemeldet hatten, sie hätten keine Spur von Seagulls Boot entdecken können, verschwieg er seinem Freund wohlweislich. »Komm, sag deinem hübschen Dienstmädchen« – diese Beschreibung der armen Frau hätte wohl die meisten Menschen in Erstaunen versetzt –, »sie soll uns eine Pastete und einen Krug Rotwein bringen. Ich verhungere.«

Nachdem Burrard dafür gesorgt hatte, dass sein Freund etwas zu sich nahm, saß er schweigend bei ihm in der leeren Halle. Totton starrte benommen geradeaus.

Dennoch wäre selbst Burrard überrascht gewesen, hätte er gewusst, woran Totton in diesem Augenblick dachte.

Einen Tag vor dem Rennen hatte Henry Totton seinen Rivalen Alan Seagull aufgesucht.

Der Seemann hatte alleine dagesessen und seine Netze geflickt, als er den ernst blickenden Kaufmann näher kommen sah. Zu seiner Verwunderung war Totton vor ihm stehen geblieben.

»Ich muss ein Geschäft mit Euch besprechen«, verkündete Totton. Als Seagull ihn fragend ansah, fuhr er fort: »Auf das Rennen morgen ist viel Geld gesetzt worden.«

»So heißt es zumindest.«

»Aber Ihr wettet nicht.«

»Nein.«

»Ihr seid ein kluger Mann. Vermutlich sogar weiser als ich.«

Falls Seagull diese Auffassung teilte, ließ er sich das zumindest nicht anmerken. Tottons Eingeständnis verblüffte ihn, allerdings nicht so sehr wie das, was der Kaufmann als Nächstes sagte.

»Mir ist zu Ohren gekommen, dass Ihr gewinnen werdet.«

»Oh?« Der Seemann blickte ihn argwöhnisch an. »Wo habt Ihr denn das gehört?«

»Von meinem Sohn. Letzte Nacht.«

»Und wie« – Seagull betrachtete seine Netze – »kommt er auf diesen Gedanken?«

»Das verrät er mir nicht.«

Wenn das stimmte, überlegte Seagull, hatte der kleine Jonathan das Geheimnis besser bewahrt als sein eigener Sohn. Aber entsprach das wirklich der Wahrheit, oder wollte Totton ihn unter Druck setzen? »Vermutlich wird das vom Wetter abhängen«, erwiderte er.

»Mag sein. Aber wisst Ihr«, sprach Totton ruhig weiter, »ich habe ursprünglich eigentlich deshalb gegen Euch gewettet, weil ich glaubte, dass Ihr gar nicht gewinnen wollt.«

Eine lange Pause entstand.

Dann ließ Seagull sein Netz sinken und musterte seine Füße. »Oh.«

»Nein.« Dann kam Totton auf zwei Schmuggelfahrten zu sprechen, bei denen Seagull Wolle an Bord gehabt hatte – eine für einen Kaufmann aus Lymington, die andere für einen Wollhändler aus Sarum. Seit der ersten Fahrt waren bereits fünf Jahre vergangen, die zweite war jüngeren Datums. Und eines ließ Seagull aufmerken: Der kleine Willie war über keine von beiden im Bilde gewesen. Also konnte Totton sein Wissen unmöglich von den beiden Jungen haben. »Seht Ihr«, schloss Totton seine Ausführungen, »ich habe deshalb mit Burrard um fünf Pfund auf das Boot aus Southampton gewettet, weil ich dachte, Ihr behieltet es lieber für Euch, dass Euer Schiff das schnellere ist. Zumindest erschien mir das einleuchtend.«

Seagull überlegte. Natürlich entbehrte die Begründung des Kaufmannes nicht einer gewissen Logik. Und offenbar war Leugnen hier Zeitvergeudung. »Wie lange wisst Ihr es schon?«, fragte er deshalb.

»Seit Jahren.« Totton hielt inne. »Doch jeder Mann soll sich um seine eigenen Geschäfte kümmern. Das ist meine Devise.«

Seagull betrachtete den Kaufmann mit ganz neuen Augen. Zum richtigen Zeitpunkt den Mund zu halten, war sowohl für die Fischer als auch für die Bewohner des New Forest eine wichtige Tugend. »Ihr wolltet mir einen Handel vorschlagen?«

»Ja.« Totton lächelte. »Aber es ist nichts dergleichen. Es geht um das Rennen. Wenn mein Sohn Recht damit hat, dass Ihr gewinnen wollt, ändern sich dadurch die Chancen. Und ich habe fünf Pfund gesetzt.« Er hielt inne. »Ich habe gehört, dass Albion fünf Pfund darauf wetten will, dass Ihr verliert. Also bitte ich Euch, seine Wette anzunehmen. Ihr riskiert nicht Euer eigenes Geld – ich werde es Euch geben. Und ich zahle Euch ein Pfund, ganz gleich, wie das Ergebnis aussieht.«

»Ihr wollt gegen Euch selbst wetten?«

»Als Rückversicherung.«

»Aber wenn Ihr mich in jedem Fall bezahlen wollt, macht Ihr doch ein Pfund Verlust. Oder etwa nicht?«

»Ich habe noch einige andere Wetten abgeschlossen. Wie es auch ausgeht, ich stehe wieder genauso da wie zu Anfang. Wenn Ihr mir helft.«

»Ich könnte auch verlieren.«

»Ja. Aber diese Wahrscheinlichkeit lässt sich nicht berechnen. Und in solchen Fällen wette ich nicht.«

Seagull kicherte. Ihn amüsierte die Gelassenheit des Kaufmannes. Und wenn er sich überlegte, dass er mit dem Gedanken gespielt hatte, den kleinen Jonathan zu ertränken! Nicht nur, dass das nun überflüssig geworden war. Der Junge hatte ihm, Seagull, ein Pfund eingebracht, indem er Tottons Berechnungen durcheinander geworfen hatte. »Gut«, sagte er. »Ich bin einverstanden.«

Doch als Henry Totton nun in seiner Halle saß und sich an diese Vereinbarung erinnerte, hätte er sich ohrfeigen können. Er hatte diese dumme Wette abgeschlossen. Doch was war mit seinem Sohn? Warum hatte er ihm dennoch gestattet, den Seemann zu begleiten? Weil der Junge ihn gekränkt hatte und er wütend auf ihn gewesen war. Wütend auf ein kleines Kind, das sich nur auf ein gemeinsames Abenteuer mit seinem Freund freute! Er hatte ihn gehen lassen; er hatte ihm die kalte Schulter gezeigt. Und nun hatte er ihn wahrscheinlich in den Tod geschickt.

»Verzweifle nicht, Henry«, hörte er Burrards raue Stimme. »Morgen früh sind sie gewiss zurück.«

Es war nicht weiter erstaunlich, dass Burrards Suchtrupp keine Spur von Seagull und seinem Boot hatte entdecken können. Denn als die Männer am späten Nachmittag Keyhaven erreichten, befand Seagull sich mehr als anderthalb Kilometer entfernt am Ende der langen Landzunge, und zwar schon seit einiger Zeit. Allerdings hatte er sich noch nicht auf den Weg nach Keyhaven gemacht, denn er hatte keine große Lust, sich blicken zu lassen.

Zum Glück waren die Jungen nicht über Bord gegangen, er hatte die Katastrophe gerade noch verhindern können. Als er gesehen hatte, wie sie auf die Bordwand zurutschten, hatte er sofort das Steuer losgelassen, war ihnen nachgesprungen und hatte sie gepackt, während das Boot sich aufbäumte. Fast wären sie alle drei im Wasser gelandet. »Halt ihn fest!«, hatte er Willie zugeschrien, den Griff um Jonathan gelockert und mit der nun freien Hand die Reling umfasst. Hätte Willie sich nicht an seinen Freund geklammert wie eine Klette, der kleine Jonathan wäre gewiss ertrunken.

Die nächste Viertelstunde war ein Albtraum gewesen. Sie hatten das Segel eingeholt und waren gerudert, doch immer wenn sie glaubten, ein wenig vorangekommen zu sein, hatte die Strömung sie gnadenlos wieder auf die Galeere zugetrieben. Gelegentlich konnten sie das große Schiff erkennen, das sich nicht zu bewegen schien und gespenstisch hinter einem Regenschleier verharrte. Aus Leibeskräften rudernd, hatten die Männer endlich die Kiesbank der Landzunge erreicht, obwohl die Strömung immer noch heftig an ihrem Boot zerrte. Nun saß das Schiff inzwischen am Rande der Rinne, die zum offenen Meer führte, auf Grund.

Aber Seagull hatte nun andere Dinge im Kopf. Schützend hielt er die Hände vor Augen und spähte angestrengt über das Wasser.

Der Sturm hatte nicht nachgelassen, doch vom Ufer aus betrachtet wirkte es, als entstünden immer wieder Lücken in den vorbeiziehenden grauen Wolken, aus denen heftiger Regen herniederprasselte. Während der Schauer konnte man nicht die Hand vor Augen sehen, doch in den kurzen Pausen dazwischen hatte Seagull einigermaßen klare Sicht über das aufgewühlte Wasser.

Nach einer Weile drehte er sich um. Die Jungen und die Mannschaft suchten an der Leeseite des Bootes, das sie auf den Strand geschleppt hatten, Schutz vor dem Regen.

»Was tun wir jetzt, Alan?«, rief einer der Männer. »Gehen wir zu Fuß nach Keyhaven?«

»Nein.«

»Warum nicht?«

»Darum.« Als er mit dem Finger zeigte, bemerkten auch die anderen die riesige Galeere draußen auf dem Wasser. »Sie rührt sich nicht«, meinte Seagull. »Wisst ihr, was das bedeutet?« Der Mann nickte. »Ich denke nicht, dass sie außer uns jemand bemerkt hat«, fuhr Seagull fort.

»Vielleicht kriegen sie sie ja wieder flott.«

»Oder auch nicht. Also warten wir ab.«

Mit diesen Worten bezog er erneut seinen Beobachtungsposten.

Die Kiesbänke an der westlichen Mündung des Solent bedeuteten eigentlich keine Gefahr. Erstens waren sie so gut bekannt, dass jeder Kapitän wusste, wie er sie umschiffen konnte. Und zweitens verlief zwischen ihnen eine tiefe Rinne. Nur ein einziges Wendemanöver war nötig, wenn man sich der Spitze der Insel Wight näherte. Doch während der Frühjahrsstürme geschah es öfter, dass ein Schiff dort auf Grund lief und havarierte.

Ganz offensichtlich war der Galeere genau das widerfahren. Bei Ebbe würde sie gestrandet im Sturm daliegen. Vielleicht kenterte sie sogar und brach auseinander. Trotz der schlechten Sicht hatte Seagull den Eindruck, dass die Mannschaft versuchte, sie mit Hilfe der Ruder flottzumachen. Einmal neigte sie sich sogar zur Seite. Es verging eine Weile, bis der Regen wieder nachließ, sodass er sie weiter beobachten konnte.

Als er sie kurz durch einen Regenschleier erblickte, bemerkte er, dass die eine Hälfte nicht mehr auf der Kiesbank festsaß. Es war ihr gelungen, sich zu drehen, und die Bewegung dauerte an, während Seagull zusah. Nun stand sie quer zur Strömung, sodass ihre Seite schutzlos dem Sturm ausgesetzt war. Dann begann sie zu kentern. Im nächsten Moment ging wieder sintflutartiger Regen hernieder, der ihm die Sicht versperrte.

Eine lange Zeit verstrich. Seagull konnte nichts mehr erkennen. Der Sturm heulte. Die armen Teufel, dachte er. Gewiss mühten sie sich schrecklich ab. War die Galeere gesunken? Angestrengt, aber vergeblich, spähte er in den Regen.

Und dann, als wären seine Gebete erhört worden, ließ der Regen nach. Es nieselte nur noch leicht. Seagull erkannte vor sich die Mitte des Kanals, wo sich die Kiesbänke befanden. Die Sicht reichte sogar noch weiter, sodass er verschwommen die mehr als anderthalb Kilometer gegenüber liegenden weißen Klippen der Insel erblickte. Er traute seinen Augen nicht: Die Galeere war verschwunden.

Ohne seine Männer einer Erklärung zu würdigen, rannte er zu der dem Meer zugewandten Seite der Landzunge. Die Wolken verzogen sich. Vom einige hundert Meter entfernten Strand aus, der auf den Ärmelkanal zeigte, machte er die Spitze der Insel aus. Und die Galeere.

An der Westseite der Insel Wight waren die alten Kreidefelsen schon vor langer Zeit abgesackt und im Meer versunken. Nur vier an Zähne erinnernde Spitzen unweit des Klippenrandes waren übrig geblieben und zeugten davon, dass die Insel nicht an dieser Stelle endete, sondern sich unter Wasser noch ein Stück weiter erstreckte. Diese mächtigen Felszacken, die fast zehn Meter hoch aus dem Ärmelkanal ragten, wurden auch die Nadeln genannt. Sie bestanden aus Kreidefelsen und waren hart und messerscharf.

Die Galeere hatte schwere Schlagseite. Ein Mast war abgebrochen und hing über die Bordwand. Die Ruder auf der nach oben gewandten Seite waren entweder abgeknickt oder zeigten wahllos gen Himmel. Während Seagull zusah, trudelte das Schiff weiter hilflos im Kreis. Und dann wurde es – alles Sträuben war vergeblich – wieder und wieder gegen die Nadeln geschleudert.

Da nahm ihm wieder ein Regenschauer die Sicht. Zuerst konnte er noch die nahe gelegenen Klippen erkennen, dann verschwanden auch sie im Dunst. Obwohl Seagull bis Einbruch der Dunkelheit Wache hielt, erblickte er die Galeere nicht mehr.

Jonathan verbrachte eine ungemütliche Nacht. Zum Glück befanden sich einige Decken an Bord, sodass die beiden Jungen es im Lagerraum wenigstens einigermaßen warm und trocken hatten. Die Männer bauten sich aus Segeltuch ein Zelt. Alan Seagull blieb am Strand; ihn kümmerte das Wetter nicht.

Erst in den frühen Morgenstunden ließ der Sturm nach. Bei Tagesanbruch weckte Seagull die anderen.

Als sie im Morgengrauen die Landzunge umsegelten, war von der Galeere nichts zu sehen. Der Himmel war immer noch bewölkt, das Meer unruhig. Es dauerte nicht lange, bis Seagull einen Ruf ausstieß und auf etwas zeigte, das im Wasser schwamm. Es war ein langes Ruder. Kurz darauf war noch ein Gegenstand zu sehen: ein kleines Fass. Sie holten es an Bord.

»Zimt«, verkündete der Seemann. Bald entdeckten sie weitere Teile der Ladung. »Nelken«, stellte Alan Seagull fest.

Offenbar war die Galeere gesunken. Wenn sie vor dem Untergehen auseinander gebrochen war, würden noch einige Fässer auf dem Wasser treiben.

»Mein Vater kennt die Strömungen«, erklärte Willie. »Er weiß, wo wir die Sachen finden können.«

Aber zu Jonathans Verwunderung kehrte der Seemann bald wieder an Land zurück. »Warum drehen wir um?«, fragte Jonathan seinen Freund, der ihn mit einem merkwürdigen Blick bedachte.

»Wir müssen nach Überlebenden suchen«, erwiderte er ausweichend. Für einen Menschen, der an die weißen Klippen unweit der Nadeln geschleudert wurde, bestand jedoch keine Hoffnung mehr. Der nächstgelegene Strand war mehr als vier Kilometer entfernt und bei Dunkelheit schwer zu finden. Außerdem konnten die meisten Seeleute in jener Zeit nicht schwimmen. Wenn die Galeere draußen auf dem Meer gekentert war, war der Großteil der Besatzung vermutlich ertrunken. Aber man konnte nie wissen. Vielleicht war jemand mit einem Stück des Wracks an Land gespült worden.

Sie gingen etwa fünf Kilometer entfernt von der Landzunge an der Küste in einer kleinen Flussmündung vor Anker. Nachdem sie das Schiff vor neugierigen Blicken versteckt hatten, machten sich Seagull und seine Mannschaft daran, die Gegend zu durchkämmen. An den Stränden war niemand zu sehen. Die Küste war zum Großteil mit Gebüsch und Heidekraut bewachsen. Seagull wies die Jungen an, das Boot zu bewachen, und verschwand.

Jonathan bemerkte, dass er einen kleinen Sparren aufgehoben hatte und ihn wie einen Knüppel hielt. »Wohin wollen sie?«, erkundigte er sich, als die Männer fort waren.

»Sie werden die Küste entlang ausschwärmen.«

»Glaubst du, es gibt Überlebende?«

Wieder bedachte Willie ihn mit einem merkwürdigen Blick. »Nein«, sagte er.

Endlich begriff Jonathan. Damals herrschte auf Englands Meeren ein hartes, aber schlichtes Gesetz. Die Ladung eines Wracks gehörte dem, der sie fand, außer Überlebende des Schiffbruchs erhoben Anspruch darauf – weshalb es natürlich nur selten welche gab.

Während die Jungen warteten, wurde es ein wenig heller. Etwa zur gleichen Zeit erreichte Henry Totton das Ende der

Landzunge an der Einfahrt zum Solent und starrte aufs Meer hinaus.

Seit Tagesanbruch war er auf den Beinen. Nachdem er sich kurz an der Flussmündung umgesehen hatte, war er über das Penningtoner Marschland und vorbei an den Salzgärten nach Keyhaven marschiert. Von dort aus hatte er guten Blick auf die Insel Wight und die nahe gelegene Küste. Kein Schiff war in Sicht. Anschließend hatte er seinen Weg zur Landzunge fortgesetzt, in der Hoffnung, dass das Boot vielleicht dort gestrandet war. Aber vergeblich.

Nun stand er an der Spitze der Landzunge und betrachtete die schmale Rinne. Er suchte sich eine Stelle, von wo aus er die so genannten Nadeln erkennen konnte, und ließ den Blick über die lang gestreckte Küste des Forest schweifen. Da Seagulls Boot inzwischen in der kleinen Flussmündung versteckt war, bemerkte er es nicht. Doch als er im Wasser Wrackteile entdeckte, hielt er sie, da er nichts von der venezianischen Galeere wusste, für Überreste von Seagulls Boot. Er nahm an, dass Jonathan ertrunken war, und schritt die ganze Westseite der Landzunge ab, um die Leiche seines Sohnes zu suchen. Doch auf der Landzunge lagen keine Ertrunkenen, da die Strömung sie weit fortgetragen hatte.

Da sah er seinen guten, alten Freund Burrard auf sich zukommen, der schon seit dem Morgen Ausschau nach ihm hielt. Er legte Totton den Arm um die Schulter und brachte ihn nach Hause.

Das Warten neben dem Boot war langweilig. Die beiden Jungen wagten es zwar nicht, wegzulaufen, da Seagull jeden Augenblick zurückkommen konnte, doch sie begaben sich abwechselnd auf Entdeckungsreise an den Strand.

Allmählich spülte die Flut weitere Gegenstände heran. Ein Ruder, ein paar Taue, ein zerbrochenes Fass.

Und Leichen.

Jonathan hatte gerade den Inhalt einer Schiffstruhe durchwühlt, als er den Toten sah. Er trieb, das Gesicht nach unten, in etwa zehn Metern Entfernung draußen auf dem Wasser und wurde von den Wellen immer näher herangetragen. Ein wenig ängstlich, aber auch neugierig schaute Jonathan hin.

Wahrscheinlich hätte er die Flucht ergriffen, wenn ihm nicht etwas aufgefallen wäre. Der Mann trug ein Gewand aus kostbarem Brokat mit eingewirkten Goldfäden. Sein Hemd war mit feinster Spitze eingefasst. Offenbar handelte es sich um einen reichen Herrn, einen Kaufmann oder sogar einen Adeligen, der das Schiff auf seiner Reise nach Norden begleitet hatte. Vorsichtig näherte er sich.

Jonathan hatte noch nie selbst einen Ertrunkenen gesehen und kannte nur Beschreibungen: bläuliche Haut, aufgedunsenes Gesicht. Er watete hinaus zu dem Toten, bis ihm das Wasser bis zur Taille ging. Die Leiche fühlte sich schwer an und schien mit Wasser vollgesogen zu sein. Jonathan wendete den Blick vom Kopf des Mannes ab und betastete seine Taille. Er trug einen Gürtel, der nicht aus Leder, sondern aus Goldfäden bestand. Jonathan schloss die Finger darum und musste die Leiche deshalb näher zu sich heranziehen.

Auf einmal schlugen die Arme des Toten aus, als wollten sie den Jungen ergreifen. Einen schrecklichen Augenblick lang befürchtete Jonathan, die Leiche würde ihn packen, unter Wasser ziehen und ebenfalls ertränken. In Todesangst sprang er zurück, verlor das Gleichgewicht und stolperte. Unter Wasser erblickte er das grausige Gesicht der Leiche, die mit weit aufgerissenen Augen auf den Meeresgrund starrte.

Jonathan rappelte sich auf, nahm all seinen Mut zusammen und näherte sich wieder dem Ertrunkenen. Er schob dessen Arme weg, griff wieder nach dem Gürtel, holte tief Luft und tastete unter Wasser, bis er fand, was er suchte.

Der Lederbeutel war mit einem Riemen am Gürtel befestigt, allerdings nur mit einem einfachen Knoten verschlossen. Es dauerte eine Weile, bis Jonathan ihn gelöst hatte, da die Leiche von den Wellen hin und her geschaukelt wurde. Das Wasser reichte ihm noch zu den Knien, als es ihm endlich gelang. Der Beutel war schwer. Ohne ihn zu öffnen, blickte Jonathan sich um, ob er beobachtet worden war. Kein Mensch war in Sicht. Willie saß noch neben dem Boot an der Flussmündung. Die Riemen waren gerade lang genug, dass Jonathan sie sich unter der Kleidung um den Leib schnüren konnte. Dann zog er sein durchweichtes Hemd und sein Wams über den Beutel und kehrte zu seinem Freund zurück.

»Du bist ja ganz nass«, meinte Willie. »Hast du was gefunden?«

»Eine Leiche«, erwiderte Jonathan. »Aber ich habe Angst, sie anzufassen.«

»Oh«, sagte Willie und rannte los. Kurz darauf war er wieder da. »Er ist an den Strand gespült worden. Ich habe das da entdeckt.« Er hielt den Gürtel hoch. »Der ist bestimmt einiges wert.«

Jonathan nickte und schwieg.

Sie mussten noch eine Weile warten, bis Seagull erschien. Der Anblick des Gürtels schien ihn zu erstaunen, aber er sagte nichts.

»Habt ihr jemanden getroffen, Vater?«, fragte Willie.

»Nein, mein Sohn. Da war niemand. Wahrscheinlich werden die Leichen bald an den Strand gespült.« Er überlegte einen Moment. »Wir segeln los und schauen nach, ob wir noch etwas finden. Bestimmt werden wir dafür den ganzen Tag brauchen!« Jonathan war sicher, dass Alan Seagull alles Wertvolle aufstöbern würde, was im Umkreis von vielen Kilometern an den Stränden oder im Ärmelkanal schwamm. »Ihr Jungen geht nach Hause. Sag deiner Mutter, wo wir sind«, wies er seinen Sohn an. »Dein Vater macht sich bestimmt Sorgen um dich«, meinte er dann zu Jonathan. »Spute dich also, dass du nach Hause kommst. Versprochen?«

Gehorsam machten sich die beiden Jungen auf den Weg. Über das Penningtoner Marschland waren es nur siebeneinhalb Kilometer. Sie schritten kräftig aus.

Als Jonathan von der kleinen Kirche aus die High Street hinunterkam und sich dem Haus seines Vaters näherte, fiel fahles Sonnenlicht zwischen den Wolken auf Lymington. Er stellte fest, dass die Leute ihn anstarrten. Eine Frau stürzte sogar auf ihn zu, packte ihn am Arm und begann, Gott dafür zu danken, dass er ihn gerettet hatte. Es dauerte eine Weile, bis Jonathan sich höflich aus ihrem Griff befreit hatte. Und da er nicht noch einmal aufgehalten werden wollte, fing er an zu rennen.

Am Haus angekommen, ging er von der Straße aus zuerst ins Kontor seines Vaters, denn er wollte ihn überraschen. Als er den Raum leer vorfand, trat er in die Halle mit der Empore, wo ebenfalls Stille herrschte.

Zuerst vermutete er, dass wirklich niemand zu Hause war. Kein Dienstbote zu sehen. Das Licht schien durch das hohe Fenster hinein und erleuchtete den schmucklosen Raum; er wirkte wie ein Hof, den seine Besitzer vor dem Auszug noch einmal blank gefegt hatten. Erst nach ein paar Schritten stellte Jonathan fest, dass jemand in dem Stuhl unter der Empore saß.

Da der Stuhl leicht seitlich abgewandt stand, sah er zuerst das Ohr seines Vaters. Doch dieser hatte ihn nicht gehört. In seiner üblichen Haltung saß er da und starrte geradeaus wie im Traum. Leise schlich sich der Junge näher und betrachtete das Gesicht seines Vaters.

Noch nie hatte er seinen Vater trauern gesehen. Beim Tod seiner Frau hatte Totton sich seinen Schmerz nicht anmerken lassen, um seinen Sohn zu schonen. Aber da er sich nun allein wähnte, ließ er stumm und niedergeschlagen die Bilder vor seinem geistigen Auge vorbeiziehen: den Säugling, den er geliebt, aber seiner Mutter überlassen hatte, wie es sich schickte; das kleine Kind, für das er trotz aller Zuneigung nichts anderes getan hatte, als sein Leben zu verplanen; den Jungen, den er nicht hatte trösten können; den Sohn, der nur von ihm fortsegeln wollte; den Sohn, den er verloren hatte.

Bestürzt erkannte Jonathan die Trauer seines Vaters. »Vater.« Totton wandte sich um.

»Es ist gut ausgegangen. Wir haben es überstanden.« Der Junge trat einen Schritt vor. »Wir sind die Küste entlang abgetrieben worden.« Totton starrte ihn immer noch an wie eine Geistererscheinung. »Es hat im Sturm einen Schiffbruch gegeben. Alan Seagull ist noch draußen.«

»Jonathan?«

»Mir ist nichts geschehen, Vater.«

»Jonathan?«

»Ist dein Boot wohlbehalten zurückgekommen?«

Henry Totton war wie benommen. »Oh, ja.«

»Also hast du die Wette gewonnen.«

»Die Wette?« Entgeistert starrte der Kaufmann seinen Sohn an. »Die Wette?« Er blinzelte. »Mein Gott, was kümmert mich die Wette, solange ich nur dich wiederhabe?«

Bei diesen Worten warf Jonathan sich seinem Vater in die Arme.

Henry Totton brach in Tränen aus.

Nachdem sie sich einige Minuten lang umarmt hatten, machte Jonathan sich sanft los und griff nach dem Beutel, den er um die Taille trug. »Ich habe dir etwas mitgebracht, Vater«, sagte er.

»Schau.« Er öffnete den Beutel und holte den Inhalt heraus. Es waren Goldmünzen. »Dukaten«, meinte er.

»Das ist richtig, Jonathan.«

»Weißt du, was sie wert sind, Vater?«

»Ja, in der Tat.«

»Ich auch.« Und zum Erstaunen seines Vaters wiederholte Jonathan völlig fehlerfrei die Lektion, die dieser ihm vor drei Wochen erteilt hatte.

»Das ist alles richtig«, sagte Totton erfreut.

»Siehst du, Vater«, erwiderte der Junge glücklich. »Einige Dinge, die du mir erklärst, merke ich mir auch.«

»Die Dukaten gehören dir, Jonathan.« Totton lächelte.

»Ich habe sie für dich geholt«, entgegnete sein Sohn. Er überlegte kurz. »Wollen wir sie uns nicht teilen?«

»Warum nicht?«, antwortete Henry Totton.

DER ARMADABAUM

1587

Du wirst mich ein kleines Stück auf meiner Reise begleiten.«

Er spürte, wie ihn bei diesen Worten Mutlosigkeit ergriff. »Mit
Vergnügen«, log er und fühlte sich dabei wie ein Schuljunge.

Er war vierzig Jahre alt – und sie war seine Mutter.

Die Straße – eher ein breiter, mit Gras bewachsener Pfad –, die
von Sarum nach Südosten führte, verlief quer über die großen
Wiesen, inmitten deren die Stadt lag, und stieg dann allmählich
steil an. Sie hatten die Kathedrale bereits vor einer Weile hinter
sich gelassen und befanden sich nun auf dem Weg, der bergan
über die steile Anhöhe führte, den südöstlichen Rand des großen
Beckens, wo die fünf Flüsse zusammentrafen. Die Luft an diesem
Septembermorgen war zwar ein wenig frisch, doch der Himmel
war klar und blau.

Albions Mutter hatte sich aus keinem belanglosen Grund zu
dieser Reise entschlossen. Erst nachdem ihr der Bräutigam dreimal nachdrücklich das beste Zimmer im Hause eines der reichs-
ten Kaufleute von Salisbury zugesichert hatte, war sie bereit gewesen, zur Hochzeit zu erscheinen, ohne ihre eigenen Möbel
mitzubringen. Dennoch folgte ihrer Kutsche – die mit einem Kutscher und einem Burschen bemannt war und von einem Reiter
begleitet wurde – noch ein Wagen. Dieser ächzte unter dem Gewicht zweier Diener, zweier Zofen und unzähliger Truhen, die
ihre Kleider, Mäntel, Schuhe und eine umfangreiche Sammlung
von Toilettenutensilien enthielten. Der Kutscher schwor, dass in
einem der Kästen gewiss ein römisch-katholischer Priester versteckt war. Gott sei Dank war das Herbstwetter noch trocken,
sonst wäre die kleine Karawane sicher im Schlamm stecken geblieben. Meine Mutter hat wirklich sehr klar umrissene Vorstel-

lungen davon, was sich gehört, dachte Albion, der neben der Kutsche herritt, und sie verzichtet nur ungern auf ihre Bequemlichkeit. Oben am Gipfel ordnete sie plötzlich eine Rast an und verlangte nach ihrer Sänfte.

Wortlos bauten der Bursche und die Diener sie zusammen, ließen die Stangen einrasten und brachten sie zur Tür der Kutsche. Als Albions Mutter das Gefährt verließ, stellte ihr Sohn fest, dass sie bereits hölzerne Überschuhe trug, um ihre Füße vor Schmutz zu schützen. Also hatte sie diese Pause geplant. Er hätte es sich eigentlich denken müssen. Nun wies sie auf den Pfad, der zum Gipfel führte. Offenbar wollte sie dort hinauf und erwartete von ihm, dass er sie begleitete. Deshalb stieg er ab und ging hinter der Sänfte her, die von vier Männern getragen wurde. Die seltsame kleine Prozession, die sich vom Himmel abhob, wanderte die Bergkette entlang, während Schäfchenwolken über ihren Köpfen dahinschwebten.

Oben angelangt, befahl sie, die Sänfte abzusetzen, und stieg aus. Die Männer wies sie an, in einiger Entfernung zu warten. Dann winkte sie ihren Sohn zu sich. »Und jetzt, Clement«, meinte sie lächelnd – den Namen hatte sie sich ausgesucht, nicht sein Vater –, »möchte ich mit dir sprechen.«

»Gerne, Mutter«, erwiderte er.

Wenigstens hatte sie für diese Unterredung einen malerischen Ort gewählt. Die Aussicht, die sich einem von den Klippen unterhalb Sarums bot, gehörte zu den schönsten in ganz England. Wenn man den Weg zurückblickte, den sie gekommen waren, bemerkte man, wie anmutig der Abhang zum üppig grünen Tal hin abfiel. Etwa sechs Kilometer entfernt ragte der Dom von Salisbury wie ein grauer Schwan aus dem Avontal auf. Sein eleganter Turm erhob sich so hoch, dass man hätte meinen können, es handle sich um die Spindel, von der aus sich die umliegenden Berge verteilt hatten – so wie Ton auf einer Drehscheibe, angetrieben von einem Geist aus grauer Vorzeit. Im Norden war der gedrungene Schlossberg von Old Sarum inmitten eines Meers aus Kreidefelsen zu sehen. Im Osten erstreckte sich, so weit das Auge blickte, die fruchtbare Hügellandschaft von Wessex.

Doch im Süden, und dorthin führte ihre Reise, hatte man die weiteste Aussicht. Denn dort lag, kilometerweit terrassenförmig abgestuft, der gewaltige New Forest, eine Wildnis aus Eichenwäldern, Kiesbänken, Ginsterbüschen und Heidekraut, die bis hinüber nach Southampton reichte. In etwa dreißig Kilometern Entfernung erblickte man die dunstigen blauen Hügel der Insel Wight auf dem Wasser.

Clement Albion stand vor seiner Mutter auf dem kahlen Felsen und fragte sich, was sie wohl von ihm wollte.

Ihre Eröffnungsworte klangen nicht sehr aufmunternd. »Wir sollten den Tod nicht fürchten, Clement.« Sie lächelte ihn freundlich an. »Ich hatte noch nie Angst vor dem Sterben.«

Lady Albion – ihr Gatte war zwar kein Ritter gewesen, aber man sprach sie dennoch so an – war eine hoch gewachsene, schlanke Frau. Ihr Gesicht war weiß gepudert, und sie hatte – Gott hatte es so gefallen – natürlich rote Lippen. Ihre Augen waren dunkel und blickten traurig drein. Nur wenn sie wütend wurde, begannen sie zu funkeln.

Einem unbeteiligten Besucher wäre es vermutlich erschienen, als kleide sie sich auch weiterhin in der Mode ihrer Jugendzeit. Denn da sie weder bei Hofe noch in London verkehrte und zweifellos stolz auf ihre prächtigen Gewänder war, fiel sie – wie so viele ältere Damen – ohne es zu bemerken ein oder zwei Jahrzehnte hinter die Mode zurück. Anstatt der großen Halskrause, die man heutzutage trug, beharrte sie auf einem schlichten Flügelkragen. Ihr schwerer Mantel, der bis zum Boden reichte, hatte geschlitzte Puffärmel, die – wie vor vielen Jahren üblich – in Richtung Handgelenk eng zuliefen. Dazu trug sie ein reich besticktes Unterkleid. Auf dem Kopf hatte sie für gewöhnlich einen dichten Schleier, der von einer Spitzenhaube gehalten wurde. Doch für die Reise hatte sie sich für eine kecke Männerkappe mit einer Feder entschieden. An einer Kette um ihre Taille hing ein pelzgefütterter Muff. Ein Fremder hätte sie gewiss für das Sinnbild altmodischen Charmes gehalten. Aber ihr Sohn wusste es besser.

Sie war ganz in Schwarz gehüllt: schwarzer Hut, schwarzer Mantel, schwarzes Unterkleid. Seit dem Tod von Königin Maria Tudor vor dreißig Jahren kleidete sie sich so, da es – in ihren Worten – seither keinen Grund gegeben hatte, mit dem Trauern aufzuhören. Doch das Erstaunliche an dieser Aufmachung war, dass die Stickerei ihres Unterkleides und auch das Innenfutter ihres steifen Kragens von einem grellen Scharlachrot waren wie das Blut der Märtyrer. Seit einem halben Jahr nun schmückte sie ihr Trauergewand mit roten Verzierungen, offenbar verband sie eine Botschaft damit.

Ihr Sohn betrachtete sie fragend. »Warum sprichst du vom Tod, Mutter? Ich hoffe, du bist bei guter Gesundheit?«

»Ja, das bin ich durch die Gnade Gottes. Ich habe deine Gesundheit gemeint.«

»Meine? Soweit ich weiß, bin ich wohlauf.«

»Vor dir, Clement, liegt vielleicht großer irdischer Ruhm. Jedenfalls bete ich dafür. Doch wenn es nicht dazu kommt, sollten wir uns ebenso über die Krone des Märtyrers freuen.«

»Ich habe nichts getan, was mich zum Märtyrer machen könnte, Mutter«, erwiderte er beklommen.

»Das ist mir klar.« Fast vergnügt lächelte sie ihn an. »Und deshalb habe ich die nötigen Schritte unternommen.«

Nach dem Ende der Rosenkriege vor einem Jahrhundert und einem letzten Gemetzel unter den Mitgliedern des Königshauses, hatte eine neue Dynastie, die Tudors, den englischen Thron bestiegen. Da sie von einem unbekannten Zweig der Plantagenets abstammten – und überdies von der mütterlichen Seite –, setzten sie alles daran, ihr Recht auf die Krone zu behaupten. Und deshalb waren sie die eifrigsten Verfechter der heiligen römisch-katholischen Kirche geworden. Doch als der zweite Herrscher aus dem Hause Tudor seine Ehe annullieren lassen wollte, um endlich einen männlichen Erben zu zeugen, hatte die Politik die Oberhand über die Religion gewonnen.

Der englische König Heinrich VIII. geriet in Streit mit dem Papst, ließ sich von seiner spanischen Gemahlin scheiden, erklärte sich zum Oberhaupt der Kirche von England und ging mit beispielloser Grausamkeit gegen Andersgläubige vor. Sir Thomas Moore, der fromme alte Bischof Fisher, die tapferen Mönche des Londoner Stiftshauses und noch viele andere starben den Märtyrertod. Die meisten von König Heinrichs Untertanen ließen sich einschüchtern oder standen der Sache gleichgültig gegenüber. Doch das galt beileibe nicht für alle. Im Norden von England brachte ein großer katholischer Aufstand – die so genannte *Pilgrimage of Grace* oder Pilgerschaft der Gnade – selbst den König zum Erzittern, wurde allerdings bald niedergeschlagen. Aber das englische Volk, insbesondere auf dem Lande, war keineswegs damit einverstanden, seine alten religiösen Bräuche aufzugeben.

Allerdings konnten fromme Katholiken zumindest während König Heinrichs Lebenszeit wenigstens darauf hoffen, dass die wahre Kirche wieder zu Amt und Würden gelangen würde. Andere Herrscher mochten sich von den Lehren Martin Luthers und einer neuen Generation protestantischer Kirchenführer beeindrucken lassen, die überall in Europa lauthals Veränderungen forderten – König Heinrich hingegen hielt sich eindeutig für einen frommen Katholiken. Wohl wahr, er hatte die Unfehlbarkeit des Papstes angezweifelt, sämtliche Klöster schließen lassen und ihnen ihre riesigen Ländereien abgenommen. Doch er behauptete, damit nur päpstliche Fehler wieder gutmachen zu wollen. Die englische Kirche folge auch weiterhin der katholischen Lehre. Und während seiner Regierungszeit wurden auch weiterhin lästige Protestanten hingerichtet.

Erst als sein bedauernswerter, kränklicher Sohn, der Kindkönig Eduard VI., und seine protestantischen Vormünder an die Macht kamen, wurde England die protestantische Religion aufgedrückt. Die heilige Messe wurde verboten, die Kirchen beraubte man ihres papistischen Schmucks. Den Protestanten – zumeist Kaufleute und Handwerker in den Städten – mochte das ganz recht sein, aber die aufrichtigen Katholiken auf dem Lande waren entrüstet.

Sie konnten wieder Hoffnung schöpfen, als der Kindkönig nach sechs Jahren verschied und Heinrichs Tochter Maria den Thron bestieg. Sie war das Kind der so schändlich behandelten spanischen Prinzessin, welche selbst nach Ansicht der englischen Protestanten durch die Scheidung ein schreckliches Unrecht erlitten hatte. Marias größter Wunsch war es, den wahren Glauben ihrer Mutter wieder in ihrem inzwischen heidnisch gewordenen Inselkönigreich einzusetzen. Und wenn sie dazu genügend Zeit gehabt hätte, wäre es ihr wohl auch gelungen.

Leider jedoch war sie bei den Engländern unbeliebt. Sie war eine tragische Gestalt, tief getroffen von dem Verhalten ihres Vaters gegenüber ihrer Mutter und ausschließlich von ihrem Glauben beseelt. Sie sehnte sich nur nach einem frommen katholischen Gatten und reichem Kindersegen. Allerdings fehlte es ihr an Charme, und sie duldete keinen Widerspruch. Sie wies eben keinerlei Ähnlichkeit mit ihrem Vater auf. Als sie beschloss, den streng katholischen König des mächtigen Spanien zu heiraten – wodurch England gewiss unter spanische Herrschaft gefallen wäre –, legte das englische Parlament Protest ein. Doch sie erwiderte nur, das ginge die Abgeordneten nichts an. Außerdem ließ sie einige Hundert englischer Protestanten auf dem Scheiterhaufen hinrichten.

In den Augen ihrer Zeitgenossen war es nichts Ungewöhnliches, Menschen bei lebendigem Leibe zu verbrennen. Seit dem Spätmittelalter hatte das christliche Abendland eine erstaunliche Schwäche für diese Todesart entwickelt, auch wenn sie in der Heiligen Schrift nirgends angepriesen wurde. Der Brauch hielt sich einige Jahrhunderte lang. Darüber hinaus spielte es in England offenbar keine Rolle, welcher Konfession man sich zurechnete. Katholiken verbrannten Protestanten, und Protestanten verbrannten Katholiken. Der protestantische Bischof Latimer höchstpersönlich führte Aufsicht über einen Vorgang, den man nur als sadistischen Ritualmord an einem älteren katholischen Priester bezeichnen konnte. Die Hinrichtung verlief in derart abstoßender Weise, dass sogar die Zuschauer die Barrieren durchbrachen, um dem schändlichen Exzess Einhalt zu gebieten. Unter Marias Herrschaft kam dann Latimer selbst – wenn auch unter weniger grausigen Umständen – an die Reihe und verdiente sich damit den Ruf als Märtyrer.

Doch auch einfache Bürger, die sich nicht um politische Intrigen scherten und nur an ihren Gott glaubten, endeten auf dem Scheiterhaufen. Und es waren nicht wenige. Bald nannten die Engländer ihre katholische Königin »Bloody Mary«.

Der König von Spanien kam und ging. Aus seiner Verbindung mit Maria erwuchs kein Kind, und die Scheiterhaufen brannten weiter. Maria versuchte sich ein wenig in der Kriegskunst und verlor Calais, die letzte englische Besitzung in Frankreich. Als die arme Frau nach fünf erbärmlichen Jahren auf dem Thron verstarb, hatten die Engländer sie endgültig satt und freuten sich auf die gute Königin Elisabeth.

Entgeistert starrte Clement Albion seine Mutter an.

Machte sie sich selbst etwas vor, oder war sie tatsächlich so furchtlos? Vielleicht hätte sie selbst keine Antwort auf diese Frage gewusst. Nur eines war gewiss: Sie hatte ihre Rolle nun schon so lange gespielt, dass sie darin erstarrt und so steif geworden war wie der Brokat ihres Kleides.

Bei ihrer Hochzeit mit Albion hatte der alte König Heinrich

noch gelebt. Sie stammte aus der Familie Pitts, die in der Grafschaft Southampton, wie Hampshire häufig genannt wurde, einigen Einfluss genoss. Da ihr eine große Erbschaft von einem Vetter bevorstand, hatte Albion geglaubt, eine äußerst gute Partie gemacht zu haben. Und zu Anfang hatte er kein großes Problem darin gesehen, dass sie, wie alle Pitts, sehr fromm war.

Die Krise unter Heinrich VIII. hatte in der Grafschaft Southampton Entsetzen ausgelöst. Bischof Gardiner von Winchester, zu dessen Diözese das Gebiet gehörte, war ein treuer Katholik, den man nur mit Mühe hatte überreden können, Heinrichs Herrschaft über die Kirche anzuerkennen. Beinahe wäre er wie Fisher und Moore hingerichtet worden. Als Heinrich die Klöster auflöste, hatten riesige Ländereien den Besitzer gewechselt. Im New Forest hatte es besonders das große Kloster Beaulieu, die Ländereien der Abtei Christchurch im Südwesten, das kleinere Kloster Breamore im Avontal und die bedeutende Abtei Romsey getroffen. Man nahm den Orden die Besitzungen ab, räumte die Gebäude leer und ließ sie verfallen. Für Familien wie die Pitts war das ein schrecklicher Skandal.

Doch die protestantischen Jahre unter dem Kindkönig, die darauf folgten, waren noch unerträglicher verlaufen. Bischof Gardiner wurde zuerst wie ein gewöhnlicher Sterblicher ins Fleet-Gefängnis in London und dann in den Tower geworfen und später unter Hausarrest gestellt. An seiner Statt setzte der protestantische Rat des Königs einen Mann als Bischof ein, der schon dreimal verheiratet gewesen war und nun über drei Bistümer herrschte. Ohne zu zögern verkaufte er einen Teil der Besitzungen von Winchester, um die Familie des Herzogs von Somerset zu bezahlen, der er den Posten verdankte. »Seht ihr«, spöttelte ein Angehöriger der Familie Pitt, »wie die Protestanten in den Kirchen aufräumen?« Und wirklich wurde die Diözese Winchester in den nun folgenden Regierungsjahren Eduards VI. gründlich von allen Reichtümern befreit. Die Kirchen in Hampshire und auf der Insel Wight waren besonders gut ausgestattet gewesen. Nun stürzten sich die protestantischen Reformer mit Jubelgeschrei auf die Beute. Silberne Teller und Kerzenleuchter, Gewänder, Wandbehänge, ja, selbst die Glocken wurden beschlagnahmt. Ein Teil des gewaltigen Diebesgutes verschwand einfach oder wurde gestohlen. Einiges wurde verkauft, und es war schwer zu sagen, in wessen Taschen der Gewinn floss. Auf diese Weise erlöste man die englische Kirche von der Herrschaft des Papstes.

Clement konnte sich nicht an das Verhalten seiner Mutter in jenen Jahren erinnern. Er war zu Anfang der Herrschaft des Kindkönigs geboren worden, doch seine Mutter hatte seinen Vater verlassen, als Clement noch keine drei Jahre alt gewesen war. Clement konnte sich nur ausmalen, welche Belastung es für die Ehe seiner Eltern bedeutet hatte, als sein Vater einige Ländereien aus dem früheren Besitz der Abtei von Beaulieu erwarb. Jedenfalls hatte seine fromme Mutter damals beschlossen, dass sie nicht mehr mit ihrem Gatten unter einem Dach leben konnte, und war zu ihrer Familie auf der anderen Seite von Winchester zurückgekehrt. Sein Vater hatte ihm erzählt, er habe sich geweigert, sie ihren kleinen Sohn mitnehmen zu lassen, und Clement vermutete, dass dies der Wahrheit entsprach.

Nach der Thronbesteigung von Königin Maria und der Wiedereinsetzung von Bischof Gardiner in seine Diözese war seine Mutter zu ihrem Ehemann zurückgekehrt, und Clement hatte sie endlich kennen lernen können. Sie war eine außergewöhnlich schöne Frau, und er war sehr stolz auf sie gewesen. Rückblickend betrachtet fand er, dass es glückliche Jahre gewesen waren. Nie würde er die prachtvolle Kleidung seiner Eltern vergessen, als er sie nach Southampton begleitet hatte, um den spanischen König, den Bräutigam von Maria Tudor, zu begrüßen. Da seine Mutter als fromme Frau galt, waren sie und ihr Mann bei Hofe gern gesehen.

In dieser Zeit wurde ein Kind geboren, Clements Schwester Catherine, ein hübsches kleines Mädchen. Er hatte sie in einem Wägelchen herumgeschoben und sie rasch in sein Herz geschlossen. Dann jedoch war Königin Maria gestorben, und Königin Elisabeth hatte den Thron bestiegen. Kurz darauf war seine Mutter wieder ausgezogen und hatte seine Schwester mitgenommen.

Sein Vater erklärte ihm nie, warum sie gegangen war. Und auch seine Mutter schwieg sich bei ihren Begegnungen darüber aus. Aber Clement konnte sich die Gründe gut vorstellen.

»Tochter einer Hure«, so nannte seine Mutter die Königin. Für einen guten Katholiken war König Heinrichs spanische Gemahlin selbstverständlich bis zu ihrem Tode seine einzige Frau gewesen. Die Farce einer Scheidung und Wiederverheiratung, die die abtrünnige Kirche von England gestattete, war nichts weiter als

Betrug. Deshalb galt Königin Anne Boleyn als unverheiratet und ihre Tochter Elisabeth demzufolge als Bastard. Außerdem lehnte Clements Mutter Königin Elisabeths Kirche strikt ab. Die Kirche, die Elisabeth und ihr Berater Cecil zu schaffen versuchten, war in ihren Augen nichts weiter als ein fauler Kompromiss. Die Königin betrachtete sich nicht als deren geistliches Oberhaupt, sondern nur als Vorstand. Ihre Lehren stellten eine Art reformierten Katholizismus dar. Und was die vertrackte Frage der Heiligen Messe anging – nämlich den Streitpunkt, ob während der Eucharistie tatsächlich ein Wunder stattfand, wodurch sich Brot und Wein in Leib und Blut Jesu Christi verwandelten –, so einigte sich die Kirche von England auf eine Formel, die ausweichender nicht hätte sein können.

Doch Lady Albion verlangte klare Verhältnisse. Und das, so nahm Clement jedenfalls an, war auch der Grund ihres Auszugs gewesen. Sein Vater war ein guter Mensch und auf seine Weise durchaus gläubig. Aber die Familie Albion hatte sich schon seit den Tagen des Försters Cola vor fünfhundert Jahren mit den Mächtigen arrangiert, eine Haltung, die Clements Mutter verabscheute. Und da sie ihren Mann dafür verachtete, war sie gegangen. Vielleicht, dachte Clement, war sein Vater darüber sogar erleichtert gewesen.

Allerdings hatte Königin Elisabeths schlauer Kompromiss nicht gereicht, um den Frieden in ihrem Inselkönigreich zu bewahren. Denn die machtvollen religiösen Kräfte, welche die Reformation entfesselt hatte, teilten nun ganz Europa in zwei bewaffnete Lager. Der Krieg, den sie miteinander führten, sollte mehr als hundert Jahre dauern und unzählige Menschenleben fordern. Die Königin von England sah sich von allen Seiten der Kritik ausgesetzt. Sie verurteilte die Grausamkeiten der katholischen Inquisition. Sie trauerte mit ihren protestantischen Untertanen, als französische Katholiken im Jahre 1572 in der Bartholomäusnacht Tausende friedlicher Protestanten niedermetzelten. Und dennoch konnte sie die immer größer werdende Partei der Puritaner in England nicht unterdrücken, die mit Hilfe eines zunehmend radikalisierten Parlaments die Kompromisskirche zerschlagen und die Königin selbst unter Druck setzen wollte. Und auch wenn sie sich am liebsten der wohl geordneten Welt des traditionellen Katholizismus zugewandt hätte, half ihr das auch nicht weiter. Sie konnte ihr Land nicht Rom unterstellen, da der

Papst sie nicht nur exkommuniziert, sondern auch alle Katholiken von der Treuepflicht gegenüber ihrer ketzerischen Königin entbunden hatte. Elisabeth durfte das nicht dulden, und deshalb wurde die katholische Kirche in ihrem Reich verboten.

Die Katholiken zettelten keine Revolte an, doch sie unternahmen alles, um ihren Glauben zu bewahren. In manchen Gegenden Südenglands gab es mehr treue Katholiken als in der Diözese Winchester. Gleich nach Elisabeths Krönung waren dreißig Priester von ihrem Posten zurückgetreten, weil sie sich nicht mit ihrer Kompromisskirche abfinden wollten. Viele Angehörige der Oberschicht – Adelige und reiche Kaufleute – standen offen zu ihrem katholischen Glauben. Ein weibliches Mitglied der Familie Pitt wurde vom Bischof wegen Beleidigung in das Gefängnis von Clink geworfen, und Cecil, der Sekretär der Königin, teilte Albion höchstpersönlich mit, er solle dafür sorgen, dass seine Frau sich zurückhielt.

»Ich bin machtlos, sie wohnt nicht unter meinem Dach«, hatte Albion geantwortet. »Allerdings hätte ich deiner Mutter auch nicht den Mund verbieten können, wenn wir zusammengelebt hätten«, vertraute er Clement an. Kurz darauf war sein Vater gestorben, und offenbar hatten die Mächtigen beschlossen, Lady Albion von nun an mit Nichtachtung zu strafen.

Allerdings lebte Clement weiter in Furcht. Er hatte seine Mutter in Verdacht, Irrgläubige bei sich zu verstecken. Auf der Insel Wight und an den Flussläufen unweit von Southampton an der Südküste konnten katholische Priester unbeobachtet an Land gehen. Und die katholischen Adeligen – Dissenter, wie man sie nannte – waren gerne bereit, ihnen Quartier zu geben. Doch inzwischen war es streng verboten, katholischen Priestern Unterschlupf zu gewähren. Vor kurzem hatte man vier von ihnen in der Diözese Winchester ergriffen und auf dem Scheiterhaufen verbrannt. Täglich rechnete Clement mit der Verhaftung seiner Mutter, weil sie diesen Priestern geholfen hatte. Sie würde sich nicht einmal die Mühe machen, ihre Vergehen zu leugnen. Und ihre scharlachroten Stickereien waren ein eindeutiges Zeichen ihres Starrsinns.

Als die schottischen Presbyterianer vor zwanzig Jahren die katholische Königin Maria Stuart aus ihrem eigenen Königreich geworfen hatten, hatten alle Katholiken auf einen Weg gesonnen, wie man mit Marias Hilfe ihre ketzerische englische Base vom Thron jagen könne. Die störrische Verbannte, die in England unter Hausarrest stand, schmiedete Pläne, was das Zeug hielt, bis Elisabeth zu Anfang des Jahres 1587 von ihrem eigenen Rat mehr oder weniger gezwungen wurde, sie hinrichten zu lassen.

»Sie ist eine katholische Märtyrerin«, hatte Lady Albion sofort verkündet. Und eine Woche später hatte sie anlässlich eines Besuches bei ihrem Sohn das Scharlachrot der Märtyrer zur Schau getragen.

»Musst du unbedingt den Rat der Königin und den Bischof auf diese Weise öffentlich beleidigen?«, beklagte Clement sich bei ihr.

»Ja«, erwiderte sie schlicht. »Wir müssen.«

Wir. Genau das war das Problem. Wenn seine Mutter mit ihm über gefährliche Dinge sprach, sagte sie stets »wir« – wie um ihm mitzuteilen, dass er ihrer Ansicht nach ebenfalls in die Sache verwickelt war.

Vor zehn Jahren hatte seine Mutter endlich das große Vermögen ihres Vetters geerbt. Nun war sie eine wohlhabende Frau, die ihren Reichtum vermachen konnte, wem sie beliebte. Sie und Clement erwähnten diesen Umstand nie. Dass er sich nur um des Geldes willen für die gerechte Sache einsetzte, war undenkbar. Und ebenso wenig kam es in Frage, ehrlich auszusprechen, dass sie ihn anderenfalls auf der Stelle enterben würde. Nur einmal war eine leichte Andeutung gefallen, als Clement erwähnte, dass sein Vater vor seinem Tode in finanziellen Schwierigkeiten gewesen sei. »Deinem Vater konnte ich nicht helfen, Clement. Er war ein Schilfrohr im Wind.« Und Clement glaubte, aus diesen Worten das unerbittliche Urteil herauszuhören, dass Armut verdiente, wer Lady Albion enttäuschte.

Also nahm er das »wir« unwidersprochen hin. Dass er von ihr noch keinen Penny erhalten hatte, dass er inzwischen verheiratet und Vater von vier Kindern war und dass er, falls er sich den Zorn des königlichen Rats zuzog, gewiss die Posten im New Forest verlieren würde, mit denen er sein bescheidenes Auskommen bestritt – diese Überlegungen mussten natürlich zurücktreten, wenn er bei ihr nicht in Ungnade fallen wollte. Denn immerhin standen sie beide vor dem Richterstuhl des allmächtigen Gottes.

»Was wünschst du von mir, Mutter?«, brachte er schließlich heraus.

»Ein paar Worte unter vier Augen mit dir zu sprechen. Bei der Hochzeit war das nicht möglich.« Die Hochzeit in Salisbury war ein rauschendes Fest gewesen. Eine Nichte seiner Mutter hatte in eine angesehene Sarumer Familie eingeheiratet. Es wäre wirklich schwierig gewesen, sich ohne Ohrenzeugen zu unterhalten.

»Ich habe einen Brief bekommen, Clement.« Sie hielt inne und betrachtete ihren Sohn ernst. Beklommen fragte er sich, worauf sie hinauswollte. »Er ist von deiner Schwester aus Spanien.«

Spanien. Warum nur hatte seine Mutter darauf bestanden, seine Schwester mit einem Spanier zu verheiraten? Eigentlich eine alberne Frage. Selbst die Franzosen waren in den Augen seiner Mutter verglichen mit den Spaniern nachlässig in religiösen Fragen. Und als sich König Philipp von Spanien zu Maria Tudors Regierungszeit mit seinen Höflingen in England aufhielt, hatte sie keine Zeit verloren und Freundschaften mit spanischen Adeligen angeknüpft. Kurz nach dem fünfzehnten Geburtstag seiner Schwester Catherine war Lady Albion dann in Southampton an Bord eines Handelsschiffes gegangen und Hals über Kopf nach Spanien abgereist. Dort war im Handumdrehen eine Ehe angebahnt worden. Ausgestattet mit einer zweifellos ansehnlichen Mitgift hatte Catherine einen Spanier aus verarmter, aber gut beleumundeter Familie geheiratet. Der Bräutigam war sogar entfernt mit dem mächtigen Herzog von Medina Sidonia verwandt.

Seitdem hatte Clement sie nicht wieder gesehen. War sie glücklich? Er hoffte es. Er versuchte, sie sich vorzustellen. Während er das helle Haar seines Vaters geerbt hatte, war sie dunkel wie ihre Mutter. Wahrscheinlich hatte sie sich inzwischen völlig in eine spanische Dame verwandelt. Und in diesem Fall gab es wohl keinen Zweifel daran, wie sie die augenblickliche Krise einschätzte, dachte er bedrückt.

Als König Philipp II. von Spanien die katholische Maria Tudor heiratete, hatte er selbstverständlich erwartet, England seinem riesigen habsburgischen Reich einverleiben zu können. Zu seiner Enttäuschung hatte ihm der englische Rat nach Marias Tod höflich, aber bestimmt mitgeteilt, dass er im Lande nicht mehr erwünscht sei. Und das, obwohl man ihm mangelnde Beharrlichkeit sicher nicht zum Vorwurf machen konnte. Wiederholt hatte er um Elisabeths Hand angehalten, doch diese hatte ihn jahrelang zappeln lassen. Und ein König von Spanien ließ sich schließlich nicht ewig zum Narren halten. Die englische Königin hatte ihn nicht nur verhöhnt, sondern sich auch mit seinen Feinden, den Franzosen, angefreundet und trug sich mit Heiratsplänen. Ihre Freibeuter der Meere – eigentlich Piraten, die mit königlicher Erlaubnis operierten – überfielen seine Schiffe. Sie unterstützte die Protestanten, die sich gegen die spanische Herrschaft in Holland erhoben. Außerdem hatte Elisabeth sich als Ketzerin erwiesen, und der Papst wollte sie absetzen lassen. Als sie 1587 die katholische Schottenkönigin Maria hinrichten ließ, hatte der spanische König endlich einen Vorwand. Mit dem Segen des Papstes rüstete er eine große Flotte aus.

Der spanische Angriff auf England hätte vermutlich schon in jenem Sommer stattgefunden, hätte der kühnste der englischen Freibeuter, Sir Francis Drake, nicht brennende Schiffe in den Hafen von Cadiz geschickt und auf diese Weise die halbe spanische Flotte zerstört. Am Ende des Sommers, als Clement und seine Mutter gerade die Hochzeit in Salisbury planten, schien die Gefahr für den Augenblick gebannt. Allerdings war schwer zu sagen, ob Philipp von Spanien aufgeben oder einen neuen Versuch unternehmen würde.

»Bald sind wir erlöst, Clement.« Seine Mutter empfand die spanische Invasion als »Erlösung«, nicht als »Eroberung«.

»Hast du etwas Neues erfahren?«

»Don Diego« – das war Catherines Mann – »hat es weit gebracht. Er ist ein bedeutender Kapitän in der großen Flotte, die kommen wird.« Sie lächelte zufrieden. »Und sie wird kommen, Clement, mit dem Banner der wahren Kirche. Dann werden sich die Gläubigen Englands erheben.«

Clement zweifelte keinen Moment daran, dass sie das ernsthaft glaubte. Bestärkt durch Menschen wie Lady Albion, hatte der spanische Botschafter seinem königlichen Herrn versichert, dass mindestens fünfundzwanzigtausend bewaffnete Engländer in Scharen zur katholischen Armee überlaufen würden, sobald diese einen Fuß auf englischen Boden setzte. Es musste einfach so kommen. Es war schließlich Gottes Wille. Außerdem traute Königin Elisabeth selbst – ganz gleich, was sie auch behaupten mochte – ihren katholischen Untertanen nicht über den Weg. Dass einige Verteidigungsanlagen an der Südküste vermutlich bereits in den Händen der Katholiken waren, bereitete ihrem treuen Berater Cecil einiges Magendrücken.

Albion hatte starke Zweifel, dass die Katholiken wirklich

einen Aufstand wagen würden. Auch wenn sie Königin Elisabeth nicht sonderlich schätzten, lebten sie nun schon seit dreißig Jahren unter ihrer Herrschaft. Gewiss wollten nur wenige von ihnen spanische Untertanen sein. »Die englischen Katholiken sehnen sich nach der Rückkehr ihrer Religion, Mutter«, erwiderte er deshalb. »Doch die meisten möchten sicher nicht zu Landesverrätern werden.«

»Landesverräter? Wer dem wahren Gott dient, ist kein Verräter. Sie fürchten sich nur.«

»Bestimmt tun sie das.«

»Also muss man ihnen Mut einflößen. Sie brauchen Führung.«

Clement schwieg.

»Du befehligst doch eine Abteilung der Miliz im New Forest, Clement. Habe ich Recht?« In in jeder Gemeinde an der Südküste waren Milizen zusammengestellt worden, eine Art von Bürgerwehren, die sich den Spaniern bei der Landung entgegenstellen sollten. »Und euer Sammelpunkt im New Forest ist die Festung an der Küste?«

»Ja.« Er war sehr stolz auf die Arbeit, die er im Frühling mit seinen Männern geleistet hatte, auch wenn ihre Bewaffnung ziemlich kläglich war.

»Aber du willst die Spanier doch nicht wirklich abwehren, wenn sie landen?«

»Ich?« Er starrte sie an. Traute sie ihm wirklich einen Verrat zu? Glaubte sie allen Ernstes, er würde sich um des Glaubens willen den Spaniern anschließen?

Sie lächelte. »Clement, ich habe eine sehr gute Nachricht für dich, nämlich einen Brief.« Sie griff in ihr schwarzes Gewand und holte aus einer verborgenen Falte eine kleine Pergamentrolle heraus, die sie ihm triumphierend hinstreckte. »Es ist ein Schreiben, Clement, ein Befehl von deinem Schwager. Darin erteilt er dir seine Anweisungen. Möglicherweise erhältst du im Frühjahr noch weitere. Im nächsten Sommer kommen die Spanier bestimmt. Gottes Wille wird geschehen.«

Wie benommen griff er nach dem Brief. »Woher hast du ihn?«, fragte er mit heiserer Stimme.

»Von deiner Schwester natürlich. Ein Kaufmann überbringt mir ihre Briefe. Und andere Dinge.«

»Aber Mutter. Wenn jemand davon erfährt. Cecil und der Rat

haben ihre Spione...« Sehr gute sogar, wie allgemein bekannt war. »Solch ein Brief...« Seine Stimme erstarb. Wenn ein solches Schreiben abgefangen wurde, bedeutete das den Tod.

Schweigend betrachtete sie ihn eine Weile. Doch als sie weitersprach, war ihr Tonfall erstaunlich sanft. »Auch die Gläubigsten unter uns haben Angst«, sagte sie leise. »So stellt Gott uns auf die Probe. Und dennoch«, fuhr sie fort, »gibt uns die Gottesfurcht auch Mut. Denn siehst du, Clement, wir können dem Allmächtigen nicht entrinnen. Er ist überall. Er kennt uns alle und beurteilt uns. Wir haben keine andere Wahl, als ihm zu gehorchen, wenn wir an ihn glauben. Nur der mangelnde Glaube hält uns zurück und hindert uns daran, für ihn zu den Waffen zu greifen.«

»Der Glaube ist nicht immer leicht, Mutter.«

»Und deshalb, Clement«, sprach sie ernst weiter, »schickt er uns Zeichen. Unser guter Gott tut Wunder. Die Heiligen und ihre Reliquien können noch heute Wunder vollbringen. Schenkt uns Gott nicht hier im New Forest jedes Jahr wieder ein neues Wunder?«

»Du meinst wohl die Eichen?«

»Natürlich, was sonst?«

Seit vielen Generationen standen im New Forest nun schon drei Wundereichen, und zwar in der Gegend nördlich von Lyndhurst. Sie waren uralt und unterschieden sich – soweit Clement wusste – von ihren sämtlichen Artgenossen im New Forest. Denn sie brachten auf geheimnisvolle Weise mitten im Winter, zur Zeit des Weihnachtsfestes, wenn alle anderen Bäume kahl waren, grüne Blätter hervor. Deshalb nannte man sie auch die grünen Bäume.

Niemand hatte eine Erklärung dafür. Die grünen Blätter im Winter widersprachen allen Gesetzen der Natur. Also war es nicht weiter erstaunlich, dass die fromme Lady Albion und viele ihrer Mitstreiter darin eine Erinnerung an die Kreuzigung Jesu Christi sahen, an die drei Kreuze auf dem Kalvarienberg und die Auferstehung der Toten. Für sie deutete es darauf hin, dass Gott überall war und dass auch die heilige Kirche in jedem Jahr neue Triebe bekam.

»Oh, Clement.« Plötzlich traten ihr Tränen in die Augen. »Gottes Zeichen sind überall. Du brauchst keine Furcht zu haben.« Sie sah ihn liebevoll an. So viel mütterliche Zuneigung hatte er bei ihr noch nie erlebt. »Wenn wir von der Ketzerei befreit sind und König Philipp regiert, wirst du Ruhm ernten. Aber wenn die Sache – was ich kaum zu denken wage – nach Gottes Willen ein anderes Ende nimmt, wäre es mir lieber, mein Sohn, dass du auf den Scheiterhaufen gebunden oder sogar geviertelt wirst, anstatt deinen Gott, unseren Vater im Himmel, zu verraten.«

Er wusste, dass sie jedes dieser Worte ernst meinte. »Und wie lauten meine Instruktionen, Mutter?«

»Du sollst mit deiner Miliz die Festung einnehmen, Clement, und den Spaniern bei der Landung helfen.«

»Wo?«

»Zwischen Southampton und Lymington. Es wird nicht leicht sein, die Küste des New Forest zu verteidigen.«

»Soll ich auf diesen Brief antworten?«

»Das ist nicht nötig.« Sie strahlte übers ganze Gesicht. »Ich habe es bereits getan und ein Schreiben an deine Schwester geschickt, das Don Diego an den spanischen König selbst weiterleiten wird. Ich habe geschrieben, dass man sich auf dich verlassen kann. Bis in den Tod.«

Er blickte nach Süden über den New Forest in Richtung Southampton und betrachtete den blauen Dunst über der fernen Küste. Befand sich ihr Brief womöglich schon in den Händen von Cecils Spionen? Albion fragte sich, ob er das Weihnachtsfest noch erleben würde. »Danke, Mutter«, murmelte er spöttisch.

Doch seine Mutter hatte ihn nicht gehört, denn sie winkte schon die Dienstboten mit der Sänfte heran.

Die Eiche stand ein wenig abseits vom restlichen Wald.

Es war ein warmer Nachmittag.

Im Wald bildeten die Kronen der stattlichen Buchen gemeinsam mit den knorrigen Eichen ein dichtes Blätterdach. Der Boden war mit Moos bedeckt. Bis auf das leise Rascheln der Blätter und das Geräusch, das entstand, wenn eine grüne Eichel vom Baum fiel, war es still.

Hinter dem Baum, auf einem kleinen, mit jungen Eichen bewachsenen Hügel, befand sich eine grüne Lichtung, die bei Sonnenuntergang im Schatten lag.

Allein ritt Albion auf den Baum zu.

Die Eiche, *quercus,* ist seit uralten Zeiten heilig. Auf der Erde gibt es fünfhundert Eichenarten, doch auf der britischen Insel kommen seit dem Ende der Eiszeit hauptsächlich zwei von ihnen vor: *quercus robur,* die Stiel- oder Sommereiche, deren Eicheln auf kleinen Stängeln wachsen; und *quercus petraea,* die Traubeneiche, deren Laub weniger Zacken aufweist; ihre Eicheln wachsen unmittelbar aus dem Blatt heraus. Beide Sorten gedeihen auf dem sandigen Boden des New Forest.

Erfreut betrachtete Albion die Eiche, denn für Bäume hatte er eine besondere Schwäche.

In den letzten vierhundert Jahren hatte sich an der Verwaltung des New Forest nicht viel verändert. Die Hirsche des Königs wurden noch immer geschützt, der Monat der Zäune mitten im Sommer galt auch weiterhin. Die Forstaufseher hielten ihre Gerichtsverhandlungen ab, die Förster herrschten über ihre Bezirke. Von Zeit zu Zeit trafen adelige Kontrolleure ein – zumeist Ritter aus der Grafschaft – und überprüften die Grenzen des New Forest. Allerdings war das durch immer neue Landvergaben an Privatpersonen schwieriger geworden als früher. In einer Hinsicht aber hatte es einschneidenden Wandel gegeben.

Niemand konnte mit Gewissheit sagen, wann es angefangen hatte. Seit Jahrhunderten unterstanden auch die Bäume im Wald einer gewissen Verwaltung. Denn das Holz wurde dringend gebraucht: Stangen, Pfähle, Zweige zum Bau von Pferchen, Reisig, Holz zum Verfeuern und für die Herstellung von Holzkohle. Meist wurden nur die kleineren Bäume und Büsche wie Haselnuss oder Stechpalme verwendet. Um aus einem Haselnussbaum eine gerade Stange zu fertigen, wurde er dicht über dem Boden abgeschnitten. Die aus dem Stumpf wachsenden Schösslinge konnten dann alle paar Jahre abgeerntet werden. Diesen Vorgang bezeichnete man als Stutzen. Etwas seltener verfuhr man mit den Eichen auf dieselbe Weise: Man fällte den Baum etwa zwei Meter oberhalb der Wurzel, sodass er weitere Sprösslinge trieb, was Kappen genannt wurde. Der Baum mit seinem mächtigen Stamm und den fächerförmigen Zweigen hieß gekappte Eiche.

Leider jedoch fraßen nach dem Abschneiden der unteren Äste Hirsche und andere Waldtiere die Schösslinge ab und machten somit alle Mühe zunichte. Deshalb hatte man sich darauf verlegt, kleinere Gebiete mit niedrigen Erdwällen und Zäunen einzufrieden, um das Wild für drei oder mehr Jahre fern zu halten, bis die Schösslinge zu hart für den Verbiss waren.

Vor einem Jahrhundert, kurz vor der Thronbesteigung der Tudors in England, hatte das Parlament das Anlegen dieser Einfriedungen endlich gesetzlich geregelt. Mit einer Genehmigung durfte man Zäune errichten, damit die Bäume drei Jahre Zeit hatten, sich zu erholen. Diese Frist war seitdem großzügig auf neun Jahre verlängert worden. Die Einfriedungen waren deshalb sehr wertvoll und wurden verpachtet.

In jenen Jahren nahm der Bedarf an Bauholz zu. Für die Erstellung von Häusern, Schiffen oder anderen königlichen Projekten genügte das Beschneiden nicht mehr – man musste ganz Bäume fällen. Im Jahr 1540 hatte der mächtige König Heinrich VIII. einen Generalinspektor ernannt, der die Gewinne, welche die königlichen Wälder einbrachten – einschließlich der Holzernte –, verwalten sollte. Für jede Grafschaft, in der sich ein königlicher Wald befand, wurde ein Waldhüter eingesetzt. Inzwischen war der New Forest nicht nur ein Hegegebiet für die Hirsche des Königs. Ganz allmählich setzte sich die Auffassung durch, dass er sich ausgezeichnet als königliche Baumschule nutzen ließ.

Vor einigen Jahren war es Albion gelungen, den Posten des Waldhüters für den New Forest zu ergattern, was für ihn ein ordentliches Zubrot bedeutete. Darüber hinaus hatte er eine Menge über Bäume gelernt und mittlerweile sogar eine Schwäche für sie entwickelt. Deshalb betrachtete er die stattliche alte Eiche mit Freude und Bewunderung.

Ihre ausladende Krone war auf natürlichem Wege, nicht durch Beschneiden entstanden. Außerdem genoss der Baum aus zwei Gründen einige Berühmtheit. Erstens gehörte die Eiche – etwa fünf Kilometer von Lyndhurst entfernt – zu den drei seltsamen Vertretern ihrer Art, die jedes Jahr zu Weihnachten auf wundersame Weise eine Woche lang Blätter trieben. Und zweitens war sie im Laufe ihres langen Lebens angeblich Zeuge eines bedeutsamen Ereignisses geworden.

»Das ist die Eiche, an der Walter Tyrrells Pfeil abprallte und König Rufus tötete«, sagten die Leute. Und aus diesem Grund wurde die Eiche, seit Albion denken konnte, Rufuseiche genannt.

Allerdings zweifelte Albion an dieser Legende. Er konnte sich nicht vorstellen, dass Eichen in dem ziemlich kärglichen Boden des New Forest wirklich so alt wurden.

»Eine Eiche lebt siebenmal so lange wie ein Mensch«, hatte sein Vater ihm vor vielen Jahren erklärt. Nach Albions Schätzung waren nur wenige der großen, vermodernden, mit Efeu bewachsenen, über sechs Meter dicken Stämme über vierhundert Jahre alt. Und er war mehr oder weniger überzeugt, dass er mit seiner Schätzung richtig lag. Die Rufuseiche war seiner Ansicht nach noch keine fünfhundert Jahre alt.

Und dennoch strahlte der mächtige Baum etwas Beeindruckendes, ja, sogar Magisches aus.

Der Baum hatte schon viel erlebt.

Es war fast dreihundert Jahre her, dass Luke, der flüchtige Laienbruder, sie an einen sicheren Ort umgepflanzt hatte. Seitdem hatten sich die Grenzen des Waldes – wie so häufig – ein wenig verschoben. Hirsche und andere Pflanzenfresser hatten die frischen Schösslinge auf der mit Gras bewachsenen Lichtung verzehrt und so Platz geschaffen, sodass der Baum ungehindert wachsen konnte. Während seine Brüder im Wald inmitten ihrer Nachbarn lang und schmal in die Höhe geschossen waren, hatten die Äste der Rufuseiche sich auf der Suche nach Licht auch zu den Seiten hin ausgebreitet.

Trotz des Namens, den die Menschen ihr gaben, hatte das Leben der Rufuseiche erst zwei Jahrhunderte nach dem gewaltsamen Tod des rothaarigen Königs begonnen. Ohnehin war der normannische Herrscher in einem ganz anderen Teil des New Forest gestorben. Dennoch hatte die Eiche schon viel erlebt.

Der Baum wusste, dass der Winter nahte. Bald würden ihm seine Tausende von Blättern, die das Sonnenlicht einfingen, in der kalten Jahreszeit zur Last werden. Und deshalb richtete sich sein innerer Kreislauf bereits auf den Winterschlaf ein. Die Adern, durch die der Saft in die Blätter und wieder zurückfloss, schlossen sich allmählich.

Die restliche Feuchtigkeit im Laub verdunstete in der Septembersonne, sodass es verdorrte und sich gelb verfärbte. Und wie der männliche Hirsch, dem zur entsprechenden Jahreszeit die Blutzufuhr zum Geweih versiegt, bis es vertrocknet, sodass er es schließlich abwirft, würde auch der Baum seine goldenen Blätter fallen lassen.

Davor jedoch entledigte sich die Eiche einer anderen Bürde. Die grünen Eicheln purzelten bereits zu Tausenden auf die

Erde. Und in einigen Wochen würden sich unzählige Fledermäuse zum Winterschlaf in die Baumhöhlen zurückziehen. Andere Vögel, die Drosseln und Rohrammern, trafen gerade aus raueren Gefilden im New Forest ein. Der Efeu, der die unteren Zweige entlang kroch, würde diese Jahreszeit zur Blüte nutzen und so die Insekten anlocken, die bis jetzt zu beschäftigt gewesen waren, um seine Blüten zu bestäuben.

Die Eiche versorgte den New Forest mit Nahrung, und zwar nicht nur mit Eicheln. Ihre Rinde wies zahlreiche Risse und Nischen auf, in denen Millionen winziger Insekten und anderes Getier wimmelten. Im Herbst würden sich die Meisen in Scharen dort niederlassen und ein Festmahl abhalten. Kleiber würden den Stamm hinunterlaufen, während Kriechtiere nach oben krabbelten, sodass ihnen ja nichts entging.

Albion stieg vom Pferd. Nachdem seine Mutter ostwärts in Richtung Romsey und Winchester weitergefahren war, war er gemächlich durch den New Forest geritten, hatte hie und da in Weilern Rast gemacht und gehofft, in der Stille des Waldes wieder zur Ruhe zu kommen. Aber vergeblich. Nicht nur seine Mutter hatte ihm einen Schrecken eingejagt, ihm graute außerdem vor der Aufgabe, die ihm am nächsten Tag bevorstand. Deshalb war er froh, jetzt unter der großen, ausladenden Eiche verweilen zu können.

Er fragte sich, warum die mächtige Eiche ihm so viel Kraft gab. Worin lag ihr Zauber? War es der bloße Anblick des riesigen, knorrigen, starken Baumes? Doch da war noch ein anderes Gefühl, das ihn häufig überkam, wenn er am Stamm einer ausgewachsenen, gewaltigen Eiche stand: Fast war ihm, als schlösse ihn der Baum in seine Kraft mit ein, die man, auch wenn sie unsichtbar war, fast mit Händen greifen konnte. Albion hätte darauf schwören können, eine Erklärung dafür hatte er allerdings nicht.

Ein wenig gekräftigt trat Albion unter dem Baum hervor, um sich den Gefahren des kommenden Tages zu stellen.

Jane Furzey war froh, mit dem hoch gewachsenen, stattlichen Nick Pride verlobt zu sein, der sie heiraten wollte, sobald sie endlich ihr Jawort gab. Und das hatte sie auch vor, obwohl sie ihn natürlich erst ein wenig zappeln lassen musste, wie es sich für ein anständiges Mädchen gehörte.

»Lass ihn ein Jahr warten, Jane«, hatte ihre Mutter ihr geraten. »Falls er dich wirklich liebt, wird er dich dann nur umso mehr zu schätzen wissen.« Natürlich würde sie sich ihm vor der Hochzeit auch nicht hingeben, schließlich wollte sie unbescholten vor den Altar treten. Und so verbrachten die beiden viel Zeit miteinander in einer Stimmung freudiger Erwartung.

Es war freundlich von Clement Albion gewesen, ihr zu gestatten, die Männer an diesem Morgen zu begleiten. Sie waren, Jane eingeschlossen, nur zu fünft und wurden in dem kleinen Wagen ordentlich durchgerüttelt, während Albion auf seinem Pferd neben ihnen herritt. Jane war stolz, dass er ihren Nick für diese schwierige Aufgabe ausgesucht hatte. Sie hatte die Sandalen ausgezogen und ließ ihre drallen Beine über den Rand des Wagens baumeln. Die Sonne brannte ihr warm auf die Haut. Und Jane sog begierig die kühle salzige Luft ein, während sie Lymington hinter sich ließen und in eine ihr bisher unbekannte Gegend vordrangen.

Jane war sechzehn, Nick achtzehn Jahre alt. Er wohnte in dem Dorf Minstead, ein paar Kilometer nördlich von Lyndhurst, sie im etwa zweieinhalb Kilometer entfernten Weiler Brook. Ihre Eltern fanden, dass die beiden jungen Leute ausgezeichnet zueinander passten.

Im Laufe der Jahrhunderte hatten sich die Prides in vielen Teilen des New Forest niedergelassen, während die Furzeys zum Großteil im Süden geblieben waren. Janes Familie stellte eine Ausnahme dar. Aus irgendeinem Grund war sie in die Gegend von Minstead übergesiedelt. »Die Furzeys in Minstead vertragen sich nicht mit ihren Verwandten«, lautete die einhellige Meinung der Bauernfamilien, die in dieser Region meist untereinander heirateten und ihre kleinen Zwistigkeiten rasch begruben. Man erinnerte sich noch immer daran, dass einer der Furzeys während der Rosenkriege Priester geworden war. Ein anderer aus ihren Reihen war nach Southampton gezogen. »Er war Kaufmann«, erklärte Nicks Vater seinem Sohn. »Und wurde sehr wohlhabend, wie es heißt.« Die übrigen Furzeys tuschelten, dass der Familienzweig in Minstead die Nase zu hoch trug, doch für die Prides, die ihr Licht auch nicht unter den Scheffel stellten, bedeutete das keine Schwierigkeit. Die Väter von Nick und Jane hatten sich stets gut verstanden. Und als Janes Vater vor zehn Jahren nach Brook gekommen war, hatte Nicks Vater gemeint: »Ich denke, deine Jane und mein Nick würden ein hübsches Paar abgeben.« Janes Vater hatte dem beigepflichtet und es seiner Frau erzählt, die es ohnehin schon wusste. Und so war es eben geschehen.

Niemand hätte Jane als Schönheit bezeichnet. Sie hatte eine breite Stirn, trug das braune Haar in der Mitte gescheitelt und hatte tiefblaue Augen. Außerdem war sie ziemlich klein und hatte wohlgerundete, breite Hüften. Dennoch fühlten sich die Männer zu ihr hingezogen. Jane verbrachte ihre Tage mit Kochen, Backen und Nähen, versorgte ihre jüngeren Geschwister und besaß einen Hund, der gerne Eichhörnchen jagte. Auf dem kleinen Bauernhof ihrer Eltern war sie mit allen Arbeiten vertraut.

Allerdings konnte sie lesen, und das war eine Seltenheit. Niemand sonst in ihrer Familie beherrschte diese Kunst, und auch keiner aus den übrigen Bauernfamilien in Minstead oder Brook. Wäre ihr Vater Kaufmann oder Handwerker in einer Stadt wie beispielsweise London gewesen, hätte er es vermutlich gelernt, doch auf dem Land bestand dafür keine Notwendigkeit. Selbst ein wohlhabender Freisasse, der einen großen Bauernhof sein Eigen nannte und großen Einfluss hatte, unterzeichnete – im Gegensatz zu einem mittellosen Schreiber – mit einem Kreuz und nicht mit seinem Namen.

Niemand hatte Jane das Lesen gelehrt. Sie hatte es sich selbst aus der Bibel beigebracht, über der sie in der Kirche von Minstead brütete, und aus anderen Schriftstücken, die sie bei ihren Besuchen auf den Wochenmärkten entdeckte. Obwohl sie sich nicht viel auf diese Fähigkeit zugute hielt, da sie im Alltag nur geringen Wert besaß, hatte es ihr Freude gemacht, etwas Neues zu lernen. Nick Pride hingegen war sehr stolz darauf. »Meine Frau kann lesen«, hörte er sich schon sagen. Denn das Ansehen, das die Bildung mit sich brachte, würde natürlich auch auf ihn abfärben, wenn sie erst einmal verheiratet waren.

Bei ihrer Hochzeit würde Jane weder Gold noch Schmuck oder Seidenkleider mit in die Ehe bringen. Im New Forest waren solche Dinge überflüssig. Doch ein kleines, schlichtes Schmuckstück wollte sie unbedingt haben, und ihre Eltern hatten versprochen, ihr diese Bitte zu erfüllen.

Es war ein seltsames Holzkreuzchen, das ihre Mutter an einer

Schnur um den Hals trug. Janes Vater hatte es ihr zur Hochzeit geschenkt.

»Ich weiß nicht, woher es stammt, aber es war schon immer im Besitz der Familie«, hatte er ihr erklärt. »Angeblich bereits seit vielen hundert Jahren.« Er schüttelte den Kopf. »Eigentlich ist es nur ein komisches, altes Ding, doch mein Großvater sagte mir: ›Pass gut darauf auf. Das ist dein Familienerbe‹.«

Das Kreuz aus Zedernholz war nun schon von so vielen Generationen getragen worden, dass es inzwischen fast schwarz war. Doch dieser Familientalisman hatte Jane schon als kleines Mädchen magisch angezogen. Es machte ihr Freude, das Kruzifix zu berühren und in der Hand zu halten. Und sie versuchte, die Inschrift zu entziffern, als enthielte sie eine geheime Bedeutung. Denn dessen war sie sicher, obwohl sie nicht ahnte, dass das Kreuz einst, vor fast dreihundert Jahren, einem Mönch gehört hatte.

Sie wollte es bei ihrer Hochzeit tragen.

Der Wagen rumpelte den Weg entlang, bis sie eine Kiesebene erreichten.

»Schaut!«, rief sie begeistert aus. »Wir sind am Meer.«

Verdrießlich betrachtete Albion die Festung, die sich vor ihnen erhob. Warum zum Teufel hatte sein guter Freund Gorges bloß darauf bestanden, dass er diese Burschen hierher brachte? Reine Zeitvergeudung, dachte er. Doch eigentlich ärgerte er sich nur, um die Angst zu unterdrücken, die der Anblick der Festung nach dem Gespräch mit seiner Mutter am Vortag jetzt unwillkürlich auslöste.

»Holla!«, rief er. »Albions Miliz.«

»Ihr könnt passieren, Sir«, lautete die Antwort.

Sie hatten die Sümpfe von Pennington überquert und die Flussmündung von Keyhaven hinter sich gelassen. Nun setzten sie ihren Weg auf dem Pfad fort, der zum Ende der etwa anderthalb Kilometer langen Landzunge gegenüber der Insel Wight führte. Über ihnen kreischten die Möwen, und in der Ferne, am Ende der Landzunge, lag – weißlich schimmernd im Sonnenlicht – ihr Ziel.

Hurst Castle. Ohne die Ehezwistigkeiten von Heinrich VIII. wäre es vermutlich nie gebaut worden. Schließlich wurden Englands Küsten schon seit mehr als tausend Jahren immer wieder von fremden Mächten bedroht. Doch als der Papst, verärgert über Heinrichs Lossagung, Spanien und dessen Rivalen Frankreich aufgefordert hatte, die ketzerische Insel gemeinsam zu überfallen, hatte der englische König beschlossen, Gegenmaßnahmen zu ergreifen. Also hatte er Abgesandte losgeschickt, um die Verteidigungsmöglichkeiten der Küste zu überprüfen. Und es gab nur wenige Orte von größerer strategischer Bedeutung als Southampton und den Solent. Doch bei ihrem Besuch waren die Abgesandten zu dem Ergebnis gelangt, dass die Verteidigungsanlagen ihren Zweck keinesfalls erfüllten.

Selbstverständlich war es das Sinnvollste, die beiden Einfahrten zum Solent zu blockieren und somit feindliche Schiffe fern zu halten. Das hieß, dass man am westlichen Ende zwei Befestigungsanlagen errichten musste, eine auf der Insel Wight, unweit der so genannten Nadeln, die andere auf dem Festland. Auf der Insel stand bereits ein verfallener Turm, den man benutzen konnte.

Und was die Küste des Festlandes betraf, lautete die einhellige Meinung: »Gott hat für uns gesorgt.«

Die lange, gebogene Landzunge unterhalb von Keyhaven eignete sich in der Tat vortrefflich für wirkungsvolle Verteidigungsmaßnahmen. An ihrer Spitze befand sich eine breite Ebene, und diese überblickte die schmalste Stelle der Rinne, die in den Solent führte. Sofort hatten die königlichen Abgesandten befohlen, einen Erdwall mit Geschützstellungen zu errichten, gewissermaßen ein Bollwerk. Doch König Heinrich VIII. wollte mehr, und bald begann man mit einem ehrgeizigen Bauvorhaben.

Hurst Castle war eine kleine, gedrungene Festung aus Stein. Doch am auffälligsten war die Form des Gebäudes: weder rund noch quadratisch, sondern dreieckig. An jeder Ecke erhob sich ein dicker, halbrunder Turm. In der westlichen Mauer befand sich ein Fallgatter mit einer Zugbrücke, die über einen schmalen Graben führte. Mitten in der dreieckigen Festung ragte ein zweistöckiger Turm empor. Türme und Mauern waren gut mit Kanonen bestückt. Die Spanier, die bereits bestens im Bilde waren, betrachteten Hurst Castle als bedeutendes Hindernis einer Eroberung.

Und das war die Festung, die Albion nach Ansicht seiner Mutter den Spaniern übergeben sollte. Denn natürlich handelte es sich hier nicht nur um eine Bastion der Gottlosigkeit, nein, schon die Steine selbst waren eine Beleidigung für jeden wahren Christen.

Als der König die klösterlichen Ländereien veräußert hatte, war Beaulieu in den Besitz der adeligen Familie Wriothesley übergegangen. Doch auch viele andere Bewohner der Umgebung scheuten sich nicht, die Gelegenheiten zu nützen, die jene Zeit ihnen bot. So auch ein angesehener Kaufmann aus Southampton, der Mill hieß und bereits als Verwalter der alten Liegenschaften von Beaulieu gedient hatte. Nun wollte er sich beim König beliebt machen, um selbst Klosterland erwerben zu können. Es war üblich, dass die Krone wichtige Aufträge wie den Bau von Schiffen oder Festungen an ortsansässige Unternehmer vergab. Und so überraschte es nicht weiter, dass der Bau der neuen Befestigungsanlage am Solent den zuverlässigen Händen von Mill übertragen wurde. Er machte seine Sache ausgezeichnet, und der König war hoch erfreut. Und als man ihn fragte, woher er die vielen Steine habe, denn schließlich gab es in dieser Gegend nicht viele, erwiderte er: »Natürlich von der Abtei Beaulieu.«

»Dieser gotteslästerliche Mill!«, hatte Lady Albion sich entrüstet. Die heiligen Steine aus der Abtei dazu zu benutzen, die Küste gegen den Papst zu verteidigen!

Als sie das Ende der Landzunge erreichten, sah Albion, dass die Zugbrücke heruntergelassen war und das Tor offen stand. Kaum hatte er den Männern befohlen, vom Wagen zu steigen, als schon ein ihm bekannter Herr erschien, der etwa in seinem Alter war. Er hatte ein breites, kluges Gesicht, schöne graue Augen und schütteres Haar, das seinem guten Aussehen jedoch keinen Abbruch tat. Er kam auf Albion zu.

»Clement.«

»Thomas.«

»Willkommen.«

Thomas Gorges stammte aus alteingesessener Familie und hatte Freunde bei Hofe. Ja, er genoss sogar das Vertrauen des Rats und Cecils. Aus diesem Grunde war er auserwählt worden, die Schottenkönigin Maria in ihren letzten Kerker zu geleiten. Außerdem hatte man ihn zum Ritter geschlagen. Seit einigen Jahren befehligte er Hurst Castle, und da eine Invasion drohte, verbrachte er hier den Großteil seiner Zeit.

»Sind das deine Männer?«, fragte er. Albion nickte. »Gut. Mein oberster Kanonier wird ihnen alles zeigen.« Außer Gorges und seinem Stellvertreter beherbergte Hurst Castle eine ziemlich große Garnison unter dem Kommando des obersten Kanoniers. »Ich fand schon immer«, fuhr Gorges leise fort, »dass man die Loyalität der Männer am besten stärkt, indem man ihnen viel beibringt.«

Als Albion sich umsah, war er wider Willen beeindruckt. Zwei Reihen von Kanonen ragten aus Luken in Türmen und Mauern in Richtung Meer. Auch der Mittelturm war mit Kanonen bestückt. Kein Schiff, das in den Solent einfuhr, war vor ihnen sicher. Geschützt wurde die Festung von dicken Mauern, die leicht nach außen gewölbt waren, sodass Kanonenkugeln von ihnen abprallen würden. Hurst Castle könnte selbst schwerem Beschuss standhalten.

Gorges schmunzelte. »Ich hoffe, du findest alles in bester Ordnung, Clement.« Gorges war ohne Frage ein hervorragender Kommandant. Er hatte weitere Kanonen aufgestellt, den Mittelturm neu aufbauen und verstärken lassen und seine Soldaten gut ausgebildet. Der Rat schätzte ihn inzwischen so sehr, dass Gorges alles, was er wollte – Waffen, Baumaterialien oder Männer –, sofort bekam, obwohl eigentlich der Leiter der Grafschaftsmiliz für die Festung zuständig war. »Also sage mir, Waldhüter«, begann er schmunzelnd, »wann kriege ich meine Ulmen?«

Albion fand es seltsam, dass Eichenholz an einem dem salzigen Meerwind ausgesetzten Ort wie Hurst Castle sofort verrottete, obwohl man es andererseits zum Bau von Schiffen verwendete. Deshalb hatte er Gorges geraten, für die neuen Geschützstände das haltbarere Ulmenholz zu verwenden. »Ich habe die Bäume in der letzten Woche markiert. In zehn Tagen werden sie gefällt und angeliefert.«

»Danke. Und nun erzähl mir von den Männern, die du mitgebracht hast.«

»Ich übertrage Pride die Leitung. Er ist zwar jung, aber zuverlässig und klug. Die Verantwortung macht ihm Spaß, und er möchte sich gern beweisen. Also wird er sich ins Zeug legen. Die anderen beiden sind nette Burschen. Du wirst schon mit ihnen zurechtkommen.«

»Wie schlau von dir. Ich spreche sofort mit ihnen. Übrigens«, fügte er beiläufig hinzu. »Habe ich dir schon gesagt, dass Helena hier ist?« Sie war die Ehefrau von Thomas. Albion wurde von

318

Freude ergriffen. Er hatte Helena sehr gern. »Sie erwartet dich. Warum gehst du nicht zu ihr, während ich mit den Männern rede?«

Albion zögerte. Unter gewöhnlichen Umständen hätte er keinen Gedanken an diesen freundlich vorgebrachten Vorschlag verschwendet. Nun aber runzelte er die Stirn. Schließlich hatte er sich von Anfang an gewundert, warum es nötig war, die Männer nach Hurst Castle zu bringen. Er hätte ihnen ihre Pflichten doch genauso gut in Minstead erklären können. »Du willst doch sicher, dass ich zugegen bin, Thomas, wenn du meinen Männern deine Befehle gibst.«

Thomas errötete leicht und bemühte sich vergeblich, seine Verlegenheit zu verbergen. Was hatte das zu bedeuten? »Schau, da kommt sie schon. Geh doch ein Stück mit ihr spazieren, Clement. Sie hat sich so auf dich gefreut.« Und bevor Albion widersprechen konnte, war sein Freund schon verschwunden.

Nick Pride war sehr mit sich zufrieden. Sie standen in der Kammer des obersten Kanoniers, wo man einen guten Ausblick auf den Solent hatte, als Thomas Gorges hereinkam. Der Adelige richtete für einige Minuten höflich das Wort an die Männer und erläuterte ihnen ihre Pflichten. Nick beobachtete ihn aufmerksam.

Gorges beeindruckte ihn, und er spürte, dass er Albion überlegen war, obwohl es sich doch bei beiden um adelige Herren handelte. Er stammte aus einer anderen, Nick fremden Welt. Und als er die beiden Männer miteinander verglich, gelangte er zu dem Schluss, dass Albion sehr wohl Gorges brauchte, aber nicht umgekehrt. Daran muss es liegen, dachte er.

»Also, Nicholas Pride«, sagte Gorges nun zu ihm. »Ich höre, Ihr bewacht das Signalfeuer.«

»Jawohl, Sir!«, rief Nick mit stolzgeschwellter Brust.

Signalfeuer auf den Gipfeln der Hügel zu entzünden, um die Bevölkerung vor dem herannahenden Feind zu warnen, war schon seit dem Altertum üblich. Doch unter den Tudors war diese Vorgehensweise in England zu einem festen Bestandteil der militärischen Strategie geworden. Ein an der Südwestküste entfachtes Signalfeuer löste eine Kettenreaktion die Küste entlang aus, sodass man in London im Nu Bescheid wusste. Während sich die Nachricht an der Küste verbreitete, versetzte eine Reihe weiterer Feuer im Landesinneren die Milizen in den Dörfern in

Alarmbereitschaft, damit sie sich zu den Sammelplätzen begaben und die Küste verteidigten.

Am Solent gab es zwei große Signalfeuer, eines an jedem Ende der Insel Wight. Das Hinterland des New Forest war mit drei weiteren Signalfeuern ausgestattet, eines auf dem Burley Beacon, eines auf einem Hügel unweit der Mitte des New Forest und ein drittes für die Dörfer im Norden. Letzteres befand sich in einer alten Befestigungsanlage oberhalb von Minstead.

»Kommt zu mir, Nicholas Pride«, ordnete der Befehlshaber an, worauf Nick vortrat. »Und nun«, meinte Gorges so leise, dass die anderen ihn nicht verstehen konnten, »beschreibt mir Eure Pflichten.«

Nick wusste genau, was er zu sagen hatte. Schließlich hatte Albion ihn gründlich instruiert: Das Leuchtfeuer auf der Insel Wight würde eine genau festgelegte Folge von Signalen senden, an deren Ende die Anweisung stand, dass Nick sein eigenes Feuer entzünden musste. Er sagte alle Schritte in der richtigen Reihenfolge auf und erklärte, wie man die Wachen eingeteilt hatte, wer wann Dienst leisten musste und wie man das Feuer entfachte. Gorges war offenbar zufrieden, doch zu Nicks Erstaunen beendete er das Gespräch damit nicht. Offenbar wollte er noch mehr über Nick wissen und erkundigte sich nach dessen Familie, dessen Geschwistern und nach dem Bauernhof. Er erzählte sogar von seiner eigenen Familie und brachte Nick zum Lachen. Nicks Anspannung löste sich. Als Gorges fragte, was er von den Spaniern hielt, erwiderte Nick, für ihn seien sie verdammte Ausländer. Gorges erwiderte, König Philipp gelte aber als sehr fromm, und Nick entgegnete, das könne durchaus sein. Doch er sei trotzdem ein Ausländer, und jeder gute Engländer habe die Pflicht, ihm den Kopf abzuschlagen. »Francis Drake hat ihm bei Cadiz den Bart versengt, nicht wahr, Sir? Mit den brennenden Schiffen. Ich glaube, damit hat er ihm eine Lektion erteilt.«

Der Aristokrat hatte Nick aufmerksam zugehört und ihn dabei beobachtet. Dabei hatte er sich, ohne dass Nick es bemerkte, ein genaues Bild von ihm gemacht. »Ich sehe, dass ich Euch vertrauen kann, Nicholas Pride«, meinte er schließlich. »Und wenn die Königin selbst mich fragt – und das könnte sie durchaus tun –, wer unser Signalfeuer im Inland bewacht, werde ich mich an Euren Namen erinnern und ihr sagen, dass Ihr ein zuverlässiger Mann seid.«

»Ja, Sir, das könnt Ihr!«, rief Pride, und er war so stolz auf sich wie nie zuvor.

Jane saß am sandigen Ufer und blickte auf den Solent hinaus, als sich das seltsame Paar näherte.

Es war warm. Über dem Wasser hing ein leichter Dunst, sodass die Insel Wight in einen trägen blauen Schimmer gehüllt war. Strandläufer und andere Schreitvögel wimmelten vor ihr über den Sand und um die Festung herum. Schwalben, die bald Abschied nehmen würden, schossen durch den Himmel.

Der Mann und die Frau zogen einen großen Wagen mit hohen Seitenwänden, offenbar enthielt er Holzkohle.

Jane hatte unterhalb der Festung am Ufer des Solent eine kleine Kalkbrennerei bemerkt. Kurz vor Hurst Castle bog der Wagen von der Straße ab und wurde in Richtung Brennerei gezogen. Unterstützt von drei Arbeitern der Brennerei lud der Mann die Säcke ab. Jane beobachtete ihn aufmerksam.

Er war ein wenig kleiner als die anderen, wirkte aber sehr kräftig. Sein Haar war dicht und schwarz, und er hatte einen kurzen, ordentlich gestutzten Bart. Seine weit auseinander stehenden Augen blickten aufmerksam – die Augen eines Jägers, dachte sie. Sie war sicher, dass er sie wahrgenommen hatte, während er die Kohlensäcke ablud. Warum nur erschien er ihr so sonderbar? Sie war nicht sicher. Ihr ganzes Leben hatte sie im New Forest verbracht. Dieser Mann unterschied sich von den Prides und den Furzeys, als gehöre er einer anderen, viel älteren Art an, die in den unbekannten Tiefen des Waldes wohnte. Bildete sie es sich nur ein, oder hatte der Qualm der Kohlenmeiler seine Haut dunkel verfärbt? Er erinnerte sie an eine Eiche.

Aus welcher Familie er stammte, war nicht schwer zu erraten. Jane war auf Wochenmärkten oder bei Gericht in Lyndhurst schon anderen Männern begegnet, die ihm ähnlich sahen.

»Das ist Perkin Puckle«, meinte ihr Vater dann. Oder: »Ich glaube, das ist Dan Puckle, aber es könnte auch John sein.« Und dann ging es meist weiter: »Die Puckles leben in der Nähe von Burley.« Niemand hatte Grund, schlecht über sie zu reden. »Sie sind gute Freunde, solange man es sich nicht mit ihnen verscherzt«, fuhr ihr Vater fort. Obwohl niemand es laut aussprach, wusste Jane, dass die Familie etwas Geheimnisvolles an sich hatte. »Sie sind so alt wie die Bäume«, hatte ihre Mutter einmal angemerkt. Jane betrachtete den Mann neugierig.

Zuerst nahm sie gar nicht wahr, dass sie selbst beobachtet wurde. Es war ihr nicht aufgefallen, dass die Frau den Wagen verlassen hatte, doch nun saß sie ganz in der Nähe auf einem Grasbüschel und musterte Jane nachdenklich. Da diese nicht unfreundlich sein wollte, nickte sie der Fremden zu. Daraufhin rutschte die Frau unvermittelt zu Jane hinüber und saß nun dicht neben ihr. Eine Weile sahen sie den Männern bei der Arbeit zu.

»Das ist mein Mann«, sagte die Frau schließlich zu Jane.

Sie war klein und dunkelhaarig und erinnerte Jane an eine Katze. Jane schätzte sie – wie ihren Mann – auf etwa fünfunddreißig Jahre. Ihre Augen waren dunkel und mandelförmig, ihre Haut wirkte blass.

»Gehört er zu den Puckles aus Burley?«, fragte Jane.

»Richtig.« Jane hatte den Eindruck, dass die Frau sie prüfend betrachtete. »Seid Ihr verheiratet?«

»Noch nicht.«

»Und wollt Ihr heiraten?«

»Ja.«

»Ist Euer Verlobter hier?«

»Da drin.« Jane wies auf die Festung.

Puckles dunkelhaarige Frau schwieg eine Weile und blickte über das Wasser. Als sie wieder zu sprechen begann, schaute sie zu ihrem Gatten hinüber. »John Puckle ist ein guter Mann«, meinte sie.

»Ganz sicher.«

»Und sehr fleißig.«

»Das merkt man ihm an.«

»Und kein Kind von Traurigkeit. Er kann eine Frau glücklich machen.«

»Oh.« Jane wusste nicht, was sie darauf erwidern sollte.

»Und Euer Verlobter. Ist er gut im Bett?«, erkundigte sich die Fremde unverblümt.

Jane errötete. »Daran zweifle ich nicht. Aber noch sind wir nicht verheiratet.«

Der Blick der Frau sagte ihr, dass sie mit ihrer Antwort nicht zufrieden war. »John hat sich selbst ein Bett gebaut.« Sie wies mit dem Kopf auf ihren Mann. »Ganz aus Eiche. Und es mit Schnitzereien verziert. An allen vier Pfosten. Solche Schnitzereien habe ich noch nie gesehen.« Sie lächelte. »Er hat sich ein Bett geschnitzt, um darin zu schlafen. Und wer einmal mit John Puckle in seinem Eichenbett gelegen hat, der will kein anderes Bett und keinen anderen Mann mehr.«

Jane starrte sie entgeistert an. Sie hatte zwar die Frauen in Minstead reden hören, deren Scherze über Männer zuweilen auch recht derb ausfielen. Doch diese seltsame Frau hatte eine Offenheit an sich, die sie gleichzeitig abstieß und neugierig machte.

»Gefällt Euch mein Mann?«

»Ich...? Ich kenne ihn ja gar nicht.«

»Würdet Ihr gern mit ihm ins Bett gehen?«

Was sollte das bedeuten? Wollte die Fremde sie auf den Arm nehmen? Sie einschüchtern? Jane erhob sich. »Er ist Euer Mann, nicht meiner«, entgegnete sie hitzig und schickte sich an zu gehen. Doch als sie sich aus sicherer Entfernung umblickte, sah sie, dass die Frau noch immer ruhig dasaß und scheinbar ungerührt zur Insel hinüberschaute.

Helena hatte einen Strandspaziergang vorgeschlagen, am Ufer des Ärmelkanals entlang. Grasnelken und Jupiterblumen waren schon verblüht, doch ihre grünen Stängel bedeckten den Strand wie ein grüner Schleier.

Clement Albion hatte diese Frau sehr gern, auch wenn ihre Eigenarten ihn zuweilen zum Schmunzeln brachten. Helena Gorges war Schwedin, sehr hellhäutig und wunderschön. »Du bist so gut, wie du schön bist«, sagte er ihr häufig, und das entsprach auch der Wahrheit. Allerdings hätte er hinzufügen können: »Und auch ziemlich eitel.«

Es ist ein allgemein gültiges Gesetz, dass eine Frau einen einmal erworbenen Adelstitel nie wieder aufgeben wird. So erschien es zumindest Albion. Kurz nach ihrer Ankunft am Hof von Königin Elisabeth hatte sich die junge Schwedin keinen Geringeren als den Marquis von Northampton geangelt. Leider verstarb ihr adeliger Gatte nach nur einem Jahr und ließ seine angebetete Gemahlin als einsame Marquise zurück.

Im England der Königin Elisabeth gab es nur wenige Pairs. Viele Adelige waren in den Rosenkriegen ums Leben gekommen, und die Tudors sahen keinen Bedarf an weiteren Feudalherren. Einen Titel jedoch hatten erst sie in England eingeführt, nämlich den des Marquis, den jedoch kaum eine Hand voll Männer trug. Sie standen nur eine Stufe unter den hochmütigen Herzögen. Und dem Protokoll zufolge durfte die junge Marquise noch vor jeder Gräfin eine Tür durchschreiten.

Als sie den adeligen Thomas Gorges kennen und lieben gelernt hatte, der damals noch nicht einmal ein bescheidener Ritter gewesen war, hatte sie weiterhin auf den Titel Marquise von Northampton gepocht.

»Und sie tut es immer noch«, pflegte Albion mit einem Lachen zu seiner Ehefrau zu sagen. »Gott sei Dank, dass Thomas es komisch findet.«

Helena und Thomas führten eine sehr glückliche Ehe. Sie war eine gute Ehefrau, ausgesprochen gut aussehend, mit goldenem Haar und funkelnden Augen. Oft kam sie zu Fuß die Landzunge entlang zur Festung – sie hatte einen sehr anmutigen Gang – und wickelte dort die Soldaten um den Finger. Bei Hofe ließ sie sich keine Gelegenheit entgehen, am Aufstieg ihres Mannes mitzuwirken. Albion wusste, dass sie zurzeit wieder Pläne schmiedete. Und nachdem sie über ihre Familien gesprochen hatten, fragte er freundlich: »Und was ist mit eurem Haus?«

Eigentlich war er genau darüber im Bilde, dass sein Freund Gorges sich zum ersten Mal im Leben finanziell übernommen hatte. Vor kurzem hatte er ein prächtiges Gut, Langpfad genannt, unweit von Sarum erworben, wo er ein großes Haus bauen wollte. Doch noch war nicht einmal der Grundstein gelegt worden.

»Ach, Clement.« Helena hatte eine charmante Art, einen beim Arm zu nehmen, bevor sie etwas Vertrauliches preisgab. »Sag Thomas nicht, dass ich es dir verraten habe, aber wir stecken« – sie verzog das Gesicht – »in Schwierigkeiten.«

»Könnt ihr denn kein kleineres Haus bauen?«

»Es wäre ein sehr kleines, Clement.« Sie lächelte verschwörerisch.

»Eine Hütte?« Das war nur als Scherz gemeint, doch sie schüttelte mit ernster Miene den Kopf.

»Eine winzige Hütte, Clement. Vielleicht reicht es nicht einmal dafür.«

War ihre Lage denn wirklich so ernst? fragte er sich. Offenbar hatte sich Thomas verkalkuliert. »Bis jetzt hat sich für Thomas das Blatt immer zum Guten gewendet«, tröstete er sie. Er zweifelte nicht daran, dass sein Freund es noch weit bringen würde.

»Wollen wir es hoffen, Clement.« Sie lächelte wieder, diesmal jedoch wehmütig. »Ich fürchte, in diesem Jahr bekomme ich keine neuen Kleider.«

»Vielleicht wird die Königin…«

»Ich war bereits bei Hofe.« Sie zuckte die Schultern. »Die Königin hat keinen Penny mehr. Diese Sache mit Spanien« – sie wies auf den Horizont – »hat die Staatskassen geleert.«

Albion nickte nachdenklich.

»Apropos Spanien.« Er zögerte kurz, beschloss aber fortzufahren. »Ich habe ein paar meiner Männer hergebracht, wie du sicher weißt. Thomas wollte sie sprechen.« Er musterte Helena durchdringend. Offenbar hatte er richtig vermutet: Sie schien ihm etwas zu verheimlichen. »Thomas hat darauf bestanden, dass ich nicht dabei sein soll. Aus welchem Grund, Helena?«

Sie waren stehen geblieben.

Helena senkte den Blick zu Boden. Eine Welle schwappte über den Strand auf sie zu und zog sich wieder zurück. »Thomas befolgt nur seine Befehle, Clement«, erwiderte sie ruhig. »Du siehst Gespenster.«

»Glaubt man etwa, dass ich…?«

»In diesem Land gibt es viele Katholiken, Clement. Das weiß jeder. Sogar die Carews…« Thomas Carew war der ehemalige Kommandant von Hurst Castle. Seine Familie, samt und sonders gläubige Katholiken, lebte im Dorfe Hordle, nur wenige Kilometer entfernt an der Grenze des New Forest.

»Nicht alle Katholiken sind Verräter, Helena.«

»Natürlich nicht. Aber du befehligst immer noch eine Miliz, Clement. Vergiss das nicht.«

»Warum wollte sich dein Mann vergewissern, dass ich und meine Männer loyal sind?«

»Weil der Rat ein Auge auf jeden hat, Clement. Man muss vorsichtig sein.«

»Der Rat? Cecil? Sie misstrauen mir?«

»Deiner Mutter, Clement. Denk daran, selbst Cecil hat von deiner Mutter gehört.«

»Meine Mutter.« Plötzlich wurde er von Angst ergriffen. Er dachte an das gestrige Gespräch und spürte, wie er errötete. »Was« – er bemühte sich um einen gleichgültigen Tonfall – »hat meine närrische Mutter denn jetzt schon wieder angerichtet?«

»Wer kann das sagen, Clement? Ich bin über diese Dinge nicht im Bilde, aber ich habe der Königin erklärt…«

»Der Königin? Die Königin weiß über meine Mutter Bescheid? Oh, mein Gott!«

»Ich habe ihr erläutert – vergib mir, Clement –, dass deine Mutter ein albernes Frauenzimmer ist. Und dass du ihre Ansichten nicht teilst.«

»Gott behüte!«

»Also, lieber Clement, brauchst du dir keine Sorgen zu machen. Kümmere dich stattdessen lieber um mein Haus. Finde einen Weg, wie ich in Longford etwas Größeres als einen Kuhstall bauen kann.«

Erleichtert lachte er auf, und sie schickten sich an, zur Festung zurückzukehren. Inzwischen war die Flut ein wenig angestiegen. Auf der anderen Seite des Wassers schimmerten die vier Kalknadeln der Insel Wight, die Albion jetzt so unwirklich wie Gespenster erschienen. Geisterhaft weiße Möwen stiegen auf und flogen kreischend aufs Meer hinaus.

»Clement.« Sie hielt inne und sah ihn an. »Du weißt, wie sehr wir dich lieben. Du bist doch wirklich kein Verräter?«

»Ich…?«

Sie musterte ihn forschend. »Clement? Sag mir die Wahrheit.«

»Mein Gott, nein.«

»Schwöre es.«

»Ich schwöre, bei meiner Ehre. Auf alles, was mir heilig ist.«

Ihre Blicke trafen sich, Besorgnis stand in Helenas Augen. »Glaubst du mir denn nicht?«

»Natürlich glaube ich dir. Komm.« Sie lächelte und hakte sich bei ihm unter. »Gehen wir zurück.«

Aber er wusste genau, dass sie log. Sie war sich nicht sicher. Und wenn sie und Thomas Gorges ihm nicht trauten, hegten der Rat und die Königin sicher auch Argwohn gegen ihn. Auf einmal erschien ihm die Aussicht auf die kommenden Monate trüber denn je.

Und das Sonderbare war, dass er – ganz gleich, was seine Mutter auch von ihm verlangen mochte – Helena die Wahrheit gesagt hatte.

Oder etwa nicht?

Es wurde ein eiskalter Winter. Doch der Baum war daran gewöhnt. Vor einem Jahrhundert war England in eine Wetterphase eingetreten, die während der Regierungszeit der Tudors und der Stuarts andauerte und die man in der Geschichtsschreibung als kleine Eiszeit bezeichnete. Im Sommer fiel der Unterschied zu den alten Zeiten nicht so auf, doch im Winter herrschte häufig grimmige Kälte.

Anfang Dezember hatte sich die Eiche auf den Winter vorbereitet. Ihre Äste waren kahl und grau; die kleinen, prallen Knospen an den Zweigen wurden durch braune, wachsige Hüllen vor dem Frost geschützt. Tief im Boden sorgte der Zucker im Saft dafür, dass der Baum nicht einfror.

Am Tag der heiligen Lucia, dem dreizehnten Dezember, zur Wintersonnwende, fiel bei Morgengrauen Schneeregen. Gegen Mittag fror es. Und als in den kurzen Stunden vor dem grauen Ende des Tages eine bleiche Sonne vom Himmel schien, hingen Eiszapfen von der Krone der Eiche, so als sei ein weißhaariger Waldbewohner aus uralter Zeit hier vorbeigekommen und an Ort und Stelle erstarrt. Während die fahle Sonne das Eis zum Funkeln brachte, pfiff ein Wind durch die Zapfen und ließ sie noch mehr gefrieren.

Irgendwo oben in einer Astgabel saß eine große Eule reglos auf einem verlassenen Taubennest. Sie war eine Besucherin aus den eisstarrenden Wäldern Skandinaviens und hatte sich über die Wintermonate auf der milderen Insel einquartiert. Ausdruckslos starrte sie in den Schnee.

Über dem Ruheplatz der Eule hingen Fledermäuse wie geflügelte Pelzkugeln in einer geschwärzten Baumhöhle und hielten Winterschlaf. Überall auf dem Baum, auf Ästen und Zweigen, hatten sich Larven wie die der Wintermotte fest in ihre Kokons eingesponnen. Weiter unten am gewaltigen Baumstamm kauerten Spinnen hinter Fensterscheiben aus Eis in ihren Löchern. Rings um die Wurzeln herum lagen von Eis überzogene, geknickte Farnwedel und abgefallenes Laub.

Unter der Erde wurden Würmer, Schnecken und andere Erdgeschöpfe durch die Schicht gefrorener Blätter vor der bitteren Kälte geschützt. Doch die Drosseln und Amseln in den Büschen wirkten struppig und abgemagert. Nach zwei Wochen Dauerfrost würden sie so ausgezehrt und geschwächt sein, dass sie den Winter nicht überstanden. Nur das Rotkehlchen mit seinem aufgeplusterten Wintergefieder und die Rohrammern würden wahrscheinlich überleben.

Inzwischen fühlte sie sich sehr schwach. Schon im Sommer hatte sie gespürt, dass etwas im Argen lag, noch vor dem Herbsttag, an dem sie Puckle nach Hurst begleitet hatte, um die Holzkohle abzuliefern. Seitdem dachte sie an die Zukunft.

Sie hatte es mit sämtlichen ihr bekannten Heilmitteln versucht. Und sie tat alles, um sich zu schützen. Jeden Monat, wenn der Mond vom Mädchen zur Mutter heranwuchs und dann wieder zum alten Weib schrumpfte, hatte sie heimlich gebetet. Dreimal hatte sie den Mond beschworen. Doch als der Winter kam, wusste sie, dass es keine Rettung für sie gab. Sie würde diese Welt verlassen müssen.

Die Natur ist grausam, aber auch gnädig. Der Krebs, der Puckles Frau das Leben aussaugte, veränderte ihren Körper. Ihre Haut wurde blasser, ihr Blut dünner, und allmählich ergriff Schläfrigkeit Besitz von ihr. So würde sie einem frühen Ende entgegendämmern, bevor das Geschwür sich endgültig in ihr breit machte und ihren Körper mit Schmerzen peinigte.

Sie und Puckle hatten drei Kinder. Sie liebte ihren Mann, und sie wusste genau, dass das Leben nach ihrem Tod weitergehen musste. Und deshalb betete sie heimlich und tat das, was sie für das Beste hielt.

Nun war die Mitternachtsstunde des Jahres angebrochen, in der die Sonne täglich kaum acht Stunden scheint und die ganze Welt in abgrundtiefer Finsternis zu versinken droht.

Drei Wochen später, einige Tage nach Weihnachten, kam Clement Albion vorbeigeritten.

Kurz vor dem Festtag hatte der Frost ein wenig nachgelassen. Der Boden unter den Hufen seines Pferdes knisterte zwar noch, doch er sah, wie ein paar Vögel im abgefallenen Laub um einen Wurm kämpften. Ein Eichhörnchen sauste wie ein roter Blitz vorbei und verschwand hinter einigen Schlehenbüschen.

Im Wald waren die emporragenden grauen und silbrigen Zweige nackt. Nur hie und da waren dunkelgrüner Efeu oder bleiche Fichten zu sehen. Auch die Eichen in der Lichtung waren kahl.

Die abseits stehende Eiche hingegen bot einen seltsamen Anblick. Sie hatte die Eiszapfen abgeworfen. Und aus den winzigen,
prallen Knospen waren kleine Blätter entsprungen. Mitten im
Winter war der Baum grün. Albion betrachtete ihn schweigend.
Nichts rührte sich.

Warum grünte dieser Baum im New Forest im Winter, wie es
auch in den Geschichtsbüchern verzeichnet ist? Vielleicht war
ihm während des Wachstums etwas zugestoßen – ein Blitzein-
schlag zum Beispiel –, das seine innere Uhr durcheinander gebracht hatte, welche die Entwicklung der Blätter steuert und die
wir bis heute nicht ganz verstehen. Wahrscheinlicher jedoch ist,
dass es sich um eine Abweichung im Erbgut handelte. Wenn es
nicht zum winterlichen Versiegelungsprozess kommt, behalten
manche Eichen den ganzen Winter hindurch bis zum Frühling ihr
Laub. Auch das Hervorbringen von Blättern zur Weihnachtszeit
hatte vermutlich genetische Gründe. Und dass die Aufzeichnungen drei derartige Bäume in ein und derselben Gegend erwähnen,
weist auf eine solche Ursache hin.

Albion seufzte auf. War es wirklich ein Wunder, wie seine
Mutter behauptete? Sprach der Baum zu ihm, um ihn an seine
Pflichten und seinen Glauben zu erinnern? War dieser wundervolle Baum ein lebendiges Zeichen, so wie jene, die den Rittern
in den Legenden auf der Suche nach dem heiligen Gral erschienen waren?

Er hoffte, dass es sich nicht so verhielt. Seit dem Herbst hatte
er keinen Anlass zu der Vermutung gehabt, dass die Männer aus
dem Rat ihn weiter verdächtigten. Zweimal war er Gorges begegnet, und dieser hatte sich ihm gegenüber freundlich und herzlich verhalten. Albion wollte doch nur ein friedliches Leben
führen. Wünschten sich das nicht die meisten Leute? Ein Baum,
der mitten im Winter Blätter trug, war die Verheißung eines Lebens im Tode. Drei grüne Bäume, drei Kreuze: die Kreuzigung
auf dem Kalvarienberg. Ganz gleich, wie man die Dinge auch
betrachtete, falls es sich wirklich um Zeichen Gottes handelte,
deuteten sie auf Tod und Opfer hin.

Wenn sie nur von einer spanischen Invasion verschont blieben!
Dann konnte seine Mutter ihm ihr Vermögen hinterlassen in
dem Glauben, dass er im Fall des Falles zu den Gegnern übergelaufen wäre. Gorges, der Rat und auch die Königin selbst würden keinen Grund finden, ihm Vorwürfe zu machen. Er betete

von ganzem Herzen darum, dass man ihn nicht auf die Probe stellen würde.

Von seiner Mutter hatte er schon seit einer Weile nichts gehört. Eigentlich hätte er sie zu Weihnachten besuchen sollen, aber er hatte wie immer einen Grund gefunden, sich davor zu drücken. Er fragte sich, wie lange er ihr noch aus dem Weg gehen konnte.

Und kurz darauf sah er sie.

Sie saß hoch oben in den Ästen des grünen Baumes. Wie immer trug sie Schwarz, doch das Futter ihres Mantels war flammend rot. Dann flatterte sie damit, als wären es Flügel, und schwebte wie ein hungriger, zorniger Vogel von Ast zu Ast. Schließlich wandte sie den Kopf und blickte ihn an. Mein Gott, es sah aus, als wolle sie sich auf ihn stürzen.

Albion schüttelte den Kopf und schalt sich einen Narren. Als er wieder in die Baumkrone hinaufspähte, war alles wie gewöhnlich. Doch seine Hände zitterten. Erschüttert wendete er sein Pferd und machte sich auf den Weg nach Lyndhurst.

Im Winter über sich der junge Nick Pride in Geduld. Anfang April regnete es zwar in Strömen, doch dann breitete sich eine sanfte Wärme im New Forest aus. Die Welt wurde wieder grün, die Knospen platzten auf. Er wusste, dass die Zeit nun gekommen war. Jane erwartete seinen Heiratsantrag. Jetzt war er an der Reihe.

Den ganzen April lang machte er ihr den Hof. Manchmal sahen sie sich ein oder zwei Tage nicht, doch wenn nichts dazwischenkam, trafen sie sich sonntags in der Kirche in Minstead. Sie stritten sich nie und fanden auch keinen Grund dafür. Schließlich war sie die vernünftige Jane Furzey und er der hübsche junge Nick Pride. Alles hatte seine Ordnung.

Doch als der Zeitpunkt näher rückte, beschloss Nick Pride, sie noch ein wenig zappeln zu lassen – nur für ein oder zwei Tage, damit sie ihn auch richtig zu schätzen wusste. Also legte er sich einen Plan zurecht.

Ende April rief Albion seine Miliz in Minstead zusammen. Natürlich war Nick Pride auch dabei, ebenso wie Janes Bruder und zwei weitere Männer aus Brook. Man wollte eine kleine Parade veranstalten, bei der alle, auch Jane und ihre Familie, zusehen würden. Deshalb beschloss Nick, sein Vorhaben am Abend zwei Tage vor der Parade in die Tat umzusetzen.

Das Dorf Minstead lag am Abhang eines steilen Hügels, der in westlicher Richtung quer durch die Mitte des New Forest verlief. Die meisten der Hütten standen verstreut an der unteren Hälfte des Weges, der hinauf zum Gipfel führte. Wer diesen Weg nahm, dem bot sich unterwegs ein seltsamer Anblick.

Die Stelle wurde Castle Malwood genannt, obgleich dort nie ein Schloss gestanden hatte. Es war nur einer der kleinen ringförmigen Erdwälle, wie die in Burley und Lymington, die zeigten, dass schon vor dem Einmarsch der Römer in der Eisenzeit dort Menschen gelebt hatten. Da es sich um den höchsten Punkt der Umgebung handelte und man von hier aus einen weiten Blick ins Gelände hatte, war Castle Malwood als Standort für das Signalfeuer ausgewählt worden. Albion hatte angeordnet, die Bäume auszudünnen, die in der Nähe des kleinen Erdwalls wuchsen, sodass man vom Erdwall aus die Südhälfte des New Forest bis zur Insel Wight überblicken konnte. Hier würde Nick seinen Wachdienst versehen.

Deshalb war er sehr stolz auf sich, als er mit Jane an jenem Abend zur mit Gras bewachsenen Befestigungsanlage von Malwood ging und ihr die Aussicht zeigte. »Hier wird das große Signalfeuer errichtet.« Er wies auf die Insel Wight. »Und da drüben« – er deutete auf die Stelle, wo Jane stand – »kommt nächste Woche unser Signalfeuer hin.«

Zu seiner Freude wirkte sie beeindruckt.

»Was, glaubst du, wird passieren, wenn die Spanier uns angreifen?«, fragte sie, ein wenig besorgt.

»Ich zunde mein Signalfeuer an, wir versammeln uns und dann gehen wir zum Strand, um sie zu bekämpfen.« Als er sie ansah, entdeckte er die Angst in ihren Augen. »Befurchtest du, mir könnte etwas zustoßen?«, meinte er, insgeheim zufrieden.

»Ich? Nein«, log sie achselzuckend. »Ich dachte nur an meinen Bruder.«

»Aha.« Er grinste in sich hinein. »Du brauchst keine Angst zu haben«, erwiderte er tapfer. »Wenn die Spanier uns sehen, werden sie wahrscheinlich ohnehin nicht wagen zu landen.«

Sie plauderten noch eine Weile über harmlose Dinge. Langsam ging die Sonne am Horizont unter. Der New Forest wurde in einen goldenen Schimmer getaucht, doch die Umrisse der Insel Wight in der Ferne nahmen eine blaugrüne Färbung an. Es war ganz still. Als Jane leicht erschauderte, legte er den Arm um sie. Dann blickten sie stumm gen Süden.

»Ich liebe den Blick über den New Forest«, sagte sie nach einer Weile.

»Ich auch.« Er wartete ab.

»Nun, Nick.« Sie lächelte ihn an. »Wenn die Spanier uns nicht umbringen, haben wir am Ende des Sommers sicher Grund zum Feiern.« Sie spähte wieder zur Insel hinüber.

Er wusste, dass das sein Stichwort war. Aber er griff es nicht auf. Wieder verstrichen einige Minuten.

»Ich glaube, ich gehe jetzt nach Hause«, verkündete sie schließlich.

Er merkte ihr die Enttäuschung an, schwieg aber weiter. Dann nickte er. »Ich begleite dich«, meinte er leise. Und fügte dann fröhlich hinzu: »Diesen Sommer werden wir uns über einiges Gedanken machen müssen.« Stolz auf seine Selbstbeherrschung kicherte er in sich hinein und brachte sie nach Brook zurück.

Lass sie warten. Soll sie in Ungewissheit schweben, dachte er. Nur noch bis übermorgen.

Zufrieden sah Nick Pride sich um. Der Nachmittagshimmel war hell und klar, und weiße Schäfchenwolken schwebten über die Kirche auf ihrem Hügel. Die Miliz setzte sich aus handverlesenen Männern des Kirchspiels und der umliegenden Weiler – auch Zehntschaften genannt – zusammen. Es waren insgesamt ein Dutzend Männer, von denen drei aus Brook und einer aus Lyndhurst stammte. Nick fand, dass sie einen sehr kriegerischen Anblick boten.

Von den zwölf Männern besaßen acht Bogen und waren – dank Albions strikter Anweisung – mit jeweils einem vollen Dutzend Pfeilen ausgestattet. Sechs der Männer waren mit langen, scharfen, funkelnden Spießen bewaffnet. Gott steh den Spaniern bei, die diesen Furcht erregenden Speeren zu nahe kamen, dachte Nick. Sein Vater hatte ihm einen Brustpanzer, ein Schwert und Metallschienen zum Schutz der Unterarme gegeben. Einer der Männer hatte sich beklagt, Nick brauche als Bewacher des Signalfeuers diese Bewaffnung gar nicht und müsse sie deshalb einem anderen zur Verfügung stellen. Doch Nick hatte protestiert: »Nachdem das Feuer angezündet ist, werde ich auch kämpfen.« Also hatte Albion entschieden, dass er seine Ausrüstung behalten dürfe. Niemand hatte eine Arkebuse, doch das war nicht weiter erstaunlich, denn nur wenige englische Bauern besaßen Schusswaffen.

Die Anweisungen für diesen Tag waren deutlich: Zuerst wurde bei der Kirche ein oder zwei Stunden lang exerziert, und danach würde man zum Dorfanger marschieren, um den Bewohnern Minsteads die Kampfbereitschaft dieser Einheit vorzuführen. Nach der Parade sollte es Erfrischungen geben. Und anschließend, dachte Nick erfreut, würde er seinen Plan ausführen. Er betrachtete die in der Sonne funkelnden Waffen und schmunzelte in sich hinein.

Clement Albion musterte seine Leute. Er hatte den jungen Männern Mut eingeflößt und ihnen gezeigt, wie man seine Position mit dem Speer verteidigte. Gewiss, sie würden niemals hervorragende Bogenschützen werden, doch mindestens vier von ihnen hatten Erfahrung beim Wildern und schossen vermutlich besser, als sie ihm gegenüber zugeben wollten.

Aber wie lange würden diese aufrichtigen Bauern gegen die gut ausgebildeten und bis an die Zähne bewaffneten Spanier durchhalten können? Albions Schätzung zufolge höchstens ein paar Minuten. Die Spanier würden sie mühelos niedermetzeln, erschießen oder in Stücke zerhacken. Gott sei Dank, dass diese Burschen nichts von der Aussichtslosigkeit ihrer Bemühungen ahnten. Albion wusste, dass dieses Schicksal jeder Gemeindemiliz in dieser Grafschaft drohte.

Denn im Frühjahr 1588 war es um die Verteidigung der wichtigen Mitte von Englands Südküste ausgesprochen schlecht bestellt.

Die Trüppchen von Bauernburschen mit alten Spießen und Jagdbogen konnten überhaupt nichts ausrichten. Häufig waren die Bogenschützen nur mit drei oder vier Pfeilen ausgerüstet. Viele der Männer waren gar nicht bewaffnet. Als die Ritter und Adeligen in Winchester zusammentraten, kamen sie zu dem Schluss, dass nur einer von vieren kampftauglich war. Umso verhängnisvoller war es, dass die Planung nicht in der Hand eines, sondern zweier bedeutender Adeliger lag, die heillos miteinander zerstritten waren. Nicht einmal den Abgesandten des Rates war es gelungen, Ordnung in die Angelegenheit zu bringen. Weder Winchester noch der wichtige Hafen Southampton, geschweige denn der Hafen von Portsmouth ein Stück weiter die Küste hinauf, wo König Heinrich eine Werft hatte bauen lassen, waren ausreichend mit Verteidigungstruppen bemannt. Dreitausend Mann, die besten, die man hatte finden können, waren auf der Insel Wight stationiert. Doch das Festland lag mehr oder weniger schutzlos da. So hatte sich England auf die große Invasion der gewaltigsten Armee der Christenheit vorbereitet. Wie es in einem Bericht an Königin Elisabeths Rat hieß: »Nichts hier ist so, wie es sein sollte.«

Und Clement wusste all dies sehr wohl, obgleich er seinen Männern nichts davon verriet. Er hatte Southampton und die Werften in Portsmouth besucht und war bei Sitzungen in Winchester zugegen gewesen. Es fehlte nicht nur eine richtige Armee, die sich den Spaniern entgegenstellen konnte. Der Rat befürchtete sogar, ein Teil der Bauern, die sich nach ihrer alten Religion sehnten, könnte zum Feind überlaufen. Clement, der dies stark bezweifelte, betrachtete sein kleines, dem Untergang geweihtes Trüppchen und fragte sich, ob seine Mutter nicht vielleicht Recht hatte. War es nicht doch klüger, die Spanier zu unterstützen, wenn sie denn kamen? Das Glück würde in diesem Fall gewiss auf seiner Seite sein. Schließlich war er ein treuer Sohn der wahren Kirche und durch seine Schwester mit den spanischen Granden verwandt. Aber wann war der richtige Zeitpunkt für einen solchen Übertritt? Wenn die Schiffe sich näherten? Nachdem die Truppen gelandet waren? Konnte und sollte er tatsächlich versuchen, Hurst Castle zu besetzen?

»Gut gemacht, Nicholas Pride«, rief er aus, als der junge Mann geschickt mit dem Schwert parierte und zustieß. »Wir Engländer werden den Spaniern zeigen, was eine Harke ist.«

Am späten Nachmittag wurde es Zeit für die Parade im Dorf. Die Männer stellten sich in einer Zweierreihe auf – Albion ließ Nick ganz vorne marschieren, weil er eine Rüstung trug. Dann stießen die Männer drei Jubelrufe aus, um ihr Kommen anzukündigen, und schickten einen Jungen los, der nachsehen sollte, ob auch alle versammelt waren. Nick hätte gern eine Trommel gehabt, um den Takt zu schlagen, doch so etwas gab es hier nicht. Im Gänsemarsch ging es zwischen den Bäumen dahin zum Dorfanger, wo wirklich das ganze Dorf wartete. Auch Jane war gekommen, sie trug ein rotes Tuch um die Schultern. Als die Männer die Mitte des nur dreißig Meter langen Dorfangers erreicht hatten, nahmen sie ihre Positionen ein und begannen mit ihrer Vorführung.

Es war ein Ehrfurcht gebietender Anblick. Die Männer mit den langen Spießen standen in einer Reihe, hoben und senkten gleichzeitig die Waffen und stießen zu, sodass man sich kaum vorstellen konnte, wie ein Spanier diese bedrohliche Phalanx durchbrechen wollte. Dann wurden Zielscheiben aufgebaut. Doch die größte Sensation war, als Nick Pride und Albion selbst die Schwerter zückten und einen Schaukampf zum Besten gaben. Hin und her ging es über den Dorfanger, und es wurden kunstvolle Finten dargeboten, wie Minstead sie gewiss nie zuvor bewundert hatte. Schließlich ließ Albion, der die Rolle des Spaniers spielte, Nick gewinnen. Jubel und Gelächter der Zuschauer hallten über den Dorfanger, und Jane sah lächelnd zu, als Nick das Schwert hoch in die Luft hob. Die Sonne funkelte auf seiner Rüstung, wie er es gehofft hatte. Denn nun war der Augenblick gekommen. Er marschierte über den Dorfanger auf Jane zu, blieb vor ihr stehen, stieß sein Schwert in den Boden – sie wirkte ein wenig verdattert – und fiel auf die Knie. Während sie ihn aus weit aufgerissenen Augen anstarrte, fragte er: »Jane Furzey, willst du mich heiraten?« Sie errötete, und eine Stimme rief: »Das ist ein gutes Angebot, Jane.« Die anderen Umstehenden stimmten ein, und dann lauschten alle aufmerksam.

Er befürchtete schon, sie könne Nein sagen, weil sie sich überrumpelt fühlte. Also blickte er ihr geradewegs in die Augen, damit sie bemerkte, dass er sie wirklich liebte. Wahrscheinlich war seine Miene auch ein wenig ängstlich, und das verfehlte seine Wirkung nicht. Denn nach einer Weile – die sie vermutlich nur der Form halber verstreichen ließ – erwiderte sie: »Nun, das könnte durchaus sein.«

Alle jubelten.

»Dann nenn mir den Tag!«, rief er aus.

Doch nun war sie an der Reihe, ihn in die Schranken zu weisen. Sie schürzte die Lippen, sah sich um, warf Albion einen Blick zu und fing an zu lachen. »Wenn du gegen einen richtigen Spanier gekämpft hast, Nick Pride, vorher nicht«, entgegnete sie.

Albion sagte ihr, das sei eine sehr gute Antwort gewesen.

Am folgenden Morgen machte Jane Furzey sich zu Fuß auf den Weg nach Burley. Sie ging nur selten dorthin, doch ihre Mutter hatte gehört, dass es dort eine Frau gab, die Spitze klöppelte. Jane sollte sich erkundigen, ob diese Frau vielleicht Arbeit für eine ihrer jüngeren Schwestern hatte. Also zog Jane mit Jack, ihrem kleinen Hund, los.

Es war ein sonniger Morgen. An der Rufuseiche vorbei marschierte Jane eine Weile nach Westen und quer über die große Heide und nahm den Weg durch den Wald nach Burley.

Jack war in seinem Element. Er verfolgte eine Amsel, die gerade nach einem Wurm pickte, und wälzte sich in schlammigen Bächen und Laubhaufen. Drei Eichhörnchen hatten – seiner Ansicht nach – Glück, mit dem Leben davonzukommen. Als sie sich Burley näherten, war sein braunweißes Fell so sehr mit Schlamm verschmiert, dass Jane sich seinetwegen schämte. Sie wollte nicht, dass die Spitzenklöpplerin ihren Hund in diesem Zustand sah. »Du solltest besser baden«, meinte sie zu ihm.

Von Minstead aus gab es verschiedene Wege nach Burley. Doch der bequemste und trockenste führte von Osten heran. Hier floss ein klares Bächlein in einem Kiesbett. Zu beiden Ufern erstreckten sich – einige hundert Meter breit und fast drei Kilometer lang – üppig grüne Wiesen mit kurzem Gras.

Es war eine der größten Wiesen im New Forest. Der Boden war zum Großteil trocken und fest. Rinder und Ponys weideten hier. Die Wiese reichte bis zum Rand des Dorfes. Dieser Teil wurde Burley Lawn genannt. Doch ein paar hundert Meter weiter östlich stand schon seit einigen Generationen eine kleine Mühle, weshalb dieser Teil Mill Lawn hieß.

Nachdem Jane den sich sträubenden Jack im Bach gewaschen hatte, ließ sie ihn über das kurze Gras von Mill Lawn tollen. Ab und zu jagte er aus reinem Übermut einem Pony nach, doch als sie die Mühle passiert hatten und Burley Lawn erreichten, war er noch immer sauber. Da der Boden hier moorig war, befahl sie ihm, neben ihr auf dem trockenen Pfad zu bleiben. Und so setzte sie fröhlich ihren Weg fort, doch sie dachte nicht daran, dass jetzt noch etwas dazwischenkommen konnte. Hin und wieder wuchsen Gruppen kleiner Bäume und Ginsterbüsche auf der Wiese. Der Wald links und rechts mit seinen jungen Eichen und Haselsträuchern schien näher zu rücken. Sie passierten eine kleine, verkrüppelte Esche mit dunkler Rinde.

Und da sah Jack die Katze, ihr Fell war schwarzweiß gezeichnet.

Auch Jane hatte sie bemerkt, allerdings einen Moment zu spät. »Jack!«, rief sie, doch vergeblich. Wie der Blitz war er verschwunden, ohne dass sie ihn hätte aufhalten können. Kläffend und fauchend rasten die beiden Tiere an ihr vorbei. Jane beobachtete, wie die Katze hochsprang. Jack platschte mitten durch eine Schlammpfütze, und Jane musste hilflos mitansehen, wie der schmutzige, tropfnasse Hund sich durch das Gebüsch davonmachte. Zu ihrem Erstaunen flüchtete die Katze nicht auf einen Baum, hatte aber offenbar ein anderes Versteck im Sinn, denn sie hörte, dass Jack ihr noch immer unter wütendem Gebell auf den Fersen war. Plötzlich herrschte Schweigen.

Jane wartete ab und rief dann nach ihm. Nichts rührte sich. Kein Geräusch weit und breit. Hatte sich die Katze endlich aus dem Staub gemacht? Doch in diesem Fall hätte Jack sicherlich gebellt. Also wartete Jane noch eine Weile und ging dann mit einem Seufzen in die Richtung, in die die beiden Tiere verschwunden waren.

Nach etwa fünfzig Metern stieß sie auf eine Kate zwischen den Bäumen. Es war eine typische Waldhütte mit weißen Wänden und einem strohgedeckten Dach, allerdings ein wenig besser ausgestattet, denn ein Windloch dicht unter dem Giebel wies darauf hin, dass sich oben mindestens ein weiterer Raum befand. Auf der Lichtung ringsum sah sie einen kleinen Hof und einige Nebengebäude. Von der Katze und Jack war nichts zu sehen. Jane fragte sich schon, ob sie vielleicht in eine andere Richtung gelaufen waren, als sie den Hund bellen hörte. Das Geräusch kam eindeutig aus dem Inneren der Hütte.

Sie ging zur Tür, stellte fest, dass diese einen Spalt weit offen stand, und klopfte. Keine Antwort. Sie versuchte, sich bemerkbar zu machen. Gewiss war jemand zu Hause. Doch wieder nichts. Dann rief sie nach Jack und hörte erneut sein Bellen irgendwo aus dem Haus. Aber er erschien nicht. Ob er wohl irgendwo eingeschlossen war? Immer noch zögerte sie, weil sie nicht uneingeladen ein fremdes Haus betreten wollte. Andererseits befürchtete sie, ihr Hund könne drinnen Schaden anrichten.

Schließlich öffnete sie die Tür und trat ein.

Es war eine Hütte wie viele andere. Die Tür führte in eine Stube mit niederer Decke, an deren einem Ende sich ein Herd mit darüber hängenden Kochtöpfen befand. In der anderen Ecke standen ein blank geschrubbter Tisch, ein paar Bänke und ein

Möbelstück, bei dem es sich offenbar um ein Kinderbett handelte. Rechts hinter einer Tür, die sie nicht aufmachen wollte, lag ein weiterer Raum. Geradeaus gelangte man über eine schmale Treppe, kaum mehr als eine Leiter, ins Speichergeschoss.

»Jack?«, rief sie leise. »Jack?« Sie hörte ein gedämpftes Bellen, das von oben kam. »Jack«, rief sie wieder. »Komm runter.« Hielt jemand den Hund oben fest? Sie sah nach, ob sie von draußen beobachtet wurde. Aber es war kein Mensch in Sicht. Also stieg sie die Treppe hinauf.

Oben befanden sich zwei Zimmer. Links war ein offener Speicher, rechts eine Eichentür, die offenbar zugefallen war und die sie langsam öffnete.

Das Zimmer war klein. Links drang durch ein niedriges Windloch in Kniehöhe Licht herein. Rechts von ihr stand eine alte Truhe an der Wand, auf der die Katze es sich bequem gemacht hatte. Das Tier starrte Jane an, als habe es sie erwartet. Doch noch sonderbarer war der Anblick, der sich ihr mitten im Raum bot.

Der Großteil der Wand wurde von einem Eichenbett mit vier Pfosten eingenommen. Darüber befand sich ein schlichter Betthimmel aus Stoff, der fast das schräge Strohdach berührte. Es war kein großes Bett, vermutlich von vornherein für dieses Zimmer und für zwei nicht sehr hoch gewachsene Menschen gebaut. Das dunkle Eichenholz schimmerte fast schwarz und war mit Schnitzereien verziert. Noch nie hatte Jane eine so kunstvolle Arbeit gesehen: Hirschköpfe, fratzenähnliche menschliche Gesichter, Schlangen, Eichhörnchen blickten ihr von den vier dunklen, glänzenden Bettpfosten entgegen, die auch noch mit den Darstellungen von Eicheln, Pilzen und Blättern verziert waren. Und plötzlich fiel ihr ein, dass man ihr ein solches Bett schon einmal beschrieben hatte. »Das muss Puckles Haus sein«, murmelte sie.

Das Bett war mit einer schlichten leinenen Überdecke versehen, auf der Jack saß. Überall waren deutlich die schwarzen Abdrücke seiner Pfoten zu erkennen. Der Hund wedelte mit dem Schwanz und machte keine Anstalten herunterzukommen oder die Katze zu jagen. Offenbar erwartete er, dass Jane sich an seine Seite setzte.

»Oh, Jack. Was hast du bloß angestellt? Sofort runter vom Bett!«, rief sie und wollte ihn herunterzerren. Als er sich wehrte, begann sie ihn auszuschimpfen und ihn fester zu packen. Plötzlich hörte sie hinter sich eine raue Stimme. Mit einem Aufschrei fuhr sie herum.

»Offenbar gefällt es ihm hier.«

Puckle stand in der schmalen Tür. Jane erkannte ihn auf Anhieb. Sein schwarzer Bart war noch immer kurz gestutzt, aber damals war ihr gar nicht aufgefallen, wie hell seine Augen funkelten. Er beobachtete sie, ohne sich von der Stelle zu rühren.

»Oh«, keuchte sie erschrocken und errötete. »Er ist Eurer Katze nachgelaufen.«

»Ja.« Puckle nickte langsam. »Es macht ganz den Anschein.« Etwas an seiner Art sagte ihr, dass er das nicht für die ganze Wahrheit hielt.

»Er hat alles schmutzig gemacht.« Sie wies auf die Decke. »Es tut mir wirklich Leid.«

»Das ist nicht weiter schlimm.«

Sie starrte ihn an. Offenbar hatte er draußen im Wald gearbeitet. Auf dem schwarzen Brusthaar, das ihm aus dem offenen Kragen quoll, erkannte sie kleine Schweißtropfen. Als sie ihn im Spätsommer gesehen hatte, draußen bei Hurst Castle, hatte er sie an eine Eiche erinnert. Nun – wie bei einer Schlange, die sich häutet, oder bei einem Baum, der neue, frischgrüne Blätter treibt – wirkte seine Haut auf einmal viel heller. Sie musste an einen schlauen, hübschen Fuchs denken.

»Ich werde die Decke waschen«, meinte sie.

Er antwortete nicht und sah den Hund an, der den Blick mit einem fröhlichen Schwanzwedeln erwiderte.

»Habt Ihr das alles selbst geschnitzt?« Sie deutete auf das Bett.

»Ja. Gefällt es Euch?«

Wieder betrachtete sie die seltsamen dunklen Fratzen und die knorrigen, geschwungenen Ornamente. Sie wusste nicht, ob sie diese schön oder abstoßend finden sollte, doch sie waren zweifellos mit großer Kunst geschnitzt. »Wundervoll«, stieß sie hervor. An Stelle einer Antwort nickte er ruhig, sodass sie nach einer kurzen Pause hinzufügte: »Eure Frau hat mir von dem Bett erzählt.«

»Hat sie das?«

»Im letzten September bei Hurst Castle. Damals hattet ihr gerade Holzkohle ausgeliefert.«

»Stimmt.«

»Ist Eure Frau hier?«, fragte Jane. Sie war nicht sicher, ob sie die seltsame Frau wieder sehen wollte.

»Sie ist gestorben. In diesem Winter.«

»Oh. Das tut mir Leid.« Jane fehlten die Worte. Sie starrte Jack und die völlig verschmutzte Bettdecke an. Dann griff sie nach ihrem Hund. »Soll ich die Decke mitnehmen und waschen?«

»Das lässt sich ausbürsten«, erwiderte er.

Jane hatte ein so schlechtes Gewissen, dieses Waldhaus betreten zu haben, dass sie sich unbedingt nützlich machen wollte. »Darf ich sie mitnehmen?«, fragte sie. »Ich werde sie Euch sauber zurückbringen.«

»Wie Ihr wollt.«

Also nahm Jane die Decke vom Bett, schüttelte die Kissen ordentlich aus, strich alles glatt und machte sich mit Jack auf den Heimweg. Inzwischen hatten sich ihre Schuldgefühle ein wenig gelegt.

Die Eiche bekam im Frühling nur langsam Blätter. Mitten im Winter auf wundersame Weise ergrünt, war sie wie ihre übrigen Artgenossen wieder im Winterschlaf versunken. Das Weihnachtslaub war erfroren und abgefallen, und die Äste des Baumes waren für den Rest der kalten Jahreszeit kahl und grau geblieben. Doch im März stiegen wieder die Säfte. Allerdings grünten die Eichen im Wald nicht alle gleichzeitig, sodass die Kronen zu Frühlingsanfang ein sehr unterschiedliches Bild boten – von geschlossenen braunen Knospen bis hin zu zartgrünen Blättern und kräftigem, raschelndem Laub.

Die Eiche bot für die verschiedensten Arten Lebensraum. Im Frühling lockten die Früchte des Efeus hungrige Amseln an. Unten am Stamm hatten die Hirsche im Winter die Efeublätter abgefressen und damit den Flechten Platz gemacht. Einige waren bereits gelb, und andere, die Algen mit grünem Chlorophyll enthielten, bekamen graugrüne Bärte. Besonders beeindruckend wirkten die großen, pelzigen Flechten, die aus dem Stamm wuchsen und als »Lungen der Eiche« bezeichnet werden. Kaum hatten sich die Knospen der Eiche geöffnet, da kam schon der grüngoldene und scharlachrote Eichelhäher durch den Wald geflogen und suchte sich eine Höhle hoch oben auf einem absterbenden Ast, um dort sein Nest zu bauen. Buchfinken mit grauen Köpfen und rosafarbener Brust zwitscherten in den Zweigen. Wenn im April alle Bäume grün waren und die Zugvögel aus den wärmeren Regionen zurückkehrten, hallte der Ruf des Kuckucks durch den Wald. Überall schossen die steifen Halme des Farns aus dem Boden, und seine eng zusammengerollten Wedel öffneten sich. Der Ginster stand in leuchtend gelber Blüte. Die Schlehenbüsche blühten dicht und weiß.

Und während sich die Blätter entfalteten, stand die Eiche vor der langwierigen Aufgabe, ihren Samen zu verbreiten. Die mächtige Eiche erzeugt, wenn sie im Frühling erblüht, männliche und weibliche Samen. Der männliche Pollen, der vom Wind verweht werden muss, hängt in Fäden herab und ähnelt goldenen Weidenkätzchen mit winzigen Blüten, sodass die Eiche im Frühling gleichsam mit einem gelblichen Flaum bedeckt ist.

Die weiblichen Blüten, die, wenn sie befruchtet werden, zu Eicheln heranwachsen, sind weniger gut zu sehen. Sie erinnern an winzige, halb geöffnete Knospen, die bei näherer Betrachtung drei winzige, rote Stempel preisgeben, welche den vorbeiwehenden Pollen auffangen.

Gegen Ende April war die grün belaubte Eiche bereit, ihren Samen auszustreuen. Sie war nun mit goldenen Fäden bedeckt wie eine Sagengestalt aus der Zeit, als die Götter in den Eichenhainen mit den Menschen ihre Scherze trieben. Der Pollen konnte über weite Entfernungen über das Blätterdach hinweg getragen werden und mischte sich unterwegs mit dem Pollen Hunderter anderer Eichen. So pflanzte sich die Eiche gemeinschaftlich mit unzähligen Artgenossen fort, die eine weit verzweigte Familie bildeten.

Am ersten Mai war in Minstead der Maibaum aufgestellt worden. Der Vikar, der so klug war, solche harmlosen heidnischen Bräuche zu gestatten, veranstaltete ein kleines Fest auf dem Dorfanger. Auch die Einwohner von Brook waren eingeladen.

Die Kinder hatten um den Maibaum getanzt, und die Erwachsenen hatten kräftig gezecht. Als die Feier zu Ende war, begleitete Nick Pride seine Verlobte nach Hause.

Sie gingen den Hügel oberhalb von Minstead hinauf und schlenderten gemächlich den Pfad entlang, der an der Rufuseiche vorbeiführte.

Seit ihrem seltsamen Erlebnis in Burley war fast eine Woche verstrichen, aber Jane hatte noch keine Möglichkeit gehabt, Puckle die Decke zurückzugeben. Denn es hatte ununterbrochen geregnet. Heute jedoch hatte die Sonne von einem fast wolkenlosen Himmel geschienen. Auch jetzt am Abend war es noch angenehm warm. Zufrieden spazierte Jane neben Nick her.

Nick fand nichts dabei, unter dem Rufusbaum stehen zu bleiben und sie zu küssen.

Als ihre Lippen und Zungen einander erkundeten, schien die Zeit im Schutz des ausladenden Baumes still zu stehen. Der türkisfarbene Himmel jenseits der Lichtung verfärbte sich orange. Nick umfasste Jane und drückte sie fest an sich. Seine Leidenschaft wuchs, er wollte sie ganz und gar besitzen. »Jetzt«, murmelte er. Schließlich waren sie verlobt. Sie würden heiraten. Das Verbot galt nicht mehr. Und die Natur sagte seinem Körper in diesem Augenblick nur eines: »Jetzt.«

Sie wich zurück. »Nein, das geht nicht.«

Wieder nahm Nick sie in die Arme. »Doch, Jane.«

»Nein.« Sanft, aber mit Nachdruck schob sie ihn weg und schüttelte den Kopf. »Ich kann nicht.«

Er bebte vor Begierde. »Jane, bitte.« Aber sie wandte sich ab, und er stand vor Erregung keuchend hilflos da. Kurz spielte er mit dem Gedanken, sie hier und jetzt mit Gewalt zu nehmen. War sie wirklich so fest entschlossen, sich ihm erst nach der Hochzeit hinzugeben? Vielleicht hatte sie ja auch nur gemeint, dass sie ihre Regel hatte. Er war ratlos. »Wie du meinst«, sagte er schließlich mit einem Seufzer der Resignation, legte zärtlich den Arm um ihre Schulter und brachte sie nach Hause.

Unterwegs sagte sie kaum ein Wort. Wie hätte sie ihm auch erklären können, was sie wirklich bewegte? Sie begriff es ja selbst nicht ganz. Sie spürte nur, dass an diesem warmen Maiabend etwas zwischen sie getreten war, trotz allem, was sie für ihn empfand, wenn er sie fest an sich drückte. Plötzlich hatte sich eine unsichtbare Mauer erhoben, die verhinderte, dass sie sich ihm hingeben konnte. War es die Angst, weil sie noch Jungfrau war? War es die Furcht, ihre Freiheit zu verlieren? Sie wusste es nicht. Doch die Frage wollte ihr nicht aus dem Sinn. Er war der Mann, den sie heiraten wollte, und auf einmal begehrte sie ihn nicht mehr. Was hatte das zu bedeuten?

Während Nick und Jane den Maibaum am Dorfanger verließen, gab sich Clement Albion viereinhalb Kilometer entfernt der Lieblingsbeschäftigung aller pflichtbewussten Männer hin. Er redete sich ein, dass er kein schlechtes Gewissen zu haben brauchte. »Ich habe alles getan, was in meiner Macht stand«, murmelte er vor sich hin. »Gott ist mein Zeuge.«

Die Kampfbereitschaft seiner Miliz ließ sich wohl nicht mehr steigern. Die Signalfeuer waren aufgebaut. Aber selbst die berüchtigten Spione des Rates konnten nicht mit Sicherheit sagen, wann die große spanische Eroberungsflotte eintreffen würde. Leute wie Gorges, die angeblich gut im Bilde waren, meinten jedoch, dass es nicht mehr lange dauern konnte. Hatte er, Clement Albion, sich etwas vorzuwerfen? Wenn er morgen vor den Rat zitiert und gefragt werden würde, ob er ein treuer Gefolgsmann der Königin sei, würde er dann Cecil in die Augen sehen und bejahen können?

»Mein Gewissen ist rein.« Niemand hörte zu. Er versuchte es noch einmal. »Ihre Majestät hat keinen Grund, sich über mich zu beklagen. Ich habe sie nie belogen. Niemals.«

Nun, das war fast die Wahrheit. Denn Albion legte die Pflichten seiner Arbeit recht eigenwillig aus. Als Waldhüter, der die Bäume im Wald ihrer Majestät überwachte, erhielt er ein Gehalt und wertvolle Privilegien. Zum Beispiel gehörte die Rinde gefällter Eichen ihm. Er ließ sie mit Wagen nach Fordingbridge bringen, wo die Gerber ihn gut für diesen wichtigen Rohstoff bezahlten, den sie zur Herstellung von Leder brauchten. Außerdem bezog er Pachtzinsen.

Die Einfriedung, vor der er jetzt stand, war ein gepflegtes, zwölf Hektar großes Waldstück unweit von Knightwood an einem Weg, der vom westlichen Lyndhurst hierherführte. Der Erdwall und der stabile Zaun waren in gutem Zustand. Es oblag dem Waldhüter, diese Einfriedung für die üblichen einunddreißig Jahre zu verpachten, und das hatte er auch getan – nämlich an sich selbst. Nach den Pachtbedingungen durfte er das Unterholz verkaufen, das zum Großteil aus Dorngestrüpp und Haselbüschen bestand. Gleichzeitig jedoch war er verpflichtet, das kostbare Bauholz zu pflegen und mindestens zwölf junge Bäume pro halben Hektar stehen zu lassen. Also hätte Albions Einfriedung bei Beginn der Pacht mindestens dreihundertsechzig Bäume enthalten müssen, und so war es auch gewesen. Doch auf wundersame Weise waren hundertfünfzig davon verschwunden, sodass nur noch zweihundertzehn übrig blieben. Der Gewinn aus dem Verkauf dieses Holzes hatte ein nicht zu verachtendes Zubrot dargestellt.

Eigentlich war es die Aufgabe eines Waldhüters Ihrer Majestät, derartige Vergehen aufzuspüren, zu melden und für die Bestrafung des Pächters zu sorgen. Doch da er selbst der Waldhüter war, war ihm dieser Gesetzesverstoß gänzlich entgangen.

Noch schwerer wog die Straftat, die sich vor nicht allzu langer Zeit während des Verkaufs einer viel größeren Einfriedung ereignet hatte. Albion selbst hatte – im Auftrag der Krone – das Geschäft in die Wege geleitet und das Geld der Schatzkammer Ihrer Majestät übergeben. Auch eine große Menge Unterholz war veräußert worden, die Transaktion war säuberlich in einem schriftlichen Vertrag festgehalten. Allerdings fehlte in dem Dokument der Hinweis darauf, dass es sich dabei in Wirklichkeit um Bauholz von viel höherem Wert gehandelt hatte. Die Differenz zwischen tatsächlichem und offiziellem Kaufpreis war in Albions Tasche geflossen.

Natürlich bestand die Gefahr, dass die königlichen Inspektoren bei ihrem nächsten Besuch im New Forest – ein solcher fand alle paar Jahre statt – den Betrug aufdecken würden. Andererseits gehörte Albion selbst zu diesem erlauchten Kreis, weshalb er es für äußerst unwahrscheinlich hielt, dass dieser Betrug aufflog.

Seit seinem Gespräch mit Helena Gorges bei Hurst Castle vor einigen Monaten fühlte Albion sich nicht wohl in seiner Haut. Als Waldhüter ein ruhiges Leben zu führen war eine schöne Sache. Doch was würde geschehen, wenn der Rat Schritte gegen ihn einleitete? Oder falls die Nachbarn erfuhren, dass er unter Verdacht stand? Womöglich erschienen gar Cecils Leute im New Forest, um ihm etwas am Zeug zu flicken – und dann würden seine Unregelmäßigkeiten vielleicht ans Licht kommen. Auch wenn man ihm keinen Hochverrat nachweisen konnte, Schande und finanzieller Ruin wären unweigerlich die Folge.

Doch Winter und Frühjahr waren ereignislos verstrichen. Inzwischen war es Mai. Wie jeder aufrechte Mann, der glaubt, dass man ihm nie auf die Schliche kommen wird, hatte Albion ein reines Gewissen. Obwohl die Sonne bereits rotgolden im Westen unterging, leuchtete der weite Himmel über dem New Forest noch blau. Schmale Wolkenfetzen schimmerten rosafarben und silbern, als Albion nach Süden, vorbei an Brockenhurst, ritt. Er wollte den kleinen Fluss, der durch die Mitte des New Forest verläuft, an der ruhigen Furt überqueren, unterhalb derer sein Haus stand. Ein wenig beruhigt setzte er seinen Weg fort.

Deshalb war er nicht wenig erstaunt, als er an der Furt zwei Kutschen bemerkte. Die eine war mit kostbaren Vorhängen versehen, die andere ächzte unter einer riesigen Last von Truhen und verschiedenen Möbelstücken. Die beiden Gefährte überquerten vor ihm den Fluss. Das Haus der Albions, ein Landsitz mit Holzgiebeln, stand in einer Lichtung etwa anderthalb Kilometer von der östlichen Seite der Furt entfernt. Entweder wollte die kleine Karawane dorthin oder hinauf zur Heide von Beaulieu, was unwahrscheinlich war, da es allmählich dunkel wurde.

Albion wandte sich nach Süden und folgte ihnen. Aber die zweite Kutsche war so breit, dass er sie nicht überholen konnte. Und er erkannte überrascht, dass die erste in den Weg einbog, der zu seinem Haus führte, und vor der Tür zum Stehen kam. Die Dienstboten traten heraus, und der Bursche zog schon den Vorhang der Kutsche zurück, damit der Fahrgast aussteigen konnte, als Albion endlich hereinpreschte.

Die Gestalt, die das Gefährt verließ, war ganz in Schwarz gekleidet. Nur das Futter ihres Gewandes war purpurrot. Ihr Gesicht war mit einer dicken, geisterhaft weißen Puderschicht bedeckt.

»Mein Gott!«, rief Albion verdattert aus. »Mutter, was willst du denn hier?«

Sie lächelte ihn strahlend an, doch ihre Augen funkelten so aufmerksam wie die eines Vogels, der einem Wurm nachspürt. »Ich habe Neuigkeiten, Clement«, sagte sie. Und als sie ihn kurz darauf in die unvermeidliche Umarmung schloss, näherten sich ihre roten Lippen seinem Ohr. »Ein Brief von deiner Schwester«, flüsterte sie verschwörerisch. »Die Spanier kommen. Und ich bin hier, damit wir sie gemeinsam begrüßen können, mein liebster Sohn.«

Der Mai verstrich, und auch der Juni war schon zu einem Großteil vorüber. Aber die spanische Flotte – Armada genannt – war noch nicht erschienen. Das Wetter war für diese Jahreszeit ungewöhnlich. Ab und zu waren über dem New Forest ein blauer

Himmel und die Sommersonne zu sehen, doch immer wieder ballten sich dunkle Wolken zusammen, und ein Sturm aus Südwesten brachte Regen oder Hagel. Einen solchen Sommer hatte es schon seit Jahren nicht mehr gegeben. Später im Juni hieß es, der Sturm habe die spanische Flotte gezwungen, sich auf verschiedene Häfen zu verteilen. »Drake wird sie sich vorknöpfen«, sagten die Leute. Aber obwohl Sir Francis Drake den Rat drängte, ihn endlich in See stechen zu lassen, zögerte die Königin. Denn sie war sicher, dass Englands beliebtester Freibeuter nach seinem erfolgreichen Angriff auf den Feind gewiss die Jagd auf Beute der Pflichterfüllung vorziehen würde. Schließlich liebte der große Entdecker und Patriot das Geld auch weiterhin mehr als alles andere.

Als Jane die Mill Lawn entlangging, hatte sie ein ziemlich schlechtes Gewissen. War es wirklich nötig gewesen, bis zu diesem Besuch in Burley zwei Monate verstreichen zu lassen? Doch wegen des Wetters und der vielen Erledigungen hatte sie, wie sie sich sagte, beim besten Willen keine Zeit gehabt, Puckle seine Decke zurückzubringen. Wenn sie Glück hatte, war er vielleicht gar nicht da. Dann konnte sie die Decke hinterlegen und sich sofort auf den Heimweg machen.

Heute war das Wetter schön. Der Ginster war bereits verblüht, doch auf dem kurzen Gras leuchteten Gänseblümchen, weißer Klee, Butterblumen und Habichtskraut. Die winzigen Veilchen reckten ihre lilafarbenen Köpfe aus dem Boden, und an den Ufern des Bächleins, das über die Wiese floss, ragten blaue Vergissmeinnicht zwischen den Kräutern hervor.

Kurz vor der Mittagszeit erreichte Jane die strohgedeckte Hütte. Puckle war nicht da, dafür aber seine drei Kinder. Das älteste war ein etwa zehnjähriges Mädchen, das offenbar zu schnell gewachsen war, denn es war klapperdürr. Die Kleine hatte dunkles Haar und wirkte sehr ernst. Offenbar hatte man ihr die Aufsicht über die jüngeren Geschwister übertragen. Ein kleines, ebenfalls dunkelhaariges Mädchen spielte vor der Hütte im Gras.

Doch es war der Jüngste, der Janes Aufmerksamkeit erregte. Er war ein pummeliger, fröhlicher Junge von drei Jahren. Offenbar hatte er mit einem Holzpferd gespielt, das sicher sein Vater für ihn geschnitzt hatte. Doch bei Janes Anblick lief er vergnügt auf sie zu. Ein breites Lächeln stand auf seinem runden Gesicht, und seine leuchtenden Augen blickten vertrauensvoll. Anscheinend war er sicher, dass sie sich mit ihm befassen würde. Er nahm Janes Hand und sagte: »Ich bin Tom. Spielst du mit mir?«

»Sehr gerne«, erwiderte sie, aber zuerst erklärte sie dem älteren Mädchen die Sache mit der Decke.

Das Kind war zunächst ein wenig argwöhnisch, doch nachdem es die Decke begutachtet hatte, nickte es. »Mein Vater hat gesagt, jemand würde sie bringen«, meinte sie. »Doch das ist schon lange her.« Da Puckle anscheinend nicht so bald zurückerwartet wurde, knüpfte Jane ein Gespräch mit dem Mädchen an, das, wie sie an seinem Betragen und seinen Worten bald erkannte, offenbar die Mutterrolle in der Familie übernommen hatte, obwohl es doch selbst noch eine Mutter gebraucht hätte.

Tom war ein reizender kleiner Knirps. Er holte einen Ball, gab ihn Jane und freute sich mächtig, als diese ihm seinen Wunsch erfüllte und ihm den Ball zuwarf. So ein hübscher kleiner Junge, überlegte sie. Wie gern hätte ich auch so einen. Doch da sie Puckle nicht begegnen wollte, beschloss sie zu gehen.

»Am besten lege ich das auf das Bett deines Vaters«, meinte sie und griff nach der Überdecke. Obwohl das Kind ihr versicherte, dass das nicht nötig sei, beharrte sie darauf und ging allein hinauf in das Zimmer, wo neben dem niedrigen Fenster das Eichenbett stand.

Da war es, dunkel, fast schwarz und schimmernd. Es war ein wirklich seltsames Möbel, genauso eigenartig, wie sie es in Erinnerung hatte. Die hölzernen Gesichter, wie Wasserspeier, starrten sie an, wie um sie als Freundin willkommen zu heißen. Unwillkürlich strich sie mit der Hand über einige der geschnitzten Figuren – das Eichhörnchen, die Schlange. Sie waren so vollendet geformt, dass sie zu leben schienen, und ihr war, als würden sie sich jeden Moment bewegen. Jane wurde ein wenig ängstlich zu Mute, und um sich zu beruhigen, umfasste sie fest das knorrige Eichenholz. Es war doch nur Holz, weiter nichts. Und doch wurde ihr für einen Augenblick schwindlig.

Sorgfältig breitete sie die Überdecke aus, richtete das Bett und trat dann einen Schritt zurück, um ihr Werk zu begutachten. Hier hatte Puckle mit seiner Gattin gelegen. »Er kann eine Frau glücklich machen!« Die Worte dieser seltsamen Frau fielen ihr wieder ein. »Wer mit John Puckle in diesem Bett liegt, will kein anderes Bett mehr.« Jane sah sich im Zimmer um. Auf der Truhe, wo bei ihrem ersten Besuch die Katze gesessen hatte, lag ein Leinenhemd von Puckle. Nachdem sie sich vergewissert hatte, dass niemand sie beobachtete, ging sie hinüber und nahm das Hemd. Er hat es getragen, aber nicht oft, dachte sie. Es roch nur leicht nach Schweiß, eher nach Holzrauch. Ein angenehmer Geruch. Ein wenig salzig. Vorsichtig legte sie das Hemd an seinen Platz zurück.

Wieder sah sie das Bett an. Es schien ihren Blick auf merkwürdige Weise zu erwidern, so als wären Puckle und das Möbelstück eins gewesen. Und in gewisser Hinsicht stimmte das auch, denn er hatte so viel von sich selbst in diese Schnitzereien gelegt. Puckle in Eiche, dachte sie lächelnd und kicherte dann in sich hinein. Wenn Seele und Körper dieses Mannes derart viel Kraft und Ideenreichtum enthielten, dann war es kein Wunder, dass seine Frau nur Gutes über ihn zu sagen gehabt hatte. Aber warum hatte sie es ihr, Jane, anvertraut?

Nach einem letzten Blick auf das schimmernde Bett wandte sie sich um, stieg die Treppe hinunter und trat aus der Hütte in den Sonnenschein. Als sie gerade auf der Schwelle stand, hörte sie den kleinen Jungen freudig rufen. Und während sie ins helle Licht blinzelte, erkannte sie den Mann, der nun seinen Sohn in die Arme nahm.

Puckle war schwarz, so schwarz wie die hölzernen Gesichter auf seinem Bett. Er drehte sich um, sah sie und starrte sie an, und sie spürte, wie sie unwillkürlich erschauderte. Natürlich wusste sie, woher seine Gesichtsfarbe rührte: Er hatte einen seiner Kohlenmeiler versorgt und war nun über und über mit Asche bedeckt. Doch dass er so sehr den seltsamen Teufelsfratzen auf dem Bett ähnelte, war ihr unheimlich.

»Bring mir Wasser«, sagte er zu dem Mädchen, das sofort mit einem hölzernen Eimer zurückkehrte. Er bückte sich, goss sich rasch Wasser über Gesicht und Haar und wusch sich dann die Arme. Er richtete sich wieder auf. Sein Gesicht war nun sauber, das Wasser tropfte ihm aus dem Haar. Er lachte.

»Erkennt Ihr mich jetzt?«, fragte er Jane, die ebenfalls lachte und nickte. »Seid Ihr Tom schon vorgestellt worden?«, erkundigte er sich.

»Ich habe Ball mit ihm gespielt.« Sie lächelte.

»Bleibt Ihr noch eine Weile?«, fragte er gut gelaunt.

»Nein. Nein, ich muss nach Hause.« Sie schickte sich zum Gehen an, stellte aber zu ihrem Erstaunen fest, dass sie lieber geblieben wäre. »Ich muss nach Hause«, wiederholte sie verwirrt.

»Ah.« Er kam näher und nahm sie am Ellenbogen. Sie bemerkte die dichten Haare an seinem kräftigen Unterarm. »Die Kinder mögen Euch«, meinte er leise.

»Oh. Woher wisst Ihr das?«

»Ich weiß es eben.« Er lächelte. »Schön, dass Ihr gekommen seid«, sagte er freundlich.

Sie nickte, denn ihr fehlten die richtigen Worte. Durch seine Berührung war eine Art von Vertrautheit entstanden. Sie spürte, wie seine Kraft zu ihr hinüberfloss; ihr wurden die Knie weich. »Ich muss nach Hause«, stammelte sie.

Seine Hand lag immer noch auf ihrem Arm.

»Kommt, setzt Euch.« Er wies auf eine Bank neben der Tür.

Also saß sie mit ihm in der Sonne, plauderte und spielte mit den Kindern. Eine Stunde später machte sie sich auf den Heimweg.

»Ihr müsst wiederkommen und die Kinder besuchen«, meinte er. Und sie versprach es ihm.

Inzwischen ritt Albion sehr oft in den New Forest, einfach nur, um allein zu sein. Die letzten beiden Monate waren nicht leicht gewesen.

Möglicherweise fassten die Worte seiner Frau es am besten zusammen: »Ich kann mir nicht vorstellen, dass die spanische Invasion für uns einen großen Unterschied bedeuten wird, Clement«, meinte sie Ende Mai. »Dieses Haus ist sowieso schon unter Besatzung.«

Seine Mutter und ihre Besatzungsarmee schienen allgegenwärtig zu sein. Stets drängten sich mindestens drei ihrer Diener in der Küche. Schon nach zwei Wochen hatte ihr Bursche die junge Zofe seiner Frau verführt. Während der Mahlzeiten und der Familiengebete morgens, mittags und abends erfüllte die bedrückende Gegenwart seiner Mutter das Haus.

Warum war sie hier? Albion hatte keinen Zweifel an ihren Gründen. Sie wollte sicherstellen, dass er seine Pflicht tat, wenn die Armada kam.

Drei Wochen lang litt seine Frau nun schon Höllenqualen. Sie wusste sehr wohl, dass Lady Albion ein großes Vermögen zu vererben hatte, und sie war selbst eine gute Katholikin. Doch in erster Linie war sie Mutter und wünschte sich ein geruhsames Leben für ihre Familie. Albion hatte nicht gewagt, ihr von dem wahnwitzigen Angebot seiner Mutter an den König von Spanien zu erzählen. Und er flehte Lady Albion an, es ihr zu verschweigen, um sie nicht zu ängstigen. Also erfüllte seine Frau gehorsam ihre Familienpflichten, bis sie es schließlich nicht mehr aushielt.

»Diese Besatzung dauert mir inzwischen zu lang«, sagte sie ihm. »Ich bin nicht mehr Herrin in meinem eigenen Haus. Es ist mir gleich, ob deine Mutter zehn Vermögen zu vererben hat. Wir kommen auch ohne das Geld aus. Sie müssen weg.«

Also hatte Albion ängstlich seiner Mutter die Lage geschildert. Doch zu seinem Erstaunen nahm sie es gelassen auf.

»Natürlich, Clement. Sie hat ganz Recht. Dein Haus ist zu klein. Mein armer Diener muss sogar in der Scheune schlafen. Überlass alles nur mir.«

Und zu seiner Überraschung war schon am nächsten Morgen ihr ganzer Hofstaat – die schwer beladenen Kutschen samt Dienstboten – aufbruchsbereit. Clement Albion und seine Familie standen da und sahen verdattert zu, wie der Befehl zum Abmarsch gegeben wurde. Nur eine Sache erschien ihm seltsam.

»Solltest du jetzt nicht in deine Kutsche steigen, Mutter?«, fragte er. »Sie fährt gleich los.«

»Ich?« Seine Mutter sah ihn entgeistert an. »Ich, Clement? Ich bleibe hier.« Sie winkte den beiden Kutschen zu, die sich in Bewegung setzten. »Keine Sorge, Clement.« Sie lächelte ihm strahlend zu. »Ich werde mäuschenstill sein.«

Und von diesem Tage an war seine Mutter, nur ausgerüstet mit ein paar Kleidertruhen und ihrem Gebetbuch, in ihrer Kammer geblieben. »Wie eine gute Nonne«, pflegte sie zu sagen. Sie kam nur heraus, um im Wohnzimmer zu sitzen, den Kindern Gebete beizubringen, die Dienerschaft herumzuscheuchen und seiner Frau mitzuteilen, dass der Rinderbraten ein klein bisschen zu gar gewesen sei. »Seht ihr«, meinte sie jeden Tag beim Abendessen. »Ich lebe wie eine Einsiedlerin in eurem Hause. Ihr bemerkt kaum, dass ich hier bin.«

Für seine Frau mochte die Anwesenheit seiner Mutter ein Ärgernis bedeuten, Albion selbst bereitete sie mit jedem Tag mehr Magendrücken. Und ihre Gespräche unter vier Augen ließen keinen Raum für Zweifel: Die Spanier würden siegen. »Ich habe deiner Schwester schon vor allem alles über die Milizen geschrieben«, verkündete sie. »Die Spanier werden ihnen mühelos den Garaus machen. Und unsere Schiffe sind alle schrottreif.« Die erste Aussage stimmte, die zweite nicht. Doch die eiserne Katholikin hatte sich darüber ihre eigene Meinung gebildet.

Die schwierige Frage war, wie er den Verdacht von sich ablenken sollte, den er durch Lady Albions Anwesenheit in seinem Haus auf sich zog. Clement gelangte zu dem Schluss, dass Angriff die beste Verteidigung war.

»Meine Mutter ist inzwischen völlig übergeschnappt«, erzählte er einigen Herren, von denen er wusste, dass sie sich keine Möglichkeit zu Klatsch entgehen ließen. »Und jetzt habe ich endgültig genug davon.« Als einige Nonkonformisten wegen Verdachts auf Verschwörung vom Rat eingesperrt wurden, meinte Albion spöttisch zu Gorges: »Ich habe meine Mutter eigenhändig hinter Schloss und Riegel gesteckt. Ich bin ihr Gefängniswärter.« Als Gorges ihn daran erinnerte, dass er persönlich die schottische Königin Maria bewacht habe, entgegnete Albion: »Meine Mutter ist viel gefährlicher.« Und als Helena sich erkundigte, ob er sie tatsächlich eingeschlossen hatte, erwiderte er mit finsterer Miene: »Ich wünschte, ich hätte einen Kerker.«

Er hoffte, dass es ihm gelungen war, sie von seiner Loyalität zu überzeugen. Doch zwei Ereignisse belehrten ihn bald eines Besseren. Das erste fand statt, kurz nachdem sie erfahren hatten, dass Drake die Erlaubnis zu einem erneuten Angriff auf die spanischen Häfen verweigert worden war. Die Befehle der Königin riefen bei ihren Kommandanten ein leichtes Schmunzeln hervor. Wenig später besuchte Albion Hurst Castle.

»Hast du schon gehört, Clement«, meinte Helena, »dass die Königin von der Flotte verlangt, immer auf und ab zu fahren wie Palastwachen, die ihre Runden gehen?« Sie lachte. »Offenbar ist Ihrer Majestät, obwohl sie Freibeuter über die Meere schickt, nicht bekannt, dass Schiffe nicht nach Belieben die Richtung ändern können, ohne auf den Wind zu achten. Nun fährt die Flotte nach…« Sie hielt inne und fügte verlegen hinzu: »An einen anderen Ort. Wohin, weiß ich nicht.« Als Albion sich umdrehte, sah er gerade noch, dass Gorges hinter ihnen stand und den warnenden Finger von den Lippen nahm.

Der zweite Vorfall ereignete sich Mitte Juli.

Es war eine Tatsache, dass das königliche Agentennetz trotz seines guten Rufs nicht in der Lage war, die Strategie der Spanier in Erfahrung zu bringen, obwohl die Flotte täglich erwartet wurde. Man musste zwei Bedrohungen im Auge behalten. Eine ging von der großen Flotte selbst aus, die andere von den spanischen Truppen, die bereits auf der anderen Seite des Meeres in den Niederlanden lagen, wo sie die protestantische Revolte gegen die Herrschaft der katholischen Spanier niedergeschlagen hatten. Diese Truppen bestanden aus Zehntausenden von kampferfahrenen Soldaten und waren dem Kommando des Herzogs von Parma, eines fähigen Generals, unterstellt. Man nahm an, dass sie die Ostküste von England angreifen würden, vermutlich in der Nähe der Themsemündung, und zwar zeitgleich mit dem Eintreffen der Armada.

In diesem Fall würden sich die Engländer an zwei Fronten verteidigen müssen. Doch stimmte diese Neuigkeit wirklich? Beabsichtigte die Armada, die englische Flotte auf See zu zerstören und den erstbesten englischen Hafen – vermutlich Plymouth – einzunehmen und als Stützpunkt zu benutzen? Oder wollte man weiter den Ärmelkanal hinaufsegeln, um Southampton, die Insel Wight und Portsmouth zu erobern? Niemand wusste die Antwort.

»Ich habe wieder einen Brief aus Spanien erhalten«, verkündete seine Mutter ruhig eines Abends, als Albion von einem Besuch in Southampton zurückkehrte.

»Heute? Wie ist das möglich?« Wer hätte ihr hier in dieser abgelegenen Gegend des New Forest einen solchen Brief zustellen sollen?

Sie tat die Frage als unwichtig ab. »Du musst dich jetzt bereithalten, Clement. Bald kommt die Zeit.«

»Wann? Wann sind sie da?«

»Ich habe dir bereits gesagt, dass es nicht mehr lange dauert. Gewiss werden die Signalfeuer angezündet. Dann weißt du Bescheid und musst deine Pflicht tun.«

»Welche Neuigkeiten hast du sonst noch erhalten? Was haben sie vor? Wollen sie die Insel erobern? Oder Portsmouth?«

»Das darf ich dir nicht sagen, Clement.«

»Dann lass mich den Brief lesen, Mutter.«

»Nein, Clement. Ich habe dir alles erklärt, was du wissen musst.«

Er starrte sie an. Misstraut sie mir etwa? Natürlich nicht. Aber sie vermutet, dass ich es Gorges oder dem Leiter der Grafschaftsmiliz weitererzählen werde, wenn ich etwas über die Absichten der Spanier erfahre, dachte er. Und sie hat Recht. Wahrscheinlich würde ich das auch tun. Er fragte sich, wo sie den Brief wohl versteckt hatte. Ob er ihr Zimmer durchsuchen sollte? Oder ihre Kleidung, während sie schlief? Er gelangte zu dem Schluss, dass es hoffnungslos war.

Und dann schoss ihm ein anderer Gedanke durch den Kopf. War das vielleicht eine Finte, eine List von ihr? Gab es vielleicht gar keinen Brief? Hatte sie ihn erfunden, um ihn auf die Probe zu stellen und um zu sehen, wie er sich verhalten würde? War sie so verschlagen? Durchaus möglich.

»Ich bedaure es, dass du Geheimnisse vor mir hast, Mutter«, sagte er steif, doch sie ließ sich davon überhaupt nicht anfechten.

Doch das, was am nächsten Tag geschah, war noch um einiges beängstigender. Zufällig begegnete er in Lymington Thomas Gorges. Und dieser bedachte ihn, nachdem sie eine Weile geplaudert hatten, mit einem scharfen Blick und meinte: »Wir versuchen immer noch herauszufinden, welche Absichten die Spanier hegen, Clement. Und wir haben den Verdacht, dass Nonkonformisten hier in England Briefe empfangen, deren Inhalt vielleicht wichtig ist.«

»Ich halte das für unmöglich.« Albion bemühte sich um Ruhe.

»Leute wie deine Mutter.«

Albion konnte nicht verhindern, dass er erbleichte. »Meine Mutter?«

»Sind für sie Briefe, Boten oder seltsame Besucher gekommen? Das hättest du doch bemerken müssen.«

»Ich …« Er überlegte fieberhaft. Wusste Gorges von dem Brief? Wenn ja, musste er sich ihm dann nicht anvertrauen? Sollten die Behörden seine Mutter doch durchsuchen und ihr Geheimnis enthüllen, wenn er selbst es schon nicht wagte. Aber was würden sie finden? Nur der Himmel konnte sagen, ob der Brief vielleicht etwas enthielt, was ihn belastete. Er durfte es also nicht riskieren. »Ich habe keine Ahnung von einem solchen Brief«, erwiderte er zögernd. »Aber ich werde sie fragen.« Und dann kam ihm noch eine Idee: »Hast du sie in Verdacht, Thomas? Nicht auszudenken, was sie in ihrer Narrheit alles anrichten könnte.«

»Nein, Clement. Ich habe mich nur ganz allgemein erkundigt.«

Albion betrachtete sein Gesicht. Was war, wenn er log? Gorges war viel zu schlau, um sich zu verraten. Und dann fiel ihm etwas Schreckliches ein: Möglicherweise wussten Gorges oder seine Vorgesetzten nicht nur von dem Brief, sondern hatten ihn sogar gelesen. In diesem Fall wäre Gorges besser im Bilde gewesen als er selbst. Ob das eine Falle war? »Selbst wenn meine Mutter einen Brief vom spanischen König höchstpersönlich erhalten hätte, Thomas«, sagte er, »würde sie es mir wahrscheinlich verschweigen, denn sie weiß genau, wie treu ich unserer Königin ergeben bin. Das ist die Wahrheit.«

»Ich vertraue dir, Clement«, entgegnete Gorges und ging davon. Aber wenn ein Mann einem anderen gegenüber behauptet, er vertraue ihm, überlegte Albion bedrückt, meint er damit meistens genau das Gegenteil.

Nick Pride hatte sich als fähiger junger Bursche erwiesen.

»Wer hält Wacht in Malwood?«, pflegte Albion während seiner Inspektionsbesuche zu rufen, die Mitte Juli fast täglich stattfanden. Er hatte festgestellt, dass es dem jungen Mann gefiel, so begrüßt zu werden.

»Nicholas Pride, Sir«, antwortete der Bursche. »Und alles ist in Ordnung, Ihr könnt zufrieden sein.«

Es war zwar nur eine Formsache, aber Albion sah sich alles genau an.

Man hatte das Signalfeuer am höchsten Punkt des alten Erdwalls angelegt, von wo aus man eine sehr gute Aussicht hatte, da Albion das Gelände hatte abholzen lassen. Es bestand aus einem dicken, etwa dreieinhalb Meter hohen Pfahl, der einige Meter tief in den Boden gerammt worden war und von vier Stangen oder Strebebalken gestützt wurde, die wie Halteseile zur Mitte hinreichten. Oben auf dem Pfahl befand sich ein großes Eisenfass. Es enthielt eine Mischung aus Pech, Teer und Flachs, die stundenlang lichterloh brennen würde.

Dieses Teerfass erreichte man mit Hilfe einer Leiter, einer mit Sprossen versehenen Stange. Entfacht wurde es mit einer brennenden Fackel. Und um Feuer für das Anzünden der Fackel bereitzuhaben, hielten Nick und seine Kameraden Tag und Nacht ein Kohlenbecken am Brennen.

Nick teilte sich die Wache stets mit einem anderen Mann. Wer gerade keinen Dienst hatte, ruhte sich in einer kleinen Holzhütte gleich hinter dem Erdwall aus. Hin und wieder kamen Leute aus dem Dorf herauf, um ihnen Gesellschaft zu leisten. Doch aus irgendeinem Grund hatte der Rat das Mitbringen von Hunden zu den Signalfeuern verboten. Vermutlich befürchtete man, dass sie die Männer ablenken könnten.

Die Leuchtfeuer konnten nur in einem Fall versagen, nämlich bei Nebel oder äußerst schlechtem Wetter – und da es in letzter Zeit häufig gestürmt hatte, war das durchaus wahrscheinlich. Dafür hatte man eine Reihe von Meldeposten überall im Land eingerichtet. Reiter ritten von Posten zu Posten und gaben die Nachricht weiter.

Die Signalfeuer auf der Insel Wight waren kompliziertere Gebilde. An jedem Ende der Insel gab es drei davon. Wenn eines angezündet wurde, bedeutete das, dass ein Signal von der Küste eingegangen war – oder dass die Wächter auf der Insel selbst die feindliche Flotte am Horizont gesichtet hatten. Auf diese Weise wurde die nächste Grafschaft alarmiert, die wiederum ihr Signalfeuer entfachte. Wenn der Feind sich der Küste näherte, zündete man ein zweites Feuer an. Das war das Zeichen, in den Festungen an der Küste ebenfalls Feuer anzuzünden, um die Milizen herbeizurufen. Brannten drei Signalfeuer, hieß das, dass die Verteidiger der Küste Verstärkung aus dem Landesinneren brauchten, worauf dort die Feuer angezündet wurden. Dann setzten sich die ausgebildeten Truppen eilig zu ihren Sammelpunkten in Marsch und begaben sich zur Küste. Malwood galt als Signalfeuer für das Landesinnere. »Allerdings«, hatte Albion Nick Pride angewiesen, »müsst Ihr das Feuer auch dann anzünden, wenn Ihr auf der Insel zwei Feuer brennen seht, da wir zu wenige Männer haben. Dann marschieren wir nach Hurst.«

An den meisten Tagen besuchte Jane ihren Verlobten für ein oder zwei Stunden. Sie brachte ihm eine selbst gebackene Pastete, einen Kuchen und einen Krug mit einem kühlen Getränk aus Früchten oder Blüten mit, das sie oder ihre Mutter zubereitet hatte. Gemeinsam saßen sie auf den mit Gras bewachsenen Wällen von Malwood und blickten über den grünen Wald hinüber zum blauen, vom Dunst verschleierten Meer. Abends blieb sie manchmal bis lang nach Einbruch der Dunkelheit bei ihm und hielt mit ihm Wache.

Und so wartete Nick Pride mit dem Mädchen, das er heiraten wollte, auf die spanische Armada. Bei Janes Anblick tanzte sein Herz, und wenn er die Arme um sie schloss und sie zusammen im Dämmerlicht den New Forest betrachteten, wurde er auf einmal von Wärme ergriffen, und er dankte den hellen Abendsternen, dass er mit einer solchen Braut gesegnet worden war.

Besessenheit. Lange war Jane dieses Wort fremd geblieben, doch allmählich begriff sie seine Bedeutung und alles, was dazugehörte: Unruhe, Trübsal, Zerstreutheit. Jane war sechzehn Jahre alt, und innerhalb von drei Wochen hatte sie all diese Gefühle durchlebt.

Sie hatte ihn bereits häufiger besucht. Beim ersten Mal hatte sie im Vorbeigehen die Kinder gesehen und mit dem kleinen Jungen gespielt, bis der Vater nach Hause kam. Am nächsten Tag hatte sie sich einen Zeitpunkt ausgesucht, wenn Puckle gewiss zugegen sein würde. Jane saß da, plauderte ein wenig mit ihm oder betrachtete ihn, wie er sich mit Tom beschäftigte oder stumm an einem Stück Holz schnitzte. Ihr wurde klar, dass sie bereits jede Sehne seiner Hände kannte.

Seit sie seine Hand auf ihrem Arm und ihrer Schulter gespürt hatte, sehnte sie sich nach seiner Berührung. Sie war machtlos dagegen. Außerdem rührte er sie an. Auch wenn er ein starker Mann war, erschien er ihr plötzlich hilflos, wenn sie sah, wie seine Tochter das Essen zubereiten musste oder wie er sich ziemlich ungeschickt daran machte, die Kleider der Kinder zu waschen. Er braucht mich, dachte sie.

Zweimal war sie schon zu der Stelle im Wald gegangen, wo er, wie sie wusste, arbeitete, und hatte ihn aus der Ferne beobachtet, ohne dass er sie bemerkte. Einmal hatte sie ihn zufällig auf dem Weg aus Lyndhurst im Wagen vorbeifahren sehen. Ihr Herz hatte einen Satz gemacht, doch sie war still stehen geblieben und hatte ihm nachgeblickt; er hatte sie nicht wahrgenommen.

Besessenheit. Sie musste sie verbergen. Ihre Familie ahnte nichts von ihren regelmäßigen Ausflügen nach Burley, für die sie stets einen harmlosen Vorwand fand. Und natürlich tappte auch Nick Pride im Dunkeln. Aber was hatte das alles zu bedeuten? Warum litt sie so sehr? Warum sehnte sie sich Tag und Nacht nach der Gesellschaft des Köhlers?

Wenn sie nach Burley ging, blieb sie jedes Mal am Rufusbaum

stehen und versuchte, ihre Gedanken zu ordnen. Auf dem Rückweg verharrte sie wieder, um sich auf die Begegnung mit ihrer Familie und Nick vorzubereiten.

Wer am späten Nachmittag im Schatten der mächtigen Eiche rastete, nahm die Geräusche des Waldes überdeutlich wahr. Es wimmelte hier von Vögeln – Laubsängern und Meisen, Rotschwänzchen und Kleibern. Doch da Paarungszeit und Brutzeit längst vorbei und die Jungen zum Großteil schon flügge waren, sangen sie nur noch leise und selten. Bloß das Gurren der Tauben hallte weiterhin ständig durch den Wald. Das stete Zirpen der Grillen, das Surren unzähliger Insekten und das Summen der Bienen, die sich am duftenden Geißblatt labten, vereinten sich zu einer trägen Sommermelodie, der Jane gerne lauschte.

Für gewöhnlich saß Jane eine Stunde unter dem Baum. Sie beobachtete die bunten Raupen und blickte zu den grünen Schatten der anderen Eichen in diesem Hain hinüber. Hin und wieder dachte sie an die herannahende Armada und den jungen Nick an seinem Signalfeuer. Ab und zu kamen ihr Puckle und ihre eigene Familie in den Sinn. Wenn sie sich zum Gehen anschickte, wirkte sie – wenigstens von außen betrachtet – ganz ruhig.

Seine Mutter war verschwunden.

Als Albion an einem Spätnachmittag in der dritten Juliwoche nach Hause kam, erfuhr er, dass sie ausgeritten und schon seit Stunden nicht mehr gesehen worden war. Obwohl er deshalb ein schlechtes Gewissen hatte, hoffte er kurz, sie möge gestürzt oder an einem überhängenden Ast im Wald hängen geblieben sein und sich das Genick gebrochen haben. »Und sie hat nicht gesagt, wohin sie wollte?«, fragte er seine Frau.

»Kein Wort.«

»Warum hast du sie nicht aufgehalten?« Der Blick seiner Frau sagte ihm, wie albern diese Frage war. »Nein.« Er seufzte. »Das wäre wohl nicht gut möglich gewesen.«

Tot oder lebendig. Er würde losziehen und sie suchen müssen. Bis zum Einbruch der Dunkelheit blieb ihm noch genug Zeit. Allerdings fürchtete er sich vor dem, was diese Nacht ihm bringen mochte. Ein Stelldichein mit der spanischen Armee lag durchaus im Bereich des Möglichen. »Gott steh uns bei«, murmelte er.

Als Lady Albion den Rufusbaum erreichte, war sie sehr mit sich zufrieden. Sie fand, dass sie so etwas eigentlich schon früher hätte tun sollen.

Sie war einen ziemlich großen Bogen geritten. Nachdem sie bei Albions stillem Haus die Furt überquert hatte, schlug sie den Weg nach Brockenhurst ein, sah sich dort die kleine Kirche an und plauderte mit ein paar Dorfbewohnern. Die meisten der Leute waren ihr zwar noch nie begegnet, doch der Besuch der seltsamen Lady in Albions Haus hatte sich schon längst herumgesprochen. Und deshalb wusste man beim Anblick der merkwürdigen, in Schwarz gekleideten Gestalt sofort, mit wem man es zu tun hatte. Allerdings waren verschiedene Gerüchte über sie im Umlauf. Während der Landadel gut über die Familie Pitts und über Albions Schwierigkeiten im Bilde war, tappten die Dörfler mehr oder weniger im Dunkeln. Dreißig Jahre waren vergangen, seit Lady Albion im New Forest gelebt hatte, sodass sich nur wenige undeutlich an sie erinnerten. Man hatte gehört, dass sie fromm und eine Nonkonformistin war, doch das störte nicht weiter. Denn es hieß, sie sei außerdem noch wohlhabend, und das war auf keinen Fall zu verachten. Vielleicht würde sie sich ja als großzügig erweisen, wenn man sich bei ihr beliebt machte. Einige meinten, sie habe den Verstand verloren, und das eröffnete ebenfalls mannigfaltige Möglichkeiten. Deshalb zogen alle höflich die Mützen oder salutierten und versammelten sich hoffnungsfroh um sie.

Und sie konnte wirklich gut mit ihnen umgehen, schließlich war sie nicht umsonst eine Pitts. Ihre ungezwungene und doch aristokratische Art und ihre freundlichen Worte verfehlten ihre Wirkung nicht.

Lady Albion erklärte, sie habe die Kirche besichtigt und bedaure, dass diese auf Grund von Nachlässigkeit ein wenig heruntergekommen sei. Selbstverständlich unterstelle sie den Dörflern keinesfalls bösen Willen. Sofort sagten ihr einige lange Gesichter in der Menge, dass einige der Leute auf ihrer Seite standen. Doch sie schwieg dazu, und nachdem sie ihnen höflich einen guten Tag gewünscht hatte, ritt sie weiter in Richtung Lyndhurst. Die Dorfbewohner waren einhellig der Ansicht, dass Lady Albion nicht verrückt, sondern eine Dame mit hervorragenden Manieren war.

In Lyndhurst hatte sie einen Häusler angetroffen und ein ähnliches Gespräch mit ihm geführt. Danach hatte sie Minstead umrundet und war durch Brook geritten, wo sie das Ganze wiederholte.

Als sie sich nun dem Baum näherte, sah sie darunter ein Mädchen mit nachdenklicher Miene stehen. Die junge Frau machte einen verständigen Eindruck. Lady Albion hielt vor ihr an. »Guten Tag, mein Kind«, sagte sie freundlich. »Wie ich sehe, steht Ihr unter einem Baum, von dem es heißt, dass er Wunder vollbringt.«

Ja, erwiderte Jane höflich, so sei es. Und sie erzählte der fremden Dame von dem grünen Laub im Winter und der Rufuslegende.

»Vielleicht«, erwiderte Lady Albion, »handelt es sich um ein Zeichen Gottes.« Sie wies auf die anderen beiden Bäume. »Ist unser Herr nicht gemeinsam mit zwei Dieben gekreuzigt worden?«

»Und dann sprechen wir ja auch von der Heiligen Dreifaltigkeit, Mylady«, ergänzte das Mädchen.

»Da habt Ihr ganz Recht, mein Kind«, lobte Albions Mutter. »Ist das nicht der Beweis dessen, dass wir an die wahre Kirche glauben sollen?«

»Das kann sein, Mylady. Darüber habe ich noch gar nicht nachgedacht«, entgegnete Jane wahrheitsgemäß.

»Dann denkt jetzt darüber nach«, befahl Lady Albion streng. Ein wenig freundlicher fügte sie hinzu: »Seid Ihr ein frommes Kind unserer heiligen Kirche?«

Jane Furzey hatte noch nie von Albions Mutter gehört. Schließlich lag Brook sechzehn Kilometer von Albions Haus entfernt, und die Lady hatte den New Forest fast fünfzehn Jahre vor Janes Geburt verlassen. Also hatte sie keine Ahnung, wer diese beeindruckende Frau mit dem herrischen Auftreten sein mochte. Doch nun starrte sie sie an, als sei ihr plötzlich ein neuer Gedanke gekommen.

Jane hatte niemals die Königin gesehen. Jeden Sommer bereiste Königin Elisabeth einen Teil ihres Königreiches und hatte bereits die Grafschaft besucht, allerdings noch nie den New Forest. War es möglich, dass Ihre Majestät gekommen war, um die Verteidigungsanlagen an der Küste in Augenschein zu nehmen? Aber sie würde doch sicherlich nicht ohne Gefolge umherreiten. Jane erschien es zwar seltsam, aber vielleicht waren die Herren ja ganz in der Nähe und würden jeden Augenblick eintreffen. Die prächtige Kleidung der Lady, ihre stolze Art und ihre freundlichen Worte passten eindeutig zu den Beschreibungen der Königin, die Jane kannte. Und wenn sie es nicht selbst ist, dachte sie, ist es gewiss eine wichtige Persönlichkeit. »O ja, Mylady«, meinte sie deshalb und machte einen unbeholfenen Knicks. Sie war nicht sicher, was die majestätische Dame ihr sagen wollte, aber sie hatte nicht vor, ihr zu widersprechen.

Albions Mutter lächelte. In allen drei Ortschaften, in denen sie heute gewesen war, hatte sie bemerkt, dass viele der Bauern – vielleicht sogar die meisten – noch dem alten Glauben anhingen. Mit dieser Einschätzung hatte sie vollkommen Recht. Und nun bestätigte dieses kluge Mädchen ihre Vermutung.

Da fiel ihr noch etwas ein: »Es heißt, mein Kind, dass die Spanier kommen. Was wird dann geschehen?«

»Die Miliz wird sich ihnen entgegenstellen, Mylady. Mein Bruder«, fügte Jane eifrig hinzu, »und mein Verlobter« – bei diesem letzten Wort zögerte sie leicht – »gehören beide dazu.«

»Und sind sie auch fest im wahren Glauben?«

»O ja.«

»Und gewiss auch tapfere Männer«, fuhr die Lady freundlich fort. »Wer ist denn ihr Befehlshaber?«

»Ein edler Herr, Mylady.« Jane hoffte, dass das die richtige Anrede für die Königin war. »Sein Name ist Albion.«

»Albion?« Genau auf diese Antwort hatte sie gehofft. »Und werden sie ihm gehorsam folgen?«

»Aber natürlich, Mylady.«

»Dann lasst mich Euch etwas fragen, mein Kind: Falls sich herausstellt, dass die Spanier an unserer Küste in Wahrheit nicht unsere Feinde, sondern unsere Freunde sind, was wird Euer Bruder dann tun?«

Jane sah sie verdattert an. Ihr fehlten die Worte.

»Wenn sein guter Befehlshaber Albion ihm Anweisung dazu erteilt?«

Janes Miene erhellte sich. »Er wird treu gehorchen. Das verspreche ich Euch, Mylady, und alles tun, was Albion von ihm verlangt.«

»Gut gesprochen, mein Kind!«, rief die Lady aus. »Ich sehe, Ihr seid England treu ergeben.« Und mit einem Winken, das einer Königin alle Ehre gemacht hätte, ritt sie in Richtung Brockenhurst davon.

Als sie nördlich des Dorfes ihrem unglücklichen Sohn begegnete, begrüßte sie ihn mit freundlichen Worten, die sein Unbehagen noch steigerten: »Ich habe mit den braven Leuten des New Forest geredet, Clement. Alles wird gut. Du bist beliebt, und man vertraut dir, mein Sohn.« Sie strahlte ihn beifällig an. »Du brauchst nur zu befehlen, dann werden sie sich erheben.«

Zwei Tage vergingen. Das Wetter im New Forest blieb schön. Es hieß, die Spanier hätten schon Segel gesetzt, doch niemand wusste, wo sie sich befanden. Die englische Flotte lag in Plymouth im Westen. Die Signalfeuer waren bereit, doch keine Nachricht traf ein. Der junge Nick Pride oben in Malwood war in heller Aufregung. Jane besuchte ihn jeden Abend, und heute hatte sie versprochen, länger zu bleiben, um ihm bei der Nachtwache Gesellschaft zu leisten. »Aber ich könnte einschlafen, Nick«, warnte sie ihn.

»Das macht nichts.« Er lächelte selbstbewusst. »Ich werde wach bleiben.«

Als es dämmerte, erzählte sie deshalb ihren Eltern, sie werde die Nacht bei Nick in Malwood verbringen, und schlug von Brook aus den üblichen Weg vorbei am Rufusbaum ein. Die Schatten wurden schon länger, als sie die alte Eiche erreichte. Sie ging weiter und hatte eigentlich nicht vor stehen zu bleiben, als sie plötzlich bemerkte, dass sie nicht allein war. Unter den nahe gelegenen Bäumen stand ein kleiner Wagen. Und darin saß Puckle.

Jane zuckte zusammen. Er beobachtete sie stumm. Sie fragte sich, ob er wohl schon lange dort war und ob er auf jemanden wartete. Offenbar schien er damit zu rechnen, dass sie näher kam. Und genau das tat sie nun auch, obwohl ihr das Herz bis zum Halse klopfte.

»Was bringt Euch hierher?«, fragte sie lächelnd.

Als sie ihn erreicht hatte, hob er langsam den Blick. Seine Augen waren sehr klar, groß und hell und sahen sie unverwandt an. »Ihr.«

Jane spürte, wie ihr die Röte ins Gesicht stieg. Sie erinnerte sich, dass sie ihm einmal gesagt hatte, sie nehme stets diesen Weg nach Malwood. Also hatte er sie sehen wollen. Sie bemühte sich, die Ruhe zu bewahren. »Und was kann ich für Euch tun?«

Er musterte sie weiter ruhig. »Ihr könntet zuerst einmal in den Wagen steigen.«

Der Atem stockte ihr, und ein kleiner Schauder durchfuhr ihren Körper. »Oh?« Sie zwang sich zu einem Lächeln. »Und wohin fahren wir?«

»Nach Hause.«

Zum Haus ihrer Eltern? Stirnrunzelnd sah sie ihn an und blickte dann zu Boden. Er meinte sein Haus, die Hütte in Burley mit dem geschnitzten Bett. Dass er es wagte, ihr einen solchen Vorschlag zu machen, war fast anstößig. Sie wich seinem Blick aus. Seinem Verhalten nach zu urteilen, kam es für ihn offenbar nicht in Frage, dass sie ablehnen könnte. Er war gekommen, um sie zu holen, ganz einfach so, ohne sich um Sitte und Moral zu scheren. Eigentlich hätte sie kehrtmachen und davongehen müssen. Aber wider alle Vernunft empfand sie nur eine unglaubliche Erleichterung, die sie sich jedoch nicht anmerken ließ.

Jedes anständige Mädchen hätte ihn stehen gelassen, doch Jane war wie gelähmt.

»Ich muss mit Nick Nachtwache am Signalfeuer halten«, brachte sie schließlich heraus.

»Verlasst ihn.« Seine Stimme war so ruhig wie die Dämmerung.

Sie schüttelte den Kopf und hielt stirnrunzelnd inne. »Ich muss ihm Bescheid geben.«

»Ich werden solange warten.«

Sie wandte sich um und lief in Richtung Malwood. Scharlachrotes Licht fing sich im Laub der Bäume. Einmal blickte sie sich zur Rufuseiche um, die in einen orangefarbenen Lichtschein getaucht war. Puckle hatte sich nicht von der Stelle gerührt. Sie marschierte weiter.

Was sollte sie jetzt tun? Sie wusste es nicht. Oder vielleicht doch? Nein, schalt sie sich, sie war völlig ratlos. Sie musste mit Nick Pride sprechen und ihn ansehen.

Bald hatte sie die alte Befestigungsanlage erreicht. Als sie eintrat, malte der feurige Sonnenuntergang über dem New Forest einen leuchtenden Halbmond auf die dunkelgrünen Wälle.

Nick, der bei der Hütte stand, kam aufgeregt auf sie zu. »Es ist Zeit hinaufzusteigen. Du kommst zu spät.«

Wie jung er wirkte. Wie reizend. Jane wurde von Zuneigung ergriffen. Aber er war eigentlich noch kein Mann.

Sie folgte ihm auf den Wall neben dem Signalfeuer. Währenddessen erzählte er ihr rasch vom vergangenen Tag und davon, dass einer seiner Männer fast seine Wache verpasst hätte. Er klang so stolz, und Jane freute sich für ihn.

Nach einer Weile sagte sie: »Ich muss kurz noch einmal zurück nach Brook, Nick. Aber ich versuche, später wiederzukommen.«

»Oh.« Er runzelte die Stirn. »Stimmt etwas nicht?«

»Ich habe noch ein paar Dinge zu erledigen. Es dauert sicher nicht lang.«

»Aber du kannst nach Dunkelwerden nicht allein durch den Wald gehen.«

»Doch, das geht schon, wenn ich es zeitlich schaffe. Ich kenne den Weg.«

»Heute Nacht scheint der Mond«, meinte er. »Also wirst du dich schon nicht verirren.«

»Also vielleicht bis später.« Warum empfand sie bei dieser Lüge eine solche Freude und Aufregung? Noch nie hatte sie so etwas getan, und es passte gar nicht zu ihr, einen anderen Menschen zu täuschen. Gleichzeitig fühlte sie sich, als würde sie schweben. Nachdem sie sich mit einem Kuss verabschiedet hatte, kehrte sie zum Rufusbaum zurück.

Dennoch zitterte sie, als sie in den Wagen stieg. Wortlos nahm Puckle die Zügel, stupste das Pony mit der Peitsche an, und sie fuhren los. Was tat sie da? Hatte sie etwa vor, Nick mit Puckle zu betrügen? Bedeutete das, dass sie sich von ihrer Familie und ihrem früheren Leben lossagte, um Puckles Frau zu werden? Sie wusste es nicht.

Als der Wagen die offene Heide erreichte, stand vor ihnen tiefrot die untergehende Sonne. Die Strahlen beleuchteten Puckles Gesicht, sodass es seltsam gelblich, ja, fast dämonisch wirkte, während sie weiter gen Westen fuhren. Bei diesem Anblick lachte Jane leise auf. Und als die Sonne sank und es auf der Heide dunkel wurde, lehnte sie sich zu ihm hinüber, und er legte zum ersten Mal tröstend den Arm um sie. Vor ihnen lag ein verbotenes Geheimnis.

Bei ihrer Ankunft stand die Hütte still im bleichen Mondlicht. Die Kinder waren nicht da. Vermutlich hatte er sie für diese Nacht bei irgendwelchen Verwandten untergebracht. Im Haus zündete er mit der Glut aus dem Herd eine Kerze an, brachte sie nach oben und stellte sie auf die Truhe, sodass das seltsame Eichenbett in ihrem Licht vertraut und anheimelnd wirkte. Die Überdecke war zurückgeschlagen.

Nachdem er das Hemd ausgezogen hatte, legte Jane die Hände auf sein dichtes, dunkles Brusthaar und betastete es staunend. Sein Gesicht mit dem kurzen Spitzbart sah im Kerzenlicht plötzlich dreieckig aus wie das eines Waldtiers. Sie war nicht sicher, was sie nun tun sollte, doch er hob sie sanft hoch und legte sie aufs Bett. Als sie seine kräftigen Arme um sich spürte, schwindelte ihr. Und als er sich zu ihr legte, bemerkte sie, dass er so hart und kräftig war wie das Eichenbett selbst. Lange Zeit streichelte und liebkoste er sie, bis sie sich fühlte, als habe sie sich auf wundersame Weise in eines der so kunstvoll geschnitzten Geschöpfe verwandelt, die sich um die Bettpfosten schlängelten. Obwohl sie einmal vor Schmerz aufschrie, konnte sie sich später kaum daran erinnern, wann das gewesen war, in jener Nacht, in der sie ein Zauber mit dem Wald vereint hatte.

Während sie schlief, bemerkte sie nicht, dass kurz vor Morgengrauen die Signalfeuer an der Küste angezündet worden waren. Sie verkündeten, dass man die Armada gesichtet hatte.

Don Diego gähnte und biss sich auf die Fingerknöchel. Er durfte nicht einschlafen, sondern musste seine Pflicht erfüllen. Es ging um seine Ehre.

Aber er war so unbeschreiblich müde. Seit der Einfahrt der spanischen Armada in den Ärmelkanal und dem Anzünden der Signalfeuer waren sechs Tage vergangen. Sechs anstrengende Tage, die Don Diego das Äußerste abverlangt hatten. Und dennoch hatte er Glück gehabt. Denn seine – wenn auch entfernte – Verwandtschaft mit dem Herzog von Medina Sidonia, der nun die gesamte Armada befehligte, hatte ihm einen Platz auf dem Flaggschiff gesichert. Und von diesem ausgezeichneten Beobachtungsposten hatte er alles gut im Blick.

In den ersten Tagen hatte die Lage sehr viel versprechend ausgesehen. Als sie die südwestliche Spitze des Inselkönigreichs umfahren hatten, war ein vorwitziges englisches Fischerboot aufgetaucht, hatte die gesamte Flotte umrundet und die spanischen Schiffe gezählt, um dann wieder zu verschwinden. Eines der spanischen Schiffe hatte sich vergeblich an die Verfolgung gemacht, doch der Herzog hatte nur gelächelt. »Soll es losfahren und den

Engländern berichten, wie stark wir sind, meine Herren«, verkündete er. »Je mehr Angst sie haben, desto besser.«

Als sie am nächsten Tag langsam nach Plymouth segelten, erfuhren sie, dass der Wind die englische Flotte im Hafen von Plymouth fest hielt. Auf dem Flaggschiff wurde Kriegsrat einberufen, und bald wusste Don Diego, was dort besprochen worden war.

»Zerschlagt sie. Nehmt den Hafen ein und benützt ihn als Stützpunkt«, drängten die kühneren Kapitäne. Und Don Diego erschien dieser Rat sehr weise.

Allerdings vertrat sein adeliger Verwandter eine andere Auffassung. »König Philipps Befehle sind eindeutig«, widersprach er. »Wir gehen keine unnötigen Risiken ein, solange es sich vermeiden lässt.« Und so war die mächtige Armada gemächlich weitergesegelt.

In jener Nacht jedoch waren die englischen Schiffe aus dem Hafen von Plymouth gerudert und hatten sich richtig zum Wind gestellt. Und nun waren sie der spanischen Flotte auf den Fersen wie ein Rudel Bluthunde.

Die Engländer griffen fast ununterbrochen an. Die spanischen Galeonen mit ihren hohen Brücken am Vorder- und Achterdeck und ihren vielen Soldaten würden den Kampf sicher gewinnen, wenn die Engländer sich zu nah heranwagten. Deshalb umkreisten die Engländer sie, schlugen Haken und deckten die Feinde mit Salven von Kanonenfeuer ein. Die Spanier zahlten es ihnen mit gleicher Münze heim. »Sie scheinen viel öfter zu feuern«, meinte Don Diego zum Kapitän.

»Das ist richtig. Unsere Mannschaften sind gewöhnt, nur ein- oder zweimal zu schießen, dann beizudrehen und Mann gegen Mann zu kämpfen. Die englischen Schiffe hingegen sind als Kanonenstützpunkte gebaut. Deshalb schießen sie immer weiter. Und sie haben die schwereren Kanonen«, fügte er bedrückt hinzu.

Doch am meisten fiel Don Diego die unterschiedliche Geschwindigkeit der englischen und spanischen Schiffe auf. Fälschlicherweise hatte er angenommen, dass die englischen Schiffe kleiner sein würden – doch einige davon übertrafen die spanischen Galeonen sogar an Größe. Allerdings waren ihre Maste anders angeordnet, und man hatte auf die hinderlichen Brücken verzichtet. Sie waren nicht fürs Entern und Kämpfen gebaut; ihr

Ziel war überlegene Geschwindigkeit. Während eine traditionelle Seeschlacht im Mittelalter eigentlich nur eine Fortsetzung des Bodenkrieges mit anderen Mitteln gewesen war, verließ sich die englische Marine fast ausschließlich auf ihre Artillerie. Wenn die Spanier versuchten, sie einzuholen und zu entern, was einige Male geschah, segelten die Engländer einfach davon.

Der Herzog von Medina Sidonia hatte es ihnen nicht leicht gemacht. Die Armada war in Formation in den Ärmelkanal eingefahren – ein gewaltiger Halbmond von mehr als zehn Kilometern Durchmesser, die Ränder geschützt von den Schiffen, die über die schwerste Bewaffnung verfügten. Die verwundbaren Transportschiffe befanden sich in der Mitte. So konnten die Engländer, die von hinten angriffen, so manchen Erfolg verbuchen. Am Sonntag, drei Tage zuvor, hatten sie einigen Nachzüglern schwere Schäden zugefügt, und am nächsten Tag eroberten sie ein paar davon. Der Kommandant einer Galeone, Don Pedro de Valdez, deren Takelage beim Zusammenstoß mit einem anderen Schiff beschädigt worden war, ergab sich kampflos Sir Francis Drake. Danach jedoch befahl der Herzog den Schiffen an den Flanken zurückzubleiben. So segelte die gewaltige Flotte wie eine schwimmende Festung den Ärmelkanal hinauf.

In dieser neuen Formation war die Armada fast nicht aufzubrechen. Die Spanier konnten die Engländer zwar nicht einholen, doch diese scheiterten bei dem wiederholten Versuch, Lücken in die Reihen der Feinde zu schlagen.

»Vorsicht«, hatte man die spanischen Kapitäne gewarnt. »Die englischen Kanoniere zielen auf die Wasserlinie.« Und am Dienstag hatten die Engländer vor der südlichen Landzunge von Portland aus die Spanier aus vollen Rohren beschossen. Trotz der vielen Gefallenen gab es nur bemerkenswert geringe Sachschäden, was zum Teil daran lag, dass die Engländer sich nicht nah genug an den Feind heranwagten. Ein weiterer Grund, den die Untertanen des Inselkönigreiches nie erfahren sollten, lag auf der Hand, und Don Diego sprach ihn gegenüber seinen Mitstreitern wie folgt an: »Ein Glück, dass diese Engländer keine allzu guten Schützen sind.«

Allerdings war die Armada nicht völlig unbesiegbar. Und ein kleiner Erfolg der englischen Kanoniere gab Don Diego nun die Möglichkeit, zu Ruhm und Ehre zu gelangen.

Als Albions Mutter ihrem Sohn erzählte, sein Schwager sei ein bedeutender Kapitän bei der spanischen Marine, hatte sie wie fast immer übertrieben. Catherine hatte ihrer Mutter nur geschrieben, ihr Gatte Don Diego hoffe auf ein Kommando. Doch bei der gottesfürchtigen Lady Albion liefen Hoffnung und Wahrheit auf dasselbe hinaus.

In Wahrheit war Don Diegos Werdegang mehr oder weniger bescheiden. Er hatte gute Manieren, und er liebte seine Frau, seine Kinder und seine Güter. Und wie jeder wahre Edelmann sehnte er sich danach, sich in der Schlacht zu beweisen, obwohl die Freude am beschaulichen Familienleben ihn bislang daran gehindert hatte, dieses Ziel weiter zu verfolgen. Inzwischen war er mittleren Alters und wusste, dass sich ihm nie mehr im Leben eine solche Gelegenheit bieten würde. Also betrachtete er den Angriff auf England als eine einmalige Chance. Seiner wenn auch entfernten Verwandtschaft mit dem Herzog von Medina Sidonia hatte er den Posten auf dem Flaggschiff zu verdanken. Und nun riskierte dieser brave Familienvater, der eine gute Partie gemacht hatte und von seinen Kindern geliebt wurde, Kopf und Kragen, um endlich ein Kriegsheld zu werden und bloß nicht am heimischen Herd zu versauern.

Allerdings unterschied sich seine Rolle in dieser gewaltigen Unternehmung nicht von jener der übrigen Herren, die die Armada begleiteten. Auf jedem der Schiffe befanden sich wohlhabende Aristokraten, verarmte Adelige, Prinzen aus sämtlichen europäischen Königshäusern und uneheliche Söhne italienischer Herzöge, alle auf der Suche nach Anerkennung und Beute. Sogar ein leiblicher Sohn des frommen Königs von Spanien höchstselbst war darunter. Einige von ihnen waren erfahrene Kämpfer, andere wollten nur zusehen, und wieder andere wie Don Diego waren sich über ihre Beweggründe selbst nicht im Klaren. Schließlich handelte es sich um einen Kreuzzug. Doch heute Nacht war Don Diegos Stunde endlich gekommen.

Es lag in der Natur der Formation der Armada, dass die gewaltige Flotte nicht schneller vorankam als ihr langsamstes Schiff. Wenn eines der Schiffe getroffen wurde, mussten alle anderen ebenfalls anhalten, und sie segelten ohnehin schon recht gemächlich dahin. Deshalb wurden havarierte Schiffe mitleidlos zurückgelassen.

Das beschädigte Schiff war ein unbeholfener Koloss, das nur über wenige Kanonen verfügte und dem Transport von Truppen,

Munition und Vorräten diente. Während des gestrigen Beschusses durch die Engländer war ein Mast getroffen und der Rumpf leckgeschlagen worden. Außerdem war der Kapitän ums Leben gekommen. Den ganzen Tag über hatte sich das Schiff mit der Flotte mitgeschleppt, doch am Abend wurde klar, dass es der Belastung nicht länger standhalten konnte. Der Herzog, der bereits überlegt hatte, welche Aufgabe er seinem unbedarften Verwandten übertragen konnte, ließ ihn zu sich rufen und bat ihn, sich um das Schiff zu kümmern.

Nun arbeitete Don Diego schon seit Stunden. Er hatte sich große Mühe gegeben und war wohl überlegt zu Werke gegangen. Zuerst hatte er die Soldaten auf andere Schiffe verteilt. Dann hatte er sich mit der wichtigen Munition befasst. Anders als die Engländer verfügten die spanischen Schiffe nicht über Nachschub. Alles Nötige musste mitgeführt werden. Und da sie jetzt bereits seit vier Tagen das englische Feuer erwiderten, ging einigen Schiffen allmählich das Pulver aus. Don Diego hatte alle verfügbaren kleineren Boote versammelt und mit Hilfe der Besatzung Fass um Fass abgeladen und auf die anderen Schiffe bringen lassen. Anschließend war er mit den Kanonenkugeln genauso verfahren, eine mühsame Plackerei, bei der ein halbes Dutzend Kugeln ins Wasser gefallen war. Eine hätte sogar fast den Boden eines Bootes durchschlagen. Bei Dämmerung schufteten sie immer noch, und die Mannschaft begann zu murren. Doch Don Diego gönnte ihnen keine Pause, und so war gegen elf Uhr alles erledigt.

Seit dem frühen Morgen war Don Diego nun auf den Beinen, ohne einen Mittagsschlaf gehalten zu haben, und ihm fielen vor Müdigkeit fast die Augen zu. Und obwohl sie das Schiff nun schon seit Stunden entluden, wurde es langsamer und langsamer. Der Herzog schickte eine Nachricht, in der er Diego für seine gute Arbeit dankte. Aber nun müsse man das Schiff zurücklassen. Die Mannschaft machte sich bereit, von Bord zu gehen.

Doch Don Diego zögerte. Er hatte noch etwas vor.

Denn bei der Überprüfung des Frachtraums war ihm etwas aufgefallen. Obwohl Pulver und Kugeln sämtlich von Bord geschafft waren, befanden sich dort noch einige andere Dinge. Er hörte, wie das Wasser gegen den Rumpf schlug, während das Schiff immer tiefer sank. Don Diego leuchtete mit der Laterne das Wasser ab und spähte hinunter, um festzustellen, wie weit das Schiff bereits voll gelaufen war. Und da sah er es, ein schwaches, silbriges Funkeln, und es fiel ihm wie Schuppen von den Augen.

Der gesamte Boden des Schiffes war mit Silberbarren ausgelegt, es waren Tausende, die ihm geheimnisvoll im Licht der Laterne aus dem Wasser entgegenleuchteten.

Natürlich hatte dieser Schatz für die Armada nur einen geringen Wert, denn die Flotte führte gewaltige Mengen von Gold und Silber mit sich. Unter den gegebenen Umständen waren Pulver und Kugeln um einiges wichtiger. Doch wenn man das Schiff einfach sich selbst überließ, würde das Silber in die Hände der Engländer fallen, und diese Vorstellung gefiel Don Diego gar nicht. Es ist mein Auftrag, dachte er, und ich werde ihn zu Ende bringen.

Die Lösung war ganz einfach. Er schickte die Hälfte der Besatzung von Bord. Der Rest genügte, um die Arbeiten zu erledigen. Außerdem befahl er, auf jeder Seite des Schiffes eine Pinasse bereitzuhalten.

»Wir werden dieses Schiff zurückfallen lassen«, sagte er den Männern. »Aber wir müssen Acht geben, dass es dabei nicht zu einem Zusammenstoß kommt. Und dann versenken wir es.«

Die Männer sahen ihn mürrisch an. Sie mussten diesem Adeligen gehorchen, der von der Seefahrt keine Ahnung hatte und der ihnen einfach vor die Nase gesetzt worden war. Aber sie taten es nur widerwillig.

»Und was machen wir dann?«, fragte einer der Männer ein wenig trotzig.

»Wir steigen in die Pinassen«, erwiderte Don Diego. »Wenn ihr kräftig rudert, holen wir die anderen zweifellos ein«, fügte er kühl hinzu.

Die Nacht war dunkel, da Wolken den Mond verdeckten. Zentimeter um Zentimeter fiel das Schiff langsam hinter die Flotte zurück. Rechts und links ragten riesige, beleuchtete Schiffsrümpfe auf. Don Diego schätzte, dass es etwa eine halbe Stunde dauern würde, bis alle sie passiert hatten.

Er ging zur großen Kapitänskajüte am Heck, wo er sich in einem Sessel niederließ. Trotz seiner Müdigkeit war er sehr mit sich zufrieden. Es war fast vollbracht. Er war zwar erschöpft, aber ein Lächeln spielte um seine Lippen. Kurz wurde er von

Schläfrigkeit ergriffen, doch er schüttelte den Kopf, um sie zu verscheuchen. Er beschloss, bald wieder an Deck zu gehen.

Don Diego sank das Kinn auf die Brust.

Albion knirschte mit den Zähnen. Obwohl es mitten in der Nacht war, wollte seine Mutter einfach nicht zu Bett gehen.

Der eichengetäfelte Salon war hell erleuchtet. Erst vor einer Stunde hatte sie frische Kerzen bringen lassen. Und nun erging sie sich wohl schon zum vierten Mal – er hatte das Zählen bereits vor einer Weile aufgegeben – in einer leidenschaftlichen Tirade.

»Nun ist die Zeit gekommen, Clement. Es ist so weit. Sattle dein Pferd. Das Wild ist los. Versammle deine Männer.«

»Es ist mitten in der Nacht, Mutter.«

»Geh hinauf nach Malwood!«, rief sie aus. »Zünde das Signalfeuer an. Alarmiere die Bürgerwehr.«

»Ich bitte dich doch nur darum, Mutter«, sagte er geduldig, »dass wir bis zum Morgengrauen warten. Dann wissen wir mehr.«

»Wissen? Was sollen wir wissen?« Ihre Stimmgewalt hätte einem Prediger alle Ehre gemacht. »Haben wir es nicht selbst gesehen, Clement? Haben wir sie nicht mit eigenen Augen kommen sehen?«

»Mag sein«, erwiderte er ausdruckslos.

»Oh!« Verzweifelt rang sie die Hände. »Du bist schwach. Schwach. Ihr alle. Wenn ich doch nur ein Mann wäre.«

Als Mann hätte man dich schon längst eingesperrt, dachte Albion.

Die Armada war am späten Nachmittag gesichtet worden. Albion und seine Mutter hatten sich mit anderen adeligen Herren und Damen oben auf dem Hügel bei Lymington eingefunden, von wo aus man einen ausgezeichneten Blick über die Pennington Marshes und den Ärmelkanal hatte. Sobald die Schiffe in der Ferne erschienen waren, war seine Mutter in Begeisterung verfallen. Albion hatte ihr Pferd am Zügel packen und es beiseite führen müssen. »Nimm dich zusammen, Mutter«, hatte er eindringlich geflüstert. »Wenn du jetzt den Spaniern zujubelst, verdirbst du alles.«

»Zusammennehmen. Ja. Ha, ha!«, hatte sie gerufen. Und dann hatte sie gezischt, und zwar so laut, dass man es sicher bis Hurst Castle hören konnte: »Du hast Recht. Wir müssen schlau sein.

Wir werden sie überlisten. Gott schütze die Königin!«, schrie sie plötzlich, sodass die Herren und Damen sich erstaunt umdrehten. »Diese Ketzerin«, fügte sie leise, aber in bösem Ton, hinzu.

Drei Stunden lang hatten sie angespannt zugesehen, wie die Armada nach Osten vorrückte. Da der Wind sich gelegt hatte, machte sie immer weniger Fahrt. Die englische Flotte, in ordentliche Schwadronen aufgeteilt, war dicht hinter ihr zu erkennen. Kurz darauf konnte man beobachten, wie einige kleine, schnelle Schiffe sich aus der Formation lösten und rasch auf die Einfahrt des Solent zuhielten. In weniger als einer Stunde hatten zwei von ihnen die Stelle passiert und vor Hurst Castle Anker geworfen, während die anderen auf Southampton zuhielten. Bald sah man die Besatzung von Hurst Castle in mit Pulver und Kugeln beladenen Leichtern zu ihnen hinausfahren. Nachdem die beiden Schiffe alle Munition, die man entbehren konnte, an Bord genommen hatten, eilten sie wieder auf die Flotte zu. Von dort aus waren hin und wieder kleine Rauchwolken und Flammen zu sehen, nach einer Weile gefolgt von einem leisen Grollen, das an ein entferntes Gewitter erinnerte.

Bis jetzt machte es nicht den Anschein, als hielte die spanische Armada auf die englische Küste zu. Wie winzige, gezackte Scherenschnitte zeichneten sich die Umrisse der Schiffe vom Horizont ab. Auf der Insel Wight hatte die Garnison das zweite und dritte Signalfeuer noch nicht angezündet. Doch auch als es dunkel wurde und in der Ferne nur noch gelegentliche Lichtblitze zu sehen waren, rückte Albions Mutter nicht von ihrer Meinung ab: »Sie werden kehrtmachen und sich im Schutze der Dunkelheit nähern, Clement«, versicherte sie ihm im Brustton der Überzeugung. »Morgen früh sind sie im Solent.« Und das wiederholte sie seitdem unablässig.

Albion warf seiner Frau einen verschwörerischen Blick zu. Sie trug schon ihr Nachtgewand und hatte sich bettfertig gemacht. Das helle Haar, das nur einige silberne Strähnen aufwies, hing ihr offen über die Schultern. In ein Umhängetuch gewickelt, saß sie schweigend in einer Ecke. Albion wusste genau, was in ihr vorging. Sie wartete ab. Wenn es ihm gelang, seine Mutter zu bändigen, war alles schön und gut. Anderenfalls, so hatte sie ihn gewarnt, hätten die Dienstboten ihre Befehle. Und selbst er würde dann nicht wagen, einzuschreiten.

»Wir verlieren unser Erbe«, protestierte er.

»Aber wir bleiben am Leben. Wenn sie uns zwingen will, an einem Hochverrat mitzuwirken, werden wir sie einsperren.«

Albion konnte ihr daraus keinen Vorwurf machen. Wahrscheinlich hatte sie Recht, doch der Gedanke, auf ein so großes Vermögen verzichten zu müssen, schmeckte ihm gar nicht. Und deshalb versuchte er immer noch – seinen Kindern zuliebe, wie er sich sagte –, mit seiner Mutter zu rechten und dadurch Zeit zu gewinnen. »Ich habe einen Diener nach Malwood geschickt, Mutter«, teilte er ihr nun schon zum dritten Mal mit. »Wenn die Signalfeuer angezündet werden und die Spanier kommen, wird man es mir melden.«

»Ach, die Signalfeuer«, wiederholte sie verächtlich.

»Sie erfüllen ihren Zweck ausgezeichnet, Mutter«, entgegnete er mit Nachdruck. »Was erwartest du von mir? Dass ich mit meinen Männern zur Küste marschiere, um die Kanonen von Hurst Castle zum Schweigen zu bringen?« Er bereute diesen Satz, bevor er ihn beendet hatte.

Ihre Miene erhellte sich. »Ja, Clement. Ja. Das musst du tun, ich flehe dich an. Halte dich wenigstens bereit, rasch zuzuschlagen. Warum zögerst du? Geh gleich los.«

Nachdenklich blickte Albion in die brennenden Kerzen. Würde sie endlich Ruhe geben, wenn er sich auf den Weg machte? Gleichzeitig jedoch fiel ihm etwas anderes ein. Er war ziemlich sicher, dass die Armada nicht den westlichen Solent ansteuerte. Dazu war sie noch viel zu weit vom Ufer entfernt. Doch was war, wenn sie, vorbei an der Insel Wight, nach Portsmouth segelte? Oder auf einen anderen beliebigen Hafen an der Südküste zuhielt? Man durfte Parma nicht vergessen. Was war mit seiner großen Armee in den Niederlanden? Womöglich landete sie jetzt in diesem Augenblick an der Themse. Auch wenn seine Mutter gefährlich oder übergeschnappt war, musste sie sich nicht zwangsläufig irren. Das genau war die Frage, die er nie mit seiner Frau besprochen hatte: Wenn die Spanier landeten, konnten sie gewinnen. Und wenn sie gewannen, warum sollte er dann nicht auf ihrer Seite stehen? In jener Nacht war er gewiss nicht der einzige Engländer, der sich mit solchen Gedanken trug.

Und sicher, so überlegte er, war es nicht eben klug von ihm, sich seine Mutter zur Feindin zu machen.

»Nun, Mutter, vielleicht hast du ja Recht.« Er wandte sich an seine Frau. »Du und Mutter, ihr bleibt hier und sagt niemandem, dass ich fort bin. Ich kenne einige aufrechte Männer, denen ich vertrauen kann.« Diese Behauptung war natürlich eine reine Erfindung. »Ich werde sie nun zusammenrufen und mit ihnen zur Küste marschieren. Wenn die Spanier Anstalten machen zu landen...«

In Wahrheit hatte er nicht die geringste Ahnung, wie er sich in einem solchen Fall verhalten sollte, doch seine Mutter strahlte übers ganze Gesicht.

»Gott sei gedankt, Clement. Endlich. Der Allmächtige wird dich belohnen.«

Kurz darauf verließ Albion das Haus und ritt durch den Wald nach Lymington im Süden. Wenn er schon die ganze Nacht über fortbleiben musste, konnte er sie genauso gut unten am Strand verbringen. So würde er wenigstens rechtzeitig zur Stelle sein, falls sich etwas Wichtiges ereignete.

Seine Frau und seine Mutter blieben schweigend im Salon sitzen. Einige der Kerzen waren schon heruntergebrannt, und der Raum war in ein heimeliges Dämmerlicht getaucht.

Nach einer Weile gähnte Lady Albion. »Ich glaube, ich ruhe mich eine Weile aus«, sagte sie. »Weckst du mich, sobald es Neuigkeiten gibt?«

»Selbstverständlich.«

Lady Albion küsste ihre Schwiegertochter auf die Stirn und gähnte wieder. »Also gut«, meinte sie, nahm eine Kerze und verließ das Zimmer. Kurz darauf hörte Albions Frau, wie sie ihre Kammer betrat. Dann herrschte Schweigen. Nachdem sie eine Weile gewartet hatte, löschte sie alle Kerzen bis auf eine, begab sich rasch zu Bett und legte sich hin. Wenn es nach ihr gegangen wäre, hätte ihre Schwiegermutter bis zum Tag des Jüngsten Gerichts schlafen können.

Sie selbst schlummerte tief und fest, als Lady Albion sich eine halbe Stunde später lautlos aus dem Haus stahl.

Don Diego erwachte in völliger Finsternis. Er sah sich verwirrt um, wusste nicht, wo er sich befand. Er betastete die Armlehnen des Sessels, erkannte die große Kajüte und erinnerte sich wieder. Erschrocken sprang er auf. Wie lange hatte er geschlafen? Er taumelte an Deck und rief nach seinen Männern.

Keine Antwort. Als er an die Reling stürzte und nach der Pinasse Ausschau hielt, war diese verschwunden. Er lief zur anderen Seite. Auch hier keine Pinasse. Er war allein. Don Diego blickte in die Dunkelheit. Nur wenige Sterne lugten zwischen den Wolken hervor, doch er konnte die Umgebung recht gut erkennen. Es waren keine Schiffe in Sicht. Er runzelte die Stirn. Wenn wirklich so viel Zeit vergangen war, hätte das Schiff doch längst gesunken sein müssen. Was war geschehen?

Hätte er die Seeleute besser gekannt, so hätte er auch die Antwort gewusst. Da die Männer keine Zeit verlieren wollten, hatten sie nur einen nachlässigen Versuch unternommen, das Schiff zu versenken. Dann waren sie mit den Pinassen zu verschiedenen Schiffen gerudert, und jeder hatte behauptet, Don Diego sei wohl mit dem anderen Boot mitgefahren. Das Schiff selbst schwamm zwar langsam weiter, doch da die Matrosen daran gedacht hatten, das Ruder einzustellen, hatte es sich nach Backbord gedreht. Die Engländer, die es aus der Ferne sahen, hielten es in der Dunkelheit für eines ihrer Schiffe. Nun trudelte das Schiff schon seit einigen Stunden langsam mit Kurs auf Nordost.

Als Don Diego geradeaus spähte, bemerkte er etwa drei Kilometer vor ihm in der Finsternis eine verschwommene, weiße Masse. Zuerst hielt er es für eine Wolke, doch nach einer Weile wurde ihm klar, dass dahinter eine dunkle Silhouette aufragte. Es waren weiße Klippen, die er nun deutlich erkennen konnte. Er blickte nach Backbord. Ja, vor seinen Augen erstreckte sich eine flache, dunkle Küste. Nun wusste er, wo er sich befand. Bei dem dunklen Umriss handelte es sich bestimmt um die Südküste von England. Und die weißen Klippen gehörten zur Insel Wight.

Er trieb auf das westliche Ende des Solent zu. Eine Weile starrte er erschrocken geradeaus. Doch sein Verstand arbeitete fieberhaft. Und dann nickte er langsam mit dem Kopf.

Er lachte laut auf.

Denn nun war ihm klar, welche Gelegenheit die göttliche Vorsehung ihm bot. Nie hätte er von einer solchen Chance auch nur zu träumen gewagt. Gott tat wirklich Wunder.

Er freute sich immer noch über sein großes Glück, als das Schiff auf eine Sandbank lief und mit einem Ruck stecken blieb.

Nick Pride hörte das Pferd sofort, doch er wandte den Blick nicht von dem Signalfeuer in der Ferne ab. Da draußen in der Dunkelheit leuchtete immer noch nur ein Lichtpunkt.

Nick stand allein auf dem Wall. Der Mann, der ihn ablösen

würde, schlief in der Hütte. Seit Einbruch der Dämmerung, als Jane sich entfernt hatte, war er allein. Diese Nacht war besonders wichtig. Wenn die Spanier auf die Küste zusteuerten, würden gewiss alle drei Leuchtfeuer auf der Insel Wight angezündet werden. Seit Anbruch der Dunkelheit hatte er das Signal daher nicht mehr aus den Augen gelassen. Aber er hatte nicht verhindern können, dass seine Gedanken abgeschweift waren.

Was war bloß mit Jane los? An drei aufeinander folgenden Tagen hatte sie ihm jeweils nur kurz Gesellschaft geleistet, niemals länger an seiner Seite bleiben wollen. Und jedes Mal hatte sie sich seltsam verhalten. Einmal schien sie geistesabwesend und ausweichend, dann wieder hatte sie ihn aus heiterem Himmel getadelt und wirkte grundlos gereizt. Und beim dritten Mal war sie guter Laune gewesen und hatte ihn mütterlich auf die Stirn geküsst, als wäre er ein kleines Kind. Als sie ihm heute Abend eröffnet hatte, dass sie gehen müsse, hatte er sie zweifelnd angesehen und gefragt, was geschehen sei. Daraufhin hatte sie auf die Armada am Horizont gewiesen und erwidert: »Reicht das nicht als Grund zur Sorge, Nick? Was soll aus uns allen werden?« Mit diesen Worten war sie einfach verschwunden.

Auch wenn der Anblick der Armada jeden Engländer in Aufregung versetzen musste, kam ihm Janes Verhalten immer merkwürdiger vor, je länger er darüber nachdachte.

Das Schnauben des Pferdes sagte ihm, dass der Reiter den Wall fast erreicht hatte. Nick hatte nicht mit Albion gerechnet, doch sein Befehlshaber hatte nun einmal die Angewohnheit, selbst um diese Zeit nach dem Rechten zu sehen. Er wartete auf den üblichen Gruß.

»Hallo, Bursche. Wächter.«

Eine Frauenstimme. Was zum Teufel hatte das zu bedeuten?

Plötzlich hatte er vergessen, was er auf eine derartige Anrede zu erwidern hatte, und fragte stattdessen wie ein Bauernjunge: »Wer ist denn da?«

Eine Pause entstand. Dann rief die Frau mit befehlsgewohnter Stimme: »Zündet Euer Signalfeuer an, Bursche. Ruft die Miliz zusammen.«

Das war zu viel.

»Das Signalfeuer wird nur angezündet, wenn auf der Insel drei aufflammen. Oder wenigstens zwei. So lauten meine Befehle von Hauptmann Albion.«

»Aber ich komme von Albion, mein guter Mann. Er bittet Euch, das Feuer anzuzünden.«

»Und wer seid Ihr?«

»Ich bin Lady Albion. Er hat mich geschickt.«

»Das behauptet Ihr. Ich zünde das Feuer nur an, wenn ich zwei von drüben sehe«, erwiderte Nick mit Nachdruck. »Und damit Schluss!«

»Muss ich Euch zwingen?«

»Ihr könnt es ja versuchen.« Er zog sein Schwert.

»Die Spanier kommen, Narr.«

Für einen Augenblick zögerte Nick. Dann hatte er einen Geistesblitz. »Nennt mir zuerst das Losungswort.«

Wieder herrschte Schweigen. »Er hat es mir gesagt, der gute Junge, aber ich habe es leider vergessen.«

»Er hat es Euch gesagt?«

»Ja, bei meinem Leben.«

»Lautete es vielleicht« – er überlegte – »Rufuseiche?«

»Ja. Ja, ich glaube, das war es.«

»Dann will ich Euch mal etwas verraten.«

»Was?«

»Es gibt kein Losungswort. Und nun fort mit Euch, lästiges Frauenzimmer.«

»Dafür sollt Ihr mir büßen.« Nick hörte in der Dunkelheit, dass ihre Stimme nicht nur zornig, sondern auch enttäuscht klang.

»Fort mit Euch, habe ich gesagt.« Er lachte auf. Und kurz darauf war die seltsame Reiterin wieder in der Finsternis verschwunden. Er fragte sich, wer sie wohl gewesen sein mochte. Wenigstens hatte sie ihn von seinen Grübeleien abgelenkt. Er blickte wieder zu dem einsamen Licht in der Ferne hinüber.

Lady Albion ritt nach Süden. Notfalls würde sie selbst das Kommando über die Kanonen von Hurst Castle übernehmen.

Die Nacht war schon ziemlich weit fortgeschritten, als Albion die Hochebene bei Lymington erreichte. Die Sterne wurden noch immer von Wolken verdeckt. Als er, vorbei an den fahlen Kreidefelsen der Insel Wight und den Nadeln, aufs Meer hinausspähte, konnte er im Dunst nichts erkennen. Ganz gleich, wo die Armada auch stecken mochte, sie näherte sich eindeutig nicht der Küste. Wahrscheinlich hatte sie sich hinter der Insel Wight versteckt. Er überlegte, bei Morgengrauen ein paar Kilometer die Küste entlang nach Westen zu reiten, um festzustellen, ob er die Flotte hinter der Insel entdecken konnte. Nun stieg er vom Pferd und setzte sich auf den Boden.

Er saß schon eine ganze Weile da, als er draußen auf dem Wasser etwas Dunkles bemerkte. Zuerst hielt er es für Einbildung. Aber nein, es war wirklich da: Ein Schiff näherte sich. Albion erhob sich, das Herz klopfte ihm plötzlich bis zum Halse. War es möglich, dass sich die Armada unbemerkt durch die feindlichen Linien geschlichen hatte? Vielleicht hatte man auch im Schutze der Dunkelheit eine Schwadron losgeschickt, um den Solent zu erobern. Er schwang sich in den Sattel. Er musste Hurst Castle warnen.

Dann jedoch hielt er inne. Musste er das wirklich? Sollte er Gorges helfen oder zulassen, dass die Spanier ihn überraschend angriffen? Niemand würde ihm jemals einen Vorwurf machen. Schließlich wusste kein Mensch, dass er hier war. Schlagartig traf ihn die schreckliche Erkenntnis, dass der Augenblick der Entscheidung gekommen war. Auf welcher Seite stand er?

Er hatte keine Ahnung.

So viel Zeit hatte er damit verbracht, seiner Mutter nach dem Mund zu reden und der Welt gegenüber die entgegengesetzte Meinung zu vertreten, dass er nicht mehr wusste, was er selbst eigentlich dachte. Hilflos starrte er aufs Wasser hinaus.

Das Schiff kam immer noch näher, allerdings sehr langsam. Vergeblich hielt er Ausschau nach weiteren Schiffen. Er wartete ab. Immer noch nichts. Dann schien die Galeone innezuhalten. Sie rührte sich nicht mehr. Albion schmunzelte. Gewiss war sie auf eine Sandbank aufgelaufen. Die Sandbänke da draußen konnten durchaus noch einem Dutzend weiterer spanischer Schiffe zum Verhängnis werden. Doch es ließen sich keine weiteren blicken.

Erleichtert seufzte Albion auf. Also brauchte er sich doch nicht zu entscheiden. Noch nicht.

Eine Stunde später zeigte sich im Osten das erste Tageslicht. Die Wolken verzogen sich. Der graue Horizont lag verlassen da. Weit und breit keine Spur von der Armada.

Inzwischen konnte Albion die Galeone deutlich erkennen. Er versuchte festzustellen, ob sich Menschen an Bord befanden, sah aber niemanden. Der Wind hatte sich gelegt, es wehte nur noch eine kaum merkliche Brise. Das Wasser rund um das Schiff war ruhig. Vielleicht gab es Überlebende. Wenn ja, hatten sie vermutlich die Strände jenseits von Keyhaven erreicht.

Er fragte sich, ob er sich nicht besser vergewissern sollte. Eine Bootsladung voller Spanier konnte gefährlich werden. Andererseits war er zu Pferde. Und er hatte ein Schwert. Nach einer Weile zuckte er mit den Achseln.

Die Neugier hatte die Oberhand gewonnen.

Don Diego sah sich aufmerksam um. Er war zwar klatschnass, hatte aber dennoch großes Glück gehabt. Das Schiff war nur etwa anderthalb Kilometer vor der Küste auf Grund gelaufen. Im Frachtraum hatte er rasch alles Nötige gefunden, um sich ein einfaches Floß und ein breites Ruder zu bauen. Dank der Flut hatte er den Strand noch vor Morgengrauen erreicht. Nachdem er das Floß versteckt hatte, war er die Sanddünen hinaufgestiegen und die Heide entlanggegangen. Doch eine Vorsichtsmaßnahme hatte er getroffen. Wie die meisten Adeligen, die die Armada begleiteten, trug er eine lange Goldkette um den Hals; ihre Glieder waren so gut wie bares Geld, und deshalb hatte er sie unter seinem Hemd und Wams versteckt. Dann hatte er versucht, sich einigermaßen ansehnlich herzurichten, seine Schuhe und Strümpfe gesäubert und sich so gut wie möglich Hose und Wams abgebürstet. Er wusste, dass die Engländer der spanischen Mode folgten. Allerdings konnte er nicht sagen, ob seine Englischkenntnisse ausreichen würden. Er hatte sich große Mühe gegeben, die Sprache zu erlernen, und seine Frau versicherte ihm stets, dass er sie gut beherrschte. Vielleicht konnte er so für einen englischen Adeligen durchgehen, der den Räubern in die Hände gefallen war – und würde nicht für einen schiffbrüchigen Spanier gehalten werden.

Vorsichtig schritt er voran, stets bereit, Deckung zu suchen, sobald sich jemand näherte. Aus den Karten auf dem Flaggschiff des Herzogs wusste er, wie die Landschaft an der Mündung des Solent beschaffen war. Und er kannte den Standort von Hurst Castle. Leider hatte er nicht die geringste Ahnung, wo Brockenhurst lag.

Don Diegos Plan war bestechend einfach. Zuerst einmal musste er vermeiden, von übereifrigen Milizionären ausgeraubt oder umgebracht zu werden. Und zweitens kam es darauf an, so schnell wie möglich einen bestimmten Mann zu finden. Dann würde er aller Sorgen ledig sein.

Er sah den einsamen Reiter schon aus einiger Entfernung, sprang hinter einen Ginsterbusch und hielt sich bereit.

Als Albion den Ginsterbusch fast erreicht hatte, ließ er sein Pferd Schritt gehen. Er hatte den Mann gesehen – offenbar war er allein – und beobachtet, wie er sich hinter dem Busch versteckt hatte. Die Hand am Schwert wartete er ab, was der Fremde als Nächstes unternehmen würde.

Er musste nicht lange warten.

Der zerraufte Spanier – dass es sich um einen solchen handelte, war unverkennbar – trat hinter seiner Deckung hervor und sprach Albion zu dessen Erstaunen in einem recht passablen Englisch an, das allerdings einen spanischen Akzent aufwies. »Sir, ich bitte Euch um Hilfe.«

»Wie könnte ich Euch helfen?«

»Ich bin überfallen und beraubt worden, Sir, und zwar auf dem Weg zu einem Verwandten, der, wie ich glaube, nicht weit von hier wohnt.«

»Ich verstehe.« Clement behielt zwar die Hand am Schwert, beschloss aber, sich auf das Spiel einzulassen. »Woher kommt Ihr, Sir?«

»Aus Plymouth.« Das stimmte in gewisser Hinsicht.

»Ein weiter Weg. Darf ich Euren Namen wissen?«

»Selbstverständlich, Sir.« Der Spanier lächelte. »Ich heiße David Albion.«

»Albion?«

»Ja, Sir.« Don Diego bemerkte, dass sich abgrundtiefes Erstaunen auf dem Gesicht seines Gegenübers malte. Offenbar habe ich ihn beeindruckt, dachte er und fuhr mit frischem Mut fort: »Mein Verwandter ist kein Geringerer als der große Hauptmann Clement Albion persönlich.«

Nun wirkte der Engländer ganz und gar verdattert. »Ist er denn ein so wichtiger Mann?«, fragte er mit zitternder Stimme.

»Aber natürlich, Sir. Schließlich kommandiert er als Hauptmann alle Truppen und Küstenbefestigungen zwischen hier und Portsmouth.«

Albion verstummte entgeistert. War das etwa sein Ruf bei den spanischen Invasoren? Hatte die gesamte spanische Armada von ihm gehört? Würde jeder gefangene Spanier seinen Namen ausrufen? Wie sollte er das jemals dem Rat erklären, sofern England nicht innerhalb der nächsten Tage in die Hände der Spanier fiel? Trotz seines Entsetzens nahm er sich zusammen, denn er musste unbedingt mehr erfahren. »Ihr seid nicht David Albion, Sir. Zuerst einmal halte ich Euch für einen Spanier.« Ruhig zog er sein Schwert. »Und zweitens hat Albion keinen Verwandten dieses Namens.« Er betrachtete den Spanier streng. »Das weiß ich deshalb, Sir, weil ich selbst Albion bin.«

Ein frohes Lächeln huschte über das Gesicht des Spaniers, doch er unterdrückte es rasch. »Warum soll ich Euch glauben, dass Ihr Albion seid?«

»Das ist Eure Sache«, entgegnete Clement gelassen.

Der Spanier überlegte. »Es gibt einen Weg, das zu beweisen«, erwiderte er ruhig, und dann nannte er Clement seinen richtigen Namen.

»Welch ein Glück und was für ein Zeichen von Gottes Vorsehung ist es, mein lieber Bruder, dass ich von allen Menschen in England ausgerechnet dir begegnet bin.« Don Diego schien außer sich vor Freude und Rührung. Er blickte Albion froh, aber ernst an. »Das ist wirklich ein Wunder.«

Albion schlug vor, sich in eine geschützte Senke unterhalb der Klippen zu begeben, wo niemand sie stören würde. Bald hatten sie einander davon überzeugt, dass sie wirklich diejenigen waren, die sie zu sein vorgaben. Albion erkundigte sich liebevoll nach seiner Schwester Catherine. Und Don Diego fragte besorgt nach dem Befinden seiner Schwiegermutter, die er als »Engel und Heilige« bezeichnete. Als Albion ihn jedoch höflich zu seinem Kommando beglückwünschte, machte Don Diego ein erstauntes Gesicht.

»Mein Kommando? Ich habe überhaupt kein Kommando. Ich bin nur ein adeliger Herr, der die Armada aus freien Stücken begleitet. Ganz im Gegensatz zu dir, mein lieber Bruder, der du einen so hohen und ehrenvollen Posten erhalten hast. Deine Mutter hat es uns schon vor langer Zeit geschrieben.«

Albion nickte langsam. Allmählich dämmerte es ihm. Offenbar hatte seine Mutter alles nur frei erfunden. Doch er hielt den Moment für ungünstig, dem wohlmeinenden Spanier seine Illusionen zu rauben, denn er musste einiges in Erfahrung bringen. Erwartete der König von Spanien etwa, dass er, Albion, Hurst Castle persönlich an die Eroberer übergab?

»Ah, mein Plan!« Don Diegos Miene erhellte sich. »Oder besser gesagt, der Plan deiner Mutter. Was für eine Frau!« Dann jedoch blickte er düster drein. »Gott weiß, mein lieber Bruder, ich habe es versucht. Ich habe einen langen Brief an meinen Verwandten, den Herzog von Medina Sidonia, geschrieben. Aber ...« Er breitete schicksalsergeben die Hände aus. »Nichts.«

»Ich verstehe.« Inzwischen war Albion einiges klar.

Dann erkundigte er sich vorsichtig nach den Invasionsplänen der Spanier.

»Ah. Die Pläne.« Don Diego schüttelte den Kopf. »Wir alle und auch die Kommandanten der Schiffe haben angenommen, dass wir einen Hafen zu unserem Stützpunkt machen würden. Plymouth, Southampton oder Portsmouth, einen von den dreien. Von dort aus könnte man unsere Schiffe mit Nachschub versorgen.«

»Das hört sich klug an.«

»Dann aber hat Seine Majestät beschlossen, dass die Armada sofort mit dem Herzog von Parma zusammentreffen soll. In den Niederlanden.«

»Sind die Gewässer dort nicht zu flach für eure Galeonen?«

»Ja. Doch wir können nach Calais segeln.« Don Diegos Miene war bei diesen Worten zweifelnd. »Das ist nur eine Tagesreise entfernt.«

»Und dann?«

»Danach wird der Herzog von Parma nach England übersetzen. Wie du weißt, ist er ein großer General. Manche sagen« – er senkte die Stimme, als befürchte er, jemand könne sie belauschen –, »dass er an Stelle von König Philipp sich selbst zum König von England machen wird. Natürlich heißt das nicht, dass er ein Verräter ist.« Don Diego schien weiterhin beunruhigt.

»Wie will Parma denn übersetzen? Hat er eine Flotte?«

»Sie besteht nur aus Prahmen. Also braucht er schönes Wetter.«

»Die englische Flotte würde solche Frachtschiffe doch in Stücke schießen«, widersprach Albion.

»Nein, nein, Bruder, du vergisst, dass unsere Armada ihnen während der Überfahrt Deckung geben wird. Die Engländer werden nicht wagen, sie anzugreifen.«

»Und warum greifen sie die Armada dann jetzt an?«

Wie um seine Aussage zu bestätigen, war vom Meer her – jenseits der Insel Wight – ein leises Grollen zu hören. Die englische Attacke auf die Armada hatte begonnen.

Don Diego verzog besorgt das Gesicht. »Offen gestanden hat mein Verwandter, der Herzog von Medina Sidonia, angedeutet, der Plan des Königs ließe einiges zu wünschen übrig.« Er schüttelte den Kopf. »Uns hat man gesagt, eure Schiffe seien alle verrottet, und ihr würdet feige die Flucht ergreifen.«

»Hat meine Mutter das auch behauptet?«

»Oh, ganz gewiss.« Sofort besserte sich Don Diegos Stimmung merklich. »Allerdings, mein lieber Bruder, dürfen wir das Wichtigste nicht vergessen.«

»Und das wäre?«

»Dass Gott mit uns ist. Es ist sein Wille, dass wir siegen. Dessen sind wir sicher.« Er lächelte. »Also wird alles gut. Und natürlich werden die Engländer, sobald sie wissen, dass wir gelandet sind, auch wenn nur die Hälfte von Parmas Männern die Fahrt übersteht...«

»Was werden die Engländer dann?«

»Das Volk wird sich erheben.« Don Diego strahlte. »Ihm wird klar sein, dass wir gekommen sind, um es von der Hexe Elisabeth zu befreien, von der Mörderin, die es in ihren Klauen hält.«

Albion dachte an die einfachen Männer in den Milizen, denen man erklärt hatte, die spanischen Galeonen hätten hauptsächlich Folterinstrumente der Inquisition geladen. »Und wenn sich nicht alle erheben?«, fragte er vorsichtig.

»Ach, eine Hand voll Protestanten sind sicher dabei.«

Albion schwieg. Nun war ihm eines klar. Wenn sein Schwager, was die spanische Strategie anging, sich nur halbwegs an die Wahrheit hielt, würde die gefürchtete Invasion vermutlich scheitern. Und während er noch über die Frage und die Folgen grübelte, die das für ihn persönlich haben würde, bemerkte er, dass sein Schwager aufgeregt weitersprach.

»...so eine Gelegenheit. Du und ich gemeinsam. Wenn der Herzog von Parma landet, können wir die Truppen von hier aus nach London führen und uns dort mit ihm vereinen.«

»Verlangst du, dass wir uns an die Spitze eines großen Aufstandes stellen?«

»Das wird dir gewaltigen Ruhm einbringen, Bruder. Und was mich betrifft.« Don Diego zuckte die Achseln. »Dich zu begleiten, wäre mir eine Ehre.«

Albion nickte langsam. Dieser wahnwitzige Vorschlag hätte genauso gut von seiner Mutter kommen können. »Eine große Armee zu mobilisieren«, wandte er taktvoll ein, »ist in England nicht so einfach. Selbst wenn der Glaube stärker wäre...«

»Ah.« Don Diego sah ihn erfreut an. »Das ist ja genau das Wunder, an dem man Gottes Vorsehung so deutlich erkennt«, beruhigte er seinen Schwager. »Unsere spanischen Truppen sind auch nicht besser. Man hat ihnen in England reiche Beute versprochen. Aber genau das ist der springende Punkt, mein Bruder. Gott hat uns die nötigen Mittel in die Hand gegeben, seinen Willen zu tun. Wir können die Truppen bezahlen.« Als er Albions verblüfften Blick bemerkte, wies er in Richtung Meer. »Als ich ganz allein Schiffbruch erlitt, hielt ich es zunächst für eine Strafe. Doch das stimmte nicht. Der Rumpf dieses Schiffes da draußen ist unterhalb der Wasserlinie mit Silber gefüllt.« Freudig lachte er auf.

»Und du hattest keine Begleiter?«

»Nein. Dieses Silber gehört nur dir und mir, Bruder. Es ist uns geschenkt worden.«

Wieder geriet Albion ins Grübeln.

Während er den Spanier bat, sitzen zu bleiben, stand er selbst auf und ging zum Rand der Klippe. Die Galeone saß auf der Sandbank fest und würde sich nicht mehr von der Stelle rühren. Nicht einmal die Flut konnte sie wieder flottmachen. Während er zu dem gestrandeten Schiff hinüberblickte, ging im Osten über dem New Forest silbrig die Morgensonne auf.

Er drehte sich zu Don Diego um. Welch eine seltsame Fügung des Schicksals, dass er dem Spanier nach so vielen Jahren unter solchen Umständen begegnet war. Überdies fand er den Mann sogar sympathisch. Das machte die ganze Sache noch komplizierter. Albion seufzte.

Er überlegte gründlich und dachte an seine Schwester, an sich selbst, an Don Diego und dessen Glauben an die katholische Sache, an seine Mutter, an den Rat, an Gorges, der gegen ihn, Albion, schon einen gewissen Verdacht hegte. Und er machte sich eingehende Gedanken über das Silber, das der Angelegenheit einen gewissen Reiz verlieh. Und so nahm nach einer Weile ein Plan Gestalt an, welcher Albion, als er das Für und Wider gegeneinander abwog, durchführbar erschien. Stumm blickte er der aufgehenden Sonne entgegen.

Da sah er sie. Sie ritt allein über den Hügel bei Lymington. Ihr schwarz-scharlachroter Mantel wehte hinter ihr her. Der Hut war ihr verrutscht. Sie wirkte gespenstisch, wie eine Hexe zu Pferde, sodass er fast glaubte, sie könne jeden Moment über die Felskante hinausgaloppieren und sich in die Lüfte erheben. Im gleichen Augenblick wurde er von einer kalten Furcht ergriffen: Und wenn sie ihn und Don Diego hier entdeckte?

Erschrocken warf er sich zu Boden, während der Spanier ihn nur erstaunt betrachtete. Mit einer Handbewegung bedeutete er ihm, still zu sein, und spähte über das Grasbüschel hinweg, hinter dem er sich verborgen hatte. Lady Albion war noch immer dort oben. Doch sie hatte ihn nicht bemerkt. Sie war stehen geblieben und starrte auf das Meer hinaus. Nachdem er sie eine Weile beobachtet hatte, robbte er zu dem Spanier zurück.

»Ist alles in Ordnung?«, fragte Don Diego verdattert.

»Ja.« Albion bedachte seinen Schwager, den er eben erst kennen gelernt hatte, mit einem liebevollen Blick. Es war ein Jammer, dass ihm nichts anderes übrig blieb. »Ich muss dir etwas zeigen, Bruder«, sagte er leise und zog sein Schwert. »Hier auf der Klinge. Schau.«

Don Diego beugte sich vor.

Und da durchbohrte Albion ihn mit dem Schwert.

Wenigstens beinahe. Denn die Spitze der Waffe blieb an der Goldkette unter dem Hemd des Spaniers hängen. Während Don Diego einen Schrei ausstieß und erstaunt die Augen aufriss, musste Albion schweren Herzens ein paarmal zustoßen, bis es endlich vorbei war.

Er verharrte, bis Don Diego sein Leben ausgehaucht hatte und reglos dalag, nahm ihm die fast zwei Kilogramm schwere Goldkette ab und bedeckte die Leiche so gut wie möglich mit Erde, bevor er sich zu seinem Pferd begab. Zum Glück war seine Mutter inzwischen verschwunden. Wahrscheinlich versucht sie wieder, in Lymington einen Aufstand anzuzetteln, dachte er finster.

Er warf einen Blick zurück auf die Stelle, wo er Don Diego begraben hatte. Natürlich nagten Schuldgefühle an seinem Herzen. Doch manchmal war es schwer zu sagen, was falsch und was richtig war. Es ging ums Überleben. So war nun einmal die Natur.

Er musste sich beeilen. Es gab eine Menge zu tun.

»Silber? Bist du sicher?«

Er war mit Gorges und Helena allein in dem großen Raum in Hurst Castle. Sie hatten ihn eine Weile warten lassen, während er über den Solent hinausgeblickt hatte.

»Ich habe ihn eindringlich und mit gezücktem Schwert befragt. Ich glaube, er sagte die Wahrheit.«

»War dieser Spanier allein?«, erkundigte sich Gorges.

»Das behauptete er wenigstens. Er hat versucht, das Schiff zu versenken, und ist versehentlich an Bord zurückgelassen worden. Und ich habe außer ihm niemanden gesehen«, fuhr Albion fort. »Also denke ich, dass es stimmt. Von uns abgesehen weiß kein Mensch von dem Silber. Ich bin sofort zu euch gekommen.«

»Du hast den Spanier getötet?« Die Zweifel standen Gorges ins Gesicht geschrieben.

»Er hat mich plötzlich mit dem Schwert angegriffen. Ich hatte keine andere Wahl.«

»Sollten wir nicht die Leiche holen?«, schlug Helena vor.

Eine lange Pause entstand, während die beiden Männer eindringliche Blicke wechselten.

»Vielleicht besser nicht«, erwiderte Albion.

»Das Wrack«, sagte Gorges streng, »ist Eigentum der Königin. Daran gibt es nichts zu rütteln. Ich werde es in ihrem Namen beschlagnahmen.«

»Ich frage mich«, meinte Albion, »ob die Königin dir das Wrack nicht vielleicht schenkt, Helena. Sie hat dich doch sehr gern. Schließlich hat sie auch Drake und Hawkins Beute zuerkannt, und Thomas befehligt für sie Hurst Castle, selbst wenn er noch nie zur See gefahren ist.«

»Aber Clement«, widersprach Helena. »Ich glaube nicht, dass sie sich von so viel Silber trennen wird.«

Gorges betrachtete sie schweigend.

»Welches Silber?«, fragte Albion leise.

»Oh.« Endlich hatte sie begriffen. »Ich verstehe.«

»Ich werde ihr das Wrack sofort melden. Du könntest auch einen Brief schreiben und fragen, ob wir die Fracht haben dürfen. Sag, es ist nur ein Transportschiff. Die Munition werden wir in die Festung bringen lassen, aber falls sich sonst noch etwas von Wert dort finden sollte, bitte sie, ob wir es behalten können. Sie weiß«, gestand Gorges spöttisch, »dass ich zurzeit ein wenig in der Klemme stecke.«

»Und wie wird sie es aufnehmen, wenn wir all das Silber entdecken?«, wollte Helena noch wissen.

»Ein glücklicher Zufall«, erwiderte Gorges mit Nachdruck.

»Schließlich haben wir im Augenblick keine Beweise für die Existenz dieses Silbers«, fügte Albion hinzu. »Man könnte uns getäuscht haben. Also gibt es keinen Grund für ein schlechtes Gewissen. Es ist ja nur eine Möglichkeit.«

»Und der Spanier?«

»Welcher Spanier?«

»Ich werde sofort den Brief schreiben, Clement.« Helena sah ihren Mann an. »Wir sind sehr dankbar.«

Nachdem sie hinausgegangen war, herrschte Schweigen.

Schließlich ergriff Gorges das Wort. »Wusstest du, dass kurz vor deiner Ankunft bei uns deine Mutter in Lymington festgenommen worden ist?«

»Nein.«

»Wir haben eine Nachricht vom Bürgermeister erhalten. Offenbar wollte sie die Leute dort dazu bringen, sich zu erheben und zu den Spaniern überzulaufen.«

Albion erbleichte, bewahrte allerdings Haltung. »Ich wünschte, ich könnte sagen, dass mich das überrascht. Sie hat letzte Nacht vollends den Verstand verloren. Aber ich hatte keine Ahnung, dass es ihr gelungen ist, das Haus zu verlassen.«

»Das habe ich mir gedacht. Sie behauptete, du würdest den Aufstand anführen, Clement.«

»Wirklich?« Albion schüttelte den Kopf. »Letzte Nacht meinte sie zu mir, da ich es offenbar nicht tun wolle, würde sie es selbst übernehmen.« Er lächelte spöttisch. »Ich freue mich, dass sie mir wieder vertraut.«

»Sie sagte, du hättest die Spanier schon immer unterstützt.«

»Tatsächlich? Den einzigen Spanier, dem ich bis jetzt begegnet bin, habe ich getötet.«

»Richtig.« Gorges nickte langsam.

»Wie du weißt«, fuhr Albion langsam fort, »wäre es völlig unmöglich für mich gewesen, mich mit den Spaniern zu verbünden. Meine Mutter leidet schon seit Jahren unter Wahnvorstellungen und spricht von nichts anderem mehr. Jeden Tag träumt sie von einem Aufstand. Und ganz gleich, wie oft ich ihr auch widerspreche, sie bildet sich ein, dass ich ihn anführen werde.« Er seufzte. »Ich kann es ihr einfach nicht ausreden.«

Gorges schwieg. »Es stimmt«, meinte er nach einer Weile. »Du hättest keine Gelegenheit zu einer Verschwörung gehabt.«

»Und ich würde nie im Leben an so etwas denken, Thomas. Ich bin loyal.« Er sah Gorges an. »Ich hoffe, du weißt das, Thomas. Oder hast du Zweifel?«

Gorges erwiderte seinen Blick. »Nein«, antwortete er leise, »ich glaube dir.«

Vom Morgengrauen bis zehn Uhr vormittags nahmen die Engländer auf der ruhigen See jenseits der Insel Wight die Armada unter Beschuss. Am Nachmittag fuhren beide Flotten wieder den Ärmelkanal entlang. Das ging noch zwei Tage so, bis der Herzog von Medina Sidonia vor Calais ankern ließ und dem Herzog von Parma dringende Botschaften schickte. Er flehte den General an, sofort zu ihm zu stoßen und nach England überzusetzen.

Aber der Herzog von Parma weigerte sich. Verärgert erklärte er, in seinen Prahmen sei eine Überfahrt unmöglich, solange irgendwo feindliche Schiffe in Sicht seien. Wenn die Armada ihn nicht abholen werde – was in den flachen Gewässern vor den Niederlanden unmöglich war –, würde er sich nicht von der Stelle rühren. Wie sich herausstellte, predigte er das dem König von Spanien schon seit Wochen. Doch der König, der an die göttliche Vorsehung glaubte, hatte sich entschieden, dem Herzog von Medina Sidonia diesen Umstand zu verschweigen.

Deshalb lag die spanische Armada vor Calais und sandte weiterhin Hilferufe an den Herzog von Parma, während dieser eine Tagesreise entfernt in den Niederlanden verharrte und die Anfragen mit zunehmend gereizten Schreiben beantwortete. Die Engländer warteten an der Themse und rechneten jeden Moment mit einer Invasion, denn sie wären nie auf den Gedanken verfallen, dass der König seine Armada ohne jeden Schlachtplan auf sie losgelassen hatte.

So verbrachte die Armada zwei untätige Tage. Dann schickten die Engländer im Schutze der Dunkelheit acht mit Teer bestrichene brennende Schiffe los, die so hell leuchteten wie tausend Signalfeuer. Bei ihrem Anblick durchtrennten die spanischen Kapitäne überstürzt ihre Ankertaue und zerstreuten sich. Am folgenden Morgen schlugen die Engländer zu. Die spanischen Schiffe wurden in Richtung Küste getrieben. Einige erlitten

Schiffbruch, andere wurden gekapert, doch der Großteil von ihnen war noch seetüchtig.

Und am nächsten Tag schickte Gott einen Wind.

Ein protestantischer Wind, wie viele meinten. Kein noch so frommer Angehöriger einer der beiden Parteien konnte abstreiten, dass die mächtige Armada eigentlich vom Wetter zerstört worden war. Der Sturm blies Tag um Tag und Woche um Woche und wühlte das Meer zu schaumgekrönten Wogen auf. Schiffe verloren den Sichtkontakt; Galeonen wurden über sämtliche nördliche Gewässer zerstreut. Manche strandeten an den Felsen Nordschottlands oder sogar in Irland. Nur einige wenige kehrten nach Hause zurück. Ganz gleich, ob der Wind nun dazu gedacht gewesen war, die Protestanten für ihren Glauben zu belohnen, oder ob er den Zweck erfüllte, die Katholiken für ihre Sünden zu bestrafen – Königin Elisabeth von England und König Philipp von Spanien waren sich darin einig, dass er ganz sicher von Gott kam.

Für Lady Albion waren die stürmischen Wochen eine Qual. Zunächst wurde sie auf Gorges' strikte Anweisung hin in das winzige Gefängnis von Lymington gesperrt. Und das, obwohl der Bürgermeister von Lymington den Adeligen anflehte, die starrsinnige Lady an einen anderen Ort zu verbringen, hinzurichten oder freizulassen – solange er nur nicht mehr die Verantwortung für sie tragen musste. Dennoch wurde sich der Rat erst im Oktober darüber einig, dass Lady Albion zwar eine Verräterin war, aber keine Gefahr für den Staat darstellte. Nach ihrer Entlassung – natürlich hatte Albion ihr stets seine treue Ergebenheit versichert – kühlte sich ihr Verhältnis zu ihrem Sohn ein wenig ab. Im folgenden Jahr schiffte sie sich ein, um ihre Tochter Catherine zu besuchen, deren Gatte Don Diego beim tragischen Untergang der Armada unter geheimnisvollen Umständen verschollen war. Dass ihr eigener Sohn den armen Don Diego an einer geheimen Stelle tief im New Forest beerdigt hatte, und zwar noch während ihrer ersten Nacht im Gefängnis, sollte sie nie erfahren.

Es war nicht weiter überraschend, dass sie bei ihrer Tochter in Spanien blieb. Und Clement Albion, der sich trotz ihrer Aufforderungen weigerte, ihr dorthin zu folgen, und dadurch seine Chance auf ein Erbe endgültig verspielte, machte sich eine gelassene Haltung zu Eigen: »Ich glaube, ich würde sogar eine meiner Einfriedungen opfern, nur um sicherzugehen, dass sie nie wiederkommt«, gestand er einmal.

So wurde aus Albion kein wohlhabender Mann. Doch seine Freunde Thomas und Helena Gorges waren auf einmal vom Reichtum gesegnet. Denn Königin Elisabeth gewährte ihnen gnädig die Bitte, das Wrack behalten zu dürfen. Und nachdem Sir Thomas Gorges und seine Frau, die Marquise, die Ladung gelöscht hatten, wurde ihnen klar, dass sie nun eines der größten Vermögen in Südengland besaßen.

»Und jetzt«, verkündete Helena überglücklich, »kannst du unser Haus in Longford bauen, Thomas.«

Es dauerte noch fast zwei Jahre, bis Albion die Einladung erhielt, sie zu dem großen Gut unterhalb von Sarum zu begleiten. »Das Haus ist noch nicht ganz fertig, Clement«, sagte sein Gastgeber. »Aber ich hätte gern, dass du es dir ansiehst.«

Sie haben sich wirklich ein hübsches Plätzchen ausgesucht, dachte Albion, als sie durch die üppig grüne Landschaft am Avon kamen. Allerdings hatte ihn niemand auf den Anblick des Anwesens vorbereitet, das ihn erst den Atem beraubte und dann in Gelächter ausbrechen ließ.

Denn in einem friedlichen Tal in Wiltshire stand eine gewaltige dreieckige Festung, nur mit großen Fenstern an Stelle von Schießscharten. »Bei allen Heiligen, Thomas!«, rief Albion aus. »Das ist ja Hurst Castle!«

In der Tat. Das große Landhaus, das Gorges Longford Forest nannte, war ein detailgetreuer Nachbau der Festung an der Küste. In Erinnerung an das spanische Schiff mit seiner Ladung aus Silber hatte Gorges über dem Eingang eine Abbildung von Neptun anbringen lassen, der sich, den Dreizack lässig über der Schulter, in einem Schiff ausruhte. Zu beiden Seiten befand sich eine Karyatide, eine mit Gorges' Gesicht, die andere mit dem seiner Frau.

»Helena behauptet, alle schwedischen Schlösser seien dreieckig, und die Schnitzereien stellten ihre Vorfahren, die Wikinger, dar«, meinte er augenzwinkernd.

Ganz gleich, ob es sich nun um ein schwedisches Schloss oder um eine Festung handelte, das riesige, dreieckige Gebäude würde wohl für lange Zeit eines der ausgefallensten Landhäuser Englands bleiben.

Auch wenn Albion später hin und wieder ein wenig neidisch auf das Glück seines adeligen Freundes war, musste er zugeben, dass seine Loyalität dank Thomas und Helena nie wieder in Frage gestellt wurde. So konnte er im Laufe der Jahre auch weiterhin eine beträchtliche Menge Holz aus dem Besitz Ihrer Majestät abzweigen, ohne dabei ein schlechtes Gewissen zu empfinden.

Als die Heirat von Jane und Puckle bekannt wurde, verstanden Nick Pride und auch alle anderen die Welt nicht mehr. »Hätte ich nicht oben in Malwood am Signalfeuer gesessen, wäre das nie passiert«, sagte er.

»Wenn sie so etwas tut«, meinte seine Mutter, »sei froh, dass du sie los bist.«

»Ich weiß nicht«, erwiderte Nick. »Vielleicht stand sie ja unter einem Zauber.« Doch das war eine ziemlich alberne Bemerkung.

Auch Janes Eltern waren nicht sehr erfreut. Janes Mutter wollte ihr nicht einmal wie versprochen das kleine Holzkreuz zur Hochzeit schenken. Aber da sie kein Interresse hatte, sich völlig mit ihrer Tochter zu überwerfen, gab sie es ihr schließlich doch. Jane trug es als Talisman.

Der große Sturm, dem die Armada zum Opfer fiel, veränderte nicht nur das Leben der Menschen; hie und da hatte er auch Einfluss auf den New Forest.

Es war spät in der Nacht. Die spanischen Galeonen taumelten hilflos über die Nordsee, als ein ungewöhnlich heftiger Windstoß durch den Hain fuhr, wo auch der Rufusbaum stand. Die Äste des großen Baumes bogen sich und erzitterten. Die vielen Lebewesen klammerten sich fest oder verkrochen sich tiefer in ihren Verstecken. Winzige Insekten wurden in wildem Durcheinander in die Dunkelheit geweht. Ringsum schwankten die hohen Bäume, Blätter und Eicheln raschelten, als der Wind sie durchfuhr.

Doch die Wurzeln des Wunderbaums waren so ausladend wie seine Äste. Auch wenn sich die Welt oberhalb des Erdbodens in dieser sturmdurchtosten Nacht, in der die Armada ihr Ende fand, der zerstörerischen Gewalt kaum erwehren konnte, spürte man unterirdisch nichts vom wilden Schwanken der Äste.

Ganz in der Nähe jedoch wuchs eine andere Eiche. Sie war erst zweihundert Jahre alt und stand – hoch und schmal – dicht inmitten von Artgenossen und Buchen. Deshalb waren ihre Krone und auch ihre Wurzeln viel kleiner.

Und so gelang es dem tosenden Wind, die Eiche mit einem gewaltsamen Ruck aus dem Boden zu reißen, sodass sie krachend mitten durch ihre Nachbarn stürzte und wie ein gefällter Riese zu Boden fiel.

Eine entwurzelte Eiche ist ein erschütternder Anblick, doch auch sie trägt zum Leben des Waldes bei. Die zersplitterte Krone und die vielen, ineinander verschlungenen Äste ragen wie ein schützender Zaun in die Höhe und geben in den nächsten Jahren vielleicht einem Schössling die Gelegenheit zu wachsen, ohne dass Hirsche oder andere Pflanzenfresser ihn vernichten können.

Dem Sturm jener Nacht fielen zwei Bäume zum Opfer. Und im folgenden Herbst, nach so vielen Jahren, in denen ihr Samen verschwendet worden war, landeten zwei Eicheln der Wundereiche innerhalb dieser natürlichen Einfriedung, schlugen Wurzeln und begannen zu wachsen.

ALICE

1635

Was ist das Leben? Ganz gewiss keine Abfolge von Ereignissen im Uhrzeigersinn, sondern eher ein Sammelsurium von Erinnerungen – von einigen wenigen zumindest.

Sie hatte den alten Clement Albion noch undeutlich im Gedächtnis. Obwohl sie beim Tod ihres Großvaters erst vier gewesen war, erinnerte sie sich an ihn. Nicht an sein Gesicht, aber an einen hoch gewachsenen, freundlichen Mann, der in einem Tudorhaus mit großen, hölzernen Giebeln wohnte. Das musste das alte Haus Albion gewesen sein, nicht das, in dem sie jetzt lebte.

Ihr Haus Albion hatte sie an einem Sommertag zum ersten Mal gesehen.

Es war sehr warm gewesen. Vermutlich war es später Vormittag, möglicherweise ein Sonnabend. Sie wusste es nicht mehr genau. Doch sie waren zu zweit von der alten Kirche in Boldre gekommen, nur sie und ihr Vater. Sie schlenderten die alte Straße am Ostufer des Flusses entlang und nahmen den Pfad durch den Wald. Dort wuchsen junge Buchen, hauptsächlich Schösslinge, zwischen Eichen und Eschen. Die Strahlen der Sonne fielen schräg durchs Blätterdach. Junge Bäume breiteten die Blätter aus und schimmerten grün im Unterholz. Vögel sangen. Sie war so glücklich, dass sie zu hüpfen anfing. Ihr Vater hielt ihre Hand.

Hinter der nächsten Kurve erblickten sie das Haus. Einer der beiden Giebel war bereits neu verkleidet worden; die alten Dachsparren aus Eiche reckten sich dem blauen Himmel entgegen. Die staubige Baustelle lag friedlich in der warmen Sonne. Ein paar Männer arbeiteten im Obergeschoss, nur das Klappern, das beim Festklopfen der Dachpfannen entstand, störte die Ruhe.

Sie waren stehen geblieben und hatten die Szene eine Weile beobachtet. Dann hatte ihr Vater gesagt: »Dieses Haus baue ich für dich, Alice. Es wird dir gehören, und niemand darf es dir wieder wegnehmen.« Bei diesen Worten hatte er zu ihr hinuntergeblickt und ihre Hand gedrückt.

Sie hatte ihren Vater angesehen und gedacht, dass er sie sicher sehr liebte, wenn er ein ganzes Haus nur für sie allein baute. Und in diesem Moment war sie so glücklich, wie man es vielleicht nur ein- oder zweimal im Leben ist.

Es war ein kleines Haus, nur ein wenig größer als das alte im Tudor-Stil, das ihrem Großvater und vor ihm dessen Vater gehört hatte. Aus rotem Backstein im Stil der Zeit Jakobs I. erbaut, erinnerte es an einen kleinen Herrensitz. Doch da es abseits in einer kleinen Lichtung mitten im Wald stand, wirkte es fast wie ein Einödhof oder eine Jagdhütte. Alice hatte ihr Glück kaum fassen können. Sie besaß nun ein Haus, weil ihr Vater sie so liebte.

Selbstverständlich hatte er auf einen Sohn gehofft. Inzwischen wusste sie das, doch seit jenem Sommertag waren zehn Jahre vergangen.

Von Clement Albions beiden Söhnen, William und Francis, hatte es William, der ältere und Alices Vater, weit gebracht und war zu einigem Wohlstand gelangt. Als junger Mann war er in den letzten Jahren von Königin Elisabeths Regierungszeit nach London gegangen, um die Jurisprudenz zu studieren. Und William hatte hart gearbeitet. Da das Führen von Prozessen zunehmend in Mode kam, hatte er immer genug zu tun. Und als die alte Königin fünfzehn Jahre nach dem Untergang der Armada gestorben war und ihr Vetter König James von Schottland den Thron bestieg, hatten sich noch weitaus größere Verdienstmöglichkeiten ergeben.

Als James Stuart, ein Mann in mittleren Jahren, König Jakob von England wurde, beschloss er, sich von nun an ein schönes Leben zu machen. Denn bis dahin hatte er sich nie amüsieren dürfen. Er war ein Sohn der glücklosen Maria Stuart – die er kaum kennen gelernt hatte –, und nach der Beseitigung seiner Mutter war er von den säuerlichen Presbyterianern als Herrscher in ihrem Sinne erzogen worden; sie hatten ihn an der kurzen Leine gehalten. Als er nun endlich zum englischen König gekrönt wurde, brannte er darauf, alles Versäumte nachzuholen.

Allerdings hatte der schottische König seltsame Vorstellungen von Amüsement. An gründliches wissenschaftliches Arbeiten gewöhnt – er war wirklich sehr gebildet und konnte recht witzig sein –, entwickelte er eine Theorie, derzufolge der König sich auf das Gottesgnadentum berufen und deshalb tun und lassen konnte, was ihm beliebte. Ob er diesen entsetzlichen Unsinn selbst glaubte oder ihn nur als Vorwand benutzte, um seinen Zerstreuungen nachzugehen, wurde nie geklärt. Außerdem stand der mehrfache Vater nun offen zu seiner Schwäche für hübsche junge Männer, was abwechselnd zu peinlichen, rührseligen oder gar tränenreichen Szenen führte. In seinen letzten Jahren bestritt er Empfänge bei Hofe hauptsächlich damit, dass er die Objekte seiner Begierde abküsste und betrachtete. Seine dritte Liebe galt einer Leidenschaft, der er oben im Norden leider nie hatte frönen dürfen: der Verschwendungssucht. Im Gegensatz zu den prächtigen (von anderen bezahlten) Festivitäten, die Königin Elisabeth bevorzugt hatte, pflegte man am Hof von König Jakob I. schlicht und ergreifend die Völlerei, vulgäre Fressgelage, die oft nur einen Vorwand dafür darstellten, so viele Lebensmittel wie möglich zu vergeuden. Aber selbst dieser Zeitvertreib verblasste neben der Leichtfertigkeit, mit der König Jakob seinen Freunden Gelder aus der Staatskasse zuschanzte. Alter Adel wie die Howards und Emporkömmlinge wie die Familie des hübschen jungen Villiers erhielten Gelegenheit, sich ordentlich die Taschen voll zu stopfen. Ämterschacher, Vetternwirtschaft, Bestechung und schamlose Erpressung gediehen prächtig auf diesem fruchtbaren Boden.

Wenn Diebe stehlen und Narren Geld verschleudern, kann ein kluger Mann sich eine goldene Nase verdienen. Und William Albion hatte die Gelegenheit am Schopf gepackt. Als Jakobs schüchterner und empfindsamer Sohn Karl 1625 den Thron bestieg, kehrte Albion als reicher Mann in den New Forest zurück. Außerdem hatte er eine gute Partie gemacht, seine Frau war Erbin eines bescheidenen Vermögens und zwölf Jahre jünger als er. Er bewohnte einen stattlichen Herrensitz namens Moyles Court im Avontal – zufälligerweise gehörten dazu auch die früheren Ländereien seines entfernten Vorfahren, des Försters Cola. Außerdem hatte sein Vater ihm das Haus Albion mitten im New Forest vermacht, und er besaß weitere Ländereien auf den Pennington Marshes. Darüber hinaus gehörte ihm der Großteil des Dorfes Oakley.

Das Haus Albion hatte er für Alice neu aufbauen lassen. Sein übriges Eigentum würde, wie er hoffte, auf seinen Sohn übergehen. Doch obwohl seine junge Frau ihm noch einige Kinder schenkte, starben sie alle im Säuglingsalter. Die Zeit verstrich erbarmungslos. Und irgendwann war es zu spät gewesen. Im letzten Jahr hatte er seine Frau verloren. Doch William Albion hatte keine Lust, mit sechzig noch einmal eine Familie zu gründen.

Alice, die nun achtzehn war, würde deshalb alles erben.

William hatte sich diese Entscheidung reiflich überlegt. Schließlich musste er auch an seinen jüngeren Bruder denken.

Rein juristisch betrachtet, konnte William sein Land vermachen, wem er wollte. Aber er war sicher, der alte Clement hätte sich gewünscht, dass Francis nicht leer ausging. Und wenn er Alice das Haus Albion nicht schon versprochen hätte, so hätte er es ja auch Francis überlassen können. Allerdings durfte man dabei eine weitere Frage nicht außer Acht lassen.

Was hatte Francis je getan, dass er dieses Erbe verdient hätte? Trotz aller Hilfe und Förderung durch seinen Vater hatte er jahrelang gefaulenzt und mehr oder weniger in den Tag hineingelebt. Er wohnte noch immer in London, als – nicht sehr erfolgreicher – Kaufmann. Obwohl William seinen jüngeren Bruder gern hatte, konnte er die Ungeduld nur schwer zügeln, die ein erfolgreicher Mann gegenüber einem weniger tüchtigen Verwandten empfindet. Bei der bloßen Erwähnung seines Namens zuckte William unwillkürlich zusammen, weshalb nur selten über Francis gesprochen wurde. Wie viele Leute, die zu Geld gekommen sind, betrachtete er es als Verschwendung, einem Habenichts etwas zu geben. Natürlich ließ sich das auch ein wenig wohlwollender ausdrücken: Konnte man von ihm verlangen, dass er seine geliebte Tochter enterbte, nur damit der Name Albion im New Forest nicht ausstarb? Nein, Francis musste allein sein Glück machen. Alice war und blieb die einzige Erbin.

Zu Alices Erstaunen hatte ihr Vater vor einigen Monaten während eines beiläufigen Gesprächs über die Ehe den Namen eines möglichen Schwiegersohns besonders lobend erwähnt: John Lisle.

Alice hatte ihn bei einem Fest im prächtigen Haus der Buttons unweit von Lymington kennen gelernt, zu dem sich einige Familien des Landadels versammelt hatten. Er war ein paar Jahre älter als Alice und seit kurzem verwitwet. Auf Alice hatte er einen feinfühligen und klugen, wenn auch ein wenig zu ernsten Eindruck gemacht.

»Aber Vater«, erinnerte sie ihn. »Seine Familie…«

»Es ist eine alte Familie.« Die Lisles waren in der Tat alteingesessen und besaßen schon seit vielen Jahren Ländereien auf der Insel Wight.

»Ja, doch sein Vater…« Die ganze Grafschaft wusste über John Lisles Vater Bescheid. Er hatte seine beträchtliche Erbschaft verschleudert und seinen guten Ruf ruiniert. Nachdem seine Frau ihn verlassen hatte, fing er zu trinken an und war schließlich sogar hochverschuldet im Gefängnis gelandet. »Ist da nicht schlechtes Blut…?«

Schlechtes Blut war ein Lieblingswort des Landadels. Ein oder zwei berüchtigte Schwerenöter mochten dem Familienstammbaum vielleicht einen Hauch des Verruchten verleihen, aber man durfte es nicht übertreiben. Schlechtes Blut bedeutete Gefahr, Ungewissheit, Missernten, kranke Bäume. Da der niedere Adel noch immer zum Teil von der Landwirtschaft lebte, sah er die Dinge prosaisch. Menschenzucht und Viehzucht unterschieden sich eigentlich kaum voneinander. Schlechtes Blut setzte sich immer durch, und deshalb musste man einen Bogen um Leute von zweifelhaftem Ruf machen.

Doch zu Alices Überraschung lächelte ihr Vater nur. »Ah«, verkündete er. »Jetzt will ich dir einmal etwas erklären.« Und mit einem Blick, der wohl besagen sollte, dass er über jahrzehntelange Erfahrung als Anwalt verfügte, fuhr er fort: »Wenn der Vater eines Mannes sein Vermögen verspielt hat, stehen dem Betroffenen zwei Wege offen. Entweder kann er sich mit seiner misslichen Lage abfinden, oder er kann sich dagegen auflehnen und versuchen, dennoch sein Glück zu machen.«

»Ist das nicht immer die Aufgabe der jüngeren Söhne?«

»Ja.« Die Stirn ihres Vaters umwölkte sich, als er daran dachte, wie kläglich sein eigener Bruder in dieser Hinsicht gescheitert war. »Doch wenn ein Vater zusätzlich seine Familie entehrt, ist die Sache um einiges schwieriger. Der Sohn eines solchen Mannes muss nicht nur Armut ertragen, sondern auch Schande und Spott. Auf Schritt und Tritt verfolgen ihn die Schatten der Vergangenheit. Viele verstecken sich deshalb und leben lieber im Verborgenen. Aber die Tapferen unter ihnen stellen sich der Welt. Sie tragen den Kopf hoch erhoben; ihr Ehrgeiz ist eher mit einem stählernen Schwert zu verteidigen als mit der Flamme der Hoffnung. Sie streben nach Ruhm, erstens um ihrer selbst Willen und zweitens, um die Fehltritte ihres Vaters ungeschehen zu machen. Diese Erinnerung lastet ständig auf ihnen und treibt sie an wie ein Stachel.« Lächelnd hielt er inne. »Ich glaube, dass John Lisle ein solcher Mann ist. Er ist ein anständiger und aufrichtiger Mensch, und ich bin sicher, dass er auch gütig ist. Aber er hat dieses Feuer in sich.« Er betrachtete Alice liebevoll. »Wenn ein kluger Vater sein Vermögen seiner Tochter vermacht, sucht er ihr einen Mann, der es auch zu nutzen versteht. Einen Mann mit Ehrgeiz.«

»Warum nicht einen anderen Erben, Vater? Ein ehrgeiziger Mann hat es vielleicht nur auf mein Geld abgesehen.«

»Du musst meinem Urteil vertrauen.« Er seufzte. »Das Schlimme ist, dass die meisten Erben großer Vermögen entweder verweichlicht oder faul sind – oder beides.« Er lachte auf.

»Warum lachst du?«, fragte sie.

»Weil ich mir gerade vorgestellt habe, Alicia« – manchmal nannte er sie so –, »was geschehen würde, wenn ich ein starrsinniges Mädchen wie dich mit dem arglosen Erben eines großen Vermögens verheiraten würde. Du würdest dem armen Jungen das Leben zur Hölle machen.«

»Ich?« Aufrichtig erstaunt sah sie ihn an. »Hältst du mich etwa für starrsinnig, Vater?«

»Schon gut, mein Kind.« Er schmunzelte und tippte ihr leicht auf den Arm. »Aber überlege es dir mit John Lisle. Das ist alles, worum ich dich bitte. Du wirst feststellen, dass er Respekt verdient.«

Als Stephen Pride zwei Tage später auf dem Weg zum Dorfanger bei Gabriel Furzey anklopfte, wollte er ihm eigentlich nur einen Gefallen tun. »Willst du denn nicht mitkommen?«

»Nein«, erwiderte Gabriel, was Pride eigentlich nicht weiter erstaunte.

Die Prides und die Furzeys waren in den dreihundert Jahren, die seit dem Streit um das Pony vergangen waren, in Oakley geblieben, und zwar aus dem einfachen Grund, dass es auf der Welt nur wenige hübschere Fleckchen Erde gab. Auch wenn sich die beiden Familien im Laufe der Jahrhunderte gewiss noch öfter über Alltäglichkeiten gezankt hatten, war das inzwischen vorbei und vergessen. Die Prides hielten die Furzeys noch immer für ein wenig langsam, während die Furzeys den Prides eine gewisse

Hochnäsigkeit unterstellten. Aber ob diese Unterscheidungen noch zutrafen, nachdem die beiden Familien über Generationen hinweg einander geheiratet hatten, war fraglich. Doch über eines waren Stephen Pride und alle übrigen Dorfbewohner sich einig: Gabriel Furzey war unbeschreiblich stur.

»Wie du willst«, meinte Stephen und begab sich zum Dorfanger, da die junge Alice Albion ihn hatte rufen lassen.

An den Gewohnheitsrechten der Bewohner des New Forest hatte sich seit der Zeit des Eroberers kaum etwas geändert. Da die Höfe klein und die Böden nicht sehr fruchtbar waren, wäre ein Überleben der Gemeinschaft ohne die Gewohnheitsrechte nicht möglich gewesen, bei denen es sich vor allem um die vier folgenden handelte: *Pasture* – das Weiderecht; *Turbary* – das Recht zum Stechen von Torf als Brennmaterial; *Mast* – das Recht auf die grünen Eicheln im Herbst als Schweinefutter; und *Estovers* – das Recht, Unterholz zum Verfeuern zu schneiden. Dazu kamen noch weniger bedeutende Privilegien wie das Recht auf Mergel zur Düngung der Böden und das Recht zum Mähen von Farn zum Auslegen der Ställe. Diese alten Gewohnheitsrechte wurden nach einem komplizierten System vergeben und galten zuweilen nur für einen einzelnen Hof. Allerdings war es Sitte, dass der jeweilige Grundbesitzer sie auch für seine Pächter in Anspruch nehmen konnte.

Stephen Pride und Gabriel Furzey lebten auf Land, das den Albions gehörte. Und da Alice eines Tages die Besitzerin sein würde, hatte der Vater sie in Begleitung seines Verwalters losgeschickt, um einige wichtige Dinge in Erfahrung zu bringen.

Als Pride näher kam, sah er Alice am Rande des Dorfangers im Schatten sitzen. Man hatte für sie eine Bank und einen Tisch aufgestellt. Der Verwalter stand neben ihr. Auf dem Tisch war ein großes Stück Pergament ausgebreitet. Alice saß kerzengerade da. Sie trug ein grünes Reitkleid und einen breitkrempigen Hut mit einer Feder. Das rötliche Haar und die blaugrauen Augen hatte sie von ihrer Mutter geerbt. Pride lächelte, denn er fand sie ziemlich hübsch. Er kannte Albions Tochter schon seit ihrer Kindheit, denn er war nur sieben Jahre älter als sie. Er wusste noch, dass sie sich mit zwölf nicht zu fein gewesen war, ein Pony-Wettrennen mit ihm zu veranstalten. Sie hatte Temperament, und das gefiel den Waldbewohnern.

»Stephen Pride.« Sie brauchte sich vom Verwalter nicht an seinen Namen erinnern zu lassen und sah ihn fröhlich an. »Was soll ich für Euch aufschreiben?«

Es war seit Menschengedenken das erste Mal, dass sämtliche Gewohnheitsrechte auf einer Liste verzeichnet wurden. Schließlich galten diese schon seit jeher, und die Menschen merkten sie sich einfach. Falls es zwischen den Bauern Meinungsverschiedenheiten gab, wurden diese durch die Geschworenengerichte und Gemeindevertreter geklärt. Warum also sollte jemand sich die Mühe machen, all das aufzuschreiben?

Als Stephen Pride die Gewohnheitsrechte aufzählte, über die sein Hof verfügte, kannte er den Grund sehr wohl. »Das ist«, hatte er am Vortag zu seiner Frau gesagt, »für unseren Herrscher, den verfluchten König.« Und als er der jungen Alice jetzt in die Augen sah, war ihm klar, dass sie dasselbe dachte, obwohl keiner von ihnen es aussprach.

Wenn man der Geschichtsschreibung glauben kann, musste man die Mitglieder des Hauses Stuart erst richtig anlernen, bevor sie gute Könige abgaben.

König Jakob I. hatte eine hervorragende Ausbildung genossen. Während seiner traurigen Lehrjahre in Schottland, wo jedem Monarchen traditionsgemäß das Messer an der Kehle sitzt, hatte er sich zu einem schlauen Fuchs entwickelt. Trotz seines Glaubens an das Gottesgnadentum achtete er stets darauf, das englische Parlament nicht allzu sehr zu brüskieren. Außerdem war er ein weltgewandter Mann und träumte von einer Vermittlerrolle zwischen den religiösen Lagern. Er beabsichtigte, seine Kinder mit Angehörigen protestantischer und katholischer Königshäuser zu vermählen und dafür zu sorgen, dass beide Religionen in England geduldet wurden. Doch dieser Wunsch entpuppte sich als Luftschloss. Europa war noch nicht bereit für die religiöse Toleranz, obwohl sich Jakob trotz seiner Fehler redlich Mühe gab. Anders als er war sein Sohn Karl nicht durch diese harte Schule gegangen, weshalb er die Stuartsche Engstirnigkeit in ihrer schlimmsten Form verkörperte.

Es ist ein sinnloses Unterfangen, einen großen Gedanken – oder einen guten – einem beschränkten Gehirn einpflanzen zu wollen, wobei das Gottesgnadentum eher zu den geistigen Irrtümern zu zählen ist. Von der Verlogenheit abgesehen, mit der Karl I. seine Ziele durchzusetzen versuchte, waren die Vorträge, die er seinen Untertanen hielt, von einer fast kindischen Naivität. Obwohl kein dummer Mann – er besaß einen beachtlichen Kunstverstand –, machte ihn das Pochen auf seine Vorrechte blind für die einfachsten politischen Tatsachen. Kein englischer König, nicht einmal der mächtige Heinrich VIII., der den Papst aus seiner Kirche geworfen hatte, hatte sich jemals in dieser Weise auf die göttliche Gnade berufen. Und kein Herrscher, auch nicht der Eroberer selbst, hatte gewagt, alte Gesetze und Bräuche zu missachten. Karl I. hingegen nahm sich den Absolutismus nach dem Beispiel Frankreichs zum Vorbild – doch das widersprach eindeutig der englischen Lebensart.

So dauerte es auch nicht lange, bis der König sich heillos mit dem englischen Parlament zerstritten hatte. Die Puritaner verdächtigten ihn, den Katholizismus wieder einführen zu wollen – schließlich war seine französische Frau katholisch. Den Kaufleuten missfiel seine Schwäche für Zwangsanleihen. Die Mitglieder des Parlaments waren empört, dass er sie eigentlich nur als Erfüllungsgehilfen betrachtete. Im Jahre 1629 löste Karl I. das Parlament auf und beschloss, fortan allein zu regieren.

Die Frage war nur, wie er das nötige Geld auftreiben sollte. Solange er sich nicht in einen Krieg verwickeln ließ – was stets große Kosten verursachte –, hätte Karl I. mehr oder weniger über die Runden kommen müssen. Schließlich konnte er ja auf Zölle, verschiedene Gebühren und die Pachterträge der königlichen Ländereien zurückgreifen. Allerdings war seine Habgier noch nicht gestillt, weshalb er sich darauf verlegte, Titel zu verkaufen. Ein Baronet brachte ein ordentliches Sümmchen. Und als er und seine Berater sich nach weiteren Einkommensquellen umsahen, schlug einer vor: »Was ist mit den königlichen Wäldern?«

Niemand konnte richtig beantworten, welchen Zweck sie eigentlich erfüllten. Natürlich, es gab dort Hirsche. Doch bei Hofe erinnerte man sich eigentlich nur an sie, wenn für eine Krönungsfeierlichkeit oder eine andere große Festivität große Mengen Wildbret gebraucht wurden. Hingegen war das Holz einer näheren Betrachtung wert. Darüber hinaus ließ sich mit Hilfe der von den Grafschaftsgerichten verhängten Geldstrafen ein kleines Einkommen erzielen.

Und zu guter Letzt meinte ein schlauer Ratgeber: »Warum schicken wir keine Richter in den New Forest?«

Nachdem man ihm die Konsequenzen einer solchen Maßnahme genau erklärt hatte, war Karl I. ganz begeistert von diesem Vorschlag. Richterliche Rundreisen – *Forest Eyre* genannt – waren ein Brauch aus der Zeit der Plantagenets. Hin und wieder, zuweilen im Abstand von mehreren Jahren, suchten die Reiserichter des Königs den New Forest auf, nahmen alles in Augenschein, räumten mit Verwaltungsfehlern auf und verhandelten offen gebliebene Fälle. Man wusste schon vorab, dass sie ein paar saftige Geldstrafen verhängen würden. Soweit man sich erinnern konnte, hatte schon seit Generationen – genauer seit Heinrichs VIII. Regentschaft – keine richterliche Rundreise mehr stattgefunden. Karl I. war begeistert: ein altes königliches Recht, von dem sein ungehorsames Volk nichts mehr wusste. Und so erschienen im Jahr 1635 zur allgemeinen Verärgerung der Waldbevölkerung die königlichen Reiserichter im New Forest.

Die Ergebnisse waren recht viel versprechend. Drei große Holzdiebstähle – es handelte sich um jeweils tausend Bäume – kamen ans Licht und zogen beträchtliche Geldstrafen nach sich: tausend, zweitausend und dreitausend Pfund – eine fette Beute also. Doch es waren nicht diese hohen Summen, die die Waldbewohner so erbosten, sondern der Umstand, dass man sich an den einfachen Leuten schadlos halten wollte.

Im Sommer 1635 wurden vor dem Grafschaftsgericht des New Forest nicht weniger als zweihundertachtundsechzig Fälle verhandelt. Früher waren es durchschnittlich ein Dutzend im Jahr gewesen. Noch nie hatte man so etwas im New Forest erlebt. Jeder Zentimeter Land, den man sich in vergangenen Generationen unbemerkt angeeignet, jede Hütte, die man ohne Genehmigung erbaut hatte wurden mit einer Strafe belegt. Im ganzen Wald gab es kein Dorf, keine Familie, die nicht bei einem Fehltritt ertappt worden wäre. Und anstatt Milde zu üben, griff man den Übeltätern tief in die Tasche. Tagelöhner, die in illegalen Gebäuden hausten, mussten drei Pfund Strafe zahlen. Ein Freisasse wurde wegen Wilddiebstahls zu hundert Pfund verdonnert. Ein paar Meter Grund, abgezweigt, um dort Bienenkörbe aufzustellen, ein kläffender Hund, einige verbotenerweise grasende Schafe – all das führte zu hohen Geldstrafen. Wie immer, wenn Karl I. sich einmal zu etwas entschlossen hatte, ging er sehr gründlich zu Werk. Gesetzlich war er zwar dazu berechtigt, doch mit der typischen Gedankenlosigkeit der Stuarts schaffte er es, ein ganzes ihm eigentlich wohlgesonnenes Volk gegen sich aufzubringen. Er war weder ein Schurke noch ein Märtyrer, sondern einfach nur ein ausgesprochen alberner, kleinlicher Herrscher.

Nun musste jeder Häusler die Gewohnheitsrechte eintragen lassen, die er von alters her besaß. In Prides Augen handelte es sich um sinnlosen Papierkrieg. Doch Alice dachte weiter.

»In London heißt es«, hatte ihr Vater ihr am Vortag erklärt, »dass der König ein Kataster der gesamten Gegend anlegen möchte. Und weißt du warum? Er will den New Forest und den Sherwood Forest als Bürgschaften für einen Kredit einsetzen! Kaum zu fassen«, fuhr er fort, »vielleicht wird der ganze Wald verkauft, nur um die Gläubiger des Königs zufrieden zu stellen. Meiner Ansicht nach ist das der Grund, der dahinter steckt.«

Als Stephen Pride mit seiner kurzen Aufzählung fertig war, dankte Alice ihm höflich und fragte dann: »Wo ist denn Gabriel Furzey? Sollte er nicht auch kommen?«

»Mag sein«, erwiderte Pride wahrheitsgemäß.

»Nun.« Alice war zwar erst achtzehn, aber sie wollte sich von Gabriel nicht auf der Nase herumtanzen lassen. »Dann richtet ihm bitte von mir aus, dass er besser sofort erscheinen sollte, wenn er Wert darauf legt, dass ich seine Gewohnheitsrechte eintrage. Sonst muss er eben darauf verzichten.«

Pride konnte sich ein Grinsen kaum verkneifen, als er loszog, um die Botschaft zu überbringen.

Schon auf den ersten Blick war Gabriel Furzey und Stephen Pride anzumerken, welche Haltung sie zu dieser Inventur einnahmen. Der hagere, scharfäugige Pride war vom Scheitel bis zur Sohle ein Freigeist, wusste aber, dass er sich dem Zugriff der Mächtigen nicht völlig entziehen konnte. Obwohl schon seine Vorfahren darüber gemurrt hatten, dass die Macht der Krone nicht vor dem New Forest endet, waren die Prides schlau und vernünftig genug gewesen, sich mit ihr zu arrangieren. Zu den Vertretern der Dorfgemeinschaften beim Grafschaftsgericht gehörten stets ein oder zwei Prides. Hin und wieder übernahmen sie sogar einen untergeordneten Posten in der Verwaltung des New Forest, zum Beispiel als Unterförster oder als Viehinspektor, der die Weidegebühren einsammelte. Hie und da hatte es ein Mitglied dieser Sippe sogar vom Häusler zum Freisassen und Grundbesitzer geschafft. Wenn die adeligen Herren einen Freisassen für den Geschworenendienst suchten, entschieden sie sich gern für einen Pride. Und zwar aus einem einfachen Grund: Die Mitglieder dieser Familie waren gescheit, und die Mächtigen wussten, dass man selbst im Fall von Meinungsverschiedenheiten mit einem klugen Mann eher Einigkeit erzielte als mit einem Dummkopf.

Und falls ein wohlmeinender Mensch die Anmerkung fallen ließ, dass Pride vielleicht nebenbei ein wenig gewildert habe, erhielt er zur Antwort meist nur ein Lächeln und ein hingemurmeltes: »Ist es denn die Möglichkeit!« Auf Dank konnte der Judas lange warten, denn meist frönte der adelige Empfänger dieser Nachricht selbst diesem Steckenpferd.

Der kleinwüchsige, pummelige Gabriel Furzey hingegen – Alice pflegte ihn ungnädig mit einer bärbeißigen Rübe zu vergleichen – stand mit der ganzen Welt auf Kriegsfuß. Als Stephen Pride ihm jetzt mitteilte, dass Alice ihn sprechen wolle, schüttelte er nur den Kopf und sagte: »Was für einen Sinn hat es, so etwas aufzuschreiben? Ich kenne meine Rechte. Wir hatten sie doch schon immer, oder etwa nicht?«

»Das stimmt. Aber...«

»Was sonst noch? Es ist doch bloß Zeitverschwendung.«

»Trotzdem, Gabriel. Ich finde, du solltest besser hingehen.«

»Nein, ich gehe nicht.« Gabriel schnaubte verächtlich. »Ich habe es nicht nötig, mir von einem Mädchen sagen zu lassen, welche Rechte ich habe. Verstanden?«

»Sie ist doch recht nett, Gabriel. Außerdem hat sie gar nichts damit zu tun.«

»Sie hat mir doch befohlen zu kommen, richtig?«

»Wenn du es so ausdrückst.«

»Und deshalb gehe ich nicht hin.«

»Aber Gabriel...«

»Und du kannst auch verschwinden!«, polterte Furzey plötzlich. »Hau ab...«

Also machte Stephen Pride sich davon, und kurz darauf brach auch Alice auf. Aus diesem Grund wurden Gabriels Gewohnheitsrechte nirgends festgehalten.

Es schien nicht weiter wichtig.

1648

Es war Dezember. Der Morgen graute, und es wehte ein kalter Wind.

Auf dem Hügel bei Lymington saß ein einsamer Reiter auf einem Grauschimmel. Er war über vierzig und gut aussehend, obwohl sein dunkles Haar schon die ersten silbrigen Fäden zeigte. Seine Augen waren grau. Er blickte in die Ferne zum düsteren Hurst Castle hinüber.

Meer, Himmel, Strand und auch die Wellen – aus dieser Entfernung nicht zu hören – hatten die Farben von Blei. Jeden Moment würde aus dieser Festung am winterlichen Meer, scharf bewacht und nur noch ein Schatten seiner selbst, der gefangene König kommen.

John Lisle hatte mit dem Gedanken gespielt, zu den Soldaten hinunterzureiten, es sich dann aber anders überlegt. Schließlich war es nicht leicht, mit einem König Konversation zu betreiben, der bald geköpft werden sollte. Es bestand immer die Gefahr, dass das Gespräch erlahmte.

Allerdings war es nicht das Schicksal von Karl I., das John Lisle beschäftigte, denn der Monarch war ihm herzlich gleichgültig. Viel mehr machte ihm der Streit zu schaffen, den er gerade mit seiner Frau geführt hatte. Es war ihre erste ernsthafte Auseinandersetzung in zwölf glücklichen Ehejahren gewesen. Und leider sah John keinen Ausweg.

»Geh nicht nach London, John, ich flehe dich an.« Wieder und wieder hatte sie ihn im Laufe der Nacht darum gebeten. »Das wird ein schlimmes Ende nehmen, ich spüre es genau. Man wird dich töten.« Woher wollte sie das wissen? Außerdem ergab es keinen Sinn. Und diese Ängstlichkeit wollte so gar nicht zu ihr passen. »Bleib hier, John. Oder reise ins Ausland. Unter irgendeinem Vorwand. Aber nicht nach London. Cromwell wird dich nur benutzen.«

»Mich benutzt man nicht so leicht, Alice«, hatte er nachsichtig erwidert.

Aber sie hatte nicht locker gelassen. Und schließlich, kurz vor dem Morgengrauen, hatte sie angefangen, ihm bittere Vorhaltungen zu machen. »Ich glaube, John, du musst dich zwischen deinem Ehrgeiz und deiner Familie entscheiden.«

Dieser ungerechtfertigte Vorwurf hatte ihm die Sprache verschlagen. Also hatte er noch vor Tagesanbruch Haus Albion verlassen und war davongeritten.

Sein Blick blieb auf die ferne Festung gerichtet. Ein quälender Gedanke wollte ihm nicht aus dem Kopf: Was war, wenn sie Recht hatte?

Obwohl Alice durch den Tod ihres Vaters nur zwei Jahre nach ihrer Hochzeit Herrin über große Güter geworden war, hätte John nicht im Traum daran gedacht, sich in den New Forest zurückzuziehen und seine Karriere aufzugeben. Alice hatte es auch nie von ihm verlangt. So sehr sie ihn auch liebte, sie hätte gewiss keinen Gatten achten können, der von ihrem Geld lebte. Außerdem musste er zwei Söhne aus seiner ersten Ehe ernähren und dazu noch die Kinder, die er und Alice bald miteinander hatten. Also hatte er hart in seinem Beruf als Anwalt gearbeitet, und er war ein kluger Kopf. Deshalb war er rasch aufgestiegen. Und als König Karl I. sich nach elf Jahren Alleinregierung 1640 endlich gezwungen sah, ein neues Parlament einzuberufen, war John Lisle als wohlhabender und angesehener Mann Abgeordneter für Winchester geworden.

War er von übergroßem Ehrgeiz getrieben? Alice hatte leicht reden, denn sie war wohl behütet aufgewachsen. Schande, Scheitern, Ruin – nie hatte sie das durchmachen müssen. Als Student hatte John häufig gehungert, da sein betrunkener Vater ihn nicht unterstützte und er zu stolz gewesen war, bei seinen Kommilitonen betteln zu gehen. Für Alice war ein Beruf ein Zeitvertreib, etwas, das sich ohne viel Zutun ergab und aus dem man sich nach Belieben zurückziehen konnte. Für ihn hingegen war es eine Frage von Leben oder Tod. William Albion hatte Recht behalten. Etwas in ihm war hart wie Stahl. Und er wusste, dass er nach London gehen musste.

In diesem Augenblick verließ ein Trupp Reiter Hurst Castle. Das bleigraue Meer im Rücken, preschten sie über den Strand. König Karl I. war leicht zu erkennen, denn er war der kleinste von ihnen.

Die Männer nahmen einen seltsamen Weg. Anstatt durch Lyndhurst geradewegs zur Mitte des New Forest zu reiten, hielten sie sich am Waldesrand und steuerten nach Westen, wo Ringwood lag, um dann über Romsey in Etappen nach Windsor Castle zu reisen. Befürchteten sie etwa, jemand im New Forest könne versuchen, Karl zu befreien? John Lisle nahm sich vor, Cromwell danach zu fragen. Doch es kam ihm sehr unwahrscheinlich vor.

Obwohl König Karl I. das Land in einen Bürgerkrieg gestürzt hatte, war es im New Forest ruhig geblieben. Im nahe gelegenen Southampton und in Portsmouth unterstützte man wie in den meisten Häfen das Parlament, das zudem die Londoner Kaufleute hinter sich wusste. Auch in Lymington schloss man sich der Meinung der größeren Hafenstädte an. Royalistische Adelige hatten versucht, die Insel Wight und Winchester für den König zu gewinnen, konnten ihre Stellung allerdings nicht halten. Doch da es im New Forest selbst keine wichtigen Städte gab, hatte man die Einwohner nicht weiter behelligt. Die einzige Änderung war, dass die königlichen Verwalter des Waldes seit dem Sturz der Regierung kein Gehalt mehr bezogen. Also bediente man sich – vom adeligen Förster bis hinunter zum einfachen Bauern – einfach selbst, sammelte Holz, jagte Hirsche und lebte von dem, was der Wald zu bieten hatte. Schließlich kannte man sich aus.

»Was soll der König jetzt noch dagegen haben?«, meinte Stephen Pride eines Tages vergnügt zu Alice.

Lisle fragte sich, ob die neue Regierung – ganz gleich, wie diese auch aussehen mochte – wohl Interesse am New Forest zeigen würde. Dann blickte er wieder zu den Männern hinüber, die in der Ferne über den Strand ritten. Wie war es möglich, überlegte er nun wohl schon zum hundertsten Mal, dass ein so kleiner und geistig unbedarfter Mann wie Karl I. ein Land in eine derart tiefe Krise hatte stürzen können?

Dass man in der Politik auch einmal Kompromisse schließen musste, war dem König völlig unbegreiflich geblieben. Halsstarrig hatte er an beim Parlament unbeliebten Ratgebern festgehalten, neue Steuern erhoben und katholische Kirchenfürsten begünstigt, die von der Bevölkerung abgelehnt wurden. Zu guter Letzt hatte er den streng calvinistischen Schotten seine Bischöfe aufgezwungen, die fanatische Anhänger der anglikanischen Hochkirche waren. Diese jüngste Wahnsinnstat hatte bei den Schotten bewaffneten Widerstand ausgelöst und dem Parlament Gelegenheit gegeben, seinen Willen durchzusetzen. Thomas Strafford, der allgemein verhasste Minister des Königs, wurde wegen Hochverrats hingerichtet, Erzbischof Laud in den Tower von London geworfen. Doch auch das hatte nichts genützt. Die Kluft zwischen den beiden Seiten war bereits zu tief. Also war es zu einem Krieg gekommen, in dem der König dank Oliver Cromwell und dessen »Rundköpfen« – aufständischen Londoner Lehrlingen – unterlegen war.

Doch selbst als Verlierer hörte Karl nicht auf, seine Widersacher gegeneinander auszuspielen. In Lisles Augen hatte das Scheitern des Königs in der letzten Schlacht bei Naseby das Fass zum Überlaufen gebracht. Beschlagnahmte Dokumente bewiesen zweifelsfrei, dass Karl I. beabsichtigte, wenn möglich eine Armee aus Irland oder aus dem katholischen Frankreich herbeizurufen, um sein Volk zu unterwerfen. »Wie sollen wir ihm glauben, dass er in England nicht wieder den Papismus einführt?«, hatte Lisle gefragt. Und als man ihn mit anderen Abgesandten zur Insel Wight geschickt hatte, um mit dem König zu verhandeln – man hatte den Monarchen dort gefangen gehalten, bevor man ihn in Hurst Castle einsperrte –, war ihm klar geworden, mit was für einem Mann er es zu tun hatte. »Er redet einem nach dem Mund, um Zeit zu gewinnen, denn er glaubt, dass er mit Gottes Gnaden regiert und uns deshalb nichts schuldig ist. Darin ist er wie seine Großmutter, Königin Maria von Schottland: Er wird immer weiter Ränke schmieden, bis man ihm den Kopf abschlägt.«

Und das war natürlich die Frage, die Alice und vielen anderen Zeitgenossen Sorgen bereitete. Denn hier schieden sich die Geister zwischen den kompromissbereiten Parlamentariern und den unnachgiebigen Militars wie Cromwell, die fanden, dass der König sterben musste. Doch wie sollte man einen von Gott gesalbten König hinrichten? Niemand wagte sich die möglichen Folgen auszumalen.

Als Anwalt war John Lisle zu dem Schluss gelangt, dass man diesen König auf gesetzlichem Wege nicht loswerden konnte.

Denn die englische Verfassung war ziemlich uneindeutig formuliert. Altes Gewohnheitsrecht, Sitten, Präzedenzfälle hatten, ebenso wie Wohlstand und Einfluss der betroffenen Personen, die Politik in jeder Generation bestimmt. Das Parlament hatte voll und ganz Recht mit der Behauptung, es sei seit der Regierungszeit von Eduard I., also seit fast vierhundert Jahren, stets zu Rate gezogen worden. Und auch ein König konnte sich auf juristische Quellen berufen, wenn er das Parlament nach Belieben einsetzte und wieder auflöste. Allerdings irrte das Parlament, als es sich auf der Suche nach einem geschriebenen Gesetzestext auf die Magna Charta berief, denn es handelte sich bei dieser Urkunde um eine Vereinbarung zwischen König Johann und einigen aufständischen Baronen aus dem Jahr 1215, die vom Papst für illegal erklärt worden war. Andererseits enthielt die Magna Charta den bislang unbestrittenen Grundsatz, dass der König sich beim Regieren an Sitten und Gesetze halten müsse. Nicht einmal der unfähige Johann I. hatte sich göttliche Rechte angemaßt und hätte diese Vorstellung gewiss auch sehr befremdlich gefunden. Als das Parlament den mittelalterlichen und seit Jahrhunderten in Vergessenheit geratenen Brauch der Amtsenthebung wieder ausgrub, um Karls Ministern entgegenzutreten, hatte er das Recht auf seiner Seite. Hingegen handelte es sich bei der kurz vor Ausbruch des Bürgerkrieges aufgestellten Behauptung, das Parlament könne gegen die königliche Ernennung von Ministern ein Veto einlegen und darüber hinaus die Armee befehligen, um eine juristische Fehleinschätzung.

Alles in allem jedoch fand Lisle, dass diese Erwägungen keine Rolle spielten. »Verstehst du denn nicht«, meinte er zu Alice. »Der König hat sich auf eine juristisch unangreifbare Position zurückgezogen, indem er sich als von Gott erwählter Quell des Gesetzes bezeichnet. Und deshalb kann sich das Parlament auf den Kopf stellen; er wird jede Entscheidung, die ihm nicht gefällt, einfach für illegal erklären. Cromwell will ihm den Prozess machen. Gut, wird der König sagen, dann ist das Gericht eben auch illegal. So wird er manche Leute verwirren und ins Grübeln bringen.« Sein juristisch geschulter Verstand sah die Dinge mit schonungsloser Klarheit. »Es ist ein perfekter Zirkelschluss, und er kann ewig so weitermachen, bis zur Wiederkehr Jesu Christi.«

Allerdings war es auch gefährlich, mit den Gesetzen und Bräuchen zu brechen. Einen unfähigen König abzusetzen, war eine Sache, doch ihn gleich hinzurichten? Und wer sollte an seine Stelle treten? Viele Mitglieder des Parlaments waren wohlhabende Männer, die Ordnung verlangten. Sie befürworteten zwar den Protestantismus – vorzugsweise ohne Karls Bischöfe –, hielten allerdings gesellschaftliche und religiöse Regeln für unabdingbar. Bei Angehörigen der Armee und den Bürgern machte jetzt eine neue Forderung die Runde: Die so genannten Independenten verlangten Religionsfreiheit für jedes einzelne Kirchspiel – natürlich nur, solange es sich für den Protestantismus entschied. Noch Besorgnis erregender war die Fraktion der Leveller in der Armee, einer radikalen Gruppierung, die Demokratie, das allgemeine Wahlrecht für Männer und womöglich sogar die Abschaffung des Privatbesitzes verlangte. Kein Wunder also, dass die Herren im Parlament zögerten und hofften, doch noch eine Einigung mit dem König zu erzielen.

Bis vor zwei Wochen zumindest. Dann hatte die Armee zugeschlagen. Oberst Thomas Pride war ins Parlament einmarschiert und hatte alle festnehmen lassen, die nicht mit ihm zusammenarbeiten wollten. Es handelte sich schlicht und ergreifend um einen Staatsstreich – *Pride's Purge,* also Prides Säuberung genannt –, der stattfand, während Cromwell taktvoll durch Abwesenheit glänzte.

»Glaubst du, dass dieser Pride etwas mit unseren Prides hier im New Forest zu tun hat?«, hatte Alice lächelnd wissen wollen.

»Mag sein.«

»Ich kann mir gut vorstellen, wie Stephen Pride Mitglieder des Parlaments verhaftet.« Sie kicherte. »Es würde zu ihm passen.«

Doch inzwischen war ihr das Lachen vergangen. Als der Dezember verstrich und der Tag näher rückte, an dem Karl I. aus der kleinen Festung an der Küste des New Forest nach London verbracht werden sollte, wuchs ihre Niedergeschlagenheit.

»Man könnte meinen, dass ich es bin, der vor Gericht gestellt werden soll«, merkte Lisle spitz an.

Noch schlimmer wurde die Sache dadurch, dass – wie ihm zu Ohren gekommen war – einige angesehene Anwälte und Befürworter des Parlaments diskret einen Rückzieher gemacht hatten. Und als Alice meinte: »Cromwell hat nicht genügend Anwälte, und deshalb braucht er dich«, wusste er, dass sie Recht hatte.

Und wenn er nun nicht nach London ging? Wenn er eine plötzliche Erkrankung vortäuschte und im New Forest blieb? Würde Cromwell dann kommen und ihn verhaften? Nein. Gar nichts würde geschehen. Man würde ihn in Ruhe lassen. Allerdings durfte er sich dann von der neuen Regierung keine Posten oder Vergünstigungen erwarten.

Insofern hätte Alices Bemerkung doch etwas Wahres: Er war ehrgeizig. Und dieser Ehrgeiz trieb ihn nun, der Gerichtsverhandlung gegen den König beizuwohnen.

Und auch das Gewissen, dachte er verärgert. Er wusste, dass es feige gewesen wäre, sich vor dieser Aufgabe zu drücken. Das hätte er sich selbst nie verziehen.

Ehrgeiz und Gewissen also.

Nun verließen der König und seine Bewacher den Strand und waren bald nicht mehr zu sehen. Zögernd machte John Lisle kehrt und ritt nach Hause. Er und Alice hatten in den letzten zehn Jahren verschiedene Häuser bewohnt, in London, in Winchester und auf der Insel Wight, wo er damit beschäftigt gewesen war, sein eigenes Gut in Stand zu halten. Auch Moyles Court im Avontal und Haus Albion, das von Alice bevorzugt wurde, hatten ihnen als Zuhause gedient. Jetzt, kurz vor Weihnachten, wohnten sie in Haus Albion.

Was würde sie bei seiner Rückkehr sagen?

Er hatte gedacht, dass sie noch schlafen würde, doch sie erwartete ihn an der offenen Tür. Zum Glück hatte sie sich wenigstens einen Mantel über das Nachthemd gezogen, denn es war bitterkalt. Stand sie schon dort, seit er fortgeritten war? Er wurde von Schuldgefühlen ergriffen. Er liebte sie doch so sehr. Ihre Augen waren gerötet. Er stieg vom Pferd und ging auf sie zu. »Ich bleibe bis nach Weihnachten«, sagte er. »Dann denken wir noch einmal darüber nach.« Er redete sich ein, dass auch der letzte Satz der Wahrheit entsprach, obwohl er sich schon längst entschieden hatte.

»Ist der König fort?«

»Ja, er ist unterwegs.«

Sie nickte traurig. »John«, meinte sie plötzlich, »du musst tun, was Gott dir befiehlt. Wir, die Kinder und ich, halten zu dir. Erfülle deine Pflicht. Ich bin deine Frau.«

Und eine wunderbare Frau obendrein, dachte er. Er legte den Arm um sie und ging mit ihr ins Haus, eine neue Freude im Herzen.

Thomas Penruddock würde nie seine erste Begegnung mit Alice Lisle vergessen. Das war vor zwei Jahren gewesen, er war zehn.

Schon frühmorgens waren sie aus Compton Chamberlayne aufgebrochen. Das Dorf und der Herrensitz Compton Chamberlayne lagen im Tal des Flusses Nadder, etwa zehn Kilometer westlich von Sarum. Die Reise in die alte Kathedralenstadt war angenehm und nicht beschwerlich. Nach einer Rast und einem kurzen Besuch in der Kathedrale mit ihrem hoch emporragenden Turm hatten sie sich wieder auf den Weg nach Süden gemacht. Sie waren dem Lauf des Avon gefolgt, hatten Longford, das riesige Landgut der Familie Gorges, passiert und bei dem Dorf Downtown den Fluss überquert. Schließlich erreichten sie die bewaldete Hochebene am nördlichsten Rand des gewaltigen New Forest.

Dort befand sich das Dorf Hale. Vom Herrensitz aus, der am Rande eines Abhangs gelegen war, bot sich im Westen eine malerische Aussicht auf das Avontal. Vor zwei Generationen hatten die Penruddocks den Herrensitz für einen jüngeren Sohn erworben. Die Penruddocks aus Hale und ihre Vettern waren stets auf freundschaftlichem Fuß miteinander gestanden. Und diesmal hatten die Eltern ihren ältesten Sohn Thomas mitgenommen, um ein paar Tage in Hale zu verbringen.

Dort war Thomas noch nie zuvor gewesen. Die Verwandten hießen sie herzlich willkommen, und die Kinder schlossen Thomas sofort in ihr Spiel ein.

Der erste Abend wurde nur dadurch getrübt, dass eine ältliche Tante ihn eindringlich musterte und dann ausrief: »Gütiger Himmel, John. Der Junge ist seiner Großmutter Anne Martell wie aus dem Gesicht geschnitten!«

Sein dunkles Haar, das hübsche Gesicht und die grüblerische Art hatte Thomas von der Familie seiner Mutter geerbt, den Martells, die in Dorset lebten. Auch die Penruddocks waren eine gut aussehende Familie. Besonders der Vater, den Thomas vergötterte, galt als stattlicher Mann. Und es machte den Jungen stets traurig, dass er ihm so gar nicht ähnelte. Doch seine düstere Miene erhellte sich, als die Tante fortfuhr: »Ich hoffe, du bist stolz auf ihn.«

»Ja, das will ich meinen«, erwiderte sein Vater.

Oberst John Penruddock war für Thomas das Sinnbild der Vollkommenheit. War er nicht einer der verwegensten und mutigsten Befehlshaber der Royalisten gewesen? Einen Bruder hatte er im Krieg verloren, ein Vetter war verschleppt worden. Außerdem hatte Oberst Penruddock teuer für seine ritterliche Treue zum König bezahlt und viel Geld und seine Ämter verloren, als Cromwell und seine Spießgesellen triumphierten. Doch Thomas hätte lieber auf sämtliche Ländereien verzichtet, als einen weniger ruhmreichen Helden zum Vater zu haben.

Am nächsten Morgen durfte er zu seiner Freude mit den Männern ausreiten.

»Ich glaube«, sagte der Gastgeber, »wir nehmen zuerst den Weg über Hale Purlieu. Weißt du«, fragte er freundlich, »was ein *Purlieu* ist, Thomas?« Als Thomas den Kopf schüttelte, fuhr er fort: »Woher solltest du auch? Ein *Purlieu* ist ein Gebiet am Rande eines königlichen Forstes, das früher einmal unter das Jagd- und Forstgesetz fiel, jetzt aber davon befreit ist. In diesem Teil des New Forest gibt es einige solche Stellen, weil die Grenzen im Laufe der Jahrhunderte immer wieder verschoben wurden.«

Die Penruddocks ritten über Hale Purlieu und hatten gerade eine große Heide erreicht, als sie an einer Weggabelung von rechts zwei Reiter kommen sahen. Thomas hörte seinen Vater einen Fluch murmeln, und er sah, wie seine Vettern ihre Pferde zügelten. Als er sich nach dem Grund erkundigen wollte, sah ihn sein Vater so finster an, dass ihm die Frage im Halse stecken blieb. Also beobachteten die Penruddocks schweigend die Reiter – einen Mann und eine Frau –, die etwa hundert Meter vor ihnen grußlos den Pfad kreuzten und ihren Weg über die Heide fortsetzten.

Im Vorbeireiten konnte Thomas sie eingehend betrachten. Der Mann war unauffällig gekleidet und trug einen hohen schwarzen Hut mit breiter Krempe, wie ihn Cromwells Puritaner bevorzugten. Die Frau war mit einem schlichten braunen Kleid mit kleinem Spitzenkragen angetan. Sie war barhäuptig und hatte rötlich braunes Haar. Trotz ihrer einfachen Aufmachung wiesen das gute Tuch ihrer Kleidung und die prachtvollen Pferde auf Wohlstand hin. Niemand rührte sich, bis sie fast außer Sicht waren.

412

»Wer war das, Vater?«, fragte Thomas schließlich.

»Lisle und seine Frau«, lautete die knappe Antwort.

»Sie sind die Besitzer von Moyles Court«, ergänzte sein Vetter, »aber sie kommen nicht oft hierher.« Verächtlich zog er die Nase hoch. »Wir sprechen nicht mit ihnen.« Er blickte den beiden Gestalten nach. »Verdammte Königsmörder.«

So nannte man die Leute, die am Todesurteil gegen den König beteiligt gewesen waren. Nicht alle »Rundköpfe« hatten die Hinrichtung des Königs befürwortet. Fairfax, ein weiterer Befehlshaber neben Cromwell, hatte sich geweigert, dem Prozess gegen den König beizuwohnen. Auch einige andere führende Persönlichkeiten hatten das Todesurteil nicht unterschrieben. John Lisle jedoch waren solche Skrupel fremd. Er hatte der Gerichtsverhandlung beigewohnt und bei der Erstellung der nötigen Dokumente mitgewirkt, er hatte die Hinrichtung befürwortet und kein Mitleid gezeigt, als dem König der Kopf abgeschlagen worden war. Für die Penruddocks war er daher ein Verbrecher und Königsmörder.

»Und er hat ordentlich davon profitiert«, fügte der Vetter ärgerlich hinzu. Als Armee und Parlament die Güter der Royalisten beschlagnahmten, hatte Cromwell nämlich Lisle die Gelegenheit verschafft, billig Land zu erwerben. »Seine Frau ist auch nicht besser«, fuhr Penruddock von Hale fort: »Sie ist genauso tief in die Sache verwickelt wie er. Beides Königsmörder.«

»Diese Leute sind die Todfeinde deiner Familie, Thomas«, sagte der Vater leise. »Vergiss das nie.«

»Und sie haben Macht, John«, ergänzte sein Vetter. »Das ist der springende Punkt. Wir können nichts gegen sie unternehmen.«

»Oh«, erwiderte Oberst Penruddock versonnen. »Da wäre ich nicht so sicher, Vetter. Man kann nie wissen.« Thomas sah, wie die beiden Männer Blicke wechselten. Doch es wurde kein Wort mehr darüber gesprochen.

Und nun war er mitten dabei. Die ganze feuchtkalte Märznacht waren sie unterwegs gewesen und hatten Truppen von Reitern in der Nähe von Sarum versammelt. Doch Tom war viel zu aufgeregt, um Müdigkeit zu spüren. Es war immer noch dunkel, eine Stunde vor Morgengrauen, als die Kavalkade – fast zweihundert Mann stark – an der alten Stadtmauer unter dem hohen Schatten des Kirchturms in die Stadt einritt. Sein Vater, ein Herr namens Grove und General Wagstaff, der Botschaften und Anweisungen von der königlichen Exilregierung brachte, bildeten die Spitze des Zuges.

Sie passierten die Ecke, wo der umfriedete Grund der Kathedrale an die Stadtmauer stieß, und ritten die kurze Straße hinauf, die zum Marktplatz von Salisbury führte. Während sich Fensterläden öffneten und die Menschen, vom frühmorgendlichen Hufgetrappel aufgeschreckt, hinausblickten, machten sich die bewaffneten Männer rasch an die Arbeit.

»Zwei Mann an jede Tür«, hörte Thomas seinen Vater, der sich dicht vor ihm befand, befehlen. Kurz darauf waren die Eingänge aller Gasthäuser bewacht. Sein Vater ließ an den Straßen und am Tor der Kathedrale Posten aufstellen.

Ein junger Offizier kam herangeprescht und meldete: »Die Stadt ist gesichert.«

»Gut.« Der Vater drehte sich zu seinem Freund Grove um. »Geht bitte von Tür zu Tür und fragt nach, wie viele gute Bürger von Salisbury bereit sind, dem König zu dienen.« Nachdem Grove sich entfernt hatte, wandte Penruddock sich an den jungen Offizier: »Treibt möglichst viele Pferde auf. Beschlagnahmt sie im Namen des Königs, ganz gleich, wem sie gehören.« Er warf einen Blick auf General Wagstaff, einen berüchtigten Heißsporn, der tapfer im Bürgerkrieg gekämpft hatte: »Wo ist Hertford?«

Der Marquis von Hertford, ein mächtiger Magnat, hatte versprochen, mit einer großen Truppe, vielleicht sogar mit einem ganzen Reiterregiment, zu ihnen zu stoßen.

»Er wird schon kommen, keine Angst.«

»Das möchte ich ihm auch geraten haben. Nun, werfen wir einen Blick ins Gefängnis. Du wartest hier, Thomas.« Gefolgt von zwanzig Mann, ritt er durch die Dunkelheit zum Stadtgefängnis.

Der *Sealed Knot* – der zugezogene Knoten. Thomas sah sich um und beobachtete die Reiter, die auf dem dunklen Marktplatz herumwimmelten. Hie und da erkannte er an einem schwachen Glimmen, dass sich jemand eine Pfeife angezündet hatte. Ein leises Klappern war zu hören, wenn die Pferde an ihrem Zaumzeug kauten, ab und zu schlug ein Schwert gegen einen Brustpanzer. *Sealed Knot.* Zwei Jahre lang hatten sich die treuen Adeligen dieses Geheimbundes auf den Schlag vorbereitet, der England seinen wahren Herrscher zurückgeben sollte. Nun wartete der rechtmäßige Erbe, der Sohn des ermordeten Königs, auf dem Kontinent darauf, den Thron besteigen zu können. An strategischen Stellen wurden im ganzen Land Städte und Festungen besetzt. Und sein eigener tapferer Vater führte die Truppen im Westen an. Thomas platzte fast vor Stolz.

Bald kehrten die beiden adeligen Befehlshaber zurück.

Sein Vater kicherte. »Schwer zu sagen, Wagstaff, ob diese Männer lieber im Gefängnis geblieben wären als jetzt Soldaten werden zu müssen.« Er wandte sich um, denn der junge Offizier war zurückgekehrt, um über die beschlagnahmten Pferde Bericht zu erstatten. »Wir haben etwa hundertzwanzig Galgenvögel, die für den Militärdienst taugen. Gibt es für sie genug Pferde?«

»Jawohl, Sir. Die Ställe der Gasthäuser sind voll. Wegen der Verhandlungen vor dem Assisengericht sind viele Leute in der Stadt.« Vor kurzem waren die Reiserichter aus London in Salisbury eingetroffen, um ihre üblichen Sitzungen abzuhalten.

»Ach, ja«, fuhr Oberst Penruddock fort. »Das erinnert mich an etwas. Wir müssen uns auch noch mit den Richtern und dem Sheriff befassen.« Er nickte dem Offizier zu. »Bitte findet sie und bringt sie sofort hierher.«

Als die fraglichen Herren kurz darauf erschienen, konnte sich Thomas ein Lachen kaum verbeißen. Denn der Offizier hatte den Befehl seines Vaters recht wörtlich genommen. Die drei Männer – zwei Richter und der Sheriff – waren geradewegs aus den Betten geholt worden und standen nun zitternd vor Kälte im Nachthemd da. Allmählich wurde es hell, sodass ihre entrüsteten Mienen deutlich zu sehen waren.

Bis jetzt hatte Wagstaff sich damit zufrieden gegeben, sich leise mit Penruddock zu beraten. Schließlich war er nur als Vertreter des Königs hier, während Penruddock ein von den Einheimischen geachteter Befehlshaber war. Doch der Anblick dieser drei hohen Würdenträger im Nachtgewand reizte ihn offenbar zur Weißglut. Er war ein klein gewachsener, drahtiger Mann mit einem Bärtchen und einem langen Schnurrbart, dessen Enden nun vor Wut zitterten. Finster blickte er die drei an.

»Was hat das zu bedeuten, Sir?«, fragte einer der Richter so würdig, wie es ihm unter diesen Umständen möglich war.

»Es bedeutet, Sir«, herrschte Wagstaff ihn zornig an, »dass Ihr im Namen des Königs verhaftet seid.«

»Da muss ich widersprechen«, erwiderte der Richter mit einer für einen Mann, der im Nachthemd auf einem öffentlichen Platz stand, wirklich bemerkenswerten Gelassenheit.

»Außerdem heißt es« –, Wagstaff plusterte sich auf, bis es schien, als würde er gleich platzen –, »dass Ihr gehängt werdet.«

»Das hatten wir eigentlich nicht vor, Wagstaff«, wandte Penruddock freundlich ein.

Doch Wagstaff hörte ihm offenbar gar nicht zu und wandte sich an den Sheriff. »Und Ihr, Sir!«, polterte er.

»Ich, Sir?«

»Ja, Sir, Ihr, Sir. Zum Teufel mit Euch, Sir. Seid Ihr der Sheriff?«

»Ja.«

»Dann werdet Ihr jetzt einen Treueeid auf den König schwören, Sir. Und zwar auf der Stelle, Sir.«

Der Sheriff hatte als Oberst in Cromwells Armee gedient und war entschlossen, sich ungeachtet seiner misslichen Lage nicht einschüchtern zu lassen. »Das werde ich nicht«, erwiderte er mit Nachdruck.

»Bei Gott!«, brüllte Wagstaff. »Sofort an den Galgen mit ihnen, Penruddock. Bei Gott!«

»Das ist Gotteslästerung, Sir«, merkte einer der Richter an.

Eine häufige Klage der Puritaner war, dass die leichtlebigen königlichen Kavaliere sich einer gotteslästerlichen Sprache bedienten.

»Zum Teufel mit Euch, Hundsfott, erbärmlicher Betbruder. Ich werde Euch eigenhändig aufknüpfen. Bringt mir ein Seil!«, schrie er und sah sich im Morgenlicht nach einer geeigneten Befestigungsmöglichkeit um.

Penruddock brauchte eine Weile, um ihn davon zu überzeugen, dass dies keine sehr kluge Vorgehensweise wäre. Schließlich mussten die Richter mit ansehen, wie die Dokumente, die sie zur Ausübung ihres Amtes befugten, vor ihren eigenen Augen verbrannt wurden. Der Sheriff wurde, noch immer im Nachthemd, auf ein Pferd gesetzt und als Geisel mitgenommen. »Wir können sie ja auch noch später hängen«, knurrte Wagstaff gereizt, der noch nicht alle Hoffnung verloren hatte.

Es war hell geworden, und die inzwischen angewachsene

Truppe hatte sich auf dem Marktplatz versammelt. Insgesamt waren es fast vierhundert Mann. Thomas erschienen sie wie eine gewaltige Armee. Doch er sah, wie sein Vater die Lippen schürzte. »Wie viele Bürger konntet Ihr anwerben?«, fragte er Grove leise.

»Kaum einen«, murmelte Grove.

»Dann müssen wir uns eben auf die Sträflinge verlassen.« Penruddocks Miene war finster. »Wo steckt bloß Hertford?«

»Er wird unterwegs zu uns stoßen«, brummte Wagstaff. »Verlasst Euch drauf.«

»Das werde ich.« Oberst John Penruddock winkte seinen Sohn zu sich. »Thomas, du reitest zu deiner Mutter und berichtest ihr alles, was geschehen ist. Dann bleibst du zu Hause, bis ich dich holen lasse. Verstanden?«

»Aber Vater. Du hast doch versprochen, dass ich mit darf.«

»Du wirst mir gehorchen, Thomas. Und du gibst mir dein Ehrenwort als Gentleman, dass du tust, was ich sage. Beschütze deine Mutter und deine Brüder und Schwestern, bis ich dir Bescheid gebe.«

Thomas spürte, wie ihm die Tränen in die Augen stiegen. Noch nie hatte sein Vater ihn um sein Ehrenwort als Gentleman gebeten. Doch der Stolz darauf war schwächer als die übergroße Enttäuschung, die sich in ihm breit machte. »Oh, Vater.« Mühevoll unterdrückte Thomas die Tränen. Er hatte sich so sehr darauf gefreut, als Soldat an der Seite seines Vaters zu reiten. Würde er je wieder eine solche Gelegenheit erhalten? Sein Vater legte ihm die Hand auf den Arm und drückte ihn.

»Heute Nacht sind wir zusammen in den Kampf gezogen, und ich war froh, dass du dabei warst, mein tapferer Junge. Es war die stolzeste, schönste Nacht meines Lebens. Vergiss das nie.« Er lächelte. »Und nun versprich es mir.«

»Ich verspreche es, Vater.«

»Wir müssen los«, verkündete Wagstaff.

»Ja«, erwiderte Oberst John Penruddock.

Der Montag in Compton Chamberlayne verstrich ereignislos. Thomas schlief am Nachmittag. Kurz vor Einbruch der Dunkelheit überbrachte ein Reiter, der nach Sarum im Westen wollte, Mrs. Penruddock die Nachricht, ihr Gatte und seine Männer befänden sich im nur etwa zwanzig Kilometer entfernten Shaftesbury. Um Thomas nicht in Versuchung zu führen, dorthin zu reiten, verschwieg sie ihm diese Neuigkeit. Am Dienstag traf eine Abteilung von Cromwells Reitern in Sarum ein, sie ritten schon wenige Stunden später nach Westen weiter. Wer sie fragte, welche Aufgabe sie hatten, erhielt diese Antwort: »Penruddock unschädlich machen.«

Der Mittwoch verstrich, ohne dass es Neuigkeiten gab. Irgendwo jenseits der gewaltigen Kreidefelsen, die sich gen Westen erstreckten, sammelte Penruddock seine Truppen und kämpfte womöglich sogar. Doch obwohl Thomas jeden aus Westen kommenden Reiter anhielt und seine Mutter dreimal täglich einen Diener nach Sarum schickte, erfuhren sie nichts. Es herrschte Schweigen. Niemand wusste, wo die Männer waren. Penruddocks aufständische Truppe hatte sich in Luft aufgelöst.

Was war der Grund dafür? Warum hatten die Mitglieder des *Sealed Knot* beschlossen, nun zuzuschlagen? Und weshalb hatte sich der besonnene Oberst John Penruddock an diesem gefährlichen Unternehmen beteiligt?

Obwohl König Karl I. nicht sehr beliebt gewesen war, hatte die Nachricht von seiner Exekution das Land erschüttert. Traktate, die ihn als Märtyrer hinstellten, fanden reißenden Absatz und waren bald so verbreitet wie die Bibel. Kurz darauf krönten die Schotten seinen Sohn zum König Karl II. Denn sie wollten jetzt ebenso wenig von Cromwell und seiner englischen Armee beherrscht werden wie zuvor von Karl I. und dessen Bischöfen. Die Bedingung war, dass Karl II. – und das gefiel dem jungen, fröhlichen Freigeist gar nicht – nach den Grundsätzen des tristen calvinistischen Glaubens regierte. Prompt versuchte Karl II. in England einzufallen und wurde von Cromwell vernichtend geschlagen. Nachdem er sich tagelang in einer Eiche versteckt hatte, lief er um sein Leben. Das war vor vier Jahren gewesen, doch seither sann der junge König im Exil nach Mitteln und Wegen, sein Königreich zurückzuerobern.

Die Frage war, wie Cromwells neue Regierung aussehen sollte. Das Parlament bestand aus Adeligen und Kaufleuten, doch die Macht lag weiterhin bei der Armee. Es handelte sich um eine andere Armee als die, welche den Bürgerkrieg gewonnen hatte, denn die demokratischen Leveller waren zerschlagen worden. Ihre Anführer hatte man erschossen. Cromwell wurde nun Protektor genannt und unterschrieb mit Oliver P., als wäre er ein König. Als selbst das von ihm eingesetzte Parlament sich vor drei Monaten geweigert hatte, die Armee aufzustocken, hatte er es einfach aufgelöst. »Er ist noch ein schlimmerer Tyrann als der alte König«, protestierte man.

Und da es an Royalisten nicht mangelte und die Parlamentarier, ja, sogar einige demokratische Kräfte innerhalb der Armee vor Wut kochten, bestand durchaus Hoffnung, dass Cromwell gestürzt werden könnte.

Am Donnerstag traf die Botschaft ein.

»Sie sind aufgerieben worden.« Es war bei einem nächtlichen Gefecht in einem Dorf in Westengland geschehen. »Wagstaff konnte fliehen, aber Penruddock und Grove wurden gefangen genommen. Man wird sie wegen Hochverrats vor Gericht stellen.«

Nur allmählich kamen alle Zusammenhänge ans Licht. Der Aufstand war eigentlich nicht gescheitert, sondern hatte – abgesehen von Penruddocks Bemühungen – nie richtig stattgefunden. Obwohl die Parlamentarier wegen ihrer Entlassung zürnten und trotz der Tatsache, dass ein Teil von Cromwells Armee noch immer das schottische Hochland besetzte, waren die Anführer des *Sealed Knot* zu einem ganz richtigen Schluss gelangt: Ihr Geheimbund war noch nicht reif, einen Volksaufstand anzuzetteln. Ein Hin und Her widersprüchlicher Nachrichten zwischen der Organisation und dem verbannten König hatte nicht nur Männer wie Wagstaff in dem Glauben gewiegt, dass man nun endlich losschlagen werde. Der Briefwechsel hatte außerdem Cromwell auf den Plan gerufen, der prompt zusätzliche Truppen in London und an anderen wichtigen Punkten zusammenziehen ließ. Viele der Verschwörer waren gar nicht erst zu den verabredeten Treffen erschienen oder gleich wieder nach Hause gegangen. Am Tag vor dem Zwischenfall in Salisbury hatte man das ganze Unternehmen endgültig abgesagt. Doch niemand hatte Penruddock davon in Kenntnis gesetzt. Es war also nur eine Frage des falschen Zeitpunkts.

Noch nie hatte Thomas seine Mutter so erlebt. Sie hatte ihrem Sohn zwar die düsteren Züge der Martells vererbt, besaß aber selbst ein breites offenes Gesicht und hatte dichtes, kastanienbraunes Haar. Während sie uneingeschränkt über den Haushalt herrschte, überließ sie geschäftliche und politische Angelegenheiten ihrem Gatten und folgte ihm in allen Dingen. Sie hatte geduldet, dass er mehr als tausend Pfund ausgab, um den König zu unterstützen; später hatte er dafür dreizehntausend Pfund Strafe zahlen müssen. Also waren die letzten Jahre sehr schwierig gewesen, da sie diese Schulden abtragen mussten. Und selbst Thomas wusste, dass ein Verfahren wegen Hochverrats zu einer noch höheren Strafe für die Familie führen konnte. Vielleicht würden sie sogar Compton Chamberlayne und all ihren sonstigen Besitz verlieren. Während seine Mutter sich weiter mit den alltäglichen Dingen des Haushalts beschäftigte und über Kinder, Küche, Speisekammer, Dienstboten und nun auch über die Landarbeiter wachte, fragte sich Thomas, ob sie in dieser Arbeit Ablenkung von diesem schrecklichen Wissen zu finden versuchte.

Ständig beobachtete er sie in der Hoffnung, auf diese Weise herauszufinden, welches Schicksal seinem Vater drohte.

Seinen ersten Brief erhielt die Mutter am Donnerstagabend. Darin flehte Penruddock sie an, zu Hause zu bleiben und auf weitere Nachricht zu warten. Einige Tage später traf ein weiteres Schreiben mit Anweisungen ein.

Thomas sah, dass seine Mutter ihr Bestes tat. Sein Vater hatte sie gebeten, all ihre Beziehungen spielen zu lassen und sich in seinem Auftrag an verschiedene Leute zu wenden. Das fiel ihr keineswegs leicht. Sie bat ihre Freunde um Hilfe. Doch leider handelte es sich durchweg um Landadelige, die den König unterstützten. Nachdem sie fruchtlose Wochen damit verbracht hatte, Bekannte aufzusuchen, die nichts für sie tun konnten, und vergebliche Briefe zu schreiben, verkündete die Mutter eines Tages: »Morgen früh fahren wir alle in den New Forest.«

»Mit wem willst du sprechen?«, fragte Thomas.

»Alice Lisle.«

»Sie wird uns zumindest empfangen«, sagte seine Mutter, als die alte Kutsche durch den Wald rollte. Da sie wussten, dass Alice Lisle sich in Haus Albion aufhielt, hatten sie in Hale übernachtet und sich bei Morgengrauen wieder auf den Weg gemacht. »Auch wenn sie Lisle geheiratet hat, ist sie noch immer eine Albion. Früher haben wir gesellschaftlich miteinander verkehrt«, fügte sie bedrückt hinzu.

Am späten Vormittag erreichten sie Lyndhurst, zur Mittagszeit hatten sie Brockenhurst hinter sich gelassen und überquerten die kleine Furt, von wo aus ein Pfad zu dem Haus im Wald führte.

Als Thomas seine beiden kleinen Brüder und seine drei Schwestern betrachtete, erinnerte er sich an das Gespräch, das er mit seiner Mutter in der vergangenen Nacht geführt hatte. »Ich glaube, Mrs. Lisle hasst uns, Mutter«, hatte er gesagt.

»Mag sein, aber sie ist auch eine Mutter und hat Kinder«, hatte seine Mutter auf ihre offene Art erwidert. Und dann hatte sie mit einem Zorn, den er bei ihr nur selten erlebt hatte, ausgerufen: »Ach, diese Männer! Ich begreife sie beim besten Willen nicht!«

Also fuhren sie durch das Tor auf Haus Albion zu, wo ein erstaunter Diener sie bei seiner Herrin meldete. Nach kurzem Zögern wies Alice Lisle ihn an, die Familie hereinzubitten. Sie wurden in den Salon geführt.

Alice Lisle trug ein schwarzes Kleid mit einer schlichten, weißen Schürze, einem großen Leinenkragen und Manschetten. Ihr rötliches Haar war unter einer Leinenhaube verborgen. Eine Puritanerin vom Scheitel bis zur Sohle. Mrs. Penruddock hatte sich so schmucklos wie möglich gekleidet, obwohl ihr Spitzenkragen deutlich zeigte, dass sie die Frau eines Kavaliers war.

Alice Lisle betrachtete Mrs. Penruddock und deren Kinder. Sie war stehen geblieben und bot den Besuchern keinen Platz an. Natürlich hatte sie sofort gewusst, worum es ging: Penruddocks Frau wollte sie um Gnade anflehen und benützte ihre Kinder, um ihr Mitleid zu wecken. Alice machte ihr das nicht zum Vorwurf. Sie hätte an ihrer Stelle genauso gehandelt. Sie bemerkte, dass die Besucherin sich nach ihren, Alices, Kindern umsah, doch sie hatte sie rasch in einen anderen Teil des Hauses bringen lassen. Alice wollte nicht, dass die Kinder einander begegneten, denn das hätte eine vertraute Stimmung geschaffen, die es unter allen Umständen zu vermeiden galt. Kerzengerade stand sie da, um sich ja keine Schwäche anmerken zu lassen. »Mein Gatte ist in London und wird, soweit ich weiß, in diesem Monat nicht mehr zurückkehren«, verkündete sie.

»Eigentlich wollte ich auch mit Euch sprechen.« Mrs. Penruddock hatte sich ihre Worte nicht zurechtgelegt, da sie ohnehin nicht wusste, wie sie sich am besten ausdrücken sollte. »Ich erinnere mich noch gut an Euren Vater. Mein Großvater und Clement Albion waren Freunde«, stammelte sie.

»Mag sein.«

»Habt Ihr gehört, was meinem Mann zugestoßen ist? Man beschuldigt ihn des Hochverrats!« Bei diesen Worten wurde ihre Stimme vor Entrüstung lauter.

Mein Gott, hätte Alice am liebsten gerufen. Wer sich an die Spitze von vierhundert Männern stellt, den Sheriff gefangen nimmt und der Regierung den Krieg erklärt, dürfte sich darüber eigentlich nicht wundern. Sie betrachtete die Kinder und sah, dass der älteste Junge sie aufmerksam beobachtete. Wie gerne hätte sie ihm einen mitleidigen Blick geschenkt, doch das durfte sie nicht. Stattdessen setzte sie eine strenge Miene auf. »Was wollt Ihr von mir?«, fragte sie.

»Es kann doch nicht richtig sein«, erwiderte die Besucherin und wies auf die sechs Kinder, »diesen Kleinen hier den Vater zu nehmen, ganz gleich, was er auch getan haben mag. Schließlich hat er Wagstaff daran gehindert, den Männern in Salisbury etwas anzutun. Er hat noch nie jemandem Schaden zugefügt. Und wenn der Protektor ihn am Leben lässt, wird er ihm sicher sein Ehrenwort geben, sich vom König loszusagen und nie wieder eine Waffe anzurühren.«

»Soll ich das etwa meinem Mann schreiben? Glaubt Ihr, er könnte den Protektor überzeugen?«

»Ja.« Ein leichter Hoffnungsschimmer malte sich auf Mrs. Penruddocks Gesicht. »Würdet Ihr das tun?«

Alice starrte sie ungläubig an. Sie merkte der Frau an, dass sie wieder Zuversicht schöpfte, und sie wusste, dass sie ihr diese nehmen musste. Sie durfte die Familie nicht noch unglücklicher machen, indem sie falsche Hoffnungen nährte. Wieder fiel ihr Blick auf Thomas. Der Junge wirkt vernünftiger als seine Mutter, dachte sie. »Mrs. Penruddock.« Mit finsterem Stirnrunzeln wandte sie sich auch an den Jungen. »Ich muss Euch mitteilen, dass nicht die geringste Hoffnung besteht. Wenn der Richter ihn für schuldig befindet, wird er ganz sicher hingerichtet. Mehr habe ich Euch nicht zu sagen.«

Die Miene der Frau wurde mutlos, aber sie gab noch nicht auf. »Werdet Ihr nicht einmal schreiben?«, flehte sie.

Alice zögerte. Was sollte sie jetzt antworten? »Ich werde schreiben«, entgegnete sie widerwillig. »Aber es wird nichts nützen.«

»Nun, wenigstens hat sie versprochen zu schreiben«, meinte Mrs. Penruddock auf der Rückfahrt zu ihren Kindern.

Und das tat Alice auch, einen langen, leidenschaftlichen Brief. Sie schilderte ihrem Mann die Unterredung und zählte alle Punkte auf, die für Oberst Penruddock sprachen – auch einige, die seiner Frau gar nicht eingefallen waren. Ganz gleich, was Penruddock mit seinem kläglichen Umsturzversuch auch beabsichtigt haben mochte, sie war sicher, dass er Cromwell gegenüber nicht wortbrüchig werden würde.

Einige Tage später traf John Lisles Antwort ein. Er teilte Alices Ansicht und hatte mit Cromwell gesprochen. Doch wie nicht anders zu erwarten, waren ihm die Hände gebunden.

Über Schuld und Unschuld der Rädelsführer würden die Geschworenen befinden. Die Richter, denen sie in Salisbury übel mitgespielt hatten, würden nicht über sie zu Gericht sitzen, da die Möglichkeit bestand, dass sie einen Groll gegen sie hegten.

Falls Penruddock schuldig gesprochen würde – und das schien unausweichlich –, könnte der Protektor ihm einen gnädigen Tod gewähren. Mehr konnte er jedoch nicht tun. Eine Begnadigung von Penruddock würde von anderen Aufständischen als Ermutigung gedeutet.

Im Einzelnen konnte Thomas sich nicht mehr an die folgenden Tage erinnern. Briefe wurden gewechselt, es gab verzweifelte Bittgesuche. Für eine Weile schien es, als wären die Bewährungsstrafen und Begnadigungen, die einige der Aufständischen erhielten, auch auf Penruddock und Grove anwendbar. Doch die entsprechenden Anträge wurden abgelehnt. Dann herrschte Unsicherheit, wie viele der Beteiligten vor Gericht gestellt werden sollten. Im April beschloss man, gegen die in Westengland verhafteten Rebellen in Exeter zu verhandeln, wo sie bereits im Gefängnis saßen. Jeden Tag fragte Thomas seine Mutter: »Wann gehen wir Vater besuchen?«, und stets lautete ihre Antwort: »Sobald er uns rufen lässt.«

Offenbar glaubte sein Vater noch immer, dass seine Frau vielleicht nach London fahren müsse, um sich dort für ihn zu verwenden. Also blieben sie zu Hause und warteten ab. In der dritten Aprilwoche traf eine Botschaft ein. Der Prozess würde bald beginnen. Oberst Penruddock wollte seine Frau sehen.

»Darf ich nicht mitkommen?«, bettelte Thomas. Nicht jetzt, sagte man ihm. Und so musste er wieder einmal untätig zu Hause herumsitzen.

Seine Mutter blieb eine Woche fort, doch Thomas erfuhr das Urteil noch vor ihrer Rückkehr: schuldig. Es hieß, man habe das Todesurteil schon zur Unterschrift an Cromwell geschickt. Die Mutter war außer sich. Penruddock und Grove hatten gegen das Urteil Berufung eingelegt.

Gleich nach ihrer Ankunft schickte Mrs. Penruddock einen Brief an Alice Lisle. »Bestimmt wird sie etwas für uns tun«, sagte sie. Thomas glaubte nicht daran, denn Alice Lisle hatte nie wieder von sich hören lassen.

Und es folgte noch ein Schicksalsschlag, den sie nicht vorhergesehen hatten. Einen Tag nach ihrer Rückkehr, als sie gerade versuchte, die Kinder zu trösten, standen plötzlich sechs Soldaten und ein Offizier vor der Tür. Sie teilten der unglücklichen Frau mit, dass sie das Haus verlassen müsse.

»Das Haus verlassen? Was soll das heißen? Warum denn?«

»Das Haus ist beschlagnahmt.«

»Auf wessen Befehl?«

»Des Sheriffs.«

»Und ich soll mit meinen Kindern auf die Straße geworfen werden?«

»Ja.«

Die erste Nacht verbrachten sie in einem Gasthof in Salisbury; die zweite bei ihren Verwandten in Hale. Doch am folgenden Tag traf die Nachricht ein, dass sie zurückkehren durften. Es sei ein Irrtum gewesen. Über ihren Besitz war noch nicht verfügt worden.

Allerdings ahnten die Penruddocks nicht, dass Alice Lisle davon erfahren und sofort einen Brief an ihren Gatten geschickt hatte. Sie wusste, dass der Sheriff, ein habgieriger Mann, sich die Gelegenheit nicht entgehen lassen würde, der Familie Hab und Gut abzunehmen. Deshalb hatte sie ihren Mann gebeten, den Befehl rückgängig zu machen.

Am nächsten Tag brach Mrs. Penruddock mit ihren Kindern zu der drei Tage langen Reise nach Exeter auf. Bei ihrer Ankunft war das Todesurteil – von Cromwell eigenhändig aufgesetzt und unterschrieben – bereits eingetroffen. Anstatt die Verurteilten, wie sonst bei Verrätern üblich, auf grausige Weise zu hängen, zu strecken und zu vierteilen, sollte Penruddock mit einer Axt enthauptet werden. Da die Familie noch nie die Hinrichtung eines Verräters mit angesehen hatte, wusste sie nicht, was für eine Gnade das bedeutete.

In der letzten Woche durften sie den Vater zweimal besuchen. Der erste Besuch entsetzte Thomas sehr. Oberst Penruddock trug das saubere Hemd, das seine Frau ihm mitgebracht hatte. Er sah abgemagert und ausgezehrt aus, wie er da in seiner kleinen Zelle saß. Die Gefängniswärter hatten ihm nur selten gestattet, sich zu waschen, sodass er nach Schmutz stank. Auch nachdem sich der anfängliche Schrecken gelegt hatte, war Thomas bis ins Mark erschüttert. Die kleinen Geschwister betrachteten ihren zerrauften Vater nur verwirrt. Er sprach ruhig und freundlich mit ihnen, segnete sie, küsste sie und bat sie, tapfer zu sein.

»Vielleicht«, hörte Thomas ihn der Mutter zuflüstern, »gibt Cromwell ja noch nach. Aber das glaube ich nicht.«

Beim zweiten Besuch war es noch schwerer. Im Laufe der Zeit steigerte sich die Unruhe seiner Mutter, so sehr sie auch versuchte, sich zusammenzunehmen. Und als der Tag der Hinrichtung näher rückte, klammerte sie sich immer stärker an ihre letzte Hoffnung, Alice Lisle könnte die Rettung bringen. »Ich begreife nicht, warum es so lange dauert!«, rief sie verzweifelt aus. »Die Begnadigung kommt bestimmt noch.« Sie runzelte die Stirn. »Sie muss einfach kommen.« Außerdem sprach sie ständig davon, dass die Männer des Sheriffs sie für zwei Tage aus dem Haus geworfen hatten. »Wenn man sich vorstellt, dass sie so etwas fertig bringen«, murmelte sie.

Sie wussten, dass der zweite Besuch der letzte sein würde. Die Hinrichtung sollte am nächsten Tag stattfinden. Also gingen sie am Nachmittag zum Gefängnis.

Aus irgendeinem Grund gab es eine Verzögerung. Sie mussten eine Weile in einem Vorzimmer warten, und zwar in Gesellschaft des obersten Gefängniswärters, der genüsslich eine Pastete verzehrte. Er hatte einen grau melierten Bart, den er sich schon seit einer Weile nicht mehr gestutzt hatte.

Sie wichen seinem Blick aus, er hingegen musterte sie neugierig. Eigentlich konnte er Royalisten nicht ausstehen, insbesondere nicht die Angehörigen des königstreuen Landadels, zu denen auch die Penruddocks zählten. Also erschien es ihm nur recht und billig, dass der Vater dieser Kinder geköpft werden

425

sollte. Er betrachtete ihre vornehmen Kleider – Spitze und Satin für die Mädchen, der kleinere der beiden Jungen hatte sogar Rosetten an den Schuhen – und überlegte, wie sie wohl aussehen würden, wenn er und seine Männer sie so richtig in die Mangel nahmen. Er stellte sich die Kleider in Fetzen vor, die Jungen mit einem blauen Auge und die Mutter...

Jetzt plapperte die Mutter irgendetwas. Sie hoffte auf eine Begnadigung. Die Frau scherzte wohl. Kein Mensch würde Penruddock begnadigen, so viel wusste sogar ein einfacher Gefängniswärter wie er. Dennoch lauschte er aufmerksam. Sie glaubte, Richter Lisle würde mit Cromwell sprechen. Er hatte von Lisle gehört, war ihm aber nie selbst begegnet. Anscheinend war er ein enger Vertrauter von Cromwell. Die Frau hatte an seine Gattin geschrieben. Eine vergebliche Liebesmüh, die jedoch die Frauen von Todeskandidaten häufig auf sich nahmen.

»Habt Ihr Lisle gesagt?«, unterbrach er sie lächelnd, um ihr Vertrauen zu gewinnen. »Richter Lisle?«

»Ja, guter Mann.« Aufgeregt wandte sie sich zu ihm um. »Wisst Ihr etwas Neues über ihn?«

Er hielt einen Moment inne, um die Situation auszukosten. »Das Todesurteil Eures Mannes wurde von Lisle ausgefertigt. Habt Ihr das nicht gehört? Er war dabei, als Cromwell es unterschrieben hat.«

Die Wirkung dieser Worte war eine wahre Augenweide. Entsetzen und Verwirrung zerfurchten ihr Gesicht. Innerhalb weniger Sekunden schien sie in sich zusammenzusacken. So etwas hatte er noch nie erlebt. Dass er in Wahrheit nicht die geringste Ahnung hatte, ob sich Richter Lisle zum Zeitpunkt der Urteilsfindung überhaupt in der Nähe von Cromwell aufgehalten hatte, machte die Sache noch besser. »Das ist allgemein bekannt«, fügte der oberste Gefängniswärter hinzu.

»Aber ich habe doch noch einmal an seine Frau geschrieben«, klagte die arme Mrs. Penruddock.

»Es heißt, dass gerade sie besonders hartnäckig auf der Hinrichtung des bedauernswerten Oberst bestanden habe«, fuhr er lässig fort. Die Andeutung, er habe Mitleid mit ihrem Mann, machte seine Aussage noch glaubhafter. Die Frau fiel fast in Ohnmacht. Er zermarterte sich gerade das Hirn nach einer weiteren Möglichkeit, diese unglücklichen Menschen zu quälen, als einer der Wächter meldete, der Gefangene sei bereit.

»Zeit, den Oberst zu sehen«, verkündete er. Und so gingen die Penruddocks hinaus. Da ihnen die Erfahrung mit böswilligen Menschen fehlte, kamen sie keinen Moment auf den Gedanken, dass der Mann sie belogen haben könnte.

Oberst Penruddock hatte alles getan, um sich auf die letzte Begegnung mit seinen Kindern vorzubereiten. Er hatte sich gewaschen und gekämmt und versuchte, gute Laune zu verbreiten. Er sprach fröhlich und ruhig mit ihnen und bat sie, um seinetwillen tapfer zu sein.

»Vergesst nicht«, sagte er, »ganz gleich, welche Schwierigkeiten sich euch noch stellen mögen, sind diese doch gering, verglichen mit den Leiden Jesu Christi. Und wenn die Menschen euch beschimpfen, hat das nichts zu bedeuten, solange Gott der Herr über euch wacht und euch liebt. Seine Liebe ist viel größer als alles, was ihr jemals kennen lernen werdet.«

Dann tröstete er seine Frau, so gut er konnte, und nahm ihr das Versprechen ab, bei Morgengrauen zusammen mit den Kindern Exeter zu verlassen. »Gleich morgen früh, ich flehe dich an. Du musst weit weg von hier sein, wenn der Tag anbricht. Halte erst an, wenn du in Chard bist.« Das war etwa vierzig Kilometer von hier, eine gute Tagesreise.

Mrs. Penruddock nickte und murmelte ein paar Worte. Doch sie wirkte wie benommen. Thomas senkte den Kopf, um seine Tränen zu verbergen, als sein Vater ihn umarmte und ihm wieder sagte, er müsse jetzt tapfer sein. Ehe er wusste, wie ihm geschah, wurde die Zellentür geöffnet, und man führte sie hinaus. Als er noch einen letzten Blick auf seinen Vater werfen wollte, war die Tür bereits geschlossen.

Erst um zehn Uhr abends erwachte Mrs. Penruddock aus ihrer Erstarrung. Die kleinen Kinder schliefen schon in dem Zimmer, das sie im Gasthof miteinander teilten, doch Thomas war noch wach, als sie plötzlich, einen entsetzten Ausdruck auf dem bleichen Gesicht, hochfuhr und ausrief: »Ich habe mich gar nicht von ihm verabschiedet.«

Sie suchte auf dem Tisch nach Feder und Papier. »Ich weiß, dass welches da ist«, murmelte sie vor sich hin. »Ich muss einen Brief schreiben«, fügte sie aufgeregt hinzu.

Thomas brachte ihr alles, was sie brauchte, und sah ihr beim Schreiben zu. Er wusste nicht, was er vom Benehmen seiner Mutter halten sollte. Wenn sie sich zusammennahm und konzentrierte, konnte sie bei der Sache bleiben. Dann aber kam ihr wieder ein banaler Gedanke in den Sinn, und sie verlor völlig den Faden. Genauso war es auch mit diesem Brief, der so gut anfing:

Seit unserem traurigen Abschied habe ich dich nicht vergessen. Ich denke kaum noch an mich selbst, sondern nur noch an dich. Die zärtlichen Umarmungen, die ich immer noch spüre und die mir ewig in Erinnerung bleiben werden… sie sorgen dafür, dass ich den Rest meines Lebens deinem Andenken widmen will…

Doch wenige Zeilen darauf fielen ihr wieder die Männer des Sheriffs ein:

Es ist zu spät, dir zu sagen, was ich für dich getan habe. Wie ich aus dem Haus geworfen wurde, weil ich um Gnade flehte…

Schließlich aber nahm das Schreiben, wenn auch ein wenig unvermittelt, ein zärtliches und gefühlvolles Ende:

Deshalb zehntausendmal adieu, mein Liebster!… Deine Kinder erbitten deinen Segen und versprechen, dir niemals Schande zu machen.

Als sie die Feder aus der Hand legte, war es schon elf Uhr, doch ein Bursche war gegen ordentliche Bezahlung bereit, den Brief zum Gefängnis zu bringen. Kurz nach Mitternacht kehrte er mit einem kurzen, liebevollen Antwortschreiben des Oberst zurück.

Erst gegen Morgengrauen schlief Thomas endlich ein.

Es wäre wohl nie so weit gekommen, wenn Mrs. Penruddock pünktlich gewesen wäre. Sie hatte sich wirklich bemüht. Doch um acht Uhr wartete die Kutsche bereits seit fast einer Stunde im fahlgrauen Morgenlicht vor der Tür des Gasthofes.

Sie hatte fest vor abzureisen. Nicht nur aus Gehorsamkeit gegenüber ihrem Mann, sondern um diesen Ort endlich zu verlassen. Sie wollte sich und natürlich auch ihre Kinder gegen dieses schreckliche Ereignis abschotten, diesen Verlust, an den sie nicht zu denken wagte. Also zögerte sie die Abfahrt nicht absichtlich hinaus. Doch zuerst wurde ein Gegenstand vermisst, dann ein anderer. Schließlich musste die jüngste Tochter sich ausgerechnet an diesem Morgen erbrechen. Inzwischen hatte Mrs. Penruddock vor lauter Aufregung ihren Geldbeutel verlegt, und es kam zu einem Auftritt mit dem Wirt, der ihr vorwarf, sie wolle die Zeche prellen. Daraufhin warnte sie ihn, ohne nachzudenken, sie werde es ihrem Mann erzählen, wenn er nicht gleich seine Zunge im Zaum hielte. Als er sie merkwürdig ansah, wurde ihr zu ihrem Entsetzen klar, dass sie in wenigen Minuten keinen Mann mehr haben würde – und vielleicht auch nicht mehr das Geld, um Wirte zu bezahlen. Fast wäre sie in Tränen ausgebrochen, doch dann regten sich ihre Lebensgeister wieder. Es gelang ihr, sich zu fassen und sich daran zu erinnern, wo sie ihren Geldbeutel hingelegt hatte. Und als es vom nah gelegenen Kirchturm zehn Uhr schlug, zählte sie ihre Kinder ab und scheuchte sie endlich in die Kutsche. Dann rief sie nach Thomas.

Doch ihr Sohn war verschwunden.

Willenlos ließ er sich in der Menschenmenge die Straße entlangtreiben, die vermutlich zum Hinrichtungsplatz führte. Denn da er noch in der Stadt war, konnte er der Versuchung nicht widerstehen, seinen geliebten und vergötterten Vater noch ein letztes Mal zu sehen.

Als er den Platz erreichte, wimmelte es dort von Menschen. Er kam keinen Schritt mehr voran. Außerdem hätte er es sowieso nicht gewagt, sich nach vorne zum Schafott vorzudrängen, denn schließlich hatte sein Vater es ihm streng verboten.

Doch er entdeckte einen Wagen, auf dem bereits ein paar Lehrlinge und andere Jungen standen. Von dort aus hatte man einen guten Blick.

In der Mitte des Platzes war eine Plattform errichtet worden. Einige Reiter erschienen, gefolgt von einem Karren, der von Soldaten mit Musketen und Piken bewacht wurde. Und auf diesem Karren, in einem sauberen weißen Hemd, das lange braune Haar zurückgebunden, stand sein Vater.

Zuerst bestieg der Sheriff die Plattform, dann kamen zwei weitere Männer und der Scharfrichter, der eine schwarze Maske trug. Seine Axt funkelte silbrig. Schließlich wurde sein Vater hinaufgeführt.

Man vergeudete keine Zeit. Mit lauter Stimme verlas der Sheriff das Todesurteil wegen Hochverrats. Sein Vater trat mit dem Henker auf den Block zu und richtete das Wort an den Sheriff, der nickte. Dann wich der Henker zurück, während sein Vater ein Stück Papier aus der Tasche zog und den Inhalt kurz überflog. Darauf ließ er den Blick ruhig über die Menge schweifen und begann zu sprechen.

»Gentlemen«, hallte seine Stimme über den Platz, »es ist Sitte, dass ein Mensch, der hingerichtet werden soll, Gelegenheit erhält, öffentlich zu dem ihm vorgeworfenen Verbrechen Stellung zu nehmen. Die Straftat, für die ich nun sterben muss, ist Königstreue, heutzutage Hochverrat genannt. Ich kann nicht abstreiten ...«

Seine Rede war sehr lang, aber gut verständlich. Die Menge verhielt sich recht ruhig, aber Thomas konnte dennoch nicht alles hören. Allerdings begriff er, worum es ging. Sein Vater wollte etwas dazu sagen, wie er behandelt worden war. Außerdem wollte er andere, vor allem die Mitglieder des *Sealed Knot,* von allem Verdacht befreien. Er tat das in klaren, gut abgesetzten Worten. Seine Ansprache schloss er mit der Hoffnung, dass England eines Tages wieder von seinem rechtmäßigen König regiert werden würde, und er empfahl Gott seine Seele.

Dann trat einer der Männer des Sheriffs vor, stülpte seinem Vater eine Kappe über den Kopf und schob ihm das Haar darunter. Er sah den Henker an, und dieser nickte.

Nun gingen sie zum Block. Sein Vater kniete nieder, küsste den Block, wandte sich anschließend zum Henker um und sagte etwas zu ihm. Der Henker hielt ihm die Axt hin, die er ebenfalls küsste. Die Menge war totenstill. Oberst Penruddock sagte noch etwas, das Thomas nicht verstehen konnte, und drehte sich wieder zum Block um. Schweigen. Er legte den Kopf darauf.

Es war sein letzter Augenblick. Thomas wollte schreien. Warum hatte er so lange gewartet, bis alles ruhig war? Er wünschte, er hätte etwas gerufen, auch wenn sein Vater dann wusste, dass er ihm nicht gehorcht hatte. Er wollte ihm zeigen, dass er bei ihm war und dass er ihn liebte. War es zu spät? Sollte er es noch tun? Er hatte schreckliche Angst vor dem Abschied. »Vater!«, wollte er rufen. »Vater!« Er holte Luft.

Der Kopf seines Vaters lag auf dem Block. Thomas öffnete den Mund. Kein Ton kam heraus. Die Axt sauste hinab.

»Vater!«

Er sah eine rote Fontäne und wie der Kopf seines Vaters mit einem dumpfen Geräusch zu Boden fiel.

In den Jahren nach Penruddocks Aufstand fand Alice Lisle keinen Frieden mehr. Oberflächlich betrachtet machte es den Eindruck, als ob es ihr an nichts fehlte. Ihr Mann kam beruflich gut voran. Sie hatten in London ein hübsches Haus in einer ruhigen Vorstadt am Fluss erworben, die Chelsea hieß. Cromwell und dessen Familie standen ihr nah, sie gehörten derselben puritanischen Gemeinde an. Die Familie Cromwell kaufte sogar ein Gut in der Nähe von Winchester, unweit eines der stattlichen Herrensitze, die John Lisle in diesem Teil des Landes besaß. Die Lisles waren reich. Als Cromwell das Oberhaus einrichtete, hatte er auch John Lisle zum Mitglied ernannt. Nun konnte sich der Anwalt Lord Lisle nennen, und Alice trug den Titel Lady.

Dennoch fühlte sie sich nicht wohl in ihrer Haut. Der Protektor herrschte uneingeschränkt im Land. Seine Armee hatte Schottland und Irland bezwungen. Englands Handelsflotte beherrschte die Weltmeere. Noch nie hatte das englische Weltreich größeren Einfluss genossen. Und dennoch empfand Alice zuweilen dasselbe Unbehagen wie damals an jenem grauen Wintertag, als ihr Mann nach London geritten war, um den König hinzurichten.

Denn leider lag in England einiges im Argen, was Alice zuweilen deutlicher erkannte als ihr Mann. Immer wenn man im Parlament oder in der Armee keine Einigkeit erzielen konnte, kehrte ihr Mann mit einem neuen Gesetzesentwurf nach Hause, mit dem er und seine Freunde eine Lösung herbeiführen wollten. »Diesmal schaffen wir Klarheit«, verkündete er dann, und ihr blieb nichts anderes übrig, als wortlos zu nicken und den Mund zu halten. Und wie vorauszusehen, kam es einige Monate später zur nächsten Krise, und man entschloss sich erneut zu einer anderen Regierungsform. Die Monate nach Penruddocks Aufstand waren die schlimmsten gewesen. Um weitere Volkserhebungen zu verhindern, hatte Cromwell das Land in Dutzende von Bezirken eingeteilt und jedem einen Generalmajor vorangestellt, der nach Kriegsrecht regierte. Das einzige Ergebnis dieser Maßnahme war, dass der Hass der Bevölkerung auf die Armee wuchs; selbst Cromwell musste nach einer Weile nachgeben. Doch die Frage blieb immer dieselbe: Diktatur oder Republik? Zivile oder militärische Gesetzgebung? Regierung durch den Adel oder durch das Volk? Und da man keine Entscheidung traf, nahm die Unzufriedenheit zu. Dass Cromwell mit Notbehelfen experimentierte, brachte Alice ins Grübeln. Was würde übrig bleiben, wenn Cromwell nicht mehr war? Das wusste niemand, nicht einmal ihr kluger Mann.

Und noch etwas anderes bereitete ihr Magendrücken. »Alles, was wir tun, John«, pflegte sie zu sagen, »hätten wir genauso gut auch lassen können, solange es nicht zu einer gerechten, gottgefälligen Regierung führt.«

»Genau das versuchen wir ja, Alice«, erwiderte er gereizt. »Wir schaffen eine gottgefällige Regierung.«

Stimmte das wirklich? O ja, das Parlament erließ strenge Gesetze. Ehebruch wurde jetzt sogar mit dem Tode geahndet – nur, dass die Geschworenen sich angesichts dieser übertrieben harten Strafe weigerten, die Angeklagten schuldig zu sprechen. Fluchen, Tanzen und sämtliche Belustigungen, an denen die Puritaner Anstoß nahmen, wurden verboten. Einige der Generalmajore hatten sogar den Großteil der Gasthäuser geschlossen, weil die Leute dort dem Alkohol zusprachen. Doch Alice fand, dass Oliver Cromwell – mochte dieser auch ein Freund ihres Mannes sein – in krassem Gegensatz zu diesem moralischen Eifer stand. Offenbar spielte er mit dem Gedanken, sich wenn möglich zum König auszurufen. Und das wiederum bedeutete, dass sein Sohn, ein netter, aber schwächlicher junger Mann, ihn als Protektor ablösen würde. Außerdem hatte Alice zu ihrem Entsetzen in Whitehall gesehen, dass die übrigen führenden Familien sich in Seide, Satin und Brokat kleideten – genau wie die royalistische Aristokratie, die sie abgelöst hatten. Alice gewann den Eindruck, dass sich in Wahrheit kaum etwas verändert hatte.

Zwar schien es in den nächsten Jahren nach außen so, als unterstütze sie treu ihren geliebten Gatten bei der Wahrnehmung seiner vielen gesellschaftlichen Verpflichtungen. In Wirklichkeit jedoch zog sie sich immer mehr in sich selbst zurück. Sie stellte fest, dass es sie zunehmend weniger kümmerte, welcher politischen Gruppierung jemand angehörte. Ihr waren die menschlichen Qualitäten des Betreffenden wichtiger.

Als man der armen Mrs. Penruddock einige Monate nach der Hinrichtung des Oberst schließlich als Strafe für den Hochverrat ihres Mannes das gesamte Vermögen abnahm, hatte die Witwe

Cromwell um Gnade angefleht. Alice hatte sich leidenschaftlich für die Familie eingesetzt, und zu ihrer Freude erhielt Mrs. Penruddock einen Teil der Güter zurück, sodass sie ihre Kinder ernähren konnte.

»Ich weiß nicht, warum du dich so um diese Leute kümmerst, denen du ganz sicher gleichgültig bist«, meinte Lisle.

Weil Penruddock, so irregeleitet er auch gewesen sein mag, charakterlich zehnmal so viel wert war wie jeder unserer Freunde, hätte sie am liebsten erwidert. Doch stattdessen küsste sie ihren Ehemann und schwieg.

Was ihr allerdings an der Regierung des Commonwealth gefiel, war die Toleranz in religiösen Fragen, auch wenn sie sich nicht auf die katholische Kirche erstreckte. Denn als gute Protestantin durfte sie diese einfach nicht dulden. Papismus war gleichbedeutend mit der Versklavung anständiger Menschen durch gerissene Priester und die Inquisition; er verkörperte Aberglaube, Rückständigkeit, Götzenverehrung und die Herrschaft ausländischer Mächte. Doch was die verschiedenen protestantischen Glaubensrichtungen anging, bewies der strenge Cromwell eine bemerkenswerte Freizügigkeit. Er hatte den Presbyterianern verboten, den anderen ihren Glauben aufzuzwingen. Unabhängige Kirchen, die ihre eigenen Geistlichen einstellten und Gottesdienste nach ihrem Gutdünken abhielten, waren gestattet. Und gute Prediger, die sich von ihrer persönlichen religiösen Erfahrung inspirieren ließen, wurden ermutigt. Alice mochte diese Prediger. Die meisten von ihnen waren aufrichtige Männer. Kaum auszudenken, wie es diesen Leuten unter König Karl ergangen wäre! Man hatte sie zum Schweigen gebracht, von Haus und Hof verjagt, eingesperrt oder ihnen sogar die Ohren abgeschnitten. Wenigstens in dieser Hinsicht, so fand Alice, hatte England Fortschritte gemacht.

Und dann starb Cromwell unerwartet.

Kein Mensch hatte damit gerechnet; man hatte geglaubt, er würde noch viele Jahre leben. Sein Sohn Richard versuchte zwar, in seine Fußstapfen zu treten, doch er war für diesen Posten nicht geeignet. Alles würde gut werden, meinte John Lisle gegenüber seiner Frau. Schließlich gab es genügend weise Männer wie ihn selbst, um die Regierung zu beraten. Aber Alice schüttelte den Kopf. Sie glaubte nicht an diese Lösung.

Und sie behielt Recht. Allerdings war selbst sie erstaunt, wie rasch alles auseinander fiel. Die Zustände, auf die die Gentlemen des *Sealed Knot* zur Zeit von Penruddocks Aufstand gehofft hatten, traten nur wenige Jahre später wirklich ein. Nach der kurzen Regierungszeit der Generalmajore hassten die Menschen die Armee. Und auch die Armee war in sich gespalten. Das Parlament wollte endlich wieder etwas zu sagen haben. Die royalistischen Adeligen witterten Morgenluft. Unter den richtigen Bedingungen, so sagten immer mehr Leute, würde man mit einem König möglicherweise besser fahren. Schließlich kamen General Monk, ein Vertreter von Ruhe und Ordnung, und die Stadt London, die die Armee gründlich satt hatte, überein, das alte Regime wieder einzusetzen.

Der junge Karl II. war bereit. Er war durch eine harte Schule gegangen. Falls er die seltsamen Vorstellungen seines Vaters überhaupt je geteilt hatte, hatte man ihm diese Flausen schon vor langem ausgetrieben. Er war hoch gewachsen, dunkelhäutig, leutselig, ein eingefleischter Zyniker, der sich danach sehnte, endlich dem Exil zu entrinnen. Außerdem war er fest dazu entschlossen, sich nicht noch einmal aus dem Land jagen zu lassen. Darüber hinaus war er kompromissbereit und völlig mittellos. Also endlich ein Stuart, der über die nötige Vorbildung verfügte, um König von England zu werden. Man trat in Verhandlungen. Der König würde zurückkehren. Die Engländer bereiteten eine Freudenfeier vor, als hätten sie seinen Vater nie geköpft.

An einem sonnigen Tag Anfang Mai traf John Lisle aus London ein. Alice hatte mit ihrer Tochter am Fenster gesessen, und nun liefen sie hinaus, um ihn zu begrüßen. Obwohl er sich fröhlich gab, bemerkte Alice einen Anflug von Besorgnis. Als sie sich nach den neuesten Nachrichten erkundigte, lächelte er und meinte: »Das erzähle ich dir beim Essen.«

Bei Tisch schilderte er der Familie das neue England in den schönsten Farben. Das Parlament, die Armee, die Bevölkerung Londons, sie alle würden sich miteinander und mit dem König versöhnen. Es würden Frieden und Harmonie herrschen. Niemand fordere Vergeltung. Erst nachdem die Kinder sich zurückgezogen hatten, fragte Alice: »Du hast gesagt, es werde keine Racheakte geben. Stimmt das wirklich?«

John Lisle schenkte sich noch ein Glas Wein ein und antwortete: »Beinahe.« Zögernd sprach er weiter. »Natürlich ist noch die Frage der Königsmörder offen. Zufälligerweise« – er bemühte sich um einen leichten Ton, so als erörtere er einen spannenden Gerichtsfall – »wird dieses Anliegen nicht vom König, sondern von den Royalisten vorangetrieben. Die Herren wollen Blut sehen, nach all den Verlusten, die sie erlitten haben.«

»Und?«

»Nun…«, erwiderte er beklommen. »Den Königsmördern wird der Prozess gemacht, und sie werden vermutlich hingerichtet. Das entscheidet der König, aber ich halte es für wahrscheinlich.«

Entsetzt starrte sie ihn an, bevor sie ruhig meinte: »Du bist ein Königsmörder, John.«

»Ah.« Er setzte sein Anwaltslächeln auf. »Darüber kann man verschiedener Ansicht sein. Du darfst nicht vergessen, Alice, dass ich das Todesurteil des Königs nicht unterschrieben habe. So einfach kann man mich also nicht als Königsmörder bezeichnen.«

»Aber man hat dich schon immer so genannt, John. Du warst Cromwells Verbündeter, du hast die Hinrichtung des Königs befürwortet, du hast mitgeholfen, die Anklageschrift aufzusetzen…«

»Wohl wahr. Aber…«

Wollte er ihr Hoffnung machen und ihr die Wahrheit schonend beibringen, oder war es möglich, dass ihr kluger Mann angesichts dieser Krise die Augen vor den Tatsachen verschloss?

»Sie werden dich hängen, John«, sagte sie. Er schwieg. »Was willst du tun?«

»Ich glaube, ich sollte ins Ausland gehen. Nicht für lange, höchstens ein paar Monate.« Er lächelte beruhigend. »Ich habe Freunde, die sich beim König für mich verwenden werden. Sobald die Frage der Königsmörder geklärt ist, komme ich zurück. Das erscheint mir am vernünftigsten. Und wie denkst du darüber?«

Was sollte sie dazu sagen? Nein, bleib bei deiner Frau und deinen Kindern, bis sie dich abholen, um dich zu hängen? Natürlich nicht. Sie nickte langsam. »Es tut mir Leid, John«, meinte sie bedrückt. Dann zwang sie sich zu einem Lächeln. »Aber ich glaube, lebendig bist du uns lieber. Wann reist du ab?«

»Morgen bei Tagesanbruch.« Er betrachtete sie ernst. »Es wird nicht lange dauern.«

Sie sollte ihn nie wieder sehen.

Was den König anging, behielt er Recht. Mochte der junge Karl II. auch noch so viele Fehler haben, nach Rache dürstete es ihn nicht. Nachdem im Oktober sechsundzwanzig Königsmörder aufgeknüpft worden waren, wies er seinen Rat in aller Stille an, die Suche nach weiteren aufzugeben. Wenn sich einer von ihnen blicken ließ, würde man ihn hängen müssen, doch solange sie im Verborgenen blieben, wollte er sie in Ruhe lassen. Allerdings genügten diese Vergeltungsmaßnahmen den Royalisten nicht, weshalb sie eine in ihren Augen wunderbare Idee ausbrüteten. Im folgenden Januar wurden die Leichen von Cromwell und seinem Schwiegersohn Ireton aus ihren Gräbern geholt und für alle gut sichtbar am Tyburn Galgen in London aufgehängt. Zweifellos war es eine weise Entscheidung gewesen, dafür den Winter und nicht die warme Jahreszeit zu wählen.

Allerdings war John Lisle einem Irrtum aufgesessen, als er meinte, man würde ihn nicht mit den Königsmördern über einen Kamm scheren. Während er in der Schweiz auf Nachricht wartete, wurde eines klar: Er hatte zu viele Feinde.

»Mein geliebter Mann«, schrieb Alice ihm traurig. »Du kannst nicht zurückkommen.«

Jedes Jahr überlegte sie, ob sie ihm nach Lausanne folgen sollte, wo er inzwischen lebte. Doch das war nicht so leicht. Zuerst einmal hatte Alice nur wenig Geld. Der Großteil von John Lisles Vermögen war beschlagnahmt oder anderweitig eingezogen worden. Eines seiner Güter hatte ein dem Royalismus treu ergebener Verwandter auf der Insel Wight erhalten. Ein anderes bekam James, Herzog von York, der jüngere Bruder des Königs. Das große Familienhaus in London gab es auch nicht mehr. Nun musste Alice die Familie mit ihrem Erbe im New Forest ernähren und außerdem Geld an ihren Mann schicken.

»Wir dürfen nicht auffallen«, sagte sie ihren Kindern. Und da sie sich um ihre Güter und die Familie kümmern musste, war an eine Übersiedlung in die Schweiz nicht zu denken.

Und die Familie war ziemlich groß. Zuerst einmal gab es da Johns Söhne aus erster Ehe, die inzwischen zu jungen Männern herangewachsen waren. Alice hatte sie stets behandelt wie ihr eigen Fleisch und Blut. Nun hatte ihr Vater sein Vermögen und seinen guten Namen verloren. Wie sollten sie da eine gute Partie machen? Zu ihrer großen Trauer starb Alices eigener Sohn im Alter von sechzehn Jahren. Doch die drei Töchter, Margaret, Bridget und Tryphena, mussten ebenfalls unter die Haube kommen.

Und dann hatte sie noch die kleine Betty, ein zierliches, vor Leben strotzendes Mädchen mit strahlenden Augen. Sie war in der Nacht vor Johns Abreise gezeugt worden, als Alice sich an ihn geklammert und voller Angst um seine Rückkehr gebetet hatte. Die kleine Betty, die John Lisle nie kennen lernen sollte, das Kind, das Alice an ihn erinnerte.

Zwei Jahre vergingen. Dann eines und noch eines. Aus dem Säugling war ein kleines Mädchen geworden, das laufen und sprechen konnte und das nach seinem Vater fragte. Alice erzählte ihrer Tochter von ihm und davon, was für ein wunderbarer Mann er sei.

»Eines Tages gehe ich zum König und sage ihm, dass ich meinen Vater wieder haben will«, verkündete die Kleine. Und wer konnte das wissen, dachte Alice. Da der König ein leutseliger Mann war, würde diese Strategie vielleicht sogar Erfolg haben. Doch nicht jetzt. Es war noch zu früh. Also schrieb sie ihrem Mann und schilderte ihren Alltag und Bettys Entwicklung in sämtlichen Einzelheiten. John Lisle schickte lange, liebevolle Briefe. Sie beide hofften, dass Gras über die Sache wachsen würde, damit er zurückkehren konnte – eines Tages.

Was sollte Alice in der Zwischenzeit tun? Sie war froh, wenigstens hier im New Forest zu leben, wo sie ihre Kindheit verbracht hatte und woher ihre Familie stammte. Durch Betty erinnerte sie sich an frühere glückliche Tage und fand so ein bisschen Trost. Außerdem hatte sie immer alle Hände voll zu tun. Doch wie sollte sie die andere Lücke in ihrem Leben füllen?

Zu ihrer Überraschung half ihr die Religion dabei.

Vor ihrer Ehe war sie nie sehr fromm gewesen. Natürlich hatten John und sie als Stützen ihrer Gemeinde in London fungiert, doch sie fragte sich inzwischen, ob das nicht hauptsächlich an dem Wunsch ihres Mannes gelegen hatte, eine möglichst enge Freundschaft mit Cromwell und dessen Familie zu pflegen. Ihre neue Gläubigkeit jedoch hatte völlig andere Ursachen und kam ziemlich unerwartet.

Der Wandel hing mit Stephen Prides Frau zusammen. Es war ungewöhnlich, dass ein Pride jemanden von außerhalb des New Forest heiratete, aber eines Tages hatte die Familie den kleinen Markt in Lymington besucht, und dort hatte Stephen Pride seine zukünftige Frau kennen gelernt. Es war Liebe auf den ersten Blick. Joans Familie war vor einigen Jahren aus Portsmouth hierher gezogen. Sie war ruhig, freundlich, etwa in Alices Alter und hatte braunes Haar und wie sie graue Augen. »Er sagt, er hätte mich geheiratet, weil ich ihn an Euch erinnere«, gestand Joan Pride ihr einmal. Wider Willen freute sich Alice darüber.

Joan Pride war sehr fromm. Wie so viele andere brave Leute in den Kleinstädten an Englands Küsten hatte sie das Lesen zur Zeit von Königin Elisabeth gelernt und in der Bibel nichts über Bischöfe, Priester und Zeremonien gefunden. Deshalb versammelte man sich lieber in kleinen Gebetshäusern, wählte seine Gemeindevorstände und Prediger und führte – wenn möglich – ein einfaches, gottesfürchtiges und friedliches Leben. Als Karl I. dieser Freizügigkeit ein Ende bereitet hatte, waren viele Gemeindemitglieder in die neuen Siedlungen nach Amerika ausgewandert. Einige von ihnen kämpften in Cromwells Armee gegen den König. Doch während des Bürgerkriegs und der Regierungszeit des Protektors hatten sie ihre Religion nach Belieben ausüben können.

Ihr Mann drückte ein Auge zu, wenn Joan Pride jeden Sonntag, ein oder zwei ihrer Kinder im Schlepptau, die drei Kilometer von Oakley nach Lymington ging, wo sie sich mit ihrer Familie im Gebetshaus traf. Wenn Alice nicht mit John in London war, hatte sie hin und wieder diese Andachten besucht. Es gab keinen Grund, der dagegen sprach, denn in Religionsfragen kümmerte man sich nicht um Stand und Herkunft. Zunächst war man zwar erstaunt über die Anwesenheit der vornehmen Dame gewesen, hieß sie aber freundlich willkommen, und Alice fühlte sich in diesem Kreis wohl. »Ich habe von Wanderpredigern schon bessere Predigten gehört als in London«, meinte sie zu John Lisle.

Nach dem Gottesdienst führte sie häufig ihr Pferd neben Joan Pride und deren Kindern her bis nach Oakley und plauderte mit ihr, bevor sie nach Haus Albion zurückkehrte. Die beiden Frauen verstanden sich gut. Wie es üblich war, sprach Alice die Pächtersfrau mit Gevatterin Pride an, während diese sie Dame Alice nannte. Eigentlich wäre nach Johns Ernennung zum Lord »Lady Lisle« oder »Mylady« die richtige Anrede gewesen, doch Alice stellte belustigt fest, dass Joan Pride sie weiterhin als Dame Alice bezeichnete – ein deutlicher Hinweis darauf, was ihre puritanische Freundin von Lords hielt. Und so freundeten sich Alice Lisle und Joan Pride im Laufe der Jahre miteinander an, erhielten aber die gesellschaftlichen Schranken zwischen Gutsherrin und Pächterin aufrecht.

In der Woche nach Johns Flucht aus England suchte Joan Pride ihre Freundin in Haus Albion auf. Sie sei zufällig vorbeigekommen, sagte sie und brachte Alice selbst gebackenen Kuchen mit. Da es ausgesprochen unhöflich gewesen wäre, das Geschenk nicht anzunehmen, dankte Alice ihr freundlich, obwohl sie die Kuchen eigentlich nicht gebrauchen konnte. Währenddessen blickte sich Joan Pride aufmerksam in dem großen Herrensitz um, den sie noch nie betreten hatte.

»Vielleicht sehen wir uns im Gebetshaus, Dame Alice«, verabschiedete sie sich.

»Ja«, erwiderte Alice geistesabwesend. »Ja, natürlich.«

Doch vom nächsten Sonntag an ging sie in die Pfarrkirche von Boldre. Da ihr Mann ein flüchtiger Königsmörder war, wollte sie alles vermeiden, was sie bei der neuen royalistischen Regierung in ein schlechtes Licht setzen konnte.

Etwa einen Monat später, sie ritt an einer ihrer kleinen Einfriedungen vorbei, sah sie, dass Stephen Pride an dem Zaun arbeitete. Auf ihre Frage, was er da täte, zeigte er ihr ein Loch im Zaun. »Wir wollen ja nicht, dass die Hirsche hereinkommen«, meinte er. Hatte ihr Verwalter ihn darum gebeten? erkundigte sie sich. »Es ist mir eben so aufgefallen«, entgegnete er und lehnte die Bezahlung ab, die Alice ihm anbot. In den darauf folgenden Wochen bemerkte sie immer wieder derartige Kleinigkeiten. Eine Kuh war krank: Jemand führte sie zum Verwalter. Ein Baum stürzte über den Weg, der nach Haus Albion führte: Pride und drei Männer aus Oakley hackten ihn klein und brachten das Holz am frühen Morgen zum Haus, ohne dass jemand sie darum gebeten hätte. Alice wurde klar, dass ihre Freunde im Wald ihr helfen wollten.

Sie besuchte auch weiterhin die Pfarrkirche in Boldre und vermutete, dass Joan Pride Verständnis dafür hatte. Doch nach einer Weile, als klar wurde, dass sie nichts für ihren Mann oder die Rettung seines Besitzes tun konnte, erschien sie eines Sonntags wieder im Gebetshaus in Lymington. Sie wurde begrüßt, als wäre sie nie fort gewesen. Seitdem behielt sie diese Gewohnheit bei.

Und das hätte sie wohl auch weiterhin getan, wäre nicht das englische Parlament gewesen.

Die Toleranz von König Karl II. schien sich auch auf die Religion zu erstrecken. Seinem Rat teilte er mit, wenn es nach ihm ginge, könnten seine Untertanen Gott verehren, wie es ihnen beliebte. Allerdings waren sein Rat und auch das Parlament anderer Auffassung. Die Herren im Parlament verlangten nach Ordnung und wollten den Puritanern, die ihnen zuvor solche Schwierigkeiten bereitet hatten, keinen Vorschub leisten. Außerdem befürchteten sie, Religionsfreiheit könne zu einem Wiedererstarken der römisch-katholischen Kirche führen, und das kam überhaupt nicht in Frage. Also erließ das Parlament neue Gesetze, ohne dass der König es daran hindern konnte. In den Kirchen durfte nur noch das anglikanische Gebetbuch verwendet werden, das den Ablauf des Gottesdienstes streng regelte. Protestantische Sekten – Dissenters, wie man sie nannte – wurden aus den Kirchen verbannt. Es hieß, ein weiteres Gesetz würde ihnen bald Versammlungen innerhalb einer Fünf-Meilen-Zone rings um jede Stadt verbieten. Deshalb machte sich Joan Prides kleine Gemeinde in Lymington nun strafbar.

»Es ist skandalös!«, erboste sich Alice. »Welchen Schaden können diese Leute denn anrichten?« Doch Gesetz war Gesetz. Also besuchte sie die Kirche in Boldre, benützte das anglikanische Gebetbuch und hielt den Mund. Als sie Joan Pride sagte, wie Leid ihr das alles täte, schwieg diese. Drei Monate lang sah Alice ihre Freundin nicht. Schließlich traf sie Joan Pride zufällig auf dem Weg südlich der Kirche von Boldre und erfuhr von ihr, ein Prediger, ein gewisser Mr. Whitaker, werde nach Lymington kommen. »Aber wir wagen es nicht, ihn in der Stadt predigen zu lassen, Dame Alice. Also haben wir keinen Versammlungsort«, erklärte sie.

Alice war dieser Prediger ein Begriff, ein gebildeter junger Mann, der einen guten Ruf genoss. »Ich hätte ihn selbst gern gesehen«, gestand sie. Und nach kurzem Zögern hörte sie sich zu ihrer eigenen Überraschung sagen: »Er könnte als mein Gast nach Haus Albion kommen und in der Halle predigen. Dann könntet Ihr und Eure Freunde ihn treffen.«

Und so geschah es auch. Mr. Robert Whitaker entpuppte sich als ausgezeichneter Redner. Vor der Restauration hatte er im Magdalen College in Oxford unterrichtet. Außerdem sah er sehr gut aus. Besonders Alices Tochter Margaret schien Gefallen an ihm zu finden. Und es kostete nur wenig Mühe, ihn zu einem weiteren Besuch zu überreden. Alice wusste nicht so recht, was sie davon halten sollte. Ein junger Prediger, ganz gleich, wie wortgewandt er auch sein mochte, war nicht der Ehemann, den sie sich für ihre Tochter wünschte.

Allerdings hatte sie kaum Zeit, sich darüber den Kopf zu zerbrechen, denn ein Brief von ihrem Mann traf ein, der alle anderen Sorgen vertrieb. Er habe einen Freund, der in die Schweiz reisen wolle und gerne bereit sei, sie und ihre Familie kostenlos mitzunehmen und sie nach einem Monat wieder zurückzubringen. Dann könne er endlich die kleine Betty kennen lernen. In drei Wochen sollte es losgehen. John Lisle schrieb:

Da die Frist zu kurz ist, um Briefe zu wechseln, werde ich dich und meine Tochter entweder freudig in Lausanne begrüßen, meine Liebste, oder zu meinem Kummer erfahren, dass dir die Reise unmöglich ist, wofür ich natürlich Verständnis hätte.

Was sollte Alice jetzt tun? »Ich muss fahren«, beschloss sie. »Du wirst deinen Vater sehen«, sagte sie zu ihrer kleinen Tochter und begann zu packen und alles vorzubereiten.

Deshalb war es ein besonders schwerer Schlag, als fünf Tage vor der Abreise ein Bote eintraf. Er teilte ihr mit, John Lisle sei in Lausanne ermordet worden. Niemand wusste, wer genau dahinter steckte. Der König war es gewiss nicht, denn Karl II. hielt nichts von derartigen Racheakten. Allerdings gab es eine ganze Reihe von Royalisten, denen eine solche Tat durchaus zuzutrauen war. Einem Gerücht zufolge war die französische Mutter des jetzigen und Witwe des hingerichteten Königs verantwortlich dafür. Alice teilte diesen Verdacht.

Nun hatte sie keinen Ehemann mehr und Betty keinen Vater. Zufällig kam der junge Whitaker kurz darauf zu Besuch.

Zephir ließ seine sanfteste Brise durch die grünen Haine wehen, als König Karl II. von England an diesem warmen Augusttag im New Forest jagte.

Er war schon früher hier gewesen. Vor fünf Jahren, als die schreckliche Pest in London wütete und sich der König mit seinem Hofstaat ins sichere Sarum zurückgezogen hatte. Bei dieser Gelegenheit hatte er die kleinen Dörfer der Umgebung besucht, in denen er sich einst auf der Flucht vor Cromwell versteckt hatte, nachdem er von seiner Eiche heruntergeklettert war. »Zwei Nächte lang habe ich im New Forest im Freien geschlafen«, erzählte er seinen Höflingen lächelnd. »Nicht einmal die Köhler haben mich bemerkt.«

Und nun hatte er beschlossen, dem New Forest wieder einen Besuch abzustatten, diesmal in Begleitung seiner Höflinge und zum Vergnügen.

Stephen Pride und seine Freunde Purkiss und Puckle sahen einander an. Eigentlich hätte Furzey auch dabei sein sollen, doch er hatte sich geweigert zu kommen. Also warteten sie – wie man ihnen aufgetragen hatte – zu viert auf ihren Ponys am Tor des königlichen Gutes in Lyndhurst. Prides Sohn Jim war auch dabei. Bald kam der König mit seinem Gefolge herausgeritten.

Stephen Pride betrachtete Karl II. von England, und dieser musterte ihn.

Der königliche Besucher war wirklich ein beeindruckender Anblick. Hoch gewachsen, dunkelhäutig und mit schulterlangem, lockigem braunem Haar, das so dicht war, dass man es für eine Perücke hätte halten können. Dem König war das Erbe seiner Vorfahren sowohl mütterlicherseits als auch väterlicherseits deutlich anzusehen. Die schönen braunen Augen und den geschwungenen Mund verdankte er der keltischen Familie Stuart. Die markante Nase und die sinnliche, aber gleichzeitig spöttische Ausstrahlung hatte er von der Familie seiner französischen Mutter, den Bourbonen, geerbt. Nun sah er Pride mit derselben fröhlichen Herablassung an, die er wohl auch gegenüber einem hübschen Dienstmädchen oder seinem Vetter König Ludwig XIV. gezeigt hätte.

Doch Stephen Prides Blick galt weniger dem König als den Frauen.

Es waren mehrere, die ebenso wie die Männer Jagdkleidung und dazu kecke Kappen trugen. An diesem Tag war die Königin nicht dabei, doch eine lebhafte, dunkelhaarige junge Dame flüsterte dem König etwas ins Ohr, worauf dieser auflachte. Das, so vermutete Pride, war sicher die Schauspielerin Nell Gwynn, wie ganz England wusste, die augenblickliche Geliebte des Königs. Er bemerkte eine elegante junge Französin und noch einige andere Frauen. Waren das etwa alles königliche Mätressen? Pride hatte keine Ahnung. Doch er fragte sich ein wenig neidisch, wie dieser gut aussehende Schurke nur ungestraft ein solches Leben führen konnte.

Mit dem König und den vier Damen bestand die königliche Gesellschaft aus neun Personen. Pride kannte die Männer nicht. Aber einer von ihnen – ein ausgesprochen hübscher junger Bursche, der wie eine zierlichere Ausgabe des Königs wirkte – war bestimmt der Herzog von Monmouth, der uneheliche Sohn des Monarchen. Mit von der Partie waren ferner Sir Robert Howard, ein Adeliger und Oberförster des Bezirks, in dem sie jagen würden, sowie einige adelige Förster. Da die Gesellschaft in der Nähe von Boldrewood jagen wollte, hatte Jim Pride, der dort als Forstgehilfe arbeitete, seinen Vater und Puckle als zusätzliche Reiter angeworben. Für gewöhnlich ließ sich bei solchen Jagden etwas dazuverdienen. Auch Furzey war gefragt worden, aber als er abgelehnt hatte, hatten sie Stephen Prides Freund Purkiss aus Brockenhurst gebeten mitzukommen. Wahrscheinlich würde man mit Purkiss, der als kluger Kopf galt, ohnehin besser fahren als mit Furzey.

Alle waren bereit. Obwohl Stephen Pride schon sechzig Jahre zählte, musste er sich eingestehen, dass er aufgeregt war. Über dreißig Jahre lang war er ein zufriedener und treuer Familienvater gewesen. Doch er ertappte sich zu seiner Belustigung immer wieder dabei, wie er die hübschen Freundinnen des Königs verstohlen musterte. Also steckt doch noch Leben in mir altem Kerl, dachte er grinsend. Und er freute sich, dass seine Kräfte reichten, um seinen Sohn auf diesen Ausflug zu begleiten, der sicher sehr anstrengend werden würde.

»Ich glaube, wir werden heute viele Hirsche erlegen«, meinte er zu einem der adeligen Förster, der ihn wissend ansah.

»Verlasst Euch nicht drauf, Stephen«, murmelte er. »Ich kenne den König.«

Und zu Prides Erstaunen hob der Oberförster schon nach einem halben Kilometer den Arm. Die Stimme des Königs ertönte: »Nellie will den Rufusbaum sehen.«

»Den Rufusbaum!«, riefen die Höflinge.

Also machten sich alle auf den Weg dorthin.

»So wird es den ganzen Tag lang gehen«, sagte der adelige Förster lächelnd zu Pride.

Und wirklich hatten sie gerade wieder einen halben Kilometer zurückgelegt, als die Pläne schon wieder geändert wurden. Vor der Besichtigung des Rufusbaums wollte der König seine neuen Anpflanzungen in Augenschein nehmen. Das bedeutete wieder einen Umweg, doch die Gesellschaft setzte sich ohne zu murren in Bewegung.

Pride warf seinen Begleitern, die nicht sehr erfreut schienen, einen Blick zu.

»Sieht nicht aus, als würde viel für uns abfallen«, sagte Puckle ärgerlich zu Jim Pride. Wenn viele Hirsche erlegt wurden, konnten die Reiter mit Geld und einem saftigen Schlegel rechnen. Für gewöhnlich sorgten die adeligen Förster dafür, dass Leute wie Puckle nicht zu kurz kamen. Doch solange sie den ganzen Tag ziellos im Wald umherritten, waren die Aussichten ziemlich düster.

»Es ist schließlich nicht Jims Schuld«, verteidigte Pride seinen Sohn.

»Und es ist ja noch früh«, meinte Jim hoffnungsfroh.

Pride sah Purkiss an. Er hatte ein schlechtes Gewissen, weil er den Mann aus Brockenhurst selbst angeworben hatte.

Purkiss war hoch gewachsen und hatte ein schmales Gesicht und eine ruhige, kluge Art. Die Familie Purkiss lebte schon lange im New Forest und wurde wegen ihrer Vernunft geachtet. »Sie fallen nicht auf«, hatte Stephens Vater gesagt, »aber sie überlegen sich alles gründlich. Einen Purkiss kann man nicht hinters Licht führen.« Pride nahm es sich selbst übel, dass er Purkiss zu dieser Zeitvergeudung überredet hatte, dieser selbst jedoch wirkte nachdenklich, aber nicht unzufrieden.

Man musste zugeben, dass die Anpflanzung des Königs ein beeindruckender Anblick war. In den letzten siebzig Jahren war so viel Holz durch Schlamperei und mangelnde Zuständigkeiten verloren gegangen, dass man beschlossen hatte, etwas dagegen zu unternehmen. Und Karl hatte schon beim Wiederaufbau des von einem Feuer zerstörten Landhauses Planungsgeschick bewiesen. Auf seinen persönlichen Befehl hin waren im New Forest drei große Bezirke – insgesamt einhundertzwanzig Hektar – wie Einfriedungen eingezäunt worden. Man hatte Eicheln und Bucheckern ausgesät, aus denen Tausende stattlicher Bäume entstehen sollten, die man irgendwann ernten konnte. »Wenigstens werden mir spätere Generationen dafür danken«, hatte der König angemerkt.

Die Gesellschaft erreichte die große Einfriedung. In Reih und Glied wie eine Armee ragten die Schösslinge aus dem Boden. Gehorsam sahen alle hin und verliehen ihrer Bewunderung Ausdruck. Doch Pride bemerkte, dass der König sich aufmerksam umblickte. Er ritt mit zwei Begleitern das Gelände ab, um den Zaun zu inspizieren.

»Und nun zum Rufusbaum!«, befahl er, als er zufrieden zurückkam.

Also ging es wieder los. Die vier Männer aus dem Wald, die den Schluss der kleinen Prozession bildeten, sprachen inzwischen kaum noch. Jim wirkte bedrückt, Puckle gelangweilt. Nur Purkiss machte auch weiterhin einen vergnügten Eindruck, und als Stephen Pride meinte, es täte ihm Leid, ihn vergeblich in den Wald gelockt zu haben, schüttelte er nur lächelnd den Kopf. »Schließlich habe ich nicht jeden Tag Gelegenheit, mit dem König zu reiten, Stephen«, erwiderte er ruhig. »Außerdem kann ein Mann aus so einem Erlebnis eine Menge lernen.«

»Ich sehe nicht, was ich davon profitieren könnte«, antwortete Pride. »Aber ich freue mich, wenn es dir gefällt.«

Der Rufusbaum war schon vor achtzig Jahren, zur Zeit der Armada, alt gewesen. Nun neigte sich sein Leben offenbar dem Ende zu. Die alte Eiche wirkte gebrechlich. Der Großteil ihrer Äste war bereits abgestorben. Ein riesiger Riss in der Seite wies darauf hin, dass hier ein großer Ast abgeknickt war. Efeu umwucherte den Stamm. Nur oben in der Krone wuchsen noch ein paar Blätter. Man hatte zum Schutz einen Lattenzaun darum gebaut.

Nach den heftigen Stürmen, die der Armada zum Verhängnis geworden waren, waren zwei Eicheln vom Baum gefallen und hatten Wurzeln geschlagen. Inzwischen hatten sie sich zu stattlichen Bäumen entwickelt, die ganz in der Nähe standen. Der eine war kleiner und ausladender, da er beschnitten worden war. Der andere war unberührt und ragte hoch empor.

Alle betrachteten ehrfürchtig den alten Baumriesen. Einige Mitglieder der Gesellschaft stiegen vom Pferd.

»Hier hat Tyrrell meinen Vorfahren William Rufus erschossen, Nellie«, verkündete der König. Er warf Sir Robert Howard einen Blick zu. »Das ist jetzt fast sechshundert Jahre her. Kann dieser Baum wirklich so alt sein?«

»Zweifellos, Sir«, erwiderte der Oberförster, obwohl er nicht die leiseste Ahnung hatte.

»Wie genau geht die Geschichte?«, fragte der junge Monmouth.

Der König blickte Howard streng an. »Erzählt sie uns genau, Oberförster.«

Der Adelige errötete und wollte gerade eine ausweichende Antwort geben, da er die Legende vergessen hatte, als zu jedermanns Überraschung ein hoch gewachsener Mann vortrat und sich verbeugte. Es war Purkiss.

Erstaunt sah Stephen Pride zu, wie sein Freund ruhig zur Spitze der Kolonne ging. Nun fragte Purkiss in respektvollem Ton und mit gelassener Miene: »Darf ich Euch die wahre Geschichte dieses Baumes erzählen, Majestät?«

»Das dürft Ihr, guter Mann«, erwiderte König Karl vergnügt. Nellie zog ein Gesicht und sah Howard an.

Und so begann Purkiss. Zuerst berichtete er, dass der Baum auf wundersame Weise immer um die Weihnachtszeit Blätter trieb. Und als Charles ungläubig dreinblickte, bestätigten die Förster ihm, dass das stimmte. Daraufhin beugte sich der König im Sattel vor und lauschte Purkiss aufmerksam.

Purkiss war ein guter Geschichtenerzähler. Pride hörte bewundernd zu. Ruhig und achtungsvoll wie ein Fremdenführer, der frommen Besuchern eine Kathedrale zeigt, schilderte er die Umstände von Rufus' Tod und erwähnte alle niedergeschriebenen oder erfundenen Einzelheiten, welche die Chroniken vermerkten. Er sprach von den bösen Träumen, die den normannischen König in der Nacht zuvor geplagt hatten, und auch von seinen Worten zu Walter Tyrrell am nächsten Morgen und von der Warnung des Mönches. Er ließ nichts aus. Dann wies Purkiss mit ernstem Gesicht auf den Baum. »Als Tyrrell den tödlichen Pfeil abschoss, Sire, streifte er den Baum und traf den König. Es heißt, der Pfeil habe eine Spur hinterlassen, die man früher einmal dort oben sehen konnte.« Er zeigte auf eine Stelle hoch am Stamm. »Damals war der Baum noch jung, Majestät. Und deshalb ist die Schramme weiter hinaufgewandert.«

Dann beschrieb er, wie Tyrrell durch den New Forest zum Avon geflohen war und an der Furt, die später nach ihm benannt worden war, den Fluss überquert hatte. Zu guter Letzt sei die Leiche des Königs auf dem Wagen eines Waldbewohners nach Winchester gebracht worden. Purkiss schloss seine Ausführungen mit einer tiefen Verbeugung.

»Gut gemacht, Bursche!«, rief der König aus. »War das nicht ausgezeichnet?«, wollte er von seinen Höflingen wissen, die dies bejahten. »Das ist eine goldene Guinee wert«, verkündete der Monarch, zog eine Goldmünze aus der Tasche und reichte sie dem Mann aus Brockenhurst. »Woher wisst Ihr so viel darüber, mein Freund?«, fragte er dann.

»Weil der Waldbewohner, der den Leichnam des Königs auf seinem Wagen wegbrachte, mein Vorfahr war. Er hieß Purkiss«, erwiderte Purkiss mit feierlichem Ernst.

Nellie lachte auf.

Karl II. biss sich auf die Lippe. »Wollt Ihr mich auf den Arm nehmen?«, meinte er.

Entgeistert starrte Pride seinen Freund an. Dieser schlaue Fuchs, dachte er. Purkiss hatte es wirklich sehr geschickt angestellt und an der richtigen Stelle innegehalten, um sich vom König diese letzte, wichtige Einzelheit entlocken zu lassen. Nun stand er mit völlig ungerührter Miene da.

Und König Karl II. von England, der – ganz gleich über welche Tugenden und Fehler er sonst noch verfügen mochte – zu den unverfrorensten Lügnern gehörte, die je auf einem Thron gesessen haben, betrachtete Purkiss mit aufrichtiger Bewunderung. »Hier ist noch eine Guinee, Purkiss«, sagte er. »Es sollte mich nicht wundern, wenn der Name Eures Urahns einst in den Geschichtsbüchern stünde.«

Und so geschah es auch.

Es kam nicht häufig vor, dass Alice Lisle an Entschlusslosigkeit litt. Viele Menschen wären erstaunt gewesen, wenn sie davon erfahren hätten. Doch als sie an diesem Morgen ihre Familie und Mr. Hancock, den Anwalt, kühl musterte, war sie unsicher. Und das hatte durchaus vernünftige Gründe. »Ich würde mir wünschen, dass mir jemand erklärt«, stellte sie, wie immer in sachlichem Ton, fest, »wie ich einen Mann um einen Gefallen bitten soll, dessen Vater durch die Schuld meines Gatten zu Tode gekommen ist.«

Denn alle verlangten von ihr, dass sie den König aufsuchte, solange dieser im New Forest weilte.

So mancher hielt Alice Lisle für eine verhärmte Frau, doch das kümmerte sie nicht. Wenn ich nicht stark bin, hatte sie sich vor langer Zeit gedacht, wer wird es dann sein? Schließlich musste sie sich wehren, wenn sie angegriffen wurde. Und sie hatte sich gründlich umgesehen und niemanden entdecken können, der sie im Notfall unterstützen würde.

Seit sie ihren Mann verloren hatte, war alles anders geworden. Manchmal wäre sie gern wieder verheiratet gewesen und hätte einen Menschen gehabt, der sie in den Armen hielt, sie tröstete und sie liebte. Besonders schwer war es ihr in den Jahren nach John Lisles Tod gefallen, als sie in die Wechseljahre gekommen und fünfzig geworden war. Doch da es keinen solchen Menschen gab, musste sie sich eben allein durchschlagen.

Der Himmel wusste, wie beschäftigt sie gewesen war. Und sie hatte sich wacker geschlagen. Ihr größter Triumph war die Hochzeit ihres Stiefsohns gewesen. Mit Hilfe von Freunden der Familie hatte sie ein hübsches Mädchen für ihn gefunden, das einmal ein großes Gut unweit von Southampton erben würde. Ihr verstorbener Mann wäre sehr stolz auf sie und auch erleichtert gewesen. Ihre Töchter hatten gottesfürchtige Männer geheiratet, allerdings keine wohlhabenden. Und das war, wie Alice sich offen eingestand, vermutlich ihre eigene Schuld.

Die religiösen Zusammenkünfte in Haus Albion waren bald zur ständigen Einrichtung geworden, was sich rasch unter den Puritanern herumsprach. Seit die neuen Gesetze galten, mussten sich Männer, die bis dahin als Geistliche ein gesichertes Einkommen gehabt hatten, entweder der anglikanischen Kirche beugen oder auf ihren Lebensunterhalt verzichten. Also bestand kein Mangel an frommen Geistlichen, die nur allzu gern die Gastfreundschaft eines Herrensitzes genossen und dort predigten. Nach einer Weile brachte Alice sie auch in Moyles Court unter, und aus Ringwood, Fordingbridge und anderen Dörfern im Avontal bis fast hinauf nach Sarum strömten die Gläubigen herbei, um sie zu hören. Es war unvermeidlich, dass es sich bei einigen der Prediger um gut aussehende Junggesellen handelte.

Wie erwartet hatte Margaret den besonders gut aussehenden Whitaker geheiratet. Tryphena war die Gattin eines frommen Puritaners namens Lloyd geworden. Aber Bridget hatte nach Alices Meinung den besten Fang gemacht, denn ihr Mann war ein akademisch gebildeter Geistlicher, der Leonard Hoar hieß. Er hatte in Amerika an der neuen Universität Harvard studiert, war nach England zurückgekehrt und dort ein berühmter Prediger geworden. Nun spielte das Paar mit dem Gedanken, ins puritanische Massachusetts überzusiedeln, wenn in Harvard ein guter Posten frei wurde. Manchmal fragte sich Alice, ob Hoar nicht die nötige Gelassenheit fehlte, aber seine Intelligenz stand außer Zweifel.

Nun hatte Alice all ihre Töchter bis auf die kleine Betty unter die Haube gebracht. Und da Betty erst neun Jahre alt war, bestand noch kein Grund zur Eile.

Außerdem musste sie sich über andere Dinge den Kopf zerbrechen. Das Geld war immer knapp. Keiner ihrer Schwiegersöhne war vermögend, und dank der neuen Regierung würde ihnen beruflicher Erfolg vermutlich versagt bleiben. »Und weil ich eine Frau bin, glauben die Männer, sie könnten mich übers Ohr hauen«, erklärte sie ihrer Familie.

Da war zum Beispiel der Kaufmann in Christchurch, der John Lisle Geld geschuldet hatte, dies aber nun abstritt. Und dann Lisles Verwandte auf der Insel Wight, die ein Teil des Erbes von Alices Stiefsohn zurückhielten und immer noch versuchten, sich vor den Zahlungen zu drücken. Als der Kaufmann aus Christchurch Alice als penetrantes, lästiges Frauenzimmer bezeichnet hatte, hatte sie kühl entgegnet: »Wenn ich das nicht wäre, würdet Ihr mir dann mein Geld geben? Würdet Ihr meine Kinder ernähren und kleiden? Ganz sicher nicht. Zuerst bestehlt Ihr meine Familie«, höhnte sie, »und dann beschimpft Ihr mich, wenn ich mich wehre.« Sie hatte gelernt, hart zu sein.

»Wenn sie mich schon nicht lieben«, meinte sie zu Hancock, dem Anwalt, »sollen sie mich wenigstens achten.«

Nun betrachtete sie die drei Menschen, die ihr gegenübersaßen. Robert Whitaker, ein gut aussehender, ehrlicher, netter Mann, der allerdings nichts von Geschäften verstand. Tryphena, deren Gatte zwar nicht auf den Kopf gefallen war, aber meistens in London weilte. Die stets ein wenig säuerlich dreinblickende Tryphena war eine anständige Frau und eine treue Tochter. Allerdings war sie, selbst mit über Dreißig, noch so unverblümt wie ein Kind. Takt und Diplomatie bedeuteten ihr nichts. John Hancock, der Anwalt, verfügte dagegen über ein gutes Urteilsvermögen. Er war ein würdiger Herr mit grauen Locken und hätte mühelos eine Kanzlei in London eröffnen können. Doch er zog es vor, in der Nähe von Sarum zu leben. Wie alle guten Advokaten wusste er, dass das Gesetz Spielräume zulässt und dass ein Umweg häufig ebenso zum Ziel führen kann.

»Ihr findet wirklich, ich sollte den König aufsuchen?«, fragte Alice.

»Ja«, antwortete John Hancock. »Und zwar aus dem einfachen Grund, dass Ihr nichts zu verlieren habt.«

Alice seufzte. Es ging um keinen Geringeren als den Bruder des Königs, Jakob, Herzog von York, der Alice Unterschlagung vorwarf. Dem Herzog war ein Teil von John Lisles eingezogenem Vermögen zugesprochen worden, und nun bildete er sich ein, Alice habe einen Teil des Geldes versteckt, das rechtmäßig ihm gehörte. Schließlich hatte er sie verklagt, und der Prozess zog sich nun schon seit einigen Jahren hin.

»Ich denke, dass der Herzog von York ein ehrlicher, aber starrsinniger Mann ist. Er ist aufrichtig davon überzeugt, dass Ihr dieses Geld zurückhaltet. Wüsste er, in welcher Not Ihr Euch befindet, würde er seine Klage sicher zurückziehen«, erklärte Hancock. »Er glaubt, dass Ihr ihn betrügt, weil Ihr John Lisles Witwe seid. Der König ist um einiges umgänglicher als sein Bruder. Wenn Ihr ihn überzeugen könnt, wird er mit James sprechen. Ihr solltet es wenigstens versuchen. Das seid Ihr der kleinen Betty schuldig.«

»Ach, da habt Ihr einen wunden Punkt getroffen, John Hancock.«

»Ich weiß, dass ich ein skrupelloser Mensch bin.« Er lächelte.

»Mir ist klar, warum du zögerst«, sagte nun Robert Whitaker. Der König hat einen schlechten Ruf, was Frauen angeht. Gewiss fürchtest du um deine Tugend.«

»Ja, Robert«, erwiderte Alice trocken. »Das muss es wohl sein.«

»Ich glaube kaum«, wandte Tryphena, die aufmerksam zugehört hatte, stirnrunzelnd ein, »dass der König eine Gefahr für Mutters Tugend darstellt. Er interessiert sich nur für junge, hübsche Frauen.«

Schließlich kam man überein, dass Alice den König aufsuchen und die kleine Betty mitnehmen sollte. »Vielleicht«, seufzte Alice, »wird das Kind den König ja erweichen, wenn schon mein Anblick nichts mehr nützt.«

Während Tryphena das Kind für den Ausflug anzog, gab Alice sich große Mühe mit ihrer Garderobe. Als sie sich schließlich im Spiegel betrachtete, murmelte sie wehmütig: »Wenigstens hat John Lisle keine Vogelscheuche geheiratet.«

Zur Mittagszeit verließen sie Haus Albion und schlugen den Weg ein, der zu der kleinen Furt führte. So verpassten sie den Besucher, der aus Süden kam, nur um ein paar Minuten.

Langsam ritt Gabriel Furzey durch das Tor auf Haus Albion zu. Er war froh, dass Stephen Pride seinen Sohn Jim begleitet hatte. So würde sich wenigstens kein Pride herumdrücken, während er sein Anliegen vorbrachte.

Denn Gabriel Furzey steckte in Schwierigkeiten.

Der Besuch von Karl II. im New Forest war nicht nur einer königlichen Laune entsprungen, denn der Monarch dachte in jener Zeit häufig an seinen Wald. Schließlich war der lebenslustige König stets auf der Suche nach neuen Einnahmequellen, und bald hatte er erkannt, dass sich mit den königlichen Wäldern Gewinne erwirtschaften ließen. Allerdings ging König Karl dabei vorsichtiger, klüger und gründlicher vor als sein Vater. Ihm reichten die richterlichen Rundreisen nicht, und er setzte eine Untersuchungskommission ein, die den Dingen wirklich auf den Grund gehen sollte. Nun überprüften seine Inspektoren alle Grenzen des New Forest. Einfriedungen und Pachtverträge wurden sorgfältig in Listen vermerkt. Der Verkauf von Holz und Holzkohle und die Verwaltungstätigkeit der Förster, nichts entging ihren scharfen Augen. Der König ließ keinen Zweifel daran, dass sein Wald in Zukunft ordentlich geführt werden würde. Es fand sogar eine Hirschzählung statt, die ergab, dass der New Forest etwa siebentausendfünfhundert Damhirsche und fast vierhundert Rothirsche beherbergte. Der König wollte ganz genau wissen, wie viel der Wald tatsächlich wert war. Und zu guter Letzt erhielten seine Richter den Auftrag, exakt aufzuschreiben, wer im New Forest welche Gewohnheitsrechte besaß und wie viel derjenige dafür bezahlte.

»Eine detaillierte Auflistung der Gewohnheitsrechte, bis hin zum letzten Schwein, das die Eicheln auf dem Boden frisst«, hatte Hancock, der Anwalt, Alice erklärt. Die Richter hatten bereits zwei Sitzungen abgehalten, die sich mit diesen Gewohnheitsrechten befassten. Eine letzte Zusammenkunft, die Alices Rechte zum Thema hatte, würde in Kürze stattfinden. »Dabei wird auch festgesetzt, wie viel jeder dem König schuldet«, sprach Hancock weiter. »Zusätzliche Gewohnheitsrechte werden nicht erteilt. Wenn ein Gewohnheitsrecht nicht eingetragen ist, besteht es auch nicht. Ich habe den Eindruck«, fügte er hinzu, »dass der König auf diese Weise den Boden für die Zukunft bereitet. Wenn unsere Rechte erst einmal eingetragen sind, haben wir keine Möglichkeit, uns gegen mögliche spätere Entscheidungen von seiner Seite zu wehren. Solange er damit nicht bereits eingetragene Gewohnheitsrechte beschneidet, kann er den New Forest ausbeuten, wie er will.«

Doch ganz gleich, welches auch die Motive des Königs sein mochten, die Rechte waren endgültig und bindend. Inzwischen wussten die Grundbesitzer und Bauern im New Forest das genau, und alle waren vor den Richtern in Lyndhurst erschienen. Als Grundlage dienten die vor fünfunddreißig Jahren aufgestellten Listen. Was darin stand, wurde genehmigt. Falls jemand weitere Rechte einforderte, konnten die Eintragungen ergänzt werden. Allerdings musste man seinen Anspruch beweisen.

Und das genau war Gabriel Furzeys Problem.

Das Schlimmste daran war, dass er seine Lage selbst verschuldet hatte, und zwar vor langer Zeit aus Starrsinn und schlechter Laune, dabei hatte Stephen Pride ihn noch gedrängt, zu Alice zu gehen und seine Gewohnheitsrechte eintragen zu lassen. Stephen Pride wusste genau, dass er sich geweigert hatte. Und nun verfügten die Prides in Oakley über Gewohnheitsrechte – und Furzey nicht.

Damals hatte das keine große Rolle gespielt, denn in den Jahren des politischen Umsturzes hatte sich niemand um den New Forest gekümmert. Die Bevölkerung von Oakley war wie immer ihrem Tagwerk nachgegangen. Furzey hatte seine wenigen Kühe weiden lassen, Torf gestochen und Holz gesammelt, ohne dass jemand ihn daran gehindert hätte. Zwischenzeitlich hatte er die Angelegenheit mit den Listen aus dem Jahr 1635 gänzlich vergessen. Und nun waren die Reiserichter wieder da.

Furzey hatte zwei Söhne: William, der ein Mädchen aus Ringwood geheiratet hatte und dorthin gezogen war, und George, der weiterhin in Oakley lebte. Da George nach Furzeys Tod den Hof erben würde, maß er der Untersuchung natürlich Bedeutung bei. Eines Abends war George mit besorgter Miene nach Hause gekommen. »Weißt du von der Eintragung der Rechte? Stephen Pride sagt, wir stehen nicht auf der Liste, Vater. Stimmt das?«

»Stephen Pride redet viel, wenn der Tag lang ist.«

»Aber, Vater. Die Sache scheint mir sehr ernst zu sein.«

»Was weiß Stephen Pride schon?«

»Meinst du, er irrt sich?«

»Natürlich. Ich habe das schon vor Jahren geregelt.«

»Bist du sicher, Vater?«

»Selbstverständlich bin ich sicher. Zerbrich dir nicht den Kopf darüber.«

»Oh. Dann ist ja alles gut. Ich hatte mir schon Sorgen gemacht.«

Den ganzen Frühling und Sommer lang nahm Furzey sich vor, die Angelegenheit zu erledigen. Doch er verschob es Woche um Woche. Eigentlich rechnete er damit, dass Alices Verwalter Oakley in Augenschein nehmen würde, aber nichts geschah. Denn in Oakley hatte sich in den letzten fünfunddreißig Jahren nichts verändert, und so glaubte man vermutlich, dass die Eintragungen nicht ergänzt zu werden brauchten. Außerdem war Alice Lisle so sehr mit der Existenzsicherung ihrer Kinder beschäftigt, dass sie Furzeys Versäumnis vor so vielen Jahren wahrscheinlich längst vergessen hatte. Das Gericht war bereits zusammengetreten, aber Furzey erfuhr, dass Alice ihre Rechte erst später beantragen würde. Dann tagte das Gericht zum zweiten Mal. Nun wurde die Zeit knapp. Er musste etwas unternehmen. Und deshalb war er jetzt hier. Er ritt auf das Haus zu.

Wie sich herausstellte, hätte er sich keinen günstigeren Zeitpunkt aussuchen können.

John Hancock war beauftragt, dem Gericht die Ansprüche von Alice und auch die vieler anderer Gutsbesitzer vorzutragen. Als Gabriel Furzey nun, den Hut in der Hand, vor ihm stand, begriff er sofort, worum es ging. »Bei *Mast* und *Pasture* dürfte es keine Schwierigkeiten geben«, beruhigte er den Bauern. »Mit *Turbary* vermutlich ebenfalls nicht. Diese Gewohnheitsrechte gehören eindeutig zu Eurem Dorf. Allerdings«, fuhr er fort, »ist das

Estovers nicht so klar geregelt.« Als Furzey ihn verdattert ansah und murmelte, er habe natürlich schon immer das Recht zum Holzsammeln besessen, erklärte der Anwalt: »Auch wenn Ihr das glaubt, muss ich mir zuerst die Unterlagen ansehen.«

Die Unterlagen, die die Ländereien betrafen, wurden in Haus Albion aufbewahrt. Da Hancock wusste, wo sie sich befanden, und da er bis zu Alices Rückkehr ohnehin nichts zu tun hatte, beschloss er, die Papiere gründlich zu studieren. »Seit wann lebt Eure Familie auf dem Hof?«, fragte er.

»Mein Großvater ist dort eingezogen«, erwiderte Furzey. »Davor haben wir eine andere Kate bewohnt. Aber immer in Oakley«, fügte er mit Nachdruck hinzu für den Fall, dass dieser Umstand eine Rolle spielte.

»Sehr gut. Setzt Euch und wartet.« Der Anwalt lächelte ihm beschwichtigend zu. »Ihr habt doch sicher ein wenig Geduld. Wollen wir mal sehen, was sich finden lässt.«

Die Jagd hatte weniger als eine Viertelstunde gedauert. Stephen Pride konnte es noch immer nicht fassen.

Und dabei war alles ausgezeichnet vorbereitet gewesen. Man hatte den König, bewaffnet mit dem traditionellen Bogen, in einen gut geeigneten Hain gebracht. Hinter ihm scharten sich seine Damen. Pride und die anderen Waldbewohner trieben mit Hilfe der Förster und zweier Höflinge ein paar Hirsche heran, worauf der König gut gelaunt einen Pfeil abschoss. Dieser sauste dicht über den Kopf eines Hirsches hinweg und bohrte sich in einen Baum.

»Guter Schuss, Sire!«, rief einer der Höflinge, während sich Karl II., der keine Spur von Enttäuschung zeigte, lobheischend zu seinen Damen umwandte.

Als Stephen Pride kurz darauf vorbeiritt, hätte er schwören können, dass Nellie rief: »Ich hoffe, du tust keinem dieser armen, kleinen Hirsche weh, Karl.« Wenig später, als sie gerade wieder ein paar Hirsche herantreiben wollten, hieß es: »Nach Boldrewood.« Und zum großen Missfallen der Waldbewohner schickte man sich an, zur Jagdhütte zurückzukehren, wo Erfrischungen warteten. Stephen fragte sich, ob alle Könige so sprunghaft waren.

Allerdings langweilte sich Karl II. ganz und gar nicht. Er ging seinem liebsten Zeitvertreib nach, nämlich alles, was um ihn herum geschah, scharf zu beobachten – was die meisten Menschen ihm gar nicht zutrauten – und dabei mit hübschen Frauen anzubändeln. Eine Stunde später war er gerade fröhlich mit letzterer Übung beschäftigt, als er zu seinem Verdruss zwei Gestalten auf sich zureiten sah, die in braunes Tuch gekleidet waren. »Wer zum Teufel mag das sein?«, flüsterte er dem Oberförster zu. Alice Lisle, teilte man ihm mit. Das Kind sei ihre Tochter.

»Soll ich sie wegschicken, Sire?«, fragte Howard und wandte sich zu den beiden um.

»Nein«, antwortete der König, »obwohl ich wünschte, Ihr könntet sie einfach verschwinden lassen.«

Der König erkannte auf den ersten Blick, dass die Frau sich große Mühe mit ihrer Garderobe gegeben hatte. Ihr rotes Haar, das graue Strähnen aufwies, war in der Mitte gescheitelt. Sie hatte es zu Locken aufgedreht und toupiert, damit es voller wirkte. Ihr schlichtes Kleid war schon lange aus der Mode, bestand jedoch aus gutem Tuch. Zweifellos eine puritanische Adelige, eine Witwe, die ihre eigene Verbitterung insgeheim bedauerte – also ganz und gar nicht die Art Frau, für die der König schwärmte. Doch er hatte ein wenig Mitleid mit ihr. Das kleine Mädchen wirkte um einiges viel versprechender. Sie war hellhäutiger als ihre Mutter und hatte blaugraue, lebhaft funkelnde Augen.

Als Howard zurückkehrte und ihm zumurmelte, die Witwe Lisle sei hier, da sie ihn um einen Gefallen bitten wolle, musterte Karl sie eine Weile. Dann meinte er: »Ihr und Eure Tochter müsst unsere Gäste sein, Madam.«

Boldrewood war ein hübsches Anwesen. Es lag etwa sechs Kilometer westlich von Lyndhurst am Rande einer baumlosen Heide und bestand aus einem Pferch, einem kleinen Hain, in dem auch eine alte Eibe wuchs, und den üblichen Nebengebäuden. Das Haupthaus war ziemlich bescheiden, eigentlich nur eine schlichte Hütte, und wurde von einem adeligen Förster bewohnt. Daneben, unweit zweier stattlicher Eichen, stand das Häuschen des Forstgehilfen Jim Pride. Da es ein schöner Tag war, hatte man die Erfrischungen draußen im Schatten der Bäume aufgebaut.

Verschiedene Süßigkeiten, Wildpastete und ein leichter Bordeauxwein, all das wurde Alice und ihrer Tochter angeboten, nachdem sie auf Klappstühlen Platz genommen hatten. Der König und einige seiner Damen ruhten auf zusammengefalteten, mit schwerem Damast drapierten Decken. Alice verstand sofort, dass der König sie bestrafen wollte, indem er sie zwang, sich an dieser leichtlebig-lässigen Konversation zu beteiligen.

Diese Leute verkörperten alles, wogegen sie und John Lisle gekämpft hatten. Die prächtigen Kleider und das unmoralische Betragen sprachen Bände. Alice fühlte sich, als sei sie an den Hof des katholischen Königs von Frankreich geraten. Die Sittenstrenge, die Cromwell zumindest angestrebt hatte, war diesen genusssüchtigen Menschen von Grund auf fremd. Doch obwohl Alice das alles nicht billigte, hatte sie Spaß an dem Geplänkel.

Irgendwann kam die Sprache auf Hexerei. Eine der Damen hatte das Gerücht aufgeschnappt, es gebe Hexen im New Forest, und fragte Howard, ob das stimme. Er wusste es nicht.

Der König schüttelte den Kopf. »Jede unangenehme Frau wird heutzutage der Hexerei beschuldigt«, meinte er. »Und ich bin sicher, dass auf diese Weise viele harmlose Geschöpfe auf dem Scheiterhaufen enden. Außerdem ist Zauberei soundso Unsinn.« Er wandte sich an einen der Förster. »Wusstet Ihr, dass mir mein Vetter Ludwig von Frankreich in diesem Frühjahr seinen Hofastrologen geschickt hat? Er behauptet, der Mann irre sich nie. Ich hielt ihn für einen ziemlich aufgeblasenen Zeitgenossen. Also habe ich ihn zum Rennen mitgenommen.« Alice hatte von der Schwäche des Königs für Rennpferde gehört. Auf der Rennbahn in Newmarket mischte er sich unters Volk wie ein gewöhnlicher Bürger. »Den ganzen Nachmittag behielt ich ihn dort, und natürlich konnte er keinen einzigen Sieg vorhersagen. Also habe ich ihn am nächsten Tag postwendend zurück nach Frankreich expediert.«

Alice konnte ein Lachen nicht unterdrücken. Der König warf ihr einen Blick zu und schien etwas sagen zu wollen, überlegte es sich dann aber offenbar anders und beachtete sie nicht mehr. Anschließend erörterte man seine Eichenanpflanzung, von der sich alle beeindruckt zeigten.

Nellie Gwynn sah den Monarchen aus großen Augen an. »Wann schenkst du mir ein paar Eichen, Karl?« Es war allgemein bekannt, dass der König einer jungen Dame bei Hofe eine ganze Holzernte geschenkt hatte, vermutlich als Dank für erwiesene Gunst.

Ernst erwiderte der König den Blick seiner Geliebten. »Du hast eine königliche Eiche, die dir immer zu Diensten steht, Miss«, erwiderte er. »Gib dich damit zufrieden.«

Die Anwesenden brachen in schallendes Gelächter aus, mit Ausnahme von Alice, die spürte, dass Betty sie anstieß.

»Was bedeutet das, Mutter?«, flüsterte das Kind.

»Das braucht dich nicht zu kümmern.«

»Das Problem mit der königlichen Eiche ist«, entgegnete Nellie mit einem kecken Blick zu der jungen Französin, die still auf einem Stuhl saß, »dass sie ihre Äste in alle Richtungen streckt.« Alice schloss aus dieser Bemerkung, dass der König ein Auge auf die Französin geworfen hatte, doch er schien sich dessen nicht im Mindesten zu schämen.

Der König sah die fragliche Dame gelassen an und erwiderte ein wenig gereizt: »Aber es hat noch keine Aussaat stattgefunden. Noch nicht.«

»Ich halte so und so nicht viel von ihr«, sagte Nellie.

Mitten in diesem unschönen Wortwechsel wandte sich der König plötzlich an Alice. »Ihr habt eine hübsche Tochter, Madam«, meinte er.

Alice erstarrte. Sie wusste, dass der König diesen Moment und auch diese Bemerkung absichtlich gewählt hatte, um sie in Verlegenheit zu bringen. Die Andeutung war eine Unverschämtheit. Allein die Vorstellung, ihre gottesfürchtige kleine Tochter könne später einmal eine Eroberung des Königs werden, war eine bodenlose Frechheit. Natürlich würde Karl II. abstreiten, dass er das so gemeint hatte. Und wenn sie ihm deshalb Vorhaltungen machte, würde er das als Zeichen ihrer feindseligen Einstellung werten. Schließlich hatte er ihr Kind nur als hübsch bezeichnet. Doch seine Absicht lag auf der Hand: Bedankte sie sich für das Kompliment, machte sie sich lächerlich. Protestierte sie, gab sie ihm einen Anlass, sie fortzuschicken. Du darfst nicht vergessen, dass dein Mann seinen Vater getötet hat, hielt sie sich vor Augen.

»Sie ist ein gutes Kind, Majestät«, erwiderte sie darum so leichthin wie möglich. »Und ich liebe sie sehr.«

»Ihr seid sehr abweisend, Madam«, sagte der König leise und blickte kurz zu Boden, bevor er sich wieder ihr zuwandte. Sie stellte fest, dass seine Nase, aus einem bestimmten Winkel betrachtet, ziemlich groß wirkte. Das und die sanften braunen Augen verliehen ihm eine erstaunlich ernste Ausstrahlung.

»Ich will offen zu Euch sein, Madam«, fuhr er ruhig fort. »Es fällt mir schwer, Euch zu mögen. Es heißt«, sprach er ein wenig hitzig weiter, »dass Ihr beim Tod meines Vaters Jubelrufe ausgestoßen habt.«

»Es tut mir Leid, falls Euch so etwas zu Ohren gekommen sein sollte, Sire«, entgegnete sie, »denn ich schwöre Euch, es ist nicht wahr.«

»Warum nicht? Es entsprach doch gewiss Euren Wünschen.«

»Aus dem einfachen Grund, Sire, dass ich wusste, es würde eines Tages zur Vernichtung meines Mannes führen. Und das ist ja schließlich auch eingetreten.«

Als Howard hörte, wie sie sich geradeheraus weigerte, den Tod von Karls Vater zu bedauern, wollte er schon aufstehen, um sie hinauszuwerfen. Doch der König hielt ihn mit einer Handbewegung zurück. »Nein, Howard«, meinte er traurig. »Sie ist nur ehrlich, und dafür sollten wir dankbar sein. Ich weiß, Madam, dass Ihr viel durchgemacht habt. Man sagt«, fügte er hinzu, »dass Ihr Dissentern und Predigern Unterschlupf gewährt.«

»Ich verstoße nicht gegen das Gesetz, Majestät.« Da das Gesetz vorschrieb, dass Zusammenkünfte der Dissenters nur außerhalb einer Fünf-Meilen-Zone rings um die nächste Stadt abgehalten werden durften, stimmte das nicht ganz. Denn von Haus Albion nach Lymington waren es lediglich sechs Kilometer.

Doch zu Alices Erstaunen erwiderte der König ernst: »Ihr sollt wissen, dass Ihr von meiner Seite keine Schwierigkeiten zu befürchten habt. Das Parlament erlässt diese Gesetze, nicht ich. Ich hoffe, Euch, Madam, und Euren Freunden innerhalb eines oder zwei Jahren die Freiheit geben zu können, Gott zu verehren, wie es Euch beliebt, solange alle guten Christen dieselben Rechte genießen.« Er lächelte. »Dann könnt Ihr gerne Gebetshäuser in Lymington, Ringwood und Fordingbridge errichten.«

»Wird der katholische Gottesdienst dann ebenfalls erlaubt?«

»Ja. Wäre das denn so schlimm, wenn allgemein Glaubensfreiheit herrschte?«

»Ich muss zugeben, Sire« – sie zögerte –, »dass ich das nicht weiß.«

»Denkt darüber nach, Dame Alice«, meinte er und schenkte ihr einen Blick, der sie an einem anderen Ort und zu einer anderen Gelegenheit gewiss erweicht hätte. »Ihr könnt mir vertrauen.«

Karl II. meinte es ernst mit seinem Anliegen, zumindest für den

Moment die Religionsfreiheit einzuführen, damit auch die Katholiken wieder zu ihren Kirchen kamen. In diesem Sommer hatte er einen geheimen Vertrag mit seinem Vetter Ludwig XIV. abgeschlossen, in dem er sich verpflichtete, zum katholischen Glauben überzutreten und diesen so schnell wie möglich England aufzuzwingen. Weder das Parlament noch die engsten Berater des Königs ahnten etwas davon. Als Gegenleistung sollte Karl II. von Ludwig ein hübsches Jahreseinkommen erhalten. Ob der König ernsthaft beabsichtigte, seine protestantischen Untertanen zu verraten, oder ob er seinen französischen Vetter betrog, um ihm noch mehr Geld abzuluchsen, werden wir wohl nie erfahren. Da der fröhliche Monarch wie so viele Stuarts ein gewohnheitsmäßiger Lügner war, wusste er es wohl selbst nicht.

Und während die Vorstellung, dem König zu vertrauen, bei den meisten Höflingen wohl Heiterkeit ausgelöst hätte, sah Alice Anlass zu der Hoffnung, er könnte für die Dissenters tatsächlich die Rettung bedeuten.

»Und nun, Dame Alice, vergesst nicht, dass Ihr mich um einen Gefallen bitten wolltet«, meinte der König.

Alice kam sofort auf den Punkt. Sie schilderte ihren Rechtsstreit mit dem Herzog von York und beschwor den König: »Ich bin sicher, der Herzog glaubt, dass ich Geld vor ihm verstecke. Und es gelingt mir einfach nicht, ihn vom Gegenteil zu überzeugen. Deshalb bin ich mit diesem kleinen Mädchen« – sie wies auf Betty –, »für dessen Zukunft ich verantwortlich bin, zu Euch gekommen, um Euch um Hilfe anzuflehen. So einfach liegen die Dinge.«

»Ihr verlangt von mir, dass ich meinen Bruder des Irrtums bezichtige?«

»Gewiss hasst er mich, Sire.«

»Wie ich auch. Und ich soll Euch glauben?« Alice senkte nur den Kopf. Der König nickte. »Ich denke, Ihr seid ehrlich, Madam«, fuhr er fort. »Allerdings bleibt abzuwarten, ob ich Euch helfen kann.«

Er wandte sich wieder seinen Begleiterinnen zu, als Alice auf der Heide einen einsamen Reiter bemerkte, der auf sie zutrabte. Zuerst hielt sie ihn für einen Förster, doch als er sich näherte, stellte sie fest, dass er noch ziemlich jung war. Sie schätzte ihn auf Mitte zwanzig. Der Fremde war groß, dunkelhaarig und gut aussehend.

Wirklich ein hübscher Junge, dachte sie. Betty starrte ihn mit offenem Mund an. Alice beobachtete, dass der König sich fragend an Howard wandte und dass dieser ihm etwas ins Ohr flüsterte. Kurz wirkte der König ein wenig verlegen, hatte sich aber rasch wieder gefasst.

Wer mochte dieser junge Mann bloß sein?, überlegte Alice.

Thomas Penruddock kam nicht oft in den New Forest. Nachdem er von seinen Verwandten in Hale, die er gerade besuchte, erfahren hatte, der König halte sich in Boldrewood auf, hatte er zunächst gezögert. Da er ein stolzer junger Mann war, widerstrebte es ihm, noch einmal als Bittsteller vorzusprechen. Seine Verwandten mussten ihn regelrecht anflehen, damit er sich endlich, wenngleich widerstrebend, auf den Weg zur königlichen Jagdgesellschaft machte.

Obwohl die Penruddocks das Haus und einen Teil der Besitzungen in Compton Chamberlayne hatten behalten dürfen, waren die Jahre nach dem Tod seines Vaters nicht leicht gewesen. Der junge Thomas hatte auf prächtige Kleider verzichten müssen. Der Großteil der Pferde wurde verkauft, und auch für Hauslehrer fehlte das Geld. Seite an Seite mit seiner Mutter mühte sich der Junge ab, die Familie durchzubringen. Wenn sie nach Sarum zum Anwalt musste, was sie stets sehr erschütterte, begleitete er sie. Oft arbeitete er auf den Feldern und hatte sich auch zu einem passablen Schreiner gemausert. »Du solltest dich nicht abplagen wie ein Tagelöhner!«, klagte seine Mutter häufig. »Du bist ein junger Herr. Wenn nur dein Vater noch leben würde.« Ihr zuliebe setzte er sich, wenn er nicht allzu müde war, abends an seine Lehrbücher. Dabei stand ihm ständig ein Gedanke vor Augen: Eines Tages wird alles besser. Ich werde ein Gentleman sein wie mein Vater. Und ich werde mir ihn zum Vorbild nehmen. Er klammerte sich an diese Vorstellung, die einzige, die ihm seinen Vater näher brachte, um auch noch über den Tod hinaus seine Liebe zu erringen und seine Ehre zu rächen.

Nie hatten sie aufgehört zu hoffen, dass der König eines Tages zurückkehren würde. Dann würde der Jubel groß sein, denn die Treuen würden endlich belohnt werden. Und wer war dem König treuer ergeben gewesen und hatte mehr für ihn gelitten als die Familie Penruddock? Deshalb war der siebzehnjährige Thomas

Penruddock außer sich vor Freude, als die Epoche der so genannten Restauration eingeläutet wurde. Selbst seine Mutter sagte: »Gewiss wird der König jetzt etwas für uns tun.«

Sie hörten von den Feierlichkeiten in London, von dem loyalen neuen Parlament und dem fröhlichen Leben bei Hofe. Täglich rechneten sie mit einer Nachricht, einer Einladung, den Triumph des Königs zu teilen. Doch nichts dergleichen geschah. Niemand dachte mehr an sie. Der König hatte die Witwe und ihren Sohn vergessen.

Also baten die Penruddocks Freunde, sich beim König für sie zu verwenden. Nach einer Weile schrieben sie sogar selbst einen Brief. Die Antwort war Schweigen. »Der König hat kein Geld«, erklärten die Freunde. »Aber er könnte euch protegieren.« Also entwarf man einen Antrag, in dem man den neuen König bat, den Penruddocks das Monopol auf die Glasherstellung zu gewähren. »Das bedeutet«, erläuterte ein weltgewandter Freund, »dass jeder, der Glas produzieren will, eine Genehmigung von euch braucht und euch dafür bezahlen muss.« Das war ein beliebter Weg, einen Untertanen zu belohnen, da es den Staatsschatz nicht belastete.

»Ich weiß doch gar nichts von diesem Metier«, jammerte Mrs. Penruddock, doch sie hätte sich ihre Befürchtungen sparen können, denn der Antrag wurde abgelehnt. »Ich begreife nicht, warum er nichts für uns tut«, sagte sie.

Und Thomas, der in seinem ganzen Leben so viel schon durchgemacht hatte, lernte nun eine neue wichtige Lektion: Auf die Hilfe anderer war kein Verlass, nicht einmal auf die des Königs. Jeder war selbst seines Glückes Schmied. Die Herrschenden, ja sogar Könige, nutzten Menschen aus und warfen sie dann weg. Man musste sich eben damit abfinden, dass Macht sich nicht um Menschlichkeit scherte. Also stürzte sich Thomas wieder mit Feuereifer in die Arbeit.

Und in den letzten zehn Jahren war er sehr erfolgreich gewesen. Schritt für Schritt hatte er das elterliche Gut wieder aufgebaut. Verlorene Ländereien wurden zurückgekauft. Mit siebenundzwanzig Jahren war Thomas Penruddock ein unnachgiebiger und wohlhabender Mann.

Heute hatte er ein besonderes Anliegen an den König. Er war bereits Hauptmann in der örtlichen Reiterei und wusste, dass sein Oberst, ein freundlicher älterer Herr, bald in den Ruhestand

treten würde. Zwar hatte Thomas Interesse an dem Posten ange-
meldet, rechnete sich aber gegen seine erfahreneren Mitbewerber
nur wenig Chancen aus. Dabei ging es ihm nicht um den Ver-
dienst, denn diese Position würde ihn eher etwas kosten als Geld
einbringen. Es war vielmehr eine Frage der Familienehre – und
außerdem sein innerster Wunsch: In Compton Chamberlayne
sollte es wieder einen Oberst Penruddock geben.

»Der Leiter der Grafschaftsmiliz nimmt die Ernennung vor«,
erklärte Thomas seinen Vettern. »Doch wenn der König mich
empfiehlt, wird er sich daran halten.« Da seine Familie so viel gelitten hatte, fand Thomas Penruddock es nur recht und billig,
dass der König ihm nun unter die Arme griff. Außerdem würde
es den Monarchen ja nichts kosten. Dennoch war er unsicher,
welchen Empfang man ihm bereiten würde.

Er erkannte den König auf Anhieb – ganz gewiss war es der
große, dunkelhäutige Mann, der von Frauen umringt wurde.
Beim Näherkommen zog Thomas höflich den Hut und wurde
mit einem Nicken begrüßt. Dann sah er Howard, der dem König vermutlich bereits erklärt hatte, wer er war. Also blickte er
dem König abwartend ins Gesicht. Doch anstatt ihn, den Spross
einer königstreuen Familie, freudig willkommen zu heißen, regte
dieser keine Miene. Stattdessen bemerkte Thomas einen Anflug
von Verlegenheit in seinem Blick: Dem König schien dieses Zusammentreffen peinlich zu sein.

Tatsächlich war es eine tiefe Demütigung für den König gewesen, dass das Parlament es ihm nahezu unmöglich gemacht hatte,
seine Freunde zu belohnen.

So wäre er stets am liebsten im Erdboden versunken, wenn der
Name Penruddock fiel. Dass Penruddocks Aufstand von vorne-
herein zum Scheitern verurteilt gewesen war, hatte Karl zum Teil
selbst verschuldet. Und dass er der Witwe nicht helfen konnte,
war ihm ausgesprochen unangenehm, weshalb er versuchte, nicht
mehr an die Familie zu denken. Er wusste, dass er sich schäbig
verhalten hatte. Nun stand dieser gut aussehende, grüblerische
junge Mann vor ihm wie ein Racheengel und verdarb ihm den
sonnigen Nachmittag. Gequält zuckte er zusammen …

Doch der junge Penruddock erklärte sich die königliche Verlegenheit ganz anders. Denn als er sich umsah, fiel sein Blick auf
eine stille, ein wenig abseits sitzende Frau. Ihm blieb der Mund
offen stehen.

Er erkannte sie auf Anhieb. Viele Jahre waren vergangen, und ihr rotes Haar ergraute inzwischen, aber dieses Gesicht hatte sich unauslöschlich in sein Gedächtnis eingeprägt: Diese Frau hatte gemeinsam mit ihrem Mann seinen Vater in den Tod geschickt. Unvermittelt kehrte der Schmerz jener Tage mit aller Macht zurück, und er war plötzlich wieder ein kleiner Junge. Ungläubig starrte er sie an. Im nächsten Moment kam ihm die Erkenntnis: Sie war eine Freundin des Königs, während man ihn, einen Penruddock, verhöhnte. Sie, eine reiche Königsmörderin, eine Verbrecherin, saß an der Tafel des Königs.

Er spürte, wie er am ganzen Körper erbebte. Mühsam rang er um Fassung. Doch auf seinem Gesicht malte sich kalte Verachtung.

Howard bemerkte das und rief, ganz Höfling, aus: »Seine Majestät ist auf der Jagd, Mr. Penruddock. Wollt Ihr um eine Audienz bitten?«

»Ich, Sir?« Penruddock nahm sich zusammen. »Warum, Sir, sollte ein Penruddock den König zu sprechen wünschen?« Er wies auf Alice Lisle. »Wie ich sehe, hat der König inzwischen andere Freunde.«

Das war zu viel.

»Hütet Eure Zunge, Penruddock!«, entrüstete sich der Herrscher. »Ihr werdet unverschämt.«

Aber Penruddock konnte seine Verbitterung nicht mehr zügeln. »Es ist wahr, dass ich Euch um einen Gefallen bitten wollte. Doch wie mir nun klar ist, war das ein Fehler. Denn obwohl mein Vater für diesen König sein Leben geopfert hat« – wandte er sich an die Anwesenden –, »haben wir weder Vergünstigungen noch Dank erhalten.« Er drehte sich zu Alice Lisle um, und sein ganzer über die Jahre aufgestauter Hass entlud sich auf sie. »Wahrscheinlich wäre es besser gewesen, wenn wir Verräter geworden wären und anderen Leuten das Land gestohlen hätten.«

Erzürnt wandte er sein Pferd und galoppierte davon.

»Bei Gott, Sire!«, rief Howard aus. »Ich hole ihn zurück und lasse ihn auspeitschen.«

Karl II. hielt ihn mit einer Handbewegung zurück. »Nein, lasst ihn. Habt Ihr nicht gesehen, wie er leidet?« Eine Weile blickte er Penruddock schweigend nach. Nicht einmal Nellie wagte es, ihn aus seinen Gedanken zu reißen. Dann schüttelte er den Kopf.

»Die Schuld liegt bei mir, Howard. Er hat Recht. Ich schäme mich.« Dann wandte er sich an Alice und sagte erbittert: »Verschont mich mit Euren Anliegen, Madam, die Ihr noch immer meine Feindin seid. Denn schließlich habt Ihr jetzt gesehen, wie ich meine Freunde behandle.« Das darauf folgende Nicken sagte Alice, dass es ratsam war, sich jetzt mit ihrer Tochter zu verabschieden.

Bei ihrer Ankunft in Haus Albion war sie ziemlich erschüttert. In einer Ecke des Flures traf sie den wartenden Furzey an, während John Hancock im Salon über einem großen Bogen Papier brütete. Da sie den Mann aus Dakley so schnell wie möglich loswerden wollte, um von ihrer Begegnung mit dem König zu erzählen, forderte sie Hancock auf, ihr das Problem umgehend zu schildern. Der Anwalt schloss die Tür, erklärte ihr in knappen Worten Furzeys missliche Lage und zeigte ihr das Papier. »Ich habe alles in den Pachtunterlagen gefunden. Seht Ihr? Für die Kate, in der Furzey jetzt lebt, wurde während der Regierungszeit von Jakob I., wenige Jahre vor Eurer Geburt, zum ersten Mal Pacht bezahlt. Sie war gerade erst erbaut worden, als Furzeys Großvater einzog.«

»Also hat er kein Recht auf *Estovers*?«

»Juristisch betrachtet: nein. Natürlich kann ich einen Antrag stellen, aber wenn wir diesen Umstand dem Gericht nicht verheimlichen wollen…«

»Nein. Nein. Nein!«, schrie sie. Ihre Geduld war nun endgültig erschöpft. »Bei einer Lüge oder der Unterschlagung von Beweismitteln ertappt zu werden, das fehlt uns gerade noch! Wenn er kein Recht auf *Estovers* hat, dann eben nicht, und damit basta.« Der heutige Tag war zu viel für sie gewesen. »John, bitte schickt ihn fort.«

Aufmerksam lauschte Furzey der Erklärung des Anwalts, die er gleichwohl nicht verstand. Wann sein Haus erbaut worden war, hatte für ihn keine Bedeutung. Er hatte noch nie von einem solchen Gesetz gehört, glaubte nicht an seine Existenz und hielt alles nur für einen Versuch, ihn übers Ohr zu hauen. Und deshalb weigerte er sich, es zu begreifen. Als der Anwalt sagte: »Ein Jammer, dass Ihr damals zur Regierungszeit des letzten Königs versäumt habt, Eure Rechte eintragen zu lassen – viele davon entsprechen eigentlich nicht dem Gesetz, aber sie werden inzwischen geduldet«, blickte Furzey bedrückt zu Boden. Doch da der Anwalt damit ihm die Schuld zuschob, beschloss er, das Gesagte rasch wieder zu vergessen. Nur eines stand für ihn fest: Ganz gleich, was dieser Anwalt auch reden mochte, er hatte laut und deutlich das »Nein!« hinter der geschlossenen Tür gehört. Es war die Frau, Lady Albion, die ihm Knüppel zwischen die Beine warf.

Und an diese Sicht der Dinge klammerte er sich auch weiterhin erbittert, als er seiner Familie am Abend wütend das Gespräch schilderte: »Sie ist es. Sie will uns unsere Rechte wegnehmen. Sie hasst uns.«

Zwei Monate später erfuhr Alice zu ihrer großen Überraschung, dass der Herzog von York seine Klage gegen sie zurückgezogen hatte.

1685

Die meisten Leute wunderten sich, dass Betty Lisle mit vierundzwanzig Jahren noch nicht verheiratet war, denn mit ihrem hellen Haar und den graublauen Augen war sie eine hübsche junge Frau.

Wäre sie reich gewesen, so hätte man sie gewiss als schön bezeichnet. Allerdings konnte man sie auch nicht arm nennen: Sie würde einmal Haus Albion und den Großteil der dazugehörigen Ländereien erben.

»Es ist meine Schuld«, gab Alice zu. »Ich habe sie zu sehr von der Welt abgeschirmt.«

Und diese Einschätzung traf zu. Bettys ältere Schwestern waren mit ihren Ehemännern fortgezogen. Margaret und Whitaker kamen zwar häufig zu Besuch, doch Bridget und Leonard Hoar waren nach Massachusetts ausgewandert, wo Hoar sogar für eine Weile der Universität Harvard vorstand. Tryphena und Robert lebten in London. Deshalb verbrachten Alice und Betty den Großteil der Zeit allein auf dem Land.

Meistens hielten sie sich in Haus Albion auf, das sie beide liebten. So viel Alice auch schon durchgemacht haben mochte, das Haus, das ihr Vater für sie gebaut hatte, blieb für sie ein Zufluchtsort, wo sie Frieden und Geborgenheit fand. Da der Herzog von York von einer Klage abgesehen hatte, konnte sie sicher sein, dass Betty das gesamte Anwesen erben würde. Und so empfand Alice in jenen einsamen Jahren Freude, wenn sie sah, dass ihre jüngste Tochter dieselbe glückliche Kindheit verbringen durfte wie ehedem sie. Für Betty war das Haus mit den hohen Giebeln im Wald wie ein Paradies: das Heim ihrer Familie, weitab von der Welt. Im Winter, wenn funkelnde Eiszapfen von den Bäumen hingen, gingen sie den schneebedeckten Pfad entlang zur alten Kirche von Boldre, die auf ihrem Hügel aussah, als wäre sie einer Märchenwelt entstiegen. Im Sommer ritten sie zur Heide, um die Zugvögel zu beobachten, oder galoppierten nach Oakley und besuchten den alten Stephen Pride. Betty erschien der New Forest wie eine verzauberte Wildnis, in der sie viele Freunde hatte.

Doch es kamen auch Gäste, die eine ernste Stimmung im Haus verbreiteten. König Karl II. hatte das Versprechen, das er Alice in Boldrewood gegeben hatte, tatsächlich gehalten. 1672 wurde ein Gesetz erlassen, das den Untertanen Religionsfreiheit gestattete. Aber dieser Zustand war leider nicht von Dauer. Schon ein Jahr später schaffte das Parlament dieses Gesetz wieder ab. Dissenters wurden erneut an den Rand der Gesellschaft gedrängt, ihre Gottesdienste verboten. Die kurze Phase der Toleranz hatte nur zur Folge, dass die Namen der Abweichler, die sich ans Licht der Öffentlichkeit gewagt hatten, nun allgemein bekannt waren.

Alice gewährte weiterhin puritanischen Predigern Zuflucht. Die Behörden behelligten sie zwar nicht, doch im Haus herrschte eine gedrückte Atmosphäre, die ihre Wirkung auf die junge Betty nicht verfehlte. Und noch etwas hatte sich verändert, obwohl es Alice kaum auffiel: Die Prediger, die sie nun um ihre Gastfreundschaft baten, waren älter als zuvor.

Einige Jahre lang besuchte Betty eine Schule für junge Damen in Sarum. Sie fühlte sich zwar recht wohl dort und schloss auch einige Freundschaften. Aber da sie an die Gesellschaft Erwachsener gewöhnt war, fand sie das Geschwätz ihrer Altersgenossinnen oft ziemlich kindisch.

Nach ihrem Schulabschluss schickte ihre Mutter sie ein- oder zweimal im Jahr zu Verwandten oder Freunden, damit sie dort junge Männer kennen lernte. Das war zwar auch geschehen, doch Betty hielt die meisten von ihnen für geistlos, bis Alice ihr irgendwann streng sagte: »Such nicht nach dem Traumprinzen, Betty. Den gibt es nämlich nicht.«

»Richtig. Aber zwinge mich nicht, einen Mann zu heiraten, den ich nicht achten kann«, entgegnete ihre Tochter und kümmerte sich nicht um das Seufzen ihrer Mutter.

Als Betty ihren vierundzwanzigsten Geburtstag feierte, war ihre Mutter der Verzweiflung nah. Betty selbst hingegen schien das alles nicht anzufechten. »Ich liebe das Haus, ich liebe jeden Zentimeter des New Forest«, erwiderte sie. »Mich stört es nicht, bis zu meinem Tod allein hier zu leben.«

Als sie im Juni jedoch London besuchten, änderte sich das schlagartig.

»Und wenn man bedenkt«, sagte die älteste Tochter Tryphena zu Alice, »dass es passiert ist, während die ganze Welt nur Augen für die bedeutenden Ereignisse hat, die das Königreich erschüttern, muss sie es wirklich ernst meinen.«

Und genau das war Alices große Sorge.

Eine Julinacht. Gestalten in der Landschaft. In der Nacht davor waren es Tausende gewesen. Inzwischen jedoch waren die meisten in ihren Städten, Dörfern und Bauernhöfen untergetaucht, hatten ihre Waffen versteckt und gingen ihren Pflichten nach, als wären sie nicht in den Tagen zuvor durch die Städte im Westen marschiert, um ein Königreich zu erobern.

Allerdings würde nicht jeder ungeschoren davonkommen. Einige von ihnen würde man beim Namen nennen, anschwärzen und ergreifen, so wie die vielen Hunderte, die schon gefangen genommen worden waren.

Reiter pirschten sich heimlich durch den Wald oder huschten unbemerkt die Klippen entlang, nur beobachtet von Schafen, den Hirten oder vielleicht von den Geistern ihrer prähistorischen Vorfahren, die hinter mit Gras bewachsenen Erdwällen flüsterten. Die Männer schlichen sich nach Osten, über die Kreidefelsen, etwa dreißig Kilometer und mehr südwestlich von Sarum.

Man hatte Monmouths Aufstand niedergeschlagen.

Niemand hatte mit dem Tod von Karl II. gerechnet – er selbst am wenigsten. Schließlich war er erst vierundfünfzig Jahre alt gewesen. Sir Christopher Wren erbaute ihm gerade einen prächtigen neuen Palast auf einem Hügel oberhalb von Winchester, und der König freute sich schon darauf, dort einzuziehen, doch dann erlitt Karl im Februar plötzlich einen Schlaganfall. Eine Woche später verstarb er – und schon entbrannte ein heftiger Machtkampf um seine Nachfolge.

Karl II. hatte mit seinen verschiedenen Mätressen zwar eine Menge von Söhnen gezeugt und einige von ihnen in seiner Gnade zu Herzögen ernannt, doch einen rechtmäßigen Erben hinterließ er nicht. Deshalb war sein Bruder Jakob, Herzog von York, Thronerbe, was zunächst als glückliche Fügung erschien: Jakob hatte eine Protestantin geheiratet und seine beiden Töchter im protestantischen Glauben erzogen. Eine von ihnen hatte Wilhelm von Oranien, den protestantischen König von Holland, geheiratet. Doch als Jakobs Frau starb und der Witwer sich mit einer katholischen Prinzessin vermählte, waren die Engländer alles andere als entzückt. Zum allgemeinen Entsetzen bekannte er sich kurz darauf selbst zum katholischen Glauben. Und genau das hatten die protestantischen Engländer bereits seit einem Jahrhundert befürchtet, denn inzwischen war der Protestantismus noch fester in England verankert als zur Zeit der Armada oder des Bürgerkrieges. Um des Friedens willen hatte Karl versichert, sein Bruder werde zur anglikanischen Hochkirche stehen, falls er ihm jemals auf den Thron nachfolgen sollte. Doch konnte man darauf vertrauen?

Der Großteil des Parlaments zumindest bezweifelte es und forderte, den katholischen Jakob von der Thronfolge auszuschließen. König Karl II. und seine Freunde weigerten sich, und so kam es zur großen Spaltung in der englischen Politik. Auf der einen Seite standen die Whigs, die alles zu tun bereit waren, um einen Katholiken vom Thron fern zu halten. Ihre Gegenspieler waren die Royalisten, die Torys. Die Lösung wurde jahrelang verschleppt, was zu endlosen Debatten und Auseinandersetzungen führte. Auch wenn es gelang, Gewalt zu vermeiden, handelte es sich eigentlich um denselben Streitpunkt, der damals den Bürgerkrieg ausgelöst hatte: Wer sollte das letzte Wort haben, der König oder das Parlament? Karl II. jedoch war es gelungen, die Fraktionen gegeneinander auszuspielen. Mehr als zehn Jahre lang genoss er das Leben in vollen Zügen, besuchte Pferderennen, stellte hübschen Frauen nach und ließ sich vom französischen König alimentieren. Da die Engländer den fröhlichen Schwerenöter gern hatten und zudem davon ausgingen, dass er seinen katholischen Bruder ohnehin überleben würde, drückten sie ein Auge zu. Zum Glück hatte Jakob mit seiner katholischen Gemahlin keinen Erben gezeugt. Die Zeit schien also für die Protestanten zu arbeiten – bis Karl II. so unerwartet verschied.

Und so wurde Jakob im Jahre 1685 zum König ernannt. Ein Katholik auf dem Thron, der erste seit »Bloody Mary« vor mehr als hundertfünfundzwanzig Jahren. Das ganze Land hielt den Atem an.

Schon im Juni selben Jahres brachen die Aufstände aus.

Eigentlich war es vorhersehbar gewesen, denn Karl II. hatte seinen hübschen ältesten unehelichen Sohn stets vergöttert. Monmouth war Protestant. Und deshalb hatten die Whigs im Parlament gefordert, den katholischen Jakob von der Thronfolge auszuschließen und stattdessen Monmouth zu Karls Nachfolger zu machen. Karl, im Grunde seines Herzens ein katholischer Stuart, hatte widersprochen, der Junge sei unehelich geboren. Doch das pragmatische englische Parlament meinte, der König müsse sich darüber nicht den Kopf zerbrechen. Karl lehnte die Thronfolge seines unehelichen Sohns weiterhin strikt ab, doch was Monmouth betraf, war der Schaden bereits geschehen. Er war ein verwöhnter junger Mann, der ständig in Schwierigkeiten steckte, aus denen sein liebender Vater ihn retten musste. Und er wiegte sich in dem Glauben, dass die Engländer ihn als König wollten. Vor dem Tod seines Vaters hatte er sich an einer – gescheiterten – Verschwörung beteiligt, der Karl und Jakob hätten zum Opfer fallen sollen. Kein Wunder also, dass Monmouth – zwar inzwischen über dreißig, doch immer noch eitel und unreif – annahm, die Engländer würden sich für ihn erheben, wenn er sie zu den Waffen rief, um den ungeliebten Katholiken vom Thron zu jagen.

Er begann seinen Aufstand in Westengland. Und das Volk – Kleinbauern und Protestanten aus den Hafen- und Handelsstädten – lief ihm tatsächlich in Scharen zu, bis es schließlich viele Tausende waren. Der Landadel und die einflussreichen Männer hingegen übten sich klugerweise in Vorsicht und Zurückhaltung. Und gestern hatten die königlichen Truppen die Rebellion in der Schlacht bei Sedgemoor tatsächlich niedergeschlagen. Die Aufständischen hatten sich zerstreut, um sich zu verstecken oder zu fliehen.

Reiter an einem dunstigen Morgen: Monmouth war auf der

Flucht. Er hatte nur zwei Begleiter bei sich und musste einen Hafen erreichen, um unbemerkt in See zu stechen. »Am besten nach Lymington«, beschloss er.

Doch sie waren nicht die einzigen Flüchtlinge, die an jenem Julimorgen diese Richtung einschlugen.

»Aber hat er nicht alles, was du mich zu lieben gelehrt hast?« Aufrichtig erstaunt sah Betty ihre Mutter an. »Und gegen seine Familie gibt es auch nichts einzuwenden«, fügte sie hinzu. »Schließlich ist er ein Albion.«

Alice seufzte. Aus Westengland gab es noch keine Neuigkeiten. Würde Monmouth siegen? Sie hatte Zweifel, und die Sache war ihr nicht geheuer. Und ausgerechnet jetzt musste ihre Tochter sie mit einem zukünftigen Bräutigam behelligen. Wie sehr wünschte sie sich, der junge Mann würde für ein oder zwei Monate verschwinden.

Peter Albion war der Stolz seiner Familie. Auch wenn sein Großvater Francis verglichen mit seinem älteren Bruder – Bettys Großvater – ein rechter Taugenichts gewesen war, hatte es sein Sohn weit gebracht. Er war Arzt geworden und hatte die Tochter eines reichen Tuchhändlers geheiratet. Der junge Peter wurde Jurist und hatte durch die Vermittlung der vielen Freunde seiner Eltern bereits mit achtundzwanzig Jahren Karriere gemacht. Er sah gut aus, hatte wie die meisten Albions helles Haar und blaue Augen, und er war fleißig, klug, vernünftig und ehrgeizig. »Äußerlich ist er ein Albion, aber sonst erinnert er eher an unseren Vater«, lautete Tryphenas Urteil.

Vielleicht war das der Grund, warum Betty ihn so gern hatte, überlegte Alice. Er entsprach genau der Beschreibung des Vaters, den sie nie kennen gelernt hatte.

Und genau deshalb wollte Alice diese Ehe verhindern. »Ich werde alt«, meinte sie zu Tryphena. »Ich habe zu viel Elend gesehen.« Schwierigkeiten in England, Schwierigkeiten in der Familie. Sie zweifelte keinen Moment daran, dass ihr Mann für eine gerechte Sache gekämpft hatte. Außerdem war sie sicher, das Richtige zu tun, wenn sie den Dissentern half. Aber war die Sache wirklich all die Kämpfe und das Leid wert? Wahrscheinlich nicht. Der Friede bedeutete Alice inzwischen viel mehr als die kleinen Freiheiten, die im Laufe ihres Lebens erstritten worden waren. Nun wünschte sie sich nichts weiter als einen ruhigen Lebensabend und vor allem eine glückliche Zukunft für ihre Tochter.

Doch von diesem Ziel waren sie noch weit entfernt. Vor ein paar Jahren, zur Zeit der irregeleiteten Verschwörung gegen den König und seinen Bruder, war Tryphenas Mann verhaftet und tagelang verhört worden. Und warum? Nicht etwa, weil er auch nur im Geringsten etwas mit diesem Komplott zu tun hatte, sondern lediglich wegen seiner familiären Verbindungen und seiner Freunde. Wer einmal in Verdacht geriet, dem haftete für immer ein Makel an. Dagegen war man machtlos.

Aber für Betty sollte alles anders werden. Alices jüngste Tochter hatte zwar den Vater verloren und in ihrer frühen Kindheit viel durchmachen müssen, aber ihr stand ein Leben in Frieden und Geborgenheit bevor. Ein Leben, wie Alice es sich in ihrem Haus im idyllischen Wald immer gewünscht hatte.

Einen Tag nachdem sich die Nachricht von Monmouths Eintreffen in Westengland herumgesprochen hatte, war Peter Albion bei Tryphena erschienen, um seiner Base Alice und ihrer Tochter seine Aufwartung zu machen. Er war ein freundlicher Mensch und sehr höflich, nahm aber kein Blatt vor den Mund. »Die Engländer werden einen katholischen König niemals dulden«, verkündete er. »Und ich finde, das sollten sie auch nicht.« Er verbeugte sich vor Alice; offenbar rechnete er mit ihrer Zustimmung. »Hoffen wir, dass Monmouth Erfolg hat. Dann, das versichere ich Euch, werden wir König Jakob aus dem Land jagen.«

Alice spürte einen kalten Schauder. Ihr war, als höre sie ihren Mann reden, John Lisle. »Ihr dürft nicht so sprechen!«, rief sie aus. »Das ist gefährlich.«

»Ich vermeide es auch meist, Ehrenwort, Base Alice«, erwiderte er ruhig. »Es hängt davon ab, in welcher Gesellschaft ich mich befinde.«

Besonders der letzte Satz löste in Alice Entsetzen aus. Hielt man Betty bereits für eine Verschwörerin? Würde Peter Albion sie in diese Sache verstricken? »Bitte geht, Sir«, flehte sie. »Und erwähnt diese Dinge nicht mehr.«

Ein paar Tage später sprach Peter wieder bei Betty vor. Und obwohl das Alice gar nicht recht war, konnte sie ihrem Verwandten schließlich nicht das Haus verbieten. Er war zu klug, um diese verfänglichen Themen noch einmal anzuschneiden, aber

Alices Meinung stand fest. Vergeblich bat sie ihre Tochter, diesen Mann nicht wieder zu sehen. Am liebsten wäre sie noch am selben Tag mit ihrer Tochter in den sicheren New Forest abgereist, wäre nicht am Morgen ein Brief von John Hancock eingetroffen.

Ich flehe Euch an, nicht nach Haus Albion zurückzukehren. In Lymington ist der Aufstand ausgebrochen. Man hat bereits jemanden zu Euch geschickt, der Euch um Unterstützung bitten sollte. Um Himmels willen, bleibt in London und schweigt.

Alice zerriss den Brief und warf ihn ins Feuer.

Schweigen. Würde der junge Peter Albion schweigen? Und Betty? Verzweifelt sah sie ihre Tochter an. »Mein liebes Kind«, sagte sie leise, »wenn du nicht auf der Hut bist, wird man uns bald jagen.« Traurig schüttelte sie den Kopf. »Wie die Hirsche im Wald.«

Stephen Pride schlenderte am Weiher von Oakley vorbei. Inzwischen war er fünfundsiebzig, fühlte sich aber ganz und gar nicht so. Er war schlank und hoch gewachsen und hielt sich immer noch so gerade wie in seiner Jugend. Nun, vielleicht waren seine Schritte ein wenig langsamer und steifer als früher. Die Vernunft sagte ihm, dass seine Tage auf dieser Welt gezählt waren. Doch welchen Grund Gott sich auch immer aussuchen mochte, um ihn aus dem Leben zu reißen, bislang spürte er nichts davon. »Ich bin Männern begegnet, die achtzig wurden«, meinte er zufrieden. »Kann sein, dass ich auch dazu gehöre.«

Schon immer hatte er Freude daran gehabt, den Wechsel der Jahreszeiten im Weiher neben dem Dorfanger zu betrachten. Im Spätherbst, wenn es viel geregnet hatte, war der Teich bis zum Rand gefüllt. Im Winter war er oft zugefroren. Vor zwei Jahren im kältesten Winter, an den Pride sich erinnern konnte, war er sogar von November bis April von einer dicken Eisschicht bedeckt gewesen. Dann, nach den Frühlingsregen und als es wärmer wurde, war die gesamte Oberfläche des Teiches von weißen Blumen überwuchert, als stünde das Wasser selbst in Blüte.

Am erstaunlichsten jedoch war, dass der Weiher überhaupt Wasser enthielt, denn er verfügte nicht über einen Zulauf. Wenn der Regen auf die nahe gelegene Heide fiel, versickerte das Was-

472

ser unbemerkt im Boden und sammelte sich unweit des Weihers wie durch Zauberhand zu winzigen Rinnsalen, die sich dann über den Dorfanger in den kleinen Weiher ergossen.

Im Sommer jedoch verdunstete der Weiher. Bei Regen saugte die warme Heide das Wasser auf. Die Rinnsale verschwanden. Tag für Tag rückten die Tiere, die das üppige Gras am Ufer abweideten, ein wenig näher. Im Monat der Zäune, im Hochsommer, war der Teich nur noch halb so voll wie im Frühjahr. Nun grasten zwei Kühe und ein Pony in der grünen Bodensenke, in deren Mitte sich einige große Pfützen befanden.

Stephen Pride war erleichtert. Heute Morgen war er in Haus Albion gewesen, und zum Glück hatte sich bestätigt, was er gehört hatte: Dame Alice weilte noch in London und würde wohl nicht so bald zurückkehren. Sehr gut. Pride kannte und liebte Dame Alice, seit er denken konnte, und er wollte auf keinen Fall, dass sie sich jetzt in dieser Gegend blicken ließ.

Dank seiner Frau und ihrer Familie wusste Pride für gewöhnlich besser über die Lage in Lymington Bescheid als die anderen Bewohner Oakleys. In der kleinen Hafenstadt brodelte es wie in den meisten englischen Städten. Vermutlich gab es in der Grafschaft noch ein paar Leute, die den alten katholischen Glauben verteidigten. Doch in dem Jahrhundert seit dem Untergang der Armada war ihre Anzahl stark geschrumpft. Und die Leute in den Städten wollten vom Katholizismus nichts hören. Die Kaufleute und kleinen Händler aus Lymington hatten Karl I. verabscheut und Karl II. misstraut. Vor ein paar Jahren, als man im Parlament besonders heftig die katholische Thronfolge erörterte, hatte ein Bruder Leichtfuß namens Titus Oates das Gerücht in die Welt gesetzt, es gebe eine katholische Verschwörung mit dem Ziel, Karl zu ermorden und Jakob an seiner Stelle zum König zu krönen. Man plane, den Jesuiten die Regierungsmacht zu übertragen und anständige Protestanten hinzurichten. Natürlich entpuppte sich die ganze Sache von Anfang bis Ende als Schwindel, der nur den Zweck verfolgte, Oates reich und berühmt zu machen.

Allerdings fürchteten sich die Engländer mittlerweile so sehr vor dem Katholizismus, dass sie das Märchen glaubten. Kaum eine Woche verging, in der Oates nicht eine neue Geschichte ausbrütete. Überall begannen die Leute Jesuiten zu sehen, die aus den Fenstern spähten oder um die Ecken lugten. Auch die immer größer werdende Hafenstadt Lymington war auf Jesuitenjagd. Der Bürgermeister und sein Rat schickten sich an, die Bürger zu bewaffnen.

Als Monmouth die Männer für die protestantische Sache zu den Waffen rief, hatte deshalb niemand in Lymington gezögert. Schon einen Tag später konnte der Bürgermeister einige Dutzend gerüstete Kämpfer stellen. Die meisten Kaufleute und kleinen Adligen hielten zu ihm. Pride selbst hatte sechs ortsansässige Honoratioren an Oakley vorbei zu Alices Haus reiten sehen, um sie um Unterstützung zu bitten. Ein Reiter hatte Monmouth bereits eine Botschaft mit dem Wortlaut »Lymington steht hinter Euch« überbracht. Am vergangenen Nachmittag war man mit Pfeifen und Trommeln durch die Straßen marschiert. Danach gab es im Hause eines Kaufmanns Bier und Punsch für alle. Es war wie ein Volksfest.

Wie der Anwalt John Hancock, so betrachtete auch Stephen Pride, der Bauer, das Treiben mit Argwohn. »Sollen die Leute in der Stadt sich nun ereifern«, meinte er zu seinem Sohn Jim. »Wir im New Forest sind klüger. Ganz gleich, was mit Monmouth geschieht, ich habe immer noch meine Kühe, und du bleibst Forstgehilfe. Gott sei Dank«, fügte er hinzu, »dass Dame Alice nicht hier ist. Die Leute würden sie in die Sache hineinziehen, ob sie nun will oder nicht.«

So war er verhältnismäßig vergnügter Stimmung, als er etwa hundert Meter hinter dem Weiher einige Leute bemerkte, die einem Streit lauschten. Neugierig kam er näher.

Man sah die beiden Furzey-Jungen nicht oft zusammen. Eigentlich waren sie keine Jungen mehr, sondern Männer mittleren Alters. Nach Gabriels Tod vor einigen Jahren hatte George den Hof übernommen. Doch für Stephen Pride waren und blieben sie die Furzey-Jungen. Die beiden waren Gabriel wie aus dem Gesicht geschnitten. George war zwar ein wenig größer, aber sie hatten denselben Wanst und waren – wie Stephen insgeheim dachte – genauso stur wie ihr Vater.

William Furzey hatte es in Ringwood nicht sonderlich weit gebracht. Zuerst hatte er für einen Bauern als Kuhhirte gearbeitet. Pride hatte immer gefunden, dass sich der weite Weg für eine solche Stelle eigentlich nicht lohnte – aber das mochte auch daran liegen, dass er ohnehin nicht viel von Leuten hielt, die beschlossen, den New Forest zu verlassen. Offenbar stattete William heute seinem Bruder George gerade einen Besuch ab, und nun standen sich die beiden wie zwei Kampfhähne gegenüber. Pride musste feststellen, dass sein eigener Sohn Anlass dieser Auseinandersetzung war.

Die Furzeys hatten sich nie damit abgefunden, dass sie das Recht auf *Estovers* verloren hatten. Bis heute weigerten sie sich, Alice Lisle auch nur zu grüßen, und bezeichneten sie als Diebin. Und um das Maß voll zu machen, war der Forstgehilfe Jim Pride vor einem Jahr von Boldrewood in den Südbezirk versetzt worden.

Stephen Pride hatte sich sehr über diese Versetzung gefreut. Denn von Boldrewood nach Oakley waren es über fünfzehn Kilometer gewesen. Nun konnte er seinen Sohn und seine Enkel täglich besuchen.

Für George Furzey hingegen bedeutete Jims ständige Anwesenheit etwas völlig anderes. Als Forstgehilfe war Jim für die Überwachung der Gewohnheitsrechte zuständig, zu denen auch *Estovers* gehörte. »Ich lasse mich nicht von Jim Pride herumkommandieren«, hatte Furzey seiner Familie verkündet. Er würde den Prides nicht erlauben, ihn zum Narren zu machen. Und um seinen Standpunkt zu untermauern, ging er jetzt noch öfter als früher zum Holzsammeln in den Wald.

Doch selbst dann hätte der Streit nicht in dieser Weise hochzukochen brauchen. In seinen fünfzehn Jahren als Forstgehilfe hatte Jim Pride einiges gelernt. Hätte Furzey in aller Stille Holz gesammelt, wenn er welches benötigte, hätte Pride kein Wort darüber verloren. Stattdessen hatte Furzey angefangen zu prahlen und vor zwei Tagen in einem kleinen Gasthaus von Brockenhurst lautstark verkündet: »Jim Pride kann mir den Buckel runterrutschen. Wenn ich Holz sammeln will, kann er mich nicht daran hindern.« Dann blickte er triumphierend in die Runde und fügte hinzu: »Ich hole mir auch Böttcherholz.« Er zwinkerte den Anwesenden zu. *Estovers* berechtigte nur zum Sammeln von Feuerholz. Böttcherholz hingegen wurde für die Herstellung von Fässern und Zäunen verwendet und war eigentlich nur gegen Bezahlung zu bekommen.

Diese dumme und überflüssige Herausforderung ließ Jim Pride keine Wahl. »Jetzt muss ich ihm das Handwerk legen«, sagte er zu seinem Vater.

Also war er am nächsten Morgen bei Furzey erschienen und hatte ihm die Lage so höflich wie möglich erklärt. »Es tut mir

Leid, George, aber du hast Holz gesammelt, auf das du kein Recht hast. Du kennst die Regeln. Jetzt musst du Strafe zahlen.« Und genau darüber stritten jetzt die Furzey-Brüder erbittert. Als sie auch noch den alten Stephen entdeckten, schienen sie noch mehr in Wut zu geraten. George schrie den ungebetenen Gast erregt an: »Ich sage dir, wer Jim Pride bezahlen wird. Nämlich du. Du und die alte Lisle. Du und diese Hexe. Ihr werdet dafür bezahlen.«

Und mit diesen Worten stürmten die beiden Furzeys zurück in ihre Hütte.

Oberst Thomas Penruddock saß hoch zu Ross und betrachtete kühl die jubelnde Menschenmenge. Ob die Leute die Begeisterung nur vorspiegelten, kümmerte ihn nicht. Sein Vetter aus Hale war bei ihm.

Hinter den beiden Penruddocks erhob sich die Kirche von Ringwood mit ihrem gedrungenen Turm. Vor ihnen stand das Pfarrhaus, dessen Tür von zwei Männern bewacht wurde. Drinnen befand sich der Herzog von Monmouth, der von Lord Lumley verhört wurde. Die Luft knisterte vor Spannung. Noch nie hatte Ringwood eine so wichtige Rolle in der englischen Geschichte gespielt.

In den letzten beiden Tagen hatte Aufregung geherrscht. Sobald bekannt wurde, dass Monmouth auf der Flucht war, hatte man eine große Belohnung – fünftausend Pfund – auf seinen Kopf ausgesetzt. Und da jeder, der ihn auch nur sichtete, ebenfalls Anrecht auf einen kleinen Geldbetrag hatte, suchte inzwischen die Hälfte der Grafschaften im Südwesten nach ihm. Lord Lumley war mit seinen Leuten in Ringwood eingeritten und hatte den New Forest durchkämmt. Auch einige Häuser in Lymington – der Bürgermeister war bereits mit einem Schiff ins Ausland geflohen – hatte man auf den Kopf gestellt.

Doch nun hatte man Monmouth ergriffen. Und wenn er keinen Weg fand, seinen Onkel, König Jakob II., zu einer Begnadigung zu bewegen, hatte er sein Leben verwirkt.

Oberst Thomas Penruddock ließ das alles kalt. Es hätte ihn auch nicht geschert, wenn Monmouth den Thron bestiegen hätte. Anders als sein Vater, der sich für König Karl eingesetzt hatte, war ihm das Schicksal von Jakob II. gleichgültig. Warum hätte er auch einen Gedanken daran verschwenden sollen?

Schließlich war er nicht katholisch. Das Herrscherhaus der Stuarts hatte seiner Familie nie für ihre Treue gedankt. Den Posten, den er damals angestrebt hatte, hatte ein anderer erhalten. Erst vor vier Jahren war er endlich Oberst geworden. Nein, er empfand nichts mehr für die Stuarts.

Aber er glaubte an Ruhe und Ordnung. Monmouth hatte durch seinen Aufstand den Frieden gefährdet, und da er gescheitert war, musste er sterben.

Dass sein armer Vater dasselbe Schicksal erlitten hatte, weckte in Thomas Penruddock nicht das geringste Mitleid. Monmouth hätte aus den Fehlern seiner Vorgänger lernen sollen, sagte er sich finster. Der Aufstand war schlecht geplant und hatte zu früh stattgefunden. Also gut. Sie haben meinen Vater auf dem Gewissen, dachte er. Jetzt wird es Monmouth mit gleicher Münze heimgezahlt.

Monmouths Gefangennahme hatte einige Zeit beansprucht. Penruddock und seine Schwadron hatten die Felsen westlich von Sarum durchsucht, doch der Flüchtling war ihnen entwischt. Schließlich hatte man ihn etwa zehn Kilometer westlich von Ringwood, als Schäfer verkleidet und halb verhungert, in einem Graben aufgegriffen. Die Ehre, ihn entdeckt zu haben, fiel an einen Milizionär namens Henry Parkin. Penruddock war, sobald er es erfuhr, aus Neugier nach Ringwood geritten. Sein Vetter, ein örtlicher Magistrat, war selbstverständlich bereits da.

Nun öffnete sich die Tür des Pfarrhauses. Sie brachten Monmouth hinaus. Die Menge gaffte erwartungsvoll.

Obwohl man ihm frische Kleider gegeben hatte, wirkte der Häftling zerzaust und erschöpft. Sein Gesicht war eingefallen und mit Bartstoppeln bedeckt. Penruddock erkannte den hübschen, verwöhnten jungen Mann kaum wieder, den er an jenem Tag im New Forest während seines Besuchs beim König kurz gesehen hatte.

Man vergeudete keine Zeit und führte Monmouth die Straße entlang, vorbei an einigen strohgedeckten Hütten im Tudorstil, zu einem größeren Haus am Marktplatz, um ihn dort einzusperren.

»Was geschieht jetzt mit ihm?«, fragte Penruddock seinen Vetter.

»Wir behalten ihn ein oder zwei Tage hier«, erwiderte der Magistrat. »Dann kommt er wahrscheinlich nach London in den Tower.«

»Meine Männer suchen immer noch nach Flüchtigen. Ich habe gehört, einige hundert wären weiter westlich ergriffen worden.« Er blickte Monmouth nach, der gerade in sein Gefängnis gestoßen wurde. »Glaubst du, er hat eine Chance?«

»Das bezweifle ich.« Der Magistrat schüttelte den Kopf. »Gewiss wird er ein Gnadengesuch an den König richten, aber« – er warf seinem Vetter einen Blick zu – »angesichts der Stimmung, die im Land herrscht, wird es sich der König kaum leisten können, ihm das Leben zu schenken.«

Oberst Thomas Penruddock nickte. Aber er wusste, selbst wenn der katholische König Jakob II. diesen Rebellen hinrichten ließ, würde er sich vermutlich nicht lange auf dem Thron halten.

Sein Vetter, der Magistrat, las seine Gedanken und blickte zu Boden. »Zu wenige, zu früh«, murmelte er.

Die Menge zerstreute sich.

»Ich glaube, ich gehe jetzt.« Oberst Penruddock wendete sein Pferd. In diesem Augenblick bemerkte er einen Mann, der sie beobachtet hatte und dessen Aussehen ihn stark an eine Rübe erinnerte. »Wer ist denn dieser hässliche Kerl?«, fragte er seinen Vetter. »Kennst du ihn?«

Der Magistrat sah William Furzey achselzuckend an und verneinte.

William Furzey kannte den Magistrat sehr wohl, und er betrachtete – ein wenig neidisch – die prächtigen Pferde, die er und der Oberst ritten.

Als er gerade aus Oakley zurückgekehrt war, hatte er von Monmouths Scheitern und der Belohnung erfahren. Also war er sofort zur Tat geschritten, hatte einen Knüppel und ein kurzes Seil gepackt, einen Laib Brot und einen Apfel in ein Tuch gewickelt, dem Bauern ausrichten lassen, er sei krank, und sich auf den Weg gemacht.

Natürlich wusste er, dass es war, als suche man eine Nadel in einem Heuhaufen. Andererseits wäre es dumm gewesen, sich diese Gelegenheit entgehen zu lassen. Und je länger William Furzey darüber nachdachte, desto größere Chancen rechnete er sich aus.

Schließlich musste Monmouth einen Hafen erreichen. Deshalb war Lymington die wahrscheinlichste Möglichkeit. Natürlich wurde die Stadt von den Truppen des Königs bewacht, doch es gab dort auch viele Leute, die die Rebellen unterstützten. Im New Forest hätte man eine ganze Armee von Flüchtigen verstecken können. Also brauchte Monmouth nur Verbindung zu einigen Leuten unten am Kai aufzunehmen. Soweit William Furzey wusste, hätten die Seagulls auch dem Teufel selbst ihr Boot zur Verfügung gestellt, solange er ordentlich bezahlte.

Doch welchen Weg würde der Rebell nach Lymington nehmen? Ganz sicher würde er einen Bogen um Fordingbridge und Ringwood machen, aber irgendwo musste er den Avon überqueren.

Und dazu war Tyrrells Furt eindeutig am besten geeignet.

Also hatte sich Furzey auf dem Marktplatz von Ringwood an einige Soldaten herangemacht und sie beiläufig gefragt, ob am Fluss schon Truppen in südlicher Richtung unterwegs seien. Nein, hatte man ihm geantwortet. Ihm war bereits aufgefallen, dass keiner der Soldaten aus der Gegend stammte. Er fand es wieder einmal typisch, dass die Obrigkeit nur Ortsunkundige auf die Suche schickte.

Für ihn jedoch konnte das nur von Vorteil sein, und er zog sofort los nach Tyrrells Furt.

Dort wartete er einen Tag und eine Nacht lang, bis er erfuhr, dass seine Mühe vergeblich gewesen war. Monmouth sei bereits südlich von Ringwood ergriffen worden. Monmouth hatte tatsächlich versucht, sich nach Süden durchzuschlagen: nach Tyrrells Furt.

Dass ihm die Belohnung so knapp entgangen war, trug nicht eben dazu bei, William Furzeys Laune zu bessern.

Oberst Penruddock und seine Männer durchkämmten noch einige Tage lang das Gebiet westlich von Sarum. Inzwischen waren im Westen schon mehr als tausend Aufständische gefangen genommen worden.

Nach und nach wurde die Suche eingestellt. Die Städte wurden zwar weiterhin bewacht, aber alles blieb ruhig.

Gestalten in der Landschaft. Es waren noch immer Flüchtige unterwegs. Protestanten, die bei Freunden Zuflucht gefunden hatten und die sich nun vorsichtig in Richtung New Forest voranarbeiteten.

Zwei Wochen nach Monmouths Verhaftung konnte Alice Lisle es nicht länger ertragen. Peter Albion kam nun fast jeden Tag zu Besuch.

Monmouth hatte zwar an König Jakob II. geschrieben und sogar einmal mit ihm gesprochen, doch das alles nützte ihm nichts. Nur eine Woche nach seiner Ergreifung wurde er auf der kleinen Wiese im Tower von London hingerichtet. Inzwischen bereitete man den Prozess gegen seine vielen Anhänger vor, die in Westengland ergriffen worden waren. Im August wollte man in einem Massenprozess gegen sie verhandeln. Der oberste Richter Jeffreys, den Jakob höchstpersönlich ernannt hatte, sollte den Vorsitz führen.

Doch das konnte Peter Albions Meinung nicht ändern. »Der König wird sich nur noch unbeliebter machen. Das gibt gewiss wieder Ärger«, verkündete er.

»Und zwar für dich«, dachte Alice, »wenn du nicht endlich den Mund hältst.«

Ihre größte Angst war, dass er Betty einen Heiratsantrag machen könnte. Denn den würde ihre Tochter sicher annehmen. Und was sollte sie dann tun? Ihre Zustimmung verweigern? Betty enterben?

Als sie Tryphena ihre Befürchtungen anvertraute und von ihrer Sorge sprach, Betty könne mit Peter durchbrennen, nickte Tryphena weise. »Wir müssen eines bedenken, Mutter: Betty liebt dich zwar, aber wenn sie zwischen dir und einem jungen Mann wählen muss, wird sie sich bestimmt für ihn entscheiden.«

Also war es das Beste, die beiden zu trennen. Da Monmouth hingerichtet und die Suche nach seinen Anhängern eingestellt worden war, hielt es Alice nicht mehr für gefährlich, nach Hause zurückzukehren. Im New Forest war es gewiss sicherer als in London, wo Peter Albion eine ständige Bedrohung darstellte. Allerdings befürchtete sie, Albion könne überstürzt um Bettys Hand anhalten, wenn sie ihn von ihrer Abreise in Kenntnis setzte.

Eine Woche nach Monmouths Hinrichtung kündigte er jedoch an, er müsse für einige Tage in einer geschäftlichen Angelegenheit nach Kent. Alice sagte, sie freue sich schon auf ein Wiedersehen, und verabschiedete sich herzlich von ihm. Am nächsten Morgen teilte sie Betty mit, sie würden noch am Vormittag zurück aufs Land fahren.

Am Abend hatten sie bereits einen dreißig Kilometer entfernten Gasthof erreicht.

»Morgen Abend werden wir bestimmt schon in Winchester sein«, meinte Alice vergnügt.

Jim Pride war überrascht, als er zwei Tage später in Lyndhurst der Kutsche mit Alice und Betty Lisle begegnete. Auch Alice Lisle hatte ihn bemerkt und winkte ihn zu sich.

Er stellte fest, dass Betty ein wenig bedrückt wirkte, doch Alice begrüßte ihn freundlich, erkundigte sich nach seinem Vater und wollte wissen, was sich während ihrer Abwesenheit ereignet hatte.

In der letzten Woche war es ruhig im New Forest gewesen – bis heute. Ein Gerücht hatte bei den Behörden zu der Überzeugung geführt, es trieben sich noch Flüchtige in der Gegend herum, die sich in Lymington einschiffen wollten. An diesem Morgen waren alle Häuser durchsucht worden, aber ohne Ergebnis.

»Ich glaube, jetzt haben wir es ausgestanden«, meinte Jim.

Alice jedoch verzog nachdenklich das Gesicht.

»Wahrscheinlich ist es besser, wenn wir nicht nach Haus Albion fahren«, erwiderte sie. »Es liegt zu nah an Lymington.« Sie lächelte Pride zu. »Sagt dem Kutscher, er soll uns stattdessen nach Moyles Court bringen«, bat sie Pride. »Wir können noch vor Einbruch der Dunkelheit da sein.« Moyles Court auf der anderen Seite des Avontals erschien ihr weniger gefährlich.

William Furzey hatte gerade sein Tagwerk beendet und befand sich auf dem Weg zu einer Stelle am Avon, wo er unbeobachtet ein wenig angeln konnte, als er dem Reiter begegnete. Das Pferd wirkte erschöpft, und der Mann war ziemlich mager. Er hatte graues Haar und wohlwollend dreinblickende, wässrig blaue Augen. Offenbar hatte er sich verirrt. »Könnt Ihr mir sagen, wie ich nach Moyles Court komme?«, fragte er.

William musterte ihn. Er sah aus wie ein Städter, vielleicht ein kleiner Händler oder ein Handwerker. Auch seiner Sprache nach zu urteilen, stammte er nicht aus der Gegend. William Furzey war nicht auf den Kopf gefallen und wusste, dass man jede Gelegenheit beim Schopf ergreifen musste. Die Fische konnten warten. »Der Weg ist nicht leicht zu finden«, sagte er, obwohl in

Wahrheit eine Straße schnurstracks zu dem weniger als anderthalb Kilometer entfernten Haus führte. Der Fremde wirkte müde. »Ich könnte Euch hinführen«, erbot sich William. »Aber es wäre ein Umweg für mich.«

»Wären sechs Pence genug für Eure Freundlichkeit?« Ein Tagelöhner verdiente acht Pence am Tag. Also waren sechs Pence für einen einfachen Städter wie diesen hier ein ordentliches Sümmchen. Offenbar musste er sehr dringend nach Moyles Court. Furzey nickte.

Er machte einen großen Umweg. Moyles Court lag in einer Lichtung gleich unterhalb der Anhöhe zwischen Avontal und Heide. Da dieser Teil des Tals nicht bewaldet war, fiel es Furzey nicht weiter schwer, die Strecke auf vier Kilometer auszudehnen, indem er Pfade nahm, die immer wieder im Kreis herumführten. Der Fremde schien über keinen sehr ausgeprägten Orientierungssinn zu verfügen und beschwerte sich nicht. Außerdem hatte er so Gelegenheit, mehr über den Mann in Erfahrung zu bringen. Kam er von weit her? Der Mann antwortete ausweichend. Was war er von Beruf?

»Ich bin Bäcker«, erwiderte der Mann.

Ein Bäcker von weit her, der bereit war, sechs Pence zu bezahlen, um Moyles Court zu finden? Das war offensichtlich geschwindelt! Ganz gewiss war dieser Mann ein Dissenter, der dieses verdammte Frauenzimmer Alice Lisle suchte. Furzey überlegte eine Weile. »Ihr wollt zu einer gottesfürchtigen Frau«, meinte er dann in salbungsvollem Ton, während er wieder eine falsche Abzweigung nahm.

»Glaubt Ihr?«

»In der Tat. Falls es Dame Alice ist, die Ihr sehen möchtet.«

»Ah«, sagte der Bäcker erfreut. Seine blassblauen Augen leuchteten hoffnungsfroh.

Furzey war nicht sicher, wohin dieses Gespräch führen würde. Aber eines stand fest: Je mehr dieser Mann ihm verriet, desto besser konnte er aus diesem Wissen Profit schlagen. Allmählich nahm die Idee Gestalt an. »Sie hat schon vielen guten Menschen geholfen«, sprach Furzey weiter. Er dachte an die verhassten Prides und erwähnte ein paar Namen ihrer Verwandten in Lymington. »Aber ich muss aufpassen, was ich sage«, fügte er hinzu. »Schließlich kenne ich Euch nicht.«

Nun stand ein seliges Lächeln auf dem Gesicht des armen Narren. »Dann sollt Ihr wissen, wer ich bin, mein Freund!«, rief er aus. »Ich heiße Dunne und komme von weit her aus Warminster. Ich habe eine Nachricht für Dame Alice.«

Warminster, das lag dreißig Kilometer westlich von Sarum. Ein langer Weg für einen Bäcker und Dissenter, um eine Nachricht zu überbringen. Furzeys Verdacht erhärtete sich. Dieser Mann konnte ihm noch sehr nützlich sein.

»Und wie werdet Ihr genannt?«, fragte der Bäcker freundlich.

Furzey zögerte. Er hatte nicht die geringste Absicht, diesem womöglich gefährlichen Freund der verhassten Alice Lisle seinen Namen zu verraten. »Thomas, Sir. Einfach nur Thomas«, erwiderte er und fügte in verschwörerischem Ton hinzu: »Es sind harte Zeiten für gottesfürchtige Männer.«

»Das ist wahr, Thomas, ich weiß.« Der Bäcker bedachte ihn mit einem verständnisvollen Blick.

Furzey führte ihn noch hundert Meter und meinte dann leise: »Wenn ein Mann in Bedrängnis einen Unterschlupf braucht, ist er hier gewiss am richtigen Ort.«

Der Bäcker sah ihn dankbar an. »Glaubt Ihr?«

»Ja. Gepriesen sei der Herr«, ergänzte Furzey fromm. Allmählich gingen ihm die Umwege aus, aber er hatte auch genug erfahren. »Moyles Court ist gleich da oben.« Es waren nur noch ein paar hundert Meter. »Da es mich nichts angeht, was Ihr mit Dame Alice zu besprechen habt, verlasse ich Euch hier, Sir. Darf ich fragen, ob Ihr bleiben oder gleich wieder aufbrechen wollt?«

»Ich muss sofort weiter, guter Thomas.«

»Wenn Ihr jemanden braucht, der Euch aus dem Wald bringt, damit Euch niemand sieht, werde ich auf Euch warten.« Der Bäcker bedankte sich überschwänglich und ritt los.

William Furzey setzte sich auf einen Baumstumpf. Er war sich seiner Sache sicher: Dieser Fremde half den Flüchtigen. Warum sonst sollte er den weiten Weg hierher kommen und gleich wieder zurückkehren? Gewiss wollte er die Leute zu Dame Alice führen. Er schmunzelte. Auch wenn ihm Monmouth durch die Lappen gegangen war – die Leute, die ihn gefunden hatten, waren reich belohnt worden –, würde bestimmt auch für ihn etwas abfallen, sofern es sich bei den Freunden des Bäckers um wichtige Leute handelte. Die Frage war nur, wann und wo er sie aufstöbern konnte. Schließlich konnte er den Bäcker schlecht bis nach Hause begleiten. Aber wenn er die Männer wirklich nach

Moyles Court brachte... Ein Grinsen breitete sich auf seinem Gesicht aus. Das wäre doch sicher ein schwerer Schlag für Dame Alice.

Eine Stunde später kehrte Dunne, der Bäcker, zurück. Er lächelte zufrieden.

»Habt Ihr mit Dame Alice gesprochen?«, fragte Furzey.

»In der Tat, mein Freund. Und ich habe ihr von Eurer Freundlichkeit erzählt. Sie wollte wissen, wer Ihr seid. Doch ich habe ihr geantwortet, Ihr wäret ein zurückhaltender Mann, der sich nicht um die Angelegenheiten anderer Leute kümmert.«

»Das habt Ihr gut gemacht, Sir.«

Eine Weile schwiegen sie. Nachdem sie etwa anderthalb Kilometer zurückgelegt hatten, sagte der Fremde: »Wenn ich mit meinen Freunden wiederkomme, könntet Ihr uns dann auf einem verborgenen Weg nach Moyles Court führen?«

»Von Herzen gern«, erwiderte Furzey.

Unweit von Fordingbridge trennten sie sich.

»Seid in drei Tagen bei Abenddämmerung hier«, meinte der Fremde zum Abschied. »Kann ich auf Euch zählen, Thomas?«

»Aber ja«, entgegnete William Furzey. »Verlasst Euch nur auf mich.«

Alice Lisle starrte auf die Tischplatte und betrachtete dann wieder den Brief.

Sie und Betty waren erst eine Stunde vor Dunnes Besuch in Moyles Court eingetroffen. Und deshalb war sie in Gedanken ganz woanders gewesen, als Dunne ihr den Brief übergab. Sie fragte sich, ob sie vielleicht überstürzt gehandelt hatte.

Das kurze Schreiben stammte von einem hoch angesehenen presbyterianischen Geistlichen namens Hicks, den Alice oberflächlich kannte. Offenbar hatte er vor vielen Jahren schon einmal eine Nacht in Haus Albion verbracht. Hicks wollte wissen, ob er und ein Freund auf der Reise nach Osten bei ihr unterkommen könnten.

Eine einfache Bitte, über die sie unter gewöhnlichen Umständen nicht weiter nachgedacht hätte. Waren diese Männer etwa Flüchtige? Dunne hatte das nicht erwähnt, doch er wollte wahrscheinlich nur seinen Auftrag erledigen und die Männer vielleicht sogar selbst so rasch wie möglich loswerden. Und dieser Thomas, der ihm geholfen hatte, den Weg hierher zu finden?

Konnte man ihm vertrauen? Je länger sie darüber nachdachte, desto mulmiger wurde ihr. Und sie ärgerte sich über sich selbst. Ein Moment der Schwäche, der Unachtsamkeit, der Trägheit und Müdigkeit. Jedes Tier im New Forest wusste, wie das enden konnte.

Plötzlich wurde sie von Angst ergriffen. Sie durfte nicht zulassen, dass die Männer hierher kamen. Morgen würde sie Dunne einen Boten schicken. Sie konnte nur hoffen, dass er nach Warminster zurückgekehrt und nicht weitergereist war. Es war einen Versuch wert. Sie seufzte und beschloss, die Sache zu überschlafen.

Allerdings wird jedes Tier im New Forest früher oder später leichtsinnig, und manchmal muss es teuer dafür bezahlen. Als Alice am nächsten Morgen im idyllisch ruhigen Moyles Court erwachte, sagte sie sich, dass sie nur Gespenster sah.

William Furzey verlor keine Zeit. Gleich nach seinem Abschied von Dunne marschierte er nach Norden. Bis Hale waren es zwar sechs Kilometer, aber Furzey wollte auf Nummer sicher gehen. Falls er Pech hatte, würde der Bäcker ergriffen und verhört werden und dann womöglich ihn, Furzey, als Mittäter nennen. Deshalb musste er ihm zuvorkommen und mit Penruddock von Hale sprechen.

Als er das Haus erreichte, dämmerte es schon. Der Magistrat, der nach einem anstrengenden Tag früh zu Bett gehen wollte, war nicht eben erfreut, den Mann zu sehen, der ihn an eine Rübe erinnerte. Doch als Furzey mit seiner Geschichte begann, war er sofort hellwach. »Flüchtlinge. Daran besteht kein Zweifel«, verkündete er. »Es war richtig, dass Ihr Euch damit an mich gewendet habt.«

»Und ich hoffe, dass mir daraus keine Nachteile entstehen«, erwiderte William Furzey geradeheraus. Er hatte sich überlegt, ob er gleich zu Anfang den Preis aushandeln sollte, sich aber klugerweise dagegen entschieden, um den Magistrat nicht zu verärgern.

»Gewiss.« Der Magistrat nickte. »Natürlich hängt das davon ab, wer diese Männer sind. Aber ich werde dafür sorgen, dass Ihr nicht das Nachsehen habt, wenn wir sie ergreifen. Ich gebe Euch mein Wort.« Er musterte Furzey. »Wahrscheinlich wird man von Euch verlangen, beim Prozess auszusagen.«

»Jawohl, Sir.« Furzey hatte verstanden. »Was immer nötig ist.«

»Ihr behauptet also«, fasste der Magistrat zusammen, »dass Ihr die Leute nach Moyles Court führen sollt, wo Dame Alice ihnen Unterschlupf gewähren will?«

»Das hat er mir erzählt, Sir.«

Der Magistrat Penruddock überlegte eine Weile. Alice Lisle, dachte er finster. Wie sich die Dinge ändern. »Sprecht mit keiner Menschenseele darüber und trefft Euch wie geplant mit den Männern. Habt Ihr ein Pferd?«

»Ich kann mir eines besorgen.«

»Dann reitet sofort zu mir, sobald sie in Moyles Court sind. Ist das möglich?«

Furzey nickte.

»Gut. Wenn Ihr wollt, könnt Ihr hier in der Scheune übernachten«, bot Penruddock ihm freundlich an.

Bevor der Magistrat in jener Nacht zu Bett ging, schrieb er einen Brief an seinen Vetter Oberst Thomas Penruddock in Compton Chamberlayne, der gleich bei Morgengrauen überbracht werden sollte.

Verwundert blickte George Furzey seinen Bruder William an und schüttelte den Kopf. »Du Fuchs«, hauchte er. »Du schlauer Fuchs. Erzähl es mir noch einmal.« Also wiederholte William die ganze Geschichte.

Der Magistrat hatte ihm zwar befohlen, mit niemandem zu sprechen, aber William fand, dass das nicht für seinen Bruder galt. Also hatte er am Sonntag, sobald es möglich war, den Bauernhof verlassen und war durch den New Forest nach Oakley gelaufen, um ihm die gute Nachricht zu überbringen. George Furzey war darüber so erfreut, dass es William richtig warm ums Herz wurde.

Da George nicht mit einer großen Vorstellungsgabe gesegnet war, dachte er nicht weiter darüber nach, welche Folgen die Angelegenheit für Alice Lisle haben würde. Er wusste nur, dass die Frau, die seine Familie betrogen und gedemütigt hatte, nun einen Denkzettel erhalten würde. Und dieser Gedanke war so beglückend, dass alles andere daneben verblasste wie die Sterne im Angesicht der aufgehenden Sonne.

»Bestimmt wird sie verhaftet«, sagte William.

Dass Dame Alice vor den Magistrat geschleppt und vor sämtlichen Bewohnern des New Forest erniedrigt werden würde, erschien William wie ein Geschenk Gottes. Nun würde seinem Vater endlich Gerechtigkeit widerfahren. Und während er weiter in seinen Glücksgefühlen schwelgte, kam ihm plötzlich noch eine Erleuchtung. »Weißt du was?«, sagte er. »Wir könnten Jim Pride auch etwas am Zeug flicken. Wenn man ihn in Moyles Court antrifft, wird man einige Erklärungen von ihm verlangen.« Er kicherte. »Das könnte klappen, William. Wir schaffen es bestimmt.«

»Wie willst du das anstellen, George?«, fragte sein Bruder.

»Zerbrich dir nicht den Kopf darüber.« George schwebte im siebten Himmel. Nun konnte er den Lisles und den Prides mit einem Streich eines auswischen. »Das ist ganz einfach. Keine Sorge.«

Moyles Court war größer als Haus Albion. Es verfügte über eine Reihe hoher Backsteinkamine und einen großen Hof. Das Haus stand, von Bäumen umgeben, auf einer Lichtung. Am Abhang gegenüber befanden sich zwei kleine Koppeln. Die Felder des Gutes lagen ganz in der Nähe des Avontals.

Betty stand auf dem Hof, als am Montag der Brief von Peter Albion eintraf. Der Bote war bereits in Haus Albion gewesen und von den Dienstboten dort hierher geschickt worden.

Das Schreiben war nicht lang. Da seine Arbeit in Kent doch nicht so viel Zeit in Anspruch genommen habe, sei er schon am Tag nach ihrer Abreise wieder nach London zurückgekehrt. Zu seinem Schrecken habe er Betty nicht mehr angetroffen, denn er habe etwas Wichtiges mit ihr zu besprechen. Deshalb werde er ihr folgen und am Dienstagnachmittag in Haus Albion eintreffen.

Beim Lesen klopfte Betty das Herz bis zum Halse. Sie zweifelte keinen Moment daran, was das zu bedeuten hatte. Deshalb stellte sie sich eigentlich nur eine Frage: Sollte sie ihrer Mutter Bescheid geben, bevor sie nach Haus Albion ritt? Während sie noch über diese schwere Entscheidung nachdachte, fiel ihr ein, dass die Dienstboten in Haus Albion Peter ohnehin nach Moyles Court schicken würden. Also würde er am Dienstagabend da sein. Und Dame Alice konnte ihm, ungeachtet ihrer Meinung von ihm, nicht einfach die Tür weisen. Außerdem erwartete sie an diesem Abend Gäste.

George Furzey wartete bis Dienstagmorgen und ging dann zu Jim Pride. Der Forstgehilfe verließ gerade sein Haus.

Jim war nicht gerade erfreut, Furzey zu sehen, hörte aber höflich zu, wie George sein Sprüchlein aufsagte: »Dame Alice will dich in Moyles Court sehen.«

»Moyles Court?« Pride runzelte die Stirn. »Dazu habe ich erst am Abend Zeit. Ich bin sehr beschäftigt.«

»Sie möchte dich sowieso erst am Abend sprechen. Davor ist sie selbst nicht zu Hause. Du sollst nach Einbruch der Dunkelheit kommen. Sie sagt, es täte ihr Leid, dich so spät zu belästigen, aber es sei dringend.«

»Was will sie denn von mir?«, fragte der Forstgehilfe verblüfft.

»Woher soll ich das wissen?«

»Und warum hat sie ausgerechnet dich beauftragt, mir diese Nachricht zu überbringen?«, erkundigte Pride sich leicht gereizt.

»Warum mich? Weil ich zufällig beim Haus Albion war. Der Bursche sagte, er müsse noch einen Botengang machen, aber er sei schon zu spät dran. Also habe ich ihm angeboten, es für ihn zu übernehmen. Das ist der Grund. Ich wollte ihm nur behilflich sein. Oder hast du daran auch etwas auszusetzen?«

Nein, nein, räumte Pride ein, das sei schon in Ordnung.

»Aber vergiss es nicht. Ich will nicht, dass man mir die Schuld gibt, wenn du nicht auftauchst.«

»Ich werde kommen«, versprach Pride.

»Also gut«, meinte Furzey. »Ich muss weiter.«

Die Luft war noch warm, als William Furzey am frühen Abend Ringwood verließ, wo er sich von einem befreundeten Schmied ein Pferd geliehen hatte. Der erste Nebel stieg schon langsam aus dem Wasser auf, als Furzey nach Norden ritt, unter den Bäumen hindurch, deren Schatten wie Angelschnüre quer über der Straße lagen.

Er hoffte sehr, dass die Männer ihn nicht versetzen würden, und er fragte sich, wie hoch die Belohnung wohl ausfallen mochte. Fünf Pfund vielleicht? Oder gar zehn? Er hoffte nur, dass sie nicht schon unterwegs ergriffen würden. Allerdings schien das ziemlich unwahrscheinlich. Vermutlich würde man sie lieber in Moyles Court zusammen mit Dame Alice festnehmen, die gewiss auch nicht sehr beliebt war. Deshalb ritt Furzey gut gelaunt weiter.

Obwohl Stephen Pride an diesem Tag sein vorgerücktes Alter spürte, ließ er sich davon nicht anfechten. Für gewöhnlich linderte ein Spaziergang die Schmerzen in seinem Bein. Auch wenn er es sich selbst nicht eingestand, hatte er sich deshalb am Nachmittag auf den Weg zu seinem Sohn gemacht.

Doch er traf nur Jims Frau und die Kinder an. Also tollte Stephen eine Stunde lang fröhlich mit seinen Enkeln herum. Der jüngste von ihnen, der vier Jahre alt war, bestand darauf, mit seinem Großvater Fangen zu spielen, was diesen mehr erschöpfte, als er es sich dem Kind gegenüber anmerken ließ. Er war dankbar, als seine Schwiegertochter die Kinder ins Haus rief, sodass er sich in den Schatten eines Baumes setzen und ein Nickerchen halten konnte.

Kurz nachdem er aufgewacht war, kam Jim zurück und erzählte ihm von Dame Alices Nachricht. Auch Stephen konnte sich nicht vorstellen, was dahinter stecken mochte. Doch er und sein Sohn waren sich einig, dass dieser Einladung unbedingt Folge geleistet werden musste.

Da Jim und seine Frau darauf bestanden, blieb er bis zum frühen Abend bei ihnen.

Als Stephen Pride langsam die Heide von Beaulieu entlang nach Oakley schlenderte, waren die Schatten schon länger geworden. Gerade hatte er den Pfad gekreuzt, der zur Kirche von Boldre führte, als er ein Stück vor sich eine Gestalt erkannte. Es war eine einsame Frau zu Pferde, die reglos auf die Heide hinausblickte. Offenbar hatte sie ihn nicht bemerkt. Erst als er näher kam, drehte sie sich um, und er erkannte Betty Lisle.

Sie begrüßte ihn freundlich. »Ich warte auf meinen Vetter Peter Albion«, erklärte sie.

Seit dem frühen Nachmittag war sie in Haus Albion gewesen. Um einen Streit mit ihrer Mutter zu vermeiden, hatte sie vorgegeben, nur kurz auszureiten. So konnte sie sich ungestört mit Peter treffen und am Abend mit ihm nach Moyles Court zurückkehren.

Ihre Mutter hatte gegen den Ausritt keine Einwände erhoben. Betty war rechtzeitig in Haus Albion eingetroffen, aber von Peter war weit und breit nichts zu sehen. Den ganzen Nachmittag hatte sie im Haus gewartet. Schließlich hatte sie das Herumsitzen nicht mehr ausgehalten und die Dienstboten angewiesen, ihren Vetter aufzuhalten, falls er aus der Richtung von Lyndhurst kommen sollte. Währenddessen hielt sie am Rand der Heide Wache, denn er konnte auch diesen Weg genommen haben. Dass sie jetzt den alten Pride traf, war ihr durchaus recht. Sie konnte Ablenkung gut vertragen.

Stephen erkundigte sich nach Peter. Da er die Familie Albion gut kannte, wusste er, zu welchem Zweig der Familie er gehörte. Er erzählte Betty, er sei als Knabe sogar einmal Francis, dem Großvater des jungen Mannes, begegnet.

»Heute Abend will ich mit ihm nach Moyles Court zurückkehren«, erwiderte sie. »Ich weiß nicht, was ich tun soll, wenn er nicht bald kommt. Wahrscheinlich muss ich dann ohne ihn nach Hause reiten.«

Pride berichtete ihr von Alices Nachricht an Jim.

Betty war verwundert. »Sie hätte doch auch mich bitten können, die Botschaft zu überbringen«, meinte sie. »Ich habe auch keinen Burschen losreiten sehen. Vermutlich«, fügte sie hinzu, »hängt es mit den Gästen zusammen, die heute Abend kommen sollen.« Und sie schilderte Pride den Besuch des Fremden, der vor drei Tagen in Moyles Court erschienen war.

Kurz darauf machte sich Pride wieder auf den Weg.

William Furzey wartete geduldig. Die untergehende Sonne hatte die Landschaft kurz in ein orangefarbenes Licht getaucht; nun lag sie wieder bräunlich da. Geisterhaft hing der Nebel über den Wiesen. Im Avontal brach eine ruhige Sommernacht an, die ersten Sterne zeigten sich am türkisfarbenen Himmel über dem New Forest.

Da sah er drei Reiter lautlos durch den Nebel auf sich zukommen.

George Furzey konnte sich nicht mehr beherrschen. Die Hände zwischen die Knie geklemmt, schaukelte er vor Freude hin und her.

Im Osten gingen blässlich die ersten Sterne auf. War William schon mit den Reitern zusammengetroffen?

Wahrscheinlich. War Jim Pride bereits zu seiner vergeblichen Mission aufgebrochen? Gewiss würde er gleich losmarschieren. Furzey war so aufgeregt, dass er es nicht länger in seiner Hütte aushielt. Er trat in den warmen Sommerabend hinaus und setzte sich am Rand der Heide auf den Stamm einer umgestürzten Birke. Nun betrachtete er gebannt die Schönheit des Abendhimmels und wiegte sich wieder hin und her.

Und so fand Stephen Pride ihn vor, als er, ziemlich erschöpft nach einem langen Tag, in Oakley ankam. »Nun«, meinte er. »Du siehst ja zur Abwechslung richtig fröhlich aus, George.«

Furzey hatte sein ganzes Leben in dem Glauben verbracht, dass die Familie Pride ihn von oben herab behandelte. Doch damit war jetzt endgültig Schluss. »Mag sein, dass ich fröhlich bin, aber ich kann fröhlich sein, wann es mir passt«, erwiderte er.

»Solange es dir Freude macht«, entgegnete Pride.

In Furzeys Ohren klang diese Bemerkung ein wenig verächtlich. »Einigen Leuten wird das Lachen noch vergehen, Stephen Pride«, sagte er mit nicht zu überhörender Selbstgefälligkeit. »Und das wird gar nicht mehr lange dauern.«

»Oh?« Pride betrachtete ihn argwöhnisch. »Und was meinst du damit?«

»Zerbrich dir darüber nicht den Kopf. Ich meine gar nichts. Und falls doch, geht es dich nichts an. Du wirst es schon früh genug herausfinden.«

Achselzuckend setzte Stephen Pride seinen Weg fort. Diese unerwartete Böswilligkeit nahm ihn doch sehr mit.

Als er zu Hause ankam, erschrak seine Frau über sein müdes Aussehen und sorgte dafür, dass er sich sofort setzte. »Ich hole dir etwas Brühe. Und du ruhst dich aus.«

Stephen Pride lehnte sich zurück und schloss die Augen. Er überlegte, ob er ein wenig schlafen sollte. Doch stattdessen gingen ihm ständig die Ereignisse der letzten Stunden im Kopf herum. Das Spielen mit seinen Enkeln, das Gespräch mit Jim, die Begegnung mit Betty, der merkwürdige Umstand, dass sie nichts von Furzeys Botschaft wusste. Die Gäste, die heute Nacht in Moyles Court erwartet wurden. Furzeys ungewöhnliche Selbstgefälligkeit.

Auf einmal fuhr er erschrocken hoch, denn wie ein Blitz aus heiterem Himmel hatte ihn eine böse Ahnung getroffen. Für einen Moment wurde er von Todesangst ergriffen, und dann war er hellwach. »Gütiger Himmel!«, rief er aus und sprang auf. Seine Frau eilte erschrocken herbei. »Dieser Teufel!«, schimpfte Stephen Pride weiter. Die Botschaft, die Furzey überbracht hatte, war sicher falsch. Deshalb war George so mit sich zufrieden gewesen. Er hatte Jim nach Moyles Court geschickt, wo heute Gäste eintreffen sollten. Ganz sicher handelte es sich bei den Besuchern um Dissenters. Vielleicht sogar um flüchtige Aufständische. Das musste es sein! Die Erfahrung des Waldbewohners sagte ihm sofort, dass sein Sohn in eine Falle gelockt werden sollte.

»Ich muss die Ponys holen!«, rief er und schob seine Frau beiseite. »Keine Sorge«, meinte er dann, nahm sich zusammen und küsste sie. »Ich bin nicht übergeschnappt. Komm mit.«

Während er hastig vor der Scheune die Tiere sattelte, erklärte er ihr, was er wusste. »Du nimmst das kleinere Pony. Reite so schnell wie möglich zu Jim. Falls er noch nicht fort ist, sag ihm, er soll zu Hause bleiben, aber verrate ihm nicht den Grund. Ich will nicht, dass er mir folgt. Erzähl ihm nur, George Furzey hätte sich geirrt.«

»Und was hast du vor?«

»Ich werde die Leute in Haus Albion warnen, sich nicht vom Fleck zu rühren, sofern sie nicht schon aufgebrochen sind.«

»Und dann?«

»Dann reite ich quer durch den New Forest und fange Jim ab, falls du ihn verpasst hast. Danach geht es weiter nach Moyles Court...«

»Oh, Stephen...«

»Ich muss es tun. Wenn es eine Falle ist, heißt das, dass Dame Alice...«

Sie nickte. Es war zwecklos, ihm zu widersprechen. Kurz darauf galoppierte das Ehepaar die Heide entlang nach Norden. Die Dunkelheit war hereingebrochen, doch die Sterne schienen so hell, dass sie sich gut zurechtfanden. An der Weggabelung vor der Kirche von Boldre hielten Stephen Pride und seine Frau, mit der er seit fünfzig Jahren verheiratet war, kurz an und küssten sich, bevor sie sich trennten.

»Gott schütze dich«, murmelte sie und blickte sich, Liebe und Furcht im Herzen, zu dem dunklen Pfad um, der zwischen den Bäumen verlief. Doch ihr Mann war schon nicht mehr zu sehen.

Im Kerzenlicht betrachtete Oberst Thomas Penruddock sein Gegenüber.

Bei seiner Ankunft hatte Furzey recht selbstzufrieden gewirkt;

nun aber machte er eher einen verschüchterten Eindruck. Mit ihren großen Reitstiefeln, breiten Ledergürteln und klappernden Schwertern und in ihren prächtigen Uniformen mit Tressen und gelben Schärpen boten der Oberst und sein Dutzend Männer für Furzey einen Furcht erregenden Anblick.

»Ihr seid sicher, dass diese Männer sich in Moyles Court aufhalten?«, fragte Oberst Penruddock streng.

Furzey ließ sich nicht beirren. »Als ich ging, waren sie noch da«, erwiderte er. »Das steht fest.«

»Um Mitternacht brechen wir auf«, befahl Penruddock seinen Männern. »Wir umzingeln das Haus und greifen bei Morgengrauen an. Zu diesem Zeitpunkt werden sie nicht mit uns rechnen.« Er wandte sich an Furzey. »Ihr hingegen bleibt bis morgen früh hier.« Nachdem Oberst Thomas Penruddock seine Anweisungen gegeben hatte, ging er nach oben in sein Zimmer und zu Bett.

Aber er konnte nicht einschlafen.

Alice Lisle. Nun trat sie schon zum dritten Mal in sein Leben. Erst hatte sie seinen Vater ermordet, dann hatte er sie beim König angetroffen, und jetzt machte sie gemeinsame Sache mit Verrätern. Nun würde er ihr endgültig das Handwerk legen.

Vergeltung, und zwar nicht nur für den Tod seines Vaters. Alice Lisle verkörperte alles, was Penruddock hasste. Das graue puritanische Einerlei, die Sittenstrenge, die Selbstgerechtigkeit. Offenbar glaubten die Puritaner daran, dass Gottes Reich erst dann kommen würde, wenn alles Schöne, Ritterliche und Galante grausam hinweggefegt worden war. Alice Lisle, die Unterstützerin Cromwells, die Königsmörderin, die vielen Männern die Güter geraubt hatte. So sah zumindest er, Thomas Penruddock, die Dinge.

Wie der Oberst so dalag – ein Befehlshaber einer Truppe und mit der Macht des Königreiches im Rücken –, stellte er fest, dass es ihm vorrangig um die Macht ging, die er inzwischen besaß. Die widerwärtige alte Frau in Moyles Court verabscheute er zwar immer noch, doch sie erschien ihm nun unbedeutend und schwach. Sie war alt geworden und hatte gewiss nicht mehr lange zu leben. Also redete er sich ein, dass er sie gar nicht vernichten, sondern sie nur zum Verlöschen bringen würde wie eine fast heruntergebrannte Kerze.

Peter Albions Reise hatte mehr Zeit in Anspruch genommen als erwartet. Betty hatte die Hoffnung schon fast aufgegeben, als er kurz vor Einbruch der Dunkelheit endlich eintraf. Er wirkte erschöpft, und bei ihrem Vorschlag, noch heute Abend quer durch den Forest nach Moyles Court zu reiten, verzog er unwillig das Gesicht. Betty überlegte gerade, was zu tun sei, als Stephen Pride erschien.

»Ich dachte mir, dass ich Euch noch hier finden würde«, sagte er völlig außer Atem. »Ich habe eine Nachricht für Euch.«

Unterwegs hatte er sich alles gründlich überlegt. Wenn er Betty die Wahrheit sagte, nämlich, dass ihrer Mutter Gefahr drohte, würde sie sich wahrscheinlich nicht daran hindern lassen, sofort nach Moyles Court zu eilen. Also hatte er sich eine Lüge ausgedacht.

»Ich habe den Burschen gerade an der Brücke nach Boldre getroffen und ihn wieder zu Eurer Mutter zurückgeschickt. Sie will, dass Ihr hier bleibt; ihr sollt nicht nachts durch den Forest reiten.« Peter Albions eindeutig erleichterte Miene sagte ihm, dass er nicht weiterzureden brauchte.

»Danke, Stephen«, sagte Betty mit einem Lächeln. »Ich glaube, mein Vetter hat heute ohnehin keine große Lust zum Reiten mehr.«

Der junge Mann lächelte auch, und Pride neigte höflich den Kopf. Ein hübscher Bursche, dachte Stephen, er passt gut zu Betty. »Ich muss jetzt wieder nach Hause«, meinte der alte Mann so beiläufig, wie es ihm möglich war, und kehrte um.

Kurz darauf trieb er sein Pony zum Galopp an und preschte die Straße entlang zu der kleinen Furt. Bald hatte er sie überquert und eilte auf dem langen Pfad zum westlichen Teil der Heide.

Er durfte keine Zeit verlieren. Vielleicht war Jim ja schon unterwegs. Und in Moyles Court empfing Dame Alice vermutlich gerade ihre Gäste. War die Falle bereits zugeschnappt? Wahrscheinlich würde man erst spät nachts zuschlagen, denn so etwas erledigte sich am besten im Schutze der Dunkelheit.

Das Herz klopfte Stephen bis zum Halse. Als er bei Setley den westlichen Rand der Heide erreichte, war ihm ein wenig schwindelig. Es war schon viele Jahre her, dass er wie heute den ganzen Tag herumgehetzt war. Doch seine Erschöpfung verflog schnell wieder in der Aufregung.

Er beschloss, die Strecke nach Norden abzukürzen, Brockenhurst zu umrunden und den Pfad zu nehmen, der oberhalb von Burley begann. Sicher hatte Jim auch diesen Weg eingeschlagen. Er trieb sein Pony an. Zum Glück war es ein kräftiges kleines Tier, das wohl noch die ganze Nacht durchhalten würde.

Nachdem er einen Bogen um Brockenhurst gemacht hatte, erreichte er einen Teil des New Forest, der Rhinefield hieß. Das Mondlicht wirkte wie eine silbrige Spur aus Sternenstaub, die quer über die Heide verlief.

Da bemerkte er, ein Stück voran, etwas Seltsames: eine fahl schimmernde Masse auf der Heide. Ihm war merkwürdig zu Mute. War es eine Kuh? Nein, der Mond. Der Mond stand mitten auf der Heide. Stephen Pride schüttelte den Kopf, um wieder klarer zu sehen. Und da plötzlich hatte er einen gewaltigen weißen Blitz vor Augen, und ein schreckliches Donnern hallte in seinem Schädel wider. Und so erlitt Stephen Pride kurz vor Rhinefield einen tödlichen Schlaganfall und sank auf den warmen Boden des New Forest.

Alice Lisle stand am Fenster und blickte hinaus.

Über den Bäumen auf dem kleinen Hügel gegenüber waren Wolken am Sternenhimmel aufgezogen, so als hätte jemand eine Decke darüber gebreitet. In den Stunden vor Morgengrauen lag Moyles Court still und wie verlassen da.

Es hatte Alice nicht weiter überrascht, dass Betty nicht zurückgekehrt war, denn sie wusste genau, wo ihre Tochter steckte. Schon am Sonntag hatte ein Brief von Tryphena sie gewarnt, der junge Mr. Albion sei früher als erwartet wieder in London eingetroffen und befände sich inzwischen auf dem Weg in den New Forest. Mit ihrem Vorwand, nur kurz nach Haus Albion zu reiten, hatte Betty ihre Mutter keinen Moment täuschen können.

Alice hatte nicht versucht, sie aufzuhalten. Wenn der junge Peter Albion wirklich so fest entschlossen war und wenn ihre vierundzwanzigjährige Tochter sie belog, um sich mit ihm zu treffen, dann war ihr Widerstand sinnlos. Aller Wahrscheinlichkeit nach würde Haus Albion bald wieder einem Albion gehören. So war das Schicksal. All ihren Vorbehalten zum Trotz wusste Alice auch, dass der junge Peter gewiss eine bessere Partie war als ihre übrigen Schwiegersöhne, denn er war beruflich erfolgreich und entstammte einer angesehenen Familie. Vielleicht lag es daran, dass die gewohnte Umgebung des New Forest sie nachsichtig stimmte, doch inzwischen fand Alice es zwecklos, Betty von ihrer Entscheidung abbringen zu wollen.

Plötzlich hallte Geschrei durch die Dunkelheit. Draußen liefen Männer herum. Es klopfte an die Tür, und Alice hörte eine Stimme.

»Aufmachen! Im Namen des Königs.«

Wieder wurde geklopft. Alice eilte in die Kammer, wo Dunne und Hicks schliefen. »Wacht auf!«, rief sie. »Rasch. Ihr müsst Euch verstecken.« Nelthorpe, der Dritte im Bunde, schlummerte im Nebenzimmer. Er war bereits aufgestanden und zog sich die Stiefel an.

Die vier liefen in der Dunkelheit die Eichentreppe hinab. Die Stiefel der Männer machten einen solchen Lärm, dass man es vermutlich noch bis nach Ringwood hören konnte.

»Die Hintertür«, zischte Alice und ging voran zur Küche. Doch durch die Fenster erkannten sie herumhuschende Schatten. »Versteckt Euch, so gut Ihr könnt«, sagte sie deshalb und rannte die Stufen hinauf. Das Herz klopfte ihr bis zum Halse. Zwei Dienstboten standen bleich und verängstigt auf dem Treppenabsatz. »Macht die Betten«, flüsterte sie ihnen zu und wies auf die beiden Zimmer, in denen die Männer geschlafen hatten. »Beseitigt alle Spuren. Schnell.« Inzwischen war das Klopfen an der Vorder- und Hintertür lauter geworden. Sicher würde man sie jeden Moment aufbrechen. Wieder eilte Alice nach unten und nahm die Kerze vom Tisch, wo sie diese am Vorabend stehen gelassen hatte. Nachdem sie den Docht an der Glut im Kamin angezündet hatte, ging sie zur Tür, holte tief Luft und schob den schweren Eisenriegel zurück. Während sie die Tür öffnete, dachte sie nur noch, dass sie sich die Angst nicht anmerken lassen durfte.

Thomas Penruddock betrachtete die Frau, die vor ihm stand.

Sie war im Nachthemd und hatte einen Schal um die Schultern geschlungen. Das fast ergraute Haar hing ihr offen herab. Selbst im Kerzenschein wirkte sie blass. Sie starrte ihn an. »Was hat das zu bedeuten, Sir?«

»Madam, wir werden im Namen des Königs Euer Haus durchsuchen.«

»Mein Haus durchsuchen, Sir? Mitten in der Nacht?«

»Ja, Madam. Und Ihr werdet uns einlassen.«

Hinter dem Oberst, den Alice inzwischen erkannte, standen zwei Soldaten. Sie machten ganz den Eindruck, als würden sie die Hausherrin einfach beiseite drängen. Sie versuchte, ruhig zu bleiben.

In diesem Moment dämmerte ihr, dass sie einen schrecklichen Fehler gemacht hatte. Die Soldaten würden die drei Männer ganz gewiss im Haus finden. Und arglos schlafend in ihren Betten hätten sie weitaus weniger verdächtig gewirkt, wohingegen das Aufsuchen eines Verstecks auf Schuldbewusstsein hinwies. Doch nun war es zu spät. Todesangst ergriff sie, und sie bemerkte, dass die Hand, in der sie den Kerzenleuchter hielt, zu zittern begann. Mühsam beherrschte sie sich. Vielleicht würde es ihr gelingen, den Spieß umzudrehen. »Habt Ihr überhaupt eine Genehmigung, in mein Haus einzudringen, Sir?« Sie bedachte ihn mit einem hochmütigen Blick.

»Der Name des Königs ist meine Genehmigung, Madam.«

»Zeigt mir Eure Genehmigung, Sir!«, rief sie erbost aus, obwohl sie nicht die leiseste Ahnung hatte, ob er überhaupt eine brauchte, »oder verschwindet!« Sie glaubte zu bemerken, wie er kurz zögerte. »So«, fuhr sie mit lauter Stimme fort. »Offenbar habt Ihr keine. Also seid Ihr im Begriff, Hausfriedensbruch zu begehen.« Mit diesen Worten wollte sie die Tür schließen.

Doch Penruddocks Stiefel war ihr dabei im Weg. Kurz darauf wurde sie grob von den beiden Soldaten beiseite gestoßen. Zwei ihrer Kameraden erschienen aus der Dunkelheit und polterten an Alice vorbei.

»Licht«, hörte sie rufen. »Bringt mehr Kerzen.«

Die Flüchtigen waren bald aufgespürt. Hinter der Küche lag ein großer, scheunenähnlicher Raum, die so genannte Mälzerei. Der Geistliche Hicks, ein großer, korpulenter Mann, und Dunne, der Bäcker, hatten sich dort unter einigen Abfällen versteckt. Als sie herausgezerrt wurden, sahen sie ziemlich kläglich aus. Hicks' Begleiter Nelthorpe, der recht lang und hager war, hatte sich in den Kamin verkrochen.

Kurz richtete Penruddock das Wort an sie: »Richard Nelthorpe, Ihr seid als Rebell für vogelfrei erklärt worden. John Hicks, von Euch weiß man, dass Ihr mit Monmouth unter einer

Decke steckt. James Dunne, Ihr seid alle festgenommen. Alice Lisle«, fügte er barsch hinzu, »Ihr habt Verrätern Unterschlupf gewährt.«

»Ich habe lediglich einem angesehenen Geistlichen ein Nachtlager angeboten«, erwiderte sie höhnisch.

»Einem flüchtigen Verräter, Madam, der an Monmouths Aufstand beteiligt gewesen ist.«

»Davon weiß ich nichts, Sir«, entgegnete sie.

»Darüber werden der Richter und die Geschworenen entscheiden. Ihr seid verhaftet.«

»Ich?« Sie betrachtete ihr Nachthemd. »Und was für ein Soldat seid Ihr, Sir«, sagte sie verächtlich, »der kommt, um eine Frau in der Nacht zu verschleppen?« Sie machte ihn lächerlich und stellte ihn vor seinen Soldaten als Narren hin.

Thomas Penruddock war überrascht. Eigentlich hatte er damit gerechnet, eine böse alte Hexe vorzufinden. Doch stattdessen stand er nun vor einer befehlsgewohnten Aristokratin, die sich nicht von ihm einschüchtern ließ. Für einen Moment schienen die Jahre von ihr abzufallen, und er sah denselben schrecklichen Racheengel vor sich, der auch heute noch keinen Moment zögern würde, seinen bedauernswerten Vater zu vernichten. Und als sie ihn aus kalten grauen Augen anblickte, hätte er beinahe zu zittern angefangen. Plötzlich war ihm, als hätte man ihm einen Schlag in die Magengrube versetzt. Der schreckliche Schmerz seiner Kindheit überkam ihn aufs Neue. Es fehlte nicht viel, und er wäre in Tränen ausgebrochen.

Er wandte sich rasch ab und schritt in die Dunkelheit davon. »Alle verhaften!«, rief er seinen Männern noch zu.

Es dauerte eine Weile, die Gefangenen aus dem Haus zu bringen. Penruddock bemerkte, dass einer der Soldaten sich einen silbernen Kerzenhalter und Bettwäsche angeeignet hatte. Doch das kümmerte ihn nicht.

»Wohin bringt Ihr uns?«, fragte Dunne.

»Nach Salisbury ins Gefängnis«, erwiderte Penruddock gleichmütig. Und so machte man sich auf den Weg, wobei Dame Alice unwürdigerweise hinter einem der Soldaten im Sattel sitzen musste.

Am 24. August im Jahre des Herrn 1685 erreichte eine große Kavalkade die Umgebung von Winchester. Fünf Richter, einige

Rechtsanwälte, der für seine Tüchtigkeit bekannte Henker Jack Ketch, Schreiber und Diener, also das ganze Gefolge, das nötig war, um im England Seiner Majestät König Jakobs II. Recht zu sprechen. Die mehr als zwölfhundert Männer, die das Pech gehabt hatten, wegen Beteiligung am Aufstand des Herzogs von Monmouth ergriffen zu werden, sollten allesamt gehängt, geköpft, verbrannt, ausgepeitscht oder in die Kolonien deportiert werden. An der Spitze dieses gewaltigen Aufgebots stand – wie angekündigt – kein Geringerer als der ehrenwerte oberste Richter George Jeffreys höchstpersönlich.

Der Prozess, der in Westengland stattfand, sollte dreihundertdreißig Männern das Leben kosten; achthundertfünfzig wurden in die amerikanischen Strafkolonien abgeschoben. Diese Veranstaltung ging als »Blutgericht« in die Geschichte ein; der vorsitzende Richter verdiente sich den Beinamen »Bloody Jeffreys«. Doch zuvor wurde in der großen Halle von Winchester Castle das Vorspiel gegeben: der Prozess gegen Alice Lisle.

Als Betty sich in der großen steinernen Halle umsah – sie stammte noch aus der Zeit der normannischen Könige und der Herrscher aus dem Hause Plantagenet –, war sie wider Willen von deren Pracht beeindruckt. Durch die Spitzbogenfenster fiel weiches Nachmittagslicht in den Raum, der sie an eine Kirche erinnerte. Auf einem Podium thronten die fünf Richter mit ihren scharlachroten Roben und den langen weißen Perücken. Unter ihnen saßen – wie schwarze Krähen – die Anwälte und Schreiber. Auf den Zuschauerbänken drängte sich das Publikum. Und auf einer erhöhten Plattform hatte, still und ganz in Grau gekleidet, ihre Mutter auf einem Stuhl aus Eichenholz Platz genommen.

Betty war überzeugt, dass ihrer Mutter an diesem würdigen Ort inmitten von so vielen angesehenen und gelehrten Männern Gerechtigkeit widerfahren würde. Peter, der ihr jetzt die Hand drückte, hatte ihr die Gesetze erläutert, und sie war sicher, dass Alice freigesprochen werden würde. Sie lächelte Tryphena, die neben ihr saß, aufmunternd zu.

Eigentlich lag der Fall ganz einfach: Ihre Mutter hatte drei Männern ein Nachtlager angeboten. Einer von ihnen, der arme Dunne, war eigentlich ein Niemand. Der Prediger Hicks wurde zwar des Hochverrats bezichtigt, war aber noch nicht verurteilt worden. Nelthorpe, der Dritte im Bunde, galt als vogelfrei.

»Die Sache ist gefährlich«, hatte Peter ihr erläutert. »Denn es geht um Hochverrat. Wer einem flüchtigen Verbrecher unter gewöhnlichen Umständen Unterschlupf gewährt, macht sich der Mittäterschaft schuldig, ist aber für die Straftat selbst nicht verantwortlich. Bei Hochverrat hingegen liegen die Dinge anders. Wenn man einem bekanntermaßen des Hochverrats Verdächtigen hilft, wird man dadurch selbst zum Hochverräter. Deshalb schwebt deine Mutter in Gefahr. Allerdings«, fügte er hinzu, »wird der Ankläger beweisen müssen, dass deine Mutter von der Beteiligung dieser Männer an Monmouths Aufstand wusste. Nelthorpe war sie noch nie zuvor begegnet, man hatte ihr nichts über ihn erzählt. Außerdem wurde er ihr von Hicks, einem Geistlichen von Rang und Namen, ins Haus gebracht. Also hat sie nichts weiter getan, als einen ehrbaren Dissenter und dessen Freund für eine Nacht bei sich aufzunehmen und zwar nicht zum ersten Mal. War sie im Bilde darüber, dass es sich um Verräter handelte? Nein. Solange ihr niemand das Gegenteil nachweisen kann, werden die meisten Geschworenen im Zweifel für den Angeklagten entscheiden.« Er lächelte. »Meiner Ansicht nach hat sie kein Verbrechen begangen.«

»Sobald sie freigesprochen wird, Peter«, hatte Betty gesagt, »müssen wir feiern.«

Gleich am ersten Abend nach seiner Ankunft im New Forest hatte er um ihre Hand angehalten. Wäre ihre Mutter nicht verhaftet worden, hätte Betty es ihr am nächsten Morgen eröffnet. Doch da seitdem die ganze Familie Kopf stand, hatte sie ihn gebeten, nicht davon zu sprechen. Wenn diese schreckliche Sache ausgestanden und alles wieder im Lot war, wollte sie es ihrer Mutter erzählen und so schnell wie möglich heiraten. »An Weihnachten«, hatte sie vorgeschlagen.

Aber in den nächsten Stunden durfte sie nicht an Peter denken. Zuerst musste ihre Mutter freigesprochen werden.

Der Prozess begann am späten Nachmittag.

Zeugen sagten aus, sie hätten den Geistlichen Hicks bei Monmouths Truppen gesehen. Der Bäcker Dunne wurde aufgerufen und schilderte, wie er am Samstag und am Dienstag nach Moyles Court geritten sei. Dann jedoch geschah etwas Seltsames: Anstatt Dunne weiter zu befragen, verkündete der Ankläger plötzlich, er wolle, dass Richter Jeffreys den Mann persönlich verhöre. Betty sah Peter an, der verblüfft die Achseln zuckte.

Zunächst wirkte Richter Jeffreys recht milde. Er reckte sein breites, knochiges Gesicht nach vorn, nannte Dunne »meinen Freund« und erinnerte ihn daran, dass er auf keinen Fall von der Wahrheit abweichen dürfe. Dunne, in dessen wässrig blauen Augen Hoffnung aufglomm, setzte zu seinem Bericht an. Allerdings erhielt er nur Gelegenheit zu einem Satz.

Denn Richter Jeffreys fiel ihm sofort ins Wort: »Passt auf, mein Freund. Fangt noch einmal von vorne an. Wann, sagtet Ihr, seid Ihr zum ersten Mal losgeritten?« Schon zwei Sätze später folgte die nächste Unterbrechung. »Behauptet Ihr das wirklich? Ich weiß mehr, als Ihr meint. Wie habt Ihr Moyles Court gefunden?«

»Mit der Hilfe eines Führers namens Thomas.«

»Wo ist er? Zeigt ihn mir.«

Zu Bettys Erstaunen erhob sich William Furzey. Das war also der geheimnisvolle Thomas. Aber was hatte das zu bedeuten?

Nun war Richter Jeffreys richtig in Fahrt und ließ sich durch nichts mehr aufhalten. Er stellte Dunne Fragen, ohne ihm ausreichend Zeit für eine Antwort zu geben. Bald war Dunne völlig verwirrt. Da er Furzey nicht belasten wollte – denn er hatte noch nicht verstanden, dass er ihm seine Festnahme verdankte –, erwiderte er dummerweise, der Bauer habe ihn kein zweites Mal nach Moyles Court gebracht. Bald hatte er sich heillos in Widersprüche verwickelt.

»Meiner Treu!«, rief Jeffreys höhnisch aus. »Los, frischt Euer Gedächtnis ein wenig auf.« Während der Blick des bedauernswerten Bäckers immer verzweifelter wurde, hatte Betty den Eindruck, dass der Richter mit ihm spielte wie eine Katze mit einer Maus. Dunne, dessen Verstörung sichtlich zunahm, verhedderte sich in einer Kleinigkeit, die er zuvor anders dargestellt hatte.

Sofort schlug Jeffreys zu. »Lügner!«, brüllte er, dass der ganze Gerichtssaal erbebte. »Glaubt Ihr, der Allmächtige im Himmel wäre kein Gott der Wahrheit? Nur seiner Gnade habt Ihr es zu verdanken, dass er Euch nicht auf der Stelle in den Höllenschlund wirft!« Zwei volle Minuten lang starrte der mächtigste Richter Englands, der über Leben und Tod entscheiden konnte, den armen Bäcker finster an und beschimpfte ihn, bis dieser am ganzen Leibe zitterte. Vor lauter Angst bekam er keinen zusammenhängenden Satz mehr heraus.

Betty erbleichte. Sie sah Peter an.

Auch ihm stand vor Entsetzen der Mund offen. Doch er beugte sich zu ihr hinüber und flüsterte ihr ins Ohr: »Aber die Beweise reichen noch immer nicht für eine Verurteilung.«

Dann wurde Furzey aufgerufen, um zu berichten, was er gesehen hatte. Er wurde nur kurz vernommen, eine seiner Aussagen ließ Jeffreys allerdings aufmerken.

»Eurer Schilderung zufolge wollte Dame Alice von Dunne wissen, ob Ihr eingeweiht wäret?«

»Das ist richtig.«

Nun war erneut der arme Dunne an der Reihe, obwohl man das, was nun geschah, nur schwerlich als Verhör bezeichnen konnte. Denn der Bäcker war inzwischen so eingeschüchtert und verdattert, dass er nur noch stammelte. Was für eine Angelegenheit sei das gewesen?, fragte Jeffreys. Wie bitte? Verwirrung malte sich auf dem Gesicht des Bäckers. Wieder und wieder schrie der Richter ihn an und tobte. Dunne geriet ins Stottern und verstummte schließlich. Er stand da wie das Kaninchen vor der Schlange.

Mittlerweile dunkelte es draußen, in der großen Halle breitete sich Dämmerlicht aus. Ein Gerichtsdiener zündete eine Kerze an.

Schließlich fasste sich Dunne ein wenig. »Um welche Angelegenheit, Mylord?«

»Bei Gott, Schurke. Ja. Worum ging es?«

»Darum, dass Mr. Hicks ein Dissenter ist.«

»Um mehr nicht?«

»Nein, Mylord. Das war alles.«

Betty spürte, wie Peter sie am Arm berührte. »Unser Freund Dunne hat dem Richter ein Schnippchen geschlagen«, flüsterte er.

Doch dieser wollte offenbar nicht kampflos aufgeben.

»Lügner! Meint Ihr, Ihr könnt mich mit solchen Märchen abspeisen?« Er wandte sich an den Gerichtsdiener. »Bringt die Kerze und haltet sie ihm an sein freches Gesicht.«

Der arme Dunne begann wieder zu zittern und schrie: »Mylord, dann sagt mir, was Ihr hören wollt, denn ich kann Euch nicht mehr folgen.«

Entsetzt beobachtete Betty die Szene. Das war keine Gerichtsverhandlung, sondern ein abgekartetes Spiel. Was würden die Richter als Nächstes tun? Den Bäcker öffentlich foltern? Sie warf einen Blick auf ihre Mutter.

Erstaunt sah sie noch einmal hin.

Alice war inmitten dieses Tumults eingeschlafen.

Als Nächster wurde Oberst Penruddock aufgerufen. Seine Aussage war kurz und bündig, und er schilderte, wie er die Männer in ihren Verstecken aufgestöbert hatte. Außerdem erzählte er, Furzey habe ihm erklärt, laut Dunne handle es sich bei den Männern offenbar um Aufständische. Also wurde Dunne erneut in den Zeugenstand gezerrt und gefragt, was er damit gemeint habe. Doch er stammelte nur noch wirres Zeug.

Dann holte man einen der Soldaten herbei, der die Verhaftungen im Haus vorgenommen hatte. Er verkündete, die Männer seien ganz offensichtlich Aufständische; aber seine Aussage war so wertlos, dass selbst der Richter ihn bald wegschickte.

Dame Alice glaubte, dass sich ihr hier eine kleine Chance bot. Sie, die in Wahrheit gar nicht geschlafen hatte, sich aber ihre Angst nicht anmerken lassen wollte, starrte den Soldaten an und rief: »Aber, Mylord, das ist der Mann, der meine beste Bettwäsche gestohlen hat.«

Jeffreys überging ihren Einwurf einfach und wandte sich rasch anderen Punkten zu. Schließlich wandte er sich Alice zu und fragte sie in verächtlichem Ton, was sie zu der Sache zu sagen habe.

Sie erklärte – zweimal vom Richter unterbrochen –, dass sie sich zurzeit von Monmouths Aufstand in London aufgehalten habe. Sie sei dem König gegenüber keineswegs feindselig eingestellt. Der Richter tat das höhnisch ab. Außerdem, so fügte Alice hinzu, habe sie nicht geahnt, dass ihre Gäste an dem Aufstand beteiligt gewesen seien, und nannte sogar einen Zeugen, der unter Eid bestätigte, der vogelfreie Nelthorpe habe nicht einmal seinen Namen genannt.

»Wir haben genug gehört!«, polterte Richter Jeffreys. »Entlasst diesen Zeugen.« Mit finsterer Miene drehte er sich wieder zu Alice um. »Wollt Ihr noch weitere Zeugen aufrufen?«

»Nein, Mylord.«

»Gut.« Er sprach die Geschworenen an: »Meine Herren Geschworenen«, begann er.

»Mylord, es gibt noch einen gesetzlichen Einwand«, fiel Alice ihm nun ins Wort.

»Ruhe!«, brüllte er. »Zu spät.«

Ganz offensichtlich reichten die Beweise gegen Alice nicht. Doch das focht Richter Jeffreys nicht an. Er erinnerte die Geschworenen daran, dass die Lisles Königsmörder seien, die geborenen Verbrecher also. Dann hielt er ihnen die Gräuel von Monmouths Aufstand und die moralische Verkommenheit des Rädelsführers selbst vor Augen.

Erst als er mit seiner Tirade zu Ende war, wagte ein Geschworener eine Frage: »Bitte, Mylord«, wollte er wissen, »ist es ein Verbrechen, dem Prediger Hicks Gastfreundschaft zu gewähren, obwohl er noch nicht wegen Hochverrats verurteilt wurde, sondern nur unter Verdacht stand?«

»Ein wichtiger juristischer Einwand«, flüsterte Peter seiner Angebeteten zu.

Tatsächlich handelte es sich bei dieser Frage um den Kernpunkt des Prozesses. Denn nach dem englischen Gesetz konnte man nicht wegen Mittäterschaft verurteilt werden, wenn die Person, der man geholfen hatte, lediglich einer Straftat verdächtigt wurde, aber noch nicht für schuldig befunden worden war. Sonst hätte es ja durchaus geschehen können, dass man jemanden als Komplizen bestrafte, während der ursprünglich Verdächtige freigesprochen wurde. Und da Hicks' Prozess auch weiterhin ausstand, war er noch kein rechtskräftig verurteilter Hochverräter. Nun würde die Anklage gegen Alice, die ohnehin auf tönernen Füßen stand, wohl ganz sicher abgewiesen werden.

Der oberste Richter erkannte die Falle. »Das macht keinen Unterschied«, verkündete er strikt. Und im Gerichtssaal herrschte Ruhe.

»Er lügt«, zischte Peter. »Das verstößt gegen das Gesetz.«

»Dann sag etwas«, erwiderte Betty.

Aber Richter Jeffreys vier Beisitzer, die Anwälte und die Schreiber schwiegen.

Eine halbe Stunde später kehrten die Geschworenen zurück. Ihr Urteil lautete »nicht schuldig«.

Richter Jeffreys weigerte sich, diesen Schiedsspruch anzuerkennen, und schickte sie wieder hinaus. Als sie das zweite Mal hereinkamen, blieben sie bei »nicht schuldig«. Wieder schickte er sie fort. Auch beim dritten Mal beharrten sie auf ihrem Urteil.

Richter Jeffreys war nicht bereit, sich das bieten zu lassen. »Verbrecherpack!«, brüllte er. »Ihr wagt es, dieses Gericht zu verhöhnen? Begreift ihr denn nicht, dass ich jeden Einzelnen von euch ebenfalls wegen Hochverrats anklagen kann?«

Als sie das vierte Mal zurückkamen, erkannten sie auf schuldig.

Der Richter verurteilte Alice zum Tod auf dem Scheiterhaufen.

Der Raum war zwar klein, aber hell und sauber, sodass man die Gitterstäbe an den Fenstern kaum bemerkte. Es war noch Vormittag. Und es war ihnen zumindest eine kleine Gnade erwiesen worden, für die sie dankbar sein mussten.

Denn Dame Alice würde nicht verbrannt werden. Der Bischof und die Geistlichkeit von Winchester hatten sich sofort an den König gewandt, da sie ein derart grausiges Schauspiel in der Domstadt unbedingt verhindern wollten. Außerdem befürchteten sie einen Aufstand – die Nachricht von dem schändlichen Prozess hatte sich nämlich wie ein Lauffeuer in der Stadt und im ganzen New Forest verbreitet. Also sollte Dame Alice Lisle heute geköpft werden.

Nur Betty und Tryphena waren bei ihr, die anderen Familienmitglieder waren schon gegangen. Alice hatte sich von ihren Kindern und Enkeln verabschiedet. Es war still im Raum.

Peter weilte in London. Betty hatte ihrer Mutter nichts von ihrer Verlobung erzählt, und seltsamerweise dachte sie in letzter Zeit nicht mehr so häufig an ihn. Wenn sie einander schon länger gekannt hätten, hätte sie ihn sich vielleicht zum Trost an ihre Seite gewünscht. Doch nun war sie so sehr mit ihrer Familie und dem bevorstehenden Grauen beschäftigt, dass alles andere daneben in Vergessenheit geriet.

»Peter Albion.« Ihre Mutter hatte diese Worte ausgesprochen, und Betty sah sie erstaunt an. Alice lächelte. »Ich wollte nicht in Gegenwart der anderen über ihn sprechen.« Sie betrachtete Betty nachdenklich. »Möchtest du ihn immer noch heiraten?«

»Ich weiß es nicht«, erwiderte diese aufrichtig.

Ihre Mutter nickte langsam. Tryphena blickte plötzlich auf und schien etwas sagen zu wollen, aber Alice fiel ihr ins Wort. »Ich habe meine Meinung über ihn geändert«, sagte sie ernst. »Dieser Prozess war eine wichtige Lektion für ihn.«

»Aber er war doch eine Farce. Eine Ungeheuerlichkeit und ein Schlag ins Gesicht der Gerechtigkeit«, wandte Tryphena ein.

505

»Genau deshalb wird er etwas daraus lernen«, entgegnete Alice. »Früher hielt ich Peter für ziemlich selbstgefällig. Nun hat er miterlebt, dass selbst das Recht im Interesse der Macht gebeugt wird. Er wird bescheidener werden.«

»Da ist« – Betty zögerte, sah ihre Mutter und ihre Schwester an – »noch etwas anderes.«

»Erzähl es mir.«

Und so schilderte Betty ihr den Moment während des Prozesses, als Jeffreys die Geschworenen so unverfroren getäuscht und Peter ihr erklärt hatte, dass der Richter log. »›Das verstößt gegen das Gesetz‹, hat er gesagt, und ich habe ihn gebeten, Einspruch zu erheben.«

»Du hast von ihm verlangt, dass er aufsteht und dem Richter widerspricht?«

»Nun…« Sie wusste nicht, wie sie es ausdrücken sollte. Jedenfalls war sie, als sie später darüber nachgedacht hatte, mit seinem Verhalten nicht zufrieden gewesen.

»Die anderen Richter haben geschwiegen, die Anwälte haben geschwiegen, und du hast auch geschwiegen«, erinnerte ihre Mutter sie spöttisch.

»Ich weiß. Es tut mir Leid.«

»Sei nicht albern, Kind. Du bist Zeugin geworden, wie der Mann, den du heiraten willst, Schwäche gezeigt hat. Er hat beschlossen, kein Held zu sein.« Sie schüttelte den Kopf und seufzte. »Mach nicht den Fehler, einen Traumprinzen zu suchen. Das tun Frauen in deinem Alter häufig. Du wirst ihn nie finden. Außerdem darfst du nicht vergessen, mein Kind, dass du auch vollkommen sein müsstest, wenn du einen vollkommenen Mann hättest.«

»Aber…«

»Hast du ihn für feige gehalten?«

»Ja, ich denke schon.«

»Ich würde es eher Klugheit nennen.«

»Ich weiß, aber…« Betty war nicht sicher, wie sie es erklären sollte. Peter war im Gericht mit einem Mal verstummt. Und in diesem Augenblick hatte sie – weniger durch sein Betragen als aus ihrem tiefsten Inneren heraus – gespürt, was für ein Mensch er wirklich war. Er hatte Angst, er war berechnend, und trotz seiner großen Reden war er bereit, Kompromisse einzugehen. »Es ist etwas an seiner Art…«, meinte sie stockend.

»Gott sei Dank«, seufzte Alice. »Vielleicht wird er so überleben.«

»Aber mein Vater ist keine Kompromisse eingegangen. Er hat das getan, was richtig war.«

»Gegen meine Wünsche. Um seinen Ehrgeiz zu befriedigen. Außerdem stand dein Vater auf der Seite der Sieger, und das macht Männer kühn. Und zu guter Letzt hat er alles verloren und musste fliehen.«

»Doch was ist mit richtig oder falsch, Mutter? Spielt das denn gar keine Rolle?«

»O doch, mein Kind. Natürlich. Daran besteht kein Zweifel. Allerdings gibt es da noch etwas, das ebenso wichtig ist. Und je älter ich werde, desto mehr gewinnt es für mich an Bedeutung.«

»Und das wäre?«

»Gottes Geschenk an Salomon, Betty: die Weisheit.«

»Ah, ich verstehe.«

»Heirate Peter nur, wenn ihr beide ein wenig Weisheit gewonnen habt.« Liebevoll lächelte Alice ihre Tochter an. »Du wirst überrascht sein, wie leicht es ist, Gutes zu tun, wenn man weise ist.«

»Bestimmt bist du sehr weise, Mutter.«

Alice lachte leise auf. »Was für ein Glück, da ich ja heute Nachmittag den Kopf verlieren soll.«

Eine Weile schwiegen sie, und jede versank in ihren trüben Gedanken.

Schließlich ergriff Tryphena das Wort. »Es heißt«, sagte sie leise, »dass das Leben nicht sofort erlischt, wenn einem der Kopf abgeschlagen wird. Das Bewusstsein bleibt noch für einen Moment erhalten.«

Niemand erwiderte etwas darauf. Sie saßen gedankenverloren da.

»Ich danke euch, meine Lieben«, meinte Alice nach einer Weile ruhig. »Ihr seid mir ein großer Trost.«

Wieder herrschte eine Zeit lang Stille, bis Alice sich langsam erhob. »Ich bin jetzt bereit, mein Leben zu beenden, meine lieben Kinder. Ich habe nichts mehr zu sagen. Lasst mich euch umarmen, und dann geht. Ich bin ein wenig müde.«

Man hatte ein Schafott auf Winchesters altem Marktplatz errichtet. Die halbe Stadt und viele Bewohner des New Forest hatten sich versammelt. Auch die Prides waren gekommen. Die Gebrüder Furzey ebenfalls, doch die Prides zeigten ihnen die kalte Schulter.

Als Alice aus dem Gefängnis gebracht wurde, sah die Menge erschrocken, wie bleich und gebrechlich sie wirkte. Das inzwischen völlig ergraute Haar hatte man ihr hoch gesteckt, sodass ihr magerer, recht runzeliger nackter Hals zu sehen war. Alice verzichtete auf das Recht, noch einmal das Wort an die Anwesenden zu richten.

In Wahrheit fühlte sie sich wie betäubt. Als zwei hoch gewachsene Soldaten sie in die Mitte genommen hatten, um sie hinauszuführen, hatte sie die Angst übermannt. Doch nun hatte sie sich ihrem Schicksal ergeben, wie ein Tier, das sich am Ende einer langen Hetzjagd damit abfinden muss, dass es in der Falle sitzt. Das Spiel war aus. Alice fühlte sich müde, und sie sehnte nur noch das Ende herbei, auch wenn sie den Schmerz fürchtete.

Auf dem Weg zum Schafott nahm sie die Gesichter um sich herum kaum wahr. Sie sah weder Betty noch die Prides, geschweige denn die Furzeys oder gar Thomas Penruddock, der mit ernster Miene ein wenig abseits auf seinem Pferd saß.

Als man sie niederknien ließ, erblickte sie den Block vor sich, bemerkte die Axt aber kaum. Sie erkannte nur die derb zusammengenagelten Bretter, auf denen der Block stand, als man ihren Hals darüber legte.

Die Axt sauste herab, und sie fühlte einen heftigen Schlag.

Gewiss war es ein Sommertag gewesen, als sie den Pfad entlanggingen und in einen Waldweg einbogen. Die Strahlen der Sonne fielen schräg durch das grüne Blätterdach, und die Schösslinge im Unterholz breiteten die Blätter aus, sodass sie an einen grünen Schleier erinnerten. Vögel sangen. Vor lauter Glück fing sie zu hüpfen an, und ihr Vater hielt ihre Hand.

ALBION PARK

1794

Es bestand kein Zweifel: Lymington, ja, dem ganzen New Forest standen große Ereignisse bevor.

»Und wenn man bedenkt«, sagte Mrs. Grockleton zu ihrem Mann, »dass der reiche Mr. Morant in Brockenhurst Park lebt und Mr. Drummond jetzt Cadland bewohnt und Miss…« Der Name wollte ihr nicht mehr einfallen.

»Miss Albion?«

»Ja, natürlich, Miss Albion, die sicher eine reiche Erbschaft…«

Gewiss hatte der Schöpfer im Himmel sich etwas dabei gedacht, als er Mrs. Grockleton nicht nur mit einem unstillbaren Hunger nach gesellschaftlichem Aufstieg, sondern auch mit einer gehörigen Portion Vergesslichkeit bedacht hatte. Erst vor einer Woche hatte sie einem durchreisenden Geistlichen ihre Kinder vorgestellt, verkündet, sie habe insgesamt fünf, und sie alle beim Namen genannt. Ihr Mann hatte sie dezent darauf hinweisen müssen, dass es in Wahrheit sechs waren, worauf sie ausrief: »Ja, aber natürlich. Der liebe kleine Johnny war mir ganz entfallen.«

Ungeachtet ihres Ehrgeizes war Mrs. Grockleton jedoch nicht böswillig. Sie hatte einige Eigenheiten, zum Beispiel ihren ausgeprägten Hang zu einer altertümlichen Ausdrucksweise. Niemand wusste, ob sie das geistreich fand oder ob sie damit andeuten wollte, sie entstamme einem alten Adelsgeblüt. Jedenfalls hielt sie stets mehrere Jahre an einer ihr elegant scheinenden Redewendung fest. Wenn sie etwas Wichtiges zu sagen hatte, lautete ihre derzeitige Lieblingsfloskel »mir deucht«. Zerbrach sie eine Tasse oder erzählte sie eine lustige Anekdote über einen betrunkenen Vikar, unterstrich sie das mit »meiner Treu«. Man hätte

509

meinen können, sie habe am Hof von Karl II. persönlich verkehrt.

Außerdem kultivierte sie voller Hingabe den bedeutungsschwangeren Blick. Mit ihren dunkelbraunen Augen fixierte sie ihr Gegenüber derart starr und intensiv, dass dieses sich sogleich über die Masse erhoben fühlte. Und wenn dieser Blick auch noch von einem »mir deucht« begleitet wurde, konnte man sicher sein, dass einem zumindest ein Staatsgeheimnis anvertraut werden sollte.

Bedenkt man, dass Mrs. Grockleton Tochter eines Schneiders aus Bristol und Gattin eines Zollinspektors war, so darf man ihr vornehmes Gehabe als ein Beispiel für den Triumph des menschlichen Willens deuten.

Mrs. Grockleton war mittelgroß und trug eine kunstvoll aufgetürmte, gepuderte Frisur. Ihr Mann war lang und hager und hatte Hände, die merkwürdig an Klauen erinnerten. Und Mrs. Grockletons erklärtes Ziel war es, Lymington – natürlich unter ihrer Ägide – so rasch wie möglich in einen Tummelplatz der besseren Gesellschaft zu verwandeln, neben dem selbst das angesehene Bath verblasste.

Samuel Grockleton knirschte mit den Zähnen. Für einen Mann war es schwer mit anzusehen, wie seine Frau zielsicher dem Untergang entgegensteuerte, insbesondere dann, wenn er selbst es war, der diese Katastrophe herbeiführen würde. »Du darfst unsere gesellschaftliche Stellung nicht vergessen, Mrs. Grockleton«, erinnerte er sie. »Allein schon wegen meines Amtes können wir uns keine allzu großen Hoffnungen machen.«

»Dein Amt lässt nichts zu wünschen übrig, Mr. Grockleton. Und es ist eines Gentlemans würdig.«

»Mag sein.«

»Aber, aber, Mr. Grockleton. Ich bin sicher, dass man dich allgemein achtet und schätzt. Das höre ich tagaus, tagein.«

»Nachbarn halten sich nicht mehr an die Wahrheit. Denk nur, was sie neulich über unsere Kinder gesagt haben.«

»Ach, Unsinn«, meinte seine Frau vergnügt. Und schon im nächsten Moment begann sie wieder Zukunftspläne zu schmieden.

Man konnte ihr so manchen Vorwurf machen, doch faul war sie gewiss nicht. Bereits nach einem Monat in Lymington war ihr aufgefallen, dass hier eine Akademie für junge Damen fehlte.

Und da das Backsteinhaus neben ihrem, gleich hinter der Kirche oben an der High Street, zufällig zu vermieten war, hatte sie ihren Mann überredet, es zu nehmen, und dort ihr Institut eröffnet.

Sie ging sehr geschickt zu Werk. Zuerst hatte sie die Tochter des Bürgermeisters und ihre beste Freundin angeworben, deren Vater, ein Anwalt, einer Adelsfamilie in der benachbarten Grafschaft angehörte. Dann hatte sie sich an die Tottons gewandt. Diese bewohnten inzwischen ein stattliches Haus vor der Stadt. Mr. Totton war zwar nur Kaufmann, doch seine Schwester hatte den alten Mr. Albion von Haus Albion geheiratet. Edward Totton, der Sohn, studierte in Oxford. Mrs. Grockleton war sicher, dass der ortsansässige Adel ihre Akademie anerkennen würde, wenn sie auch Louisa Totton als Schülerin gewann. Und es gab noch eine weitere angesehene Kaufmannsfamilie, die jedoch noch nicht lange in der Gegend lebte. Mr. St. Barbe handelte zwar mit Lebensmitteln, Salz und Kohle, war jedoch ein sehr gebildeter und mildtätiger Mann und eine Stütze der Gemeinde. Also wurde auch eine Tochter der St. Barbes in die Akademie aufgenommen. Innerhalb eines Monats gelang es Mrs. Grockleton auf diese Weise, fast zwanzig junge Damen an ihrem Hort der Bildung zusammenzutreiben. Einige von ihnen mussten nicht alle Unterrichtsstunden besuchen. Anderen, die weiter entfernt wohnten, diente die Schule auch als Pensionat.

Auf zwei Eigenschaften ihrer Akademie war Mrs. Grockleton besonders stolz. Es wurde Französisch unterrichtet, und zwar von ihr selbst. Sie hatte diese modische Sprache unter ziemlich bescheidenen Umständen als junges Mädchen von einer französischen Schneiderin in Bristol gelernt, und dass sie diese fließend beherrschte, hob ihr gesellschaftliches Ansehen in Lymington um einiges. Französischkenntnisse waren für die Kaufmannstöchter von Lymington gewiss nicht von Nachteil, wenn sie in Londoner Herrschaftshäusern oder an den Höfen Europas bestehen wollten. Dass man so auch Konversation mit den charmanten, jungen französischen Offizieren betreiben konnte, die seit einiger Zeit in der Stadt stationiert waren, bedeutete einen weiteren Anreiz.

Außerdem wurde auch noch Kunstunterricht erteilt. Reverend William Gilpin war nicht nur seit zwanzig Jahren der allseits geliebte und geachtete Vikar von Boldre, sondern auch ein anerkannter Künstler, der hin und wieder seine Zeichnungen und Gemälde für wohltätige Zwecke verkaufte. Mrs. Grockleton hatte zwei davon erworben. Und als Mr. Gilpin kurz darauf an der Akademie einige Preise verteilte, stellte er zu seinem Erstaunen fest, dass die jungen Damen dazu ermutigt wurden, seine Werke nachzuahmen oder sogar zu kopieren. Der Vikar war kein Narr. Doch nach diesem Erlebnis fiel es ihm schwer, das Angebot abzulehnen, einmal im Monat einen Vortrag oder einen Kurs an der Akademie zu halten. Und offen gestanden hatte er große Freude daran.

So wurde Mrs. Grockletons Institut immer größer. Und wie sie es beabsichtigt hatte, zogen ihre Bemühungen immer weitere Kreise. Auf die Töchter der besseren Familien in der Stadt folgten die der Adeligen aus der Umgebung. Auf gewundenen Pfaden – ähnlich den Gängen im Haus einer Tritionschnecke – wurden schließlich auch junge Damen aus noch entfernteren Herrensitzen sanft in den Schoß der Akademie gelockt. Inzwischen belegte Miss Fanny Albion gemeinsam mit ihrer Cousine Louisa Totton Französisch – ein Triumph, der die ehrgeizige Gründerin der Akademie mit großer Freude erfüllte. Und gewiss würden andere diesem Beispiel folgen. Nur eine Familie hatte Mrs. Grockletons Anwerbungsversuchen bis jetzt hartnäckig widerstanden: die Burrards.

Diese genossen inzwischen eine hohe Stellung in Lymington, hatten sie doch schon vor langer Zeit ein Landgut namens Walhampton am Flussufer gegenüber von Lymington erworben. Nachdem sie seit vielen Generationen in adelige Familien wie die der Buttons eingeheiratet hatten, konnten sie sich nun selbst zu dieser Schicht zählen. Allerdings betrieben sie ihre Geschäfte noch immer von Lymington aus, und sie bestimmten auch die Politik in der Stadt. Bis jetzt war es Mrs. Grockleton noch nicht gelungen, auch nur das Parktor der Burrards zu durchschreiten. Doch sie war überzeugt davon, dass sich auch dieser Traum irgendwann erfüllen würde.

Die Akademie war nur als Anfang gedacht, denn die ehrgeizige Dame hatte noch größere Pläne. »Ich sehe es deutlich vor mir, Mr. Grockleton«, verkündete sie. Und das konnte man in gewisser Weise wörtlich nehmen. Von dem Hügel oberhalb der Pennington Marshes und des Meeres konnte man zahlreiche stattliche georgianische Häuser und Villen erblicken. Die mittelalterlichen Häuser an der High Street waren zwar noch gut in Schuss, hatten aber inzwischen fast alle glatte georgianische Fassaden. Mrs. Grockleton glaubte, dass sich die letzten mittelalterlichen Giebel sicher leicht verkleiden ließen. Die bescheidene Badeanstalt unten am Strand wollte sie in ein Ebenbild der römischen Bäder umwandeln. Selbstverständlich würden die Versammlungsräume neben dem Angel Inn überhaupt nicht zu dieser neuen Sommerfrische passen. Ein neues, prächtigeres Gebäude im klassischen Stil oben auf dem Hügel war also unabdingbar, natürlich ganz in der Nähe von Mrs. Grockletons eigenem Haus.

Und dann war da auch noch das Theater, das über einen schlichten Zuschauerraum mit Holzbänken für die einfachen Leute, ein paar Logen für den Adel und eine Empore mit den billigeren Plätzen verfügte. In der Saison von Juli bis Oktober wurden dort Shakespeare, eine von Mr. Sheridans Komödien und ein breites Repertoire von Lustspielen, Melodramen und Tragödien gegeben. Wenn die Stadt erst einmal in Mode kam, würde man ganz sicher auch das Theater renovieren müssen. Mrs. Grockleton bedauerte nur, dass es genau neben der Baptistenkirche stand, einem Gebäude, das ihrer Ansicht nach das Auge der besseren Gesellschaft beleidigte.

Doch der schlimmste Stein des Anstoßes befand sich ihrer Meinung nach unten am Strand. Die Salzgärten mit ihren schmutzigen kleinen Kaminen und den windbetriebenen Pumpen und der Kai, wo die Schiffe aus dem nördlichen Newcastle die Kohle – ausgerechnet Kohle! – abluden, um besagte Kamine zu beheizen. Man musste etwas dagegen unternehmen. Auch wenn die Tottons noch von den Salzgärten profitierten, würde sich die bessere Gesellschaft dort am Strand ergehen wollen. Die Salzgärten entsprachen nicht mehr der neuen Zeit.

Waren all diese Pläne nur ein Hirngespinst von Mrs. Grockleton? Nein, nicht ganz. Wie im Rom der letzten Tage dürstete es die englische Oberschicht nach Erfrischung und Zerstreuung. In Westengland hatte man dem alten römischen Seebad Bath zu einer neuen Blüte verholfen und rund um die Mineralquelle einen großzügig angelegten Ferienort errichtet. In jüngerer Zeit interessierte man sich am Hof von König George III. nicht nur für die heilsame Wirkung von Mineralwässern, sondern auch für die des Meeres selbst, in der Hoffnung, den König auf diese Weise von seinen Wahnanfällen zu heilen. Während der letzten Jahre war König George auf dem Weg zu dem kleinen Seebad Weymouth, etwa sechzig Kilometer weiter die Küste hinauf, häufig durch den New Forest gekommen. Er hatte bei den Drummonds und den Burrards Quartier genommen und die Insel Wight besucht.

»Warum fährt er den ganzen Weg nach Weymouth, obwohl Lymington viel näher und gewiss genauso erholsam ist?«, verkündete Mrs. Grockleton. Schließlich verbrachten viele angesehene Leute die Sommerfrische in Lymington. Wenn der König regelmäßig hier einkehrte, würde die bessere Gesellschaft ihm sicher folgen. »Und dann«, erklärte Mrs. Grockleton ihrem schweigenden Gatten, »wird uns dank der Akademie und meiner anderen Pläne niemand mehr die kalte Schulter zeigen können. Schließlich sind wir dann bereits vor Ort. Wir werden im Mittelpunkt stehen.« Fröhlich lächelte sie ihm zu. »Denn meinen letzten Einfall habe ich dir noch gar nicht verraten, Mr. Grockleton.«

»Und der wäre?«, fragte er besorgt.

»Wir geben einen Ball.«

»Einen Ball? Mit Tanz?«

»Ganz richtig. In den Versammlungsräumen. Verstehst du, Mr. Grockleton? Wegen unserer Mädchen an der Akademie und ihren Familien und Freunden werden alle erscheinen.« Sie erwähnte es zwar nicht, aber sie hatte insgeheim auch schon die Burrards mitgezählt.

»Vielleicht kommt auch gar niemand«, entgegnete Mr. Grockleton mit einem weisen Nicken.

»Ach, Unsinn, Mr. Grockleton«, meinte Mrs. Grockleton, diesmal ein wenig heftiger.

Mr. Grockleton hatte allen Anlass zu dieser Befürchtung, denn er wusste etwas, was seine Frau noch nicht ahnte und was er ihr leider nicht verraten durfte.

Man hätte meinen können, dass das Zeitalter der Wunder im georgianischen England vorbei war. Doch in dem Augenblick, als Mrs. Grockleton ihrem Mann seinen mangelnden Glauben an Lymingtons Zukunft vorwarf – also gegen elf Uhr an einem Frühlingsmorgen –, geschah einige Kilometer entfernt in Beaulieu genau ein solches. Es trug sich an einer geschäftigen Stelle am Fluss von Beaulieu zu, die Buckler's Hard hieß.

Denn hier war mitten im hellen Tageslicht ein Mann plötzlich unsichtbar geworden.

Buckler's Hard – ein *Hard* war damals eine steile Uferstraße, über die man Boote an Land ziehen konnte – lag in einer malerischen Umgebung. Der Fluss beschrieb hier eine Kurve nach Westen. Die Uferbänke, mancherorts fast zweihundert Meter breit, fielen sanft zum Wasser hin ab. Etwa drei Kilometer stromabwärts stand die alte Abtei, etwa in gleicher Entfernung stromaufwärts begannen die Wasser des Solent. Es war ein friedlicher, vor der Meeresbrise geschützter Ort. Vor langer Zeit, als hier noch die Mönche lebten, wäre ein erboster Prior mit klauenähnlichen Händen an der Flussbiegung fast mit einigen Fischern aneinander geraten. Doch seitdem war die Ruhe in dieser verschwiegenen Bucht und den mit Schilf bewachsenen Marschen am anderen Ufer nur noch selten von Geschrei gestört worden. Die Abtei gab es nicht mehr, die Mönche waren fort. Die Armada, der Bürgerkrieg, Cromwell und Karl II., sie alle waren mehr oder weniger spurlos an diesem stillen Ort vorbeigegangen. Niemand hatte sich um Buckler's Hard gekümmert. Bis vor siebzig Jahren.

Der Grund war Zucker.

Von allen Einkommensquellen, mit denen man im achtzehnten Jahrhundert gewaltigen Wohlstand anhäufen konnte, war Zucker wohl die ertragreichste. Die Zuckerhändler verfügten über eine mächtige Lobby im Parlament. Der reichste Mann Englands, der westlich von Sarum ein prächtiges Landgut erworben hatte, war Erbe eines Zuckerimperiums. Und die Morants, denen nun Brockenhurst und andere Güter im New Forest gehörten, bildeten ebenfalls eine Zuckerdynastie.

Das Land der alten Abtei von Beaulieu war durch Heirat von den Wriothesleys an die Familie Montagu und somit an den Herzog von Montagu übergegangen. Wie viele mächtige englische Aristokraten des achtzehnten Jahrhunderts war er Unternehmer. Zwar interessierte er sich nur wenig für die Ruinen der alten Abtei, aber er wusste, dass sich der Fluss von Beaulieu ausgezeichnet für die Schifffahrt eignete. Außerdem besaß er noch die alten Flussrechte der Abtei. »Wenn die Krone mir einen Freibrief gewährt, in Westindien eine Siedlung zu gründen«, überlegte er, »kann ich dort nicht nur eine Zuckerplantage eröffnen, sondern den Zucker auch zu meinem eigenen Hafen in Beaulieu bringen.«

Das Flussufer war zwar zum Großteil schlammig, bestand aber in der geschützten Biegung aus Kies, der sich ausgezeichnet als Baugrund eignete. Bald war ein Plan für ein kleines, aber hübsches Hafenstädtchen erstellt. »Wir nennen es Montagu Town«, verkündete der Herzog.

Doch leider kam alles ganz anders. Eine Privatflotte wurde, beladen mit Siedlern, Vieh und sogar mit Fertighäusern, nach Westindien entsandt, was den Herzog zehntausend Pfund kostete. Die Siedlung wurde errichtet, aber die Franzosen jagten die Engländer davon, und der Herzog musste seine hochfliegenden Träume begraben. In Montagu Town war das Ufer bereits gerodet und eingeebnet worden, und man hatte schon eine kleine Straße zum Fluss gebaut. Dann wurden die Arbeiten eingestellt. Für die nächsten zwanzig Jahre kehrte wieder Ruhe ein.

Allerdings war das Gelände nun erschlossen, und kurz vor der Mitte des Jahrhunderts fand man mit Unterstützung des Herzogs einen Weg, sich diesen Umstand zu Nutze zu machen.

Da das britische Empire wuchs, drohten immer wieder kriegerische Auseinandersetzungen mit rivalisierenden Mächten wie Frankreich und Spanien. Und bei jedem anstehenden Konflikt brauchte man neue Schiffe. Hier im New Forest stand ausreichend Holz für Kriegsschiffe zur Verfügung. Für Handelsschiffe verwendete man Eichen von den Privatgütern der Umgebung. Eine Eisengießerei, die man in der alten Klosterfischerei in Sowley Pond eingerichtet hatte, lieferte die nötigen Metallteile. Und so wurde in Buckler's Hard eine Schiffswerft eröffnet.

Sie war zwar nicht sehr groß, musste aber nie über Auftragsmangel klagen. Nach Handelsschiffen bestand eine rege Nachfrage, Kriegsschiffe wurden nach Bedarf gebaut, wenn irgendwo wieder Unruhen ausbrachen – wie zum Beispiel der amerikanische Unabhängigkeitskrieg. Und nun, in den Jahren nach der Französischen Revolution, die eine Gefährdung für jede europäische Monarchie darstellte, führte Großbritannien erneut Krieg gegen Frankreich.

Am Fluss, in einem schrägen Winkel zum Ufer angelegt, befanden sich die fünf Hellinge, wo die Schiffe gebaut wurden. Überall an der Straße und an einigen Sammelplätzen sah man riesige Holzstapel. Die Arbeiter wohnten zum Großteil zwei bis drei Kilometer entfernt, entweder im Dorf Beaulieu oder am westlichen Rand von Montagus Gut in einer neu gegründeten Siedlung namens Beaulieu Rails. In Buckler's Hard selbst standen das Haus des Schiffsbaumeisters, eine Schmiede, ein Laden, zwei kleine Gasthöfe, eine Schusterei und die Katen der Vorarbeiter.

An diesem sonnigen Frühlingsmorgen hatte man früh mit der Arbeit begonnen. Aus der Esse des Schmieds schlängelte sich fröhlich ein Rauchfaden. Mr. Henry Adams, Schiffsbaumeister und der Inhaber der Werft, der trotz seiner achtzig Jahre auch weiterhin überall nach dem Rechten sah, verließ gerade sein Haus. Seine beiden Söhne begleiteten ihn. Am Ufer wurde emsig gesägt und gehämmert. Männer schleppten Holzbohlen; vor dem Gasthof Ship Inn stand ein Wagen.

Doch niemand bemerkte Puckle, als dieser aus Beaulieu Rails mit gehöriger Verspätung zum Dienst erschien und die Straße entlangschritt. Die Männer an der Säge blickten zwar kurz hoch, nahmen ihn aber nicht wahr. Auch den Frauen am Dorfbrunnen fiel er nicht auf. Der Schuster, die Wirte, die Holzträger, die Schiffsbauer, ja sogar der alte Mr. Adams mit seinen Adleraugen und seine beiden aufgeweckten Söhne – keiner dieser braven Leute sah Puckle, als er an ihnen vorbeimarschierte. Er war absolut unsichtbar.

Das Wunder wurde noch dadurch vergrößert, dass alle auf der Werft geschworen hätten, er wäre den ganzen Vormittag da gewesen, als er auf das Schiff kletterte, das sich gerade am Ufer im Bau befand.

»Diese hier ist die beste«, lobte Reverend William Gilpin. Mit einem erfreuten Lächeln steckte Fanny Albion ihre Zeichnungen zurück ins Skizzenbuch. Sie war derselben Ansicht.

Sie saßen am Fenster der Bibliothek im Pfarrhaus – einem großen georgianischen Gebäude, vor dessen Tür eine hohe Buche wuchs.

Der Vikar von Boldre war ein stattlicher alter Herr. Vielleicht ein wenig korpulent, aber breitschultrig. Er und die Erbin von Haus Albion waren einander sehr zugetan. Der würdige Kirchenmann war ein Mensch, den man einfach gern haben musste. Und er fand, dass Fanny, die er selbst getauft hatte, eine sehr reizende junge Dame war – immer gütig und rücksichtsvoll und außerdem lebensfroh, klug und künstlerisch recht begabt. Er genoss ihre Gesellschaft. Ihr helles Haar hatte einen leicht rötlichen Schimmer, ihre Augen waren von einem strahlenden Blau, und sie hatte eine reine Haut. Wäre er dreißig Jahre jünger und nicht glücklich verheiratet gewesen, hätte er – wie er sich selbst offen eingestand – Fanny Albion wohl einen Heiratsantrag gemacht.

Bei ihrer Zeichnung handelte es sich um eine Ansicht des New Forest, ein Blick von der Heide von Beaulieu an Oakley vorbei über ein vom Dunst verschleiertes Meer zur entfernten Insel Wight. Eine Arbeit, die Talent bewies. Den Erdboden – in Wirklichkeit nur leicht gewellt – hatte Fanny klugerweise erhöht und eine einsame Eiche hinzugefügt. Und sie hatte Recht gehabt, den kleinen Ziegelofen in der Nähe wegzulassen. Heide und Wald wirkten wohl geordnet und dennoch sehr natürlich, die See hatte etwas Geheimnisvolles an sich, das dem Auge schmeichelte. Die Zeichnung war – und das war das höchste Lob, das der Reverend zu vergeben hatte – ausgesprochen pittoresk.

Denn wenn es eine irdische Angelegenheit gab, an die Reverend William Gilpin glaubte, war es die Bedeutung des Pittoresken. Sein Traktat zu diesem Thema hatte ihn berühmt gemacht und stieß allerorten auf Bewunderung. Auf der Suche nach dem Pittoresken war er quer durch Europa gereist, hatte die Schweizer Berge, die Täler Italiens und die Flüsse Frankreichs besucht und dort gefunden, was er suchte. Auch in England gebe es, wie er seinen Lesern versicherte, pittoreske Landschaften, wobei besonders der Lake District im Norden hervorzuheben sei.

Die georgianische Ära war eine Zeit der Ordnung. Die großen Landhäuser der Adeligen im griechisch-römischen Stil zeugten vom Sieg des vernünftigen Menschen über die Natur. Man pochte auf guten Geschmack. Riesige Parks, angelegt von dem Gartengestalter Lancelot Capability Brown, mit ausgedehnten Rasenflächen und sorgfältig platzierten Wäldern bewiesen, dass der Mensch – sofern er über ein hübsches Vermögen verfügte – der Natur durchaus ein wenig Anmut beibringen konnte. Doch als das Zeitalter der Aufklärung voranschritt, schwand die Bereitschaft der Menschen, sich ihrem strengen Diktat zu beugen. Und so hatte Browns Nachfolger, der geniale Repton, begonnen, die kahlen Parks mit Blumengärten und idyllischen Spazierwegen zu ergänzen. Allmählich betrachtete man die Natur nicht mehr als gefährliches Durcheinander, sondern als freundliche Schöpfung Gottes. Man ging außerhalb der Parks spazieren und begab sich auf die Suche nach dem Pittoresken, wie Gilpin es forderte.

Nach Ansicht des Reverend gab es eindeutige Kriterien, nach denen man es erkennen konnte. Alles war eine Frage des Stils. Das flache, kultivierte Avontal gefiel ihm nicht. Aus demselben Grund konnte er den geordneten Abhängen der Insel Wight ebenfalls nur wenig abgewinnen. Aus der Ferne betrachtet mochten ihre blau schimmernden Umrisse ja beeindruckend wirken, doch dieser Eindruck änderte sich schlagartig, wenn man mit dem Boot hinüberfuhr und sie sich aus der Nähe ansah. Baumlose Heiden, so wild sie auch waren, langweilten den Kirchenmann. Nur das Wechselspiel zwischen Wald, Heide, Berg und Tal war ein sicheres Zeichen, dass der liebe Gott bei der Erschaffung der Welt eine glückliche Hand gehabt hatte. Bei einem solchen Anblick lächelte Reverend William Gilpin seine Schülerin an und sagte mit tiefer, sonorer Stimme: »Das ist aber wirklich pittoresk, Fanny.«

Mit ihrer folgenden Bemerkung bereitete sie ihm eine noch größere Freude als mit ihrer Zeichnung. Denn sie blickte eine Weile nachdenklich aus dem Fenster und meinte dann: »Haben Sie jemals daran gedacht, dass wir neben Haus Albion eine Ruine bauen könnten?«

Wenn es etwas auf Erden gab, das Mr. Gilpin noch mehr liebte als Gottes freie Natur, dann waren das Ruinen.

England strotzte nur so von Ruinen. Zuerst einmal waren da natürlich die Schlösser. Doch die Trennung von Rom und die Gründung der anglikanischen Hochkirche, der auch Mr. Gilpin angehörte, hatten außerdem den Verfall zahlreicher Kirchen, Klöster und Abteien gefördert. Unweit des New Forest standen die Klöster Christchurch und Romsey; gegenüber von Southampton gab es ein kleines Zisterzienserkloster namens Netley, dessen Ruine am Wasser eindeutig pittoresk war. Und selbstverständlich durfte man die gewaltige Ruine der Abtei von Beaulieu nicht vergessen, auch wenn diese im Laufe von zwei Jahrhunderten um einige Steine ärmer geworden war.

Ruinen gehörten zur natürlichen Landschaft. Sie schienen aus dem Boden zu wachsen und waren geheimnisvolle und dennoch sichere Orte, wo es sich in Ruhe nachdenken ließ.

»Eine Ruine zu bauen, Fanny«, mahnte der Vikar seine Schülerin, »ist sehr teuer.« Man benötigte dazu große Mengen Stein, kunstfertige Maurer, die sie verarbeiteten, einen erfahrenen Altertumskenner, der sie entwarf, und zu guter Letzt einen Gartengestalter. Der Stein musste künstlich gealtert werden. Außerdem waren Zeit und Glück vonnöten, um Moose, Efeu und Flechten an den richtigen Stellen zum Wachsen zu bringen. »Lassen Sie lieber die Finger davon, Fanny«, warnte Gilpin, »falls Sie nicht dreißigtausend Pfund dafür ausgeben wollen.« Es war um einiges billiger, sich ein schönes neues Haus zu bauen. »Aber ich hätte einen Vorschlag, was Sie unternehmen könnten, wenn das Haus einmal Ihnen gehört«, fügte er fröhlich hinzu. Man durfte die Augen nicht vor der Tatsache verschließen, dass der alte Mr. Albion nun schon fast neunzig Jahre zählte, weshalb Fanny in gewiss nicht allzu ferner Zeit Herrin des Gutes sein würde.

»Und das wäre?«

»Sie könnten ein gotisches Haus daraus machen. Albion Castle. Die Lage«, fuhr er fort, »eignet sich vorzüglich.«

Das war wirklich ein hübscher Einfall. Bei einer Reise nach Bristol im vergangenen Jahr hatte Fanny ein entzückendes Beispiel dafür gesehen. Ein georgianisches Haus konnte man umbauen und hie und da ein paar Verzierungen hinzufügen. Am Dach ließen sich künstliche Zinnen anbringen, die Fenster konnte man mit lotrechtem gotischem Maßwerk versehen. Mit Hilfe von Stuck ließen sich Zimmerdecken in Fächergewölbe verwandeln.

»Das wäre möglich«, stimmte Fanny zu. »Ja, ich glaube, ich werde es tun.« Ihr Blick wurde nachdenklich. »Aber ich denke nicht«, fügte er zögernd hinzu, »dass ich mich allein an ein solches Unternehmen wagen würde. Ich bräuchte eine führende Hand.« Sie lächelte spitzbübisch. »Oder zumindest die Unterstützung eines Ehemannes. Finden Sie nicht?«

William Gilpin senkte sein ergrautes Haupt und verfluchte das Schicksal dafür, dass er schon so alt war. »Haben Sie jemand Bestimmten im Sinn, Fanny?«

Obwohl an Bewerbern sicher kein Mangel bestanden hätte, hatte Fanny sich wegen des hohen Alters und der Gebrechlichkeit ihres Vaters aus freien Stücken für ein zurückgezogenes Leben entschieden. Dabei war sie alles andere als schüchtern und ein sehr fröhliches Mädchen. Mit ihren neunzehn Jahren wusste sie genau, dass sie – obwohl nicht Erbin eines gewaltigen Vermögens – wegen ihres Reichtums überall willkommen sein würde. In jener Zeit trugen junge Männer und Frauen der tatsächlichen oder so genannten besseren Gesellschaft ihren Besitz wie ein Preisschild um den Hals. Jede Dame des Hauses kannte den genauen Wert ihrer Gäste. Vermutlich hatte es in der englischen Geschichte nie eine Epoche gegeben, in der man mehr aufs Geld achtete. Und zum Glück brauchte Fanny sich diesbezüglich keine Sorgen zu machen.

»Im Augenblick nicht«, erwiderte sie.

»Soweit ich weiß, wollten Sie doch bald Ihren Cousin Totton in Oxford besuchen.«

»Nächste Woche.« Edward Totton würde in Kürze sein Studium abschließen. Fanny und seine Schwester Louisa beabsichtigten, ein paar Tage bei ihm zu verbringen, und sie freute sich schon sehr auf diese Reise.

»Dann werden Sie gewiss einem armen Gelehrten mit einer Schwäche für die Gotik begegnen, der Sie mit seinem Wissen beeindruckt«, scherzte der Reverend. »Und nun muss ich in meine kleine Schule. Heute findet dort ein wichtiges Ereignis statt. Und da es auf Ihrem Weg liegt, können wir ja zusammen gehen.«

Unauffällig schlenderte Samuel Grockleton die High Street von Lymington entlang.

In Größe und Form hatte sich die Stadt seit dem Mittelalter kaum verändert. Doch inzwischen verfügten fast alle Häuser an dem breiten Abhang über georgianische Fassaden. Manche beherbergten Läden mit Bodenfenstern.

Als er am Angel Inn vorbeikam, begrüßte ihn der Wirt, Mr. Isaac Seagull, der in der Tür stand, mit einer Verbeugung und einem Lächeln. Grockleton blickte sich um. Auch die Wirtin des Nag's Head gegenüber war draußen und lächelte ihm zu.

»Guten Morgen, Mr. Grockleton.«

Grockleton bemerkte, dass das Wirtshausschild des Nag's Head mit einem leichten Knirschen in der Meeresbrise hin und her schwankte. War es Zufall, oder blieben die Leute auf der Straße wirklich stehen? Nur seine Schritte hallten auf dem Kopfsteinpflaster wider. Alle anderen Einwohner der Stadt hielten inne und starrten ihn an. Hundert Gesichter, wie bemalte Masken bei einer Prozession oder Vermummte im Karneval. Was mochte sich hinter ihrem höflichen Lächeln verbergen?

Sein schwarzer Gehrock, die gestärkte Halsbinde, die weiße

Kniehose, all das fühlte sich plötzlich an wie gehärteter Mörtel und hinderte Grockleton in seinen Bewegungen. Sein hoher, breitkrempiger Hut erschien ihm schwer wie Blei, als er ihn am Buchladen vor einer Dame lüpfte.

Ihm war klar, was die freundlichen Gesichter zu bedeuten hatten. Die ganze Stadt war bereits im Bilde.

In der vergangenen Nacht hatte wieder eine Schmuggelfahrt stattgefunden – und er, Grockleton, war der Zollinspektor.

Schon viele Jahrhunderte lang schafften die Wollschmuggler von Lymington illegal Wolle aus England heraus. Inzwischen jedoch ging es nicht mehr um die Ausfuhr, sondern um die Einfuhrzölle. Und genau da lag das Problem.

Das Geschäft hatte gewaltige Ausmaße angenommen. Immer mehr Waren wurden eingeführt: Seide, Spitze, Perlen, Baumwollstoffe, Weine, Obst, Tabak und Schnupftabak, Kaffee, Schokolade, Zucker und Gewürze – die Liste war ellenlang. Mittlerweile mussten fünfhundert verschiedene Handelsgüter versteuert werden. Und am meisten Zoll verlangte der Staat für die beiden Dinge, ohne die die Engländer nicht leben zu können glaubten und deren Verlust sicher dazu führen würde, dass ihre Insel in den Wogen versank: Tee und Brandy.

»Es ist dumm von den Leuten, auf die Zölle zu schimpfen«, beklagte Grockleton sich häufig bei seiner Frau. »Schließlich werden damit die Kriegsschiffe bezahlt, die unseren Handel schützen.«

»Ich halte das auch für unvernünftig«, stimmte Mrs. Grockleton zu.

Doch ganz gleich, wie man auch darüber denken mochte, Zollvermeidung war ein beliebter Zeitvertreib und das Schmuggeln weit verbreitet. Da es den Zollbeamten oblag, diesen Brauch zu unterbinden, erfreuten sie sich keiner großen Beliebtheit. Der oberste Steuereinnehmer der Region hatte seinen Sitz in Southampton. Grockleton, sein direkter Untergebener, war für Lymington zuständig. Ein weiterer, rangniederer Beamter versah seinen Dienst an der Küste in Christchurch.

Die Zollinspektoren verfügten über schnelle Segelkutter, mit denen sie die Schmuggelboote abfangen sollten. Alle sechs Kilometer patrouillierten berittene Offiziere die Küste. Am Hafen kontrollierten Wachen die ankommenden Schiffe. Eichspezialisten überprüften Fässer, alle Waren wurden gewogen und geprüft.

Zollinspektoren wie Grockleton waren fast immer Ortsfremde, damit sie sich niemandem in der Stadt verpflichtet fühlten. Häufig handelte es sich um Beamte, die zuvor bei einer anderen Behörde tätig gewesen waren. Das Salär war zwar bescheiden, doch man gestand dem Beamten einen ordentlichen Anteil an der beschlagnahmten Schmuggelware zu. Man hätte meinen können, dass dieser Umstand die Wachsamkeit förderte. Aber wie Grockleton wusste, hatte der Zollinspektor in Christchurch seine berittenen Männer angewiesen, ihre Erkundungsritte einzustellen und wegzusehen, falls sie dennoch etwas Verbotenes bemerken sollten.

Allerdings waren nicht alle Staatsdiener so zurückhaltend. Drüben auf der Insel Wight zollten alle Bewohner zähneknirschend dem äußerst pflichtbewussten Inspektor William Arnold Respekt. Trotz geringer Unterstützung durch die Regierung hatte er mit eigenen Mitteln einen schnellen Kutter gekauft, um auf den Gewässern zu patrouillieren, und das mit großem Erfolg. Hätten auch die anderen Küstenstädte derartige Schiffe besessen, für die Schmuggler wären schwere Zeiten angebrochen.

Doch es gab auch andere Wege, der Übeltäter habhaft zu werden. Und man musste Grockleton trotz seiner Fehler zugute halten, dass er ein fleißiger und mutiger Mann war. Wenn sein neuer Plan aufging, würde er bald der meistgehasste Mann der Grafschaft sein.

Er schlenderte weiter die Straße entlang zum Kai. Inzwischen hatten sich die Leute wieder in Bewegung gesetzt, aber sie beobachteten ihn immer noch. Er spürte förmlich die Blicke in seinem Rücken. Unten an der Straße stand das Zollhaus, wo er seinen Arbeitsplatz hatte.

Kurz bevor er es erreichte, bemerkte er den Franzosen. Wie die Leute zuvor verbeugte sich auch dieser und lächelte höflich. Allerdings aus einem anderen Grund. Er und seine Landsleute hielten sich als Gäste Seiner Majestät in Lymington auf, und aus diesem Grunde war es seine Pflicht, Zollbeamten mit Respekt zu begegnen.

Der Graf – denn der Mann war nicht nur Regimentskommandeur, sondern auch Aristokrat – war ein äußerst angenehmer Zeitgenosse, der bei Mrs. Grockleton in höchstem Ansehen stand, weil er sie behandelte als wäre sie eine Herzogin. Da einige seiner Verwandten im Verlauf der Französischen Revolution auf der Guillotine den Tod gefunden hatten, strahlte er – zumindest in Mrs. Grockletons Augen – eine romantische Tragik aus. Der Graf brannte darauf, so rasch wie möglich gemeinsam mit anderen Adeligen, den in Lymington stationierten Truppen und weiteren französischen Emigranten gegen die neue Revolutionsregierung in Frankreich in den Kampf zu ziehen.

»Bald, Monsieur le Comte«, pflegte Mrs. Grockleton dann zu seufzen. »Gewiss kommen wieder bessere Zeiten.« Dass England den Großteil des letzten Jahrhunderts mit dem royalistischen Frankreich Krieg geführt hatte, war ihr in Gegenwart des charmanten französischen Adeligen völlig entfallen.

Also war es nicht überraschend, dass der Zollinspektor beim Anblick des Franzosen in die Tasche griff und einen Brief herausholte. Ein Passant hörte die Worte, mit denen er dem Grafen das Schreiben überreichte: »Ein Brief von meiner Frau, Graf.« Dann ging Grockleton weiter zum Zollhaus.

Wenig später öffnete der Graf in der Abgeschiedenheit seines Zimmers den Brief und las ihn mit entsetzter Miene. »*Mon Dieu!*«, murmelte er. »Was soll ich jetzt tun?«

Von Reverend Gilpins Haustür aus verlief eine gerade Straße zwischen Hecken und kleinen Feldern hindurch und kreuzte im rechten Winkel einen anderen Weg. Im warmen Sonnenlicht schlenderte Gilpin, einen großen Hut auf dem Kopf und einen Spazierstock in der Hand, dahin. Fanny trug ein langes Kleid und einen Umhang. Die beiden Freunde genossen ihren Spaziergang. Heute war das bescheidene Gebäude ihr Ziel, das links vor der kleinen Kreuzung stand.

Gilpins Schule unterschied sich sehr von Mrs. Grockletons Akademie, war jedoch gewiss ebenso nützlich, zumal es vorher keine Schule in der Gemeinde von Boldre gegeben hatte. Und dieser bescheidene Hort der Gelehrsamkeit wirkte so idyllisch, dass man ihn beinahe pittoresk hätte nennen können.

Das Gebäude war nur knapp fünfzehn Meter lang und hatte die Form eines T. Der Mittelteil bestand aus einem einzigen, achteinhalb Meter langen Raum. Der Seitenflügel verfügte über zwei niedrige Geschosse, wo die Wohnung des Schulmeisters und ein Klassenzimmer für die Mädchen untergebracht waren. Die Schmalseite des Mittelteils, die zur Straße zeigte, besaß eine Fassade im griechisch-römischen Stil mit dreieckigen Ziergiebeln. Das reizende Bauwerk stand auf einem winzigen Grundstück an der Straße, die zum Fluss und zur Brücke von Boldre führte. Wenn man nach Osten ging, erreichte man den mittelalterlichen Viehpferch, aus dem schon vor langer Zeit der Weiler Pilley entstanden war.

»Wer hat Ihnen eigentlich das Land für die Schule verkauft?«, hatte Fanny den Reverend einmal gefragt. Sie kannte die Besitzer fast jedes Quadratmeters Boden in der Gegend, wusste aber nicht, wem dieses Grundstück gehörte.

»Ich habe es gestohlen«, erwiderte der Vikar vergnügt. »Vom New Forest abgezwackt. Später musste ich dafür eine kleine Strafe bezahlen.«

Dieser priesterliche Landraub verfolgte einen ganz einfachen Zweck, nämlich vierzig Jungen und Mädchen aus den Weilern, die zur Gemeinde Boldre gehörten, das Lesen, Schreiben und die Grundzüge des Rechnens beizubringen. Als Lesebuch diente die Bibel, deren Inhalt zweimal pro Woche abgefragt wurde. Jeden Sonntag zogen die Kinder ihre grünen Mäntel an, die die Schule ihnen zur Verfügung stellte, und gingen im Gänsemarsch zur Kirche von Boldre. Wie der Vikar wusste, bedeutete die kostenlose Kleidung einen großen Anreiz. Er kannte seine Schäfchen. Immer wieder fehlte ein Kind einen Tag in der Schule, weil es seinen Eltern auf dem Feld helfen musste. Und wenn ein Vater oder eine Mutter Zweifel daran äußerten, ob so viel Bildung für ein Mädchen sinnvoll sei, versicherte ihnen der Reverend: »Da Schreiben und Rechnen für Mädchen weniger wichtig sind, legen wir großen Wert auf praktische Dinge wie Stricken, Spinnen und Sticken.«

»Fällt es diesen Kindern denn schwer, Lesen und Schreiben zu lernen?«, fragte Fanny, als sie das Schultor erreicht hatten.

Gilpin warf ihr einen Seitenblick zu. »Weil sie nur einfache Bauernkinder sind, Fanny?« Er schüttelte den Kopf. »Gott hat den Menschen nicht mit gesellschaftlichen Nachteilen erschaffen. Und ich kann Ihnen versichern, dass ein kleiner Pride genauso schnell lernt wie Sie oder ich. Seiner Lernfähigkeit sind erst dann Grenzen gesetzt, wenn er – und ich muss sagen, ganz zu Recht – erkennt, dass ihn dieses Wissen im Leben nicht weiterbringt. Hoppla, junger Mann!«, rief er plötzlich aus, als ein etwa zehnjähriger Junge mit schwarzem Lockenschopf aus dem

Schulhaus stürmte und sich an ihnen vorbeidrängen wollte. »Was dieses Kind betrifft« – Gilpin hatte ihn geschickt eingefangen –, »könnte es bestimmt ein großartiger Altphilologe werden, Fanny, wenn es in andere Umstände hineingeboren worden wäre. Habe ich Recht, du Schlingel?«, fügte er liebevoll hinzu, während er den Jungen weiter fest hielt.

Der kleine Nathaniel Furzey war eine Entdeckung von Gilpin. Er stammte nicht aus Boldre, sondern aus Minstead, war aber so klug, dass der Vikar ihm unbedingt den Schulbesuch ermöglichen wollte. Da er vermutete, dass die Furzeys in Oakley mit denen in Minstead verwandt waren, hatte er angefragt, ob sie den Jungen während des Schuljahrs bei sich aufnehmen würden. Doch sie hatten sich geweigert. Die Prides hingegen – sie sprachen kaum noch ein Wort mit ihren Nachbarn, den Furzeys, obwohl seit Alice Lisles tragischem Ende schon einige Generationen vergangen waren – hatten nichts dagegen, das Kind aus Minstead zu betreuen. Andrew, ihr eigener Sohn, ging auch zur Schule. Und so sah Gilpin jeden Morgen, wenn er aus dem Fenster blickte, zu seiner Freude, wie Andrew Pride und der lockige Nathaniel Furzey die Straße hinunter zur Schule stiefelten.

»Aus deiner Flucht schließe ich, dass der Arzt bereits hier ist«, meinte der Vikar fröhlich zu seinem Gefangenen. Er wandte sich zu Fanny um. »Der Junge traut Ärzten nicht. Wie ich schon sagte, er ist nicht auf den Kopf gefallen.«

Der Arzt, vor dem Nathaniel Furzey Reißaus genommen hatte, war kein Geringerer als Dr. Smithson, ein angesehener Mediziner aus Lymington, den der Vikar auf eigene Kosten hatte rufen lassen. Nun stand er im Klassenzimmer, während die Kinder sich gehorsam in einer Reihe vor ihm aufgebaut hatten. Heute sollte eine Impfung stattfinden.

Erst vor acht Jahren war es zu einer kleinen, aber doch Besorgnis erregenden Pockenepidemie im New Forest gekommen. Seit kurzer Zeit impfte man erfolgreich mit kleinen Mengen des Pockenvirus. Und deshalb hatte Gilpin dafür gesorgt, dass seine Schüler eine Spritze bekamen.

Doch trotz Gilpins Anwesenheit und obwohl die anderen Kinder die Prozedur klaglos über sich ergehen ließen, wehrte sich der kleine Nathaniel mit Händen und Füßen. Er stand neben dem Vikar, der seine Hand hielt, und schüttelte immer wieder entschlossen den Kopf. »Sicher wird er sich sträuben«, murmelte Gilpin. »Ich weiß nicht, was ich tun soll.«

Fanny fiel eine Lösung ein. »Wenn ich mir eine Spritze geben lasse, Nathaniel«, sagte sie, »tust du es dann auch?« Nathaniel Furzey überlegte. Seine dunklen Augen blickten zwischen ihr und dem Arzt hin und her. »Ich zuerst«, bot sie ihm an. Er nickte langsam.

Fanny nahm den Umhang ab und hielt dem Arzt den nackten Arm hin, während die Kinder aufmerksam zusahen. Dann unterwarf sich auch der kleine Nathaniel der Quälerei.

»Sehr gut, Fanny«, meinte Gilpin leise. Und Fanny war unbeschreiblich stolz auf sich.

Als der Arzt nach der Impfung Gilpin dankte und dieser dann verkündete, er werde Fanny bis nach Boldre Church begleiten, wurde ihr erst richtig klar, wie beliebt sie sich gemacht hatte.

Von der Schule aus führten zwei Wege zur Kirche. Man konnte entweder zum Fluss hinuntergehen und dann wieder zur Kirche hinaufsteigen. Oder man nahm den Pfad, der durch den Weiler Pilley, entlang der Talkante und rund um den kleinen Hügel verlief. Sie entschieden sich für letzteren, und da dieser etwa anderthalb Kilometer lang war, blieb ihnen genug Zeit, um ein wenig zu plaudern.

Die Kirche kam schon in Sicht, als der Vikar beiläufig sagte: »Heute bei der Impfung habe ich bemerkt, dass Sie eine Silberkette um den Hals tragen, Fanny. Das ist mir schon öfter aufgefallen. Doch der Anhänger bleibt stets unter Ihrem Kleid verborgen. Ich frage mich, was es wohl sein mag.«

An Stelle einer Antwort zog sie das Schmuckstück hervor. »Es ist nicht sonderlich ansehnlich«, meinte sie, »deshalb verstecke ich es. Aber ich trage es hin und wieder gern.«

Neugierig betrachtete Gilpin den Anhänger.

Es war ein seltsames, kleines Ding, ein hölzernes Kruzifix, vom Alter geschwärzt. Als er genau hinsah, konnte er eine Inschrift erkennen, doch es war ihm unmöglich, sie zu entziffern. Jedenfalls handelte es sich um ein Holzkreuz. »Heute haben Sie etwas sehr Christliches getan«, sagte er beglückt. »Und ich freue mich, dass Sie ein schlichtes Holzkreuz tragen. Denn meiner Ansicht nach ist es mehr wert als jedes Schmuckstück aus Silber oder Gold.« Sie konnte nicht verhindern, dass dieses Lob sie erröten ließ. »Wollen Sie mir nicht erzählen, woher Sie es haben, Fanny?«

Obwohl sie erst sieben Jahre alt gewesen war, erinnerte sie sich noch gut daran. Ihre Mutter hatte sie danach zu einem Haus gebracht, das sich, soweit sie wusste, in Lymington befand. Offenbar war ihre Mutter wütend auf sie gewesen.

Drinnen saß eine Greisin am Feuer. Fanny erschien sie uralt, vermutlich über achtzig, und sie war dick in Decken eingewickelt. Doch sie wirkte sehr nett und freundlich und hatte leuchtend blaue Augen.

»Bring das Kind schon her, Mary«, sagte sie in leicht ungeduldigem Ton zu Fannys Mutter. »Weißt du, wer ich bin, mein Kind?«, fragte sie dann.

»Nein.« Fanny hatte keine Ahnung. Sie bemerkte, dass die alte Frau ihrer Mutter einen Blick zuwarf und den Kopf schüttelte.

»Ich bin deine Großmutter, mein Kind.«

»Meine Großmutter.« Aufregung ergriff sie. Bis jetzt war sie ganz ohne Großmutter aufgewachsen. Ihr Vater war bei seiner Hochzeit schon so alt gewesen, dass seine Mutter bei Fannys Geburt bereits nicht mehr lebte. Und bei ihrer Mutter hatte sie stets ähnliche Verhältnisse vermutet. Sie drehte sich zu ihrer Mutter um. »Du hast mir nie erzählt, dass ich eine Großmutter habe«, meinte sie vorwurfsvoll.

»Nun, aber du hast eine!«, rief die alte Dame aus.

Danach hatten sie nett miteinander geplaudert. Ihre Großmutter hatte von der Vergangenheit, von ihren Eltern und von anderen längst verstorbenen Verwandten gesprochen. Ihre Namen hatte Fanny noch nie gehört, doch eine vage Erinnerung an Meeresbrisen, Schiffe und Abenteuer war ihr für immer im Gedächtnis geblieben. Ihr war, als hätte sie durch ein bislang verborgenes Fenster plötzlich eine völlig neue Welt gesehen. Doch diese blieb ihr auch weiterhin verschlossen, denn der Besuch bei der alten Dame wurde nicht wiederholt. In den vielen Jahren, die Fanny in Haus Albion mitten im Wald verbrachte, war die Erinnerung an diese Begegnung verblasst wie ein Kindheitstag am Meer.

Nur ein greifbares Detail war ihr von diesem Tag geblieben. Kurz bevor sie gegangen waren, hatte sich die Großmutter das kleine Holzkreuz vom Hals genommen und es ihr hingehalten. »Das ist für dich, mein Kind«, sagte sie. »Damit du immer an deine Großmutter denkst. Meine Mutter hat es mir gegeben, und es war schon seit vielen Jahrhunderten im Besitz ihrer Familie. Es heißt, es stammt noch aus der Zeit vor der spanischen Armada.« Sie nahm Fannys Hand. »Versprichst du mir, es auch zu behalten?«

»Ja, Großmutter«, erwiderte Fanny, »ich verspreche es.«

»Gut, und nun gib deiner alten Großmutter, die du heute zum ersten Mal gesehen hast, einen Kuss.«

»Ich komme bestimmt wieder. Da ich dich jetzt kenne, musst du uns unbedingt besuchen«, erwiderte Fanny freudig.

»Pass gut auf das Kreuz auf«, antwortete die alte Dame.

Zu Fannys Überraschung war ihre Mutter sehr wütend, als sie wieder draußen auf der Straße standen. »Wie kann man einem Kind so ein schmutziges altes Ding schenken!«, schimpfte sie und betrachtete angewidert das Kreuz. »Zuhause werfen wir es gleich fort.«

»Nein!«, widersprach Fanny leidenschaftlich. »Es gehört mir. Meine Großmutter hat es mir gegeben. Ich habe versprochen, es zu behalten. Ich habe es versprochen.«

Sie hatte das Kreuz versteckt, damit es ihr niemand wegnehmen konnte. Ein Jahr später war ihre Mutter gestorben. Wahrscheinlich war ihre Großmutter inzwischen auch längst tot. In Haus Albion wurde sie nie erwähnt. Aber Fanny hatte immer gut auf das Kreuz geachtet.

»Und wer war Ihre Großmutter?«, fragte Gilpin.

»Meine Mutter war, wie Sie wissen, eine Miss Totton«, erwiderte Fanny. »Also war es sicher die alte Mrs. Totton, Mr. Tottons zweite Frau. Seine erste, von der meine Cousins Totton abstammen, war eine geborene Burrard. Vermutlich gehörte sie zu einer der alteingesessenen Seefahrerfamilien Lymingtons.«

»Ganz gewiss«, stimmte Gilpin zu. »Vielleicht war sie eine Button.« Er nickte. »Wenn sie in Lymington geheiratet haben, steht es wahrscheinlich im Kirchenregister.«

»Aber ja. Daran habe ich noch gar nicht gedacht. Ganz bestimmt haben Sie Recht.« Fanny lächelte. »Hätten Sie irgendwann Zeit, mit mir nachzusehen?«

Der Abend dämmerte. Die beiden Männer kamen aus unterschiedlichen Richtungen. Kein Beobachter hätte vermuten können, dass sie ein Treffen vereinbart hatten.

Charles Louis Marie, Graf d'Hector, General, Aristokrat und den legendären drei Musketieren an Tapferkeit in nichts nachstehend, schlenderte so lässig über die High Street, als unternehme er nur einen Abendspaziergang. Währenddessen ging sein vertrauter Kamerad ebenso unauffällig eine Seitengasse entlang.

Charles Louis Marie war auch heute wieder der Inbegriff der Eleganz. Während die meisten Männer ihr Haar unbedeckt trugen, schmückten er und die übrigen Emigranten sich mit den kurzen, gepuderten Perücken, die am französischen Hofe üblich gewesen waren. Eine Seidenjacke und Kniehosen rundeten seine Aufmachung ab, als wolle er sagen: »Wir verabscheuen die Revolution in unserem Land nicht nur, sondern leugnen sogar, dass sie überhaupt stattgefunden hat.«

Es lebten etwa ein Dutzend Herren wie der Graf d'Hector in Lymington, manche auch mit ihren Familien. Die meisten hatten bei wohlhabenden Kaufleuten Unterkunft gefunden. Außerdem waren noch drei Einheiten Soldaten in Lymington stationiert. Vierhundert Mann waren in der kleinen Kaserne der Stadt untergebracht, weitere vierhundert Schützen bewohnten die Mälzerei in der New Street, und sechshundert Matrosen der königlich französischen Marine waren auf Bauernhöfen unweit von Buckland einquartiert. Die Anwesenheit dieser Männer stellte eine große Belastung für die Gemeinde dar, doch man duldete sie den galanten Offizieren zuliebe, die sie befehligten. Der Graf hatte erst am Vortag acht seiner Leute an einer Ecke der Church Street ordentlich auspeitschen lassen, um den Einwohnern von Lymington zu zeigen, dass er Disziplinlosigkeit nicht unwidersprochen duldete. Außerdem gaben sich die Offiziere größte Mühe, sich bei den Damen der Stadt und deren Ehegatten beliebt zu machen. Bis jetzt waren sie deshalb noch willkommene Gäste. Aber der Graf machte sich keine falschen Hoffnungen. Wenn ihm auch nur der kleinste Fehler unterlief, würde man ihm das Leben in Lymington gründlich vergällen.

Deshalb hatte ihn der Brief aufgeschreckt, den Grockleton ihm am Morgen zugesteckt hatte. Der Grund allerdings war nicht Mrs. Grockletons Einladung gewesen, er möge doch mit einigen anderen Offizieren nächste Woche zum Abendessen kommen. Nein, es lag an dem anderen Schreiben, das Mr. Grockleton ohne Wissen seiner Gattin in den Umschlag geschmuggelt hatte. Wenn der Franzose diese Nachricht richtig las, handelte es sich um eine Angelegenheit, die äußersten Takt erforderte. Und deshalb hatte der Graf als Vorsichtsmaßnahme einen Freund gebeten, bei der Unterredung an diesem Abend als Zeuge zu fungieren.

»Ich werde es keinem der anderen Offiziere verraten, *mon ami*«, hatte er erklärt. »Nur Ihnen, weil ich nicht nur Ihrem guten Rat, sondern auch Ihrer Verschwiegenheit vertraue.«

Als er an der Kirche von der High Street abbog, war es fast dunkel.

Von allen Erfindungen englischer Baumeister im letzten Jahrhundert gab es wohl keine hübschere als eine besondere Form der Einfriedung, die man hauptsächlich rund um Gärten antraf.

Man nannte sie eine Zickzackmauer, denn statt wie eine gewöhnliche Mauer in einer geraden Linie zu verlaufen, war sie gewellt und wies Vertiefungen auf, die an kleine Sofas erinnerten. Am weitesten war sie in den Grafschaften von East Anglia verbreitet, doch aus irgendeinem Grund – vielleicht hatte sich ein Baumeister aus East Anglia nach Lymington verirrt – gab es auch hier eine Reihe davon. In vielen Fällen waren diese Mauern so hoch, dass man nicht darüberblicken konnte. Die Vertiefungen waren groß genug, um mehreren Männern Platz zu bieten und sie vor neugierigen Blicken zu schützen. Und aus genau diesem Grund hatte Samuel Grockleton den französischen Grafen gebeten, sich bei Abenddämmerung in der Gasse hinter seinem Garten einzufinden, der von einer Zickzackmauer begrenzt wurde.

Grockleton wartete lautlos, bis jemand leise mit einer Münze auf die andere Seite der Mauer klopfte, wo er zwischen zwei Ziegelsteinen den Mörtel herausgekratzt hatte. Wenn man den Ziegel herauszog, entstand eine Lücke, durch die man sich unterhalten konnte. Er erwiderte das Klopfzeichen und fragte: »Sind Sie das, Graf?«

»Ja, *mon ami*. Ich bin hier, wie Sie mich gebeten haben.«

»Ist Ihnen jemand gefolgt?«

»Nein.«

»Wir müssen vorsichtig sein. Wussten Sie, dass mein Haus überwacht wird?«

»Das überrascht mich nicht. Angesichts Ihrer Stellung ist das nicht weiter erstaunlich.«

»Obwohl Sie so häufig bei uns speisen, darf ich nicht riskieren, dass man uns zwei miteinander sprechen sieht. Es könnte getratscht werden.«

»Daran zweifle ich nicht.«

»Ich bin beauftragt, Ihnen mitzuteilen, Graf, dass die Regierung Seiner Majestät Ihre Hilfe braucht.« Das stimmte nicht ganz. Niemand hatte Grockleton diese Anweisung gegeben. Da er über die Bestechlichkeit bei den Behörden Bescheid wusste, hatte er beschlossen, die Sache selbst in die Hand zu nehmen. Wenn er Erfolg hatte, würde man ihn belobigen.

»Mein lieber Freund, ich stehe Ihrer Regierung sehr zu Diensten.«

»Dann lassen Sie mich erläutern, Graf«, begann Grockleton, »was Sie für mich tun können.«

Nicht nur mit Brandy, sondern auch mit Gold und mit wichtigen Neuigkeiten wurde illegaler Handel betrieben. Insbesondere an der Südküste Englands war der Patriotismus nicht sehr stark ausgeprägt. Offiziere der britischen Marine zogen in die Schlacht, weil sie auf reiche Beute von den eroberten Schiffen hofften. Und ihre Männer kämpften, da sie entführt und auf hohe See verschleppt worden waren. Selbst ein so beliebter Befehlshaber wie Admiral Nelson wagte es nicht, seine Matrosen in einem englischen Hafen an Land zu lassen, denn er wusste genau, dass die meisten dann auf Nimmerwiedersehen verschwunden wären. Und die südenglischen Schmuggler waren nur zu bereit, wichtige Meldungen und Neuigkeiten an die Feinde des Landes zu verkaufen.

»Meine Chancen, mit Hilfe englischer Truppen Schmuggler abzufangen, stehen nicht gut«, erklärte Grockleton dem Franzosen.

Aber was war mit französischen Soldaten? Der Einfall – ein Geniestreich gewissermaßen – war Grockleton vor einer Woche gekommen. Die Franzosen hatten keine Freunde und Verwandten vor Ort und auch keine Verbindungen zu den Schmugglern. Außerdem langweilten sie sich und brauchten eine Aufgabe. Insgesamt waren sie mehr als tausend Mann. Und ihre Anwesenheit wurde von der britischen Regierung nur geduldet. Wenn der Zollinspektor mit ihrer Unterstützung dem Schmuggel einen Riegel vorschob, war ihnen der Dank der Regierung sicher. Auch würde ihm sein Anteil an der Schmuggelware zu einem bescheidenen Vermögen verhelfen.

Falls der Franzose ihm jedoch die Hilfe verweigerte, hatte Grockleton allen Grund, diese Weigerung London zu melden. Der König selbst würde es erfahren, und er würde gar nicht zufrieden sein.

Es war überflüssig, dies dem Franzosen eigens mitzuteilen. »Aber es wird absolut geheim bleiben müssen«, erwiderte er, nachdem Grockleton ihm seinen Plan erläutert hatte.

»Gewiss.«

»Ich werde es meinen Männern erst sagen, wenn es so weit ist. Außerdem müssen wir uns einen Vorwand ausdenken, um sie zusammenzurufen, eine Parade vielleicht, und dann...«

»Ganz richtig. Darf ich also auf Ihre Unterstützung hoffen?«

»Natürlich. Das versteht sich doch von selbst. Der Wunsch des englischen Königs ist mir Befehl.«

»Dann danke ich Ihnen, Sir«, meinte Grockleton und schob den Ziegelstein zurück an seinen Platz.

Eine Weile schlenderten der Graf und sein Kamerad schweigend die Straße entlang.

»Nun, *mon ami*«, sagte der Graf schließlich. »Haben Sie alles gehört?« Sein Begleiter nickte. »Es bringt uns«, fuhr der Graf fort, »in eine unangenehme Lage. Finden Sie, dass ich richtig reagiert habe?«

»Ja. Ihnen blieb nichts anderes übrig.«

»Gut, dass Sie meiner Meinung sind. Niemand darf ein Wort davon erfahren. Aber daran brauche ich Sie ja nicht zu erinnern.«

»Sie können mir vertrauen.«

»Gut. Dann trennen wir uns jetzt und kehren auf verschiedenen Wegen zurück.«

Ein Abend in Haus Albion. Wie so oft in ihrem jungen Leben saß Fanny im Salon mit zwei alten Leuten zusammen. Hin und wieder züngelte eine Flamme aus dem glühenden Scheitholz im Kamin auf. Die dunkle Eichentäfelung schimmerte sanft im Kerzenschein. Auch wenn Fanny ehrgeizige Pläne hegte, das Haus eines Tages in ein gotisches Schloss zu verwandeln, schien sich das gute, alte Wohnzimmer seit den Tagen von Königin Elisabeth bisher noch nicht verändert zu haben.

Manchmal las Fanny den alten Leuten vor, doch heute waren sie damit zufrieden, schweigend in ihren Sesseln zu sitzen und die Ruhe im Haus zu genießen, die nur gelegentlich vom Ticken der hohen Standuhr in der Vorhalle oder dem Knistern eines brennenden Holzscheites unterbrochen wurde. Endlich ergriff ihr Vater das Wort: »Ich begreife nicht, warum sie den weiten Weg nach Oxford fahren will.«

»Natürlich sollte sie es tun«, meinte Tante Adelaide.

Fanny hielt es für klüger, ein wenig zu warten, bevor sie sich einmischte.

»Wie lange wirst du fortbleiben, Fanny?« Angedeuteter Tadel und tapfer ertragener Abschiedsschmerz.

»Nur sechs Tage, Vater, einschließlich der An- und Abreise.«

»Ausgezeichnet«, meinte Tante Adelaide mit Nachdruck. »Wir werden dich vermissen, aber es ist richtig, dass du deinen Cousin besuchst.«

»Sie will wirklich nach Oxford, obwohl das doch so weit ist.« Das Gespräch drehte sich im Kreis. Ein Holzscheit zerfiel zu Asche.

Francis Albion war achtundachtzig Jahre alt. Es hieß, er sei nur so lange am Leben geblieben, um seine Tochter aufwachsen zu sehen. Außerdem sagten die Leute, er wolle sie vor seinem Tod noch unter die Haube bringen. Aber jede Erwähnung dieses Themas löste bei ihm nur Unbehagen aus.

Eigentlich hatte Francis Albion nicht mehr damit gerechnet, überhaupt noch Vater zu werden. Er war der jüngste Sohn von Peter und Betty Albion und hatte als Anwalt in London, als Makler in Paris und eine Weile sogar als Kaufmann in Amerika gelebt. Sein Einkommen hatte ihm stets ein standesgemäßes Leben ermöglicht, allerdings reichte es nicht, um eine Familie zu gründen. Als er im Alter von vierzig Jahren nach dem Tod seines ältesten Bruders das Gut Albion geerbt hatte, war er ein eingefleischter Junggeselle gewesen, der eigentlich keine Lust verspürte, sich häuslich niederzulassen. Zwanzig Jahre lang hatte seine Schwester Adelaide allein das Gut geleitet, bis Francis endlich zurückgekehrt war, um im New Forest seine Familienpflichten zu erfüllen.

Diese waren nicht sehr anstrengend, und er sorgte dafür, dass sie auch etwas abwarfen. Bald war er Förster eines *walks*, wie die kleinen Unterabteilungen des New Forest nun hießen. Selbst gemessen an der großzügigen Sichtweise des achtzehnten Jahrhunderts wurde der New Forest sehr nachlässig verwaltet. Vor einigen Jahren hatte die Krone wieder einmal einen Versuch unternommen, Ordnung in die Angelegenheit zu bringen, und eine königliche Kommission eingesetzt. Deren Mitglieder stellten fest, dass der Waldhüter seit achtzehn Jahren keine Bücher mehr führte. Einer der Kommissionäre merkte missbilligend an, er habe bei der Inspektion der Einfriedung in Mr. Albions Bezirk, wo eigentlich die Eichen des Königs hätten wachsen sollen, nicht einen einzigen Baum angetroffen, dafür aber ein großes Kaninchengehege.

Francis Albion versicherte den Herren aus London, er werde etwas dagegen unternehmen, aber zu seiner Schwester sagte er: »Ich habe im letzten Jahr tausend Kaninchen dort gehalten, und im nächsten werden es doppelt so viele.«

Was also hatte Mr. Albion im Alter von fünfundsechzig Jahren dazu getrieben, Miss Totton aus Lymington zu heiraten, die dreißig Jahre jünger war als er?

Einige sagten, es sei Liebe. Andere tuschelten, seine Schwester Adelaide sei an einer schweren Erkältung erkrankt, worauf Albion klar geworden wäre, dass sie möglicherweise nicht ewig für ihn sorgen würde. Doch ganz gleich aus welchen Gründen, Mr. Albion jedenfalls machte Miss Totton einen Heiratsantrag, diese nahm an und zog zu ihm ins Haus Albion.

Dass Miss Totton so lange ledig geblieben war, hatte viele verwundert. Sie war hübsch, gut beleumundet und nicht arm. Vielleicht war sie ja in ihrer Jugend von der Liebe enttäuscht worden. Doch mit fünfunddreißig Jahren gelangte sie offenbar zu dem Schluss, dass es Zeit zum Heiraten sei – auch auf die Gefahr hin, dass sie gebraucht würde. Ihr Halbbruder, das Oberhaupt der Familie, war froh über die verwandtschaftliche Verbindung zu den Albions. Und auf der anderen Seite freute sich auch Adelaide über die Hochzeit ihres Bruders. Sie bewohnte einen eigenen Flügel des Hauses, und die beiden Frauen kamen gut miteinander aus.

Die Ehe war mehr oder weniger glücklich geworden. Francis Albions Lebensgeister schienen nach der Hochzeit neu zu erwachen, und er wirkte plötzlich um Jahre jünger. Dennoch erschrak er ziemlich, als er im Alter von achtundsechzig Jahren von seiner Frau erfuhr, dass sie ein Kind erwartete.

»So etwas kann passieren, Francis«, sagte sie ihm lächelnd. Sie nannten das kleine Mädchen Frances nach ihrem Vater, doch wie es damals modern war, wurde sie Fanny gerufen.

Da sich kein weiterer Nachwuchs einstellte, war Fanny die Alleinerbin. Der alte Mr. Albion genoss seine Vaterschaft, für die man ihm wegen seines vorgerückten Alters Bewunderung zollte. Und auch Fannys Mutter war glücklich. Sie hatte ein Kind, das sie lieben konnte. Und die Mutter der zukünftigen Besitzerin von Haus Albion zu sein, gefiel ihr viel besser als die Rolle der Ehefrau und Pflegerin eines alten Herrn. Adelaide war ebenfalls zufrieden, denn sie hatte nun eine kleine Nichte zum Verwöhnen. Und Mr. Totton aus Lymington war stolz darauf, dass seine Kinder nun eine gleichaltrige Cousine ersten Grades besaßen, die Erbin eines großen Gutes war.

Als Fanny zehn Jahre alt war, starb ihre Mutter. Die Familie trauerte über diesen Verlust und machte sich Sorgen um die Zukunft des Kindes.

»Was sollen wir jetzt tun?«, hatte Francis Albion fassungslos seine Schwester gefragt.

»Uralt werden«, lautete die nüchterne Antwort.

Und das war denn beiden auch gelungen. Fanny war nicht zur Waise geworden. Auch wenn Francis und Adelaide dem Alter nach ihre Großeltern hätten sein können, hatte sie eine glücklich Kindheit. Ihr Vater wurde im Alter ein wenig ängstlich und neigte zum Jammern, aber Edward und Louisa Totton glichen diese Mängel aus, sodass Fanny vor Lebenskraft nur so strotzte. Tante Adelaide mochte zwar immer öfter dieselben Geschichten wiederholen, doch ihren scharfen Verstand wusste Fanny zu schätzen.

Und dann war da noch Mrs. Pride.

Die Haushälterin war eine stattliche Erscheinung, hoch gewachsen und mit elegant zurückgekämmtem grauem Haar. Man sah ihr auf den ersten Blick an, dass sie eine ausgezeichnete Figur hatte. Wahrscheinlich hatte sie nie geheiratet, weil sie es vorzog, einen Herrensitz zu leiten, anstatt sich als Ehefrau eines Kleinbauern oder Kaufmanns in Lymington abzuplagen.

Mrs. Pride ließ es nie an Respekt mangeln. Wenn die Bettlaken ausgetauscht werden mussten, bat sie Adelaide um Erlaubnis. Wenn der Frühjahrsputz nahte, fragte sie, welcher Tag ihrer Arbeitgeberin denn passen würde. Wenn ein Kamin zu zerbröckeln drohte, erkundigte sie sich höflich bei Francis, ob sie die Reparatur veranlassen solle. Sie kannte jede Nische, jeden Winkel und jeden Balken im Haus und behielt stets den Überblick über die Ausgaben. In Wahrheit war Mrs. Pride die Herrin von Haus Albion. Die Albions wohnten lediglich dort.

Für Fanny wurde sie zur Ersatzmutter, ohne dass das kleine Mädchen es zunächst bemerkte. Mrs. Pride nahm Fanny auf Spaziergänge mit, und wenn sie eine Rast einlegte, konnte das Kind an der Furt im Wasser spielen. Als sie in Lymington zufällig Zeichenmaterial entdeckte, nahm sie sich die Freiheit, die Sachen zu kaufen, damit Adelaide sie Fanny schenken konnte. Nach der Kirche erwähnte sie gegenüber dem Vikar Fannys künstlerische Begabung und merkte bescheiden an, man müsse für das Kind wohl bald Hauslehrer kommen lassen, um seine Schulbildung zu vervollständigen. Mr. Gilpin verstand den Wink sofort und nahm die Dinge in die Hand. Mrs. Pride wirkte so geschickt im Verborgenen, dass Fanny sie bis zu ihrem fünfzehnten Lebensjahr nur als freundliche, liebevolle Frau wahrnahm, die sich um Kleidung und Essen kümmerte und die sich, wenn sie abends bei einer Kanne Tee und köstlichem Brandykuchen im Wohnzimmer saß, stets über ein bisschen Gesellschaft freute.

Jetzt warf Fanny ihrem Vater einen ärgerlichen Blick zu, doch der hatte nach seiner letzten Bemerkung die Augen geschlossen. Angesichts des Lebens, das er geführt hatte, wunderte sie sich über seine Ängstlichkeit. Manchmal erzählte er von seinen Reisen, schilderte den prächtigen Hof von Ludwig XV., den geschäftigen Hafen von Boston oder die Plantagen in Carolina. Zu jeder gewonnenen Seeschlacht der Briten, zu jeder bewaffneten Auseinandersetzung in Indien hatte er eine Anekdote auf Lager. Und nun machte er sich schon Sorgen, wenn sie einmal ihren Cousin in Oxford besuchen wollte.

»Vielleicht«, brach Tante Adelaide das Schweigen, »lernst du in Oxford ja einen hübschen jungen Mann kennen.«

»Vielleicht.« Fanny lachte. »Mr. Gilpin hat mir heute geraten, mich in einen armen Gelehrten zu verlieben.«

»Ich glaube nicht, dass sich das für eine Miss Albion schicken würde, Fanny.«

»Nein, Tante Adelaide, du hast vollkommen Recht.«

Fanny schmunzelte. Sie fand das aristokratische Gesicht ihrer alten Tante wunderschön und hoffte, eines Tages auszusehen wie sie. Ihrer Ansicht nach hatte Tante Adelaide kein sehr glückliches Leben geführt, aber sie klagte nie. Auch wenn Mrs. Pride sich um die praktischen Belange kümmerte, so war Tante Adelaide doch der Schutzengel dieses Hauses.

Wenn ihr Vater an Abenden wie heute eindöste oder sich in sein Zimmer zurückzog, saßen Fanny und Adelaide ruhig beisammen. Dann begann Adelaide meist zu erzählen. Und das tat sie auch jetzt.

Fanny lächelte. Obwohl die Geschichten stets die gleichen waren, hörte sie diese immer wieder gern. Wahrscheinlich lag es daran, dass die Berichte ihres Vaters – so spannend sie auch sein mochten – nur sein eigenes Leben behandelten, während Tante Adelaide von ihrer Mutter Betty, ihrer Großmutter Alice und der jahrhundertealten Geschichte des Gutes Albion erzählte. Und dies so lebendig, als habe es sich erst gestern ereignet.

»Meine Mutter wurde zur Zeit der Herrschaft von König Karl II. geboren«, erklärte Tante Adelaide, »also vor mehr als hundertdreißig Jahren. Und dennoch ist es, als wäre Betty Lisle immer noch lebendig. Ich habe vierzig Jahre lang mit ihr in diesem Haus gelebt. Den Sessel, auf dem du jetzt sitzt, hatte sie am liebsten.« Und dann erinnerte sie sich an die Rosen, die Betty im Garten gepflanzt hatte, oder an die Ziegelverkleidung, die ihr Urgroßvater angebracht hatte, oder sie erinnerte sich an die Geschichten, die man von ihrer Großmutter erzählte, jener in Rot und Schwarz gehüllten Lady Albion, die in einer Nacht wie dieser beschloss, das ganze Land zur Unterstützung der spanischen Armada aufzurufen. Nur eine Geschichte rührte Tante Adelaide stets zu Tränen, und zwar das tragische Ende ihrer Großmutter Alice Lisle.

Obwohl Tante Adelaide zwanzig Jahre nach diesen schrecklichen Ereignissen geboren war, kannte sie die Geschichte aus den Erzählungen ihrer Eltern oder der alten Tanta Tryphena. Durch ihre Augen und dank ihrer Erzählungen hatte sie die Verhaftung, den schändlichen Prozess und die Hinrichtung gesehen. Sie erschauderte immer noch, wenn sie an Moyles Court, das inzwischen nicht mehr der Familie gehörte, oder an der großen Halle in Winchester vorbeikam.

Vielleicht wäre die Erinnerung an Alice im Laufe der Jahre verblasst, wäre da nicht ihre Tochter Betty gewesen.

Im ersten Jahr nach der Hinrichtung ihrer Mutter hatte Betty sich nach Haus Albion zurückgezogen und dort wie eine Einsiedlerin gelebt. Auf Peters Briefe hatte sie nur ausweichend geantwortet, und als er sie aufsuchte, schickte sie ihn fort. Sie ertrug seine Anwesenheit einfach nicht mehr. Doch Peter blieb beharrlich, warb drei Jahre um sie, und als Betty sich ein wenig von ihrer Niedergeschlagenheit erholt hatte, heiratete sie ihn.

War ihre Ehe glücklich gewesen? Inzwischen zweifelte selbst Adelaide zuweilen daran. Einige ihrer Geschwister hatten nur das Kindesalter erreicht. Ihr ältester Bruder hatte geheiratet, war aber ohne Erben gestorben. Nur noch sie selbst und Francis waren übrig geblieben. Peter hatte sich häufig in London aufgehalten und Betty in Haus Albion allein gelassen. Als Adelaide zehn Jahre alt gewesen war, hatte sie gespürt, dass ihre Mutter häufig an Einsamkeit litt. Ein paar Jahre später war Peter mit noch nicht einmal sechzig Jahren in London verschieden, an Überarbeitung, wie es hieß. Erst kurz zuvor hatte er beschlossen, in Zukunft mehr Zeit auf dem Land zu verbringen.

Francis lebte damals in Oxfordshire im Hause eines Vikars, besuchte dort die Schule und studierte später Jurisprudenz. Mit der Zeit zog Betty sich immer mehr in ihr Haus zurück wie eine Muschel in ihre Schale. Hin und wieder besuchte sie Nachbarn oder kaufte in Lymington ein, aber das Haus wurde der Mittelpunkt ihres Lebens. Adelaide leistete ihr Gesellschaft, und als die Jahre vergingen, ergriffen die Schatten der Vergangenheit immer mehr Besitz von ihnen. Und der wichtigste von ihnen war Alice.

»Wenn ich mir vorstelle, dass ich in jener schrecklichen Nacht mit Peter hier war!«, rief Betty von Selbstvorwürfen gequält aus. Und es nützte nichts, sie darauf hinzuweisen, dass sie machtlos gewesen wäre. »Wir hätten überhaupt nicht nach Moyles Court fahren sollen.« Auch das stimmte möglicherweise, konnte das Geschehene aber nicht rückgängig machen. »Nur wegen Peter ist sie aus London abgereist.« Das war ebenfalls wahr – Tryphena hatte es ihr erklärt –, half jedoch niemandem mehr.

Adelaide war eine vernünftige und recht lebensfrohe junge Frau mit einem starken Willen. Doch das ständige Herumrühren in der Tragödie und die Trauer ihrer Mutter waren nicht folgenlos an ihr vorübergegangen.

Und zu allem Überfluss hatten diese schrecklichen Ereignisse einen Namen, dessen dunkler Schatten sich wie finstere Gewitterwolken über alles legte: Penruddock.

Inzwischen gab es im New Forest keine Penruddocks mehr. Die Familie in Hale war schon zu Anfang des Jahrhunderts fortgezogen. Die Penruddocks aus Compton Chamberlayne bewohnten zwar noch ihr Haus, das jedoch sechzig Kilometer entfernt in einer anderen Grafschaft lag. Also war Adelaide noch nie einem Penruddock persönlich begegnet. Aber sie wusste genau, was sie von dieser Familie zu halten hatte.

»Natürlich sind sie alle Royalisten«, pflegte Betty zu sagen. »Und außerdem hinterhältig. Wenn ich mir vorstelle, dass meine Mutter versucht hat, ihnen in der Not zu helfen. Und das war ihr Dank dafür.«

Die Albions hatten – ebenso wie die Prides – nie ganz verstanden, dass es eigentlich die Furzeys gewesen waren, die Alice aufs Schafott gebracht hatten. Doch für die Penruddocks hatten sie auf jeden Fall nur kalte Verachtung empfunden. Von einer Adelsfamilie war ein Verrat nicht hinzunehmen.

»Sich die ganze Nacht mit seinen dreckigen Soldaten um unser Haus herumzudrücken. Die Tür aufzubrechen. Zuzulassen, dass seine Männer Mutters Wäsche stehlen. Und sie dann im Nachthemd auf das Pferd eines Soldaten zu verfrachten. Es ist eine Schande, so mit einer alten Frau umzuspringen!«, rief Betty, Wut und Verachtung in den Augen, aus. »Pfui!«

Adelaide konnte sich Oberst Penruddock mit seinem düsteren Gesicht und seiner grausamen, rachsüchtigen Art bildlich vorstellen. »Diese Leute«, sagte Adelaide zu Fanny, »sind böse und gemein. Halt dich von ihnen fern.«

Diese Warnung wiederholte sie auch an jenem Abend, und Fanny versicherte ihr, sie werde jeden Kontakt tunlichst vermeiden.

In diesem Moment ertönte ein Geräusch, das die beiden Frauen erschrocken herumfahren ließ. Es war ein keuchendes, raues Husten, gefolgt von einem Röcheln. Der alte Francis Albion hatte es ausgestoßen. Offenbar rang er nach Atem. Fanny erbleichte, stand auf und eilte an seine Seite. »Sollen wir den Arzt rufen lassen?«, flüsterte sie. »Vater scheint…«

»Nein, das ist nicht nötig.« Adelaide blieb seelenruhig sitzen.

Inzwischen hatte Francis die Augen aufgeschlagen, doch er verdrehte sie derart, dass einem Angst und Bange werden konnte. Sein Gesicht war weiß wie ein Leintuch. Dann begann er wieder zu husten.

»Tante Adelaide!«, rief Fanny. »Er...«

»Nein, ihm fehlt gar nichts«, erwiderte ihre Tante missbilligend und wandte sich dann an den alten Hausherrn. »Hör auf, so zu tun, als würdest du gleich sterben, Francis.« Verärgert drehte sie sich wieder zu Fanny um. »Siehst du denn nicht, mein Kind, dass er versucht, deine Reise nach Oxford zu verhindern?«

»Tante Adelaide! Wie kannst du dem armen Papa so etwas unterstellen?« Francis Albion schnappte nach Luft, und seine Tochter erklärte, dass sie niemals die Reise antreten werde, wenn er sich nicht wohl fühle.

»Papperlapapp«, schimpfte Tante Adelaide. Aber das schreckliche Gekeuche ging weiter.

Isaac Seagull, der Wirt des Angel Inn, ließ sich die feuchte Meeresluft ins Gesicht wehen und blickte zum Penningtoner Marschland hinüber.

Er war ein hoch gewachsener, drahtiger Mann und so groß wie Grockleton, wenn er sich gerade hielt. Doch für gewöhnlich beugte er seinen rundlichen Kopf nach vorne. Wie bei seinen Vorfahren war auch sein Kinn nur schwach ausgeprägt. Sein immer noch schwarzes Haar trug er zu einem Zopf geflochten. Meist blickte er fröhlich drein, doch heute trug er eine ernste Miene zur Schau. Denn Isaac Seagull hatte Sorgen.

Der Schmuggel in der Umgebung des New Forest wurde im großen Ausmaß betrieben und war gut organisiert. Schiffe lieferten aus den verschiedensten Häfen die Waren an, hauptsächlich aus Dünkirchen, wo der Handel mit Holland abgewickelt wurde, aus Roscoff in der Bretagne und von den Kanalinseln Jersey und Guernsey. Die größten Schiffe hießen Lugger. Sie hatten nur wenig Tiefgang und viel Frachtraum. Normalerweise fuhren sie in bewaffneten Verbänden. Wenn die Lugger einem der wenigen Zollschiffe begegneten, drehten sie entweder bei und ruderten davon, oder sie flüchteten ins Wattenmeer, wohin ihre Feinde ihnen nicht folgen konnten. Manchmal benutzten die Schmuggler auch schnelle Klipper, die einfach nicht einzuholen waren.

Während der Überfahrt war der Kapitän für das Schiff oder den Verband zuständig. Nach dem Löschen wurden die Waren von einer großen Karawane abgeholt und verteilt. Und diese Arbeit wurde vom Schauermann überwacht.

Isaac Seagull war der für den New Forest verantwortliche Schauermann.

Hinter ihm jedoch stand ein Mensch, den kaum jemand zu Gesicht bekam. Er streckte das Geld vor, kaufte die Waren auf und heuerte die Schiffe an: der Unternehmer.

Niemand kannte seinen Namen. Und wer eine Vermutung hatte, behielt diese tunlichst für sich. Da der Gemeindeschreiber von Lymington die Bücher der Schmugglerbande führte, war er sicher im Bilde. Der örtliche Gutsverwalter, der die Beiträge der Bauern und Kaufleute einsammelte, die sich an dem Unternehmen beteiligen wollten, wusste sicher auch, wer er war. Und da der Schmuggel in großem Rahmen betrieben wurde, musste es sich um einen reichen Mann handeln, bestimmt um einen Adeligen.

Grockleton hatte Mr. Luttrell in Verdacht. Er besaß ein prächtiges Anwesen namens Eaglehurst, jenseits von Mr. Drummonds Gut Cadland, dort wo der Solent auf die Bucht von Southampton trifft. Mr. Luttrell hatte sich einen Turm gebaut, von dem aus er den ganzen Solent und die Insel Wight überblicken konnte. Dass einige der Brandylieferungen bei Luttrells Turm gelöscht wurden, stand außer Zweifel. Allerdings war dieses Treiben für ihn bestimmt nur ein Zubrot. War Luttrell wirklich die graue Eminenz hinter dem Schmuggel an der Küste des New Forest? Möglicherweise waren es sogar mehrere Adelige – oder alle gemeinsam.

Der Freihandel lief nach festen Regeln ab. Den höchsten Gewinn erzielte man mit Brandy, weshalb er mit Vorliebe geschmuggelt wurde, und zwar nach folgender Methode:

Ein Fass Brandy hatte in London einschließlich Steuern einen Einzelhandelspreis von etwa zweiunddreißig Schilling, also doppelt so viel wie in Frankreich. Wenn ein Freihändler ihn um dreißig Prozent billiger verkaufte, blieb ihm eine Differenz von ungefähr zwanzig Prozent. Außerdem hatte er die Gewissheit, dass er seine gesamten Bestände schnell und gegen Bares losschlagen konnte. Nach Abzug der Frachtkosten und weiterer Verbindlichkeiten ergab das einen Gewinn von zehn Prozent des Umsatzes.

Also machte sich bei einigen Schmuggelfahrten pro Jahr sein Kapitaleinsatz mehr als bezahlt.

Dank Isaac Seagull funktionierte die Verteilung ausgezeichnet. Noch nie war eine seiner Fuhren abgefangen worden.

Warum also zuckten seine Mundwinkel besorgt, als er nun über die Marschen blickte?

Der Unternehmer hatte für das kommende Jahr große Pläne – wirklich sehr große. Es durfte kein Fehler passieren, und Seagulls Aufgabe als Schauermann war es, Missgeschicke zu vermeiden.

Aber es drohten einige Gefahren. Wenn die Berichte stimmten, würden im nächsten Jahr einige Abteilungen Dragoner in die neue Kaserne in Christchurch einziehen, was unabsehbare Folgen haben konnte. Es war noch zu früh, um zu sagen, aus wie viel Mann diese Truppen bestehen würden. Doch es war ratsam, umfangreiche Lieferungen vor ihrem Eintreffen abzuwickeln.

Und dann war da noch Grockleton. Manche Zollbeamte waren bestechlich, Grockleton aber nicht. Isaac empfand eine gewisse Achtung vor diesem Mann, der sich dem Kampf stellen wollte.

Was war, wenn Grockleton einen Spion hatte, der für ihn arbeitete? Einen, der bei den Freihändlern aus und ein ging? Diese Möglichkeit musste ernsthaft erwogen und überprüft werden.

Nathaniel Furzey lebte bei den Prides in Oakley. Die Prides waren eine zufriedene, lebhafte Familie, und er hatte sich rasch mit Andrew angefreundet. Andrews Vater besaß eine kleine Kuhherde und war außerdem im Holzhandel tätig. Er veräußerte es dann weiter. Seine Ware hatte er am Rande des Dorfangers von Oakley gestapelt.

In den ersten Wochen bei den Prides hatte Nathaniel sich von seiner Schokoladenseite gezeigt. Doch bald war der Flegel in ihm wieder zum Vorschein gekommen, und seitdem heckte er ständig neue Streiche aus.

Denn der kleine Nathaniel Furzey mit seinem Lockenschopf langweilte sich rasch. Das Lernen in der Schule fiel ihm so leicht, dass er für gewöhnlich mit seinen Aufgaben schon fertig war, wenn die anderen Kinder gerade einmal die Hälfte erledigt hatten. Mr. Gilpin war daher sogar versucht gewesen, ihm ein wenig Latein beizubringen.

»Was soll ich Ihrer Ansicht nach tun?«, hatte er einen Glaubensbruder gefragt. »Der Junge ist nicht nur klug wie der kleine Andrew Pride, sondern überdurchschnittlich begabt, ein geborener Gelehrter, der sein Leben in Oxford oder in Cambridge verbringen könnte.« Er seufzte. »Wenn Sir Harry Burrard oder die Albions die Kosten übernehmen würden, könnte ich sie bitten, den Kleinen auf eine gute Schule zu schicken. Natürlich nur, falls die Eltern einverstanden wären. Aber ...«

»Damit würden Sie ihn von seiner Familie und seinen Freunden im New Forest trennen«, entgegnete sein Glaubensbruder. »Und falls er scheitert ...«

»Wäre er gestrandet wie ein Schiff auf einer Sandbank.«

»Das meine ich auch.«

»In Städten ist es weniger schwierig. Wenn er in Winchester oder in London leben würde ...«, überlegte Gilpin. »Aber vermutlich ist unser ganzes Land so. Bäume wachsen tief im Wald. Wunderschöne Bäume, die Tausende von Eicheln hervorbringen. Und nur aus einer von einer Million entsteht ein prächtiges Möbelstück. Natur ist Verschwendung.«

»Wahr, Gilpin. Allerdings auch Englands Reichtum. Wir haben genug davon.«

Also beließ der Vikar den kleinen Nathaniel in der Dorfschule und hoffte, dass er als Erwachsener ein ruhiges Leben im New Forest führen würde. Doch im Augenblick war der Junge schwerer zu hüten als ein Sack Flöhe.

Sein reger Verstand brütete ununterbrochen neue Streiche aus. Andrew machte zwar gerne mit, aber selbst er erstarrte angesichts der ausgeklügelten Gemeinheiten, die Nathaniel ausheckte, zuweilen vor Schrecken. Die letzten Opfer seines Freundes waren die Furzeys gewesen.

Obwohl Nathaniel auch den Namen Furzey trug, machte er sich bald die Einstellung der Prides gegenüber ihren Nachbarn zu Eigen. Selbst wenn man vergaß, dass sie damals Alice Lisle verraten und eine Tragödie verschuldet hatten, fanden die Prides, dass Caleb Furzey ein wenig an geistiger Trägheit litt. Überdies war er ausgesprochen abergläubisch. »Ich trage immer etwas Salz bei mir«, erklärte Furzey, »um es über meine Schulter zu werfen.« Nach Burley setzte er keinen Fuß »wegen der Hexen«. Überall sah er Unglücksboten. Wenn er eine einsame Elster erblickte, sprach er sie sofort an. Leitern wurden sorgfältig umrundet. Und beim Anblick einer schwarzen Katze ohne weiße Flecken – »Hexenkatze« – ergriff er sofort die Flucht.

Und nun hatte Nathaniel eine schwarze Katze gefunden. Sie war schon tot und auch nicht ganz schwarz, denn sie hatte ein paar weiße Haare am Kinn. Nachdem er einen Mann gefunden hatte, der sie für ihn ausstopfte, und den weißen Fleck mit Tinte übermalte, sah sie ziemlich echt aus. Dann machten sich Andrew Pride und er an die Arbeit.

Plötzlich stieß Caleb überall auf die schwarze Katze. Wenn er durch den Wald ging, stand er ihr auf einmal gegenüber. Und da er sich sofort vor Schrecken abwandte, bemerkte er die Schnur nicht, mit der sie wieder ins Gebüsch gezogen wurde. Also nahm er einen anderen Weg, wo die Jungen ihm erneut eine Falle stellten. Am nächsten Tag erschien die Katze an Calebs Fenster. Doch Nathaniel übertrieb es nicht. Tage vergingen, in denen Caleb sich sicher wähnte, und dann tauchte das Tier zu seinem Entsetzen wieder wie aus heiterem Himmel auf. Bald suchte ganz Oakley nach dem geheimnisvollen Tier. Schließlich schöpfte Andrews Vater Verdacht, verabreichte den beiden Jungen ein paar Kopfnüsse und verhalf der ausgestopften Katze zu einem diskreten, aber anständigen Begräbnis. Die Sache wurde mit keinem Wort mehr erwähnt. Die beiden Missetäter erfuhren nie, dass der Holzhändler und seine Frau Tränen gelacht hatten, als er ihr davon berichtete.

Nathaniel entdeckte in Oakley noch weitere spannende Dinge. Schon in Minstead hatte er hin und wieder die Packpferde der Freihändler gesehen. Und an der Küste unweit von Oakley war in dieser Hinsicht noch viel mehr geboten. Ihm fiel auf, dass Andrews Vater gelegentlich über Nacht wegblieb, bei Morgengrauen, sein Pony am Zügel, vergnügt zurückkehrte und wortlos einen Sack Tee auf den Küchentisch warf.

Eines Morgens kamen drei berittene Offiziere nach Oakley und machten sich daran, Prides Holzstoß am Dorfanger zu durchsuchen. Amüsiert sah Pride zu, wie sie alles auseinander nahmen. Es war eine schwere Arbeit, die den ganzen Vormittag in Anspruch nahm. Als Grockleton gegen Mittag erschien, musste er feststellen, dass sie nichts gefunden hatten.

»Ich will hoffen, dass Ihre Herren Offiziere das Holz so wieder aufstapeln, wie es zuvor geschichtet war, Mr. Grockleton«, meinte Pride.

»Das glaube ich nicht, Mr. Pride«, erwiderte Grockleton kühl, und damit blieb diese mühevolle Arbeit an Familie Pride hängen.

Eines Tages begegnete Nathaniel dem Zollinspektor Grockleton höchstpersönlich. Es war etwa zwei Wochen nach der Pockenimpfung. Nach der Schule waren er und Andrew Pride nicht wie sonst an Mr. Gilpins Haus vorbei zurück nach Oakley gegangen. Stattdessen nahmen sie den anderen Weg, der zur Kirche von Boldre führte.

Ihr Ziel war Haus Albion, wo Prides Tante als Haushälterin arbeitete. Andrew hatte Anweisung, der würdigen Dame nach der Schule einen Besuch abzustatten, und Nathaniel begleitete ihn gern. Schließlich wohnte hier die junge Dame, die ihn zu der Impfung überredet hatte. Außerdem war es ein großes Haus, ein Herrensitz. Noch nie hatte Nathaniel ein solches Gebäude betreten.

Gerade trabten sie die Straße zur Kirche entlang, als sie hinter sich ein Pferd hörten. Sie drehten sich um und sahen Grockleton näher kommen. Als er sie eingeholt hatte, beugte er sich freundlich zu ihnen herunter und fragte, wohin sie denn wollten.

Abgesehen von seinen klauenähnlichen Händen machte der Zollinspektor einen recht einnehmenden Eindruck – falls er nicht gerade auf der Jagd nach Schmuggelware war. Als er hörte, dass Haus Albion ihr Ziel war, holte er einen versiegelten Brief aus der Jackentasche und meinte lächelnd: »Wollt ihr beide euch zwei Pence verdienen?«

»Das würde jeder von uns gern«, erwiderte Nathaniel blitzschnell.

Grockleton zögerte kurz und kicherte. »Also gut. Das ist ein Brief von meiner Frau an den alten Mr. Albion. Könnt ihr den für mich abgeben?«

»O ja, Sir«, riefen die beiden Jungen im Chor.

»Damit erspart ihr mir einen Weg.« Er suchte das Geld heraus und sagte dabei beiläufig: »Aber jetzt müsst ihr euch sputen. Ihr wisst doch sicher, wie man einen Brief abgibt.«

»Für zwei Pence bin ich bereit, überall im New Forest Briefe abzugeben«, erwiderte Nathaniel im Brustton der Überzeugung.

»Gut. Hier habt ihr das Geld.«

Er reichte ihnen die Münzen und blickte ihnen nach. Doch er ritt nicht sofort weiter, so als ob ihm plötzlich ein Gedanke gekommen wäre. Eine ganze Minute rührte er sich nicht von der Stelle und starrte den Jungen hinterher. Als Nathaniel sich umdrehte, bemerkte er, dass Mr. Grockleton ihn gedankenversunken ansah.

Oxford! Endlich in Oxford. Da lag es vor ihnen. Seine Türme und Kuppeln erhoben sich aus dem leichten Morgennebel, der über den großen, grünen Wiesen hing. Sanft schlängelte sich der Fluss an den Colleges vorbei. Oxford am Fluss Isis, wie die Themse auf dieser Etappe ihrer langen Reise heißt. Fanny und Louisa gaben sich keine Mühe, ihre Aufregung zu verhehlen.

»Und wenn ich mir vorstelle, Fanny, meine liebste, beste Freundin!«, rief ihre Cousine Louisa aus, »dass wir beinahe gar nicht gefahren wären.«

Wie hübsch Louisa heute aussieht, dachte Fanny erfreut. Schon immer hatte sie Louisas dunkles Haar und ihre leuchtenden braunen Augen bewundert. Heute Morgen war ihre Cousine, die gleichzeitig ihre beste Freundin war, ganz besonders reizend anzuschauen.

Beinahe wäre die Reise wegen einer Erkrankung abgesagt worden. Daran war nicht etwa der alte Francis Albion schuld, den seine Schwester durch Strenge von der Schwelle des Todes zurückgeholt hatte und der sich nun wieder bester Gesundheit erfreute. Nein, Louisas Mutter, Mrs. Totton, die sie eigentlich hätte begleiten sollen, hatte sich durch einen Sturz eine so schmerzhafte Zerrung am Bein zugezogen, dass sie unmöglich reisen konnte. Nur Mr. Gilpins Hilfe war es zu verdanken, dass es doch geklappt hatte.

»Meine Frau findet, ich säße nun schon zu lange untätig in Boldre herum«, versicherte er den dankbaren Tottons, und zwar so nachdrücklich, als ob es wahr gewesen wäre. »Sie besteht darauf, dass ich die Mädchen begleite. Und da ich selbst in Oxford studiert habe, wäre es mir ein großes Vergnügen, die Stadt wieder zu sehen.«

Mit einem Vikar als Anstandsdame war für die Sittsamkeit der Mädchen ausreichend gesorgt. »Außerdem«, erinnerte Fanny Louisa, »ist es wirklich eine große Ehre für uns, in der Gesellschaft eines so angesehenen Mannes zu reisen.« Also hatte man sich froh gelaunt in der besten Kutsche der Albions auf den Weg gemacht. Von Winchester aus hatten sie die alte Straße genommen, die nach Norden ins sechzig Kilometer entfernte Oxford führte.

Am späten Vormittag nahmen sie im *Blue Boar*, dem besten Gasthof von Cornhill, Quartier. Die Mädchen teilten sich ein Zimmer. Mr. Gilpin bewohnte das zweite. Und pünktlich zur Mittagszeit erschien ihr Cousin Edward Totton.

Nachdem er seine Schwester und seine Cousine umarmt und seine Freude über Mr. Gilpins Anwesenheit ausgedrückt hatte, stellte er fest, wie sehr alle darauf brannten, die Stadt zu erkunden. Also schlug Edward zuerst einen Bummel vor.

Es war wirklich ein hübsches Städtchen, mit breiten kopfsteingepflasterten Straßen, winkeligen mittelalterlichen Gassen, alten gotischen Kirchen und prächtigen klassizistischen Fassaden. Seit mehr als fünfhundert Jahren wurde die Universität beständig größer. Auf den Straßen wimmelte es von Menschen: Geistliche, arme Gelehrte, reiche junge Männer mit gepudertem Haar, gestrenge Professoren im Talar und natürlich zahlreiche Besucher. Immer wieder kamen Edward und seine Gäste an beeindruckenden Torbögen und Pförtnerhäuschen vorbei, die aussahen wie der Eingang zu einem Palast. In winzigen Seitengassen entdeckten sie winzige, finstere Höfe, die wirkten, als hätte sie seit der Zeit der Mönche vor vierhundert Jahren niemand mehr betreten.

Edward und die Mädchen waren bester Laune und vergnügt. Fanny stellte bewundernd fest, wie zurückhaltend der Vikar sich betrug. Er war ein angenehmer, aber auch schweigsamer Gesellschafter. Hin und wieder – zum Beispiel vor der Bodleian Bibliothek oder vor Christopher Wrens vollendet gestaltetem Sheldionian Theater – trat er vor und wies mit ruhiger, dunkler Stimme auf die Besonderheiten des Gebäudes hin. Sie besuchten das Queen's College, dessen Absolvent Gilpin war, und er führte sie dort herum. Ansonsten jedoch blieb er lieber im Hintergrund und überließ es Edward, den Mädchen die Sehenswürdigkeiten zu zeigen. Und er verzog keine Miene, wenn Edward wieder einmal etwas verwechselte. Offenbar hatte der Geistliche genauso viel Spaß wie die jungen Leute, steckte mit einem begeisterten »Aha« den Kopf in jeden Winkel und stellte fest, dass sich in den letzten fünfzig Jahren hier nichts verändert hatte. Sie besichtigten das gewaltige Balliol College, das beeindruckende Christchurch College und das gemütliche Oriel College und erreichten gegen drei Uhr Merton College, wo Edward studierte.

»Angeblich ist es das älteste«, teilte er ihnen mit.

»Einspruch«, meinte Gilpin kichernd.

»Zumindest dem Bauwerk nach«, erwiderte Edward schmunzelnd. »Es wurde 1664 errichtet. Wir sind sehr stolz darauf. Der Direktor wird als *warden* bezeichnet.«

Das Merton College hatte wirklich eine hübsche Anlage, nicht groß und gewaltig, sondern eher heimelig und reizend altmodisch. Die Kapelle hingegen suchte ihresgleichen. An ihrem westlichen Ende befanden sich einige Denkmäler und Gedenksteine. Vor einem kunstvoll gestalteten Stein, der an den vor einigen Jahrzehnten verstorbenen Direktor Robert Wintle erinnerte, blieben sie stehen. »Ein hervorragender Gelehrter«, begann Gilpin, doch Edward unterbrach ihn mit einem Jubelruf. »Ach, da ist er ja! Ich habe ihm gesagt, wir könnten uns im Merton treffen.«

Zu ihrem großen Erstaunen sahen Mr. Gilpin und die beiden jungen Damen einen elegant gekleideten Mann näher kommen, der ein paar Jahre älter und ein wenig größer als Edward war. Der Fremde hatte ein bleiches, aristokratisches Gesicht und einen dichten, vom Wind zerzausten dunklen Haarschopf. Bei Edwards Anblick nickte er lächelnd und verbeugte sich dann höflich vor Gilpin und den Damen.

»Ich habe nichts verraten, weil ich nicht wusste, ob er kommt«, meinte Edward. »Er versetzt einen nämlich öfter. Das ist Mr. Martell«, fügte er hinzu.

Rasch waren alle einander vorgestellt. Mr. Martell verbeugte sich noch einmal feierlich vor Gilpin, Fanny und Louisa, doch es war schwer zu sagen, ob es sich nur um eine Geste oder um ehrliches Interesse handelte.

»Als ich nach Oxford kam, war Martell im Abschlussjahr«, erklärte Edward. »Er war sehr nett zu mir und hat sogar mit mir geredet.« Edward lachte auf. »Er redet nämlich nicht mit jedem.«

Fanny warf Martell einen Blick zu und erwartete, dass er dies abstreiten würde, was er jedoch tunlichst unterließ.

»Gehören Sie vielleicht zur Familie Martell aus Dorset?«, fragte Gilpin.

»Richtig, Sir«, erwiderte Martell. »Leider muss ich zugeben, dass mir der Name Gilpin nichts sagt.«

»Meine Familie besitzt Scaleby Castle in der Nähe von Carlisle«, entgegnete der Vikar spitz. Fanny hatte das gar nicht gewusst, und sie betrachtete ihren alten Freund mit neuem Interesse.

»Ach, wirklich, Sir? Dann kennen Sie gewiss Lord Laversdale.«

»Schon mein ganzes Leben. Seine Ländereien grenzen an die unserigen.« Nachdem diese Angelegenheit geklärt war, wies Gilpin auf Fanny und meinte beiläufig: »Sie haben doch sicher vom Gut der Albions im New Forest gehört.«

»Selbstverständlich, obwohl ich noch nie das Vergnügen hatte, es zu sehen«, erwiderte Mr. Martell und bedachte Fanny wieder mit einer leichten Verbeugung, die jetzt aber nicht mehr ganz so förmlich routiniert wie bei der Begrüßung wirkte.

»Gehen wir nach draußen«, schlug Edward Totton vor.

Sie waren hübsch anzusehen, wie sie in die idyllische Landschaft hinausschlenderten: die beiden Mädchen in ihren schlichten langen Kleidern, Mr. Gilpin mit dem Hut eines Geistlichen und die beiden Männer in Gehröcken, Kniehosen und gestreiften Seidenstrümpfen. Als sie das College verließen, plauderte Edward angeregt und erklärte, warum sein Freund sich in der Gegend aufhielt. Wie er erzählte, war er während seiner Studienzeit ein ausgezeichneter Sportler und offenbar auch ein begabter Gelehrter gewesen. Doch als sie das Merton Field erreichten, schien das Gespräch vorübergehend zu erlahmen. Denn weder Fanny noch Louisa wollten sich gegenüber dem Fremden in den Vordergrund drängen, und auch Mr. Martell wirkte ziemlich wortkarg. Also ergriff Mr. Gilpin die Initiative und ging neben Martell her, während die anderen in einigem Abstand folgten und zuhörten.

»Haben Sie sich bereits für einen Beruf entschieden, Mr. Martell?«, fragte der Reverend.

»Noch nicht, Sir.«

»Haben Sie denn schon Pläne?«

»Ich hatte welche. In Oxford habe ich mir überlegt, Geistlicher zu werden. Doch familiäre Verpflichtungen hindern mich daran.«

»Ein Mann kann ein großes Gut besitzen und dennoch der Kirche dienen«, widersprach Gilpin. »Mein Vater hat es getan.«

»Gewiss, Sir. Allerdings ist kurz nach meinem Studienabschluss in Oxford ein Verwandter meines Vaters gestorben und hat mir ein großes Gut in Kent hinterlassen. Dieses und die Güter in Dorset werden nach dem Tod meines Vaters mir gehören. Die beiden Besitzungen liegen weit auseinander. Und wenn ich nicht eine von ihnen aufgebe, was ich als Missbrauch des in mich gesetzten Vertrauens betrachten würde, wäre es meiner Ansicht nach unmöglich, gleichzeitig meinen Pflichten als Geistlicher gerecht zu werden. Natürlich könnte ich einen ständigen Kurator einstellen. Aber dann wäre es ziemlich sinnlos, überhaupt ein Kirchenamt zu übernehmen.«

»Ich verstehe«, erwiderte Mr. Gilpin.

»Ich spiele mit dem Gedanken«, fuhr Mr. Martell fort, »in die Politik zu gehen.«

»Er hätte gerne einen Sitz im Parlament«, sagte jetzt Edward. »Ich habe ihm gesagt, er soll sich an Harry Burrard wenden, denn er entscheidet über die Abgeordneten aus Lymington.« Er lachte auf. »Ich finde, Martell sollte uns vertreten, Mr. Gilpin. Was halten Sie davon?«

Die Antwort des Vikars von Boldre sollten die anderen nie erfahren, denn Fanny stieß plötzlich einen Schrei aus: »Oh, sehen Sie, Mr. Gilpin! Eine Ruine.«

Sie wies auf eine kleine Brücke über dem Fluss, die ein wenig links von ihnen lag. Man konnte sie zwar nicht unbedingt als Ruine bezeichnen, doch sie befand sich in einem recht heruntergekommenen Zustand und wirkte mit ihren vom Zerfall bedrohten Bögen ausgesprochen baufällig.

»Folly Bridge«, verkündete Mr. Gilpin, der offenbar erleichtert war, das Thema wechseln zu können. »Nun, Edward, wissen Sie, wann sie erbaut wurde? Nein? Mr. Martell? Ebenfalls nein. Nun, man datiert sie auf das späte elfte Jahrhundert, etwa um die Zeit, als König Wilhelm Rufus regierte. In diesem Fall wäre sie viel älter als die Universität.«

Nachdem diese Mitteilung mit gebührender Achtung entgegengenommen worden war, fand Fanny, dass es nun schicklich war, den Fremden anzusprechen. »Was halten Sie von Ruinen, Mr. Martell?«

Er drehte sich zu ihr um und sah sie an. »Ich bin mir nach der äußerst lehrreichen Lektüre von Mr. Gilpins Traktat« – er neigte kurz den Kopf in Richtung des Vikars – »der pittoresken Natur von Ruinen bewusst; ganz sicher sind antike Bauwerke sehr bewundernswert, und sie vermitteln uns viel Wissen. Allerdings muss ich zugeben, Miss Albion, dass ich die lebendige Kraft eines bewohnten Gebäudes der Dekadenz ihrer Überreste vorziehe.«

»Doch es gibt sogar Menschen, die Ruinen bauen«, wandte Fanny ein.

»Ein Freund von mir hat es getan. Aber ich finde es geschmacklos.«

»Oh.« Als sie an ihre eigenen Pläne dachte, errötete sie unwillkürlich. »Warum?«

»Ich würde nie so viel Geld für etwas derart Nutzloses ausgeben. Ich sehe darin keinen Sinn.«

»Aber, aber, Sir«, sprang Gilpin für Fanny in die Bresche. »Ihr Widerspruch hat eindeutig eine Schwäche: Sie könnten dasselbe über jedes Kunstwerk sagen. Ihnen zufolge dürfte man auch keine Ruinen malen.«

»In gewisser Hinsicht haben Sie Recht, Sir«, entgegnete Martell. »Trotzdem genügt mir Ihre Begründung nicht ganz. Meiner Ansicht nach ist es eine Frage des Aufwandes. Ein Maler, ganz gleich, wie sehr er sich auch ins Zeug legt, verbraucht nur seine Zeit, Farben und Leinwand. Hingegen könnte man für den Preis einer kleinen Ruine unzählige Häuser bauen, die nützlich wären und zugleich einen angenehmen Anblick böten.« Er hielt inne. Offenbar gefiel es ihm nicht, so lange sprechen zu müssen. »Und da gäbe es noch etwas, Sir. Ein Haus ist das, was es vorstellt, nämlich ein Gebäude. Ein Gemälde ist ein Gemälde. Aber eine nachgebaute Ruine spiegelt vor, etwas zu sein, was sie nicht ist. Sie ist künstlich. Demzufolge sind die Gefühle und Träume, die sie auslöst, ebenfalls nicht echt.«

»Dann sind Sie also kein Freund der gotischen Architektur?«, fragte Fanny.

»Sie meinen, dass man ein schönes Haus nimmt und es mit gotischen Ornamenten verziert, um einen anderen Eindruck zu erwecken. Nein, ganz gewiss nicht, Miss Albion. Ich verabscheue diese Mode.«

Dennoch gingen sie hinüber, um sich Folly Bridge aus der Nähe anzusehen. Edward plauderte weiter. Die Stimmung war gelöst. Nach der Besichtigung der Brücke wollten Mr. Gilpin und die Mädchen zum Blue Boar Inn zurückkehren, um etwas zu essen und sich auszuruhen. Edward und Mr. Martell begleiteten sie zum Gasthof, und man verabredete, am nächsten Morgen wieder mit Edward einen Spaziergang durch Oxford zu unternehmen. Mr. Martell hatte offenbar andere Verpflichtungen. Außerdem schlug Edward vor, an ihrem letzten Tag in das Dorf Woodstock zu fahren und den gewaltigen Landsitz Blenheim Palace zu besuchen, der unweit der Ortschaft in einem prächtig gestalteten Park lag.

»Der Herzog ist zwar stets zugegen«, erklärte Edward, »aber man darf das Haus nach vorheriger Anmeldung – was ich bereits erledigt habe – besichtigen.«

»Ausgezeichnet!«, rief Gilpin aus. »Der Herzog besitzt einige Gemälde von Rubens, die man sich nicht entgehen lassen sollte.«

»Martell«, meinte Edward, »möchtest du nicht mitkommen?« Als sein Freund zögerte, fragte er: »Warst du schon einmal in Blenheim?«

»Ich habe ein- oder zweimal dort übernachtet«, entgegnete Martell ruhig.

»O Gott, Martell«, erwiderte Edward ohne jede Verlegenheit. »Ich hätte mir denken können, dass du den Herzog kennst. Also los. Möchtest du diesen beiden Damen nicht Gesellschaft leisten, oder fährst du nur nach Blenheim, wenn du vom Besitzer persönlich empfangen wirst?«

Zu Fannys Erstaunen schüttelte Martell bloß den Kopf und schmunzelte über diese Neckerei. Offenbar störte es ihn nicht, wenn Edward ihn freundschaftlich hänselte. »Es wird mir ein Vergnügen sein, Sie zu begleiten«, sagte er mit einer leichten Verbeugung; doch Fanny war nicht sicher, ob er es ehrlich meinte.

Nachdem Mr. Martell sich verabschiedet hatte, speisten die beiden Mädchen mit Edward und Mr. Gilpin. Fanny war es lieber so, denn sie empfand die Anwesenheit eines Mannes, der offenbar keine Freude an einem Gespräch hatte, als anstrengend. Sie erkundigte sich bei Mr. Gilpin nach seiner Meinung über Edwards Freund.

»Ein kluger Kopf«, erwiderte Mr. Gilpin taktvoll, »allerdings vielleicht ein wenig zu hitzig. Ich müsste ihn besser kennen lernen.« Diese Antwort war zwar interessant, doch Fanny hatte eigentlich etwas anderes gemeint.

»Er ist unverschämt reich«, ergänzte Edward. »Das kann ich euch versichern.«

In ihrem Zimmer fragte Fanny später ihre Cousine, was sie von Martell hielt.

»Nun, er ist eine gute Partie, und das weiß er auch.«

»Und wie beurteilst du seinen Charakter und seine Einstellung?«

»Aber, Fanny, was soll ich dazu sagen? Schließlich hast du doch mit ihm gesprochen.« Bis jetzt hatte Fanny noch gar nicht darüber nachgedacht, aber nun fiel ihr auf, dass Louisa während des Spaziergangs mit Mr. Martell kaum ein Wort von sich gegeben hatte. »Eines jedoch habe ich bemerkt, Fanny«, fuhr ihre hübsche Cousine lächelnd fort.

»Was denn, Louisa?«

»Dass er dir gefällt.«

»Mir? Ach, nein, Louisa. Das bildest du dir nur ein. Wie kommst du bloß darauf?«

Doch Louisa verweigerte die Antwort und setzte sich ans Fenster. Sie griff nach einem Buch und begann etwas auf das Deckblatt zu zeichnen. Sie war völlig in ihre Beschäftigung versunken und sprach kein Wort, während Fanny sich bettfertig machte. Schließlich rief Louisa nach ihrer Cousine, reichte ihr wortlos das Buch und zeigte ihr im Dämmerlicht die Zeichnung.

Sie stellte einen brunftigen Rothirsch bei Morgengrauen auf der Heide dar. Das prächtige Geweih in den Nacken gelegt, stieß er ein mächtiges Röhren aus. Das Tier war wirklich gut getroffen, die Zeichnung kunstfertig ausgeführt – nur mit einer kleinen Abänderung: Der Hirsch hatte Mr. Martells Gesicht.

»Ein Glück, dass wir ihn morgen nicht sehen«, sagte Fanny, »denn dann würde ich bestimmt zu lachen anfangen.«

Am nächsten Tag, der sehr angenehm verlief, wurde Mr. Martell mit keinem Wort erwähnt. Am folgenden Morgen jedoch stand er, in braunem Rock, Reithosen und passendem braunem Hut, pünktlich vor ihrer Tür. Er ritt auf einem prächtigen Rotfuchs neben ihrer Kutsche her und erklärte, das Wetter sei heute so schön und das Pferd habe zwei Tage lang im Stall gestanden, weshalb es dringend Bewegung brauche. Obwohl diese Begründung völlig glaubwürdig klang, konnte Fanny sich des Gedankens nicht erwehren, dass er so zumindest nicht in die Verlegenheit kommen würde, unterwegs mit ihnen plaudern zu müssen.

Es war eine schöne Fahrt. Allerdings hielt Mr. Gilpin nicht viel von der Landschaft rings um Oxford. »Sie ist zu eben«, meinte er. »Ich kann sie nur als kultivierte Langeweile bezeichnen.« Obwohl der Gegend bedauerlicherweise die pittoresken Eigenschaften fehlten, hatte sie eine interessante Geschichte vorzuweisen. Der Vikar erinnerte die jungen Leute daran, dass ein mittelalterlicher König seine Geliebte, die schöne Rosamund, in Woodstock untergebracht hatte. Die Königin war so eifersüchtig auf diese Dame, dass sie sie vergiften wollte. Und deshalb, so lautete die Legende, ließ der König einen Irrgarten rings um Rosamunds Haus anlegen, zu dem nur er den Eingang kannte. »Eine hübsche Geschichte, auch wenn sie nicht wahr ist«, stellte der Reverend fest und unterhielt die jungen Frauen mit weiteren Anekdoten, bis sie das Parktor des großen Palasts von Blenheim erreichten, den John Churchill, ein Höfling und erfolgreicher Soldat, errichtet hatte, nachdem er zur Zeit Karls II. zum Herzog von Marlborough ernannt worden war.

Während die Kutsche die Auffahrt entlangrollte, hielt Fanny neugierig nach dem Landhaus Ausschau, das sie bald jenseits einer riesigen Rasenfläche entdeckte.

Der Anblick war so einschüchternd, dass sie vor Ehrfurcht nach Luft schnappte. Sie kannte die Herrensitze im New Forest und hatte das große Haus der Wiltons in Sarum besucht. Doch nichts hatte sie auf diese Pracht vorbereitet.

Der gewaltige Palast von Blenheim – benannt nach dem größten Sieg des Herzogs über König Ludwig XIV. von Frankreich – ruhte nicht in der Landschaft, sondern nahm sie ein wie eine in Stein gehauene Kavallerie. Die Fassaden im griechisch-römischen Stil erinnerten weniger an ein Landhaus als vielmehr an Paläste wie den Louvre.

Zuerst besichtigten sie das Haus. Die Marmorhallen und Emporen des Herzogs von Marlborough strahlten eine unnahbare Würde aus, wie Fanny sie noch nie gesehen hatte. Ihr wurde klar, dass diese Welt des Hochadels ihr für immer verschlossen bleiben würde, und sie erstarrte fast vor Ehrfurcht. Doch wie ihr auffiel, schien Mr. Martell sich hier wie zu Hause zu fühlen.

»Zwischen Blenheim und dem New Forest gibt es eine Verbindung«, erinnerte Gilpin seine Begleiter. »Der letzte Herzog von Montagu und Besitzer von Beaulieu hat Marlboroughs Tochter geheiratet. Also stammen die heutigen Lords von Beaulieu zum Teil von den Churchills ab.«

Sie bewunderten die Gemälde von Rubens. »Das erste Familienbild in England«, verkündete Gilpin einmal, bezeichnete aber kurz darauf eine Abbildung der Heiligen Familie als »flach. Sie hat nur wenig von der Leidenschaft des Meisters. Bis auf den Kopf der alten Frau, wie Sie mir sicher zustimmen werden, Fanny.« Doch trotz aller Wunder des Palastes war Fanny nicht traurig, als Mr. Gilpin endlich vorschlug, hinaus in den Park zu gehen.

Der Park von Blenheim war gewaltig, in seine Gestaltung hatte Capability Brown seinen ganzen Ehrgeiz gelegt. Die auflockernden Elemente, wie Repton sie bevorzugte, fehlten hier völlig. Keine verschwiegenen Pfade und bunten Blumenbeete, sondern nur kilometerweite Rasenflächen, auf denen Marlboroughs Armeen hätten aufmarschieren können. Gottes Natur, schien der Garten zu sagen, war nur das Rohmaterial, das zuerst von einem englischen Herzog in eine bedeutungsvolle Ordnung gebracht werden musste. Und so erstreckten sich im Park von Blenheim mit seinen Bächen, Seen, Hainen endlose Panoramen bis hin zu einem gezähmten Horizont.

»Man hat alles getan, um Abwechslungsreichtum und Pracht miteinander zu verbinden«, verkündete Gilpin zu Beginn ihres Spaziergangs.

Inzwischen plauderte man unbefangen miteinander. Als Fanny mit Gilpin hinter den anderen herschlenderte, bemerkte sie, dass sogar Louisa ein paar Worte mit Mr. Martell wechselte. Gewiss sprachen sie über die Aussicht oder das Wetter. Mr. Martell wirkte zwar weiterhin wortkarg, schien aber wenigstens die Unterhaltung aufrecht zu erhalten. Ganz gleich, was man von ihm halten mochte, es ließ sich nicht leugnen, dass er sehr gut in diese Szenerie passte.

Schließlich erreichten sie eine Stelle, an der sich ihnen dank Browns Können ein besonders beeindruckender Anblick bot. »Da!«, rief Gilpin aus. »Eine der großartigsten Aussichten, die die Kunst je hervorbringen kann. Pittoresk. Eine Szene, die Sie zeichnen sollten, Fanny. Sicher wäre das Ergebnis bewundernswert.«

Mr. Martell drehte sich um.

»Sie zeichnen, Miss Albion?«

»Ein wenig.«

»Zeichnen Sie auch, Mr. Martell?«, fragte Louisa. Doch er wandte sich nicht zu ihr um.

»Ziemlich schlecht, wie ich fürchte. Aber ich habe die größte

Hochachtung vor Menschen, die es können.« Bei diesen Worten sah er Fanny lächelnd an.

»Meine Cousine Louisa zeichnet genauso gut wie ich, Mr. Martell«, erwiderte Fanny und errötete leicht.

»Daran habe ich keinen Zweifel«, entgegnete er höflich und widmete sich wieder seinem Gesprächspartner.

Nachdem sie eine Weile dahinspaziert waren, blickte Fanny zurück zum Palast der Churchills und erkundigte sich, nur um Konversation zu betreiben, nach den Ursprüngen der Familie.

»Gewiss waren sie während des Bürgerkriegs Royalisten«, sagte Gilpin. »Eine Familie aus Westengland, allerdings keine Angehörigen des alten Hochadels.«

»Im Gegensatz zu dir, Martell«, meinte Edward lachend. »Er ist Normanne. Die Martells kamen mit Wilhelm dem Eroberer ins Land, richtig?«

»So heißt es zumindest«, erwiderte Martell lächelnd.

»Seht ihr«, fuhr Edward fröhlich fort. »Kein Tropfen niederen Blutes floss je durch seine Adern. Sein Wappen wurde nie von schnöden Geschäften beschmutzt. Gib es zu, Martell. Es ist eine Gnade, dass du überhaupt mit uns redest.«

Martell schüttelte nur belustigt den Kopf.

Fanny war überrascht, dass Edward dieses Thema angeschnitten hatte. Schließlich war er ein Totton und Kaufmannssohn, was ihn eindeutig in den Nachteil versetzte. Aber als sie Martells Schmunzeln bemerkte, wurde ihr klar, dass ihr Cousin mit seiner jungenhaften Offenheit etwas bezweckte. Immerhin entstammte seine Mutter dem niederen Adel. Und durch seine familiären Verbindungen mit den Burrards und seine enge Freundschaft mit ihr, einer Albion, hatte der junge Totton bereits Zugang zu Adelskreisen gefunden. Mit seiner Andeutung, dass seine eigene Familie Kaufleute waren, wollte er Mr. Martell nur zu der Antwort auffordern, das sei doch nicht weiter wichtig.

»Zuweilen erstaunt es mich selbst«, merkte Martell, der kein Spielverderber war, an, »dass ich überhaupt mit jemandem spreche.«

Edward brach in Gelächter aus. Louisa lächelte. Und Fanny war insgeheim sehr froh darüber, eine Albion zu sein.

Sie kehrten zur Kutsche zurück. Alle schienen bester Stimmung, bis auf Mr. Gilpin, der ein wenig einsilbig war.

An der Kutsche verabschiedeten sie sich von Mr. Martell, der noch einen Besuch in der Nachbarschaft machen wollte.

»Aber wir müssen uns nicht für lange trennen«, verkündete Edward, »denn Martell hat die Einladung angenommen, zu uns nach Lymington zu kommen. Sehr bald, sagt er. Es ist schon alles vereinbart.«

Das war wirklich eine Überraschung, die Fanny, wie sie sich eingestehen musste, nicht ganz unwillkommen war. Falls er bei den Tottons wohnte, würde sie ihn nicht öfter sehen müssen, als es ihr gefiel.

Also sagten sie einander Lebewohl, blickten ihm nach, wie er davonritt, und fuhren dann zu ihrem letzten gemeinsamen Abendessen nach Oxford. Am nächsten Morgen würden die Mädchen mit Mr. Gilpin abreisen, und selbstverständlich vergaßen sie nicht, sich beim Essen gebührend bei ihm zu bedanken.

Als Fanny, unterstützt von einem Zimmermädchen, ihre Sachen packte, war sie ausgezeichneter Stimmung.

Louisa, die ebenfalls die Rückreise vorbereitete, sagte plötzlich: »Fanny, ich glaube, du magst Mr. Martell.«

»Ich? Aber nein, Louisa. Nicht wirklich.«

»Oh?«, entgegnete Louisa und bedachte sie mit einem Seitenblick. »Ich jedenfalls mag ihn.«

Seit vielen Jahren lebte Puckle nun schon in Beaulieu Rails. Hin und wieder besuchte er seine Verwandten auf der westlichen Seite des New Forest. Als er sich an diesem Sonntagmorgen auf den Weg über die Heide machte, nahmen seine Nachbarn an, dass er auch diesmal dorthin wollte. Sie wären sehr überrascht gewesen, hätten sie gesehen, wie er durch den Wald nach Norden marschierte, vorbei an Lyndhurst und an Minstead. Am späten Vormittag erreichte er den verabredeten Treffpunkt, einen Gedenkstein.

Die Rufuseiche war verschwunden. Ihr morscher, ausgehöhlter Stamm war schließlich verrottet, und auch der verbliebene Baumstumpf war schon vor einem Jahrhundert zerfallen. Stattdessen hatte man einen Gedenkstein aufgestellt, der an die historische Bedeutung dieses Ortes erinnern sollte. Viele erinnerten sich noch daran, dass der Baum auf wundersame Weise im Winter Blätter getrieben hatte. Eine Inschrift im Stein verkündete, dass König Wilhelm Rufus hier an der Eiche zu Tode gekommen war.

Puckle blieb stehen und sah sich um. Ganz in der Nähe standen die beiden Söhne des alten Baumes. Einer war beschnitten worden, den anderen hatte man seinem natürlichen Wachstum überlassen. Puckles geschulter Blick erkannte sofort, dass der beschnittene Baum kein gutes Schiffsbauholz abgeben würde. Der andere Baum hingegen war reif zum Fällen. Und hinter diesem Baum zeigte sich nun eine Gestalt – Grockleton war pünktlich.

Vorsichtig näherte sich Puckle dem Zollinspektor, der hinter dem Baum verharrte, hielt inne und schaute sich wieder um.

»Wir sind allein«, sagte Grockleton. »Ich habe aufgepasst.«

»Dann ist ja alles in Ordnung.«

Grockleton wartete darauf, dass der Waldbewohner das Wort ergriff. Als dieser schwieg, begann er zu sprechen: »Und Sie glauben, dass Sie mir helfen können?«

»Vielleicht.«

»Wie?«

»Ich könnte Ihnen so manches erzählen.«

»Warum sollten Sie das tun?«

»Ich habe meine Gründe.«

Grockleton stand die Szene noch lebhaft vor Augen. Bis jetzt war er noch nicht dahinter gekommen, womit dieser Waldbewohner den Wirt des Angel Inn gegen sich aufgebracht hatte. Doch offenbar ging es um mehr als um betrunkenes Randalieren. Puckle hatte sogar ziemlich ruhig und nüchtern gewirkt. Dennoch hatte Isaac Seagull ihn aus unbekannten Gründen zur Tür geschleppt und ihn mit einem Tritt in den Allerwertesten hinaus auf die High Street befördert. Den Blick, mit dem Puckle den Wirt bedacht hatte, während er sich aufrappelte, würde Grockleton nie vergessen: blanker Hass.

Kurz danach war er auf dem Nachhauseritt dem Waldbewohner begegnet. Nachdem er ihn auf der menschenleeren Landstraße eingeholt hatte, meinte er, er werde sich nicht lumpen lassen, falls Puckle ihm etwas zu sagen hätte. Es war nur eine Vermutung gewesen, doch solche Anwerbungsversuche gehörten zu den Aufgaben eines Zollinspektors. Und er hegte schon seit geraumer Zeit den Verdacht, dass Seagull als Pächter des Gasthofs Schmugglerware bezog.

Zwei Tage später hatte Puckle Verbindung mit ihm aufgenommen. Und nun sprachen sie miteinander.

»Was hätten Sie mir denn mitzuteilen? Etwas über Isaac Seagull?«

»Er ist ein elender Dreckskerl«, sagte Puckle verbittert.

»Offenbar haben Sie Streit miteinander.«

»Stimmt.« Puckle hielt inne. »Doch das ist noch nicht alles. Sie haben sicher gehört, dass vor ein paar Jahren Ambrose Hole ausgeräumt wurde.«

»Natürlich.« Grockleton wusste genau über die Aktion gegen die Bande von Straßenräubern Bescheid, die kurz vor seiner Versetzung nach Lymington stattgefunden hatte.

Puckle spuckte angewidert aus. »Zwei der Gefangenen gehörten zu meiner Familie. Und dreimal können Sie raten, wer sie verpfiffen hat. Der verdammte Isaac Seagull! Und er weiß genau, dass ich im Bilde bin.« Das war wirklich ein Grund, den Mann zu hassen. Grockleton hörte aufmerksam zu. »Er behandelt mich wie den letzten Dreck«, fuhr Puckle erbost fort. »Weil er glaubt, dass ich mich vor ihm fürchte.«

»Fürchten Sie sich denn vor ihm?«

Puckle schwieg, als fiele es ihm schwer, das zuzugeben. Sein wettergegerbtes Gesicht erinnerte Grockleton an eine verkrüppelte Eiche, so wie er Seagull stets mit einem schnellen Schiff mit zum Wind gedrehtem Segel verglich.

»Ja«, antwortete der Waldbewohner schließlich leise. »Ich habe Angst vor ihm. Und das ist auch sehr vernünftig.«

Grockleton verstand. Gewalttätige Auseinandersetzungen zwischen Schmugglern und Zöllnern waren zwar selten, lagen aber durchaus im Bereich des Möglichen. Hin und wieder geschah es, dass die Schmuggler an die Tür eines Inspektors klopften, der ihnen zu sehr zusetzte, und ihm eine Kugel in den Kopf verpassten.

»Und was wollen Sie?«, erkundigte sich Puckle.

»Eine große Lieferung abfangen. Was sonst?«

»Dazu haben Sie nicht genügend Leute.«

»Das ist meine Sache.«

Puckle blickte nachdenklich drein. »Es würde Sie einiges kosten«, meinte er dann.

»Einen Anteil an der beschlagnahmten Ware.« Sie wussten beide, dass das ein kleines Vermögen sein konnte.

»Schnappen Sie sich Isaac Seagull?«

»Wenn er dabei ist, ja.«

»Bringen Sie ihn um«, meinte Puckle leise.

»Nur, falls sie auf uns schießen.«

»Das werden sie sicher tun. Aber ich brauche einen Vorschuss. Und ein schnelles Pferd.« Als er Grockletons zweifelnde Miene bemerkte, ergänzte er: »Was, glauben Sie, werden die mit mir anstellen, wenn sie mich erwischen?«

»Vielleicht gar nichts.«

»Darauf verlasse ich mich lieber nicht. Ich werde aus dem New Forest fortgehen, weit, weit weg.«

Grockleton versuchte, sich Puckle außerhalb des New Forest vorzustellen. Das war nicht leicht. Auch als er sich Puckle als reichen Mann ausmalen wollte, versagte seine Phantasie. Er seufzte. Ein Mensch konnte sich durch Wohlstand sehr verändern. »Fünfzig Pfund«, sagte er. »Den Rest später. Wir können einen Übergabeort in Winchester oder in London vereinbaren. Wo immer Sie wollen.«

Er bemerkte, dass es Puckle Mühe kostete, seine Verblüffung zu verbergen. Offenbar hatte ihn die Summe beeindruckt.

»Aber es wird eine Weile dauern«, meinte Puckle. »Darüber müssen Sie sich im Klaren sein.«

Grockleton nickte. Die großen Schmuggelfahrten fanden für gewöhnlich im Winter statt, wenn die Nächte länger waren.

»Und da wäre noch etwas«, fuhr Puckle nachdenklich fort. »Wie soll ich mit Ihnen Verbindung aufnehmen? Schließlich darf ich mich nicht mit Ihnen blicken lassen.«

»Das ist mir klar, daher habe ich mir auch schon etwas überlegt. Vielleicht habe ich eine Losung.«

»Und wie sieht die aus?«

»Ein Junge«, erwiderte Grockleton.

Es vergingen einige Wochen, bis Mr. Martell sich in Lymington blicken ließ, doch er hatte den Zeitpunkt sorgfältig gewählt.

Es war ein schöner Sommermorgen, und er war guter Stimmung. Es war ihm lieber gewesen, vorauszureiten und seinen Diener mit den Koffern folgen zu lassen. Als er den Schlagbaum an der Gemeindegrenze passierte, wurde ihm klar, dass er noch nie hier gewesen war.

Er zweifelte nicht daran, dass sein Aufenthalt sehr angenehm und lehrreich werden würde. Er mochte den jungen Edward Totton. Auch wenn sie nur wenig gemeinsam hatten, gefielen ihm seine fröhliche Art und der Umstand, dass Totton anders als viele Menschen nicht in Ehrfurcht vor ihm erstarrte. Sein Ruf hatte als unnahbarer Mann auch seine Vorteile, denn er schützte ihn vor Leuten, die ihn nur ausnutzen wollten. Doch es amüsierte ihn, wenn ein junger Mann wie Totton ihm den Respekt verweigerte. Und außerdem war es in diesem Fall er selbst, der beabsichtigte, Edward Totton für seine Zwecke einzuspannen.

Mr. Wyndham Martell befand sich in der beneidenswerten Lage, sich bei niemandem beliebt machen zu müssen. Er war Herr eines großen Gutes, zukünftiger Erbe eines zweiten, Absolvent von Oxford und gut beleumundet. In den Kreisen, in denen er verkehrte, fanden auch die bösesten Zungen nichts an ihm auszusetzen. Seine – wenngleich distanzierte – Höflichkeit entsprang seinem stark ausgeprägten Pflichtgefühl. Während viele begüterte junge Männer seiner Gesellschaftsschicht Gefahr liefen, dem Spiel oder der Völlerei zu verfallen, war Martell eher geistigen Zerstreuungen zugetan. Seine Eitelkeit sorgte dafür, dass er sich stets gut darstellte. Und er war zu dem recht vernünftigen Schluss gelangt, dass es bei einem Mann in seiner Position nur als Koketterie gewertet werden würde, wenn er sich bescheiden gab. Seiner Familie zuliebe und auch um seiner selbst willen hatte er sich vorgenommen, es in der Welt zu etwas zu bringen, und er konnte es sich leisten, Bedingungen zu stellen. Er sah sich als unabhängigen Politiker – eine Spezies, wie sie zu jeder Zeit nur selten anzutreffen ist, und er beabsichtigte nicht, sich kaufen zu lassen. Und wer daraus schloss, dass sein Stolz tatsächlich über das gewöhnliche Maß hinausging, hatte durchaus Recht.

Der wahre Grund für seinen Besuch beim jungen Edward Totton – den er wirklich sehr gern hatte – war, dass Lymington, das praktischerweise zwischen seinen beiden Gütern lag, zwei Parlamentsmitglieder stellte.

»Und ich denke«, hatte er vor kurzem seinem Vater bekannt, »dass ich nach der kommenden Wahl gerne einer von ihnen wäre.« Dazu musste er aber die vierzig Kopf starke Bürgerversammlung, die von den Kaufleuten und Freibauern der Stadt gewählt wurde, und den Bürgermeister von Lymington, Mr. Burrard, für sich gewinnen.

Martells Vater hätte es lieber gesehen, wenn sein Sohn sich für einen Sitz in der Grafschaft beworben hätte, denn diese hatten für gewöhnlich die Torys inne, während Lymington wie die meisten Handelsstädte einmütig die Whigs unterstützte. Die Torys standen traditionell hinter dem König, die Whigs hingegen waren Anhänger des nach 1688 gegründeten Parlaments. Sie waren zwar treue Verfechter der Monarchie, fanden aber, dass es nötig sei, die Macht des Königs einzuschränken. Allerdings traten diese Unterschiede im Alltag häufig nicht zu Tage. Viele Großgrundbesitzer waren Whigs, denn die Parteizugehörigkeit hing oft von familiären Verbindungen ab. Selbst der König zog manchmal einen Whig einem Tory vor. Deshalb unterschieden sich die Interessen des Baronets Sir Harry Burrard und des Kleinadels von Lymington eigentlich nicht sehr von denen des Aristokraten Mr. Martell.

Nur zwei Dinge an Mr. Martells Verhalten an diesem Morgen wären seinen Zeitgenossen wohl seltsam erschienen: Wenn er einen der Parlamentssitze von Lymington anstrebte, warum zum Teufel schrieb er dann nicht einfach an Burrard oder traf sich mit ihm in London? Und was noch merkwürdiger war: Weshalb hatte Martell für seine Reise nach Lymington absichtlich einen Zeitpunkt gewählt – er hatte nämlich Erkundigungen eingezogen –, zu dem der Baronet gar nicht in der Stadt weilte?

Die Antwort war ganz einfach: Da er Abgeordneter für Lymington werden wollte, hielt er es für angebracht, zuerst wie ein guter General die Lage zu sondieren.

Bürgermeister Burrard mochte möglicherweise Anstoß daran nehmen, wenn ein Freund der Großgrundbesitzer in seiner Stadt herumschnüffelte. Aus diesem Grund hatte Martell beschlossen, sich unter dem Vorwand eines Besuchs beim jungen Totton ein wenig umzusehen. Wenn er am Ende der Woche gut genug Bescheid wusste, wollte er den endgültigen Entschluss fassen, ob und unter welchen Voraussetzungen die Angelegenheit voranzutreiben sei.

Außerdem kannte er hier abgesehen von Edward zwei reizende junge Damen. Louisa Totton war ein hübsches, lebhaftes Mädchen. Und Miss Albion war zwar keine Schönheit, aber dafür sehr sympathisch.

»Du musst zugeben«, sagte Edward Totton ruhig zu seiner Schwester, während sie darauf warteten, dass ihr Gast aus dem Haus kam, »dass ich dir nur die Besten vorstelle.«

Mr. Wyndham Martell war der dritte Junggeselle, den er innerhalb eines Jahres ins Haus gebracht hatte. Der erste war ein junger – wenn auch ein wenig unreifer – Bursche gewesen, der einmal ein großes Vermögen erben würde und mit Edward in Oxford studierte. Ein anderer Kommilitone, den Edward mit der Aussicht auf die Pferderennen am Ort hergelockt hatte, hatte tatsächlich starkes Interesse an Louisa gezeigt – so stark, dass er zudringlich wurde, nachdem er zu viel getrunken hatte, sodass man ihm die Tür weisen musste. Dennoch hatten diese Begegnungen Louisas Menschenkenntnis geschärft und ihr begrenztes Wissen über die Außenwelt vermehrt. Auch wenn sie es selbst wohl nicht so unverblümt ausgesprochen hätte, empfand sie diese Besuche als willkommene Abwechslung.

Martell hingegen unterschied sich sehr von besagten jungen Herren. »Mit dem lässt sich nicht spielen«, meinte ihr Bruder, denn er vermutete, dass sie sich vor dem strengen Großgrundbesitzer fürchtete.

»Ich habe ihn beobachtet«, erwiderte sie. »Er ist stolz – aber schließlich hat er allen Grund dazu. Und er amüsiert sich gerne.«

»Also hast du vor, ihn zu amüsieren?«

»Nein«, entgegnete sie nachdenklich. »Doch ich werde ihn glauben machen, dass ich es tun würde.« Sie blickte zur Tür. »Da kommt er ja.«

Martell war ausgezeichneter Stimmung. Anfangs war er nicht sicher gewesen, was ihn im Haushalt eines Kaufmannes in der Provinz erwartete. Doch jetzt war er angenehm überrascht. Das stattliche Haus im georgianischen Stil verfügte über eine breite Auffahrt und Seeblick. Es hatte etwa die Größe eines Pfarrhauses und entsprach dem Heim des jüngeren Bruders eines Gutsbesitzers, eines Admirals oder eines Mannes in vergleichbarer Stellung. Mrs. Totton hatte sich als hübsche Frau und Angehörige seines Standes entpuppt, die mit einigen ihm bekannten Familien verwandt war. Mit Edwards Vater, dem Kaufmann, hatte er zwar erst ein paar Worte gewechselt, hielt ihn aber für vernünftig, umgänglich und für einen Gentleman vom Scheitel bis zur Sohle. Martell beschloss, dem jungen Edward den Kopf zurechtzurücken, falls dieser mit seinem gesellschaftlichen Stand hadern sollte, denn er hatte allen Grund, stolz auf seine Eltern zu sein.

»Zuerst besichtigen wir die Stadt«, schlug Edward vor, als Wyndham Martell sich zu ihnen gesellte. Und da das Wetter schön war, beschlossen sie, zu Fuß zu gehen.

Gemächlich schlenderten sie die High Street hinunter durch Lymington. Martell bewunderte die Läden – Swateridge, der Uhrmacher, Sheppard, der Büchsenmacher, und Wheelers Porzellanhandlung –, betrachtete das Messingschild am Haus des angesehenen Arztes und stellte fest, dass der Kaufmann Mr. St. Barbe sogar eine Bank eröffnet hatte. Die Geschwister erzählten ihm, dass viermal pro Woche aus London die Post gebracht und im *Angel Inn* abgegeben wurde. Die Postkutsche bewältigte die rund fünfundzwanzig Kilometer nach Southampton in nur zweieinhalb Stunden. Martell war gebührend beeindruckt.

Sie gingen zum Kai, wo einige kleine Boote vertäut waren. Nach einem Umweg über die Salzgärten kehrten sie rechtzeitig zum Abendessen nach Hause zurück.

Mr. Totton und seine Frau legten Wert auf eine hervorragende Küche. Als Vorspeise gab es eine leichte Erbsensuppe mit Brot. Darauf folgte ein Fischgang, nach dem schließlich der Hauptgang serviert wurde: Rinderbraten, Truthahn in Pflaumensauce, gedünstetes Wild und gebratener Sellerie. Die Männer tranken Claret. Und Louisa, die zu Hause für gewöhnlich Johannisbeerwein bevorzugte, genehmigte sich mit ihrer Mutter ein Gläschen Champagner.

Bei Tisch wurde angenehm geplaudert. Mrs. Totton erzählte von den Hirschen im Wald und dem kürzlichen Besuch des Königs und schilderte dem Gast die Sehenswürdigkeiten. Louisa, in deren Augen Martell trotz ihres bescheidenen Betragens den Schalk funkeln sah, berichtete von den Stücken, die im Theater gegeben wurden und von den Leistungen der Schauspieler.

Edward erwähnte die Rennbahn, die gerade oberhalb von Lyndhurst gebaut wurde. »Wir veranstalten hier nicht nur Pferderennen, Martell«, fügte er hinzu. Ein besonders launiger Herr am Ort besaß einen Rennochsen, den er sogar selbst ritt und mit dem er andere zum Rennen herausforderte.

Als der zweite Gang serviert wurde – Kartoffelpüree, Sardellentoast, geschmorte Tauben und Gebäck –, dämmerte Martell die Erkenntnis, dass die Küstenstadt am New Forest vermutlich eine der hübschesten Gemeinden in England war, deren Vertreter man werden konnte.

Nachdem das Tischtuch entfernt worden war, wurden Aspikhäppchen, Nüsse, zu Pyramiden aufgetürmte Süßigkeiten und Käseplatten aufgetragen. Für die Herren gab es Portwein, für die Damen Kirschlikör. Erst dann fiel es Martell ein, sich nach Fanny Albion zu erkundigen.

»Die arme Fanny!«, rief Louisa aus. »Man kann sie mit Fug und Recht eine Heilige nennen.«

Offenbar bestanden nur geringe Chancen, die junge Dame zu Gesicht zu bekommen. »Obwohl wir uns größte Mühe geben werden, sie vor die Tür zu locken«, sagte Edward. Da Tante Adelaides beste Freundin, die in Winchester lebte, erkrankt war, hatte die unerschrockene alte Dame darauf bestanden, trotz ihrer vorgerückten Jahre in ihrer Kutsche hinzufahren und ein paar Tage bei ihr zu verbringen. Deshalb mussten Fanny und Mrs. Pride den alten Mr. Albion allein versorgen. Vor ihrer Abreise hatte Adelaide ihrem Bruder streng verboten, während ihrer Abwesenheit zu erkranken, doch leider hatte er diese Anweisungen in den Wind geschlagen. Und dass sich die genaue Ursache seines augenblicklichen Leidens nicht ermitteln ließ, lag – wie er selbst beteuerte – nur daran, dass es schon zu weit fortgeschritten sei. Also musste Fanny bei ihm zu Hause bleiben und wagte nicht auszugehen.

»Vielleicht sollten wir deine Cousine besuchen«, schlug Martell vor.

»Ich werde sie fragen«, erwiderte Edward. »Aber sie wird wahrscheinlich ablehnen.«

Nachdem die Damen sich zurückgezogen hatten, hatte Martell Gelegenheit, Mr. Totton bei einem Glas Portwein über die geschäftliche Lage der Stadt zu befragen. Wie erwartet war Edwards Vater ausgezeichnet im Bilde.

»Natürlich war Salz viele Jahrhunderte lang unsere wichtigste Handelsware. Sie werden feststellen, dass die meisten großen Kaufleute in verschiedenen Branchen tätig sind, und für gewöhnlich gehört Salz dazu. St. Barbe zum Beispiel handelt mit Lebensmitteln, Salz und Kohle. Mit der Kohle werden übrigens die Salzsiedeöfen beheizt. Sie dürfen nicht vergessen, dass man Salz nicht nur zum Haltbarmachen von Fisch und Fleisch verwendet, es dient auch als Mittel gegen Skorbut und ist deshalb für die Marine besonders wichtig. Außerdem benutzt man es beim Gerben von Leder, als Schmelzmittel bei der Glasherstellung, bei der Verhüttung von Eisen und als Glasur für Töpfereiwaren.«

»Soweit ich weiß, gibt es billigere Methoden der Salzgewinnung, als es aus dem Meer zu holen.«

»Ja. Auf lange Sicht haben Lymingtons Salzgärten keine Zukunft. Doch das wird noch eine Weile dauern.«

»Und Sie exportieren Holz?«

»Ein wenig. Nicht so viel wie früher. Der Großteil unserer örtlichen Vorkommen wird für den Bau von Marineschiffen und anderen Booten verbraucht. Aber im Hafen gibt es viel zu tun. Kohle kommt aus Newcastle. Viele Kaufmannsschiffe fahren nach London, Hamburg, Waterfort und Cork in Irland, ja sogar bis nach Jamaika.«

»Und die Manufakturen?«

»Abgesehen von denen, die ich bereits erwähnt habe, gibt es in den meisten Gemeinden Tonvorkommen, weshalb einige Ziegelbrennereien in Betrieb sind. Aus diesem Grunde stehen in dieser Gegend inzwischen einige hübsche Backsteingebäude. Das größte Werk befindet sich in Brockenhurst. Außerdem haben wir eine Seilerei in der Abtei von Beaulieu, die Taue für die Marine herstellt. Einige Bewohner des Waldes sind auch nach Southampton gezogen, wo es abgesehen vom Hafen auch noch einige Betriebe gibt, die Kutschen bauen.«

»Aber wir haben noch viel ehrgeizigere Pläne«, fügte Edward lächelnd hinzu. »Wir werden ein modischer Badeort werden, ein zweites Bath.«

»Ach, ja.« Sein Vater lachte laut auf. »Falls Mrs. Grockleton ihren Willen durchsetzt. Mrs. Grockleton haben Sie wohl noch nicht kennen gelernt, Mr. Martell?«

»Ich hatte noch nicht das Vergnügen.«

»Sie hat uns zum Tee eingeladen«, kicherte Edward. »Morgen.«

Am nächsten Vormittag besuchten sie Hurst Castle. Der Tag war zwar sonnig, aber es wehte ein frischer Wind über die Pennington Marshes, der die kleinen Windpumpen an den Salzgärten zum Klappern brachte. Mrs. Beestons Badeanstalt, die dicht neben einer der Pumpen stand, lag verlassen da. In dem Meeresarm zwischen der Festung und der Insel Wight trugen die Wellen weiße Schaumkronen. Das aufgewühlte Wasser des offenen Meers schimmerte grün. Die Luft war klamm und roch nach Salz. Louisa, das Gesicht gerötet und feucht von der Gischt, war heute ganz besonders hübsch, als der Wind ihr dunkles Haar zerzauste. Martell spürte seinen kräftigen Herzschlag, als sie lachend durch die wilden Küstenmarschen liefen.

Sie hatten bereits die Hälfte des Rückwegs hinter sich, als sie dem Grafen d'Hector begegneten. Er war allein und wirkte bedrückt.

Martell war die Anwesenheit der französischen Truppen in der Stadt bereits aufgefallen, und Edward hatte ihm die Hintergründe erklärt. Er stellte Charles Louis Marie und Martell einander vor. Martell sprach ausgezeichnet Französisch, und der Graf war überglücklich, einen anderen Aristokraten zu treffen, und brannte darauf, sich mit ihm anzufreunden.

»Sie sind einer von uns!«, rief er aus und umfasste Martells Hand. »Wie schön, dass wir uns in dieser Wildnis kennen lernen.« Ob er damit die Marschen oder Lymington selbst meinte, blieb unklar. Er erkundigte sich nach Martells Besitzungen und seinem normannischen Erbe und beharrte darauf, dass zwischen ihnen eine verwandtschaftliche Beziehung bestehen müsse. Und zwar durch die Familie Martell-St. Cyr, obgleich Martell ihm versicherte, dass er noch nie von diesen Leuten gehört hatte. Dann fragte der Franzose seinen Gesprächspartner, ob er gern jage, was dieser bestätigte.

»In der Heimat jagen wir Wildschweine«, meinte der Graf d'Hector wehmütig. »Ich wünschte, mein Freund, ich könnte Sie dazu einladen, aber leider würde man mich köpfen, sobald ich einen Fuß auf heimatliche Erde zu setzen wagte.« Er zuckte die Achseln. »Besitzen Sie vielleicht auch Fischgründe?«

Martell bejahte dies und versicherte ihm, sie seien ausgezeichnet.

»Ich fische sehr gern«, sagte der Graf.

Als Martell darauf nur mit einer höflichen Verbeugung und Schweigen antwortete, rettete Edward die Situation, indem er dem Franzosen mitteilte, dass sie bei Mrs. Grockleton zum Tee eingeladen seien und sich deshalb verabschieden müssten.

»Eine bemerkenswerte Frau«, entgegnete der Graf. »Dann also *au revoir*, mein lieber Freund«, wandte er sich an Martell. »Ich fische sehr gern«, fügte er hoffnungsfroh hinzu. Da die Engländer sich bereits entfernten, setzte er seinen traurigen Spaziergang zu den Windpumpen an der Küste fort.

»Wie Sie sehen, Mr. Martell«, sagte Mrs. Grockleton, als sie geschniegelt und gebügelt um drei Uhr zum Tee bei ihr im Salon saßen, »bietet Lymington eine ganze Reihe von Möglichkeiten.«

Mr. Martell versicherte ihr, dass ihm die Stadt ausgezeichnet gefalle.

»Oh, Mr. Martell, Sie wollen uns gewiss nur schmeicheln. Es gibt noch so viel zu tun.«

»Zweifellos werden Sie der Landschaft genauso Ihren Stempel aufdrücken wie Capability Brown einem Park, Madam.«

»Ich, Sir?« Fast wäre sie errötet, denn sie missverstand das als Kompliment. »Allerdings kann ich nichts weiter tun, als Anregungen zu geben. Die Lage der Stadt, ihre Bewohner und die königlichen Besucher werden den Wandel bewirken.«

»Meeresluft ist sehr erfrischend, Madam«, erwiderte Martell ausweichend.

»Das Meer. Selbstverständlich ist das Meer erfrischend!«, rief Mrs. Grockleton aus. »Aber haben Sie die grässlichen Windpumpen, die Schlote und die Salzgärten gesehen? Die müssen weg, Mr. Martell. Kein Mitglied der besseren Gesellschaft würde im Schatten einer Windpumpe baden.«

Auf diese Bemerkung gab es nichts zu erwidern. Doch angesichts des Umstandes, dass die führenden Kaufleute der Stadt, sein Gastgeber eingeschlossen, im Salzhandel tätig waren, fühlte sich Martell verpflichtet zu widersprechen. »Vielleicht ließe sich ein geeigneterer Badeplatz finden«, schlug er vor.

Leider erfuhr er nicht, was Mrs. Grockleton davon hielt, da in diesem Augenblick der Hausherr hereinkam.

Martell hatte bereits von Edward eine eingehende Beschreibung Samuel Grockletons erhalten, und er musste seinem Freund Recht geben – obwohl es vielleicht ein wenig grausam war, den Zollinspektor mit dem Spitznamen »die Klaue« zu belegen. Kaum hatte sich Grockleton gesetzt und die von seiner Frau angebotene Tasse Tee entgegengenommen, als das Dienstmädchen, das bei Tisch servierte, stolperte, sodass sich die heiße Flüssigkeit über das Bein des Familienoberhauptes ergoss.

»Meiner Treu!«, rief Mrs. Grockleton aus. »Du hast meinen armen Mann verbrüht. Oh, Mr. Grockleton.« Der Zollinspektor verzog zwar das Gesicht, griff jedoch mit bemerkenswerter Geistesgegenwart nach der Blumenvase und schüttete sich kaltes Wasser aufs Bein.

»Was hast du vor, lieber Mann?«, fragte die Gastgeberin ein wenig verärgert.

»Ich kühle die Verbrennung«, entgegnete er finster und nahm wieder Platz. »Jetzt hätte ich gern ein Stück Walnusskuchen, Mrs. Grockleton«, meinte er dann.

Martell, der diese Beherztheit sehr bewunderte, knüpfte ein Gespräch mit seinem Gastgeber an und erkundigte sich geradeheraus, ob im New Forest viel geschmuggelt werde.

»Genauso wie in Dorset«, entgegnete der Zollinspektor.

Da Martell genau wusste, dass von Sarum bis nach Dorset und Westengland wahrscheinlich keine einzige versteuerte Flasche Brandy im Umlauf war, beschränkte er sich auf ein Nicken. »Und wird man den Schmugglern je das Handwerk legen?«, fragte er.

»An Land vermutlich nicht«, antwortete Grockleton. »Und zwar aus dem einfachen Grund, dass man dafür zu viele Leute bräuchte. Wie bei allen Belangen unserer Nation, Sir, ist das Meer der Schlüssel. Unsere Landstreitkräfte nützen uns meistens nicht viel.«

»Sie wollen mit Hilfe von Schiffen die Waren auf dem Meer abfangen? Dann müssten sie aber schnell und bis an die Zähne bewaffnet sein.«

»Und gut bemannt, Sir.«

»Würden Sie Kapitäne der Marine einsetzen?«

»Nein, Sir. Schmuggler, die sich aus dem Geschäft zurückgezogen haben.«

»Gesetzesbrecher im Dienste der Krone?«

»Auf jeden Fall. Das war bis jetzt immer erfolgreich. Sir Francis Drake und seinesgleichen, damals zu Zeiten der guten Königin Elisabeth, Sir, waren samt und sonders Piraten.«

»Pfui, Mr. Grockleton!«, rief seine Frau aus. »Was redest du da?«

»Nur die Wahrheit«, entgegnete er spöttisch. »Und jetzt entschuldigen Sie mich bitte, ich muss mich umziehen.« Er stand auf und verließ mit einer Verbeugung den Raum.

»Nun«, meinte Mrs. Grockleton, offenbar enttäuscht von ihrem Gatten. »Was werden Sie jetzt bloß von uns denken, Mr. Martell?«

An Stelle einer Antwort merkte Martell ruhig an, er habe vom wachsenden Erfolg ihrer Akademie gehört.

»Aber ja, Mr. Martell. Da bin ich ganz Ihrer Ansicht. Louisa, erzählen Sie Mr. Martell doch von unserer kleinen Schule.«

Louisa sah ihn mit großen Augen an und schilderte mit dem angemessenen Ernst den Kunstunterricht und die weiteren Bildungsveranstaltungen, welche die Akademie zu bieten hatte.

»Darüber hinaus«, ergänzte Mrs. Grockleton, »unterrichte ich persönlich die Mädchen in Französisch. Zudem lasse ich sie die Werke der wichtigsten Schriftsteller lesen. Im letzten Jahr war unsere Lektüre...« Ihr war der Name entfallen.

»Racine?«, schlug Louisa vor.

»Aber ja, Racine. Der muss es gewesen sein.« Sie strahlte ihre ehemalige Schülerin anerkennend an. »Ohne Zweifel sprechen Sie fließend Französisch, Mr. Martell?«

In diesem Augenblick hatte Martell das deutliche Empfinden, dass er genug von Mrs. Grockleton hatte. Er sah sie verständnislos an.

»*Vous parlez français,* Mr. Martell?«

»Ich, Madam? Nein, kein Wort.«

»Sie enttäuschen mich. In der besten Gesellschaft... Hat Eduard nicht erzählt, Sie hätten sich mit dem Grafen unterhalten?«

»Das ist richtig, Mrs. Grockleton. Aber wir haben nicht Französisch gesprochen, sondern Latein.«

»Tatsächlich?«

»Gewiss. Ich bin sicher, dass Sie den jungen Damen auch Latein beibringen.«

»Aber nein, Mr. Martell. Das nicht.«

»Ich bedauere, das zu hören. Unter gebildeten Menschen... Nach den Schrecken der Revolution, Mrs. Grockleton, haben viele Leute Abscheu gegen die französische Sprache entwickelt. Meiner Ansicht nach wird man an den Höfen Europas bald nur noch Latein sprechen. Wie schon in den alten Zeiten«, fügte er mit Gelehrtenmiene hinzu.

»Nun.« Zum ersten Mal in ihrem Leben fehlten Mrs. Grockleton die Worte. »Ich hätte nie gedacht...«, stammelte sie. Plötzlich erhellte sich ihr rundes Gesicht, und sie hob den Zeigefinger. »Mir deucht, Mr. Martell«, meinte sie mit einem viel sagenden

Lächeln. »Mir deucht, dass Sie mich auf den Arm nehmen wollen.«

»Ich, Madam?«

Inzwischen war ein drohendes Funkeln in ihre Augen getreten. Martell wurde bewusst, dass diese sich selbst sehr wichtig nehmende Dame ohne ein Quäntchen Skrupellosigkeit und Schlauheit wohl niemals Leiterin einer Akademie geworden wäre. »Mir deucht, Sie wollen mich verspotten.«

Es war an der Zeit, einen Rückzieher zu machen, wenn er sich in Lymington keine Feinde schaffen wollte. »Ich gestehe«, erwiderte er deshalb mit einem charmanten Lächeln, »dass ich zwar ein wenig Französisch spreche, aber vermutlich nicht genug, um Sie zu beeindrucken, Madam. Also gebe ich es nicht gerne zu. Und was meinen Scherz über das Lateinische betrifft«, er betrachtete sie ernst, »frage ich mich nach den Gräueln, die wir in Paris gesehen haben, allen Ernstes, ob Französisch noch lange die Sprache der besseren Gesellschaft bleiben wird.«

Offenbar war Mrs. Grockleton damit zufrieden, und sie begann das Schicksal der französischen Aristokratie so lebhaft zu bedauern, als gehöre sie selbst dazu. Man war sich einig, dass der galante Graf d'Hector und seine treuen Truppen in Lymington so rasch wie möglich nach Frankreich zurückkehren sollten, um dort für Ruhe und Ordnung zu sorgen.

Schließlich wandte sich Mrs. Grockleton wieder ihrem Lieblingsthema zu. Alle stimmten überein, dass man dringend ein neues Theater, neue Versammlungsräume und am besten auch neue Einwohner brauche. Und als man sich verabschiedete, hatte Mrs. Grockleton deshalb auch keine Scheu zu verkünden: »Ich beabsichtige, bald einen Ball in den Versammlungsräumen zu geben. Hoffentlich, Mr. Martell, enttäuschen Sie uns nicht, indem Sie die Einladung ablehnen.«

Nur mit Mühe rang sich Martell zu der Antwort durch, dass er mit Freuden kommen werde, falls er sich in der Gegend befinden sollte. Diese Floskel hätte ihn unter gewöhnlichen Umständen zu nichts verpflichtet, jetzt jedoch hatte er ein mulmiges Gefühl: Auf irgendeine Weise würde diese Dame schon dafür sorgen, dass er auch wirklich erschien.

»Nun«, flüsterte Edward, als sie wieder auf der Straße standen. »Was hältst du von ihr?«

»Da ist mir ›die Klaue‹ zehnmal lieber«, murmelte Martell.

Am nächsten Tag fuhren sie morgens in der Kutsche los, um Mr. Gilpin einen Besuch abzustatten, der sie ausgesprochen herzlich im Pfarrhaus von Boldre willkommen hieß. Sie trafen ihn in der Bibliothek an, wo er zu seiner Zerstreuung einem Jungen aus der Dorfschule Mathematikunterricht erteilte. Es war Nathaniel Furzey.

Gerne zeigte der Vikar Martell seine Bibliothek, die einige wertvolle Bände enthielt, und auch die Skizzen, welche er vor kurzem von Landschaften im New Forest angefertigt hatte.

»Von Zeit zu Zeit versteigere ich sie«, erklärte er Martell, »und Männer wie Sir Harry Burrard bezahlen mir übertriebene Preise dafür, weil sie wissen, dass das Geld für die Schule und andere wohltätige Zwecke bestimmt ist, für die ich mich einsetze. Das Leben eines Geistlichen« – er bedachte Martell mit einem Seitenblick – »ist sehr erfüllend.«

Mr. Gilpins dreistöckiges, geräumiges Pfarrhaus war wirklich eines Gentlemans würdig. Vom Garten aus genoss man eine großartige Aussicht auf die Insel Wight. Der Wind war noch so kühl wie am Vortag, und über dem Solent ballten sich graue Wolken. Ihr silbriger Schimmer ließ die Landschaft schwermütig wirken, und der Wechsel von Licht und Schatten war eindeutig pittoresk. Nachdem sie dieses Naturschauspiel bewundert hatten, erkundigte sich Martell nach Fanny.

»Sie ist in Haus Albion«, erwiderte Gilpin. »Und das erinnert mich daran«, fügte er nachdenklich hinzu, »dass ich ihr noch etwas sagen wollte. Aber das kann warten.« Er sah Edward an. »Beabsichtigen Sie, sie zu besuchen?«

Edward entgegnete nach kurzem Zögern, er sei nicht sicher, ob sie zur Zeit willkommen seien.

Gilpin seufzte. »Sie ist gewiss einsam«, meinte er. Dann rief er nach dem Jungen. »Nathaniel, du kennst doch den Weg nach Haus Albion. Lauf rasch hin und frage nach, ob Miss Albion nicht doch Mr. Martell und ihre Cousins empfangen möchte.«

Erfrischungen wurden serviert. Mr. Gilpin beantwortete viele Fragen über seine Person und die Gegend und unterhielt seine Gäste etwa eine halbe Stunde lang, bis der kleine Nathaniel zurückkehrte.

»Ich soll ausrichten, dass sie einverstanden ist, Sir«, meldete er.

Wyndham Martell hatte sich das Haus ein wenig anders vorgestellt, warum, wusste er nicht genau. Vielleicht lag es daran, dass die Bäume so dicht zusammenstanden, als sie von der Straße abbogen und durch das Tor fuhren. Möglicherweise waren es auch die heranrückenden grauen Wolken, die auf dem Weg von der alten Kirche von Boldre her schimmernd über sie hinweggezogen waren und dunkle Schatten auf die Straße geworfen hatten. Jedenfalls schien der Himmel sich zu verdunkeln, als sie sich am Ende der schmalen Auffahrt näherten. Auf einmal fühlte Martell sich merkwürdig benommen und unwohl.

Als sie um die Kurve bogen, lag plötzlich Haus Albion vor ihnen.

Es lag nur am Licht, so sagte er sich, dem grauen Schimmer, der sich durch die Wolken stahl, dass das Haus so düster wirkte. Es war so alt mit seinen nackten Giebeln, und der grüne Rasen ringsum wurde von Bäumen förmlich umzingelt. Die Ziegelmauern waren dunkel wie Blutflecke. Das gewellte Dach wies darauf hin, dass sich darunter ein alter hölzerner Dachstuhl aus der Tudorzeit verbarg. Die Fenster wirkten kahl, sodass man hätte meinen können, das Haus wäre unbewohnt und nur noch von den Geistern bevölkert. Jahr um Jahr würden sie dort verharren, bis das ganze Gebäude allmählich zur Ruine verfiel.

Eine hoch gewachsene Frau empfing sie an der Tür. »Mrs. Pride, die Haushälterin«, sagte Edward leise. Martell glaubte, einen argwöhnischen, ängstlichen Ausdruck in ihren Augen zu erkennen.

Die letzten Tage waren für Fanny nicht leicht gewesen. Um die Gesundheit ihres Vaters stand es sehr schlecht, und er hatte viel geklagt. Einmal hatte er sogar einen Wutanfall bekommen, was sehr ungewöhnlich für ihn war. Deshalb hatte Fanny am Vortag und auch heute fast ständig bei ihm gesessen. Und obwohl er ein wenig Tee, etwas Brühe und ein Glas Wein zu sich genommen hatte, sah es aus, als würde er den großen Ohrensessel neben seinem Bett, wo er in eine Decke gehüllt saß, nicht mehr verlassen.

Fanny war erschrocken, als Mrs. Pride ihr vor einer halben Stunde den Besuch der jungen Tottons und Martells angekündigt hatte.

»Wir werden sie nicht empfangen!«, rief sie aus. »Was Vater betrifft… Oh, Mrs. Pride, Sie hätten mich zuerst fragen sollen.

Sie hätten ihnen nicht erlauben dürfen zu kommen.« Mrs. Pride entschuldigte sich: Sie habe angenommen, damit nur Miss Albions Wünschen zu entsprechen. Jetzt sei es zu spät für eine Absage. »Also machen wir das Beste daraus«, sagte sie.

Doch zu Fannys großem Erstaunen erholte sich ihr Vater auf wundersame Weise, als sie ihm von den ungebetenen Besuchern berichtete und versprach, sie wegzuschicken, sobald die Höflichkeit es gestattete. Er war zwar noch ein wenig gereizt, bestand aber darauf, dass sie ihm einen Spiegel, ein sauberes Halstuch, Schere, Bürste und Pomade brachte. Innerhalb kürzester Zeit scheuchte er alle Dienstboten auf, sodass Fanny sich rasch davonstehlen konnte, um sich ihrem eigenen Äußeren zu widmen.

Als die Gäste, das graue Tageslicht im Rücken, zur Tür hereinkamen, stand Fanny oben auf der Treppe. Zuerst trat Edward ein, gefolgt von Louisa und Mr. Martell. Edward Totton sah sich um. Und kurz bevor sich die schwere Tür hinter ihnen schloss, wandte sich Louisa an Mr. Martell und sagte etwas, worauf er sie leicht am Arm berührte. Wie blass sie aussieht, hier auf der dunklen Treppe, dachte er, als Fanny ihnen entgegenschritt. In ihrem langen Kleid wirkte sie wie eine Geistergestalt aus einem alten Theaterstück. Die Erschöpfung hatte sich in ihren Gesichtszügen eingenistet.

Wortlos brachte sie ihre Gäste in den Salon mit der alten Holztäfelung und entschuldigte sich dafür, dass sie nicht besser auf Besuch vorbereitet sei. Anschließend erkundigte sie sich höflich nach Martells Gesundheit und nach seiner Familie.

Als Louisa die Einladung zum Tee bei Mrs. Grockleton schilderte, huschte ein leichtes Lächeln über Fannys Gesicht. Louisa gab eine wunderbare Imitation von Mr. Grockleton zum Besten, wie er sich das Blumenwasser übers Bein geschüttet und dann den Strauß zurück in die Vase gesteckt hatte, und nun stimmte auch Fanny in das allgemeine Gelächter ein.

»Sie sollten zur Bühne gehen, Miss Totton«, verkündete Martell mit einem amüsierten Kopfschütteln und einem anerkennenden Blick in ihre Richtung. »Das Beisammensein mit Ihrer Cousine, Miss Albion«, meinte er zu Fanny, »ist wirklich ein ausgesprochenes Vergnügen.«

»Das freut mich aber«, erwiderte Fanny müde.

Doch das fröhliche Geplänkel fand ein jähes Ende, als der alte

Mr. Albion ins Zimmer trat. Mit der einen Hand stützte er sich auf einen Spazierstock mit silbernem Knauf, der andere Arm wurde von Mrs. Pride gehalten. Seine Seidenhose, seine Weste und sein Halstuch waren makellos rein, sein schneeweißes Haar war ordentlich gebürstet. Der Rock schlotterte dem Greis um den mageren, gebrechlichen Körper. Als er langsam durch den Raum auf einen Stuhl zuging, schien es, als nehme er seine letzte Kraft zusammen, um seine Gäste würdevoll zu begrüßen.

Wie so oft in Anwesenheit eines alten Menschen richteten die Besucher nacheinander das Wort an ihn. Da Mr. Albion den Gast noch nicht kannte, war dieser zuerst an der Reihe. Nach den üblichen Komplimenten, die wohl aufgenommen wurden, merkte Martell an, er habe Fannys Gesellschaft bereits im Frühjahr in Oxford genießen dürfen. Er konnte sich des Eindrucks nicht erwehren, dass dies dem alten Mann gar nicht recht war. Dann meinte Martell, er sei vor kurzem aus Dorset eingetroffen und plane, von hier aus nach Kent weiterzureisen, eine Feststellung, auf die für gewöhnlich eine Höflichkeitsfloskel folgte.

»Dorset?«, fragte Mr. Albion mit nachdenklicher Miene. »Ich fürchte, dort hat es mir noch nie sehr gefallen«, fügte er bedauernd hinzu.

»Zu viele Berge?«, fragte Martell, um das Gespräch in Gang zu halten.

»Inzwischen verlasse ich das Haus nicht mehr.«

»Soweit ich weiß, waren Sie sogar schon in Amerika.«

Die blauen Augen des Greises musterten ihn aufmerksam. »Ja, das ist richtig.« Offenbar überlegte Mr. Albion, und Martell nahm an, dass er noch etwas ergänzen würde. Doch nach einer Weile schien der alte Mann das Interesse zu verlieren, denn sein Blick schweifte zu Louisa hinüber, und er wies mit dem Spazierstock auf sie. »Sie ist sehr hübsch, finden Sie nicht?«

»In der Tat, Sir.«

Offenbar hatte Mr. Albion keine Lust, weiter mit Martell zu plaudern; er deutete wieder auf Louisa. »Du siehst heute wirklich sehr hübsch aus.«

Sie machte einen Knicks, lächelte und nahm seine Bemerkung als Stichwort, zu ihm hinüberzugehen und sich anmutig neben ihn zu knien.

»Hast du es auch bequem da unten?«, fragte der alte Mann.

»Ich habe es immer bequem, wenn ich bei Ihnen bin«, erwiderte sie.

Da der Greis ihm anscheinend nichts mehr zu sagen hatte, zog sich Martell zurück, während Fanny sich vergewisserte, dass es ihrem Vater an nichts fehlte.

»Miss Albion tut mir Leid«, flüsterte Martell jetzt Eduard zu. »Wohin wollten wir morgen fahren?«

»Nach Beaulieu, falls das Wetter mitmacht«, antwortete Edward.

»Könnten wir deine Cousine nicht einladen, uns zu begleiten?«, schlug Martell vor. »Es muss schrecklich für sie sein, den ganzen Tag mit ihrem Vater im Haus zu sitzen.«

Edward fand den Einfall sehr gut und stimmte zu. »Ich werde mein Bestes tun«, versprach er.

Kurz darauf gesellte Fanny sich zu ihnen, sodass Martell Gelegenheit hatte, ein paar Worte mit ihr zu wechseln. Inzwischen schien sie ein wenig fröhlicher, und sie plauderten so vertraut miteinander wie damals in Oxford. Martell stellte fest, dass sie hier in diesem Haus älter, trauriger und sogar ein wenig tragisch wirkte. Sie muss fort von hier, dachte er, jemand muss sie aus dieser Lage befreien. Allerdings war ihm klar, dass dies kein einfaches Unterfangen würde. Aber vielleicht würde der Ausflug nach Beaulieu sie ein wenig aufheitern. Aus dem Augenwinkel sah er, dass Edward zu dem alten Mann hinüberging. Der Charme des jungen Totton würde seine Wirkung gewiss nicht verfehlen.

»Ich glaube, Sir«, sprach Edward den alten Hausherrn mit einem freundlichen Lächeln an, »Louisa und ich müssen Sie um die Erlaubnis bitten, unsere Cousine Fanny für ein oder zwei Stunden zu entführen, sofern das Wetter morgen schön ist.«

»Oh?«, sagte Mr. Albion argwöhnisch. »Warum?«

»Wir wollten einen Ausflug nach Beaulieu unternehmen.«

Für einen Augenblick, fast unmerklich, verdüsterte sich Louisas Miene. »O ja!«, rief sie dann aus. »Gestatten Sie Fanny, uns zu begleiten. Ganz bestimmt«, fügte sie hinzu, »bleiben wir nicht länger als einen halben Tag fort.« Sie bedachte Mr. Albion mit einem Lächeln, das ihn sicher erweicht hätte, hätte er den Blick nicht abgewandt.

»Beaulieu?« Es klang, als hätten sie eine Reise nach Schottland vorgeschlagen. »Das ist aber weit weg.«

Niemand wagte, ihn darauf hinzuweisen, dass es sich um eine Entfernung von sechs Kilometern handelte. Man musste Edward zugute halten, dass er noch ein freundliches Lachen zu Stande brachte. »Nicht viel weiter als der Weg, den wir heute gefahren sind, um Sie zu besuchen. Sie werden kaum bemerken, dass wir überhaupt weg gewesen sind.«

Mr. Albions Miene drückte noch immer Zweifel aus. »Die Abwesenheit meiner Schwester und mein Gesundheitszustand…« Kopfschüttelnd runzelte er die Stirn. »Es ist niemand da, der sich um mich kümmert.«

»Sie haben doch Mrs. Pride, Sir«, widersprach Edward.

Allerdings stieß er mit dieser Einmischung in Haushaltsangelegenheiten bei dem alten Herrn auf Unverständnis. »Mrs. Pride hat damit nichts zu tun«, schimpfte er.

»Ich denke, Edward«, wandte Fanny ein, die ihren Vater vor weiterer Aufregung bewahren wollte, »dass ich wohl besser hier bleibe.«

»Seht ihr«, meinte Mr. Albion brummig, jedoch mit einem triumphierenden Glitzern in den Augen. »Sie will gar nicht mit.«

Diese Behauptung war so empörend, dass Martell, der Widerspruch ohnehin nicht gewohnt war, nicht mehr an sich halten konnte. »Darf ich mir die Bemerkung erlauben, Sir«, sagte er ruhig, doch mit Nachdruck, »dass dieser kurze Ausflug Miss Albion gewiss gut tun würde.«

Mr. Albion ließ das Kinn auf den Kragen sinken und saß eine Weile schweigend da. Plötzlich fuhr der Kopf des alten Mannes hoch, sodass er mit seinem mageren Hals einem aufgebrachten Truthahn ähnelte. Auch wenn seine Haut faltig sein mochte, die blauen Augen funkelten lebhaft und zornig. »Dann werden Sie mir wohl die Bemerkung erlauben, Sir!«, rief er, »dass die Gesundheit meiner Tochter Sie nichts angeht. Soweit ich weiß, ist die Führung dieses Haushalts nicht Ihre Angelegenheit, Sir.« Er hob den Spazierstock mit dem Silberknauf und stieß ihn bei jedem Wort aus Leibeskräften auf den Boden. »Der – Herr – dieses – Hauses – bin – immer – noch – ich!«

»Daran habe ich keine Minute gezweifelt, Sir«, erwiderte Martell errötend. »Und ich wollte Sie nicht beleidigen, Sir, sondern nur…«

Aber Mr. Albion hatte keine Lust, ihn anzuhören. Er war bleich vor Wut. »Sie beleidigen mich. Und ich würde es vorziehen, Sir« – erbost stieß er diese Worte hervor –, »wenn Sie Ihre Meinungen in Zukunft anderswo zum Besten geben. Sie würden mir einen Gefallen tun, Sir« – mühsam machte er Anstalten, sich zu erheben –, »wenn Sie dieses Haus auf der Stelle verließen!« Bei den letzten Worten überschlug sich seine Stimme. Nach Luft ringend sank er auf seinen Stuhl zurück.

Fanny erbleichte. Da sie befürchtete, ihr Vater könne einen Schlaganfall erleiden, sah sie Martell flehend an. Zögernd – denn er glaubte, Fanny würde Hilfe brauchen, wenn Mr. Albion tatsächlich einen Anfall bekam – trat dieser, gefolgt von Edward und Louisa, den Rückzug an. Mrs. Pride, die auf wundersame Weise plötzlich aufgetaucht war, unterzog ihren Arbeitgeber einer raschen Untersuchung und bedeutete den Gästen, dass sie unbesorgt gehen konnten.

Draußen vor der Tür schüttelte Edward belustigt den Kopf. »Unser Besuch war offenbar kein großer Erfolg.«

»Nein.« Martell fehlten vor Überraschung zunächst die Worte. »Das war das erste Mal«, meinte er spöttisch, »dass ich aus einem Haus geworfen wurde. Ich habe nur Mitleid mit der bedauernswerten Miss Albion.«

»Die arme, liebe Fanny«, sagte Louisa. »Ich werde heute Nachmittag mit Mutter wiederkommen.«

»Eine gute Idee, Louisa«, lobte ihr Bruder.

»Es heißt, in der Familie Albion gebe es schlechtes Blut«, fuhr Louisa traurig fort. »Wahrscheinlich liegt es daran. Fanny kann einem wirklich Leid tun.«

Eine Stunde später, nachdem Mrs. Pride den Hausherrn in sein Zimmer gebracht und die weinende Fanny getröstet hatte, schlich sie sich aus dem Haus, um Mr. Gilpin aufzusuchen.

Als Edward und Louisa sich am nächsten Morgen wieder mit Mr. Martell auf den Weg machten, schien die Sonne. Leider war Mrs. Totton am Vortag beschäftigt gewesen, sodass Louisa ihrer Cousine keinen Besuch mehr hatte abstatten können. Doch sie hatte Fanny einen liebevollen Brief geschrieben und ihn noch am Nachmittag durch einen Burschen überbringen lassen.

Sie war vergnügter Stimmung, als die Kutsche die Straße entlang nach Lyndhurst holperte, wo sie vor der Überquerung der

Heide kurz Station machen wollten. Mr. Martell war gesprächig. Und natürlich gefiel es Louisa sehr, dass er sie so eingehend befragte. Mr. Martell blieb zwar stets höflich, aber sie bemerkte, dass er nicht mehr locker ließ, wenn er sich erst einmal für ein Thema erwärmt hatte. So eine Beharrlichkeit war ihr zwar noch nie untergekommen, doch bei einem Mann hielt sie sie nicht für unpassend.

»Ich stelle fest, Mr. Martell«, meinte sie, »dass Sie sehr wissbegierig sind.«

Er lachte auf. »Entschuldigen Sie, meine liebe Miss Totton, das liegt mir nun einmal im Blut. Bin ich Ihnen zu nahe getreten?«

Noch nie hatte er sie mit »liebe Miss Totton« angesprochen oder sich nach ihrer Meinung über ihn erkundigt.

»Ganz und gar nicht, Mr. Martell«, erwiderte sie mit einem Lächeln, das ein klein wenig ernsthaft wirkte. »Offen gestanden hat man in Gesprächen von mir bis jetzt nie sehr viel Verstand verlangt. Ich empfinde diese geistige Herausforderung als sehr anregend.«

»Aha«, entgegnete er ebenso zufrieden wie nachdenklich.

Das Dorf Lyndhurst hatte sich seit dem Mittelalter kaum verändert. Das Grafschaftsgericht des New Forest trat immer noch hier zusammen. Die königliche Residenz war zwar ein wenig vergrößert worden und verfügte nun über geräumige Stallgebäude und ausgedehnte eingezäunte Gärten, war aber genau genommen noch immer nicht viel mehr als eine Jagdhütte. In der Nähe befanden sich zwei Herrensitze namens Cuffnell und Mountroyal. Doch die Streusiedlung Lyndhurst selbst war ein Weiler geblieben. Allerdings hob die hübsche Kirche, welche die alte königliche Kapelle ersetzt hatte und ein wenig erhöht neben der Residenz stand, die Stellung der Ortschaft. Man konnte sie schon aus vielen Kilometern Entfernung sehen.

Sie machten kurz vor der Residenz Halt und besichtigten dann die Rennbahn. Eigentlich handelte es sich nur um eine große Wiese nördlich von Lyndhurst. Sitzreihen gab es nicht, denn in jener Zeit war es üblich, sich Rennen von der Kutsche oder vom Wagen aus anzusehen.

»Eine der Hauptattraktionen hier sind die Ponyrennen im New Forest«, erklärte Edward. »Du wärst überrascht, wie schnell sie laufen können und wie sicher sie sind. Du musst unbedingt wiederkommen, wenn ein Rennen stattfindet, Martell.«

Und etwas in Martells Miene sagte Louisa, dass er das sicher tun würde.

Dann ging es weiter nach Beaulieu. Der Pfad zu der alten Abtei, der in südöstlicher Richtung über die Heide verlief, begann unterhalb der Rennbahn von Lyndhurst. Unterwegs kamen sie an zwei ausgesprochen merkwürdigen Sehenswürdigkeiten vorbei, die sofort Martells Neugier weckten. Die erste war ein großer, mit Gras bewachsener Hügel.

»Man nennt ihn Bolton's Bench«, antwortete Edward auf seine Frage.

Der Herzog von Bolton, ein bedeutender Magnat aus Hampshire, hatte zu Anfang des Jahrhunderts beschlossen, den ehemaligen Aussichtspunkt des Försters Cola zu erhöhen, sodass man von dort aus ganz Lyndhurst überblicken konnte. Der Herzog war dafür bekannt, dass er gern verändernd in die Landschaft eingriff. An einer anderen Stelle des New Forest hatte er eine gewaltige gerade Schneise durch den alten Wald schlagen lassen, um dort mit seinen Freunden auszureiten. Doch was Martell noch mehr verblüffte als Boltons künstlicher Hügel, war der riesige, mit Gras bewachsene Erdwall, der sich dahinter erstreckte.

»Das ist Park Pale«, erläuterte Edward. »Früher wurden hier Hirsche zusammengetrieben.«

Die große Hirschfalle, wo Cola die Jagd überwacht hatte, war wirklich ein beeindruckender Anblick. Fünf Jahrhunderte zuvor war sie vergrößert worden. Nun verlief der hohe Wall fast drei Kilometer lang quer durch die Landschaft, bevor er eine Kurve zurück in den Wald unterhalb von Lyndhurst beschrieb. Im klaren Morgenlicht wirkte das verlassene Bauwerk wie ein Überbleibsel aus prähistorischer Zeit. Doch es gab immer noch Hirsche im Wald, die auch weiterhin gejagt wurden. Bis auf die nahe gelegene Straße und die Kirche auf dem Hügel bei Lyndhurst sah es in dieser Gegend noch aus wie damals im Mittelalter. Und während die Ausflügler den Erdwall betrachteten, war ihnen, als könnte jederzeit ein weißlicher Hirsch hinter Bolton's Bench auftauchen und über die Heide davonspringen.

In diesem Augenblick hörten sie hinter sich einen Freudenruf. Als sie sich umdrehten, sahen sie eine kleine offene Kutsche den Pfad hinter Bolton's Bench entlangfahren. Darin erkannten sie Mr. Gilpins kräftige Gestalt. Der Geistliche schwenkte fröhlich den Hut. Neben ihm saßen der junge Furzey – und Fanny Albion.

»Oh«, sagte Louisa.

Der Besuch der Haushälterin Mrs. Pride am Vortag hatte ihn überrascht. Doch seine Neugier war geweckt, und der Reverend war gerne bereit, etwas für Fanny zu tun. Er stimmte mit Mrs. Pride überein, dass Miss Albion ihre Cousins unbedingt begleiten müsse – vor allem, wenn man sich Mr. Albions gestriges Benehmen vor Augen hielt. Allerdings wies er Mrs. Pride darauf hin, dass es wohl kaum möglich sein würde, Fanny loszueisen, solange sich die Missstimmung des Alten nicht legte.

Mrs. Pride teilte diese Auffassung zwar, erwiderte aber: »Manchmal, Sir, schläft Mr. Albion den ganzen Tag und würde Miss Albions Abwesenheit gar nicht bemerken.«

»Denken Sie, dass morgen so ein Tag sein könnte?«, fragte der Vikar.

»Er hat sich heute Nachmittag so aufgeregt, Sir, dass es mich nicht wundern würde.«

»Ich glaube fast«, meinte Mr. Gilpin später zu seiner Frau, »dass Mrs. Pride ihm etwas eingeben wird.«

»Gehört sich das denn, Liebling?«, verwunderte sich seine Frau.

»Ja«, antwortete Mr. Gilpin.

Also hatte er sich an diesem Morgen vergnügt in seiner leichten, zweirädrigen Kutsche auf den Weg gemacht. Zuerst hatte er den kleinen Furzey von der Schule abgeholt. Er wusste, dass er das besser nicht hätte tun sollen. Doch der Junge war so klug, dass der Geistliche der Verlockung nicht widerstehen konnte, seine Bildung zu mehren.

Bei seiner Ankunft in Haus Albion erfuhr er, dass Mr. Albion tief und fest schlief. Mr. Gilpin war versucht, ein Stoßgebet zum Himmel zu schicken und ihm die ewige Ruhe zu wünschen. Dennoch war es nicht leicht, Fanny zum Mitkommen zu bewegen. Wie sich herausstellte, lag das nicht an der Angst, ihren Vater allein zu lassen, sondern daran, dass sie sich nach der gestrigen Blamage vor einer Begegnung mit Mr. Martell fürchtete.

»Mein liebes Kind«, versicherte ihr der Vikar. »Sie haben sich überhaupt nicht blamiert. Der Ausbruch Ihres Vaters war zwar völlig unberechtigt, doch er hat sich für einen Mann seines Alters wacker geschlagen.«

»Aber dass Mr. Martell in unserem Haus ein solcher Empfang bereitet wurde…«

»Meine liebe Fanny«, entgegnete Mr. Gilpin schlau, »da Mr. Martell wahrscheinlich meist von Speichelleckern umgeben ist, weiß er die Abwechslung sicher zu schätzen. Außerdem«, fügte er hinzu, »habe ich keine Ahnung, ob Ihre Cousins wirklich nach Beaulieu gefahren sind. Also werden Sie vielleicht mit mir und dem kleinen Furzey vorlieb nehmen müssen. Bitte, kommen Sie mit. Ich muss nämlich unterwegs noch einen Brief in Lyndhurst abgeben.«

Nun ließ Mr. Gilpin sich von den beiden Tottons in die Mitte nehmen. Fanny folgte mit Mr. Martell.

Mr. Martell gelang es, Fannys Verlegenheit wegen des gestrigen Zwischenfalls zu verscheuchen. Er scherzte sogar, er sei zwar noch nie aus einem Haus geworfen worden, es werde jedoch gewiss nicht das letzte Mal bleiben. »Wirklich, Miss Albion, Ihr Vater erinnert mich sehr an meinen eigenen. Doch wenn wir die beiden wie Ritter in einem Turnier gegeneinander antreten lassen würden, würde Ihrer wahrscheinlich gewinnen.«

»Sie sind zu freundlich, Sir«, sagte sie, »aber ich muss zugeben, dass mir das alles schrecklich peinlich ist.«

Martell überlegte. Ihm war nicht ihre Verlegenheit im Gedächtnis geblieben, sondern der Eindruck, den sie bei ihm hinterlassen hatte, als sie ihnen in der Vorhalle entgegengekommen war: bleich, bedrückt, ja sogar tragisch. Ohne dass es ihm in diesem Moment selbst klar gewesen war, hatte es in ihm den Wunsch geweckt, sie zu beschützen. Heute jedoch waren ihre Wangen von der Fahrt durch die Morgenluft gerötet, und sie wirkte sehr lebendig. Zwei Seiten ein und derselben Person, was ihn neugierig machte. Er beschloss, sie ein wenig aufzuheitern.

»Ach«, sprach er gut gelaunt weiter, »wenn wir nur Einfluss auf unsere Eltern hätten. Aber Ihr Vater hat wunderschöne Augen, wenn sie so zornig blitzen.« Forschend sah er sie an. »So wie Ihre, Miss Albion. Sie haben seine Augen geerbt.«

Was sollte sie darauf antworten? Sie errötete. Noch nie hatte sie ihn so freundlich erlebt.

»Ich habe gehört, dass Ihre Familie schon lange im New Forest ansässig ist«, fuhr er fort.

»Es heißt, wir stammen von den Angelsachsen ab, Mr. Martell. Wir besaßen schon vor der Zeit der Normannen Güter im New Forest.«

»Ach, du meine Güte, Miss Albion. Und dann haben wir Normannen sie Ihnen weggenommen? Kein Wunder, dass Sie unsereinem die Tür weisen!«

»Ich glaube, Mr. Martell«, meinte sie lachend, »dass Sie uns erobert haben.« Und ohne besondere Absicht sah sie ihm bei diesen Worten in die Augen.

»Aha.« Er erwiderte ihren Blick, als habe das Wort »erobern« auch für ihn plötzlich eine andere Bedeutung gewonnen. Eine Weile starrten sie einander an, bis er nachdenklich den Kopf abwandte. »Wir alten Familien«, sagte er in einem vertrauten Ton, der sich ihr wie ein warmer Umhang um die Schultern legte, »beschäftigen uns vielleicht zu sehr mit der Vergangenheit. Und dennoch...« Er sah die Tottons an, und sein Augenausdruck besagte, dass ihnen, obwohl sehr nette Leute, eine wichtige Gemeinsamkeit mit den Martells oder den Albions fehlte. »Ich glaube, wir gehören auf andere Weise als viele Menschen zu diesem Land.«

»Ja«, entgegnete sie leise, denn sie empfand genauso.

»Also«, meinte er so spielerisch, als würde er jeden Moment den Arm um sie legen. »Sind Sie und ich nun Ruinen oder nur pittoresk?«

»Ich bin pittoresk, Sir«, antwortete sie mit Nachdruck, »und bitte erklären Sie mir jetzt nicht, Sie seien eine Ruine.«

»Ich schwöre«, sagte er leise, »dass ich keine bin.«

Der Fluss von Beaulieu war den Gezeiten unterworfen. Als sie die Brücke zu dem alten Pförtnerhaus überquerten, herrschte gerade Ebbe, weshalb der große Teich zu ihrer Linken fast leer dalag.

Obwohl längst verfallen, hatte die Abtei ihre mittelalterliche Atmosphäre hervorragend bewahrt. Nicht alle Gebäude waren zerstört worden; das Pförtnerhaus und der Großteil der Mauer standen noch. Das Haus des Abtes war wieder hergestellt und zu einem bescheidenen Gutshaus ausgebaut worden. Auch ein Teil des Kreuzgangs war erhalten. Das große *domus* der Laienbrüder bildete eine der vier Seiten. Zwar war von der gewaltigen Klosterkirche kaum noch ein Stein übrig, aber man hatte das gegenüberliegende Refektorium in eine hübsche Pfarrkirche verwandelt. Die augenblickliche Erbin, eine Montagu, weilte nur selten hier, denn sie hatte – wie in ihrer Familie üblich – eine gute Partie gemacht. Ihr Gatte war ein Abkömmling des Herzogs von Monmouth. Der glücklose uneheliche Sohn von Karl II. war zwar nach dem Aufstand von 1685 enthauptet worden. Doch dank der Bemühungen seiner Frau waren seine großen Güter auf seine Erben übergegangen und inzwischen mit den Besitzungen der Montagus vereint worden. Allerdings sorgte die Familie für die Instandhaltung der Abtei, deren graue Gemäuer eine altertümliche Ruhe verbreiteten.

»Also, Mr. Martell«, meinte Louisa, sobald sie das Pförtnerhaus passiert hatten. »Haben wir Sie nun an Fanny verloren?« Sie bedachte Martell mit einem merkwürdigen Blick, so als wäre etwas nicht in Ordnung mit Fanny. Aber Martell lächelte nur und ging nicht weiter darauf ein.

»Ich plaudere ebenso gerne mit ihr wie mit Ihnen«, entgegnete er höflich. »Möchten Sie sich uns nicht anschließen?« Und so schlenderte er, eine junge Dame an jedem Arm, über das Klostergelände. Sie waren noch nicht weit gekommen, als er plötzlich sagte: »Diese Abtei liegt so idyllisch; die Luft…« Er hielt inne. Louisa sah ihn verständnislos an.

Fanny lachte. »Die sich in ihrer Frische und Süße selbst empfiehlt«, beendete sie den Satz. Als sie Louisas immer noch verdatterte Miene bemerkte, rief sie aus: »Aber Louisa, das ist doch aus *Macbeth* von Shakespeare. Wir haben das Stück bei Mrs. Grockleton gelesen. Nur, dass es im Original nicht um eine Abtei, sondern um ein Schloss geht.«

»Das hatte ich ganz vergessen«, entgegnete Louisa und runzelte verärgert die Stirn.

»Mr. Martell, Sie erinnern sich sicher noch, dass der König kurz nach dieser Bemerkung ums Leben kommt«, meinte Fanny. »Also sollten Sie besser auf der Hut sein.«

»Nun, Miss Albion.« Martell blickte zwischen den beiden Mädchen hin und her. »Ich fühle mich verhältnismäßig sicher, denn keine von Ihnen beiden ähnelt der Furcht erregenden Lady Macbeth.«

»Sie haben mich noch nie mit einem Dolch gesehen«, erwiderte Louisa in scherzhaft drohendem Ton, in dem Versuch, ihren Schnitzer wieder gutzumachen. Fanny hatte den Eindruck, dass Louisa lieber sie als Mr. Martell erdolcht hätte, und sie beschloss, alles zu tun, um ihre Cousine nicht mehr in Verlegenheit zu bringen.

Deshalb hielt sie sich zurück, als Martell, am Hause des Abts angekommen, beiläufig von Louisa wissen wollte, welcher Orden früher hier gelebt habe.

»Orden?« Louisa zuckte die Achseln. »Es waren eben Mönche.« Unwillkürlich sah sie Fanny an.

»Ich bin nicht ganz sicher«, erwiderte Fanny zögernd, obwohl sie es ganz genau wusste. »Haben sie nicht Schafe gehalten, Louisa? Dann müssen es Zisterzienser gewesen sein.«

»In diesem Fall«, sagte Martell, der sich von dieser Scharade keinen Moment täuschen ließ, »wurden die Güter gewiss von Laienbrüdern bewirtschaftet.«

»Ja«, bestätigte Fanny. »Einige der großen Scheunen auf den Gütern stehen bis heute.« Sie wies in die Richtung, wo das Gut St. Leonards lag. Martell nickte interessiert.

Vor ihnen war Mr. Gilpin stehen geblieben, um sich ein paar Bäume anzusehen, die die Montagus in geraden Reihen gepflanzt hatten. Da er Eduard und dem kleinen Furzey einen Vortrag darüber hielt, wie sehr er diesen Eingriff missbilligte, mussten sie warten, bis er fertig war. In diesem Moment schwebte plötzlich ein Flussuferläufer über dem Pförtnerhaus im Himmel, ein so reizender Anblick, dass alle gebannt hinsahen. Fanny fragte sich, welcher Teufel Louisa reiten mochte, denn diese zeigte auf den schlanken, eleganten Schreitvogel und rief: »Schaut nur, eine Möwe!«

Zuerst hielten Fanny und Martell das für einen Scherz, doch bald wurde ihnen klar, dass sie es ernst meinte. Fanny wollte schon etwas einwenden, verkniff sich aber die Bemerkung. Sie und Martell wechselten Blicke. Und dann – sie konnten sich einfach nicht dagegen wehren – brachen sie beide in Gelächter aus. Anschließend beging Martell ganz unwillkürlich den schweren Fehler, von Louisa abzurücken und freundschaftlich Fannys Arm zu drücken. Louisa musste miterleben, dass die beiden – und das war unverkennbar – sich wie ein Liebespaar gegen sie verbündeten und sich über sie lustig machten. Ihre Miene verdüsterte sich.

»Mr. Gilpin!« Gewiss war es einer glücklichen Vorsehung zu verdanken, dass genau in diesem Augenblick ein Ruf ertönte. Er kam von der Klostermauer her, und im nächsten Moment eilte eine Gestalt auf sie zu. »Es ist uns eine große Ehre.« Mr. Adams, der Hilfsgeistliche von Beaulieu – eigentlich war er der hiesige Pfarrer, denn der Mann, der diesen Posten eigentlich innehatte, ließ sich nie hier sehen –, war der älteste Sohn von Mr. Adams, des Schiffsbaumeisters in Buckler's Hard. Während seine Brüder ins Geschäft eingetreten waren, hatte Adams in Oxford studiert und sich danach zum Priester weihen lassen. Nachdem Gilpin ihn freundlich begrüßt und seine Begleiter vorgestellt hatte, erbot sich der Hilfsgeistliche, sie herumzuführen. Zuerst brachte er sie ins Haus des Abtes. »Aus mir unbekannten Gründen wird es heute als Palace House bezeichnet«, erklärte er. Die Gäste bewunderten die Räume mit den prächtigen Gewölben. Martell folgte, höflich wie immer, den Erläuterungen des Geistlichen, während Fanny und der kleine Furzey ein wenig zurückblieben. Offenbar hatte der Junge sie zu seiner Herzensfreundin auserkoren.

Danach traten sie hinaus auf den Hof und gingen zum alten Refektorium hinüber, das inzwischen als Pfarrkirche diente. Da Fanny das Gebäude gut kannte und der kleine Nathaniel inzwischen ungeduldig wurde, schlug sie vor, draußen zu warten. Die anderen verschwanden, und Fanny blieb mit dem Jungen im Kreuzgang zurück.

Zur Blütezeit der Abtei war der Kreuzgang ein angenehmer Aufenthaltsort gewesen, und selbst als Ruine strahlte er noch einen ganz eigenen Charme aus. Die nördliche Wand mit ihren Nischen war mehr oder weniger unbeschädigt. Die übrigen Mauern waren von Efeu überwachsen und befanden sich in verschiedenen Stadien des Verfalls. Hie und da bildeten kleine Torbögen eine Abtrennung; dahinter boten die mit Gras überwucherten Fundamente eingestürzter Gebäude eine malerische Aussicht. Da sich der Bau einer Ruine für die Montagus somit erübrigt hatte, hatten sie einen Rasen und neben den bröckelnden Mauern und Säulen kleine Blumenbeete angelegt. Auf diese Weise war ein hübscher Garten entstanden, wo man im anheimelnden Schatten der alten Mauern erholsame Spaziergänge unternehmen konnte.

Fanny ließ Nathaniel umhertollen und suchte sich im Garten ein Plätzchen, um sich zu setzen. Die geschützten Nischen in der Nordmauer wirkten sehr einladend, da sie windgeschützt waren und warm von der Sonne beschienen wurden. Fanny entschied sich für eine Nische in der Mitte, ließ sich auf der steinernen Bank nieder und lehnte den Rücken an die Mauer. Es war wirklich sehr hübsch hier. Vor ihr, auf der anderen Seite des Kreuzgangs, erhob sich die hohe Endmauer des Refektoriums wie ein Dreieck in den blauen Himmel. Ihre Begleiter besichtigten noch die Kirche. Es war ganz still. Auch Nathaniel war nirgendwo zu sehen. Fanny holte tief Luft, schloss die Augen und ließ ihr Gesicht von der Sonne bescheinen.

Warum nur war sie so glücklich? Sie glaubte, den Grund zu kennen. Allerdings war sie – wie sie sich sagte – nicht so närrisch anzunehmen, dass Mr. Martells Freundlichkeit auf mehr als auf bloßer Sympathie beruhte. Zweifellos hatte der Adelige freie Wahl unter den jungen Damen Englands. Dennoch war es sehr angenehm, dass er ihre Vorzüge – eine gute Familie, Intelligenz und Schlagfertigkeit – zu schätzen wusste. Fanny fehlte die Erfahrung mit Männern. Und nun hatte sie einen sehr begehrenswerten Vertreter dieser Spezies kennen gelernt, dem sie offenbar gefiel. Sie fühlte sich sehr geschmeichelt und vermutete, dass das die Erklärung für ihre Hochstimmung war.

Allerdings gab sie sich mit dieser Antwort noch nicht zufrieden. Nein, es musste mehr dahinter stecken, etwas, das sie gespürt hatte, als sie mit Mr. Martell fröhlich lachend einhergeschlendert war.

In seiner Gegenwart fiel die Befangenheit von ihr ab, und sie hatte zum ersten Mal im Leben das Gefühl, sich ungezwungen bewegen zu können. Eine Leichtigkeit ergriff sie, und Schmerz und Elend schienen ihr meilenweit entfernt.

Fanny schmunzelte in sich hinein. Unwillkürlich zog sie ihr geliebtes Holzkreuz unter ihrem Kleid hervor und betastete die alten Schnitzereien. So saß sie eine Weile da und genoss die friedliche Umgebung.

Kurz darauf kehrte Nathaniel zurück und ließ sich neben ihr nieder. »Was ist das?«, fragte er beim Anblick des Kruzifixes aus Zedernholz.

»Ein Kreuz. Meine Großmutter hat es mir geschenkt. Ich glaube, es ist sehr alt.«

Er betrachtete es und nickte feierlich. »Es sieht auch alt aus.« Er machte es sich auf der Bank bequem und ließ den Blick über den Kreuzgang schweifen. »Gefällt es Ihnen hier?«, wollte er wissen, und als sie dies bejahte, meinte er: »Mir auch.«

So verharrten sie eine Weile, bis Nathaniel auf eine Stelle an der Mauer hinter Fanny zeigte. Sie blickte in die angegebene Richtung und verstand zuerst nicht, was er meinte. Dann aber bemerkte sie, dass jemand den Buchstaben »A« in den Stein geritzt hatte. Er war ziemlich klein und ordentlich in gotischer Handschrift geformt, so als stamme er aus der Hand eines Mönches aus uralter Zeit. Sie lächelte. Dieser Buchstabe »A« war ein winziger Hinweis auf ein längst verloschenes Leben.

»Wie würde sich der Mönch, der das eingeritzt hat – falls es wirklich einer war –, wundern, wenn er uns hier in seinem Kreuzgang sitzen sehen könnte«, meinte sie. »Er wäre gewiss nicht erfreut«, fügte sie lächelnd hinzu.

Und deshalb war es ein Jammer, dass Bruder Adam seinen Nachkommen nicht sagen konnte, dass er im Gegenteil sehr glücklich darüber war.

Kurz darauf erschien Mr. Gilpin und verkündete, man werde jetzt die Seilerei und anschließend die Werft in Buckler's Hard besichtigen.

Ganz langsam bewegte sich der gewaltige Baum vorwärts. Angestrengt stemmten sich die sechs großen, hintereinander angeschirrten Kutschpferde in die Ketten. Der Wagen, den sie zogen, ächzte und schlingerte unter seiner Last. Sie brachten eine Eiche aus dem New Forest zum Meer.

Puckle seufzte. Was hatte er getan?

An dem Tag seines Treffens mit Grockleton beim Rufusstein hatte er den Wert des Baumes ganz richtig eingeschätzt. Für gewöhnlich wurden die Bäume im Winter gefällt und im Sommer weggeschafft, wenn der Boden hart war. Doch aus irgendeinem Grund hatte Mr. Adams gestattet, diesen Baum später zu schlagen. Und während man seinen beschnittenen Bruder noch ein oder zwei Jahrhunderte am Leben ließ, hatte dieser prächtige Sohn der alten Zaubereiche die scharfen Äxte zu spüren bekommen. Immer weiter hatten sie sich zu seinem zweihundertjährigen Kern vorgefressen, und schließlich war er – unweit des ehemaligen Standortes seines knorrigen alten Vaters – mit lautem Krachen auf den mit Moos und Laub bedeckten Waldboden gefallen. Dann hatten sich die Holzfäller mit Sägen und Beilen an die Arbeit gemacht.

Bei einer gefällten Eiche unterschied man drei Teile. Zuerst einmal die Enden, Äste und Wurzeln also, die man zum Schiffsbau nicht verwenden konnte. Sie wurden rasch abgetrennt und als Brennholz abtransportiert. Das wichtigste Stück des Baumes, den mächtigen Stamm, zerkleinerte man zu gebrauchsfertigen Stücken für den Schiffsbau. Und schließlich waren da noch die wichtigen Verbindungsstücke, die so genannten Knie, die Ansätze der Äste, aus denen man Winkel herstellte. Zu guter Letzt wurde die Rinde abgeschält und von Holzhändlern an Gerbereien verkauft. Allerdings lehnte Mr. Adams diese Praxis ab, weshalb die Eichen mit Rinde in Buckler's Hard angeliefert wurden.

Nun schleppte man den Stamm – mit Ketten und Haken gesichert, das dickere Ende voran – durch den New Forest zur Werft, um ihn dort vor der Verarbeitung zwei Jahre lang zu lagern. Zum Bau des gewaltigen Vorderstevens und des Achterschiffs brauchte man einen Stamm von mindestens drei Metern Umfang. Aus einem Baum wie diesem hier ließen sich etwa vier Fuhren – oder Tonnen – Holz gewinnen. Ein Kriegsschiff war aus mehr als zweitausend Fuhren gefertigt, was dem Eichenbestand von etwa sechzehn Hektar Wald entsprach. Deshalb waren ständig die Äxte der Holzfäller zu hören. Eine alte Eiche nach der anderen stürzte auf den Waldboden, und die Holztransporte strömten dem Meer entgegen wie die kleinen Bächlein, die durch den New Forest flossen.

Inzwischen hatte der Baum das Ende seiner Reise auf dem Landweg erreicht. Puckle, der neben dem Leitpferd herging, blickte nach Buckler's Hard hinunter.

Was hatte er getan? Er wusste nicht, warum ihn ausgerechnet an diesem Morgen die Erkenntnis getroffen hatte wie ein Blitz aus heiterem Himmel. Als er die in zwei Reihen angeordneten Backsteinhäuschen betrachtete, hätte er weinen können. Nun würde er alles, was er liebte, hinter sich lassen müssen.

Buckler's Hard war seine Heimat geworden. Wie viele Jahre arbeitete er hier nun schon im Schiffsbau? Wie viele Jahre ging er nun schon zu dem verschwiegenen Plätzchen am Fluss, wo die Schmuggler die Fässer mit dem feinsten Brandy anlandeten, und brachte die kostbare Fracht dann zum Schuster in Buckler's Hard. Dort wurden die Flaschen in einem verborgenen Keller abgefüllt und diskret an die Gutshäuser auf der Ostseite des New Forest verteilt. Wie oft war er an Mr. Adams, dem Meister, und seinen Freunden auf der Werft – ja sogar am jungen Mr. Adams, dem Hilfsgeistlichen von Beaulieu – zu ungewöhnlicher Stunde vorbeigeschlendert, ohne dass diese ihn bemerkten.

Denn Mr. Adams hatte einen einfachen Lebensgrundsatz: Er sah in die andere Richtung. In Buckler's Hard wurde keine Schmuggelware gelöscht. Und was der Schuster in seinem Keller trieb, kümmerte ihn ebenso wenig wie die nach Einbruch der Dunkelheit gelieferten und wieder abgeholten Waren. Wenn eine Flasche besten Brandys vor seiner Tür stand, fragte er nicht nach deren Herkunft. Und solange man sich an diese Vorgaben hielt, war er wirklich auf erstaunliche Weise mit Blindheit geschlagen. Falls Puckle nach einer großen Schmuggelfahrt auf die andere Seite des New Forest zu spät zur Arbeit kam – und manchmal verpasste er einen ganzen Tag –, hätte Mr. Adams schwören können, dass er auf der Werft gewesen und auch dafür bezahlt worden sei.

Puckle, dem man vertraute. Puckle, der viele Freunde hatte. Puckle, der Waldbewohner. Wie konnte er von hier fortgehen?

Natürlich hatte er darüber nachgedacht und sich eingeredet, er würde sich schon aus der Affäre ziehen können. Doch es war zwecklos. So eine Tat würde man ihm nie verzeihen, und man würde sich dafür an ihm schadlos halten. Auch wenn es Wochen oder gar Monate dauerte, irgendwann würde er dafür büßen müssen.

Und wenn er sich jetzt einfach weigerte? War das möglich? Grockletons klauenähnliche Hand und Isaac Seagulls argwöhnischer Blick standen ihm vor Augen. Nein, es war zu spät. Ein Rückzieher kam nicht mehr in Frage. Während die anderen Männer das Fuhrwerk übernahmen, ging Puckle zur Helling hinunter, um sich durch die Arbeit an einem Schiff von seinen Grübeleien abzulenken.

Kurz bevor er sein Ziel erreichte, sah er, dass Mr. Adams vor seinem Haus stand und sich mit einigen Besuchern unterhielt.

Fanny fand den alten Mr. Adams um einiges interessanter als seine beiden Söhne. Er hatte ein wettergegerbtes Gesicht und trug eine altmodische weiße Perücke. Trotz seiner mehr als achtzig Jahre hielt er sich noch kerzengerade und ritt auch weiterhin selbst nach London, um Verträge mit der Marine auszuhandeln. Obwohl er die Besucher als Störenfriede empfand, war er so höflich, sie herumzuführen.

Außerdem fiel Fanny auf, dass mit Mr. Martell eine Verwandlung vorgegangen war. Bis jetzt hatte sie ihn als stolzen Aristokraten, gebildeten Mann und – das gestand sie sich offen ein – angenehmen Gesellschafter empfunden. Doch als er den Ausführungen des alten Mr. Adams folgte, bemerkte sie noch einen anderen Zug an ihm. Er beugte sich ein wenig zu dem Schiffsbauer hinunter, damit ihm auch kein Wort entging, und stellte kluge Fragen, die der alte Mann ihm respektvoll beantwortete. Sein ebenmäßiges, düsteres Gesicht war aufmerksam und angespannt. Auf Fanny wirkte er wie der Inbegriff eines einflussreichen Großgrundbesitzers und normannischen Ritters, der wusste, wovon er sprach, und der Gehorsam verlangte. Zu ihrem Erstaunen wurde sie von einem Schauder ergriffen, als sie ihn beobachtete. Ihr war gar nicht klar gewesen, über welche Macht er verfügte.

Gegen Ende des achtzehnten Jahrhundertes war der Bau eines Hochseeschiffes ein aufwendiges Unterfangen. Wie in den meisten Industriezweigen jener Zeit wurde auch in dieser Branche auf dem Land, in kleinen Betrieben und mit der Hand gearbeitet. Dennoch war die kleine Werft am Rande des New Forest sehr produktiv. Nicht nur viele Handelsschiffe, sondern auch ein Zehntel der neuen Kriegsmarine stammten von der Werft am Ufer des Flusses von Beaulieu.

Mr. Adams brachte sie zuerst zu einem großen, scheunenähnlichen Holzgebäude oberhalb der Hellinge, das neben der Schmiede stand. Dort zeigte er ihnen eine große, längliche Halle, auf deren Boden verschiedene Muster eingezeichnet waren. »Das nennen wir den Schnürboden«, erklärte er. »Hier legen wir die Formen maßstabgetreu aus und fertigen hölzerne Modelle an, um sie während des Baus mit jedem Zentimeter des Schiffes zu vergleichen.«

Sie gingen hinauf zur gewaltigen Sägemühle. Zwei Männer waren mit dem Zerteilen eines Baumstamms beschäftigt. Einer stand auf dem Stamm und hielt das obere Ende fest, während der andere unten in einer Grube das andere bearbeitete.

»Der Mann oben ist der Meister. Er führt die Säge«, erklärte Mr. Adams. »Der Mann unten ist sein Lehrling. Er muss sich abmühen, denn er zieht die Säge.«

»Warum trägt der Mann in der Grube so einen großen Hut?«, fragte Louisa.

»Das werden Sie gleich sehen«, erwiderte Mr. Adams mit einem spöttischen Blick. Im nächsten Moment wurde der Grund klar, denn die Säge sauste nach unten, und ein Schwall Sägemehl ergoss sich auf den Kopf des bedauernswerten Arbeiters.

Offenbar verfehlte die sachliche, strenge Art des Adeligen ihre Wirkung auf Mr. Adams nicht, denn nach einer Weile war er recht aufgeräumter Stimmung. Er führte seinen Gästen verschiedene Arbeitsschritte vor. Ein Mann schnitzte mit Hohleisen und Meißel ein großes Steuerruder. Ein anderer trieb mit einem Gerät, das einem Korkenzieher mit zwei Griffen ähnelte, Löcher in einen Pfahl.

»Zuerst bohrt er mit dem Schneckenbohrer die Löcher«, erläuterte der Schiffsbauer, »und dann steckt er die Teile damit zusammen.« Er griff nach einem armlangen Holzzapfen. »Das ist ein Dübel. Wir stellen sie hier her, und zwar immer aus demselben Holz wie die Stücke, die wir damit befestigen wollen. Ansonsten lockern sie sich, und das Schiff verrottet. Es gibt sogar noch größere als diesen da.«

»Verwenden Sie denn im Schiffsbau keine Eisennägel?«, fragte Edward.

»Schon.« Dem alten Mann fiel etwas ein. »Sie sind doch in der Seilerei in Beaulieu gewesen. Dort, in Sowley, haben die Mönche vor langer Zeit einen großen Fischteich angelegt. Nun stellen wir dort unsere Eisennägel her.« Er lächelte. »Auf diese Weise kann selbst ein Kloster« – ganz offensichtlich meinte er »etwas Nutzloses und Papistisches wie ein Kloster« – »zu etwas Sinnvollem dienen.« Anscheinend zufrieden mit seinem Geistesblitz, führte er sie zum Fluss hinunter.

Auf den Hellingen befanden sich drei Schiffe unterschiedlicher Größe, an denen emsig gearbeitet wurde.

Martell musterte sie anerkennend. »Wie ich annehme, geschieht es aus Sparsamkeit, dass Sie neben dem großen Schiff auch ein kleines bauen«, merkte er an.

»Genau, Sir. Sie haben den Nagel auf den Kopf getroffen«, erwiderte Mr. Adams. »Auf diese Weise können wir alle Teile ein und desselben Baumes gleichzeitig verwenden. Dennoch«, fügte er, an Martell gewandt, hinzu, »haben wir viel Verschnitt, weil nur das Innere des Baumes hart genug für den Schiffsbau ist. Wir verkaufen so viel Abfallholz, wie wir können, aber…« Offenbar hielt der Schiffsbauer überhaupt nichts von Verschwendung.

»Stammen alle Eichen aus dem New Forest?«, fragte Fanny.

»Nein, Miss Albion. Natürlich« – er wies auf den umliegenden Wald – »beziehen wir den Großteil von hier. Doch wir müssen uns auch ein wenig weiter umsehen. Außerdem bestehen Schiffe nicht nur aus Eichenholz. Den Kiel macht man aus Ulme, die Außenhaut aus Buche. Für Maste und Rundhölzer benutzen wir Fichte. Kommen Sie, ich zeige es Ihnen.«

Auf der größten Helling stand ein großes, fast vollendetes Kriegsschiff.

»Das ist die *Cerberus*«, verkündete Mr. Adams. »Zweiunddreißig Kanonen, fast achthundert Tonnen. Die größten Kriegsschiffe sind nur fünfzehn Meter länger, aber doppelt so schwer. Im September läuft sie vom Stapel, wird dann die Küste entlang nach Portsmouth geschleppt und dort auf der Werft der Marine bestückt. Das kleinere Schiff daneben ist ein Handelsschiff, das für den Westindienhandel bestimmt ist. Es wird nächstes Jahr fertig. Und der kleine Bursche auf dem dritten Dock ist ein Fünfzig-Tonnen-Leichter für die Marine. Bei dem Handelsschiff steht bereits das gesamte Gerippe.«

»Bauen Sie auch große Kriegsschiffe?«, erkundigte sich Fanny.

»Ja, Miss Albion, allerdings nur selten. Das größte, das wir gebaut haben, war die *Illustrious* vor fünf Jahren. Ein Ungeheuer mit vierundsiebzig Kanonen. Das meiner Ansicht nach schönste Schiff, das je hier vom Stapel gelaufen ist, war die *Agamemnon* mit vierundsechzig Kanonen.« Er schmunzelte. »Die Seeleute tun sich mit dem Namen ein bisschen schwer.«

»Verfolgen Sie, was aus den Schiffen wird, nachdem sie das Dock verlassen haben?«

»Wir versuchen es. Die *Agamemnon* zum Beispiel wurde einem neuen Kapitän unterstellt, der Horatio Nelson heißt.« Er zuckte die Achseln. »Von dem habe ich noch nie gehört.« Er sah sich um, auch die anderen zuckten die Achseln. »Nun«, fuhr er fort. »Möchten Sie an Bord der *Cerberus* gehen?«

Puckle war allein im Zwischendeck. Bis vor kurzem hatte ein Hämmern davon gekündet, dass die letzten Decksplanken angebracht wurden. Doch inzwischen hatte der Lärm aufgehört. Es war still auf dem Schiff.

Durch die Schießscharten fiel Licht hinein, und das Schiff wirkte wegen der plötzlichen Ruhe unheimlich und verlassen.

Der Raum zwischen den beiden Decks war bis auf einige Raumstützen leer, keine Trennwände, keine Kanonen, keine Vorräte für die Kombüse, keine Hängematten, Taue oder Truhen. Das Schiff würde erst in Portsmouth ausgerüstet werden. Puckle sah um sich herum nur Holz. Ein Holzboden, hölzerne, dreißig Meter lange Wände. Im Dämmerlicht konnte er die Maserung erkennen; der Duft des Holzes und der scharfe Geruch des zum Versiegeln verwendeten Pechs stiegen ihm in die Nase. Wo das Deck auf den Rumpf traf, waren die Ecken mit Winkeln aus Eichenästen verbunden. Puckle war, als befänden sich nicht Planken über seinem Kopf, sondern ein ausladendes Blätterdach, und er fühlte sich so still und friedlich, als wäre er im Wald gewesen.

Dann hörte er Schritte. Mr. Adams und seine Gäste stiegen die Leiter vom Deck hinunter.

Ein komisch aussehender Bursche, dachte Martell: gebeugte Schultern, struppiges, braunes Haar und ein Gesicht, das an Eichenrinde erinnerte. Die Besucher kletterten, einer nach dem anderen, die Leiter hinab und sahen den Schiffsarbeiter an.

Mr. Adams, der als Letzter folgte, nickte ihm kurz zu. »Er heißt Puckle«, erklärte er. »Ich glaube, er ist schon seit fünfzehn Jahren bei uns.«

»Siebzehn, Sir«, verbesserte Puckle.

»Puckle.« Edward lachte auf. »Ein seltsamer Name.«

»Das ist ein guter alter Name aus dem New Forest«, fiel Fanny ihm ins Wort, denn sie fand, dass sich ihr Cousin unhöflich betrug. »Die Puckles leben gewiss schon so lange im New Forest wie die Albions. Zumeist drüben in Burley, richtig?«, fragte sie ihn mit einem freundlichen Lächeln.

»Das stimmt.« Puckle kannte Miss Albion, und er hatte sie gern. Schließlich gehörte sie in den New Forest.

Währenddessen gafften die Tottons den Arbeiter noch immer belustigt an, als wäre er eine Sehenswürdigkeit. Martell, der sich inzwischen umgeblickt hatte, begutachtete, wie Deck und Rumpf zusammengefügt waren. Mr. Gilpin wirkte geistesabwesend.

»Hier unten«, Fanny zögerte, denn sie war nicht sicher, wie sie sich ausdrücken sollte, »ist es irgendwie seltsam.« Sie blickte die anderen an, die nicht zu verstehen schienen, was sie meinte. Dann wandte sie sich zu Puckle um. »Fühlen Sie es auch?«, fragte sie. Zu ihrem Verdruss hörte sie, wie Louisa hinter ihr zu kichern anfing.

Weil es ihm genauso erging und weil er Fanny mochte, versuchte Puckle zum ersten Mal in seinem Leben, einen komplizierten Gedanken in Worte zu fassen. »Es sind die Bäume«, meinte er und wies mit dem Kopf auf den Rumpf. Dann überlegte er, wie er es am besten ausdrücken sollte: »Wenn wir einmal gehen müssen, Miss, bleibt nicht viel von uns übrig. Wenigstens nicht nach ein oder zwei Jahren unter der Erde.«

»Was ist mit der unsterblichen Seele, guter Mann?«, unterbrach Gilpin ihn streng. »Das dürfen Sie nicht vergessen.«

»Das werde ich nicht, Herr Vikar«, erwiderte Puckle höflich, wenn auch nicht im Brustton der Überzeugung. »Nur Bäume«, meinte er zu Fanny, »die angeblich keine Seele haben, bekommen nach dem Fällen noch ein zweites Leben. Manchmal, wenn ich hier unten bin, fühle ich mich, als wäre ich im Inneren eines Baumes.« Eifrig und ein wenig verlegen lächelte er sie an. »Es ist komisch und wahrscheinlich albern. Aber ich bin eben kein gebildeter Mann.«

»Ich finde es gar nicht albern«, antwortete Fanny freundlich. Doch sie ging nicht weiter auf das Thema ein, denn Mr. Gilpins Hüsteln wies darauf hin, dass er und Mr. Adams genug hatten. Kurz darauf stand sie wieder draußen im hellen Sonnenlicht.

Louisa wollte sich vor Lachen ausschütten. »Ich muss sagen«, rief sie aus, »dass dieser merkwürdige Kerl selbst aussieht wie ein Baum. Meinen Sie nicht auch, Mr. Martell?«

»Mag sein«, stimmte er schmunzelnd zu.

»Aber mir hat gefallen, was er gesagt hat.« Fanny sah Mr. Martell Hilfe suchend an.

»Ja, Miss Albion«, erwiderte er. »Seine theologischen Kenntnisse stehen zwar auf tönernen Füßen, doch auch diese Bauern sind auf ihre Art weise.«

»Kaum zu fassen«, beharrte Louisa, »dass ein solches Geschöpf überhaupt ein Mensch ist. Für mich sieht er eher aus wie ein Troll oder ein Gnom. Bestimmt lebt er in einer Erdhöhle.«

»Als guter Christ muss ich dem widersprechen«, entgegnete Martell lachend. »Allerdings weiß ich, was Sie meinen, meine liebe Miss Totton.«

Es war Zeit zum Aufbruch. Die Tottons und Martell wollten die Straße nehmen, die an Sowley vorbei nach Lymington führte. Mr. Gilpin beabsichtigte, über die Heide zu der Furt oberhalb von Haus Albion zu fahren.

Bevor sie sich voneinander verabschiedeten, nahm Mr. Martell zärtlich Fanny beiseite. »Mein Aufenthalt hier neigt sich dem Ende zu, Miss Albion«, sagte er leise, »aber ich werde sicher wiederkommen. Hoffentlich treffe ich Sie dann hier an, denn ich würde Ihnen gern meine Aufwartung machen.«

»Selbstverständlich, Mr. Martell. Allerdings fürchte ich, dass ich für das Benehmen meines Vaters nicht garantieren kann.«

»Ich verspreche Ihnen, Miss Albion« – bei diesen Worten sah er ihr unverwandt in die Augen –, »dass ich bereit bin, mich seinem Zorn zu stellen.«

Sie neigte den Kopf, um ihr Schmunzeln zu verbergen. »Dann kommen Sie mich besuchen, Sir«, erwiderte sie leise.

Kurz darauf saß sie mit dem kleinen Nathaniel und Mr. Gilpin in der Kutsche und holperte über die Heide. Der Wind wehte ihr ins Gesicht, und sie war überglücklich.

Nachdem die Besucher fort waren, blieb Puckle noch eine Weile unten im Schiff. Die Tottons verabscheute er, doch das Gespräch mit Miss Fanny Albion hatte er genossen. Ihm gefiel der Ausdruck ihrer blauen Augen. Nun war er wieder allein und sah sich traurig in dem großen, hölzernen Raum um. Ständig gingen ihm dieselben quälenden Gedanken durch den Kopf:

In ein paar Monaten würde Miss Albion noch immer hier im New Forest leben. Und wo würde er dann sein? Ganz allein in der Fremde.

Was hatte er nur getan? Konnte er noch etwas dagegen unternehmen?

Die Kutsche hielt vor Haus Albion. Mr. Gilpin half Fanny beim Aussteigen und begleitete sie zur Tür. Dort angekommen, blieb er stehen und merkte beiläufig an: »Übrigens wollte ich Ihnen noch etwas sagen, Fanny. Erinnern Sie sich an unser Gespräch über die Ehe Ihrer Großmutter?«

»Ja, natürlich«, antwortete sie fröhlich. »Wir wollten doch zusammen nachschlagen.«

»Ganz richtig. Und als ich vor einer Weile zufällig etwas im

Gemeinderegister in Lymington überprüfen musste, habe ich mir die Freiheit genommen, ein wenig zurückzublättern und in den Listen zu stöbern.«

»Und haben Sie etwas gefunden?«, fragte sie aufgeregt.

»Ja, ich denke schon.« Er hielt inne. »Es wird Sie überraschen, vielleicht sogar schockieren.«

»Oh?«

»Natürlich sind solche Verbindungen in vielen Familien, insbesondere in der mütterlichen Linie, nicht selten. Sie wären erstaunt, wie häufig es vorkommt.«

»Bitte erzählen Sie, Mr. Gilpin.«

»Offenbar, Fanny, hat Mr. Totton, der Vater Ihrer Mutter, bei seiner zweiten Verehelichung eine gewisse Miss Seagull aus Lymington geheiratet. Wie Sie sicher wissen, ist diese Familie in der Stadt gut bekannt.«

»Meine Großmutter, die alte Dame, die mir das hier geschenkt hat« – sie betastete das hölzerne Kruzifix an ihrem Hals –, »war eine geborene Seagull?«

»Ja.«

»Also stammte sie nicht aus einer adeligen Familie. Nicht einmal aus einer anständigen.«

»Ich bin sicher, dass sie selbst eine sittsame Frau war, Fanny. Sonst hätte Ihr Großvater, Mr. Totton, sie sicher nicht geheiratet.«

»Glauben Sie« – Fanny runzelte die Stirn –, »dass Eduard und Louisa davon wissen?«

Der Geistliche lächelte spöttisch. »Ich würde meinen, dass die Tottons über ihre verwandtschaftlichen Beziehungen zu den Albions sehr erfreut sind. Mehr kümmert sie nicht.«

»Vielleicht die Seagulls …«

»Seitdem ist viel Zeit vergangen, Fanny. Sie können also getrost davon ausgehen, dass außer uns beiden niemand im Bilde ist. Außerdem brauchen Sie sich nicht deshalb zu schämen, mein Kind.« Zum ersten Mal ertappte Fanny den Vikar bei einer Lüge.

»Was soll ich jetzt unternehmen?«

»Überhaupt nichts. Ich wollte es Ihnen nur mitteilen …«

»Um mir eine peinliche Enthüllung, womöglich durch einen neugierigen Gemeindeschreiber, zu ersparen.« Sie nickte. »Danke, Mr. Gilpin.«

»Zerbrechen Sie sich nicht den Kopf darüber, Fanny. Es ist völlig unbedeutend.«

»Einverstanden. Auf Wiedersehen. Und danke für den Ausflug nach Beaulieu.«

Fanny ging nicht sofort ins Haus, sondern blickte der Kutsche nach, bis diese hinter einer Kurve der Auffahrt verschwand. Dann setzte sie sich auf eine Bank unter einen Baum und dachte eine Weile über diese neue Entdeckung nach.

Sie fragte sich, was Mr. Martell, dessen adeliger Familienstammbaum keinen Makel aufwies, wohl davon halten würde, dass sie eng mit den gewöhnlichen Seagulls aus Lymington verwandt war.

»Ich hege große Hoffnungen«, verkündete die Gründerin der Akademie für junge Frauen im Hochsommer, »dass sich unsere Lage bessern wird. Ich muss wirklich sagen, dass ich noch nie glücklicher gewesen bin, Mr. Grockleton.« Diese Feststellung löste bei ihrem Gatten eine böse Vorahnung aus, denn wenn Mrs. Grockleton sich für etwas begeisterte, war es angebracht, sich in Acht zu nehmen. »Und wenn man sich vorstellt«, fuhr sie fort, denn sie nahm in solchen Dingen kein Blatt vor den Mund, »dass wir das alles Louisa zu verdanken haben. In der Tat ein kluges Mädchen.«

Obwohl der Zollinspektor sich nicht den geringsten Grund denken konnte, Louisa Totton dankbar zu sein, hüllte er sich in Schweigen. Er sah seine Gattin fragend an, was diese als Zustimmung zu werten schien, denn sie plapperte munter weiter.

»Niemand kann mich davon abbringen, dass es Louisa war, die in Mr. Martell ein derartiges Interessse an Lymington geweckt hat. Nun hat er offenbar mit Sir Harry Burrard über seine Kandidatur fürs Parlament gesprochen.«

»Das muss nicht unbedingt an Louisa liegen«, wandte ihr Mann ein.

»Doch, doch, mein Schatz, muss es wohl. Ist es nicht Beweis genug, dass er Louisa und Edward zu sich nach Dorset eingeladen hat? Nächste Woche reisen sie ab. Also! Ich sage dir, Mr. Grockleton, er will sie ganz sicher heiraten.«

»Da die Tottons ihn bei sich aufgenommen haben, ist es doch nur natürlich, wenn er ihre Gastfreundschaft erwidert«, entgegnete ihr Mann.

»Oh, Mr. Grockleton, du verstehst einfach nichts von diesen

Dingen!«, rief sie aus. »Ganz im Gegensatz zu mir. Aber sicher begreifst auch du, was das für uns bedeutet.«

»Für uns, Mrs. Grockleton? Ich glaube, da komme ich nicht ganz mit.«

»Aber, Mr. Grockleton, es ist ausgesprochen wichtig. Unsere gute, reizende Louisa, meine Lieblingsschülerin, mein begabtester Schützling, heiratet ein Mitglied des Parlaments, das darüber hinaus ein wohlhabender Großgrundbesitzer und ein enger Freund der Burrards ist.«

»Und die Albions?«

»Die Albions?« Sie starrte ihn verdattert an. »Was haben denn die Albions damit zu tun? Das sind doch nur die beiden alten Leute und...«

»Fanny.«

»Ja, natürlich, Fanny. Das arme Kind. Doch weiche jetzt nicht vom Thema ab. Fanny braucht uns nicht zu kümmern. Wenn Louisa und Mr. Martell unsere Freunde sind, werden wir bestimmt im Handumdrehen bei den Burrards ein und aus gehen. Alles wird sich« – sie strahlte ihn an – »wie von selbst ergeben.« Ihre Augen nahmen den Ausdruck eines Entdeckers an, der endlich das gelobte Land gefunden hat. »Wenn Mr. Martell das nächste Mal hier ist«, meinte sie nachdenklich, »veranstalte ich meinen Ball. Ganz gewiss werden die Burrards auch erscheinen.«

»Dann sollte er besser vor dem Herbst kommen«, murmelte der Zollinspektor, aber seine Frau hörte ihn nicht.

Doch selbst wenn, hätte sie wohl nicht gewusst, was ihr Mann mit dieser geheimnisvollen Andeutung meinte. Und genau das war auch Mr. Grockletons Absicht. Allerdings bewegte ihn diese Überlegung dazu, ein Thema anzusprechen, das ihn in letzter Zeit immer häufiger bewegte. »Hast du je daran gedacht, Mrs. Grockleton, dass wir Lymington vielleicht eines Tages verlassen müssen?«

»Lymington verlassen?« Als sie ihn ansah, schien sie zunächst durch ihn hindurchzublicken. »Von hier fortgehen?«

»Die Möglichkeit besteht.«

»Aber Zollinspektoren werden doch nie versetzt, Mr. Grockleton. Du hast einen dauerhaften Posten.«

Ein Posten wie der von Mr. Grockleton führte für gewöhnlich weder zu Beförderungen noch zu Versetzungen. Man behielt ihn, bis man in den Ruhestand ging. »Wahr, meine Liebe. Allerdings könnten wir uns aus freien Stücken für einen Umzug entscheiden.«

»Das werden wir nicht tun, Mr. Grockleton.«

»Was wäre«, begann er zögernd, »ich weiß zwar nicht, ob es eintreten wird, aber was wäre, Mrs. Grockleton, wenn wir zu etwas Geld kämen?«

»Zu Geld? Woher denn, Mr. Grockleton?«

»Habe ich dir je von meinem Cousin Balthazar erzählt, meine Liebe?« Diese Frage war ein wenig hinterhältig, da Grockleton besagten Verwandten erst am Vortag erfunden hatte.

»Ich glaube nicht, nein, ich bin mir ganz sicher. Was für ein seltsamer Name.«

»Nicht für jemanden, der eine holländische Mutter hat«, erwiderte er ruhig. »Mein Cousin Balthazar hat in Ostindien ein großes Vermögen gemacht, sich im Norden zur Ruhe gesetzt und führt dort ein Einsiedlerleben. Er hat keine Kinder. Offenbar bin ich sein einziger Verwandter. Wie ich gehört habe, leidet er an einer Krankheit, von der er sich vermutlich nicht mehr erholen wird. Also besteht die Möglichkeit, dass ich das Vermögen erbe.«

»Aber, Mr. Grockleton, warum hast du ihn nie erwähnt? Du musst ihn sofort aufsuchen.«

»Besser nicht. Er hasste meinen Vater wie die Pest, obwohl er zu mir als Kind immer sehr gütig war. Ich habe ihm vor einem Jahr geschrieben. Er antwortete mir zwar sehr freundlich, stellte aber unmissverständlich klar, dass er keine Besucher wünschte. Wahrscheinlich ist er wegen seiner Krankheit kein sehr hübscher Anblick. Wenn er stirbt und mich in seinem Testament bedacht hat, werden sich, wie ich bereits sagte, unsere Umstände verändern. In diesem Fall werde ich mich aus dem Berufsleben zurückziehen.«

Er musterte sie prüfend und war sehr mit sich zufrieden. Anscheinend glaubte sie ihm, und das war wichtig, denn der letzte Teil seiner Ausführungen entsprach der Wahrheit.

Es war die Unterredung mit Puckle, die ihn zu diesem Entschluss gebracht hatte. Beim Anblick der verängstigten Miene des Mannes, die zweifellos gute Gründe hatte, hatte er sich ausgemalt, wie sich die Schmuggler im New Forest wohl an ihm rächen würden, wenn er seinen Plan in die Tat umsetzte. Möglicherweise würden sie sich einschüchtern lassen und ihm von nun an mit Respekt begegnen; vielleicht würde sich die Bande sogar auflösen. Doch Grockleton war zu klug, um darauf zu vertrauen. Nein, er ging eher davon aus, dass man ihn irgendwann im Laufe der Tage und Wochen nachts in einen Hinterhalt locken und ihm als Vergeltung für all die Unannehmlichkeiten eine Kugel in den Kopf jagen würde. Also hatte er sich die Frage gestellt, ob er es darauf ankommen lassen wollte. Und die Antwort darauf war ein eindeutiges Nein. Er war mutig genug, sich mit den Schmugglern anzulegen – und wenn er Erfolg hatte, würde er ein kleines Vermögen besitzen. In diesem Fall wollte er sich Puckle zum Beispiel nehmen, seinen Profit einstreichen, aus der Gegend verschwinden und seinen Ruhestand genießen. Niemand würde ihm daraus einen Vorwurf machen. Außerdem kümmerte ihn die Meinung seiner Mitmenschen offen gestanden inzwischen nur noch wenig.

Allerdings konnte er seiner Frau schlecht reinen Wein einschenken, denn er traute ihr nicht zu, ein solches Geheimnis für sich zu behalten. Also hatte er Cousin Balthazar und die Erbschaft erfunden, um sie darauf vorzubreiten, dass sich ihre Lebensumstände möglicherweise ändern würden. Nun musterte er sie forschend. Nachdem sie eine Weile nachgedacht hatte, breitete sich ein Lächeln auf ihrem Gesicht aus.

»Aber, mein lieber Mann. Falls es zu diesem glücklichen Ereignis kommen sollte und du wirklich reich wirst, gibt es doch keinen Grund, aus Lymington fortzuziehen. Wir könnten weiter hier leben, nur ein wenig stilvoller. Ja, ich verspreche dir, in einem wirklich großzügigen Rahmen. Ach …« Ganz offensichtlich zogen Bilder von Bällen – mit den Burrards, den Martells, ja vielleicht sogar mit Angehörigen des Königshauses als Gästen – an ihrem geistigen Auge vorbei wie Schwäne auf einem Fluss.

»Aha.« Das lag nun ganz und gar nicht in Grockletons Absicht. »Denk doch nur an die Städte, in denen wir leben könnten«, schlug er vor. »Wir könnten sogar in Bath wohnen.«

»Bath? Ich habe überhaupt keine Lust, in Bath zu wohnen. Und für unsere Kinder wäre ein Umzug auch eine Katastrophe.«

»Aber, Mrs. Grockleton.« Er starrte sie entgeistert an. »Du redest doch ständig von Bath. Gewiss …«

»Nein, nein, Mr. Grockleton«, unterbrach sie ihn. »Wenn ich

von Bath spreche, meine ich damit, dass es Lymington als Vorbild dienen sollte. Leben will ich dort nicht. In Bath sind die gesellschaftlichen Positionen schon verteilt. Ganz gleich, wie wohlhabend wir auch sein mögen, in Bath werden wir Niemande sein. Hier hingegen, wo wir so viele gute Freunde haben...«

»Unsere Freunde«, entgegnete er sanft, »stehen uns möglicherweise nicht so nah, wie du meinst.«

»Aber bessere«, erwiderte sie streng und mit einem jener Anflüge von Realitätssinn, mit denen sie ihre Zeitgenossen gelegentlich überraschte, »werden Leute wie du und ich vermutlich nie kriegen.«

»Nun, meine Liebe«, meinte er beschwichtigend. »Wir müssen die Angelegenheit nicht gleich entscheiden. Vielleicht hinterlässt mir mein Cousin Balthazar ja gar nichts.«

Allerdings war es ein schwerer Fehler von ihm anzunehmen, dass seine Frau die Dinge nun auf sich beruhen lassen würde, denn sie hatte sich inzwischen in Rage geredet. »Ich bin fest dazu entschlossen, hier zu bleiben, Mr. Grockleton«, sagte sie im Brustton der Überzeugung, was ihm einen kalten Schauder den Rücken hinunterjagte. »In der Tat.« Sie musterte ihn ernst. »Und damit basta.«

Kurz malte sich Grockleton aus, wie es denn sein würde, allein – also ohne Mrs. Grockleton – mit seinem Vermögen in London zu leben, und ein sehnsüchtiger Ausdruck malte sich auf seinem Gesicht. Doch dann nahm er sich rasch zusammen. »Wie du willst, meine Liebe«, erwiderte er, während er sich fertig machte, um zur Arbeit zu gehen. »Glaubst du wirklich«, fragte er, um das Thema zu wechseln, »dass Mr. Martell ein Auge auf Louisa Totton geworfen hat?«

»Ich habe die beiden am Tag vor seiner Abreise zusammen in der High Street gesehen«, entgegnete sie, »und ich habe beobachtet, wie er sich ihr gegenüber verhielt. Er hat sie sehr gern. Und sie ist fest dazu entschlossen, ihn zu heiraten, darauf kannst du Gift nehmen. Außerdem ist sie eine kluge und entschlossene junge Frau.«

»Und setzen entschlossene Frauen immer ihren Willen durch?«, erkundigte er sich mit aufrichtiger Neugier.

»Ja«, antwortete Mrs. Grockleton ruhig, »das tun sie.«

Die High Street wurde von der warmen Augustsonne beschienen. Wie immer stand der Wirt in der Tür des *Angel Inn* und sah sich um. Allerdings hatte sich Isaac Seagull die Türschwelle nicht deshalb als Lieblingsplatz ausgesucht, weil er sich für das Treiben auf der Straße interessiert hätte. Der wirkliche Grund befand sich unter seinen Füßen.

Es war ein unterirdischer Tunnel, welcher das *Angel Inn* mit dem kleineren Gasthaus gegenüber verband. Von dort aus führte er den Hügel hinab bis zum Wasser. Weitere Gänge und Kammern zweigten von dem unterirdischen Gang ab. Und so konnte der Wirt die Waren unbemerkt von seinen Booten auf Gasthöfe und Verstecke in ganz Lymington verteilen. Als er so dastand und nachdenklich mit dem Fuß auf den Boden klopfte, fühlte Isaac Seagull sich wie der Herr über ein altes Labyrinth voller geheimer Schätze.

Solche unterirdischen Schächte existierten in den meisten Küstenstädten Südenglands. Christchurch verfügte sogar über ein kompliziertes Labyrinth, dessen Gänge bei der alten Pfarrkirche endeten. Selbst Dörfer, die mehr als fünfundvierzig Kilometer von der Küste entfernt auf den Kreidefelsen unweit von Sarum lagen, besaßen häufig unterirdische Geheimgänge.

Gerade dachte Seagull über seine Pläne für die nächsten Monate nach, als er aus dem Augenwinkel Miss Albion erkannte. Einen aufgespannten Sonnenschirm in der Hand, schlenderte sie auf ihn zu. Zu seiner Überraschung bat sie ihn um ein Gespräch unter vier Augen.

Da es im Gasthof keine Möglichkeit gab, sich ohne Ohrenzeugen zu unterhalten, brachte er sie in den kleinen Garten gleich hinter dem Hof, wo sie allein waren.

Endlich senkte sie ihren Schirm, betrachtete ihn mit einem seltsamen Lächeln auf den Lippen, blickte ihn aus wunderschönen blauen Augen an und meinte: »Mr. Seagull, sind Sie mein Cousin?«

Isaac Seagull fiel aus allen Wolken.

Es hatte sie große Überwindung gekostet, ihn aufzusuchen. Seit Mr. Gilpin ihr von der Eintragung im Pfarrregister erzählt hatte, wollte es ihr nicht mehr aus dem Kopf. Sie hatte ihren Vater gefragt und auch ihre Tante, als diese vom Krankenbesuch bei ihrer Freundin in Winchester zurückgekehrt war. Doch aus den gleichgültigen Antworten schloss sie, dass beide nichts über die Familie ihrer Mutter wussten. Soweit sie im Bilde waren, war Fannys Mutter eine Totton gewesen, die einen Albion geheiratet hatte, und alles Weitere spielte eigentlich keine Rolle. Fanny gefiel die Vorstellung nicht, selbst noch einmal im Pfarrregister nachzuschlagen. Der Versuch, mehr über die Vergangenheit ihrer Mutter herauszufinden, konnte langwierig und zermürbend werden. Ganz gewiss war es das Vernünftigste, wenn sie Mr. Gilpins Rat befolgte und die Angelegenheit vergaß.

Und sie hatte sich die größte Mühe gegeben. Nach Tante Adelaides Ankunft kehrte im Haus wieder der friedliche Alltag ein. Fanny besuchte die Tottons und ließ sich von Mr. Gilpin für ihre Zeichnungen loben. Insgeheim hoffte sie, dass Mr. Martell wiederkommen und ihr in Haus Albion seine Aufwartung machen würde. Sicher würde ihre Tante dafür sorgen, dass er diesmal freundlicher empfangen wurde.

Dennoch musste sie ständig an die Enthüllung des Vikars denken. Es wollte ihr einfach nicht aus dem Kopf. Vielleicht lag es daran, dass sie nun mehr über ihre verstorbene Mutter wissen wollte. Doch wenn sie ehrlich mit sich war, musste sie zugeben, dass noch mehr dahinter steckte, und dieses Eingeständnis fiel ihr nicht leicht.

Wenn ich wirklich mit diesen Leuten verwandt bin, dachte sie, schäme ich mich dafür. Ich fürchte mich davor, mich Angehörigen meiner eigenen Familie zu erkennen zu geben. Und für diese Feigheit gibt es keine Entschuldigung.

Nachdem sie eine Weile gegrübelt hatte, wurde ihr klar, dass es einen Menschen gab, der ihr bestimmt helfen konnte: der Vater von Edward und Louisa und Halbbruder ihrer Mutter – Mr. Totton. Sie überlegte, ob sie ihn fragen sollte, aber sie scheute davor zurück. Wenn er im Bilde war, hatte er sicher seine Gründe, darüber zu schweigen. Außerdem würde es einem angesehenen Bürger der Stadt wie Mr. Totton gewiss nicht recht sein, wenn sie ihn auf die Verbindungen seiner Halbschwester zu dieser wenig angesehenen Familie hinwies. Also beschloss Fanny trotz ihrer Neugier, sich lieber nicht an ihn zu wenden.

Deshalb stand ihr nur noch eine andere Informationsquelle offen, die vielleicht die gefährlichste war: die Seagulls selbst. Doch wussten die Seagulls von dieser Verwandtschaft, so sie denn existierte? Womöglich kannte ja ganz Lymington bereits die Hintergründe, ohne dass es ihr, Fanny, selbst zu Ohren gekommen wäre. Welche Folgen würde es haben, wenn sie die Seagulls darauf ansprach? Würden sie sich auf die Verwandtschaft mit ihr berufen, sie in Verlegenheit bringen, die Tottons verärgern und – es lief immer wieder auf dasselbe hinaus – ihre gesellschaftliche Stellung untergraben? Deshalb war es wohl das Beste, wenn sie einen Bogen um die Seagulls machte.

Also hatte Fanny diese delikate Angelegenheit zunächst auf sich beruhen lassen, denn eine Neuigkeit ganz anderer Art sorgte dafür, dass ihre Sorgen kurz in Vergessenheit gerieten.

»Hast du es schon gehört, Fanny?« Ihre Cousine Louisa war ganz allein mit der Kutsche nach Haus Albion gefahren, um es Fanny brühwarm zu erzählen. »Meine liebe, liebe Fanny, was hältst du davon? Mr. Martell hat Edward zu sich nach Dorset eingeladen. Und er hat ausdrücklich gefragt, ob ich auch mitkommen möchte. Nächste Woche reisen wir ab. Ach, küss mich, Fanny!«, rief sie begeistert aus. »Ich bin ja so aufgeregt.«

»Das kann ich mir denken.« Fanny zwang sich zu einem Lächeln. »Du wirst sicher großen Spaß haben.«

Nachdem Louisa fort war, fragte sie sich, ob sie vielleicht auch eingeladen werden würde. Doch die Tage vergingen, ohne dass ein Brief eintraf. Fanny sagte sich, es sei nur recht und billig, dass Mr. Martell die Gastfreundschaft der Tottons erwiderte. Dennoch machte sie sich wider alle Vernunft weiter Hoffnungen. Vielleicht wird Mr. Martell schreiben oder einen Boten schicken, dachte sie. Allerdings hat er dafür gar keinen Grund, schalt sie sich dann. Und sie wartete vergebens. Zehn Tage nach Louisas Besuch brachen die jungen Tottons auf nach Dorset. Fanny fühlte sich einsam.

Drei Tage nach Louisas und Edwards Abreise saß sie draußen im Freien und blätterte geistesabwesend in einem Buch. Ohne es zu bemerken, betastete sie das kleine Holzkreuz an ihrem Hals, als ihr plötzlich etwas einfiel: Gewiss war die alte Frau, die es ihr geschenkt hatte, sehr allein gewesen. Hat meine Mutter sie je besucht? fragte sich Fanny. Vermutlich nicht. Ich bin sicher, dass ich sie nur einmal sehen durfte. Und warum? Ganz bestimmt, weil meine Mutter sich ihrer schämte. Sie wollte nicht einmal, dass ich das Holzkreuz, das einzige Geschenk einer alten Frau an ihre Enkelin, behielt. Und hier sitze ich, überlegte sie weiter, und bemitleide mich selbst, weil ich keine Einladung von einem

Mann erhalten habe, den ich ohnehin kaum kenne und der mich wahrscheinlich längst vergessen hat. Wie viele Jahre musste meine Großmutter wohl allein in ihrem Haus in Lymington sitzen, während ihr die Liebe und Zuneigung ihrer Enkeltochter verweigert wurde, und zwar nur aus oberflächlicher Eitelkeit? Zum ersten Mal in ihrem Leben wurde Fanny klar, dass die Natur mit Liebe ebenso verschwenderisch umgeht wie mit den Eicheln, die sie auf den Waldboden fallen lässt.

»Es ist mir gleichgültig, was sie denken«, murmelte sie. »Morgen fahre ich nach Lymington.«

Isaac Seagull musterte Fanny neugierig. Er verstand genau, wie kühn ihre Frage gewesen war. In aller Seelenruhe hatte sie die gewaltige gesellschaftliche Kluft überschritten, die sie beide voneinander trennte, wie ein Entdecker, der eine schwankende Brücke betritt. Das Mädchen hat Mut, dachte der Meisterschmuggler. Dennoch fiel seine Antwort sehr vorsichtig aus. »Auf diese Idee wäre ich nie gekommen, Miss Albion«, sagte er. »Wenn es so wäre, dann nur sehr entfernt und vor langer Zeit.«

»Kannten Sie meine Großmutter, die alte Mrs. Totton?«

»Ja.« Er lächelte. »Eine sehr nette Dame.«

»War sie denn keine geborene Miss Seagull?«

»Ich glaube schon, Miss Albion. Genau genommen«, fuhr er fort, »war sie die Cousine meines Vaters. Sie hatte weder Brüder noch Schwestern. Also ist dieser Zweig der Familie ausgestorben.«

»Bis auf mich.«

»Wenn Sie das so sehen wollen.«

»Soll ich es denn anders sehen?«

Isaac Seagull ließ den Blick über den kleinen Garten schweifen. Sein seltsames, kinnloses Gesicht wirkte auf Fanny auf einmal überraschend ebenmäßig.

»So weit ich weiß, Miss Albion, erinnert sich niemand in der Stadt daran, dass die alte Mrs. Totton eine Seagull war. Wahrscheinlich hat außer mir kein Mensch Kenntnis davon.« Er hielt inne und rechnete rasch nach. »Sie hatten sechzehn Ururgroßväter und Ururgroßmütter, und einer davon war mein Urgroßvater, allerdings nur mütterlicherseits. Nein.« Er schüttelte spöttisch den Kopf. »Sie sind Miss Albion aus Haus Albion, und zwar so sicher, wie ich Isaac Seagull, der Wirt des *Angel Inn*, bin. Wenn ich jetzt anfinge zu behaupten, mit Ihnen verwandt zu sein, Miss Albion, würden die Leute mich auslachen und sagen, ich hätte Flausen im Kopf.« Er lächelte sie freundlich an.

»Wenn meine Großmutter die Tochter eines Mr. Seagull war«, beharrte Fanny, »wer war dann ihre Mutter?«

»Das kann ich Ihnen leider auch nicht sagen.«

»Lügner.«

Es geschah nicht oft, dass jemand es wagte, Isaac Seagull auf diese Weise anzureden. Er blickte in die strahlend blauen Augen des Mädchens. »Es ist besser, wenn Sie es nie erfahren.«

»Überlassen Sie das ruhig mir.«

»Wenn mein Gedächtnis mich nicht trügt«, meinte er zögernd, »könnte sie eine Miss Puckle gewesen sein.«

»Puckle?« Fanny erbleichte wider Willen. Puckle, der gnomenhafte Mann mit dem wettergegerbten Gesicht, dem sie in Buckler's Hard begegnet war? Puckle, die Familie der Waldbewohner und Köhler, die niedrigsten Bauern des New Forest, von denen einige sogar in Bretterhütten wohnten. »Eine der Puckles aus Burley?«

»Er hatte sie sehr gern, Miss Albion. Außerdem war sie sehr klug und brachte sich selbst das Lesen und Schreiben bei, was – verzeihen Sie mir – vor ihr gewiss noch kein Puckle getan hat. Mein Vater sagte immer, sie sei eine sehr bemerkenswerte Frau gewesen.«

»Ich verstehe.« Fanny saß da wie vom Donner gerührt. Vor ihrem geistigen Auge sah sie Erdhöhlen, tiefe Gruben und knorrige Wurzeln. Auch Menschen, seltsame Geschöpfe, widerwärtige, affenähnliche Hutzelgestalten, die sie angafften oder auf sie zukamen, um sich ihrer zu bemächtigen. Nackte Angst ergriff sie, als hätte man sie in einer Höhle voller umherflatternder Fledermäuse eingesperrt. Sie, Fanny Albion, war eine Puckle? Keine Totton oder eine Seagull? In ihren Adern floss Köhlerblut? Es war zu schrecklich, um auch nur daran zu denken.

»Miss Albion.« Isaac Seagulls Stimme holte sie zurück in die Wirklichkeit. »Vielleicht irre ich mich ja. Ich habe es nur als Kind gehört.« Er war nicht sicher, ob sie ihn verstanden hatte. »Außerdem ändert es nichts«, versuchte er sie zu trösten. Aber sie senkte nur den Kopf, murmelte einen Dank und eilte davon.

Kurz darauf stand Isaac Seagull wieder an seinem Stammplatz

und genoss den Sonnenschein. Fanny Albions Geheimnis war bei ihm sicher. Schließlich war er ein verschwiegener Mensch. Allerdings wunderte ihn das Ausmaß ihrer Bestürzung. Wahrscheinlich war das der Preis, den man als Angehöriger adeliger Kreise zahlen musste, wo eine lange Ahnenreihe und große Ländereien alles galten. Ihm wäre dieser Preis zu hoch gewesen. Und nicht zum ersten Mal schüttelte der kluge Freihändler über die Eitelkeit der Aristokratie den Kopf.

Ihm persönlich war es lieber, im Verborgenen zu wirken. Und um sein Glück zu machen, verließ er sich aufs wilde, offene Meer.

Als Fanny ein Stück die High Street hinuntergegangen war, begegnete sie Mrs. Grockleton, die sie ausgesprochen freundlich begrüßte. »Haben Sie schon von Ihrer klugen Cousine Louisa gehört?« Sie strahlte übers ganze Gesicht.

»Nein, Mrs. Grockleton. Ich rechne auch gar nicht damit. Warum bezeichnen Sie sie eigentlich als klug?«

»Aber, aber, meine Liebe.« Mrs. Grockleton drohte scherzhaft mit dem Finger. »Sie und Ihre Cousine müssen nicht glauben, dass Sie Ihre Geheimnisse vor uns alten Leuten hüten können.« Sie bedachte sie mit einem wissenden Blick. »Mir deucht, wir werden bald Nachricht von ihr erhalten.«

»Ich weiß wirklich nicht, was Sie meinen.«

»Mein liebes Kind, ich habe Louisa und Mr. Martell am Tag vor seiner Abreise zusammen gesehen. Aber verraten Sie es ihr bloß nicht. Ich habe schließlich Augen im Kopf. Und immerhin hat er sie mit ihrem Bruder nach Dorset eingeladen. Nur die beiden. Wenn er keine ernsten Absichten hätte, hätte er Sie doch gewiss ebenfalls aufgefordert zu kommen.«

»Ich sehe keinen Grund dafür.«

»Ach, Fanny, Sie sind so eine gute und treue Freundin. Ich werde Sie nicht mehr quälen. Aber wir wissen beide, mein liebes Kind, dass Louisa ihn heiraten will. Und meine Lebenserfahrung sagt mir, dass sie ihr Ziel auch erreichen wird.« Sie tätschelte Fanny die Wange. »Das wird sicher ein großes Fest.«

Ohne Fannys Antwort abzuwarten, rauschte sie wie eine Fregatte die Straße entlang.

Im September waren die Tage zwar noch warm, doch die ersten goldenen Blätter an den Eichen wiesen darauf hin, dass bald die aufregende Brunftzeit folgen würde. In Mr. Gilpins Schule in Boldre begann das neue Schuljahr, und jeden Sonntag sah man die Mädchen und Jungen in ihren grünen Mänteln zur Kirche auf dem Hügel hinaufmarschieren.

Nathaniel Furzey war auch dabei. Seine Lust auf freche Streiche hatte auch nach dem Sommer, den er bei seiner Familie in Minstead verbracht hatte, nicht nachgelassen. In der Schule jedoch war er zunächst durch seinen Wissensvorsprung aufgefallen. Mr. Gilpin hatte ihm ein Buch mit einfachen Algebra- und Geometrieaufgaben gegeben, da er das Addieren, das die anderen Kinder noch üben mussten, schon längst beherrschte. Trotz seiner Zweifel hatte der Vikar ihm auch gestattet, einmal wöchentlich in einem Geschichtsbuch zu lesen. Doch die übrige Zeit musste er sich auf die Bibel beschränken. »Da steht genug drin, junger Mann«, sagte Gilpin streng, »um dich für den Rest deines Lebens zu beschäftigen.«

Dennoch bedeutete Nathaniel für den Schulmeister eine Herausforderung. Er veranstaltete seltsame Zahlenspiele, statt wie die übrigen Kinder einfache Rechnungen zu lösen. Wenn er einen Text auswendig lernen sollte, stellte er die Wörter um, sodass sie alberne Reime ergaben. Immer wieder musste der Schulmeister ihn wegen seiner Streiche maßregeln – und dabei hatte das Schuljahr eben erst angefangen. Außerdem fragte der Junge ununterbrochen und wollte Begründungen hören, anstatt einfach zu tun, was ihm aufgetragen wurde. »Sein Verstand ist zu rege«, meldete der Schulmeister dem Vikar. »Er braucht einen Dämpfer.«

Die Prides hingegen hatten mehr Geduld mit dem Jungen. Wenn Nathaniel den kleinen Andrew zu Unsinn anstiftete, drückte der Holzhändler stets schmunzelnd ein Auge zu. »Sollen sie doch ab und zu über die Stränge schlagen«, sagte Pride zu seiner Frau. »Ich war als Kind genauso. Es wird ihnen schon nicht schaden.« Und wenn Andrew und Nathaniel in Schwierigkeiten gerieten und bestraft wurden, ahnten sie auch ohne Worte, dass die Erwachsenen insgeheim über ihre Streiche lachten.

Als Nathaniel eines Nachmittags nach dem Unterricht seinem Freund von seinem neuesten Plan erzählte, riss dieser erschrocken die Augen auf. »Das kannst du nicht tun«, flüsterte Andrew. »Das geht nicht.«

»Warum?«

»Weil… weil es zu schwierig ist. Und außerdem traue ich mich nicht.«

»Unsinn«, verkündete Nathaniel.

Der September hatte eine merkwürdige Wirkung auf Tante Adelaide, die ganz unerwartet zu Tage trat, als sie und Fanny eines Abends wie immer beisammen saßen.

Obwohl es schon dunkel wurde, hatte Tante Adelaide die Kerzen noch nicht angezündet, sodass sie im schwächer werdenden orangefarbenen Schein der untergehenden Sonne in ihrem Lehnsessel kaum zu sehen war. Bis auf das leise Ticken der Standuhr war es still. Fanny glaubte schon, Tante Adelaide sei eingeschlafen, als diese plötzlich sagte: »Es ist Zeit, dass du heiratest, Fanny.«

»Warum?«

»Weil ich nicht für immer für dich da sein werde. Ich möchte noch erleben, dass du versorgt bist. Hast du schon einen jungen Mann im Auge?«

»Nein.« Fanny zögerte kurz. »Ich glaube nicht.« Und da sie nur wenig Lust hatte, dieses Thema weiter zu verfolgen, fragte sie: »Hast du denn nie daran gedacht zu heiraten, Tante Adelaide?«

»Schon.« Die alte Dame seufzte. »Aber es kam immer etwas dazwischen. Zuerst glaubte ich, meine Mutter nicht verlassen zu dürfen, und sie wurde sehr alt. Als sie starb, war ich schon über vierzig. Und dann musste ich mich um das Haus kümmern, für sie und für die Familie.«

»Auch für die alte Alice?«

»Für sie auch.« Sie nickte und sagte mit einer Leidenschaft, die Fanny anrührte: »Schließlich war es meine Pflicht, Haus Albion in ihrem Sinne zu bewahren. Und du wirst es auch tun, ganz gleich, wen du einmal heiratest. Versprichst du mir das, Fanny?«

»Ja.« Wie oft hatte sie dieses Versprechen schon gegeben? Mindestens hundertmal. Aber sie wusste, dass sie es halten würde.

»Du darfst deiner Familie nie Schande machen. Wenn ich nur«, schimpfte sie wie schon so oft, »an diesen verfluchten Penruddock und seine elenden Soldaten denke, die meine arme, unschuldige Großmutter gezwungen haben, halb nackt durch die Nacht zu reiten. Noch dazu in ihrem Alter. Diese Diebe! Diese

Schurken! Und der gemeine Verbrecher Penruddock hat es gewagt, sich als Oberst zu bezeichnen.«

Fanny nickte, es war ihr Stichwort, ihrer Tante die passende Frage zu stellen. »War Penruddock beim Prozess anwesend, Tante Adelaide?«

»Aber natürlich.« Fanny erwartete, dass ihre Tante wie immer die Gerichtsverhandlung schildern würde, doch stattdessen schwieg sie. Fanny fragte sich, wie lange sie wohl noch dem Ticken der Uhr würde lauschen müssen, als Adelaide wieder das Wort ergriff: »Meine Großmutter hat einen Fehler gemacht. Dieser Meinung bin ich schon immer gewesen.«

»Einen Fehler?«

»Beim Prozess.« Sie schüttelte den Kopf. »Sie war entweder zu schwach oder zu stolz. Die arme Alice. Du darfst nie aufgeben, mein Kind«, brach es plötzlich aus ihr heraus. »Niemals! Du musst kämpfen bis zum Ende.« Fanny wusste nicht, was sie darauf erwidern sollte. Ihre Tante fuhr fort: »Vor Gericht hat sie kaum ein Wort gesagt. Sie ist sogar eingeschlafen und hat zugelassen, dass Penruddock, dieser Lügner, und die anderen ihren Namen in den Schmutz zogen. Sie hat sich nicht dagegen gewehrt, dass der Richter alle eingeschüchtert und sie verurteilt hat…«

»Vielleicht war sie machtlos dagegen.«

»Nein!«, widersprach ihre Tante ungewöhnlich heftig. »Sie hätte protestieren sollen. Aufstehen und dem Richter sagen, dass dieser Prozess eine Farce war. Sie hätte mit dem Finger auf sie zeigen müssen.«

»Man hätte sie aus dem Saal geschafft und trotzdem verurteilt.«

»Wahrscheinlich. Aber es ist besser, kämpfend unterzugehen. Wenn du jemals vor Gericht musst, Fanny, versprich mir, dass du kämpfen wirst.«

»Ja, Tante Adelaide«, antwortete Fanny. »Allerdings glaube ich nicht, dass es jemals dazu kommen wird.«

Doch offenbar hatte ihre Tante die letzte Bemerkung nicht gehört. Nachdenklich blickte sie aus dem Fenster in die Dämmerung. »Hat dein Vater dir gegenüber je Sir George West erwähnt, Fanny?«, fragte sie dann.

»Ein- oder zweimal.« Fanny dachte nach. »Soweit ich mich erinnere, war er ein Freund in London.«

»Eine angesehene alte Familie. Sein Neffe, Mr. Arthur West, hat gerade Hale übernommen. Da ich ohnehin vorhatte, meinen alten Freund, den Vikar von Fordingbridge, zu besuchen, das ganz in der Nähe liegt, dachte ich mir, ich könnte ihn einmal kennen lernen.«

»Ich verstehe.« Fanny schmunzelte. Offenbar war es ihr nicht gelungen, ihre Tante abzulenken. »Ist Mr. Arthur West denn eine gute Partie?«

»Wie man hört, ist er ein Gentleman. Sein Onkel wird ihm einen Teil seines beträchtlichen Vermögens vermachen. Mehr weiß ich bis jetzt auch nicht.«

»Also möchtest du ihn unter die Lupe nehmen?«

»Wir, Fanny. Denn du wirst mich begleiten.«

Im September kehrte Mr. Martell in den New Forest zurück. Diesmal wohnte er bei Sir Harry Burrard, dem Bürgermeister.

Fanny hatte viel über Mr. Martell und sein großes Gut in Dorset gehört, seit Louisa wieder in Lymington war. »Oh, Fanny, ich habe mich bis über beide Ohren in sein Haus verliebt, dir würde es sicher genauso gehen!«, rief sie aus. »Ein Jammer, dass du es nicht sehen konntest. Die Lage ist ein Traum; ringsherum Kreidefelsen. Und Mr. Martell herrscht als Gutsbesitzer über das ganze Dorf.«

»Ist das Haus alt?«

»Der hintere Teil ist sehr alt und, wie ich zugeben muss, ziemlich düster. Ich würde ihn sofort abreißen. Aber der neue Flügel hat große Zimmer, ist ausgesprochen hübsch, und man hat eine wunderbare Aussicht auf den Park.«

»Das klingt wirklich nett.«

»Und erst die Bibliothek, Fanny! Du wärst gewiss begeistert gewesen. So viele Bücher auf einmal hast du noch nie gesehen, und alle in wunderschönen Einbänden. Auf einem Tisch liegen sämtliche Londoner Zeitschriften, die er sich schicken lässt, um zu wissen, was sich in der feinen Gesellschaft tut. Ich schwöre, ich habe fast eine halbe Stunde dort verbracht.«

»Es freut mich, dass Mr. Martell dich so fleißig erleben durfte.«

»Oh, zu Hause ist er ganz ungezwungen, Fanny, das kann ich dir versichern, überhaupt nicht so gelehrt. Wir haben uns gut amüsiert. Er zeichnet – sehr gut, wie ich sagen muss –, und meine bescheidenen Versuche haben ihm offenbar gefallen. Diese hier fand er besonders gelungen.« Sie holte eine kleine Skizze hervor. »Erinnerst du dich noch an unseren Ausflug nach Buckler's Hard?«

Fanny musste zugeben, dass die Zeichnung wirklich kunstvoll war. Sehr gut sogar. Natürlich handelte es sich um eine Karikatur, doch der Gegenstand war großartig getroffen. Es war Puckle. Louisa hatte ihn als Gnom, halb Baum, halb Ungeheuer, dargestellt. Allerdings fand Fanny die Abbildung grotesk und ziemlich abstoßend.

Sie erschauderte. »Hältst du das nicht für ein bisschen grausam?«, fragte sie.

»Fanny, glaubst du etwa, dass ich sie diesem Burschen zeige? Sie ist nur für uns bestimmt.«

»Das verändert die Sache vermutlich.« Aber was würdest du sagen, dachte Fanny, wenn du wüsstest, dass ich, eine Albion, vielleicht mit diesem Bauern verwandt bin? Und wie würdest du mich dann zeichnen?

Außerdem erfuhr sie von Louisa, dass Martell bereits wegen des Sitzes im Parlament an den Bürgermeister geschrieben hatte.

Als Mr. Martell bei den Burrards eintraf, kam Louisa noch am selben Tag zu Fanny und verkündete, sie und Edward seien dort zum Abendessen eingeladen. »Schließlich ist Sir Harry unser Verwandter.« Also war es nicht weiter überraschend. Und da Mr. Martell beabsichtigte, mindestens eine Woche zu bleiben, nahm Fanny an, dass er sie zu gegebener Zeit aufsuchen würde. Deshalb war sie recht enttäuscht, als Tante Adelaide sagte: »Am Dienstag fahren wir nach Fordingbridge, Fanny. Mein Freund, der Vikar, wird uns für eine Nacht aufnehmen. Und am Abend speisen wir mit Mr. Arthur West.«

»Können wir das nicht ein bisschen verschieben?«, fragte Fanny. Heute war Samstag. Was war, wenn Martell sich erst am Montag blicken ließ? Oder womöglich am Dienstag, sodass er sie verpassen würde?

»Verschieben? Aber nein, Fanny. Man erwartet uns. Außerdem müssen wir am Mittwochnachmittag zurück sein, da du am Abend in Lymington eingeladen bist.«

»Oh?« Fannys Herz machte einen Satz. »Bei den Burrards?«

»Den Burrards? Nein. Ich habe gerade einen Brief erhalten. Es ist eine ziemlich lästige Pflicht, aber ich nehme an, dass du aus Gründen der Höflichkeit hingehen musst.« Sie reichte Fanny das Schreiben.

Mrs. Grockleton gab einen Ball.

»Alles passt großartig, siehst du, Mr. Grockleton?« Die Gründerin der Akademie für junge Frauen zwitscherte wie ein Vogel. »Mr. Martell ist hier. Louisa hat mir versprochen, ihn mitzubringen. Außerdem erinnert er sich gewiss noch daran, dass er mir selbst zugesagt hat, und er ist zu sehr Gentleman, um sein Wort zu brechen.«

»Mag sein«, erwiderte Mr. Grockleton mit finsterer Miene.

»Und wenn Louisa und Mr. Martell kommen, bringen sie ganz sicher die Burrards mit. Schließlich ist Mr. Martell ihr Gast. Stell dir das vor, Mr. Grockleton.« Der Zollinspektor tat sein Bestes, sich die Burrards vorzustellen. »Natürlich wird der liebe Mr. Gilpin auch da sein«, fuhr sie fort. »Und der ist eindeutig ein Gentleman.«

»Und Miss Albion?«

»Ja, sie auch.« Fanny war zwar kein so interessanter Fang, stammte allerdings aus sehr guter Familie. Mrs. Grockleton überlegte weiter: Wenn eine Albion, ein Martell und die Burrards kamen, konnte sie vielleicht noch andere Mitglieder des örtlichen Adels anlocken. Möglicherweise die Morants. »Es gibt Erfrischungen und ein Abendessen. Das Orchester vom Theater wird spielen, sicher werden alle hocherfreut sein. Und außerdem brauchen wir Wein, Champagner und Brandy. Darum musst du dich kümmern, Mr. Grockleton.«

»Du weißt, dass ich die Getränke werde kaufen müssen.«

»Selbstverständlich musst du sie kaufen. Was sonst?«

»Du vergisst«, meinte er trocken, »dass ich der einzige Mann zwischen Southampton und Christchurch bin, der den vollen Preis dafür bezahlt.« Falls Mrs. Grockleton diesen Einwand überhaupt vernommen hatte, wusste sie ihn mit bemerkenswerter Selbstverständlichkeit zu übergehen.

»Abgesehen davon, dass du so großen Wert auf Mr. Martells Anwesenheit legst«, fragte nun ihr Mann, »warum veranstaltest du den Ball so kurzfristig? Weshalb am Mittwoch?«

Mrs. Grockleton starrte ihn aufrichtig erstaunt an. »Aber

Mr. Grockleton, natürlich muss es am Mittwoch sein!«, rief sie aus und hielt dann inne, um ihm Zeit zu geben, die Antwort selbst zu finden. »Am Mittwoch haben wir Vollmond.«

Am Dienstagmorgen war das Wetter sonnig und klar. Tante Adelaide war so guter Stimmung, dass sie gleich zwanzig Jahre jünger wirkte. »Francis«, sagte sie zu ihrem Bruder, »du wirst gut mit Mrs. Pride auskommen.« Da es sich um einen Befehl handelte, widersprach Mr. Albion nicht.

Nur in Begleitung des Kutschers und einer Zofe machten sich Adelaide und Fanny früh am Morgen auf den Weg. Sie fuhren durch den New Forest nach Ringwood, wo die bequeme Straße nach Fordingbridge begann. »Gewiss sind wir zur Mittagszeit da«, verkündete Tante Adelaide vergnügt. Und als sie die baumlose Ebene von Wilverley Plain erreichten, merkte sie mit dem Hauch eines Tadels an: »Du machst aber keinen sehr glücklichen Eindruck, Fanny.«

Er war nicht gekommen. Zwar hatten er und die Burrards bei den Tottons gespeist – die Fanny eigentlich auch hätten einladen können –, doch in Haus Albion hatte er sich nicht blicken lassen. Vielleicht war dies angesichts des Empfangs, den man ihm beim letzten Mal bereitet hatte, nicht weiter erstaunlich. Allerdings hätte sie auf Grund seiner Worte beim Abschied wenigstens einen Brief erwartet. Doch sie hatte überhaupt nichts von ihm gehört.

»Nein, Tante Adelaide«, erwiderte sie. »Es geht mir gut.«

Auf der Ebene von Wilverley bemerkten sie in der Ferne ein paar kleine Jungen, dachten sich aber nichts dabei.

Das Schwein stellte die größte Herausforderung dar. Denn ein ausgewachsenes Schwein ist ein ziemlich Ehrfurcht gebietendes Tier, das sich trotz seines beträchtlichen Gewichts bemerkenswert schnell bewegen kann. Also brauchte man ein Geschirr, um es an der Leine zu führen. Und es gab auch noch eine andere Schwierigkeit.

»Wir müssen es über Nacht irgendwo unterstellen«, sagte Nathaniel. Und dieses Hindernis schien fast unüberwindlich, bis einem Mitglied der Bande einfiel, dass sein Cousin in Bruley einen Schuppen hatte.

Sie hielten sich ein paar hundert Meter nördlich von der

Hauptstraße und kamen an einem einsam da stehenden, kahlen alten Baum vorbei.

»Das ist der ›Nackte Mann‹«, verkündete Nathaniel, während die anderen Jungs den Baum feierlich betrachteten. »Hier machen wir es.«

Der Vikar war ein hoch gewachsener, magerer, grauhaariger Mann, der die beiden Frauen freundlich in seinem gemütlichen Pfarrhaus willkommen hieß. Offenbar freute er sich über die Einladung, sie zum Abendessen nach Hale zu begleiten. Der neue Pächter, versicherte er Adelaide, sei von Kopf bis Fuß ein Gentleman und habe das Gut für fünf Jahre übernommen.

»In den letzten Jahrzehnten hat Hale verschiedene Besitzer und Pächter gesehen«, erklärte er, »und das Gut wurde ziemlich vernachlässigt. Doch soweit ich weiß, will Mr. West andere Saiten aufziehen.«

Während Tante Adelaide sich von der Reise ausruhte, ließ Fanny sich vom Vikar das Städtchen Fordingbridge zeigen. Die fünf Flüsse von Sarum, das etwa fünfzehn Kilometer im Norden lag, hatten sich bereits mit dem Avon vereint, der hier, inmitten von hübschen, mit Schilf bewachsenen Ufern unter einer malerischen alten Steinbrücke hindurchfloss. Als Fanny zurückkehrte, um sich für die abendliche Einladung fertig zu machen, gelang es ihr immerhin, eine halbwegs fröhliche Miene aufzusetzen.

Langsam fuhr die Kutsche des Vikars die Anhöhe von Godshill hinauf. Die Lage des Gutshauses von Hale oberhalb des Avontals war wirklich idyllisch. Doch schon von der langen Auffahrt aus erkannte Fanny, dass die schöne georgianische Fassade deutliche Anzeichen der Vernachlässigung zeigte. Als sie vor der Tür hielten, kamen sofort zwei livrierte Pagen heraus, was darauf hinwies, dass Mr. West auf gewisse Formen Wert legte. Und beim Anblick von Mr. West selbst war Fanny schließlich alles klar.

Mr. Arthur West war ein blonder, ziemlich gedrungener Herr von fünfunddreißig Jahren, dessen forsches männliches Auftreten davon kündete, dass er sich kraft seiner hohen Geburt und seiner Fähigkeit dazu berufen fühlte, jedes Gut auf Vordermann zu bringen. Da sein Erbe es ihm nicht ermöglichte, sich in angemessenem Rahmen als Gutsbesitzer zu etablieren, hielt er es für zwingend, sich nach einer reichen Erbin umzusehen. Niemand hätte ihn für einen Abenteurer gehalten. Er betrachtete es schlicht und ergreifend als sein Recht, die Erbin eines wohlhabenden Gutes zu heiraten. Dieses Selbstbewusstsein wirkte auf viele reiche Frauen anziehend. Denn wenn Arthur West seinen Blick aus blauen Augen auf eine dieser Damen richtete, war dieser sofort klar, dass er genau wusste, was er wollte. Und wie jede Frau früher oder später herausfindet, ist diese Eigenschaft bei einem Mann nicht zu verachten.

Tante Adelaide gegenüber verhielt er sich höflich und galant, was der alten Dame gut gefiel. Was Fanny betraf, versuchte er, sich auf ruhige und routinierte Weise bei ihr einzuschmeicheln. Sie hatte den Eindruck, dass zwischen ihnen eine stillschweigende Übereinkunft bestand: Falls sie dies wünschte, würde er ihr den Hof machen. Da sie eine solche Behandlung durch Männer bis jetzt noch nicht kannte, war sie ein wenig argwöhnisch. Doch da sein Betragen makellos war, weckte die Situation ihre Neugier, und sie fand es eigentlich recht amüsant.

»Mein Onkel hat mir viel von Ihrem Vater und seinen Reisen erzählt, Miss Albion«, sagte er schmunzelnd. »Er muss ein sehr abenteuerlustiger Mann sein.«

»Ich fürchte, inzwischen nicht mehr, Mr. West.«

»Nun.« Er sah sie freundlich an. »Jedes Alter hat seine Vorzüge. Vermutlich sind jetzt wir mit den Abenteuern an der Reihe.«

»Ich bin nicht sehr abenteuerlustig, vielleicht deshalb, weil ich auf dem Land lebe.«

»Das glaube ich nicht, Miss Albion.« Er grinste ein wenig spitzbübisch. »Auch auf dem Land bieten sich braven Leuten wie uns genug Gelegenheiten zu einem Abenteuer.«

»Ich liebe den New Forest«, erwiderte sie schlicht.

»Da bin ich ganz Ihrer Ansicht«, entgegnete er.

Sie plauderten im großen Salon. Während Mr. West ein paar Worte mit dem Vikar wechselte, tippte Tante Adelaide ihrer Schutzbefohlenen auf den Arm und flüsterte ihr zu, dass sie ihren Gastgeber für einen sehr tüchtigen Mann halte. Fanny verstand sehr wohl, was das bedeuten sollte: Da Mr. West nicht mit eigenen Gütern beschäftigt war, würde er für Haus Albion ein großer Gewinn sein. Dann wurde angekündigt, das Abendessen stehe bereit, was sie aus der Verlegenheit befreite, darauf antwor-

ten zu müssen. Mr. West geleitete die alte Dame am Arm ins Speisezimmer.

Das Essen war ausgezeichnet, und Mr. West erwies sich als
sehr unterhaltsam. Er erzählte amüsante Geschichten aus London und war freundlich genug, sich für Tante Adelaides und Fannys Haltung zu den wichtigsten Ereignissen der letzten Tage zu
interessieren. Er ließ sich gern von der französischen Garnison in
Lymington berichten und sich das Leben im New Forest ausführlich schildern.

Außerdem besaß er eine entwaffnende Offenheit. Denn als
Fanny anmerkte, sie führten eigentlich ein sehr ruhiges Dasein,
funkelten seine blauen Augen schelmenhaft, und er entgegnete:
»Aber natürlich, Miss Albion. Doch ich muss Sie bitten, das
Landleben deshalb nicht zu verurteilen. Schließlich kämpfen unsere Armeen, und unsere Schiffe patrouillieren die Küste, um genau dieses Ziel zu erreichen.«

Es stellte sich heraus, dass Mr. West Rennpferde liebte und
gerne jagte und fischte.

Nach dem Dessert schlug er vor, dass sich die Männer nicht
wie sonst üblich mit einem Glas Portwein zurückzögen, sondern
alle gemeinsam in der Bibliothek Platz nähmen. Das wiederum
gefiel Tante Adelaide sehr gut, doch sie sagte, sie hoffe, man
werde ihr vergeben, wenn sie wegen ihres vorgerückten Alters
nicht mehr lange bleibe.

»Aber ich würde gern das Haus besichtigen, Mr. West«,
meinte sie, »denn da es meistens leer stand oder von kurzzeitigen
Pächtern bewohnt wurde, habe ich es mir noch nie richtig ansehen können.«

»Natürlich, gerne«, erwiderte ihr Gastgeber und erhob sich,
»wenn Sie mir verzeihen, dass ich noch nicht genug Zeit hatte,
hier Ordnung zu schaffen, können wir es ja zusammen erkunden.« Er griff nach einem Kerzenleuchter, wies die Diener an,
weitere zu bringen, und ging, seinen Gästen voran, in die Halle
hinaus.

Im Erdgeschoss gab es neben der Bibliothek noch zwei kleinere Empfangszimmer, deren – ein wenig verblasste – Ausstat-
tung der eines georgianischen Gutshauses entsprach. Die besseren Möbelstücke hatte Mr. West mitgebracht, doch einige Bilder
und ein paar alte Wandbehänge gehörten zum Inventar und
stammten offenbar aus dem letzten Jahrhundert. Die Atmo-

sphäre erinnerte Fanny an die dunkle Geborgenheit von Haus Albion.

Sie hatte geglaubt, dass sie nach der Besichtigung dieser beiden Räume aufbrechen würden, doch ihre Tante war noch nicht fertig. »Wie sieht es denn oben aus?«, wollte sie wissen.

»Es gibt dort einen Treppenabsatz, eine kleine Empore und einen Salon«, entgegnete Mr. West. »Und natürlich die Schlafzimmer. Doch bis jetzt wurde dort kaum etwas getan, und ich fürchte, sie sind noch nicht vorzeigbar.«

»Dürfen wir sie uns nicht dennoch anschauen, Mr. West?«, erkundigte sich die alte Dame. »Da ich nun schon einmal hier bin, wäre ich, wie ich zugeben muss, schrecklich neugierig.«

»Wie Sie wünschen.« Er lächelte. »Wenn Ihnen die Treppe nicht…«

»Ich muss jeden Tag Treppen steigen«, antwortete sie. »Richtig, Fanny?« Also gingen sie langsam hinauf. Adelaide stützte sich auf Mr. Wests Arm. Zwei Diener trugen die Kerzenleuchter, und der Vikar folgte Adelaide in diskretem Abstand, um sie aufzufangen, falls sie stolpern sollte. Oben auf dem Treppenabsatz blieben sie kurz stehen. Dann schritt Mr. West voran und öffnete eine Tür, die leise in den Angeln quietschte.

Drinnen war es stockfinster, doch als der Diener die Kerzen hineinbrachte, waren die Umrisse eines hohen Himmelbetts mit schweren, alten, zerschlissenen Vorhängen zu sehen, ein Stuhl aus schimmernd polierter Eiche und das geisterhafte Flackern der Kerzenflamme in einem geschwärzten Spiegel.

»Ich glaube, an diesen Zimmern ist seit fast hundert Jahren nichts mehr getan worden«, verkündete Mr. West. Nachdem sie das Nebenzimmer besichtigt hatten, wo es genauso aussah, gab Tante Adelaide zu verstehen, dass sie nun gern wieder nach unten gehen würde.

Gerade hatten sie die Treppe erreicht, als die alte Dame am Ende des Ganges ein großes Porträt in einem schweren Goldrahmen erkannte. Es blickte ihnen entgegen, doch die Gesichtszüge lagen im Dunkeln. Mr. West, der ihr Interesse bemerkte, forderte den Diener auf, den Kerzenleuchter ein wenig näher heranzuhalten. Und da bot sich ihnen ein erstaunlicher Anblick.

Es handelte sich um das fast lebensgroße Porträt eines hoch gewachsenen, düster wirkenden, aber dennoch gut aussehenden Mannes. Seine Kleidung wies darauf hin, dass das Bild etwa hundert Jahre alt sein musste. Der Porträtierte trug keine Perücke, und das lange, dunkle Haar fiel ihm bis über die Schultern hinab. Seine Hand ruhte auf dem Knauf seines großen Schwertes, und er sah dem Betrachter mit der kalten, stolzen und ein wenig tragischen Miene entgegen, wie man sie oft bei Bildnissen von Anhängern der Stuarts findet.

»Wer ist das?«, fragte Adelaide.

»Ich weiß es nicht«, gestand Mr. West. »Es hing schon bei meiner Ankunft hier.« Er ging zu dem Bild hinüber und leuchtete mit der Kerze die untere Kante des Rahmens ab. »Da steht etwas«, meinte er, »aber man kann es kaum lesen.« Er versuchte, die Inschrift zu entziffern. »Ah«, rief er, »ich glaube, ich hab es. Dieser Herr ist…« – er zögerte noch – »Oberst Thomas Penruddock.«

»Penruddock?«

»Aus Compton… Compton Chamberlayne. Sagt Ihnen der Name etwas?«

Natürlich. Gewiss hatten die Penruddocks aus Hale dieses Bild hier aufgehängt, dachte Fanny. Doch wer hätte wissen können, dass sie ein Porträt ihres Verwandten besaßen oder dass sie es einfach zurückgelassen hatten? Welches böse Schicksal hatte beschlossen, sie einem solchen Schrecken auszusetzen?

Tante Adelaide war sichtlich entsetzt. Sie erbleichte und umklammerte das Geländer aus Eichenholz, als befürchte sie zu stürzen. Als sie aufstöhnte und in sich zusammenzusacken schien, eilte Fanny zu ihr hinüber. Dann aber richtete die alte Dame sich auf und entgegnete – wohl um ihrem Gastgeber Peinlichkeiten zu ersparen tapfer: »Dieser Name ist mir vertraut, Mr. West. Die Penruddocks waren vor langer Zeit die Besitzer dieses Hauses.« Noch nie war Fanny so gerührt und auch so stolz auf ihre Tante gewesen, die sich nun auf ihren Arm stützte. »Nun würde ich am liebsten hinuntergehen«, fuhr Adelaide fort. »Ich möchte mich bei Ihnen für diesen sehr angenehmen Abend bedanken, Mr. West.«

Fanny führte sie wohlbehalten in die Halle hinunter, und niemand außer ihr bemerkte, dass ihre Tante noch immer zitterte.

Während sie darauf warteten, dass die Kutsche vorgefahren wurde, blickte Adelaide Fanny jedoch aus scharfen Augen an und fragte leise: »Fühlst du dich wohl, Kind? Du bist ganz bleich.«

621

»Ja, Tante Adelaide, es geht mir gut«, erwiderte Fanny mit einem Lächeln.

Allerdings entsprach das nicht ganz der Wahrheit, obwohl Fanny nur wenig Lust hatte, ihrer Tante den Grund zu nennen. Denn das Gesicht von Oberst Penruddock war ihr nur allzu vertraut, und es hatte sie Mühe gekostet, nicht laut nach Luft zu schnappen, als sie es im Kerzenlicht vor sich gesehen hatte.

Der Mann auf dem Bild glich Mr. Martell wie ein Ei dem anderen.

Am Mittwochmorgen machte sich Caleb Furzey bei Tagesanbruch von Oakley aus auf den Weg. Er fuhr fast jeden Monat nach Ringwood auf den Markt. Manchmal hatte er Ferkel oder gewilderte Hirsche zu verkaufen. Meist traf er am späten Vormittag ein, stellte Pferd und Wagen am Gasthof ab und schlenderte über den Markt, wo er über kurz oder lang einen Verwandten traf. Am Nachmittag saß er dann im Gasthof, trank und plauderte mit den anderen Gästen. Bei Sonnenuntergang, oder manchmal sogar erst nach Dunkelwerden, luden ihn seine Cousins oder der Wirt auf seinen Wagen. Und während er seelenruhig schlief, brachte ihn sein Pferd, das den Weg genauso gut kannte wie er, langsam über Burley und Wilverley nach Hause.

Wegen seines Aberglaubens und weil Burley ein verwunschener Ruf anhaftete, hätte sich Caleb Furzey unter gewöhnlichen Umständen geweigert, bei Vollmond dort vorbeizufahren. Heute jedoch war – wie er seinen Nachbarn schon vor einiger Zeit verkündet hatte – ein ganz besonderer Tag. Einer seiner Cousins in Ringwood feierte nämlich seinen fünfzigsten Geburtstag. »Und wenn ich nicht dabei bin«, meinte Furzey zu seinem erstaunten Nachbarn, »werden alle sagen, es war gar kein richtiges Fest.«

Also freute er sich auf das Wiedersehen mit seiner Familie und auf eine feuchtfröhliche Feier, als er an diesem Tag durch den New Forest fuhr. Bei Wilverley Plain begegnete er der Kutsche mit den zurückkehrenden Albions und grüßte respektvoll.

Als Wyndham Martell zu seinem Ritt aufbrach, ging über der Heide von Beaulieu bereits rot die Sonne unter. Martell hatte aufschlussreiche zwei Stunden in Cadland bei Mr. Drummond verbracht, doch nun musste er sich beeilen. Er würde ohnehin schon zu spät zu Mrs. Grockletons Ball kommen. Soweit er im Bilde war, würde fast niemand erscheinen.

Als Martell nun den Wald betrachtete, sah er ihn verständlicherweise mit den Augen eines Adligen. Und für diese war der New Forest – auch wenn die gewöhnlichen Waldbewohner das nicht ahnten – nichts weiter als eine gewaltige Einöde. Im Osten lebten die Mills und die Drummonds, einige andere adlige Familien hatten sich an der Küste niedergelassen, in der Mitte wohnten die Morants und die Albions, und es gab noch einige Adelsgüter im nördlichen Teil des New Forest und im Avontal, wie zum Beispiel Bisterne an der östlichen Grenze. Doch für die adeligen Kreise dieser Gegend hätten die Dörfer und Weiler, ja selbst die geschäftige Stadt Lymington, genauso gut auf einem anderen Planeten liegen können. »Dort wohnt niemand«, pflegte man zu sagen, ohne sich dabei auch nur des geringsten Widerspruches bewusst zu sein. Und deshalb entsprang Mrs. Grockletons Wunsch, die Angehörigen dieser Schicht bei sich zu versammeln, viel mehr als bloßer Geltungssucht: Es handelte sich eher um das Grundbedürfnis, als menschliches Wesen wahrgenommen zu werden.

Ihre Hoffnung, die Burrards würden sich die Ehre geben, wurde enttäuscht. Als Mrs. Grockleton erfuhr, dass Mr. Martell beabsichtigte, Mr. Drummond in Cadland zu besuchen, hatte sie ihm durch Louisa eine dringende Nachricht zustellen lassen, in der sie ihn bat, den Gentleman und seine ganze Familie mitzubringen. Martell hatte sich jedoch entschlossen, nicht auf dieses Ansinnen einzugehen. Aber die Tottons würden kommen, und er hatte versprochen, sie zu begleiten. Und außerdem würde Fanny Albion da sein.

Warum hatte Wyndham Martell ihr bis jetzt noch nicht seine Aufwartung gemacht?

Auf den ersten Blick wirkten seine Ausflüchte recht einleuchtend. Schließlich war er hier, um Sir Harry Burrard besser kennen zu lernen, und er wollte seinem Gastgeber uneingeschränkt zur Verfügung stehen. Und Sir Harry hatte ihn wirklich mit Beschlag belegt, viele Gespräche mit ihm geführt und Sitzungen mit örtlichen Honoratioren wie Mr. Drummond einberufen. Selbstverständlich hatten diese Dinge Vorrang, und es wäre falsch gewesen, Fanny Hoffnungen auf ein Treffen zu machen, das dann möglicherweise abgesagt werden musste. Außerdem gab es noch ein zweites Problem: Martell war nicht sicher, ob er in Haus Albion erwünscht sein würde, und er hatte nur wenig Lust, einen zweiten Hinauswurf zu riskieren. Deshalb war es gar nicht so leicht, Fanny wieder zu sehen.

Allerdings hätte er ihr in all diesen Tagen wenigstens eine Nachricht zukommen lassen können. Ja, gewiss, doch das hatte er nicht getan.

In Wahrheit – und er selbst war sich darüber im Klaren – hatte er sie absichtlich warten lassen.

Er mochte sie und musste sich eingestehen, dass er sie wirklich sehr gern hatte. Sie war klug und freundlich und hatte eine gute Erziehung genossen. Außerdem stammte sie aus einer alteingesessenen Familie und würde einmal ein bescheidenes Vermögen erben. Wahrscheinlich war es übertrieben, sie als gute Partie zu bezeichnen, aber wie er einen neidischen jungen Burschen vor einer Woche in London hatte sagen hören: »Als Besitzer zweier großer Güter kann dieser Martell jede x-Beliebige heiraten, ohne dass es ihm schaden würde.«

Wenn er einen der beiden Parlamentssitze für Lymington errang und die Erbin des Gutes Albion heiratete, würden sein Vater und dessen Freunde das gewiss als Erfolg betrachten. Und Martell konnte nicht leugnen, dass ihm derartige Dinge wichtig waren. Auch wenn er sich insgeheim nach mehr sehnte als nach diesen konventionellen Freuden, nahm er an, dass ihm eine politische Karriere weitere Möglichkeiten eröffnen würde.

Außerdem gefiel ihm noch etwas an Fanny: Sie war bescheiden und hatte nicht versucht, sich ihm an den Hals zu werfen. Das taten viele Frauen in London, was ihm anfangs geschmeichelt hatte, bald aber zur Last geworden war. Es störte ihn nicht, wenn ein keckes Mädchen wie Louisa Totton ihre Netze nach ihm auswarf, denn trotz ihrer Fehler hielt er sie nicht für klug genug, ihn zu täuschen. Außerdem amüsierte sie ihn. Mit Fanny jedoch war es eine völlig andere Sache. Fanny hatte ein schlichtes, reines Wesen und war darüber hinaus intelligenter.

Und sie wartete auf ihn. Wenn er sich dafür entschied – und da war er noch nicht sicher –, würde sie ihm gehören. Vor Nebenbuhlern hatte er keine Angst. Aber er wollte eine Frau, deren Herz uneingeschränkt ihm und nur ihm allein gehörte.

Deshalb hielt er in Herzensangelegenheiten nicht viel von Spielchen – außer natürlich, wenn sie von ihm ausgingen. Jeder Mann wusste, dass es nicht schaden konnte, die Geduld einer Frau, die auf einen wartete, noch ein wenig länger auf die Probe zu stellen.

Und heute Abend würde sie auf Mrs. Grockletons Ball sein.

Manche hätten das Pflanzenaufgebot wohl übertrieben gefunden, doch schließlich galt der unfehlbare Grundsatz, dass sich mögliche Mängel von Räumlichkeiten oder Zusammensetzung der Gästeliste durch eine prächtige Blumendekoration ausgleichen ließen. Und genau daran hatte sich Mrs. Grockleton gehalten, soweit es das im September verfügbare Angebot gestattete. Jeder Makel war hinter einem Rosenstock oder einem Busch getarnt, sodass die Versammlungsräume von Lymington an diesem Abend deshalb eher einem Gewächshaus ähnelten.

Die Gäste entstammten den verschiedensten Gesellschaftsschichten. Hauptsächlich handelte es sich natürlich um die jungen Damen der Akademie, für die der Ball offiziell veranstaltet wurde und die Mrs. Grockleton als Vorwand dienten. Sie, ihre Eltern und ihre Brüder waren eingeladen, um sich unter Mrs. Grockletons Vorsitz zu vergnügen. Auch wenn die Burrards auf die Gesellschaft einiger Elternpaare keinen allzu großen Wert legten, wäre es sehr unhöflich von ihnen gewesen, den jungen Damen von der Akademie die kalte Schulter zu zeigen oder die Schulleiterin vor den Kopf zu stoßen. Mrs. Grockleton hatte zwar der Versuchung nicht widerstehen können, ihre Einladungen auch über diese Kreise hinaus zu verteilen, doch im Fall des Falles würde sie zumindest nicht allein dastehen.

Die Anwesenheit der französischen Offiziere war ein gewaltiger Vorteil. Sie hatten Charme, waren eindeutig Angehörige der Aristokratie und würden sich weiß Gott eine Tanzveranstaltung mit kostenlosen Erfrischungen nicht entgehen lassen. Die Franzosen konnten als Tanzpartner für die Kaufmannstöchter herhalten und standen zudem mit Leuten wie Mr. Martell auf einer Stufe. Unter diesen Bedingungen hätte Mrs. Grockleton auch hundert Regimenter verköstigt. »Es ist«, meinte sie zu ihrem Mann, »als käme Versailles heute Abend nach Lymington.«

Und so waren die Offiziere Schachfiguren in Mrs. Grockletons Spiel, das dem Knüpfen gesellschaftlicher Beziehungen diente – wobei man selbstverständlich darauf achten musste, dass sich nicht etwa eine Romanze zwischen einem der Mädchen und einem Franzosen entwickelte.

War es passend, den Arzt der Stadt mit Mr. Martell bekannt zu machen? Ja, selbstverständlich. Wie verhielt es sich mit den Eltern einiger Mädchen, die einfache Kaufleute waren? Lieber nicht. Mrs. Grockleton träumte davon, dass der Zufall ihr in die Hände spielen würde. Wenn zum Beispiel die Burrards erschienen, einer anderen wichtigen Familie begegneten und feststellten, dass diese bereits mit ihr, Mrs. Grockleton, befreundet war, dann mussten sie ihr doch einfach Eintritt in ihre Kreise gewähren. Falls Mr. Martell also Mr. Drummond mitbrachte, würde Drummond wiederum erfahren, dass sie die Albions kannte. Und wenn es ihr dann gelang, eine Einladung nach Cadland zu ergattern, wo die Möglichkeit bestand, die Burrards zu treffen... »Das sind gute Verbindungen, Mr. Grockleton«, sagte sie zu ihrem Mann. »Es geht nur darum, die richtigen Leute zu kennen.« Doch offenbar erschöpfte sich ein großer Teil von Mrs. Grockletons Phantasie darin, dass sie sich diese Begegnungen und Zufälle ausmalte. »Wer auch immer kommt«, verkündete sie – und damit meinte sie Persönlichkeiten wie die Drummonds oder die Burrards –, »wird sehen, dass wir mit den Tottons, den Albions und Mr. Martell gut befreundet sind. Hoffentlich wird es ein Erfolg.«

»Ganz gewiss, meine Liebe«, erwiderte ihr Mann. Der Ballsaal war wirklich ein hübscher Anblick. In einem Nebenzimmer hatte man Kartentische aufgestellt. Die Speisen, die Mr. Seagull vom *Angel Inn* geliefert, und der Wein und der Brandy, die er dem Zollinspektor ohne mit der Wimper zu zucken zum vollen Preis verkauft hatte – alles stand bereit. In einer halben Stunde wurden die ersten Gäste erwartet, und sie würden sicher begeistert sein. »Und wenn erst die Musik anfängt«, sagte sie vergnügt, »und der Tanz beginnt...«

Mrs. Grockleton nickte zufrieden und hielt dann erschrocken inne. Plötzlich stieß sie einen Schrei aus, der fast wie ein Kreischen klang. »Oh, Mr. Grockleton, Mr. Grockleton, was sollen wir tun?«

»Was gibt es denn, meine Liebe?«, erkundigte er sich besorgt.

»Eine Katastrophe ist geschehen. Oh, Mr. Grockleton, ich habe die Kapelle vergessen!«

»Die Kapelle?«

»Das Orchester. Die Musiker. Ich habe vergessen, sie zu bestellen. Nun haben wir niemanden. Oh, Mr. Grockleton, wie sollen wir ohne Musik tanzen?«

Mr. Grockleton musste zugeben, dass er darauf keine Antwort wusste. Seine Frau starrte entgeistert ihre Kinder an, als könne sie sie durch Blicke in Musiker verwandeln. Doch da ein solches Wunder ausblieb, wandte sie sich wieder an ihren Mann. »Was soll nun aus uns werden?« Und dann fiel ihr noch etwas Schlimmes ein. »Und wenn die Burrards kommen? Rasch, Mr. Grockleton, lauf ins Theater und sieh nach, ob die Musiker da sind!«, rief sie.

»Aber wenn heute ein Stück...«

»Ein Theaterstück besteht nur aus Wörtern. Sie müssen herkommen.«

»Heute Abend wird nicht gespielt, Mama«, mischte sich eines der Kinder ein.

»Dann hol die Musiker her. Schnell. Ein Klavier, Mr. Grockleton. Besorg mir ein Klavier. Mr. Gilpin wird spielen. Ich weiß, dass er es kann.«

»Vielleicht möchte Mr. Gilpin ja nicht...«

»Natürlich wird er. Er muss einfach.« Mrs. Grockelton schrie Befehle, sodass ihr Mann, ihre Kinder, die Dienerschaft und selbst Mr. Seagull in alle Richtungen auseinander stoben. Zwanzig Minuten später stand ein – wenn auch leicht verstimmtes – Klavier im Ballsaal. Kurz danach erschien ein Geiger mit seinem Instrument. Er war zwar unrasiert und hatte vielleicht auch schon einen Schluck getrunken, doch er erklärte sich einsatzbereit und gab Hinweise, wo sich möglicherweise noch ein Kollege von ihm auftreiben ließ. Als die erste ihrer Schülerinnen in Begleitung ihres Vaters, eines Kohlenhändlers, erschien, hörte Mrs. Grockleton perplex, wie der einsame Geiger hinter einer Topfpflanze ein Seemannslied anstimmte. Erleichterung und Bestürzung hielten sich bei der Gastgeberin die Waage.

Als die Kutsche Haus Albion verließ, war der Vollmond schon aufgegangen.

Dass Mrs. Grockleton ihren Ball in einer Vollmondnacht veranstaltete, war nicht weiter außergewöhnlich. Auf dem Land mussten die Menschen nach einem Fest oft spät nachts viele Kilometer weit nach Hause fahren, was bei hellem Mondschein um einiges angenehmer war. Deshalb legte man Bälle bevorzugt auf solche Tage und in Jahreszeiten, wenn der Himmel wahrscheinlich klar sein würde.

Allerdings rechnete Fanny nicht damit, dass sie allzu spät nach Hause kommen würden. Erstens erwartete sie keinen sehr unterhaltsamen Abend. Und zweitens war ein ausgesprochen überraschendes Ereignis eingetreten.

Mr. Albion hatte beschlossen, sie zu begleiten.

Bei ihrer Rückkehr am Nachmittag hatten sie ihn voll bekleidet angetroffen, und er beharrte darauf mitzukommen. Es war schwer zu sagen, ob das an einer plötzlichen Besserung seines Gesundheitszustandes lag oder ob der alte Francis nur erbost war, weil man ihn zwei Tage lang allein gelassen hatte. Jedenfalls wehrte er jeden Versuch ab, ihm das Vorhaben auszureden, und da er kurz vor einem Wutausbruch zu stehen schien, blieb ihnen nichts anderes übrig, als gute Miene zum bösen Spiel zu machen. Vorsichtshalber schloss sich Mrs. Pride ihnen an.

Tante Adelaide war zwar müde, aber bester Stimmung. Sie erzählte ihrem Bruder nur wenig von dem Besuch, richtete ihm lediglich Mr. Wests liebe Grüße aus und erklärte, der neue Pächter von Hale sei von Kopf bis Fuß ein Gentleman. Fanny gegenüber nahm sie jedoch kein Blatt vor den Mund und meinte, er sei ein passender Ehemann für sie. »Findest du nicht?«, fügte sie hinzu, und als Fanny zustimmte, er mache auf sie einen vernünftigen Eindruck, fragte sie: »Und magst du ihn, Kind?«

»Offen gestanden weiß ich das nicht, Tante«, erwiderte Fanny. »Ich habe ihn doch gerade erst kennen gelernt.« Ihre Tante gab sich mit dieser Antwort zufrieden und drang nicht weiter in sie. Doch Fanny erkannte an der Miene der alten Dame, die ihr, in einen Schal vermummt, in der Kutsche gegenübersaß, dass der Ausflug quer durch den New Forest in ihren Augen die Mühe wert gewesen war. Offenbar glaubte sie, etwas Wichtiges zu Fannys Zukunft beigetragen zu haben.

Allerdings war sich Fanny über ihre eigenen Gefühle ganz und gar nicht im Klaren. Mr. Martells Schweigen, das Wissen – Mrs. Pride hatte es ihr berichtet –, dass er sich selbst nach ihrer Abreise nicht bei ihr gemeldet hatte, und seine unheimliche Ähnlichkeit mit Penruddocks Porträt hatten sie sehr verstört. Außerdem fragte sie sich, was ihre arme Tante bei Martells Anblick wohl empfinden würde. Auch wenn ihre alten Augen vielleicht nicht mehr so scharf waren, würde ihr diese Ähnlichkeit gewiss nicht entgehen. Und sie hätte ihr gern einen weiteren Schock erspart.

Also hoffte sie inzwischen, dass er gar nicht da sein würde, als sie die High Street entlang zu den Versammlungsräumen fuhren. Kurz darauf bahnten sie sich langsam einen Weg durch die Pflanzen in den Ballsaal. Fanny fühlte sich wie betäubt.

Die Burrards waren nicht erschienen, wohl aber die Tottons. Ebenso der Graf d'Hector, seine Frau und alle französischen Offiziere. Die jungen Damen aus Mrs. Grockletons Akademie boten einen reizenden Anblick. Manche ihrer Eltern mochten zu bäuerlich gekleidet sein, mehr Puder als nötig verwenden, ein wenig zu laut lachen oder allzu schüchtern kichern, aber nur ein Mensch mit bösen Absichten hätte daran Anstoß genommen. Auch Mr. Gilpin war der Einladung gefolgt, wirkte jedoch ein wenig gereizt. Von Mr. Martell war nichts zu sehen.

Ihr Vater und Tante Adelaide wünschten, Platz zu nehmen, und Fanny musste Mr. Grockleton zugute halten, dass er die beiden alten Leute sofort unter seine Fittiche nahm. Er stellte ihnen Stühle in eine Ecke, holte passende Gesprächspartner wie den Arzt und seine Frau herbei und las ihnen jeden Wunsch von den Augen ab, sodass Fanny sich entfernen konnte, um mit ihren Freunden zu plaudern. Nachdem sie ihre Cousins begrüßt hatte, hielt sie es angesichts ihrer gesellschaftlichen Stellung für ihre Pflicht, die Runde durch den Raum zu machen. Eine Weile war sie so damit beschäftigt, hie und da ein freundliches Wort mit den Familien aus Lymington und den französischen Offizieren zu wechseln, dass sie sonst nicht viel bemerkte. Als sie sich hin und wieder umsah, stellte sie fest, dass Mr. Martell immer noch nicht erschienen war.

»Ein Menuett!«, rief Mrs. Grockleton. »Kommen Sie, Fanny und Edward. Sie müssen es anführen.«

Fanny und Edward waren beide gute Tänzer. Der Graf und seine Frau schlossen sich ihnen an, und auch die französischen Offiziere fanden rasch Partnerinnen. Es wurde fröhlich getanzt. Doch als Edward seiner Tanzpartnerin zuflüsterte, Mr. Gilpin sitze am Klavier, da Mrs. Grockleton die Kapelle vergessen habe, hätte Fanny sich vor Lachen biegen können. Auf das Menuett folgten einige weitere Tänze.

Dann befand der Vikar, dass er nun genug hatte, und erhob sich. Inzwischen hatten die beiden Geiger sich warm gespielt und stimmten einen Ländler an, der die Bürger von Lymington auf die Tanzfläche lockte. Also wurde Mr. Martell, der unbemerkt in den Saal trat, von einem sehr vergnügten, wenn auch nicht sonderlich eleganten Bild empfangen. Im nächsten Moment wurde verkündet, dass die Erfrischungen bereit standen.

Fanny sah ihn zunächst nicht. Mit Edwards Hilfe brachte sie ihrer Tante ein Stückchen Obstkuchen und ein Glas Champagner; mehr wollte die alte Dame nicht. Doch der alte Francis Albion, der sich glänzend zu amüsieren schien, verlangte einen Teller mit Schinken und Wein. Nachdem er seine Tochter mit einem ziemlich verwegenen Blick bedacht hatte, den sie noch gar nicht an ihm kannte, schlug er vor, sie solle ihm doch ein paar der jungen Damen vorstellen. Sehr verblüfft über die Verwandlung des alten Mannes, tat sie gehorsam, wie ihr geheißen.

Als sie kurz darauf mit einem französischen Offizier plauderte, spürte sie plötzlich, dass jemand neben ihr stand, und mit einem leichten Schauder wurde ihr klar, um wen es sich handelte.

»Ich habe Sie gesucht, Miss Albion«, sagte Mr. Martell, und sie sah ihm fast wider Willen ins Gesicht.

Unwillkürlich schnappte sie nach Luft, und offenbar konnte sie ihre Panik nicht verbergen, denn er runzelte die Stirn. Doch sie war machtlos dagegen. Denn sie erblickte neben sich den Mann, dessen Porträt sie am Abend zuvor gesehen hatte.

Es war unheimlich und mehr als eine bloße Ähnlichkeit des Haars, der düsteren Gesichtszüge oder der stolzen, herrischen Miene; nein, er und das Porträt schienen identisch zu sein. Kurz schoss es Fanny durch den Kopf, dass der Rahmen in dem dunklen Flur von Haus Hale jetzt gewiss leer war, da Oberst Penruddock sich schließlich nicht an zwei Orten gleichzeitig aufhalten konnte. Er hatte sich lediglich umgekleidet und stand nun neben ihr, hoch gewachsen, dunkel, sehr lebendig und bedrohlich. Sie wich einen Schritt zurück.

»Was haben Sie?« Natürlich war er verblüfft.

»Es ist nichts, Mr. Martell.«

»Fühlen Sie sich nicht wohl?«, fragte er besorgt, aber sie schüttelte den Kopf. »Ich hätte Sie schon früher aufsuchen sollen, doch Sir Harry hat mich ziemlich mit Beschlag belegt.«

»Sie hätten mich in den letzten beiden Tagen ohnehin nicht angetroffen, Mr. Martell. Ich war verreist.«

»Ah.« Kurz hielt er inne.

»In einem Haus, das ich kürzlich besucht habe, Mr. Martell, ist mir ein Bild aufgefallen, das Ihnen erstaunlich ähnlich sieht.«

»Wirklich? Hat es Sie so erschreckt, Miss Albion?«

Obwohl er sie mit dieser Bemerkung offenbar zum Lächeln bringen wollte, blieb ihre Miene ernst. »Das Gemälde stellt einen gewissen Oberst Thomas Penruddock aus Compton Chamberlayne dar. Etwa zur Zeit von Karl II. oder ein wenig später.«

»Oberst Thomas?« Neugierig musterte er sie. »Wo haben Sie das Bild denn gesehen?«

»In Hale.«

»Ich wusste gar nicht, dass es existiert. Was für ein Glück, Miss Albion, dass Sie es entdeckt haben. Ich muss es mir unbedingt anschauen.« Er lächelte. »Oberst Thomas war der Großvater meiner Mutter, mein Vorfahr. Aber wir besitzen kein Bild von ihm.«

»Dann sind Sie ein Penruddock?«

»Gewiss. Die Martells und die Penruddocks heiraten schon seit Jahrhunderten ineinander. Deshalb bin ich in vieler Hinsicht mit den Penruddocks verwandt.« Er schmunzelte. »Also ist jeder von uns sozusagen ein Martell und ein Penruddock in einem.«

»Ich verstehe.« Fanny bemühte sich um Ruhe. »Zwischen den Penruddocks und einer Familie namens Lisle im New Forest hat es Schwierigkeiten gegeben.«

»Davon habe ich gehört. Ich glaube, es ging um die Lisles von Moyles Court, obwohl ich zugeben muss, dass ich die Einzelheiten nicht kenne. Der andere Zweig der Familie war respektabler, oder?«

»Das kann ich nicht sagen.«

»Nein. Es ist ja auch lange her.«

Fanny blickte hinüber zu ihrem Vater und Tante Adelaide. Mr. Albion plauderte angeregt mit zwei jungen Damen, doch ihre Tante schien einzunicken. Ausgezeichnet. Es war besser, wenn sie nicht erfuhr, dass sich ein Penruddock im Raum befand.

»Wenn Ihr Vater so guter Stimmung ist«, meinte Mr. Martell, »darf ich Sie vielleicht aufsuchen ...«

»Ich denke, das ist nicht ratsam, Mr. Martell.«

»Gut. Morgen veranstalten die Burrards ein Abendessen. Ich habe hier eine Einladung für Sie von Mrs. Burrard. Darf ich ihr sagen ...«

»Ich fürchte, ich habe morgen bereits eine Verabredung, Mr. Martell. Würden Sie ihr bitte in meinem Namen danken. Ich werde ihr morgen schreiben.« Plötzlich fühlte sie sich sehr müde. »Jetzt muss ich mich um meinen Vater kümmern«, sagte sie.

»Natürlich. Aber der nächste Tanz gehört mir.«

Sie lächelte höflich, aber nichts sagend, und ergriff die Flucht. Martell blieb verdattert stehen. Offenbar war das Verhältnis zwischen ihnen abgekühlt, doch er konnte sich den Grund nicht erklären. Lag es daran, dass er sie während seines Aufenthalts vernachlässigt hatte? Gab es andere Ursachen? Ganz gewiss ließ sich die Angelegenheit aufklären, und er brannte darauf. Allerdings hinderte ihn die bedrohliche Anwesenheit ihres alten Vaters daran, ihr sofort nachzugehen. Außerdem tauchte kurz darauf Louisa auf, und als sie verkündete, sie sei hungrig, war er gezwungen, sie zum Buffet zu begleiten. Eine knappe halbe Stunde später stimmten die Geiger den nächsten Tanz an, doch Fanny rührte sich nicht mehr aus ihrer Ecke.

Inzwischen bemerkten einige der kritischeren Gäste im Saal, dass mit Mrs. Grockletons Ball nicht alles zum Besten stand. Die beiden Geiger plagten sich zwar redlich ab, doch einer von beiden war mittlerweile recht rot im Gesicht. Außerdem griff er zwischen den Tänzen – oder sogar währenddessen – immer wieder nach einem Krug, der sicherlich kein Wasser enthielt.

Spielten sie ein wenig falsch? Fehlte hie und da eine Note? Derartige Fragen wären ungehörig gewesen. Mr. Grockleton murmelte seiner Frau zu, er werde nun den Krug entfernen, doch diese warnte ihn: »Wenn du das tust, spielt er vielleicht gar nicht mehr.« Also blieb der Krug an seinem Platz.

Der Tanz war, wenn auch ein wenig außer Takt, aber doch in vollem Gange, als Mr. Martell endlich wieder in den Ballsaal kam und Fanny allein dastehen sah. Sofort ging er auf sie zu, ohne dass sie ihn bemerkte, denn ihr Blick galt anderen Dingen.

Tante Adelaide war in ihrem bequemen Sessel eingeschlafen.

Doch der alte Francis Albion befand sich in einer Stimmung, die sie noch nie bei ihm erlebt hatte. Inzwischen hatte er sein zweites Glas Wein intus und war allerbester Laune. Die Damen, angefangen von Fannys Schulfreundinnen bis hin zur Frau des Grafen, hatten ihn ins Herz geschlossen. Mindestens sechs von ihnen hatten sich um ihn geschart, saßen ihm zu Füßen, und nach dem Funkeln in seinen blauen Augen und ihrem Gekicher zu urteilen, unterhielt er sich ausgezeichnet. Fanny schüttelte verwundert den Kopf. Vermutlich war ihr Vater während seiner langen Wanderjahre vor ihrer Geburt ein geselligerer Mensch gewesen, als sie geahnt hatte.

»Geben Sie mir die Ehre, mir den nächsten Tanz zu schenken?«

Fanny drehte sich um. Sie hatte sich schon überlegt, was sie in diesem Fall tun sollte. Nun hoffte sie, dass sie ihren Entschluss auch durchhalten würde. »Danke, Mr. Martell, aber ich möchte gerade nicht tanzen. Ich bin ein wenig müde.«

»Das tut mir Leid. Aber wenigstens habe ich so Gelegenheit, mit Ihnen zu sprechen. Mein Besuch hier ist bald zu Ende. Ich kehre nach Dorset zurück.«

Sie neigte den Kopf und lächelte nichts sagend. Gleichzeitig ließ sie den Blick durch den Raum schweifen und suchte nach einer Möglichkeit, nicht weiter mit ihm plaudern zu müssen, ohne unhöflich zu wirken. Sie entdeckte den Grafen und nickte ihm zu. Mr. Gilpin sah leider nicht in ihre Richtung.

Schließlich nahte die Rettung aus einer anderen Richtung, und zwar in Gestalt von Mrs. Grockleton.

»Ach, Mr. Martell, da sind Sie ja! Aber wo steckt denn unsere liebe Louisa?«

»Ich glaube, Mrs. Grockleton, sie ist …«

»Ist das zu fassen, Sir? Wollen Sie damit sagen, dass Sie sie verloren haben?« Hatte Mrs. Grockleton sich etwa ein paar Gläschen Champagner genehmigt? »Sie müssen sie sofort wieder finden, Sir. Und was diese junge Dame betrifft«, sie drohte Fanny scherzhaft mit dem Finger, »mir deucht, ich habe unlängst von einem gewissen Fräulein gehört, das einen Herrn in Hale besucht hat.« Sie strahlte Fanny an. »Ich habe mit Ihrer Tante gesprochen, Miss. Sie hat eine hohe Meinung von Ihrem Mr. West.«

»Ich kenne Mr. West kaum, Mrs. Grockleton.«

»Sie hätten ihn mitbringen sollen!«, rief Mrs. Grockleton zu Fannys offensichtlicher Verlegenheit aus. »Mir deucht, Sie verstecken ihn.«

Fanny wusste nicht, wie sie ihre Gastgeberin zum Schweigen bringen sollte. In diesem Moment erschien der galante Graf d'Hector und bat sie, das Menuett, das gerade angestimmt wurde, mit ihm zu tanzen. Nachdem sie Mr. Martell – nicht wahrheitsgemäß – zugeflüstert hatte, sie habe dem Grafen diesen Tanz versprochen, nützte sie erleichtert diese Möglichkeit zur Flucht.

»Soll ich Sie wieder zu Mrs. Grockleton zurückbringen, wenn dieser Tanz vorbei ist?«, fragte der Franzose mit einem Augenzwinkern.

»Bitte so weit weg wie möglich«, flehte sie.

In der nächsten Viertelstunde gelang es ihr, Mr. Martell aus dem Weg zu gehen. Sie sah, dass er mit Louisa tanzte. Dann suchte sie bei Mr. Gilpin Schutz und beobachtete eine Weile unbehelligt mit ihm das Treiben.

Leider war es inzwischen nicht mehr zu leugnen, dass mit Mrs. Grockletons Ball einiges im Argen lag. Es wäre ratsam gewesen, dem Geiger den Krug abzunehmen, denn er enthielt eine gefährliche Mischung aus Wein und Brandy, sodass ihm mittlerweile die Finger von den Saiten rutschten. Seltsame Missklänge waren zu hören, eigenwillige Rhythmuswechsel brachten die Tänzer aus dem Takt. Einige Leute begannen zu kichern. Als Fanny einen Blick in Richtung Eingang warf, bemerkte sie, dass Isaac Seagull still dastand und die Szene belustigt betrachtete. Sie fragte sich, was für Gedanken dem alten Spötter wohl gerade im Kopf umhergingen. Und plötzlich fiel ihr ein, dass seine Anwesenheit, die sie an die finsteren Geheimnisse ihrer eigenen Abstammung erinnerte, ebenso unpassend war wie die falschen Akkorde.

»Man muss etwas unternehmen«, murmelte Reverend Gilpin. »Wenn Grockleton nicht zur Tat schreitet, werde ich es tun.« Und wie auf ein Stichwort gab die Geige ein ohrenbetäubendes Kreischen von sich, sodass die Tänzer wie angewurzelt stehen blieben.

In diesem Moment trafen sich die Blicke von Mr. Grockleton und dem Vikar. Auf ein Zwinkern und ein heftiges Nicken von Mr. Gilpin hin trat der Zollinspektor vor, klatschte in die Hände und verkündete: »Meine Damen und Herren, ich weiß, dass es für einige von Ihnen sehr spät geworden ist. Deshalb hat sich Mr. Gilpin freundlicherweise bereit erklärt, uns noch zu einem letzten Tanz aufzuspielen. Das ist wirklich zu gütig von Ihnen, Sir. Also noch zwei Menuette.«

Zuerst verlief alles reibungslos. Fanny tanzte mit einem französischen Offizier, Louisa war wieder Mr. Martells Partnerin. Doch Fanny gab sich Mühe, die beiden nicht anzusehen. Mr. Gilpin schlug sich sehr wacker am Klavier. Aber dann kam es zum großen Eklat.

Die beiden Geiger waren nämlich zu der Ansicht gelangt, dass sie ihre musikalischen Fertigkeiten noch nicht zur Genüge dargeboten hatten. Außerdem glaubten sie offenbar, dass Mr. Gilpin Begleitung nötig hatte. Deshalb drang den Tanzenden plötzlich das Schnarren von Saiten an die Ohren. Selbst das hätte man hinnehmen können, denn Mr. Gilpin ließ sich davon nicht aus der Ruhe bringen. Allerdings gelangten die Geiger zu guter Letzt zu der Erkenntnis, dass Begleitung allein nicht genügte. Und so wurde das Geigenspiel immer lauter und lauter und steigerte sich zu einem ohrenbetäubenden Getöse. Leider jedoch handelte es sich nicht um dieselbe Melodie, die der Vikar von Boldre angestimmt hatte, sondern um einen Ländler. Die Tanzenden blieben stehen. Auch Mr. Gilpin hielt mit finsterer Miene inne.

Mr. Grockleton trat vor und versuchte, den Geigern ins Gewissen zu reden, aber die spielten ungerührt weiter. Als er ihnen in den Arm fallen wollte, bekam er mit der Geige einen Schlag auf den Kopf. Mr. Grockleton erbleichte vor Wut, packte einen der Übeltäter und wollte ihn von der Bühne zerren. Doch der andere griff nach seinem Krug, entleerte ihn über den Zollinspektor und prügelte dann mit dem Bogen auf den Gastgeber ein. Womöglich hätte er ihn gar verletzt, hätte er nicht plötzlich Mrs. Grockletons Fingernägel in seinem Fleisch gespürt. Die Gründerin der Akademie zog ihn am Ohr aus dem Saal, vorbei an einem grinsenden Isaac Seagull und den Topfpflanzen, und verfrachtete ihn an die frische Luft.

Die guten Bürger von Lymington klatschten kichernd in die Hände und lachten Tränen, was vermutlich, da es ohnehin nicht gelungen war, die Form zu wahren, das Beste war. Mr. Gilpin, inzwischen reichlich verärgert, doch noch immer fest entschlossen, den Abend zu retten, wartete geduldig einige Minuten und fuhr dann tapfer mit dem Menuett fort. Die Gäste taten ihm den Gefallen und brachten den Tanz zu Ende. Als die Grockletons zurückkamen, herrschte noch überall Gekicher, sodass es den guten Vikar einige Beherrschung kostete, gute Miene zum bösen Spiel zu machen.

Aber der Kirchenmann legte sich mächtig ins Zeug. »Meine Damen und Herren«, verkündete er und trat in die Mitte des Saals. »In den Tagen des alten Roms war es Sitte, einem siegreichen General einen triumphalen Empfang zu bereiten. Und sicher stimmen Sie mir zu, dass auch unsere freundlichen Gastgeber einen solchen Empfang verdient haben, *denn sie haben die Barbaren von unseren Pforten vertrieben.*«

Die Gäste trampelten mit den Füßen und riefen: »Hört, hört!« Dann wurde wieder Beifall geklatscht. Fanny vernahm neben sich eine Stimme, die sie als die von Mr. Martell erkannte. »Gut gemacht, Sir«, murmelte er.

»Und nun stehe ich für den letzten Tanz zu Ihrer Verfügung«, erklärte der Reverend. »Mrs. Grockleton, was soll ich spielen?«

Es wäre falsch gewesen zu behaupten, dass plötzlich Schweigen im Raum herrschte. Überall wurde hinter vorgehaltener Hand, dem Rücken anderer Leute oder Taschentüchern und Fächern getuschelt. Und Mrs. Grockleton hörte das sehr wohl. Also lächelte sie tapfer und erwiderte: »Einen Ländler bitte.«

Offenbar hatten alle Lust zu tanzen. Die französischen Adeligen, die Kohlenhändler, der Arzt und die Anwälte. Fanny glaubte sogar zu sehen, wie Mr. Isaac Seagull das Tanzbein schwang. Mr. Gilpin stimmte ein Lied an, offenbar in der Absicht, dass sich alle zum Abschluss noch einmal richtig amüsierten.

Nur Fanny tanzte nicht. Sie stand abseits und war mit der Rolle einer unbemerkten Beobachterin zufrieden. Martell konnte sie nirgendwo entdecken. Louisa tanzte mit einem jungen Franzosen. Fanny runzelte die Stirn. Und dann dämmerte es ihr. Da sie kurz vor dem Tanz hinter sich seine Stimme gehört hatte, hatte er sich offenbar nicht von der Stelle gerührt. Sie wagte nicht, sich umzublicken, denn sie wollte verhindern, dass er sie abermals aufforderte. Doch was tat er da hinter ihr? Wollte er sie gleich ansprechen? Warum sollte sie mit ihm reden, wo er doch ein Penruddock war? Sie wünschte, er würde endlich verschwinden.

Inzwischen tat sich etwas auf der Tanzfläche. Ein paar junge Mädchen hatten sich wie ein Schwarm Bienen um Louisa geschart, und diese sagte etwas zu ihrem Tanzpartner, der mit einem liebenswürdigen Lächeln die Achseln zuckte. Nun bewegte sich der Schwarm, angeführt von Louisa, auf Fannys Vater zu. Louisa beugte sich zu dem alten Mann hinunter und richtete das Wort an ihn. Sein Gesichtsausdruck verriet, dass Mr. Albion sich geschmeichelt fühlte. Tante Adelaide, die mittlerweile aufgewacht war, protestierte, doch der alte Mann tat ihren Einwand ab. Nun stand ihr Vater, ein Mädchen zu jeder Seite, auf. Die anderen kreischten und applaudierten. Mein Gott, Louisa Totton hatte den alten Mann zum Tanzen aufgefordert.

Und dann tanzte er – natürlich ein wenig steif – mit Louisa, die ihn dabei geschickt stützte. Francis Albion tanzte einen Ländler. Die anderen Gäste bildeten einen Kreis um die beiden, und alle klatschten dem alten Mann Beifall, der nach so vielen Jahren wieder das Tanzbein schwang. Und wenn das hübsche junge Mädchen ihn dabei stützen musste, wirkte das nur umso rührender. Fanny stellte sich auf die Zehenspitzen, um besser sehen zu können. Das Herz klopfte ihr bis zum Halse, denn sie freute sich für ihn und fürchtete gleichzeitig um seine Gesundheit. Ihr Vater tanzte mit seinen fast neunzig Jahren in der Öffentlichkeit. Louisa strahlte vor Freude und aufrichtiger Bewunderung. Mit einer Geste, die wohl »jetzt werde ich es euch mal zeigen« besagen sollte, löste sich der alte Francis von seiner Partnerin und vollführte zur allgemeinen Begeisterung ein paar schnelle Schritte. Während Applaus ausbrach, wandte er sich wieder Louisa zu. Doch plötzlich wurde er leichenblass, rang nach Atem, zerrte heftig an seinem Kragen und stürzte bäuchlings auf die Tanzfläche. Mr. Gilpin, der nicht bemerkt hatte, was geschehen war, spielte noch ein paar Takte, bis ihn das entsetzte Schweigen innehalten ließ.

»Oh, meine liebe Miss Albion.« Sie hörte Martells Stimme hinter sich. Ohne sich nach ihm umzudrehen, eilte sie durch die Menge. Mrs. Prides kräftige Arme hatten den zierlichen alten Herrn bereits vom Boden aufgehoben. Wortlos trug sie ihn, gefolgt von Mr. Gilpin und dem Arzt, zum Eingang und an die frische Luft.

Kurz darauf holten die ratlosen Gäste ihre Mäntel und verabschiedeten sich.

Und die arme Mrs. Grockleton, die einen solchen Abend hatte

durchmachen müssen, wandte sich verzweifelt an ihren Mann. »Meiner Treu«, jammerte sie.

Das Schwein stand bereit, und der Mond hing hoch am Himmel, als der Wagen mit Caleb Furzey auf dem Pfad quer über die mit Ginster bewachsene Ebene von Wilverley Plain auf sie zugerumpelt kam.

Der Himmel war sternenklar. Der Mond verbreitete ein fahles Dämmerlicht.

Die sechs Jungen warteten bei dem Baum, der der »Nackte Mann« hieß. Das Schwein war erstaunlich ruhig, wahrscheinlich deshalb, weil sie es gut gefüttert hatten. Nur hin und wieder grunzte es.

Immer näher kam das Gefährt. Das Pferd ging im Schritt. Caleb Furzeys Füße ragten über den Wagenrand. Der leere Wagen wirkte als Klangkörper, der sein Schnarchen geisterhaft verstärkt zum Himmel emporsteigen ließ.

Nathaniel und Andrew Pride traten vor. Da das alte Pferd sie erkannte, blieb es sofort stehen, als Nathaniel es am Zaumzeug nahm.

Es war nicht weiter schwierig, das Tier auszuschirren. Andrew hatte die Aufgabe, es wegzuführen und es nur an einem Baumstumpf auf der anderen Seite der Ebene anzubinden, und zwar hinter einem großen, einige Meter entfernten Ginsterbusch. Dann mussten sie nur noch das Schwein an Stelle des Pferdes vor den Wagen spannen.

Das selbst gebastelte Geschirr erfüllte seinen Zweck sehr gut, doch die Deichsel des Wagens war viel zu hoch. Vergeblich versuchten zwei der Jungen, sie herunterzudrücken.

Zwei weitere Jungen hängten sich mit ihrem ganzen Gewicht an die Deichsel. Diese senkte sich zwar ein Stück, aber nicht tief genug. Außerdem schien dem Schwein die Sache nicht geheuer zu sein. Nathaniel hielt das Tier, das eine beachtliche Größe aufwies, nur mit Mühe fest. Wenn es die Flucht ergriff, würde er es nicht daran hindern können. Während er sich an das Geschirr des Schweins klammerte, hörte er aus dem Wagen ein Geräusch. Calebs Füße bewegten sich, und das Schnarchen hörte auf.

Plötzlich kippte der Wagen vorwärts, und ein Poltern ertönte. Caleb war nach vorne gerollt.

»Schnell.«

Nun war es eine Sache von Minuten, das Schwein anzuschirren. Nathaniel hielt das Tier weiterhin fest und versuchte es zu beruhigen. Dann traten die anderen zurück. Ängstlich betrachteten sie den Wagen, aber Furzey war erstaunlicherweise nicht aufgewacht.

»Jetzt.«

Sie liefen davon, allerdings nicht weit, und versteckten sich hinter dem Ginsterbusch, wo Andrew sie schon erwartete.

»Ihr wisst, was ihr zu tun habt«, sagte Nathaniel und fing an, sich auszuziehen. Die anderen nahmen ihre Posten ein. Nun konnte der Spaß richtig losgehen.

Wie durch ein Wunder rührte sich das Schwein über eine Minute lang nicht von der Stelle. Und dann setzte es sich in Bewegung.

Es war zwar viel kleiner als das Pferd, aber schwer und sehr kräftig. Der Wagen rollte los, doch dem Schwein war es offenbar nicht ganz recht, in seinem Bewegungsdrang von einem Gegenstand gehemmt zu werden, der ihm überdies noch folgte. Mit einem lauten Grunzen versuchte es loszurennen. Wieder verhinderte der Wagen die Flucht und ließ das Schwein nicht entrinnen. Die Wut des Tiers wuchs. Mit zornigem Gebrüll und Gequieke versuchte es sich von der Deichsel zu befreien.

Caleb Furzey schlug die Augen auf. Er war endlich aus seinem Schlaf erwacht und blinzelte verwirrt.

Der Vollmond stand hoch über Wilverley Plain. Um Caleb Furzey herum war alles in ein unheimliches, silbriges Licht getaucht. Der »Nackte Mann« reckte seine Arme in den Himmel, als hole er aus, um nach Caleb zu schlagen. Wieder blinzelte der Bauer. Was für ein seltsames Geräusch hatte ihn da geweckt? Er richtete sich auf und beugte sich vor. Sein Pferd war verschwunden. Stattdessen hing etwas anderes im Geschirr, das so seltsame Laute ausstieß, dass er erschrocken zurückwich. Der Wagen drohte umzukippen.

Das Schwein wurde in die Luft gehoben. Es quiekte, kreischte und ruderte wild mit den Beinen. Und Caleb Furzey stieß einen Schreckensschrei aus.

Sein Pferd hatte sich bei Vollmond in ein Schwein verwandelt. Jeder Bauer wusste, was das zu bedeuten hatte: Hexen und Feen. Jemand hatte ihn verzaubert! Er wollte schon aus dem Wagen klettern, als er noch etwas viel Schrecklicheres bemerkte. Zwischen den Ginsterbüschen huschten unter lautem Geheule kleine nackte Gestalten herum. Sie waren überall. Ganz sicher waren das Elfen. Er musste verrückt gewesen sein, bei Vollmond ausgerechnet nach Burley zu fahren. Während die Gestalten weiter umherwimmelten, steigerte sich das Quieken des Schweins zu einem ohrenbetäubenden Getöse. Der Wagen schwankte hin und her. In seiner Angst sah Caleb, wie sich das Schwein vom leuchtenden Mond abhob. Mit einem Aufschrei schlug er die Hände vors Gesicht und ließ sich bäuchlings in den Wagen fallen, der wieder nach vorne kippte.

Und so lag der arme Caleb Furzey, zu einer Kugel zusammengerollt und zitternd vor Furcht, etwa eine halbe Stunde lang da. Nachdem es eine Weile still geblieben war, wagte er, den Kopf zu heben.

Der Mond stand hoch am Himmel. Der »Nackte Mann« reckte noch immer drohend die Äste. Aber das Schwein war verschwunden, und auch die Elfen hatten sich offenbar wieder unter die Erde zurückgezogen. Etwa zweihundert Meter entfernt auf der silbrig beschienenen Ebene von Wilverley Plain weidete sein Pferd friedlich das Gras ab.

Ungefähr anderthalb Kilometer weiter gab Nathaniel seine letzten Anweisungen: »Kein Wort, nicht einmal an eure Brüder und Schwestern. Vergesst nicht, wenn jemand redet, ist es vorbei mit uns.« Er betrachtete sie feierlich. »Schwört es.« Alle folgten der Aufforderung. »Dann ist es gut«, meinte Nathaniel.

Wyndham Martell konnte nicht schlafen. Im großen Haus der Burrards war es still. Die anderen waren längst zu Bett gegangen. Doch er saß immer noch hellwach in seinem Zimmer.

Durch das Fenster fiel Mondlicht herein. Martell sagte sich, dass es der Vollmond war, der ihn keinen Schlaf finden ließ.

Man hatte den alten Francis Albion nach Hause gebracht. Zuerst hatte der Arzt einen Schlaganfall vermutet, war dann allerdings zu einem anderen Ergebnis gelangt. Man hatte den Kranken mit ein wenig Brandy gestärkt und nach etwa einer Stunde, begleitet von Reverend Gilpin, nach Hause geschickt.

Obwohl seine Anwesenheit offenbar unerwünscht war, hatte Martell gewartet und den Wirt des *Angel Inn* angewiesen, ihn auf dem Laufenden zu halten, bevor er zu den Burrards zurückkehrte. Er hatte Fanny kurz bei der Abfahrt gesehen, ohne dass sie ihn bemerkt hätte. Sie wirkte gefasst, aber aus ihrem Gesicht war alle Farbe gewichen. Gewiss war ihr der Zwischenfall peinlich, obwohl dazu seiner Ansicht nach überhaupt kein Anlass bestand.

Eine andere Frage ließ ihn einfach nicht los: Warum hatte sich Fannys Verhalten ihm gegenüber so plötzlich verändert? Natürlich war es möglich, dass er sie von Anfang an missverstanden hatte und dass sie gar nichts von ihm wissen wollte. Vielleicht hatte seine eigene Eitelkeit ihn getäuscht. Andererseits musste ein Mann seinem Instinkt vertrauen, und Martell war sicher gewesen, dass sie ein Auge auf ihn geworfen hatte. Weshalb also auf einmal diese Kälte? Sogar in ihrem Blick. Obwohl sie zugegebenermaßen gute Gründe dafür hatte, steckte gewiss doch mehr dahinter. Auch wenn Mrs. Grockletons Aussagen in diesen Dingen nicht sehr zuverlässig waren, existierte besagter Arthur West wohl tatsächlich, war vielleicht sogar Junggeselle und deshalb ein Faktor, der nicht vernachlässigt werden durfte. Ich hätte früher zurückkommen sollen, dachte er sich, anstatt Spielchen zu treiben. Aber war das wirklich die Erklärung für ihr kühles Verhalten? Und was sollte er jetzt unternehmen?

Doch dazu musste er sich zuerst darüber klar werden, was er eigentlich wollte.

Es nützte nichts. Er würde ohnehin keinen Schlaf finden. Martell griff nach seinen Stiefeln und schlich die Treppe hinunter nach draußen. Es war eine wunderschöne und warme Septembernacht. Die Sterne über dem New Forest funkelten kristallklar vom Himmel. Im Mondlicht machte er sich auf den Weg zur Heide von Beaulieu.

Gemütlich schlenderte er die Heide entlang und an Oakley vorbei. Er hatte kein besonderes Ziel, und er war etwa anderthalb Kilometer weit gekommen, als ihm einfiel, dass die Kirche von Boldre ganz in der Nähe sein musste. Und wirklich, nachdem er dem Pfad eine Weile gefolgt war, stieß er auf das heimelige Gotteshaus, das sich im Mondlicht auf dem Hügel erhob. Er umrundete das Gebäude und dachte daran, dass es von hier aus nicht weit nach Haus Albion war. Also nahm er die Straße hinab ins Tal und schlug dann den Weg ein, der durch den Wald nach Norden führte. Als er den Fluss über die Steine plätschern hörte, schritt er die noch finstere Auffahrt hinunter, bis er die Lichtung erreichte. Vor sich sah er die geisterhaften Giebel des Hauses, die ins kalte Mondlicht ragten. Vorsichtig pirschte er sich weiter und hielt sich am Rand des Grundstücks, da er nicht die Hunde wecken oder die Aufmerksamkeit wachsamer Geister erregen wollte, die vielleicht oben in den Balken oder auf den Kaminen Posten bezogen hatten, um Ausschau zu halten.

Er fragte sich, welches Zimmer wohl ihres war. Wo schlief der alte Francis Albion? Welche Geschichte hatte dieses alte Haus, und welche Geheimnisse beherbergte es? Konnte es sein, dass Fannys ablehnende Haltung ihre Ursache nicht nur in Gleichgültigkeit oder im Vorhandensein eines Nebenbuhlers hatte? Lag der Grund in ihrer Seele, hing ihr sonderbarer Stimmungsumschwung mit diesem Haus zusammen?

Auch wenn er glaubte, dass ihm seine Phantasie einen Streich spielte, harrte er noch eine Weile aus. Er suchte sich eine Stelle, von der aus er das Fenster, das er für ihres hielt, gut im Blick hatte. Etwa eine Stunde lang blieb er dort stehen.

Einige Zeit vor Morgengrauen, die Schatten der Bäume auf dem mondbeschienenen Rasen waren noch lang, sah er, wie sich die hölzernen Fensterläden öffneten. Dann ging das Fenster auf.

Fanny trug ein weißes Nachthemd. Sie starrte ins Mondlicht hinaus. Das Haar fiel ihr offen über die Schultern, und ihr Gesicht – so schön und doch so traurig – wirkte unwirklich und geisterhaft. Sie bemerkte ihn nicht, und nach einer Weile schloss sie die Läden wieder.

Die Oktoberluft war schon frisch, als Puckle nach Beaulieu Rails kam. Draußen in der dunstigen, braunen Heide kündete das urwüchsige Röhren eines Rothirsches davon, dass die Brunftzeit begonnen hatte.

Puckle war müde. Den ganzen Tag lang hatte er in Buckler's Hard gearbeitet. Dann hatte er einem Freund auf dem Bauernhof, der früher das Gut St. Leonards gewesen war, einen kurzen Besuch abgestattet. Nun ging er auf die Hütten am Rande der Heide zu. Es dämmerte, und er wollte nur noch ins Bett. Gerade hatte er die Tür seiner kleinen Kate erreicht, als ihn ein Geräusch herumfahren ließ. Es war das Hufgetrappel eines Pferdes, das sich auf dem Pfad näherte – ein Pferd und ein Reiter. Noch ehe Puckle sich umgedreht hatte, wusste er, wer der Besucher war.

Trotz der Dunkelheit waren Isaac Seagulls kinnloses Gesicht und sein spöttisches Lächeln unverkennbar.

Der Schmuggler sprach erst, als er nahe genug an Puckle herangekommen war. »Ich werde dich bald brauchen«, sagte er leise. Puckle holte tief Luft.

Es war Zeit.

Die Erheiterung in Oakley war groß, als Caleb Furzey berichtete, er sei verhext worden.

»Vergiss nicht, dass du betrunken warst«, meinten die Nachbarn wohlwollend. »Trink doch noch einen und erzähl uns dann, wie viele Elfen du siehst«, spotteten sie. Oder: »Finger weg von diesem Pferd, es könnte sich in ein Schwein verwandeln.«

Doch Furzey wich keinen Schritt von seiner Geschichte ab. Und seine Schilderung des Schweins und der Geister oben bei Wilverley Plain war so lebhaft, dass einige Leute in Oakley ihm fast glaubten. Nur Pride bedachte den kleinen Nathaniel mit einem forschenden Blick. Doch falls er einen Verdacht hatte, hielt er es offenbar für besser, kein Wort darüber zu verlieren. So vergingen die Tage und Wochen. Abgesehen von ein paar Scherzen und von dem Gelächter über den leichtgläubigen Bauern blieb es in dem kleinen Weiler im New Forest am Rande der Heide von Beaulieu ruhig.

Es dauerte nicht lang, bis Mr. Arthur West in Haus Albion vorsprach. Er erschien in einer eleganten Kutsche und erklärte, er werde ein oder zwei Tage bei den Morants in Brockenhurst verbringen. Bekleidet war er mit einem schweren Kutschermantel und einem Hut.

Tante Adelaide empfing ihn begeistert, und da er der Neffe seines Freundes war, kam nicht einmal der alte Francis umhin, ihn höflich zu behandeln. Der Gast plauderte freundlich, locker und vergnügt mit Fanny und achtete darauf, keine Einladung auszusprechen, die sie zwingen würde, ihren Vater allein zu lassen. Stattdessen merkte er an, sie würden sich sicher bald bei einem ihrer Nachbarn wieder sehen, worauf er sich bereits sehr freue.

Im Großen und Ganzen hat er es geschickt angefangen, dachte Fanny belustigt. Und ihr wurde klar, dass sie ihm dafür dankbar war. Bei Mr. West wusste man, woran man war. Er war vernünftig, er war ledig, er würde sich mit den jungen Damen der Grafschaft bekannt machen, und wenn man ihm zu verstehen gab, seine Aufmerksamkeit sei erwünscht, würde er langsam und mit Bedacht zu Werk gehen. Sie würden sich hie und da bei einem Abendessen oder bei einem Tanz treffen, und wenn sich daraus etwas entwickelte, gut und schön.

Mr. West überbrachte ihnen auch eine Neuigkeit: »Gestern hatte ich Besuch von einem Herrn, den Sie kennen. Er ist ein Freund der Tottons – Mr. Martell.«

Zu ihrer Verlegenheit spürte Fanny, wie sie erst erbleichte und dann errötete. Als sie Mr. Wests erstaunten Blick bemerkte, erklärte sie rasch: »Ich fürchte, Vater und Mr. Martell hatten eine Auseinandersetzung, als er das letzte Mal hier war.«

Francis Albion, dessen Schwächeanfall auf Mrs. Grockletons Ball allen Gästen einen großen Schrecken eingejagt hatte, war inzwischen wieder ganz der Alte. Allerdings bestand auch weiterhin die Möglichkeit, dass er einem Schlaganfall erlag, doch wie der Arzt Mr. Gilpin anvertraut hatte, konnte er auch durchaus noch hundert Jahre alt werden. Und eines stand fest: Solange er lebte, würde er seinen Willen durchsetzen. »Martell? Ein ausgesprochen unverschämter junger Mann«, wandte er nun ein, ohne dass ihm der Zwischenfall im Mindesten peinlich war.

»Wie dem auch sei«, fuhr Mr. West fort. »Er wollte sich unbedingt ein Bild im Haus anschauen, das einen seiner Vorfahren darstellt. Und ich muss sagen, dass ich wirklich verblüfft war, als wir es in Augenschein nahmen. Er ist dem Porträtierten wie aus dem Gesicht geschnitten. Sie haben das Gemälde ja selbst gesehen.« Er wandte sich an Tante Adelaide. »Der dunkelhaarige Herr, dessen Bild oben im Flur hängt. Oberst Penruddock.«

»Dieser junge Tunichtgut war ein Penruddock?«, rief Francis aus, während Tante Adelaide keine Miene verzog.

»Entschuldigen Sie.« Mr. West blickte zwischen den beiden hin und her. »Offenbar gibt es da ein familiäres Zerwürfnis, von dem ich nichts ahnte.«

»In der Tat, Mr. West«, erwiderte Tante Adelaide gefasst. »Doch das konnten Sie wirklich nicht wissen. Jedenfalls«, fuhr sie mit einem höflichen Lächeln fort, »verkehren wir nicht mit den Penruddocks.«

»Ich werde es mir in Zukunft merken«, versprach Mr. West mit einer Verbeugung.

Offenbar war Mr. West durch diesen Schnitzer nicht in Tante Adelaides Gunst gesunken, und sie teilte ihm zum Abschied mit, dass er jederzeit in diesem Haus willkommen sei.

»Ich finde, er ist ein sehr angenehmer Mann«, antwortete Fanny auf den fragenden Blick ihrer Tante. Und als Francis nörgelte, er hoffe, Mr. West werde nicht ständig wie eine Fliege im Haus herumschwirren, erwiderte sie mit einem Lachen, der Herr habe gewiss noch anderes zu tun.

Allerdings blieb Mr. West nicht der einzige Besucher in Haus Albion. Es mochte am Zufall oder am Zuspruch eines Freundes wie Mr. Gilpin liegen, jedenfalls sorgte die Vielzahl der Gäste dafür, dass Fanny nicht vereinsamte. Einer der charmantesten Besucher war der Graf d'Hector, der einmal mit seiner Frau und einmal allein vorsprach.

Eines Nachmittags kam Nathaniel gerade aus Mr. Gilpins Schule, als er auf der Straße von einem Mann aufgehalten wurde. Obwohl Nathaniel ihn nicht kannte, schloss er aus seinem Aussehen, dass er zur Familie Puckle gehörte. Und als der Fremde ihn fragte, ob er sich nicht sechs Pence verdienen wollte, war er ganz Ohr.

»Ich war gerade in Haus Albion. Miss Albion hat mich gebeten, diesen Brief nach Lymington zu bringen. Ich wollte es ihr nicht ausschlagen, aber es wäre ein Umweg für mich. Er ist an einen Franzosen gerichtet, hat sie gesagt.«

»Das sehe ich selbst.« Schließlich konnte Nathaniel lesen, und Fanny hatte eine ordentliche Handschrift. Das Schreiben war an den Grafen adressiert. Sechs Pence waren nicht zu verachten. »Ich bringe ihn hin«, meinte Nathaniel. »Auf der Stelle.«

Die Sterne waren hinter einer dichten Wolkendecke verschwunden, und der Himmel über dem Meer pechschwarz. Nur das leise Plätschern der Wellen am Strand, der in dieser mondlosen Novembernacht aber nur zu erahnen war, wies darauf hin, dass sich da draußen etwas bewegte. Ideales Schmuggelwetter.

Puckle stand auf einer kleinen Anhöhe an der Küste. Die Marschen vor ihm erstreckten sich bei Ebbe viele hundert Meter weit. Allerdings wurden sie von langen Seitenarmen durchzogen, welche die Einheimischen als Seen bezeichneten. Links von ihm, etwa einen halben Kilometer entfernt, befand sich ein kleiner

Landeplatz der Schmuggler, der Pitts Deep hieß. Etwa genauso weit weg auf der anderen Seite lag Tanners Lane. Und dahinter begann der Park eines stattlichen Herrenhauses namens Pylewell. Jenseits davon lagen die Ländereien der Burrards; von dort aus waren es noch ungefähr drei Kilometer nach Lymington.

Es war still. Der Pächter des Gutes Pylewell stand schon seit längerem in Verdacht, einer der wichtigen Drahtzieher des Freihandels zu sein. Angeblich waren bei Pitts Deep Hunderte von Brandyfässern vergraben.

Puckle hielt eine Laterne in der Hand, die sehr seltsam aussah, denn sie hatte an Stelle eines Fensters eine lange Tülle. Wenn man diese aufs Meer richtete, konnte man Lichtzeichen senden, indem man die Hand davor hin und her bewegte. Nur die Schmuggler in ihren Schiffen auf dem Wasser erkannten dieses Signal. Inzwischen hatte die Flut begonnen.

Puckle hatte Grockleton den Plan erklärt, der eigentlich sehr einfach war. Wenn die Flut einsetzte, brachten die Schmuggler die Ware an den Strand und verschwanden wieder. Dann kamen die Freihändler von der Tanners Lane her, um das Schmuggelgut abzuholen – der Augenblick für Grockleton und seine Leute, um zuzuschlagen.

»In einer Stunde«, meinte Puckle bemüht ruhig zu dem Mann, der reglos neben ihm stand. Grockleton nickte wortlos.

Er hatte seinen Feldzug sorgfältig geplant, und bis jetzt war alles reibungslos verlaufen. Der Brief von Fanny Albion war ein ausgezeichneter Einfall gewesen. Er hatte einen Umschlag benutzt, den sie vor einiger Zeit an seine Frau geschickt hatte, und ein kurzes Schreiben verfasst. Falls der Brief in die falschen Hände fiel, würden darin nur der Dank für ein geliehenes Buch und Grüße von ihrem Vater und Adelaide zu lesen sein. Den Brief hatte er Puckle übergeben, der wiederum Nathaniel damit beauftragt hatte, ihn dem Grafen zu bringen. Dieser hatte Anweisungen, Grockleton unverzüglich Mitteilung davon zu machen, dass eine große Schmuggellieferung unterwegs sei. Für diesen Fall waren Grockleton und Puckle wieder am Rufusfelsen verabredet.

Die militärische Seite hatte Grockleton sogar noch sorgfältiger vorbereitet. Er hatte niemandem reinen Wein eingeschenkt, denn weder seine Frau noch seine eigenen Soldaten durften wissen, was gespielt wurde. Der Oberst hatte sechzig seiner besten Leute nach Buckland verlegen lassen. Bei Dämmerung hatte er sie zusammengerufen und sich in Begleitung von zwanzig weiteren Reitern aus Buckland unbemerkt auf den Weg gemacht. Dann hatte er seine Truppe in kleine Einheiten aufgeteilt und sie im Schutze der Dunkelheit zum Treffpunkt geführt, einem Wäldchen oberhalb von Pitts Deep. Ein Dutzend Männer hatte bereits gut getarnt Posten bezogen und den Strand beobachtet. Sie hatten strikte Anweisungen, nichts zu unternehmen und sich nicht blicken zu lassen, bis die Ladung gelöscht war.

»Wir müssen die Bande, die an Land arbeitet, auf frischer Tat ertappen«, hatte Grockleton dem Grafen eingeschärft. Seine eigene Rolle würde sehr heldenhaft und ganz sicher gefährlich sein. Während die zwanzig Reiter aus dem Wald zum Strand stürmten, um den Schmugglern den Weg abzuschneiden, und weitere zwanzig seiner Männer mit Laternen die Karawane abliefen, beabsichtigte er, die Missetäter anzusprechen und ihnen die Bedingungen der Kapitulation zu unterbreiten. Wenn sie sich weigerten, würde man schießen.

Nun konnte er nur noch warten und Puckle im Auge behalten, bis die Schiffe kamen. Schließlich wollte er sichergehen, dass dieser es sich nicht noch anders überlegte.

Selbst Isaac Seagulls Augen konnten in der Dunkelheit nichts mehr erkennen. Er beaufsichtigte diese Lieferung persönlich, denn es ging um viel Geld. Hinter ihm warteten zweihundert Männer und achtzig Ponys ruhig in einer wohl geordneten Reihe.

Ein Pony konnte zwei über seinem Rücken zusammengeschnürte Fässer mit abgeflachten Seiten tragen, von denen jedes gut dreiunddreißig Liter enthielt. Die Männer schleppten zwei halb so große Fässer – je eines auf dem Rücken und eines vor der Brust. Da ein Fass etwa zweiundzwanzig Kilo wog, war das eine schwere Last, um damit einen Fußmarsch von fünfzehn bis zweiundzwanzig Kilometern zurückzulegen.

Der Tee war in wasserdichte Ölhäute verpackt, die man Happen nannte. Mit einem Pony konnte man mehrere dieser Pakete fortschaffen. Auch die Seidenballen hatte man in Ölhaut gewickelt, und für diese hatte sich Seagull eine besondere Form des Transports ausgedacht: Ein halbes Dutzend hoch gewachsener, kräftiger Frauen in langen, weiten Kleidern stand am Ufer bereit.

Wenn die Seide an Land gebracht wurde, zogen sich die Frauen aus, und dann wurde die Seide Meter um Meter um sie herumgewickelt, bis sie aussahen wie Mumien. Wenn sie schwer genug bepackt und doppelt so dick waren wie zuvor, schlüpften sie wieder in die Kleider und begaben sich zu Pferd oder zu Fuß zum nächsten Markt. Zwei dieser Frauen wurden in einigen Tagen in Sarum, eine weitere in Winchester erwartet.

Ein Schmunzeln spielte um Isaac Seagulls Lippen, als er in die Dunkelheit spähte.

Man konnte die Schmuggelware an verschiedenen Stellen der Küste an Land bringen. Für kleinere Ladungen waren Luttrells Turm im Osten und der Fluss von Beaulieu gut geeignet. Hin und wieder benutzte Seagull auch gerne die alte Festung Hurst Castle. Vor ein paar Jahren hatten die Zollbehörden dort einen ihrer Leute postiert. Also hatte Isaac Seagull den Mann aufgesucht und ihn auf seine freundliche Art gefragt: »Soll ich Ihnen lieber den Schädel einschlagen oder Sie bezahlen?«

»Bezahlen«, hatte der Mann prompt erwidert. Und obwohl er auch weiterhin in Grockletons Diensten stand, befolgte er von da an Seagulls Befehle.

Auf der westlichen Seite des New Forest, zwischen der Landzunge von Hurst Castle und Christchurch, gab es zwei wunderbare Landeplätze, nämlich die schmalen Rinnen, die an der Küste mündeten. Dort konnten die Packpferde ungesehen warten. Diese kleinen Hohlwege nannte man *bunnys*. Becton Bunny lag gleich unterhalb von Hordle. Chewton Bunny befand sich etwa anderthalb Kilometer weiter westlich. Chewton bot weiterhin den Vorteil, dass es am Strand zu beiden Seiten gefährlichen Treibsand gab, der ein Hindernis für die Zöllner bedeutete. Von Chewton aus erreichte man etwa anderthalb Kilometer später den Gasthof *Cat and Fiddle Inn*. Dort begann die Straße durch den New Forest, die zwischen Burley und Ringwood verlief und Smuggler's Road hieß. An dieser Strecke befand sich auch der erste der vielen regelmäßig stattfindenden Märkte, die die Freihändler abhielten. Von der Smuggler's Road gelangte man in den nördlichen Teil des New Forest und konnte sich aus dem Staub machen.

Außerdem lag im östlichen New Forest Pitts Deep, das auch nicht zu verachten war. Von hier aus ging es weiter nach Osten, an Southampton vorbei; oder man nahm den Weg zur Kirche von

Boldre und über die Furt unweit von Haus Albion durch den westlichen Forest, wo man ein paar Kilometer weiter auf die Smuggler's Road traf. Da Pitts Deep schwer einzusehen war, sollte heute Nacht hier Ware angeliefert werden.

Grockleton zuckte zusammen. Unwillkürlich umklammerte seine klauenähnliche Hand Puckles Arm, sodass dieser einen Fluch murmelte, weil die Laterne dabei ins Schwanken geriet.

Angestrengt blickte der Zollinspektor in die Dunkelheit, und schließlich bemerkte er ein bläuliches Licht, das draußen auf dem Meer blinkte. Puckle gab ein Zeichen mit der Laterne. Das blaue Licht blinkte zweimal. Puckle wiederholte das Signal. Darauf folgte ein langer, blauer Blitz.

»Sie kommen«, sagte der Schmuggler leise. Die Sterne schienen durch eine kleine Wolkenlücke, sodass man nun das Ufer und die weißen Schaumkronen der Wellen sehen konnte. Grockleton spürte, wie sein Herz schneller schlug. Der Augenblick des Triumphes war gekommen, bald würde die Welt ihm gehören.

Puckle hingegen, der wusste, dass diese letzte Tat sein Schicksal besiegeln würde, war ganz ruhig. »Keine Sorge«, murmelte Grockleton, um ihm Zuversicht einzuflößen. »Für Sie wird genug abfallen.« Nichts davon war wahr.

Nach einer Weile hörten sie das Schlagen von Rudern, und etwa zweihundert Meter draußen auf dem Wasser zeichneten sich die Umrisse dreier großer Lugger ab, die sich Pitts Deep näherten.

In geduckter Haltung eilte Grockleton die Klippen entlang. Er wollte sicherstellen, dass die Franzosen nicht zu früh losschlugen. Alles musste genau nach Plan verlaufen. Inzwischen sprangen die ersten Männer aus den drei Luggern heraus auf den Strand. Kurz darauf begannen sie mit dem Löschen der Ladung.

Selbst von seinem Beobachtungsposten aus erkannte Puckle, dass die Lieferung ungewöhnlich groß war. Truhen, Kisten, Ballen aus Ölhaut – genau konnte er es nicht sehen. Die hintereinander aufgestellten Waren bildeten eine etwa fünfzig Meter lange Kette. Noch nie war eine derart gewaltige Lieferung in Pitts Deep eingetroffen. Die Seeleute arbeiteten wirklich außergewöhnlich schnell. Im schwachen Schein der Sterne beobachtete Puckle, dass eine der Lugger schon wieder ablegte und auf ihn zukam. Auch das zweite Boot setzte sich in Bewegung.

Puckle seufzte. Es war Zeit zum Aufbruch.

Grockleton wartete geduldig. Eine Stunde verstrich. Puckle hatte ihm erzählt, dass die Freihändler sich meist Zeit ließen und sich zuerst vergewisserten, dass die Luft rein war. Die Waren am Strand sahen so verführerisch aus, dass er sie am liebsten sofort genauer in Augenschein genommen hätte.

Puckle hatte Befehl, auf seinem Posten zu bleiben, und das hatte Grockleton ihm streng eingeschärft. Schließlich bestand noch immer die Gefahr, dass er die Schmuggler warnte. Doch in diesem Fall würde Grockleton ihn festnehmen und dafür sorgen, dass er die ganze Härte des Gesetzes zu spüren bekam. Der Zollinspektor lächelte finster. Allerdings wäre das kein Weltuntergang gewesen, denn wenn die Schmuggler flohen, konnte er die gesamte Ladung ohne Kampf beschlagnahmen.

Wieder verging eine Stunde. Grockleton lauschte angestrengt. Schließlich hielt er es nicht mehr aus. Geduckt und mit angehaltenem Atem, um nur ja kein Geräusch zu verursachen, schlich er zu der Stelle zurück, wo er Puckle verlassen hatte. Es dauerte zehn Minuten, bis er endlich oben auf dem kleinen Hügel stand.

Es war niemand da. Grockleton sah sich um. Vielleicht hatte den Mann ein menschliches Rühren überkommen. Oder er hatte sich den Freihändlern angeschlossen. Der Zollinspektor spähte in die Dunkelheit. Nichts regte sich, und kein Laut war zu hören. Er wartete fünf Minuten. Wenn die Schmuggler noch da waren, wären sie gewiss schon erschienen.

Grockleton war ein geduldiger Mann. Er verharrte eine weitere halbe Stunde. Es war totenstill. Offenbar hatte Puckle die Verbrecher gewarnt. Er stand auf und bewegte seine steif gewordenen Gliedmaßen. Dabei stieß er mit dem Fuß an einen Gegenstand. Ein blechernes Geräusch ertönte, mit dem man selbst einen Toten hätte aufwecken können: die Signallaterne. Er blickte sich um. Niemand hatte es bemerkt: Er war allein.

Grockleton kehrte zu seinen Männern zurück und verlangte eine Laterne, die er hoch in die Luft hob, um sich dann der Schmuggelware zu nähern. Es war eine unglaubliche Warenmenge – ein Vermögen lag ihm zu Füßen.

Neugierig griff er nach einem Brandyfass, um dessen Gewicht

zu prüfen. Als er es aufzurichten versuchte, kippte es um. Achselzuckend nahm er das nächste, das sich mühelos heben ließ. Es war leer. Er trat gegen das nächste: ebenfalls leer. Grockleton stürzte zu einem Teeballen hinüber und wickelte ihn aus. Stroh. Verzweifelt lief er hin und her und trat gegen Fässer, Ballen und Truhen. Leer, alles leer.

Der Zollinspektor Grockleton stand an der nächtlichen Küste des New Forest, drehte sich zum Meer um und schickte einen schrecklichen Schrei in den dunklen Himmel empor.

Isaac Seagull sah zu, wie die lange Karawane zur Smuggler's Road hinaufzog. Das Gewirr aus Pfaden, Abzweigungen und Rinnen genügte, um jeden Zöllner oder Dragoner zu verwirren, der versuchte, die Freihändler auf ihrem Weg nach Norden aufzuhalten. Außerdem befanden sich die Zöllner weit weg an der östlichen Seite, wohin er sie gelockt hatte.

Die Lieferung nach Chewton Bunny war der größte Augenblick seiner Laufbahn: eine gewaltige Ladung. Nur ungern hatte er Puckle gezwungen, als Lockvogel zu dienen, denn er hatte die Leiden des armen Mannes kaum mit ansehen können.

»Heißt das, ich muss den New Forest verlassen?«

»Ja.«

»Wann darf ich zurückkommen?«

»Wenn ich dir Bescheid gebe.«

Das Märchen von einer Auseinandersetzung zwischen ihnen und das bisschen Theater auf der Straße hatten den Zollinspektor getäuscht. Inzwischen war Puckle schon wohlbehalten auf hoher See. Er war mit einem der Schmuggelboote mitgefahren. Außerdem hatte Seagull ihn gut bezahlt. Ein ordentliches Sümmchen. Obwohl Geld dem Waldbewohner nichts bedeutete, wenn er dafür ins Exil musste.

Als Mr. Samuel Grockleton an diesem Nachmittag die High Street von Lymington entlangging, wurde er von allen höflich gegrüßt. Jeder stand auf seinem Stammplatz; nur Isaac Seagull schien ausgeflogen zu sein.

Auf ihre Weise hatten die Einwohner von Lymington den Inspektor lieb gewonnen, der Demütigungen wie ein Mann wegzustecken wusste. Nun schlenderte er die Straße hinunter zum Zollhaus am Kai und erwiderte jeden Gruß – und wenn er dabei nicht unbedingt lächelte, konnte man ihm das schlecht zum Vorwurf machen.

Unten an der Straße begegnete er dem Grafen d'Hector, der auf ihn zutrat und ihn freundschaftlich am Arm berührte. »Das nächste Mal, *mon ami,* haben wir sicher mehr Glück«, sagte er mit einem zerknirschten Grinsen.

»Mag sein.«

»Ich stehe Ihnen stets zu Diensten.«

Grockleton nickte und ging weiter. Er hatte bereits einen Haftbefehl für Puckle beantragt. Dieser würde zusammen mit einer genauen Personenbeschreibung an jeden Magistrat im Land geschickt werden. Auch wenn es eine Weile dauern sollte, irgendwann würde Puckle ihm dafür büßen. Außerdem war Grockleton fest entschlossen, mit Hilfe der französischen Soldaten jedem dieser vermaledeiten Schmuggler im New Forest den Garaus zu machen.

Nur eines hatte er dabei nicht bedacht: Solange er sich der Franzosen bediente, würden die Schmuggler ihm stets einen Schritt voraus sein.

Denn der Begleiter des Grafen zu dem Treffen an der Zickzackmauer in jener Frühlingsnacht war kein anderer gewesen als Mr. Isaac Seagull.

Der Graf hatte Mr. Grockleton und dessen überkandidelte Frau zwar wirklich gern, aber er war kein Narr.

Francis Albion wusste, dass er sich hin und wieder schändlich aufführte, und manchmal hatte er deswegen sogar ein schlechtes Gewissen. Doch wie viele Menschen am Abend ihres Lebens hielt er es für sein gutes Recht, dass man noch eine Zeit lang Rücksicht auf seine Launen nahm. Und so gelang es ihm meist, seine Schuldgefühle zu unterdrücken.

Obwohl Fanny nur selten ausging, hatte sie den allgegenwärtigen Mr. West bis Mitte Dezember schon dreimal getroffen. Francis fragte sich, ob seine Tochter West liebte. Wenn Fanny schon unbedingt heiraten musste, war dieser West gar keine so schlechte Wahl. Er konnte den Pachtvertrag für Hale auflösen und nach Haus Albion ziehen. Dann würde das junge Paar hier leben, sodass er, Francis, sich nicht von seiner Tochter trennen musste.

Eines Wintermorgens sprach er das Thema an, als Fanny, die

in letzter Zeit häufig bedrückt und geistesabwesend wirkte, ihm in seinem Zimmer Gesellschaft leistete. »Empfindest du etwas für Mr. West, Fanny?«, fragte er freundlich.

»Ich mag ihn, Vater.«

»Mehr nicht?«

»Nein.« Fanny schüttelte den Kopf, und Francis merkte ihr an, dass sie es ernst meinte. »Warum, Vater? Möchtest du, dass ich ihn heirate?«

»O nein. Das ist nicht nötig.«

»Ich weiß, dass Tante Adelaide es wünscht. Und wenn ich dazu gezwungen wäre, würde er gewiss einen angenehmen Ehemann abgeben. Aber...« Sie breitete die Hände aus.

»Nein, nein, mein Kind«, meinte Mr. Albion liebevoll. »Du musst auf die Stimme deines Herzens hören.« Er hielt inne. »Und es gibt auch keinen anderen? Du wirkst ein wenig traurig.«

»Nein, Vater. Das liegt nur am Wetter.«

»Das freut mich.« Er musterte sie forschend. »Du hast noch dein ganzes Leben vor dir, mein Kind. Und du wirst einmal erben. Sehr erfreuliche Aussichten also. Ich habe nicht die geringste Sorge, dass du eine alte Jungfer werden könntest. Doch« – er lächelte zufrieden – »es besteht kein Grund zur Eile.«

»Willst du nicht, dass ich heirate, Vater?«

Der alte Francis überlegte eine Weile, ehe er zögernd antwortete: »Ich vertraue dir, Fanny. Und auch deinem Urteilsvermögen. Allerdings möchte ich nicht, dass du heiratest, nur um mir einen Gefallen zu tun. Außerdem« – er lächelte sie reizend an – »habe ich dich gern hier bei mir, und wie du sicher weißt, wird es nicht mehr lange dauern. Vermutlich wird deine Tante mich überleben. Doch falls ihr etwas zustoßen sollte, wäre ich sehr einsam.« Niedergeschlagen verzog er das Gesicht.

»Ich würde dich nie allein lassen, Vater.«

»Versprichst du mir, Fanny, dass du nicht von mir fortgehen wirst?«

»Niemals, Vater«, schwor sie gerührt. »Ich werde immer für dich da sein.«

Da Fanny noch nie zuvor verliebt gewesen war, hatte sie keine Erfahrung mit Liebeskummer. Und es gab noch eine weitere Schwierigkeit: Sie ahnte gar nicht, dass das, was sie empfand, Liebe war.

Wenn sie, wie so oft in letzter Zeit, an Mr. Martell dachte, spürte sie nur Angst und Widerwillen. Sie glaubte, seine dunkle Gestalt vor dem Fenster zu sehen oder Hufgetrappel zu hören, und wandte sich dann um in der Erwartung, er könnte es sein. Aufmerksam lauschte sie, wenn ihre Cousine Louisa von ihren Besuchen bei den Burrards sprach, und hoffte, sie würde ihn erwähnen. Doch sie hielt ihre Neugier für krankhaft, so als stelle sie sich eine Schauergestalt aus einem Roman vor. Kaum auszudenken, dass sie beinahe ein vertrauliches Verhältnis mit einem Mann begonnen hätte, der nicht nur ein Penruddock, sondern das Ebenbild des Mörders ihrer Großmutter war… Denn dass das alles auf ihn zutraf, daran bestand kein Zweifel. Wie sollte sie ihre Gefühle verstehen, sein Lächeln, seine Andeutungen, sogar seine Freundlichkeit? Sie wusste es nicht, und sie redete sich ein, dass es sie auch gar nicht interessierte. Aber je länger sie darüber nachgrübelte, desto mehr schreckliche Gedanken kamen ihr in den Sinn.

Schätzte sie die Situation vielleicht falsch ein? Schlechtes Blut. Sie hatte schlechtes Blut und Verwandte, die den unteren Schichten angehörten. Ein Makel haftete ihr an. Dass sie sich als Adelige gab und Respekt verlangte, war eigentlich nichts weiter als Betrug. Bauern wie Puckle verschleierten wenigstens nicht, wer sie wirklich waren, während sie, Fanny, sich mit fremden Federn schmückte. Selbst wenn Martell kein Penruddock gewesen wäre, würde er sie wohl nicht mit der Beißzange anfassen, wenn er erst einmal die Wahrheit erfuhr, dachte sie.

Als die Weihnachtszeit nahte, stellte sie fest, dass ihre Kräfte schleichend, aber stetig schwanden. Manchmal saß sie im Salon und tat, als lese sie in einem Buch, blätterte jedoch nur die Seiten um. Wenn Mr. Gilpin zu Besuch kam, nahm sie sich zusammen und war so fröhlich wie eh und je. Doch sobald sie allein war, verfiel sie wieder in Teilnahmslosigkeit und starrte aus dem Fenster. Hin und wieder lud Gilpin sie zum Tee ein, und sie sagte auch zu. Dann jedoch saß sie aus Gründen, die sie selbst nicht verstand, einfach nur da und war unfähig, sich zu rühren. Mrs. Pride musste ihr den Mantel bringen und sie ein wenig aufmuntern, damit sie überhaupt die Kraft aufbrachte, den Ausflug durchzustehen.

Sie lebte von Tag zu Tag und erfüllte ihre Pflichten. Wer sie nicht kannte, hätte vielleicht ihrer Ausrede geglaubt, das Wetter mache sie müde. Und kein Mensch wusste den wahren Grund, weil sie niemandem sagen konnte, dass sie ständig von einem alles erstickenden Gefühl gequält wurde. Es war weniger Trauer als eine große, graue Leere, eine übermächtige Sinnlosigkeit.

Im Januar begannen Mrs. Pride und Mr. Gilpin, sich große Sorgen um sie zu machen.

Allerdings musste der Vikar sich nicht nur mit Fanny Albion beschäftigen, denn das Schicksal eines kleinen Jungen lag ihm genauso am Herzen.

Man war Nathaniel Furzey auf die Schliche gekommen.

Wie nicht anders zu erwarten, hatte schließlich jemand zu reden angefangen. In den Weihnachtsferien hatte es einer der Komplizen seiner Schwester erzählt, die es wiederum an die Mutter weitergab. Eine Woche später hatte es sich im ganzen New Forest herumgesprochen. Manche lachten darüber, andere waren empört. Den Prides war die Angelegenheit schrecklich peinlich, und die Eltern der übrigen Jungen kochten vor Wut. Immerhin hatte Nathaniel seine Freunde dazu angestiftet, sich nachts aus ihren Hütten zu schleichen, nackt herumzulaufen und sich als kleine Hexenmeister zu betätigen. Man suchte den Vikar auf.

Auch der Schulmeister wandte sich an den Geistlichen. »So kann es nicht weitergehen«, sagte er zu Gilpin. »Der Junge übt einen schlechten Einfluss auf die übrigen Schüler aus. Ich glaube nicht, dass ich weiterhin hier unterrichten kann, solange er an der Schule bleibt. Vielleicht«, fügte er hämisch hinzu, denn es war ihm schon lange ein Dorn im Auge, »haben Sie ihm ja zu viel beigebracht.«

Widerspruch war sinnlos, und Gilpin war zu klug, um den Schulmeister gegen sich aufzubringen. Also wurde Nathaniel zu seiner Familie nach Minstead geschickt. Seine Zeit an Mr. Gilpins Schule war vorbei.

Doch was sollte nun aus ihm werden? Die übrigen Schüler kehrten mit elf oder zwölf Jahren entweder nach Hause zurück, um auf dem Hof ihrer Eltern zu arbeiten, oder sie begannen eine Lehre bei einem Kaufmann oder bei einem Handwerker. Aber je länger Gilpin darüber nachdachte, desto unmöglicher erschien es ihm, dass der Junge sich in den Alltag einer Werkstatt einfügen würde. Er konnte sich bildlich vorstellen, wie er seinen bedauernswerten Lehrherrn so lange mit Streichen plagte, bis dieser ihn lange vor Beendigung der Lehrzeit auf die Straße setzte. Der Vikar malte sich aus, wie Nathaniel in Southampton Arbeit suchte, einer Presspatrouille der Marine in die Hände fiel und an Bord eines Schiffes verschleppt wurde. Und was würde dann geschehen? Die Marine war Englands größte Zierde, ihr hölzerner Verteidigungswall. Doch wie sah das Leben der in den Dienst gezwungenen Männer auf diesen ruhmreichen Schiffen aus? »Rum, Sodomie und die Peitsche«, hatte ein alter Seemann ihm einmal gesagt. Gilpin hoffte, dass der Mann übertrieben hatte – aber wie dem auch sei, jedenfalls hatte Nathaniel Furzey eine bessere Zukunft verdient.

Wegen seines regen Verstandes und seiner Unternehmungslust standen ihm nach Gilpins Einschätzung zwei Wege offen: Er konnte sich, wenn er eine gute Ausbildung erhielt, als armer Gelehrter in Oxford niederlassen und vielleicht sogar Geistlicher werden. Sofern er im New Forest blieb, würde er sich zu einem sehr erfolgreichen Schmuggler entwickeln – weshalb es wohl das Beste war, dass er gleich zu Isaac Seagull in die Lehre ging. Denn wenn schon unbedingt geschmuggelt werden musste, dann wenigstens von fähigen Leuten. Mr. Gilpin entging die Ironie dieser Situation nicht, als er den Fall mir Mr. Drummond und Sir Harry Burrard erörterte. Offenbar fanden die beiden würdigen Herren die vorgetragenen Möglichkeiten höchst interessant.

Schließlich kam es aus unerwarteter Richtung zu einer Lösung. Der Kaufmann Mr. Totton hatte bei den Burrards gespeist und von Nathaniel gehört. »Da meine Kinder die Ausbildung nun hinter sich haben«, sagte er Gilpin in seiner umgänglichen Art, »würde ich dem Jungen gerne helfen, sofern Sie es empfehlen. Doch er scheint ein wenig ungebärdig zu sein.«

»Ich glaube, er langweilt sich nur. Allerdings wäre es für Sie ein Risiko.«

»Als Kaufmann muss man auch Risiken eingehen können«, erwiderte Totton vergnügt. »Wo sollen wir ihn denn zur Schule schicken?«

»In Winchester gibt es eine sehr gute«, antwortete Gilpin.

Und da auf eine gute Tat fast immer die nächste folgt, machte sich Mr. Gilpin nur wenige Tage, nachdem der kleine Nathaniel in Winchester untergebracht worden war, daran, etwas für Fanny zu unternehmen.

»Bath!«, rief Mrs. Grockleton aus. »Bath! Und noch dazu mit Fanny Albion in unserer Obhut. Wir werden sie behandeln, als wären wir ihre Eltern, Mr. Grockleton. *In loco parentis.*« Sie sprach die lateinische Wendung aus, als handle es sich um ein Staatsgeheimnis. »Stell dir das nur vor. Und außerdem«, fügte sie ein wenig taktlos hinzu, »hast du hier zurzeit ohnehin nichts zu tun.«

»Sind die Albions damit einverstanden?«

»Nun, der alte Mr. Albion ist natürlich wie immer dagegen. Und Fanny möchte ihn nur ungern allein lassen. Doch Mr. Gilpin hat sie überredet, wenigstens darüber nachzudenken. Und Mrs. Pride, die Haushälterin, die eigentlich ihr Kindermädchen war, unterstützt diesen Plan soweit ich weiß ebenfalls. Außerdem hat der Vikar die alte Miss Adelaide schon fast umgestimmt. Also ist die Sache mehr oder weniger entschieden.«

»Obwohl Mr. Albion dagegen ist?«

»Nun, mein Liebster, in diesem Haus treffen die Frauen die Entscheidungen.«

»Aha«, meinte Mr. Grockleton. »Dann glaube ich«, fuhr er nach einer kurzen Pause fort, in der er sich überlegt hatte, dass es eine wunderbare Gelegenheit war, Lymington für eine Weile den Rücken zu kehren, »dass wir wohl am besten nach Bath fahren.«

»Danke, Mr. Grockleton.« Seine Frau strahlte übers ganze Gesicht. »Ich habe ihnen schon gesagt, dass du immer meiner Meinung bist.«

Zwei Wochen später reisten sie ab.

»Oh, Fanny, wir wohnen ganz oben auf dem Hügel!«, rief Mrs. Grockleton bei ihrer Ankunft aus. »In allerbester Lage also«, fügte sie hinzu, nur für den Fall, dass Fanny sie nicht verstanden hatte. Der Aufenthalt sollte sechs Wochen dauern. Danach begannen Leute, die etwas auf sich hielten, sich nämlich in Bath zu langweilen, obwohl einige wenige – aus gesundheitlichen oder anderen Gründen – das ganze Jahr hier verbrachten.

Mr. Grockleton hatte wirklich ein wunderschönes Haus angemietet. Wie die meisten Häuser in Bath gehörte es zu einer hübschen georgianischen Wohnanlage und war aus cremefarbenem Stein erbaut.

Die Häuser standen in Reih und Glied auf den steilen Abhängen und boten Aussicht auf die Täler der Stadt, durch die sich zwischen felsigen Ufern ein Fluss schlängelte. Wenn der liebe Gott Mrs. Grockleton gefragt hätte, wie er das Paradies denn erschaffen solle, hätte sie vermutlich geantwortet: »So, dass es wie Bath aussieht.« Allerdings hätte sie angesichts ihrer eigenen Pläne gewiss noch hinzugefügt: »Aber mach, dass es am Meer liegt.«

Fanny gefiel es hier weniger, obwohl sie ihre Meinung für sich behielt. Das Haus war zwar gut geschnitten und elegant, verfügte jedoch wie die meisten derartigen Anwesen in Bath nicht über einen Garten. Immerhin war es ziemlich groß. Die Kinder der Grockletons wurden in den Kinderzimmern im Obergeschoss untergebracht. Die Empfangsräume lagen im Parterre und boten einen malerischen Blick über die Stadt. Fanny saß gerne dort und genoss die Aussicht. Sie versuchte sogar, sie zu zeichnen. Doch Mrs. Grockleton gönnte ihr nur wenig Ruhe.

Sie sorgte dafür, dass Fanny genügend Luftveränderung bekam, und ging mit ihr zur Mineralquelle neben dem alten römischen Bad, um Heilwasser zu trinken. In dem großen Hof, wo eine alte gotische Abteikirche einen hübschen Kontrast zur klassischen Architektur bildete, warteten Männer in blauen Jacken mit Goldknöpfen, um die Kurgäste auf Sänften umherzutragen. Mrs. Grockleton bestand darauf, dass sie und Fanny beim ersten Mal eine benutzten.

Am nächsten Tag besuchten sie ein Konzert in den großen, prächtig gestalteten Gemeinderäumen. Sie erfuhren, dass in zwei Tagen ein Ball stattfinden sollte, und Mrs. Grockleton ordnete an, man müsse dort unbedingt erscheinen.

Der dritte Tag wurde hauptsächlich mit einem Einkaufsbummel verbracht. Sie erstanden zwar nichts, sahen sich aber die eleganten Geschäfte an und beobachteten die anderen Kunden.

»Denn Bath macht die modischen Vorgaben«, verkündete Mrs. Grockleton. »Hier trifft sich die bessere Gesellschaft. Bath ist« – der plötzliche Einfall sagte ihr sehr zu – »wie unsere Akademie. Selbst die charmantesten jungen Damen aus bester Familie, die ihr ganzes Leben auf dem Land verbracht haben, können von einem Besuch in Bath profitieren.«

Der Ball entpuppte sich als kleine Enttäuschung. Falls sich die bessere Gesellschaft wirklich in Bath aufhielt, hatte sie beschlossen, durch Abwesenheit zu glänzen. Stattdessen war eine große Schar von Witwen, Invaliden, pensionierten Offizieren und Kaufleuten gekommen, die fröhlich und unter gehörigem Lärm in den Abend hineintanzten. Sie lernten die Familie eines Kaufmanns aus Bristol kennen, dessen beide Söhne Fanny zum Tanzen aufforderten. Außerdem tanzte sie mit einem sehr netten Major, dessen speckig glänzender Uniformkragen darauf hinwies, dass der Stoff bald fadenscheinig werden würde. »Sie brauchen mich nicht zu fürchten«, meinte er freundlich. »Ich bin hier, um mir eine reiche Witwe zu angeln.«

Wie sich herausstellte, war der Major sehr amüsant und erzählte Fanny viel Nützliches über die Stadt. »Bessere Leute wie Sie bleiben abends oben auf den Hügeln unter sich. Sie kommen nur selten in die unteren Gemeinderäume, wenn es nichts Wichtiges zu sehen gibt. Stattdessen veranstalten sie ihre privaten Feste. Dort gehören Sie hin.«

Mrs. Grockleton war zu einem ganz ähnlichen Schluss gekommen. »Ich fürchte«, meinte sie, als sie nachts mit ihrem Mann allein war, »dass heute Abend nur Leute wie wir gekommen sind.«

»Du hast wohl keine Lust, mit unseresgleichen zu verkehren?«, fragte ihr Mann wohlwollend.

»Dann hätten wir uns das Geld sparen und zu Hause bleiben können.«

In der Mitte der zweiten Woche kam es zu einem seltsamen Zwischenfall. Nachdem Fanny ein paar Stunden gelangweilt mit den Kindern der Grockletons im Haus gespielt hatte, war sie allein in die Stadt gegangen. Die Läden in den Arkaden boten alle möglichen Luxusgüter feil, doch ein prächtiges Porzellanservice aus Worcester in einem Schaufenster zog Fannys Blick besonders an. Es war im griechisch-römischen Stil mit englischen Landschaften bemalt. Da das Dekor der Architektur dieses Badeortes so sehr entsprach, beschloss Fanny, es sich aus der Nähe anzusehen. Nachdem sie die reizenden Bilder etwa eine halbe Stunde lang betrachtet hatte, war ihre Niedergeschlagenheit fast verflogen. Schließlich riss sie sich von dem Anblick los und ging den Hügel hinauf.

Sie war erst ein Stück weit gekommen, als sie eine Kreuzung erreichte. Auf der Straße rechts von ihr erkannte sie in etwa hundert Metern Entfernung Mr. Martell, der gerade aus einer Kutsche stieg. Er hatte ihr den Rücken zugewandt und half einer sehr elegant gekleideten jungen Dame aus dem Gefährt. Dann verschwanden die beiden in einem großen Haus.

Mr. Martell. Ihr Herz setzte einen Schlag aus. Mit einer Dame. Warum nicht mit einer Dame? War es wirklich Mr. Martell gewesen? Schließlich hatte sie sein Gesicht nicht sehen können. Ein hoch gewachsener, düsterer Mann mit dunklem Haar. Die Kutsche wurde von vier prachtvollen, geschmückten Pferden gezogen und gehörte sicherlich einem Adeligen. In Bewegung und Gestalt hatte der Mann sie stark an Mr. Martell erinnert. Dann aber dachte sie an das Porträt und überlegte, dass Mr. Martell in Bath gewiss noch weitere Doppelgänger hatte.

Oder war es doch Mr. Martell gewesen? Sie spürte, wie ihr Herz schneller schlug. Obwohl sie ihre Neugier gern befriedigt hätte, zögerte sie. Was würde sie tun, wenn sie ihm begegnete? Würden sie miteinander sprechen? Was sollte sie zu Mr. Martell und der hübschen jungen Dame sagen? Würden sie einander zufällig treffen, wenn er wirklich in Bath wohnte? Oder würde er sich nur in privaten Kreisen bewegen und zu Hause bleiben, sodass sie ihn nie wieder sah?

Da er mit besseren Leuten verkehrt, hat er sicher keine Lust auf meine Gesellschaft, sagte sie sich schließlich. Außerdem hat er inzwischen gewiss sein Herz verschenkt. Und darüber hinaus ist er ein Penruddock, von dem ich mich fern halten muss.

Doch sie rührte sich nicht von der Stelle, redete sich ein, sie wolle nur die Aussicht bewundern, und wartete noch eine Weile, für den Fall, dass der Mann wieder aus dem Haus kam. Vielleicht hatte er die Dame ja nur nach Hause begleitet. Aber niemand zeigte sich. Die Kutsche stand noch immer an Ort und Stelle. Nach einigen Minuten näherte Fanny sich der Kutsche, und sie sagte sich, dass es nur Neugier war.

Dennoch klopfte ihr das Herz bis zum Halse. Was war, wenn er jetzt erschien und sie einander begegneten? Sie würde sich höflich, aber kühl verhalten und ihm dann die kalte Schulter zeigen. Sie nahm sich fest vor, sich keine Zweifel zu gestatten; und von diesem Vorsatz gestärkt, schlenderte sie lässig auf die Kutsche mit den großen Rädern zu.

Die Tür des Hauses war geschlossen. Der Kutscher in seinem eleganten schokoladenbraunen Rock und Umhang saß auf dem

Bock. Lächelnd blickte Fanny zu ihm hinauf. »Das ist aber eine sehr hübsche Kutsche«, sagte sie freundlich. Er salutierte und bedankte sich höflich. »Wem gehört sie denn?«

»Mr. Markham, Mylady«, lautete die Antwort.

»Sagten Sie Markam oder Martell?«

»Markham, Mylady. Ich kenne keinen Mr. Martell. Mr. Markham ist soeben ins Haus gegangen.«

»Oh, ich verstehe.« Sie zwang sich wieder zu einem Lächeln und spazierte weiter. Hatte sie sich zum Narren gemacht? Sie glaubte nicht. War sie erleichtert? Sie vermutete es wenigstens. Weshalb also war die Kraft, die sie noch vor ein paar Minuten verspürt hatte, plötzlich verflogen, als sie um die nächste Ecke bog. Ihre Füße waren auf einmal bleischwer, und sie bemerkte nicht, dass sie Kopf und Schultern hängen ließ. Der Himmel über dem steilen Felsenberg wurde düster und grau.

Zu Hause angekommen, setzte sie sich mit einem Buch ans Fenster im Salon. Als Mrs. Grockleton eine Ausfahrt vorschlug, schützte sie Kopfschmerzen vor. So saß sie stundenlang da, ohne etwas zu tun oder zu denken. In jener Nacht schlief sie schlecht.

Fannys Neugier, was Mr. Martells Aufenthaltsort betraf, wurde am Anfang der folgenden Woche durch einen Brief von Louisa befriedigt.

Louisa schrieb, Mr. Martell werde in ein paar Tagen bei den Burrards erwartet. Außerdem müssten Edward und sie den Besuch in Bath absagen.

Sicher freut es dich zu hören, Fanny, dass Mr. Martell anschließend nach London weiterreisen will und Edward und mich gebeten hat, ihn zu begleiten. Auch wenn es in Bath gewiss sehr amüsant ist, kann es mit London bestimmt nicht mithalten. Deshalb muss unser Besuch bei dir und Mrs. Grockleton leider ausfallen.

Mit diesen Worten endete das Schreiben. Louisa hatte vergessen, sich nach ihrer Gesundheit zu erkundigen, und schien es nicht einmal zu bedauern, dass das Treffen nicht stattfinden würde. Zunächst wusste Fanny nicht, wie sie es deuten sollte, doch als sie länger darüber nachdachte, fiel es ihr wie Schuppen von den Augen. Schadenfreude: Ihre Cousine teilte ihr unmissverständlich mit, dass sie sie übertrumpft hatte. Und Kälte: Die kurze, beiläufige Entschuldigung für den abgesagten Besuch sollte eigentlich heißen, dass Louisa Wichtigeres zu tun hatte und dass Fanny das auch ruhig erfahren konnte.

Meine Cousine und Freundin liebt mich nicht mehr, dachte Fanny bedrückt. Wer liebt mich überhaupt, außer meinem Vater und Tante Adelaide? Mr. Gilpin vielleicht, aber das ist seine Pflicht. Vielleicht habe ich ja zu wenig Liebenswertes an mir. Wieder fühlte sie sich wertlos und sah keinen Sinn mehr im Leben. Alles erschien ihr wie eine große, graue Welle, die sich im Winter an einem kahlen Strand brach.

Der Zwischenfall, der sich Ende Februar in dem modischen Badeort Bath ereignete, war eigentlich nicht der Rede wert. Allerdings sah man das in jener Zeit anders. Schon nach wenigen Tagen gab es keinen Menschen in der ganzen Stadt, der nicht für eine der beiden Seiten Partei ergriffen hätte, obwohl fast niemand die bedauernswerte junge Dame kannte, um die es ging. Die Angelegenheit erregte deshalb so großes Aufsehen, weil man sie sich kaum erklären konnte. Es wurde wild gemutmaßt. Ob all das Gerede, das der Unglücklichen nicht einmal zu Ohren kam, schädlich oder von Nutzen war, war schwer zu sagen. Nur der verarmte Major, der in den Gemeinderäumen mit ihr getanzt und geplaudert hatte, zog seine Vorteile daraus. Denn da er der Betreffenden persönlich begegnet war, lud man ihn plötzlich ein, in Häusern zu speisen, in die er bislang nie einen Fuß gesetzt hatte, wodurch sich seine Chancen, eine reiche Witwe zu angeln, beträchtlich erhöhten.

Fanny Albion saß im Gefängnis.

»Mrs. Pride muss mich begleiten.« Tante Adelaide duldete keinen Widerspruch, und unter diesen Umständen war sogar der alte Francis gezwungen, klein beizugeben. Allerdings erkundigte er sich in nörgelndem Ton, wer sich jetzt um ihn kümmern würde. »Du bleibst bei den Gilpins«, teilte seine Schwester ihm mit.

Eigentlich hatte Mr. Gilpin selbst zu Fanny fahren wollen, doch Adelaide hatte ihn davon überzeugen können, dass er ihr eine größere Hilfe war, wenn er ihren Bruder versorgte. »Ich hätte keine Ruhe, wenn ich ihn ohne Mrs. Pride zurückließe«, sagte sie. Und so wurde der alte Mann ins Pfarrhaus gebracht, wo er sich gemütlich einrichtete. Inzwischen schrieb Mr. Gilpin einen Brief:

Mein liebes Kind,
ich kann mir nicht vorstellen, wie es zu dieser seltsamen Verkettung von Umständen kommen konnte. Darüber hinaus erscheint es mir unmöglich, dass Sie in der Lage sind, etwas Böses zu tun. Ich bete für Sie und bitte Sie, nicht zu verzweifeln und stets daran zu glauben, dass wir alle in Gottes Hand sind. Vertrauen Sie auf ihn und denken Sie daran, dass die Wahrheit uns frei macht.

Zu Tante Adelaide meinte er nur: »Besorgen Sie sich einen guten Anwalt.«
Also machten sich die furchtlose alte Dame und Mrs. Pride auf die hundert Kilometer weite Reise nach Bath. Wenn sie die Fernstraßen nahmen und regelmäßig die Pferde wechselten, würden sie in zwei Tagen da sein.

Mrs. Grockleton tobte, als man Fanny ins Gefängnis sperrte. Doch alle Bemühungen der wackeren Dame waren vergebens. Aus irgendeinem Grund – vielleicht hatte er etwas Schlechtes gegessen, oder möglicherweise lag es auch nur daran, dass der Richter in Kürze erwartet wurde – hatte der Magistrat angeordnet, Fanny ins Stadtgefängnis zu bringen. Nicht einmal Mrs. Grockletons Drohungen, sie werde sein Haus von Zollbeamten durchsuchen lassen, konnten ihn erweichen.
Man hatte es Fanny in dem kleinen Gefängnis so bequem wie möglich gemacht. Sie hatte eine Zelle für sich allein und bekam genügend zu essen und auch sonst alles Notwendige. Außerdem wurde sie zuvorkommend behandelt, denn die Wärter hatten keine Lust, sich mit der großzügigen und gestrengen Mrs. Grockleton anzulegen, die ihren Schützling ständig besuchte. Währenddessen hatte sich Mr. Grockleton bereits die Dienste der größten Anwaltskanzlei von Bath gesichert, um Fanny zu verteidigen. Der Leiter der Kanzlei war schon dreimal persönlich bei der Verhafteten erschienen.
Also würde es gewiss nicht lange dauern, bis diese bedauerliche Angelegenheit aufgeklärt und Fanny wieder auf freiem Fuß war. Jedenfalls theoretisch betrachtet. Dennoch kam der ange-

sehene Anwalt nach jedem seiner Besuche kopfschüttelnd aus dem Gefängnis. »Ich kann sie nicht zu einer Aussage bewegen«, gab er zu.

Deshalb sah sich Mr. Grockleton nach einer Weile zu einer Bemerkung bemüßigt, die ihm schon lange im Kopf herumging. »Was ist, wenn sie es doch war«, meinte er.

Man musste seiner Gattin zugute halten, dass sie diese Worte mit Empörung aufnahm. »Wenn du so etwas noch einmal sagst, Mr. Grockleton, bekommst du eine Kopfnuss.«

Und so schwieg Mr. Grockleton. Aber seine Zweifel blieben.

Es war nur ein kleiner Laden, in dem es allerdings geschäftig zuging. Man handelte mit Knöpfen, Schleifen, Bändern und feiner Spitze; die Kundschaft bestand aus Damen, Näherinnen und anderen Leuten, die sich mit den für das Leben in Bath lebenswichtigen Kleinigkeiten eindeckten.

Es war ein ruhiger, ereignisloser Tag gewesen, und obwohl es noch Nachmittag war, hatte es schon gedämmert, als hätte jemand einen Rollladen heruntergelassen. Fanny Albion war in Richtung Tür geschlendert. Sie hielt sich schon eine Weile im Laden auf, strich gelangweilt um die Theken und sah sich die Seidenstoffe und das andere modische Zubehör an. Eigentlich wollte sie gar nichts kaufen und war nur in den Laden gekommen, weil ihr die Kraft und der Antrieb fehlten, den Hügel hinauf und nach Hause zu gehen. Traurig grübelte sie vor sich hin. Beim Herumbummeln hatte sich die Tasche geöffnet, die an ihrem Arm hing. Etwa zwanzig Minuten später stand Fanny geistesabwesend an einem runden Tisch, auf dem verschiedene Stücke Spitze lagen. Sie griff nach einem, schloss ruhig ihre Handtasche und näherte sich der Tür.

Die Verkäuferin, die sie bereits beobachtet hatte, stürzte ihr nach und fing sie noch auf der Schwelle ab. Kurz darauf erhielt sie Unterstützung vom Geschäftsführer. Man hatte Fanny gezwungen, ihre Tasche zu öffnen, und wirklich hatte ein ordentlich gefaltetes Stück Spitze im Wert von zehn Shilling darin gelegen. Passanten waren als Zeugen herbeigerufen worden. Fanny war zurück in den Laden geschleppt worden. Dann hatte man den Polizeidiener geholt.

Alle hatten bemerkt, dass Fanny wie benommen wirkte und kein Wort gesagt hatte.

»Aber mein liebes Kind, was soll das heißen?«

Trotz der langen Reise hatte Tante Adelaide darauf bestanden, sofort nach ihrer Ankunft im Haus der Grockletons zu Fanny gebracht zu werden. Obwohl sie in dieser seltsamen Umgebung sehr zerbrechlich wirkte, war ihr die eherne Entschlossenheit deutlich anzumerken. Nun fixierte die würdige alte Dame ihre Nichte.

Doch auch das nützte nichts, denn Fanny saß nur da und schüttelte langsam den Kopf, während ihre Tante und Mrs. Pride sie ansahen.

»Was soll das heißen, mein liebes Kind?« Tante Adelaide war – obwohl sie sich um Selbstbeherrschung bemühte – kurz davor, die Geduld zu verlieren. Nun erhob sie gereizt die Stimme. »*Was soll das heißen, du weißt nicht, ob du es getan hast?*«, rief sie aus.

Das Abendessen bei den Burrards fand in festlichem Rahmen statt. Die Tottons waren gekommen und auch Mr. Martell, der erst am Nachmittag eingetroffen war. Außerdem Mr. Arthur West, inzwischen bei den Burrards ein gern gesehener Gast.

Man hatte soeben den ersten Gang aufgetragen, und die Gäste labten sich an Wildbret, Ente, Hasenragout, Fischpastete und weiteren Speisen, als Mr. Martell nach dem ersten Schluck von dem erstklassigen Claret Louisa höflich fragte: »Was gibt es Neues von Ihrer Cousine Miss Albion?«

Alle am Tisch schwiegen, und Louisa lief feuerrot an. Sir Harry, der am Kopfende der Tafel saß, meinte ruhig: »Wenn Sie sich und Fanny Albion helfen wollen, Louisa, sollten Sie sich eine bessere Antwort einfallen lassen, als nur zu erröten. Denn ich muss Ihnen offen sagen, dass der ganze New Forest über sie tratscht und es sich sogar schon bis nach London herumgesprochen hat.« Er wandte sich an Martell. »Die bedauernswerte junge Dame wird beschuldigt, in einem Laden in Bath ein Stück Spitze gestohlen zu haben, Sir. Dieser Vorwurf ist absurd und absolut unhaltbar. Man hat sie wie eine gewöhnliche Verbrecherin ins Gefängnis gesteckt und will sie vor Gericht stellen. Sehr bald, wie ich glaube. Da es sich nur um ein Missverständnis handeln kann, wird man sie natürlich freisprechen. Ihre Tante ist trotz ihres hohen Alters zu ihr gereist. Ihr Vater wohnt derzeit bei Mr. Gilpin.« Er sah Louisa eindringlich an. »Alle hier an diesem Tisch, Louisa, und auch unsere sämtlichen Freunde stehen hinter Fanny Albion, und wir werden sie bald wieder hier willkommen heißen.« Sein Tonfall war streng.

»Hört, hört«, sagte Mr. Totton mit Nachdruck.

»Ich wünschte«, meinte Mr. Martell stirnrunzelnd, »ich könnte ihr irgendwie behilflich sein. Ich kenne einen ausgezeichneten Anwalt in Bath.« Er hielt inne. »Leider fürchte ich, dass ich sie gekränkt habe, obwohl ich nicht weiß, warum.«

Die Tottons und die Burrards blickten einander fragend an. Mr. Totton wandte ein, ihm sei nichts Derartiges zu Ohren gekommen. Aber Mr. Arthur West beugte sich hilfsbereit vor. »Wenn Sie gestatten, Sir. Ich glaube, ich kann Ihnen den Grund erklären. Gewiss erinnern Sie sich noch an das Bild Ihres Urgroßvaters, das Sie sich in Hale angesehen haben.«

»Ja und?«

»Dem Sie so erstaunlich ähneln. Vielleicht sind Sie sich nicht darüber im Klaren, dass der alte Mr. Albion und seine Schwester die Enkel von Alice Lisle sind. In ihren Augen sind Sie ein Penruddock.«

Diese Worte lösten Entsetzen am Tisch aus. Burrard und die Tottons starrten ihn entgeistert an.

»Sie sind ein Penruddock?« Über Martell war so viel bekannt – seine beiden Güter, seine Bildung, sein gutes Aussehen und sein Interesse an Kirche und Politik –, dass sich nie jemand nach der Familie seiner Mutter erkundigt hatte.

»Die Martells und die Penruddocks heiraten schon seit Jahrhunderten ineinander. Meine Mutter war eine Penruddock«, erwiderte Mr. Martell stolz. »Ich wusste nichts von der Verwandtschaft der Albions mit Alice Lisle. Aber Oberst Penruddock hat damals nur eine berüchtigte Querulantin festgenommen. Die Sache ist doch schon längst vergessen.«

»Nicht im New Forest.« Sir Harry schüttelte den Kopf. »Zumindest die Albions lehnen sie strikt ab.«

»Ich verstehe.« Martell verstummte. Er erinnerte sich daran, wie Fanny ihn auf Mrs. Grockletons Ball ausgefragt hatte, und auch an ihre plötzliche Kühle.

»Besonders die alte Miss Albion«, erklärte Mr. Totton, »vertritt in dieser Sache eine unnachgiebige Haltung. Ihre Mutter hat sie gewissermaßen in Alice Lisles Schatten erzogen. Alice war eine geborene Albion, und Haus Albion war ihre wahre Heimat.«

Martell nickte langsam. Lebhaft stand ihm wieder der Eindruck vor Augen, den er bei seinem ersten Besuch in dem dunklen, alten Haus von Fanny gehabt hatte. Offenbar hatte er sich nicht getäuscht. Fanny war eine tragische Gestalt. Sie war mit zwei alten Leuten in einem Haus voller Erinnerungen und geisterhafter Schatten gefangen. Aber er wusste nun noch etwas: Ganz sicher hatte er mit seiner Annahme Recht gehabt, dass sie etwas für ihn empfand. Nur weil er ein Penruddock war, ging sie ihm nun aus dem Weg und wies ihn zurück.

Der Schatten von Alice Lisle steht zwischen uns, dachte er. Verdammtes Weib. Es war Wahnsinn. Und als ihm einfiel, in welcher schrecklichen Lage sich Fanny befand, wurde er von Mitleid ergriffen. Wie mochte sie sich fühlen, allein und im Gefängnis? »Es tut mir Leid zu hören, in welchen Schwierigkeiten sie steckt«, meinte er leise. Während der restlichen Mahlzeit wurde dieses traurige Thema nicht mehr erwähnt.

Als sich die Damen zurückgezogen hatten und die Herren beim Portwein saßen, besprach Martell die Angelegenheit mit Burrard und Totton.

»Eine seltsame Sache«, sagte Burrard. »Gilpin und ich haben versucht, uns kundig zu machen, natürlich ohne uns einzumischen. Der fragliche Laden, der die Vorwürfe erhebt, verweigert eine gütliche Einigung. Der Magistrat besteht darauf, Miss Albion in Haft zu behalten. Am schlimmsten jedoch ist der Zustand von Fanny selbst.« Rasch erklärte er, dass Gilpin die Grockletons überredet hatte, mit Fanny nach Bath zu fahren. »Im Winter ist sie sehr melancholisch geworden. Leider hat die Reise nach Bath offenbar keine Besserung bewirkt. Sie ist völlig teilnahmslos und trägt nichts zur Aufklärung des Falls bei. Und selbst bei Leuten unseres Standes, Martell, ist Diebstahl eben Diebstahl. Ich möchte Ihnen nicht verheimlichen, dass ich mir Sorgen um sie mache. Es ist eine schwerwiegende Anschuldigung.«

Diebstahl wurde im England des achtzehnten Jahrhunderts streng bestraft, und zwar häufig mit dem Tode oder Abschiebung in die Kolonien. Dabei hing das Strafmaß nur selten vom Wert der gestohlenen Ware ab. Viel wichtiger waren der Charakter des Übeltäters und der Umstand, dass er sich an fremdem Eigentum vergriffen hatte. Deshalb galt Fannys Verbrechen als schwerer Gesetzesverstoß, der auch für Adelige empfindliche Folgen haben konnte. Denn es ging darum, ein Exempel zu statuieren und zu beweisen, dass für niemanden Ausnahmen gemacht wurden.

»Weiß man, welchen Grund ihre Niedergeschlagenheit hat?«, fragte Martell.

»Nein«, erwiderte Edward Totton. »Ich glaube, es begann nach Mrs. Grockletons Ball. Vielleicht war es ihr peinlich, wie ihr Vater sich in der Öffentlichkeit aufgeführt hat, obwohl sie dazu überhaupt keinen Anlass hat. Außerdem denke ich, dass Louisa und ich einen Teil der Schuld tragen. Wir haben sie sträflich vernachlässigt, und ich schäme mich sehr dafür.«

Kurz nach dem Ball also. Womöglich hat ihre Melancholie eine andere Ursache, dachte Martell. Dennoch beschäftigte ihn, als sie sich zu den Damen gesellten, immer noch die Frage, wie um alles in der Welt er ihr nur helfen könnte. Gewiss hatte die Familie ihr bereits einen guten Anwalt besorgt. Und vielleicht würde seine Einmischung nicht willkommen sein.

Ein Satz des Gespräches wollte ihm einfach nicht aus dem Kopf: »Sie ist völlig teilnahmslos und trägt nichts zur Aufklärung des Falls bei.« Darum musste man sie dazu bringen. Die Sache war viel zu ernst, um sie dem Zufall zu überlassen. Es war unabdingbar, dass Fanny selbst etwas unternahm, um sich aus dieser misslichen Lage zu retten.

An zwei Tischen wurde Karten gespielt, doch Martell war nicht in der richtigen Stimmung dafür. Da es Louisa offenbar ebenso erging, setzten sie sich auf ein Sofa, um zu plaudern.

Martell hielt Louisa zweifellos für eine sehr hübsche und amüsante junge Frau. Er mochte sie und genoss ihre Gesellschaft. Hin und wieder dachte er sogar daran, ihr den Hof zu machen. Die Tottons gehörten zwar nicht ganz zu seinen Kreisen, doch er war in der Wahl seiner Ehefrau mehr oder weniger frei. Die Nachricht von Fannys schwieriger Lage hatte ihn angerührt, und nun sah er Louisa voller Zuneigung an. »Ich muss gestehen«, sagte er, »dass ich mir große Sorgen um Miss Albion mache.«

»Das tun wir alle«, erwiderte sie leise.

»Außerdem frage ich mich, ob ich nicht etwas für sie tun sollte. Vielleicht«, überlegte er laut weiter, »könnte Edward sie besuchen. Ich würde ihn dann begleiten.«

Louisas Miene verdüsterte sich ein wenig. »Ich wusste gar nicht, dass Sie sich so für Fanny interessieren«, meinte sie sanft.

»Und außerdem könnte es sein, dass sie Edwards Anwesenheit zurzeit nicht wünscht.«

»Möglich. Dennoch« – er schüttelte den Kopf – »vermute ich, dass sie im Augenblick Gesellschaft und wirkliche Freundschaft nötig hätte.«

»Ich verstehe.« Man brauchte nur wenig weibliches Einfühlungsvermögen – und mit diesem war Louisa reichlich ausgestattet –, um zu sehen, in welche Richtung Martells Gefühle offenbar neigten. »Niemand weiß«, fuhr Louisa zögernd fort, »wie die Dinge wirklich liegen. Deshalb ist Vorsicht angebracht.«

»Was soll das heißen? Verdächtigen Sie Miss Albion etwa dieses Verbrechens?«

»Nein, Mr. Martell.« Louisa hielt inne. »Aber da wir nicht vor Ort sind, ist es schwierig, sämtliche Zweifel auszuräumen. Schließlich könnte…«

Entgeistert und gleichzeitig neugierig sah er sie an. Louisa war nicht dumm, und er fragte sich, was sie mit diesem Wink wohl gemeint haben könnte.

»Ich will Ihnen etwas anvertrauen, Mr. Martell, wenn Sie versprechen, es für sich zu behalten.«

»Gut.« Er überlegte. »Ich werde schweigen.«

»Es gibt da etwas, von dem meine Cousine vermutlich selbst nichts ahnt. Ich denke, Sie wissen, dass mein Vater und ihre Mutter Geschwister waren.«

»Ja.«

»Doch das stimmt nicht ganz. Sie war seine Halbschwester. Und ihre Mutter… nun, die zweite Frau meines Großvaters stammte aus anderen gesellschaftlichen Kreisen. Sie war eine Miss Seagull. Die Seagulls sind eine Familie von niedrigstem Stand: Matrosen, Wirte, Schmuggler. Und damals…« Sie verzog das Gesicht. »Besser, man redet nicht darüber.«

»Ich verstehe.«

»Und deshalb fragen wir uns vielleicht, wir glauben… wir können nicht sicher sein…« Sie lächelte entschuldigend. Mr. Martell starrte sie entgeistert an.

Ihm war sonnenklar, dass sie sich selbst nicht bewusst war, was sie mit ihrer kleinen Böswilligkeit, ihrer Beichte alles anrichten konnte. »Ich freue mich, dass Sie sich mir anvertraut haben, Miss Totton«, erwiderte er, ohne mit der Wimper zu zucken. Und im selben Augenblick fasste er den Entschluss, sofort am nächsten Tag bei Morgengrauen nach Bath zu fahren.

Adelaide schüttelte den Kopf. Seit einer Woche weilte sie nun schon in Bath, ohne etwas bewirkt zu haben. Oft drohten ihre Kräfte zu erlahmen, und sie spielte schon mit dem Gedanken, nach Hause zurückzukehren, da sie es nicht mehr ertragen konnte. Allerdings war sie nun schon so lange Hüterin der Familienehre und hatte zuerst für ihre Mutter und später für ihren Bruder und für Fanny gesorgt – also kam es überhaupt nicht in Frage, dass sie jetzt aufgab. Schließlich ging ihr der gute Ruf des Hauses Albion über alles, und deshalb wäre es ihr auch unmöglich gewesen, ihre Nichte im Stich zu lassen.

Allmählich jedoch war sie mit ihrem Latein am Ende. »Es wird dir ergehen wie Alice!«, rief sie erbittert aus. »Sie hat sich nicht verteidigt und ist vor dem Richter eingeschlafen; mit keinem Wort hat sie sich gewehrt. Willst du etwa auch hingerichtet werden? Soll die Familie Albion denn aussterben?«

Aber Fanny schwieg nur.

»Können Sie nicht etwas tun, um sie zu überzeugen«, wandte sich die alte Dame Hilfe suchend an Mrs. Pride.

Seit einer Woche begleitete Mrs. Pride Tante Adelaide nun schon ins Gefängnis, beobachtete still das Treiben im Hause Grockleton und bemühte sich, die anderen so gut wie möglich zu trösten. Außerdem hatte sie Fanny eingehend beobachtet und ihre Schlüsse daraus gezogen. Nun sprach sie ihren Schützling in freundlichem, aber strengem Ton an.

»Ich kenne Sie nun schon seit Ihrer Geburt, Miss Fanny«, sagte sie. »Ich habe Sie gewissermaßen großgezogen, und Sie waren immer ein mutiges und vernünftiges Mädchen. Ihre Lage ist ernst.« Sie sah Fanny in die Augen. »Sie müssen sich retten. Etwas anderes bleibt Ihnen nicht übrig, wenn Sie nicht untergehen wollen.«

»Ich weiß nicht, ob ich das kann«, meinte Fanny.

»Sie müssen aber«, wiederholte Mrs. Pride.

»Du musst kämpfen, Fanny!«, rief ihre Tante. »Begreifst du denn nicht? Du musst kämpfen und darfst nie aufgeben.« Sie betrachtete Fanny und wandte sich dann an Mrs. Pride. »Ich glaube, wir sollten jetzt gehen.« Mühsam erhob sie sich.

In der Tür sah Mrs. Pride die Gefangene noch einmal an, und

ihre Blicke trafen sich. Die Botschaft der Haushälterin war unmissverständlich: »Rette dich.«

Nachdem sie fort waren, holte Fanny den Brief des Vikars heraus und las ihn noch einmal. Sie hoffte, dass er ihr Kraft geben würde, doch es nützte nichts, und sie steckte ihn wieder weg. Dann schloss sie die Augen, aber sie konnte nicht schlafen.

Sich retten. Aber wie denn? Manchmal, wenn sie sich unbeobachtet glaubte, rollte sie sich zusammen wie ein ungeborenes Kind und blieb lange Zeit in dieser Haltung liegen. Hin und wieder saß sie da, starrte mit leerem Blick geradeaus und war unfähig, sich zu regen. Fanny war sicher, dass sie verloren war. Ihr Leben war von Mauern umgeben, so kahl und unnachgiebig wie die eines Gefängnisses. Es gab kein Entrinnen, keinen Ausweg, keine Lösung.

Und dennoch sehnte sie sich danach zu fliehen, nach jemandem, der kam und sie befreite. Tante Adelaide war dazu nicht in der Lage. Nicht einmal Mrs. Pride. Alle verlangten von ihr, dass sie sich selbst half, obwohl sie doch von einem anderen Menschen gerettet und getröstet werden wollte. Aber von wem? Mr. Gilpins Gegenwart hätte sie möglicherweise aufgemuntert. Doch sie wusste, dass auch er nicht der Richtige war.

Sie wünschte sich Vergebung. Wofür, konnte sie nicht sagen. Vielleicht dafür, dass sie überhaupt lebte. Sie sehnte sich danach, dass der Mann, den sie liebte, bei ihr war, sie in die Arme nahm und ihr verzieh.

Dann würde sie die Kraft haben, sich allen Widrigkeiten zu stellen. Aber dieser Traum würde nie in Erfüllung gehen. Also blieb ihr nichts weiter übrig, als das Elend zu ertragen. Und deshalb schloss sie die Augen vor dem grellen, schmerzhaften Licht der Welt.

Und so sah sie ihn nicht hereinkommen.

Wie lange braucht ein Mann, um sich über seine Gefühle für eine Frau klar zu werden?

Wyndham Martell betrachtete die bleiche Gestalt, die stumm in ihrer Zelle saß. Ein schwacher Sonnenstrahl fiel durchs Fenster auf ihr Gesicht und ließ es fast durchscheinend wirken. Nun wusste er, wie zart sie war; er hatte viel über sie erfahren, und in diesem Augenblick ahnte er, dass das Schicksal ihm bestimmt hatte, diese Frau zu lieben. Nach dieser Erkenntnis gab es – wie jedem, der schon einmal geliebt hat, klar ist – nichts mehr zu sagen. Im Bruchteil einer Sekunde entschied er über seine Zukunft.

Als er eintrat, sah sie ihn entgeistert an. Ohne stehen zu bleiben, ging er auf sie zu, und als sie sich erheben wollte, nahm er sie in die Arme. »Ich bin hier, Fanny«, sagte er mit einem zärtlichen Lächeln. »Und ich werde dich nie wieder verlassen.«

»Aber…« Sie runzelte die Stirn und verzog verzweifelt das Gesicht. »Du weißt doch gar nicht…«

»Ich weiß alles.«

»Du kannst nicht…«

»Ich kenne sogar das dunkle Geheimnis deiner Großmutter Seagull und ihrer Vorfahren, mein Liebes.« Voller Zuneigung schüttelte er den Kopf. »Nichts spielt eine Rolle, solange wir nur beieinander sind.« Und bevor sie etwas erwidern konnte, drückte er sie an sich und küsste sie.

Fanny zitterte am ganzen Leibe, klammerte sich an ihn und weinte Tränen, die nicht mehr versiegen wollten. Er versuchte nicht, sie zu trösten, sondern ließ sie gewähren, umarmte sie fest und murmelte Koseworte. Sie wussten nicht, wie lange sie so dagestanden hatten.

Beide bemerkten sie nicht, dass Tante Adelaide zurückgekehrt war.

Im ersten Moment begriff die alte Dame nicht, was da vor sich ging. Fanny lag in den Armen eines Fremden, der sein Gesicht abgewandt hatte. Wer er war oder warum Fanny sich so an ihn klammerte, konnte sie nicht sagen. Tante Adelaide musste sich auf Mrs. Prides Arm stützen. Es dauerte eine Weile, bis sie die Sprache wieder fand.

»Fanny?«

Die beiden jungen Leute fuhren auseinander. Dann drehte sich der Mann um und sah Tante Adelaide an. Die alte Dame riss entsetzt die Augen auf und erbleichte.

Zunächst glaubte sie, Oberst Penruddock vor sich zu haben, der auf wundersame Weise dem Gemälde entstiegen und wieder zum Leben erwacht war. Dann jedoch wurde ihr anscheinend klar, dass es sich um Mr. Martell handeln musste. Starr vor Schreck blickte sie ihn an und zischte nur ein einziges Wort: »Sie!«

Rasch hatte Mr. Martell sich gefasst. »Miss Albion, ich bin Wyndham Martell.«

Doch Tante Adelaide hatte ihn entweder nicht gehört, oder sie zog es vor, nicht weiter darauf einzugehen. Ihr kreideweißes Gesicht war vor Wut und Hass verzerrt, wie Fanny es noch nie bei ihr erlebt hatte. Als sie weitersprach, triefte ihr Ton vor Verachtung, als hätte sie einen gemeinen Verbrecher vor sich. »Wie können Sie es wagen, hierher zu kommen, Sie Schurke! Hinaus!«

»Ich bin mir dessen bewusst, Madam, dass es in der Vergangenheit zu Zerwürfnissen zwischen Ihrer Familie und der meiner Mutter gekommen ist.«

»Verschwinden Sie, Sir.«

»Ich halte es für überflüssig…«

»Raus.« Sie wandte sich an Fanny, als wäre Mr. Martell Luft für sie. »Was soll das heißen? Was hast du mit diesem Penruddock zu schaffen?«

Es war nicht nur ihre eiskalte, zornige Stimme, die Fanny bis ins Mark traf, sondern auch die abgrundtiefe Enttäuschung, die sie im Blick der alten Dame sah.

Mein ganzes Leben lang war sie immer für mich da, dachte Fanny. Sie hat mir vertraut, und nun habe ich ihr etwas so Schreckliches angetan. Ich habe sie verraten. »Oh, Tante Adelaide!«, rief sie aus.

»Vielleicht«, entgegnete ihre Tante in scharfem Ton, der Fanny wie ein Pfeil ins Herz drang, »brauchst du deine Familie ja jetzt nicht mehr.«

»O doch, Tante Adelaide.« Sie drehte sich zu Martell um. »Bitte geh.«

Er sah zwischen den beiden Frauen hin und her. »Ich komme wieder«, sagte er.

Nachdem er fort war, herrschte Stille.

»Ich denke, du bist mir eine Erklärung schuldig«, meinte Tante Adelaide kalt und abweisend.

Fanny tat ihr Bestes. Sie beichtete ihrer Tante, dass sie Gefühle für Martell entwickelt habe, ohne seine Herkunft zu kennen. »Wahrscheinlich wusste er auch nichts von meiner«, fügte sie hinzu und schilderte, wie sie die Hintergründe entdeckt hatte und ihm von da an aus dem Weg gegangen war. Sie schwor, sie habe ihn nicht wieder gesehen, bis er überraschend in ihrer Zelle aufgetaucht sei.

»Du hast ihn geküsst.«

»Ich weiß. Er war so gut zu mir. Ich habe mich hinreißen lassen.«

»Hinreißen«, höhnte ihre Tante. »Von einem Penruddock.«

»Es wird nie wieder vorkommen.«

»Und wenn er sich nicht abweisen lässt?«

»Dann werde ich ihn nicht empfangen.«

Als ihre Tante sie argwöhnisch musterte, schüttelte Fanny den Kopf.

»Fanny.« Tante Adelaide war nun nicht mehr zornig, sondern sprach ganz ruhig. »Ich fürchte, unsere Wege werden sich trennen müssen, wenn du darauf bestehst, weiter etwas mit diesem Mann zu tun zu haben. Du gehörst dann nicht mehr zu uns.«

»Nein, Tante Adelaide, bitte verlass mich nicht. Ich verspreche dir, die Verbindung mit ihm abzubrechen.«

An diesem Abend erhielt Fanny noch einmal unerwarteten Besuch. Es war Mrs. Pride. Die gute Frau blieb fast eine Stunde lang bei ihr und erfuhr, was genau zwischen ihrem Schützling und Mr. Martell vorgefallen war. Schließlich musste sie erkennen, dass Fanny diesen Mann von ganzem Herzen liebte.

»Er ist gekommen, um mich zu retten«, klagte das Mädchen. »Doch das ist unmöglich. Ich weiß, dass es keinen Sinn hat. Alles ist sinnlos.« Mrs. Pride nahm sie zwar in die Arme, ließ sie sich ausweinen und tröstete sie so gut sie konnte, doch im Innersten ihres Herzens konnte sie nicht leugnen, dass Fanny die Wahrheit sagte. Solange der Geist von Alice Lisle in Haus Albion wohnt, dachte sie bedrückt, wird kein Penruddock über dessen Schwelle treten. So war es nun einmal. Der New Forest hatte ein langes Gedächtnis.

Als Mr. Martell am nächsten Morgen seine Aufwartung machte, wurde er auf Fannys Anweisung fortgeschickt. Dasselbe wiederholte sich am Nachmittag. Als er tags darauf einen Brief hinterlassen wollte, verweigerte man die Annahme.

Francis Albion hatte in der Vergangenheit so oft falschen Alarm geschlagen, dass Mr. Gilpin erst eine Nachricht an Adelaide schickte, als der Arzt ihm versicherte, der Greis läge tatsächlich im Sterben und habe nur noch wenige Tage zu leben.

Das Eintreffen des Briefes versetzte die alte Dame in helle Aufregung, da sie unbedingt zu ihrem Bruder zurückkehren, gleichzeitig aber Fanny nicht allein lassen wollte. Sie befürchtete, dass ihre Nichte erneut Besuche von Mr. Martell empfangen könnte, wenn sie kein wachsames Auge auf sie hatte. Doch als Fanny sie darauf hinwies, Mr. Martell habe schon seit drei Tagen nichts von sich hören lassen, und außerdem noch einmal schwor, sie werde ihn nicht wieder sehen, war die alte Dame ein wenig beruhigt.

»Wie könnte ich den Gedanken ertragen, dich, seinen einzigen Trost, in einer solchen Zeit von ihm fern gehalten zu haben?«, rief Fanny aus. »Fahr, ich flehe dich an, und sage ihm, wie sehr ich ihn liebe und dass ich im Geiste bei ihm bin, auch wenn ich dich nicht begleiten kann.«

Tante Adelaide konnte sich der Vernunft dieses Vorschlags nicht verschließen und stimmte zu. Allerdings durfte man nicht vergessen, dass in zehn Tagen der Prozess stattfinden sollte. Der beste Anwalt stand bereit, um Fanny zu verteidigen. Doch Fanny selbst verhielt sich immer noch schwankend. An manchen Tagen wirkte sie stark genug, um für ihre Rechte einzutreten, an anderen wiederum versank sie in Teilnahmslosigkeit. »Ich weiß nicht, welchen Eindruck sie vor Gericht erwecken und wie sie auf die ihr gestellten Fragen antworten wird«, musste der Anwalt einräumen.

»Ganz gleich, wie es um die Gesundheit meines Bruders steht«, versicherte ihm Adelaide, »ich bin rechtzeitig zum Prozess zurück. Bis dahin müssen wir unser Bestes tun. Vielleicht«, fügte sie hinzu, »bringe ich Mr. Gilpin mit.«

Nachdem alles so verabredet war, ging Tante Adelaide, gestützt auf Mrs. Prides Arm, hinaus und überließ Fanny für die nächsten Tage ihrem Schicksal.

Während die Kutsche über die Mautstraße zwischen Bath und Sarum rollte, hatte Mrs. Pride Gelegenheit, alle Vorfälle der letzten Tage gründlich zu überdenken. Sie wünschte, sie hätte die Katastrophe abwenden können, die ihnen bevorstand.

Sie hatte kaum Hoffnung, dass die Sache für Fanny glimpflich ausgehen könnte. Selbst mit der besten Verteidigung schien eine Verurteilung beinahe unausweichlich. Und was Fannys Gefühle für Mr. Martell betraf, so sah Mrs. Pride beim besten Willen keine Lösung.

Sie konnte Tante Adelaide wegen ihrer Einstellung gegenüber Mr. Martell keinen Vorwurf machen. Schließlich erinnerten sich auch die Prides noch an den Verrat, den die Familie Furzey begangen hatte. Wie sollte die alte Adelaide also einem Penruddock verzeihen? An ihrer Stelle hätte Mrs. Pride gewiss ebenso empfunden. Ganz sicher hatte es der alten Dame fast das Herz gebrochen, Fanny mit Mr. Martell in zärtlicher Umarmung zu sehen.

Wieder und wieder musste sie an das tränenreiche Gespräch mit Fanny denken. Sie wusste genau, wie es um das Mädchen stand: Fannys Teilnahmslosigkeit hatte ihren Grund in dieser unglücklichen Liebe. Als sie am Abend Sarum erreichten, hatte Mrs. Pride noch immer keinen Ausweg gefunden.

Von Salisbury fuhren sie auf der Straße nach Southampton über die hohen Kreidefelsen, von denen aus man den New Forest überblicken konnte. Dann nahmen sie die Mautstraße nach Lymington. Am späten Nachmittag sahen sie Mr. Gilpins Pfarrhaus vor sich.

Der Vikar selbst empfing sie an der Tür. Mit ernster Miene brachte er Tante Adelaide in den Salon und bat sie, Platz zu nehmen. Als sie sich nach der Gesundheit ihres Bruders erkundigte, hielt er kurz inne und erwiderte dann bedrückt: »Ihr Bruder ist heute kurz vor Morgengrauen gestorben. Er hat nicht sehr gelitten. Ich habe mit ihm gebetet, er hat ein wenig geschlafen, und dann ist er von uns gegangen. Ein so friedliches Ende wünsche ich mir auch einmal.«

Adelaide nickte. »Die Beerdigung?«

»Mit Ihrer Erlaubnis findet sie morgen statt. Wir können auch warten, wenn Sie es möchten.«

»Nein.« Adelaide seufzte. »Es ist besser so. Ich muss so schnell wie möglich zurück nach Bath.«

»Wollen Sie ihn sehen? Er ist im Speisezimmer aufgebahrt.«

»Ja.« Sie stand auf. »Ich gehe gleich hin.«

Mr. Gilpin hatte alles gründlich vorbereitet. Nachdem Adelaide von ihrem Bruder Abschied genommen hatte, erklärte er ihr kurz den Ablauf des Gottesdienstes in der Kirche von Boldre, wo sich die Familiengruft der Albions befand. Die Tottons, die Burrards und andere Familien aus der Gegend waren bereits in Kenntnis gesetzt worden und würden zur Beerdigung erscheinen, sofern Tante Adelaide keine Einwände erhob. Natürlich sei sie herzlich eingeladen, im Pfarrhaus zu übernachten, fügte der Vikar hinzu. Adelaide bedankte sich vielmals, lehnte jedoch ab, da sie lieber nach Haus Albion zurückkehren wollte. Einige Dienstboten hatten zwar während ihrer Abwesenheit Ausgang erhalten, doch es war noch genug Personal vorhanden, um für alles Nötige zu sorgen.

»Versprechen Sie mir, sich vor Ihrer Rückkehr nach Bath mindestens einen oder zwei Tage lang auszuruhen«, flehte Mr. Gilpin sie an. »Sie haben genug Zeit dafür.«

»Ja. Einen Tag. Dann muss ich zurück. Ich kann Fanny nicht allein lassen.«

»Ganz richtig. Darf ich Sie am Tag nach der Beerdigung aufsuchen? Es gibt in diesem Zusammenhang nämlich noch ein paar Dinge, die ich mit Ihnen besprechen möchte.«

»Selbstverständlich.« Sie fügte hinzu, sie würde sich über seinen Rat sehr freuen.

Er begleitete sie zur Tür und blickte der Kutsche nach, bis sie nicht mehr zu sehen war. Dann kehrte er durch den Flur in seine Bibliothek zurück, deren Tür während Adelaides Besuch geschlossen geblieben war. Er wandte sich an den Mann, der sich den Großteil des Nachmittags dort versteckt gehalten hatte. »Übermorgen werde ich mit ihr sprechen. Aber ich möchte, dass Sie mich begleiten. Sie sollen auch etwas sagen.«

»Halten Sie das für klug?«

»Klug oder nicht. Es könnte nötig werden.«

»Ich verlasse mich auf Ihren Rat«, meinte Mr. Martell.

Die Beerdigung in der alten Kirche auf dem kleinen Hügel hatte im engsten Familienkreis stattgefunden. Die Tottons, verschiedene Nachbarn und die Pächter und Dienstboten von Haus Albion waren erschienen. Mr. Gilpin hatte einen kurzen, aber würdigen Gottesdienst abgehalten. In seiner knappen Predigt und in den Gebeten hatte er auch Fanny erwähnt. Und beim Abschied baten die Trauergäste Tante Adelaide, Fanny ihre besten Wünsche zu übermitteln.

Nach der Beerdigung wollte Tante Adelaide allein nach Hause zurückkehren, worauf selbstverständlich Rücksicht genommen wurde. Also saßen nur sie und Mrs. Pride in der Kutsche, die den Weg zu dem alten Haus mit den hohen Giebeln hinauffuhr. Tante Adelaide ließ sich im Salon nieder, und Mrs. Pride brachte ihr etwas Kräutertee. Dann döste die alte Dame ein bisschen vor sich hin, verzehrte zum Abendessen ein wenig Schinken und legte sich schließlich früh zu Bett.

Als Mr. Gilpin am nächsten Morgen um elf Uhr bei Tante Adelaide vorsprach, war diese schon längst auf den Beinen.

Man muss sie einfach bewundern, dachte Mrs. Pride. Tante Adelaide saß kerzengerade und auf Kissen gestützt in ihrem großen Ohrensessel im Wohnzimmer. Trotz ihrer Gebrechlichkeit und der Schicksalsschläge der letzten Wochen war ihr Verstand hellwach.

Mrs. Pride wollte sich zurückziehen, als Mr. Gilpin hereinkam, doch Adelaide bedeutete ihr zu bleiben. »Ich möchte, dass Mrs. Pride bei dem Gespräch anwesend ist«, meinte sie zu Gilpin. »Ohne sie wären wir schon längst untergegangen.«

»Ganz Ihrer Ansicht.« Der Geistliche lächelte der Haushälterin freundlich zu.

»Lassen Sie mich zuerst erklären, wie es um Fanny steht«, begann die alte Dame.

Sie schilderte in allen Einzelheiten Fannys Gemütszustand, ihre Unfähigkeit, ihre Rechte zu verteidigen, die Besorgnis des Anwalts und den Ernst der Lage. Außerdem sprach sie von der Hilfsbereitschaft der Grockletons, doch Mr. Martell erwähnte sie mit keinem Wort. Als sie fertig war, wandte sich Mr. Gilpin an Mrs. Pride und fragte, ob sie dem etwas hinzuzufügen habe.

Mrs. Pride zögerte. Was sollte sie darauf antworten? »Miss Albion hat alles ganz genau wiedergegeben«, sagte sie zögernd. »Miss Fannys Lage ist ernst. Ich habe Angst um sie.«

»Seltsam, dass sie gar nicht versucht, sich zu verteidigen«, stellte Mr. Gilpin fest. »Ist es Ihrer Ansicht nach vielleicht möglich, dass die Anwälte meinen, sie könnte dieses Stück Spitze aus irgendwelchen Gründen tatsächlich eingesteckt haben?«

»Das ist absurd«, entgegnete ihre Tante.

Gilpin sah Mrs. Pride an. »Ich weiß nicht, was die Leute denken, Sir. Aber soweit ich im Bilde bin, hat Miss Fanny auf diese Frage bis jetzt noch gar nicht geantwortet.«

»Ganz offensichtlich befindet sie sich in einem seltsamen Gemütszustand. Fast so, als hätte sie – verzeihen Sie mir – den Verstand verloren. Anscheinend ist sie nicht sie selbst, meine liebe Miss Albion.«

»Richtig.«

»Und woran könnte das liegen?« Er musterte sie forschend. »Könnte sie irgendetwas aus dem Gleichgewicht gebracht haben?«

»Nichts von Bedeutung«, zischte Tante Adelaide.

»Ich glaube, Sir«, wandte Mrs. Pride ein, »dass ihre Gefühle stark durcheinander geraten sind.« Sie musste es einfach sagen, obwohl es ihr einen strafenden Blick von Adelaide einbrachte.

Und nun begann der schwierigste Teil von Mr. Gilpins Mission. Zuerst erläuterte er Adelaide klipp und klar, in welcher großen Gefahr Fanny seiner Ansicht nach schwebte. »Sie wird eines Verbrechens bezichtigt. Die Zeugen sind gut beleumundet. Unter diesen Umständen wird sie ihr gesellschaftlicher Stand nicht schützen. Ganz im Gegenteil könnte der Richter sie in die Kolonien abschieben, nur um ein Exempel zu statuieren und zu zeigen, dass er keine Klassenunterschiede kennt. Derartige Dinge sind schon vorgekommen.« Er hielt inne, damit diese Schreckensbotschaft sich setzen konnte.

Doch selbst er hatte nicht damit gerechnet, dass sich Adelaides Denken stets und ausschließlich nur um eines drehte. »Gerechtigkeit«, spottete sie. »Verschonen Sie mich mit Gerechtigkeit. Ich weiß noch sehr wohl, wie die Gerichte mit Alice Lisle umgesprungen sind.«

»Es geht hier nicht um Gerechtigkeit«, beharrte der Vikar, »sondern um das Risiko. Gewiss stimmen Sie mir zu, dass wir alles unternehmen müssen, um Fanny zu retten.« Als Antwort erhielt er ein kurzes Nicken. »Ich glaube, am besten begleite ich Sie nach Bath. Einverstanden?« Wieder ein Nicken. »Allerdings muss ich Sie warnen«, fuhr er fort. »Ich denke nicht, dass meine Anwesenheit Fanny notwendigerweise dazu bringen wird, sich zu verteidigen. Und genau das muss sie tun. Inzwischen bin ich überzeugt, dass die Lösung des Rätsels anderswo zu finden ist.«

Adelaide ließ sich nicht anmerken, dass sie ahnte, worauf er hinauswollte. Gilpin fuhr fort.

Und er ging dabei sehr klug zu Werk. Zuerst kam er – wie es sich für einen anständigen Christen gehörte – auf die Pflicht zur Versöhnung zu sprechen. Dann erläuterte er, es sei verwerflich, alte Fehden nicht ruhen zu lassen. »Die Sünden der Väter, Miss

Albion, dürfen wir nicht den Söhnen anlasten.« Danach betonte er, dass alles andere hinter das Ziel, Fanny frei zu bekommen, zurücktreten müsse. »Ich glaube«, sagte er in eindringlichem Ton, »dass Sie ganz genau wissen, was ich meine.«

»Ich habe nicht die leiseste Ahnung«, widersprach die alte Adelaide trotzig.

»Erlauben Sie, Madam«, war da plötzlich eine ruhige, aber nachdrückliche Stimme von der Tür her zu vernehmen, »doch meiner Ansicht nach wissen Sie es sehr wohl.«

Mit diesen Worten trat Mr. Martell ins Zimmer und verbeugte sich höflich. Obwohl Gilpin den jungen Mann angewiesen hatte, draußen in der Kutsche zu warten, hatte er sich ins Haus geschlichen und lauschte schon seit einer Weile.

Adelaide erbleichte. Sie blickte zwischen Martell und Gilpin hin und her und fragte dann in scharfem Ton: »Haben Sie diesen Schurken mitgebracht?«

»Ja«, gestand der Vikar, »allerdings bin ich überzeugt davon, dass er kein Schurke ist. Ganz im Gegenteil.«

»Bitte gehen Sie, Mr. Gilpin, und nehmen Sie diesen Schurken mit.« »Sie wiederholte das Wort absichtlich. Dann blickte sie in die Ferne. »Ich muss feststellen, Sir, dass heutzutage sogar Geistliche das Vertrauen ihrer Freunde missbrauchen. Aber meine Familie weiß, wie man mit Schurken, Mördern und Verführern fertig wird, selbst wenn es heute das erste Mal ist, dass uns ein solches Subjekt von einem Mann der Kirche ins Haus geschleppt wird.«

»Meine liebe Miss Albion.«

»Ich schlage vor, Mr. Gilpin, dass Sie sich in Zukunft von diesem Haus fern halten. Außerdem werden Sie meine Nichte in Bath nicht aufsuchen. Guten Tag.«

Selbst Gilpin fehlten die Worte. Doch Wyndham Martell ließ sich nicht so schnell abfertigen. »Madam«, begann er höflich, »Sie können die Familie meiner Mutter beschimpfen, wie es Ihnen beliebt. Falls das, was Sie ihr vorwerfen, der Wahrheit entspricht, muss ich mich dafür entschuldigen. Wenn es in meiner Macht läge« – er hob die Hand –, »würde ich mir diese Hand abhacken, um mich von dem Erbe der Penruddocks zu befreien. Und ich würde es gern tun, um Ihre Nichte zu retten.«

Schweigend starrte er sie an. Vielleicht hatte es ja doch etwas genutzt.

»Ich habe festgestellt, dass ich einem meiner Vorfahren ähnle, von dem ich bis jetzt kaum etwas wusste. Dann erfuhr ich, dass die Familie der jungen Frau, an die ich bereits mein Herz verloren hatte und die mir ohne Erklärung den Laufpass gab, diesen Mann hasst und verabscheut. Dennoch wird jede Generation neu geboren, so sehr wir unsere Eltern und Vorfahren auch ehren mögen. Selbst im Wald wachsen immer wieder neue Eichen. Ich versichere Ihnen, dass ich nicht Oberst Penruddock bin und auch nicht sein möchte wie er. Ich bin Wyndham Martell. Und Fanny ist nicht Alice Lisle.«

»Hinaus!«

»Madam, ich halte es für möglich, dass ich Miss Albion dazu bringen könnte, sich selbst zu verteidigen. Ganz gleich, wie Sie über mich denken mögen – wollen Sie mir nicht einmal erlauben, einen Versuch zu unternehmen?«

Zufällig warf Gilpin in diesem Moment einen Blick auf Mrs. Pride, und er merkte ihr deutlich an, dass sie angesichts dessen, was sie von Fanny wusste, auch an diese Lösung glaubte. »Ich flehe Sie an. Sie müssen jetzt vor allem daran denken, Fanny zu retten«, wandte der Vikar ein.

»Ein Penruddock soll eine Albion retten? Niemals.«

»Gütiger Himmel, Madam!« Allmählich riss Martell der Geduldsfaden. »Soll Ihre Nichte denn im Gefängnis verrotten?«

»Hinaus.«

Er achtete nicht darauf. »Lieben Sie sie, Madam? Oder gilt sie Ihnen nur etwas als Priesterin des Familientempels?«

»Hinaus.«

»Ich sage Ihnen, Madam, dass ich Miss Albion um ihrer selbst willen liebe. Offen gestanden ist es mir völlig gleichgültig, ob sie eine Albion, eine Gilpin oder« – er blickte der hoch gewachsenen, würdevollen Frau in die Augen, die dieselben Ziele verfolgte wie er und die aufmerksam jedem seiner Worte lauschte – »eine Pride ist. Ich liebe sie, Madam. Als Mensch. Und ich beabsichtige, sie zu retten, mit oder ohne Ihre Erlaubnis. Allerdings wäre Ihre Hilfe für sie sehr nützlich gewesen.«

»Hinaus.«

Auf ein Zeichen von Mr. Gilpin verließ der inzwischen sichtlich erboste Mr. Martell den Raum, und kurz darauf fuhren die beiden Männer in der Kutsche des Geistlichen davon.

Schweigend saß Adelaide eine Weile da, während Mrs. Pride abwartend hinter ihr stand. Dann ergriff die alte Dame endlich das Wort, allerdings war sie nicht sicher, ob sie mit der Haushälterin oder mit sich selbst sprach. »Wenn er sie rettet, wird sie ihn heiraten.« Traurig schüttelte sie den Kopf. »Oh, meine arme Mutter. In diesem Fall wäre es besser, sie stirbt.«

Nun wusste Mrs. Pride, was sie tun musste.

Am Abend saßen Martell und Gilpin in der Bibliothek des Vikars und erörterten die weitere Vorgehensweise.

»Ich möchte hinfahren«, sagte Gilpin. »Und ich bezweifle nicht, dass Fanny mich empfangen wird. Allerdings sind noch zwei Fragen offen. Wird meine Anwesenheit nicht nur zur Verwirrung beitragen, solange die alte Dame so halsstarrig bleibt? Und außerdem braucht sie im Augenblick Sie dringender als mich, Martell.«

»Die alte Dame kann mir den Buckel herunterrutschen«, erwiderte Martell. »Ich breche gleich morgen früh auf. Allerdings muss ich noch dafür sorgen, dass ich vorgelassen werde. Ich kann ja schlecht die Gefängnistür aufbrechen.«

»Ich gebe Ihnen einen Brief mit, in dem ich Fanny anflehe, Sie zu empfangen. Ich werde schreiben, dass Sie in meinem Auftrag handeln. Das könnte helfen.«

Gilpin hatte sich gerade an den Brief gesetzt. Martell las in einem Buch, als von der Tür ein Geräusch zu hören war. Kurz darauf kam ein Diener herein und flüsterte Gilpin etwas ins Ohr. Dieser erhob sich, ging hinaus in die Halle und kehrte wenig später eilig zurück. »Holen Sie Ihren Rock, Martell!«, rief er. »Wir brauchen Sie. Die Pferde werden schon gesattelt.«

»Wohin geht es?«, fragte Martell und stürzte in sein Zimmer hinauf, um Rock und Stiefel zu holen.

»Haus Albion. Wir dürfen keine Zeit verlieren.«

Niemand wusste, wann oder wo das Feuer ausgebrochen war, denn offenbar hatten alle im Haus fest geschlafen. Ein seltsames Knistern hatte im obersten Stockwerk einen Diener aufgeschreckt. Der Mann stürmte aus seinem Zimmer und stellte fest, dass der Flur bereits dicht verqualmt war. Im nächsten Moment begegnete er Mrs. Pride, die noch ihr Nachthemd trug. Offenbar war auch sie soeben erst wach geworden.

»Das ganze Haus brennt!«, sagte sie. »Schnell, rufen Sie

die Dienstboten zusammen. Die Hintertreppe ist frei. Bringen Sie alle in die Ställe und vergewissern Sie sich, dass niemand fehlt.«

»Wo wollen Sie hin?«

»Zu der alten Dame. Wohin sonst?«

Beißender Rauch stieg Mrs. Pride in die Kehle, als sie sich zur Treppe durchkämpfte. Rasch lief sie in Adelaides Schlafzimmer, trat ein und ging zum Bett.

Es war leer.

Schnell blickte sie sich im Raum um: niemand. Sie versuchte es im Nebenzimmer, fand es ebenfalls verlassen vor, und kehrte zur Treppe zurück.

Das Feuer züngelte die Tapeten empor. Unten sah sie, wie Flammen aus dem Salon quollen. Also rannte sie hin, doch die große Hitze hinderte sie daran, den Raum zu betreten. Sie öffnete die Eingangstür und verließ rasch das Haus.

»Hat jemand Miss Albion gesehen?«

Der ganze Haushalt hatte sich in den Stallungen versammelt. Keiner fehlte. Die Männer suchten bereits Eimer zusammen, um eine Kette hinunter zum Fluss zu bilden. Obwohl Mrs. Pride wusste, dass das zwecklos war, ließ sie sie gewähren.

Der alten Dame war niemand begegnet.

»Bestimmt ist sie aufgestanden und nach draußen gegangen«, meinte jemand.

»Vielleicht ist sie mit einer Lampe gestürzt und hat so das Feuer verursacht«, sagte ein Hausmädchen.

»Niemand darf hinein«, befahl Mrs. Pride und kehrte zum Haus zurück.

Inzwischen qualmte auch das Dach, und aus einigen Fenstern im oberen Stockwerk züngelten Flammen. Offenbar hatte man das Feuer auch schon in Boldre bemerkt, denn es kamen einige Männer die Auffahrt entlanggestürmt. Mrs. Pride wies sie an, beim Wasserschöpfen zu helfen. Jemand war schon losgelaufen, um den Vikar zu holen.

»Suchen Sie weiter nach der alten Dame«, bat Mrs. Pride die Köchin und die anderen Frauen. »Möglicherweise irrt sie irgendwo draußen herum.« Dann ging sie wieder ins Haus.

Als Mr. Gilpin und Martell eintrafen, schlugen die Flammen bereits hoch aus dem Dach. Glut schwebte im dunklen Nachthimmel. Seltsamerweise war die Tür noch unversehrt, doch drinnen loderte Feuer in der Finsternis.

Die Suche nach Adelaide blieb ergebnislos. Niemand wusste, wohin sie verschwunden war. Falls sie sich im Salon befunden hatte, war sie sicherlich verbrannt.

»Sie könnte gestürzt sein«, sagte Mr. Gilpin. »Vielleicht lebt sie noch.« Er sah Martell an. »Also, wollen wir?«

Doch als die beiden Männer abstiegen, stellte sich ihnen Mrs. Pride in den Weg. »Warten Sie!«, rief sie. »Sie wissen nicht, wo Sie nachsehen sollen.« Und bevor jemand sie daran hindern konnte, eilte sie wieder ins Haus.

Die kahlen, steinernen dreieckigen Giebel ragten gespenstisch aus dem Flammenmeer. Der Großteil der Zimmer brannte inzwischen lichterloh. Es war unmöglich, dass jemand in dieser Flammenhölle überlebt hatte. Doch kurz darauf erschien Mrs. Prides hoch gewachsene Gestalt erst an einem Fenster, dann an einem anderen. Plötzlich war sie verschwunden, und Gilpin und Martell wollten schon ins Haus laufen, als Mrs. Pride aus der Tür trat. Sie trug eine zarte, in Weiß gekleidete Gestalt auf den Armen.

Es war Adelaide. Obwohl ihr Nachthemd angesengt und voller Rußflecken war, war sie nicht den Flammen zum Opfer gefallen. Doch ihre Gliedmaßen hingen schlaff herab. Sie war tot. Offenbar war sie gestürzt, hatte sich den Kopf gestoßen und war in dem dicken, schwarzen Rauch erstickt.

Ohne Wasserpumpe war es aussichtslos, Haus Albion retten zu wollen. Das Feuer brannte viele Stunden lang, da die dicken Eichenbalken aus der Tudorzeit nur allmählich zu Asche zerfielen. Einige wurden sogar nur von außen angesengt. Am frühen Morgen leuchtete das Haus noch immer feuerrot, und als es hell wurde, hatte es sich in eine glühende Ruine verwandelt. Haus Albion gab es nicht mehr, es war mit seinen beiden Bewohnern, Francis und Adelaide, der Bewahrerin der Familienehre, untergegangen.

Der gute Mr. Gilpin konnte sich des Gedankens nicht erwehren, dass es Fanny Albion nun frei stand, sich von Mr. Martell retten zu lassen. Er erinnerte sich an den Tag, an dem Francis Albion so tief geschlafen hatte, dass Fanny den Ausflug nach Beaulieu hatte mitmachen können. Forschend sah der Vikar deshalb Mrs. Pride an.

Aber der Miene der Haushälterin war nichts zu entnehmen. Das Feuer beleuchtete ihr edles Profil. Und der Vikar hatte klugerweise nicht vergessen, dass die Dinge im New Forest nicht immer das waren, was sie zu sein schienen.

Es war totenstill im Gerichtssaal. An diesem Morgen musste der Richter über drei Fälle von Diebstahl verhandeln. Die Angeklagten saßen, jeder von einem Polizeidiener bewacht, auf einer Bank und sahen zu, wie einer nach dem anderen aufgerufen wurde.

Zuerst war ein junger Mann an der Reihe, der einen älteren Herrn überfallen und ihn um sein Geld und seine goldene Uhr erleichtert hatte. Er hatte einen dunklen Lockenschopf; als Junge hatte er sicher Nathaniel Furzey geähnelt. Stumpf und benommen starrte er geradeaus. Die Geschworenen brauchten nicht lange, um ihn schuldig zu sprechen. Er wurde zum Tod durch Erhängen verurteilt.

Das arme sechzehnjährige Mädchen, das einen gekochten Schinken gestohlen hatte, damit ihre Familie etwas zu essen hatte, kam glimpflicher davon. Sie war blond und blauäugig, und ihre Schönheit wäre noch auffallender gewesen, hätte sie nicht drei Monate bei dünnem Haferbrei und trockenem Brot in einer schmutzigen Zelle verbracht. Da es ein Jammer schien, sie zu hängen, wurde sie für vierzehn Jahre nach Australien deportiert.

Es handelte sich um alltägliche Fälle, die zwar für die Familien der Verurteilten eine Tragödie darstellten, aber nicht weiter von Bedeutung waren.

Doch mit der jungen Dame, die angeblich ein Stück Spitze gestohlen hatte, war es eine ganz andere Sache. Der Gerichtssaal war voll besetzt. Die Geschworenen merkten interessiert auf. Die Anwälte mit ihren schwarzen Roben und ihren Perücken wurden neugierig. Ja, sogar der Richter schien Interesse an dem Fall zu haben.

Und die allgemeine Aufregung und das Erstaunen steigerten sich noch mehr, als der Richter die junge Dame fragte, wer denn ihr Rechtsvertreter sei. Denn diese erwiderte: »Wenn Sie erlauben, Euer Ehren, ich habe keinen Anwalt. Ich möchte mich selbst verteidigen.«

Im Gerichtssaal brach Geraune aus. Alle starrten die Angeklagte gebannt an.

685

Jeder, der Fanny Albion noch vor einer Woche gesehen hatte, musste zugeben, dass eine bemerkenswerte Veränderung mit ihr vorgegangen war. Sie trug ein schlichtes weißes Kleid, dessen Taille nach der neuesten Mode hoch angesetzt war, was ihr ein mädchenhaftes Aussehen verlieh. Die Spitzensäume, die Satinschärpe und die seidenen Schuhe verrieten, dass Miss Albion zwar bescheiden, aber offenbar wohlhabend war. Dass sich unter dem Kleid ein seltsames kleines hölzernes Kruzifix verbarg, das einst einer Bauersfrau gehört hatte, wussten nur sie und Mr. Gilpin.

Ruhig und selbstbewusst ließ Fanny sich an ihren Platz führen. Nachdem die Anklage verlesen worden war und man sie fragte, ob sie auf schuldig oder nicht schuldig plädiere, antwortete sie mit klarer, fester Stimme: »Nicht schuldig.«

Ein Blick in den Gerichtssaal zeigte ihr, dass sie nicht allein war. Die Grockletons waren gekommen. Mr. Gilpin, der sie gedrängt hatte, in möglichst einfachen Worten die Wahrheit zu sagen, saß zwischen ihnen und Mrs. Pride. »Sie müssen sich retten, Miss Fanny«, hatte die Haushälterin sie noch am Vortag angefleht. »Nach allem, was geschehen ist. Jetzt können Sie Ihr eigenes Leben führen.« Doch es war der Mann neben Mrs. Pride – er lächelte Fanny nun zu –, der ihr das Versprechen abgenommen hatte, sich endlich zu wehren. Wyndham Martell hatte ihr einen Heiratsantrag gemacht und sie gebeten: »Tu es, liebe Fanny, für mich.«

Der Anklagevertreter glaubte, leichtes Spiel zu haben. Zuerst wurde die Verkäuferin aufgerufen. Sie sagte aus, sie habe die Beschuldigte einige Zeit beobachtet und gesehen, wie sich ihre Tasche geöffnet habe. Dann habe die Frau die Spitze betrachtet, ein Stück in ihre Tasche fallen lassen, die Tasche wieder zugeklappt und sich angeschickt, den Laden rasch zu verlassen. Die Verkäuferin beschrieb, wie sie die Diebin verfolgt und sie auf der Schwelle gestellt habe. In Gegenwart des Geschäftsführers habe sie dann die Spitze in Fannys Tasche gefunden.

»Was erwiderte die Angeklagte, als Sie sie des Diebstahls bezichtigten?«

»Nichts.«

Im Gerichtssaal brach Getuschel aus, der Richter verlangte Ruhe und forderte Fanny auf, die Zeugin ins Kreuzverhör zu nehmen.

»Ich habe keine Fragen, Euer Ehren.«

Was hatte das zu bedeuten? Die Anwesenden wechselten Blicke des Erstaunens.

Der Geschäftsführer, der anschließend aufgerufen wurde, bestätigte die Aussage der Verkäuferin. Wieder verzichtete Fanny auf ein Kreuzverhör.

Darauf folgte eine Zeugin, die den Zwischenfall beobachtet hatte. Erneut widersprach Fanny nicht. Mr. Grockleton wirkte besorgt. Seine Frau sah aus, als würde sie jeden Moment aufspringen. Mrs. Pride presste die Lippen zusammen.

»Ich rufe die Beschuldigte, Miss Albion, auf«, verkündete der Anklagevertreter.

Er war ein kleiner, rundlicher Mann. Wenn er sprach, schabten die gestärkten Spitzen seines Anwaltskragens an seinem dicken Hals entlang. »Würden Sie dem Gericht bitte schildern, was sich am fraglichen Nachmittag ereignet hat, Miss Albion?«

»Aber natürlich.« Fannys Stimme klang ernst und klar. »Ich habe mich im Laden umgesehen, genau so, wie das Gericht es gerade gehört hat.«

»War Ihre Tasche offen?«

»Ich habe es nicht bemerkt. Doch ich sehe keinen Grund, daran zu zweifeln.«

»Haben Sie sich dem Tisch genähert, auf dem die Spitze ausgelegt war? Und leugnen Sie, dass Sie ein Stück davon genommen und es in Ihre Tasche gesteckt haben und dann zur Tür gegangen sind?«

»Das streite ich nicht ab.«

»Sie geben es also zu?«

»Ja.«

»Sie haben die Spitze also gestohlen?«

»Offenbar.«

»Dasselbe Stück Spitze, das draußen vor dem Laden in Ihrer Tasche gefunden wurde, wie es der Geschäftsführer und die andere Zeugin dargestellt haben?«

»Genau.«

Der Anklagevertreter wirkte ein wenig verdattert. Achselzuckend sah er den Richter an. »Euer Ehren, verehrte Geschworene, nun haben Sie es aus dem Mund der Angeklagten gehört. Sie hat die Spitze gestohlen. Nach Ansicht der Anklagevertretung ist die Beweisaufnahme hiermit abgeschlossen.« Er kehrte an sei-

687

nen Platz zurück und murmelte seinem Schreiber eine Bemerkung über die Dummheit von Frauen zu, die glaubten, ohne Anwalt auskommen zu können. Währenddessen forderte der Richter Fanny auf, fortzufahren.

Schweigen herrschte im Saal, als Fanny sich erhob. »Ich möchte nur einen Zeugen aufrufen, Euer Ehren«, verkündete sie. »Und zwar Mr. Gilpin.«

Würdevoll nahm Mr. Gilpin im Zeugenstand Platz. Er bestätigte, der Vikar von Boldre, Inhaber verschiedener akademischer Titel und Verfasser einiger anerkannter Werke zu sein. Er kenne Fanny schon seit ihrer Kindheit. Als man ihn bat, etwas über ihren gesellschaftlichen Stand zu sagen, erwiderte er, sie sei Erbin des Gutes Albion und somit Besitzerin eines beträchtlichen Vermögens. Fanny fragte, ob sie seiner Ansicht nach je in Geldschwierigkeiten gewesen sei, was er verneinte.

Aufgefordert, ihren Charakter zu schildern, tat er das in schlichten Worten. Er erwiderte, sie führe ein zurückgezogenes Leben und sei ihrem Vater und ihrer Tante treu ergeben gewesen. Dann erkundigte sich Fanny, weshalb sie ausgerechnet nach Bath gefahren sei. Der Vikar erläuterte dem Gericht, er selbst habe die Reise mit den Grockletons veranlasst, da Fanny dringend Luftveränderung gebraucht habe. Seiner Ansicht nach habe sie zu viel Zeit mit zwei alten Leuten in der Abgeschiedenheit von Haus Albion verbracht.

»Wie würden Sie meinen damaligen Gemütszustand beschreiben?«

»Melancholisch, antriebslos und zerstreut.«

»Hat es Sie erstaunt zu hören, dass ich eines Diebstahls beschuldigt werde?«

»Ich war wie vom Donner gerührt und traute meinen Ohren nicht.«

»Warum?«

»Da ich sie sehr gut kenne und es mir deshalb unvorstellbar ist, dass sie etwas stehlen könnte.«

»Ich habe keine weiteren Fragen.«

Der Anklagevertreter sprang auf und näherte sich dem Vikar. »Sagen Sie, Sir, haben Sie der Angeklagten geglaubt, als sie behauptete, ein Stück Spitze gestohlen zu haben?«

»Aber sicher. Soweit ich weiß, hat sie ihr Lebtag nicht gelogen.«

»Also ist sie schuldig. Keine weiteren Fragen.«
Der Richter sah Fanny an. Nun lag alles nur noch an ihr.
»Darf ich ein paar Worte in meiner Sache sprechen, Euer Ehren?«

»Sie dürfen.«

Fanny neigte den Kopf und wandte sich an die Geschworenen. Es waren hauptsächlich Kaufleute, ein paar Bauern, ein Beamter und zwei Handwerker. Sie hatten Verständnis für die Lage des Ladenbesitzers, bedauerten die junge Dame zwar, hielten sie aber eindeutig für eine Verbrecherin.

»Meine Herren Geschworenen«, begann Fanny. »Gewiss hat es Sie überrascht, dass ich den gegen mich vorgebrachten Beweisen nicht widersprochen habe.« Die Geschworenen antworteten zwar nicht, doch es stand ihnen ins Gesicht geschrieben. »Ich habe nicht einmal eingewendet, der Verkäuferin könnte ein Irrtum unterlaufen sein.« Kurz hielt sie inne. »Warum sollte ich das tun? Diese guten und anständigen Leute haben Ihnen das geschildert, was sie gesehen haben. Warum sollte man ihnen misstrauen? Ich jedenfalls glaube ihnen.«

Fanny sah die Geschworenen an, und diese erwiderten ihren Blick. Die Männer wussten nicht, worauf sie hinauswollte, aber sie lauschten aufmerksam.

»Meine Herren Geschworenen, ich möchte Sie nun bitten, die Hintergründe zu überdenken. Sie haben von Mr. Gilpin, einem höchst angesehenen Geistlichen, gehört, dass ich einen einwandfreien Leumund besitze und noch nie im Leben etwas gestohlen habe. Außerdem haben Sie erfahren, dass ich vermögend bin. Selbst wenn ich verbrecherische Neigungen hätte, was sich, weiß Gott, nicht so verhält, gibt es keinen vernünftigen Grund, warum ich das Stück Spitze nicht hätte bezahlen sollen. Ich bin wohlhabend. Es macht keinen Sinn.« Wieder hielt sie inne, damit sich diese Feststellung setzen konnte.

»Nun möchte ich Sie bitten, sich an die Aussagen zu erinnern, die mein Verhalten betreffen, als man mich vor dem Laden stellte. Offenbar habe ich geschwiegen. Ich habe kein Wort von mir gegeben. Und warum?« Sie blickte jeden Einzelnen von ihnen an. »Meine Herren, mir hatte es vor Schreck die Sprache verschlagen. Ehrliche Menschen warfen mir vor, ein Stück Spitze gestohlen zu haben. Der Beweis lag vor meinen Augen. Ich konnte es nicht leugnen. Ich nahm nicht an, dass sie logen. Es war die

Wahrheit. Ich hatte die Spitze eingesteckt. Und dazu stehe ich auch heute noch. Dennoch war ich so verblüfft, dass ich kein Wort mehr herausbrachte. Und ich muss Ihnen offen gestehen, dass ich mir diese Tat bis heute nicht erklären kann. Ich bitte Sie, mir zu glauben, dass ich nicht wusste, was ich tat. Ich streite nicht ab, meine Herren, dass sich das Stück Spitze in meiner Tasche befand. Allerdings habe ich keine Ahnung, wie es dorthin gekommen ist. Noch nie im Leben bin ich so verdattert gewesen.« Sie sah den Richter an und wandte sich dann wieder an die Geschworenen.

»Woran kann das liegen? Ich weiß es nicht. Mr. Gilpin hat Recht, wenn er erklärt, dass ich damals ziemlich verwirrt war. Ich erinnere mich noch, dass ich an jenem Nachmittag ständig an meinen lieben Vater dachte, um dessen Gesundheit es schon seit einiger Zeit nicht gut stand. Ich überlegte, ob ich abreisen sollte, um bei ihm zu sein, denn ich hatte eine starke Vorahnung, dass sein Ende nicht mehr weit war. Leider hat sich diese Befürchtung bewahrheitet. So geistesabwesend war ich, als ich grübelnd durch den Laden schlenderte. Ich weiß nicht einmal mehr, dass ich mir die Spitze angeschaut habe, und kann nur annehmen, dass ich einem Tagtraum nachhing, als ich sie in meine Tasche steckte. Vielleicht glaubte ich mich in diesem Moment zu Hause oder an einem anderen Ort. Denn meine Herren«, erhob sie nun die Stimme, »weshalb und aus welchem Grund sollte ich ein Stück Spitze stehlen, für das ich überhaupt keine Verwendung habe? Warum sollte ich als Erbin eines großen Gutes und gehorsame Tochter meinen guten Ruf wegen eines völlig sinnlosen Verbrechens aufs Spiel setzen?«

Fanny holte tief Luft und fuhr dann fort. »Meine Herren, man hat mir die besten Anwälte zu meiner Verteidigung angeboten, und ich habe mir überlegt, ob ich ihre Dienste in Anspruch nehmen soll. Gewiss hätten sie versucht, die Motive, die Wahrhaftigkeit und die Zuverlässigkeit der guten Leute in Zweifel zu ziehen, die mich beschuldigen. Bis zu diesem Prozess hat man mich ins Gefängnis gesperrt. In dieser Zeit habe ich meinen guten Namen, meinen Vater, meine Tante und sogar das Haus meiner Familie verloren. Gott hat beschlossen, mir alles zu nehmen.« Rührung überkam sie, sodass sie kurz innehalten musste. »Doch diese schwere Zeit hat mir eines klar gemacht, nämlich dass ich vor Sie hintreten und Ihnen die Wahrheit sagen muss. Ich überantworte mich Ihrer Weisheit und Gnade.« Sie drehte sich zum Richter um. »Euer Ehren, ich habe dem nichts mehr hinzuzufügen.«

Die Geschworenen zogen sich zurück, aber ihre Beratung währte nicht lange. Selbst der Ladenbesitzer glaubte Fanny inzwischen. Bald waren sie zu einem Urteil gelangt.

»Nicht schuldig, Euer Ehren.«

Sie war frei. Als Fanny mit ihren lieben Freunden den Gerichtssaal verließ, empfand sie dennoch keine Freude. Draußen vor der Tür stand, bewacht von einem Polizeidiener, das arme Mädchen, das deportiert werden sollte. Fanny blieb stehen und sprach sie an. »Es tut mir Leid, was Ihnen passiert ist.«

»Ich lebe ja noch.« Das Mädchen zuckte die Achseln. »Dort wird es für mich auch nicht schlimmer sein als hier.«

»Aber Ihre Familie …«

»Ich bin froh, sie nicht mehr wieder zu sehen. Sie haben sich nie um mich gekümmert.«

»Fast hätte mir dasselbe Schicksal gedroht«, sagte Fanny leise.

»Ihnen? Einer Dame? Das soll wohl ein Witz sein. Sie wären sowieso freigekommen.«

»Werden Sie nicht unverschämt«, meinte Mr. Gilpin, allerdings in sanftem Ton.

Dennoch drehte Fanny sich noch einmal um und sah das Mädchen mitleidig an.

Im Frühling desselben Jahres fand die Hochzeit von Miss Fanny Albion und Mr. Wyndham Martell statt. Man hatte lange überlegt, wo man die Feier veranstalten sollte, doch die Frage beantwortete sich zur allgemeinen Zufriedenheit, als Mr. Gilpin sein Pfarrhaus zur Verfügung stellte. Dort wohnte Fanny zurzeit ohnehin. Mr. Totton führte die Braut zum Altar. Edward fungierte als Trauzeuge, und Louisa war die oberste Brautjungfer. Auch wenn sich das Verhältnis zwischen Tottons und dem Brautpaar ein wenig abgekühlt hatte, war an diesem Tag nichts davon zu spüren. Denn alle gratulierten Louisa zu ihrem Aussehen und verliehen der Überzeugung Ausdruck, dass sie gewiss auch bald einen Ehemann finden würde.

Am Tag vor der Hochzeit erhielt Fanny unerwarteten Besuch. Der Mann stand mit einem Geschenk vor der Tür des Pfarrhauses, und obwohl sich Fanny nicht ganz wohl dabei fühlte, empfand sie es als ihre Pflicht, ihn ins Wohnzimmer zu bitten.

Mr. Isaac Seagull hatte sich zur Feier des Tages mit einem eleganten blauen Rock, Seidenstrümpfen und einer ordentlich gestärkten Halsbinde herausgeputzt. Mit einer leichten Verbeugung und einem seltsamen Lächeln überreichte er Fanny das Geschenk, ein kunstvoll gefertigtes Tablett aus Silber. Fanny bedankte sich, doch sie errötete ein wenig, da sie es nicht für passend gehalten hatte, Mr. Seagull zur Hochzeit einzuladen.

Der Wirt des *Angel Inn* erriet ihre Gedanken. Sein kinnloses Gesicht verzog sich zu einem spöttischen Lächeln. »Ich wäre nicht gekommen, auch wenn Sie mich darum gebeten hätten«, meinte er leichthin.

»Oh.«

Sie blickte aus dem Fenster hinaus auf den Rasen, der nach dem Frühlingsregen noch ein wenig aufgeweicht wirkte. »Mein Mann ist über unser Verwandtschaftsverhältnis im Bilde.«

»Mag sein. Aber man braucht es trotzdem nicht an die große Glocke zu hängen. Geheimnisse haben auch etwas für sich«, erwiderte Seagull, der es schließlich wissen musste.

»Mr. Martell ist gerade nicht da. Er hätte Sie sicher gern begrüßt.«

»Nun«, sagte der Schmuggler, »ganz sicher werde ich bald das Vergnügen haben, ihm die Hand zu schütteln.« Fanny verstand nicht, was er mit dieser Bemerkung meinte.

Seagull verabschiedete sich. Eine halbe Stunde später fand Mr. Gilpin zu seiner Freude eine Flasche des besten Brandy vor seiner Hintertür.

»Sie waren alle da, Mr. Grockleton. Hast du das gesehen? Die Morants und die Burrards und noch viele andere Familien aus Dorset.« Abgesehen von ihrer eigenen Hochzeit – Mrs. Grockleton war so klug, das auch zu erwähnen –, war es der glücklichste Tag ihres Lebens gewesen. Und nichts, nein überhaupt nichts reichte an den Moment heran, als Fanny und Wyndham Martell, mit denen die Zollinspektorsgattin gerade beisammen stand, Sir Harry Burrard zu sich gerufen hatten. Dieser war lächelnd näher gekommen, und Fanny hatte schlicht und freundlich gesagt: »Mrs. Grockleton, bestimmt kennen Sie Sir Harry Burrard. Mrs.

Grockleton ist eine sehr gute Freundin, Harry.« Und ohne dass sie selbst sich dessen bewusst gewesen wäre, waren das genau die Worte, auf die Mrs. Grockleton schon ihr ganzes Leben wartete.

Für die meisten Gäste jedoch war Mr. Martells Ansprache der Höhepunkt des Tages.

»Ich weiß, dass viele von Ihnen sich fragen«, begann er, »ob ich beabsichtige, das letzte Mitglied der Familie Albion aus dem New Forest zu entführen. Doch ich versichere Ihnen, dass das nicht der Fall ist. Auch wenn die Geschäfte uns in nächster Zeit nach Dorset, Kent und auch nach London führen werden, habe ich vor, mein neues Haus Albion zu bauen.« Dieses sollte jedoch nicht an der alten Stelle mitten im Wald stehen, sondern auf einer großen Lichtung südlich von Oakley, und über einen Park mit Meerblick verfügen.

Die Pläne für ein prächtiges Anwesen im griechisch-römischen Stil waren schon in Arbeit. »Und um zu zeigen, dass wir über der neuen Ordnung nicht die alte vergessen haben«, verkündete er vergnügt, »haben wir beschlossen, es Albion Park zu nennen.«

1804

Es war ein warmer Juliabend, und in Buckler's Hard stand alles bereit.

In den letzten drei Tagen war es besonders hoch hergegangen. Mehr als zweihundert zusätzliche Arbeitskräfte, Takler genannt, waren aus der Marinewerft in Portsmouth eingetroffen, um beim Stapellauf zu helfen. Die Männer hatten rings um die Werft ihr Lager aufgeschlagen.

Der morgige Stapellauf würde der größte werden, den man je hier erlebt hatte. Man erwartete an die dreitausend Zuschauer. Der Adel und wichtige Persönlichkeiten aus London würden zugegen sein. Denn morgen sollte die *Swiftsure* zu Wasser gelassen werden.

Es war eins der größten Schiffe – es verfügte über vierundsiebzig Kanonen, selbst die *Agamemnon* hatte nur vierundsechzig besessen –, das je auf dieser Werft gebaut worden war. Das siebzehnhundertvierundzwanzig Tonnen schwere Schiff ragte hoch über das Dock hinaus. Die Familie Adams würde mehr als fünfunddreißigtausend Pfund dafür bekommen.

In Buckler's Hard wurde emsig gearbeitet. Der alte Henry Adams führte mit seinen einundneunzig Jahren zwar noch immer die Oberaufsicht, doch den Großteil der Pflichten hatte er inzwischen seinen beiden Söhnen übertragen. In den letzten drei Jahren hatten sie drei Handelsschiffe und eine Ketsch fertig gestellt. Außerdem drei Briggs mit sechzehn Kanonen und zwei Fregatten mit sechsunddreißig Kanonen, von denen die zweite, die *Euryalus,* gleichzeitig mit der *Swiftsure* entstanden war. An drei weiteren Briggs mit je zwölf Kanonen wurde gerade gearbeitet. Die Werft war so überlastet, dass die Adams häufig den Zeitplan nicht einhalten konnten, weshalb die Gewinne hinter den Erwartungen zurückblieben. Doch die Fertigstellung der gewaltigen *Swiftsure* war allemal ein Grund zum Feiern.

Und dieser Ansicht war auch Puckle. Er zimmerte an der *Swiftsure,* seit der Kiel gelegt worden war.

Davor hatte er lange Jahre im Exil zugebracht. Aber er war nicht müßig gewesen. Seagull hatte dem alten Mr. Adams einen diskreten Hinweis gegeben, und dieser wiederum hatte mit einem Freund gesprochen, der die Werft in Deptford an der Themse außerhalb von London betrieb. Und so stand Puckle, der Schmuggler, etwa einen Monat nach seiner Flucht über das Meer schon wieder im Dienste des Vaterlandes und baute Schiffe für die Marine Seiner Majestät.

Die Marine brauchte Schiffe wie nie zuvor. Nach der Französischen Revolution war ein starker Feldherr an die Macht gekommen, Napoleon Bonaparte, ein zweiter Julius Caesar. Seine Revolutionsarmee trieb die Gegner vor sich her. Nur in England stellten sich ihm der unbeugsame Minister William Pitt und die großen Eichenschiffe der britischen Marine in den Weg.

Es waren schwere Jahre. Der Krieg, Missernten und die französische Seeblockade hatten der britischen Wirtschaft sehr geschadet. Der Brotpreis war stark gestiegen. Immer wieder kam es zu Aufständen.

Puckle war für seine harte Arbeit in Deptford gut entlohnt worden. Doch trotz seiner Ausflüge zum geschäftigen Hafen von London und seiner Streifzüge durch die hohen Berge und schattigen Wälder von Kent vermisste er den weichen Torfboden, die

Kieswege, die Eichen und das Heidekraut des New Forest. Er sehnte sich danach, in seine Heimat zurückzukehren. Sechs Jahre lang hatte er gewartet.

Nicht Mr. Grockletons erfundener Cousin, sondern eine Tante seiner Frau, die aus einer reichen Kaufmannsfamilie in Bristol stammte, hinterließ den Grockletons schließlich das bescheidene Vermögen, das dem Zollinspektor die Gelegenheit gab, in den Ruhestand zu gehen. Die vielen Freunde der Grockletons, zu denen sogar – mehr oder weniger – die Burrards gehörten, erfuhren jedoch zu ihrem Erstaunen, dass Mrs. Grockleton nun doch nicht beabsichtigte, in Lymington zu bleiben. Ihre Akademie war sehr erfolgreich. Vier der Schülerinnen gehörten sogar angesehenen Familien des Landadels an. Der jährliche Ball, den sie für die jungen Damen veranstaltete, war zu einer festen Größe geworden, und nur die besten Kaufmannsfamilien wie die Tottons und die St. Barbes gaben sich dort gemeinsam mit dem Adel die Ehre. Mr. Grockleton, dem es nie gelungen war, auch nur ein einziges Fass Brandy abzufangen, genehmigte sich nun gelegentlich ein Fläschchen, das ihm auf Isaac Seagulls Anweisung hin vor die Tür gestellt wurde. Die beiden Männer hatten sich sogar mehr oder weniger angefreundet. Warum also wollte Mrs. Grockleton umziehen?

Offen gestanden – obwohl sie zu höflich war, das zu sagen – war Mrs. Grockleton von Lymington enttäuscht. Und dasselbe galt auch für den New Forest. »Es sind diese Salzgärten«, seufzte sie traurig. Denn die Salzpfannen, die kleinen Windpumpen und die Siedehäuser gab es immer noch. Gut, es waren in letzter Zeit einige annehmbare Häuser in Lymington entstanden, die sogar Meerblick hatten. Ein Kapitän und zwei Admiräle lebten inzwischen in der Stadt, und sicher würden ihnen bald weitere hohe Militärs folgen. Und ein Admiral – auch wenn er ein Furcht erregender Krieger sein mochte – war immerhin ein anständiger Mann.

Dennoch fehlte etwas in der Stadt. Vielleicht waren es die Franzosen. 1795 waren die meisten von ihnen aufgebrochen, um sich an einem Feldzug gegen die Revolutionäre in Frankreich zu beteiligen. Doch ihre Bemühungen waren vergeblich gewesen, zumal sie kaum von der britischen Regierung unterstützt wurden. Nur wenige der mutigen Franzosen kehrten zurück. In Lymington erinnerten lediglich noch ein paar adelige Witwen an ihre Mission – und auch die vielen einheimischen Mädchen, die sich in einen französischen Soldaten verliebt oder ihn gar geheiratet hatten. Unvermeidlich war es dabei zu einigen unehelich geborenen Kindern gekommen, die nun wahrscheinlich der Gemeinde zur Last fallen würden.

Nein, Mrs. Grockleton war und blieb unzufrieden. Mit seinen Salzgärten und Schmugglerbanden würde Lymington nie ein Tummelplatz der oberen Zehntausend werden.

Überdies haderte Mrs. Grockleton mit ihrer eigenen gesellschaftlichen Stellung. Und das, obwohl sie sich als Freundin von Fanny und Wyndham Martell bezeichnen konnte. Und auch von Louisa, die Mr. Arthur West geheiratet hatte. Zudem wurde sie regelmäßig von den Burrards, den Morants und selbst von Mr. Drummond in Cadland zum Essen eingeladen, auch wenn sie nicht zu deren engstem Freundeskreis zählte. Ganz richtig, und genau dort lag das Problem! Mrs. Grockleton hatte ihr Ziel erreicht. Der Feind war besiegt. Sie hatte die besseren Leute kennen gelernt und festgestellt, dass sie auch nur gewöhnliche Sterbliche waren. Es hätte die Betreffenden wohl überrascht, das zu hören, doch Mrs. Grockleton hatte sie – zumindest in ihrer blühenden Phantasie – überrundet: Der New Forest war ihr zu klein geworden.

Aus diesem Grunde zogen die Grockletons nach Bath.

Da Mr. Grockleton nun keine Gefahr mehr darstellte, konnte Puckle in den New Forest zurückkehren.

Isaac Seagull hatte alles unauffällig in die Wege geleitet. Puckle erhielt seine alte Hütte und seinen Arbeitsplatz zurück. Und wenn er nun durch die Werft schlenderte, war es – vermutlich durch einen Zauber, der nur im New Forest wirkte –, als wäre er nie fortgewesen.

Vier Jahre waren seit seiner Rückkehr verstrichen. In dieser Zeit hatte er an der *Swiftsure* gearbeitet. Darum erschien ihm der morgige Stapellauf auf seltsame Weise fast wie eine Bestätigung dessen, dass er wirklich nach Hause zurückgekehrt war.

Er ging um das Schiff herum, erfreute sich an dem Schwung des riesigen Kiels und an der kunstfertigen Arbeit. Der innere Kiel bestand aus Ulmenholz, der äußere aus Eiche. Wenn das Schiff die Rutsche hinunterglitt oder später vielleicht einmal auf

Grund lief, würde der äußere Kiel den Druck abfangen und somit den inneren schützen.

Puckle hatte vor, auf der Werft zu übernachten, denn bevor das Schiff zu Wasser gelassen werden konnte, gab es noch etwas Wichtiges zu erledigen.

Für gewöhnlich fand ein Stapellauf in Buckler's Hard eine Stunde vor Einsetzen der Flut statt. Bei Ebbe – also kurz vor Morgengrauen – würde ein Arbeitstrupp die Rutsche mit geschmolzenem Talg und Seife einreiben. Puckle hatte darum gebeten, dabei sein zu dürfen. Diesen letzten Teil der Vorbereitungen wollte er sich auf keinen Fall entgehen lassen.

In dieser Nacht war der Mond zu einem Viertel voll. Unzählige Sterne standen am Himmel. Die helle, klassische Fassade von Albion Park überblickte die schimmernden Rasenflächen bis hin zu dem leicht abschüssigen Gürtel aus Feldern und Wäldern, der, sanft und träumerisch, zum Wasser des Solent hinabfiel. Dahinter ragte, gut sichtbar im Mondlicht, die lang gestreckte Insel Wight wie ein wohlwollender Wächter auf.

In dem prächtigen Haus war es still. Die fünf Kinder von Fanny und Wyndham Martell schliefen selig in ihren Bettchen in dem Flügel des Hauses, wo die Kinderzimmer lagen. Mrs. Pride war zwar ein wenig gealtert, hatte jedoch noch immer das Heft in der Hand. Ohne ihre Erlaubnis hätte in Albion Park nicht einmal eine Fliege zu summen gewagt. Nun schlummerte auch sie friedlich. Am nächsten Morgen würde der ganze Haushalt sich dem Pulk von mehr als hundert Kutschen anschließen und sich den Stapellauf der *Swiftsure* ansehen.

Alle schliefen. Oder wenigstens fast alle.

Mr. Wyndham Martell war noch wach. Vor etwa einer Stunde war er durch ein Geräusch seiner Frau geweckt worden. Nun saß er da und betrachtete sie nachdenklich.

Vor einigen Wochen hatte sie angefangen, im Schlaf zu sprechen. Das tat sie hin und wieder, doch diese Phasen dauerten für gewöhnlich nur ein oder zwei Wochen an. So als gebe es in ihrem Inneren einen Wechsel der Gezeiten, von dem er kaum etwas wusste. Manchmal konnte er ein paar Sätze verstehen. Sie murmelte etwas über ihre Tante, Mrs. Pride oder Alice Lisle. Zuweilen schien sie sich mit Isaac Seagull zu unterhalten oder Mr. Gilpin etwas anzuvertrauen. Allerdings gab es einen Traum, der sie zu quälen schien. Dann wälzte sie sich hin und her und begann ab und zu sogar zu schreien. Und genau das war heute Nacht wieder geschehen.

Wyndham Martell liebte seine Frau sehr. Er wollte ihr helfen, wusste aber nicht, was er tun sollte. So sehr sie auch litt, er konnte ihr Rufen und Stöhnen oft nicht deuten. Wenn sie morgens aufwachte, lächelte sie ihn zärtlich an, und alles schien wieder in Ordnung.

Nun aber glaubte Martell, die Lösung des Rätsels gefunden zu haben.

Er stand auf und ging zum Fenster. Die Nacht war warm. Jenseits des Parks konnte er die Küste, die ferne Landzunge von Hurst Castle und dahinter das offene Meer erkennen. Er schmunzelte. Das war das Reich von Isaac Seagull, dem Schmuggler. Dem Cousin seiner Frau. Er erinnerte sich noch gut an den Abend, als Louisa ihm von dieser geheimen Verwandtschaft erzählt hatte. Und auch daran, wie ihre Böswilligkeit sein Mitgefühl für Fanny geweckt hatte. Vielleicht, dachte er spöttisch, hatte ihn ja gerade dieses dunkle Geheimnis zu der Frau geführt, die er liebte.

Und möglicherweise, so überlegte er weiter, hatte jeder Mensch sein dunkles Geheimnis, von dem er selbst nichts ahnte.

Da er seine Frau mit all ihren Geheimnissen liebte, schlich er sich hinaus, ging in sein Arbeitszimmer, setzte sich an den Schreibtisch und griff nach einem Stück Papier. Er wollte Fanny einen Brief schreiben.

Wyndham Martell hielt inne, überlegte gründlich und begann:

Meine liebste Frau,
    jeder von uns hat ein Geheimnis, und auch ich muss dir etwas gestehen ...

Es war ein langer Brief. Als Martell fertig war und ihn versiegelte, graute schon der Morgen.

In Buckler's Hard war Puckle sehr beschäftigt. Es herrschte Ebbe. Zufrieden watete er durch den Schlamm und rieb die Schienen mit dem schweren, durchweichten Lederlappen ab. Über ihm ragte der gewaltige Rumpf der *Swiftsure* in den verblassenden Sternenhimmel wie ein alter Freund. Am anderen Ufer des Flusses von Beaulieu begann plötzlich ein Vogel zu singen. Und als Puckle nach Osten blickte, sah er das erste schwache Morgenlicht.

Heute würde die *Swiftsure* vom Stapel gehen. Als Puckle noch einmal zu dem Schiff hinaufblickte, dachte er wieder – obwohl er es nie hätte in Worte fassen können –, dass den Bäumen durch die Verarbeitung zu diesem riesigen hölzernen Rumpf ein zweites und möglicherweise ruhmreiches Leben geschenkt worden war. Puckle war überglücklich, denn auf diese Weise würde der New Forest selbst mit all seinen vielen Geheimnissen und Wundern über die Rutschen ins Wasser gleiten, um sich mit dem endlosen Meer zu vereinen.

EIN PRIDE AUS DEM
NEW FOREST

1851

Im Jahr 1851, dem fünfzehnten unter der Regierung von Königin Viktoria, erließ das britische Parlament ein Gesetz, das für den New Forest die einschneidendste Veränderung seit den Zeiten von Wilhelm dem Eroberer bedeutete.

Man beschloss, alle Hirsche zu töten.

Niemand wusste genau, wie viele es von ihnen gab, und man schätzte ihre Anzahl auf sieben- bis zehntausend. Rothirsche und Damhirsche, Böcke, Bullen und Kühe, Kitze und Kälber – sie alle mussten sterben. Die Verfügung wurde unter dem Namen *Deer Removal Act* – Gesetz über die Beseitigung der Hirsche – bekannt.

Natürlich hatte der New Forest schon seit Jahrhunderten als Zuchtgebiet für Hirsche ausgedient und dadurch seine wirtschaftliche Bedeutung verloren. Die jährlich abgeschossenen Tiere wurden an die Verwalter und die Landbesitzer verteilt, welche durch Verbiss Vermögensschäden erlitten hatten. Man berechnete, dass jeder erlegte Hirsch die Krone die beträchtliche Summe von einhundert Pfund kostete! Also war der New Forest nicht mehr zeitgemäß, die Verwalter wurden fürs Nichtstun bezahlt, und die hübschen Hirsche besaßen keinen finanziellen Nutzen. Doch das war nicht der eigentliche Grund, warum man sie loswerden wollte.

Sie mussten weg, um weiteren Bäumen Platz zu machen.

Seit den ersten Einfriedungen aus der Tudorzeit hatte die Krone ein Auge auf die Bäume des New Forest geworfen. Mit seinen Anpflanzungen hatte der fröhliche Monarch Karl II. die Grundlagen für die moderne Forstwirtschaft geschaffen. Im Jahr 1698 erließ das Parlament ein Gesetz, das die Einrichtung von umzäunten Baumschulen vorsah. Tiere – Hirsche, Rinder und Ponys also – mussten draußen bleiben, bis die Schösslinge so groß waren, dass sie nicht mehr durch Verbiss Schaden nehmen konnten. Danach wurden die Zäune geöffnet, sodass die Tiere das Gestrüpp abweiden konnten, und man begann anderswo mit der nächsten Einfriedung. Obwohl sich dadurch der Bestand an Eichen und Buchen erhöhte, wurde der Holzanbau nie systematisch betrieben. Der Großteil der Eichen für den Schiffbau in Buckler's Hard stammte aus dem Wald, nicht aus Anpflanzungen. Und so blieb in den uralten Wäldern und Heiden alles wie gehabt.

Das jedoch galt den Zeitgenossen als empörende Verschwendung. Das Britische Empire dehnte sich immer mehr aus. Die industrielle Revolution hatte eine moderne, mechanisierte Welt hervorgebracht. Im Jahr 1851 lockte die Weltausstellung in London ganze Zugladungen von Menschen aus ganz Großbritannien in den riesigen Glaspalast, wo man die Errungenschaften des weltweiten industriellen Fortschritts bewundern konnte. In der Landwirtschaft wurden zunehmend Maschinen eingesetzt. Durch gewaltige Einhegungsmaßnahmen schob man der wenig ertragreichen genossenschaftlichen Bewirtschaftung von Gemeindegrund einen Riegel vor und unterteilte das Land in privat genutzte Parzellen. Zugegeben, viele Menschen hatten dadurch ihre Heimat verloren, doch schließlich gab es in den wachsenden Industriestädten genug Arbeit für sie. Und nun war es endlich an der Zeit, Ordnung in den zügellosen Wildwuchs des New Forest zu bringen.

Im Jahr 1848 untersuchte eine Kommission des Unterhauses die Zustände im New Forest. Man war über die Ergebnisse schockiert: Forstbeamte wurden fürs Nichtstun bezahlt: die Verwalter verkauften Holz auf eigene Rechnung, und es wurde betrogen und unterschlagen, was das Zeug hielt. Kurz gesagt, es hatte sich in den letzten fünfhundert Jahren kaum etwas verändert. Eine Reform war dringend erforderlich. Hierbei ging man mit bewundernswerter Konsequenz zu Werke. Die Hirsche hatten keinen wirtschaftlichen Nutzen, mussten also verschwinden. Doch da die Krone nun keine Hirsche mehr züchten konnte, hatte sie Anrecht auf eine Entschädigung. Stimmen, die widersprachen, die Königin spare sich durch die Beseitigung der Hirsche bares Geld, wurden rasch zum Schweigen gebracht. Die

Entschädigung wurde auf fünftausendsechshundert Hektar ein-
gefriedetes Gebiet zur Baumzucht festgelegt – zusätzlich zu den
zweitausendvierhundert Hektar, die mit dem alten Gesetz von
1698 noch nicht verteilt worden waren. Und um ein für allemal
klarzustellen, welche Ziele die Krone verfolgte, wurden die Bewohner, die den Wald bislang genutzt hatten, von nun an der Zuständigkeit der Waldbehörde unterstellt. Die Betroffenen selbst
wurden dazu nicht gehört. In der kurzen Zeit, in der über das Gesetz beraten wurde, erwirkten die fünf größten Grundbesitzer im
New Forest eine Verkleinerung der neuen Einhegungen auf viertausend Hektar. Anschließend wurde das Gesetz in aller Eile erlassen.

Wenig später übertrug man die Verwaltung des New Forest
einem Aufsichtsbeamten. Sein Name war Cumberbatch.

1868

Es war ein sonniger Julitag. Die Dampflokomotive mit dem
hohen Schlot stand zischend und qualmend am Bahnhof von
Brockenhurst und schimmerte kupfern wie eine frisch gehäutete
Schlange.

Eine Reihe gedrungener brauner Wagons, deren Fenster blank
gewienert und deren Messingteile von schneidig uniformierten
Schaffnern poliert worden waren, stand bereit. Man wartete auf
die Passagiere, um sie unter lautstarkem Rattern und mit einer
Geschwindigkeit von fast fünfzig Stundenkilometern ins siebzig
Kilometer entfernte London zu bringen.

Die Eisenbahnverbindung von London in den Südwesten war
der Stolz des Industriezeitalters und der Beweis dessen, was es
vollbringen konnte. Vor etwa zehn Jahren hatte man die Strecke
weiter in den Westen quer durch den New Forest über Ringwood
bis nach Dorset ausgebaut. Allerdings hatte der Direktor der Gesellschaft, Mr. Castleman, nicht nur Entschädigungszahlungen
für die Beeinträchtigung im New Forest geleistet, sondern zusätzlich einen Zickzackkurs eingehalten, um den Wald so wenig
wie möglich zu stören, weshalb die Strecke als Castlemans Korkenzieher bezeichnet wurde. In Brockenhurst, wo Viehkoppeln
und Ponypferche an den Bahnhof angrenzten, wurde Rast gemacht, um die Wassertanks aufzufüllen.

Die beiden Männer, die den Bahnsteig entlangschlenderten, gaben ein seltsames Gespann ab. Der ältere von ihnen zählte fast sechzig Jahre und war vom Scheitel bis zur Sohle ein viktorianischer Gentleman. Da es ein warmer Tag war, trug er keinen Mantel über seinem grauen Jackett. Sein Flügelkragen wurde von einer zu einer lockeren Schleife gebundenen Halsbinde zusammengehalten. Er hatte einen Spazierstock mit silbernem Knauf bei sich. Sein hoher Zylinder war ordentlich gebürstet, seine Hose makellos sauber, und sein Bursche hatte seine Schuhe schon vor Morgengrauen so blitzblank mit Spucke poliert, dass das Sonnenlicht in kleinen Funken darin aufblitzte. Mit seinem geröteten Gesicht, den blauen Augen, dem weißen Haar und dem langen, herabhängenden Schnurrbart ähnelte Oberst Godwin Albion seinem Urahn, dem Förster Cola, was ihn vermutlich sehr erfreut hätte. Außerdem wäre er mit ihm in den meisten wichtigen Angelegenheiten gewiss einer Meinung gewesen.

Auch wenn bevorstehende Ereignisse Grund zur Besorgnis gaben, ließ Oberst Albion sich das nicht anmerken. Er wirkte ebenso gelassen wie damals vor zwölf Jahren, als er seine Männer in den Krimkrieg geführt hatte. Und wer mit den Russen fertig geworden war, so sagte er sich, würde wohl auch einen aus Landsleuten bestehenden Ausschuss kleinkriegen, selbst wenn es sich dabei um Mitglieder des Oberhauses handelte. Also straffte der Oberst die Schultern und schritt tapfer aus.

Sein Begleiter war etwa zehn Jahre jünger als er und hatte sich auch eigens für diesen Anlass herausgeputzt. Er trug seinen Sonntagsanzug mit einer etwas formlosen Jacke aus grobem Stoff. Auf seinem Kopf saß ein breitkrempiger Bauernhut. Da der Oberst es ihm streng eingeschärft hatte, waren seine Stiefel blitz sauber, obwohl er wie die meisten einfachen Leute nicht verstand, warum Adelige und Militärs ein solches Theater um geputzte Stiefel veranstalteten, die so und so bald wieder staubig sein würden. Sein Bart war ordentlich gekämmt, und seine Frau hatte seine Jacke bis kurz vor Eintreffen des Oberst mit der Bürste bearbeitet. Nun schlenderte Mr. Pride, der Kleinbauer aus Oakley, fröhlich und beschwingt neben dem Oberst her und schien sich nicht im Mindesten vor dem bevorstehenden Ereignis zu fürchten.

Pride kannte Albion und dessen Eltern schon sein ganzes Leben. Der Oberst war nicht nur sein Grundherr, sondern auch ein

Mann, dem man vertrauen konnte. Als der Oberst vor ein paar Jahren auf dem Dorfanger von Oakley eine Kricketgemeinschaft gegründet hatte, zeigte sich bald, dass Pride ein geschickter Werfer war. Durch den Sport waren die beiden Männer einander näher gekommen, und soweit es die Standesunterschiede gestatteten, konnte man ihr Verhältnis beinahe als freundschaftlich bezeichnen.

Pride hatte nur einen Grund zur Klage: seinen Sohn George, mit dem er in den letzten Jahren kaum ein Wort gewechselt hatte. Doch vor drei Tagen war der Junge plötzlich erschienen und hatte ihn angefleht, nicht nach London zu fahren. Er befürchtete, seine Stellung zu verlieren. Prides Miene verfinsterte sich bei diesem Gedanken.

»Dann hättest du die Arbeit bei Cumberbatch eben nicht annehmen dürfen«, hatte er kühl erwidert und den Oberst trotzdem begleitet.

Bis jetzt war er noch nie in London gewesen, hatte aber viel darüber gelesen. Wie sein Vater Andrew hatte er Mr. Gilpins kleine Schule besucht und verschlang jede Zeitung, die er in die Finger bekam. Nun sollte er zum ersten Mal in die Hauptstadt reisen. Das war ein großes Abenteuer. Dass er dort einem Ausschuss von Pairs gegenüberstehen würde, bereitete ihm kein Magendrücken. Wahrscheinlich würden sie sich nicht allzu sehr von den adeligen Forstaufsehern im New Forest unterscheiden. Ganz gleich, ob sie nun Wiedergeburten des Teufels oder ein Chor von Erzengeln waren, er war ein Pride aus dem New Forest.

Der Oberst hingegen traf feinere Unterscheidungen und war deshalb erleichtert, als er auf dem Bahnsteig einen weiteren Herrn mit Zylinder und buschigem braunem Bart entdeckte, der vor dem Wagon der ersten Klasse wartete. Dieser Mann, Eigentümer des großen Gutes von Beaulieu, war zwar nur halb so alt wie Albion, allerdings der Sohn eines Herzogs, was nicht zu verachten war, wenn man im viktorianischen England vor das Oberhaus zitiert wurde.

»Mein lieber Oberst.« Der Aristokrat zog den Hut und nickte sogar Pride kurz zu.

»Mein guter Lord Henry.«

»Ich glaube, wir sind hier« – Lord Henry lächelte die beiden an –, »um den New Forest zu retten.«

Nicht nur Lord Henrys gehobene Stellung war eine Hilfe, sondern auch der Umstand, dass er als Mitglied des Parlaments im Unterhaus saß und in Westminster großen Einfluss genoss.

Albion fand, dass sich ihre Situation gewissermaßen ähnelte. Nach Wyndham Martells Tod waren seine Güter zwischen seinen drei Söhnen aufgeteilt worden. Die Ländereien in Dorset fielen an den ältesten, die in Kent an den zweiten, und das kleinste Gut im New Forest, das Fanny gehört hatte, an den jüngsten. Godwin hatte den Namen seiner Mutter angenommen, da er dies bei einem Erben des alten Gutes Albion für passender hielt. Die Besitzungen des Herzogs waren allerdings noch um einiges größer als die von Wyndham Martell. Er war ein direkter Abkömmling des unglücklichen Monmouth und somit mit den Stuart-Königen verwandt. Außerdem entstammte er der Tudorfamilie Montagu, weshalb der Großteil seiner Vorfahren zur schottischen Aristokratie gehörte. Seine Ländereien nördlich und südlich der Grenze erstreckten sich über zehntausende von Hektar. Deshalb war es eine Kleinigkeit für ihn gewesen, seinem zweiten Sohn zur Hochzeit das dreitausendzweihundert Hektar große Gut Beaulieu zu schenken. Aber für den New Forest hatte es große Bedeutung. Der Herzog und seine Familie hatten Beaulieu zwar immer durch fähige Verwalter leiten lassen, doch es war etwas ganz anderes, wenn nun der Besitzer selbst dort lebte. Lord Henry – wie er als Sohn eines Herzogs der Höflichkeit halber angesprochen wurde – hatte nämlich Pläne, die verfallene Abtei als Wohnhaus für seine Familie wieder aufzubauen, und wollte auch sonst einiges verändern.

Es war Zeit zum Einsteigen. Der Oberst hatte Pride eine Fahrkarte für die zweite Klasse besorgt. Er und Lord Henry machten sich gerade daran, den Wagon zu betreten, als ein Ruf vom Bahnsteig her ihn zusammenfahren ließ. Beim Umdrehen hätte er beinahe das Gleichgewicht verloren.

»Vorsicht«, meinte die Stimme vergnügt. »Fast wären Sie gestürzt.«

Der Mann, der locker auf sie zugeschritten kam, war etwa Mitte zwanzig. Er trug eine weite Samtjacke und einen breitkrempigen Filzhut. Die Kleidung und der dünne Ziegenbart und die schulterlangen blonden Locken wiesen ihn als Künstler aus.

»Wollen Sie nach London?«, fragte er liebenswürdig. An Stelle einer Antwort schob der Oberst das Kinn vor und ballte die Fäuste, als sei er im Begriff, einen Russen mit seinem Säbel zu durchbohren. »Ich habe vor, mir dort ein paar Bilder anzusehen«, fuhr der junge Mann fort und blickte dann Lord Henry an. »Kennen wir uns?«

Der Oberst gebot dem Wortschwall des jungen Mannes erbost Einhalt. »Ich habe Ihnen nichts zu sagen, Sir!«, polterte er. »Guten Tag!« Mit diesen Worten stürmte er zornig in den Wagon.

»Wie es Ihnen beliebt«, entgegnete der junge Mann fröhlich und begab sich zur nächsten Wagontür. Die Lokomotive, die offenbar auf Seiten des Oberst stand, stieß in diesem Moment eine gewaltige Dampfwolke aus.

Erst als der Zug ratternd und keuchend die Vororte von Southampton passierte, wagte Lord Henry zu fragen, wer denn der junge Mann gewesen sei.

Der bedauernswerte Oberst Albion schlug die Hände vors Gesicht und murmelte mit zusammengebissenen Zähnen: »Das, Sir, war mein Schwiegersohn.«

»Ah.« Lord Henry hakte nicht weiter nach. Er hatte von Minimus Furzey gehört.

Der Sitzungssaal war überfüllt. Cumberbatch und seine Bundesgenossen, die Landbesitzer aus dem New Forest, waren alle gekommen. Hinter dem langen Tisch an der Stirnseite des Raumes thronten zehn Männer, jeder von ihnen Jurist und Mitglied des Oberhauses. Ihren Blicken war deutlich zu entnehmen, welche Absichten sie verfolgten.

Oberst Albion war sehr stolz darauf, einer der beiden ältesten Familien Südenglands zu entstammen. Auch wenn er deshalb nicht hochmütig wurde, verschaffte es ihm dennoch eine gewisse Befriedigung, dass nicht einmal die Mächtigsten im Lande ihm den Status eines alteingesessenen Gentleman streitig machen konnten. Außerdem hielt er sich etwas darauf zugute, dass er den Rang eines Hauptmanns zwar gekauft, aber allein aus eigener Kraft zum Oberst aufgestiegen war. Seine gesellschaftliche Stellung innerhalb des Adels im New Forest war felsenfest und unerschütterlich.

Allerdings gehörten die Adeligen, die ihm nun gegenübersaßen, ganz anderen Kreisen an. Ihre Familien mochten nicht so alt sein, doch das kümmerte sie nicht. Denn sie besaßen gewaltige Güter und waren Mitglieder der privilegierten Schicht, die das Land regierte. Und obwohl sie zu höflich waren, es dem Oberst ins Gesicht zu sagen, sahen sie in ihm nur einen ungehobelten Provinzler.

»Oberst Albion, Sie sind doch Kommissionär des Gesetzes über die Beseitigung der Hirsche.«

»Das bin ich.« Die Durchführung des Gesetzes über die Beseitigung der Hirsche wurde von dreizehn Kommissionären überwacht, die vor allem weitere Einhegungen genehmigen mussten. Drei von ihnen arbeiteten wie Cumberbatch für die Waldbehörde. Vier waren von der Grafschaft gewählte Forstaufseher, die jedoch verglichen mit ihrer Stellung im Mittelalter nur noch über einen Bruchteil ihrer früheren Macht verfügten. Bei den restlichen handelte es sich um niedere Adelige oder Freibauern, die zur Nutzung des Waldes berechtigt waren. Albion, der ausgedehnte Rechte besaß und viele Pächter hatte, eignete sich also vorzüglich für den Posten einen Kommissionärs.

»Und warum, Oberst, herrscht Ihrer Ansicht nach ein solcher Widerstand gegen die Krone?«

Widerstand gab es in der Tat. Zäune wurden zerstört und junge Anpflanzungen abgebrannt. So machten die einfachen Leute im New Forest ihrem Ärger Luft, und Albion hatte Verständnis dafür. »Die Menschen wehren sich gegen die Waldbehörde«, erwiderte er deshalb ruhig, »allerdings sind die Bewohner des New Forest, so wie ich selbst, England treu ergeben und haben immer den besonderen Schutz der Krone genossen. Bis vor kurzem.«

»Oberst, könnten Sie bitte kurz zusammenfassen, worauf sich Ihrer Meinung nach die ablehnende Haltung begründet, die seit dem Gesetz über die Beseitigung der Hirsche im Forest besteht?«

»Gewiss.« Auch wenn er nur ein einfacher Soldat und Landadliger war und anders als Wyndham Martell nicht in Oxford studiert hatte – seine Aussage vor dem Ausschuss des Oberhauses hätte seinen Vater stolz gemacht, denn sie war kurz, bündig und wohl formuliert. »Meine Begründung setzt sich aus zwei Teilen zusammen«, begann er. »Nämlich einem politischen und einem wirtschaftlichen.«

Es war eine traurige Geschichte.

Warum, so fragte sich der Oberst häufig, hatte man sich ausgerechnet für Cumberbatch entschieden? Der Mann war bei seinem Amtsantritt mit seinen gerade zwanzig Jahren viel zu jung für diesen Posten gewesen. Außerdem sah er aus wie ein Preisboxer und benahm sich auch so. Er wusste nichts über den New Forest, was ihn jedoch nicht im Mindesten anfocht. Und durch sein rücksichtsloses Verhalten hatte er die Waldbewohner sofort gegen sich aufgebracht.

Schon seine erste Maßnahme war völlig unsinnig gewesen. Als der New Forest noch ein Zuchtgebiet für Hirsche gewesen war, hatten die Bauern ihr Vieh aus dem Wald fern halten müssen, wenn die Hirsche ihre Jungen zur Welt brachten und wenn im Winter das Futter knapp war. Allerdings hatte seit Jahrzehnten niemand mehr die Einhaltung dieser Regeln überwacht. Man ging allgemein davon aus, dass die entrichteten Gebühren ein ganzjähriges Weiderecht sicherten. Und da die Hirsche nun verschwunden waren, bestand ohnehin kein Grund mehr, die mittelalterlichen Gesetze anzuwenden. Doch Cumberbatch hatte gleich nach seiner Ankunft verboten, das Vieh während der fraglichen Zeiten im Wald grasen zu lassen. Eine grundlose Schikane, die wohl die meisten Bauern ruiniert hätte, weshalb man die Anweisung einfach in den Wind schlug.

Und das war nur der Anfang gewesen. Bald ließ Cumberbatch eine neue Auflistung der Gewohnheitsrechte zusammenstellen. Es handelte sich mehr oder weniger um eine Überarbeitung der alten Liste aus dem Jahr 1670 – nur mit einem Unterschied: Fast jedes Gewohnheitsrecht, angefangen von denen der großen Güter wie Albion bis hinunter zum kleinsten Bauern, wurde nun von der Krone angefochten.

»Eure Lordschaften, jeder vernünftige Mensch musste daraus schließen, dass dahinter die Absicht stand, die Bauern um ihren Lebensunterhalt zu bringen. Allein die Gerichtskosten waren für sie unerschwinglich. Und dazu kommt noch eine andere Sache.«

Obwohl das Gesetz über die Beseitigung der Hirsche bereits zu einschneidenden Veränderungen geführt hatte, vermuteten die meisten, dass es noch schlimmer kommen würde. Und dafür gab es einen einfachen Grund: Da sich die Waldbehörde und die Einwohner nicht über eine Nutzung des New Forest einigen konnten, würde man das Gebiet gewiss aufteilen. Den Gutsbesitzern und Bauern würde man Land zuerkennen, die Waldbehörde erhielte ihre Einhegungen, und man würde sich nie wieder in die

Quere kommen. Allerdings lag die Schwierigkeit in einer gerechten Verteilung.

»Damit spiele ich natürlich auf Mr. Cumberbatchs berühmten Brief an«, fuhr Albion fort.

Er hätte genauso gut auch »berüchtigt« sagen können. Vielleicht war es nicht ganz fair, dieses vertrauliche Schreiben Cumberbatchs an seinen Vorgesetzten zu veröffentlichen, wie es 1854 in einem Bericht über die Lage im New Forest geschehen war. Cumberbatch hatte darin eine rücksichtslose Lösung vorgeschlagen. Da der New Forest sicher aufgeteilt werden würde, müsse die Waldbehörde möglichst rasch sämtliche ihr zustehenden Einhegungen einrichten, und zwar auf dem fruchtbarsten Land. Dass diese Grundstücke dann bei der Aufteilung nicht mehr zur Verfügung standen, würde die Position der Grundbesitzer und Bauern schwächen.

»In den letzten zwanzig Jahren hat keine Maßnahme so viel böses Blut geschaffen«, sprach Albion weiter. »Zweifellos weiß die Landbevölkerung, dass die Krone sie ruinieren will. Und so, meine Herren, wird zurzeit im New Forest Politik getrieben.«

Es war schwer zu sagen, ob sich die Lords davon beeindrucken lassen würden.

»Nun komme ich zur wirtschaftlichen Bedrohung.« Albion betrachtete die Pairs ernst.

»Meine Herren, Sie müssen das grundlegende Problem verstehen. Bäume wachsen am schnellsten auf fruchtbarem Boden, der gleichzeitig auch das beste Weideland ist. Deshalb streiten sich Baumzüchter und Bauern um dieselben Stücke Land im New Forest, die sie eigentlich gemeinsam nutzen sollten. Zweitens gehen die meisten davon aus, dass die Einhegungen wieder dem Vieh zur Verfügung stehen, wenn die darin gepflanzten Bäume eine gewisse Größe erreicht haben. Doch das verhält sich nicht so. Dank der heutigen Pflanzmethoden stehen die Bäume so dicht beieinander, dass darunter kaum noch Gras wächst. Diese neuen Einhegungen werden viele Generationen lang nicht als Weideland zu nutzen sein. Und das wiederum führt dazu, dass die Baumschulen die Bauern für unabsehbare Zeit ihres besten Weidelandes berauben.«

»Sie benutzen das Wort ›berauben‹, Oberst. Wollen Sie damit andeuten, dass die Waldbehörde ihre Ansprüche zu Lasten der Bevölkerung durchsetzt?«

»Das ist keine Andeutung. Ich habe wasserdichte Beweise für dieses rücksichtslose Vorgehen. Genau darauf will ich hinaus.

Erstens wurde mehrfach gesagt, dass die Einhegungen nach einer gewissen Zeit wieder geöffnet werden sollen – aber wie ich soeben erläutert habe, hat das keinen Zweck. Außerdem beabsichtigt man, nach der Öffnung sofort ein neues, gleich großes Stück Land einzufrieden. Ich glaube nicht, dass das Gesetz dies gestattet, aber wenn es so ist, wird die Waldbehörde über kurz oder lang den gesamten New Forest an sich reißen.

Kurzfristig jedoch ist man dort sehr schlau vorgegangen. Man behauptet, auf der Grundlage des alten Gesetzes aus dem Jahr 1698 weiterhin berechtigt zu sein, Einhegungen anzulegen. Also hat man diese Stücke Land einfach zu den viertausend Hektar dazugezählt, die das Gesetz der Behörde ohnehin zugesteht, weshalb man nun über einige Tausend Hektar mehr verfügt.« Er bedachte die Lords mit einem spöttischen Blick.

»Das mag juristisch in Ordnung sein, meine Herren. Doch ich will Ihnen erklären, wie abgefeimt diese Methode in Wirklichkeit ist. Wie Sie sich sicher erinnern, steht im Gesetz über die Beseitigung der Hirsche, dass keine Einhegung kleiner als einhundertzwanzig Hektar sein soll. Zweck dieser Regelung war, die Waldbehörde daran zu hindern, sich überall im New Forest kleine Stückchen des fruchtbarsten Landes herauszupicken. Indem sie jetzt angeblich ihre ungenutzten Zuteilungen aus einem älteren Gesetz beansprucht, unterläuft sie skrupellos die Absichten des Parlaments. Hier ist eine Liste der Einhegungen, die Sie sich bitte ansehen mögen.«

Albion hatte ganze Arbeit geleistet. Die Liste bewies jeden Punkt seiner Ausführungen: ein paar Hektar hier, ein paar dort und noch ein paar anderswo – und es handelte sich stets um das fruchtbarste Land.

»Das ist noch nicht alles«, fuhr der Oberst fort. »Ich möchte nun zu den Einhegungen kommen, die das Gesetz vorsieht. Bis jetzt wurden etwa eintausendsechshundert der geplanten viertausend Hektar eingezäunt. Wie Sie sich erinnern, muss jede Einhegung jedoch mindestens einhundertzwanzig Hektar groß sein. Wurde im Sinne des Gesetzes vorgegangen? Ja, natürlich. Und ich zeige Ihnen, wie man es angestellt hat. Ich habe verschiedene Karten gezeichnet, so etwas lernt man als alter Soldat«, fügte er spöttisch hinzu. »Wären Sie bitte so freundlich, sie sich anzusehen?«

Beim Anblick der Karten konnten sogar einige Lords ein Schmunzeln nicht unterdrücken. Die neuen Einhegungen mochten einhundertzwanzig Hektar groß sein, hatten aber die absonderlichsten Formen. Einmal ragte ein langer Arm in eine fruchtbare Weide hinein; an einer anderen Stelle war man mit einer riesigen Kurve einem Stück trockenen Bodens ausgewichen. Eine der Einfriedungen erinnerte an ein großes »C«.

»Meine Herren«, sagte der gute Oberst freundlich, »man hat uns alle zum Narren gehalten.«

Jahr um Jahr war es so weitergegangen. Cumberbatch und seine Leute hatten – langsam und beharrlich – unter dem Deckmäntelchen des Gesetzes den Gutsbesitzern und Bauern das beste Land gestohlen. Und man war machtlos dagegen gewesen – bis vor zwei Jahren.

Der Krise war eine Sitzung der Kommissionäre vorausgegangen. Sie hatten seit einigen Jahren nicht mehr getagt, als sie plötzlich zusammengerufen und ohne Vorwarnung oder vorherige Beratung aufgefordert wurden, die vom Gesetz vorgesehenen restlichen Einhegungen zu genehmigen. Zweitausendvierhundert Hektar, der größte Landraub, der je versucht worden war. Als die Herren sich entrüstet zeigten, drohte Cumberbatch, sie aus der Kommission entfernen zu lassen.

Die Zeit war reif, um Widerstand zu leisten. Wenige Wochen darauf hielten die wichtigen Landbesitzer eine Versammlung ab und gründeten den Verband zur Rettung des New Forest. Natürlich war der Oberst sofort beigetreten. Ebenso einer der Forstaufseher, ein gewisser Mr. Eyre, der große Ländereien im nördlichen New Forest besaß. Auch andere Familien wie die Drummonds, die Comptons aus Minstead und die Eigner des alten Gutes Bisterne waren bereit, ihr Erbe zu verteidigen. Lord Henry, Eigentümer des größten Gutes, war auch ein einflussreiches Mitglied. Und man freute sich besonders über Verstärkung in Gestalt eines gewissen Mr. Esdaile, der vor achtzehn Jahren ein Gut unweit des alten Dorfes Burley tief im Wald erworben hatte. Er galt nach den Maßstäben des New Forest zwar als Neuling, doch seine juristischen Kenntnisse waren hochwillkommen. Man bereitete eine Petition vor. Die Waldbehörde musste mit ihrem Treiben innehalten. Und nun, im August, standen sie hier vor dem Oberhaus, um für den New Forest zu kämpfen.

Ein Pair, der jünger war als die anderen, ergriff nun das Wort. »Darf ich Sie fragen, Oberst Albion, ob die übrigen Kommissionäre – abgesehen von den Vertretern der Waldbehörde – die neuen Einhegungen ebenfalls ablehnen?«

Albion musterte ihn ernst. Er wusste, was diese Frage zu bedeuten hatte. Grockleton. Zum Teufel mit ihm. Alle waren verwundert gewesen, dass der Magistrat aus Southampton sich in die Angelegenheiten des New Forest eingemischt hatte. Er hatte vor einigen Jahren vierzig mit Gewohnheitsrechten ausgestattete Hektar Land gekauft und sich in die Kommission berufen lassen. Er und Cumberbatch schienen sich in allem einig zu sein. Offenbar beabsichtigte Grockleton, den gesamten New Forest in eine riesige, unbewohnte Baumschule zu verwandeln.

»Das kann ich nicht sagen«, erwiderte der Oberst ruhig. »Die meisten vermutlich schon. Aber ich bin nicht berechtigt, für sie zu sprechen.«

»Ich verstehe. Also beschweren Sie sich hier im Namen der Landbesitzer und Bauern allgemein? Soweit ich weiß, sind das etwa tausend Personen.«

»Es gibt verschiedene Gewohnheitsrechte. Schätzungsweise verfügen mehr als tausend Haushalte über das eine oder andere davon.«

»Ja.« In den Augen des jungen Pairs stand nun ein triumphierendes Funkeln. »Ist es nicht so, dass die Mitglieder des Verbandes zur Rettung des New Forest, Großgrundbesitzer wie Sie selbst also, in dieser Sache am meisten zu gewinnen oder zu verlieren haben?«

Dem Oberst fiel es wie Schuppen von den Augen. Offenbar hatten Cumberbatch und Grockleton diesen jungen Pair beeinflusst. Denn die Waldbehörde schmetterte jeden Einwand mit derselben Begründung ab: Wer Widerstand gegen sie leistete, hatte dabei nichts als den eigenen Profit vor Augen.

Der Oberst lächelte zuckersüß. »Ganz im Gegenteil.« Er sah, wie der junge Pair die Stirn runzelte. »Wissen Sie«, fuhr er gelassen fort, »natürlich trifft es zu, dass ich einen halben Hektar Land mit Gewohnheitsrechten teurer verpachten kann als einen ohne. Doch mich wird das nicht ruinieren. Und wenn der New Forest eines Tages in Stücke zerteilt wird, erhalten wir Großgrundbesitzer sicher eine großzügige Entschädigung. Aber die kleinen Leute werden verhungern, wenn sie nicht den ganzen New Forest frei nutzen können. Und ich persönlich möchte das unbedingt verhindern. Selbstverständlich gibt es auch Landbesitzer, die das anders sehen«, fügte er hinzu, als wäre es ihm eben erst eingefallen. »Mein Mitkommissionär Mr. Grockleton zum Beispiel besitzt ebenfalls Land, das er verpachtet hat. Ich kann nicht sagen, ob er sich große Gedanken über das Schicksal seiner Pächter macht.« Diese Bemerkung hatte gesessen. Doch der junge Pair gab nicht so schnell klein bei.

»Die Kleinbauern und Pächter im Forest sind doch nicht wirklich sesshaft, Oberst, oder? Damit meine ich, dass man sie nur schwerlich als alteingesessene Freibauern bezeichnen kann.«

Mit diesem Einwand hatte Oberst Albion gerechnet. Wenn man mit Außenstehenden sprach, kam dieses Thema früher oder später immer auf den Tisch. Der Adel hatte klare Vorstellungen davon, wie ein Bauer auszusehen hatte. Brave Bauern lebten auf dem flachen Land und salutierten, wenn sie ihrem Grundherrn begegneten. Doch wer sich in die Berge wagte, musste auf der Hut sein. Und der dunkle Wald wurde ohnehin nur von Gesindel – Wilderern, Köhlern und Kesselflickern – bewohnt. Wer wusste, von welchen Vorfahren diese Bewohner des New Forest überhaupt abstammten? Sollten die Wünsche der Krone wirklich hinter die Anliegen herumvagabundierender Tunichtgute zurücktreten?

Albion lächelte. »Ich schlage vor, dass Eure Lordschaft das selbst beurteilen«, erwiderte er freundlich. »Denn als Nächstes werden Sie einen dieser Leute selbst befragen können. Meinen Pächter Mr. Pride.«

Natürlich war es ein Risiko, Pride vor der Kommission aussagen zu lassen, denn er hatte eine klare Haltung zu dieser Sache. Wie alle Bauern im Wald hasste und verabscheute er Cumberbatch und die Waldbehörde. Womöglich würde er in Wut geraten, ausfallend werden und ihrer Sache schaden. Doch Albion hatte diese Frage offen mit ihm erörtert, und Pride hatte versprochen, sich diplomatisch auszudrücken.

Die andere Schwierigkeit war der junge George, Prides Sohn.

Persönlich machte Albion es George Pride nicht zum Vorwurf, dass er eine Stelle bei der Waldbehörde angenommen hatte. Schließlich war er nicht der Einzige gewesen. Irgendwie musste man ja sein Geld verdienen, und George hatte Frau und Kinder. Doch Vater Pride dachte anders darüber. Es war zu einem Streit gekommen. Pride hatte geschworen, seinem Sohn niemals zu verzeihen, und seit George für Cumberbatch arbeitete, sprach er nicht mehr mit ihm. Und da Familienzusammenhalt im New Forest einen großen Stellenwert genoss, war dieses Zerwürfnis eine ernste und traurige Angelegenheit.

Ob Cumberbatch die Tragweite dieser Zusammenhänge begriff, stand auf einem anderen Blatt. Für den Oberaufseher war nur von Bedeutung, dass der Vater eines seiner Angestellten gegen ihn aussagte, und das würde ihm gewiss nicht gefallen. Er konnte den jungen George zwar nicht deswegen entlassen, doch er würde ihm sicher das Leben schwer machen. Albion bedauerte das, aber er hatte beschlossen, George Pride wenn nötig für das Allgemeinwohl zu opfern. Wenn Pride senior die Nerven behielt, würde seine Aussage viel bewirken.

Als Pride sich erhob, wandten sich ihm interessierte Blicke zu. Man forderte ihn freundlich auf, vor der Kommission Platz zu nehmen. Kerzengerade saß er da. Selbst der junge Pair musste zugeben, dass Mr. Pride einen sehr respektablen Eindruck machte. Der Vorsitzende sprach ihn in mildem Ton an.

»Wo wohnen Sie?«

»In Oakley.«

»Und wie lange wohnen Sie schon dort?«

»Immer.«

»Immer?« Der Vorsitzende schmunzelte. »Immer ist wohl nicht gut möglich, Mr. Pride. Vermutlich meinen Sie damit, seit Ihrer Geburt.«

»Das soll heißen, dass meine Familie schon immer dort lebt, Eure Lordschaft.« Pride runzelte die Stirn. »Nein, immer stimmt nicht ganz. Aber schon vor der Zeit von König Wilhelm.«

»Damit meinen Sie sicher König Wilhelm IV., den Vorgänger unserer Königin, oder vielleicht König Wilhelm III.?«

»Nein, Sir, ich meine König Wilhelm den Eroberer, der den New Forest eingerichtet hat.«

Ein wenig erstaunt blickte der Vorsitzende Oberst Albion an, der diese Aussage mit einem Lächeln und einem Nicken bestätigte.

»Wie groß ist Ihr Bauernhof?«

»Früher waren es dreieinhalb Hektar, inzwischen sind es fast fünf. Die dreieinhalb habe ich vom Oberst gepachtet, den Rest als Freibauer gekauft.«

»Haben Sie Familie?«

»Zwölf Kinder, Sir. Gelobt sei der Herr.«

»Und Sie können zwölf Kinder mit einem so kleinen Hof ernähren?«

»Im New Forest, Sir, sind fünf Hektar eine gute Größe. Man kann sie bewirtschaften, ohne Helfer einzustellen. Abhängig vom Wetter machte ich zwischen vierzig und fünfzig Pfund Gewinn.« Das war zwar kein Vermögen, doch ein Kleinbauer konnte davon bequem leben.

»Was bauen Sie an?«

»Den Großteil meines Landes benütze ich als Weide und ernte dort auch Heu. Dann pflanze ich auf einem kleinen Stück Kohl, Gemüse und Wurzeln an ...«

»Rüben?«

»Ja. Und Hafer.«

»Wie viel Vieh haben Sie?«

»Ich besitze vier Milchkühe, zwei Färsen und zwei Jährlinge. Milch und Butter verkaufen wir in Lymington. Außerdem halte ich drei Zuchtsäue, die zwei- oder dreimal im Jahr werfen. Dazu haben wir noch ein paar Ponys. Die Zuchtstuten laufen das ganze Jahr über frei im New Forest herum.«

»Ich habe gehört, dass die Kühe des New Forest über besondere Vorzüge verfügen. Könnten Sie mir die bitte schildern?«

»Die meisten sind gescheckt, Eure Lordschaft. Trotz ihrer geringen Größe sind sie sehr widerstandsfähig. Sie könnten sich wenn nötig von Heidekraut und Sumpfgras ernähren. Und sie geben viel Milch. Es kommen sogar Bauern aus Sarum zu uns nach Ringwood, um unsere Rinder zu kaufen und sie mit ihren eigenen zu kreuzen. Und da die Weiden dort oben fruchtbarer sind, ist der Milchertrag noch höher.«

»Sie lassen Ihr Vieh im New Forest grasen?«

»Anders könnte ich es nicht durchfüttern. Ich würde viel mehr Land brauchen.«

»Also könnten Sie ohne Gewohnheitsrechte Ihre Familie nicht ernähren?«

»Nein, unmöglich. Und dann gäbe es noch ein Problem. Es hat mit den Kindern zu tun, Sir. Zwei meiner Söhne sind inzwischen erwachsen. Einer wohnt bei mir, der andere hat eine Stellung angenommen. Doch er besitzt ebenfalls einen knappen Hektar Land und schickt sein Vieh zum Weiden in den New Forest. Auf diese Weise verdoppelt er sein Einkommen. In ein paar Jahren wird er sich einen eigenen Bauernhof kaufen und eine Familie gründen können.«

»Sie besitzen auch das Recht zum Torfstechen?«

»Ja. Damit und mit dem Holz aus dem New Forest heize ich mein Haus.«

»Und ohne diese Rechte ...?«

»Müssten wir frieren.«

»Also fürchten Sie um Ihre Zukunft?«

»Ja.«

Die Kommission schwieg. Pride hatte die Herren sehr beeindruckt. Er war kein verschlagener Waldbewohner, der von der Hand in den Mund lebte, sondern ein freier Bauer, wie es sie auf dieser Insel schon lange vor der Zeit der Feudalherren gegeben hatte.

Nur der junge Pair schien Pride weiter befragen zu wollen. Denn Cumberbatch hatte ihm einen Zettel zugesteckt.

»Mr. Pride.« Er betrachtete den Bauern nachdenklich. »Soweit ich im Bilde bin, hat es Widerstand gegen die Einhegungen gegeben. In manchen Fällen sollen sogar Zäune niedergerissen und Feuer gelegt worden sein. Ist das richtig?«

»Ja, davon habe ich auch gehört.«

»Vermutlich war das bis jetzt der einzige Weg, wie ein Bauer seinem Ärger Luft machen konnte. Stimmen Sie mir zu?«

Das war eine Falle. Oberst Albion versuchte, Blickkontakt mit Pride aufzunehmen. Doch dieser starrte auf die Wand hinter der Kommission.

»Das kann ich nicht sagen, Eure Lordschaft.«

»Aber Sie haben doch gewiss Verständnis für diese Leute.«

»Natürlich muss man Mitleid mit jedem Menschen haben, dem der Lebensunterhalt genommen wird«, erwiderte Pride ruhig. »Aber man darf nicht gegen das Gesetz verstoßen. Davon halte ich nichts.«

»Sie selbst würden so etwas also nie tun?«

Pride blickte den jungen Pair gelassen an. Auch wenn er Wut oder Verachtung empfand, ließ er sich das nicht anmerken.

»Ich habe noch nie im Leben ein Gesetz gebrochen«, verkündete er feierlich.

Gut gemacht, dachte Albion. Er sah den jungen Pair an, in der Hoffnung, dieser möge endlich aufgeben. Doch anscheinend war das nicht der Fall.

»Mr. Pride, Sie sind offenbar ein großer Gegner der Waldbehörde. Sie haben doch einen Sohn namens George Pride, richtig? Würden Sie uns bitte sagen, wo er arbeitet?«

»Ja, Sir. Er ist Forstgehilfe und arbeitet für Mr. Cumberbatch.«

»Also bei der Waldbehörde«, triumphierte der junge Pair. Jetzt hatte er diesen Bauern erwischt. »Warum ist Ihr Sohn für die Waldbehörde tätig, wenn es dort doch nur so von Verbrechern wimmelt? Oder hat er sich gar mit dem Feind verbündet?«

Albion schickte ein Stoßgebet zum Himmel. Trotz seiner sorgfältigen Vorbereitungen hatte er damit nicht gerechnet. Es war ihm nicht in den Sinn gekommen, dass sich ein Mitglied des Oberhauses entblößen würde, einen Bauern wegen seines Sohnes zu hänseln. Vielleicht hatte der junge Pair auch seine Anweisungen nicht richtig verstanden. Albion drehte sich um und warf Cumberbatch einen verächtlichen Blick zu.

Er sah, wie sich Prides Nackenhaare sträubten. Mein Gott, das Pulverfass konnte jeden Moment hochgehen. Der Oberst hielt den Atem an.

Pride lachte leise auf und schüttelte den Kopf. »Nun, ich denke, ein junger Mann muss jede Arbeit annehmen, die er bekommen kann, Eure Lordschaft. Finden Sie nicht? Und was Mr. Cumberbatch betrifft, ist er nicht mein Feind.« Er wandte sich zu Cumberbatch um und lächelte ihm zu. »Jedenfalls zurzeit nicht. Wenn Mr. Cumberbatch natürlich«, meinte er wieder zu dem jungen Pair, »so viele Einhegungen anlegt, dass ich ruiniert bin und mit meinen Kindern ins Armenhaus muss, dann könnte man ihn als meinen Feind bezeichnen, obwohl ich es lieber anders hätte. Ich bin hier, Eure Lordschaft, weil ich gehofft habe, Sie würden mir helfen, dass Mr. Cumberbatch und ich Freunde bleiben können.«

Selbst der Vorsitzende grinste nun übers ganze Gesicht, und der junge Pair gab sich würdevoll geschlagen.

»Ich glaube«, verkündete der Vorsitzende, »dass wir uns

ein gutes Bild von Mr. Pride aus dem New Forest machen konnten. Der Zeitpunkt eignet sich großartig für eine kleine Pause.«

Aufgeregt wartete die weißhaarige Frau in der großen, menschenleeren Kirche oben auf dem Hügel. Sie hatte ihrem Mann dieses Treffen verschwiegen.

Mr. Arthur West und Louisa Totton hatten zwei Söhne und vier Töchter gehabt. Die Söhne waren erzogen worden, in der Welt zu bestehen, die Töchter hatte man gelehrt, erst ihren Eltern und dann ihren Ehemännern zu gehorchen. Unter dieser Voraussetzung hatte Mary West auch Godwin Albion geheiratet. Und da sie sich immer an die Regeln gehalten hatte, empfand sie wegen des heimlichen Stelldicheins in der Kirche von Lyndhurst Gewissensbisse. Erschwerend kam hinzu, dass sie sich mit einem Mann wie Mr. Minimus Furzey traf, dessen Ruf alles andere als einwandfrei war.

Frauen behandelten Minimus stets mit Nachsicht. Das war schon sein ganzes Leben lang so gewesen. Er war das jüngste Kind einer großen Familie, der Liebling, dem man alles verzieh, wofür seine älteren Geschwister bestraft worden wären. Männer hingegen – besonders verheiratete – hatten weitaus weniger Verständnis für Minimus. Und dasselbe galt für Väter.

Es hatte seine Eltern nicht weiter verwundert, dass Minimus Künstler werden wollte. Die Begabung lag in der Familie. Zwei der Schwestern hatten reiche Geschäftsleute geheiratet, und sie versorgten Minimus nun mit den bescheidenen Mitteln, die es ihm erlaubten, ohne finanzielle Sorgen seinen Interessen zu folgen.

Vor drei Jahren war Minimus in den New Forest gekommen und hatte beschlossen, dass es ihm dort gefiel. Nach Gilpins Abhandlung über das Pittoreske waren viele Maler und Schriftsteller hierher gereist, um es mit eigenen Augen zu sehen. Der Autor Kapitän Marryatt, dessen Bruder ein Haus an der alten Schmugglerroute namens Chewton Glenn gekauft hatte, hatte die Gegend vor zwanzig Jahren in seinem Buch *Kinder des Waldes* unsterblich gemacht. »Ist es das Tanzen des Lichts auf der Heide oder die Schönheit der Eichen, die Künstler wie Sie hierher bringt?«, hatte eine begeisterte Dame Minimus einmal gefragt.

»Beides, aber hauptsächlich ist es die Eisenbahn«, hatte dieser erwidert.

Dass im New Forest viele kleine Bauern namens Furzey lebten, die zweifellos mit ihm verwandt waren, empfand Minimus weder als peinlich noch kümmerte es ihn überhaupt, denn er neigte dazu, über Standesunterschiede leichtfertig hinwegzugehen. Dabei trat er die Konventionen nicht mit Füßen, er nahm sie einfach nur am Rande zur Kenntnis. Minimus tat einfach das, was ihm angenehm erschien, und er war aufrichtig erstaunt, wenn die Menschen deshalb wütend auf ihn wurden. Das traf auch und vor allem auf seinen Umgang mit Frauen zu.

Minimus verführte Frauen nicht mit Berechnung, sondern aus reiner Lust am Vergnügen. Wenn sie sich von seiner jungenhaften Arglosigkeit umgarnen ließen, wenn sie ihn romantisch fanden und ihn bemuttern wollten oder wenn er sich plötzlich von einer hübschen jungen Frau angezogen fühlte – so gehörte das für ihn zu den Wundern der Natur. Er fragte nicht, ob er eine Dame oder ein Bauernmädchen vor sich hatte oder ob die Betreffende ledig oder verheiratet, unschuldig oder erfahren war. Minimus genoss das Leben in vollen Zügen. Und es war ihm rätselhaft, warum der Rest der Welt diese Sorglosigkeit nicht teilte.

Da er die Westseite des New Forest bevorzugte, hatte er sich ein hübsches kleines Häuschen unweit von Fordingbridge gekauft und es nach seinem Geschmack eingerichtet. Die Wände wurden von seinen Ölgemälden und Aquarellen geschmückt. In einem Anbau waren sein Atelier und ein Arbeitszimmer untergebracht, wo er seine Pflanzen- und Insektensammlung – an diesen Dingen hatte er ein wissenschaftliches Interesse – aufbewahrte. Doch sein liebstes Stück stand oben in seinem Schlafzimmer.

Er hatte es auf einem Spaziergang in der Nähe von Burley entdeckt, als er einige Arbeiter beobachtete, die gerade die ausgebrannte Ruine eines alten Hauses abrissen. Neugierig wie immer war er eingetreten. Das Dach fehlte bereits. Im oberen Stockwerk, bedeckt von Asche und verkohlten Balken, stand ein zerbrochenes Bettgestell, das noch zu reparieren war, denn dem dunklen, alten Eichenholz hatte das Feuer nichts anhaben können. Nachdem Minimus die Asche abgewischt hatte, hatte er festgestellt, dass es sich um eine außergewöhnlich geschickte

Schnitzerei handelte. Und als die Arbeiter das Möbelstück hinaus ins Freie trugen, wurde Minimus klar, dass er ein Kunstwerk vor sich hatte. Eichhörnchen und Schlangen, Hirsche und Ponys, sämtliche Geschöpfe des Waldes waren lebensecht darauf abgebildet.

»Dieses Stück muss gerettet werden«, beschloss er. Und für ein paar Shillings kaufte er es nicht nur, sondern ließ es auch zu sich nach Hause schaffen, wo er es wieder in Stand setzte. So hatte Puckles Bett ein neues Heim gefunden.

Mrs. Albion wartete nun schon eine ganze Weile in der Kirche. Aber da sie Minimus' Unpünktlichkeit kannte, war sie ihm nicht böse. Sie saß im warmen Sonnenlicht, das durch die bunten Fenster in den riesigen Raum fiel, und dachte darüber nach, was ihre Tochter Beatrice dazu getrieben haben mochte, Minimus Furzey zu heiraten. Schließlich war er zehn Jahre jünger als sie. Und ihr Vater hatte vor Wut getobt.

»Sie nimmt ihn nur, weil sie Angst hat, sonst keinen mehr abzukriegen«, hatte Oberst Albion geschimpft.

»Immerhin ist sie fast fünfunddreißig«, erinnerte ihn seine Frau.

»Der Mann ist nichts weiter als ein Abenteurer.«

Und dass Minimus einfache Bauern zu seiner Verwandtschaft zählte, erfreute Albion ebenfalls wenig, auch wenn er noch so ein wohlwollender Grundherr sein mochte. Es brachte die natürliche Ordnung durcheinander. Außerdem hatte Minimus weder einen anständigen Beruf noch – außer den milden Gaben seiner Schwestern – irgendwelche Einkünfte. Ein Abenteurer also – wie sollte man einen solchen Menschen sonst nennen?

Dennoch wusste Mrs. Albion genau, dass Minimus nicht aus finanziellen Erwägungen geheiratet hatte. Schließlich hatte ihr Mann Beatrice nur ein bescheidenes Vermögen vermachen wollen, und dass er sie schließlich enterbt hatte, konnte Minimus nur wenig beeindrucken. Darüber hinaus hatte Mrs. Albion den Verdacht, dass Beatrice weitaus mehr auf eine Ehe versessen gewesen war als Minimus Furzey.

»Der Tunichtgut braucht sie doch nur als kostenlose Haushälterin«, brummte der Oberst, und Mrs. Albion vermutete, dass dies der Wahrheit sehr nahe kam. Die beiden führten wirklich einen seltsamen Haushalt: Einmal täglich kam eine Frau, die kochte und putzte. Und dabei hatte selbst der kleinste Kaufmann in Fordingbridge ein oder zwei Dienstboten, die im Haus lebten.

Was mag Beatrice nur an ihm finden? überlegte Mrs. Albion. Und wie als Antwort auf ihre Frage öffnete sich die Kirchentür, und Minimus Furzey stand, das goldene Sonnenlicht im Rücken, auf der Schwelle.

»Sie sind doch allein?«, erkundigte er sich, während er die Tür hinter sich schloss.

»Ja, natürlich.« Sie lächelte und stellte zu ihrem Ärger fest, dass sie Herzklopfen bekam, als er sich näherte.

Er blickte sich um. »Ein seltsamer Treffpunkt.« Kurz hallte seine melodiöse Stimme von den Wänden wider, ehe erneut Stille einkehrte. »Gefällt es Ihnen hier?«

Die neue Kirche, die nun an Stelle ihrer Vorgängerin aus dem achtzehnten Jahrhundert auf dem Hügel von Lyndhurst stand, war ein großes, prunkvolles Backsteingebäude im viktorianischen Stil. Der Turm war erst vor kurzem fertig gestellt worden und ragte nun wie ein Sinnbild von Kaufmannsstolz und Seriosität über die Eichen rings um das alte königliche Anwesen im Herzen des New Forest.

»Ich bin nicht sicher.« Sie wollte sich nicht festlegen, um seinen Unwillen nicht zu erregen.

»Hmmm. Die Fenster sind ganz hübsch, finden Sie nicht?« Die beiden, auf die er wies – eines am östlichen Ende, das andere im Hauptschiff –, waren mit ihren kühnen, groß angelegten Schwüngen tatsächlich beeindruckend. Der Entwurf stammte von dem präraphaelitischen Maler Burne-Jones, der den New Forest in den letzten Jahren häufig besucht hatte. »Diese beiden Figuren sind in Wirklichkeit von Rossetti, nicht von Burne-Jones.« Er zeigte auf das Fenster im Hauptschiff.

»Oh.« Sie betrachtete sie. »Vermutlich kennen Sie all diese Künstler persönlich.«

»Zufällig ja. Warum?«

»Das ist sicher…« Fast hätte sie »sehr interessant« gesagt, doch sie hielt sich zurück. Es hätte zu banal geklungen.

Das Licht fing sich in seinem blonden Haar. »Ich liebe dieses Fresko«, sagte er mit einem Lächeln.

Das gewaltige Gemälde von Rossettis Freund Leighton, das die klugen und die törichten Jungfrauen darstellte, dominierte das Innere der Kirche. Der Bischof war besorgt gewesen, die präraphaelitische Kunst könne zu »papistisch und dekorativ« wirken, doch er hatte sie dennoch zugelassen. Nun standen Mrs. Albion und Minimus bewundernd vor dem Bild.

»Ich habe Sie hergebeten«, begann Mrs. Albion, »um über Beatrice zu sprechen.« Sie holte tief Luft. »Sie müssen etwas für mich tun.«

Bognor Grockleton war bester Stimmung. Ein zufriedenes Lächeln auf den Lippen, wischte er sich mit seiner klauenähnlichen Hand die Schweißperlen von der glatt rasierten Wange.

Um Bognor Grockleton – der Vorname spielte auf den Badeort an, wo seine Eltern am liebsten die Sommerfrische verbracht hatten – wirklich zu verstehen, musste man wissen, dass er es stets gut meinte. Er hatte etwas von einem Missionar an sich, möglicherweise ein Erbe seiner Großmutter, die nach dem Umzug von Lymington nach Bath ein biblisches Alter erreicht hatte. Doch was immer es auch sein mochte, das Bognor Grockleton gnadenlos vorantrieb, er war von dem festen Glauben beseelt, dass die Welt dazu da war, verbessert zu werden. Allerdings hätten ihm in der viktorianischen Zeit nur wenige Menschen darin widersprochen.

Und seit er in den New Forest gekommen war, hatte er auch hier Großes vor. Deshalb war Mr. Cumberbatch sein natürlicher Verbündeter, obwohl sich die beiden Männer sehr voneinander unterschieden. Für Cumberbatch bedeutete der New Forest nur eine Geldquelle, vergleichbar mit einem Kohlenbergwerk oder einer Kiesgrube. Die Waldbewohner waren ihm lästig, und wenn es möglich gewesen wäre, hätte er sie wohl wie Galeerensklaven an die Kette gelegt oder wie die Hirsche ausgerottet. Nach Grockletons Ansicht hingegen brauchten diese Leute dringend Hilfe. Viele von ihnen wohnten in elenden kleinen Hütten und besaßen weniger als einen Hektar Land. Ihr Dasein war primitiv. Selbst die Wohlhabenderen unter ihnen, die Prides aus Oakley zum Beispiel, konnten nur überleben, weil sie den New Forest nutzten, was eine fürchterliche Verschwendung war. Wenn der New Forest erst einmal unter wirtschaftlichen Gesichtspunkten geführt wurde, würde es für sie genug Arbeit in der Holzherstellung geben. Einige große Bauernhöfe am Rande des New Forest würden gewiss bestehen bleiben. Und die Fabriken und Läden in Southampton und die Marktstädte Fordingbridge und Ringwood konnten den Rest dieser Leute sicher aufnehmen. Schließlich war die moderne, produktive Welt umso vieles besser. Wenn die Bewohner des New Forest das erst einmal begriffen hatten, würden sie sich schon nicht weiter zur Wehr setzen.

Der Besuch im Oberhaus in London war sehr aufschlussreich gewesen. Die Kommission hatte ihren Bericht zwar noch nicht abgegeben, doch am Ergebnis bestand kein Zweifel. Die Baumzucht würde weitergehen. Es musste einfach sein. Das war der Fortschritt.

Grockleton war froh, als Cumberbatch ihm an diesem Nachmittag den jungen George Pride als Führer anbot. Der alte Pride war ein Vertreter der Vergangenheit, während George die Zukunft verkörperte. Er hatte eine gute Stellung. Die Förster und ihre Gehilfen wurden seit der Ausrottung der Hirsche nicht mehr gebraucht, doch dafür gab es nun neue Posten als Waldhüter und Aufseher über die Anpflanzungen, die mit einer Dienstwohnung verbunden waren. Auch wenn der junge George für Cumberbatch arbeitete, konnte er dennoch im New Forest leben und wurde anständig bezahlt.

»Er wird alles tun, um sich bei Ihnen beliebt zu machen«, sagte Cumberbatch mit finsterer Miene. Nach seiner Rückkehr aus London hatte er George zu sich ins Büro zitiert. »Auch wenn es nicht in Ihrer Macht steht, Ihren Vater zu bändigen«, hatte er ihm geradeheraus mitgeteilt, »war ich gar nicht erfreut, ihn vor der Kommission zu sehen. Ich werde ein Auge auf Sie haben«, fuhr er fort. »Eine falsche Bewegung, ein Hinweis darauf, dass ich Ihnen nicht trauen kann, und Sie müssen Ihren Hut nehmen.«

Als Grockleton den Treffpunkt erreichte, erwartete ihn der junge Mann in vorbildlicher Haltung. Das allein hätte bereits genügt, um Grockleton positiv für George einzunehmen. Doch auch ein weniger respektvoller Empfang hätte seine Hochstimmung wohl nicht trüben können. Denn sie standen vor Grockletons Einhegung.

Es war nicht zu verachten, wenn ein Gebäude oder eine Straße nach einem benannt wurde. Und als diese Einhegung vor einigen Jahren angelegt worden war, hatte Cumberbatch verkündet, sie werde von nun an Grockletons Namen tragen. Bald war Grockleton klar geworden, dass ein ganzer Wald, der noch viele Generationen später auf allen Landkarten verzeichnet sein würde, einem einfachen Straßenschild bei weitem vorzuziehen war. Seine Einhegung war sein größter Stolz und seine Freude.

Das Gebiet befand sich in der Mitte des New Forest unweit von Lyndhurst und erstreckte sich über mehr als einhundertzwanzig Hektar. Doch am besten gefielen Grockleton die Bäume, die darin gepflanzt waren. Denn es waren weder Eichen noch Buchen dabei, nur Weißtannen.

Seit einem halben Jahrhundert wurden im New Forest schon Tannen gepflanzt, die für gewöhnlich dazu dienten, junge Eichen und Buchen vor Sturm zu schützen. Große Tannen verwendete man zuweilen als Schiffsmaste, doch die Marine hatte einen viel größeren Bedarf nach Eichen und Buchen. Zumindest bis vor kurzem, denn inzwischen wurden Schiffe zunehmend aus Eisen gebaut. In Buckler's Hard ruhte die Arbeit. Die Werften waren von Gras überwuchert, die Hütten an Handwerker und Arbeiter vermietet. Seit 1851 enthielten die Einhegungen eine andere Mischung von Bäumen. Die langsam wachsenden großblättrigen Eichen und Buchen mit ihrem harten Holz hatten Weißtannen und anderen Nadelbäumen Platz machen müssen, die schnell heranreiften, über ein weiches Holz verfügten und sich in kurzer Zeit abernten ließen, um den Profit zu mehren. Auf diese Weise hatte sich das Gesicht des Waldes in den letzten Jahren allmählich verändert. An die Stelle der abwechslungsreichen Waldlandschaft aus Eichenhainen und Lichtungen traten zunehmend die militärisch angeordneten Reihen der Nadelbaum-Anpflanzungen, die den ganzen Winter über dunkelgrün waren. Außerdem breiteten sich die Tannen aus, wuchsen hie und da schon auf der Heide oder sprossen im sauren Moorboden. Doch am meisten begeisterte Grockleton an seiner Einhegung, dass jeder Zentimeter Boden genutzt war.

»Schauen Sie, wie dicht nebeneinander die Bäume gepflanzt sind, Pride«, stellte er zufrieden fest. Der Abstand zwischen den Bäumen war so gering, dass man nicht dazwischen hindurchgehen konnte, ohne ihre Nadeln zu streifen. »Sie nehmen alle Kräfte aus dem Boden auf. Nichts wird verschwendet.« Grockleton war das Gras und Unterholz unter den ausladenden Eichen stets als Vergeudung erschienen. Buchenplantagen konnte er mehr abgewinnen, da der Boden darunter hauptsächlich mit Moos bedeckt war. Doch da es zwischen den Tannen weder genügend Platz noch Licht gab, wuchs dort überhaupt nichts mehr, nicht einmal

Gräser und Flechten. Es gab kein Leben. »So muss eine richtige Baumschule aussehen, Pride«, erklärte er dem Waldhüter. »Es ist eine gewaltige Verbesserung.«

»Ja, Sir«, erwiderte George.

Sie nahmen den Pfad durch die Anpflanzung und bewunderten die wunderbare Gleichförmigkeit der Bäume. Nachdem sich der Kommissionär ausreichend umgesehen hatte, verkündete er, er wolle nun den nördlichen Teil des New Forest besichtigen. Also führten sie ihre Pferde am Zügel über die Heide.

George Pride war ein sympathisch wirkender junger Mann. Sein rosiges, glatt rasiertes Gesicht wurde von einem schmalen Bartkranz umrahmt, der um Wangen und Kinn verlief. Außerdem machte er einen fleißigen, gutwilligen Eindruck. Und Grockleton ließ sich die Gelegenheit nicht entgehen, etwas zu seiner Bildung beizutragen.

»Sie werden feststellen, Pride, dass ich ein Mann bin, der frei von der Leber weg redet«, erklärte er. »Und ich mag es, wenn die Leute offen mit mir sind.«

»Ja, Sir«, erwiderte George.

»Die Waldbehörde«, fuhr Grockleton fort, während sie zu dem Bach namens Dockens Water hinunterstiegen, »bewirkt gewaltige Verbesserungen im New Forest.«

»Ja, Sir«, entgegnete George.

»Schön, dass Sie meine Ansicht teilen«, meinte Grockleton. Denn viele taten das nicht. Der Zustand der Straßen im New Forest war ein typisches Beispiel dafür. Als die alten Mautstraßen gegen Mitte des Jahrhunderts allmählich verfielen, übernahm in den meisten Teilen Englands die Gemeinde die Reparaturarbeiten. Doch fühlten sich die Gemeinden im New Forest dafür zuständig? Weit gefehlt. Und als er und die Herren von der Waldbehörde dagegen protestiert hatten, hatten die Gemeinderäte doch tatsächlich die Stirn gehabt zu antworten: »Wenn die Waldbehörde Straßen will, soll sie die selbst bezahlen. Wir brauchen sie nicht.« Was sollte man mit solchen Menschen bloß anfangen?

»Wir müssen mit der Zeit gehen, Pride.«

Sie überquerten den Fluss. Vor ihnen erhob sich eine mit Heidekraut bewachsene Anhöhe. Sie führte zu einer Heide, die man Fritham Plain nannte. Hie und da sah Grockleton Rinder grasen, und als sie die Heide erreichten, zählte er ein Dutzend Ponys. Er seufzte. Die Bauern und ihr Vieh. Männer wie Georges Vater hingen so sehr an diesen unnützen Tieren. Das Halten von Kühen konnte er noch verstehen, doch die gedrungenen kleinen Ponys waren ihr Futter nicht wert. Als das Gesetz über die Beseitigung der Hirsche erlassen wurde, hatte Prinz Albert, der Gemahl der Königin, den Einheimischen einen Araberhengst geliehen, damit dieser sich mit den Stuten des Forest paare. Nun hatten manche Ponys Araberblut in den Adern, doch das Experiment hatte keine nennenswerten Ergebnisse gebracht. Dann hatte sich sein Freund Cumberbatch aus unerfindlichen Gründen der Ponys angenommen und weitere Stuten von außerhalb eingeführt. Aber nach Grockletons Ansicht waren die kleinen Tiere nach wie vor hässlich.

»Wir dürfen Männern wie Ihrem Vater keinen Vorwurf daraus machen, dass sie ihr Vieh behalten wollen, Pride«, meinte er freundlich. »Diese Lebensweise wird gewiss bald verschwinden, aber wir müssen Geduld haben.«

»Ja, Sir«, erwiderte George.

»Soweit ich weiß, sind hier oben einige neue Anpflanzungen geplant«, fuhr Grockleton fort. »Könnten Sie mir bitte zeigen, wo?«

»Ja, Sir«, sagte George. »Hier hinauf.«

Für Minimus Furzey war der nördliche Teil des New Forest eindeutig eine andere Welt. Unterhalb von Lyndhurst gab es zwar ein paar Aussichtspunkte, die einen malerischen Blick boten. Doch wenn man bergauf weiter nach Norden und vorbei an Minstead ging und den steilen Hügel hinauf nach Castle Malwood stieg, erreichte man eine breite Bergkette, die in westlicher Richtung bis nach Ringwood reichte. Darunter erstreckte sich terrassenförmig der südliche New Forest. Doch darüber lag, wie ein gewaltiges, nach Nordwesten weisendes Dreieck, eine mit Heidekraut bewachsene Hochebene, die etwa zwanzig Kilometer weiter bei Fordingbridge und Hale endete.

Minimus Furzey liebte diese Landschaft. Hier oben war es luftig und still, und nichts störte den freien Blick zum Himmel. Vom Rande der Hochebene aus hatte man in alle Richtungen freie Sicht. Im Osten lagen die Täler von Wessex, im Westen die blauen Hügel von Dorset, im Norden die Kreidefelsen von Sarum, die aus der Ferne wie ein schaumgekröntes Meer wirkten. Hier oben in dieser kahlen, braunen und violetten Landschaft fühlte sich Minimus wie auf einem fremden Stern und dem Himmel sehr nah.

Wie so oft hatte sich Minimus an diesem Nachmittag ein malerisches Plätzchen auf der Hochebene ausgesucht, um zu zeichnen. Beatrice und er waren gemeinsam zu Fuß hierher gekommen. Während er sich an seine Arbeit machte, unternahm sie einen Spaziergang über die Heide.

Es war angenehm warm. Zu seinen Füßen bemerkte Minimus die leuchtend smaragdgrünen Rücken der winzigen Insekten, die Feld-Sandläufer hießen. Hinter Heidekraut und Ginsterbüschen hörte er den Gesang eines Schlangenhalsvogels, das Zwitschern eines Schwarzkehlchens und die leisen Stimmen anderer gefiederter Bewohner der Heide. Aber er blieb nicht lange allein.

Die Zigeunerkarawane, die langsam den Pfad entlang nach Westen zog, war kein ungewöhnlicher Anblick. Niemand wusste genau, wann die Zigeuner zum ersten Mal im New Forest erschienen waren. Einige sagten, damals zur Zeit der spanischen Armada, andere glaubten, es sei später gewesen. Jedenfalls streifte das bunte Völkchen, das ganz Europa durchwandert hatte, seitdem durch den New Forest. Mit ihren bemalten Wohnwagen und Pferdegespannen fuhren die Zigeuner an Fordingbridge vorbei und dann auf den uralten Straßen unterhalb von Sarum zu den Rossmärkten in Westengland.

Minimus unterhielt sich oft mit den Zigeunern. Einmal hatte er sie sogar für ein paar Tage begleitet und Beatrice nur eine kurze Nachricht hinterlassen. Mit einem Arm voller Zeichnungen und einem beträchtlich vergrößerten Wortschatz war er zurückgekehrt. Wenn er nun mit ihnen plauderte, konnte kein Außenstehender folgen.

Gerade war er mit einem Zigeuner ins Gespräch vertieft, als er Grockleton und George Pride näher kommen sah.

Grockleton konnte Minimus Furzey nicht leiden – in diesem Punkt stimmten er und Oberst Albion ausnahmsweise überein. Allerdings hatte Grockleton keinen besonderen Anlass für diese Abneigung: Für ihn verkörperte Furzey die Unordnung. Ein Jammer, dass dieser lästige Künstler ausgerechnet die Stelle zeichnen musste, die er, Grockleton, inspizieren wollte. Doch er hatte nicht vor, sich von ihm stören zu lassen. Nachdem er Furzey, die Zigeuner und ihre Karawane mit einem finsteren Blick bedacht hatte, stieg er vom Pferd und lief ungeduldig auf und ab.

Minimus hatte sich für ein Plätzchen am Rande einer Klippe entschieden. Jenseits davon hatte man vor kurzem eine Anpflanzung von Tannen im Heidekraut angelegt. Die Setzlinge waren erst kniehoch. Nachdem Grockleton die Bäume in Augenschein genommen hatte, kehrte er zurück und blickte gedankenverloren den Abhang hinunter.

»Kaufen Sie ein Sträußchen, Sir. Für Ihre Frau.«

Er wirbelte herum. Eine Zigeunerin war hinter ihn getreten. Grockleton stellte fest, dass sie einen Korb mit Blumen am Arm trug, die sie mit violetten Erikabüscheln zu kleinen Sträußen gebunden hatte. Ungnädig sah er sie an. Vermutlich hatte sie die Blumen aus einem fremden Garten gestohlen. Auch wenn die Waldbewohner das dulden mochten, handelte es sich in seinen Augen um eine Straftat. Und ganz sicher gab es auch ein Gesetz, das diesen Leuten das Pflücken von Heidekraut verbot.

»Zum Teufel mit deinen Blumen«, zischte er gereizt.

»Sie sollten besser welche kaufen!«, rief Furzey ihm zu. »Wenn nicht, könnte das Unglück bringen.«

»Falls ich Ihren Rat brauchen sollte, frage ich Sie«, erwiderte Grockleton in scharfem Ton. Er wandte sich an George Pride, der verlegen ein wenig abseits stand. »Verjagen Sie diese Leute, Pride.«

»Kaufen Sie eine Blume, Sir«, beharrte die Frau. Das tat sie nur, um ihn zu verärgern, dessen war Grockleton ganz sicher.

Prides Versuche, die Frau zu verscheuchen, erwiesen sich als fruchtlos. Sie gesellte sich zu Furzey, der etwas sagte, woraufhin die beiden Zigeuner in Gelächter ausbrachen. Schließlich kehrten sie zu ihrer Karawane zurück, die sich in Bewegung setzte. Grockleton wusste, dass es ratsamer gewesen wäre, Furzey nach diesem Zwischenfall mit Nichtachtung zu strafen. Doch ihn plagte die Neugier, und er wollte unbedingt wissen, was er zu den Zigeunern gesagt hatte. Nachdem er eine Weile die Landschaft betrachtet hatte, ging er deshalb zu dem Künstler hinüber, musterte dessen Zeichnung und verkündete: »Nicht schlecht.« Dann schlenderte er weiter zu einem niedergetrampelten Farnbüschel, um von dieser Erhöhung aus die Szenerie würdevoll zu beobachten. Minimus sah ihn schmunzelnd an und zeichnete dann weiter. Bald jedoch blickte er wieder auf.

»Wissen Sie, worauf Sie da stehen?«, fragte er ihn. Grockleton starrte ihn verständnislos an.

»Das ist das Nest einer Kornweihe. Die Waldbewohner nennen sie blauer Falke.«

»Und was soll daran so interessant sein?«

»Es sind Zugvögel, eine sehr seltene Art. Manchmal lassen sie sich jahrelang nicht blicken. Hier ist eine der wenigen Stellen in Großbritannien, wo sie überhaupt auftreten. Man könnte sagen, dass sie zu den Schätzen des New Forest gehören.«

»Für Sie vielleicht, Furzey«, entgegnete Grockleton. »Aber damit sind Sie offenbar allein.« Zu seiner Freude bemerkte er, dass Furzey verärgert die Achseln zuckte. Er versetzte den Überresten des Nestes noch einen Tritt und näherte sich wieder dem Rand der Klippe. »Aber ich sage Ihnen mal was«, fuhr er fort, als er an dem Künstler vorbeikam. »Wir können hier viel Nützliches bewirken.« Mit einem finsteren Lächeln hielt er inne. »Zum Beispiel eine Baumschule einrichten.«

»Hier? Damit werden Sie die Landschaft zerstören.«

»Seien Sie nicht albern, Furzey. Hier gibt es doch nichts außer Ihrem verdammten Vogelnest.« Grockleton nickte zufrieden. »Man könnte entlang dieser Klippe und den Abhang hinunter Bäume pflanzen. Das sind schätzungsweise einhundertzwanzig Hektar.«

»Der Boden eignet sich nicht dafür«, entgegnete Minimus gereizt. »Alles Morast.«

»Der Sumpf befindet sich am Fuße dieses Abhangs, Furzey«, dozierte Grockleton. »Wasser läuft normalerweise bergab, sodass sich erst unten Sümpfe bilden. Das weiß doch jeder Narr. Mir ist klar, dass Sie die Anpflanzung ablehnen, Furzey. Doch Sie hätten sich wirklich einen intelligenteren Einwand einfallen lassen können.«

»Es ist ein Moor«, beharrte Furzey.

»Nein, ist es nicht!«, brüllte Grockleton. Er ging bergab. »Es ist ein ganz gewöhnlicher Hügel, Furzey!«, rief er ihm zu, als spräche er mit einem zurückgebliebenen Kind. »Ein Hügel und kein…« Allerdings gelang es ihm nicht, den Satz zu beenden. Stattdessen stieß er einen Schrei aus und war plötzlich bis zur Taille verschwunden.

Im New Forest gibt es verschiedene Formen von Sümpfen. In den tiefer liegenden südlichen Regionen, wo die Täler flach und breit sind, erstrecken sich die großen Niedermoore, die das Wasser wegen des sanften Gefälles aus dem New Forest beziehen,

Hunderte von Metern weit. Bei einigen stehen Erlen am Rande des Wassers. Violettes Moorgras, Heidemyrte, Farne und Büschel von Riedgras und Schilf wachsen hier. An den Rändern gedeihen Moose. Selbst nach jahrhundertelangem Torfstechen sind manche dieser Moore mehr als einen Meter fünfzig tief.

In den steilen, schmalen Rinnen des nördlichen New Forest sind die Moore kleiner. Doch auf dem nördlichen Hochland tritt eine weitere Moorart auf, die nur schwer auszumachen ist: die Moorbecken.

Warum sie sich gebildet haben, ist leicht zu erklären. Wenn das Wasser Geröll und Erde von den Hochebenen die Hügel hinunterschwemmt, trifft es oft auf ein Felssims oder eine Stufe. Mit der Zeit wird diese vom Wasser ausgehöhlt, das dann in Richtung Tal weitersickert. Und wenn der Abfluss fehlt, bildet sich dort ein Moor. Am Fuß des Hügels weist der Bewuchs mit Moosen und violettem Moorgras auf feuchten Heideboden hin. Doch je weiter es nach oben geht, desto rascher läuft das Wasser ab, und das kurze Gras erweckt den trügerischen Eindruck, dass es sich um trockenen Untergrund handelt. Das Sims hat sich währenddessen im Laufe der Jahrhunderte mit torfigem Wasser gefüllt und ist von Pflanzen überwuchert worden, sodass es sich in den Abhang einfügt. Doch in Wirklichkeit ist es ein tiefes Moorbecken, und in so eines war Grockleton soeben hineingetreten.

»Ich habe es Ihnen ja gesagt«, meinte Minimus freundlich. Zu Grockletons Pech kehrte Beatrice gerade von ihrem Spaziergang zurück, als er, nass und schmutzig, den Hügel hinaufkletterte. Sie trug einen Strohhut. Als sie zu ihm hinunterblickte, malte sich Besorgnis in ihren blauen Augen.

»Sie Armer. Das ist mir auch schon mal passiert.«

Er war ihr sehr dankbar und stellte fest, dass selbst Furzey den Anstand besaß, nicht zu lachen.

George Pride hingegen hielt sich den Bauch. Obwohl er unbedingt ernst bleiben wollte, war er machtlos gegen den Lachreiz. Er biss sich auf die Lippe und bebte am ganzen Körper.

Grockleton betrachtete ihn missbilligend. Wenn der junge Waldhüter nicht den ganzen Nachmittag so respektvoll gewesen wäre, hätte er ihm den Ausrutscher vielleicht nachgesehen. Nun aber konnte Grockleton sich des Gedankens nicht erwehren, dass der Mann sich womöglich schon von Anfang an über ihn lustig machte. Diese verdammten Waldbewohner waren doch alle gleich. Er würde mit Cumberbatch ein ernstes Wort reden müssen.

Kurz nach ihrer Hochzeit hatte Beatrice angefangen, sich die Haare zu färben. Manchmal färbte sie sie schwarz. Dann nannte Minimus sie »mein Rabe«. Sie war schlank und hellhäutig und hatte volle Brüste, die Minimus als üppig bezeichnete. Bald kam sie dahinter, dass es ihren Mann besonders erregte, wenn sie sich auf das geschnitzte Bett legte und ihr Haar darüber drapierte.

Hin und wieder färbte sie es auch rot und ähnelte so einer der schönen Frauen auf einem präraphaelitischen Gemälde. Dank ihrer markanten, klassischen Züge standen ihr diese Veränderungen gut zu Gesicht. Doch sie tat es nicht nur aus Eitelkeit, es war auch ein Spiel, und außerdem steckte ein Quäntchen Berechnung dahinter. Wenn Furzey nicht zu Hause war, zog sie sich häufig aus und probte vor dem Spiegel verschiedene Körperhaltungen. Gelegentlich verwandelte sie sich auch in die goldblonde Gutsbesitzerstochter zurück, die sie eigentlich war, und Minimus fand auch daran Gefallen.

Die Einstellung ihrer Eltern zu ihrer Lebensweise – zumindest zu dem, was sie davon wussten – war gelinde gesagt ablehnend. Als ihr Vater ihr einmal auf der High Street begegnete, sagte er, sie sehe mit ihren wilden, scharlachroten Locken aus wie eine Hure, und weigerte sich, ein weiteres Wort mit ihr zu wechseln. Mrs. Albion billigte das merkwürdige Verhalten ihrer Tochter zwar ebenfalls nicht, war jedoch neugierig und erkundigte sich nach dem Grund.

»Minimus mag Abwechslung.« Beatrice hätte hinzufügen können, dass sie selbst Spaß daran hatte, aber sie tat es nicht.

»Manchmal fürchte ich, dass sich diese Schwäche für Abwechslung vielleicht…«, wandte ihre Mutter ein, beendete den Satz jedoch nicht.

»Auf andere Frauen erstrecken könnte?« Beatrice betrachtete ihre Mutter nachdenklich. »Ja, er ist jünger als ich.« Lächelnd zuckte sie die Achseln. »Es ist ein Risiko, Mutter, doch ich bin mir dessen bewusst.« Sie hielt inne und betastete verträumt das kleine, geschwärzte Holzkreuz, ein Geschenk ihrer Großmutter Fanny. »Ich amüsiere ihn eben, denn ich verfüge auch über ein wenig Bildung.« Beatrice war zwar kaum zur Schule gegangen, hatte aber fast sämtliche Bücher in der Bibliothek von Haus Albion verschlungen. Den meisten jungen Männern war sie zu klug. »Er sagt, ich hätte Talent.«

Das Interesse an ihrem Verstand war es, das sie anfangs zu Furzey hingezogen hatte. Anstatt ihre naiven Aquarelle zu loben, wie ihre Mutter es tat, hatte er ihr gezeigt, wie sie sich verbessern konnte. Wenn sie ein Gedicht schrieb, erzählte er ihr von anderen Dichtern, las ihr aus deren Werken vor und verhalf ihr somit zu Maßstäben, um ihre eigenen Arbeiten zu beurteilen. Hin und wieder kamen Dichter und Maler zu Besuch, und gelegentlich fuhr das Ehepaar mit dem Zug nach London, um Ateliers, Galerien oder Vorträge zu besuchen. Für Beatrice war das alles neu und aufregend.

Das Erstaunlichste war jedoch, dass Minimus ihr den New Forest in einem ganz neuen Licht gezeigt hatte. Denn sie hatte zwar ihr ganzes Leben hier verbracht, ihn jedoch nie richtig wahrgenommen. Häufig betrachtete Minimus den Boden oder inspizierte herabgefallene Äste. Wenn sie an einem Niedermoor vorbeiwanderten, stieß er plötzlich einen Schrei aus und zeigte Beatrice eine vorbeifliegende Libelle, einen Hirschkäfer oder sonst ein Insekt, das ihr zuvor noch nie aufgefallen war.

»Der New Forest ist ein Paradies für Naturforscher«, pflegte Minimus zu sagen. »Vermutlich gibt es hier mehr Insektenarten als sonst wo in Europa.«

Hin und wieder gingen sie mit Netzen auf die Schmetterlingsjagd. Wenn Beatrice früher andere Leute dabei beobachtet hatte, war ihr dieses Treiben sehr komisch erschienen. Doch wenn sie nun die eingefangenen Exemplare nach Hause brachten, sie auf Nadeln steckten und katalogisierten und wenn Beatrice die Abhandlungen in den Fachzeitschriften las, von denen einige aus der Feder ihres Mannes stammten, wurde ihr klar, dass es sich hierbei um ernst zu nehmende Wissenschaft handelte.

Beatrice hatte vor ihrer Hochzeit mit Furzey viele Jahre lang gewartet und einigen anständigen jungen Männern einen Korb gegeben. Und Minimus war vor ihr noch keiner Frau begegnet, die willens und in der Lage gewesen wäre, ihr Leben mit ihm zu teilen. Seine Freunde waren von ihr beeindruckt, was ihn sehr stolz machte. Die beiden waren glücklich miteinander.

»Und was ist mit Kindern?«, hatte Mrs. Albion ihre Tochter vor kurzem gefragt. Sie war ziemlich erstaunt, dass die beiden noch keinen Nachwuchs hatten.

»Minimus und ich haben nichts dagegen, damit noch ein wenig zu warten. Wie du sicher weißt, gibt es ja noch die Möglichkeit, sich vorzusehen.«

»Oh.«

»Aber neulich habe ich mir gedacht... Ich glaube, vielleicht ist es bald so weit. Es wird sich zeigen.«

»Du solltest es tun«, sagte ihre Mutter. »Das solltest du wirklich.« Und es hatte mit ihren zukünftigen Enkelkindern zu tun, dass Mrs. Albion sich mit Minimus in der Kirche von Lyndhurst traf. Ihre beiden Söhne lebten im Ausland, einer davon sogar in Indien, und sie waren beide noch ledig. Seit ihrer Hochzeit war Beatrice kaum noch in Albion Park gewesen, und Furzey durfte so und so keinen Fuß ins Haus setzen. Mrs. Albion konnte den Gedanken nicht ertragen, dass ihr Enkel in eine solche Situation hineingeboren werden sollte. Außerdem vermutete sie, dass Beatrice Geld brauchen würde.

Allerdings waren ihre Bemühungen, Frieden zu stiften, bislang samt und sonders fehlgeschlagen. Oberst Albion ließ sich nicht erweichen. Beatrice hatte keine Anstrengungen zur Versöhnung unternommen, denn sie wusste, dass Oberst Albion ihrem Mann herzlich gleichgültig war. Also lag es an Furzey, den ersten Schritt zu machen. Am besten mit einem Brief, ernst, respektvoll und möglicherweise gar bescheiden. Wenn Minimus sich schon nicht dafür entschuldigen wollte, dass er Beatrice geheiratet hatte, musste er wenigstens den Anstand besitzen, das von seiner Gattin gebrachte Opfer in Dankbarkeit und Demut zu würdigen. Ihr zuliebe und um seiner zukunftigen Kinder willen war es nötig, dass er um Versöhnung flehte. Doch Minimus fehlte das Talent für diese Sorte von Briefen, was Mrs. Albion nicht davon abhielt, ihn in der Kirche von Lyndhurst darum zu bitten.

Den Großteil des Schreibens diktierte sie ihm, und sie strich seine spöttischen Seitenbemerkungen und seine Andeutung, er habe viel zu Beatrices Bildung beigetragen. Beim Schreiben sah sie ihm über die Schulter und entriss ihm den Brief, bevor er noch etwas hinzufügen konnte.

Zu ihrem Erstaunen ging ihr Plan tatsächlich auf. Der Oberst war zwar brummig, doch nachdem sie ihn selbst auf einige respektvolle Passagen – auf die sie besonders stolz war – hingewiesen hatte, erklärte er sich mürrisch damit einverstanden, Beatrice und den Künstler zum Essen einzuladen.

Die Mahlzeit verlief in erstaunlich entspannter Stimmung. Nichts schweißt Menschen enger zusammen als Missgeschicke, und zufällig war an diesem Tag die schlechte Nachricht eingetroffen, das Oberhaus habe über den Antrag entschieden. Nicht ganz unvernünftig hatten die hohen Herren beschlossen, dass es langfristig das Beste sei, den New Forest aufzuteilen, da die unvereinbaren Vorstellungen der Waldbehörde und der Landbesitzer nicht unter einen Hut zu bringen seien. Allerdings stimmten sie zu, dass den Bewohnern des New Forest eine gerechte Behandlung gebührte und dass es Cumberbatch und seinen Leuten nicht gestattet sein dürfe, das beste Land an sich zu reißen.

»Doch in der Praxis wird es genau so kommen«, meinte Albion bedrückt. »Bestimmt wird nicht einmal Pride verschont bleiben.«

»Wenn ich es richtig verstehe«, wandte Minimus, der sich von seiner Schokoladenseite zeigen wollte, respektvoll ein, »ist der Bericht dieser Kommission nicht bindend.«

»Das stimmt. Es handelt sich nur um eine Empfehlung, die jedoch großen Einfluss haben wird«, erklärte Albion.

»Möglicherweise findet die Regierung erst in einem oder zwei Jahren die Zeit, die Situation im New Forest gesetzlich zu regeln. Und dann wird sie ganz sicher dem Rat der Kommission folgen.«

»In diesem Fall müssen wir uns weiter wehren«, sagte Minimus.

Das brachte ihm ein Lächeln von Mrs. Albion und ein beifälliges Brummen des Oberst ein. Aber Minimus hatte noch mehr auf Lager.

»Ich kann mich nicht damit abfinden«, fuhr er fort, »dass wir uns von Leuten einschüchtern lassen sollen, die in Moorbecken treten.« Er schilderte ihnen Grockletons jüngstes Missgeschick.

Der Oberst war sehr amüsiert. »Soll das heißen, er ist einfach hineinmarschiert?«, fragte er ungläubig.

»Ich schwöre«, erwiderte Minimus schmunzelnd, »dass ich mich vorbildlich benommen habe. Ich habe ihn gewarnt und ihm gesagt, es handle sich um ein Moor. Doch er wollte nicht auf mich hören. Er ist weitergegangen und bis zu den Achseln darin versunken.«

Danach herrschte am Tisch gelöste Stimmung. Und Oberst Albion war guter Laune, als er Minimus nach dem Portwein auf ein Gespräch unter vier Augen in sein Büro bat.

Dieses Büro verriet viel über seinen Besitzer – und auch über die Zustände in New Forest. In den Regalen waren die üblichen Werke zum Thema Ahnenforschung und Geschichte der Grafschaft aufgereiht, auf die sich die Welt des Landadels gründete. Außerdem fanden sich dort die gebundenen Parlamentsberichte zum New Forest aus dem achtzehnten Jahrhundert. Ein Regal enthielt auf Pergament festgehaltene Inventarlisten des Gutes Albion und einige Bände mit Gerichtsprotokollen, die sich der Hausherr vor zehn Jahren in Lyndhurst ausgeliehen und nie zurückgegeben hatte. Mr. Albion besaß auch einige literarische Werke. Neben Mr. Gilpins Arbeiten – die der Oberst weniger wegen ihrer stilistischen Eleganz aufbewahrte, sondern weil sie aus der Feder eines Nachbarn stammten – waren einige Romane von Jane Austen aufgereiht. Außerdem hatte ihm ein Verwandter, der Besitzer des Gutes Arnewood, wo die Geschichte spielte, eine Ausgabe von Marryatts *Kinder des Waldes* geschenkt. Die zahlreichen fachlichen Fehler hatte der Oberst ordentlich unterstrichen und mit Randbemerkungen versehen.

Neben der Tür hing der leuchtend rote Jagdrock des Oberst. Und auf einem Tisch lag eine Schatulle mit zwei Pistolen. Albion bevorzugte die Vogeljagd in den Marschen an der Küste des Solent.

Es mochte seltsam erscheinen, dass Albion diese Gegenstände, die eigentlich ins Ankleidezimmer und in die Waffenkammer gehörten, in dem Raum aufbewahrte, welcher der Verwaltungsarbeit diente. Doch vermutlich hatte seine Frau mit der Einschätzung Recht, dass sie ihn durch die Verheißung zukünftiger Freuden trösteten, während er sich mit dem verhassten Papierkram beschäftigte.

Während Albion sich an einigen Papieren auf dem Schreibtisch zu schaffen machte, entdeckte Minimus auf einem Ledersessel das Jagdbuch, in dem der Oberst seine Abschüsse festhielt, und er fing an, darin herumzublättern.

Minimus hatte nur ein Schlückchen Portwein getrunken – gerade genug, um sein freundschaftliches Verhältnis zu Oberst Albion zu überschätzen.

»Ach, du meine Güte!«, rief er aus.

»Was ist?« Der Oberst hob den Kopf.

»Ich habe mir nur angesehen, was Sie schon alles erlegt haben. Kaum zu fassen.« Der Oberst hatte tatsächlich eine Menge von

Abschüssen zu verbuchen, auf die jeder Sportsmann seiner Zeit stolz gewesen wäre. Zu seiner Strecke des vergangenen Jahres gehörten außer Gänsen, Enten, Pfeifenten und Kiebitzen ein wilder Schwan, sechs Moorhühner, vier Brachvögel und ein Austernfischer.

»Ein wahres Gemetzel«, fuhr Minimus fort. »Wenn Sie noch ein paar Jahre so weitermachen, sind die Wildvögel bald ausgerottet. Wissen Sie, wie viele Austernfischer es auf den Britischen Inseln noch gibt?«

»Nein«, erwiderte der Oberst. »Das weiß ich nicht.«

»Ich auch nicht, aber viele sind es sicher nicht mehr.« Minimus seufzte. »Man muss Ihnen das Handwerk legen«, sagte er dann scherzhaft.

»Offenbar sind Sie kein Sportsmann«, erwiderte der Oberst zähneknirschend.

»Nein, eher ein Naturforscher«, entgegnete Minimus. »Apropos.« Er drehte sich zu Albion um. »Gestatten Sie mir, etwas zur Rettung des New Forest anzumerken, da wir uns ja nun besser verstehen?«

Der Oberst nickte.

»Ich finde, Sie gehen die Sache grundfalsch an«, meinte Minimus keck. »Wenn Sie die Regierung beeinflussen wollen, müssen Sie die öffentliche Meinung auf Ihre Seite bringen. Das ist der Schlüssel.«

»Öffentliche Meinung?« Wie bei vielen seiner Standesgenossen schwankten Oberst Albions politische Ansichten stärker, als ihm selbst bewusst war. Wenn ein Bauer wie Pride in Schwierigkeiten steckte, stellte Albion sich hinter den Mann. Wurde jedoch in der Zeitung über einen ähnlichen Zwischenfall berichtet und das Anliegen des Bauern in einen allgemeinen Begriff gefasst, klang das für Albion nach Revolution, und er witterte sofort Unheil.

»Genau. Was weiß denn die Öffentlichkeit über den New Forest? Nur das, was sie vom Zug aus sehen kann. Seine Schönheit, seine Wildheit, die unberührte Natur. Die Leute verstehen nicht, was es für Pride bedeutet, dass er seine Kühe grasen lassen kann, obwohl sie den Anblick gewiss romantisch finden. Doch wenn Sie ihnen erklären, dass Pride und das Erbe, das er verkörpert, für immer verschwinden werden, begreifen sie es sicher. Denn der New Forest gehört ihnen. Der New Forest gehört der Öffentlichkeit.«

Der Beginn dieser Ansprache hatte einen Funken Neugier in Albion erweckt, die jedoch durch die Schlussbemerkung im Keim erstickt wurde. »Nein, er gehört nicht der Öffentlichkeit!« Finster sah er Minimus an und hatte Mühe, sich zu beherrschen. »Um genau zu sein, gehört er der Krone und den Grundbesitzern.«

»Aber die Öffentlichkeit kommt hier her. Nicht nur die Gentlemen, die mit dem Zug zur Jagd fahren. Auch die einfachen Leute reisen immer mehr herum. Kaufleute aus Southampton und London, sogar Arbeiter, Handwerker und ihre Familien unternehmen Tagesausflüge in den New Forest.«

Auch Oberst Albion waren die Ausflügler schon aufgefallen, die am Bahnhof von Brockenhurst aus dem Zug stiegen, über die Balmer Lawn schlenderten und auf den in ihrem Kiesbett dahinfließenden Bächen zum Rudern gingen. Er hatte Verständnis dafür, dass die Kinder aus den grauen Straßenschluchten Londons wie ihre Altersgenossen aus dem New Forest im Wasser spielen wollten. Solange es nicht zu viele waren, konnten sie keinen Schaden anrichten.

»Und diese Leute verkörpern die öffentliche Meinung?«, brummte er zweifelnd.

»Viele von ihnen haben das Wahlrecht. Und wie sie sich entscheiden, hängt von den Meinungsführern ab.«

Albion war überzeugt, dass er hier im New Forest durchaus die Rolle eines Meinungsführers innehatte. Doch er glaubte, dass Furzey auf etwas anderes hinauswollte. »Und wer sind diese Meinungsführer?«, fragte er mit finsterer Miene.

»Schriftsteller, Künstler, Vortragsreisende, Wissenschaftler«, erwiderte Minimus. »Leute, die Artikel für Zeitungen schreiben.«

»Leute wie Sie etwa?«, sagte Albion, dessen Unwillen wuchs.

»Genau«, entgegnete Minimus vergnügt. »Was Sie brauchen, ist eine Petition und Künstler, die die Zeitungen mit Briefen überhäufen. Die neuen Anpflanzungen zerstören die Landschaft. Und dann sind da auch noch die Naturforscher, die bestätigen werden, dass der New Forest ein einzigartiger Lebensraum ist. Hier gibt es unzählige Tierarten, die man sonst nirgendwo findet. Wir könnten in der Presse und an den Universitäten für einen Aufschrei sorgen. Davor fürchten sich Politiker am meisten. Wie dem auch sei«, schloss er, »wenn Sie den New Forest retten wollen, sollten Sie auf mich hören. Ich könnte Ihnen helfen. Ich stehe auf Ihrer Seite«, fügte er aufmunternd hinzu.

Allerdings schien die Vorstellung, Minimus an seiner Seite zu haben, den Oberst nur mäßig zu begeistern. »Danke für Ihren Rat«, entgegnete er spöttisch. Dann erinnerte er sich an das Flehen seiner Frau, holte tief Luft und wandte sich in möglichst freundlichem Ton an seinen Schwiegersohn. »Es gibt da noch etwas, über das wir reden sollten, Minimus.« Er musste sich zwingen, den Namen auszusprechen. »Und zwar über Geld.«

»Wirklich? Wie Sie sicher wissen, habe ich keins«, erwiderte Minimus.

»Das ist mir klar«, antwortete der Oberst.

»Wir kommen zurecht. Letztes Jahr habe ich ein paar Bilder verkauft. Und ich schreibe an einem Buch, das vielleicht etwas einbringt.«

»Ein Buch? Zu welchem Thema?«

»Käfer.«

Der Oberst schnappte nach Luft. »Haben Sie Beatrice für den Fall Ihres Todes abgesichert?«, erkundigte er sich dann voller Hoffnung. »Wissen Sie, was dann aus ihr werden soll?«

»Sie erbt meine Bilder und meine Sammlungen. Vermutlich wird sie zu Ihnen zurückkehren müssen. Sie hätten doch nichts dagegen, oder?«

»Haben Sie sich schon einmal überlegt, was geschehen soll, wenn Sie Kinder bekommen?«

»Kinder? Beatrice möchte welche.« Ein Lächeln huschte über sein Gesicht. »Wahrscheinlich würden wir sie einfach draußen herumlaufen lassen.«

»Man muss sie aber auch ernähren. Sie kosten Geld.«

»Vielleicht«, meinte Minimus zweifelnd, »könnte ich meinen Vater um Hilfe bitten. Allerdings denke ich nicht, dass er einverstanden sein wird. Er findet, ich sollte mir eine Stellung suchen.«

Obwohl Oberst Albion den Rechtsanwalt Mr. Furzey nie kennen gelernt hatte, hatte er Mitleid mit ihm. Wie konnte dieser verantwortungslose junge Mann es wagen, ihm Vorträge über den New Forest zu halten?

»Wo sollen sie zur Schule gehen?«

»Ach, darüber haben wir schon gesprochen. Beatrice und ich wollen sie zu Hause unterrichten.«

»Söhne?« Bei Töchtern war das selbstverständlich möglich,

doch mit Söhnen war es eine andere Sache. Einige adelige Familien beschäftigten zwar noch Hauslehrer, aber in diesem Fall kam das wohl schwerlich in Frage.

»Nun, aber wir würden sie niemals in eines dieser neuen Internate stecken«, sagte Minimus.

Seit dem Mittelalter gab es in England schon Internate. Doch erst in jüngster Zeit war es bei der Oberschicht in Mode gekommen, ihre Söhne in derartige Einrichtungen zu schicken, die inzwischen wie Pilze aus dem Boden schossen.

»Sie sind Orte des Schreckens«, fuhr Minimus fort. »Der Intellekt wird abgestumpft und das Feingefühl vernichtet. Wussten Sie, dass man die Jungen dort prügelt und sie zwingt, Sport zu treiben? Waren Sie auch an so einer Schule?«

Oberst Albion sah ihn entgeistert an. »Ich war in Eton«, entgegnete er kühl.

»Sehen Sie«, erwiderte Minimus.

»Jedenfalls wünsche ich nicht, dass meine Tochter ein derartiges Leben führt, Sir«, verkündete Albion, dessen Wut sich allmählich steigerte.

Aufrichtig erstaunt starrte Minimus ihn an. »Das kann ich mir denken«, sagte er. »Doch da sie mich nun einmal geheiratet hat« – er ließ den Blick durchs Zimmer schweifen und betrachtete die Adelsregister und den Jagdrock des Oberst –, »wollte sie sich vermutlich von all dem hier lösen. Glauben Sie nicht auch?«

Dass diese Einschätzung wahrscheinlich zutraf, trug nicht im Geringsten dazu bei, Albions Laune zu bessern. »Als Sie meine Tochter zu einer Ehe verleitet haben« – er verlieh dem Wort einen beleidigenden Unterton –, »haben Sie offenbar keinen Gedanken an ihre materielle Sicherheit verschwendet.«

Selbst Minimus bemerkte, dass Albion ihn kränken wollte. »Genau genommen war sie es, die auf eine Ehe gedrängt hat«, entgegnete er. »Außerdem ist sie, wie Sie wissen, alt genug, selbst zu entscheiden. Schließlich«, fügte er hinzu, »hätte sie einfach nur mit mir zusammenleben können, wie ich es ihr vorgeschlagen hatte.«

»Soll das heißen, Sir« – der Oberst lief puterrot an –, »dass Sie beabsichtigten, meine Tochter zu verführen und in Sünde mit ihr zu leben?«

»Aber ich habe sie geheiratet«, wandte Minimus ein, »also besteht kein Grund, dass Sie sich hier so aufblasen.« Er schüttelte den Kopf. »Ich kenne einige Leute, die mit ihrer Geliebten zusammenleben.«

»Leute?« Albion erhob die Stimme. »Leute wie Sie, Sir. Künstler!« Er hätte genauso gut Aussätzige sagen können. »Und haben diese Leute auch Kinder?«

»Natürlich!«, rief Minimus aus. »Ich habe Beatrice immer gesagt, dass sie mich nicht zu heiraten braucht, um Kinder zu bekommen.«

Das war zu viel. Oberst Albions Gesicht hatte mittlerweile die Farbe seines Reitrocks angenommen. »Sie Schurke!«, brüllte er. Ihm fehlten die Worte. »Sie elender Wicht!«, stieß er schließlich hervor.

1874

George Pride sorgte gut für seine Einhegungen. Er war insgesamt für drei verantwortlich.

Waldhüter war ein angenehmer Beruf. Er musste die Zäune der Einhegungen und die Bewässerungsgräben in Stand halten, was keine großen Anforderungen stellte. Viel abwechslungsreicher war die Pflege des Holzbestandes. George Pride überwachte das Fällen, Pflanzen oder Ausdünnen der Bäume. Außerdem oblag ihm die Aufgabe, Zweige und Wurzeln an die Bauern zu verteilen, die das Recht auf *Estovers* besaßen. Und er beaufsichtigte darüber hinaus das Torfstechen und das Schneiden von Farnwedeln in der Gegend.

Ein Waldhüter bekam wöchentlich fünfzehn Shilling und eine Hütte mit einem Pferch, in dem er ein Pony halten konnte. Er hatte ganzjährig das Recht, eine Kuh im Wald weiden zu lassen und zudem Farne zu schneiden und Torf für sein Feuer zu stechen.

Inzwischen gab es zwölf Waldhüter im New Forest. George Prides Einhegungen lagen auf der Hochebene, etwa fünf Kilometer entfernt von Fordingbridge. Es war eine malerische, einsame Gegend. Drei Kilometer östlich stand auf einer einsamen Anhöhe der Weiler Fritham.

Besonders stolz war er auf seine Zäune. Da ihm nur das Beste gut genug war, war er nach Burley gefahren und hatte Berty

Puckle geholt. Berty Puckles Zäune waren anders als die anderen. Vor allem deshalb, weil er die richtige Methode kannte, um Latten herzustellen.

»Manche Leute besorgen sich ihre Latten aus dem Sägewerk«, sagte Puckle. Das Wort »Säge« sprach er mit abgrundtiefer Verachtung aus.

Dann erklärte er, dass es nur einen Weg gebe, eine Latte zu produzieren, nämlich einen Holzpflock zu nehmen und ihn fein säuberlich mit der Axt zu spalten. Wenn er der Holzmaserung folgte, konnte ein geschickter Schreiner waffeldünne Latten erzeugen und das Holz viel besser ausnutzen als ein ungeschickter Bursche mit einer Säge. Dennoch waren diese Latten unbeschreiblich haltbar. »Die natürliche Methode ist immer die beste«, verkündete Puckle. »Sie dauert länger und hält länger.« Seine besondere Spezialität waren Tore.

Um ein Tor zu bauen, nahm Berty Puckle eine Astgabel für die senkrechte und die waagerechte Seite. Dann passte er andere Holzstücke ein, verschwalbte sie und befestigte sie mit Holzdübeln oder Eisennägeln, bis das fertige Tor eher einem natürlichen Gewächs als einem von Menschenhand geschaffenen Gegenstand ähnelte. Manchmal benützte er auch einen verzweigten, knorrigen Ast.

Berty Puckles Tore im New Forest erkannte man schon auf hundert Meter Entfernung. George Pride hatte schon fünfzehn davon in Auftrag gegeben.

Allerdings bereiteten die Einhegungen mit ihren Zäunen und Toren George Pride auch einiges Magendrücken. Denn es gehörte zu den Aufgaben eines Waldhüters, sie zu bewachen.

Immer wieder kam es zu Übergriffen.

Nach der Niederlage im Oberhaus trat ein für den New Forest glückliches Ereignis ein. Ein gewisser Professor Fawcett, Mitglied des Parlaments, der sich für die Gegend interessierte, hatte für die Verabschiedung einer Resolution gesorgt, welche die Einrichtung weiterer Einhegungen und das Fällen alter Bäume aufschob, bis die Zukunft des New Forest endgültig gesetzlich geregelt war. Inzwischen stand der liberale Mr. Gladstone der Regierung vor, und dieser zögerte, gegen die Landbesitzer vorzugehen. Also erhielt der New Forest eine Atempause, doch niemand wusste, wie lange sie dauern würde. Während Männer wie Oberst Albion und Lord Henry ihre nächste Schlacht im Parlament vorbereiteten, machten die Bewohner des Waldes ihren Gefühlen Luft.

Sie zündeten die Einhegungen an und stahlen die Zäune.

»Bei dir waren wir noch nicht, was, George?«, meinte ein Mann in Lyndhurst eines Tages vergnügt zu Pride. Er war ziemlich groß und kräftig, sodass es ratsam war, sich nicht mit ihm anzulegen.

»Nein. Und bitte lasst es«, sagte George.

»An deiner Stelle würde ich mir keine Sorgen machen, George«, erwiderte der Mann. »Du hast doch nachts einen festen Schlaf.«

»Ich weiß nicht, was ich tun soll, wenn sie kommen«, gestand George seiner Frau. »Aber ich werde nicht mitansehen, wie sie meine Einhegungen zerstören.«

Abgesehen von diesen Schwierigkeiten waren es glückliche Jahre. Seine Familie wuchs. Gilbert, sein ältester Sohn, war inzwischen zehn Jahre alt. Wenn er sah, wie der Junge fröhlich von der Kaninchenjagd zurückkehrte oder unten am Bach umhertollte, erinnerte ihn das an seine eigene Kindheit und machte ihn sehr froh.

Von seinen vier Kindern nahm er häufig die beiden ältesten, Gilbert und Dorothy, auf seine Streifzüge mit. Sie schlenderten die bernsteinfarbenen Bäche entlang und spazierten über die Wiesen, auf denen friedlich die Ponys grasten. Sie beobachteten einen Eisvogel auf der Jagd oder die kleinen Forellen, die nur im Forest vorkamen. Und George erklärte seinen Kindern alles, was sie im Wald wissen mussten.

Gilbert war ihm wie aus dem Gesicht geschnitten, doch wem Dorothy ähnelte, war schwieriger festzustellen. Sie hatte das dunkle Haar ihrer Mutter, war aber groß und schlank wie die Prides. Ihre Augen waren so tiefblau, dass sie fast violett schimmerten. Wenn er zusah, wie sie ihrer Mutter im Haushalt half, Kuchen und Brot buk oder im Herbst Apfelgelee einkochte, dachte er lächelnd, dass sie eines Tages gewiss eine gute Ehefrau abgeben würde. Außerdem war sie flink wie ein Hirsch und lief so schnell, dass auch Gilbert sie nicht einholen konnte.

Eines Tages im Sommer, als sie neun Jahre alt war, kam George eine Erkenntnis, die ihm ein schlechtes Gewissen einflößte.

Niemand wusste, wie es dem Hirsch gelungen war, in eine der

Einhegungen einzudringen. George hatte ihn erschossen, denn er war dazu berechtigt. Nachdem er und seine Frau das Tier gehäutet und zerlegt hatten, brachte er die Schlegel nach Fritham. Der Wirt des *Royal Oak*, des einzigen Gasthauses in einem Umkreis von vielen Kilometern, erklärte sich bereit, das Fleisch für ihn zu räuchern. Danach würde seine Frau das Wildbret, in Musselin einschlagen, in den großen Kamin der Hütte hängen, wo es vor Fliegen sicher war.

An einem sonnigen Augusttag war George mit seinem Pony nach Fritham gegangen, um die Hirschschlegel wieder abzuholen. Er hatte seine Tochter mitgenommen. In Fritham hatte er sich ein paar Gläser Apfelwein genehmigt und ein wenig mit dem Wirt des *Royal Oak* geplaudert. Dann belud er das Pony und machte sich zufrieden auf den Heimweg. Dorothy hüpfte im Sonnenschein herum. Die Hirschschlegel schlugen gegen die Flanken des Ponys. Sie kamen an einem Felsvorsprung vorbei, auf dem ein Ginsterbusch wuchs. Dorothy tollte ausgelassen umher, was ihn zum Lachen brachte.

Als er sie schreien hörte, glaubte er zunächst, sie sei in einen Ginsterbusch gefallen. Er rief sie zu sich und ging mit dem Pony weiter. Doch als sie wieder schrie, blieb er stehen.

»Eine Schlange!«, kreischte sie.

Es war eine Otter. Im New Forest gab es fast nur harmlose Grasschlangen, doch Ottern kamen hin und wieder vor. Er rannte zurück.

»War sie groß?«

Sie nickte und wies auf ein wenige Meter entferntes Loch im Boden. Die Schlange war verschwunden.

Dann zeigte Dorothy auf ihr Bein, das bereits anschwoll. George erkannte die Zahnspuren der Schlange. Der Biss einer großen Otter konnte für ein Kind gefährlich werden. Er griff nach dem Messer, das er immer bei sich trug.

»Setz dich«, befahl er. »Siehst du das Pony?«

Sie bejahte.

»Schau es an«, sagte er. »Nicht den Kopf wegdrehen.«

Sie gehorchte. George schnitt die Bisswunde auf. Sie zuckte zusammen, schrie aber nicht. Er schnitt weiter. Dann saugte er, spuckte aus und saugte noch einmal. Das Gift schmeckte widerwärtig und scharf.

Es dauerte eine volle Viertelstunde. Dorothy zitterte wie Espenlaub, sprach jedoch kein Wort. Dann setzte er sie auf das Pony und brachte sie nach Hause.

Und unterwegs wurde ihm klar, dass er sie mehr liebte als seine anderen Kinder. Bis jetzt hatte er geglaubt, dass er zwischen ihnen keine Unterschiede machte.

Er verriet es nie jemandem.

An einem feuchten Februartag rumpelte Mrs. Albion in ihrer kleinen geschlossenen Kutsche auf der Straße an Brook vorbei. Sie hatte ein Päckchen bei sich, das ein Geheimnis enthielt, und wollte unbedingt zu Hause sein, bevor ihr Mann mit dem Zug in Brockenhurst eintraf.

Da die Fenster der Kutsche beschlagen waren, schob sie eines davon herunter und blickte hinaus.

Im Winter wirkte der New Forest zuweilen, als wäre er im Begriff, sich in Wasser aufzulösen. Ein feuchter Nebel umwaberte die Bäume, kroch die mit Efeu bewachsenen Stämme der alten Eichen hinauf, sickerte in abgeknickte Astgabeln ein und weichte Baumstümpfe auf. Auch der Boden des New Forest war mit Wasser durchtränkt. Riesige Pfützen bedeckten die Wege und Wiesen und verwandelten das abgefallene Laub in eine breiige, braune Masse. Wohin das Auge auch blickte, war es dunstig, und die Feuchtigkeit schien einem bis in die Seele zu dringen.

Mrs. Albion hatte gerade ihre Enkelkinder besucht. Oberst Albion und Minimus hatten nach ihrem letzten Gespräch kein Wort mehr miteinander gewechselt. Der Bruch war nicht offiziell. Doch wenn jemand gegenüber Minimus den Oberst erwähnte, zuckte er nur die Achseln und meinte: »Ach, dieser alte Schreihals.« Und falls jemand so unklug war, in Anwesenheit des Oberst den Namen Minimus auszusprechen, schwieg er zwar, lief aber puterrot an. Vielleicht hatte Minimus seit der Auseinandersetzung ein wenig Angst vor seinem Schwiegervater, vielleicht bedauerte Albion das Zerwürfnis. Aber keiner machte den ersten Schritt. Und so erhielt Minimus keine finanzielle Unterstützung.

Ein wenig Geld war dennoch vorhanden. Denn Mrs. Albion verstand sich geschickt darauf, immer wieder kleine Summen vom Haushaltsgeld abzuzweigen, um Kinderkleider zu kaufen und ein Hausmädchen einzustellen. Bei ihren heimlichen Besuchen in dem Häuschen unweit von Fordingbridge brachte sie diese Sachen ihrer Tochter. Ihr Mann hatte ihr zwar nicht ausdrücklich verboten, Beatrice aufzusuchen, aber sie hielt es für klüger, ihm diese Ausflüge zu verschweigen. Wenn Oberst Albion seiner Tochter auf der Straße begegnete, was selten geschah, nickte er ihr nur kurz zu, blieb aber nicht stehen, um mit ihr zu sprechen. Seine beiden Enkelkinder hatte er noch nicht kennen gelernt. »Sie werden als gottlose Heiden erzogen und wachsen in schlechter Gesellschaft auf«, meinte er bedrückt. Mrs. Albion war schockiert gewesen, dass Beatrice ihren Sohn und ihre Tochter nicht hatte taufen lassen. »Und sie werden auch ein entsprechendes Leben führen«, sagte der Oberst. »Dagegen kann man nichts tun.« Er hatte seinen Anwalt aufgesucht und die Furzeys, wie in jener Zeit üblich, enterbt. Inzwischen hatte der älteste Sohn des Oberst geheiratet und war bereits Vater eines Kindes. Die Zukunft der Familie war also gesichert. Die meisten Männer in Albions Position hätten so entschieden, damit die Familie nicht ausstarb.

Beatrices Kinder waren blond, hübsch und klug. Da ihre Eltern großen Wert auf Bildung legten, lernten sie früher lesen und schreiben als ihre Altersgenossen. Und auch wenn sie – um es in Oberst Albions Worten auszudrücken – wie gottlose Heiden im Wald herumliefen, schienen sie prächtig zu gedeihen.

Allerdings ging es im Haushalt der Furzeys drunter und drüber, daran bestand kein Zweifel. Erst gestern hatte das Hausmädchen die Waffen gestreckt und gekündigt. Es gab keine weiteren Hausangestellten, nur ein Waisenmädchen aus einem Heim in Sarum, das in der Küche arbeitete. Beatrice wusste nicht, wie sie die Hausarbeit schaffen sollte. Ihre Mutter hatte ihr vorgeschlagen, doch George Prides Tochter Dorothy einzustellen.

Beatrice kannte den Waldhüter gut. Die Tochter war inzwischen zwölf oder dreizehn Jahre alt. »Morgen werde ich zu ihnen gehen«, sagte sie zu ihrer Mutter. Mrs. Albion war sicher, dass Dorothy als Mitglied der Familie Pride zuverlässig war und einen guten Einfluss auf die Kinder ausüben würde.

Doch Mrs. Albion verfolgte auch Hintergedanken. Sie hatte ihr Ziel, die Furzeys in den Schoß der Familie zurückzuführen, noch nicht aufgegeben, wusste jedoch, dass es eine lange Schlacht werden würde, die sorgfältig geplant werden wollte. Sie war sich nicht zu schade, für diesen Zweck auch zu ausgeklügelten Täuschungsmanövern zu greifen. Sie hatte sich zuerst an ihren Cousin Totton, den Sohn ihres Onkels Edward, gewandt, der in London lebte. Er war ihr gern behilflich gewesen, und nun hatte sie seinen Brief in der Tasche. Der zweite Teil ihres Plans hatte mit dem braunen Papierpäckchen zu tun, das neben ihr auf dem Sitz in der Kutsche lag.

Als Oberst Albion am Abend nach Hause zurückkehrte, war er nachdenklicher Stimmung. Er hatte nicht damit gerechnet, dass der Tag in London so turbulent verlaufen würde. Gleich nach seiner Ankunft in Albion Park eilte er zu seiner Frau, um ihr die Nachricht zu überbringen.

»Gladstone ist zurückgetreten! Die Regierung ist gestürzt.«

Oberst Albion war zwar nicht unbedingt ein Anhänger von Gladstone, aber er wusste, welche Folgen sein Sturz für den New Forest haben konnte.

»Zweifellos wird er die Wahlen verlieren«, fuhr der Oberst fort. »Und dann schützt uns niemand mehr.«

Es war zwar eine juristische Haarspalterei, allerdings eine mit ernsten Konsequenzen. Die Resolution des Unterhauses, die die Einrichtung neuer Einhegungen verbot, war nur für das augenblickliche Parlament bindend. Wenn das Unterhaus nach den Wahlen wieder zusammentrat, würde es ein neues Parlament geben.

»Und du kannst sicher sein, dass die Waldbehörde das auch weiß«, meinte er mit finsterer Miene. »Wir müssen mit dem Schlimmsten rechnen.«

Allerdings war man im New Forest nicht untätig gewesen. Die Grundbesitzer, die dem Verband angehörten, hatten sich gewissenhaft vorbereitet. Auch die einfachen Leute hatten sich zu einer Vereinigung zusammengeschlossen, um ihre Sache publik zu machen.

»Wir werden uns wehren«, verkündete der Oberst.

Nach dem Abendessen holte seine Frau den Brief und das Päckchen herbei.

»Sieh«, meinte sie, »was mein Cousin Totton uns geschickt hat. Ich finde es sehr freundlich von ihm.« In dem Brief stand, ihr Cousin sei in einer Galerie auf ein Bild gestoßen. Da es nicht signiert gewesen sei, habe er den Namen des Künstlers nicht ermitteln können. Allerdings sei er sicher, dass das Gemälde eine Szene aus dem New Forest darstelle, und er habe gedacht, es werde ihnen sicher gefallen.

Oberst Albion brummte missmutig. Eigentlich interessierte er sich nicht für Malerei, doch Totton zuliebe war er bereit, das Bild zumindest in Augenschein zu nehmen.

»Das ist die Aussicht von Malwood Castle aus«, stellte er fest. »Und das ist die Kirche von Minstead.« Da er die Örtlichkeiten wieder erkannte, war sein Interesse geweckt, und er musterte das Bild ein wenig gründlicher. Nach einer Weile lächelte er. »Genauso sieht es dort aus«, sagte er. »Das Licht. Wie in Wirklichkeit.«

»Schön, dass es dir gefällt.«

»Ja, es ist tatsächlich verdammt gut. Wie nett von Totton. Ich werde ihm selbst schreiben.«

»Ich habe schon überlegt, wo ich es aufhängen soll.« Sie hielt inne. »Vielleicht in einem der Schlafzimmer.« Sie wartete ab.

»Ich hänge es in mein Büro«, meinte der Oberst, »falls du keine anderen Pläne damit hast.«

»In dein Arbeitszimmer? Warum nicht, Godwin? Ich bin so froh, dass es dir gefällt.«

Und so gelangte Oberst Albion, ohne es zu ahnen, erstmals in den Besitz eines Gemäldes aus der Werkstatt seines Schwiegersohnes.

Albion behielt Recht, was die Wahlen betraf. Premierminister William Gladstone unterlag seinen konservativen Widersachern. Im März 1874 trat ein neues Parlament zusammen. Schon wenige Wochen später fingen Cumberbatch und seine Männer an, im New Forest Holz zu fällen. George Pride wurde unfreiwillig Zeuge, wie eine alte Eiche unweit des Rufussteins umgehauen wurde.

»Das hat er nur getan, um uns zu zeigen, wer jetzt hier das Sagen hat«, meinte er bedrückt zu seiner Frau.

Seine Einhegungen waren gut in Schuss. Da eine davon in diesem Jahr ohnehin ausgedünnt werden musste, konnte er Cumberbatch mühelos eine Liste der zu fällenden Bäume vorlegen, als dieser ihn zu sich zitierte.

»Gut gemacht, Pride«, verkündete der Oberaufseher mit einem barschen Nicken. »Vielleicht bekommen Sie bald eine neue Anpflanzung zugeteilt. Mr. Grockleton hat vorgeschlagen, einige dieser Moore auszutrocknen und zu bepflanzen.«

»Jawohl, Sir«, erwiderte Pride.

Abgesehen davon verlief der Frühling ereignislos. Dorothy arbeitete gern bei den Furzeys. »Es ist ein komischer Haushalt«, erzählte sie ihrem Vater. Doch das Ehepaar behandelte sie gut, und Dorothy mochte die Kinder. »Sie sind nicht viel anders erzogen als die Kinder im Forest«, berichtete sie.

Mit Beatrice kam sie gut zurecht. »Man merkt sofort, dass sie eine Dame ist. Obwohl ich zugeben muss, dass sie nicht wie eine lebt.« Sie fand Minimus, ihren Gatten, zwar ein wenig seltsam, aber auch lustig und staunte über seine Bildung.

»Das ist ja noch schlimmer als bei Vater und mir«, meinte George. Die beiden Prides gingen einander zwar noch immer aus dem Weg, aber sie sprachen wenigstens miteinander, wenn sie sich zufällig begegneten.

Auf den Frühling folgte der Sommer. Im New Forest blieb es ruhig.

Sie hatten sich um Mitternacht bei Nomansland verabredet, dem abgelegensten Weiler am Rande des New Forest. Dann waren sie – wie eine Schmugglerkarawane aus der guten, alten Zeit – im Licht der Sterne und einer schmalen Mondsichel auf ihren Ponys in Richtung Fritham geritten. Es waren etwa ein Dutzend alteingesessene Waldbewohner, angeführt von dem kräftigen Mann, der George in Lyndhurst angesprochen hatte.

Bei Georges Einhegung angekommen, schnitten sie ein paar Ginsterbüsche und trockenen Farn ab und zündeten ein kleines Feuer an. Einige der Männer hatten mit Pech getränkte Fackeln bei sich. Andere schichteten rings um den Zaun leicht brennbares Reisig und Gestrüpp auf.

»Jetzt machen wir ein Freudenfeuerchen«, meinte der kräftige Mann.

»Was ist mit den Toren?«, fragte ein anderer.

»Berty Puckle baut wirklich hübsche Tore«, erwiderte der Anführer. »Es wäre ein Verbrechen, die zu verbrennen.« Er kicherte über seinen eigenen Witz.

»Findest du nicht auch, dass das ein Verbrechen wäre, John?« Einige Lacher hallten durch die Dunkelheit. »Wir nehmen ein paar davon mit. Die können wir gut gebrauchen.«

Kurz darauf hatten sie einige der kleineren Tore ausgebaut.

»Gut. Fangen wir an!«, rief der Anführer, und die Männer mit den Fackeln begannen, das Gestrüpp anzuzünden.

Ein halber Kilometer Zaun brannte schon, als George Pride mit einem Gewehr erschien.

Die Männer johlten und schrien.

»Da kommt er. Jetzt gibt es Ärger. Hallo, George!«

Aber Georges Miene war ernst.

Auch der Anführer blickte finster drein.

»Ich habe dir doch gesagt, du sollst im Bett bleiben!«, brüllte er.

George schwieg.

»Geh nach Hause, George«, riefen einige andere. »Wir haben nichts gegen dich.«

Doch George schüttelte nur den Kopf.

»Hört sofort auf damit!«, befahl er.

»Wie willst du uns daran hindern, George?«, fragte der Anführer mit lauter Stimme. »Hast du vor, mich zu erschießen?«

»Nein, ich erschieße dein Pony.«

»Sei nicht albern, Junge«, sagte eine Stimme.

»Und ich werde gleich mehrere Ponys erschießen«, fuhr George fort. »Dann müsst ihr nicht nur zu Fuß nach Hause gehen, sondern außerdem dem Oberaufseher erklären, wie eure Ponys hierher kommen.«

»Du könntest danebenschießen und mich treffen, George«, ertönte eine andere Stimme aus der Dunkelheit.

»Ganz richtig«, erwiderte der junge Pride.

»Mir gefällt das gar nicht, George«, meinte der Anführer.

»Kein Wunder«, entgegnete George.

Schließlich trollten sich die Männer. George riss den brennenden Zaun nieder, und wie durch ein Wunder verlor er nur wenige Bäume.

»Also wer waren sie?«, wollte Cumberbatch am nächsten Morgen wissen.

»Sie sind davongeritten«, antwortete George.

»Wir kennen den Rädelsführer, Pride. Sie müssen ihn gesehen haben. Sie brauchen nur seinen Namen zu nennen.«

»Das kann ich nicht, Mr. Cumberbatch«, sagte George und sah seinen Vorgesetzten unverwandt an. »Dann müsste ich nämlich lügen, denn ich habe ihn nicht erkennen können. Als ich auftauchte, sind sie sofort geflohen.«

»Das ist nicht wahr.«

»Doch, Sir.«

Cumberbatch musterte ihn argwöhnisch. Auf welcher Seite stand George Pride? Wenn er die Brandstifter wirklich unterstützte, hätte er bloß so zu tun brauchen, als hätte er den Zwischenfall verschlafen. Aber er hatte das Verbrechen verhindert.

»Sie haben eine Stunde Zeit, um es sich anders zu überlegen«, sagte Cumberbatch und scheuchte seinen Mitarbeiter hinaus.

Als George Pride eine Stunde später seine erste Aussage bekräftigte, schickte Cumberbatch ihn nach Hause.

»Hättest du ihm nicht wenigstens einen der Namen verraten können?«, fragte seine Frau. Doch nicht einmal ihr schenkte er reinen Wein ein. Das Risiko war zu groß.

Er musste ihr verschweigen, dass eine der Stimmen in der Dunkelheit die seines Vaters gewesen war.

Am nächsten Tag wurde George Pride entlassen.

Im Sommer 1875 trat eine Untersuchungskommission des Unterhauses zusammen. Seit seiner Gründung durch Wilhelm den Eroberer war die Verwaltung des New Forest nicht mehr so gründlich überprüft worden. Die Anhörungen dauerten elf Tage. Esdaile, Eyre, Professor Fawcett, Cumberbatch und viele andere sagten aus. Der Vorsitzende der Kommission, Mr. W. H. Smith, hatte als Schreibwaren- und Buchhändler ein Vermögen gemacht, war dann in die Politik gegangen und hatte sich als fähiger Staatsmann entpuppt. Er war gerecht und gewissenhaft. Und wenn die Regierung die Zustände im New Forest gesetzlich regeln wollte, würde er dafür sorgen, dass sie gut beraten wurde. Denn die Öffentlichkeit war sehr besorgt.

Selbst Oberst Albion musste zugeben, dass die Entwicklung im vergangenen Jahr bemerkenswert gewesen war. Nachdem Esdaile und Lord Henry ihn davon überzeugt hatten, wie wichtig es war, sich die Unterstützung der Öffentlichkeit zu sichern, hatte er gehorsam in seinem Londoner Club einige Gespräche mit verschiedenen Standesgenossen geführt. Außerdem hatte er einige wohlformulierte Briefe an die *Times* geschrieben, die eindeutig etwas bewirkt hatten. Allerdings hatte er nicht damit gerechnet, dass auch andere Teile der Bevölkerung seine Entrüstung teilten. Während Mr. Esdaile sich um die juristischen Feinheiten kümmerte, hatte sich Mr. Eyre, der Grundbesitzer aus dem nördlichen New Forest, gekonnt der Pressekampagne angenommen. Wissenschaftler, Künstler, Naturforscher, sie alle bombardierten die Zeitungen mit Briefen. »Wo zum Teufel haben Sie diese Leute aufgetrieben?«, fragte Albion seinen Bundesgenossen erstaunt. »Wo ich sie finden konnte«, erwiderte Mr. Eyre. »Wie Sie bald feststellen werden, beeinflussen sie die öffentliche Meinung. Wir brauchen sie dringend.«

»Oh«, sagte der Oberst.

Und nun hatten die Anhörungen vor der Kommission begonnen. Albion würde zwar nicht selbst aussagen, doch Lord Henry hatte dafür gesorgt, dass er der Sitzung beiwohnen konnte. Auf seltsame Weise fühlte sich der Oberst wie vor acht Jahren, als er mit Pride nach London gefahren war.

Vor kurzem war es in der Familie Pride zu einer erfreulichen Veränderung gekommen. Nachdem Cumberbatch den jungen George entlassen hatte, hatte sich dieser offenbar wieder mit seinem Vater versöhnt. Albion hatte George unter die Arme gegriffen und ihm eine Hütte und Arbeit auf dem Gut gegeben. Obwohl sich Albion über die neu erstarkten Familienbande der Prides freute, hatte diese ungerechtfertigte Kündigung seine Entschlossenheit gesteigert, den New Forest zu retten.

Diesmal hatte er eine andere Begleitung. Seine Frau hatte aus unerfindlichen Gründen darauf bestanden mitzukommen.

Eigentlich war er froh über diese Unterstützung. Doch als sie am fünften Tag der Anhörungen wegen einiger wirklich überflüssiger Einkäufe für eine Verspätung sorgte, war er nicht wenig verärgert. Als sie in den Sitzungssaal kamen, gab es kaum noch freie Plätze, weswegen sie sich mit einer der hinteren Reihen begnügen mussten. Oberst Albion wusste nicht einmal, wer heute aussagen würde.

Deshalb war er ausgesprochen überrascht, als er hörte, wie Mr. W. H. Smith den nächsten Zeugen aufrief.

»Mr. Furzey, soweit ich weiß, sind Sie Künstler und leben im New Forest.«

Am liebsten hätte Oberst Albion den Raum verlassen. Wahrscheinlich hätte nicht einmal seine Frau, die ihn am Ärmel fest hielt, ihn daran hindern können. Allerdings hätte es eine peinliche Störung verursacht, jetzt einfach aufzustehen. Also verharrte er – verdattert und vor Wut schäumend – auf seinem Platz, während Minimus aussagte.

»Sie vertreten also die Ansicht, Mr. Furzey, dass der New Forest für Künstler einen beträchtlichen Wert hat?«

»Ohne Zweifel. Darf ich Sie auf die Petition hinweisen, die nicht nur meine Unterschrift, sondern auch die einiger sehr bedeutender Mitglieder der Royal Academy trägt?«

Die Petition hatte in der Öffentlichkeit große Wellen geschlagen. Viele der wichtigsten Persönlichkeiten der britischen Kunstszene verliehen darin der Auffassung Ausdruck, der New Forest sei in seiner natürlichen Schönheit sogar dem Lake District überlegen.

»Der New Forest ist von einer romantischen Wildheit und vermittelt einen Eindruck von urwüchsiger, unberührter Natur, wie sie in Südengland ohnegleichen ist«, hörte Albion Furzey sagen. »Und die Lichtverhältnisse in den alten Eichenwäldern sind wirklich außergewöhnlich.«

Der Oberst starrte ihn entgeistert an. Glaubte Furzey wirklich, er könne vor einer Untersuchungskommission des britischen Parlaments mit diesem albernen Geschwätz durchkommen? Doch einige der Mitglieder nickten.

»Außerdem möchte ich die außergewöhnlichen Schätze erwähnen, die der New Forest dem Naturforscher bietet«, fuhr Minimus fort. »Wahrscheinlich sind Sie sich dessen nicht bewusst, dass die folgenden Tierarten…«

Der Oberst lauschte verwirrt. Fliegen, Insekten, Hirschkäfer. Englische und lateinische Namen, die er noch nie zuvor gehört hatte. Gewiss langweilte Furzey mit seiner Litanei von Krabbelgetier die hohen Herren zu Tode. Aber, wie der Oberst erneut verblüfft feststellte, zeigten sich einige von ihnen beeindruckt. Und so ging es weiter und weiter. Feststellungen, die den alten Albion in Erstaunen versetzten, und Begriffe, die er nur teilweise verstand. Minimus war in seinem Element. Dann kam er zu seinem Schlussplädoyer.

»Dieses Gebiet ist wirklich einzigartig und auch von großer Bedeutung für unser Land. Von einem ehemaligen königlichen Jagdgebiet hat es sich zu einem Ort der Inspiration, der Bildung und der Erholung für die Menschen auf dieser Insel entwickelt.

Der New Forest gehört der Bevölkerung. Und um ihretwillen müssen wir ihn bewahren.«

Minimus war am Ende seiner Ausführungen angelangt. Die Kommission setzte eine kurze Pause an. Die Zuschauer verließen den Saal. Während Oberst Albion ganz bestürzt dasaß, trat Mr. Eyre lächelnd auf ihn zu.

»Das war starker Tobak«, stellte er fest. »Genau das, was wir jetzt brauchen. Finden Sie nicht?«

Albion fühlte sich noch immer wie benommen, als seine Frau ihn am Abend in die Regent Street begleitete. Mr. Eyre und Lord Henry gaben dort einen Empfang, und obwohl sie sich in den Augen des Oberst dafür einen recht unpassenden Ort ausgesucht hatten, wäre es unhöflich gewesen, fernzubleiben.

Die Ausstellung über den New Forest, die Mr. Eyre in einer Galerie in der Regent Street veranstaltete, war ein sehr schlauer Schachzug und wurde von der Presse wohlwollend zur Kenntnis genommen. In Großbritannien waren Gemälde, die Tiere und Landschaften darstellten, schon immer beliebt gewesen. Und seit das wilde Schottland durch Königin Viktoria in Mode gekommen war, fand jedes Bild, auf dem eine Landschaft mit Heidekraut oder einem Hirsch zu sehen war, rasch einen Abnehmer.

Also machte der Oberst gute Miene zum bösen Spiel und ließ sich von seiner Frau in das Gebäude schieben.

Als sie hereinkamen, drängten sich in der Galerie bereits die Besucher. Soweit Albion zu seiner Erleichterung feststellen konnte, handelte es sich bei ihnen größtenteils nicht um Künstler, sondern um anständige Leute. Bald war er mit einem Admiral im Ruhestand, der aus Lymington stammte, in ein durchaus vernünftiges Gespräch vertieft, das sich um ihre gemeinsame Entenjagd im vergangenen Jahr drehte. Und seine Stimmung erhellte sich noch mehr, als er zufällig ein kleines Bild bemerkte, das einen Sonnenuntergang, Castle Malwood und die Kirche von Lymington zeigte.

»Das ist wirklich hübsch. Ich habe genauso eines zu Hause. Leider kenne ich den Künstler nicht.«

Der Admiral konnte ihm da nicht weiterhelfen. Kurz darauf gesellte sich Lord Henry zu ihnen, der Albion nach einem kurzen Blick auf das Bild erstaunt ansah.

»Mein lieber Freund«, verkündete er erfreut. »Sie haben einen sehr guten Geschmack, denn das Bild ist wirklich ausgezeichnet. Es stammt von einem begabten Künstler namens Minimus Furzey.«

1877 wurde das weitere Schicksal des großen Waldgebiets durch den *New Forest Act* für kommende Generationen festgelegt. Das Gesetz folgte den Empfehlungen der Kommission unter W. H. Smith und hätte für die Bewohner nicht günstiger ausfallen können. Der Waldbehörde wurden keine weiteren Landzuteilungen mehr zuerkannt, sie wurde im Gegenteil dazu verpflichtet, die alten Bäume im New Forest zu schützen, anstatt sie zu fällen. Gegen die übliche Gebühr behielten die Bauern ausdrücklich das Recht, ihr Vieh im Wald grasen zu lassen.

Doch der schwerste Schlag für die Waldbehörde war eine Klausel, die sich W. H. Smiths Kommission selbst ausgedacht hatte. Die Grafschaftsgerichte der Forstaufseher, die seit dem Mittelalter die Angelegenheiten des New Forest regelten, wurden in einer etwas anderen Form wieder zum Leben erweckt. Unter einem Obersten Forstaufseher, der von der Krone ernannt wurde, sollten sechs ortsansässige Grundbesitzer von den Bauern und Bürgern zu Forstaufsehern gewählt werden. Von nun an erließen sie die Gesetze, entschieden über die Weiderechte, erhoben Gebühren und hielten Gerichtsverhandlungen ab. Vor allem oblag es ihnen, die Rechte der Bauern zu schützen. Wenn sich die Waldbehörde im New Forest etwas zu Schulden kommen ließ, würde sie sich vor den Forstaufsehern verantworten müssen. Die Machtverhältnisse hatten sich umgekehrt. Die Waldbehörde wurde gewissermaßen aus ihren eigenen Einhegungen ausgesperrt.

Als Mr. Cumberbatch von den Einzelheiten dieses Erlasses erfuhr, bekam er einen Tobsuchtsanfall.

Bei der Siegesfeier, die Lord Henry in Beaulieu veranstaltete, fasste Oberst Albion auf seine bündige Art das Ergebnis zusammen. Feierlich ergriff er die ihm hingehaltene Hand seines Schwiegersohnes und verkündete:

»Wir haben gewonnen.«

1925

Sally, George Prides Schwiegertochter, hatte den alten Mann endlich dazu gebracht, seine Geschichte zu erzählen. Trotz seiner inzwischen achtzig Jahre hielt er seine hagere Gestalt noch immer kerzengerade.

»Wenn du einmal nicht mehr bist«, hielt sie ihm vor Augen, »wer wird sich dann noch daran erinnern?« Sally, die aus Minstead stammte, hatte schriftstellerisches Talent. Und so saß George Pride im Frühjahr 1925 jeden Nachmittag in seiner kleinen Hütte in Oakley auf seinem Lieblingsstuhl und redete ein paar Stunden lang mit ihr, bis er müde wurde.

Sally war erstaunt, wie schnell sich ihre Notizbücher füllten. Am fünften Nachmittag, als er bei einer besonders interessanten Episode angelangt war, hatte sie bereits zwei davon voll geschrieben.

»Dein Jack war das letzte unserer Kinder«, begann er. »Ich glaube, das ahnten wir auch.

Das war im Sommer 1880. Und drei Tage später« – er lächelte – »wurde ich nach Lyndhurst gerufen.

Das Haus der Königin neben dem Gerichtsgebäude ist sehr beeindruckend. Also kannst du dir sicher vorstellen, dass ich bei meinen wenigen Besuchen dort ziemlich nervös war. Ich sollte den neuen Oberaufseher kennen lernen, den Nachfolger von Mr. Cumberbatch. Man kann über Mr. Lascelles sagen was man will, aber er war ein Gentleman. Ein hoch gewachsener, schneidiger Herr und sehr höflich. Nachdem er mich eine Weile gemustert hatte, sagte er:

›Ich habe schon viel von Ihnen gehört, Pride. Gutes und Schlechtes.‹ Bei diesen Worten lächelte er. ›Mein Vorgänger hat Ihnen gekündigt. Was halten Sie davon, Ihre Stelle zurückzubekommen?‹

Wie du dir bestimmt denken kannst, bin ich vor Schreck fast umgefallen, aber ich wollte nichts überstürzen und habe deshalb geantwortet: ›Darf ich es mir bis Montag überlegen, Sir?‹ Es war Freitag. Und er erwiderte: ›Ja, meinetwegen.‹

Ich bin sofort nach Albion gegangen, um mit dem Oberst zu sprechen.

Schließlich war er mein Arbeitgeber, und er hatte sehr viel für mich getan. Außerdem war er einer der Forstaufseher bei dem neuen Gericht. ›Mr. Lascelles hat mir gerade angeboten, ich könnte meine alte Stelle bei der Waldbehörde wieder haben‹, sagte ich zu ihm.

›Wirklich?‹, meinte der Oberst. ›Kommen Sie am Sonntagabend zu mir, dann sprechen wir noch einmal darüber.‹

Und dann hat er mir den Posten als Viehinspektor angeboten. Ein Viehinspektor hatte damals dieselben Aufgaben wie heute. Er ist für alles Vieh in dem Teil des New Forest verantwortlich, der unter seine Zuständigkeit fällt. Hauptsächlich reitet er herum und überprüft die Rinder und Ponys. Manchmal sammelt er auch die Markierungs- und Weidegebühren ein. Die Stelle war besser bezahlt als die andere: Sechzig Pfund im Jahr. Aber man musste sich selbst ein Haus suchen. ›Ich helfe Ihnen, eines zu kaufen‹, sagte der Oberst.

Das bedeutete, dass ich die freie Wahl hatte. Ich konnte entweder für die Forstaufseher oder für die Waldbehörde arbeiten. Das waren damals die beiden Parteien im New Forest, so wie heute auch noch, und das wird vermutlich immer so bleiben. Und ich musste mich entscheiden, auf welcher Seite ich stehen wollte.

Also habe ich das Angebot des Oberst angenommen und Mr. Lascelles abgesagt.

Mein Gebiet lag im nördlichen Teil des New Forest. Mir gefiel es sehr gut dort. Wir fanden ein Häuschen in Fritham, und da ist Jack aufgewachsen.

Wir waren sehr froh dort. Ich hatte ein gutes Pferd und ritt jeden Tag durch den Wald. Inzwischen hatte ich mir den Bart abrasiert und mir einen langen Schnurrbart wachsen lassen. Die Leute fanden, dass ich damit verwegen aussah. Oft habe ich meinen Sohn Gilbert auf seinem Pony mitgenommen, weil ich dachte, dass diese Arbeit ihm auch eines Tages Freude machen könnte. Er bemerkte sogar noch früher als ich, wenn eine Kuh krank war, und ich schickte ihn dann los, um es dem Besitzer zu melden. Damals war er etwa sechzehn und mir eine große Hilfe.

Doch am glücklichsten waren wir über Dorothy. Die Furzeys waren in den Jahren, nachdem ich meine Stelle bei Cumberbatch verloren hatte, sehr gut zu ihr gewesen. Sie ließen sie bei sich wohnen und zahlten ihr Lohn, was für uns eine gewaltige Erleichterung war. Abgesehen davon, dass sie viel über Haushaltsführung lernte, brachten die Furzeys ihr auch sonst noch eine Menge bei. Sie las Bücher, die andere Mädchen in ihrem Alter noch nicht verstanden hätten. Jedes Jahr bekamen meine Frau und ich von ihr zu Weihnachten ein selbst gemaltes Bild, und sie war wirklich sehr begabt. Wir hingen die Bilder alle auf, und wir waren sehr stolz auf sie. Und ich muss sagen, dass sie ein ausgesprochen hübsches Mädchen war, groß, schlank und mit langem, dunklem Haar. Außerdem war sie sehr tüchtig im Haushalt und eine zweite Mutter für die Kinder. Als wir nach Fritham zogen, war meine Frau sehr froh, sie wieder bei uns zu haben. Wir dachten, die jungen Burschen würden uns bald die Türen einrennen.

Wie viele Mädchen beschloss sie, Heimarbeit anzunehmen, und wusch anderen Leuten die Wäsche. Sie hatte Kundschaft in den umliegenden Dörfern. Alle zwei Wochen holte sie Wäsche von den Furzeys ab. Als Jack zwei Jahre alt war, arbeitete sie von früh bis spät. Manchmal war sie stundenlang unterwegs, um Wäsche auszutragen. Damals war sie etwa zwanzig.

Warst du je am Teich von Eyeworth? Ich weiß noch, dass damals dort ein hübsches kleines Forsthäuschen stand. Wie du weißt, ist das von Fritham nur einen knappen Kilometer Fußweg entfernt. Doch dann verkaufte es die Waldbehörde an einen Mann, der dort Schießpulver herstellen wollte. Kannst du dir so etwas vorstellen? Eine Schießpulverfabrik mitten im New Forest? Aber so ist die Waldbehörde nun einmal. Also erwarb eine deutsche Firma das Haus und richtete dort die Schießpulverfabrik Schulze ein. Sie benützten den Teich als Abwasserbecken und bauten verschiedene Schuppen, die man zum Glück wegen der vielen Bäume kaum sehen konnte. Allerdings wusste man trotzdem, dass sie da waren.

Kaum zu fassen, welche Mengen von Abwässern diese Firma produzierte. Sie waren dunkel und stanken nach Schwefel. Und sie wurden in den Latchmore Brook geleitet, der dort vorbeifließt. So wurden sie kilometerweit nach Westen über die Heide geschwemmt. Zu meinen Aufgaben als Viehinspektor gehörte auch, die Rinder von diesem Fluss fern zu halten, da sie krank wurden, wenn sie von dem Wasser tranken. Ein paar von ihnen sind auch gestorben.

Etwa zwei Jahre nach unserem Umzug nach Fritham kam ich in Eyeworth vorbei, als ich Dorothy traf. Sie war sehr blass. Ich wusste sofort, dass sie auf mich gewartet hatte.

›Ich muss mit dir reden, Vater‹, sagte sie. Ich fragte sie, warum wir uns nicht zu Hause unterhalten könnten, aber sie schüttelte den Kopf. ›Ich kann nicht mehr nach Hause.‹

Also stieg ich ab und stellte mich neben sie an den stinkenden Bach. Und dann erzählte sie mir, dass sie schwanger war.

Wie du dir sicher denken kannst, war ich sehr überrascht, da ich gar nicht wusste, dass sie einen Verehrer hatte. Hoffentlich ist es wenigstens ein anständiger Mann, überlegte ich. Und mein zweiter Gedanke war: Bitte lass ihn nicht bei der Waldbehörde arbeiten.

›Oh‹, meinte ich. ›Dann wirst du ja bestimmt bald heiraten.‹ Doch sie schüttelte nur wieder den Kopf. ›Möchtest du, dass ich mir den jungen Mann mal vorknöpfe?‹, fragte ich sie. Denn manchmal lassen sich die Herren ja gerne etwas bitten.

›Es ist kein junger Mann‹, erwiderte sie. ›Und er ist schon verheiratet.‹

›Oh‹, sagte ich.

›Ich weiß nicht, was ich tun soll, Vater. Deshalb habe ich dich gesucht. Ich kann Mutter nicht gegenübertreten.‹

Seltsam, dass sie sich an mich und nicht an ihre Mutter gewandt hat. Dann aber fiel mir der Tag ein, an dem sie von der Schlange gebissen worden war. Vielleicht lag das daran, dass das ganz in der Nähe passiert war.

›Am besten erzählst du mir, wer er ist‹, meinte ich. ›Er könnte dir wenigstens helfen.‹

›Das glaube ich nicht, Vater‹, antwortete sie. Sie wollte mir den Namen des Kindsvaters nicht verraten, aber nachdem ich eine Weile auf sie eingeredet hatte, zuckte sie die Achseln und meinte: ›Es spielt sowieso keine Rolle.‹ Und dann beichtete sie mir, dass es Mr. Minimus Furzey war.

›Wir sagen deiner Mutter noch nichts‹, entgegnete ich.

Am nächsten Tag ging ich zu Mr. Furzey. Wie du dir vorstellen kannst, war ich sehr wütend. Ich fühlte mich offen gestanden hintergangen. Doch als ich bei ihrem Häuschen ankam, war ich sehr höflich und bat ihn um ein Gespräch unter vier Augen. In seinem kleinen Garten, wo niemand uns hören konnte, eröffnete ich ihm, dass ich Bescheid wisse. Ich erkundigte mich, was er jetzt zu unternehmen gedenke. Und weißt du, was er geantwortet hat?

›Oh, mein Gott‹, meinte er nur. ›So etwas passiert mir ständig.‹ Und er schüttelte den Kopf. ›Ihnen ist doch klar, dass ich kein Geld habe.‹

Ich habe keine Ahnung, was ich mit ihm gemacht hätte, wenn nicht in diesem Moment Mrs. Furzey aus dem Haus gekommen wäre. Sie lächelte mir freundlich zu, und mir wurde klar, dass sie nicht im Geringsten ahnte, was hier gespielt wurde.

›Was gibt es?‹, fragte sie. ›Können wir etwas für Sie tun?‹

›Eigentlich nicht‹, entgegnete ich. ›Ich wollte nur mit Mr. Furzey über ein Vogelnest reden, das ich gefunden habe.‹

Ich war zornig, weil er Dorothy so etwas angetan hatte, aber als ich Mrs. Furzey sah, tat sie mir ebenfalls Leid.

›Sehr gut‹, sagte sie. ›Er kennt sich besser mit den Tieren im New Forest aus als jeder andere.‹

›Nun‹, meinte Furzey rasch. ›Wir unterhalten uns ein andermal weiter, Pride. Lassen Sie mir einen oder zwei Tage Zeit.‹ Und da ich in Gegenwart von Mrs. Furzey nicht darüber sprechen wollte, ging ich. Natürlich hat er sich nie bei mir gemeldet. So war er eben, ein richtiger Tunichtgut, doch dagegen war man machtlos.

Meine Frau hat mich dann überredet, den Oberst aufzusuchen. Ich habe eine Woche gewartet, bevor ich es ihr beichtete. Sie war sehr wütend und hat Dorothy ordentlich den Kopf gewaschen.

Ich war nicht sicher, ob es richtig war, sich an den Oberst zu wenden. Der Oberst war Forstaufseher, und ich war bei den Forstaufsehern angestellt. Es ist nicht ratsam, seinen Arbeitgeber in Verlegenheit zu bringen. Aber meine Frau setzte mir so zu, dass ich mich schließlich auf den Weg nach Albion Park machte.

Obwohl es mir schrecklich peinlich war, erklärte ich ihm alles so kurz wie möglich. Ich sagte, dass ich noch immer auf Antwort von Mr. Minimus Furzey wartete.

Der Oberst lief so rot an, dass ich schon befürchtete, er könnte einen Herzanfall kriegen.

›Es war ganz richtig, dass Sie sofort zu mir gekommen sind‹, sagte er dann zu meiner Erleichterung. ›Diesen Mann‹ – und dabei zitterte er vor Wut – ›sollte man auspeitschen.‹ Dann schwieg er eine Weile. ›Weiß meine Tochter davon?‹

›Nein, Sir‹, erwiderte ich. ›Und ich habe nicht vor, es ihr zu erzählen.‹
›Gut. Dafür bin ich Ihnen sehr dankbar, Pride.‹ Er schüttelte
den Kopf. ›Das mit Ihrer Tochter tut mir sehr Leid. Es ist nicht
das erste Mal.‹ Nachdenklich sah er mich an und fügte hinzu:
›Ich nehme an, Sie sind sicher…‹ Doch dann hielt er inne und
schlug mit der Faust auf den Tisch. ›Nein, natürlich war er es,
verdammter Schweinekerl. Pride‹, sagte er schließlich, ›überlassen Sie die Sache mir. Ich werde alles regeln.‹ Er sah mich an.
›Ich möchte nicht, dass darüber gesprochen wird. Einverstanden?‹
›Ja, Sir‹, erwiderte ich.
Und wirklich kam Furzey eine Woche später zu mir. Er war
sehr verlegen, gab mir zehn Pfund und versprach mir mehr, wenn
das Kind erst einmal geboren sei. Ich bin sicher, dass das Geld
vom Oberst stammte. ›Ich soll Ihnen ausrichten, dass wir uns um
das Kind kümmern werden‹, sagte er zu mir. ›Es soll alles haben,
was es braucht.‹
Also blieb Dorothy zu Haus und bekam ihr Kind. Mir wäre
es lieber gewesen, wenn wir damals in der Försterhütte und
nicht in Fritham gewohnt hätten, wo jeder uns sehen konnte.
Doch dagegen war nichts zu machen. Wahrscheinlich geschehen derartige Dinge im New Forest genauso wie anderswo.
Trotzdem schämten wir uns alle. Den Vater erwähnten wir nie.
Ich habe keine Ahnung, was die Nachbarn sich gedacht haben.
Es war ein Mädchen, ein hübsches kleines Ding, wie ich zugeben muss.
Einige Monate nach der Geburt wurde ich nach Albion Park
gerufen, diesmal von Mrs. Albion.
›Kennen Sie die Hargreaves in Cuffnells?‹, fragte sie mich. Ich
wusste, das Cuffnells ein Herrensitz in der Nähe von Lyndhurst
war, aber ich war noch nie dort gewesen. Die Familie Hargreaves hatte das Haus schon vor Jahren gekauft, und der junge Mr.
Hargreaves hatte kürzlich eine Miss Alice Liddell geheiratet. Bestimmt hast du sie schon einmal gesehen, und sicher weißt du,
dass sie die Alice aus *Alice im Wunderland* war.
›Sie sind sehr gute Freunde von uns‹, fuhr Mrs. Albion fort.
›Und sie suchen eine Zofe für die junge Mrs. Hargreaves. Offen
gestanden‹ – sie lächelte – ›brauchen sie gewiss auch bald ein Kin-

dermädchen. Ich habe vor zwei Tagen lange mit ihnen gesprochen und mir überlegt, ob Dorothy vielleicht Interesse hätte. Es ist wirklich eine gute Stelle, und ich würde Ihre Tochter natürlich gerne empfehlen. Möchten Sie sie fragen?‹

Gewiss kannst du dir denken, wie froh ich war, als ich nach Hause ritt. Es war ein ausgezeichnetes Angebot. Und Dorothy würde ein neues Leben anfangen können.

Als ich heimkam, zogen alle lange Gesichter, aber ich sagte, dass ich eine Nachricht hätte, die sie bestimmt aufmuntern würde.

›Das glaube ich nicht‹, erwiderte meine Frau. Und dann sagte sie: ›Dorothy ist verschwunden.‹

Das Kind hatte sie zurückgelassen. Wahrscheinlich blieb ihr nichts anderes übrig. Und sie war fort. Wir wussten nicht einmal, wohin. Erst nach einem Monat erhielten wir einen Brief aus London. Ohne Adresse. Sie schrieb nur, es täte ihr Leid, aber sie würde nicht mehr zurückkommen.

Wir waren machtlos. Der Oberst beauftragte sogar einen Mann damit, sie zu suchen. Aber vergeblich. Wir haben Dorothy nie wieder gesehen.«

George Pride betrachtete seine Hände und blickte dann aus dem Fenster. »Ich glaube, heute kann ich nicht mehr weitererzählen«, sagte er.

»Dein Jack war noch ein Dreikäsehoch, als er in die Zeitung kam«, begann George am nächsten Tag. Er ging zur Kommode hinüber, holte einen alten braunen Umschlag voller Papiere heraus und entfaltete langsam einen vergilbten Zeitungsausschnitt. »Er hat sogar Schlagzeilen gemacht.

Aber dieses Jahr werde ich sowieso nie vergessen. Wir hatten einen sehr kalten Winter, und Dorothys Baby starb. Natürlich waren wir traurig, doch mit so etwas muss man eben rechnen. Selbst hier im New Forest, wo wir ein gesundes Leben führten, überstand kaum die Hälfte der Babys das erste Jahr. Nur die stärksten kamen durch. In diesem Jahr erhielt Lord Henry den Titel Lord Montagu von Beaulieu. Und weil er so viel für den New Forest geleistet hatte, waren die Bauern sehr froh darüber.

Wahrscheinlich änderten sich die Zeiten, denn inzwischen zogen immer mehr einfache Leute an die Küste, um ihren Ruhestand dort zu verbringen. Von Hordle bis nach Christchurch schossen kleine Backsteinhäuser – Reihenhäuser meistens – wie die Pilze aus dem Boden. Aber am meisten wurde weiter im Westen hinter Christchurch gebaut.

In meiner Jugend war Bournemouth ein Fischerdorf, ein paar Kilometer westlich von Christchurch. Ringsherum gab es nur unbewohnte Heide. Aber es verwandelte sich in eine kleine Stadt, und als die folgenden Ereignisse stattfanden, standen an der Küste bereits Häuser, Hotels und Pensionen.

Die alte Bahnlinie – Castlemans Korkenzieher – verlief von Brockenhurst nach Ringwood, viele Kilometer im Landesinnern. Nun forderte man eine Strecke an der Küste nach Christchurch und nach Bournemouth. Eine gute Idee, möchte man meinen. Mr. Grockleton hatte eine neue Mission. Er gehörte nämlich zu den Direktoren dieser neuen Eisenbahngesellschaft.

Eine Menge junger Männer aus dem Forest fand Arbeit dort. Sie wurde ziemlich gut bezahlt. Allerdings war ich nicht begeistert, als Gilbert auch dabei sein wollte. Schließlich hatte ich ihn doch zum Viehinspektor ausgebildet.

Das Problem war, dass es im Forest damals keine Stellen gab, und er wollte unbedingt Geld verdienen.

›Nur für ein oder zwei Jahre‹, meinte er zu mir. ›Dann ist die Eisenbahnlinie sowieso fertig.‹

Kurz nachdem Gilbert seine Stelle angetreten hatte, bekam ich Besuch von Mr. Minimus Furzey. Wie du dir sicher denken kannst, ließ er sich nicht oft bei uns blicken.

›Verbieten Sie Ihrem Sohn, bei Grockleton zu arbeiten‹, sagte er mir. ›Es ist gefährlich. Sie müssen verrückt sein, dort eine Eisenbahn bauen zu wollen. Man braucht sich nur die geologischen Verhältnisse anzuschauen.‹

Nun, ich hatte keine große Lust auf Mr. Furzeys Ratschläge, nicht nach dem, was er uns angetan hatte. Also erwiderte ich: ›Offenbar sind Sie schlauer als die Ingenieure von der London-Südwest-Eisenbahngesellschaft.‹ Immerhin war Mr. Grockleton, egal, was man sonst von ihm hielt, Magistrat und ein wichtiger Mann. Ich konnte mir einfach nicht vorstellen, dass er ein solches Vorhaben anging, ohne zu wissen, was er tat.

›Der Boden besteht aus Tonerde und Kies‹, sagte Furzey. ›Und das Wasser aus dem ganzen New Forest versickert dort.‹ Oder so ähnlich. Ich verstand kein Wort davon und hörte ihm deshalb gar nicht richtig zu. Also fing Gilbert an, dort zu arbeiten.

Bald jedoch kamen wir dahinter, was Furzey gemeint hatte. Zuerst schien der Bau nicht weiter schwierig. Zwischen Brockenhurst und Sway besteht der Boden aus Sand und Kies, die sich leicht bewegen lassen. Deshalb waren im ersten Jahr alle zufrieden. Allerdings sind die Dinge im Forest nicht immer das, was sie zu sein scheinen.

Du weißt ja, dass der Strand ziemlich trocken wirkt, wenn man sich in den Sand setzt. Doch wenn ein Kind mit Eimerchen und Schaufel zu buddeln anfängt, stößt es bald auf Wasser. Der nasse Sand ist schlammig und hat keinen Halt. Wie sich herausstellte, war das im ganzen südlichen New Forest so. Bei Sway gab es einige kleine Bächlein, die man sehen konnte. Doch darunter befand sich eine riesige Sickerfläche. Das Wasser sank durch den Ton und den Kies. Jedes Mal, wenn man grub und versuchte, einen Damm zu bauen, fiel alles wieder in sich zusammen. Nach kurzer Zeit nannte man die Gegend ›Sirupminen‹, weil die Erde so golden und zähflüssig wie Sirup war. Bald lag die Arbeit Monate hinter dem Zeitplan zurück.

Nur Grockleton schien das nicht zu stören. ›Es wird schon gut gehen‹, sagte er. ›Das ist der Weg in die Zukunft.‹

Offenbar war der Boden des New Forest da anderer Ansicht.« George schüttelte bedauernd den Kopf. »Doch nach einer Weile sah es aus, als würden sie es trotzdem schaffen. Die Schienen zwischen Arnewood und Sway, wo es die größten Schwierigkeiten gegeben hatte, wurden ordentlich verlegt. Und die Dämme wirkten solide.

Zur Feier des Tages wollte Mr. Grockleton ein Picknick auf der Heide neben den Gleisen veranstalten. Wahrscheinlich fand er, das wäre gut für die Moral, wie es damals hieß.

Und er ließ sich wirklich nicht lumpen: eine Blaskapelle, mehr Pasteten und Kuchen, als man essen konnte, Bier und Apfelwein. Es herrschte eine Stimmung wie auf einem Volksfest. Und er hatte sich einen wunderschönen, warmen Augustnachmittag dafür ausgesucht. Alle waren eingeladen. Die Familien der Arbeiter, Leute aus Lymington und Sway und sogar aus Christchurch. Oberst und Mrs. Albion kamen. Und die Furzeys auch.

Es muss ein wenig merkwürdig ausgesehen haben – zwei- oder dreihundert Leute und eine Blaskapelle, die neben einem halb fertigen Eisenbahngleis mitten auf der Heide in der prallen Sonne saßen. Doch dann passierte etwas noch viel Seltsameres.

Ist dir schon einmal aufgefallen, dass es den Leuten zu Kopf steigt, wenn sie zu viel Geld verdienen? In Sway gab es so einen Mann. Er hatte eine Leidenschaft für Beton. Vielleicht war er Mr. Grockleton ein wenig ähnlich. Am liebsten hätte er alles, was er in die Finger bekam, in Beton eingegossen. Und er baute einen Turm aus Beton, einen riesigen Kasten, den man auch heute noch kilometerweit sehen kann. Es heißt, er wollte nach seinem Tod oben auf dem Turm beigesetzt werden. Damals war er noch nicht fertig. Ich werde den Anblick nie vergessen, wie er, etwa einen halben Kilometer von dort, wo wir saßen, in den blauen Himmel ragte.

Die Leute waren guter Laune. Selbst Grockleton, der recht sauertöpfisch sein konnte, war so freundlich wie schon lange nicht mehr. Er organisierte Spiele für die Kinder, wir veranstalteten ein Rennen, und als Furzey alle zum Tauziehen zusammenrief, machte er auch mit.«

»Es war schon später Nachmittag, die Albions und einige Leute aus Christchurch verabschiedeten sich bereits, als ich bemerkte, dass der kleine Jack verschwunden war.

Er war ein furchtloser kleiner Junge mit dunklem Haar und strahlenden Augen, der auf jeden Baum und jedes Dach kletterte. Und obwohl er ständig in Schwierigkeiten steckte, musste man ihn einfach gern haben, denn er war so fröhlich und so mutig.

Ich wusste, dass er nicht weit sein konnte. Er hatte einen anderen Jungen kennen gelernt, der ein bisschen älter war als er selbst, was ihn sicher faszinierte. Der Junge hieß Alfie Seagull und stammte aus Lymington, und die beiden hatten gerade noch miteinander gespielt. Also war ich sicher, dass der eine nicht weit sein konnte, wenn wir den anderen fanden. Und bald entdeckten wir den kleinen Seagull, der in der Nähe der Gleise herumtollte.

›Ist Jack bei dir?‹, fragte meine Frau. Er nickte und wies den Damm hinunter. Und so dachten wir, alles wäre in Ordnung.

Dann kam Mrs. Furzey zu uns, die wir sehr gern hatten, und wir plauderten lange miteinander. Aus dem Augenwinkel bemerkte ich, dass Furzey in einigen Metern Entfernung am Damm entlangging. Wahrscheinlich wollte er etwas inspizieren. Doch ich kümmerte mich nicht weiter um ihn.

Und dann sah ich ihn rennen. Ich habe im Leben ja schon viel gesehen, aber noch nie, dass ein Mann so schnell rannte. Er hätte bestimmt auch einen Hirsch überholen können. Ich habe keine Ahnung, woher er wusste, was gleich geschehen würde, jedenfalls stürmte er auf die Stelle zu, wo Alfie Seagull spielte. Und als er gerade dort angekommen war, hörten wir das Geräusch.

Man möchte glauben, dass es wie ein Rattern oder ein Dröhnen klang, wenn so viel Erde und Steine sich in Bewegung setzten. Und bei manchen Erdrutschen ist das sicher auch so. Doch als der Bahndamm einbrach, gab es nur eine Art Zischen.

Ohne stehen zu bleiben, stürzte Furzey den Bahndamm hinunter. Offenbar ist er mit dem Erdrutsch mitgelaufen. Und irgendwo unten schnappte er sich unseren Jack und rannte mit ihm weiter. Wahrscheinlich ist er schon nach wenigen Metern durch das Gewicht von Kies und Ton umgerissen worden. Dann hielt er Jack hoch in die Luft und warf ihn nach oben, während er selbst das Gleichgewicht verlor.

Als wir die Stelle kurz darauf erreichten, hatte Jack zwar einige blutende Schrammen abgekriegt, war aber eindeutig außer Gefahr. Fast hätte der Erdrutsch ihn unter sich begraben.

Wir konnten Furzeys Hände sehen. Aber wir mussten ihn vorsichtig ausgraben, denn wir bemerkten bald, dass seine beiden Beine zerschmettert waren. Er muss sie sich verdreht haben, als er Jack hochwarf.

Und so wurde deinem Jack das Leben gerettet, und er kam in die Zeitung. Auch Mr. Furzey wurde lobend erwähnt, ich muss zugeben, dass er das auch verdient hat.

Nach diesem Unfall konnte er nie wieder richtig gehen, was ich sehr bedauere. Meistens saß er im Rollstuhl. Doch er war damit erstaunlich beweglich. Ab und zu besuchte ihn meine Frau und brachte ihm einen selbst gebackenen Kuchen. Offenbar fand sie, dass er seine Schuld abgebüßt hatte.«

»Mir ist es immer seltsam vorgekommen«, erzählte George Pride am nächsten Tag, »dass Jack nichts auf der Welt so sehr liebte, wie zu den Gleisen hinunterzugehen, obwohl es ihn einmal fast umgebracht hätte.« Selbst jetzt nach so vielen Jahren schienen die Falten in seinem Gesicht tiefer zu werden, und seine alten Hände umklammerten die Stuhllehnen.

»Über die Gleise im Forest gab es viele kleine Brücken für das Vieh, und Jack hatte seinem Pony beigebracht, keine Angst zu haben, wenn die Lokomotiven darunter durchfuhren. Ständig trieb er sich bei diesen Brücken herum.

Ein Zwischenfall hätte uns vielleicht eine Warnung sein sollen. Die Waldbehörde hatte ihre Schlappe gegen die Bauern nie verwunden. Und Mr. Lascelles ließ sich, obwohl er dabei sehr höflich war, keine Gelegenheit entgehen, den Forstaufsehern eins auszuwischen. Und wie du dir sicher denken kannst, zahlten die es ihm mit gleicher Münze heim. Ständig mussten wir darauf achten, dass niemand unerlaubt Bäume pflanzte – was häufig geschah – oder sonst etwas am Wald veränderte. Heutzutage heißt die Waldbehörde Amt für Forstwirtschaft, aber es ist immer noch dasselbe und wird vermutlich immer so bleiben.

Eines Morgens sattelte ich die Pferde, um mit Jack auszureiten, als Gilbert angaloppiert kam. ›Du musst mich unbedingt begleiten‹, sagte er. Also machten wir uns auf den Weg zu einer hübschen Wiese neben den Gleisen, wo die Ponys gerne grasten.

Normalerweise schafft man das Holz nach dem Fällen zu einer Sägemühle, die sich an einem geeigneten Standort befindet. Denn das Sägemehl und die Späne verschmutzen alles und verderben das Gras. Doch nun stand da neben der Wiese eine grässliche, von einer Dampfmaschine angetriebene Säge, die Rauch ausspuckte und überall auf der Wiese Sägemehl verteilte. ›Wer hat Ihnen das erlaubt?‹, fragten wir. ›Mr. Lascelles‹, antwortete der Vorarbeiter.

Wir waren außer uns vor Wut. Doch der kleine Jack hatte sich an die Maschine herangepirscht und untersuchte, wie sie funktionierte. Später fanden wir heraus, dass er am nächsten Tag und noch viele Wochen lang wiederkam.

Die Forstaufseher und Mr. Lascelles gingen wegen dieser Sägemaschine vor Gericht. Der Prozess zog sich jahrelang hin, nicht weil die Sägemaschine so wichtig gewesen wäre, sondern um zu zeigen, wer im New Forest das Sagen hatte. Letztendlich lief es auf ein Patt hinaus. Aber den kleinen Jack kümmerte das nicht.« Noch nie hatte Sally den alten Mann so verbittert gesehen.

»So oft ich es ihm auch verbat, er schlich sich immer wieder davon, um mit dieser Höllenmaschine zu spielen. Und wenn ich Lascelles begegnete, nickte er mir nur zu und meinte: ›Wenigstens Ihr Sohn weiß unsere Arbeit zu schätzen, Pride.‹

Alles Technische faszinierte ihn. Damals wurden im New Forest sogar Manöver abgehalten, denn für das Militär war er nur eine ungewohnte Einöde. Wir mussten dann hinter ihnen aufräumen. Vieh wurde dabei getötet. Aber Jack verschwendete keinen Gedanken daran. Er lief fort, ließ sich erklären, wie die Gewehre funktionierten, und manchmal erlaubten ihm die Soldaten auch, damit zu schießen.

So sehr ich ihn auch liebte, ich muss zugeben, dass ich ihn nicht mehr bändigen konnte, als er achtzehn wurde. Es schien unvermeidlich, dass unsere Wege sich irgendwann trennten.

Wir waren mit unseren Pferden in der Gegend von Lyndhurst unterwegs. Gerade waren wir an der alten Palisade vorbeigekommen, wo früher die Hirsche zusammengetrieben wurden, als sich plötzlich auf der Straße von Beaulieu ein ausgesprochen seltsames Fahrzeug näherte. Es war ein kleiner Wagen aus Eisen, der entsetzlich laut ratterte und hinten Rauch ausstieß. Natürlich hatte ich schon von den Automobilen gehört, gelesen und auch schon Abbildungen gesehen. Doch nun erlebten wir zum ersten Mal eines hier im New Forest. Es war eine sehr unangenehme Erfahrung.

Der ehrenwerte John Montagu, Lord Montagus Sohn, saß am Steuer dieser Höllenmaschine. Ich bedauerte es sehr, dass sein Vater ihm das gestattete. Bestimmt muss ich nicht eigens betonen, dass Jack begeistert war.

›Das ist die Zukunft, Vater, die Zukunft!‹, jubelte er.

Und dieses Gerede über die Zukunft brachte mich dazu, ihn auf dem Heimweg zu fragen, was er denn einmal werden wolle.«

George stand mühsam auf, ging zum Fenster und betrachtete eine Weile die Stangen, an denen sich seine liebste Bohnensorte emporrankte. Dann schüttelte er ein wenig verärgert den Kopf und drehte sich um.

»Dazu musst du verstehen, Sally, dass um die Jahrhundertwende im New Forest recht erfolgreich gewirtschaftet wurde. Viele Landbesitzer und Bauern in England hatten schwere Verluste erlitten oder sogar Bankrott gemacht, und zwar wegen der billigen Getreideimporte aus Amerika. Doch nach Milchprodukten bestand nach wie vor große Nachfrage. Deshalb konnten die Kleinbauern im New Forest nicht klagen. Außerdem erzielten die Ponys gute Preise. Einige wurden als Grubenponys an die Kohlenbergwerke verkauft, denn sie waren sehr kräftig. Andere wanderten in die flandrischen Pferdemetzgereien, was vielleicht traurig ist.

Inzwischen war ich seit vielen Jahren Viehinspektor und hatte ein wenig gespart. Aus diesem Grund hielt ich es für eine gute Idee, Jack einen kleinen Bauernhof zu kaufen, denn das konnte ich mir jetzt leisten. Ich erklärte ihm meinen Vorschlag.

›Danke, aber lieber nicht‹, erwiderte er nur.

›Darf ich dich fragen, was für Pläne du hast?‹

›Ich möchte Lokführer werden‹, antwortete er.

Wie du dir sicher vorstellen kannst, war ich nicht gerade begeistert. ›Nun‹, sagte ich, ›dann kannst du dir ja ein Haus in der Nähe von Brockenhurst suchen.‹ Denn von dort aus war es ja nicht weit zum Bahnhof. Aber er schüttelte den Kopf.

›Ich verlasse den New Forest‹, entgegnete er.

›Du willst fortgehen? Wohin denn?‹

›Vielleicht nach Southampton. Oder nach London.‹ Er lächelte mich mitleidig an, was mir gar nicht passte. ›Ich habe keine Lust, für den Rest meines Lebens auf Kuhhirten zu starren. Das ist mir zu langweilig.‹

Diese Bemerkung konnte ich nicht unwidersprochen lassen, und schon entbrannte ein heftiger Streit zwischen uns. Ich warf ihm ein paar Dinge an den Kopf, an die ich heute gar nicht denken mag. Doch eine seiner Antworten wird mir wohl immer im Gedächtnis haften bleiben. ›Über kurz oder lang, Vater, werden sogar diese Pferde überflüssig sein.‹

Ich hielt ihn für völlig übergeschnappt.«

George Pride ließ sich auf seinen Stuhl fallen und schloss die Augen. Dann seufzte er. »Also verließ uns Jack und zog nach Southampton. Er musste einige Jahre bei der Eisenbahn arbeiten, bevor sein Wunsch in Erfüllung ging. Und irgendwann wurde er schließlich Lokomotivführer.

Und so seltsam es auch klingt, freundete er sich immer besser mit dem ehrenwerten John Montagu an.

Als man die Eisenbahnlinie am nördlichen Ende des Gutes von Beaulieu baute, wurde eine Abmachung getroffen. Die Gleise durften zwar über Montagus Grund führen, doch dafür wurde mitten auf der Heide ein Bahnhof eingerichtet. Wenn Seine Lordschaft einen Zug für sich und seine Gäste brauchte, gab er dem Lokführer ein Zeichen zum Anhalten. Als Jack schließlich Lokführer war, sah er eines Tages das Signal. Er hielt an, und zu seiner Überraschung stieg Mr. John Montagu zu ihm in die Lokomotive und sagte: ›Wenn es Sie nicht stört, fahre ich bei Ihnen mit.‹ Mr. Montagu war technisch sehr begabt und wusste, wie man eine Lok bediente. Und natürlich ließ Jack sich die Gelegenheit nicht entgehen und fragte Mr. Montagu, ob er sich dafür das Automobil ansehen dürfe. Als wir Jack das nächste Mal trafen, kannte er sich gut mit Autos aus. Wenn der Zug vorbeifuhr, wusste man nie genau, ob er von einem Pride oder von einem Montagu gelenkt wurde.

Zehn Jahre später zog Jack von Southampton weiter die Küste hinauf. Ab und zu schrieb er uns, aber zu Gesicht bekamen wir ihn nur selten.

Es überraschte uns nicht weiter, dass Jack unbedingt zu einer motorisierten Einheit wollte, als der Weltkrieg ausbrach. Da er noch immer unverheiratet war, meldete er sich sofort freiwillig. Und nach einer Weile ließ man ihn an der Front einen Wagen fahren. Er schrieb von nichts anderem mehr. Natürlich ahnten wir alle nicht, was sich wirklich dort tat, geschweige denn, was an der Front geschah. Wahrscheinlich glaubten wir, dass ihm in einem gepanzerten Fahrzeug nicht viel passieren konnte. Und sicher war er weniger gefährdet als viele der armen Kerle in den Schützengräben. Doch das nützte ihm nichts.«

Er räusperte sich. »Nun, wie bekamen ein Telegramm, in dem stand, dass er verwundet worden war. Es hieß, die Verwundung sei schwer, und wir müssten uns gedulden. Also warteten wir. Und wir waren sehr erschrocken, als er endlich nach Hause kam, aber das weißt du ja, Sally, weil du ihn von Anfang an gepflegt hast. Dass er nie wieder gesund werden, heiraten und eine Familie gründen würde … nun, von seinem Gesicht war nicht mehr viel übrig, also hatten wir kaum Hoffnung. Doch er lebte noch, und wir waren sehr froh, ihn wieder zu haben.

Wie er in Frankreich überlebt hat, weißt du ja genauso gut wie ich. Aber ich muss sagen, es war ein Wunder, denn keiner glaubte, dass er es überstehen würde.

›Ich habe es mit eigenen Ohren gehört, Vater‹, meinte er einmal zu mir. ›Ein Offizier, der junge Hauptmann Totton, kam vorbei. Er war ein guter Soldat und hatte ein Bein verloren. Er hinkte herein und erkundigte sich nach mir. Und die Krankenschwester – ich habe sie nie gesehen, aber sie klang, als wäre sie sehr hübsch, wenn du verstehst, was ich meine – antwortete: ›Ich fürchte, er wird uns bald verlassen.‹ Und er fragte: ›Warum?‹ Sie erwiderte: ›Ich glaube, er will nicht mehr leben.‹ Dann flüsterte sie etwas, und er erwiderte: ›Oh.‹

Es wurde still, und nach einer Weile hörte ich das Klappern seiner Krücke, als er näher kam und laut zu mir sagte: ›Aber, aber, so geht das nicht. Ich weiß, dass es schwer ist, aber Sie müssen kämpfen. Geben Sie nicht auf!‹ Ich rührte mich nicht, Vater, schließlich meinte er es ja nur gut mit mir. ›Denken Sie an England‹, fuhr er fort. Ich versuchte es zwar, doch es nützte nicht viel. Wenn ich an England dachte, fiel mir nur ein, wie ich meinen Zug lenkte, und natürlich wusste ich, dass das nie wieder möglich sein würde. Also lag ich nur da und überlegte mir: Gut, das war es also. Es ist besser, wenn ich sterbe, mir wird niemand eine Träne nachweinen.

Etwa eine Stunde später hörte ich ein Rascheln neben meinem Bett. Und trotz aller Verbände und des Desinfektionsmittels roch ich eine Mischung aus Schlamm und Schweiß, was gar nicht so unangenehm war. Und dann meinte eine Stimme: ›Bist du Jack Pride? Wenn nicht, kannst du meinetwegen ruhig sterben. Ich bin gerade hier angekommen. Ich heiße Alfie Seagull. Und wenn du der Jack Pride bist, den ich meine, dann habe ich miterlebt, wie du fast von einem Erdrutsch an einem Bahndamm begraben worden wärst. Bist du es?‹

Ich bejahte es mit einem Handzeichen. ›Also bist du es doch‹, sagte er. ›Du darfst nicht hier sterben. Verdammt! Hast du vergessen, wer du bist? Du bist ein Pride aus dem New Forest.‹ Seltsamerweise gab mir dieser Gedanke Kraft, Vater, und deshalb bin ich jetzt hier.‹

Wahrscheinlich ist es albern«, fuhr George fort. »Aber ich war so froh, dass er mir das gesagt hat.«

EPILOG

April 2000

Es war Sonntagmorgen. Erst am Vorabend war Dottie Pride im Hotel Albion Park angekommen, doch wie immer hatte sie bereits Lampenfieber. Sie hatte noch eine ganze Woche, um den richtigen Aufhänger für ihre Geschichte zu finden – genug Zeit also. Aber in dieser Phase der Arbeit bekam sie es stets mit der Angst zu tun.

Sie hatte beschlossen, zuerst nach Beaulieu zu fahren. Obwohl sie erst am Samstag alles für den Dreh vorbereiten musste, wollte sie sich dort ungestört ein wenig umsehen.

Vielleicht würde ihr dabei ja der zündende Gedanke kommen. Auch wenn zum Schutz der Hirsche und der Ponys eine Geschwindigkeitsbegrenzung von sechzig Stundenkilometern galt, würde die Fahrt nur zehn Minuten dauern.

Dottie war beeindruckt. Die prächtigen Herrenhäuser Großbritanniens waren zur Finanzierung ihres Unterhalts auf den Tourismus angewiesen. Und der augenblickliche Lord Montagu hatte ganze Arbeit geleistet. Er hatte das Faible seines Vaters für Oldtimer geerbt und das Kraftfahrzeugmuseum in Beaulieu zu einer Einrichtung von landesweiter Bedeutung gemacht. Dottie interessierte sich zwar nicht sehr für Technik, doch selbst sie betrachtete eine halbe Stunde lang begeistert die Mercedeswagen aus der viktorianischen Zeit, die Rolls-Royce aus der Ära König Eduards und die Autos aus den Fünfzigerjahren. Als sie das Museum verließ und zur nahe gelegenen Abtei hinüberschlenderte, fühlte sie sich, als sei sie aus der technisierten Moderne direkt ins friedliche Mittelalter geraten.

Die Anlage war wirklich ein Kunstwerk. Nachdem Dottie das Haus besichtigt hatte, besuchte sie in dem großen *domus* – der Unterkunft der Laienbrüder, wenn sie sich nicht auf den Gütern aufhielten – eine Ausstellung über das klösterliche Leben. Und als sie zur Ruine des Kreuzgangs hinaustrat, glaubte sie fast, die Zisterziensermönche zu sehen, die zwischen den alten grauen Steinen schweigend ihren täglichen Pflichten nachgingen. In einer der Nischen, wo sie früher gesessen hatten, entdeckte Dottie zu ihrer Missbilligung, dass ein Banause ein kleines »A« in den Stein geritzt hatte.

Ihre Dokumentation sollte in Beaulieu beginnen, und der Zeitpunkt war gut gewählt. Lord Montagu hatte nämlich beschlossen, am Ostersonntag, dem 24. April, den neunhundertsten Jahrestag der Ermordung von König Wilhelm Rufus im New Forest feierlich zu begehen. Er plante einen großen Wettbewerb im Bogenschießen. Der Schauspieler Robert Hardy, zufällig auch ein anerkannter Spezialist auf diesem Gebiet, sollte das Turnier eröffnen. Lord Montagu würde als Schirmherr dieser Veranstaltung fungieren. Also stand ein farbenfroher Tag mit mittelalterlichen Spielen bevor, der sich ausgezeichnet für eine Fernsehsendung eignete.

Allerdings hatte ein bekannter ortsansässiger Historiker für eine Überraschung gesorgt. Mr. Arthur Lloyd hatte zweifelsfrei bewiesen, dass Rufus in Wahrheit – und dazu gab es zeitgenössische Aufzeichnungen – in Througham, einem Küstenstreifen unweit von Beaulieu, getötet worden war. Der Rufusstein, eine von Englands berühmtesten Sehenswürdigkeiten, stand demzufolge offenbar am falschen Platz.

Dottie überlegte, was sie nun unternehmen sollte. Den restlichen Tag fuhr sie im New Forest herum. Ihr erstes Ziel war Buckler's Hard, an dessen mit Gras bewachsenen Ufern jetzt ein Schifffahrtsmuseum stand. Dort gab es auch ein Modell einer Werft aus der Zeit, in der eines von Nelsons Schiffen gebaut worden war. Die *Swiftsure* beeindruckte Dottie sehr. Sie stellte interessiert fest, dass Teile der großen Truppentransporter, die im Zweiten Weltkrieg bei den Landungen am D-Day eingesetzt worden waren, ebenfalls von der Werft am Fluss von Beaulieu stammten.

Östlich von Beaulieu lagen die Exbury Gardens und der Lepe County Park. Am Rand des New Forest, unweit von Southampton, befanden sich ein Naturschutzgebiet und eine Versuchsfarm. Ein wenig weiter nördlich entdeckte Dottie einen Lunapark mit Fahrgeschäften. Die Botschaft war klar. Der moderne

New Forest hatte sich auf professionelle Weise darauf vorbereitet, große Mengen von Besuchern zu empfangen. Doch nicht nur große Firmen waren daran beteiligt. Als Dottie durch das finstere kleine Dorf Burley kam, bemerkte sie, dass die Einwohner noch immer von dem Ruf profitierten, hier werde Hexerei betrieben. Sie stieß auf mindestens drei Läden, die verschiedene Andenken verkauften. Tourismus und Erholung: Sollte das die Zukunft des alten königlichen Jagdgebietes sein?

Es war ein sonniger Montagmorgen, und Dottie war ziemlich aufgeregt, als sie um die steile Kurve von Lyndhursts Hauptstraße bog. Links von ihr ragte der hohe viktorianische Kirchturm in den hellblauen Frühlingshimmel.

Bei ihrem Anruf im New Forest Museum hatte man ihr mitgeteilt, sie könne nicht nur der Gerichtssitzung an diesem Vormittag beiwohnen, man habe sogar einen Begleiter für sie abgestellt. »Keine Sorge«, hatte die Stimme am Telefon lachend gesagt, »er wird Sie schon erkennen.«

Als sie das Ende der Straße erreichte, wurde ihr klar, warum. Das Queen's Haus, alte königliche Residenz und Wohnsitz des Oberaufsehers, war ein stattliches Gebäude aus rotem Backstein. Vor einer Seitentür hatten sich bereits etwa zwanzig Wartende versammelt. Ihrem angeregten Geplauder nach zu urteilen, kannten sie einander gut. Also war sie die einzige Fremde.

»Sind Sie Dottie Pride?«, fragte jemand hinter ihr.

»Ja.« Sie drehte sich um. Eine Hand wurde ihr entgegengestreckt. Ein Nicken. Ein Lächeln. Hatte der Mann seinen Namen genannt? Wenn ja, hatte sie ihn nicht verstanden.

Sie wusste nur, dass vor ihr der attraktivste Mann stand, dem sie je begegnet war. Er war hoch gewachsen und schlank und von keltischem Aussehen. Vielleicht war er ja Ire. Dunkle Locken fielen ihm bis auf die Schultern hinab. Sein blasses, feinfühliges Gesicht erinnerte sie an die Bilder metaphysischer Dichter aus dem siebzehnten Jahrhundert. Seine braunen Augen waren wunderschön und wirkten klug. Er trug eine braune Lederjacke.

»Wir können jetzt rein«, meinte er freundlich. »Die Tür wird geöffnet.«

Ein großer, rechteckiger Raum bildete die Halle der Forstaufseher. Eine Bühne, die dem Podium eines Magistrats ähnelte, nahm eine Seite des Saals ein. An der kahlen Wand dahinter hing das königliche Wappen. Die anderen Wände wurden von Hirschköpfen, Geweihen und Glasvitrinen geschmückt. Die alte Drahtschlinge, durch die die Hunde hatten kriechen müssen, damit der Besitzer die Genehmigung zu ihrer Haltung bekam, hatte einen Ehrenplatz. Auf dem Boden standen Holzbänke. Vorne im Raum befanden sich ein Tisch und ein Zeugenstand. Alte Holzbalken stützten die Decke. Ein wenig verdattert suchte sich Dottie einen Platz hinten im Raum und versuchte, ihren Begleiter nicht anzustarren.

»Das Gericht der Forstaufseher tritt am dritten Montag des Monats zusammen, und zwar zehn Monate im Jahr«, flüsterte er ihr zu. »Der Oberste Forstaufseher wird ernannt, die anderen werden gewählt. Wer kandidieren will, muss über Gewohnheitsrechte verfügen.«

»Ist das noch das Gericht, das 1877 den mittelalterlichen Gerichtshof abgelöst hat?« Sie hatte ihre Hausaufgaben gemacht und fragte sich, ob sie ihn damit beeindruckt hatte.

»Mehr oder weniger ja, abgesehen von einigen kleinen Veränderungen. Da kommen sie.« Die Forstaufseher betraten den Raum. Ihr Begleiter gab ihr eine Kurzbeschreibung jedes einzelnen. Zwei hatten Bücher über den New Forest verfasst. Der Vorsitzende war ein bekannter Grundbesitzer. Die meisten stammten aus Familien, die schon seit Jahrhunderten im New Forest ansässig waren. An diesem Morgen saßen acht von ihnen auf dem Podium. Vor ihnen standen die beiden Viehinspektoren in ihren grünen Uniformen. Der oberste Viehinspektor, der seinen Platz neben dem Zeugenstand hatte, rief nun: »Hört, hört, hört! Wer ein Anliegen an das Gericht der Forstaufseher hat oder ihm etwas mitteilen will, möge bitte vortreten, damit er gehört werde.« Dottie fühlte sich wie ins Mittelalter zurückversetzt.

Ein kurzer Bericht wurde verlesen. Darauf folgte die Liste der Ponys, die von einem Auto überfahren worden waren, stets ein trauriger Punkt bei jeder Sitzung. Als die Sitzung eröffnet wurde, strömten einige Leute nach vorn, um ihre Anträge zu stellen. Jedes Mal flüsterte ihr Begleiter ihr eine Erklärung ins Ohr. Ein blonder, mondgesichtiger Mann beschwerte sich über den Müll eines nahe gelegenen Campingplatzes. »Das ist Reg Furzey, Bauer.« Ein anderer Mann mit einem seltsamen wettergegerbten

Gesicht, das aussah wie aus Eichenholz geschnitzt, beklagte sich, der Zaun eines neuen Grundstücks rage bis in den New Forest hinein. »Ron Puckle. Er verkauft in Burley Gartenmöbel aus Holz.« Dotties Begleiter schmunzelte. »Wenn man es sich genau überlegt, ist es wirklich komisch«, murmelte er. »Jahrhundertelang haben die alten Familien Land vom New Forest für sich abgezwackt, und nun machen sie es sich zur Lebensaufgabe, dafür zu sorgen, dass kein anderer es tut!« Am Ende jedes Antrags erhob sich der Oberste Forstaufseher höflich, dankte dem Betroffenen und versprach, sich mit dem Anliegen zu befassen. Einige der Anträge, die sich mit der Tätigkeit des Amts für Forstwirtschaft oder mit lokalen Gesetzen beschäftigten, waren so kompliziert, dass Dottie ihnen nicht folgen konnte. Doch der Zweck dieser Sitzung war offensichtlich: Hier ging es um die Tradition des New Forest, und Bewohner und Forstaufseher waren fest dazu entschlossen, sie zu bewahren.

Als sie das Gebäude verließen, war es noch nicht Mittag. Dottie hatte am frühen Nachmittag einen Termin im Museum, und ihr Begleiter schien im Begriff, sich zu verabschieden. Sie überlegte, wie sie das verhindern könnte.

»Ich muss mir Grockletons Einhegung ansehen«, sagte sie. »Können Sie mir zeigen, wo das ist?«

»Oh. Gerne.« Er wirkte erstaunt. »Natürlich. Aber Sie müssen ein Stück zu Fuß gehen.«

»Das macht nichts. Wie heißen Sie noch einmal?«

»Peter. Peter Pride.«

Noch nie im Leben war Dottie so schnell marschiert. Sie fragte sich, ob er einfach weiterlaufen würde, wenn sie stehen blieb, doch sie wollte es nicht darauf ankommen lassen. Zum Glück hielt er hin und wieder inne, um ihr eine Flechte, einen seltsamen Käfer unter einem abgefallenen Ast oder eine winzige Pflanze zu zeigen. Für einen Naturkenner war dieser Wald ein ökologisches Paradies. Auch wenn Dottie nicht alle wissenschaftlichen Begriffe verstand, mit denen er sie bombardierte, begriff sie wenigstens grob, worauf er hinauswollte. Und schon im nächsten Moment erhielt sie wieder Gelegenheit, seine kräftige, rasch ausschreitende Gestalt von hinten zu bewundern.

Er hatte Ökologie studiert und befasste sich außerdem mit der Geschichte des New Forest. Auch von seiner Allgemeinbildung war Dottie mächtig beeindruckt. Sie fragte sich, wie alt er sein mochte. Schätzungsweise zwischen zwanzig und fünfundzwanzig, vielleicht ein oder zwei Jahre jünger als sie. Ob er wohl allein stehend war?

Er machte sich Gedanken darüber, dass sie beide denselben Familiennamen hatten. »Es ist eine weit verzweigte Familie«, erklärte er. »Überall im New Forest gibt es Prides. Sind Sie sicher, dass Sie nicht aus dieser Gegend stammen?«

Als Dottie ein kleines Mädchen gewesen war, hatte ihr Vater ihr erzählt, sie erinnere ihn an seine Großmutter Dorothy, weshalb er sie auch nach ihr benannt habe. Außerdem verriet er ihr später, dass seine Großmutter nie verheiratet gewesen war.

»Sie war kein Kind von Traurigkeit«, meinte er. »Jahrelang hat sie mit einem Kunstprofessor zusammengelebt. Danach mit einem anderen. Offenbar hatte sie eine Schwäche für Künstler. Der erste hat ihr eine Menge Bilder hinterlassen, die sich als ziemlich wertvoll entpuppten. Mein Vater kannte seinen Vater nicht. Deshalb hat er den Namen seiner Mutter angenommen: Pride.«

»Meine Urgroßmutter war eine geborene Pride«, sagte Dottie. »Aber sie kam aus London.«

Er nickte rasch, hakte jedoch nicht weiter nach.

Allerdings war er neugierig, warum sie sich Grockletons Einhegung ansehen wollte. Als sie ihm den Grund erklärte, war er sehr belustigt. »Grockleton war Mitarbeiter der verhassten Waldbehörde«, erläuterte er. »Außerdem hat er eine Eisenbahnlinie gebaut, dabei erlitten einige Menschen schwere Verletzungen. Der Name ist hier nicht sehr beliebt.«

»Oh.« Sie überlegte, wie sie das ihrem Chef beibringen sollte.

»Wir sind da«, verkündete Peter ein paar Minuten später vergnügt. »Grockletons Einhegung.«

Die Nadelbaumreihen schienen endlos. Unter den eng stehenden Bäumen war es dunkel, still und leblos.

»Gehen wir«, sagte sie.

Da sie zu früh am New Forest Museum in Lyndhurst eintrafen, hatten sie noch Zeit, sich rasch die Ausstellung anzusehen. Jeder Aspekt des Lebens im New Forest – von einer kürzlich hier gefangenen Schlange bis hin zu der detaillierten Abbildung eines Kohlenmeilers – wurde hier behandelt.

Hinter einem großen Tisch in der Mitte des Raums erhob sich ein kleiner, weißbärtiger Mann. Er hatte ein freundliches Gesicht und aufmerksam funkelnde blaue Augen. Peter Pride hatte Dottie bereits erklärt, dass dieser so zurückhaltend wirkende Herr in Wirklichkeit die graue Eminenz des Museums war.

Er empfing Dottie wohlwollend, machte sie mit einigen sympathischen Angestellten bekannt und erläuterte, dass dieses Museum über eine Reihe ehrenamtlicher Mitarbeiter verfüge.

»Das ist Mrs. Totton.« Er wies auf eine würdige Dame, die in ihrer Jugend bestimmt eine hinreißende Blondine gewesen war. »Sie hat heute Dienst.«

»Was möchten Sie gerne wissen?«

Dottie hatte sich sorgfältig auf dieses Gespräch vorbereitet, das sich als sehr aufschlussreich erwies. Zuerst erkundigte sie sich, ob der New Forest vor einer Krise stehe.

»Das zwanzigste und das einundzwanzigste Jahrhundert stellen zwar neue Herausforderungen. Doch diese haben ihre Wurzeln erwartungsgemäß in der Vergangenheit«, antwortete der Historiker vorsichtig. »Die Gründe für die Proteste – und vielleicht auch für die Brandstiftungen – sind einfach genug. Es geht nicht nur darum, dass die Bauern wegen des Preisverfalls für Rinder, Schweine und Ponys ums Überleben kämpfen müssen. Die Zugezogenen, die die Landwirtschaft nur als Hobby betreiben, zahlen auch astronomische Summen für ihre Ponykoppeln, was die Grundstückspreise so in die Höhe treibt, dass kein Bauer mehr mithalten kann. Außerdem haben die Einheimischen das Gefühl, dass die moderne Welt – das Amt für Forstwirtschaft, die Bezirksregierung, die Regierung in London – auf sie herabsieht. Hinzu kommt, dass sorglose Campingtouristen und der Besucherstrom allgemein die Umwelt bedrohen.«

»Die Tausenden von Autos«, meinte Dottie.

»Ja. Doch neunzig Prozent der Autofahrer entfernen sich nicht weiter als fünfzehn Meter von der Straße. Die neue Fahrrad-Mode hingegen könnte sich als verhängnisvoll erweisen. Wir werden sehen.« Dottie hatte auf dem Weg zu Grockletons Einhegung einen Radfahrer bemerkt, der zwischen den Bäumen hindurchsauste und dabei den Boden aufwühlte.

Er lächelte bedrückt. »Wie immer wollten wir zwar das Geld der Touristen, aber nicht die Schäden, die sie anrichten. Das ist natürlich ein schwieriges Thema.«

»Aber es gibt noch eine dritte, langfristige Bedrohung, die große Bedrohung des neuen Jahrhunderts, könnte man sagen.«

»Bebauung?«

»Genau. Die steigende Nachfrage nach Wohnraum gefährdet dieses riesige Gebiet, in dem bisher kaum ein Haus steht. Einige Leute finden, wir sollten den New Forest schützen, indem wir ihn zum Nationalpark erklären, was eine Bebauung erheblich erschweren würde. Andere, besonders die Bauern, befürchten, die Forstaufseher, die sie seit hundertfünfzig Jahren als ihre einzigen Fürsprecher betrachten, könnten dadurch ihre Macht einbüßen.« Wieder lächelte er. »Wir können über alle diese Themen sprechen.«

Und das taten sie eine ganze Weile lang. Schließlich stellte man für Dottie eine Liste von Personen zusammen, mit denen sie unbedingt reden musste.

»Darf ich meinen Namen auch auf diese Liste setzen?«, fragte Mrs. Totton. Mit einem leichten Nicken forderte der Historiker Dottie auf, das Angebot anzunehmen. »Gut«, meinte die alte Dame. »Kommen Sie doch am Freitag zum Tee. Ein bisschen früher als gewöhnlich, sagen wir mal um vier.«

»Und wenn Sie die Bauern wirklich kennen lernen wollen«, schlug Peter Pride nun vor, »sollten Sie zur Ponyauktion gehen. Am Donnerstag findet eine statt.«

»Das klingt interessant. Vielleicht sollten wir dort Filmaufnahmen machen.« Sie sah Peter Pride an. »Werden Sie auch da sein?«

»Könnte sein. Würde Ihnen das helfen?«

»Ganz sicher«, erwiderte sie.

Als sie sich nach dem Gespräch verabschieden wollte, fiel ihr im Gehen noch etwas ein.

»Übrigens«, begann sie, »viele Leute denken an Hexerei, wenn sie den Namen New Forest hören. Glauben Sie, dass es hier Hexen gibt?«

Der freundliche Historiker zuckte die Achseln, Mrs. Totton erwiderte lächelnd, sie wisse es nicht, und Peter Pride schüttelte den Kopf und verkündete, er hielte das für blanken Unsinn.

»Ich habe mich nur so gefragt«, meinte Dottie.

Das Kamerateam arbeitete angestrengt, denn eine solche Szene bedeutete eine Herausforderung.

Bei der Ponyauktion unweit von Lord Montagus altem Privatbahnhof an der Straße von Beaulieu ging es immer hoch her. Von Lyndhurst aus waren Dottie und ihr Team nach Südosten über die Heide nach Beaulieu gefahren. Etwa viereinhalb Kilometer weiter erkannten sie an der Brücke über die Bahnlinie, dass sie ihr Ziel erreicht hatten. Gleich links hinter der Brücke befand sich die mit einem Holzzaun umgebene Koppel, wo die Auktion abgehalten werden sollte.

Die Lastwagen und Pferdetransporter waren bereits da. Außer den üblichen Ständen mit Erfrischungen gab es auch noch Buden, die Reitausrüstungen und Stiefel verkauften. Doch die Ponys waren der eigentliche Anlass für diese Veranstaltung, und bald waren sämtliche Pferche gefüllt.

Außerdem wimmelte es von Leuten, den Bewohnern des New Forest. Peter Pride erwartete Dottie schon und kam ihr mit einem Lächeln entgegen.

»Heute lernen Sie den New Forest kennen, wie er wirklich ist«, sagte er. »Ponyauktionen, die Ponytriebe, bei denen die Ponys aus dem ganzen New Forest zusammengeholt und gekennzeichnet werden, und das Querfeldeinrennen am zweiten Weihnachtsfeiertag, das sind hier die wichtigsten gesellschaftlichen Ereignisse.«

»Und was halten die Leute davon, dass das Fernsehen hier ist?«, fragte Dottie.

»Sie sind argwöhnisch.« Er zuckte die Achseln. »Das wären Sie sicher auch.«

Inzwischen trafen immer mehr Menschen ein. Bauern mit Stoffmützen, langem Haar und Bärten. Frauen, die wegen des wechselhaften Frühlingswetters Regenmäntel trugen, und Kinder in grellbunten Gummistiefeln. Die Sitzplätze rings um die Koppel waren besetzt. Kinder kletterten auf den Zaun, um die Ponys zu betrachten. Dann nahm der Auktionator seinen Platz neben der Koppel ein und klopfte gegen das Mikrofon. Die Versteigerung begann.

Die Ponys wurden – allein oder paarweise – in den Ring geführt. Die Beschreibungen des Auktionators waren kurz, und die Angebote wurden rasch abgegeben. Die Ponys wirbelten herum, wenn die Männer sie betasteten oder durch Wedeln mit den Händen und Rufen zu bändigen versuchten. Interessiert stellte Dottie fest, dass einige dieser gedrungenen Wildponys anscheinend edles arabisches Blut in den Adern hatten. Außerdem gehörten nicht alle Ponys der Rasse an, die hier im Forest vorkam. Es wurden auch einige hübsche, kleine Stuten in den Ring gebracht.

Das Kamerateam war zufrieden und kam ohne Dotties Hilfe zurecht. Der heutige Drehtag würde genügend Material ergeben. Peter Pride, der neben Dottie saß, erklärte ihr leise ein paar Einzelheiten.

»Das da drüben ist Toby Pride. Der Mann daneben heißt Philip Furzey. Und das sind James Furzey, John Pride und sein Cousin Eddie Pride. Dort steht Ron Puckle, den Sie ja schon bei Gericht gesehen haben. Und an Reg Furzey erinnern Sie sich bestimmt auch noch. Der andere ist Wilfried Seagull, der ist ein bisschen komisch. Und der da ist mein Cousin Mark Pride und...«

»Aufhören«, flehte sie ihn an. »Ich habe verstanden.« Allerdings bemerkte sie, als sie sich im Ring umblickte, dass sich bei all diesen Cousins einige äußere Merkmale wiederholten. Auch wenn ein Pride nicht unbedingt aussah wie ein anderer, war der Furzey, der mit ihm plauderte, offenbar mit ihm verwandt.

»Wir sind wie die Hirsche«, sagte Peter. »Zur Fortpflanzung ziehen wir im Wald umher. Das ist wahrscheinlich der Grund, warum wir nicht alle drei Augen haben.«

»Lassen Sie hier im New Forest denn nie Leute von außen zu?«

Er wies auf die andere Seite der Koppel, wo ein ausgesprochen hübsches Mädchen mit slawischen Gesichtszügen und blondem Haar stand. Ihre Ponys wurden gerade in den Ring geführt.

»Ihre Familie stammt nicht von hier.« Dann zeigte er auf einen blonden Mann, der mit einem der Prides zusammenstand. »Sie nehmen die Landwirtschaft ernst. Und deshalb gehören sie inzwischen in den New Forest.«

Dottie betrachtete das Mädchen, das wirklich außergewöhnlich schön war. Zu ihrem Ärger empfand sie plötzlich Eifersucht.

Mitleidig schüttelte Peter den Kopf, während das hübsche Mädchen zornig das Gesicht verzog. Die Angebote für ihre Ponys waren wirklich erschreckend niedrig.

»Kaum genug für die Tierarztrechnung.« Er seufzte. »Man muss etwas unternehmen.«

Nachdem sie noch eine halbe Stunde zugesehen hatten, bekam Dottie Durst. Auf dem Weg zum Getränkestand sah Peter sie nachdenklich an.

»Übrigens«, meinte er, »ich habe mich erkundigt. Etwa 1880 gab es in meiner Familie eine junge Frau namens Dorothy Pride. Sie ist nach London gegangen.«

Wie so viele georgianische Villen hatte sich auch Albion Park ohne großen Aufwand in ein Hotel verwandeln lassen. Der Speisesaal war elegant eingerichtet. Und obwohl es Dottie einige Überredungskunst gekostet hatte, war Peter Pride schließlich einverstanden gewesen, heute mit ihr zu Abend zu essen. Abgesehen davon, dass sie seine Gegenwart genoss, wollte sie noch einiges mit ihm besprechen. In den letzten drei Tagen hatte sie fast ein Dutzend Leute interviewt: Historiker, Mitarbeiter des Amts für Forstwirtschaft, die Besitzer des Buchladens Nova Foresta, der jeden jemals über den New Forest erschienenen Titel führte, Bauern, Forstaufseher, andere Einwohner – jeder von ihnen hatte seine eigene Meinung über den New Forest. Nun musste sie die Interviews sortieren und entscheiden, wie sie an die Sache herangehen wollte.

Zuerst plauderten sie über allgemeine Dinge. Sie stellten fest, dass sie einen ähnlichen Musikgeschmack hatten. Und Dottie war nicht verwundert, dass Peter ein guter Schachspieler war. Sie persönlich zog Kartenspiele vor, doch das war nicht weiter wichtig. Sport? Wandern natürlich. Er lächelte.

»Selbstverständlich gehen Sie gerne zu Fuß. Sie sind eine Pride.«

Wie sie sich einig waren, musste es nicht unbedingt viel zu bedeuten haben, dass eine Dorothy Pride den New Forest verlassen und eine andere in London gelebt hatte.

»Wenn sie geheiratet hätte«, erklärte Dottie, »würden wir die Namen ihrer Eltern wenigstens von der Heiratsurkunde kennen. Aber sie ist ledig geblieben.«

»Schon gut.« Er lächelte sie charmant an. »Vielleicht adoptieren wir Sie.« Sie fand diese Bemerkung sehr nett.

Peter war gerne bereit, Dotties Fragen zu beantworten. Ihre erste war, warum alle das Amt für Forstwirtschaft hassten.

»Eigentlich aus Gewohnheit. Vergessen Sie nicht, dass es die alte Waldbehörde abgelöst hat, und die war der natürliche Feind der Bauern.«

Würden überall im New Forest hässliche Nadelbaumkolonien wie Grockletons Einhegung entstehen?

»Nein. Nachdem zehn Jahre lang nur Nadelbäume gepflanzt wurden, ist das Amt für Forstwirtschaft heute auf eine Mischung aus Laub- und Nadelgehölzen umgestiegen. Es ist ein recht kreativer Umgang mit der Ökologie.« Er schmunzelte. »Aber niemand ist vollkommen.«

Als sie ihn auf den Umweltschutz im Allgemeinen ansprach, begannen seine Augen zu funkeln. Offenbar hatte sie sein Lieblingsthema getroffen.

»Warum hat der New Forest denn eine so große ökologische Bedeutung?«, fragte er aufgeregt. »Warum gibt es dort so viel mehr Insekten und Käfer als in jedem anderen europäischen Biotop? Weshalb haben wir hier all diese wundervollen Sümpfe? Und so viele Ökotope – das ist das fruchtbare Gebiet, wo sich zwei Lebensräume treffen und wo die größte Artenvielfalt auftritt?« Er sah sie an. »Also warum?«

»Das müssen Sie mir schon erklären.« Sie lächelte.

»Weil ein normannischer König dieses Gebiet vor neun Jahrhunderten zu einem Wildreservat gemacht hat. Der Geschichte haben wir es zu verdanken, dass die Wälder in ihrem natürlichen Zustand belassen wurden und dass man die Sümpfe nicht trockengelegt hat. Ökologie ist Geschichte.«

Triumphierend sah er sie an.

»Nur dass im New Forest ideale Zustände herrschen würden, wenn es den Menschen nie gegeben hätte.«

»Das stimmt nicht. Der Mensch ist ein Teil der Natur. Überlegen Sie mal. Warum wachsen im New Forest so wenige bodendeckende Pflanzen? Weil die Ponys und Hirsche alles auffressen. Wollen Sie die etwa abschaffen? Wahrscheinlich lebten sie schon lange vor dem Menschen in dieser Gegend. So etwas wie ein vollkommenes System gibt es ohnehin nicht. Nur Systeme, in denen Gleichgewicht herrscht. Eine Eiche kann etwa vierhundert Jahre alt werden. Die menschliche Lebenserwartung ist einfach zu kurz. Deshalb verstehen wir so vieles falsch und begreifen die natürlichen Abläufe meistens nicht.«

»Wie würden Sie die Probleme des New Forest lösen?«

»Ich würde nach einem Gleichgewicht suchen. Aber ich weiß, dass die Natur ein besseres finden wird.« Er blickte ihr in die Augen. »Ich glaube, darum geht es im Leben. Meinen Sie nicht?«

Dottie Pride schwieg eine Weile.

»Kommen Sie am Sonntag nach Beaulieu?«, fragte sie dann.

Eigentlich hatte sie nicht die geringste Lust, mit Mrs. Totton Tee zu trinken. In den letzten Tagen hatte sie viel Stoff zum Nachdenken erhalten. Und nun wollte sie ihre Notizen durchgehen und planen. Den ganzen Morgen hatte sie sich schon damit beschäftigt, und sie war gut vorangekommen. Die Einleitung stimmte, aber irgendetwas fehlte noch. Sie konnte es nicht in Worte kleiden, dieses magische Etwas, das sie für sich selbst »die Story« nannte. Meistens bekam Dottie es erst gegen Ende der Vorbereitungen zu fassen, bis jetzt hatte es immer noch rechtzeitig geklappt. Im letzten Moment sozusagen. Bis Samstag musste sie es geschafft haben.

Und deshalb kam ihr die Verabredung zum Tee bei Mrs. Totton reichlich ungelegen.

Mrs. Totton wohnte in einem reizenden, weißen Häuschen. Der Garten war von einer Mauer umgeben, und hinter dem Haus wuchsen Obstbäume. Es stand in dem üppig grünen kleinen Tal unweit der Stelle, wo die Brücke von Boldre den Fluss überquerte.

»Da es so ein schöner Tag ist, habe ich mir gedacht, wir können einen Spaziergang hinauf zur Kirche von Boldre machen«, verkündete Mrs. Totton, als sie Dottie die Tür öffnete.

Die Kirche auf ihrem Hügel sah trotz des finsteren Waldes ringsherum nicht düster, sondern sehr anheimelnd aus. Dottie erkannte, dass sie sehr alt sein musste. An den Wänden hingen einige Tafeln, die an Familien aus dem New Forest erinnerten. Eine davon fiel Dottie besonders auf.

Sie war Frances Martell, geborene Albion, von Albion Park gewidmet, und ungewöhnlicherweise war auch der Namen ihrer »treuen Haushälterin und lieben Freundin« darauf vermerkt – Jane Pride.

»Albion Park. So heißt mein Hotel«, meinte Dottie.

»In diesem Haus wurde ich geboren«, erwiderte ihre Gastgeberin. »Vor meiner Hochzeit mit Richard Totton hieß ich Albion.« Sie lächelte. »Inzwischen sind viele der großen Häuser im New Forest Hotels geworden. Wenn Sie möchten, erzähle ich Ihnen die Geschichte von Frances Albion«, schlug sie auf dem Rückweg vor. »Sie wurde in Bath vor Gericht gestellt, weil sie ein Stück Spitze gestohlen hatte.«

Es kam noch ein weiterer Gast zum Tee, eine freundliche Frau Mitte Fünfzig namens Imogen Furzey, die Mrs. Totton als »meine Cousine« vorstellte. Dottie ging richtig in der Annahme, dass in Mrs. Tottons Welt auch seit vielen Generationen entfernte Verwandte als Cousinen galten, aber sie hakte nicht weiter nach. »Sie ist Künstlerin. Also dachte ich, Sie würden sie vielleicht gern kennen lernen«, verkündete Mrs. Totton herzhaft und in dem Ton eines Menschen, der in der Überzeugung lebt, dass man Fernsehschaffende und Künstler im Allgemeinen getrost in einen Topf werfen kann.

Imogen Furzey war Malerin. »Das liegt in der Familie«, erklärte sie. »Mein Vater war Bildhauer. Und sein Großvater war ein recht gut bekannter Maler aus dem New Forest namens Minimus Furzey.«

Dottie fand Imogen Furzey auf Anhieb sympathisch. Ihre Kleidung war zwar exzentrisch, aber von einer schlichten Eleganz. Offenbar hatte sie ihr Kleid selbst entworfen, und vermutlich galt das auch für ihr silbernes Armband. Um den Hals trug sie an einer passenden Silberkette ein seltsames, dunkles kleines Kruzifix. »Ein Erbstück«, erwiderte sie, als Dottie sie darauf ansprach. »Ich glaube, es ist uralt, doch ich weiß nicht, woher es stammt.«

Die Plauderei beim Nachmittagstee verlief sehr angenehm, und Dottie erfuhr dabei aus Mrs. Tottons und Imogen Furzeys Erzählungen eine Menge über den New Forest.

»Wir fragen uns nur«, sagte Mrs. Totton, als der Nachmittag sich dem Ende zuneigte, »wie es sein kann, dass Sie mit einem Namen wie Pride nicht aus dem Forest stammen.«

Dottie entgegnete, sie habe bereits mit Peter Pride über dieses Thema gesprochen, ohne dass sie eine eindeutige Antwort gefunden hätten. »Es gab eine Dorothy Pride, die den New Forest verließ und nach London ging, und eine, die in London lebte. Doch wie soll man herausfinden, ob es sich um ein und dieselbe Person handelt?«

Mrs. Totton betrachtete sie nachdenklich.

»Vor vielen Jahren, als wir Albion Park verkauften, gingen mein Bruder und ich die Papiere des alten Oberst Albion durch. Es ist schon lange her, aber ich glaube, darin stand etwas über ein Mädchen aus der Familie Pride, das nach London davongelaufen ist.« Sie musterte Dottie. »Würden Sie sich die Sachen gerne ansehen?«

Dottie zögerte. Ihre Arbeit rief. Aber andererseits…

»Wenn es Ihnen nicht zu viel Mühe macht…«

»Nein, überhaupt nicht.« Mrs. Totton lächelte. »Das heißt, falls die Papiere noch dort liegen, wo ich glaube. Imogen, mein Schatz, für mich sind sie zu schwer. In der Abstellkammer findest du einen Karton, auf dem ›Oberst Albion‹ steht. Könnt ihr beide ihn mir vielleicht bringen?«

Mrs. Tottons Abstellkammer entpuppte sich als sorgfältig geplante Lösung des Problems, vor dem so viele Angehörige ihrer Schicht standen, wenn sie von einem Herrensitz in ein kleines Haus umziehen mussten: Wohin mit den unzähligen Papieren, Familienbildern und anderen Dokumenten aus der Vergangenheit, die sich in einem Häuschen einfach nicht unterbringen ließen? Mrs. Tottons Antwort auf diese Frage hatte darin bestanden, einen großen Lagerraum anzubauen. Von den Wänden blickten finster die riesigen Familienporträts herab, die in den Zimmern des Hauses erdrückend gewirkt hätten. Mrs. Tottons verstorbener Bruder hatte etwa zwanzig Kisten säuberlich auf Regalbrettern angeordnet. Jede davon war beschriftet und enthielt die Papiere und Erinnerungsstücke des jeweiligen Vorfahren. Außerdem gab es noch Regale mit Schwertern, alten Angelruten aus Rohr, Peitschen und Reitpeitschen. Einige Schränke enthielten Uniformen, Reitröcke, Spitzenkleider und andere Modeartikel, sorgfältig mit Mottenkugeln vor dem Zerfall geschützt. Rasch hatten sie den Lederkoffer gefunden und schleppten ihn den Flur entlang ins Wohnzimmer, wo sie ihn öffneten.

Der Oberst hatte nur ungern Briefe geschrieben, doch er hatte von jedem eine Abschrift anfertigen lassen, sodass nicht nur die eingehende, sondern auch die ausgehende Korrespondenz fast vollständig archiviert war. Eine herausragende Leistung für einen Mann, der Papierkram verabscheute. Die Briefe waren nicht chronologisch, sondern nach Themen sortiert, jeder Stapel steckte entweder in einem Umschlag oder war mit Packpapier umhüllt und ordentlich in der markanten Handschrift des Oberst gekennzeichnet.

Die drei Frauen gingen alle Stapel durch und suchten nach einem, der die Aufschrift »Pride« trug – aber vergeblich.

»Ach, du meine Güte«, seufzte Mrs. Totton. »Es tut mir Leid. Offenbar habe ich etwas verwechselt.«

»Das macht nichts«, erwiderte Dorothy. »Es war nett von Ihnen, dass Sie daran gedacht haben.«

Sie fingen an, die Briefe wegzupacken.

»Schaut!«, rief Imogen aus und hielt ein Päckchen hoch, auf dem »Furzey, Minimus« stand. Der Oberst hatte diese Worte ärgerlich unterstrichen. »Darf ich?«

»Natürlich.«

Es handelte sich um einige zum Großteil kurze Briefe. Einer jedoch, der etwas länger war, begann mit den knappen Worten: »Sir, es mag Sie interessieren, dass der Mann, den ich vor etwa zwei Jahren mit Nachforschungen beauftragt habe, mir vor kurzem eine Antwort zukommen ließ.«

»Was hat das zu bedeuten?«, fragte Imogen. Sie las weiter, sagte »Oh!« und vertiefte sich wieder in das Schreiben. »Dottie«, meinte sie dann und berührte die junge Journalistin am Arm. »Ich glaube, wir haben sie.«

Miss Pride wurde gefunden. Sie ist gesund und wohlauf. Vermutlich müssen wir Gott dafür danken. Sie lebt in Sünde mit einem Mann, der angeblich Künstler ist und einen schlechten Ruf hat – offenbar einem Menschen, der Ihnen sehr ähnelt.

Man hat versucht, sie dazu zu überreden, zu ihren Eltern zurückzukehren oder sie wenigstens wissen zu lassen, dass sie wohlauf ist. Doch sie weigert sich strikt. Ob es daran liegt, dass sie so tief gesunken ist und sich an ein Leben in Sünde gewöhnt hat, oder ob sie sich schämt, ist schwer zu sagen. Unter den gegebenen Umständen halte ich es für besser, es ihren Eltern zu verschweigen.

Möglicherweise denken Sie jetzt ja darüber nach, Sir, dass Sie und nur Sie allein die Schuld an Dorothy Prides Ruin tragen.

Ich schreibe deshalb »möglicherweise«, da ich weiß, wie fern es Ihrem Charakter liegt, aus Ihrem Verhalten moralische Schlüsse zu ziehen.

Abschließend möchte ich Ihnen noch versichern, dass mein Ekel und mein Abscheu Ihrer Person gegenüber von Jahr zu Jahr zunimmt.

»Ich denke fast, das war Ihre Urgroßmutter, Dottie.«

»Ganz bestimmt. Sie hat mit einem Künstler zusammengelebt.«

»Und mein Urgroßvater ... es tut mir Leid.«

»Nun, wir haben sie gefunden«, sagte Mrs. Totton. »Es ist vor langer Zeit geschehen. Dennoch: Willkommen daheim, Dottie. Wenigstens wissen wir es jetzt.« Sie blickte zur Uhr auf dem Kaminsims. »Meine Lieben, es ist Zeit für einen Drink.«

Doch Dottie lehnte entschuldigend ab. Sie musste heute Abend noch unbedingt etwas arbeiten. Also bedankte sie sich bei den beiden Frauen und wollte gehen.

»Soll ich Ihnen helfen, die Papiere wieder zurück in die Abstellkammer zu bringen?«, fragte sie.

»Nein. Ich glaube, ich werde sie mir heute Abend noch einmal ansehen«, erwiderte Mrs. Totton. »Vielleicht kommen Sie ja in Zukunft häufiger in den New Forest«, fügte sie lächelnd hinzu.

»Vielleicht.«

Die Arbeit ging Dottie leicht von der Hand. Endlich wusste sie, wie sie die Unmengen von Material, die sie gesammelt hatte, sinnvoll sortieren sollte. Sie stand kurz vor dem Durchbruch.

Es war ein seltsames Gefühl, dass sie nun die Geschichte von ihrer Urgroßmutter und Minimus Furzey kannte. Dottie war ganz sicher, Dorothy und damit auch ihre eigenen Wurzeln gefunden zu haben. Ein- oder zweimal hätte sie fast zum Telefon gegriffen, um Peter Pride alles zu erzählen. Doch sie riss sich zusammen. Schließlich konnte sie das immer noch am Sonntag tun, wenn er überhaupt erschien.

Merkwürdig, dass er ihr Cousin war, wenn auch nur ein weit entfernter.

Zufrieden saß Mrs. Totton an diesem Abend im Wohnzimmer. Es war ein schöner Tag gewesen. Sie mochte Dottie Pride. Und es war ein Geschenk des Himmels gewesen, dass sie ihre Familie gefunden hatten. Aus dem New Forest zu stammen, war in Mrs. Tottons Augen die größte Gnade, die einem Menschen überhaupt widerfahren konnte.

Sie las eine Weile in einem Buch, döste dann etwa eine Stunde lang und stellte sich dann einen Stuhl neben den Koffer, um ein paar von Oberst Albions Briefen durchzublättern. Viele davon behandelten die Alltagsgeschäfte des Gutes oder die Auseinandersetzungen zwischen Forstaufsehern und Waldbehörde. Verglichen mit dem Brief an Furzey waren sie nicht sehr interes-

787

sant. Aber vielleicht war sie ja auch nicht in der richtigen Stimmung.

Sie wollte die Päckchen gerade wieder zurücklegen und den Deckel schließen, als ein schmaler Umschlag herausrutschte. Offenbar handelte es sich um einen einzelnen Brief ohne Antwortschreiben. Auf dem Umschlag stand ein einziges Wort in der Handschrift des Oberst: »Mutter?«

Neugierig geworden öffnete Mrs. Totton das Kuvert. Darin befand sich ein auf beiden Seiten eng beschriebenes Blatt Papier. Die Handschrift war elegant und ließ auf einen gebildeten Menschen schließen. Es war eindeutig nicht die des Oberst.

»Meine liebste Frau«, begann der Brief. »Jeder von uns hat sein Geheimnis, und es gibt etwas, das ich dir gestehen muss.«

Es war eine seltsame Beichte. Offenbar litt die Frau dieses Mannes, die er anscheinend sehr liebte, an Albträumen und redete laut im Schlaf. Daher wusste er, dass sie glaubte, ein schweres Verbrechen begangen zu haben. Andere waren für derartige Straftaten deportiert oder sogar hingerichtet worden, während sie ungeschoren davongekommen war.

Weil sie gelogen hatte. Und nun wurde sie nachts in ihren Träumen von Schuldgefühlen und Reue heimgesucht. Wie es aussah, konnte sie mit niemandem, nicht einmal mit ihrem Mann, über ihre Seelenqualen sprechen. Tagsüber erwähnte sie sie mit keinem Wort. Die Albträume hörten immer wieder für ein paar Monate auf und kehrten dann zurück.

Was also hatte ihr Mann ihr zu gestehen? Zuerst einmal hatte er ein schlechtes Gewissen, weil er sie im Schlaf belauscht hatte, und er war nicht sicher, ob er das Thema überhaupt erwähnen sollte. Darauf folgte eine leidenschaftliche Passage. Er schrieb, er kenne sie nun so lange und zweifle keinen Augenblick daran, dass sie ein guter Mensch sei. Als Ehefrau, als Mutter und als Gutsherrin habe sie noch nie etwas Böses gesagt oder getan.

Hatte sie das Stück Spitze wirklich gestohlen?, fragte er sie. Oder bildete sie es sich inzwischen ein? Er wusste es nicht. Außerdem wäre die Strafe für dieses Verbrechen – so es denn überhaupt stattgefunden hatte – gewiss unverhältnismäßig hoch ausgefallen. Und durch ihre Güte habe sie zudem schon längst verdient, dass man ihr verzieh.

»Vielleicht, meine liebste Fanny, wird es mir gelingen, dich davon zu überzeugen. Dann hören diese schrecklichen Träume möglicherweise auf. Dennoch möchte ich dir diesen Brief hinterlassen, den du erst lesen sollst, wenn ich nicht mehr bin.

Denn auch ich habe dir etwas zu gestehen. Als ich nach Bath kam, dich anflehte, dich selbst zu retten, und dir sagte, ich wisse, dass du, meine geliebte Frau, dieses Verbrechen nicht begangen hast, habe ich gelogen. Ich hatte Zweifel. Doch ich wünschte mir vor allem, dass du – ob schuldig oder unschuldig – meine Frau werden sollst. Und obgleich ich felsenfest davon überzeugt bin, dass du einmal ins himmlische Königreich Gottes, unseres Herrn, eingehen wirst, verspreche ich dir, dir überallhin zu folgen, selbst in die Feuer der Hölle und in den tiefsten Abgrund, und zwar tausendmal und mit Freuden.

Dein dich liebender Gatte Wyndham.«

»Nun«, murmelte Mrs. Totton. »Aber, aber.«

Dottie Pride erwachte schon vor Morgengrauen. Das Gefühl war da. Das Prickeln. Heute würde sie ihren Bericht fertig stellen.

Sie konnte nicht mehr schlafen. Also stand sie auf, zog sich an und stieg die schwach beleuchtete Treppe von Albion Park hinunter zur großen Eingangstür. Der Kies knirschte unter ihren Füßen. Da sie befürchtete, die anderen Gäste zu wecken, schlich sie sich über den Rasen zum Tor.

Es war ziemlich kühl, doch sie spürte die Kälte nicht. Ohne zu wissen, warum, ging sie die Straße hinauf nach Oakley. Das ganze Dorf schlief. Keine Menschenseele war zu sehen. Dottie erreichte die Wiese mit dem eingezäunten Kricketplatz, den sie im Dämmerlicht kaum erkennen konnte.

Oakley. Auf einmal wurde ihr klar, dass sie als Mitglied der Familie Pride hier zu Hause war. Über das taufeuchte Gras schlenderte sie zum Rand der Heide. Sicher würden ihre Schuhe klatschnass werden. Aber das kümmerte sie nicht. Sie holte tief Luft. Der Geruch von Torf und Heidekraut stieg ihr in die Nase. Kurz erschauderte sie.

Die morgendliche Dunkelheit lag noch immer wie eine schwarze Decke über dem Frühlingshimmel. Es war still, so als warte der New Forest darauf, dass in der Ruhe vor dem Morgengrauen etwas geschehen würde. Dottie blickte über die Heide von Beaulieu.

Und plötzlich begann eine Lerche zu singen.

NACHBEMERKUNG

D er *Wald der Könige* ist ein Roman. Die Familien, deren
Geschichte hier erzählt wird, sind ebenso frei erfunden
wie ihre Rolle in den dargestellten historischen Ereignissen. Allerdings war es mein Anliegen, ihr Leben vor dem Hintergrund
von wahren Begebenheiten und beglaubigten historischen Persönlichkeiten zu schildern.

Haus Albion, Albion Park und den Weiler Oakley hat es nie
gegeben. Alle übrigen Schauplätze der Handlung hingegen sind
real. Viele der Ortsnamen im New Forest sind seit Tausenden
von Jahren gleich geblieben. Wo sie geändert wurden, habe ich
die heutzutage gebräuchlichen Bezeichnungen benutzt. Gleichermaßen habe ich hin und wieder einen modernen Begriff verwendet, wo der historisch korrekte den Leser nur verwirren würde,
auch wenn ich mich bemüht habe, Anachronismen zu vermeiden.

Während die Familie Albion frei erfunden ist, haben der Jäger
Cola und Walter Tyrrell – im Gegensatz zu seiner Base Adela –
tatsächlich gelebt. Auch der Name Seagull ist Produkt meiner
Phantasie. Bei Totton und Furzey handelt es sich um Namen von
Örtlichkeiten. Puckle habe ich aus dem in vielen südenglischen
Ortsbezeichnungen enthaltenen »Puck« abgeleitet. Martell er-
scheint sowohl in den Namen von Ortschaften als auch in mit-
telalterlichen Urkunden und weist auf ritterliche Herkunft hin.
Grockleton ist eine Abwandlung von »grockle«, im Dialekt des
New Forest ein abfälliger Ausdruck für einen Fremden. Den
Namen Pride, der in vielen Teilen Englands vorkommt, habe ich
gewählt, um zu verdeutlichen, wie stolz die alteingesessenen Fa-
milien im New Forest mit Recht auf ihre Tradition sind. Zu der
Beschreibung von Godwin Pride, einem typischen Freibauern

aus dem New Forest, wurde ich durch ein Foto des verstorbenen Mr. Frank Kitcher angeregt. Allerdings entspricht sein Äußeres dem vieler Bewohner des New Forest, wie beispielsweise der Mansbridges, Smiths, Strides und Purkiss'. Vermutlich lebten diese Familien schon vor der Zeit der Römer im New Forest.

Zu guter Letzt möchte ich nur noch einige historische Anmerkungen hinzufügen.

KÖNIG WILHELM RUFUS: Die Umstände seines Todes werden wohl nie eindeutig aufgeklärt werden, obwohl wir inzwischen mit einiger Sicherheit sagen können, wo er ermordet wurde. Ich schließe mich der Auffassung von Mr. Arthur Lloyd an, einem anerkannten Historiker, der die Geschichte des New Forest erforscht hat. Seiner Ansicht nach war Througham – und nicht der Standort der Rufuseiche – Schauplatz des Mordes. Was die Rolle der Familie Purkiss betrifft, teile ich die Meinung von Mr. Lloyd und Mr. David Stage, derzufolge die Legende, Purkiss habe die Leiche auf seinem Karren weggeschafft, neueren Datums ist. Das Gespräch zwischen Purkiss und König Karl habe ich frei erfunden. Heute zeugt ein ausgesprochen reich sortierter Lebensmittelhandel in Brockenhurst vom Unternehmergeist dieser Familie. Ein Besucher des New Forest sollte ihn sich nicht entgehen lassen.

HEXEREI: Dem Volksglauben zufolge wird im New Forest schon seit langer Zeit Hexerei praktiziert. In welchen Formen das während der vergangenen Jahrhunderte auftrat, ist heute nicht mehr festzustellen. Ich persönlich habe keine Erfahrungen mit Hexerei, was ich keinesfalls bedauere. Inzwischen jedoch gibt es eine große Auswahl an Literatur zum Thema *Wicca* – wie der gebräuchliche Ausdruck lautet –, auf die ich mich bezogen habe.

DER DRACHE VON BISTERNE: Ich bedanke mich herzlich bei Major General G. H. Mills, der mir erklärt hat, worum es sich bei diesem Drachen tatsächlich handelte.

ALICE LISLE: Der berühmte Prozess ist eingehend dokumentiert worden. In diesem Kapitel des Romans habe ich mir erlaubt, die erfundenen Familien Albion und Martell mit den tatsächlich existierenden Lisles und Penruddocks zu verknüpfen, ohne die historischen Hintergründe dabei zu verfälschen. Meine Recherchen haben darüber hinaus ergeben, dass in der üblichen Version dieser Legende Widersprüche bestehen. John Lisle hat Oberst Penruddock nicht zum Tode verurteilt, und außerdem verwechselt die Geschichtsschreibung zwei Zweige der Familie Penruddock miteinander, die in dieser Gegend lebten. Meiner Ansicht nach kommt die leicht veränderte Version in diesem Roman der historischen Wahrheit um einiges näher. Bis auf Betty, die ein Produkt meiner Phantasie ist, hat es Alice Lisles Töchter wirklich gegeben.

DIE WUNDEREICHEN: Ich bedanke mich bei Mr. Richard Reeves, der mich auf die drei Wundereichen aufmerksam gemacht hat.

DAS SPANISCHE SCHIFF MIT DEM SILBERSCHATZ: Obwohl scheinbar keine offiziellen Unterlagen auf seine Existenz hinweisen, erhärten hiesige Quellen die Vermutung, dass es besagtes Schiff tatsächlich gegeben hat. Unbewiesen ist zudem, dass Hurst Castle als Vorbild für Longford diente, ich halte es jedoch für sehr wahrscheinlich.

BATH: Möglicherweise interessiert es den Leser, dass die Geschichte von dem Spitzendiebstahl auf einem wahren Gerichtsfall beruht, in dem Jane Austens Tante die Angeklagte war.

LORD MONTAGU: Die Szenen um Lord Henry (den ersten Lord Montagu von Beaulieu) sind frei erfunden. Dennoch hat er, wie im Roman zu lesen ist, eine wichtige Rolle bei der Rettung des New Forest gespielt.

DANKSAGUNG

Ich stehe tief in der Schuld der folgenden Personen, die so freundlich waren, mich bei der Arbeit an diesem Buch zu unterstützen: Georgina Babey, Louise Bessant, Sylvia Branford, Peter Brown, Ewan Clayton, Maldwin Drummond, der Direktor und die Mitarbeiter der Forstbehörde, Jonathan Gerrelli, Bridget Hall, Bar-

bara Hare, Paul Hibbard, Peggy James, Major General Gildes, Hallam Mills, Lord Montagu und die Mitarbeiter der Abtei Beaulieu und von Buckler's Hard, Edward Morant, die Mitarbeiter des New Forest Museums und des New Forest Ninth Centenary Trust, Gerald Ponting, Lord Radnor, Peter Roberts, Robert Sharland, David Stagg, Caroline Stride und Ian Young.

Außerdem waren mir die veröffentlichten Werke der hier aufgeführten Autoren eine große Hilfe: A. J. Holland, Dom Frederick Hockey, Jude James, F. E. Kenchington, Arthur Lloyd, Anthony Pasmore und David Stagg. Ohne sie wäre es mir nicht möglich gewesen, diesen Roman zu verfassen. Darüber hinaus möchte ich dem *Nova Foresta Magazine* meinen Dank und mein Lob für die vielen lehrreichen Artikel aussprechen.

Nicht genug danken kann ich Mrs. Jenny Woods, deren Zauberkünste an der Schreibmaschine mein Manuskript erst in eine verständliche Form gebracht haben. Weiterhin danke ich Kate Elton und vor allem Anna Dalton-Knott für die Aufbereitung meines Manuskripts.

Besonderen Dank schulde ich Andrew Thompson für seine wundervollen Landkarten.

Wie immer wäre ich ohne meinen Agenten Gill Coleridge und meine beiden Lektorinnen Kate Parkin und Betty Prashker verloren gewesen. Ihre Geduld, Freundlichkeit, Ermutigung und kreative Unterstützung haben diesen Roman erst ermöglicht.

Ich stehe tief in der Schuld meiner Frau Susan, meiner Kinder Edward und Elizabeth und meiner Mutter für ihre Nachsicht, Hilfe und Gastfreundschaft.

Zu guter Letzt möchte ich an dieser Stelle zwei Wissenschaftlern danken, Mr. Jude James und Mr. Richard Reeves. Ihre Hilfsbereitschaft, ihre Ratschläge und ihre erstaunlichen Fachkenntnisse spiegeln sich nicht nur in jedem einzelnen Kapitel dieses Buches wider, sondern haben die Arbeit an diesem Roman auch zu einer der angenehmsten Erfahrungen meines bisherigen Lebens gemacht. Falls sich dennoch Fehler in den Text eingeschlichen haben sollten, liegt die Verantwortung dafür allein bei mir.

INHALT